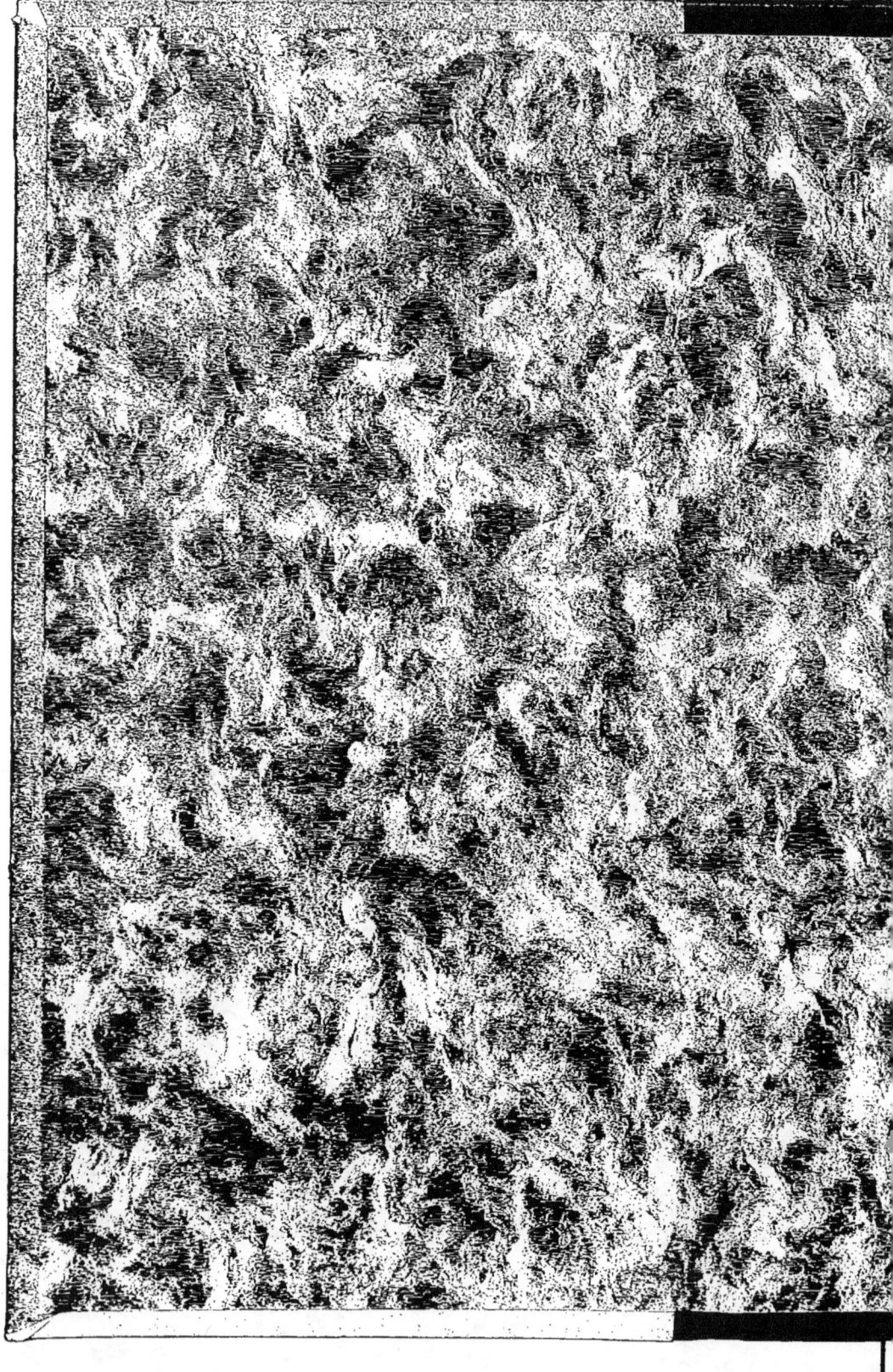

M. BODRI 1982

ARMORIAL

DE LA

CHAMBRE DES COMPTES

DE DIJON

ARMORIAL

DE LA

CHAMBRE DES COMPTES

DE DIJON

D'après le Manuscrit inédit du Père Gautier

AVEC UN

CHAPITRE SUPPLÉMENTAIRE

POUR LES

OFFICIERS DU BUREAU DES FINANCES

De la même ville

PAR J. D'ARBAUMONT

DIJON

LAMARCHE, LIBRAIRE-ÉDITEUR

Place Saint-Étienne

—

1881

AVANT-PROPOS

I

Quelques explications préliminaires sont indispensables pour bien faire connaître au lecteur les origines de ce livre et ce qu'on pourrait appeler les antécédents de sa publication.

On sait qu'il existait en France, avant la Révolution, un certain nombre de compagnies supérieures qui, sous le titre de Cours ou de Chambres des comptes, avaient été établies pour connaître souverainement de tout ce qui concernait la gestion des deniers publics, et veiller à la conservation du domaine de la Couronne.

Ces compagnies furent toutes supprimées, y compris celle de Paris, par la loi du 7 septembre 1790, et la place considérable qu'elles avaient tenue, pendant plusieurs siècles, dans l'organisation administrative et judiciaire du royaume, ne put les soustraire à l'oubli dédaigneux dont restèrent si longtemps frappées parmi nous les institutions de la vieille France.

L'érudition contemporaine ne pouvait accepter sans appel ce verdict sommaire et irréfléchi de nos prédécesseurs.

Désireuse de reconstituer dans ses traits essentiels la physionomie exacte du passé, il était impossible qu'elle laissât de côté, dans ce travail de patiente restauration, l'étude des origines et des attributions des anciennes Chambres des comptes.

Il s'est fait depuis quelque temps un mouvement assez accentué dans ce sens, et l'on est d'autant plus en droit de compter sur sa généralisation, que les études spéciales qu'il comporte nous placent de prime abord sur un terrain à peu près neuf, et dont l'exploration promet à qui veut la tenter de nombreuses et intéressantes découvertes.

Il est, en effet, très curieux que les anciennes Chambres des comptes, appliquées qu'elles étaient par fonctions à recueillir dans leurs archives les matériaux les plus précieux de notre histoire, se soient presque toutes montrées peu soucieuses de leurs propres annales. Plusieurs d'entre elles n'ont pas eu d'historiens, et les travaux inspirés par les autres sont restés sans retentissement, soit que l'exécution en ait été défectueuse, ou qu'on ne leur ait pas donné une publicité suffisante.

C'est là justement ce qui est arrivé pour la Chambre des comptes de Dijon.

Le *Traité de la Chambre des comptes de Dijon*, d'Hector Joly, est bien connu de tous les amateurs de curiosités bibliographiques. C'est un livre qu'on ne lit plus, si tant est qu'on l'ait jamais lu; mais on le consulte quelquefois, et son absence serait remarquée sur les rayons de toute bibliothèque spécialement consacrée aux auteurs Bourguignons.

Cet ouvrage a eu les honneurs de deux éditions. La première, dédiée à Henry de Bourbon, prince de Condé et gouverneur de Bourgogne, a été publiée in-4, à Paris, en 1640, sans nom d'imprimeur. La seconde, beaucoup plus considérable, et placée par l'auteur sous le patronage de toutes les Chambres des comptes du royaume, est sortie en 1653, des presses du célèbre graveur et généalogiste Pierre Palliot. Elle forme un mince volume in-folio de 112 pages, auquel la critique n'a pas épargné, il faut bien le reconnaître, la sévérité de ses appréciations.

L'abbé Papillon ayant à s'expliquer à son sujet fait remarquer que « l'auteur aurait pu donner plus d'étendue à son ouvrage et y joindre des recherches sur les officiers qui ont composé cette Chambre dès sa création » (1).

Un autre critique, plus sévère encore, est d'avis qu' « il n'y a guère d'ouvrage plus sec et plus insipide que celui-ci. A peine, » ajoute-t-il, « y apprend-on la fondation de la Chambre des comptes et quelques-uns de ses privilèges : nul détail, aucunes recherches » (2).

(1) Papillon, *Bibliothèque des auteurs de Bourgogne*, tome Ier, p. 346.
(2) Cité par Joannis Guigard : *Bibliothèque héraldique de la France*, p. 205, n° 2275.

A vrai dire, ce jugement me paraît excessif. Sans doute, même
en tenant compte du temps où il a vécu, on pouvait mieux attendre d'un auteur que sa situation personnelle et des circonstances éminemment favorables semblaient prédestiner en quelque
sorte à son rôle d'historiographe.

La famille d'Hector Joly est une de celles qui ont fourni le plus
grand nombre d'officiers à la Chambre des comptes de Dijon.
Plusieurs de ses proches, parents ou alliés, y siégeaient en même
temps que lui, et il était revêtu lui-même depuis trente-sept ans
d'une charge de maître ordinaire, lorsque parut la seconde édition
de son livre. Il semble donc, qu'instruit par une longue pratique,
et secondé au besoin des conseils de ses collègues, les plus grandes
facilités lui eussent été offertes pour recueillir les matériaux de cet
ouvrage et mener à bonne fin sa laborieuse entreprise. Il avait à sa
disposition l'immense série des registres de la Chambre et des
comptes des receveurs. Devant lui s'ouvraient sans difficulté les
portes du Trésor des chartes, où les officiers des comptes avaient
accumulé depuis plusieurs siècles, et conservaient avec un soin
jaloux, les titres du domaine royal. Il n'avait qu'à puiser à ces
sources diverses, et, se fût-il borné à en extraire les pièces les
plus intéressantes et à les transcrire sans commentaire, comme
devait faire un peu plus tard, quoique dans une vue différente, son collègue Etienne Pérard, pour le *Recueil de plusieurs
pièces curieuses servant à l'histoire de Bourgogne*, qu'un semblable
travail nous en aurait assurément plus appris sur les origines et
les attributions de la Chambre des comptes, et sur le mécanisme
assez compliqué de notre ancienne organisation financière, que
les cent douze pages de son indigeste et très insuffisant in-folio.

Est-ce à dire que le *Traité de la Chambre des comptes de Dijon*
soit une œuvre absolument sans valeur ? Nous ne le pensons pas.
Si l'esprit de méthode y fait complétement défaut, si l'aridité du
sujet n'y est dissimulée ni par la grâce, ni par l'éclat du style, si,
au seul point de vue de l'érudition, on regrette à chaque instant
de n'y point rencontrer ce que l'on cherche, et de se heurter à ce
qu'on n'y cherche pas, il serait cependant injuste de ne pas reconnaître qu'il contient un certain nombre de renseignements utiles.

Tout ce qui concerne les prérogatives de la Chambre et les priviléges de ses officiers y est développé avec complaisance et autorité. L'auteur a reproduit *in extenso* plusieurs documents, d'une importance capitale pour l'histoire de cette compagnie, et ce sera sans doute moins à lui qu'il faudra nous en prendre qu'au goût prédominant de son époque, si nous les trouvons noyés en quelque sorte dans un récit fastidieux et incohérent, interrompu à tout propos, et souvent hors de propos, par des digressions oiseuses, sous le fallacieux prétexte de le rendre plus agréable, en y mêlant « quelque chose de l'Histoire » (1).

Parmi les lacunes signalées par Papillon dans le *Traité* d'Hector Joly, il y en avait une trop évidente pour qu'on ne s'en fût pas promptement aperçu. Elle devait surtout frapper une société plus curieuse encore que la nôtre, s'il est possible, de documents biographiques et de tout ce qui relève, de près ou de loin, de la science du blason.

Dès la fin du XVII° siècle, Palliot se proposait de la combler, en donnant en quelque sorte un pendant à son *Parlement de Bourgongne*. Il résulte, en effet, d'une lettre par lui adressée à l'abbé Nicaise, le 15 novembre 1691, que le savant généalogiste s'occupait alors de dresser une liste biographique des officiers de la Chambre des comptes, et qu'il devait y joindre, pour lui donner plus d'intérêt, des indications sur le titre de leurs ouvrages.

Palliot était fort âgé à cette époque; on sait qu'il mourut sept ans plus tard dans sa quatre-vingt-onzième année. Il est donc infiniment probable qu'il n'eut pas le temps de pousser très avant l'exécution de ce projet, dont la lettre à l'abbé Nicaise nous a seule du reste révélé l'existence (2).

D. Plancher avait annoncé, dans la préface de son *Histoire générale et particulière de Bourgogne*, qu'il se proposait de faire suivre le second volume de cet ouvrage d'une série de dissertations sur les Etats de la province, la Chambre des comptes et

---

(1) Dans l'*Avis au Lecteur*, seconde édition.
(2) Cette lettre fait partie des Mss. provenant du Président Bouhier, qui sont déposés en ce moment à la Bibliothèque publique de Lyon. J'en dois l'indication à l'obligeance de mon ami M. H. Beaune, ancien magistrat.

les Parlements des ducs (1). Ce projet demeura malheureusement
sans exécution, mais les nombreux matériaux qui avaient été réunis dans ce but, n'ont pas été perdus. Ils font aujourd'hui partie
de la Collection de Bourgogne à la Bibliothèque nationale. On trouvera notamment dans le tome 51 et dans les tomes 59 à 64 de
cette Collection, de nombreux extraits et copies des comptes et des
registres de la Chambre, avec des tables alphabétiques, mais sans
rien d'ailleurs qui se rapporte à un ordre méthodique de classement ou de composition. Le tome 51 contient, en outre, la liste des
maîtres des comptes de 1386 à 1434, et celle des clercs et auditeurs de 1386 à 1473. Ces listes, assez confuses du reste, four-
nissent cependant un assez bon nombre de renseignements per-
sonnels sur les gens des comptes.

On en a dressé depuis lors de beaucoup plus complètes; l'une
d'elles fait partie d'un manuscrit de la Bibliothèque de Dijon, où
l'on trouve, en outre, la filiation des charges du Parlement de
Bourgogne et le tableau des officiers du Parlement de Besançon (2).
La seconde liste, conservée aux archives de la Côte-d'Or (3), provient de la bibliothèque de M. le baron de Juigné. Je ne sais qui
l'a rédigée, non plus que la première. Ces listes ne présentent
d'ailleurs qu'un intérêt assez médiocre. Elles contiennent simplement les noms des officiers de la Chambre, inscrits, suivant l'ordre de filiation des charges, avec les dates de leurs réceptions, et
des renseignements aujourd'hui assez inutiles sur la finance de
leurs offices et les gages qui y étaient attachés.

A la suite de la courte notice qu'il a consacrée à la Chambre des
comptes de Dijon, dans sa *Description générale et particulière du
duché de Bourgogne* (4), Courtépée cite Hector Joly parmi les officiers distingués de cette compagnie, et, après avoir mentionné
séchement, sans un mot d'éloge ni de blâme, le *Traité de la*

---

(1) Préface, page dernière.
(2) Bibl. de Dijon, mss. n° 453, in-f° du XVIII° siècle. — La liste des officiers des comptes
avec l'état de leurs finances, gages et augmentations de gages, comprend 60 feuilles; elle est de
la même main que le mss. n° 464 de la Bibliothèque de Dijon, dont il sera question plus loin.
(3) *Tableau des officiers de la Chambre des comptes de Bourgogne depuis* 1521, dressé en 1774,
avec un supplément jusqu'aux 2 et 17 septembre 1790, dates des décrets de leurs suppressions. —
Archives de la Côte-d'Or, mss. in-f° de 104 feuillets.
(4) Deuxième édition, tom 1er, p. 387.

Chambre des comptes, il ajoute qu'un « Dijonnais, fort instruit sur ces matières, a donné plus d'étendue à l'ouvrage de M. Joly, et y a joint des recherches sur les officiers qui ont composé cette Chambre dès sa création. »

Ainsi se trouvait exaucé le vœu formulé plus de trente ans auparavant par l'auteur de la *Bibliothèque de Bourgogne*. Il manquait toutefois à ce nouvel ouvrage la consécration de la publicité. Courtépée nous apprend en effet qu'il était resté manuscrit en deux volumes in-folio.

Cette note de Courtépée passa d'autant plus inaperçue qu'elle ne nous disait rien de l'auteur lui-même. *L'incognito* sous lequel celui-ci avait voulu abriter sa modestie fut même si bien gardé, que son nom resta pendant longtemps complétement ignoré de la génération contemporaine.

Quant au manuscrit original de son ouvrage, on ne savait pas ce qu'il était devenu, bien qu'on pût soupçonner que trois ou quatre volumes, également manuscrits, conservés aux archives de la Côte-d'Or et à la Bibliothèque publique de Dijon, et sur lesquels j'aurai à m'expliquer tout à l'heure, s'y rattachaient de la façon la plus intime. Plusieurs même et des plus érudits le croyaient irrévocablement perdu, lorsqu'il fit soudain sa réapparition en 1858, sous forme de deux volumes in-folio, sans nom d'auteur, qui, provenant très probablement des héritiers de Gabriel Peignot, furent mis en vente au commencement de cette année, et entrèrent presqu'aussitôt, pour n'en plus sortir, dans la belle bibliothèque de l'hôtel Saint-Seine, à Dijon

Que ce manuscrit soit celui-là même dont Courtépée nous a laissé la mention sommaire, c'est un point sur lequel il nous paraît impossible de conserver le moindre doute. Cette opinion sera certainement partagée par tous ceux qui voudront bien suivre jusqu'au bout les explications que j'ai à donner à ce sujet.

Sous le titre très exact, dans sa généralité, de *Notice de la Chambre des comptes de Bourgogne et Bresse* (1), cet ouvrage

---

(1) C'est à tort que le relieur a substitué à ce titre sur le dos des volumes celui d'*Armorial de la Chambre des comptes*, qui ne peut s'appliquer qu'au second volume considéré isolément.

comprend, de même que le manuscrit signalé par Courtépée, deux parties d'inégale importance, formant chacune un volume séparé, et consacrées, la première à l'historique de la Chambre des comptes, la seconde au catalogue très développé des officiers qui ont fait partie du grand bureau de cette compagnie depuis son origine jusqu'en 1763.

Le premier volume se compose de 345 pages, y compris le titre, la table et la préface, où l'auteur expose le plan général de son travail. Il a fait suivre cette préface de courtes notices historiques sur les ducs de Bourgogne des deux branches royales ; puis commence une série de onze chapitres où se trouve exposé dans un ordre très méthodique tout ce qui concerne l'établissement de la Chambre des comptes, l'état de ses officiers, de leurs accroissements et changements, les créations et suppressions d'offices, les réglements pour la police intérieure, les fonctions des présidents et des conseillers maîtres, l'autorité de la Chambre sur ses propres membres, l'étendue de son ressort et de sa juridiction comme Cour souveraine, la réception des divers officiers qui devaient y prêter serment, les honneurs, priviléges, prérogatives et exemptions de ses membres, leurs relations avec le Parlement et les gouverneurs de la province, l'entrée des présidents et des maîtres dans la chambre des élus, etc., etc. Le chapitre onzième et dernier traite des bâtiments de la Chambre des comptes et de leurs dépendances.

La seconde partie, avons-nous dit, est entièrement consacrée au personnel de la compagnie. Elle se compose en tout de 619 articles répartis en neuf chapitres qui correspondent à autant de catégories d'officiers. Chaque article n'occupe qu'un seul feuillet, *recto* et *verso*, ou *recto* seulement, selon son étendue. En tête figure le nom de l'officier, dont la notice comprend autant que possible l'indication de la date de ses lettres de provisions avec celles de sa réception et de sa sortie de charge. Ces détails de pure statistique se complètent par les noms du prédécesseur et du successeur de chaque officier, ce qui permet d'établir très exactement l'ordre de filiation des charges.

Plus de 300 de ces articles contiennent en outre des renseignements biographiques ou généalogiques plus ou moins étendus, et il y en a une soixantaine environ qui sont accompagnés de généalogies complètes, établies par degrés de filiation.

Enfin la plupart d'entre eux sont illustrés de blasons dessinés à la plume et coloriés, que l'auteur a placés en tête des notices, sous le nom des officiers. Ces blasons, il faut bien le dire, sont d'une exécution médiocre, mais irréprochables au point de vue de l'art héraldique. On en compte 516 de la sorte, plus 34 qui ne sont pas coloriés, soit que l'auteur n'en ait pas connu les émaux, ou qu'ils aient été exécutés après coup.

L'ouvrage se termine par la table alphabétique des officiers du grand bureau et le catalogue sommaire des correcteurs et des clercs et auditeurs dans l'ordre de leur entrée à la Chambre.

On avait ménagé à la fin de chaque chapitre un certain nombre de feuillets blancs pour l'inscription des officiers qui viendraient à être reçus par la suite. Ce travail a été fait jusqu'à la suppression de la Chambre des comptes, mais l'écriture de cette partie du manuscrit n'est pas la même, et les articles ainsi ajoutés ne forment qu'un simple catalogue sans détails biographiques ou généalogiques d'aucune sorte. Quelques-uns d'entre eux sont accompagnés de blasons dessinés au crayon, d'une exécution pitoyable.

Le second volume tout entier, sauf les parties ajoutées après 1763 et le premier, à l'exception des pages 33 *bis* à 109, sont écrits de la même main, ainsi que les retouches, corrections, ratures, additions interlinéaires et marginales, qui sont assez fréquentes dans les deux volumes, même dans la partie du premier pour laquelle l'auteur avait eu recours à l'aide d'un copiste. Cette circonstance suffirait à elle seule, indépendamment d'autres caractères presqu'aussi apparents, pour donner au manuscrit tout entier un cachet d'originalité sur lequel il est impossible de se méprendre.

Les deux volumes sont munis l'un et l'autre d'une solide reliure en veau plein, avec fers dorés et fleuronnés sur le dos. Dans le tome premier les pages sont encadrées d'un simple filet au crayon. Enfin les titres sont exécutés avec une certaine recherche, en belles capitales romaines rouges et noires, et ils portent tous deux le millésime MDCCLXIII également en chiffres romains.

Point de nom d'auteur. Rien, absolument rien qui s'y rapporte, ni sur les titres, ni dans le corps même de l'ouvrage, si ce n'est qu'au-dessus du millésime figure, dans chaque volume, un écusson colorié dont les armes se blasonnent ainsi : *D'argent, au chevron d'azur, accompagné de trois abeilles de sable.* Indication précieuse, puisqu'elle devait contribuer à nous fixer sur la famille et par suite sur l'identité même de l'auteur du manuscrit.

J'ai dit que le nom de cet auteur était resté longtemps inconnu de nos contemporains. C'est un heureux hasard qui mit tout d'abord sur la voie de la découverte.

Quelques années avant la réapparition du manuscrit de l'hôtel Saint-Seine, M. Jules Beaudouin, de Châtillon-sur-Seine, avait recueilli, chez un épicier de cette ville, quelques débris de correspondance dont il résultait clairement qu'un certain P. Gautier, jésuite du Collége des Godrans à Dijon, préparait vers 1762, c'est-à-dire à la veille de la suppression de la compagnie de Jésus, un grand travail nobiliaire sur les officiers du grand bureau de la Chambre des comptes, et qu'il s'était adressé à un Châtillonnais du nom de Morel, pour obtenir des renseignements sur les familles des environs dont les notices devaient figurer dans cet *Armorial*.

Cette découverte de M. Beaudouin s'appliquait très exactement à un manuscrit qu'il importe de faire entrer dès maintenant en scène, sans attendre les indications bibliographiques plus détaillées que je me propose de lui consacrer par la suite. Je veux parler d'un gros volume in-folio qui est conservé depuis longtemps aux Archives de la Côte-d'Or sous le titre d'*Armorial de la Chambre des comptes de Bourgogne et Bresse*, avec la date de 1763, et dont on ignorait alors la provenance malgré la mention *original*, très vivement soupçonnée d'inexactitude, et la signature de l'archiviste Peincedé, qu'il porte au dernier feuillet.

Cet ouvrage n'est autre chose, comme on en a eu la preuve depuis, qu'une copie, très complète d'ailleurs, du second volume du manuscrit de la bibliothèque St-Seine. Les indications de M. Beaudouin s'y rapportaient trop exactement pour qu'on ne se crût pas en droit de l'attribuer désormais au savant jusque-là ignoré dont la correspondance, heureusement recueillie, venait de révéler le nom.

Quant à l'auteur lui-même, à sa famille, à sa propre biographie, l'obscurité restait toujours la même.

Le fait fut simplement consigné par M. Rossignol, alors conservateur des Archives de la Côte-d'Or, dans une note insérée en tête du manuscrit de son dépôt, et la question en resta là jusqu'au moment où la production des deux volumes de l'hôtel St-Seine vint subitement l'éclairer d'un nouveau jour.

En rapprochant en effet la note inspirée par M. Beaudouin, des armes peintes sur les titres de ces volumes, et qui sont celles de la famille Gautier de Brevant, encore existante et très honorablement connue en Bourgogne, en me reportant d'autre part à la généalogie de cette famille qui est insérée au folio 468 du second volume et où on lit qu'un de ses membres, Bernard Gautier, était entré en 1713 dans la compagnie de Jésus, j'acquis promptement la conviction que ce personnage, dont la famille a fourni plusieurs officiers à la Chambre des comptes, devait être l'auteur du grand travail signalé par Courtépée, conservé partiellement en copie aux Archives de la Côte-d'Or, et dont l'original venait enfin de nous être si heureusement restitué.

M. Beaudouin a bien voulu me confirmer depuis, avec des détails plus précis et plus circonstanciés, les indications un peu vagues de la note de M. Rossignol. Il résulte de cette communication que l'auteur de l'*Armorial* avait à la Chambre des comptes un frère, un neveu et plusieurs autres parents, ce qui répond très exactement à ce qu'on sait du P. Bernard Gautier, et que son correspondant, Jean-Gaspard Morel, y remplissait une charge d'avocat général.

Ce dernier personnage était originaire de Châtillon, où il faisait de fréquents séjours. C'était un homme instruit, laborieux et modeste, qui s'intéressait à l'histoire de son pays et contribua, pour une assez bonne part, à la rédaction de l'*Armorial* (1).

M. Beaudouin a mis le comble à son obligeance en me faisant

---

(1) M. Beaudouin lui a consacré une notice intéressante qui a paru dans le n° du 6 mai 1852 du journal *Le Châtillonnais et l'Auxois*.

passer en même temps l'une des lettres autographes provenant de la correspondance du P. Gautier avec Jean-Gaspard Morel ; cette lettre (1) est datée du 22 avril 1762, époque où la rédaction de l'*Armorial* était à peu près terminée, et son simple examen suffirait au besoin pour dissiper tous les doutes.

Je l'ai comparée, d'une part, avec le manuscrit St-Seine, de l'autre avec plusieurs quittances données en 1763 par ce même Bernard Gautier, *ci-devant bibliothécaire de la bibliothèque publique du collège des Godrans*, pour paiement de la pension provisionnelle qui lui avait été assignée, ainsi qu'à ses anciens confrères, après leur expulsion du collège, par un arrêt du Parlement de Dijon du 12 août de la même année (2).

Or, partout l'écriture est identique. L'hésitation n'est donc plus permise, et nous sommes définitivement fixés, aussi bien sur la valeur propre du manuscrit St-Seine que sur le nom de famille de son auteur. Quelques recherches à l'état civil de Dijon et dans les liasses du Collège des Godrans aux Archives de la Côte-d'Or, ont achevé de m'éclairer sur l'identité de ce personnage si longtemps problématique, et vont me permettre d'indiquer les principaux traits de sa très modeste et très courte biographie.

Bernard Gautier (3) naquit à Dijon le 28 février 1697, de Jean-Bernard Gautier, qualifié avocat à la Cour, dans l'acte de baptême, et de Reine Paupye, sa femme. Il eut pour parrain son frère Bernard-Claude, le même sans doute qui fut pourvu en 1728 d'une charge de maître des comptes sous le seul prénom de Claude, et pour marraine sa sœur Pétronille, qui devait épouser en 1722 un trésorier de France, du nom de Larcher. L'un et l'autre étaient encore très jeunes, puisqu'aucun d'eux ne savait signer. Quant au père, on sait qu'il fut pourvu plus tard de la charge importante de lieutenant général au bailliage de Dijon.

(1) Elle est relative à quelques-unes des familles du Châtillonnais qui devaient figurer dans l'*Armorial*. On y voit très bien la façon de procéder de l'auteur, et il y indique formellement l'intention où il était de ne s'occuper pour le moment que des officiers du grand bureau.

(2) Liasse 4 des titres du Collège des Godrans aux *Archives de la Côte-d'Or*.

(3) L'acte de naissance porte *Gauthier*; mais le père a signé *Jean-Bernard Gautier*, ce qui est la véritable orthographe. Dans la notice de sa famille il est désigné par erreur sous les prénoms de Jean-Baptiste. Voy. p. 271.

Le jeune Bernard n'avait pas encore atteint sa dix-septième année lorsqu'il entra dans la Société de Jésus (octobre 1713). Il
paraît très probable, quoiqu'on n'en puisse donner la preuve, qu'il
ne quitta guère le Collège des Godrans, qu'il y reçut l'ordre de
prêtrise et y prononça les quatre vœux qui consacrèrent sa profession (1).

En 1745, on le voit prendre dans le Registre des vœux la qualité de *Superior collegii*. Il tenait ce titre du P. Duchesne, recteur,
qui, nommé provincial, et ne pouvant remplir en même temps les
deux fonctions, l'avait désigné pour le remplacer dans l'administration du Collège.

C'était une sorte d'acheminement au rectorat. Le P. Gautier y
fut en effet promu vers le milieu de l'année 1749, en remplacement du P. Joseph-Balthazard Desronces, décédé le 10 septembre
précédent. Il remplit ces fonctions pendant les trois années règle-
mentaires et en fut déchargé au mois d'avril 1752, pour passer
peu après à celles de bibliothécaire de la bibliothèque publique
du Collège des Godrans (2). Les habitudes laborieuses du modeste
religieux et son goût pour les recherches d'érudition, le dési-
gnaient naturellement au choix de ses supérieurs, pour remplir
cette charge. Il en était encore revêtu lorsqu'intervint, en 1763,
l'arrêt de suppression du Collège des Godrans, et c'est en cette
qualité que lui fut imposée la douloureuse mission d'assister,
avec le gardien du séquestre ordonné par le Parlement, à la vérification du catalogue de la bibliothèque et à la reconnaissance des
livres qui la composaient (3).

C'est pendant cette dernière période de sa vie religieuse, c'est-

(1) Il est qualifié prêtre et profès des quatre vœux dans le procès-verbal dressé par les commissaires du Parlement, en exécution de l'arrêt de suppression du 11 juillet 1763, et comprenant
le nom de tous les jésuites du Collège des Godrans, avec l'inventaire de leurs biens meubles et
immeubles. *Archives de la Côte-d'Or*. Titres du Collège des Godrans.

(2) Indépendamment de cette bibliothèque qui était libéralement ouverte au public, il y en
avait une autre à l'usage exclusif des Pères. Elle était placée sous la garde d'un Frère qui prenait aussi le titre de bibliothécaire. Procès-verbal plus haut mentionné, f° 55.

(3) Le catalogue de la bibliothèque du Collège des Godrans, imprimé en 1708, comprend 162 pages.
Dans l'exemplaire conservé à la Bibliothèque de Dijon, n° 21255, on trouve à la suite la liste
manuscrite des livres entrés depuis dans la bibliothèque. Le catalogue supplémentaire de 1753
à juillet 1763 est tout entier de la main du P. Gautier. On y voit figurer notamment un certain
nombre de livres donnés par M. de Migieu et d'autres achetés pour emploi de la fondation faite
en 1701 par un codicille de Pierre Fevret.

à-dire à un âge déjà assez avancé, comme il nous l'apprend lui-même dans l'avis placé en tête de son premier volume, que le P. Gautier commença de s'occuper du grand ouvrage auquel son nom restera attaché. Il est certain qu'il y travaillait activement dans les années qui précédèrent immédiatement la suppression de la Compagnie de Jésus, et c'est à ce moment-là même qu'il y mit la dernière main. Eût-il formé la pensée de lui donner une suite pour les officiers de réception plus récente, qu'il aurait sans doute été détourné de ce projet par l'odieuse spoliation qui l'arrachait au riche dépôt confié à ses soins, tout en lui créant des loisirs dont ces tristes circonstances l'empêchèrent de profiter.

On sait que le P. Gautier s'était attaché des collaborateurs pour la composition de l'*Armorial*. L'avocat général Morel lui fournit de nombreux renseignements sur les généalogies non seulement des familles du Châtillonnais, mais encore d'autres parties de la Bourgogne. Quant aux armoiries, il paraît ne s'en être occupé qu'en ce qui concerne les premières. C'est là du moins ce qui résulte des débris de correspondance recueillis par M. Beaudouin. On y voit aussi qu'un certain chanoine Bichot, de Dijon, a dû prendre une part assez considérable au travail du P. Gautier. Je crois qu'on peut identifier ce personnage avec Jean-Claude Bichot, chanoine de la Chapelle-aux-Riches, qui vivait dans le même temps que l'auteur de l'*Armorial*, et dont la famille a fourni, comme la sienne, plusieurs officiers à la Chambre des comptes (1).

Enfin on peut encore citer parmi ses collaborateurs Jean Nadault, avocat général à la Chambre des comptes, magistrat distingué et savant estimable, qui a dû donner d'utiles renseignements sur les familles de Montbard et des environs (2).

Ce grand travail terminé, le P. Gautier, empêché sans doute par les circonstances de le livrer à l'impression, comme il en avait eu certainement le désir et l'intention, ne crut en pouvoir

___

(1) Voir la notice de cette famille p. 197. Jean-Claude Bichot y figure à l'avant dernier degré, p. 199.

(2) On conserve aux *Archives de la Côte-d'Or*, mss n° 99, 1er vol., deux lettres adressées par l'avocat général Nadault au P. Gautier et relatives à l'*Armorial*, plus la minute de la notice de la famille Nadault, entièrement écrite de la main de ce dernier. Une généalogie sommaire de la famille Bouchu, originaire de Montbard, est jointe à ces pièces, mais elle est d'une autre main.

faire un emploi plus utile que de le déposer au syndicat de la
Chambre des comptes (1), et il y était encore bien certainement
conservé, avec les registres d'un usage courant pour les officiers
de la compagnie, lorsque Courtépée publia le premier volume de
sa *Description du Duché de Bourgogne*.

Comment, à quelle époque, dans quelles circonstances en est-
il sorti ? C'est ce qu'on ignore absolument, et je perds complétement la trace du précieux manuscrit, jusqu'au jour où il entra
pour n'en plus sortir dans la bibliothèque de l'hôtel Saint-
Seine.

A partir de 1763, le P. Gautier rentre dans une obscurité complète, et j'apprends seulement par les registres de notre état civil
qu'il mourut à Dijon le 11 juin 1781. Il fut inhumé le lendemain
dans la partie du cimetière Saint-Etienne, qui était alors affectée
aux inhumations de la paroisse de Saint-Médard. Un seul de ses
parents, Pierre Gautier, chanoine de la Sainte-Chapelle, a signé
son acte mortuaire. La signature de cet ecclésiastique est simplement accompagnée de celles du curé de Saint-Médard, du vicaire
de la même église, du bedeau et d'un modeste servant de sa-
cristie.

Si les deux volumes du manuscrit original de la bibliothèque
Saint-Seine sont restés pendant si longtemps inconnus des érudits
contemporains, il n'en est pas de même, avons-nous dit, de
quelques autres manuscrits qui se rattachent à celui-là de la façon
la plus intime. Ils sont au nombre de quatre, dont deux appartiennent à la Bibliothèque de la ville de Dijon ; les deux autres sont
déposés aux Archives de la Côte-d'Or. Il importe, avant d'aller
plus loin, de donner des uns et des autres une description sommaire.

Le P. Gautier se complaisait à multiplier de sa propre main les
copies, partielles ou totales, de certaines parties de son ouvrage.
On sait que ce travail fastidieux était tout-à-fait dans les habitudes

---

(1) Cette indication intéressante m'a été fournie par M. Beaudouin. Elle est tirée d'une copie
faite par Jean-Gaspard Morel sur l'original de l'*Armorial*, de la notice que le P. Gautier y a consacrée à la famille Jolyot de Crébillon. On lit en tête de cette copie, qu'elle a été extraite d'un livre
intitulé : *Notice de la Chambre des comptes de Bourgogne et Bresse, 2ème partie, fait et déposé au syndicat de ladite Cour, par M. Bernard Gautier, Jésuite, en l'année 1763.* au f° 611, r° et v°.

des érudits de son temps, et il s'y est assurément appliqué avec autant de modestie que de patience.

En effet, indépendamment du manuscrit de l'hôtel Saint-Seine, on connaît deux exemplaires de la première partie, tous deux écrits de la main de l'auteur et non signés. Ils ont été reliés en un volume de format in-4, qui fait aujourd'hui partie de la bibliothèque des Archives de la Côte-d'Or, où il est inscrit sous le n° 143. Ces deux exemplaires sont malheureusement incomplets. Il y manque plusieurs chapitres aussi bien dans l'un que dans l'autre. De plus le texte ainsi mutilé de l'un d'eux, est beaucoup plus chargé que les autres, en certains endroits, de corrections et de ratures, ce qui m'autorise à le regarder comme étant de date antérieure et représentant même, si j'en juge par certaines apparences, une sorte d'avant-projet ou de première ébauche de l'œuvre tout entière.

Le manuscrit in-folio, conservé à la Bibliothèque publique de la ville de Dijon sous le n° 464, contient également une copie de la première partie de la Notice, mais elle n'est pas de la main du P. Gautier. Le copiste y a refondu avec soin toutes les corrections et additions du manuscrit de l'hôtel Saint-Seine, sans surcharges, sauf quelques phrases passées par inadvertance et qui ont été ajoutées en marge.

Ce manuscrit, relié en parchemin, comprend 323 pages, après lesquelles on trouve plusieurs pièces relatives au procès du fameux président Giroux. Le titre est orné de l'écu de France, avec couronne et collier d'ordre. Au bas la mention PREMIÈRE PARTIE fait supposer que ce volume était accompagné d'une copie de la seconde partie comprenant l'Armorial. Nous ignorons absolument ce qu'elle a pu devenir.

J'ajoute que ce volume fait partie du fonds ancien des manuscrits de la Bibliothèque de Dijon, et qu'il doit avoir appartenu au maître des comptes, Claude Nicaise, contemporain du P. Gautier et sans doute son ami, dont les armes, sans indication d'émaux : un chevron accompagné de trois étoiles, sont dessinées aussi à l'encre, au recto de la feuille de garde. L'écu est sommé d'une couronne de trèfle, et surmonté d'une banderolle portant le nom du possesseur : M. NICAISE, MAITRE DES COMPTES. On verra à l'article de ce magistrat, p. 272, qu'il mourut en 1788, doyen de sa compagnie.

Il me reste encore à signaler un manuscrit autographe du P. Gautier. C'est un petit in-4, oblong, qui fait partie, comme le volume précédent, de notre Bibliothèque municipale, où il figure sous le n° 465 *bis*, avec le titre moderne d'*Armorial de la Chambre des comptes de Dijon.* Il se compose, indépendamment du titre et de la table, de 267 feuillets comprenant chacun : 1° le nom d'un officier du grand bureau ; 2° son blason dessiné assez grossièrement à la plume, quelquefois colorié et accompagné d'une description héraldique ; 3° le titre de sa fonction écrit en marge, avec la date de son entrée à la Chambre ; 4° et enfin, au-dessous, quand il y a lieu, les noms et dates d'entrée des autres officiers de la même famille.

En résumé, ce recueil n'est autre chose qu'une sorte d'abrégé ou de sommaire du grand *Armorial* manuscrit de l'hôtel Saint-Seine, avec cette circonstance intéressante, qu'il est tout entier, texte et dessins, comme ce manuscrit lui-même, de la main du P. Gautier.

Dans une note, inscrite en tête du volume, M. de Grésigny, qui en a fait don à la ville, du temps où M. Toussaint était conservateur de la Bibliothèque, déclare qu'il l'avait recueilli par feuilles détachées dans une maison particulière, et que, n'en connaissant pas l'auteur, et ne pouvant deviner le secret de l'arrangement qui lui était propre, il s'était borné à mettre ces feuillets en ordre suivant la série alphabétique, et à en opérer le dépôt dans la Bibliothèque de sa ville natale, comme le meilleur usage qu'il en pût faire.

M. de Grésigny se serait aisément rendu compte de l'arrangement dont le secret lui échappait, s'il eût connu la copie du grand *Armorial*, dont il a été question plus haut et qui était bien certainement conservée de son temps aux Archives de la Côte-d'Or. On s'explique peu cette ignorance de la part d'un homme qui paraît s'être intéressé à l'histoire généalogique de notre province et l'on comprend bien moins encore que le fait n'ait pas sauté aux yeux de l'archiviste et du bibliothécaire de l'époque.

Cette copie formait anciennement le 31ᵐᵉ et dernier volume du grand inventaire manuscrit rédigé à la fin du siècle dernier par l'archiviste Peincedé, alors garde des livres de la Chambre des comptes, et qui est bien connu sous le nom de *Recueils de Bour-gogne*. Elle a été depuis distraite de cette collection pour figurer sous le n° 3 dans la série B du classement moderne.

C'est un gros volume in-folio, en bon état de conservation, qui se compose d'environ 650 feuillets dont plusieurs sont restés vides, et comprend le même nombre de notices, *sans blasons*, que le manuscrit de l'hôtel St-Seine, à l'exception toutefois des notices supplémentaires très incomplètes, de 1763 à 1789 (1). J'ajoute qu'il porte également en tête, la date de 1763, et à la fin, comme on l'a déjà dit, la signature de l'archiviste Peincedé avec la mention : *original,* ce qui a fait supposer, à tort suivant moi, qu'il avait voulu s'en attribuer la paternité.

C'est l'archiviste Boudot qui, dans une note écrite de sa main sur le titre du manuscrit des Archives, a, le premier, porté contre son prédécesseur, cette grave accusation. M. Boudot fait observer que ce volume n'est pas un ouvrage de M. Peincedé, — point sur lequel il est inutile d'insister, — mais une copie qu'il aurait fait faire sur l'original qui était déposé aux Archives des Etats. Cet original, d'après M. Boudot, aurait péri dans la Révolution avec les registres de la noblesse qu'on avait retirés au château de Courtivron et murés dans une enfonçure de la muraille. Pendant l'émigration de M. de Courtivron, un valet infidèle aurait découvert cette cachette à plusieurs particuliers qui l'ouvrirent et brûlèrent tout ce qui s'y trouvait.

On sait maintenant à quoi s'en tenir sur cette allégation de M. Boudot, relativement au manuscrit original ; c'est un pur roman. Le manuscrit n'a pas été brûlé ; il existe ; nous le connais-

---

(1) Les notices supplémentaires des officiers du grand bureau pendant cette période ont été rédigées d'une façon beaucoup plus complète par l'éditeur du présent volume, longtemps avant l'époque où lui vint la pensée de livrer ce travail au public. Elles forment un vol. in-f° de 61 feuillets qu'il a offert aux Archives de la Côte-d'Or, et qui y figure sous le n° B. 3⁶, à la suite de l'*Armorial* du P. Gautier.

sons, c'est, à n'en pas douter, celui de l'hôtel St-Seine, et il est absolument inadmissible qu'il ait jamais fait partie des Archives des Etats (1).

Deux notes dans le même sens que celle de l'archiviste Boudot et insérées, l'une en tête du volume des Archives, l'autre au verso de la feuille de garde du M⁵⁵ n° 464 de la Bibliothèque de Dijon, se montrent plus sévères encore pour la mémoire de Peincedé. L'auteur de ces notes (2), très versé dans la connaissance de nos antiquités nobiliaires, avait très bien compris que l'*Armorial* des Archives n'était autre chose que la seconde partie du manuscrit conservé à la Bibliothèque de Dijon sous le titre de : *Notice de la Chambre des comptes de Bourgogne et Bresse*. Aussi s'étonne-t-il que Peincedé ait osé signer cette copie comme original de sa composition. « Cette imposture, ajoute-t-il, est d'autant plus facile à démontrer qu'à chaque page, pour ainsi dire, de l'un comme de l'autre de ces ouvrages, on voit la preuve qu'ils n'en peuvent former qu'un seul ; l'on peut même affirmer avec certitude que M. Peincedé n'a *jamais lu* ce qu'il donne comme étant le fruit de son travail. »

Sur ce dernier point il faut convenir que la sagacité habituelle de l'auteur des deux notes s'est trouvée complétement en défaut. Qu'on accuse Peincedé d'imposture parce qu'il aurait signé comme original un manuscrit dont il n'est certainement pas l'auteur, rien

---

(1) Quant aux Registres de la noblesse, il est très vrai qu'ils furent cachés pendant la Révolution, dans une tourelle du château de Courtivron ; mais, ce qui l'est beaucoup moins, c'est que l'infidélité d'un valet en ait amené la complète destruction par le feu. Ces Registres ont été retrouvés depuis, tout au moins en partie, et sont aujourd'hui conservés en deux vol. in-f° aux *Archives de la Côte-d'Or*. A l'appui de son accusation, M. Boudot fait encore observer que la date de 1763 donnée par Peincedé à sa copie, était la vraie date de l'original, ce qui est exact. Or, si l'on s'en rapporte à l'avis qu'il a mis en tête du premier volume de ses *Recueils*, on voit que Peincedé travaillait en 1762 chez M. Coindé, procureur à la Chambre des comptes, et qu'il entra la même année comme secrétaire du doyen de la compagnie sur la présentation de son patron, malgré son peu de connaissance en cette partie, comme il l'avoue lui-même. Lui eut-il donc été possible, conclut M. Boudot, de produire en un si court espace de temps, de la fin de 1762 à 1763 un volume tel que l'*Armorial*, qui ne pouvait être l'ouvrage que d'un homme consommé dans l'art héraldique et les connaissances les plus approfondies de la diplomatique? Tout cela est très sensé et condamnerait absolument Peincedé s'il était vrai qu'il eût voulu se faire passer pour l'auteur de l'*Armorial*.

(2) Elles sont de M. le baron de Juigné qui s'est beaucoup occupé de l'histoire nobiliaire de la Bourgogne et a laissé un grand nombre de généalogies inédites, et autres travaux du même genre concernant les grandes familles du pays. On a aussi de lui un catalogue complet avec blasons des officiers de la Chambre des comptes d'après l'*Armorial* des Archives, avec supplément. Ce travail en deux vol. in-8° est également resté manuscrit.

de plus naturel au premier abord. Toutes les circonstances paraissent en effet conspirer contre lui. Mais ce qui se comprend moins
c'est qu'on lui reproche de n'avoir pas même lu l'ouvrage qu'il a
signé comme original. L'auteur des deux notes n'a pas fait attention que le volume des Archives *est écrit tout entier de sa main !*

J'ajoute que Peincedé, travailleur opiniâtre, comme le prouvent
les nombreux manuscrits qu'il a laissés, connaissait très bien le
nom de l'auteur de l'*Armorial* et qu'il y est fait allusion dans une
note de sa main sur feuille volante qui a été annexée à une époque
assez récente au manuscrit des Archives (1).

Dès lors comment supposer que la pensée ait pu lui venir de
s'attribuer faussement la paternité de cet ouvrage, quelques années seulement après la mort du P. Gautier, et au su d'une foule
de ses contemporains, qui se fussent tous levés pour témoigner de
son imposture !

Il reste cependant à interpréter le sens du mot *original*, avec la
signature de *Peincedé*, qui termine le volume manuscrit des
Archives.

Tout s'explique, suivant moi, si l'on fait attention, 1° que cette
mention figure sur les 28 premiers volumes et sur les tomes 30
et 31 des *Recueils de Bourgogne*, lesquels étaient la propriété
particulière de Peincedé avant d'entrer aux Archives du département de la Côte-d'Or ; 2° qu'il existe une copie de cet inventaire,
également rédigée par Peincedé, et acquise à une date plus récente
pour le compte du même dépôt où elle est encore conservée aujourd'hui ; 3° qu'enfin c'est apparemment dans le seul but de
différencier ces deux collections que Peincedé a signé comme
originaux les volumes de la première série, dont la propriété
lui fut reconnue par le commissaire du Directoire du département en 1793 (2). Cette mention aura été très certainement
appliquée au dernier volume de la série, en même temps qu'aux

(1) Note rédigée par Peincedé à propos du privilège de noblesse des officiers de la Chambre des
comptes, pour lequel il renvoie à l'ouvrage manuscrit de M. Gauthier (pour Gautier).

(2) Dans plusieurs volumes de cette collection, au-dessus de la mention *original*, avec la
signature de Peincedé, figure la déclaration de Jean-Claude Decamp, membre du directoire du
département, nommé par arrêté du même corps du 10 janvier 1793, lequel atteste que *le
volume lui a été représenté par le citoyen Peincedé.*

autres, bien qu'il n'en ait jamais existé, à ma connaissance, de copie en double expédition.

Il semble difficile d'attribuer une autre portée au mot *original,* qui figure à la fin de ce volume, et les quelques explications dans lesquelles je viens d'entrer à cet égard, suffiront sans doute pour laver l'archiviste Peincedé de la grave accusation qu'on avait fait un peu légèrement peser sur sa mémoire.

Bien connu de tous ceux qui se piquent tant soit peu d'érudition bourguignonne, souvent feuilleté depuis la renaissance des études généalogiques, et presque toujours consulté avec fruit, tant dans l'intérêt des familles qu'au point de vue plus élevé de notre histoire provinciale, c'est le manuscrit des Archives, il faut bien lui rendre cette justice, qui a sauvé de l'oubli l'œuvre du P. Gautier et l'a en quelque sorte popularisée parmi nous, longtemps avant qu'un heureux hasard nous eût fait connaître le nom de son auteur.

Malgré quelques défauts qui ne lui ont pas été reprochés sans une certaine exagération, il constitue en somme une bonne copie et reproduit l'original avec trop de fidélité pour que la découverte de celui-ci ait pu en diminuer beaucoup la valeur.

Dans la courte préface placée en tête du premier volume de la *Notice,* le P. Gautier a pris soin de nous donner quelques indications sur le plan de son travail, et sur ses procédés de recherches et de composition, notamment en ce qui concerne la rédaction de l'*Armorial.* Pour nous édifier sur ce point, ce que j'ai de mieux à faire, c'est de lui laisser un instant la parole(1).

« La seconde partie de cet ouvrage renferme les noms des officiers de la Chambre des comptes, leurs armoiries et quelques connoissances sur les familles. J'ai mis à la tête de l'ouvrage un abrégé chronologique des ducs de la première et seconde branche royale de Bourgogne, non précisément parce qu'ils étoient souverains, mais parce que fréquemment ils faisoient l'honneur aux membres de ce tribunal de les présider et de travailler avec eux. »

(1) Tome Ier, p. v et suiv.

« Les chanceliers de Bourgogne étoient réellement membres
du corps de la Chambre des comptes, comme ils l'étoient du Conseil. Ils y tenoient la place et faisoient les fonctions des premiers
présidens ; je n'ai pas cru cependant devoir les confondre avec
ceux-ci, vu la prééminence de leur dignité. Ce qui les concerne
fait la matière du premier chapitre de la seconde partie. Viennent
ensuite, dans autant d'autres chapitres, les premiers présidens,
les présidens, les chevaliers d'honneur, les conseillers maîtres,
les avocats et procureurs généraux, les élus du roi aux Etats
de Bourgogne ; quoi que ces derniers n'entrent jamais et ne
puissent même entrer à la Chambre des comptes que pour leur
réception en leur office, ils sont cependant réellement du corps
de cette Chambre et déclarés tels par arrêt du Conseil. Les greffiers en chef occuppent le dernier chapitre. »

« On peut demander pourquoi je ne parle point ici de M^{rs} les
correcteurs et auditeurs de la Chambre. Je répons que je me
suis borné aux officiers du grand bureau, parce que je n'ai point
voulu me jetter dans une entreprise que naturellement je pouvois
ne pas finir. Cependant, pour suppléer à ce défaut, si c'en est un,
on trouvera à la fin du volume un catalogue de tous ces officiers,
avec les dates de leurs provisions ou réceptions, du moins en
plus grande partie, ce qui pourra beaucoup faciliter l'exécution
de cette dernière partie à qui voudra s'en charger, peut-être à
moy-même si les circonstances le permettent. »

« Malgré les recherches que j'ai faites, je ne puis cependant me
flatter de n'avoir omis aucun officier du grand bureau ; outre les
lacunes qui se rencontrent de tems en tems dans les registres,
je n'ai trouvé aucun officier nouveau depuis 1558 jusqu'à l'an
1570. C'est environ l'espace de douze ans sans mutation, ce qui
paraît comme impossible, vu celles qui sont arrivées devant et
après ces époques ; je n'ai pû y suppléer par aucune voye. » (1)

« Je n'ai point cru qu'il fût indifférent de placer les armoiries à

---

(1) Le P. Gautier n'a pas fait attention que la succession des charges se suit sans interruption
pendant toute cette période et qu'il n'y a par conséquent pas de lacune dans cette partie de
son travail.

la tête ou à la suite de chaque article . Palliot, dans son *Parlement de Bourgogne*, a suivi cette dernière méthode, et par là même a mis une espèce de confusion dans son ouvrage ; chaque fois qu'on ouvre son livre, il en coûte pour chercher à quel article appartiennent les armoiries qu'on a sous les yeux ; son continuateur l'a suivi trop servilement. »

« J'ai donc donné la préférence au plan opposé à celui de Palliot ; chaque feuillet, contenant le *recto* et le *verso*, est destiné à un seul article, soit qu'il ait plus ou moins d'étendue ; j'y trouve plusieurs avantages, et l'on voit du premier coup d'œil que les armoiries placées en tête appartiennent à l'article qui est au-dessous. »

« Pour rendre l'ouvrage plus intéressant, j'ai ajouté à l'article principal, les connoissances que j'ai pû recueillir sur la famille qui donne lieu à l'article ; sur quoi, pour prévenir tout reproche, je dois avertir de la manière dont je me suis conduit dans cette partie. 1° On trouvera un assez grand nombre de familles sur lesquelles je n'ai rien dit ; mon silence est volontaire à l'égard de quelques-unes assez connues par l'histoire et par les mémoires particuliers qui sont entre les mains de tout le monde, tels sont les *Vergy*, les *de Saulx*, les *de Vienne*, les *de Beauffremont* et plusieurs autres ; mais il a été forcé à l'égard des autres pour lesquels je n'ai pû recueillir de mémoires. Je n'ai pû en demander à plusieurs, faute d'être à portée de le faire ; l'éloignement et la difficulté des correspondances s'y sont opposés. D'autres, par trop de modestie, ont négligé de me communiquer les notices qui les concernent et que j'avois pris la liberté de leur demander. »

« 2° L'inégalité d'étendue dans les articles n'a pû dépendre de moi. Les mémoires que j'ai eu en mains, m'ont guidé. Lorsque ces mémoires ont été plus suivis, j'en ai formé une généalogie, mais abrégée, pour ne pas passer les bornes que la nature même de l'ouvrage m'avoit prescrites, c'est-à-dire un feuillet pour chaque article. »

« Lors qu'une famille a donné plusieurs officiers à la Chambre des comptes, j'ai pû et j'ai dû étendre plus ou moins cette généalogie à proportion des mémoires que j'ai eu : alors chaque article concernant cette famille, contient une partie de sa généalogie, et lors que l'espace me l'a permis, j'ai mis en forme de notes ce qui regarde les alliances. A l'égard des autres sur lesquelles je n'ai eu que des mémoires imparfaits et peu suivis, je les ai donnés tels que je les ai eus, observant autant qu'il a été possible l'ordre des dates. Ce sont des espèces de fastes ou notes qui peuvent faire plaisir aux curieux qui font des recherches sur les familles ; ils pourront ajouter à chaque article les connoissances qu'ils ont acquises, ce qui rendra leur exemplaire de cet ouvrage plus complet et plus intéressant. »

« Je sais que quelques-uns demanderont pourquoi je me suis écarté de la méthode de Palliot dans son *Parlement de Bourgogne?* Pourquoi aller au delà ? Je répond d'abord que ce que j'ai dit un peu plus haut a dû prévenir l'objection et la résoud suffisament. Je dis en second lieu que je ne me suis pas si fort écarté de l'ancien Palliot, puisqu'il a mis dans son ouvrage les connoissances généalogiques qu'il a eues sur un nombre de familles et y a même joint des éloges. Si son continuateur eut suivi la même route, son livre eut eu sans contredit un débit plus prompt et plus étendu. J'avoue cependant qu'il a un mérite propre et indépendant des connoissances ultérieures dont il est ici question ; mais ne doit-on pas avouer aussi qu'il seroit plus estimé et plus recherché, si au mérite des dates et des noms, il ajoutoit celui de plusieurs connoissances intéressantes? Je n'en veux d'autres preuves que ces marges chargées d'écriture dans un grand nombre d'exemplaires qui donnent beaucoup de prix aux cabinets où ils se trouvent, et je dois ici l'aveu que la communication de quelques-uns m'a été très utile. Dernière réponse et qui paroit solide : Demande-t-on pourquoi tant d'ouvrages sur les familles? Pourquoi tant de dictionnaires de toute espèce sur la même matière? Non, on les achète, on cherche avec empressement à se les procurer, parce qu'on espère y trouver des connoissances; quoi que détachées les unes des autres et en quelque sorte isolées, et sans rapport entre elles, on les désire et on les saisit avec avidité. Celles que je donne sont non seulement propres et comme nécessaires à l'ouvrage où elles se trouvent, mais la plus part ont des liaisons particulières entre elles. Si je les avois supprimées ne seroit-on pas en droit de demander pourquoi je les ai omises ? »

L'*Armorial* du P. Gautier, tel qu'il a été conçu et exécuté, représente une somme de travail vraiment considérable. Ce n'a pas été une mince besogne, même à une époque où les traditions laborieuses de l'érudition bénédictine n'étaient pas encore éteintes, que de réunir et de grouper les matériaux nécessaires pour l'élaboration de cet énorme volume où le chercheur se trouve en présence d'une liste de 562 officiers et d'autant de notices biographiques et généalogiques, dont un grand nombre établies par degrés de filiation avec tous les développpements que comporte ce genre de travail.

La partie héraldique est presqu'aussi complète, et elle témoigne, comme l'autre, d'une science non moins étendue que scrupuleuse.

Mais cette valeur intrinsèque de l'*Armorial du P. Gautier* n'est pas seule à considérer. Il importe aussi de se rendre compte du rang qu'il occupe dans la série des ouvrages nobiliaires dont notre province a été l'objet.

L'étude de la noblesse bourguignonne n'a guère été abordée jusqu'ici que dans ses généralités, ou bien au contraire par certains côtés tout à fait spéciaux.

Le Parlement de Bourgongne de Pierre Palliot et de ses continuateurs Petitot et Desmarches, n'est autre chose qu'un catalogue de blasons et de noms propres, très intéressant assurément à consulter, mais dont le plan excluait tout développement généalogique tant soit peu étendu. Il en est à peu près de même des familles entrées aux États de la province et des deux publications qui leur ont été consacrées à moins d'un siècle d'intervalle. On remarquera cependant, quoiqu'il ne m'appartienne guère d'en parler ici, que le cadre plus élastique du second de ces ouvrages a permis d'y faire entrer un assez grand nombre de détails sur l'histoire même des familles.

D'autre part il existe un certain nombre de grandes monographies qui constituent une source précieuse de renseignements pour l'histoire nobiliaire de notre province. On peut citer dans cette catégorie l'*Histoire généalogique des ducs de Bourgongne*, d'André du Chesne, celles des *Vergy*, des *Bouton*, des *Clugny*, des *d'Amanzé*, auxquelles restent attachés les noms des Palliot et des d'Hozier et qui font assurément le plus grand honneur à la vieille érudition française.

Quelques-unes de nos grandes races féodales ont aussi trouvé dans l'auteur de l'*Histoire générale et particulière de Bourgogne* un annaliste consciencieux et généralement exact. Les notices généalogiques plus ou moins développées que D. Plancher a publiées dans le second volume de cet ouvrage seront toujours utilement consultées.

Enfin le nombre est assez considérable des généalogies bourguignonnes d'importance et d'étendue variables, qu'on rencontre, soit dans les nobiliaires contemporains, soit dans les grandes publications héraldiques du siècle dernier.

Mais encore une fois, ce ne sont là que des spécialités !

Ce qui fait absolument défaut, c'est un travail d'ensemble sur les familles de notre province. Chose étrange ! Il n'y a pas de *Nobiliaire de Bourgogne !* La Bourgogne attend encore son d'Hozier. On sait que les précieux manuscrits de Palliot qui auraient répondu jusqu'à un certain point à ce *desideratum*, pour les familles d'ancienne race, ont été brûlés au siècle dernier avec la bibliothèque du président de Blaisy où ils étaient déposés. On n'a plus aujourd'hui, du savant imprimeur, qu'un nombre très-considérable, il est vrai, de notes et de généalogies manuscrites, mais qui sont éparses dans de nombreux dépôts et sans lien de coordination qui les réunisse.

Quant aux *Généalogies de Bourgogne* de l'abbé Boullemier (1),

_____

(1) Bibl. de Dijon, fonds Baudot, mss. n° 140, 3 vol. petit in-fol.

le seul travail de ce genre que nous possédions, elles sont restées
inédites. D'ailleurs quoique dressé sur preuves et présentant
comme tel de sérieuses garanties de véracité et d'exactitude,
ce recueil n'est pas complet, et il devrait être sur bien des points
presqu'entièrement refondu.

Comme *Le Parlement de Bourgongne*, comme *La Noblesse aux
Etats*, l'*Armorial de la Chambre des comptes* rentre dans la
catégorie des spécialités nobiliaires. Mais, parmi les familles dont
le P. Gautier a dressé la généalogie, il en est un grand nombre
qui ont fourni des officiers aussi bien au parlement de Dijon et
aux autres corps judiciaires et administratifs de la Bourgogne,
qu'à la Chambre des comptes elle-même, de telle sorte, que
sans sortir des limites de son sujet, on peut dire, en toute
vérité, que l'auteur a passé en revue, d'une façon plus ou moins
complète, près des deux tiers de la noblesse sénatoriale de notre
province. Ce sont autant de familles immatriculées en quelque
sorte dans l'album toujours ouvert de nos illustrations, ou, pour
employer un mot moins ambitieux, s'il était français, de nos
respectabilités locales.

Sans doute un grand nombre de ces familles sont éteintes,
mais il en est peu qui ne se rattachent par un lien plus ou moins
direct, à des noms honorablement portés parmi nous. Que l'oubli
se soit fait pour beaucoup d'entre elles, je le veux bien encore,
mais il en est d'autres, auxquelles l'éclat ou la longue durée de
leurs services ont valu une notoriété qui leur survit. Celles-là
sont entrées, sinon dans le sanctuaire, du moins sous le péristyle
de l'histoire ; leurs noms se retrouvent à chaque page de nos
annales, et, quel que soit le jugement que des esprits non
exempts de certains préjugés à rebours puissent porter de nos
jours sur la valeur des études héraldiques, il faudra bien
admettre qu'il n'est pas sans intérêt, quand on rencontre ces
familles au passage, de pouvoir aisément se renseigner sur leur
origine et sur les détails de leur filiation.

C'est surtout à ce point de vue qu'il faut se placer pour appré-
cier à sa véritable valeur l'*Armorial* du P. Gautier. Parmi les
ouvrages imprimés ou manuscrits dont se compose aujourd'hui

la bibliothèque nobiliaire de notre province, il en est peu qui, pour le nombre, la variété et la sûreté des renseignements puissent entrer sérieusement en balance avec lui.

C'est cet ouvrage, corrigé avec soin, débarrassé de certaines longueurs, continué jusqu'à la Révolution, et complété par l'addition de notices sur certaines catégories d'officiers intentionnellement laissées à l'écart par l'auteur, que je présente aujourd'hui au public.

On me demandera peut-être de préciser davantage et d'indiquer nettement quelles sont, dans la forme définitive donnée à ce travail, les portions qui reviennent au P. Gautier et celles dont il appartient à l'éditeur de revendiquer pour lui seul la responsabilité. Cette exigence est trop légitime pour que je ne me fasse pas un devoir d'y satisfaire.

Le P. Gautier s'est borné, comme il a été dit plus haut, à donner les notices des officiers du grand bureau, laissant à d'autres le soin de compléter cette étude par celle des autres classes d'officiers. De plus, son catalogue s'est brusquement arrêté, par les causes que l'on sait, à l'année 1763. Mon travail complémentaire a donc dû porter, d'une part sur les officiers du grand bureau, dont la réception est postérieure à cette date, de l'autre sur les catégories d'officiers comprises dans les sixième, septième, dixième, treizième, quatorzième et quinzième chapitres, savoir : conseillers correcteurs, clercs et auditeurs, substituts des gens du roi, secrétaires et notaires, trésoriers des chartes et officiers inférieurs.

Un seizième et dernier chapitre est consacré aux officiers du bureau des finances dont les fonctions avaient été formées en grande partie par un démembrement de celles de la Chambre des comptes, qui y prêtaient serment pour la plupart, et jouissaient des mêmes priviléges que les membres de cette compagnie.

Il allait de soi que je devais suivre pour la rédaction de ces chapitres, l'ordre et le plan adoptés par le P. Gautier. Quant aux sources de ce travail complémentaire, elles sont les mêmes, pour les listes d'officiers, à quelque classe qu'ils appartiennent, et sauf quelques additions qui m'ont été fort utiles, que celles dont s'est servi le P. Gautier, et où j'ai moi-même puisé abondamment pour la révision du manuscrit original.

Ce travail de révision a eu un double objet : 1° révision des listes ; 2° révision des notices.

Pour dresser aussi complète que possible la liste des officiers de la Chambre des comptes, il était indispensable de recourir à plusieurs séries de documents dont quelques-uns paraissent avoir échappé aux investigations du P. Gautier.

En première ligne figurent les registres de transcription des édits, déclarations, lettres patentes, provisions d'offices, et autres actes de l'autorité souveraine qui étaient adressés pour l'enregistrement aux officiers de la Chambre des comptes. Cette belle collection se compose de 55 volumes, et comprend une période d'un peu plus de quatre siècles, de 1386 à 1790 (1). Mais il s'y trouve des lacunes. Pour les combler j'ai consulté utilement : 1° le volume connu sous le nom de Registre Rouge (2) où sont rapportées, à partir du 325ᵉ feuillet, les réceptions des officiers supérieurs de la Chambre des comptes et du bureau des finances, de 1597 jusqu'à la Révolution ; 2° un autre registre contenant quelques indications utiles sur la réception de certains officiers au XVᵉ et au commencement du XVIᵉ siècle (3) ; 3° quelques volumes de la collection des minutes d'arrêt de la Chambre des comptes (4) ; 4° les registres spéciaux de la compagnie des procureurs (5) ; 5° enfin les registres de transcription du bureau des finances des années 1654 à 1662, pour lesquelles ceux de la Chambre étaient déjà en déficit du temps du P. Gautier. Il est étonnant que cet érudit n'ait pas songé à s'en servir pour combler les lacunes que ce déficit a laissé subsister dans son travail. La série des registres du bureau des finances est du reste très complète jusqu'en 1776 ; j'y ai naturellement puisé les renseignements nécessaires pour dresser la liste de ses officiers. (6).

(1) *Archives de la Côte-d'Or*, B 15 à B 70.
(2) *Archives de la Côte-d'Or*, B 85.
(3) *Archives de la Côte-d'Or*, B 3.
(4) *Archives de la Côte-d'Or*, B 94 à B 238.
(5) *Archives de la Côte-d'Or*, B 255, ter à sexies.
(6) *Archives de la Côte-d'Or*, C 2084 à C 2136.

Indépendamment des registres, j'ai fait usage pour la période comprise entre l'année 1353 et le premier tiers environ du XVIe siècle, des comptes de la recette générale de Bourgogne et de la recette particulière du bailliage de Dijon, sur lesquelles les gages des officiers des comptes furent successivement assignés. (1) C'est une source d'informations très précieuse pour toute la période ducale, et qui supplée dans bien des cas au silence des registres. Malheureusement il y a aussi un grand nombre de comptes du bailliage en déficit, notamment pour les premières années du XVe siècle.

Enfin pour toute la première moitié du XIVe siècle c'est dans les livres des arrêts de comptes ou réglements des comptables (2) qui précédent la grande série des comptes des receveurs généraux, et dans certains comptes de chatellenies, ou autres pièces comptables, qu'on rencontre çà et là, des indications sommaires sur le personnel des commissions temporaires, qui étaient alors chargées de l'audition des comptes.

C'est en consultant ces documents de diverses natures que j'ai pu retrouver, surtout au XIVe siècle, les noms d'un certain nombre d'officiers qui étaient restés inconnus du P. Gautier, et qu'il m'a même été possible d'en faire remonter la liste jusqu'à l'année 1307, tout en laissant subsister une lacune considérable entre cette date et l'année 1331.

A partir de la fin du XIVe siècle les additions aux listes du P. Gautier sont beaucoup moins nombreuses. Mais par contre j'ai dû leur faire subir quelques retranchements qui ont tous porté sur des noms acceptés par l'auteur, d'après des documents insuffisamment clairs, ou mal interprétés.

J'ai cru devoir aussi, pour lui donner plus d'homogénéité, modifier dans un sens un peu restrictif, la liste des officiers fiscaux

---

(1) Voyez la note 1re de la page 445. On trouve sur ce point quelques renseignements dans les comptes de Dimanche de Vital, receveur général du duché, de 1353 à 1366. A partir de 1477, la recette générale fut de nouveau chargée du payement des gages des officiers des comptes, qui en avait été distrait en 1366. Mais bientôt les receveurs généraux prirent l'habitude de marquer cette dépense en bloc, ce qui supprima une source d'informations intéressantes pour le personnel de la Chambre. Ces comptes sont tous conservés aux *Archives de la Côte-d'Or*, B 1394 et suivants pour la recette générale, et B 4417 *bis* et suivants pour la recette bailliagère du Dijonnais.

(2) *Archives de la Côte-d'Or*, B 1388 à B 1390.

qui occupaient sous les Ducs, près la Chambre des comptes. On
trouvera en leur lieu les motifs de cette modification (1).

Enfin il m'a paru que le P. Gautier avait inutilement amplifié
son travail en consacrant des articles à un certain nombre d'individus qui, pourvus d'offices à la Chambre des comptes, ne s'y
sont pas fait recevoir. Il a de tout temps été de règle dans les
anciennes compagnies judiciaires que la réception seule faisait
l'officier et le mettait en jouissance de ses priviléges et prérogatives. Elle seule, m'a-t-il semblé, peut donc aussi légitimer son
inscription, sur les catalogues de la compagnie. De là quelques
retranchements qui n'ont entraîné du reste aucun sacrifice
regrettable au point de vue de l'intégralité des renseignements
généalogiques. Les noms des officiers pourvus et non reçus figurent
naturellement dans les articles de leurs prédécesseurs et de leurs
successeurs, ce qui permet de suivre sans interruption la succession
des charges, et, quand il y a eu lieu de le faire, les indications
généalogiques les concernant ont été reportées en notes.

On comprendra sans peine que la révision des notices ait
nécessité de ma part un travail plus long et d'une nature plus
délicate que celle des listes d'officiers.

Les recherches de ce genre ne sont pas exemptes de difficultés ;
elles exigent un effort persévérant et ne peuvent être utilement
abordées qu'en y appliquant des vues assez larges et assez
compréhensives pour ne point se heurter à chaque pas contre
l'écueil des susceptibilités vaniteuses. C'est à ce prix seulement
qu'elles perdent quelque chose de leur aridité et finissent par
présenter un véritable intérêt. Deux mobiles m'ont surtout
soutenu au cours de cette étude : le désir d'être exact et celui
de contribuer dans la modeste limite de mes forces à élucider
l'histoire nobiliaire de notre province.

Les notices du P. Gautier sont généralement bien faites et
consciencieusement rédigées. On y rencontre peu de traces de
cet esprit de complaisance qui a été si justement reproché à un
grand nombre d'auteurs héraldiques. Mais elles ne sont pas

_____

(1) Voyez pages 354, note 1, et 384, note 1.

exemptes d'erreurs. Je me suis appliqué à les rectifier au moyen
des documents nombreux et variés qui étaient à ma disposition. Il
en est peu auxquelles j'aie dû faire subir des retranchements
notables ; beaucoup d'autres au contraire ont été considérablement
augmentées, ou remaniées de fond en comble, et l'on en trouvera
enfin d'absolument nouvelles, même dans les chapitres consacrés
aux officiers du grand bureau.

C'est au riche dépôt des archives de la Côte-d'Or que j'ai
surtout emprunté les matériaux nécessaires, aussi bien pour la
révision des anciennes notices, que pour la rédaction des nouvelles. Parmi les documents consultés, je dois citer en premier
lieu la grande collection des *Recueils de Bourgogne* de l'archiviste Peincedé et les deux volumes des *Preuves de noblesse* faites
pour l'entrée aux Etats de la province de 1679 à 1787 (1).

J'ai aussi compulsé avec fruit les registres de l'état civil de
Dijon et les nombreux ouvrages nobiliaires imprimés et manuscrits qui font partie de la bibliothèque publique de la même
ville. Parmi ces derniers, il suffira de mentionner les *Recherches
de la Noblesse de Bourgogne* par l'intendant Bouchu (1669) (2),
les *Généalogies* inédites de l'abbé Boullemier, dont il a été question plus haut (3), et les *Mémoires généalogiques* de P. Palliot (4).

Ce travail de refonte a modifié d'une manière trop sensible
l'œuvre du P. Gautier, pour qu'il m'ait été possible de suivre
rigoureusement l'ordre qu'il s'était imposé pour l'inscription de
ses notices, ni surtout d'indiquer par des combinaisons typogra-
phiques ce qui a été conservé du texte primitif. J'aurais eu d'autant
plus de peine à donner cette indication qu'il m'a paru indispensable
de simplifier ce texte dans bien des cas, et même d'y supprimer
constamment certaines formules qui l'allongeaient inutilement.
Quiconque, après avoir parcouru ce volume, voudra bien se

---

(1) *Archives de la Côte-d'Or*, 2 vol. in-fol., C 3037 et 3038.
(2) 3 vol. in-fol., Bibl. de Dijon, mss. fonds Baudot, no 13.
(3) Voy. p. XXIX.
(4) 2 vol. in-fol., Bibl. de Dijon, mss. no 481. Une plus longue énumération serait fastidieuse
et sans réel intérêt. Je puis cependant citer l'exemplaire que je possède du *Parlement de Bourgogne* de Palliot et de son continuateur Petitot. Cet exemplaire provient de la bibliothèque de
Jean-Baptiste-Claude Suremain de Flamerans, conseiller au Parlement de Bourgogne, qui l'a en-
richi d'un grand nombre de notes généalogiques, et d'un supplément rempli de détails curieux
et en partie inédits. On y trouve aussi quelques notes de la main de Petitot.

reporter au manuscrit original, me rendra, je l'espère, cette justice, que rien de réellement intéressant n'en a été enlevé.

Nous avons vu plus haut que l'*Armorial* du P. Gautier se composait de neuf chapitres ; dans sa forme actuelle il en comprend seize entre lesquels sont réparties les notices plus ou moins développées de plus de 1400 officiers.

Je ne veux pas aborder la seconde partie de cet avant-propos, sans m'acquitter d'un devoir de reconnaissance envers M. le comte Sixte et M. le vicomte Raoul de Saint-Seine, qui ont bien voulu faciliter singulièrement ma tâche, en me confiant, à diverses reprises, le précieux manuscrit de leur bibliothèque. Ces Messieurs me permettront de leur offrir ici l'expression publique de ma vive gratitude.

Je dois aussi tous mes remerciements aux artistes habiles dont le crayon et le burin, employés à la reproduction d'une importante série de blasons imprimés dans le texte, contribueront puissamment, je n'en saurais douter, au succès de cette œuvre (1).

II

Ma première pensée avait été de donner, en tête de l'*Armorial* du P. Gautier, sous forme d'introduction historique, un résumé suffisamment étendu de la partie de son ouvrage qui est plus spécialement connue sous le titre de *Notice de la Chambre des comptes*. J'ai dû bientôt renoncer à ce projet. Voici pourquoi.

La résolution de rédiger cette *Notice* n'est entrée que très tardivement dans l'esprit de son auteur. Comme il nous l'apprend lui-même dans sa préface, le P. Gautier n'avait eu d'abord en vue que la réimpression du Traité d'Hector Joly. Il lui semblait que cet ouvrage, par cela même qu'il avait pour auteur un officier de la Chambre des comptes « devoit être plus agréable à sa compagnie que celui d'un étranger », qu'étant « membre du corps » et certainement plus en état qu'un autre « d'avoir des connoissances relatives à son entreprise », Hector Joly n'avait rien dû laisser à désirer sur

---

(1) Les blasons ont été gravés par MM. Berveiller, de Paris, et Montigaud, de Dijon. Les dessins sont en partie de M. Chappuis de cette dernière ville.

ce point, et que son livre avait d'ailleurs été reçu dans le temps avec trop d'applaudissements pour qu'on n'y dût pas trouver un sûr garant de son mérite.

Cependant des lectures réitérées de cet ouvrage ne lui ayant laissé que des idées vagues et confuses, le P. Gautier reconnut aisément qu'il ne fallait en accuser « que le défaut d'ordre et la multiplicité des épisodes dans lesquels les faits intéressans se trouvent noyés », reproche, ajoute-t-il, non sans raison, comme je l'ai indiqué moi-même, « qui tombe bien moins sur l'auteur, homme de beaucoup d'esprit et très-cultivé, que sur le siècle où il a écrit et dont il a suivi le goût » (1).

De là, pour le P. Gautier, l'idée de refondre en quelque sorte le travail de son prédécesseur, en « faisant usage des nouvelles connoissances » qu'il s'était procurées en relevant dans les registres de la Chambre des comptes un certain nombre de faits intéressants sur lesquels Hector Joly avait passé trop légèrement ou qu'il n'avait pas même indiqués.

Toutefois le P. Gautier, avec cette parfaite modestie qui était un des traits de son caractère, prend soin de nous prévenir que ce qu'il a voulu donner au public, c'est une simple notice et non pas une histoire de la Chambre des comptes. Il sentait trop bien, ajoute-t-il, en commençant cette notice, que son âge et ses infirmités ne lui « permettoient guères un travail plus important ». Il a donc dû se borner, tout en considérant que cette sorte d'ébauche serait néanmoins très utile, si elle pouvait engager à quelque érudit patient à entreprendre une histoire complète, pour laquelle il lui faudrait s'armer de courage, et ne se pas laisser rebuter par la perspective de longues années employées au dépouillement du trésor des chartes.

Ce que renferme son travail, le P. Gautier nous prévient qu'il l'a tiré uniquement des registres qui se conservaient de son temps au syndicat de la Chambre des comptes « pour les avoir toujours sous la main dans le besoin » (2). Toutes les fois que les faits sont

(1) Tome Ier, p. 1 et 2. — Le P. Gautier ajoute que de son temps, le *Traité* d'Hector Joly était encore très recherché, puisque dans une vente faite à Paris en 1760, il avait été vendu 24 livres.

(2) Cette indication s'applique spécialement à la série des registres de transcriptions dont il a été question plus haut.

3

tirés d'ailleurs, l'auteur a pris soin de citer les sources où il a puisé ; tels sont les registres de la ville et des Etats-Généraux, et les *Mémoires pour servir à l'histoire de France et de Bourgogne*, recueil bien connu auquel le P. Gautier, pour le dire en passant, reproche avec une certaine exagération et même très faussement sur un point important (1), des inexactitudes dans l'orthographe et la transcription des noms propres (2).

Le P. Gautier a eu aussi à sa disposition quelques extraits des comptes des anciens receveurs qui lui étaient tombés par hasard entre les mains, ce qui lui fit beaucoup regretter, — chose étrange et à peine croyable, s'il ne nous l'eût appris lui-même — « de n'avoir pu avoir communication de ces pièces ! » — Il est vrai que le P. Gautier n'a pas pénétré davantage dans le trésor des chartes, soit volontairement, soit peut-être que les portes lui en eussent été aussi libéralement fermées. Et pourtant il y avait alors à la Chambre des comptes deux officiers qui lui tenaient de bien près par les liens du sang, nous le savons déjà, un frère et un neveu.

Quelle n'était donc pas l'extrême vigilance de ces impitoyables gardiens du trésor qu'on appelait alors les gens des comptes !

Que *la Notice de la Chambre des comptes* soit une œuvre de beaucoup supérieure au *Traité* d'Hector Joly, c'est un point sur lequel il n'y a pas de contestation possible. Mais elle n'a pas rien que ce seul mérite de comparaison.

Trop éclairé sur les graves défauts qu'il signale avec raison dans le travail de son devancier, le P. Gautier s'est appliqué surtout à mettre de l'ordre dans la disposition des matières, et il y a parfaitement réussi. De plus il a écarté de son livre la plupart de ces digressions oiseuses, de ces *épisodes*, comme il les appelle, qui, dans le *Traité* d'Hector Joly, déroutent à chaque instant l'attention du lecteur, soit qu'il les ait complètement supprimés, ou qu'on les trouve relégués en note, pour ceux qui présentaient un certain intérêt.

---

(1) Voyez à cet égard la note de la page 119, à l'article de Guy de Bray.
(2) Les *Mémoires* publiés en 1729 par La Barre, contiennent des listes assez complètes des officiers des comptes sous les ducs Philippe le Hardi, Jean sans Peur et Charles le Téméraire. Le P. Gautier s'en est beaucoup servi.

Le P. Gautier est à peu près complet et très suffisamment exact sur tout ce qui concerne l'établissement et les confirmations successives de la Chambre des comptes, sa composition au siècle dernier, les accroissements et changements qui s'y sont produits depuis son origine par suite des créations et des suppressions d'offices.

L'auteur passe successivement en revue les différentes catégories d'officiers et il ne néglige rien de ce qu'il était important de dire sur chacune d'elles. Les principaux règlements de la Chambre sur sa police intérieure et l'ordre du service sont analysés ou même parfois reproduits entièrement avec une grande fidélité. Je n'aurais rien non plus de sérieux à reprendre quant au fond, sur tout ce qui est relatif à ses attributions, à son autorité, à l'étendue de sa juridiction, aux privilèges et prérogatives de ses membres, si l'auteur ne se fût appliqué, sur tous ces points, avec une persistance incroyable, et souvent, quoique sans le vouloir, j'aime à le penser, aux dépens de la vérité historique, à exagérer ces prérogatives, à dénaturer le sens des règlements qui fixaient les rapports de la Chambre avec les autres corps judiciaires, à forcer enfin la note des traditions les plus constantes dans le seul but de prendre plus chaudement les intérêts et de mieux relever l'éclat d'une compagnie dont il avait entrepris, non pas même d'écrire l'histoire, mais de nous laisser simplement la silhouette ! Etrange identification d'un auteur avec le sujet qu'il affectionne ! Tyrannie non moins étrange de l'esprit de corps qui s'impose, pour ainsi dire à distance, sous le couvert des liens de famille, à ceux-là même qui, par profession et rectitude naturelle d'esprit, paraîtraient le mieux en état de ne s'en pas rendre les esclaves !

Le défaut que je relève ici est grave assurément. Il y en a de plus sérieux encore à reprocher au P. Gautier. Tant qu'il appuie son travail sur les documents tirés des registres de la Chambre, sauf bien entendu le cas qui vient d'être indiqué, on peut le suivre en toute sécurité. Cette base vient-elle à lui manquer, le voilà livré absolument à l'aventure. On lui passerait d'être nul sur les origines de la Chambre des comptes, puisqu'il n'avait pas à sa disposition de documents précis touchant ces époques reculées. Mais peut-on tolérer, le sens critique s'étant certainement aiguisé

depuis lors, qu'à la suite de Joly, il fasse remonter cette cou
souveraine jusqu'aux premiers temps de la monarchie ?

Cette prétention étonnante s'appuie uniquement sur le doubl
motif que les personnats ou dignitaires de la Sainte Chapelle
créés en 1214 par le duc Eudes III, prêtaient serment à la Chambr
des comptes, et qu'on y conservait les titres de fondation de
l'abbaye de Saint-Jean de Réôme, avec les monogrammes de Clovi
et de Clotaire, rois des Francs, comme s'il n'était pas certain
d'une part que les vassaux laïques et ecclésiastiques de Bourgogn
ont commencé très tardivement à porter leur hommage au
officiers des comptes, de l'autre qu'avant le milieu du XVe siècl
la garde des archives ducales ne leur était pas confiée ?

Il y a aussi pour démontrer la haute antiquité et la prééminence
d'origine de la Chambre des comptes de Dijon, ce merveilleu
argument, emprunté par le P. Gautier à deux auteurs contemporains (1) et que je réduis à sa forme purement syllogistique :
les princes ayant eu de tous temps des revenus, force leur étai
bien d'avoir des préposés pour les recouvrer et des officiers de
confiance pour en vérifier les comptes. Or, la monarchie des Bur
gondes étant plus ancienne que la monarchie des Francs, la
Chambre des comptes de Dijon est la plus ancienne du royaume

Le P. Gautier était sérieusement persuadé que s'il lui eût été
possible d'examiner ou même de parcourir seulement le trésor
des chartes, il n'eût pas manqué d'y rencontrer des documents
prouvant avec toute évidence que cette compagnie remontai
jusqu'aux premiers rois de Bourgogne !

Autre chose encore. Le cinquième chapitre de la *Notice* contien
d'importants renseignements sur les fonctions des officiers du
grand bureau relativement à la juridiction des greniers à sel, au
monnaies, à la régale, aux fortifications et gens de guerre, à l
gruerie, à l'enregistrement des lettres d'amortissement, confiscations, provisions et autres, aux reprises de fiefs, aux aides etc.
etc., mais très peu de chose sur l'administration ou juridiction
économique du domaine qui faisait cependant sous les ducs, une

---

(1) *Lettres historiques*, 1754, et *Dissertation historique et critique sur la Chambre des comptes* de
Paris, 1765.

des principales occupations des gens des comptes, et rien, mais absolument rien sur ce qui a constitué de tous temps la première et la plus importante de leurs fonctions, rien sur la forme et la vérification des comptes, rien sur les officiers comptables, ni sur le gouvernement et la direction des finances, rien enfin sur ce vaste ensemble de recettes et de dépenses qui venaient toutes aboutir aux *gettoirs* des gens des comptes.

Et puis, sans même sortir du plan évidemment trop étroit adopté par l'auteur, c'est en vain qu'on cherche dans son livre le mouvement et la vie. Le style est sobre et suffisamment châtié, mais sans relief et sans éclat. J'ai vécu longtemps au milieu de ces gens des comptes, moitié nobles, moitié bourgeois, administrateurs autant que magistrats, qui ont occupé pendant tant de siècles une place considérable dans le mouvement officiel et le plus apparent de notre histoire provinciale. J'espérais trouver dans le livre du P. Gautier le souvenir animé de ce passé et comme la marque vivante de leur laborieuse existence. Erreur! Dès les premières pages cette attente est déçue, et il en va ainsi jusqu'à la fin du volume.

Enfin, s'il est vrai que, dans les études historiques, c'est moins encore le ton du récit que le point de vue de l'observateur qui doit changer avec le temps, ne doit-on pas convenir que cette réflexion s'applique surtout à l'histoire des institutions? A cet égard l'évolution pour la *Notice de la Chambre des comptes* devrait être du tout au tout. Impossible de publier ce travail dans la forme que lui a donnée le P. Gautier.

Aurait-on pu du moins le condenser en un résumé assez substantiel pour servir utilement de préface à l'*Armorial?* Je l'ai cru un instant; mais courte a été l'illusion. A si bien faire que d'étudier la Chambre des comptes de Dijon et le système financier de nos anciens ducs, il importe de donner à ce travail les développements nécessaires ou de ne s'en pas mêler. Le cadre d'une préface eût été trop étroit pour un si vaste tableau!

Il y aurait donc certainement plus et mieux à dire sur la Chambre des comptes de Dijon que ne l'a fait le P. Gautier. Mais c'est là une entreprise pleine de périls et de lenteurs, exigeant beaucoup de lectures et des recherches immenses. Puis-je avouer, dès aujourd'hui, que cette œuvre m'a tenté et que je m'y applique depuis de longues années avec une persévérance dont je voudrais bien n'être pas le seul à me savoir gré le jour où je serai enfin en mesure de la donner au public.

Remontant aux plus lointaines origines de la Chambre des comptes, j'aimerais, non pas sans doute à rattacher cette compagnie, avec Hector Joly et le P. Gautier, au berceau même de la monarchie des Burgondes, mais à en montrer les commencements beaucoup plus modestes dans ces commissions temporaires que nos ducs chargeaient anciennement, à des intervalles irréguliers, de vérifier les comptes de leurs receveurs et de leurs châtelains.

Ces commissions fonctionnaient sans doute à une époque plus ancienne, mais l'existence n'en est authentiquement établie que depuis le commencement du XIVᵉ siècle.

Cet humble début devait avoir des suites considérables.

En 1357, sous la régence de la reine Jeanne de Boulogne, il y eut une première tentative d'organisation grâce à l'influence passagère du pouvoir central qui, depuis la mort du duc Eudes IV, avait pris pied en Bourgogne ; mais les temps étaient alors trop troublés pour qu'il pût rien sortir de stable de cette entreprise prématurée.

Il est vrai qu'à partir de cette époque on constate un ordre plus parfait dans la succession des gens des comptes, dans l'exercice de leurs fonctions et dans la jouissance de leurs droits qui leur furent expressément confirmés par le roi Jean lorsqu'il vint prendre possession du duché de Bourgogne, après la mort de Philippe de Rouvres en 1361.

Ce ne fut toutefois que vingt-cinq ans plus tard, en 1386, que la Chambre des comptes fut définitivement constituée. A cet effet, le roi Charles VI, sur la demande du duc Philippe le Hardi, lui envoya deux de ses officiers des comptes, Jean Cretey et Oudart de Trigny, pour établir, dans la Chambre de Dijon, les mêmes us, style, ordonnances et serments que dans celle de Paris. Le règlement, rédigé par les deux délégués royaux, avec le concours du chancelier de Bourgogne et des gens du conseil ducal, fut présenté à la signature du duc le 11 juillet de la même année.

Le nombre des officiers des comptes a varié assez souvent sous les ducs de la branche des Valois. Il était ordinairement de quatre maîtres des comptes qui furent autorisés, en 1400, à prendre le titre de conseillers du duc, et de quatre clercs, — il n'y en avait qu'un seul dans le principe, — qui assistaient les maîtres dans l'exercice de leurs charges et remplissaient spécialement près d'eux les fonctions de greffiers.

En 1406 et 1407 deux de ces derniers officiers furent en outre revêtus du titre d'auditeurs, ce qui leur donna le droit de vaquer à l'audition des comptes avec les conseillers maîtres, seuls chargés précédemment de cette fonction.

Indépendamment des quatre maîtres ordinaires et des clercs et auditeurs qui les assistaient, l'usage s'introduisit bientôt de faire entrer à la Chambre des officiers surnuméraires sous le titre de maîtres et de clercs *aux honneurs*. Ces officiers ne touchaient point de gages, mais ils jouissaient des mêmes honneurs, privilèges et prérogatives que les officiers ordinaires ; ils travaillaient avec eux et se formaient ainsi aux styles et usages de la compagnie, avec l'expectative ou survivance des offices qui venaient à vaquer.

Il y eut aussi, pendant assez longtemps, des maîtres et des clercs *extraordinaires* qui différaient des officiers *aux honneurs* en ce qu'ils touchaient des gages, moindres à la vérité que ceux des officiers ordinaires, et qu'on leur confiait habituellement certaines besognes spéciales. C'est ainsi que les maîtres *extraordinaires* devaient être gradués à une époque où cela n'était pas encore exigé des maîtres ordinaires, parce qu'ils servaient seulement de conseils pour les affaires contentieuses et rapportaient les procès, sans qu'il leur fût permis de s'entremettre de la reddition d'aucuns comptes. C'est ce qui fut expressément déclaré à la réception de Claude Brigandet, en 1576, sans cependant que cette déclaration doive être, croyons-nous, prise trop à la lettre pour une époque plus ancienne.

Par la suite, ces deux catégories d'officiers furent successivement supprimées ; les officiers *aux honneurs* disparurent les premiers, et au siècle dernier il n'y avait plus depuis longtemps, à la Chambre de Dijon, que des officiers ordinaires.

Sous les ducs, le chancelier avait de droit la présidence de la

Chambre. En son absence, c'était un des maîtres, ordinairement le plus ancien, qui présidait, sous le titre de premier maître, et plus tard de président. Enfin c'étaient ordinairement les officiers fiscaux du bailliage de Dijon qui représentaient à la Chambre les intérêts du duc lorsqu'il y avait lieu.

Telle a été presque constamment la composition de la Chambre des comptes de Dijon pendant la plus grande partie du XV° siècle.

Toutefois cette vue d'ensemble et de surface, pour ainsi dire, sur le personnel de cette compagnie, même avec tous les développements qu'elle comporte, ne peut suffire à l'historien. Il veut aller au fond des choses, et il y aurait sans doute quelque intérêt à le suivre dans les recherches patientes où son goût va le conduire. On aimerait à pénétrer avec lui dans ce pourpris de la Chambre des comptes, dont la première installation remonte à la seconde moitié du XIV° siècle, et dont l'enceinte était assez vaste pour qu'après la réunion du duché à la couronne, le parlement pût, sans troubler l'ordre du service, y venir fixer son séjour.

Après être entrés dans la longue galerie où se tenait le portier avec injonction de n'en ouvrir l'huis qu'à bon escient, et non sans s'être bien assuré, par le guichet, de la qualité des visiteurs, il ne nous serait pas difficile de nous rendre successivement dans les divers bureaux où, dès l'aube et jusqu'au soir, sauf les jours fériés, maîtres et auditeurs *gectoient* scrupuleusement les deniers des comptes. Nous prendrions ainsi en passant une idée de leur façon de procéder et des règles de comptabilité imposées par les ordonnances pour la gestion des receveurs. Un coup d'œil rapide sur les rayons où s'alignent les comptes vérifiés, et sur les *aulmaires* où se pressent les livres et les registres courants, nous préparerait à pénétrer dans la grande tour du trésor où, depuis le XV° siècle, étaient précieusement conservés les titres du domaine.

Certains comptes de bailliages, ceux de la menue dépense, et d'autres documents de diverses sortes nous aideraient à reconstituer le mobilier des différentes salles, et nous initieraient en outre, dans une certaine mesure, aux détails de la vie collective de leurs hôtes.

Dans la chapelle, nous nous rappellerions que le duc Charles, qui l'avait fondée, y était représenté sur une vitre, armé de pied en cap, et nous saluerions en passant les vingt-quatre blasons des seigneuries souveraines de nos ducs, qui en décoraient la voûte, comme un témoignage de leur puissance.

Enfin, cette tournée terminée, si nous rentrions au grand bureau où siègent les conseillers maîtres revêtus de leurs robes de damas violet, nous y rétablirions par la pensée les merveilleuses sculptures, aujourd'hui déplacées, dont le ciseau d'un artiste éminent devait, deux siècles plus tard, en décorer le plafond.

Abordant ensuite l'étude des vieilles institutions du pays, nous montrerions la Chambre des comptes investie, du temps des ducs, de pouvoirs très étendus quoiqu'assez mal définis sur un grand nombre de matières dont elle connaissait soit seule, soit avec le concours des gens du conseil ou des élus des trois ordres, soit enfin par l'intermédiaire des officiers inférieurs, baillis, châtelains, gruyers, grenetiers, etc., etc., sur lesquels elle avait autorité.

C'est ainsi qu'indépendamment de l'audition des comptes et de la juridiction sur tous les comptables de son ressort, elle avait encore dans ses attributions : la vérification et la mise à exécution de toutes les ordonnances concernant les finances et le domaine, — l'entérinement de toutes lettres de dons, pensions, anoblissements, légitimations, amortissements, lettres de retenue ou de provisions de tous les officiers aux gages du prince, — prestation de serment de tous ceux qui s'entremettaient à un titre quelconque du maniement des deniers du duc ou de la gestion de ses revenus, — jugement des échoites, deshérences, aubaines, bâtardises, — juridiction économique et contentieuse du domaine, — connaissance plus ou moins étendue des matières de gruerie, des monnaies, gabelles, aides tant ordinaires qu'extraordinaires, etc., etc. Les gens des comptes ordonnaient encore les travaux de construction et de réparation des bâtiments du domaine, visitaient les châteaux et forteresses dont l'entretien leur était confié, veillaient à l'exécution des ordonnances sur les gens d'armes, à la garde de l'artillerie, à la conservation et à la distribution des munitions de guerre.

Comme conseillers de monseigneur le duc, les maîtres des comptes avaient entrée dans tous ses conseils, et ils étaient même souvent appelés à son logis lorsqu'il y tenait le conseil privé. Enfin,

dans toutes les circonstantes importantes, le duc ne manquait pa
soit de consulter les gens des comptes, soit de les prévenir des ré
solutions qu'il avait prises pour les faire concourir à leur exécu
tion, et il ordonnait d'habitude, en son absence, au gouverneu
du duché de prendre leur avis sur toutes les affaires concernant l
garde et le bien du pays.

On peut dire en toute vérité, qu'à cette époque rien ne se faisa
dans les deux Bourgognes et dans les comtés et pays annexés, d
ressort de la Chambre, touchant les finances, la gestion des bien
domaniaux, l'administration générale du pays, voire même la poli
tique et la guerre, sans la participation plus ou moins directe, plu
ou moins effective des gens des comptes.

Avec la réunion du duché à la couronne, une ère nouvelle com
mence pour la Chambre des comptes. Ses attributions, très éten
dues, mais par cela même assez mal limitées sous les ducs, tenden
à se fixer; sa juridiction se régularise; de nouveaux règlement
confirment ou modifient sur certains points ses anciens usages; o
s'efforce de mettre plus d'ordre dans la marche de ses travaux
enfin son personnel se complète, soit par la multiplication de
anciennes charges de maîtres et d'auditeurs, dont les droits e
privilèges avaient été expressément confirmés par Louis XI, aprè
la réunion du duché à la couronne, soit par la création de nou
velles catégories d'officiers aussi bien destinés à rehausser l'éclat d
la compagnie qu'à procurer une plus prompte expédition des affaires

Cette longue série de créations d'offices commence par celle
d'un procureur du roi en 1497/8 et d'un avocat du roi en 1521
L'année suivante (1521/2) Thierry Dornes fut pourvu de celui d
président pour remplir les fonctions que l'usage avait jusqu'alor
réservées au chancelier et au doyen des conseillers maîtres. Lé
édits de création des autres présidents sont de dates plus récentes
de même que ceux qui instituèrent successivement, au XVIe et a
XVIIe siècle, plusieurs offices de greffiers et de correcteurs, u
garde des livres, un contrôleur des restes, des notaires et secré
taires et d'autres encore dont on trouvera l'indication dans la suit
de ce travail.

Il y eut aussi, mais tardivement, des créations spéciales pou les chevaliers d'honneur. Ces officiers tenaient auparavant dans la compagnie le même rang qu'y avaient longtemps occupé les chambellans des anciens ducs.

Il ne faudrait pas croire, cependant, que la main mise de la monarchie sur le duché de Bourgogne n'ait eu que des suites favorables pour la Chambre des comptes. Elle ne devait pas tarder, en effet, à prendre un singulier ombrage de l'établissement d'une cour souveraine de justice, sa rivale nécessaire, et bientôt dominante, dans une ville où, avec les gens du conseil, elle avait jusqu'alors tenu sans conteste le premier rang.

L'antagonisme du parlement et de la Chambre des comptes éclata dès la fin du XVe siècle, pour se perpétuer, avec des alternatives de trèves plus ou moins bien assises, et d'hostilités franchement déclarées, jusqu'au commencement du siècle dernier, de telle sorte que les derniers échos n'en étaient pas encore complètement éteints lorsque les deux compagnies vinrent sombrer côte à côte dans la tempête qui devait emporter du même coup la vieille monarchie française.

Ces conflits interminables et soutenus de part et d'autre avec une égale âpreté avaient souvent pour cause de simples querelles de préséance. Mais quelquefois aussi il s'agissait de débats infiniment plus sérieux.

Pendant longtemps ils furent provoqués par les empiètements réciproques des deux compagnies sur la juridiction du domaine et des aides, dont les règlements les mieux combinés en apparence étaient demeurés impuissants à faire entre elles une équitable et surtout une claire répartition.

Le plus ancien de ces règlements, intervenu à la suite de débats dès lors très orageux, date du commencement du XVIe siècle. Il fut depuis interprété dans un sens très favorable au parlement par une déclaration royale du 7 mai 1519, dont la Chambre s'obstina longtemps à méconnaître l'autorité.

Suspendues un instant pendant les troubles de la Ligue, ces hostilités ne tardèrent pas à renaître après la pacification de la province, et il semble que le grand règlement de 1604, sollicité par les deux compagnies avec d'égales instances, sinon avec une parfaite conformité d'intentions, n'ait fait que leur donner un nouvel aliment.

On sait qu'à la suite de nouveaux orages plus violents que tout ce qu'on avait vu jusqu'alors, la situation étant devenue absolument intolérable, le roi se décida, en 1626, à attribuer à la Chambre des comptes la complète et souveraine juridiction des aides, et que, peu de temps après, pour éloigner cette compagnie du parlement, son rival humilié, et par là même d'autant plus ombrageux, il lui assigna Autun pour résidence. Mais cet état de choses dura peu.

Chassée d'Autun par la peste, la Chambre, après un court séjour à Saulieu, puis à Beaune, où elle s'installa vers la fin de juin 1629, fut rappelée à Dijon et y tint sa première séance le 3 juillet de l'année suivante. Dans l'intervalle, à la suite des troubles provoqués à Dijon par la tentative qu'avait faite le ministère d'introduire en Bourgogne le régime des élections, le parlement, rentré en grâce, avait reçu à son tour, et d'une manière définitive cette fois, l'attribution de la juridiction souveraine des aides.

La Chambre des comptes refusa quelque temps d'enregistrer l'édit qui la dépouillait ainsi d'une partie importante de ses attributions ; mais cette résistance fut brisée par le prince de Condé qui entreprit avec zèle de réconcilier les deux compagnies et les fit enfin consentir à accepter un règlement d'attributions et de préséance dont les articles furent signés le 18 janvier 1633.

Est-ce à dire que cette réconciliation ait été absolument sincère et sans retour d'hostilités de part et d'autre? Nullement. Toutefois, à part quelques épisodes burlesques dont les mémoires du temps nous ont gardé le souvenir, et certaines discussions de divers genres apaisées tant bien que mal par des arrêts du conseil, il est juste de reconnaître que ces débats perdirent beaucoup de leur ancien caractère d'acuité pendant tout le reste du XVIIe siècle.

Ils n'étaient pas, du reste, les seuls qui agitassent l'esprit des officiers des comptes. Dans l'intervalle de ses luttes avec le parlement, la Chambre des comptes vit souvent s'allumer dans son propre sein les brandons de discorde, et il ne fallait rien moins alors que toute la sévérité des arrêts disciplinaires pour rétablir l'harmonie, soit entre des collègues désunis, soit le plus souvent entre les différentes classes ou catégories d'officiers.

Enfin c'était souvent aussi sur d'autres terrains que la lutte s'engageait ; et il n'est pas rare, en parcourant leurs registres, de trouver les gens des comptes aux prises soit avec les élus des Etats, soit avec les trésoriers du bureau des finances.

Les attributions respectives du parlement, de la Chambre des comptes et du bureau des trésoriers furent enfin réglées par un arrêt du conseil du 7 août 1727, qui ôta, ou à peu près, tout prétexte sérieux à de nouveaux conflits. A partir de ce temps, le calme se fait aux abords du palais ; c'est à peine si de temps à autre on se livre en passant quelque légère escarmouche, et les gens des comptes, dégagés enfin de cet esprit de contention et de lutte qui les avait si longtemps animés, s'appliquent uniquement à l'exercice des fonctions, très restreintes à la vérité, mais du moins bien délimitées, dont ils étaient restés dépositaires.

Il y avait longtemps que la Chambre des comptes ne connaissait plus des monnaies ni des grueries, et elle avait été dépouillée peu à peu de la juridiction tant économique que contentieuse du domaine, ainsi que de celle des aides et des greniers à sel, sous réserve pour ceux-ci de la réception des officiers. C'est entre la cour des monnaies de Paris, les officiers des maîtrises et de la table de marbre, le bureau des trésoriers généraux de France et le parlement, que ces diverses matières avaient été réparties. Il en faut cependant excepter le contentieux du domaine et des aides dont la Chambre n'avait jamais connu qu'à charge d'appel et qui resta définitivement attribué soit aux juges ordinaires, soit aux juridictions spéciales des greniers à sel et de la chambre du domaine.

Par suite de l'aliénation presque complète de l'ancien domaine si considérable sous les ducs, la Chambre avait aussi perdu l'audition des comptes des châtellenies et des recettes bailliagères dont l'examen extraordinairement minutieux, par suite de l'extrême multiplicité des recettes et de la grande diversité de leur nature, devait anciennement absorber une grande partie de son temps. Il suffisait, au dernier siècle, d'un seul receveur des domaines et bois pour le payement des dépenses assignées sur le domaine, et la recette de toutes les parties qui n'étaient pas comprises dans les fermes du roi.

Il est vrai que, par une sorte de compensation, les gens des comptes avaient reçu un surcroît de besogne par suite de l'établissement des recettes particulières des impôts qui avaient pris une grande importance depuis le temps des ducs, et de la trésorerie générale des États qui les centralisait. Elle vérifiait aussi les comptes d'octrois des villes, ceux du receveur général de Bourgogne, qui payait les gages de ses officiers, et enfin ceux de plusieurs autres comptables qu'il serait superflu d'indiquer ici.

Ses pouvoirs étaient d'ailleurs restés les mêmes relativement à la vérification des édits et des déclarations royales concernant le domaine et les finances, lettres de noblesse, de naturalité et de légitimation, érections de terres en marquisats, comtés, etc., etc., droits de péages, concessions de privilèges, foires ou marchés, provisions des gouverneurs et de tous les officiers aux gages du roi, sauf ceux du parlement qui avaient été dispensés de cette formalité.

Enfin, c'est devant elle que, depuis le commencement du XVIᵉ siècle, les vassaux du duché, comtes, marquis, barons et autres, venaient présenter leurs devoirs de fiefs, à l'exception de certains grands dignitaires, officiers de la couronne et de la maison du roi ou autres, résidant à Paris, qui étaient autorisés à reprendre de fief entre les mains du chancelier.

Elle conservait dans ses archives les aveux et dénombrements fournis dans les délais de la coutume, et connaissait même, dans certains cas prévus par l'arrêt du conseil du 7 août 1727, des commises et saisies féodales opérées à la requête de son procureur général.

Honorée quelquefois de la visite du souverain, réglée à l'instar de la Chambre de Paris, comme les documents officiels le déclarent sans cesse, et tenant le second rang parmi toutes celles du royaume, la Chambre des comptes de Dijon jouissait, dès le temps des ducs, d'exemptions et de privilèges considérables tous confirmés ou même amplifiés par les rois leurs successeurs. Le roi François Iᵉʳ, dans ses lettres de confirmation, données en 1527, ordonne expressément que ses officiers soient tenus francs et exempts, comme ceux de Paris, de tous impôts, aides, subsides, gabelles, gets, marcs, emprunts, péages, poulages, pontenages, guet et garde, ban et arrière-ban, etc., etc. Charles VIII les déclara exempts des logement ments des gens de guerre, de même qu'ils l'étaient aussi du droit de franc-fief.

Outre leurs gages, les officiers des comptes avaient, comme les commensaux de la maison du roi, droits de robes, tapis, jetons, papiers, cire, bougies, épices, poissons et autres, tous depuis longtemps convertis en argent. Ils députaient à l'élection du vicomte mayeur de Dijon pour y porter la voix du roi, et ils étaient représentés à la chambre des élus de la province par des députés dont le nombre a varié, mais qui ont toujours été pris parmi les maîtres ou les présidents.

Enfin, comme tous les officiers des compagnies supérieures, les membres de la Chambre des comptes jouissaient du droit précieux, tout à la fois récompense enviée et stimulant d'honneur, de transmettre à leurs descendants la noblesse graduelle ou au second degré, *patre et avo consulibus*, comme disaient anciennement les légistes. Ce privilège était également attribué aux charges des trésoriers généraux, du procureur, de l'avocat du roi et des greffiers en chef du bureau des finances (1).

C'est par cette porte que l'on vit successivement entrer dans le corps de la noblesse un grand nombre de familles qui, par la continuité de leurs services dans des charges honorables, ont conquis légitimement une place à côté des vieilles races sénatoriales de la province.

Me voici ramené à mon point de départ, je veux dire au personnel de la Chambre des comptes.

(1) La noblesse héréditaire ou à une vie avait été concédée aux officiers du grand bureau, par un édit de septembre 1650 pour la vérification duquel, sur le refus du parlement, la Chambre dut recourir au conseil du roi. L'arrêt d'enregistrement est du 17 août de l'année suivante, et il fut publié sur l'ordre de la Chambre dans toute l'étendue de son ressort. Mais cette concession, étendue en 1660 au greffier en chef, qui, par inadvertence, n'y avait pas été nommément compris, fut révoquée par un des édits vérifiés d'autorité sur l'ordre du prince de Condé en 1669. Courtépée s'est donc trompé en disant que la noblesse avait été accordée aux officiers de la Chambre des comptes, d'abord au premier degré en 1645, et ensuite seulement la noblesse graduelle par édit de 1715. Il aura fait confusion avec l'édit qui supprima effectivement à cette date les lettres de dispense d'un degré de service qui avaient été accordées à quelques officiers des comptes en vertu d'un autre édit d'octobre 1704 (Voyez la note de la page 474.) Quant au P. Gautier il est tombé dans une erreur bien plus grande en soutenant que l'édit de 1650 n'avait jamais été abrogé. Il est vrai qu'il n'eut peut-être pas connaissance de l'édit de 1669, lequel avait été transcrit avec ceux de la même date sur un registre spécial. Mais l'acceptation par la Chambre de l'édit d'octobre 1704, suffit à montrer, contrairement à ce que le P. Gautier s'efforce de prouver dans une dissertation de sept pages, que ses officiers n'avaient plus alors que la noblesse graduelle. Les offices des secrétaires près la chancellerie, et ceux des notaires et secrétaires, supprimés en 1716 (Voyez chapitre treizième), sont les seuls auxquels la noblesse héréditaire au premier degré ait été constamment attachée.

Au moment de sa suppression, cette compagnie supérieure s[e] composait d'un premier président, sept présidents, trois chevalier[s] d'honneur, vingt-huit conseillers maîtres, neuf correcteurs, treiz[e] auditeurs, deux avocats généraux, un procureur général, six subs[-] tituts, un greffier en chef, et, à la suite de la cour, un garde de[s] livres, un contrôleur du greffe, cinq commis-greffiers, un con[-] trôleur des restes, un concierge, un receveur des épices, u[n] relieur, huit procureurs, un premier huissier et dix huissier[s] ordinaires, soit en tout une centaine d'officiers, nombre tro[p] considérable assurément et hors de toute proportion avec une be[-] sogne pour laquelle il suffisait du temps des ducs de quatr[e] conseillers maîtres, de quatre clercs ou auditeurs, d'un portier et de quelques officiers surnuméraires.

Je n'ai eu à m'occuper que de ce personnel dans le travail qu[e] je livre aujourd'hui au public. Aussi bien, il suffira du croqui[s] rapide que je viens de tracer pour qu'on y puisse prendre un[e] idée générale de ce qu'a été la Chambre des comptes de Dijon, d[e] son origine, de ses attributions, de ses prérogatives et de ses pr[i-] vilèges. Il serait hors de propos d'entrer pour le moment dans u[n] plus grand détail. Mais je m'estimerais heureux qu'il me fût pe[r-] mis de donner quelque jour un complément à ce travail en refo[n-] dant dans une œuvre plus vaste, aussi bien le *Traité* d'Hect[or] Joly que la *Notice* du P. Gautier, et d'inscrire en tête de ce q[ui] serait alors une histoire définitive de cette grande compagnie, [la] fière devise qu'elle avait fait tracer en lettres d'or sur la porte [de] son grand bureau :

FIRMAMENTUM CÆTERORUM ORDINUM.

ARMORIAL

DE LA

CHAMBRE DES COMPTES

DE DIJON

CHAPITRE PREMIER

Chanceliers

Présidents-nés de la Chambre des comptes (1).

Hugues DE VERGY. D. Plancher cite un chancelier du nom de Hugues, doyen de l'église d'Autun, qui fut témoin, en 1205, d'une donation faite par Alexandre de Bourgogne, frère du duc Eudes III, aux religieux de Maizières, et qui assista aux parlements de l'année 1212. C'est très certainement le même personnage que Hugues de Vergy, chancelier de Bourgogne, dont le nom figure dans la charte de fondation des personnats de la chapelle ducale de Dijon par le duc Eudes III, au mois de septembre 1214 (2). Il était mort à cette époque, comme il résulte des termes de la charte (3). — Nous lui attribuons les armes de l'illustre maison de Vergy : *De gueules, à trois quintefeuilles d'or.*

(1) Nous donnons dans ce chapitre une liste aussi complète que possible des chanceliers de Bourgogne. Mais on doit remarquer que c'est seulement à partir de la seconde moitié du XIVe siècle que ces officiers furent investis du droit de présider la Chambre des comptes, comme chefs de la justice et des conseils des ducs; avant cette époque ils assistaient fréquemment à l'audition des comptes, mais c'était en vertu de simples commissions temporaires et au même titre que les autres maîtres ou auditeurs.

(2) « Assignavi quingentos solidos annuatim percipiendos in denariis pedagii quem *Hugo de Vergeyo, cancellarius meus,* dono meo tenuerat. » Pérard, p. 315.

(3) Ni Duchêne, ni D. Plancher n'ont connu le nom de famille de ce chancelier; quant au P. Gautier, il le confond avec Hugues de Vergy, chevalier, de la branche des seigneurs de Beauvoir, qui vivait dans le même temps. Hugues de Vergy est le premier chancelier dont le nom de famille nous soit connu. Nous ne citerons que pour mémoire le chancelier *Walo,* qui vivait du temps du duc Robert Ier, et qui souscrivit, par ordre de ce prince, en 1054, la charte d'affranchissement de Gilly en faveur de l'abbaye de Saint-Germain-des-Prés. On ne sait rien sur sa famille.

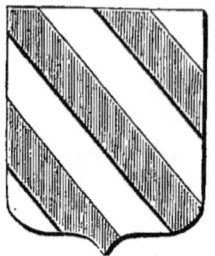

Thibaut DE SEMUR. Les auteurs du *Gallia christiana* rapportent une donation faite en 1312 en faveur de l'église d'Autun par Thibaut de Semur, doyen de cette église et chancelier de Bourgogne. Thibaut de Semur avait depuis longtemps quitté cette dernière charge, lorsqu'il mourut le 10 mai 1342. Il fut inhumé sous le portail de Saint-Lazare d'Autun; son épitaphe a été publiée par D. Plancher. L'illustre maison de Semur en Brionnais, dont il était issu, ainsi que Pierre de Semur, son successeur, paraît dans l'histoire dès le Xe siècle et a donné une épouse à Robert de France, chef des ducs de Bourgogne de la première race. — Armes : *D'argent, à trois bandes de gueules.*

Pierre DE SEMUR, clerc du duc Robert II en 1302, et du duc Hugues V son successeur, figure comme témoin, avec le titre de chancelier, dans un compte qui fut rendu en 1315 par Guy d'Ostun, chevalier. Il était chanoine d'Autun, et fit son testament avant l'année 1332.

Hugues DE CORRABOEUF, doyen de Chalon, est qualifié chancelier de Bourgogne dans un certificat par lui délivré en 1327 à Guillaume de Menans, chevalier du duc, et on voit, par un registre de la Chambre des comptes, que le 13 décembre 1332 il était encore revêtu de cette dignité. Il devint évêque de Chalon en 1333, et mourut le dernier avril 1342. Sa famille, ancienne et considérable sous les ducs de la première race, s'est éteinte dans celle de Salins-la-Tour; elle portait : *D'azur, à un bœuf d'or; au chef d'argent chargé de deux cornets de gueules, enguichés et liés d'azur.*

Jean AUBRIOT, chanoine de Beaune, secrétaire du duc en 1331, archidiacre du Dijonnais, puis évêque de Chalon-sur-Saône, fut plusieurs fois commis à l'audition des comptes, comme on le verra au chapitre des conseillers maîtres. Dans la liste des maîtres ou auditeurs des comptes pour l'année 1336. on le trouve qualifié chancelier de Bourgogne. Nommé à cet office en 1333, il ne s'en démit que lorsqu'il monta, en 1346, sur le siège de Chalon ; mais il continua d'exercer celui de maître des comptes jusqu'en l'année 1351, époque où le roi Jean-le-Bon l'appela à siéger en la Chambre des comptes de Paris. Il mourut la même année. En 1349, le duc Eudes IV l'avait nommé son exécuteur testamentaire, en lui associant le seigneur de Chateauvillain et Jean de Thil, sénéchal de Bourgogne. Jean Aubriot était oncle de Huguenin ou Hugues, le célèbre prévôt de Paris, de Philippe Aubriot, chanoine de la chapelle ducale, et de Marie Aubriot, qui épousa Jean de Saulx, sire de Courtivron et grand gruyer de Bourgogne. Le sceau de Huguenin Aubriot porte *une molette d'éperon à huit*

rais et un *chef chargé de trois bandes*, armes que Chevillard blasonne : *De gueules, à l'étoile d'or ; au chef de Bourgogne ancien.* D'autres membres de la même famille ont porté : *De gueules, au chevron d'or, accompagné de trois molettes d'éperon de même.*

JACQUES D'ANDELEUCOURT, docteur en lois, chanoine de Langres et chancelier du duc Eudes IV, était présent à l'hommage que ce prince rendit, en 1346, à l'abbé de Saint-Bénigne pour la terre de Mémont, et assista, l'année suivante, au mariage de Jeanne, petite-fille du même duc, avec Amé, comte de Savoie. Son sceau, appendu à une quittance de l'an 1346, porte un écu *coupé de... et un lambel à trois pendants sur le coupé du chef;* alias *au chef de... chargé d'un lambel.*

ROBERT DE LUGNY, trésorier, puis doyen de Chalon, était chancelier de Bourgogne lorsqu'il fut commis, en 1349, à l'audition des comptes, et il exerça cet office jusqu'en 1362. Il présida les parlements de l'année 1360, fut nommé exécuteur testamentaire du duc Philippe de Rouvre, et assista, comme chancelier, à la prise de possession du duché par le roi Jean, en 1361. Il mourut le 22 novembre 1366 et fut inhumé dans une chapelle de son église.— La famille de Lugny, originaire de l'Auxois, a fourni un évêque de Mâcon, Seguin, qui mourut en 1262, plusieurs officiers des ducs de Bourgogne, entre autres Jean, maréchal-des-logis de l'armée du duc Charles, en 1472, et deux gouverneurs de Chalon : Jean, vers 1262, et Philibert, seigneur de Montcouet, baron de Saint-Trivier, en 1521. Citons encore Jean de Lugny, seigneur de Ruffey, Bellefond, Montcouet, bailli de Chalon et chambellan du roi, qui mourut sans hoirs mâles, en 1547. Cette illustre maison s'est éteinte au XVIe siècle dans celle de Chabot, par le mariage de Françoise de Lugny avec François Chabot, chevalier de l'ordre du roi. — Armes : *D'azur, à trois quintefeuilles d'or, accompagnées de sept billettes de même, trois en chef, une en cœur, et trois en pointe, posées deux et une.*

PHILIBERT PAILLART, seigneur de Thorigny et de Lissi, conseiller du duc, successivement bailli du Dijonnais et de l'Auxois, était déjà chancelier de Bourgogne le 22 octobre 1363, lorsqu'il reçut du roi Jean l'ordre de délivrer à Philippe-le-Hardi, son fils, l'acte de donation du duché de Bourgogne. Il assista à l'entrée du nouveau duc dans sa capitale et porta la parole en son nom dans cette solennité. Nommé président du parlement de Paris, il se démit des fonctions de chancelier en 1366, mais resta néanmoins attaché à la Bourgogne par le titre de président des par lements de Beaune, Saint-Laurent et Dole. Honoré de la confiance des rois Charles V et Charles VI, Philibert Paillart représenta le premier de ces princes à la cour de Vienne et fut envoyé par le second près de l'empereur Wenceslas, en qualité d'ambassadeur extraordinaire. Originaire de Beaune, il avait épousé Jeanne de Dormans, et nous lui connaissons trois enfants : 1° Jean, conseiller aux parlements de Beaune et de Paris en 1438; 2° Guiote, mariée à Emonin de Saulx; 3° Catherine, qui épousa Philippe de Poitiers. On remarque encore parmi les membres les plus distingués de cette famille : Miles de Paillart, seigneur de Meursault, conseiller et chambellan du duc, gouverneur du Nivernais, marié en 1439 à Alix de Bourbon; Germain Paillart, évêque de Limoges en 1418, et enfin Pierre et Philibert, conseillers et chambellans des ducs Philippe-le-Bon et Charles-le-Téméraire. Le chancelier portait : *D'argent, à une étoile à six rais de sable; au chef de gueules, chargé de trois quintefeuilles ou roses d'or.* Ces armes sont figurées sur son sceau appendu à divers certificats ou quittances que l'on conserve aux archives de la Côte-d'Or. D'autres membres de la famille Paillart ont porté : *D'argent, à trois tourteaux de sable; au chef de gueules;* et on voit sur le sceau de Guiot Paillart, de Nolay, châtelain de Montcenis en 1354, *un chevron accompagné de trois tourteaux et d'une étoile à six rais en cœur.*

BERTRAND D'UNCEY, chantre de la chapelle ducale et chanoine de Vergy, tirait son origine et son nom du petit village d'Uncey en Auxois. Nommé chancelier le 7 septembre 1366, il mourut à Dijon le jeudi avant la fête de saint Jean-Porte-Latine 1368, et fut inhumé dans le chœur de la chapelle ducale, comme le constate le nécrologe de cette église. Après lui, la chancellerie resta vacante jusqu'à la nomination de Pierre des Mouhes, en 1370, et pendant ce temps le gouvernement en fut confié à Guy Rabby, dont on trouvera l'article au chapitre des premiers maîtres de la Chambre des comptes.

PIERRE DES MOUHES, nommé chancelier le 27 mai 1370, assista peu après à une conférence tenue à Tournus entre le duc de Bourgogne et le comte de Savoie, et mourut le 7 septembre de la même année. Il était fils de Martin des Mouhes, de Châtelgirard (1), et nous le croyons proche parent d'André des Mohes ou des Mouhes, écuyer, capitaine du même lieu de Châtelgirard, en 1365, dont le sceau porte un écu *chargé d'un lièvre posé en bande et traversé d'un trait de javelot.* Ce doit donc être par erreur que le P. Gautier lui attribue les armes suivantes : *De sable, à trois merlettes d'argent; au chef de même, chargé d'une étoile du champ.*

_____

(1) Martin des Mouhes, père du chancelier, avait épousé une fille de serve condition, du lieu d'Angely, en la châtellenie ducale de Montréal. En 1376, les agents du fisc prétendirent qu'ayant résidé en ce lieu avec sa femme an et jour, il était devenu homme du duc et de condition mainmortable. Une enquête fut ordonnée pour vérifier ces faits dont la preuve devait faire tomber dans le trésor ducal, à titre d'échoite de mainmorte, l'héritage de son fils le chancelier qui était décédé sans héritier direct.

PIERRE DE DINTEVILLE, docteur en droit et en décret, fut nommé chancelier par lettres du 11 décembre 1370. Il prit possession de cet office le mercredi avant Noël de la même année, et devint évêque de Nevers cinq ans plus tard. C'était un esprit cultivé; il a laissé une vie de saint Yves. — Issue de l'illustre maison de Jaucourt en Champagne, la famille de Dinteville a tenu un rang considérable dans la noblesse de Bourgogne. On remarque parmi ses membres : François, évêque de Senlis, transféré au siége d'Auxerre en 1514, et François, son neveu, évêque de Riez, puis d'Auxerre. Nous signalerons, en outre, Guillaume, seigneur d'Echannay et Saint-Brix, gentilhomme ordinaire de la chambre en 1554; Claude, chevalier, et Louis, commandeur de Malte, en 1470 et 1523; Claude et Jacques, chevaliers d'honneur à la Chambre des comptes, dont on trouvera plus loin la notice, etc. Au XVIe siècle, les Dinteville possédaient en Bourgogne un assez grand nombre de seigneuries importantes, telles que : Saint-Brix, Echannay, Polisy, Polisot, Busseuil, la baronnie de Seignelay. — Armes : *De sable, à deux léopards d'or l'un sur l'autre.*

NICOLAS DE THOLON. Issu d'une famille obscure du bourg de Toulon-sur-Arroux, et successivement chapelain, chanoine et chantre de l'église d'Autun, le mérite de Nicolas de Tholon le fit distinguer du duc Philippe-le-Hardi, qui le nomma conseiller dans ses parlements, le retint chancelier de Bourgogne par lettres du 17 juin 1376, et l'envoya vers le pape à Avignon, l'année suivante. Élu évêque de Coutances en 1386, puis d'Autun la même année, Nicolas de Tholon continua de porter le titre de *chancelier de Bourgogne* et de toucher ses gages accoutumés de 200 livres jusqu'à la fin d'octobre 1387, trois ans après que Jean Canard eut été nommé *chancelier du duc de Bourgogne*. Le dernier septembre précédent, il avait apporté en l'hôtel du gouverneur les vieux sceaux de la chancellerie, qui furent brisés en sa présence, pour être remplacés par des sceaux neufs. Nicolas de Tholon mourut à Autun le 20 décembre 1400; son sceau porte *une croix ancrée, chargée en cœur d'une aiglette* (1).

JEAN CANARD, conseiller de Philippe-le-Hardi et son avocat au parlement de Paris, fut nommé *chancelier du duc de Bourgogne* (2) par lettres du 15 mars 1384/5 et

(1) Ces armes sont blasonnées comme il suit, par Gagnare, dans son *Histoire de l'église d'Autun*, et par M. Harold de Fontenay, dans son *Essa sur les sceaux et armoiries des évêques d'Autun : De gueules, à une croix ancrée d'argent, chargée d'une autre croix ancrée de sable*, qui est du chapitre d'Autun, *au geai d'argent posé en cœur.*

(2) On remarquera que Jean Canard fut nommé *chancelier du duc de Bourgogne*, trois ans avant la retraite de Nicolas de Tholon, dernier officier de nos ducs qui ait porté le titre de *chancelier de Bourgogne*. Ce changement de titre, contemporain de l'avènement de Philippe-le-Hardi au comté de Flandre, correspondait à un changement de fonctions. A partir de cette époque, le

reçut peu de jours après une somme de 2,000 francs pour « soy ordonner de gens, de chevaulx, de robes et autres choses nécessaires à l'entrée de son service. » Il touchait 6 francs par jour lorsqu'il vaquait aux affaires du duc hors de Paris, plus une pension de 2,000 francs. Jean Canard avait fait profession de la vie religieuse au monastère de Saint-Denis; il fut longtemps vidame de l'église de Reims et devint évêque d'Arras en 1391 ou 1392, ce qui ne l'empêcha pas de conserver les fonctions de chancelier dont il était encore revêtu lors de sa mort, arrivée le 27 avril 1404. Son sceau porte un écu *chargé d'une sorte d'arbuste, dont le tronc est accosté comme de deux têtes humaines voilées et affrontées.*

Jean DE SAULX, sire de Courtivron, chancelier par lettres du 9 avril 1404/5, avait précédemment rempli les fonctions de conseiller du duc et de maître des requêtes de son hôtel, et siégeait depuis 1394 aux parlements de Bourgogne et de Paris. En 1413 il réunit six voix dans l'assemblée du conseil du roi tenue pour le choix d'un chancelier de France. Honoré de la faveur des deux premiers ducs de la seconde race, il reçut un présent de 20 marcs de vaisselle d'argent lors de son mariage avec Pierrette de Marey, fut employé en plusieurs ambassades importantes en Savoie et en Hongrie, et alla en 1408 avec Richard de Chancey, conseiller, prendre possession de la ville de Besançon. Enfin Jean-sans-Peur le créa chevalier en 1405, peu après son élévation aux fonctions de chancelier qu'il exerça jusqu'en 1419. Il mourut en octobre 1420 et fut inhumé, ainsi que sa femme, dans l'église du prieuré du Quartier, sous une dalle funéraire qui est gravée dans l'*Histoire de Bourgogne* de D. Plancher. Il laissait une fille unique, Agnès, mariée à Pierre de Bauffremont, seigneur de Charny et capitaine général de Bourgogne, et un fils naturel, Jean, légitimé en 1427, qui fut secrétaire de Philippe-le-Bon. Son sceau conservé aux Archives de la Côte-d'Or porte un écu *chargé d'un lion* (1); mais, quoique de mêmes nom et armes, sa famille n'a aucun rapport d'origine avec l'illustre maison des sires de Saulx. Elle sort d'un certain Robelin-le-Guerrier, prévôt de Saulx, dont Guillaume, sire de Saulx, récompensa les services en lui accordant, l'an 1284, le droit de tenir de lui en fief et franc de toutes charges ce qu'il possédait et pourrait acquérir dans la châtellenie de Saulx. Le petit-fils de Robelin, Jean, sire de Courtivron, gruyer de Bourgogne et châtelain de Saulx, épousa Marie Aubriot et en eut, entre autres enfants, un fils, Aymonin, châtelain de Saulx comme son père. Aymonin fut marié à Guyote Paillart. On lui connaît plusieurs enfants; nous citerons entre autres Philibert, évêque de Chalon et d'Amiens; Jean, le chancelier de Bourgogne, et un autre Jean, chevalier,

chancelier devint chef de la justice et des conseils *dans tous les États des ducs de Bourgogne*. Il conserva la garde du grand et du petit scel, et l'expédition des déclarations et des grâces; mais toutes les fonctions de la chancellerie aux contrats, qu'il avait exercées jusque-là, furent attribuées désormais à un officier de nouvelle création qui prit le titre de gouverneur de la chancellerie. Ce gouverneur était nommé par le chancelier et confirmé par le duc. Enfin, détail qui dit son importance, la pension du chancelier qui était auparavant de 200 livres payées par le receveur du bailliage de Dijon, fut portée à 2,000 livres et assignée sur les fonds de la recette générale.

(1) Plusieurs membres de cette famille ont brisé leur écu *d'une bordure simple* ou *engrélée.*

auteur de la branche des seigneurs du Meix, qui s'est éteinte au commencement du XVIᵉ siècle.

JEAN DE THOISY. Un rare mérite, joint à un fidèle attachement au service des ducs de Bourgogne, fit parcourir à Jean de Thoisy une brillante carrière dans l'Église et dans les fonctions civiles. Conseiller du duc et son avocat au parlement de Paris en 1406, tandis qu'il était archidiacre d'Austrevent en l'église d'Arras, évêque d'Auxerre en 1409, de Tournay en 1413, il fut nommé chancelier par lettres du 7 décembre 1419, mais il n'exerça pas longtemps ces fonctions. Désireux de se consacrer entièrement à l'administration de son diocèse, il s'en démit dès l'année 1422 et ne conserva que le titre de premier conseiller du duc, avec une pension de 600 livres. Jean de Thoisy mourut à Lille le 2 juin 1433. — On ne sait rien de certain sur sa famille avant Regnault de Thoisy, receveur d'Autun et Montcenis en 1399, et châtelain de Glennes et Roussillon en 1408, dont le fils Henri, seigneur de Mimeure, conseiller du duc et son avocat au parlement de Paris en 1406, assista aux parlements de Bourgogne en 1402 et dans les années suivantes, et laissa plusieurs enfants, savoir : 1º Regnault II, qui suit ; 2º Jean, chancelier du duc de Bourgogne ; 3º Laurent, institué en 1413 gruyer des bailliages de Dijon, Auxois et la Montagne, aux gages de 150 francs, échanson du duc en 1420, écuyer d'écurie en 1425, anobli avec son frère Regnault en 1422 et mort avant 1429 ; 4º Jeanne, mariée à Guillaume Bourrelier de Malpas ; 5º Isabelle, qui épousa Humbert de Plaines, général des monnaies en Bourgogne ; 6º et probablement Geoffroy, doyen d'Autun en 1414.

Regnault II, seigneur de Mimeure, Munois, Moilleron et Cernois, conseiller du duc, receveur général de Bourgogne en 1413, puis vierg et receveur particulier d'Autun et Montcenis en 1418, et enfin lieutenant du bailli d'Autun, reçut des lettres de noblesse avec Laurent, son frère, en 1422, et épousa N., fille de Guillaume Jugler, dont vinrent : 1º Geoffroy, chevalier, seigneur de Mimeure et de la Motte-Chizy, écuyer panetier du duc en 1439, son conseiller et chambellan, bailli d'Auxois et gouverneur des vaisseaux et galées de Bourgogne (1), qui fut employé en plusieurs ambassades, en Sicile en 1445, à Rome en 1464, etc., etc., et épousa une fille de la maison de Montcenis ; son fils Hugues, chevalier, seigneur de la Motte-Chizy et de Mimeure, capitaine de gendarmes et échanson du duc, succéda à son père dans les charges de conseiller, chambellan et bailli d'Auxois ; il épousa Jeanne d'Amanges, de qui vinrent Françoise, femme de Girard Bonnot de Lantage, Claude, mariée à Claude de Champdivers, et Guigonne, femme de Louis de Bernaud ; 2º Jacques, seigneur de Varennes en 1448, capitaine de plusieurs galères armées contre le Turc ; 3º Jean, échanson de Philippe-le-Bon ; 4º Pierre, seigneur de Gamay et Pansières, bailli d'Autun et Montcenis, et écuyer d'écurie du duc, qui

---

(1) En 1446, Geoffroy de Thoisy reçut du duc Philippe-le-Bon une pension de 300 fr., assignée sur la seigneurie de la Serrée, « eu considération de sa bonne conduicte au gouvernement qu'il eust de trois galées, avec lesquelles il combattit vaillamment contre les Turcs, et mesmement au siége de Rhodes, au grand honneur dudict duc, etc. »

lui donna, en 1450, la jouissance des ville, châtel, terre et seigneurie de Montagu; il eut plusieurs enfants, entre autres Jean, marié à Jeanne Rolin, dont un fils, Jean.

La branche des seigneurs de Torcy et de Pouligny en Auxois, et celle des seigneurs de Fresne, toutes deux issues de Jacques, seigneur de Varennes en 1448, se sont alliées aux La Plume, Bournonville, Noirefontaine, Lanneau, Sainte-Maure, Velleval, etc., et plusieurs de leurs membres ont porté les armes. Elles sont éteintes, et la famille de Thoisy n'est plus représentée aujourd'hui que par la branche des seigneurs de Rancy, Joudde, Villars-sous-Joudde, Molaize et Durestal, à laquelle appartenait Charles de Thoisy, gentilhomme ordinaire de la chambre du roi, qui obtint en 1662 des lettres de confirmation de noblesse pour suppléer à la perte de ses titres de famille, brûlés dans l'incendie de ses maisons de Rancy et de Molaize. Ces lettres le disent issu de Pierre, seigneur de Gamay, bailli d'Autun, et écuyer d'écurie du duc en 1450, et il les produisit devant les commissaires nommés pour la vérification des titres de noblesse aux Etats de 1688. On lit de plus dans le procès-verbal de sa réception que son père, Claude, et son aïeul, Jean, avaient toujours été tenus pour gentilshommes. Le même Charles de Thoisy, ancien maréchal-des-logis de la compagnie des gendarmes du prince de Condé, avait épousé en premières noces Jeanne Durestal, et en secondes Claudine de Thorel ; il laissa un grand nombre d'enfants, parmi lesquels nous citerons : Jacques, capitaine de cavalerie au régiment de Saint-Maurice; Jacques-François, qui continua la descendance; Alexandre, écuyer ; Joseph-André, lieutenant au régiment de Poitiers, et Catherine, femme de François Michotey, maître des comptes à Dole.

Jacques-François, chevalier, lieutenant au régiment de Poitiers, épousa en 1714 Anne Colin, et eut pour fils Marie-Michel, marié en 1744 à Anne-Louise d'Ambly, et pour petit-fils Georges-Marie, chevalier, seigneur de Jouddes et de Villars, capitaine au régiment du Commissaire-général-cavalerie, qui fut reçu aux Etats de 1781, sur preuves remontées jusqu'à Charles de Thoisy, son bisaïeul. Prouvée à Saint-Cyr et à Malte, et maintenue dans ses diverses branches par jugements des intendants de la province en 1668, 1669, 1698 et 1699, la famille de Thoisy n'a pas cessé de porter les armes qui sont figurées sur les sceaux de ses premiers auteurs: *D'azur, à trois glands d'or.* Henri de Thoisy brisait cet écu *d'une bordure dentelée ou endenchée;* Regnault II *d'une bordure simple,* et Laurent *d'un croissant en abyme.*

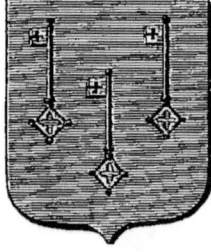

Nicolas ROLIN, chevalier, seigneur d'Authumes, Beauchamp, Monetoy, Chaseux, Aymeries, etc., fut successivement avocat du duc, conseiller au parlement de Dole, maître des requêtes de l'hôtel, et enfin chancelier le 3 décembre 1422. Il mourut le 18 janvier 1461 et fut inhumé dans l'église Notre-Dame d'Autun, qu'il avait fait ériger en collégiale. Diplomate habile, jurisconsulte éminent, administrateur énergique, le chancelier Rolin, fondateur de l'hôpital de Beaune, a été mêlé aux principaux événements de son époque. Sa biographie est trop connue pour qu'il soit nécessaire de la résumer ici ; nous dirons seulement que, fils d'un simple bourgeois d'Autun, il fut marié deux fois : 1° avec Marie de Landes ; 2° avec Guigonne de Salins, et laissa six enfants légitimes, savoir : 1° Guillaume, bailli d'Autun, dont la postérité s'éteignit au XVIe siècle dans les Chambellan ; 2° Jean, évêque de Chalon et d'Autun, cardinal en 1449 ; 3° Antoine, chambellan du duc puis du roi, maréchal, grand veneur, grand bailli et capitaine général du Hainaut, seigneur d'Aymeries, Raismes, etc., dont la descendance paraît s'être éteinte à la seconde génération ; ces trois fils du chancelier étaient issus de Marie de Landes, ainsi que 4° Philippote, mariée à Guillaume d'Oiselet. De sa seconde femme vinrent : 5° Louis, seigneur de Presilly, tué à Granson, et 6° Claudine, mariée à Jacques de Montbel, et en secondes noces à Antoine de la Palud. — Armes : *D'azur, à trois clefs d'or posées en pal.*

PIERRE DE GOUX, seigneur de Goux, Crévecœur et Wedergrate, successivement maître des requêtes de l'hôtel en 1447, conseiller du duc et son avocat au bailliage de Chalon, bailli de la même ville et de Dole, et chambellan en 1462, fut nommé chancelier le 26 octobre 1465, après avoir gouverné la chancellerie comme vice-chancelier depuis la mort de Nicolas Rolin, en 1461. Continué dans ces hautes fonctions par le duc Charles le 17 juin 1467, il en était encore revêtu lorsqu'il mourut à Gand, le 5 avril 1470/1. Ambassadeur au concile de Bâle en 1437, il avait été chargé en outre de plusieurs missions importantes, soit vers le duc de Bourbon pour empêcher les Écorcheurs d'entrer en Bourgogne, soit vers le roi de France ou ses ambassadeurs en 1447, 1449 et 1461 ; enfin il fut armé chevalier avec plusieurs autres seigneurs par le duc Philippe-le-Bon, à la bataille de Gavre, le 22 juillet 1453. Fils de Jean de Goux, le chancelier Pierre de Goux naquit à Beaune, d'après Paradin ; à Goux, au comté d'Auxonne, d'après Dunod. Héritier par sa mère des biens de l'illustre maison de Rupt, il épousa Mathie de Rye, dame dudit lieu et de Neublanc, et en eut plusieurs enfants, savoir : 1° Jean, qui suit ; 2° Guillaume, marié à Isabeau de Hennin, qui s'établit en Flandre, où sa postérité subsistait encore au siècle dernier ; 3° Gigoulée, mariée à Roland de Pougues, vicomte d'Ypres ; 4° Philippote, femme de Marc de Ray ; 5° Jeanne, qui épousa Lancelot de Vaudrey ; 6° Huguette, femme de Josserand de Thiard, écuyer d'écurie des ducs Philippe-le-Bon et Charles-le-Téméraire.

Jean, substitué aux nom et armes de Rupt, fut conseiller et chambellan du duc, qui l'arma chevalier après la seconde prise de Liége, en 1468. Pourvu de l'office de bailli et maître des foires de Chalon en 1466, sur la résignation de son père, il suivit plus tard le parti de Marie de Bourgogne, et devint chevalier d'honneur au parlement de Dole. Louise de Ray, sa première femme, ne lui donna pas d'enfants ; remarié avec Catherine de Vienne, il en eut : 1° Jean, marié à Beatrix de Pontailler et mort sans enfants ; 2° François, créé marquis de Carette ou Coratte, au royaume de Naples, par l'empereur Charles-Quint ; il épousa Porcie Colonna, et n'en eut qu'un fils, Bertin, marié à Antonia Colonna et mort sans enfants ; 3° Philiberte, femme en premières noces de Jean de Ray, seigneur de Pleure, en secondes de René de Clermont, marquis de Saint-Georges, vice-amiral de France, dont les enfants recueillirent tout l'héritage de la branche de Bourgogne. Le chancelier avait un frère, Étienne, qui fut conseiller du duc et son secrétaire, maître des requêtes et avocat fiscal au bailliage de Chalon en 1453, lieutenant en la chancellerie de la même ville, et enfin juge du Charollais en 1468 ; il obtint, en 1462, l'exemption des aides, ce qui semble indiquer une origine roturière ; il épousa Anne de la Rochette et n'en eut que des filles, entre autres Isabelle, mariée à Philibert de Saint-Léger, seigneur de Rully et Gergy. — Armes : *De sable, au lion d'or* (1).

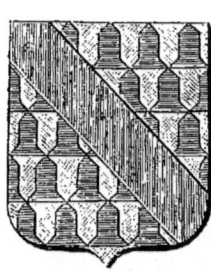

GUILLAUME HUGONET, seigneur de Saillant et Epoisses, naquit à Mâcon. Successivement page et conseiller de Philippe-le-Bon, juge du Beaujolais et bailli du Charollais en 1467, maître des requêtes et chef du conseil, il fut nommé chancelier par lettres du 22 mai 1471, et le duc le reçut en l'ordre de chevalerie le jour même de sa prestation de serment. Après la mort de Charles-le-Téméraire, il prit le parti de Marie de Bourgogne et se retira en Flandre. On connaît sa fin tragique dans une révolte des Gantois le 19 mars 1476/7. Il ne fut pas remplacé dans l'office de chancelier, dont la réunion du duché de Bourgogne à la couronne amena la suppression. Guillaume Hugonet avait un frère, Philibert, cardinal en 1473, évêque de Mâcon en 1481, qui se retira à Rome où il mourut en 1484. La femme du chancelier, Louise de Lays, lui donna deux enfants : 1° Louise, mariée à François de Rochebaron ; 2° Charles, seigneur de Saillant, Lys, Cruzilles, Torcy, Pouligny, Vic de Chassenay, etc., qui quitta le nom d'Hugonet pour ne conserver que celui de Saillant. Charles de Saillant laissa trois enfants : 1° Gaspard, seigneur de Saillant, Lys, Cruzilles, Montpont, etc., qui épousa en premières noces Ennemonde de Nanton, dont il eut un fils, Philibert, mort sans alliance, et, en secondes noces, N. de Montpont ; 2° Antoine, seigneur des mêmes lieux et de Lays-sur-le-Doubs, marié en 1550 à Chrétienne de Baissey, sœur de l'abbé de Cîteaux, et mort sans enfants après son frère dont il hérita ; 3° Anne, mariée : 1° à N. de Moisy, seigneur de Monts-Follets et la Tournelle ; 2° à Jean de la Borderie ; elle n'eut que deux fils, morts jeunes, et laissa à son second mari la plus grande partie de ses biens, qui provenaient, pour la plupart, de la succession de ses deux frères. — Armes : *Vairé d'or et d'azur, à la bande de gueules.*

(1) C'est à tort que Moréri confond cette famille avec les Legoux de la Berchère, originaire de Nuits, et les Goux, de Gascogne, maison considérable, sortie d'Angleterre, et qui, suivant lui, se serait répandue dans l'Anjou, la Flandre, la Bourgogne et le Languedoc. Ces diverses familles n'ont aucune communauté d'origine et portaient des armes différentes.

CHAPITRE DEUXIÈME

Premiers Maîtres et Premiers Présidents.

§ 1. — PREMIERS MAITRES.

Guy RABBY. La série des premiers maîtres ou présidents de la Chambre des comptes sous les ducs, ne peut être régulièrement établie qu'à partir (1) de Guy Rabby, qui, remplissant depuis plus de dix ans les fonctions de clerc des comptes, fut ordonné, en 1362, sur l'audition des mêmes comptes, et prit dès lors le premier rang parmi les maîtres ou auditeurs, quoique Jean de Baubigny le précédât dans la charge de maître. En 1366 il dut céder la présidence à Pierre d'Orgemont, et la reprit en 1369 pour ne la plus quitter qu'à sa mort, arrivée le 2 septembre 1379. Guy Rabby fut en outre garde des chartes du duc de Bourgogne, et on a vu plus haut qu'il géra la chancellerie du duché, avec le titre de gouverneur, de 1368 à 1370. Au dernier siècle on voyait encore son tombeau dans le chœur de la Sainte-Chapelle, dont il fut le seizième doyen. Nous n'oserions affirmer qu'il eut une origine commune avec certains Lombards du nom de Rabie ou Rabit, qui, vers le même temps, habitaient Auxonne et Lône, et portaient un écu *de.... écartelé de....*

PIERRE D'ORGEMONT, président au parlement de Paris, fut commis, par lettres du roi Charles V du 10 juillet 1366, pour procéder, avec Jean Blanchet, secrétaire du même prince, et les gens des comptes du duc Philippe, à l'affinement de tous les comptes des receveurs ordinaires et extraordinaires de Bourgogne, qui restaient à rendre pour tout le temps où les rois de France avaient eu le gouvernement de cette province. En vertu de ces lettres, Pierre d'Orgemont se rendit à Dijon, où il avait déjà précédemment rempli diverses missions importantes, et comme on voit son nom figurer constamment en tête des listes des maires ou auditeurs devant qui les officiers comptables du duché produisirent leurs comptes dans le cours de l'année 1369, nous nous croyons autorisé par là à lui donner rang parmi les premiers maîtres de la Chambre, quoiqu'il n'ait rempli les fonctions de cet office qu'en vertu d'une commission temporaire. Pierre d'Orgemont devint premier président

(1) Avant cette époque, l'extrême mobilité du personnel des gens des comptes, qui n'exerçaient leurs fonctions qu'en vertu de commissions temporaires, nous empêche de fixer parmi eux un ordre exact de présidences. Depuis lors, comme on l'a vu dans l'introduction, la présidence fut presque constamment dévolue au doyen des conseillers maîtres.

du parlement de Paris en 1371, et chancelier de France deux ans plus tard. Le P. Anselme a publié la généalogie de sa famille, qui portait : *D'azur, à trois épis d'orge d'or posés en pal 2 et 1*. Cet écu est figuré sur le sceau de Pierre d'Orgemont, conservé aux archives de la Côte-d'Or. Plusieurs de ses parents ont été au service des ducs de Bourgogne, entre autres : Guillaume, échanson de Philippe-le-Hardi en 1391, panetier du roi et du duc en 1394, qui brisait son écu *d'un lambel à trois pendants*, et Amaury, chevalier, conseiller du roi et chambellan du duc en 1386, dont l'écu est brisé *d'une bordure*.

Guy RABBY reprit la présidence après le départ de Pierre d'Orgemont et l'exerça jusqu'à sa mort, arrivée en 1379.

Dimanche DE VITEL (*de Vitello*), sans doute originaire de Viteaux, était receveur général de Champagne dès l'année 1350, époque où on le voit assister plusieurs fois, avec ce titre, à la reddition des comptes des châtelains de Bourgogne. En 1352, la reine Jeanne de France, gouvernante de Bourgogne, le fit venir à Dijon pour lui confier la recette générale du duché, dont il exerça les fonctions jusqu'en 1366 (1). Il devint depuis maître des comptes en titre d'office et remplaça enfin Guy Rabby dans la présidence de la Chambre, par suite de la retraite de Jean de Baubigny, qui succéda à ce dernier dans le décanat de la chapelle ducale et cessa dès lors de vaquer à l'audition des comptes. Dimanche de Vitel était sans doute frère de Guillemin de Vitel, qu'il avait attaché à sa personne en qualité de clerc. Il mourut en 1387, laissant de son mariage avec Hélène de Foissy : 1° Erard, qui ne paraît pas avoir été marié ; 2° Philippe, qui suit ; 3° Jeanne, mariée en 1376 à André Pasté, maître des comptes, dont l'article suit.

Philippe de Vitel, sage et licencié en droit, épousa Marguerite, fille de Philippe Clérambaut, bourgeois de Dijon et de Claire de Courcelles, et veuve en premières noces d'Othenin d'Ecutigny ; il en eut deux enfants : un fils, Demoingin, père lui-même de Jean de Vitel ou Viteaux, qualifié clerc, qui vivait à Dijon en 1431, et une fille, Jeannotte, qui épousa Philippe Quarquaille, bourgeois de Dijon, et dont la succession passa à son neveu Jean.

André PASTE, dit de Yenville, succéda à Dimanche de Vitel dans la charge de premier maître, et présida, en cette qualité, à la réception d'Odot Douay, le 12 juin 1389. D'abord secrétaire de Philippe-le-Hardi, il avait été chargé par ce prince de veiller à l'emploi des deniers destinés à la dotation et fondation du couvent des Chartreux, tandis que son frère Louis, receveur en 1377, puis grenetier du grenier à sel de Dijon, était commis à la dépense de leur établissement. André Pasté, qui avait reçu des lettres de noblesse du roi de France, mourut en 1410, laissant, de Jeanne

(1) Lorsque Dimanche de Vitel fut nommé receveur général, comme « il lui convint mener sa

de Vitel, sa femme, deux fils : Etienne, qui suit, et Jean, écuyer, marié en 1430 avec Jaquette, fille de Jean Mojon, de Bourbonne, et de Jeannette de Velery.

Etienne, clerc et auditeur des comptes, mourut le 9 juin 1416 ; il avait épousé Guillemotte de la Perrouse, qui lui donna deux fils : Pierre, sans doute mort sans alliance, et André, qualifié noble dans un rôle de feux de l'an 1423, et dont la veuve et le fils Hugues figurent également comme nobles dans un rôle de 1470. Hugues eut un fils nommé Jean, qui parut, avec son père, à l'arrière-ban du Dijonnais en 1507. — Philippe Pastey, possesseur d'un franc-aleu à Iseure en 1474, et Claude Pastey, « pauvre gentilhomme, » qui habitait Clénay en 1543, étaient sans doute de la même famille. Le P. Gautier cite en outre Jean Pasté, dit de Mandeville, évêque d'Arras en 1324, transféré à Chartres en 1328.

Le sceau d'André Pasté porte un écu chargé *de trois demi-vols posés en triangle et mouvant du centre de l'écu ;* celui de Louis, son frère, paraît porter : *trois gerbes de blé.*

RegNAULT GOMBAULT devint doyen de la Chambre des comptes après la mort d'André Pasté et exerça les fonctions de premier maître jusqu'en 1413, époque où il fut remplacé par Jean Chousat. Il était depuis longtemps au service du duc et on le trouve qualifié clerc ordonné à payer la dépense de l'hôtel, dans une quittance de 1372. On voit sur son sceau ou signet, non armorié, *un oiseau, peut-être un aigle s'essorant et tenant dans ses serres un phylactère déroulé.* D'après le P. Gautier, Regnault Gombault portait : *De gueules, à trois roses d'argent ; au chef cousu d'azur.* Regnault Gombault mourut au mois de mai 1415 ; on lui connaît un fils, Regnault le jeune, qui reçut, en 1402, une commission temporaire de clerc des comptes.

JEAN CHOUSAT. Fils de Pernin Chousat, d'une famille obscure de Poligny, Jean Chousat s'éleva par son mérite à de hauts emplois dans les finances. Trésorier de Dôle en 1396, puis pardessus, c'est-à-dire intendant général des offices de la saunerie de Salins, et garde des chartes du comté de Bourgogne, il fut nommé, en 1413, premier maître des Chambres des comptes de Lille et de Dijon. Cette nomination, contraire aux usages de la Chambre sur la présidence, donna lieu à une déclaration du duc, dont il sera question à l'article suivant. Jean Chousat fut en outre conseiller du roi et du duc, conseiller au parlement de Dole en 1409, trésorier, gouverneur et receveur général de toutes les finances du duc de 1405 à 1406, avec une pension de 500 écus d'or, et enfin ambassadeur de Philippe-le-Bon près du roi Charles VI. Il mourut en 1433. Il avait épousé Blanche Guillet, d'une famille distinguée de Poligny, mais n'en ayant point eu d'enfants, il s'attacha son beau-frère, Jean Carondelet, qu'il fit nommer lieutenant en la trésorerie de Dole, et dont les descendants se sont élevés à de hautes dignités. Quant à sa fortune, Jean Chousat

fame et ses enfans et tout son mesnaige de Troyes à Dijon... et délaisser toutes ses propres besoingnes, » la reine lui assigna comme indemnité 12 queues de vin, un muid de froment, 12 charretées de foin et 12 livres de cire, outre ses gages, « pour la garnison de son hostel. »

en employa la plus grande partie en fondations pieuses, spécialement en faveur des dominicains et des hôpitaux de Poligny; il fit construire dans cette même ville l'église de Saint-Hippolyte et y fonda, en 1429, une collégiale, dans laquelle il voulut être inhumé, et dont le chapitre prit pour armes celles de son fondateur, légèrement modifiées; d'après le P. Gautier, Jean Chousat portait : *De gueules, à trois chouettes d'argent*; mais sur son sceau, appendu à une quittance de l'an 1400, on ne voit qu'*un oiseau posé de profil et accompagné de deux branches ou rameaux.*

GUILLAUME COURTOT. On trouve dans le premier registre de la Chambre des comptes un acte du 25 août 1418, par lequel le duc déclare qu'il a « volu et ordonné maistre Guillaume Courtot, conseiller et maistre de ses comptes à Dijon, mesmement qu'il est le plus ancien et premier maistre de ses diz comptes... après et en l'absence de Jehan Chousat, de piéça par lui retenu premier maistre et ou premier lieu de la Chambre des comptes à Dijon et à Lisle, que ledict maistre Guillaume Courtot, *ainsi que de raison et de son droit lui appartient,* sée et préside en ladicte Chambre et y besoingne en toutes choses regardans et conservans les fais desdiz comptes.... comme le premier maistre et ou premier siége d'icelle. » — Guillaume Courtot était attaché au service de la Chambre depuis l'année 1398, comme on le verra plus loin, et de plus il avait été pourvu, en 1412, de l'office nouvellement créé d'élu sur le fait des aides. Par deux lettres du 4 mai 1432 et du 19 février 1434/5, le duc ordonna que ses gages de conseiller maître lui seraient payés sa vie durant, et assura une pension de 100 livres à sa femme en cas de survie. Il mourut à Dijon le 7 octobre 1439. Le 2 septembre 1428 il avait obtenu de Philippe-le-Bon des lettres de noblesse sans finances « en considération, y est-il dit, des bons services qu'il a faits à nos très-chers seigneurs nos ayeul et père et à nous.... tant au fait de son office qu'en tenant la main au bien, relièvement et conservation de notre domaine et parce que du costé de feue sa grand mère, il est extrait de noble lignée, élevée en honneur. »

La famille Courtot reconnaît pour son auteur Jean Courtot, conseiller du duc, qui épousa Mariette de Bretenières et reçut, en 1360, une pension pour ses bons services. Philippe, son fils, procureur du duc au bailliage de Dijon, mourut le 12 août 1395, laissant un fils, Guillaume, qui fait l'objet de cet article. De son mariage avec Jeanne, fille de Nardin Jehannotte, bourgeois de Dijon, Guillaume Courtot eut un fils, Guillemot, marié à Aglantine Monnot, qui épousa en secondes noces Pierre Berbis, et en troisièmes Jean de Mazilles. De Guillaume Courtot sont issus : 1° Jean Courtot, qui, de sa femme Isabelle, fille de Girard Margotet, maître des comptes, ne laissa que des filles, dont l'une, Pernette, mariée à Jean de Gondreville, mourut sans enfants; 2° Guillaume, mort en 1488, dont vint Pierre, qui paraît, avec son frère Jean, dans plusieurs actes relatifs à des patronages de chapelles à Auxonne et à Dijon, et dont le nom figure dans un état des nobles de Bourgogne en 1489.

vivait encore en 1530. Son fils, Pierre Courtot de Bletterans, s'établit en Comté et fut secrétaire d'Etat au conseil de Dole sous Charles-Quint ; il épousa en 1553 Philippine Camus de Conflesalmier, qui lui donna un fils également nommé Pierre. Pierre III épousa, le 1er mars 1569, Claudine Alixand ; de lui sont issues les branches de Montbreuil et de Millery, aujourd'hui éteintes, et celle des Courtot de Cissey, qui s'est elle-même divisée en deux rameaux au dernier siècle, et a servi son pays dans la magistrature et l'armée. Bernard-Dominique, chef de la branche cadette, était, en 1730, colonel des dragons de la reine, et cette famille comptait six officiers de divers grades lorsqu'éclata la révolution. Ses principales alliances sont : d'Avoust, Berbis, Blancheton, Guyard, Lorenchet, Massol, Laramisse, Salins, Vichy, Seguin de la Motte, Leblanc, Girval, Minard de Montgarnault, Lhuillier de Boulaucourt, Suremain. On voit sur les sceaux de Philippe et de Jean Courtot *un croissant accompagné de trois étoiles à six rais posées deux et une.* Ses descendants ont porté : *Coupé, au premier d'azur, au croissant d'argent, accompagné de trois étoiles à cinq rais de même, au deuxième de gueules, à la licorne passante d'argent;* quelques-uns d'entre eux ont substitué au coupé du premier un simple *chef chargé d'un croissant accompagné de deux étoiles,* ou encore *chargé de trois étoiles.*

JEAN BONOST, coadjuteur du tabellion de Dijon en 1401, et secrétaire du duc en 1405, remplaça Guillaume Courtot dans la présidence de la Chambre des comptes. Il était attaché à cette compagnie comme clerc depuis l'année 1400, et avait été nommé en 1408 maître des comptes à Dijon et à Besançon, aux gages de 200 francs quand il vaquerait à son office dans cette dernière ville (1). Ses longs services dans ces diverses fonctions furent récompensés par le duc Philippe-le-Bon, de qui il obtint, en 1443, des lettres ordonnant qu'il continuerait à toucher ses gages sa vie durant « supposé que par faiblesse de sa vue ou aultre maladie corporelle il ne put faire pleinière résidence en l'exercice de son office. » Jean Bonost ne jouit pas longtemps de cette faveur ; il mourut avant le mois de novembre de cette même année 1443, laissant plusieurs enfants : 1° N., mariée à Girard Vion, maître aux comptes ; 2° Jean, clerc des comptes en 1412, qui « se rendit fugitif ; » 3° et 4° Co-

(1) Sous les ducs Eudes IV et Philippe de Rouvre, et depuis la réunion définitive des deux Bourgognes sous Philippe-le-Hardi, en 1382, les receveurs du comté rendaient leurs comptes en la chambre de Dijon. En 1408, le duc Jean-sans-Peur s'étant fait céder, par le roi des Romains, Wenceslas, la régale ou seigneurie utile de Besançon, confisquée sur l'archevêque Thiébaud de Rougemont, il intervint entre les habitants de cette ville et leur nouveau seigneur certaines conventions relatives, entre autres choses, à la création d'un parlement, d'une Chambre du conseil et des comptes, et d'une chancellerie, dont le duc ordonna l'établissement à Besançon par ses lettres données à Gand le 19 juillet 1408. C'est ensuite de ces lettres que le duc Jean, au mois d'août de la même année, donna ordre aux gens des comptes de délivrer à Jean Bonost, nommé maître des comptes à Besançon, une copie de tous les titres concernant la Franche-Comté, pour être transportés en la Chambre du conseil et des comptes nouvellement instituée. Au mois de septembre de la même année, on voit, en outre, le même Jean Bonost se rendre à Besançon et y faire quelque séjour, « pour avoir advis avec le chancelier

lette et Jacques, légitimés, la première en 1434, le second en 1442. Le père de Jean, Richard Bonost, ou Bonnot, qualifié sage en droit en 1359, fut conseiller, avocat et procureur du roi et du duc au bailliage de Dijon, et assista plusieurs fois aux parlements de Beaune, de 1370 à 1384. Il était représenté, avec sa femme Julienne, sur la première porte de la chapelle du petit Saint-Bénigne de Dijon, qu'il avait fondée; on y voyait aussi son écu portant *un chevron accompagné de trois oiseaux.* Richard Bonnot, dont le nom se trouve aussi écrit Bonhot, et dont la femme épousa en secondes noces Henry Le Berruier, chevalier, maître d'hôtel du duc, laissa plusieurs enfants, entre autres : 1° Guienot, écuyer, seigneur en partie de Blaisy, vicomte-mayeur de Dijon en 1413, marié en premières noces à Jeanne La Berruière, en secondes noces à Jeanne de Saigney, et dont la fille, Marguerite, épousa Nicolas Aurillot ; 2° Jean, qui donne lieu à cet article ; 3° Marguerite, femme de Jean de Blaisy; 4° Jacotte, qui épousa Jean de Ligney, écuyer, seigneur de Maiserotte ; 5° Jeannotte, mariée à Gervais Goffet, de Constance, huissier de salle du duc; 6° Regnaude, femme de Jean de Varranges, licencié en droit. — On trouve encore du même nom André Bonnot, chanoine de la Sainte-Chapelle, abbé de la Bussière, dont les armes, peintes sur une vitre du chapitre de son abbaye, étaient : *D'azur, au chevron d'or, accompagné en chef de deux oiseaux d'argent, becqués du second, et en pointe d'une rose soutenue de même.*

JEAN GUENIOT. Successivement clerc, auditeur et maître des comptes, Jean Gueniot devint doyen de sa compagnie à la mort de Jean Bonost; c'est ce qui nous engage à le placer dans la série des premiers maîtres, quoiqu'il n'ait probablement jamais rempli les fonctions attachées à ce titre. En effet, dès l'année 1444, comme il était « blecié en ses sens et entendement, » le duc l'autorisa à toucher ses gages sa vie durant, sans exercer son office de maître. Jean Gueniot mourut le 13 mai 1454. Il avait épousé Catherine, fille de Gauthier Basin, de Dijon, et en eut deux fils : Jean, clerc des comptes en 1443, et Guillaume, licencié ès-lois, conseiller du duc en 1461. — Armes : *D'azur, au chevron d'or, accompagné de trois besans de même.* — On trouve encore du même nom : François Gueniot, docteur en médecine à Semur en 1544; Jean, bailli de Moutier-Saint-Jean en 1548; Antoine, son fils, licencié ès-lois en 1565, et Oudot, procureur du roi au bailliage de Beaune en 1617.

sur le faict de la Chambre desdicts comptes. » Ce projet d'établissement de grands corps judiciaires dans la ville la plus importante de la Franche-Comté n'eut pas de suite. En 1410, l'empereur Wenceslas confirma purement et simplement au duc Jean la donation de la régalie par un acte qui mettait à néant les conditions imposées par la cession primitive. Jean-sans-Peur, conservant le domaine utile et le gouvernement de la cité, se contenta d'y établir, en 1412, une chambre du conseil et une cour de gardiente. Le parlement continua de siéger à Dole, et les officiers de finance restèrent justiciables de la Chambre des comptes de Dijon jusqu'à la réunion du duché à la couronne. C'est en 1494 seulement que l'empereur Maximilien établit à Dole une Chambre des comptes pour le comté de Bourgogne.

GIRARD VION ayant certainement présidé la Chambre des comptes pendant la maladie de Jean Gueniot, qu'il suivait immédiatement par rang d'ancienneté, doit être compris parmi les premiers maîtres. Procureur du duc au bailliage de Dijon en 1417, puis en la chambre du conseil en 1424, gouverneur de la chancellerie et greffier du parlement de Beaune en 1428, il avait remplacé, en 1439, Guillaume Courtot dans les offices de maître des comptes, et d'élu sur le fait des aides en Bourgogne, Charollais et Mâconnais. Girard Vion mourut à Paris le 11 décembre 1446, et fut inhumé le lendemain au cimetière des Innocents, comme on le voit par une note marginale du compte du receveur du Dijonnais. Il était sans doute issu de Robert, bourgeois de Dijon, mort peu avant 1383, dont les fils, Lambert, demeurant à Gevrey-en-Montagne, et Poinçeart, sage en droit, partagèrent en cette année les biens de leur mère. Girard épousa une fille de Jean Bonost, maître des comptes, qui reçut du duc, à l'occasion de ce mariage, une somme de 300 francs; en secondes noces, il épousa Jeanne de la Piscine, unique héritière de Vacelin de la Piscine, bourgeois de Dijon. Il laissa une fille, Charlotte, mariée à Étienne Berbisey, conseiller du duc, et cinq fils, mineurs en 1446. L'un d'eux, Robert, qualifié bourgeois de Dijon, et marié à Madelaine Courtois, continua la descendance; nous citerons parmi ses enfants : 1° Jeanne, mariée à Jacques Girard, conseiller au parlement; 2° Girard, qui suit; 3° Jean, écuyer, trésorier des cent gentilshommes de la maison du roi; 4° Guillemette, mariée à François Pion, docteur en médecine.

Girard, qualifié noble homme, acheta, en 1538, la prévôté royale d'Aignay-le-Duc; il épousa Jeanne Thomassin, dont il eut : 1° Madelaine, mariée en premières noces à François Deschazaulx, en secondes à Jean Thomas, conseiller au parlement; 2° Thomasse, femme de Jules de Ganay, aussi conseiller au parlement; 3° Marguerite, mariée à Jean Pion, conseiller au bailliage d'Auxerre; 4° Claude, qui suit.

Claude, écuyer, seigneur de Fontaine-Madame, maître des requêtes de la reine-mère en 1567, épousa Marie de Cirey et en eut une fille, Elisabeth, mariée à Pierre Regnier de Montmoyen, président en la Chambre des comptes.

On trouve encore du même nom en Bourgogne, au XVe siècle, Jean Vion, abbé de Cîteaux, qui mourut en 1463. — Armes : *D'azur, au chevron d'argent, accompagné de trois têtes de lion arrachées d'or* (1).

(1) La Chesnaie des Bois rattache à cette famille une maison du même nom de Vion, qui a produit onze chevaliers de l'ordre de Saint-Jean de Jérusalem, et dont il rapporte la généalogie depuis Pierre Vion, écuyer, seigneur de la Barre en la châtellenie de Poissy, vers 1478. Cette maison paraît originaire de Flandre et portait des armes différentes.

2

JEAN CHAPPUIS, fils de Guy ou Guyot Chappuis, changeur et grenetier au grenier à sel de Semur-en-Auxois en 1428, était secrétaire du duc de Bourgogne lorsqu'il fut nommé maître des comptes en 1440. Il succéda dans la présidence à Girard Vion, et l'occupa jusqu'à sa mort, arrivée en 1467. En 1451, il avait été député par Philippe-le-Bon, avec Jean Russy, maître des comptes, Thibaut de Neufchâtel, maréchal de Bourgogne, Jean Jouard, maître des requêtes de l'hôtel, Guillaume de Vienne, et Louis de Chantemerle, seigneur de la Clayette, pour régler les droits dont le duc jouissait à Besançon, comme protecteur et gardien de cette ville. C'est d'après Palliot que le P. Gautier attribue à Jean Chappuis les armes suivantes : *D'azur, à trois hallebardes rangées en pal d'argent; au chef cousu de gueules, chargé de trois étoiles d'or.* Il avait épousé Denise de Velery, qui est qualifiée noble dans un rôle des feux de Dijon en 1470.

JEAN RUSSY, dont le nom est mentionné dans l'article précédent, fut successivement clerc, auditeur et maître des comptes avant d'arriver à la présidence, dont il exerça les fonctions depuis l'année 1467 jusqu'au 29 décembre 1469, jour de sa mort. Il fut inhumé à Saint-Médard de Dijon. Sa femme se nommait Guillaume; il n'en eut pas d'enfants, et son héritage fut recueilli par sa sœur, qui avait épousé Jean Colin. — Russy en Normandie et Bretagne porte : *De gueules, à la croix ancrée d'argent.* Nous n'oserions affirmer que ce soit la même famille.

GIRARD MARGOTET, qui remplaça Jean Russy dans la présidence, avait été pourvu, le 21 mars 1453/4, du premier lieu de conseiller maître, après la provision de Jean Russy et de Jean Monnot, en récompense des services qu'il avait rendus, tant à la Chambre des comptes, comme clerc et auditeur, qu'auparavant en l'office de greffier des parlements de Beaune et Saint-Laurent, et du conseil à Dijon. En 1443, Girard Margotet fut en outre commis au gouvernement du tabellionage de Dijon, fonction dans laquelle le duc Charles le continua en 1467, sur l'avis de la Chambre des comptes. Confirmé, sa vie durant, en 1460, dans l'exercice de son office de maître ordinaire, dont il jouissait depuis 1459, le duc lui accorda, en 1471, « de prendre récompense » sur les deniers provenant des confiscations, pour le dédommager des pertes qu'il avait subies « en ses biens, tant en la terre de Monsaugeon qu'ailleurs, à cause de la guerre et division de l'année précédente. » Il mourut le 4 juillet 1472, et fut inhumé en l'église Saint-Étienne de Dijon. Sa femme, Guillemine, lui avait donné un fils, Jean, clerc des comptes en 1470. On ne sait rien de plus sur cette famille, sinon qu'elle portait : *De gueules, au chevron d'or, accompagné de trois roses de même.*

JEAN DE LA GRANGE fut nommé clerc des comptes en 1439, auditeur en 1453, et l'année suivante le duc lui promit, de bouche, l'expectative d'une charge de maître, en considération des services qu'il avait rendus dans sa jeunesse près du comte de Charollais, puis dans l'office de clerc et d'autant « que pour soy honnorablement entretenir il avoit despendu par chascun an plus la moitié que ses gages ne montoient, et tant de sa chevance qu'il avoit très peu de demourant. » On verra au chapitre des conseillers maîtres que cette promesse du duc Philippe ne fut réalisée qu'en 1459. Retenu de nouveau par le duc Charles, sa vie durant, dans son office de maître, Jean de la Grange succéda comme premier maître et président à Girard Margotet en 1472, et demeura à la tête de sa compagnie après la réunion du duché à la couronne. Il avait reçu en cette même année 1472, du duc Charles, une somme de 1,000 écus d'or, à prendre sur les biens des Français qui avaient suivi le parti contraire, « tant pour avoir toujours été en la compagnie du duc dès son basâge, que pour ses autres services en l'état de clerc des comptes. » Le 13 août 1481, forcé à la retraite par suite de « certaine griesve maladie à lui naguières survenue, » il résigna son office de maître au profit d'André Brinon, entre les mains de Jean d'Amboise, évêque de Langres et de Jean de Baudricourt, gouverneur de Bourgogne. Des lettres patentes du même jour lui accordèrent la jouissance, sa vie durant, et nonobstant sa résignation, des gages, droits, priviléges et honneurs attachés à son office, « en regart, lit-on dans les provisions de son successeur, de son ancien caige et qu'il a longuement servi en son office, tellement qu'il estoit le premier et plus ancien des maîtres de la Chambre, et que piteuse chose seroit s'il convenoit pour cause de maladie qu'il demourast en la fin de ses jours en nécessité de sa vie. » Le P. Gautier suppose, mais sans donner de preuves, que Jean de la Grange est l'auteur d'une famille du même nom dont on trouvera la notice au chapitre des conseillers maîtres.

ANDRÉ BRINON, notaire et secrétaire du roi Louis XI, fut appelé par ce monarque, le 20 avril 1478, plus d'un an après la mort de Charles-le-Téméraire, aux importantes fonctions de conseiller et général sur le fait et gouvernement de toutes les finances dans le duché et le comté de Bourgogne, sans être pour ce déchargé de ses offices de recette des aides et tailles du Bourbonnais, greneterie de Montluçon, et contrôle du grenier à sel de Bourges. Le 13 août 1481, il fut pourvu de l'office de maître des comptes, sur la résignation à son profit de Jean de la Grange, à condition qu'il n'en toucherait les gages qu'après la mort de ce dernier. Le même jour il prêta serment entre les mains de Jean d'Amboise et de Jean de Baudricourt, de qui il tenait ses provisions et qui l'installèrent dans son office. Le 17 octobre suivant, André Brinon se présenta au grand bureau de la Chambre, où il exposa que « pour l'imagination et le regret » qu'on aurait pu avoir son prédécesseur, qui n'avait pas cessé de venir en la Chambre depuis sa résignation, il avait différé jusqu'alors d'exercer les fonctions de son office, mais que « désirant de servir le roi et de faire son debvoir, » il demandait à ses collègues de lui « ordonner et bailler son lieu en ceste Chambre, ainsi qu'il est accoustumé de faire par cy devant en cas semblable. » Il lui fut répondu qu'il était le bienvenu et que tous les officiers de la Chambre étaient très joyeux de sa venue et de l'honneur qu'il faisait à leur collège en acceptant la charge de son office. Sur quoi, Mongin Contault, doyen des maîtres, de son gré et sans consultation avec les autres maîtres, déclara que, selon les statuts et anciennes coutumes de la Chambre, il devrait entrer comme premier maître au lieu et place de Jean de la Grange ; et, sur l'observation d'André Brinon « qu'il ne luy chailloit en quel lieu il fust mis, » Mongin Contault ajouta « qu'estant ancien et fort subgect à maladie,» tandis que monseigneur le Général, dont il connaissait « les grans biens, vertu, discrétion, sens et prudence, estoit ferme, robuste et bien propre pour tenir et occupper ledit premier lieu, » il s'en départissait à son profit et serait content qu'il l'occupât « en la forme et manière que le tenoit Jean de la Grange, » sous la réserve toutefois qu'au cas où le roi ou André Brinon viendrait à disposer de cet office, lui, Mongin Contault, pourrait « entrer et parvenir audit premier estat... » et aussi sans préjudice des autres maîtres des comptes et sans vouloir pour ce déroger aux statuts de la Chambre. « A quoi, ajoute le procès-verbal, tous lesditz des comptes se sont convenus... et ont ordonné qu'il soit registré au présent livre pour mémoire et souvenance ou temps advenir. » Cette dérogation aux anciennes coutumes de la Chambre des comptes avait sans doute été inspirée par les agents du roi, désireux de mettre à la tête de cette importante compagnie un homme dévoué aux intérêts de la couronne. Cependant André Brinon, confirmé dans son office par lettres de Louis XI en date du 19 octobre 1481, tomba depuis dans la disgrâce de ce monarque. En 1483, il fut destitué de ses offices et remplacé par Jacques Erlaut, pour avoir mal appointé une rente de 6,000 livres donnée par le roi à l'abbaye de Saint-Claude, et dont la Chambre avait refusé d'enregistrer les lettres de donation. Cette disgrâce dura peu ; dès son avénement au trône, Charles VIII reconnut qu'André Brinon avait été « desappoincté sans cause raisonnable » et le réintégra dans ses offices. Les lettres de restitution de l'office de premier maître sont du 4 octobre 1483, et la prestation de serment entre les mains du chancelier du 8. Enfin André Brinon est qualifié premier maître, conseiller et président, dans les lettres du 12 du même mois, portant rétablissement des officiers de la Chambre dans leurs offices vacants par le décès de Louis XI. Le 11 octobre de l'année suivante, peu de jours avant sa mort, il résigna son office de *premier maître* à Louis Pesquet ; on verra au chapitre des maîtres que cette résignation n'eut point d'effet et que Jean Damont, en faveur de qui le roi l'avait annulée, ne put se faire recevoir par la Chambre qu'en consentant à y occuper « le lieu à ce ordonné et establiy selon les statuz, ordonnances et institutions anciennes; » de telle sorte que Mongin Contault rentra de plein droit dans l'exercice de la présidence.

André Brinon avait épousé Agnès La Bize qui, étant veuve, reprit de fief en 1484 de la seigneurie de Juilly-en-Auxois au nom de ses deux enfants mineurs, Claude-François et Gabrielle. Claude-François est qualifié écuyer en 1501 et eut pour fille Jeanne, femme de René de Lureul, écuyer. Robert, frère d'André, fut chanoine de Reims, de Notre-Dame de Beaune et de la Sainte-Chapelle de Dijon, et conseiller clerc au parlement de Bourgogne lors de son institution ; il mourut en 1508, et fut inhumé à la Sainte-Chapelle. D'après La Chesnaie des Bois, cette famille remonte à Guillaume Brinon, seigneur de Vilaines en 1400 ; elle s'est divisée en deux branches principales qui étaient établies au dernier siècle à Rouen et à Moulins, et a fourni plusieurs officiers aux parlements de Paris et de Normandie. — Armes : *D'azur, au chevron d'argent, alias d'or ; au chef endenché d'or.*

JACQUES **ERLAUT**, notaire et secrétaire de Louis XI, remplaça André Brinon dans les fonctions de général des finances et fut nommé en même temps maître des comptes *pour exercer cet office au lieu et ainsi que faisoit ledit maistre André Brinon.* Pourvu de ces deux offices le 27 juin 1483, il prêta serment comme premier maître le 8 août suivant, après avoir présenté aux gens des comptes des lettres closes du roi qui leur donnaient avis de ce changement, en ajoutant que Jacques Erlaut leur en ferait connaître les causes de vive voix. On a vu à l'article précédent qu'André Brinon, relevé de sa disgrâce, fut réinstallé dans sa charge de premier maître par lettres du 4 octobre 1483. — Armes : *D'azur, à la fasce d'argent, accompagnée de trois mouchetures d'hermine de sable en pointe ; au chef d'or.*

MONGIN **CONTAULT**. Clerc aux honneurs en 1449, clerc du conseil ducal en 1453, et enfin clerc ordinaire des Comptes en 1459, Mongin Contault, seigneur de Mimeure-les-Arnay-le-Duc, fut pourvu d'un office de maître ordinaire en 1470. Appelé à la présidence en 1481 au lieu de Jean de la Grange, on a vu plus haut qu'il céda cet honneur à André Brinon dont la résignation au mois d'octobre 1484 lui permit de rentrer dans l'exercice de tous ses droits. Mongin Contault est qualifié expressément de conseiller et président de la Chambre des comptes dans des lettres patentes sur arrêt du conseil du 20 décembre 1486, lettres relatives à un procès qu'il avait eu contre un certain Philibert Dupuy, et il exerça les fonctions attachées à ce titre jusqu'à sa mort arrivée peu avant le mois de juin 1488. On sait en outre qu'honoré de la faveur et de la confiance des deux derniers ducs, Mongin Contault reçut de Philippe-le-Bon des lettres d'anoblissement en 1460, et qu'en 1473 Charles-le-Téméraire l'envoya au comté de Ferrette pour ouïr les comptes des receveurs de ce pays nouvellement acquis de Sigismond, duc d'Autriche. Il servit non moins fidèlement Louis XI qui lui fit don du greffe du parlement de Bourgogne, avec permission de le faire exercer par procureur. On ne connaît à Mongin Contault qu'un fils, Mongin II, seigneur de Mimeure et Musigny, conseiller au parlement en 1504, mort en 1534, qui de Bernarde Desbarres, sa femme, eut plusieurs enfants : 1° Balthazar, écuyer, seigneur de Mimeure, homme d'armes de la compagnie du duc d'Aumale en 1557 ; 2° Marguerite, mariée à Bénigne Baissey, conseiller au parlement ; 3° Drouhine, mariée à Jean Catherine, aussi conseiller au parlement ;

4° Michelle, femme de Jean Begat, président au parlement, et enfin 5° Anne, qui épousa Jacques Le Roy, greffier à la Chambre des comptes, et en secondes noces Antoine de Pize. — On présume que Pierre Contault, conseiller du duc, conseil de la ville et maire de Dijon de 1504 à 1507, était frère de Mongin Ier, et qu'il eut pour fils Claude Contault, greffier des Etats de Bourgogne, puis maître aux comptes, dont on trouvera l'article plus loin. — Armes : *D'azur, à la fasce d'or, chargée d'un croissant de gueules, et accompagnée de trois besans d'or en chef et d'une coquille de même en pointe.* — Une branche de cette famille s'était établie en Brabant ; une autre habitait Saint-Jean-de-Losne au XVIe siècle.

NICOLAS BOUESSEAU fut nommé le 20 juillet 1472 maître des comptes aux honneurs en récompense de ses services tant en l'office de secrétaire du duc « comme au faict de plusieurs ambassades..... esquelles il avoit faict tout loyal acquict et devoir..... y ayant servi à grant labeur, travail et dangier de sa personne,» et afin, lit-on encore dans ses lettres de provisions, «qu'il ait occupation honneste durant le temps qu'il sera en son mesnaige et qu'il puist apprendre et savoir le stile et manière de faire observé en la Chambre des comptes. » Il devint maître ordinaire entre les années 1474 et 1477 et remplaça Mongin Contault dans l'office de premier maître. Confirmé dans cet office par les lettres de confirmation générale des officiers de la Chambre après la mort de Charles VIII, en date du 10 juin 1498, et par lettres spéciales du 19 décembre suivant, Nicolas Bouesseau réitéra son serment le 26 janvier 1498/9. En 1506, il résigna son office de maître à son fils Bénigne, mais on voit par les lettres de provisions et l'arrêt de réception de ce dernier, que Nicolas Bouesseau fut autorisé à continuer d'en exercer les fonctions, à condition qu'il ne toucherait point d'autres gages que ceux ordonnés à son fils, et que dans les délibérations où les opinions du père et du fils seraient semblables, elles ne compteraient que pour une. Il est en outre certain que Nicolas Bouesseau, malgré sa résignation, continua de présider la Chambre des comptes ; c'est ce qui résulte des lettres de confirmation générale du roi François Ier en 1514, dans lesquelles le titre de président lui est expressément attribué, et des lettres patentes de création de l'office de président ordinaire, où on lit qu'en la Chambre des comptes de Dijon le lieu de président avait toujours été tenu et exercé jusqu'alors par le plus ancien des maîtres, *et dernièrement par Nicolas Bouesseau* (1).

(1) Dans le court intervalle qui s'écoula entre la mort de Nicolas Bouesseau (1521) et la réception de Thierry Dornes en l'office formé de président ordinaire, Etienne Jacqueron, doyen des conseillers maîtres, exerça les fonctions de premier maître ou président de la Chambre, suivant les anciennes coutumes de cette compagnie, et on le voit assister en cette qualité à la réception de Girard de Vienne, comme conseiller d'épée, le 29 novembre 1522. Le titre de *premier président* donné à Thierry Dornes dans un acte de juillet 1526, qu'on trouvera mentionné à son article, prouve de plus qu'Etienne Jacqueron, qui ne résigna définitivement son office de maître qu'en 1528, continua d'exercer les fonctions de *président en second*, qui furent également portées, comme on le verra plus loin, par son fils Bénigne, longtemps avant sa promotion à un office formé de président.

I. Thomas Bouesseau, le premier auteur connu de cette famille, était secrétaire du duc Jean-sans-Peur, dès le 20 septembre 1418, et il remplit en outre les fonctions d'audiencier en la chancellerie de Bourgogne, de châtelain de Lantenay et de garde ou trésorier des chartes du duché. En récompense de ses services dans ces diverses charges, le duc l'exempta, par lettres patentes, du paiement des impositions, ce qui était une sorte d'anoblissement, puisqu'on le trouve qualifié noble dans un rôle de feux en 1441. Il mourut en 1446. Il avait épousé en premières noces, en 1418, Guillemotte, fille de Jean de la Chame et de Julienne Frémiot et veuve de Nicolas Le Vaillant, maître des comptes, et en deuxièmes noces Jeanne de la Tournelle, qui était veuve de Claude Rochette, conseiller du duc et gouverneur de la chancellerie, et se remaria en troisièmes noces avec Jean Boilleau. Du second mariage de Thomas Bouesseau vinrent entre autres enfants Nicolas qui suit.

II. Nicolas, maître des comptes, qui donne lieu à cet article, fut seigneur de Barjon, de la châtellenie de Saulx-le-Duc, Frolois et Avot en partie; il mourut dans un âge très avancé en 1521, laissant, de son mariage avec Guillemette, fille de Jacot Jacqueron, dit bourgeois de Dijon en 1411, plusieurs enfants, savoir : 1° Charles, chanoine de la Sainte-Chapelle; 2° Thomas, qui suit; 3° Jaquette, femme de Guillaume Chambellan, conseiller au parlement en 1496, et en deuxièmes noces de Pierre de la Vernade, chevalier, maître des requêtes; 4° Bénigne, qui suivra; 5° Charlotte, femme d'Aubert de Carmone, conseiller au parlement de Dijon, et en deuxièmes noces de Didier de Recourt, greffier en chef de la même compagnie; 6° Madelaine, mariée à Etienne Bastier, écuyer, seigneur de Magny-sur-Tille.

III. Thomas, seigneur de Rosey et du Fossey, conseiller au parlement en 1503, eut un fils Claude qui suit.

IV. Claude, écuyer, seigneur du Fossey, marié à Marguerite Morin, en eut : 1° Charles, mort jeune; 2° Philiberte, femme de Jean Sayve, avocat général au parlement, et en deuxièmes noces de Laurent de Rougemont, écuyer, seigneur de Broindon; 3° Catherine, mariée en premières noces à Pierre Codignan, écuyer, en deuxièmes à Pierre Roux, écuyer, seigneur de Beauvaix, capitaine de Marcy-sur-Tille; 4° Magdelaine, femme de Rémond du Pont, écuyer, seigneur de Marcy-sur-Tille; 5° Avoye, femme de Philippe Le Monnoyer, écuyer, homme d'armes dans la compagnie de monsieur de Tavannes; 6° Peronnelle, femme de Baptiste Achery, écuyer, homme d'armes dans la même compagnie.

III. Bénigne, seigneur d'Avot et Barjon, maître des comptes, épousa en 1506 Marguerite de Leval, fille de Guillaume, contrôleur des finances en Bourgogne, et de Jeanne Chambellan, dont la sœur avait épousé le chancelier de France, Guy de Rochefort. Marié en deuxièmes noces avec Catherine de Recourt, fille de Didier son beau-frère, il eut de cette seconde alliance : 1° Elisabeth, qui épousa Philippe Jehannault, petit-fils de Jean, maître des comptes en 1488, et en deuxièmes noces Fiacre Hugon de la Reynie, président au parlement; 2° Charlotte, femme en premières noces de Jean Morin, licencié en droit, en deuxièmes, en 1556, de Jean Thiolet, en troisièmes de Vivant de Saints, écuyer; 3° Jeanne, mariée à Charles Martin, écuyer, à qui elle porta en dot la terre de Barjon, et en deuxièmes noces à Claude de Le Toux, dit de Pradines, écuyer, seigneur de Poinsson. —Armes : *D'or, à trois lions de gueules naissant de trois boisseaux d'azur.*

§ II. — PREMIERS PRÉSIDENTS.

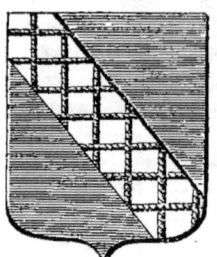

THIERRY FOUET, dit DORNES ou DE DORNES, notaire et secrétaire du roi, et greffier en chef du parlement de Bourgogne, fut pourvu de l'office de président ordinaire de la Chambre des comptes, créé par lettres patentes du 31 janvier 1521/2, registrées le 28 mars suivant. Sa réception est certainement postérieure au 29 novembre de la même année. On lit dans le journal de la Chambre que le 16 juillet 1526, entre neuf et dix heures du matin, Philippe Chabot, chevalier de l'ordre du roi, seigneur de Brion, amiral de France, lieutenant général et gouverneur pour le roi en ses pays et duché de Bourgogne, vint au grand bureau où furent lues ses lettres de lieutenant général et de gouverneur, en présence des évêques de Mâcon et de Coutances, de Marc de la Baume, chevalier de l'ordre du roi, comte de Montrevel et seigneur de Chateauvillain, et de plusieurs grands et notables personnages tant d'église que de noblesse..... et « le même jour, ajoute-t-on, en présence des dessus diz, fut, par ledit seigneur admiral, faict chevalier messire Thierry de Dorne, chevalier, seigneur dudit lieu et de Raiz, conseiller du roy, et premier président en icelle Chambre. » Thierry Dornes fut depuis honoré des titres de conseiller d'Etat et de secrétaire de la chambre du roi, et resta président de la Chambre des comptes jusqu'à sa mort arrivée en 1535. Il descendait de Jannin Fouet, officier de Philippe-le-Bon en 1428, et portait : *D'azur, à la bande d'argent, chargée d'un pan de retz de gueules.*

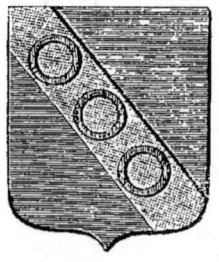

BÉNIGNE SERRE, seigneur d'Esbarres d'Orsan, Daix, Bretigny, Clénay, Ogny et Aubigny, fut pourvu le 6 avril 1535/6 de l'office de président ordinaire ou premier président vacant par le décès de Thierry Dornes, s'y fit installer par la Chambre, après avoir prêté serment entre les mains du chancelier le 21 du même mois, et le résigna en 1549 à son gendre Philibert Jaquot avec clause de survivance. — Fils d'André Serre, marchand à Dijon, et de Jacqueline Macheco, Bénigne Serre vivait *noblement* en 1507, comme on le voit par un rôle de l'arrière-ban du Dijonnais, et portait vers le même temps le titre d'écuyer. Lorsqu'en 1513 les Suisses levèrent le siége de Dijon, il fut un des otages que la ville livra pour la sûreté du traité conclu par la Trémouille et qui fut désavoué par Louis XII ; ce prince l'ayant depuis ratifié, Bénigne Serre fut mis en liberté, et le roi, pour le dédommager, lui assigna une pension de 50 livres et lui conféra un office de secrétaire en la chancellerie. Il exerça également celui de grenetier au grenier à sel de Dijon et fut nommé en 1515 contrôleur des dons et octrois de la même ville. Il dut cette dernière charge, de créa-

tion nouvelle, à la reconnaissance de François Ier qu'il avait accompagné dans son
expédition du Milanais. Bénigne Serre, dont le nom figure parmi les témoins du
traité de neutralité des deux Bourgognes en 1522, fut en outre receveur général de
Bourgogne (1516-1528), greffier en chef du parlement de Dijon (1523-1527), et enfin
receveur général des finances en Languedoc. Il exerçait encore cette dernière charge
lorsqu'il fut placé à la tête de la Chambre des comptes. On lit dans les registres de
cette compagnie qu'il fut suspendu de son office de président en 1542 pour s'être
absenté du royaume, afin de ne pas rendre compte de l'administration qu'il avait eue
des finances, et qu'il n'obtint main-levée de cette suspension que l'année suivante,
après avoir satisfait à son obligation. Bénigne Serre portait : *D'azur, à la bande
d'or, chargée de trois annelets de gueules.* De son mariage avec Catherine de Recourt vinrent plusieurs enfants, entre autres un fils nommé Michel, et deux filles,
Anne, femme de Louis de Gourras, et Madelaine, mariée à Philibert Jaquot, dont
l'article suit. Louis Serre, sans doute fils de Michel, mourut en 1576 ; il était capitaine de Talant et avait épousé Jeanne de Tirion.

PHILIBERT JAQUOT, seigneur de Neuilly, Daix, Aubigny,
Magny et Corcelles, nommé premier président par lettres
du 17 juillet 1549, « à la survivance mutuelle de Bénigne
Serre, son beau-père, » c'est-à-dire « avec pouvoir d'exercer et.desservir cet office en l'absence l'un de l'autre, » fut
reçu par arrêt du 21 janvier suivant. On voit par cet arrêt
que Claude Regnier, second président, avait formé opposition à la réception de Philibert Jaquot, et prétendait monter de droit à la première présidence, en vertu de l'édit de
création de son office. En conséquence de cette opposition,
la Chambre reçut Philibert Jaquot en l'état et office de président *simplement*, à la
charge de ne précéder aucunement le sieur Regnier, jusqu'à ce que, toutefois, le
procès intenté à ce sujet, et qui était alors pendant au grand conseil, fût entièrement
vidé et décidé. L'issue de ce procès, en admettant que l'instance n'ait pas été aban-
donnée, dut être favorable à Philibert Jaquot qui continua d'exercer l'office de *premier président*, le transmit en survivance à son fils Bénigne en 1576, et s'en
démit entièrement le 6 septembre 1584. Ajoutons qu'accusé d'avoir lacéré certain
registre où ses lettres étaient insérées, les informations ordonnées par le roi à ce
sujet aboutirent à un arrêt du conseil privé du 3 mars 1561/2 qui le justifia entièrement de ce reproche. En janvier 1571/2, Philibert Jaquot avait obtenu des lettres de
confirmation de noblesse sur production, à défaut de ses titres brûlés trente ans
auparavant dans l'incendie d'Auxonne, des vestiges de lettres d'anoblissement en
vertu desquelles ses ancêtres avaient toujours été réputés nobles par les rois de
France, et qui leur avaient accordé permission de porter un écu *en champ d'azur,
avec une barre et trois étoiles d'or, timbré d'une corneille aux bec et pied rouges.* Quelques membres de la famille Jaquot ont chargé la barre ou fasce *d'un croissant de
sable* et brisé l'écu *d'une bordure engreslée de gueules ou d'or.*

    I. Paris Jaquot, écuyer, seigneur de Neuilly, avocat du roi au bailliage de Dijon, avocat général au parlement en 1526, et enfin conseiller au grand conseil en 1535, avait un frère, Jean, auteur d'une branche dont on trouvera la notice à l'article de Jean Jaquot, maître des comptes en 1530. Il épousa Charlotte Sayve, fille de Pierre, seigneur de Flavignerot et de Vesvrottes, vicomte-mayeur de Dijon, et d'Aglantine de Noident. Il eut de ce mariage : 1° Philibert, qui suit ; 2° Michelle, mariée à Barthélemy Gagne, conseiller au parlement en 1545.

II. **Philibert**, chevalier, premier président de la Chambre des comptes, épousa, le 17 juin 1549, Madeleine Serre, fille de son prédécesseur, qui lui apporta en dot les terres d'Esbarres et de Daix. De ce mariage vinrent : 1° Claude, religieuse à Marcigny-les-Nonains ; 2° Bénigne, qui suit ; 3° Gérard, gentilhomme ordinaire de la chambre du roi, baron de Tresmont et d'Esbarres, dont le fils, Claude, aussi gentilhomme de la chambre, baron de Tresmont et d'Esbarres, seigneur de Magny, Corcelles, etc., épousa Marguerite de Macheco, fille de Bénigne, conseiller au parlement, et d'Huguette Desbarres ; il eut plusieurs enfants qui moururent sans alliance, à l'exception d'Anne, mariée à N. de Tulvécourt.

III. **Bénigne**, chevalier, premier président après son père, épousa, le 30 janvier 1586, Lucrèce Bourgeois, fille de Claude, seigneur de Moleron, conseiller au parlement, et de Barbe Gonthier ; il eut : 1° Philibert-Bernard, qui suit ; 2° Claude-Elisabeth, mariée à Claude Sayve, premier président de la Chambre des comptes en 1628.

IV. **Philibert-Bernard**, écuyer, seigneur de Neuilly et Daix, épousa, le 17 juin 1630, Aymée Ménard, fille de Noël, et de Marguerite de Vivert, dont il eut : 1° Bénigne II ; 2° Lucrèce, femme de Jean Siredey, avocat.

V. **Bénigne II**, écuyer, seigneur de Neuilly et de Daix, marié le 12 mai 1654 à Anne, fille de Jean Le Secq, gouverneur de Gex, et de Claire Blondeau, eut un fils unique, Bernard.

VI. **Bernard**, écuyer, seigneur de Daix, marié le 27 avril 1704 à Claudine Dargent, fille de Bénigne, et de Marie-Antoinette Le Duc, et veuve de Gabriel Basset, avocat au parlement, laissa de ce mariage : 1° Michel, capitaine de dragons, chevalier de Saint-Louis, retiré du service avec brevet de lieutenant-colonel ; 2° Claude, capitaine de dragons au service d'Espagne, non marié ; 3° Catherine, mariée à Nicolas Févret, écuyer, prévôt général de Bourgogne, à qui elle apporta une partie de la terre de Daix.

Bénigne JAQUOT, baron d'Esbarres, seigneur de Neuilly, Magny, Aubigny, Daix et Corcelles, premier président, fut pourvu le 22 juin 1576, sur la résignation en survivance de son père, et reçu par arrêt du 3 juin 1579. Mais il n'entra en pleine jouissance de son office que le 6 septembre 1584, jour auquel Philibert Jaquot cessa d'en remplir les fonctions. Il s'en démit en 1618 en faveur de son fils Philibert-Bernard, et obtint, le 17 avril de l'année suivante, des lettres patentes qui l'autorisaient à continuer pendant deux ans l'exercice de son office, sans qu'il fût pour cela différé à la réception de son résignataire, mais à cette condition cependant que si ce dernier venait à mourir dans les deux ans, cet office serait déclaré vacant, comme il l'aurait pu l'être par la mort de Bénigne avant sa résignation. Ces lettres, quoiqu'enregistrées le 13 août 1620, n'eurent point d'effet, la Chambre ayant déclaré, par arrêt de l'an 1621, ne pouvoir procéder à la réception de Philibert-Bernard Jaquot, parce qu'il n'avait pas atteint l'âge requis par les ordonnances. Cette décision fut portée à la connaissance du chancelier avec prière de ne sceller aucunes lettres de dispense d'âge, de telle sorte que Philibert-Bernard, ne pouvant vaincre cette résistance, quoiqu'il fût chaudement recommandé en cour, renonça à son office de premier président que son père conserva jusqu'en 1628, époque où il fit une seconde résignation en faveur de son gendre, Claude Sayve.

CLAUDE SAYVE, comte de la Motte, seigneur de Chevanay, premier président, fut pourvu le 17 juillet 1628, sur la résignation de Bénigne Jaquot, son beau-père. Lorsqu'il se présenta à la Chambre, Jean Massol forma opposition à sa réception, et l'affaire ayant été portée au conseil, il fut ordonné, par arrêt de la même année, que Bénigne Jaquot continuerait l'exercice de son office pendant trois ans, sans que cette continuation pût retarder la réception de son successeur. En conséquence de cet arrêt, Claude Sayve fut reçu, les semestres étant assemblés à Saulieu, le 29 mars 1629. Lorsqu'il fut promu à l'office de premier président, il exerçait depuis sept ans celui de conseiller au grand conseil. Il mourut le 26 septembre 1640, fut inhumé en l'église Saint-Jean de Dijon, et eut pour successeur Jean Legrand. — Ancienne famille que l'on trouve établie à Dijon dès le commencement du XVIe siècle et à laquelle appartenaient Bénigne Sayve, qui fut donné en otage aux Suisses, lors de la levée du siège de Dijon en 1513 ; Pierre, secrétaire du roi, lieutenant de la gruerie en 1501 ; et enfin un autre Pierre, seigneur de Flavignerot, clerc des comptes en 1491, qui fut élu onze fois vicomte-mayeur de Dijon, de 1514 à 1537.

I. Pierre Sayve, seigneur de Flavignerot, dont il vient d'être question, eut quatre enfants, savoir : 1° Jean, auteur de la première branche ; 2° Etienne, auteur de la seconde branche ; 3° Girard, chef de la troisième branche ; 4° Charlotte, mariée à Paris Jaquot, avocat général au parlement.

Première branche. II. Jean, seigneur de Flavignerot, la Grange-Noire, Bussy et la Mothe-Palliers, avocat général au parlement en 1522, puis président à mortier en 1551, mourut le 29 octobre 1559 et fut inhumé aux Cordeliers de Dijon, ainsi que sa femme, Philiberte Bouesseau. Il avait eu plusieurs enfants, savoir : 1° Olivier, qui suit ; 2° Pierre, chanoine puis doyen de la Sainte-Chapelle en 1550, et abbé de Sainte-Marguerite ; 3° Jacqueline, mariée à Bénigne Margeret, maire de Montbard ; 3° Catherine, qui épousa Hugues Langlois, avocat au parlement ; 5° Charlotte, femme de Claude Lambert, lieutenant général au bailliage de Bourbon-Lancy.

voir p. 496

III. Olivier, seigneur de Flavignerot, etc., avocat général sur la résignation de son père en 1551, épousa en premières noces Anne Moisson, en deuxièmes Anne Legoux, et en troisièmes Judith Baillet ; il ne paraît avoir eu que trois enfants de son premier mariage, savoir : Jean, Charlotte et Philiberte, les deux premiers morts jeunes. Philiberte épousa Anne de Pélissier, écuyer, commissaire ordinaire des guerres, à qui elle porta la terre de Flavignerot.

Deuxième branche. II. Etienne, seigneur de Vesvrottes, Echigey, Couchey et Chamblanc, conseiller au parlement en 1527, eut de son mariage avec Chrétienne de Recourt, fille de Didier, greffier en chef du parlement, et de Charlotte Bouesseau : 1° François, qui suit ; 2° Didier, seigneur de Chamblanc, bailli des terres de Saint-Bénigne, puis conseiller au parlement en 1570, qui ne paraît pas avoir été marié ; 3° Girard, chanoine, puis doyen de la Sainte-Chapelle en 1586, prieur de Saint-Thibault ; 4° Nicolas, auteur du rameau des comtes de la Motte ; 5° Guillemette, femme de Damien Jaquot, maître des comptes.

III. François, seigneur de Vesvrottes, conseiller au parlement en 1566, épousa Denise Filzjean, dont il eut Etienne, qui suit.

IV. Etienne, seigneur de Vesvrottes, conseiller au parlement en 1595, eut : 1° Girard, qui suit, et très probablement : 2° Marie, femme de Jean Siredey, substitut du procureur général au parlement ; et 3° Elisabeth, mariée à Pierre Saumaise, receveur général des décimes et greffier du parlement.

V. Girard, seigneur de Vesvrottes, conseiller au parlement en 1629, épousa en premières noces Jeanne Bouhier, et en deuxièmes Jeanne Prisque ; il laissa :

VI. Pierre, conseiller au parlement en 1661.

Rameau des comtes de la Motte. III. Nicolas, seigneur d'Echigey, Couchey et Chamblanc en partie, bailli des terres de Saint-Bénigne, puis conseiller au grand conseil, épousa en 1579 Marie Guyotat, fille de Jacques, aussi conseiller au grand conseil, et de Marie de Montbard ; il en eut 1° Claude, qui suit ; 2° Pierre, seigneur de Lesdavrées, baron de Thil et gouverneur de Flavigny, mort sans postérité, ayant institué ses neveux et nièces ; 3° Jacques, seigneur d'Echigey, Chamblanc et Couchey en partie, qui suivit d'abord le barreau à Paris, et devint conseiller au grand conseil, puis président au parlement de Dijon en 1615 ; il épousa Barbe Giroux, fille de Benoît, président à mortier, et en eut un fils, Benoît, mort sans alliance, et une fille, Marie, qui épousa en 1642 Jean de la Croix de Chevrières, baron de Clérieux, comte de Saint-Vallier, marquis d'Ornacieux, conseiller au parlement de Grenoble, puis président en celui de Dijon. Un de leurs fils, Jacques, mort jeune, et après lui François son frère, comte de Marigny, marquis d'Ornacieux, président au parlement de Grenoble, furent successivement substitués aux nom et armes de Sayve ; la descendance de François subsiste.

IV. Claude, comte de la Motte, seigneur de Chevannay, d'abord conseiller au grand conseil, puis premier président de la Chambre des comptes de Dijon en 1629, épousa en premières noces Claude-Elisabeth Jaquot, fille de Bénigne, premier président de la Chambre des comptes, et de Lucrèce Bourgeois ; en deuxièmes noces il fut marié à Christine Legrand. Du premier lit vint Henri, qui suit ; du deuxième Pierre, comte de la Motte, seigneur de Chevannay et Lesdarvrées, brigadier des armées du roi, tué au passage du Rhin.

V. Henri, comte de la Motte, baron de Thil, de Jullenay, de Montlay, etc., mestre de camp d'un régiment de cavalerie, premier chambellan du duc d'Anjou, et lieutenant général en Bourgogne, épousa Marguerite de Vienne, dont il eut : 1° René-Bernard, qui suit; 2° François-Bernard, comte de la Motte et de Thil, chevalier d'honneur au parlement de Bourgogne en 1692 après la mort de son frère aîné; il ne laissa que deux filles non mariées; 3° Henri, chevalier de Malte.

VI. René-Bernard, comte de la Motte et de Thil, officier au régiment des gardes, chevalier d'honneur au parlement de Bourgogne en 1685, épousa Marie-Anne de Meugron; sa fille unique, Marie-Victoire, ne prit point d'alliance, et laissa ses biens aux maisons de Damas d'Antigny et du Chastelier-Dumesnil.

Troisième branche. II. Girard, seigneur de Montculot, clerc des comptes, puis receveur général des finances en 1543, pensionnaire du roi en 1555, épousa Bénigne Brocard. Resté veuf, il prit le parti ecclésiastique et devint abbé de la Bussière et de Sainte-Marguerite; il n'avait eu qu'un fils, Claude, qui suit.

III. Claude, seigneur de Montculot, président en la Chambre des comptes en 1573, occupa l'office d'Etienne Noblet, dont il avait épousé la fille, Charlotte. Il eut : 1° Girard, seigneur de Montculot, président à la Chambre des comptes en 1594, mort deux ans après sans postérité; 2° Catherine ou Chrétienne, dame de Montculot, Prissey, Pichange, etc., la seule héritière de cette branche, mariée en 1597 à Antoine du Prat, baron de Vitteaux. — Armes : *D'azur, à une bande d'argent, chargée de trois couleuvres de gueules.*

Jean LEGRAND, seigneur de la Tour d'Is-sur-Tille, Aluze et Marnay, premier président, fut pourvu sur la nomination des tuteur et curateur des enfants mineurs du premier lit de Claude Sayve et de sa veuve en secondes noces. Ses lettres de provisions sont du 14 mars 1641 et mentionnent les services qu'il avait rendus en la charge de président depuis vingt ans et dans plusieurs occasions importantes. Il fut reçu par arrêt du 7 mai de la même année, et obtint des lettres d'honneur ou de vétérance après avoir résigné en 1644 en faveur de son fils, Bénigne Legrand. Jean Legrand était, croyons-nous, fils d'Antoine Legrand, président aux comptes en 1581, et de Marie Tisserand; il épousa Marie de Pontoux, et en eut entre autres enfants : 1° Bénigne, dont l'article suit; 2° Jacques, président à la Chambre des comptes en 1655; 3° Jean, qui vendit en 1573 la terre d'Aluze à Jean-Baptiste de la Mare, lieutenant général au bailliage de Beaune. — Famille ancienne et considérable, qui tirait son origine du bourg de Baigneux. Elle a fourni un grand nombre d'officiers aux diverses juridictions de Châtillon-sur-Seine, et aux cours souveraines de la province. — Armes : *Vairé d'or et de gueules.*

Bénigne LEGRAND, seigneur de Marnay, Saulon, Barges, Noiron, Fénay et Chevigny en partie, conseiller au parlement depuis 1640, fut pourvu de l'office de premier président, sur la résignation de son père, le 14 décembre 1644. Nommé conseiller d'Etat par lettres du 17 du même mois, il prêta serment en cette qualité entre les mains du chancelier douze jours plus tard. Il fut reçu en son office de premier président le 20 novembre 1645, en vertu de lettres de dispense d'âge dont il avait eu besoin, mais sous cette condition que son père entrerait encore pendant deux ans en la Chambre où lui-même, durant ce temps, s'abstiendrait de paraître. Esprit cultivé, Bénigne Legrand montra beaucoup de goût pour les sciences et sut profiter de ses longs voyages dans les pays étrangers, en Perse, et surtout en Italie où son commerce avec les savants lui acquit une grande réputation. On a de lui deux discours qui sont insérés dans le *Théâtre de l'éloquence française.* — Bénigne Legrand mourut en 1653, et Anne de la Mare, sa veuve, comme tutrice de Jacques-Auguste, leur fils, nomma à son office son frère Jacques qui, après en avoir obtenu des lettres de provisions, le résigna avant réception en faveur de Nicolas-Bénigne du Guay.

NICOLAS-BÉNIGNE DU GUAY, conseiller d'Etat, était depuis 1649 conseiller au parlement, lorsqu'il fut nommé premier président de la Chambre des comptes le 19 octobre 1654. Son arrêt de réception est du 8 mai 1656. Dans la suite le roi lui donna une commission d'intendant de la marine pour la Bourgogne, et il se montra dans ces diverses fonctions l'agent actif et intelligent du contrôleur général Colbert. Accusé depuis de malversations, il fut enfermé à la Bastille où il mourut le 4 septembre 1688, et son office passa, sur la nomination du premier président du parlement, comme représentant de ses créanciers, à Pierre de Jouvancourt, qu'un arrêt du conseil, du 23 décembre 1690, força de s'en démettre au profit de Pierre Bouchu. — La famille du Guay (1), originaire de Beaune, a fourni plusieurs officiers à la Chambre des comptes et un chevalier de Malte en 1671. Elle portait : *D'azur, au coq d'or.*

PIERRE BOUCHU, seigneur de Pluviers, fut pourvu par lettres du 26 janvier 1691, de l'office de premier président, dont il avait traité dès l'année même de la mort de Nicolas-Bénigne du Guay. Ces lettres font mention de ses services depuis vingt ans dans une charge de conseiller au parlement, de ceux de ses ancêtres, spécialement de son père, Jean, premier président de la même compagnie, et enfin de ceux de son frère, Claude, intendant de Bourgogne et conseiller d'Etat. L'arrêt de réception de Pierre Bouchu est du 5 mai 1691. Il passa en 1693 à l'office de premier président du parlement. — La famille Bouchu, originaire de Montbard, s'est éteinte au siècle dernier dans la maison de Froulay. Elle remonte à :

I. Jean Bouchu, grenetier à Montbard, qui mourut en 1547 et fut inhumé dans

(1) Voir, au chapitre des conseillers maîtres, l'article de Guy de Bray et la note.

une chapelle de famille au prieuré de Courtangy, près Montbard (1). De Marguerite Grignard, sa femme, il eut cinq enfants : 1° Jean, avocat à Avallon, marié à Agnès Filzjean, fille de Georges, lieutenant général au bailliage de cette ville, et de Reine Le Rouge ; il en eut une fille, morte sans alliance ; 2° Quentin, qui suit ; 3° Jean, dit *le Jeune*, qui s'établit à Ancy-le-Franc et mourut sans postérité ; 4° Catherine, mariée à Sébastien Filzjean, avocat du roi à Avallon ; 5° Marguerite, femme de N. Gueniot.

II. Quentin, docteur ez droitz, grenetier et maire de Montbard, élu du tiers aux États de Bourgogne en 1587, épousa Marguerite Dubled, et mourut en 1599, laissant un fils, qui suit, et une fille, Marguerite, mariée à Pierre Odebert, conseiller au parlement, qui, après la mort de ses deux enfants, laissa sa succession à Jean, son neveu.

III. Jean II, lieutenant général au bailliage de la Montagne, marié à Claire Fyot, fils de Jean, conseiller au parlement, laissa un fils unique qui suit.

IV. Jean III, seigneur des Essarts, s'établit à Dijon où il exerça quelque temps la profession d'avocat. Conseiller au parlement en 1620, président à mortier, et enfin premier président par commission d'abord, puis en titre d'office en 1644, il épousa Eléonore, fille de Guillaume de Montholon, ambassadeur en Suisse, et de Jaqueline Mareschal. Il eut de ce mariage : 1° Pierre, seigneur de Pluviers, conseiller au parlement en 1670, premier président de la Chambre des comptes en 1691, puis du parlement en 1693. Il épousa N. de la Rivière, fille de Charles, comte de Tonnerre, bailli et gouverneur d'Auxerre, mourut le 28 août 1717, et fut inhumé dans l'église des Carmes de Dijon ; il avait institué son légataire universel le comte de Tessé son petit-neveu par alliance, à charge de porter son nom et ses armes ; 2° Claude, qui suit ; 3° Pierre, dit *le Jeune*, abbé de Clairvaux ; 4° Jacqueline, femme de Léonard d'Estrapes, marquis de Sansergues ; 5° N..., abbesse de l'abbaye de Voisins.

V. Claude, comte de Pontdevel, marquis des Essarts, conseiller d'État, intendant en Bourgogne, épousa Louise Guérin, et mourut à Dijon le 8 juin 1683 (2), laissant : 1° Etienne-Jean, qui suit ; 2° Claude, abbé d'Ambournay ; 3° Léonor-Anne, conseiller au parlement de Paris, qui n'eut qu'un fils mort jeune.

VI. Etienne-Jean, marquis de Sansergues, comte de Pontdevel, seigneur de Précy, Coudray et des Plantes, comme donataire de sa tante, Jacqueline Bouchu, qui était elle-même héritière de son mari, le marquis de Sansergues, fut conseiller d'Etat et intendant du Dauphiné. Ayant épousé en 1683 Elisabeth, fille de N. Rouillé, comte de Menay, et de N. de Romanès, il n'en eut qu'une fille, Elisabeth Claude-Pétronille, qui épousa, le 13 avril 1706, René-Mans, sire de Froulay, comte de Tessé, marquis de Lavardin, grand d'Espagne, lieutenant général des armées du roi. — Armes : *D'azur, au chevron d'or, accompagné en chef de deux croissants d'argent et en pointe d'un lion d'or.*

(1) Philibert Bouchu, gruyer des bois de Montbard, sans doute frère de Jean Ier, épousa Catherine Legoux, de la famille des Legoux de la Berchère ; il eut un fils, Jean, dont la postérité est inconnue.

(2) Claude Bouchu, intendant de Bourgogne pendant vingt-huit ans, fut inhumé, comme son frère Pierre, en l'église des Carmes de Dijon. Sa statue est aujourd'hui placée dans la chapelle de l'hospice Sainte-Anne de la même ville.

Jean BAILLET, baron de Saint-Julien, seigneur de Cressey, Échigey et Brazey, premier président, fut pourvu, avec dispense d'âge, sur la résignation de Pierre Bouchu, le 8 juin, et reçu le 5 août 1693. Il était conseiller au parlement depuis 1680. Il résigna en 1712 en faveur de Claude Rigoley, et obtint des lettres de vétérance qui contiennent de longs détails sur ses services et ceux que ses prédécesseurs avaient rendus à l'État pendant près de trois siècles, tant dans l'épée que dans les premières charges de la robe, depuis son sixième aïeul, Jean, avocat général au parlement. La famille Baillet remonte à Pierre Baillet, grenetier du grenier à sel de Paray en 1412. Mais sa filiation n'est régulièrement établie qu'à partir de Jean Ier.

I. Jean Ier, avocat général au parlement de Dijon en 1486, avait épousé Marguerite Dumay, fille de Pierre, lieutenant général au bailliage de Chalon. Il en eut : 1° Blaise, chanoine de Saint-Vincent de Chalon ; 2° Jean, qui suit ; 3° Robert, qui fit branche ; 4° Anne.

II. Jean II, baron de Saint-Germain-du-Plain, seigneur de Vaugrenant, l'Epervière, Givry, Saint-Désert, Autumne, Villeneuve, etc., d'abord avocat du roi à Chalon, puis conseiller au parlement de Dijon en 1537, passa successivement aux offices de second et de premier président de la même compagnie. Il avait épousé Marguerite, fille de noble Jean Foucault, et d'Adrienne N .., dame de l'Epervière et baronne de Saint-Germain. Il en eut : 1° Jean, conseiller au parlement en 1554, marié à Chrétienne Ocquidem, fille de Jean, conseiller au parlement, et de Jeanne Godran ; de ce mariage vinrent Bénigne, femme de Girard Regnier, seigneur de Romprey, Philiberte, qui épousa en premières noces Michel Millière, conseiller au parlement, et en deuxièmes noces Anne de Lantage, et enfin Jeanne, non mariée ; 2° Jacques, qui suit ; 3° Philiberte, qui épousa en 1558 Hugues Le Marlet, écuyer, seigneur de Gemeaux, Is-sur-Tille et Ternant-sous-Vergy, bailli de Dijon.

III. Jacques, seigneur de Vaugrenant, l'Epervière, Maison-Rouge et Saint-Désert, avocat général à la Chambre des comptes en 1554, puis conseiller au grand conseil, épousa en premières noces, en 1555, Madeleine Berbis, fille de Philibert, conseiller au parlement, qui mourut peu après sans enfants ; de son second mariage avec Anne Le Beau, fille de René, seigneur de Sauzelles, maître des requêtes, et de Catherine de Montholon, Jacques Baillet laissa : 1° Philippe, qui suit ; 2° et probablement Claude, conseiller au grand conseil, seigneur en partie de l'Epervière.

IV. Philippe, seigneur de Vaugrenant, Duesmes, etc., conseiller au grand conseil en 1580, puis président aux requêtes du palais à Dijon en 1585, quitta la robe pour l'épée pendant les troubles de la Ligue et devint l'un des chefs les plus influents du parti royaliste, qu'il servit comme capitaine de cinquante hommes d'armes et gouverneur de Saint-Jean-de-Losne. Il mourut vers 1595, laissant de son mariage avec Marguerite Noblet : 1° Jacques, qui suit ; 2° Charlotte, femme de Noel Bruslard, baron de Sombernon, maître des requêtes.

V. Jacques, seigneur de Vaugrenant, capitaine-châtelain et seigneur engagiste de Duesmes, mourut jeune en 1619, laissant un fils, Claude.

VI. Claude, seigneur de Vaugrenant, Villey-sur-Tille, etc., président aux requêtes du palais du parlement de Paris, épousa Marie de Vassan, dont il eut deux fils : 1° François, marquis de Vaugrenant, qui reprit de fief en 1688 de la châtellenie de Duesmes ; 2° Jean-Baptiste-Gaston, qui suit.

VII. Jean-Baptiste-Gaston, chevalier, seigneur de Pamphon, hérita de son père François sous bénéfice d'inventaire en 1714.

Vers 1762, cette branche de la famille Baillet était représentée par N. Baillet de Vaugrenant, garde du roi.

Seconde branche. II. Robert Ier, seigneur d'Hauterive, mourut en 1561, revêtu de l'office de lieutenant général au bailliage de Chalon. Il avait épousé Philiberte Petit, dont il eut : 1° Marguerite, mariée en 1558 à Claude Perrault, greffier en chef de la chancellerie, lieutenant en la gruerie et maire de Chalon ; 3° Anne, femme de noble Philibert Lantin ; 3° Judith, qui épousa en premières noces Olivier Sayve, avocat général au parlement, et en deuxièmes noces Etienne Millet, conseiller au même parlement ; 4° Robert, qui suit.

III. Robert II, conseiller au parlement, épousa Madeleine, fille de Pierre Girardot, conseiller au parlement, et de Jeanne Berbis, et eut trois enfants : 1° Jacques, qui suit ; 2° Philippe, maître des comptes en 1608, puis doyen de Notre-Dame de Beaune et élu du clergé en 1622 ; 3° Marguerite, femme en premières noces de Bénigne Morelet, maître des comptes, et en deuxièmes noces de Jean de la Boutière.

VI. Jacques, seigneur de Cressey, conseiller au parlement en 1595, épousa Jeanne Burgat, dont il eut : 1° Jean-Baptiste, qui suit ; 2° Pierre, trésorier de France, puis maître des comptes en 1633, marié à Marie Fyot, fille de François, seigneur de Vaugimois et de Barain, et de Christine Morin. Il mourut sans postérité.

VII. Jean-Baptiste, seigneur de Cressey, conseiller au parlement en 1627, épousa Marie de Villers, fille de Pierre, conseiller au parlement, et de Jeanne Chisseret ; il en eut : 1° Pierre, qui suit ; 2° Jean, doyen de la Sainte-Chapelle ; 2° Marie, femme de Lazare Robelin, président au parlement.

VIII. Pierre, chevalier de l'ordre du roi, baron de Cressey, seigneur d'Is-sur-Tille, conseiller d'Etat, président au parlement en 1653, épousa : 1° Marguerite Bouhier, fille d'Etienne, conseiller au parlement, et de Madeleine Giroux ; 2° Marguerite Bretagne, dame d'Is-sur-Tille, veuve de Claude Fremiot, conseiller au parlement ; du premier lit vint Jean, qui suit.

IX. Jean III, baron de Saint-Julien et Cressey, seigneur de Brazey, Echigey, etc., conseiller au parlement, puis premier président de la Chambre des comptes en 1693, épousa Jeanne-Françoise Mathieu, fille du seigneur de Frontenard, et en deuxièmes noces Antoinette Morisot, veuve de Paul de la Michodière, et fille de Jean Morisot, avocat, seigneur de Chaudenay, et de Marthe Millière. Il eut du premier lit : 1° Lazare, qui suit ; 2° Jean, seigneur de Grenant, capitaine dans Champagne, tué à Malplaquet ; 3° Mathurin, marquis de Saint-Julien, marié à Claudine de Villeneuve, fille de Nicolas, chevalier, et d'Antoinette Genglaire ; son fils, Louis-Guillaume, baron de Saint-Julien, ne fut pas marié ; 4° N..., mariée au seigneur de Seyssel ; 5° Claude, chanoine et chantre de la Sainte-Chapelle de Dijon.

3

X. Lazare, baron de Cressey, président au parlement, mort en 1719, avait épousé Marthe, fille de Paul de la Michodière, et d'Antoinette Morisot Sa fille unique, Marguerite, fut mariée à Philibert Fyot de la Marche, premier président du parlement. — Armes : *D'argent, à trois chardons de sinople, fleuris de gueules.*

CLAUDE RIGOLEY, seigneur de Mipont et Puligny, conseiller secrétaire du roi, greffier ou secrétaire en chef des Etats de Bourgogne, fut pourvu le 24 avril 1712 de l'office de premier président, sur la résignation de Jean Baillet, et reçu le 31 mai suivant. Il avait obtenu auparavant des lettres de dispense de service qui rappellent ceux qu'il rendait depuis trente-six ans comme greffier et secrétaire en chef des Etats de Bourgogne, et ajoutent qu'il était issu d'une famille distinguée tant de son chef que par ses alliances. Suivent quelques détails généalogiques sur sa famille et celle d'Odette-Thérèse Languet de Rochefort, sa femme. Claude Rigoley mourut à Paris en 1716 et fut inhumé à Saint-Sulpice. Il fut remplacé par Jean Rigoley, son fils. — Famille originaire d'Auxonne, d'après Courtépée, mais plus probablement de Chalon où l'on trouve Guillaume Rigoley, enquesteur pour le roi en 1616, et Gabriel, receveur du domaine, qui mourut à Dijon en 1664. Nous en donnerons la généalogie depuis :

I. Denis Rigoley, seigneur de Visargent, greffier en chef des Etats de Bourgogne en 1664. qui épousa Anne Guye, et en eut deux fils, Claude, qui suit, et Pierre, auteur de la branche des seigneurs de Chevigny.

II. Claude, qui donne lieu à cet article, succéda à son père dans l'office de greffier en chef des Etats de Bourgogne en 1674. Il épousa en premières noces N. Chartraire de Saint-Aignan, et en secondes Odette-Thérèse Languet, fille de Denis, comte de Rochefort, procureur général au parlement. Du premier lit vinrent : 1° Denis-François, conseiller au parlement en 1704; 2° N..., colonel du régiment de Vermandois, infanterie; 3° N..., abbé de l'ordre de Citeaux, et plusieurs filles religieuses; du second lit : 1° Claude-Denis, qui suit; 2° Jean; dont l'article suivra.

III. Claude-Denis, connu sous le nom de Rigoley de Mipont, fut seigneur de Saint-Cosme et secrétaire en chef des Etats de Bourgogne en 1712, office qu'il céda à son neveu, Guillaume-Olympe, en 1750, pour remplir celui de trésorier général de la province. Il mourut en 1752, laissant de son mariage avec Marie-Anne Chartraire de Bierre, un fils, qui suit.

IV. Claude-Jean, baron d'Ogny, seigneur de Thoriseau et Saint-Cosme, conseiller au parlement en 1745, trésorier général des Etats en 1752, et intendant général des postes, épousa Elisabeth, fille de Jean-Denis d'Alencey, et de N. Perret, et mourut en 1793. Il eut pour fils Claude-François-Marie, capitaine de dragons, intendant général des postes en survivance.

Branche des seigneurs de Chevigny. II. Pierre Ier, fils de Denis, fut conseiller au parlement en 1695, seigneur de Chevigny-Saint-Sauveur, Corcelles en Montvaux, la Chaume, Corgoloin et Visargent; il épousa en premières noces Thérèse Borot, dont vinrent : 1° Denis, conseiller au parlement en 1697, marié à Christine Papillon et mort sans enfants ; 2° N..., femme de Jean Quarré de Livron, conseiller au parlement. Marié en secondes noces à Odette Berbis, Pierre Rigoley en eut : 1° Pierre, qui suit ; 2° N..., femme de Joseph Guye de Labergement, conseiller au parlement.

III. Pierre II, seigneur de Chevigny, Corcelles, etc., conseiller au parlement en 1703, épousa Marie Durand, fille du receveur des décimes de Chalon, et en eut une fille Odette, mariée à Jacques-Vincent Languet, comte de Rochefort, président au parlement. — Armes : *D'azur, au chevron d'or, accompagné en chef de deux étoiles de même et en pointe d'un faisan aussi d'or.*

JEAN RIGOLEY, seigneur de Mipont, Puligny et le Pasquier, succéda dans la charge de premier président à Claude, son père. Il fut pourvu le 11 février 1716 sur la nomination de sa mère, à condition qu'il continuerait l'exercice de sa charge de commissaire aux requêtes du palais jusqu'à ce qu'il eût atteint l'âge de 27 ans, auquel temps seulement il entrerait dans l'exercice de son office de premier président. Il avait obtenu auparavant des lettres de dispense d'âge et de service où sont rappelés les services de ses quatre cousins germains, dont deux de son nom, conseillers au parlement de Dijon, et de ses six oncles maternels, savoir : N. Languet de Rochefort, aussi conseiller au parlement ; Jacques-Vincent Languet, comte de Gergy, gentilhomme ordinaire de la chambre du roi, chevalier de l'ordre de Wurtemberg, ancien envoyé extraordinaire vers plusieurs princes d'Allemagne et d'Italie, et depuis à la diète de Ratisbonne ; Pierre-Bénigne Languet de Montigny, aussi chevalier de l'ordre de Wurtemberg, gentilhomme de la clef d'or, brigadier et colonel des cuirassiers du duc de Bavière ; Jean-Baptiste-Joseph Languet, curé de Saint-Sulpice ; Lazare Languet, abbé de Saint-Sulpice ; et enfin Jean-Joseph Languet, évêque de Soissons. Jean Rigoley fut reçu le 19 février 1716, et mourut en 1759, laissant la réputation d'un magistrat éclairé et d'un citoyen charitable. Il avait épousé Philiberte-Françoise de Siry, dont il eut deux fils, Claude-Denis-Marguerite, et Guillaume-Olympe, dont les articles suivent, et une fille, Anne-Marie-Françoise-Thérèse, mariée à Marc-Antoine-Claude de Pradier d'Agrain.

CLAUDE-DENIS-MARGUERITE RIGOLEY, seigneur de Puligny et Mipont, n'avait que seize ans et huit mois lorsqu'en considération des services de son père et de son aïeul, le roi, sur la nomination de sa mère, lui donna l'office de premier président, à condition qu'il se ferait pourvoir d'un office de conseiller au parlement et en remplirait les fonctions jusqu'à l'âge de 27 ans, époque avant laquelle il ne pourrait entrer en la Chambre des comptes. Ses lettres de provisions et celles de dispense d'âge et de service qui lui étaient nécessaires sont datées du 12 janvier 1759. Il fut reçu le 30 du même mois, se fit pourvoir en 1763 d'un office de conseiller au parlement, et mourut sans être marié le 12 septembre 1769. Il eut pour successeur son frère, Guillaume-Olympe Rigoley de Puligny.

GUILLAUME-OLYMPE RIGOLEY DE PULIGNY, premier président, fut pourvu le 31 décembre 1769, après le décès de son frère. Ses lettres de provisions font mention du zèle, de l'intelligence et du talent qu'il avait fait paraître dans la place de secrétaire des Etats de Bourgogne et rappellent les services de son aïeul, de son père et de son frère auxquels il succédait et ceux d'un grand nombre de ses ancêtres, soit dans les emplois militaires, soit dans la magistrature et dans l'administration de la province de Bourgogne. Guillaume-Olympe Rigoley avait eu besoin de lettres de dispense d'âge et de service ; il fut reçu le 13 janvier 1770, mourut la même année, et fut remplacé par le marquis d'Agrain, son beau-frère.

 MARC-ANTOINE-CLAUDE DE PRADIER, marquis d'Agrain, fut nommé à l'office de premier président par sa femme, Anne-Marie-Françoise-Thérèse Rigoley, sœur et héritière du dernier titulaire. Il fut reçu le 8 janvier 1771, après avoir obtenu des lettres de dispense de service, et en vertu de lettres de provisions du 19 novembre de l'année précédente, qui rappellent les services de la famille Rigoley à laquelle il s'était allié, et ajoutent qu'il s'était lui-même distingué d'une manière digne de sa naissance pendant quatorze ans dans les armées, étant capitaine au régiment de Condé infanterie, et notamment en 1747, à l'attaque du Col de la Crette, où il avait reçu une blessure qui le contraignit à quitter le service. Le marquis d'Agrain fut le dernier premier président de la Chambre des comptes de Bourgogne ; sa famille, originaire du Velay, remonte à Hugues de Pradier, baron d'Agrain, anobli avec ses enfants par lettres du mois de décembre 1652, et excepté par arrêt du conseil du 8 mars 1669 de l'édit général de révocation des anoblissements. La descendance de Marc-Antoine-Claude de Pradier subsiste ; elle a obtenu en 1826 la confirmation du titre de marquis avec institution d'un majorat. — Armes : *D'azur, à trois lions d'or couronnés de même.*

CHAPITRE TROISIÈME

Présidents.

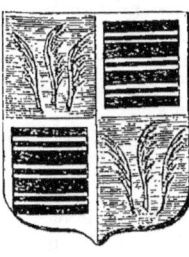 CLAUDE REGNIER, seigneur de Montmoyen, fut pourvu le 11 juin 1543 de l'office de second président (1), créé par édit du même mois « aux mêmes honneurs, autorités, prérogatives, gages et pensions que le président ancien..... avec la réservation d'entrer et monter au premier et ancien lieu quand l'occasion se y offrira. » Bénigne Serre, premier président, forma opposition à la réception de Claude Regnier, à raison de cette clause de *réservation*. Néanmoins la Chambre passa outre, et Claude Regnier fut reçu dans son office par arrêt du 19 juillet 1543, sous réserve des droits des parties, pour être réglés au conseil du roi. On a vu plus haut (p.25) qu'à son tour Claude Regnier, pour le même motif, forma opposition à la réception de Philibert Jaquot en l'office de premier président, mais qu'il ne put faire admettre ses prétentions. Il continua en effet d'exercer l'office de second président qu'il résigna en 1582 en faveur de Pierre Regnier son fils.

I. Aymé ou Edme Regnier, écuyer, seigneur de Romprey, de Montmoyen, et d'une portion de la seigneurie de Latrecey, dite seigneurie *de Jean de Gand*, était en 1503 lieutenant général au bailliage de Châtillon, et il exerça ces fonctions jusqu'à sa mort arrivée vers 1540 ; il avait épousé Jeanne de la Ferté, dont il ajouta les armes aux siennes, et en eut deux enfants : 1° Claude, qui suit ; 2° Bonaventure, chef de la branche des seigneurs de Bussières, dont on trouvera la notice à l'article d'Antoine Regnier, chevalier d'honneur en 1646.

II. Claude, chevalier, seigneur de Montmoyen, Latrecey, Chissey, Origny et Ballenot, président en la Chambre des comptes en 1543, épousa Marguerite Godran, fille de Jacques, président au parlement, et de Jacquette Barbe. Il en eut : 1° Edme, baron de Montmoyen, gouverneur de Beaune sous la Ligue ; 2° Pierre, qui suit ; 3° Odinet, écuyer, seigneur de Chissey, marié à Renée de Livron, dont un fils, Michel, mort sans doute en bas âge ; 4° Chrétienne, femme de Jean d'Eguilly et de

---

(1) On a vu plus haut (p. 22) qu'Etienne Jacqueron, doyen des conseillers maîtres par le décès de Nicolas Bouesseau, continua de porter le titre de président après la création d'un office de président ordinaire, en 1522. On verra à la page suivante que son fils Bénigne porta le même titre avant d'être pourvu de l'office formé de tiers président. Mais comme c'est uniquement en qualité de premiers maîtres qu'ils en ont joui l'un et l'autre, nous croyons ne devoir commencer la série des présidents qu'à Claude Régnier, qui exerça le premier un office formé de second président.

Denis d'Orge; 5° Péronne, mariée en 1572 à Jean de Sercey, écuyer, seigneur de Savigny, Mâlain, et Arconcey, exempt des gardes du corps ; 6° Jeanne, mariée en 1568 à Pierre de Fussey, seigneur de Serrigny et Montagny.

III. Pierre, chevalier, seigneur de Latrecey, Montmoyen et Villecomte, président aux comptes en 1582, épousa Elisabeth Vion, dont il eut : 1° Edme, qui suit ; 2° Odinet, écuyer, seigneur de Villecomte, marié à Marthe Tisserand.

IV. Edme, chevalier, baron de Sassenay, seigneur de Montmoyen, trésorier de France au bureau des finances en 1626, puis chevalier d'honneur à la Chambre des comptes en 1632 et prévôt général des maréchaux en Bourgogne, Bresse et Bugey, épousa Jeanne Tisserand, dame de Sassenay, fille de Pierre, maître des comptes; il mourut en 1626 sans postérité, paraît-il, puisque sa charge de chevalier d'honneur passa à Antoine Regnier, de la branche des seigneurs de Bussières. — Armes : *D'azur, à trois branches de palmes d'or 2 et 1,* qui est de Regnier, *écartelé, de sable à trois jumelles d'argent et une bordure de même,* qui est de la Ferté.

Bénigne JACQUERON, seigneur de la Motte-lez-Argilly, maître des comptes depuis 1525, portait le titre de président dès l'année 1544. On lit en effet dans un registre de la Chambre, sous la date du 8 janvier de cette année, que le duc de Guise, gouverneur et lieutenant général en Bourgogne, se rendit ce jour-là en la Chambre des comptes, accompagné de monseigneur de Rheims, de messeigneurs du Mayne, de Chatelvillain, de Piépape, de Villefrancon, de François de Feuille, capitaine de Saulx-le-Duc, des baillis d'Autun et de Mâcon, de monseigneur de Vantoux et autres, et qu'en sa présence, après les plaidoiries de l'avocat général, il fut procédé à l'entérinement sur requête de la dame de Janly, de certaines lettres concernant la seigneurie de la Serrée. « Et après, ajoute le procès-verbal, le dict sieur de Guise a faict chevalier messire Bénigne Jacqueron, seigneur de la Mothe, *président en ceste Chambre,* et ce faisant luy a donné son coup d'espée sur l'espaule, et l'a présenté à M. de Chastelvillain, qui a pour ce donné son espée audict sieur de Guise. » Pourvu le 30 janvier 1555/6 de l'office de tiers président, créé par édit du même mois, Bénigne Jacqueron fut reçu le 20 février suivant, après avoir résigné son office de maître en faveur de Lazare de Souvert. Quant à celui de président, il le résigna en 1581 à son neveu Antoine Legrand et obtint la même année des lettres d'honneur qui rappellent ses services pendant cinquante-six ans dans les charges de maître et de président. — Sa famille remonte, selon toute apparence, à Perrenot Jacqueron, de Chanceaux, qui vint s'établir à Dijon, où il mourut avant l'an 1390. Il avait un fils, Huguenin, qui vivait en 1400, et un neveu, Jean, sellier à Dijon dans le même temps. On trouve ensuite Perrenot et Jaquot, bourgeois de Dijon en 1411, et enfin Guiot, dont la descendance est connue.

I. Guiot Jacqueron, bourgeois de Dijon, et Etiennette Salomon, sa femme, donnèrent dénombrement en 1486 de ce qu'ils tenaient en fief du roi à Dijon, et notamment d'une portion du droit d'éminage ; ils fondèrent dans le même temps, en l'église Saint-Jean de la même ville, la chapelle des dix mille martyrs et des douze mille vierges, dont le patronage resta longtemps dans leur famille. Guiot mourut vers 1489, laissant un fils, Etienne, qui suit.

II. Etienne, seigneur de la Motte-lez-Argilly, élu du roi aux Etats, puis maître des comptes en 1503, fut en outre revêtu du titre de conseiller et échanson ordinaire de François Ier ; il avait obtenu, en 1501, du roi Louis XII, des lettres d'anoblissement. Nous lui connaissons plusieurs enfants : 1° Bénigne, qui suit ; 2° Guillemette, mariée à Bénigne de Cirey, seigneur de Villecomte ; 3° Etiennette, femme de François Saumaise, maître des comptes.

III. Bénigne, chevalier, seigneur de la Motte-lez-Argilly, maître, puis président en la Chambre des comptes, qui donne lieu à cet article, épousa Isabeau, fille de Guy de Moreau, seigneur de Souhey, président au parlement. Il ne paraît pas avoir eu d'enfants. — Armes : *D'azur, à la fasce de pourpre, chargée d'un croissant d'ar-*. *gent et accompagnée de trois roses de même.*

ETIENNE NOBLET, seigneur de la Forest-le-Duc, Gyé-sur-Aujon, Dommarien, Navilly, Montribourg et Prissey en partie, était maître des comptes, lorsqu'il fut pourvu le 22 juillet 1557 de l'office de quart président, créé par édit du même mois. Il prêta serment le 21 novembre suivant, mourut en 1573, et fut remplacé par Claude Sayve.

I. Hugues Noblet, licencié es lois, conseiller de Philippe-le-Bon et lieutenant général aux baillages de Dijon et d'Auxonne en 1462, fut retenu en 1477 conseiller du roi en la chambre du conseil siégeant à Dijon, et passa à un office de conseiller au parlement lors de l'établissement de cette compagnie en 1480. Il eut, croyons-nous, pour fils Nicolas, qui suit.

II. Nicolas, seigneur en partie de Brochon, clerc et auditeur des comptes en 1496, maître aux honneurs en 1543 et secrétaire du roi, avait épousé Barbe Humbelot, qui, par son testament daté de 1554, voulut être inhumée aux Cordeliers de Dijon, près de son mari. De ce mariage étaient issus : 1° Etienne, qui suit ; 2° Jean, auteur de la seconde branche ; 3° Guillemette, femme de Claude Collot ; 4° Marie, mariée à Claude Joly, prévôt d'Auxonne.

III. Etienne, écuyer, seigneur de Prissey, et successivement clerc, maître et président en la Chambre des comptes, épousa Guillemette de Carmone, fille d'Aubert, conseiller au parlement, et de Charlotte Bouesseau ; il en eut : 1° Bénigne, qui ne paraît pas s'être marié ; 2° Charlotte, femme de Claude Sayve, président à la Chambre des comptes ; 3° Marguerite, mariée à Philippe Baillet, seigneur de Vaugrenant, gouverneur de Saint-Jean-de-Losne sous la Ligue.

Seconde branche. III. Jean, clerc et auditeur des comptes en 1524, mort vers 1540, laissa quatre enfants, savoir : 1° Jean, auditeur des comptes en 1559, mort sans laisser d'enfants de son mariage avec Elisabeth Regnauldin ; 2° Guillaume, qui suit ; 3° Anne, mariée à Bénigne Ythier; 4° Jeanne, femme de Jean Loisel.

III. Guillaume, écuyer, contrôleur des mortes-payes en 1555, eut : 1° Étienne qui suit ; 2° Philibert, contrôleur des réparations et fortifications en 1582, office dans lequel son fils Jean lui succéda.

IV. Étienne, écuyer, seigneur de Prissey en partie, les Grandes et Petites-Véronnes et Navilly, était contrôleur du domaine au bailliage de Dijon en 1580. Il épousa Bernarde Joly. — Armes : *D'or, à la bande de gueules, accompagnée de deux croix fleuronnées au pied fiché de sable.*

CLAUDE SAYVE, sieur de Montculot, fut pourvu le 26 juin 1573, de l'office de quart président sur la nomination de la veuve d'Etienne Noblet, sa belle-mère, et reçu le 31 juillet suivant. Il résigna en 1594 en faveur de Girard Sayve, son fils, en se réservant la survivance, ce qui lui permit après la mort de ce dernier, en 1596, de faire une seconde résignation en faveur d'Abdenago Blondeau. Ni Abdenago Blondeau, ni Guy Blondeau, auquel il résigna peu de temps après, ne se firent recevoir dans cet office qui passa définitivement à Philibert Lenet. Voy. p. 27.

CLAUDE FREMIOT, seigneur d'Is-sur-Tille, exerçait depuis 1571 l'office de contrôleur de l'audience en la chancellerie de Bourgogne, lorsqu'il fut pourvu, le 4 septembre 1577, de celui de cinquième président, créé par édit du même mois. La Chambre ayant fait difficulté d'enregistrer cet édit, y fut contrainte par trois lettres de jussion du roi et par un arrêt du conseil en vertu duquel Claude Fremiot fut reçu et prêta serment le 28 juin 1578. Il résigna en 1611 en faveur de Théodore Pinsonnat. — La famille Fremiot a tenu un rang considérable dans la noblesse sénatoriale de la province. Elle remonte à Oger, qui vivait en 1445.

I. Oger Fremiot eut un fils, René qui suit.

II. René, garde de la monnaie, puis receveur de l'épargne en 1481, eut un fils du même nom.

III. René II, clerc et auditeur des comptes en 1503, épousa Marguerite Billocard, fille de Chrétien ; il en eut Jean qui suit.

IV. Jean, seigneur de Saulx et Barain en partie, clerc et auditeur des comptes, puis conseiller au parlement en 1527, épousa Huguette Le Croisier, fille de Jean, écuyer, seigneur de Dampierre et d'Arnay-sous-Viteaux, et en eut un fils, Mamet, écuyer, seigneur de Saulx, homme d'armes et capitaine de Flavigny, qui mourut sans enfants. Du second mariage de Jean Fremiot avec Guillemette Godran, vinrent : 1° Claude, seigneur d'Is-sur-Tille, président aux comptes, marié à Marthe Berbisey, et dont le fils Claude II, conseiller, puis président au parlement en 1643, ne laissa point d'enfants de ses deux mariages avec Jeanne de Souvert et Marguerite de Bretagne, cette dernière fille de Claude, premier président du parlement de Metz, et de Marguerite Desbarres ; en 1668, il hérita de sa sœur Marie Fremiot, femme de François Blondeau, président au parlement de Metz ; 2° André, conseiller au parlement en 1563, marié à Guillemette, fille de Guy Tabourot, auditeur des comptes; 3° Bénigne qui suit; 4° Jean, prieur du Val-des-Choux; 5° Michelle, mariée à Claude Le Compasseur, trésorier de France.

V. Bénigne, seigneur de Thoste, fut successivement maître des comptes en 1571, avocat général au parlement en 1573, président à mortier et enfin conseiller d'État. On sait qu'il administra la ville de Dijon comme vicomte-mayeur en 1595 et 1596, et que la noblesse de sa conduite pendant les troubles de la Ligue a fait passer son nom à la postérité. En 1570, il avait épousé Marguerite Berbisey, fille de Claude, maître des comptes; il eut de ce mariage: 1° Marguerite, mariée à Jacques de Neuchèze, baron de Bussy et d'Effrans, père de Jacques de Neuchèze, évêque de Chalon-sur-Saône; 2° Jeanne-Françoise, femme de Christophe de Rabutin, baron de Chantal, que l'éminence de ses vertus a fait mettre en 1751 au rang des bienheureuses; 3° André, abbé de Saint-Étienne de Dijon en 1601, conseiller d'État, patriarche et archevêque de Bourges en 1603, qui fut en outre conseiller au parlement de Bourgogne et mourut le 13 mai 1641, avant d'avoir été revêtu de la pourpre romaine pour laquelle il avait été proposé — Armes: *D'azur, à trois merlettes d'argent posées 2 et 1 et surmontées chacune d'une étoile d'or; au chef de gueules brochant sur les deux étoiles du chef.*

ANTOINE LEGRAND, président, fut pourvu le 20 septembre 1581, sur la résignation de Bénigne Jacqueron; reçu le 21 février suivant, il résigna en 1595 en faveur de Jacques Massot. Il avait précédemment rempli les fonctions de secrétaire du chancelier et de greffier de la chancellerie de Bourgogne, et en était revêtu en 1574, lorsqu'il reprit de fief, du chef de sa femme, Marie Tisserand, de la moitié de la tour d'Is-sur-Tille. Nous le croyons père de Jean Legrand, premier président de la Chambre des comptes en 1641.

PIERRE REGNIER, seigneur de Latrecey et Montmoyen, fut pourvu de l'office de second président sur la résignation de Claude Regnier, son père, résignation qui avait été autorisée par arrêt du conseil du 23 avril 1582. Les lettres de provisions de Pierre Regnier sont datées du 16 août de la même année, et il fut reçu le 20 décembre suivant. Comme il y avait eu quelques difficultés entre les présidents sur la préséance en raison des titres de *second*, *tiers*, *quart* et *cinquième* président portés dans leurs lettres de provisions, la Chambre ordonna par son arrêt que Pierre Regnier serait reçu « sans que en vertu de la qualité de *second président* portée par lesdictes lettres d'office, il pust prétendre ny avoir rang et séance en ladicte Chambre autre que selon l'ordre de sa réception. » Pierre Regnier obtint le 28 août 1594, des lettres de survivance de son office qu'il résigna en 1617, en faveur de Jean Legrand. Il mourut le 30 août de la même année. Voy. p. 37.

GIRARD SAYVÉ, président, fut pourvu le 15 avril 1594 par le duc de Mayenne, sur la résignation en survivance de son père Claude. Reçu le 5 septembre suivant, il mourut environ deux ans après, et son père résigna une seconde fois en faveur d'Abdenago Blondeau non reçu. Voy. p. 27 et 40.

ANTOINE BROCARD, seigneur de Chaudenay, fut pourvu de l'office de président créé par édit du roi Henri IV, au mois d'août 1594. La date de ses lettres de provisions n'est pas connue; on sait seulement qu'il fut installé le 11 avril de l'année suivante par François Briet, conseiller au parlement, commissaire à ce désigné, devant les commissaires députés par le roi pour tenir la Chambre des comptes à Semur. Son office fut supprimé comme tous ceux de la même création, par édit de mars 1597; il en accepta le remboursement et en conserva, sa vie durant, le titre et les priviléges. Il avait exercé précédemment celui d'avocat général, dans lequel il eut pour successeur Odet Blondeau.

Cette famille paraît remonter à Jacques Brocard, dont la veuve Alvis, vendit en 1299, au duc Robert, une vigne située sous le château de Montbard. Guillaume Brocard, est qualifié châtelain de Montbard, en 1354. Gautier remplaça en 1400 dans cette même charge de châtelain, Jean Daubenton dont il avait épousé la fille Marguerite; il eut de ce mariage entre autres enfants, deux fils, Guillaume, décédé châtelain de Montbard en 1460, et Guillaume, dit Petit, maire de la même ville. Dans une autre branche on trouve: Jean Brocard, père de Jeannette, qui était mariée vers 1368 avec Guillaume de Lierche, châtelain de Grignon, et Nicolas Brocard, dont le fils Jean, grenetier de Montbard en 1431, puis très probablement lieutenant du bailli d'Auxois en 1455 et conseiller du duc, eut, croyons-nous, pour fils, Gauthier qui suit.

I. Gauthier ou Gaucher Brocard, après avoir exercé pendant quelque temps les fonctions de lieutenant général au bailliage d'Auxois, fut pourvu en 1502 d'un office de conseiller au parlement; il mourut en 1505, laissant: 1° André qui suit; 2° Philiberte, femme d'Edme Julien, seigneur de Verchisy, Clamerey et Montagnerot, lieutenant au bailliage d'Auxois sur résignation de son beau-père, puis conseiller au parlement en 1516.

II. André, seigneur de Chaudenay et la Grange, conseiller au parlement en 1519, par le décès d'Edme Julien, son beau-frère, épousa Guillemette ....., dont il eut : 1° Claude qui suit; 2° Jeanne, mariée à Michel Peschard, sieur de la Roche, trésorier des fortifications en Bourgogne; 3° Bénigne, femme de Girard Sayve, receveur général des finances; 4° Marie, qui épousa Bonaventure Regnier, écuyer, sieur de Romprey.

III. Claude, seigneur de Chaudenay, conseiller au parlement en 1543, épousa en premières noces Claude Barjot, dont il eut, entre autres enfants, Marguerite, femme de Jean Berbisey, lieutenant au bailliage de Dijon; marié en deuxièmes noces à Françoise de Montholon, il en eut Jeanne, femme de Barthélemy Morisot, greffier de la Chambre des comptes.

I. Emilan, que nous croyons frère de Gaucher, épousa Jacquette Espiard, dont il eut : 1° Gauthier, correcteur des comptes en 1543, mort en 1558; il avait épousé Edmonde David; 2° Antoine qui suit; 3° Jeanne, mariée en 1526 à Jean de Thésut, sieur d'Espuis; 4° Marie, femme de Henry de Cirey; 5° Catherine, mariée en 1530 à Jacques Legrand.

II. Antoine, auditeur, puis maître des comptes en 1554, mourut en 1570. Il épousa en premières noces, Marguerite Berbisey, en deuxièmes, Madeleine Ringard, fille de Jean, docteur en médecine; il eut du premier lit: 1° Bénigne, femme de François Saumaise, maître des comptes ; 2° Maclou qui suit ; 3° Antoine, avocat général, puis président aux comptes, qui donne lieu à cet article ; il épousa Odette Boyvault ; 4° Bertrande, mariée en 1573 à Jean Comeau, écuyer, homme d'armes dans la compagnie du grand écuyer de France.

III. Maclou, homme d'armes dans la compagnie du comte de Charny, capitaine de compagnie à Flavigny pendant la Ligue, puis capitaine des gardes du gouverneur de Bourgogne, épousa Marguerite Noblet ; il en eut six fils dont nous ignorons les alliances.

On trouve encore de ce nom, Jean, auditeur des comptes en 1555, et Gauthier, capitaine du château de Mont-Saint-Jean, marié à Jeanne Espiard. — Armes : *D'azur, à trois chevreuils d'or.*

JACQUES MASSOL, seigneur de Nanteuil, président, fut pourvu sur la résignation d'Antoine Legrand, le 20 juillet et reçu le 12 août 1595. Il avait auparavant exercé l'office de maître extraordinaire, et résigna celui de président en 1611, en faveur de Jean Massol, son fils.

La famille Massol, dont le nom primitif est Massot, remonte à :

I. Jean Massot qui habitait Beaune au milieu du XVIe siècle, et épousa Françoise Pétrol, dont il eut : 1° Jean II qui suit ; 2° Jacques qui fit branche.

II. Jean II, seigneur de Paris-l'Hôpital et Decize en 1564, de Loisy en 1575, décimateur de Corgoloin en 1582 et bourgeois de Beaune, épousa Antoinette Triboulet dont il eut : 1° Pierre qui suit ; 2° Claude, mariée à Etienne Bouhier, seigneur de Pouilly et Lantenay, conseiller au parlement.

III. Pierre Ier, seigneur de Savigny, épousa en 1572, Catherine, fille d'Antoine Juret, seigneur de Grosbois, greffier du bailliage de Dijon et de Louise Petit ; il en eut Jean III.

IV. Jean III, seigneur de Loisy et Savigny, conseiller au parlement en 1603, épousa en 1598 Claudine, fille de Jean Maillard, maître des comptes, et de Marie Girardot, dont : 1° Pierre II qui suit ; 2° Jean, conseiller au parlement, marié à Antoinette, fille d'Abraham Grozelier et d'Antoinette Thiroux ; 3° Marie qui épousa en 1623, Denis Bruslard, président du parlement.

V. Pierre II, seigneur de Savigny, Collonges et Serville, président aux comptes en 1640, épousa en 1644 Marie, fille de Guillaume Languet, secrétaire du roi et d'Elisabeth Bretagne, dont il eut : 1° Jean-Baptiste qui suit ; 2° Guillaume, marquis de Serville et de Saint-Anthost, chevalier de Saint-Louis, lieutenant général des armées du roi, marié à Antoinette, fille de Jean-Baptiste de Doigt, comte de Loon et de Catherine de Massel ; de là vinrent : a) Georges, marquis de Serville, chevalier de Saint-Louis, lieutenant colonel de cavalerie, marié à Françoise, fille de Jean de Miremont, comte de Vialard et de Saint-Didier, et de Françoise-Hippolyte de Mongout, qui eut deux filles et un fils mort en bas âge ; b) Marie, femme de N. Jacob, seigneur de la Motte-lez-Dijon. 3° Elisabeth, dame de Vauvillars, mariée à Henri de Clermont-Tonnerre; 4° Marie-Anne, chanoinesse à Migette.

VI. Jean-Baptiste, seigneur de Collonges et Bévy, président aux comptes en 1686, épousa Barbe, fille de Georges de Berbisey, conseiller au parlement et de Christine Fyot de Vaugimois, dont vinrent : 1° Georges-Louis qui suit; 2° Odette, femme de Sylvestre Pélissier, seigneur de Ternans, et quatre filles religieuses.

VII. Georges-Marie-Louis, marquis de Collonges et Bévy, baron de Genay, seigneur de Magny, chevalier des ordres du roi, de Saint-Michel et Saint-Louis, gentilhomme ordinaire de la chambre du roi, capitaine de dragons, épousa le 17 août 1712, Marie-Jeanne, fille de François de Bretagne, lieutenant général au bailliage d'Auxois et de Jeanne Jacob; il en eut : 1° Louis-Hector-François-Bernard, capitaine dans Royal-Barrois et gentilhomme du roi de Pologne, mort en 1762 sans alliance; 2° Gaspard, lieutenant des vaisseaux du roi; 3° Marie-Barbe, religieuse ursuline à Semur; 4° Georges-François qui suit; 5° Antoinette, mariée à Charles-Antoine-Marguerite, marquis de Massol de Rebets.

VIII. Georges-François, marquis de Massol, lieutenant des vaisseaux du roi, épousa Edmée-Françoise-Alexandrine, fille de Charles Legrand, seigneur de Sainte-Colombe, grand bailli de Châtillon-sur-Seine.

Branche cadette. II. Jacques Ier, seigneur de Nanteuil et de Travoisy, greffier du bailliage de Dijon, et lieutenant particulier en la chancellerie de Beaune et Nuits, épousa Guillemette, fille de Michel Millière, seigneur d'Aiserey, et de Marie Moisson, dont vinrent : 1° Jacques qui suit; 2° Marie, femme en premières noces de Michel Maillard, en deuxièmes de Louis Odebert, conseiller au parlement; 3° Anne, mariée à Antoine Bretagne, premier président du parlement de Metz; 4° Jean, seigneur de Marcilly, conseiller au parlement, qui n'eut que des filles de son mariage avec Josèphe, fille de Sébastien Filsjean et de Marie Brechille, savoir : a) Marie, femme en premières noces de Guillaume Pouffier, seigneur de Longepierre, grand maître des eaux et forêts, et en deuxièmes de François Gaillard, seigneur de Montigny, conseiller au parlement; b) Odette, mariée en 1622 à Jacques Fyot de Vaugimois; c) Olympe, femme de Jean-Baptiste Galois, gentilhomme ordinaire du roi en 1638; d) Guillemette, mariée en 1639 à Bénigne Bernard, seigneur de Trouhans, conseiller au parlement.

III. Jacques II, maître, puis président aux comptes en 1595, épousa Olympe, fille de Jean Morin, conseiller au parlement, et de Huguette Arbaleste; il eut : 1° Jean qui suit; 2° Marie, mariée en 1610 à Paul Dumay, seigneur de Saint-Aubin, conseiller au parlement; 3° Anne, qui épousa en 1617 François de Cuigy, trésorier des États de Bourgogne; 4° Jacques, prieur de Larrey; 5° Claudine, religieuse carmélite.

IV. Jean, seigneur de Montmoyen, président aux comptes en 1611 et conseiller d'État en 1618, marié à Charlotte, fille d'Antoine des Hayes et de Marie Chapelle, eut de ce mariage : 1° Antoine-Bernard qui suit; 2° Gilbert, tué au passage du Rhin; 3° Anne, mariée à Antoine de la Boulaye; 4° Marie-Charlotte, femme en premières noces de Pierre de Sabrevois, seigneur de Bouzade, et en deuxièmes de François Vandin, seigneur de Lombreuil.

V. Antoine-Bernard, seigneur de Montmoyen, président aux comptes, eut cinq femmes : Catherine Coquet, Marie de Maillard, Catherine d'Hoges, Jeanne-Marie Berbis, et Madeleine Legrand. Du deuxième lit vinrent : 1° Jean, marquis de Garennes, avocat général à la Chambre des comptes de Paris, marié à Marie-Geneviève, fille unique de Charles Morelet, seigneur de Muzeau, marquis de Garennes, et de Geneviève Le Fèvre de Caumartin, dont il eut : a) Antoine-Bernard, marquis de Garennes, avocat général à la Chambre des comptes de Paris, mort sans enfants de son mariage avec Marie de Lorière ; b) Anne-Nicole, religieuse, et plusieurs autres enfants morts en bas âge.

VI. Antoine-Bernard, chevalier, seigneur d'Hierces et Montmoyen, capitaine dans Royal-Cravate, épousa Catherine de Bretagne, dont il eut Charles-Antoine-Marguerite qui suit.

VII. Charles-Antoine-Marguerite, chevalier, marquis de Massol de Rebets, seigneur d'Hierces et Montmoyen, épousa Antoinette de Massol, de la branche des marquis de Collonges, et en eut un fils, Charles-Henri-Gaspard-André.

Cette famille, souvent entrée aux États de Bourgogne et dont plusieurs membres ont pris part aux élections des députés de la noblesse en 1789, est encore représentée ; elle porte : *D'or, à l'aigle éployée de sable ; coupé de gueules, au dextrochère armé au naturel tenant une massue, et mouvant d'une nuée d'argent à senestre.*

FRANÇOIS MARESCHAL, secrétaire de la chambre du roi et élu pour le roi aux États de Bourgogne, remplissait ces dernières fonctions depuis 1585 lorsqu'il fut pourvu le 30 juin 1595, de l'un des deux offices de présidents créés par édit du même mois. Il fut reçu le 19 août suivant. Son office ayant été supprimé avec le semestre par les édits d'août 1596 et mars 1597, il en obtint le rétablissement par arrêt du conseil du 8 juin 1598, et le résigna en 1600 en faveur de Pierre Mareschal, son neveu. François Mareschal qui donne lieu à cet article, vivait à Saulx-le-Duc environ l'an 1530 ; il résigna en 1575 un emploi qu'il y exerçait et fut pourvu la même année d'un office de greffier en chef des requêtes du palais ; nommé depuis élu du roi et enfin président aux comptes en 1595, il avait épousé Anne, fille de Thibaut Girard et de Bénigne Julien, et n'eut de ce mariage qu'une fille, Jacqueline, mariée en 1598 à Guillaume de Montholon, maître des requêtes de l'hôtel et ambassadeur en Suisse. Son neveu Pierre, seigneur de Frontenay et la Oultre, héraut d'armes et secrétaire de la chambre du roi, avant d'entrer à la Chambre des comptes, épousa Françoise, fille de Nicolas de Montholon, avocat du roi au parlement et de Bénigne de Chantepinot, et veuve de Philibert Tixier, conseiller au parlement. Il n'en eut qu'une fille, Françoise, et sa femme, restée veuve, épousa en troisièmes noces Guillaume Le Gouz, seigneur de Vellepesle, avocat général au parlement de Dijon.

ÉTIENNE DE LOYSIE, seigneur de Turcey, président, fut pourvu le 9 février et reçu le 25 juin 1596. Son office, de la création de juin 1595, avait d'abord été donné par Henri IV à René Fleutelot, vicomte-mayeur de Dijon, en récompense des agréables services qu'il lui avait faits et rendus en la réduction de cette ville sous son obéissance. René Fleutelot étant mort avant de s'être fait recevoir, son office fut donné à ses héritiers par lettres du 22 septembre 1595, « pour en estre les lettres de provisions réformées à leur proffict soubs le nom de Jean Fleutelot, cousin dudict deffunct, ou de telle aultre personne capable qu'ils adviseront. » Étienne de Loysie fut nommé sur la présentation des héritiers de René Fleutelot, dont il avait épousé en deuxièmes noces la fille Claude. Sa première femme, Charlotte Jaquot, était fille de Jean, maître des comptes, et de Marthe Godran. Son office fut supprimé par les édits d'août 1596 et mars 1597, mais il obtint en 1604 d'être maintenu dans la jouissance de ses priviléges sa vie durant (1). Il mourut en 1636 et fut inhumé à Saint-Michel, dans la chapelle de sa famille dont il fut le dernier représentant. Ajoutons qu'il avait été échevin, puis vicomte-mayeur de Dijon en 1607. On trouve encore de ce nom : Antoine, conseiller au parlement en 1480 ; Jean, avocat général en 1498 ; et Jean, châtelain d'Argilly, pourvu en 1533 d'un office d'auditeur des comptes. — Armes : *D'azur, au filet enlacé d'or, à la bordure de même.*

PHILIBERT LENET , président , fut pourvu le 20 février 1597 de l'office que tenait Claude Sayve, et dont les résignataires successifs , Abdenago et Guy Blondeau, s'étaient démis avant réception. Il prêta serment le 16 décembre de la même année et résigna en 1619 en faveur de Philibert Bernardon. On trouve quelques détails sur la famille Lesnet ou Lenet, dans un arbre généalogique dressé en 1660, pour la réception de Louis Lenet dans l'ordre de Malte. D'après ce document elle remonte à Guillaume Lenet qui vivait sous Philippe-le-Bon.

I. Guillaume, commensal de Philippe-le-Bon, eut pour fils Philippe.

II. Philippe, secrétaire du roi, maison et couronne de France. De lui est descendu Claude.

(1) Après la suppression du semestre par les édits d'août 1596 et mars 1597 plusieurs des officiers compris dans cette suppression obtinrent d'être rétablis dans la jouissance de leurs offices, comme on le verra à leurs articles respectifs ; mais la Chambre des comptes refusa obstinément de procéder à la vérification de deux arrêts du conseil des 6 juin 1597 et 19 juillet 1601, portant rétablissement des officiers dont les noms suivent : Etienne de Loysie, président, Pierre Buatier, Claude Berger, Artus Valon, maîtres ordinaires, Pierre Bernier, maître extraordinaire, Jean Girault, Pierre Pennet, correcteurs, et Antoine Desnoyers, auditeur. Tous les officiers définitivement supprimés furent maintenus dans la jouissance de leurs privilége leur vie durant, par un arrêt du conseil du 1er juin 1604 complété et interprété par un arrêt du parlement du 13 juillet suivant et par une déclaration royale du 3 février 1606.

III. Claude, seigneur de Chassey et Rosey, qualifié citoyen de Chalon en 1579, fut pourvu d'une semblable charge de secrétaire du roi ; il eut : 1° Jean, qui suit ; 2° Jeanne, femme de Joseph Niquevard, conseiller au bailliage de Chalon.

IV. Jean, seigneur de Chassey, gouverneur de la chancellerie de Bourgogne, épousa en 1579, Anne Desbarres (1), fille de Bernard, seigneur de Ruffey et Charancey, président au parlement, et de Pierrette Fyot. Il mourut en 1582, laissant trois enfants : 1° Philibert, président aux comptes en 1597, mort sans enfants de son mariage avec Marthe Bretagne ; 2° Elisabeth, mariée à Etienne Bernardon, seigneur de Grosbois, conseiller au parlement ; 3° Claude qui suit.

V. Claude, seigneur du Meix et de Chassey, conseiller au parlement en 1607, épousa en 1612 Anne Fyot, fille de Jean, conseiller au parlement, et de Gasparde de Montholon ; il eut de ce mariage : 1° Claude qui suit ; 2° Pierre, auteur de la branche des marquis de Larrey ; 3° Marie, femme de Benoit-Palamède Baudinot, conseiller au parlement.

VI. Claude, chevalier, président en la Chambre des comptes en 1641, épousa Catherine, fille d'Antoine Gautier, maître des comptes et de Marie Legourd ; il en eut Philibert-Bernard qui suit.

VII. Philibert-Bernard, seigneur de Corgengoux et Mazerotte, conseiller au parlement en 1663, épousa Jeanne-Jacqueline, fille de Jean-Baptiste de Chaumelis, conseiller au parlement ; il en eut : 1° Claude-Bénigne qui suit ; 2° Antoine-Jean, conseiller au parlement en 1697, mort sans enfants ; 3° Pierre, chanoine de la Sainte-Chapelle ; 4° Philibert, prieur du Val-des-Choux ; 5° Antoine-Ignace, seigneur de Selore et la Brosse, marié à Anne Espiard, fille de Jacques-Auguste, conseiller au parlement ; 6° Catherine qui épousa Jean-Baptiste Gagne, président aux comptes.

VIII. Claude-Bénigne, marquis de Larrey (après la mort de son cousin Louis Lenet, fils de Pierre, procureur général au parlement), seigneur de Corgengoux, lieutenant aux gardes françaises, puis écuyer ordinaire du roi, épousa Françoise Salier, dont il n'eut qu'une fille, Théodorine, mariée en 1749, à Chrétien-Gaspard de Macheco, seigneur de Preméaux et Corgengoux, conseiller au parlement.

Branche des marquis de Larrey. VI. Pierre, procureur général au parlement de Bourgogne, intendant de Paris et des armées du roi, chevalier en 1662, conseiller d'Etat, seigneur du Meix, Charette, Quintin, Longbois, Villotte et Boussenois, est connu par son dévouement au prince de Condé et ses curieux mémoires sur la Fronde. Il obtint le changement du titre du marquisat de Faber en celui de Larrey ; il avait épousé Françoise, fille de Jean de Grand, écuyer, seigneur de Briocourt et Roocourt (2), et d'Antoinette de Cicons ; de ce mariage vinrent : 1° Louis, chevalier

----

(1) Elle épousa en deuxièmes noces Perpetuo Berbisey.
(2) Le père de Jean de Grand, Maurice, issu lui-même de François de Grand, écuyer, seigneur de Jussanecourt, Briocourt et Roocourt, avait épousé Françoise de Gondrecourt, qui était fille de Jean, écuyer, seigneur de Thourailles, et petite-fille d'un autre Jean de Gondecourt, commensal de Jean, fils du roi de Jérusalem, duc de Calabre et de Lorraine.

de Malte, marquis de Larrey, lieutenant général des armées du roi; 2° Henri, abbé de Châtillon; 3° Anne, mariée à Antoine Duprat, marquis de Vitteaux. — Armes : *D'azur, à une fasce ondée d'argent, accompagnée de trois quintefeuilles d'or.*

Pierre MARESCHAL, seigneur de Frontenay et la Oultre, succéda dans un office de président à François Mareschal, son oncle. Ses lettres de provisions ne sont point au registre; on y voit seulement qu'il fut reçu le 30 juin 1600. En 1606, il résigna son office à Bénigne Le Compasseur, qui s'en démit avant réception au profit de Claude Gaillard. Voy. p. 45.

Claude GAILLARD, seigneur de Montigny et Essarois, maître des comptes depuis 1604, remplaça Pierre Mareschal dans un office de président. Pourvu le 25 mai 1606, il y eut quelques difficultés à sa réception ce qui l'empêcha de prêter serment avant le 22 juin de l'année suivante. Il résigna en 1624 en faveur de Denis Bouthillier.

Cette famille, originaire de Châtillon-sur-Seine, remonte à Laurent Gaillard qui vivait au XVIᵉ siècle (1).

I. Laurent Gaillard eut deux fils : 1° Jean, l'aîné, qui suit ; 2° Jean, le cadet, bourgeois de Chanceaux.

II. Jean, bourgeois de Châtillon, obtint permission en 1573, de tenir fiefs au duché de Bourgogne, comme s'il était noble, et se rendit acquéreur des seigneuries de Maisey-le-Duc, Montigny-Montfort, Essarois et Villotte. Reçu en 1582 dans l'office de receveur général des décimes en Bourgogne, il mourut l'année suivante, laissant de son mariage avec Roline Legrand, un fils qui suit.

III. Antoine, seigneur de Maisey-le-Duc, Montigny-Montfort et Essarois, épousa en 1570, Jeanne de Montholon, fille de Guillaume, avocat du roi au parlement, et de Catherine Moisson ; il eut de ce mariage : 1° Jean, marié à Claudine Brigandet, veuve de Jean Garnier, avocat à Châtillon, dont il eut trois enfants : a) Claude, marié à Nicole, fille de Claude Ferrand, de Vitteaux; b) François, marié à Marie Estiennot, de Semur; c) Guillaume, qui épousa Claudine, fille de Henri de Porcherot, de Chanceaux; 2° Marie, qui épousa en 1590, Philibert de Cicons, fils d'Etienne, écuyer, seigneur de Villotte; elle lui apporta en dot les terres de Montigny en partie et Montfort; 3° Claude qui suit; 4° Guillaume, lieutenant général au bailliage de Dijon, en 1615, qui fut remplacé dans cette charge par son fils, Claude, en 1638; 5° Catherine, morte en 1591; 6° Antoine, contrôleur général de la maison de Mˡˡᵉ d'Orléans; 7° Bernarde, femme de N. Catherine, conseiller au parlement.

IV. Claude, seigneur de Montigny et Essarois, maître des comptes, puis prési-

(1) On trouve en Bourgogne, au XVᵉ siècle, plusieurs personnages du même nom, savoir : Jacquot Gaillard, changeur à Autun en 1422 ; Claude, peut-être son frère, qui assista la même année, comme conseiller du duc au parlement de Dole; et enfin Michel, conseiller du roi, général des finances en Bourgogne en 1484, qui portait le titre de chevalier. Il est peu probable qu'ils soient de la même famille.

dent en 1606, épousa Jeanne Ocquidem, dont il eut, entre autres enfants : 1° Philibert-François qui suit ; 2° Galleran, seigneur d'Essarois, président aux comptes en 1627, conseiller d'Etat en 1630.

V. Philibert-François, seigneur de Montigny et Broindon, conseiller au parlement et président aux requêtes en 1633, eut un fils, Claude-Bernard qui suit, et peut-être une fille, Catherine, femme de Jean Berbis, chevalier d'honneur à la Chambre des comptes

VI. Claude-Bernard, seigneur de Montigny et Broindon, conseiller au parlement en 1666, épousa Olympe Bernard, et n'eut qu'une fille, Jeanne, mariée à Jean-Baptiste Garron, baron de Châtenay, conseiller au parlement. — Armes : *D'azur, à deux coutelas en sautoir d'argent, la poignée et la garde d'or.*

THÉODORE PINSONNAT, baron de Bellevesvre, seigneur de Taperey et Dampierre, président, fut pourvu le 21 mai 1611, sur la résignation de Claude Frémiot, et reçu par arrêt du 9 juillet de la même année. Il mourut en 1632 et son office passa, sur la nomination des curateurs de ses enfants mineurs, à Aymé Gallois, son allié, qui s'en démit avant réception en faveur de Claude de Marguenat. Il avait épousé Jacqueline, fille de Jean Gallois, seigneur du Perroux, conseiller au parlement, et de Jacqueline de Thésut. De ce mariage vinrent : 1° Jacqueline, femme de Melchior Bernard de Montessus, seigneur de Balore, etc.; 2° Jean-Baptiste, qui fut tué au siége de Dole ; 3° Aimé, baron de Bellevesvre, mort sans enfants légitimes ; 4° Marie, morte en fiançailles avec Bénigne Legrand, premier président de la Chambre des comptes. — Armes : *D'azur, au pin d'or, accosté de deux étoiles de même.*

JEAN MASSOL, seigneur de Montmoyen, président, fut pourvu le 26 décembre 1611, sur la résignation de Jacques Massol, son père, et reçu le 27 février de l'année suivante. Il fut remplacé en 1654 par Antoine-Bernard Massol, son fils. Jean Massol était un esprit cultivé ; il a composé deux poèmes latins cités par Papillon, qui fixe par erreur sa mort à l'année 1649. Voy. p. 43.

JEAN LEGRAND, seigneur de Marnay, Aluze et Is-sur-Tille, président, fut pourvu le 28 septembre 1617, sur la résignation de Pierre Regnier de Montmoyen, et reçu le 22 novembre de la même année. Son office, du nombre des deux offices d'ancienne création compris dans l'édit de suppression de mai 1630, fut rétabli en sa faveur par édit de février 1632, et il le résigna en faveur d'Etienne Marloud, lorsqu'il passa à celui de premier président en 1641. Voy. p. 29.

PHILIBERT BERNARDON, seigneur de Renève et Beauregard, président, fut pourvu le 20 septembre 1619, sur la résignation de Philibert Lenet, et reçu le 2 décembre de la même année. Il mourut le 28 mars 1641, peu après avoir résigné en faveur de Claude Lenet.

I. Cette famille, originaire de Chalon, remonte à honorable homme Etienne Bernardon, châtelain de Demigny, qui eut un fils, Philibert.

II. Philibert, seigneur de Saint-Micault, procureur du roi aux bailliage, gruerie et grenier à sel de Chalon, épousa

4

en 1565, Antoinette Perrault, fille de Guillaume, juge et garde de la prévôté de Buxy et de Guye de Macheco; il en eut : 1° Etienne qui suit; 2° Philibert, avocat du roi, puis lieutenant général au bailliage de Chalon; 3° Jean-Baptiste, seigneur de Chenôves et de Corcelles-les-Ars, marié à Jacqueline Gallois; 4° Guillaume, doyen de Saint-Vincent de Chalon ; 5° N. mariée à N. de Rimond, lieutenant en la chancellerie de Mâcon; 6° Geneviève, femme de Philibert de la Mare, seigneur de Meursault et Auxey, lieutenant au bailliage de Beaune.

II. Etienne, seigneur de Grosbois, conseiller au parlement en 1579, épousa Elisabeth, fille de Jean Lenet, gouverneur de la chancellerie aux contrats; il en eut : 1° Philibert qui suit; 2° N., mariée à Jean-Baptiste Marloud, seigneur de Charnailles, maître des comptes; 3° Guillaume, seigneur de Grosbois et Corcelles-les-Ars, conseiller au parlement en 1625; il épousa en premières noces, Etienne de Poligny, fille de Jean, seigneur de Drambon, conseiller au parlement, et de Marie Gonthier, de qui il eut Elisabeth, femme de Georges Joly, baron de Blaisy, conseiller au parlement; et en deuxièmes, Charlotte de Cirey, fille de Bénigne, seigneur du Magny, conseiller au parlement, et de Marie Jaquot, de qui vinrent : a) Marie qui apporta en dot la terre de Grosbois à Nicolas Perreney, conseiller au parlement; b) N., mariée à Jean Bouhier, conseiller au parlement en 1650.

III. Philibert II, seigneur de Renêve et Beauregard, président aux comptes en 1619, épousa Anne, fille d'André Moisson, seigneur du Bassin, maître des requêtes, et de Bénigne Maillon; il n'eut qu'un fils, André-Bernard, qui suit.

IV. André-Bernard, seigneur de Renêve et Beauregard, aussi président en la Chambre des comptes en 1680, épousa Jeanne-Bernarde, fille de Jean Lantin, seigneur de Montagny, conseiller au parlement, et de Philiberte-Constance Perret; il n'eut qu'une fille, Marie-Jeanne, morte sans alliance, la dernière de sa famille, dont les biens passèrent à Jean Bouhier-Bernardon, conseiller au parlement. — Armes : *D'azur, au sautoir d'or, accompagné d'un croissant de même en chef et de trois étoiles aussi d'or, deux aux flancs et une en pointe.*

DENIS BOUTHILLIER, seigneur de Rancé, la Crène, la Houssaye et Clayes, baron de Verret et de Larcey, président, fut pourvu sur la résignation de Claude Gaillard, le 31 octobre 1624, et reçu le 31 mars 1625. Il avait été précédemment secrétaire des commandements de la reine Marie de Médicis, et s'était fait pourvoir ensuite d'un office de trésorier de France à Dijon, qu'il quitta pour entrer à la Chambre des comptes. Son office de président était de la création de juin 1595; aussi s'en étant démis en 1629, la Chambre lui en remboursa la finance pour en opérer la suppression. Nommé en 1630, président d'une chambre des enquêtes au parlement, Denis Bouthillier, d'un caractère inconstant, résigna cette charge trois mois après, devint conseiller d'Etat, lieutenant général de la navigation et du commerce de France pour la Picardie, et mourut en 1652. Il avait épousé Charlotte Joly, fille de François, avocat au parlement de Paris, chef de la branche des Joly de Fleury; il en eut un grand nombre d'enfants, parmi lesquels nous citerons Armand-Jean, le célèbre abbé de la Trappe. La généalogie de l'illustre maison de Bouthillier est assez connue pour que nous n'ajoutions rien de plus à cet article. — Armes : *D'azur, à trois fusées d'or mises en fasce.*

JEAN BARDIN, conseiller, secrétaire du roi, maison et couronne de France, fut pourvu le 4 août 1626, d'un des trois offices de présidents créés par l'édit du mois de juillet précédent, qui avait attribué à la Chambre la juridiction souveraine des aides. Reçu par arrêt du 12 novembre de la même année, Jean Bardin conserva peu de temps cet office qui fut supprimé avec plusieurs autres, par édit et déclaration des mois d'avril et de mai 1630. — Armes : *D'azur, au chevron d'argent, accompagné de trois têtes de daims d'or.*

GALLERAN GAILLARD, seigneur de la Morinière et d'Essarois, occupa l'un des trois offices de présidents de la création de juillet 1626; pourvu le 4 août de la même année, il fut reçu par arrêt du 23 janvier 1627, et son office ayant été compris dans la suppression de 1630, il passa à une charge de conseiller aux conseils d'Etat et privé. Voy. p. 48.

ANTOINE PORTAIL était correcteur à la Chambre des comptes de Paris, lorsqu'il fut pourvu par lettres du 4 août 1626 de l'un des trois offices de présidents créés par édit du mois de juillet précédent. Il fut reçu le 7 mai 1627, et, son office n'ayant pas été compris dans la suppression de 1630, il résigna en 1633 en faveur de Pierre Baillet. — D'après la Chesnaie des Bois, la famille Portail, originaire du Mans, remonte à Antoine Portail, écuyer, dont le fils Paul fut reçu conseiller au parlement de Paris en 1585. Elle s'est divisée en trois branches, qui ont fourni un grand nombre d'officiers aux cours souveraines de la même ville. Nous citerons entre autres Antoine Portail, seigneur de Vaudreuil, premier président du parlement en 1724. — Armes : *D'azur, un bœuf d'or, accompagné de six fleurs de lys de même, trois en chef et trois en pointe.*

PIERRE BAILLET, trésorier de France et général des finances en la généralité de Bourgogne, occupa l'office de président d'Antoine Portail; pourvu sur sa résignation le 24 avril 1633, reçu le 4 mai suivant, il mourut en 1640, et fut remplacé par Pierre Massol. Voy. p. 32.

CLAUDE DE MARGUENAT, conseiller maître des comptes depuis 1626, succéda à Théodore Pinsonnat dans un office de président; pourvu le 1er mars, reçu le 25 mai 1633, il résigna en 1650 en faveur de Didier de Marguenat, son fils, mourut le 29 juin 1668 et fut inhumé en l'église Saint-Michel de Dijon. Il était originaire de Troyes et était venu s'établir à Dijon en 1609, époque où Nicolas Pouffier lui avait résigné l'office de contrôleur général des finances en Bourgogne. On trouve du même nom Nicolas de Marguenat qui résigna en 1628, en faveur de Zacharie Drouas, un office de secrétaire du roi en la chancellerie de Bourgogne. — Armes: *D'azur, à une bande de trois pièces d'or; au chef de même, chargé de trois roses de gueules boutonnées d'or et pointées de sinople.*

JACQUES FERRAND, seigneur de Courgis, fut pourvu le 6 octobre 1637, d'un des deux offices de présidents créés par édit de janvier 1636 et réduits à un par édit de février 1637. Son arrêt de réception est du 19 décembre de la même année. Nommé conseiller d'État par lettres du 4 mars 1644, Jacques Ferrand résigna son office de président en 1654 en faveur de Jacques Legrand et mourut au mois de mars 1679, à l'âge de 60 ans, sans laisser d'enfants de son mariage avec N. Juliot, fille de Jacques, lieutenant général en la chancellerie de Semur et de Marie Espiard. Au mois de janvier 1646, il avait obtenu des lettres de noblesse en récompense des services par lui rendus aux rois Louis XIII et Louis XIV, en l'exercice de sa charge et en plusieurs emplois importants, et sur cette considération que son père, André Ferrand, conseiller aux bailliage et chancellerie, et vierg d'Autun, son aïeul, Philibert, avocat et maître des eaux et forêts, et son bisaïeul, Guillaume, citoyen et vierg de la même ville, avaient toujours vécu vertueusement et noblement, et témoigné leurs affections au service des rois. On trouve encore de ce nom: Julien, trésorier provincial de l'extraordinaire des guerres qui résigna en 1604, et Salomon, maître des comptes en 1595. — Armes: *D'or, à une hure de sanglier arrachée de sable, deffendue et allumée d'argent, écartelé, d'azur, au sautoir d'or, accompagné de quatre étoiles de même.*

PIERRE MASSOL, seigneur de Savigny, Collonges et Serville, président, succéda à Pierre Baillet. Pourvu par lettres du 7 mai 1640, conformément à un arrêt du conseil du 21 janvier précédent, qui avait levé certaines difficultés relatives à la vente de son office, il fut reçu le 14 juillet de la même année, résigna en 1656 en faveur de Vincent Savot, et obtint en 1669 des lettres de vétérance. Voy. p. 43.

CLAUDE LENET, président, fut pourvu le 28 mars 1641, sur la résignation de Philibert Bernardon, et reçu par arrêt du 5 juin de la même année. Il résigna en

1662 en faveur de Claude Bernard, obtint des lettres d'honneur en 1669, mourut le 16 novembre 1679 et fut inhumé dans l'église des Minimes. Voy. p. 46.

ÉTIENNE MARLOUD, seigneur de Charnailles, président, fut pourvu le 13 janvier 1642, sur la résignation de Jean Legrand, promu à l'office de premier président. Reçu le 11 avril de la même année, il mourut le 19 janvier 1680 et eut pour successeur Michel Badoux. Sa famille est originaire de Chalon-sur-Saône.— Guillaume, échevin de Chalon, marié à Marie Barbotte, eut une fille, Anne, qui épousa en 1626 Edme Julien, écuyer, lieutenant assesseur criminel et conseiller aux bailliage et chancellerie de la même ville.

I. Philibert, grenetier au grenier à sel de Chalon en 1586, eut : 1° Jean-Baptiste qui suit ; 2° Elisabeth, mariée à Antoine Girard.

II. Jean-Baptiste, seigneur de Charnailles et Jamble, maître des comptes en 1613, épousa en premières noces N. Bernardon, fille d'Etienne, conseiller au parlement, et d'Elisabeth Lenet, et en deuxièmes noces Françoise de Charny, veuve de Pontus de Vidard, seigneur de Cruzilles. Il eut : 1° Etienne qui suit ; 2° Philibert, contrôleur général des finances en Bourgogne, mort en 1679.

III. Etienne, seigneur de Charnailles et Jamble, président aux comptes en 1642, épousa Nicole Gueland, dont il eut : 1° Guillaume qui suit ; 2° Elisabeth, morte sans alliance

IV. Guillaume, écuyer, seigneur de Charnailles et Jamble, colonel d'un régiment d'infanterie de son nom en 1710, avait épousé en 1682 Claude de Courvault, dont :

V. Louis, écuyer, aussi seigneur de Charnailles et Jamble, brigadier des armées du roi.—Armes : *D'azur, à deux aigles affrontées d'or, s'essorant sur une roche de même, mouvant de la pointe de l'écu, et surmontées d'un soleil aussi d'or* (Palliot, *La vraie et parfaite Science des Armoiries*). Alias : *D'azur, au chevron d'or, accompagné en chef de deux têtes de loups arrachées et affrontées d'or, et en pointe une aigle s'essorant, la tête contournée, de même* (Palliot, *généalogie Julien*).

DIDIER DE MARGUENAT, président, fut pourvu le 7 février 1650 sur la résignation de Claude de Marguenat, son père. Reçu le 9 août 1653, il résigna en 1685 en faveur de Jean-Baptiste Gagne, et obtint l'année suivante des lettres de vétérance, qui rappellent les services de son père et les siens propres dans l'exercice de son office et dans l'exécution des ordonnances qui lui avaient souvent été adressées directement. Voy. p. 52.

JACQUES LEGRAND, seigneur d'Aluze, Saulon, Fenay, Chevigny-Fenay, etc., président, fut pourvu le 23 octobre 1654 sur la résignation de Jacques Ferrand ; reçu le 4 janvier suivant, il mourut le 12 juin 1667 et eut pour successeur Louis Betault. En 1657 il avait obtenu l'érection en comté de la terre de Saulon. Fils de Jean Legrand, premier président en 1641, il épousa Catherine de Canonville-Raffetot et en eut : 1° Pierre-François-Bernard qui suit ; 2° Jacques-Alexandre qui ne paraît pas avoir eu d'alliance; 2° Jean, chanoine de la Sainte-Chapelle, prieur commendataire d'Epoisses, et seigneur de la Tour d'Is-sur-Tille. Voy. p. 29.

Pierre-François-Bernard, comte de Saulon, d'abord conseiller, commissaire aux requêtes du palais, passa à un office de président à mortier en 1685; de son mariage avec Claude-Marie Gagne, il eut deux fils, Antoine et Alexandre, morts tous deux jeunes et sans alliance; leur mère, restée veuve, recueillit leur héritage et fit passer tous les biens de cette branche de la famille Legrand aux Gagne de Perrigny et depuis aux Le Gouz de Saint-Seine.

ANTOINE-BERNARD DE MASSOL, seigneur de Montmoyen, fut pourvu le 13 novembre 1654 d'un office de président qui lui avait été légué par Jean de Massol, son père, et dont Benoît Hourri de la Roche, qui en avait d'abord obtenu des lettres de provisions, s'était démis en sa faveur avant réception. Il fut reçu le 4 janvier 1655, résigna en 1691 en faveur de Claude Perreney et obtint l'année suivante des lettres d'honneur. Ces lettres nous apprennent qu'Antoine-Bernard de Massol avait exercé pendant sept années les fonctions de premier président et elles mentionnent avec éloge les services de Jacques, son aïeul, maître extraordinaire et président à la Chambre des comptes, emprisonné pendant deux ans dans le château de Beaune lors des troubles de la Ligue; ceux de Jean, son père, aussi président, qui avait risqué sa vie dans une sédition à Dijon en 1630; et enfin ceux de son fils Jean, avocat général à la Chambre des comptes de Paris. Voy. p. 43.

VINCENT-BERNARD SAVOT, seigneur d'Ogny, président, fut pourvu le 29 mai 1656 sur la résignation de Pierre Massol et reçu le 22 juillet 1660. Il mourut le 10 septembre 1663 et eut pour successeur Jacques Boyvault. Il était fils de Nicolas-Guillaume Savot, seigneur d'Ogny, gouverneur de la chancellerie de Bourgogne, receveur général du taillon et maître des requêtes de la reine Marie de Médicis en 1624, et petit-fils de Zacharie, greffier alternatif des États de Bourgogne en 1596. Il avait épousé Philiberte, fille de Jean Joly, maître des comptes, et de Pierrette Jeant, et laissa deux enfants: 1° Jacques, seigneur d'Ogny, reçu aux États de 1685; 2° Guillaume, seigneur de Thoriseau. — Armes : *D'or, à trois merlettes de sable.*

CLAUDE BERNARD, seigneur de la Salle, était conseiller maître depuis près de deux ans lorsqu'il fut pourvu, le 5 février 1662, d'un office de président, sur la résignation de Claude Lenet. Il obtint, en 1663, des lettres de dispense d'âge et de service et fut reçu le 2 mai de la même année. Il mourut le 27 mai 1685, ne laissant de son mariage avec Jacqueline Creusevault qu'une fille, Philiberte, qui épousa Georges-Bernard Joly, et son office, sur la nomination de sa veuve comme tutrice, et de Vincent Bernard, chanoine de Chalon, comme oncle et curateur de cette dernière, passa à Guillaume Perrot, conseiller ordinaire du prince de Condé, qui s'en démit avant réception, en faveur de Jean-Baptiste de Massol. — Famille originaire de Mâcon et divisée, dès le XVI⁰ siècle, en deux branches principales. Elles remontent l'une et l'autre à :

I. Nicolas Bernard, qui fut anobli en 1550 et mourut en 1566. Il avait épousé Philiberte, sœur d'André et de Jacques Verjus, celui-ci conseiller, l'autre président au parlement de Paris. Il eut : 1° Nicolas II, écuyer, seigneur de Marbé, capitaine de Mâcon en 1562 et de la Tour-du-Pont-Notre-Dame de la même ville en 1572 marié à Françoise, fille de Claude de Bullion, seigneur de Layé, et de Claudine Vincent, dont : *a*) Christine, femme de Jacques de Meaux, seigneur de Châtillon et Saint-Léger; *b*) Marie, femme de Denis Arcelin; *c*) Claudine, mariée à Mathieu Spon; *d*) Philiberte, qui épousa en premières noces Mathurin de Bullion, en deuxièmes Pierre de Pize; *e*) Françoise, femme de Nicolas Dauphin, procureur du roi en l'élection du Mâconnais; 2° Philippe, doyen de l'église de Mâcon, conseiller clerc au parlement de Paris en 1565; 3° Jean qui suit; 4° Vincent, auteur de la seconde branche; 5° Philiberte, mariée à Gratien Chandon, seigneur d'Avayé, cousin germain de Jean Chandon, premier président de la cour des aides de Paris.

Première branche. II. Jean I, écuyer, seigneur de Chatenay, capitaine d'une compagnie de gens de pied à Mâcon, écuyer d'écurie de la reine Catherine de Médicis en 1580, épousa, le 22 novembre 1564, Françoise Prisque, veuve de François de Bullion, seigneur de Chatenay, dont vinrent : 1° Philippe, mort sans alliance; 2° Nicolas qui suit; 3° Philibert, contrôleur du domaine à Mâcon, qui épousa Marie Boyer et en eut : *a*) Anne, femme de Claude de Meaux de Marbé, seigneur de Saint-Léger et Fuissé, lieutenant de roi en Mâconnais; *b*) Philiberte, femme de Pierre Chesnard, auteur des Chesnard de Layé; 4° Françoise, mariée en 1612 à Jean du Rochay, écuyer, seigneur de la Roche, lieutenant de roi à Mâcon.

III. Nicolas III, écuyer, seigneur de Chatenay, épousa le 30 juillet 1595 Marie Dormy, fille de Claude et de Cassandre Conte, nièce de Claude-André Dormy, évêque de Boulogne et petite-nièce de François, baron de Vinzelles, président au parlement de Paris. Il en eut : 1° Nicolas, écuyer, seigneur de Chatenay, marié en 1632 à Suzanne Barthelot, fille de Philibert, seigneur d'Ozenay et Rambuteau, et de Marie de Bullion, dont : *a*) François, mort sans enfants de son mariage avec Philiberte Legrand; *b*) Jean, marié à Oreanne Dubois, dont un fils, Joseph-Thomas, mort en bas âge; 2° Emmanuel qui suit; 3° Marie....

IV. Emmanuel, écuyer, seigneur de Loché et Chatenay, avocat du roi en l'élection de Mâcon, épousa le 12 novembre 1632 Henriette Barthelot, sœur de Suzanne plus haut nommée. Il eut : 1° Jean qui suit; 2° Philibert, chef du rameau des seigneurs de la Vernette; 3° Claude, écuyer, seigneur de Joux, avocat du roi en l'élection de Mâcon, sans alliance; 4° Marie, qui épousa François Viard; 5° Henriette, mariée le 25 avril 1661 à Louis Rigaud.

V. Jean II, écuyer, seigneur de Chatenay et des Ecuyers, prévôt d'Uchisy, conseiller au bailliage de Mâcon, épousa, le 29 janvier 1661, Philiberte, fille d'Aimé Morel, seigneur des Ecuyers, et de Nicole Buffet. Il eut : 1° Claude, écuyer, seigneur des Ecuyers, Joux et Vernus, lieutenant particulier au bailliage de Mâcon, marié le

23 janvier 1694 à Claudine de Meaux, de qui il eut : *a*) Marie, femme de François-Laurent Barthelot, écuyer, seigneur d'Ozenay, deux fois élu de la noblesse du Mâconnais ; *b*) Marie-Suzanne, mariée à Claude-François-Joseph des Vignes, écuyer, seigneur d'Avayé ; *c*) Marie-Philiberte, femme de Jean-Philibert Chossat, écuyer, seigneur de Montburon, lieutenant général au bailliage de Bresse ; 2° Jean-Baptiste qui suit ; 3° Marie-Suzanne, mariée le 23 janvier 1694 à Etienne de Meaux, seigneur de Châtillon et de Marbé.

VI. Jean-Baptiste, écuyer, seigneur de Chatenay, épousa le 13 janvier 1715 Françoise de la Porte, fille d'Antoine, seigneur des Zelards, et de Claude Poncet, dont il eut : 1° Jean-Salomon qui suit ; 2° François, écuyer, seigneur de Chatenay ; 3° Marie, mariée le 18 août 1743 à Gaspard-Eugène Conte, écuyer, seigneur de Messey, chevalier de Saint-Louis, capitaine de dragons au corps des volontaires royaux.

VII. Jean-Salomon, écuyer, seigneur de Joux et du Vigneau, mousquetaire en 1739 dans la première compagnie, épousa, le 16 août 1741, Jeanne-Marie de Bauderon, fille de Brice, conseiller d'Etat et de Marie Chambre ; de ce mariage vint un fils, Jean-Etienne-Claude Bernard de Senecey, officier au premier régiment des chasseurs à cheval, marié en 1780 à Elisabeth Michel de Sanville.

Rameau des seigneurs de la Vernette. V. Philibert, seigneur de la Vernette, conseiller au bailliage de Mâcon et secrétaire du roi, second fils d'Emmanuel Bernard et d'Henriette Barthelot, épousa, le 30 avril 1675, Jeanne Boullioud, fille de Gabriel, écuyer, seigneur de la Roche, et d'Eléonore Duché. Il eut : 1° Eléonore, mariée en 1696 à Jean-Baptiste de Lamartine, écuyer, seigneur d'Hurigny, capitaine de dragons ; 2° Françoise, mariée en 1712 à Jacques-Antoine Aimard, écuyer, seigneur de Franchelins ; 3° Philibert qui suit.

VI. Philibert II, écuyer, seigneur de la Vernette, Villard et Cloudaux, chevalier d'honneur au bailliage de Mâcon et lieutenant de roi dans la même ville, épousa en 1717 Jeanne, fille d'Emmanuel Chesnard, seigneur de Layé, et de Marie-Anne Albert, dont vint Claude-Philibert qui suit.

VII. Claude-Philibert, écuyer, seigneur de la Vernette, Villard, Cloudeau, la Rochette et Saule, chevalier de Saint-Louis, capitaine au régiment de cavalerie d'Orléans, lieutenant de roi et commandant à Mâcon, chevalier d'honneur au bailliage de la même ville, entra aux Etats de 1763 ; il avait épousé, le 1er décembre 1745, Marie-Charlotte, fille d'Abel de la Bletonnière, écuyer, seigneur d'Igé, etc., et de Claude des Vignes, et en eut entre autres enfants Jean-Baptiste-Antoine, chevalier de la Vernette, officier d'artillerie, entré aux Etats de 1775, et Abel-Michel, capitaine au régiment d'Orléans-cavalerie, lieutenant de roi à Mâcon, entré aux Etats de 1778. Sa descendance subsiste.

Seconde branche. II. Vincent Bernard, seigneur de Valenton, Vaux et Varanges, quatrième fils de Nicolas Bernard, élu en l'élection du Mâconnais en 1572 et capitaine de Mâcon, épousa, le 15 janvier 1579, Catherine Guillaud, dont il eut : 1° Gratien, chanoine, doyen de l'église de Mâcon ; 2° André qui suit ; 3° Vincent, élu à Mâcon après son père, puis chanoine de la cathédrale ; 4° Claude, qui de son mariage avec Jeanne de Rimond eut un fils unique, Joseph, mort sans postérité ; 5° Christine, femme de Pierre de Meaux, écuyer, seigneur des Chanaux, famille fondue dans celle des Coppin, conseillers au parlement de Dauphiné ; 6° Catherine, mariée à N. des Brosses, seigneur d'Escrots en Beaujolais.

III. André, seigneur de Vaux, secrétaire du roi, maître des comptes, épousa, le 18 septembre 1617, Madeleine Gallois, dont il eut : 1° Jean-Christophe qui suit ; 2° Vincent, chanoine de Chalon ; 3° Claude, seigneur de la Salle, maître des comptes en 1660, puis président en 1662, qui donne lieu à cet article ; 4°Vivande, femme d'Antoine Bretagne, conseiller au parlement.

IV. Jean-Christophe, écuyer, seigneur de Chintré et Vaux, maître des comptes en 1650, épousa en 1655 Madeleine, fille de Hugues Maire, maître des comptes, et en eut André qui suit :

V. André II, écuyer, seigneur de Chintré, Droux, Chanteau et Blancey, conseiller au parlement en 1686, épousa : 1° Marguerite Fourneret ; 2° Marguerite, fille de Jacques de Bretagne, écuyer, trésorier de France, et d'Ursule de Laloge ; il eut de ce second mariage : 1° Jean-Baptiste, écuyer, seigneur de Chanteau, Saint-Didier et Corcelles-en-Morvan, Maison-Baude, Droux et Tassonnière, conseiller au parlement en 1714, marié à Philiberte Joly de Blaisy et mort sans postérité ; 2° Claude-Charles qui suit.

VI. Claude-Charles, écuyer, seigneur de Blancey, secrétaire des Etats de Bourgogne, entra aux Etats de 1721 et épousa, le 30 décembre 1722, Jeanne-Henriette, fille de Jacques Julien, secrétaire des Etats de Bourgogne, et de Jeanne-Thérèse Vittier ; il en eut : 1° André-Jean qui suit ; 2° Madeleine qui épousa, le 29 février 1750, Pierre Cottin, baron de Joncy, conseiller au parlement.

VII. André-Jean-Baptiste, écuyer, seigneur de Chanteau et des étang et moulin de Cassin, secrétaire des Etats de Bourgogne, entra aux Etats en 1745 et fut le dernier de sa branche, dont les biens passèrent aux Cottin de Joncy.—Armes : *De gueules, à la bande d'or, chargée de trois étoiles d'azur et accompagnée en chef d'un cornet d'or, embouché, virolé et enguiché d'azur, posé au canton senestre.*

JACQUES BOYVAULT, d'abord gentilhomme ordinaire du prince de Condé, puis trésorier de France à Dijon, fut pourvu, le 28 octobre 1663, d'un office de président sur la nomination de Philiberte Joly, veuve et tutrice des enfants mineurs de Vincent Savot, dernier titulaire. Reçu le 17 novembre suivant, il mourut à Paris le 2 juillet 1678, et son office passa, sur la nomination de sa veuve, à Claude Espiard qui se démit avant réception en faveur d'André-Bernard Bernardon. Il avait épousé Renée Hébert, fille d'un célèbre avocat de Paris, morte à Dijon, en odeur de sainteté, le 31 décembre 1686.—La famille Boyvault, encore existante, est originaire de Montcenis. Elle a fourni un conseiller d'Etat en 1657 et un grand nombre de militaires, parmi lesquels nous citerons Charles, seigneur de Praslon, chevalier de Saint-Louis, commandant à Colmar, qui obtint, en janvier 1737, des lettres de maintenue de noblesse.
— Armes : *D'azur, à trois têtes de bœuf d'or, posées de front.*

Louis BETAULT, sieur de Chemauld et de Montbarrois, était secrétaire du roi depuis près de vingt ans, lorsqu'il fut pourvu, le 1er mars 1668, d'un office de président sur la nomination de la veuve et tutrice des enfants mineurs de Jacques Legrand. Reçu le 13 juin de la même année, il résigna en 1679 en faveur de Gérard Jachiet. — Famille originaire de l'Orléanais, à laquelle appartenait Hugues Betault, seigneur de Chemauld, Montbarrois, etc., maître des requêtes, qui mourut en 1712, laissant de son mariage avec Louise-Thérèse de Béon-Luxembourg, deux fils : 1° Louis, marquis de Chemauld, chevalier de Saint-Louis, colonel d'infanterie, mort sans alliance à Dijon en 1737 ; 2° Jacques-Auguste, comte de Chemauld, qui eut deux filles, dont l'une, Hyacinthe-Isabelle, épousa Pierre-François de Courcy, capitaine au régiment de Bourgogne-cavalerie. — Armes : *D'azur, au lion d'or, à une bande d'argent brochant sur le tout et chargée de trois roses de gueules.*

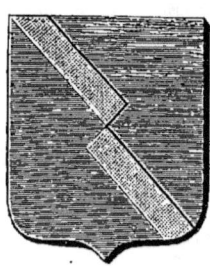

Gérard JACHIET, président, fut pourvu le 1er mai 1679 sur la résignation de Louis Betault et reçu le 7 août suivant. Ses lettres de provisions rappellent ses services pendant vingt-sept ans dans la charge de lieutenant civil au bailliage de Nuits. Il résigna en 1705 en faveur de Guillaume Burgat et obtint des lettres d'honneur la même année. Il était petit-fils de Nicolas Jachiet, avocat au parlement de Bourgogne, et fils de François, lieutenant civil au bailliage de Nuits, qui fut député en 1633 avec Pierre Labye, procureur du roi, vers les élus de la province pour traiter des affaires de cette ville. Il avait succédé à son père dans l'office de lieutenant civil. — Armes : *D'azur, à une bande d'or entaillée de deux faces.*

André-Bernard BERNARDON, seigneur de Renève et Beauregard, occupa l'office de président vacant par le décès de Jacques Boyvault. Pourvu le 15 février, reçu le 22 juin 1680, il mourut en 1725 et eut pour successeur François Pillot de Fougerette. Voy. p. 49.

Michel BADOUX, seigneur de la Rue et de Beyre, exerçait l'office de trésorier de France à Dijon lorsqu'il fut pourvu, le 17 juillet 1680, de celui de président sur la nomination des héritiers d'Etienne Marloud. Reçu le 26 du même mois, il mourut le 20 décembre 1697 et fut remplacé par François Badoux, son fils. — Famille originaire de Bresse, établie à Dijon en 1631 et éteinte au commencement du siècle dernier. Elle remonte à

I. Elisée Badoux, bourgeois de Pontdevaux, contrôleur des aides et tailles en Bresse en 1601 et contrôleur élu en l'élection de Bourg; il mourut en 1623 laissant un fils, Claude qui suit.

II. Claude, seigneur de la Rue, contrôleur élu à Bourg en remplacement de son père en 1623, vint s'établir en 1631 à Dijon, où il fut pourvu d'un office de trésorier de France. Il épousa Louise Millière, fille de Michel, seigneur d'Aiserey et Baissey, conseiller au parlement, dont il eut Michel qui suit.

III. Michel, écuyer, seigneur de la Rue et Beyre, trésorier de France, puis président aux comptes en 1680, épousa Claude de la Mare, fille de Philibert, seigneur de Chevigny, Champigny, etc., conseiller au parlement, chevalier de Saint-Michel, et de Marie Berbis, et laissa six enfants : 1° François qui suit ; 2° Claude, écuyer, seigneur de Promby, qui eut six filles de ses deux mariages avec Anne de Guignes et Judith Lefébure, dame de Fontaine-Croix ; 3° Michel, jésuite; 4° et 5° Anne et Michelle, visitandines à Dijon ; 6° Catherine, femme de Claude-Anthelme de Donzieu, marquis de Feillens, comte de Montervaul, lieutenant de roi dans le Chalonnais.

IV. François, écuyer, président aux comptes en 1698, épousa Bernarde Filzjean, fille de Jean-Baptiste, seigneur de Mimande, maître des comptes, et d'Elisabeth David ; il eut :

V. Jean-Baptiste, écuyer, seigneur de Promby et Beyre, mort sans alliance. — Armes : *De gueules, au chevron d'or, accompagné en chef de deux étoiles de même et en pointe d'une roue aussi d'or.*

JEAN-BAPTISTE GAGNE, seigneur de Pouilly, Villars, etc., président, fut pourvu le 29 juin 1685 sur la résignation de Didier de Marguenat. On lit dans ses lettres de provisions et dans celles de dispense d'âge et de service qui les avaient précédées, qu'elles furent données, les unes et les autres à la demande et en considération des services de son père Antoine-Bernard Gagne de Perrigny dans les offices de conseiller et de président au parlement et autres emplois importants, à l'imitation de ses ancêtres qui avaient continuellement rendu leurs fidèles services aux rois dans les premières charges du parlement depuis son établissement. Ces lettres ajoutent qu'afin de continuer ces services, Antoine-Bernard avait élevé ses enfants dans la même inclination, les uns dans la profession des armes, les autres dans celle de la robe; son fils aîné exerçant depuis onze ans une charge de conseiller au parlement, le second, sous-lieutenant aux gardes françaises, ayant été tué à la bataille de Saint-Denis les armes à la main. Jean-Baptiste Gagne fut reçu le 21 juillet 1685, à condition qu'il n'exercerait sa charge qu'à l'âge de 40 ans, condition dont il fut relevé par lettres du 29 mai 1691. Il résigna en faveur de Joseph Bouchin en 1706, et obtint la même année des lettres d'honneur. — Famille issue de Barthélemy Gagne, procureur du roi à Autun, puis procureur général au parlement en 1516. Elle s'est divisée en deux branches, celle des comtes de Perrigny et de Saulon, éteinte au dernier siècle dans les Le Gouz de Saint-Seine et les Trudaine de Montigny, et celle des barons de Pouilly, à laquelle appartenait Jean-Baptiste qui donne lieu à cet article. Elles ont fourni l'une et l'autre un grand nombre d'officiers aux cours souveraines de Bourgogne. — Armes : *D'azur, à trois molettes d'éperon colletées d'or* (1).

Jean-Baptiste DE MASSOL, seigneur de Collonges, président, succéda à Claude Bernard. Pourvu le 20 juin, reçu le 13 juillet 1686, il résigna en 1706 en faveur de Philibert-Alexis Durand et obtint la même année des lettres d'honneur où sont mentionnés les services rendus par ses ancêtres dans les armées et dans diverses charges de judicature et de finance; elles citent notamment son trisaïeul Jean, qui fut employé par Henri IV en plusieurs négociations près du duc de Mayenne et se trouva en plusieurs rencontres et combats; Pierre, son bisaïeul, volontaire dans les armées sous Louis XIII; Jean, son aïeul, et Jean, son oncle, tous deux conseillers au parlement; son père Pierre, président aux comptes, et enfin son frère Guillaume, marquis de Serville, brigadier des armées du roi après 30 ans de service. Voy. p. 43.

Barthélemy MOREAU occupa un office de président créé par édit du mois de mars 1691. Il y fut reçu le 16 juin de la même année, en vertu de lettres de provisions du 15 mai précédent, où on lit qu'à l'exemple de son père Bénigne, il exerçait depuis dix-sept ans un office de trésorier de France avec tant de probité, honneur et capacité, qu'il s'était acquis une réputation universelle en la ville de Dijon et mérité l'estime de toute la province. En 1692 il vendit les seigneuries de la Motte et Lée au bailliage de Nuits, qu'il tenait par l'héritage de son frère Charles, avocat au parlement de Bourgogne, et qui avaient été achetées en 1657 par Barthélemy Moreau, procureur au même parlement, sans doute son aïeul. Barthélemy Moreau mourut le 19 septembre 1694 et eut pour successeur Jean-Barthélemy Joly. — Les armes de son père sont ainsi blasonnées dans l'*Armorial* de 1696, d'après la déclaration de Philiberte Canabelin, sa veuve : *D'azur, au chevron d'or, accompagné en chef de deux mûres au naturel, et en pointe d'un lion d'or.*

Guillaume PERRENEY, seigneur du Magny, Aubigny et Charrey, président, fut pourvu sur la résignation d'Antoine-Bernard de Massol, par lettres du 11 août 1691. Reçu le 1er décembre suivant, il mourut en 1713 et fut remplacé par Jean Filzjean de Mimande. — Famille originaire de Chalon où elle était connue dès la fin du XVe siècle, et dont le nom figure, au siècle suivant, dans la liste des maires et des officiers du bailliage de cette ville. Nous citerons parmi ces derniers Nicolas Perreney, avocat du roi, qui s'adonna à l'étude des lettres et dont le fils Nicolas II, avocat au par-

(1) La Chesnaie des Bois a publié la généalogie de cette famille.

lement et seigneur de Charnay, eut l'honneur d'être député aux Etats de Rouen tenus sous Henri IV. Le fils de ce dernier, Nicolas III, seigneur de Sérville et Pomey, lieutenant général criminel au bailliage de Chalon et maître des requêtes de la reine Anne d'Autriche, épousa, en 1623, Françoise Prisque, fille de Guillaume, seigneur de Serville et de la Tour-de-Vers, et de Françoise Burgat, et en eut deux fils : Nicolas IV, auteur de la branche des seigneurs de Grosbois, et Edme-Joseph, de qui sont sortis les seigneurs de Charrey, Athesans, Aubigny et Baleure.

Nicolas IV, seigneur de Grosbois, conseiller au parlement en 1647, épousa Marie Bernardon, dont il eut deux fils, Nicolas V et Edme. Celui-ci a fait la branche des marquis de Grosbois, établie à Houdan, qui s'est distinguée dans les armes et a été maintenue dans sa noblesse d'extraction par lettres de 1706. Quant à Nicolas V, il fut, comme son père, seigneur de Grosbois et conseiller au parlement, et épousa Anne Quarré, fille de Louis, lieutenant général en la chancellerie de Chalon, et de Philiberte de Mucie. Sa descendance, après avoir fourni un président au parlement de Bourgogne, des chanoines de la Sainte-Chapelle de Dijon et deux premiers présidents du parlement de Besançon, et s'être alliée aux Aymeret de Gazeaux, Thésut d'Aumont, Fyot de Mimeure, etc., s'est éteinte en la personne de Claude-Irénée-Marie-Nicolas Perreney de Grosbois, seigneur de Grosbois, Vellemont, Vonges, Boussol, etc., d'abord conseiller au parlement de Paris, puis maître des requêtes et premier président du parlement de Besançon en survivance de son père, par lettres du 25 juillet 1784. Député de la noblesse du bailliage de Besançon aux Etats généraux de 1789, conseiller d'Etat et pair de France sous la Restauration, Claude Perreney de Grosbois n'eut pas d'enfants de son mariage avec Marguerite-Jeanne-Claude Anjorrant, fille d'un président au parlement de Paris. Ajoutons enfin que de ses deux sœurs, l'une, mariée à Jean-Philippe Fyot de la Marche, premier président du parlement de Dijon, mourut sans postérité, tandis que l'autre, Marie-Nicole, qui épousa en 1750 Antoine-Jean Terray, chevalier, seigneur de la Motte-Tilly, successivement intendant de Moulins, Montauban et Lyon, laissa quatre enfants dont la descendance subsiste.

Edme-Joseph, deuxième fils de Nicolas III et de Françoise de Prisque, fut maître des comptes en 1660, et épousa Christine Fevret, fille de Jacques, conseiller au parlement, et de Denise Petit. Leurs enfants furent : 1° Guillaume qui suit ; 2° Nicolas-Joseph, seigneur d'Athesans, Aubigny, Baleure, colonel d'infanterie, puis maître des comptes à Dole, qui épousa Françoise de Lafond et fut père de Charles, seigneur d'Athesans, conseiller au parlement, dont la fille unique fut mariée au marquis de Salives, et de Louis-Joseph, seigneur de Baleure, aussi conseiller au parlement, dont la descendance mâle est éteinte ; 3° Edme, capitaine de grenadiers dans Poitou, tué à Hochstedt ; 4° Louis, religieux à l'abbaye de la Ferté.

Guillaume Perreney, président aux comptes, qui donne lieu à cet article, épousa en 1693 Claudine, fille d'Edme Gonthier, baron d'Auvillars, conseiller au parlement, et de Marie Dubois. Il en eut une fille mariée à Philippe de Berbis-Longecourt, et trois fils savoir : 1° Aimé, écuyer, seigneur du Magny, marié à Philiberte de Maleteste, dont la postérité est éteinte ; 2° Joseph-Bernard, seigneur d'Aubigny, qui testa en 1762 en faveur du suivant ; 3° Guillaume-Bernard, chevalier, seigneur de Charrey, capitaine au régiment de Bourbon, fait chevalier de Saint-Louis de la main de Louis XV après la bataille de Fontenoy, où il avait été blessé, et enfin major de la place de Dijon en 1758. Il épousa en 1776 Rose Petit de Bressey, fille de Philibert, écuyer, seigneur de Bressey et du Bassin, et de Louise Berard de Monge. Il n'en eut qu'un fils dont la postérité subsiste. — Armes : *D'azur, semé d'étoiles d'or.*

JEAN-BARTHÉLEMY JOLY, trésorier de France depuis 1682, fut pourvu le 24 mars 1695 d'un office de président sur la nomination de Catherine Fourneret, veuve de Barthélemy Moreau. Il avait obtenu dispense d'âge et fut reçu le 22 avril de la même année. Il mourut en 1730, fut inhumé dans la chapelle fondée par son frère Jacques Joly en l'église Saint-Etienne de Dijon et eut pour successeur son fils Antoine Joly d'Arlay. — Cette famille, éteinte au dernier siècle, faisait remonter son origine à

I. Demongeot Joly, qui habitait Nuits à la fin du XIVe siècle et fut le premier garde et grenetier au grenier à sel de cette ville en 1398 et 1404. Nommé lieutenant du bailli de Dijon en 1410, la chambre commit pour exercer son office à Nuits son gendre Jean Legoux, auteur des Legoux de la Berchère. Sa femme se nommait Thevenote, et il eut pour fils Regnault qui suit.

II. Regnault, conseiller du duc dès l'année 1412, lieutenant du bailli de Dijon en 1419 et du chancelier de Bourgogne, mourut le 4 septembre 1422, laissant : 1° Henri qui suit ; 2° Robert, qualifié clerc en 1428.

III. Henri, épousa Marguerite Demongeot dont il eut Jean.

IV. Jean, conseiller du duc Philippe en 1462 et procureur du duc Charles au bailliage de Dijon en 1472, épousa Guillemette de Champagne d'Atilly et eut deux fils, tous deux nommés Barthélemy. Le cadet servit dans la compagnie du prince de Talmont et fut tué à la bataille de Pavie en 1525.

V. Barthélemy, l'aîné, reçu docteur en l'université de Paris, fut avocat au parlement de Bourgogne (1511) et mourut jeune. Il avait épousé, le 5 décembre 1512, Catherine Verne, dont vinrent : 1° Barthélemy II, auteur de la branche aînée, qui s'est partagée elle-même en quatre rameaux ; 2° Jacques, auteur de la branche cadette.

Branche aînée. VI. Barthélemy II, chef de cette branche, fut successivement procureur du roi au bailliage de Beaune, greffier et secrétaire des Etats de Bourgogne, et enfin greffier en chef criminel du parlement en 1578 ; de Claude Ferrand, sa femme, il eut quatorze enfants, parmi lesquels nous nous bornerons à mentionner : 1° Zacharie, chef du rameau des Joly de la Borde ; 2° François, chef du rameau des Joly de Fleury ; 3° Edme qui suit ; 4° Antoine, auteur des Joly de Blaisy ; 5° Jean, greffier en chef des présentations au parlement, marié à Catherine Bénigne ; 6° Jeanne, femme de Jean Morel, avocat au parlement ; 7° Catherine, mariée en 1579 à Jean Loppin, depuis lieutenant en la chancellerie de Beaune, fils de Pierre Loppin, bourgeois de la même ville, et de Jeanne Brunet.

VII. Edme, maître des comptes en 1595, trois fois vicomte-mayeur de Dijon en 1605, 1614 et 1615, mourut au mois de janvier 1622. Il avait épousé, en 1588, Jeanne Joly, fille d'Alphonse Joly, d'une famille différente, originaire de Chalon; il en eut : 1° Jean, maître des comptes en 1623, vicomte-mayeur de Dijon en 1667, 1681 et 1687, marié en 1628 à Pierrette Jeant, dont il eut Marie, morte sans alliance, et Philiberte, qui épousa Vincent Savot, seigneur d'Ogny, président à la Chambre des comptes; 2° Barthélemy qui suit; 3° Jeanne, femme de Pierre Fourneret, seigneur de Massé, trésorier général des Etats de Bourgogne; 4° Marguerite, qui épousa Etienne Malpoy, avocat au parlement.

VIII. Barthélemy, avocat général à la Chambre des comptes en 1634, avait épousé Françoise Pérard, dont il eut Claude qui suit :

IX. Claude, fut assassiné en 1680 sur le pont de Metz, au moment où il allait se faire recevoir dans un office de conseiller au parlement de cette ville. Il ne laissa point de postérité.

Rameau des seigneurs de la Grange-du-Pré et de la Borde. VII. Zacharie, avocat au parlement, épousa Pierrette, fille de Guillaume Rouhier, aussi avocat et vicomte-mayeur de Dijon; il en eut : 1° Claude, mariée à Claude Valot, avocat; 2° Barthélemy; 3° Hector qui suit.

VIII. Hector, seigneur de la Grange-du-Pré, maître des comptes en 1616, épousa en 1630 Françoise Bossuet, fille de Jacques, conseiller au parlement et vicomte-mayeur de Dijon, et de Claude Bretagne, et en deuxièmes noces, le 11 février 1647, Anne Regnault; il eut : 1° Barthélemy qui suit; 2° Jacques, mort à Rome; 3° Judith, femme de Claude Pouffier, maître des comptes.

IX. Barthélemy, seigneur de la Grange-du-Pré, maître des comptes en 1660, épousa, le 4 janvier de cette année, Françoise, fille de Claude Comeau, seigneur de la Serrée, Heuilley, Champlevé et la Borde-Montmançon, gentilhomme ordinaire de la chambre du roi; il eut de ce mariage : 1° Georges-Bernard qui suit; 2° Claude, pourvu en 1672 d'un office de maître des comptes, dans lequel il ne se fit pas recevoir.

X. Georges-Bernard, seigneur de la Grange-du-Pré, Drambon, la Borde et Heuilley, conseiller au parlement en 1691, avait épousé, le 4 mars 1687, Philiberte, fille de Claude Bernard, seigneur de la Salle, président en la Chambre des comptes; de ce mariage vinrent : 1° Hector-Bernard qui suit; 2° Eugène, dame de Velogny et de Champlevé, non mariée; 3° Barthélemy, seigneur de Drambon, Montmançon, la Borde et la mairie d'Heuilley, entré aux Etats de 1739; il avait épousé, en 1738, Marie-Anne, fille de Bénigne-Germain Le Gouz, seigneur de Saint-Seine, président au parlement, et de Marie Pérard; il en eut plusieurs enfants, dont il ne resta qu'une fille, Judith, mariée en 1764 à Jean Fyot, comte de Dracy; 4° et 5° N. et N., ursulines à Dijon.

XI. Hector-Bernard, seigneur de la Grange-du-Pré, entré aux Etats de 1736, avait épousé, au mois d'août 1728, Elisabeth, fille de Guillaume Joly, seigneur de Norges, conseiller au parlement, et de Marie-Anne de Thésut. Elle n'eut qu'une fille unique qui mourut peu de jours après elle sans avoir été mariée.

Rameau des seigneurs de Fleury. VII. François Joly, fils de Barthélemy, greffier en chef du parlement en 1578, s'établit à Paris, où il acquit une grande réputation dans la profession d'avocat. Son mérite lui procura une place de maître des requêtes de la couronne de Navarre, dont il fut pourvu le 23 avril 1600. Il acquit les seigneuries de Fleury, Merogiz, la Mousse et la Crémière, et laissa dix enfants de son mariage avec Charlotte, fille d'Etienne de Boudon, écuyer, seigneur du Bois, et de Charlotte Le Lièvre. Nous citerons parmi eux : 1° Jean qui suit ; 2° François, conseiller au parlement de Metz en 1633 et conseiller d'Etat en 1651 ; 3° Charlotte, femme de Denis Bouthillier, seigneur de Rancé, président en la Chambre des comptes de Dijon.

VIII. Jean, seigneur de Fleury, Merogiz, Villiers, Brionne et la Mousse, conseiller au parlement de Bretagne en 1629, puis conseiller au grand conseil en 1631, épousa en 1634 Charlotte, fille de Mathieu de Bourlon, conseiller d'Etat, maître des comptes à Paris, et de Chrétienne Bailly ; il en eut Jean-François qui suit.

IX. Jean-François, seigneur de Fleury, etc., avocat général au parlement de Metz en 1660, puis conseiller au parlement de Paris en 1664, épousa la même année Madeleine, fille d'Omer Talon, avocat général au même parlement, et d'Henriette Doujat ; il en eut : 1° Joseph-Omer, lieutenant général à la table de marbre, puis avocat général au parlement de Paris en 1697 ; 2° Guillaume-François qui suit :

X. Guillaume-François, abbé de Cayeux, avocat général à la cour des aides, puis avocat général, et enfin procureur général au parlement de Paris, quitta l'état ecclésiastique, auquel il s'était d'abord destiné, et épousa, en 1703, Marie-Françoise Le Maître, dont il eut : 1° Guillaume-François-Louis, seigneur de Fleury et Blaisy, avocat général, puis procureur général au parlement de Paris ; 2° Omer, seigneur de Grigny, avocat général au même parlement, marié en 1740 avec Madeleine-Geneviève-Mélanie Desvieux, et père d'Omer-Louis-François, chevalier, seigneur de Pichange, entré aux Etats de 1760 ; 3° Jean-François, intendant de Bourgogne en 1749 et élu du roi aux Etats de la même province en 1754.

Rameau des seigneurs de Blaisy. VII. Antoine, baron de Blaisy, seigneur d'Ecutigny, secrétaire du roi et greffier en chef du parlement et des Etats de Bourgogne, fut député par le tiers-état du bailliage de Dijon aux Etats généraux de 1614 ; il avait eu deux femmes, Jeanne Morin et Claudine Jaquot et laissa plusieurs enfants : 1° Claude, mariée à Nicolas Gagne, trésorier de France ; 2° Louise, femme de Pierre Legoux, seigneur de la Berchère, premier président du parlement ; 3° Georges qui suivra ; 4° Bénigne qui suit.

VIII. Bénigne, seigneur d'Ecutigny, greffier en chef du parlement et des Etats, épousa N. Bonier, dont il eut : 1° Jean, seigneur d'Ecutigny, capitaine d'infanterie ; 2° Antoine, seigneur de Vernois ; 3° Louise-Bernarde, mariée à Etienne Maleteste, conseiller au parlement.

VIII. Georges, baron de Blaisy, conseiller, puis président au parlement en 1644, mourut en 1679 et fut inhumé aux Cordeliers, où était la sépulture de sa famille ; il avait épousé Elisabeth Bernardon, de qui vinrent : 1° Antoine, conseiller au parlement de Paris, puis président au grand conseil, qui obtint en 1695 l'érection de la terre de Blaisy en marquisat, et mourut sans postérité ; 2° Guillaume qui suit.

IX. Guillaume, seigneur de Norges, conseiller au parlement en 1674, épousa Marie-Anne de Thésut, dont il eut : 1° Antoine qui suit ; 2° Guillaume, conseiller au parlement en 1717, mort sans alliance ; 3° Philiberte, femme de Jean-Baptiste Bernard, seigneur de Chanteau, conseiller au parlement ; 4° Elisabeth, mariée à son parent Hector-Bernard Joly, de la branche des seigneurs de la Grange-du-Pré.

X. Antoine, marquis de Blaisy, comme héritier de son oncle, et seigneur de Norges, fut reçu en 1719 dans l'office de conseiller au parlement, précédemment exercé par son frère. Il n'eut pas d'enfants de son mariage avec Thérèse Le Compasseur de Courtivron, et après sa mort, arrivée en 1762, la terre de Blaisy passa, par substitution, d'abord à sa sœur Philiberte Joly-Chanteau, puis à Guillaume-François-Louis Joly, procureur général au parlement de Paris, de la branche des seigneurs de Fleury.

Branche cadette. VI. Jacques Iᵉʳ, avocat au parlement de Bourgogne, épousa, le 4 décembre 1547, Anne Rozerot, dont il eut un fils, Jean qui suit.

VII. Jean s'établit à Beaune où, à l'exemple de son père et de son aïeul, il exerça la profession d'avocat ; de son mariage avec Anne Bague vint Jacques.

VIII. Jacques II, seigneur de Champlevé, secrétaire du parlement en 1642, épousa Marie Crestin, dont il eut : 1° Antoine qui suit ; 2° Etienne, trésorier de France à Dijon, marié à Huguette-Marie Rajaud ; 3° Bénigne, docteur en théologie, chanoine de Saint-Etienne, mort en 1694 en odeur de sainteté ; 4° Barthélemy, chevalier de l'ordre de Saint-Jean-de-Jérusalem.

IX. Antoine, pourvu en 1687 d'un office de greffier en chef criminel du parlement, avait épousé en 1653 Anne, fille de Jean Le Belin, substitut du procureur général au parlement, et de Guillemette de Berbisey. Il en eut un fils, Jean-Barthélemy, qui donne lieu à cet article.

X. Jean-Barthélemy, président aux comptes en 1695, avait épousé, le 9 février 1681, Antoinette, fille de François d'Arlay, maître des comptes. Il eut : 1° Antoine-Bernard qui suit ; 2° Georges, greffier en chef du parlement, marié à N. Chapotot, dont un fils mort sans alliance ; 3° Anne, femme de Julien Clopin, seigneur de Baissey, conseiller commissaire aux requêtes du palais.

XI. Antoine, dernier représentant de cette branche, fut doyen de l'église de Langres et succéda à son père dans l'office de président en la Chambre des comptes. — Armes : *D'azur, à un lys au naturel d'argent; au chef d'or, chargé d'une croix pattée de sable, écartelé, d'azur, à un léopard d'or, armé de gueules* (1).

(1) La famille Joly portait anciennement un écu *d'azur, à un lys au naturel d'argent, d'un seul jet;* quelques-uns de ses membres y ajoutèrent un *chef d'argent, chargé d'une croix pattée de sable.* Depuis, au mois de décembre 1648, tous les représentants du nom demandèrent et obtinrent des lettres patentes qui les autorisèrent à changer ces armes anciennes, que plusieurs individus de même nom, quoique d'origine différente, avaient usurpées, contre un écu : *d'azur, au léopard d'or, armé et lampassé de gueules* Ce sont ces deux écus écartelés que nous attribuons à la famille Joly, à l'exemple de Palliot et du P. Gautier. — Ajoutons que Demongeot Joly, son auteur, d'après le P. Gautier, portait des armes différentes; elles sont figurées sur son sceau, où l'on voit *un cor ou cornet enguiché, surmonté d'un chef chargé comme de trois grillets, besans ou quintefeuilles.*

FRANÇOIS BADOUX, seigneur de la Rue et Beyre, président, succéda à son père, Michel Badoux. Pourvu le 14 mars 1698, après avoir obtenu des dispenses d'âge pour dix années qui lui manquaient, il fut reçu le 18 avril suivant, mourut en 1732, et eut pour successeur Antoine-Simon Pernot. Voy. p. 58.

GUILLAUME BURGAT, seigneur de Taisé et Cortelin, président, fut pourvu le 28 décembre 1705, sur la démission de Gérard Jachiet, après avoir obtenu des lettres de dispense d'âge. Reçu le 19 janvier 1706, il mourut en 1717 et eut pour successeur François-Hugues de Siry. — La famille Burgat, considérable par ses emplois et ses alliances, est originaire de Chalon-sur-Saône. Elle remonte à :

I. Jean Burgat, qualifié citoyen de Chalon, qui épousa en 1564 Françoise, fille de Denis de Pontoux, seigneur de Virey et Sassenay, maître des comptes en 1554; il eut : 1° Philibert qui suit ; 2° Léonard, chanoine de Saint-Vincent de Chalon, puis doyen de Saint-Georges; 3° Vivande, femme de Jean Gallois, secrétaire du roi, seigneur de la Tour-de-Marcilly; 4° Bonne, mariée à Jean-Baptiste Beuverand, seigneur de Thielley, la Panissière et la Loyère, lieutenant en la chancellerie de Chalon, et en deuxièmes noces, à Edme de Distienne, chevalier de l'ordre du roi, gentilhomme ordinaire de sa chambre, seigneur du Chastellier; 5° Françoise, qui épousa Guillaume Prisque, seigneur de Serville et de la Tour-de-Vers, lieutenant général criminel au bailliage de Chalon ; 6° Jeanne, femme de Jacques Baillet, conseiller au parlement.

II. Philibert, conseiller au bailliage de Chalon, épousa, le 21 janvier 1579, Philiberte Perrault, fille de Claude, lieutenant général des eaux et forêts à Chalon, et de Marguerite Baillet; il eut : 1° Etienne qui suit ; 2° Claude, chanoine et doyen de l'église de Chalon, prieur de Sainte-Croix, élu du clergé aux Etats de Bourgogne en 1642, mort en 1656 ; 3° Jean-Baptiste, marié à Jeanne Alixant; 4° Nicolas, mort jeune.

III. Etienne, receveur des impositions au bailliage de Chalon, épousa, le 30 mai 1613, Judith Marloud, dont il eut: 1° Claude, chanoine de l'église de Chalon; 2° Guillaume qui suit; 3° Jacques, receveur du bailliage de Chalon, charge qui passa successivement à son fils Jean en 1691, et à son petit-fils, aussi nommé Jean, en 1712; 4° Jeanne, femme de Gilles Thierriat, seigneur de Cruzilles.

IV. Guillaume, écuyer, secrétaire du roi au parlement, receveur du bailliage de Chalon, puis receveur général des Etats de Bourgogne, épousa, le 11 avril 1640, Louise, fille de Jean Chapotot, avocat au parlement, et de Claudine Peley; il en eut deux enfants morts en bas âge, et Claude qui suit.

V. Claude, écuyer, maître des comptes en 1677, né le 6 juin 1645, épousa, le 17 octobre 1676, Philiberte, fille de Pierre Tapin, seigneur de Perrigny, et de Marie-Judith Magnien, dame de Taisé; il en eut : 1° Guillaume qui suit; 2° Claude, écuyer, marié à Jeanne Pasquier, dont il n'eut pas d'enfants; 3° Louise, qui épousa, le 25 septembre 1725, François Bouillet, chevalier de Saint-Louis, capitaine de dragons au régiment de Frontenay; et enfin plusieurs filles, dont quelques-unes entrèrent en religion.

VI. Guillaume, chevalier, seigneur de Taisé, Cortelin, etc., président aux comptes, qui donne lieu à cet article, épousa, le 8 septembre 1711, Suzanne Duverne, fille de Bernard, conseiller au présidial de Chalon, et de Françoise Perrault, dont il eut : 1° Claude qui suit; 2° Bernard, chevalier de Saint-Louis, major du régiment de Brie, tué à l'affaire de Saint-Cast en Bretagne; 3° Guillaume, seigneur de Cortelin, chevalier de Saint-Louis, capitaine au même régiment; 4° Philiberte, mariée à Philippe Masson, écuyer, seigneur de Saint-Marcellin, sans postérité.

VII. Claude, écuyer, seigneur de Taisé, Ecle et Cortelin, receveur des impositions à Chalon, mourut en 1751; il avait épousé, le 2 août 1738, Marguerite Burgat, fille de Jean, seigneur de Sienne, et de Marguerite Cibert, dont il eut : 1° Jean qui suit; 2° Guillaume, écuyer, capitaine de dragons au régiment de Bauffremont; 3° Claudine-Marie, femme de Jean Poulletier de Suzenet, écuyer, chevalier de Saint-Louis, commissaire des guerres au département de Dole.

VIII. Jean, écuyer, seigneur de Taisé et Cortelin, receveur des impositions à Chalon, mourut en 1786, laissant deux enfants: 1° Philippe-Marie, écuyer, officier au régiment du mestre de camp cavalerie; 2° Marguerite-Philiberte, mariée à son parent Claude-Louis-Jean-Bernard Burgat, écuyer, capitaine au même régiment. — La famille Burgat, encore existante, porte : *D'azur, au château à deux tours d'argent, girouetté de même, maçonné et crénelé de sable; au chef d'or.*

Joseph BOUCHIN, seigneur de Varennes-lez-Beaune, président, fut pourvu, sur la résignation de Jean-Baptiste Gagne, le 3 janvier, et reçu le 13 février 1706. Il résigna en 1726 en faveur de Paul-Joseph-Théodore Bouchin de Grandmont, son neveu, et obtint la même année des lettres d'honneur. Il fit ériger, deux ans plus tard, en fief noble les maisons et héritages de Grandmont, situés à Argilly. Il n'avait pas eu d'enfants de son mariage avec Ursule Midan. Alliée aux Armet, Brunet, Richard, Chasot, Martin, de la Mare, Legoux, Rousseau, de Souvert, Bourée, Bauyn, Taveau, etc., la famille Bouchin, originaire de Beaune, portait : *D'azur, à un bouc et un chien affrontés d'argent, accompagnés d'une étoile de même en chef et d'un croissant aussi d'argent en pointe.* Elle a fourni des officiers au grenier à sel de Beaune, et trois de ses membres ont possédé pendant près de cent ans la charge de procureur du roi au bailliage de cette ville, savoir: Etienne, qui l'exerçait en 1550; Jean, son fils, qui en fut pourvu en 1571, et Etienne, maire de Beaune, fils de ce dernier, en 1595. Jean Bouchin, avocat, père de Joseph qui donne lieu à cet article, était seigneur de Varennes-lez-Beaune en 1626; il avait épousé Jeanne Richard.

Citons encore du même nom : Jean, puîné, qualifié bourgeois en 1618, marié à Jeanne-Baptiste Cortelot; Jacques, aussi bourgeois, fils d'Etienne Iᵉʳ, marié à Anne Richard; et Catherine, qui épousa en 1606 Philibert de la Mare, seigneur de Chevigny, lieutenant au bailliage de Beaune.

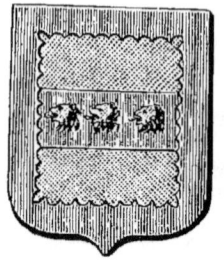

PHILIBERT-ALEXIS DURAND, écuyer, seigneur de Chaumont et Saint-Eugène, président, fut pourvu le 18 juillet 1706, sur la résignation de Jean-Baptiste de Massol; il avait obtenu préalablement des lettres de dispense de service. Reçu le 2 août suivant, il mourut à Lyon le 17 juin 1708 et eut pour successeur son fils Philippe-Alexis Durand.

Cette famille remonte à Martin Durand, écuyer, seigneur de Semilly, capitaine du château d'Auxonne en 1508, dont le petit-fils Pierre s'établit à Montcenis où il fut successivement lieutenant du château et procureur du roi au bailliage. Il épousa en 1583 Jeanne Potillon, dont il eut Philibert, maréchal des logis de Monsieur, frère du roi en 1653, et père de François, seigneur de Fontenay et de la Forest-Ronde, capitaine au régiment de Champagne, commandant du château de Dijon, qui entra aux États en 1691, et n'eut pas d'enfants de son mariage avec Françoise Bernard. Pierre Durand eut d'autres enfants mâles, et on trouve au XVIIe siècle sa postérité partagée en trois branches principales, celles des seigneurs de Saint-Eugène, de Chalas et d'Auxy.

Branche des seigneurs de Saint-Eugène. N. Durand, marié à N. Darlay, fille d'un conseiller au bailliage de Montcenis, eut deux fils: 1° Philibert-Alexis; 2° Hyacinthe, chef de la branche des seigneurs de Chalas, dont on trouvera la notice à l'article de Jean-Maurice Durand, président aux comptes en 1733. — Philibert-Alexis, qui donne lieu à cet article, né le 18 mai 1644, épousa en 1670 Philiberte, fille de Philibert Brunet, écuyer, baron de Chailly, seigneur de Thoisy, Cercey et Travoisy, receveur général des finances en Champagne, et de Jeanne Savot; il en eut: 1° Philippe-Alexis, président aux comptes, dont l'article suit; 2° Jean-Baptiste, écuyer, seigneur de Romilly, la Crilloire et Trouhans, receveur général des finances en Limousin, qui épousa N. Clermont, et n'en eut point d'enfants; 3° Jeanne-Françoise, mariée en 1709 à François-Hugues de Siry, président à la Chambre des comptes de Dijon, puis au parlement de Paris en 1733; 4° Marie-Anne, mariée en 1703 à Germain Richard, élu du roi aux États de Bourgogne, puis président en la Chambre des comptes.

Branche des seigneurs d'Auxy. N. Durand, cousin de Philibert-Alexis, épousa N. Gagnerot, dont il eut Philibert, seigneur d'Auxy, conseiller au parlement en 1710, puis grand maître des eaux et forêts dans les deux Bourgognes et l'Alsace. Il épousa en premières noces, en 1713, Marguerite de Tournebulle de Saint-Lumié; il en eut quatre filles, mariées, la première à N., seigneur de Châtillon, président au parlement de Besançon; la seconde à Alexis-Jean Durand, seigneur de Lagny, son cousin; la troisième à N. Jouffroy, seigneur d'Uzelles, au comté de Bourgogne; la quatrième à N. Culant, de la province de Brie. En secondes noces Philibert Durand épousa, le 4 février 1751, Étiennette-Anne-Thérèse, fille de François Rougeot, receveur des domaines en Bourgogne, et de Catherine Delandre; il en a eu plusieurs enfants.—Armes: *D'or, à la fasce de gueules, chargée de trois têtes de lion du champ; à la bordure engrêlée de gueules.*

Philippe-Alexis DURAND DE SAINT-EUGÈNE, seigneur de Saint-Eugène, Trouhans et la Crilloire, était conseiller au parlement de Metz, lorsqu'il fut pourvu, le 29 juillet 1708, de l'office de président, vacant par le décès de Philibert-Alexis Durand, son père. Il avait obtenu des lettres de dispense d'âge et de service, et fut reçu le 11 août de la même année. Pourvu depuis de la charge de maître d'hôtel ordinaire du roi, il mourut à Paris sans avoir été marié, le 4 décembre 1729, et eut pour successeur Germain Richard. Voy. p. 68.

Jean FILZJEAN DE MIMANDE, président, fut pourvu le 4 mai 1713, sur la nomination de Claude Gonthier, veuve de Guillaume Perreney, dernier titulaire, et par suite du refus de Joseph-Humbert Boillot, d'abord nommé à cet office, de s'en faire pourvoir. Après avoir obtenu des lettres de dispense d'âge, de service et de parenté à cause du président Badoux, mari de sa sœur, Jean Filzjean fut reçu le 16 juin 1713, et obtint en 1717 l'autorisation de présider, quoiqu'il n'eût pas encore atteint l'âge prescrit par les ordonnances. Il mourut le 5 mai 1762, après avoir résigné en faveur de Philibert-Reine Chiquet. — La famille Filzjean, dont le nom se trouve anciennement écrit Filzjan, a fourni un grand nombre d'officiers aux cours souveraines de Dijon, deux élus du tiers aux États de 1563 et de 1590, des militaires de divers grades, des officiers de chancellerie, et enfin plusieurs lieutenants généraux et avocats du roi au bailliage de la ville d'Avallon, d'où elle était originaire; elle faisait monter sa filiation à Jean Filzjean, seigneur de Brécy et Lucy-le-Bois, qui testa en 1420, et on compte parmi ses membres les plus distingués, Georges Filzjean, conseiller d'État, bailli d'Auxerre et d'Avallon, gentilhomme ordinaire et capitaine des gardes du prince de Condé, à qui ses services valurent des lettres de noblesse en 1645. — Armes : *D'azur, au chevron d'or, accompagné de trois étoiles de même; au chef d'or, chargé de trois croix pattées de gueules.*

François-Hugues DE SIRY, écuyer, baron de Couches, seigneur du Pasquier, etc., président, fut pourvu le 23 mars 1718 sur la nomination des veuve, enfants et héritiers de Guillaume Burgat. Ses lettres de provisions font mention de l'ancienne extraction de ses ancêtres et de leurs services dans les armées en qualité d'hommes d'armes, de capitaines de chevaux et d'infanterie, et d'exempts des gardes du corps. François-Hugues de Siry avait précédemment obtenu des lettres de dispense d'âge, de service et d'alliance, à cause de Philippe-Alexis Durand, président, son beau-frère. Reçu par arrêt du 4 avril 1718, il fut pourvu en 1731 d'un office de président en la seconde chambre des requêtes du parlement de Paris, et obtint des lettres de compatibilité pour l'exercer conjointement avec celui de président aux comptes, qu'il résigna en 1733 en faveur de Jean-Maurice Durand. — Cette famille, originaire de Montcenis, a fourni deux présidents au parlement de Paris et plusieurs officiers de divers grades, entre autres François, gendarme de la compagnie du prince de Condé en 1638. Elle portait : — *D'azur, à trois étoiles d'argent; au chef cousu de sable.*

FRANÇOIS PILLOT DE FOUGERETTE était depuis près de sept ans maître des comptes, lorsqu'il fut, pourvu, le 22 mars 1725, d'un office de président, dont Henry Quirot, qui y avait été précédemment nommé par la veuve d'André-Bernard Bernardon, dernier titulaire, se démit en sa faveur, sans en avoir demandé de lettres de provisions. François Pillot, qui avait obtenu des lettres de dispense d'âge et de service d'une date antérieure, fut reçu le 11 avril 1725. Il résigna en 1727 en faveur de Joseph Joly de Bévy. — Famille originaire d'Autun ; elle paraît remonter à François Pillot, qualifié honorable homme et citoyen d'Autun, mort avant 1535. On trouve après lui : Claude et Edme, tous deux grenetiers au grenier à sel en 1586 et 1634 ; Jean, lieutenant général au bailliage en 1693 ; Adrien, citoyen d'Autun, qui reprit de fief, en 1620, de la seigneurie de Fougerette ; Philibert, gentilhomme ordinaire de la Dauphine, secrétaire du roi à Dijon en 1710, et, enfin, François, sans doute fils du précédent, qui donne lieu à cet article. Il est qualifié écuyer en 1732 et 1749, dans les actes de dénombrement et de reprise de fief de la seigneurie de Vaux, du chef de sa femme Catherine Rabyot de Vaux.— Armes : *D'azur, au coq d'argent, et une étoile de même au canton dextre.*

PAUL-JOSEPH-THÉODORE BOUCHIN DE GRANDMONT, président, fut pourvu le 13 mars 1726, sur la résignation de Joseph Bouchin, son oncle, et reçu le 4 mai suivant. Il avait obtenu précédemment des lettres de dispense d'âge et de service. Il mourut dans l'exercice de sa charge, et eut pour successeur en 1777 Jean-François-Luc Dirisson. Voy. p. 67.

JOSEPH JOLY DE BÉVY, seigneur de Bévy, la Berchère, Vosne, la Tour-Bandin, etc., président, fut pourvu sur la résignation de François Pillot de Fougerette, le 11 septembre 1727. Pour reconnaître en sa personne les services de son aïeul Blaise Joly, gentilhomme de la maison du roi, et de son père, François, maître des comptes pendant vingt-six ans, le roi lui avait préalablement accordé des lettres de dispense d'âge et de service, à condition qu'il n'aurait voix délibérative qu'à vingt-cinq ans et attendrait pour présider d'avoir accompli sa quarantième année. Reçu le 2 décembre 1727, il obtint quelques années plus tard l'autorisation de présider dès qu'il aurait atteint l'âge de vingt-sept ans. Il mourut en octobre 1746, et l'année suivante, les officiers du grand bureau firent l'acquisition de son office, qui resta réuni à leur corps jusqu'en 1784, époque où Charles Richard de Vesvrotte s'en fit pourvoir.

La famille Joly est originaire de Chalon, où l'on trouve plusieurs échevins de ce nom au XVIᵉ et au XVIIᵉ siècles. Sa généalogie est établie régulièrement depuis :

I. Louis Joly, écuyer, seigneur de la Roche, qui épousa Jeanne Paluchot et en eut : 1° Adam qui suit ; 2° Adam puîné, avocat et échevin en 1639.

II. Adam, avocat au parlement, lieutenant en la gruerie de Chalon, échevin en 1616, et maire de la même ville en 1641, épousa Marguerite Perrault, dont vinrent, entre autres enfants, Blaise qui suit.

III. Blaise, gentilhomme chez le roi en 1650, avait épousé Judith, fille de Claude de Thésut et de Claudine Quenot, dont il eut François qui suit.

IV. François, écuyer, seigneur de Bévy, Marsonas, Trochère et partie de Chintré, maître des comptes en 1682, épousa en 1691 Philiberte, fille de Pierre-François Durey, écuyer, secrétaire du roi, seigneur de Trochère, et de Jeanne Brunet, dont : 1° Judith, mariée en 1720 à Jean Bernard, chevalier, vicomte de Chalon, seigneur de Sassenay, le Tartre, etc. ; 2° Jean-François, seigneur de Chintré, Gerlans et Saint-Amour, conseiller au parlement en 1718, marié en 1724 avec Marie-Henriette, fille de Georges de Loriol de Boissière, seigneur d'Asnières, et de Marie-Françoise de Frere de Chamburcy ; il mourut sans enfants ; 3° Joseph qui suit.

V. Joseph, chevalier, seigneur de Bévy, la Tour-Bandin, la Berchère, Vosne, Flagey, etc., président aux comptes, eut de son mariage avec Marie Portail : 1° Louis-Philibert-Joseph qui suit ; 2° N., comte de Bévy, colonel d'infanterie ; 3° N., major du régiment de Picardie-infanterie ; 4° N., mariée à N. de Sirvinge ; 5° Claude-Elisabeth, femme de Claude Quarré d'Aligny, seigneur de Juilly et Malpertuy, chevalier de Saint-Louis.

VI. Louis-Philibert-Joseph, chevalier, conseiller, puis président à mortier au parlement de Dijon en 1777, connu par son érudition, épousa Louise, fille de Jean-François Lemulier de Bressey, conseiller au parlement, et de Claudine Arcelot de Charodon ; de ce mariage vinrent deux fils, dont l'un, Jean-Henri-Bernard, marié à N. de Bourgogne, fut le dernier conseiller au parlement de Dijon. — Cette famille, aujourd'hui éteinte, portait : *Écartelé, aux 1ᵉʳ et 4ᵉ d'azur, au chef d'or ; aux 2ᵉ et 3ᵉ d'azur, au chevron d'or, accompagné en chef de deux étoiles aussi d'or, et en pointe d'une tête d'enfant de carnation, chevelée d'or.*

 Germain RICHARD, seigneur de Ruffey et Vesvrotte, président, fut pourvu le 10 mai 1730, sur la présentation de sa femme Anne Durand, sœur et légataire de Philippe-Alexis Durand de Saint-Eugène. Il obtint à la même date des lettres de dispense de service et d'alliance à cause du président de Siry, son beau-frère ; on y lit qu'il remplissait depuis près de trente-six ans les fonctions d'élu du roi. Reçu le 19 juin suivant, il mourut dans l'exercice de sa charge et fut remplacé en 1735 par Gilles-Germain Richard, son fils. — Courtépée et le P. Gautier le font descendre de :

I. Jean Richard, premier du nom, qui procura l'établissement des Cordeliers à Beaune, et est qualifié dans une bulle de Clément IV en 1268, *nobilis vir ducis Burgundiæ patronus*. Il épousa Aglantine de Villers, et le second des auteurs que nous venons de citer lui donne pour fils Jean qui suit.

II. Jean II, avocat du duc et père temporel des Cordeliers de Beaune, mourut vers 1350. De son mariage avec Agnès Arbaleste, il laissa Jean III.

III. Jean III, conseiller du duc, mort en 1410, laissa de son mariage avec Gillette Dubois, un fils Louis.

IV. Louis, conseiller du duc, épousa Marie de Plaine, d'une famille alliée aux Bourbons-Carency. Ils eurent pour fils Floceau qui suit.

V. Floceau, mort avant 1547, était seigneur de la terre de Ruffey-sous-Beaune, dont le titre de franc-alleu noble fut reconnu par la Chambre des comptes en 1665. Il avait épousé Gillette Legoux, de la famille des Legoux de la Berchère, et en eut deux fils : 1° Nicolas qui suit; 2° Louis, auteur de la branche des seigneurs de Curtil et de Beligny (1).

VI. Nicolas, écuyer, seigneur de Ruffey, chef de la branche établie à Dijon, épousa Jacquette, fille de Philibert Boilleau, gouverneur d'Auxonne, et mourut en 1570, laissant entre autres enfants, un fils, Gérard qui suit, et deux filles, Jeanne, mariée à Antoine Bossuet, auditeur des comptes, et Gillette, femme de Jean Le Belin, avocat.

VII. Gérard Ier, écuyer, seigneur de Ruffey, épousa en mars 1573, Christine, fille de Michel Ocquidem, seigneur de Broindon, grand audiencier en Bourgogne, et mourut à Dijon en 1591, laissant : 1° Jacques qui suit; 2° Jeanne, femme de Nicolas de Chaumelis, receveur général des finances en Bourgogne; 3° Gérard II, écuyer, élu du roi aux États en 1618, marié à Marie Jaquot, et mort sans enfants.

VIII. Jacques, écuyer, seigneur de Ruffey, né à Beaune en 1579, gouverneur de la chancellerie de Bourgogne, élu du roi après son frère, fut marié quatre fois. Voici les noms de ses quatre femmes et la date leur mariage : Guillemette de Requeleine (7 février 1599) ; Catherine Filzjean, fille de Jacques, seigneur de Sainte-Colombe, et d'Anne Morin (3 juillet 1603), morte en 1623; Marguerite Brenot, fille de Gabriel, conseiller au parlement (11 mai 1624); et enfin Claude Jachiet (8 septembre 1630). Jacques Richard, mort à Dijon le 25 février 1644, fut inhumé au couvent des Cordeliers, où il avait fait des fondations considérables. Il ne laissa de Marguerite Brenot, sa troisième femme, qu'un fils, Bénigne, seigneur de Damalix, trésorier de France à Dijon; il en avait eu six de Catherine Filzjean, savoir : 1° Nicolas II, écuyer, seigneur de Richetille, maître des comptes en 1638, marié le

(1) Louis Richard, seigneur de Beliguy-sous-Beaune et de Curtil, échevin de Beaune, reçut des lettres de noblesse en 1586. Sa descendance a fourni des maires et des échevins de Beaune, des conseillers au bailliage de cette ville, des maîtres des eaux et forêts à Dijon, un conseiller au parlement en 1647, et plusieurs militaires de divers grades, entre autres un brigadier des armées du roi. A cette branche appartenait Jean-Baptiste, écuyer, mousquetaire de la garde du roi, en faveur de qui les terres de Corrabœuf, Ivry et Corcelles-sous-Molinot, furent érigées en marquisat en 1776, sous le titre de marquisat de Richard d'Ivry. Cette branche subsiste.

31 décembre 1656 à Marie-Théodorine Richard, fille de Claude, seigneur de Montot, capitaine d'infanterie, et de Françoise Chasot; il mourut sans postérité; 2° Gérard qui suit; 3° Chrétien, né en 1614, qui prit le parti des armes, et mourut sans postérité; 4° Jacques II, né en 1615, conseiller au parlement, chef de la branche, aujourd'hui éteinte, des seigneurs de Montaugé et d'Escrots; 5° Etienne, né en 1619, prêtre de l'Oratoire, aumônier du roi en 1660; 6° Claude, né en 1623, et mort en bas âge.

IX. Gérard III, écuyer, seigneur de Ruffey, né à Dijon en 1616, trésorier de France en 1639, puis élu du roi en 1644, épousa le 26 novembre 1651, Marie, fille de Girard Sayve, seigneur de Vesvrotte, conseiller au parlement, et de Jeanne Bauyn, et mourut à Ruffey, le 17 septembre 1680, laissant plusieurs enfants, savoir : 1° Gérard IV, élu du roi en 1680, mort sans enfant en 1681; 2° Germain qui suit; 3° Jeanne, mariée le 26 novembre 1677 à Pierre Thomas, maître des comptes; 4° Denise, mariée le 6 septembre 1682 à Pierre Le Gouz, conseiller au parlement; 5° N., religieuse à Molaise; 6° Elisabeth, ursuline à Dijon.

X. Germain, chevalier, seigneur de Ruffey et Vesvrotte, né à Dijon le 30 septembre 1668, élu du roi en 1691, passa en 1730 à un office de président à la Chambre des comptes, et mourut à Ruffey le 3 juillet 1734. Il avait épousé, le 9 août 1703, Marie-Anne, fille de Philibert-Alexis Durand, seigneur de Chaumont, président à la Chambre des comptes, et de Philiberte Brunet. Il laissa, entre autres enfants, un fils, Gilles-Germain qui suit.

XI. Gilles-Germain, chevalier, seigneur de Ruffey, Trouhans, Vesvrotte et le Martray, élu du roi, puis président aux comptes, épousa, le 5 mai 1739, Anne-Claude, fille de Frédéric de la Forest, baron de Montfort, chevalier de Saint-Louis, ancien commandant de bataillon au régiment de la Chenelaye, et de Marie-Thérèse Feillet. Il eut de ce mariage six enfants, dont trois fils, savoir : 1° Germain, qui embrassa l'état ecclésiastique, et mourut en 1773; 2° Frédéric-Henri, seigneur de Ruffey, conseiller, puis président à mortier au parlement de Bourgogne, marié en 1776 à Marie-Charlotte, fille de Louis-Jacques-Charles Hocquart de Cuœilly, trésorier de l'artillerie à Paris, et de Marie-Suzanne-Éléonore Bergeret; il mourut sur l'échafaud révolutionnaire sans laisser d'enfants; 3° Charles qui suit.

XII. Charles, chevalier, seigneur de Vesvrotte, reçu aux Etats de 1781, puis président à la Chambre des comptes, exerça cet office jusqu'à la Révolution. Sa descendance subsiste. Ajoutons que la famille Richard est très souvent entrée aux Etats de Bourgogne, et que la branche de Vesvrotte a obtenu sous la Restauration l'institution d'un majorat au titre de comte. — Armes : *D'azur, au chef d'or, chargé de trois tourteaux de gueules* (1).

Antoine JOLY D'ARLAY, doyen de l'église de Langres, président, succéda à Jean-Barthélemy Joly, son père, dont il était l'unique héritier. Pourvu le 23 juillet 1730, après avoir obtenu des lettres de dispense de service en considération de

(1) Palliot attribue à la branche de Montaugé les armes suivantes : *D'azur, à une fasce d'or, et en chef trois besans de même*; et Petitot : *D'azur, au chef cousu de gueules, chargé de trois besans d'or*. On ne donne pas les motifs de ces changements.

ceux de son père et de ses ancêtres, il fut reçu le 9 août suivant, et résigna en 1759 en faveur de Jean-Baptiste-François Torchet de Boismeslé. Voy. p. 62.

ANTOINE-SIMON PERNOT D'ESCROTS, écuyer, seigneur d'Escrots et Montaugé, président, fut pourvu sur la démission de Claude-Anthelme de Feillens, qui s'était rendu acquéreur de l'office vacant par le décès de François Badoux, et ne s'en était pas fait pourvoir. Ses lettres de provisions, datées du 25 avril 1732, rappellent les services de son père Alexandre Pernot, conseiller au parlement. Il avait eu besoin de lettres de dispense d'âge et de service. Reçu le 17 juin de la même année, il obtint en 1735 dispense de temps pour présider, et mourut le 8 avril 1780; Charles-André-Hector Grossart de Virly lui succéda.

Antoine Pernot, écuyer, secrétaire du roi en la grande chancellerie de Bourgogne, seigneur d'Escrots, originaire de Montcenis, s'établit à Dijon vers 1660, et y suivit le barreau avec distinction. Marié à N. Pérard, il en eut : 1° Alexandre qui suit; 2° Andoche, docteur en théologie, abbé de Cîteaux, élu du clergé aux Etats de Bourgogne en 1745; 3° N., doyen de l'église collégiale de Saint-Jean de Dijon ; 4° N., chanoine de la Sainte-Chapelle de Dijon.

Alexandre, écuyer, seigneur d'Escrots, conseiller au parlement en 1704, épousa N. Ballard, fille de N. et de N. Jonchapt, et en eut : 1° Antoine-Simon, président en la Chambre des comptes, marié à Reine, fille de N. de Mézières et de N. Cortelot, dont il eut une fille unique, Reine-Andoche, mariée à Charles Thomas, seigneur d'Island, capitaine au régiment de Nice et chevalier de Saint-Louis ; 2° N., mariée à Germain Richard, seigneur de Montaugé, capitaine au régiment de Poitou. — Armes : *D'argent, à trois bandes de sable; au chef d'azur, chargé d'une aigle d'or.*

JEAN-MAURICE DURAND DE CHALAS, seigneur de Chalas, la Tour-du-Bos, Saint-Nizier, Charmoy, Montessus, était maître des comptes à Dole et secrétaire du roi, lorsqu'il fut pourvu, le 28 juillet 1733, d'un office de président sur la résignation de François-Hugues de Siry. Il avait obtenu précédemment des lettres de dispense de service, et fut reçu par arrêt du 6 août 1734. Mort en 1742, il eut pour successeur Jean Gravier de Vergennes. Il appartenait à la branche des Durand de Chalas, formée par Hyacinthe Durand, oncle de Philibert-Alexis, président aux comptes en 1706. Hyacinthe fut marié deux fois : en premières noces avec N. Callard, dont il eut Jean-Maurice, qui donne lieu à cet article; en deuxièmes noces avec N. Dumeix, de Châtillon, dont il eut deux filles, mariées, l'une à N. Bureau, père de deux conseillers au parlement de Dijon et d'un trésorier de France au bureau des finances de Châlons-sur-Marne; l'autre à Claude Dumay, écuyer, fils d'un correcteur en la Chambre des comptes.

Jean-Maurice, receveur général des finances en Champagne avant d'entrer à la Chambre des comptes de Dole, épousa Louise Durey, dont il eut deux fils : 1° Jean-Maurice, seigneur de Montessus, successivement avocat du roi au Châtelet, conseiller au parlement et maître des requêtes ; il mourut sans alliance ; 2° Alexis-Jean, chevalier, seigneur de Lagny, capitaine au régiment d'Estaing-infanterie, lieutenant de roi à Chaumont-en-Bassigny; il épousa sa cousine Marie-Anne-Philiberte, fille de Philibert Durand d'Auxy et de Marguerite de Tournebule, et mourut sans postérité; 3° Jeanne-Philiberte, femme d'Etienne-Pierre Masson de Maisonrouge, écuyer, receveur général des finances à Amiens. Voy. p. 68.

GILLES-GERMAIN RICHARD DE RUFFEY, seigneur de Ruffey, Trouhans, Vesvrotte, etc., élu du roi aux Etats de Bourgogne, fut pourvu le 20 janvier 1735 d'un office de président, sur la nomination de la veuve de Germain Richard, son père. Il avait obtenu auparavant des lettres contenant dispense d'âge et de service, et qui l'autorisaient à exercer son office de président avec celui d'élu du roi, qui était depuis près de cent cinquante ans dans sa famille. L'arrêt de réception est du 1er février 1735. D'un esprit cultivé et porté à l'étude des sciences, Gilles-Germain Richard avait formé une bibliothèque de livres choisis, où un grand nombre de personnes tenaient chaque semaine de savantes conférences. Il résigna son office de président en 1757 en faveur de Claude Brondeault, et obtint la même année des lettres de vétérance. Voy. p. 71.

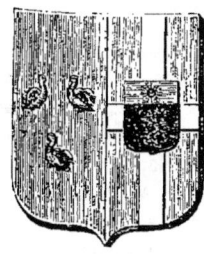

JEAN GRAVIER DE VERGENNES, président, succéda à Jean Maurice Durand de Chalas, sur la démission de Jean-Maurice Durand de Lagny, fils du dernier titulaire, qui avait été nommé à cet office par Louise Durey, sa mère, et ne s'en était pas fait pourvoir. Les lettres de provisions de Jean Gravier sont datées du 9 mars 1742; elles font mention de ses services dans un office de maître des comptes depuis 1738, de ceux de son père dans un semblable office, et de ceux de sa famille dans les charges et emplois importants dont elle était honorée et dans lesquels elle se distinguait par les rares qualités et talents que demande le service de l'Etat (1). Il avait eu besoin de lettres de dispense d'âge, de service et de parenté, à cause de son père Charles, conseiller maître, et fut reçu le 16 mars de la même année, à condition qu'il ne remplirait les fonctions de sa charge qu'à vingt-cinq ans, et ne présiderait en chef qu'à trente ans. Cette double restriction fut successivement levée par lettres de 1742 et 1746. Jean Gravier ayant résigné en 1778, en faveur de Joseph-Louis-François Choulx de Bussy, fut nommé par Louis XVI ambassadeur en Suisse, puis à Venise.

1. La famille Gravier, originaire de Paray en Charollais (2), remonte à Jean Gra-

_____

(1) Allusion évidente à Théodore Chevignard de Chavigny, comte de Toulongeon, oncle de Jean Gravier, et l'un des représentants les plus éminents de la diplomatie française au XVIIIe siècle.

(2) Une de ses branches, restée au berceau de la famille, était représentée au dernier siècle par Etienne Gravier, docteur en médecine, qui reprit de fief en 1767 de la terre du Seuil en toute justice. — On trouve encore du même nom : Isaye Gravier de Saint-Vincent, son fils Jean, et Samson Vial Gravier, trésoriers de France à Dijon en 1687, 1712 et 1727. — Citons enfin la branche des Gravier de la Gelière, dont Claude-Madelon Gravier du Tiret, écuyer, chevalier de Saint-Louis, qui reprit de fief en 1767 de la seigneurie de la Gelière, en Bresse.

vier, seigneur de Chevagny, qui épousa Claudine Boiteux, dont il eut : 1° Théo-phile, seigneur de Drambon, Layé et la Treiche, avocat à la cour, marié en 1617 à Marie, fille de Bénigne Saumaise, conseiller au parlement de Dijon, et sœur de l'illustre érudit de ce nom, dont un fils, Jacques, seigneur de Drambon ; 2° Jean qui suit.

II. Jean, avocat au parlement, s'établit à Autun, et épousa Madeleine Thomas, d'une famille qui a fourni un grand nombre d'officiers au parlement et à la Chambre des comptes de Dijon. Il en eut Philibert qui suit.

III. Philibert, seigneur de Vergennes, avocat au parlement, se fixa à Dijon. Ma-rié le 9 mars 1652 à Rose, fille de Charles Perrault, seigneur de Vergennes, Sailly, Montrevost, la Chapelle de Bragny, etc., d'une ancienne famille du Châlonnais, il en eut un fils, Charles qui suit.

IV. Charles, seigneur de Vergennes, trésorier de France à Dijon, épousa le 29 avril 1680 Anne, fille de Philibert Gravier, seigneur de Millière et du Pourriot, avocat au parlement, demeurant à Autun, et de Thérèse Bourée, de la famille des Bourée de Corberon ; il en eut un fils, Charles qui suit, et plusieurs filles, dont deux furent ursulines à Beaune, et une autre, Bernarde, épousa le 1er novembre 1716 Jacques Comeau, chevalier, seigneur de Pontdevaux.

V. Charles, seigneur de Vergennes, maître des comptes en 1718, épousa le 15 fé-vrier 1718 Marie-Françoise, fille de Jean Chevignard de Charodon, premier prési-dent du bureau des finances de Dijon. Il mourut en 1745, laissant deux fils : 1° Jean qui suit ; 2° Charles, nommé par le roi *le chevalier de Vergennes.* Successivement ministre de France près de l'électeur de Trèves, au congrès de Hanovre et à Man-heim, ambassadeur à Constantinople et en Suède, le chevalier de Vergennes quitta ce dernier poste en 1774 pour remplir les fonctions de secrétaire d'État au départe-ment des affaires étrangères et de président du conseil des finances, qu'il occupa jusqu'à sa mort, arrivée le 13 février 1787 (1). Le comte de Vergennes a laissé la réputation d'un diplomate laborieux, prudent et habile. On a de lui quelques écrits qui ont paru dans l'ouvrage intitulé : *Politique de tous les cabinets de l'Europe.*

VI. Jean, chevalier, seigneur de Vergennes, conseiller maître, puis président aux comptes en 1742, épousa le 30 mai 1716 Jeanne-Claude, fille de Philibert Chevi-gnard de Chavigny, président à mortier au parlement de Besançon, et de Françoise-Bonaventure Jobelot de Montureux. Il en eut plusieurs enfants.

Jean Gravier portait : *De gueules, à trois merlettes s'essorant d'or,* qui est de Gra-vier, *parti du premier, à la croix d'argent, chargée d'un écusson de sable, au pampre d'argent; au chef cousu d'azur, chargé d'un soleil d'or,* qui est de Chevignard de Chavigny. Famille encore existante dans une branche collatérale.

(1) En 1765, Charles Gravier de Vergennes obtint l'érection en comté de la terre de Toulongeon au bailliage de Montcenis, qui lui était venue par succession de son oncle Théodore Chevignard de Chavigny, et dont il fit depuis changer le nom en celui de Vergennes.

Claude BRONDEAULT, seigneur de la Motte-lez-Argilly, maître des comptes depuis 1743, fut pourvu d'un office de président sur la résignation de Gilles-Germain Richard de Ruffey, en considération des services de son aïeul Claude, décédé en 1744 doyen des maîtres des comptes, et de son bisaïeul Pierre, secrétaire de la Chambre des comptes pendant cinquante-cinq ans. Pourvu, avec dispense d'âge le 2, reçu le 19 juillet 1757, il exerça son office jusqu'à la Révolution; son père, Nicolas, est qualifié écuyer dans l'acte de reprise de fief en 1751 des seigneuries de Lhée et de la Motte-lez-Argilly, et il avait un frère, Claude-Louis, qui fut pourvu en 1759 d'un office de chevalier d'honneur au bureau des finances de Dijon. — Cette famille, aujourd'hui connue sous le nom de Brondeault de Saulxures, porte: *D'argent, à un hêtre de sinople, terrassé de même ; au chef d'azur, chargé de trois étoiles d'argent.*

Jean-Baptiste-François TORCHET DE BOISMESLÉ, président, fut pourvu le 9 juillet 1759, sur la résignation d'Antoine Joly d'Arlay, en considération de ses talents et de son expérience dans la profession d'avocat, qu'il avait exercée au parlement de Paris pendant plus de vingt-huit ans. Reçu le 21 du même mois, il résigna en 1781 en faveur d'Hubert-Toussaint-Joseph Barbier de Reulle.

Philibert-Reine CHIQUET DE FLEY, président, fut pourvu le 23 juin 1762 avec dispense d'âge et de service, sur la résignation de Jean Filzjean de Mimande. On lit dans ses lettres de provisions qu'il exerçait depuis trois ans la charge de conseiller aux bailliage et siège présidial de Chalon-sur-Saône. Reçu le 23 juillet de la même année, il mourut à Chalon le 7 juillet 1776 et fut remplacé par Jean-Baptiste-Charles Vaillant de Meixmoron. — Famille originaire de Chalon où l'on trouve Philibert, qualifié écuyer dans l'acte de reprise de fief en 1714 des terres du Thil et des Filletières. — Armes : *D'azur, au chevron d'or, accompagné de trois roses d'argent; au chef échiqueté d'argent et de gueules de trois raies.*

Jean-Baptiste-Charles VAILLANT DE MEIXMORON exerçait depuis dix-sept ans l'office de maître des comptes lorsqu'il fut nommé à celui de président par les héritiers de Philibert-Reine Chiquet de Fley. Ses lettres de provisions sont datées du 15 janvier 1777 ; il fut reçu le 20 du même mois, résigna en 1786 en faveur de son fils Bénigne-Charles Vaillant de Meixmoron et obtint des lettres d'honneur, quoiqu'il n'eût rempli que dix ans la charge de président; cette faveur lui fut accordée en considération de ses dix-sept années de service dans celle de conseiller maître, et à la sollicitation de la Chambre, qui en écrivit directement au garde des sceaux.

Cette famille, originaire du Châtillonnais, s'est divisée en deux branches principales, dont l'une a pour auteur :

I. Claude Vaillant, seigneur du fief de Meix-Moron, dont il fit la reprise en 1682, et qu'il possédait du chef de sa femme, Jeanne-Madeleine, fille d'Edme Verdin (1). Il eut un fils, Pierre qui suit.

II. Pierre, écuyer, gentilhomme servant chez le roi par lettres du 21 août 1713, et seigneur de Meixmoron, épousa le 13 avril 1720 Charlotte Vaillant, sa cousine, fille de Charles Vaillant et de Marie Siredey ; il mourut le 4 juillet 1755, laissant un fils unique, Jean-Baptiste-Charles, qui suit.

III. Jean-Baptiste-Charles, seigneur de Meixmoron, conseiller maître, puis président à la Chambre des comptes, né le 6 août 1735, épousa le 20 août 1759 N. Rouget, fille de N. Rouget, procureur syndic des Etats de Bourgogne, de laquelle il eut Bénigne-Charles, qui suit.

IV. Bénigne-Charles, seigneur de Meixmoron, président à la Chambre des comptes en 1786, exerça cet office jusqu'à la Révolution. Sa descendance subsiste.

La seconde branche remonte à :

I. Nicolas Vaillant, seigneur des Aulnais, qui fut pourvu en 1686 d'une charge de secrétaire du roi, et mourut le 1er mai 1696. De son mariage avec Marie Dumeix vinrent trois enfants, savoir : 1° Charles, écuyer, bailli et lieutenant général au bailliage ducal de Langres, marié à Marie Siredey, dont il eut : a) Nicolas, écuyer, seigneur de Massingy, chevalier de Saint-Louis, commandant du second bataillon de Hainaut, mort sans alliance ; b) Marie, femme de Pierre Gaudelet, écuyer ; c) Charlotte, qui épousa Pierre Vaillant, son cousin issu de germain ; 2° Nicolas qui suit ; 3° Bénigne, écuyer, seigneur de Massingy, chevalier de Saint-Louis, lieutenant-colonel du régiment de Hainaut, mort sans alliance le 8 octobre 1752.

II. Nicolas, écuyer, seigneur des Aulnais, Mosson et Savoisy, bailli et lieutenant général au bailliage ducal de Langres, épousa le 10 août 1705 Claudine Viesse, dont il eut : 1° Jean qui suit ; 2° Marie-Joseph, femme d'Abraham-Charles Viesse, seigneur de Sainte-Colombe, contrôleur de la maison du roi.

III. Jean, écuyer, seigneur de Savoisy, Mosson et Massingy, lieutenant aux régiments du roi et de Hainaut, et lieutenant des maréchaux de France au bailliage de la Montagne, épousa en 1744 Anne-Elisabeth, fille d'Etienne-François Mouret, grand maître des eaux et forêts au département d'Aunis, et d'Elisabeth-Béatrice Jacob. Il en eut : 1° Bénigne-Joseph qui suit ; 2° Ursule-Catherine-Pauline, mariée en premières noces à N. de Saint-Phal, seigneur de Saint-Phal, Mugnois, etc., chevalier de Saint-Louis, capitaine d'infanterie ; en deuxièmes noces à Gabriel-François Tarad du Mesnel, seigneur de Corbeil, chevalier de Saint-Louis, lieutenant-colonel de cavalerie.

IV. Bénigne-Joseph, écuyer, seigneur de Savoisy, capitaine de dragons, aide-de-

_____

(1) Jeanne-Madeleine Verdin épousa en secondes noces Jean-Baptiste Febvre, receveur du grenier à sel de Châtillon.

camp du comte de Vaux, commandant de l'armée de Bretagne, épousa en 1780 Marie-Charlotte-Julie, fille d'Ignace de Reculot de Rochefort et de Marie-Renée Gonthier d'Auvillars. — Armes : *D'azur, au chevron d'or, accompagné de trois merlettes de même.*

JEAN-FRANÇOIS-LUC DIRISSON, président, fut pourvu le 13 février 1777, sur la nomination de l'héritier universel de Paul-Joseph-Théodore Bouchin de Grandmont. Ses lettres de provisions font mention de ses services dans les charges de substitut du procureur général au parlement de Toulouse et de maître des comptes à Paris, et rappellent ceux de ses ancêtres et de ses plus proches parents dans la profession des armes. Il avait obtenu des lettres de dispense d'âge et de service. Reçu par arrêt du 18 mars 1777, il exerça son office jusqu'à la Révolution. En 1696, Barthélemy Irisson, avocat au parlement, fit déclaration des armes suivantes au bureau de l'Isle-Jourdain, généralité de Toulouse : *D'azur, à un hérisson d'or.*

JOSEPH-LOUIS-FRANÇOIS CHOULX DE BUSSY, ancien conseiller au Châtelet, fut pourvu le 26 mars 1778, d'un office de président, sur la résignation de Jean Gravier de Vergennes. Il avait eu besoin de lettres de dispense d'âge et de service; reçu par arrêt du 8 avril de la même année, il exerça jusqu'à la Révolution. Nous le croyons de la même famille que Jacques Choulx, huissier au parlement de Paris, dont les armes sont ainsi blasonnées dans l'Armorial de 1696 : — *D'or, à une bande d'azur, chargée de trois étoiles d'argent.*

CHARLES-ANDRÉ-HECTOR GROSSART DE VIRLY, ancien conseiller au Châtelet, succéda à Antoine-Simon Pernot de Montaugé dans un office de président. Ses lettres de provisions, datées du 27 septembre 1780, rappellent les services de son père dans l'administration des finances, de son aïeul, avocat du roi au présidial de Châlons-sur-Marne, et de son beau-frère Conrad-Alexandre Gérard, ministre plénipotentiaire aux États-Unis d'Amérique et conseiller d'État. Il avait obtenu des lettres de dispense d'âge et de service ; reçu le 14 février 1781, il exerça son office jusqu'à la Révolution. — Armes : *De gueules, à deux épées d'argent, garnies d'or, en sautoir, les pointes en bas, accompagnées de deux lévriers courants d'argent, l'un en chef, l'autre en pointe.*

HUBERT-JOSEPH-TOUSSAINT BARBIER DE REULLE, seigneur d'Entre-deux-Monts, Reulle, Concœur, etc., président, fut pourvu le 20 juin 1781 sur la résignation de Jean-Baptiste-François Torchet de Boismeslé. Ses lettres de provisions font mention des services rendus à l'État par ses auteurs. Reçu par arrêt du 28 juillet de la même année après avoir obtenu des lettres de dispense d'âge et de service, il exerça son office jusqu'à la Révolution. — Famille originaire du Dauphiné et qui remonte, d'après une généalogie fournie aux commissaires de la chambre de la noblesse des Etats de Bourgogne en 1751, à Jean Barbier, châtelain de Moras, anobli par lettres du roi Charles VII, du 18 février 1430. Deux de ses fils, Pierre et Guillaume, sont rappelés dans ces lettres; mais on ignore lequel a eu postérité, et la filiation régulière de cette famille ne peut être établie que depuis Edme Barbier.

I. Edme Barbier, demeurant à Nevers, eut deux fils : 1° Etienne qui suit; 2° Paul, contrôleur du domaine au bailliage de Dijon, qui mourut le 17 février 1582, laissant quatorze enfants de son mariage avec Louise de Saintmar.

II. Etienne, seigneur d'Entre-deux-Monts et Corboin, contrôleur du domaine au bailliage de Dijon, avant son frère, puis correcteur de la Chambre des comptes en 1554, avait épousé en 1548 Catherine, fille de Jean Damotte et de Suzanne Moisson; il eut : 1° Michel qui suit ; 2° Jeanne, mariée le 14 janvier 1574 à Bernard Bénigne; 3° Catherine, mariée le 26 octobre 1589 à Jean Euvrard; 4° Bertrande, qui épousa le 8 mai 1603 Félix Vaudrey; 5° Guillemette, femme de Pierre Berbisot; 6° Elisabeth, carmélite à Dijon.

III. Michel, seigneur d'Entre-deux-Monts et Corboin, contrôleur général du taillon en Bourgogne, épousa le 14 août 1575 Catherine Regnard, sœur de Philibert Regnard, correcteur des comptes; il eut : 1° Pierre qui suit ; 2° Bernard, non marié ; 3° Marguerite, mariée le 16 mai 1612 à Bénigne Euvrard, avocat.

IV. Pierre, seigneur d'Entre-deux-Monts et Corboin, contrôleur général du taillon, après son père, en 1614, épousa le 19 janvier de la même année Claudine, fille de Guillaume Loppin, maître des comptes, et de Judith Joly, et en eut : 1° Bernard qui suit ; 2° Michel, mort en bas âge.

V. Bernard, seigneur des mêmes lieux, maître des comptes en 1647, avait épousé le 27 août 1645 Catherine, fille d'Etienne Pérard, maître des comptes, et de Claudine Bretagne; il eut : 1° Jacques qui suit ; 2° Etienne, religieux chartreux; 3° Pierre, maître des comptes en 1674, mort sans postérité; et enfin plusieurs autres enfants morts en bas âge.

VI. Jacques, seigneur des mêmes lieux, trésorier de France à Dijon en 1699, avait épousé le 25 juin 1690 Claire, fille de Louis-Guillaume Rajaud, auditeur des comptes, et d'Anne-Marie Poussot; il eut : 1° Bernard qui suit ; 2° François, mort sans alliance.

VII. Bernard II, seigneur des mêmes lieux, mousquetaire gris, puis trésorier de France à Dijon en 1714, épousa le 18 janvier 1717 Marie, fille de Louis Nicolas, avocat du roi au bureau des finances, et de Bénigne Vaillant. Il en eut dix enfants, dont plusieurs morts en bas âge ou sans alliance; nous ne citerons que Claude-Joseph qui suit, Marie et Bénigne, religieuses jacobines à Dijon, et Marie-Anne, mariée à Edme Seguin, seigneur de Broin.

VIII. Claude-Joseph, écuyer, seigneur d'Entre-deux-Monts, Corboin, Concœur et Reulle, lieutenant des maréchaux de France au bailliage de Dijon, fut reçu en la chambre de la noblesse des Etats de Bourgogne en 1751 ; il épousa en 1753 Marie, fille de Toussaint de Pize, maître des comptes, dont il eut :

IX. Hubert-Joseph-Toussaint, président aux comptes, qui donne lieu à cet article, et dont la postérité subsiste. — Armes : *D'azur, au chevron d'or, accompagné de trois roses d'argent ; au chef aussi d'argent, chargé d'un lion passant de sable.*

CHARLES RICHARD DE VESVROTTE, président, fut pourvu, le 17 mars 1784, de l'office de Joseph Joly de Bévy, qui avait été réuni à la compagnie en 1747. Ses lettres de provisions et celles de dispense d'âge et de service, dont il avait eu besoin, contenaient réserve de ne pouvoir présider qu'à trente ans révolus. Il est fait mention, dans ces lettres, des services de son père et de son aïeul dans de semblables offices de présidents; de son frère Frédéric-Henri, alors président du parlement, et enfin, de ceux de sa famille, depuis deux siècles, dans la charge d'élu du roi aux Etats et dans divers grades et emplois militaires, spécialement Jacques Richard de Beligny, qui, par sa valeur, fit rentrer en 1595 la ville de Beaune sous l'obéissance du roi, et Pierre Richard de Curtil, qui, par son courage et sa bonne conduite à la bataille d'Hochstedt, où il fut blessé, et aux siéges de Bruxelles, d'Aire et de Barcelone, mérita de parvenir au grade de maréchal de camp et au commandement de la ville de Douay. Reçu le 30 mars 1784, Charles Richard de Vesvrotte exerça son office jusqu'à la Révolution. Voy. p. 71.

BÉNIGNE-CHARLES VAILLANT DE MEIXMORON, président, fut pourvu le 24 mai 1786, sur la résignation de Jean-Baptiste-Charles Vaillant de Meixmoron, son père. Ses lettres de provisions rappellent les services de ce dernier dans les offices de maître et de président, ceux de son aïeul, Pierre Vaillant, qui avait servi près de la personne du roi, et ceux de deux de ses parents retirés, l'un lieutenant-colonel, l'autre commandant du régiment de Hainaut. Bénigne-Charles Vaillant de Meixmoron avait eu besoin de lettres de dispense d'âge et de service; il fut reçu le 1er juillet 1786, et exerça son office jusqu'à la Révolution. Il termine la liste des présidents en la Chambre des comptes de Dijon. Voy. p. 77.

CHAPITRE QUATRIÈME

Chevaliers d'honneur.

CLAUDE DE DINTEVILLE, chevalier, seigneur d'Echannay et Commarin, conseiller, chambellan de Philippe-le-Bon, bailli de Bar-sur-Seine, par lettres du 11 décembre 1466, est le premier conseiller d'épée ou chevalier d'honneur dont les registres de la Chambre fassent mention (1). A la vérité les lettres de provisions qui lui ont conféré cet office n'y figurent point, mais on trouvera à l'article suivant la preuve qu'il en a rempli les fonctions. Issu de l'illustre maison de Jaucourt-Dinteville et petit-neveu du chancelier de ce nom, Claude de Dinteville était fils de Jean, seigneur d'Echannay, conseiller et chambellan du duc, bailli et capitaine de Bar-sur-Seine en 1424, et il tenait la seigneurie de Commarin d'Agnès de Courtiamble, sa mère. Il mourut en 1477. Voy. p. 5.

JACQUES DE DINTEVILLE, chevalier, seigneur d'Echannay et Commarin, grand veneur de Bourgogne, conseiller et chambellan des rois Louis XI, Charles VIII et Louis XII, succéda à son père. On lit dans les lettres qu'il obtint à cet effet du roi Charles VIII, le 10 mars 1483/4, qu'ayant remontré que feu son père Claude avait « charge, permission et octroy d'entrer et assister au conseil, en la Chambre des comptes et autres assemblées ou pays de Bourgongne, et que le feu roi l'avoit retiré lui-même en son service, où il s'étoit employé bien et loyaument, » et depuis au service du roi régnant, il désirait avoir même octroi que lui. En conséquence le roi lui permit « toutes et quantes fois que bon lui sembleroit, entrer, estre et assister en ses conseils, Chambre des comptes et autres ses affaires en ses pays de Bourgongne et illec traicter et opiner comme ses autres conseilliers esdiz pays, aux honneurs, prérogatives, libertez, drois, proffitz et esmolumens accoustumés. » Jacques de Dinteville prêta serment aux mains du maréchal de Baudricourt, le 17 mars 1483/4, et renouvela à la Chambre des comptes le 26 avril suivant; il fut confirmé dans son office par Louis XII le 14 juin 1498, et mourut en 1522. Voy. p. 5.

(1) Nous commençons la liste des chevaliers d'honneur ou conseillers d'épée à Claude de Dinteville, parce qu'il nous paraît être le premier qui ait rempli ces fonctions en vertu d'une commission permanente; mais il est bon de remarquer qu'avant lui on voit souvent figurer dans les registres de la Chambre, avec des fonctions analogues, plusieurs chambellans des ducs de Bourgogne, tels que Jacques de Courtiamble, sire de Commarin, Jacques de Villers-la-Faye, les sires de Robois, de Jaucourt-Villarnoul, de Lespinace, etc., etc.

GIRARD DE VIENNE, baron d'Antigny et de Saint-Aubin, seigneur de Ruffey et Commarin, conseiller d'épée, succéda à Jacques de Dinteville. Pourvu le 12 août 1522, il fut reçu le 29 novembre de la même année, après avoir juré entre les mains « d'Etienne Jaqueron président, au grant bureaul..., qu'il ne revèleroit aucune chose de ce qui seroit dit, fait et conclud en ceste Chambre, qu'il ne demanderoit ou feroit demander aucunes choses du domaine et finances du roy, qu'il garderoit fraternalité entre messieurs les maistres, clercs et auditeurs... et garderoit en tout et partout le proffit du roy... et evicteroit son dommaige, et de ce qu'il en entendroit, en advertiroit lesdicts sieurs des comptes. » Girard de Vienne mourut au mois de mai 1545, et fut inhumé à la Sainte-Chapelle de Dijon, dans la chapelle dite de Vienne, qu'il avait fait construire en 1522. L'illustre maison de Vienne est trop connue pour qu'il soit nécessaire d'en donner ici la notice. Nous nous contenterons de rappeler qu'elle portait : *De gueules, à l'aigle d'or.*

François DE VIENNE, baron d'Antigny et Saint-Aubin, seigneur de Ruffey, Commarin, la Borde, etc., capitaine des ville et château de Beaune, chevalier d'honneur. Ses lettres de provisions ne sont point au registre, mais on sait par Palliot qu'il succéda en tous les emplois et offices de son père Girard, qui lui avait résigné en survivance, dès l'année 1537, la charge de chevalier d'honneur au parlement de Bourgogne, et très probablement celle de chevalier d'honneur à la Chambre des comptes. Après la mort de Girard de Vienne, Guillaume de Saulx s'étant fait pourvoir de ces deux charges, François de Vienne forma opposition à sa réception, et l'affaire ayant été portée au conseil, il intervint, en date du 16 avril 1548, un arrêt qui y maintint François de Vienne, et annula ce qui avait été fait en faveur de son compétiteur. Il mourut en 1559.

GUILLAUME DE SAULX, baron de Sully et du Mont-Saint-Vincent, seigneur de Villefrancon, lieutenant pour le roi au gouvernement de Bourgogne, et chevalier d'honneur au parlement, reçut commission d'entrer à la Chambre et d'y opiner comme les maitres, après la mort de Girard de Vienne, le 24 juin 1545, et il prêta serment le 13 décembre suivant; mais on a vu à l'article précédent que cette nomination n'eut pas d'effet immédiat. Guillaume de Saulx ne fut définitivement pourvu qu'après la mort de François de Vienne, par lettres du 20 septembre et du 7 novembre 1559, pour « au lieu et place du feu sieur de Ruffey... pouvoir toutes et quantes fois que bon lui sembleroit entrer, estre et assister aux conseils et Chambre des comptes de Bourgogne et y opiner comme les maistres des comptes. » Il fut reçu par arrêt du 14 décembre suivant, après avoir prêté entre les mains de Claude

Regnier, second président, le serment accoutumé. Il mourut en 1565. L'ancienne et illustre maison de Saulx, éteinte depuis peu d'années, portait: *D'azur, au lion d'or, armé et lampassé de gueules.*

Nicolas DE BAUFFREMONT, baron de Senecey, grand prévôt de l'hôtel, bailli et maître des foires de Chalon, conseiller du conseil privé, conseiller d'épée au parlement et à la Chambre des comptes, fut pourvu de ce dernier office par lettres datées du 30 novembre 1572; il prêta serment au parlement le 6 avril suivant, et mourut en 1582 (1), laissant deux fils: Claude, qui continua la branche des barons de Senecey, et Georges, auteur de celle des barons de Cruzilles. — Bauffremont, maison encore existante, ancienne et illustre, porte: *Vairé d'or et de gueules.*

Jacques DE SOMMIÈVRE, baron de Jully et Magny, fut pourvu le 14 avril 1632 d'un des deux offices de chevaliers d'honneur créés par édit du mois de février précédent, aux gages de 1600 liv., et aux mêmes droits, honneurs et prérogatives que les autres officiers de la Chambre des comptes, et que les chevaliers d'honneur du parlement. Son arrêt de réception est du 30 juillet de la même année. Après sa mort arrivée le 15 août 1636, sa veuve, Anne de la Grande, comme tutrice de leurs enfants mineurs, nomma à son office Edme de Sommièvre, sieur d'Ampilly, qui obtint des lettres de provisions le 2 mai 1639, mais se démit avant réception en faveur de François Coutier.

La famille de Sommièvre, originaire de Champagne, et connue dès l'année 1256, a été représentée aux Croisades. Au XVIe siècle elle s'établit en Bourgogne, où elle posséda d'importantes seigneuries. Ses membres, dont plusieurs sont entrés aux Etats de cette province, ont porté les titres de comtes de Lignon, barons d'Ampilly et de Jully. Nous citerons parmi eux: Edme, seigneur d'Ampilly, Massingy, Saint-Germain, Agey, gouverneur de Saint-Jean-de-Losne en 1662; Pierre, comte de Lignon, seigneur de Verpillière, maître de camp de cavalerie, dans le même temps; cinq chevaliers ou commandeurs de Malte, de 1336 à 1697, etc. — Armes: *D'azur, à deux massacres de cerf d'or, posés l'un sur l'autre.*

Edme REGNIER, baron de Sassenay, seigneur de Montmoyen, prévôt général des maréchaussées en Bourgogne et Bresse, et lieutenant-colonel du régiment de Tavannes, fut pourvu le 14 avril 1632 de l'un des deux offices de chevaliers d'honneur créés au mois de février précédent. Reçu le 19 janvier 1634, il fut tué au siége de Roze en 1645, et eut pour successeur Antoine Regnier de Bussières. Voy. p. 37.

(1) Nous ignorons les noms de ses successeurs jusqu'à l'année 1632, époque de la création de deux chevaliers d'honneur, en titre d'office.

FRANÇOIS **COUTIER**, baron de Souhey, sieur de Sonotte, Châteaubornay, Munois et Gresigny en partie, chevalier d'honneur, succéda à Jacques de Sommièvre. Pourvu le 18 octobre, reçu le 16 décembre 1639, il résigna en 1660 en faveur de François de Sercey, et obtint en 1669 des lettres d'honneur. Il avait été fait conseiller d'Etat par lettres du 12 mai 1651.

Cette famille, dont le nom se trouve écrit indifféremment Coutier, Couthier, Coustier, Cothier, est originaire de Flavigny et remonte à :

I. Oudot Cothier, seigneur de Souhey, qui vivait en 1370. Il eut pour fils Jean qui suit.

II. Jean, seigneur de Souhey, fut nommé en 1387 conseiller et avocat du duc au bailliage d'Auxois ; en 1406 le duc le déclara *noble à posséder fiefs ;* c'était une sorte d'anoblissement, ce qui ne l'empêcha pas de payer 200 écus d'or avec son fils aîné pour la chevalerie de Philippe-le-Bon. On lui connaît plusieurs enfants, savoir : 1° Hugues qui suit ; 2° Jean, receveur en 1423, d'une aide de 30,000 francs accordée au duc ; nommé receveur des amendes et exploits de la chambre du conseil en 1426, il fut chargé en outre de diverses autres commissions financières ; il épousa en premières noces Jacote, fille de Jacot Renier, alias Naulot, et veuve d'Antoine Faulquier, écuyer, et en deuxièmes noces Guillaume Saloignon, veuve de Huguenin de Goux et de Jean Basan, écuyer, licencié en lois ; il ne laissa de cette seconde femme qu'une fille, Jeanne, mariée à Jacques Basan, conseiller au parlement de Dole ; 3° Oudot, écuyer, père de Marguerite ; 4° Guiot, aussi écuyer, marié à Jeanne d'Esternoz.

III. Hugues, seigneur de Souhey, conseiller et avocat du duc au bailliage d'Auxois, mourut avant 1442. Il eut Jean qui suit.

IV. Jean II, écuyer, seigneur de Souhey, homme d'armes, se fit exempter comme noble en 1455, avec son oncle Oudot, de l'aide accordée au duc pour son voyage contre le Turc ; il était mort en 1489, laissant, croyons-nous : 1° Jean qui suit ; 2° Guiot, qui prêta serment de fidélité au roi en 1478, avec les nobles de la prévôté de Montbard ; 3° Jacques, seigneur de Buffon, qui parut à l'arrière-ban du bailliage d'Auxois en 1498.

V. Jean III, écuyer, seigneur en partie de Souhey, eut deux fils : 1° Philibert qui suit ; 2° Jacques, écuyer, docteur en droit.

VI. Philibert, écuyer, seigneur de Souhey, Gresigny et Munois, docteur en droit, avocat au parlement, épousa, en premières noces, Pierrette Le Marlan, dont il eut Charles qui suit ; en deuxièmes noces, Marguerite Boutechonx, mère de Claude, qui ne paraît pas s'être marié ; en troisièmes noces, le 14 juin 1572, Antoinette Prudhon, dont il avait eu précédemment cinq filles qui furent « mises sous la toile » lors de son mariage ; de ces cinq filles ainsi légitimées, il y en eut deux, Guillemette et Marie, qui se firent religieuses ; deux autres se marièrent, Jeanne, l'aînée, avec Joachim de Reffay, écuyer, seigneur de Courlon, Beneuvre, etc., Françoise avec Claude Brigandet, maître des comptes. Philibert eut, en outre, de son dernier mariage, un fils, Jean, auteur de la branche des barons de Souhey. Il fit plusieurs partages entre ses enfants, et voulut être enterré à l'abbaye de Saint-Pierre de Flavigny, en la sépulture de ses prédécesseurs.

VII. Charles, écuyer, seigneur de Biarne, Jully, Dompierre, Souhey, Château-bornay, Munois, Gresigny, etc., épousa Bénigne de Laval, et en eut : 1° Alexandre qui suit ; 2° Jean, écuyer, seigneur de Jully et Biarne, marié à Charlotte de Montessus, et dont la fille, Jacqueline-Philippe, mourut sans alliance ; 3° Jacques, écuyer, seigneur de Dompierre, père de Jean, aussi écuyer et seigneur du même lieu, qui fut légitimé en 1592, et n'eut pas d'enfants ; 4° Anne, mariée à Olivier de Pontaillier.

VIII. Alexandre, écuyer, seigneur de Souhey, etc., épousa Rose-Anne de Pontaillier, fille du baron de la Motte-Trouhans, chevalier de l'ordre du roi, et n'en eut qu'une fille, Michelle, non mariée.

Branche des barons et marquis de Souhey. VII. Jean, écuyer, seigneur de Souhey et Châteaubornay, épousa en 1598 Marie Espiard, fille de Melchior, porte-épée de parement du roi, qui testa en 1617, et voulut être inhumée devant le ciboire, en l'église Saint-Jean de Dijon, où étaient enterrés les prédécesseurs de son mari ; il en avait eu plusieurs enfants, entre autres François qui suit.

VIII. François, chevalier d'honneur à la Chambre des comptes en 1639, obtint en 1643 l'érection en baronnie de la terre de Souhey et dépendances ; on lit dans les lettres d'érection que tous ses parents étant morts au service du roi, il restait seul du nom de Coutier. Marié en 1648 à Anne de Longueil, il en eut : 1° François-Pierre ; 2° Claude qui suit ; 3° Marie-Anne, qui épousa en 1670 Louis Damas, comte de Crux.

IX. Claude, marquis de Souhey, vicomte de Gresigny, baron de la Roche et Lugny, fut gouverneur pour le roi de la ville de Flavigny. Il mourut sans enfants, et la terre de Souhey, qu'il avait fait ériger en marquisat en 1679, passa après lui aux descendants de sa sœur. — Armes : *De gueules, à la fasce d'or, accompagnée de trois têtes de léopard de même, lampassées de gueules.*

Antoine REGNIER DE BUSSIÈRES, prévôt général des maréchaux de France en Bourgogne, gentilhomme du prince de Condé, cornette de ses gardes, son lieutenant au château de Dijon, capitaine des chasses de la forêt de la Grosle et des garennes du roi à Dijon et Beaune, et enfin conseiller aux conseils d'Etat, privé et des finances, par lettres du 18 février 1647, succéda à Edme Regnier de Montmoyen dans la charge de chevalier d'honneur. Pourvu le 19 mars 1646, il fut reçu le 27 juin suivant, et résigna en 1671 en faveur de Clément Regnier, son fils.

Famille Regnier. *Branche des seigneurs de Bussières.* Voy. p. 37. — II. Bonaventure, seigneur de Romprey, Bussières et Buncey, fils d'Edme et de Jeanne de la Ferté, était lieutenant général à la chancellerie de Châtillon en 1558 ; il épousa Marie Brocard, dont il eut : 1° Jean qui suit ; 2° François, écuyer, seigneur de Bus-

sières, correcteur des comptes en 1555 ; il quitta ces fonctions en 1574 pour remplir
successivement celles de contrôleur général des finances et de contrôleur général
du taillion en Bourgogne, et testa en 1591 en faveur de ses neveux et nièces ; 3° Girard, écuyer, seigneur de Romprey, greffier en chef de la Chambre des comptes,
puis gentilhomme ordinaire de Monsieur, frère du roi, en 1582 ; marié à Bénigne
Baillet, il en eut un fils, Bonaventure, prieur de Cherlieu, et deux filles, Chrétienne,
femme en 1604 de Pierre Tisserand, maître des comptes, et Jeanne, mariée en 1610
à Gabriel Desbarres, conseiller au parlement.

III. Jean, écuyer, seigneur de Bussières, lieutenant général au bailliage de Châtillon et aux eaux et forêts de Bourgogne, mourut vers 1572 ; il avait épousé en
premières noces Bonne de Cirey, dont il eut François qui suit ; et en deuxièmes
noces Louise Darce, qui lui donna sept enfants : 1° Nicolas, religieux à Citeaux ;
2° Claudine, femme de Charles de Gand, seigneur de Villemorien ; 3° Madeleine ;
4° Jacques, qui fit branche ; 5° Edmonde, mariée à Pierre de Gand, écuyer ; 6° Anne ;
7° Marie, qui épousa en 1598 Henri Petit, seigneur de Courtivron, receveur général
des finances en Bourgogne, et se remaria en 1610 avec François de Gissey, lieutenant général en la chancellerie de Châtillon.

IV. François, seigneur de Bussières, lieutenant général des eaux et forêts après
son père, en 1571, épousa la même année Marie Brigandet, fille de Nicolas, écuyer,
et de Jeanne Porcherot, et en eut : 1° François qui suit ; 2° Marie.

V. François, écuyer, seigneur de Bussières et Romprey, épousa Marie de Loupi-
nière, et en eut : 1° N. qui suit ; 2° Louise, femme de Pierre Duval, écuyer, seigneur de Moilleron.

VI. N., seigneur de Bussières et Romprey, eut un fils unique, François.

VII. François, écuyer, seigneur de Bussières et Romprey, épousa en 1660 Anne-
Joseph d'Haranguier, dont il eut trois filles, mortes sans alliance.

Troisième branche. — IV. Jacques, écuyer, seigneur de Bussières, Monceau et
Mandelot, épousa en 1595 Anne du Bled, dont il eut : 1° Antoine qui suit ; 2° Marguerite, femme de Bernard de Siredey, écuyer, exempt des gardes du corps.

V. Antoine, chevalier, seigneur de Bussières, chevalier d'honneur en 1645, épousa
Jeanne Catin, dont il eut, entre autres enfants, Clément qui suit.

VI. Clément, chevalier, seigneur de Bussières et Promenois, capitaine des chasses
de la forêt de la Grosle et chevalier d'honneur sur la double démission de son père,
en 1661 et 1671, fut le dernier de sa branche.

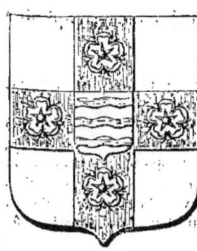

FRANÇOIS DE SERCEY, seigneur d'Arconcey, Mercey et
Saint-Prix, capitaine de cavalerie, chevalier d'honneur,
fut pourvu le 21 juin 1660 sur la résignation de François
Coutier de Souhey, et reçu le 17 juin 1661. Il mourut le
14 juillet 1669, et eut pour successeur Jean Berbis.

Famille originaire du Mâconnais, où elle était connue dès
le XIIIᵉ siècle ; elle remonte à :

I. Honoré de Sercey, qui vivait en 1260, et épousa
Marie, fille de Jocerand de Brancion et de Marguerite de

Vienne (1). On suppose qu'il fut père de Jean qui suit, et de Baudouin, chevalier.

II. Jean, chevalier en 1312, eut pour fils Regnault.

III. Regnault, chevalier, seigneur de Savigny en 1366, épousa Marguerite de Vers, dont il eut : 1° Jocerand qui suit ; 2° Guillaume, chevalier, seigneur de Savigny, père de Jeanne, Guillemette et Alips de Sercey, qui épousèrent, la première, Gaugain de Semur, et les deux autres, Guillaume et Henry de Thenay.

IV. Jocerand, écuyer, seigneur de Sercey, bailli du Charollais et capitaine du château de Charolles en 1397, laissa Jocerand II.

V. Jocerand II, écuyer, se démit en 1412 de l'office de bailli d'Autun et Montcenis. Il laissa deux enfants, savoir : 1° Girard qui suit ; 2° Regnault, chevalier, marié à Chrétienne, fille bâtarde du comte Louis de Flandre.

VI. Girard, écuyer, épousa vers 1435 Marguerite de Bar, dame de Gresigny, fille de Guy, bailli d'Auxois; il eut de ce mariage : 1° Jacques qui suit ; 2° Guillaume, conseiller, premier écuyer d'écurie de Philippe-le-Bon, capitaine de Saint-Gengoux, bailli et maître des foires de Chalon, sans enfants de son mariage avec Marie de Montjeu ; 3° Marie, femme de Guiot de Roussillon, écuyer, seigneur de Clomot et Sercey en 1457 ; 4° Marguerite, dame d'honneur de la duchesse de Bourgogne et gouvernante du comte de Charollais, mariée à Jacques de Villers-la-Faye.

VII. Jacques, écuyer, seigneur de Bar et Origny, épousa : 1° en 1464, Jeanne d'Estrées ; 2° en 1496, Alix de Saint-Amour, veuve de Jean de Marey et fille de Hugues de Saint-Amour, écuyer, seigneur de Chappes et Châteauvillain ; il eut du premier lit : 1° Guillemette, femme de Jean du Pont, écuyer, et de Vincent de Nully ; 2° Etienne, écuyer ; du deuxième : 1° Antoine qui suit ; 2° Claude, prieur de Saint-Seine et Baume-la-Roche.

VIII. Antoine, écuyer, seigneur de Savigny, maréchal des logis du roi, épousa Jeanne de Messey, fille de Jean, seigneur de Sassangy, et d'Antoinette de Tenarre ; il mourut en 1557, laissant : 1° Denis qui suit ; 2° Regnier, protonotaire apostolique, prieur de Saint-Gervais d'Auxerre.

IX. Denis, écuyer, seigneur de Clomot, Savigny et Mâlain, lieutenant des archers et exempt des gardes du corps, épousa : 1° Catherine, fille de Jacques de Fussey, seigneur de Serrigny, et de Jacqueline de Brancion ; 2° Henriette de Janly ; il eut du premier lit Jean qui suit, et du deuxième : 1° Jacques, mort jeune ; 2° Henri, lieutenant au château d'Auxonne, marié à Marguerite de Brazey, dont plusieurs filles ; 3° Catherine, mariée à Pierre de Chissey, seigneur de Varanges.

X. Jean, chevalier, seigneur de Savigny, Mâlain, Clomot et Arconcey, capitaine

---

(1) On trouve plus anciennement Hervé de Sercey, qui vivait en 1234, et depuis: Girard, damoiseau, qui fit aveu en 1266 pour tout ce qu'il tenait en fief du duc de Bourgogne, dans les paroisses de Colonges, Vandenesse, etc.; Guy, chevalier en 1320; Jean, chevalier, qui donna dénombrement en 1365 de la tour de la Peurière, comme tuteur de ses enfants, savoir : 1° Henry, seigneur de Sercey, qui mourut avant 1426; 2° Renable ou Renaud, qui hérita de la Peurière et fut capitaine de Cuisery; 3° Marie, dite la Flour, qui épousa Antoine de la Marche, chevalier. Citons en outre Antoine, damoiseau, qui donna dénombrement en 1372, avec Marguerite de Saigy, sa femme, de ce qu'ils tenaient en fief de Jean d'Armagnac, seigneur du Charollais, dans la châtellenie du Mont-Saint Vincent.

exempt des gardes du corps, épousa en 1572 Péronne, fille de Claude Regnier, seigneur de Montmoyen, président en la Chambre des comptes, et de Marguerite Godran. Il eut : 1° Antoine qui suit ; 2° Odinet, écuyer, seigneur en partie de Savigny
et Mâlain, marié à Renée de Thomassin, dont une fille, Amée ; 3° Jacqueline, religieuse au Puy-d'Orbe ; 4° Marguerite, mariée à François de Mâlain, seigneur de
Torcy ; 5° et 6° Jean, Pierre, morts sans alliance.

XI. Antoine, chevalier, seigneur d'Arconcey, capitaine de chevau-légers en 1642,
avait épousé en 1607 Jeanne de Vingles, fille de Georges, chevalier, seigneur de
Cussy et Culestre, gouverneur du château de Dijon, et de Barbe Breschard. Il eut :
1° Péronne, mariée à Jean de Gand, seigneur de la Rochette ; 2° Roland, aumônier
du roi, doyen de Flavigny et prieur de Liancourt ; 3° François, qui suit ; 4° Marguerite, religieuse ; 5° Noël, capitaine dans Condé, tué à la bataille de Fribourg en
1644 ; 6° Nicolas, écuyer, seigneur du Jeu et Lavaux, marié à Claude-Marie de
Montmorin ; 7° Marie, religieuse ; 8° Odet, lieutenant de dragons.

XII. François, chevalier, seigneur d'Arconcey, Mercey et Saint-Prix, capitaine au
régiment d'Enghien, chevalier d'honneur en la Chambre des comptes, épousa en
1645 Marie-Madeleine de Clugny, fille de Jacques, seigneur d'Etaules ; il eut :
1° Antoine-Roland qui suit ; 2° Jacques, seigneur de Mercey et Saint-Prix, marié à
Louise de Pouilly ; 3° Antoinette, femme de Charles de Bellujon, comte d'Oradoux ;
4° Marie-Françoise, mariée à Claude-Joseph de Fussey, seigneur de Serrigny, la
Canche et Chissey ; 5° Elie, seigneur de Railly, entré aux Etats de 1715, et marié à
Jacqueline d'Escorailles.

XIII. Antoine-François-Roland, chevalier, seigneur d'Arconcey, baron du Jeu et
de Lavaux, élu de la noblesse aux Etats de 1709, avait épousé en 1660 Marie Pérard, dame de Messanges, dont vinrent : 1° Jean-Jacques qui suit ; 2° François,
comte d'Arconcey ; 3° Antoine-Elie, seigneur d'Arconcey et du Jeu, marié à Anne-
Elisabeth du Belloy, et dont la fille, Amicie-Félicité, épousa Charles-Louis de Jaucourt, chevalier, baron de Cernoy ; et plusieurs autres enfants morts jeunes.

XIV. Jean-Jacques, chevalier, baron du Jeu, capitaine de dragons, chevalier de
Saint-Louis, reçu aux Etats de 1733, avait épousé en 1731 Marie-Madeleine Ducrest,
dont il eut plusieurs enfants, entre autres : Guillaume-Antoine, comte de Sercey,
cornette de dragons en 1753, et Jean-Baptiste-Marie, vicomte de Sercey, aide-de-
camp des troupes du roi à Saint-Domingue, reçu aux Etats de 1775.

Une branche de cette famille, restée dans le Mâconnais, s'est éteinte au XVIe siècle.
— Armes : *D'argent, à la croix de gueules, chargée de quatre roses du champ; sur le
tout : D'argent, à trois fasces ondées d'azur,* qui est de Sercey (1).

(1) Les *quatre fasces ondées d'azur, sur champ d'argent,* rappellent l'écu de l'illustre maison de
Brancion, dont celle de Sercey était issue par les femmes, et qui portait *d'azur, à trois fasces
ondées d'or.* Ces fasces, au nombre de quatre et quelquefois de trois seulement, sont figurées
sur les sceaux de Jean de Sercey, écuyer en 1349 ; de Jean, échanson du duc, qui brisait son écu
d'un lambel ; et des deux Jocerand, père et fils, en 1401 et 1411. On voit au contraire *une croix
chargée de cinq roses, et une étoile au canton dextre du chef,* sur le sceau de Regnault de Sercey,
chevalier, seigneur de la Peurière, capitaine de Cuisery en 1393, longtemps avant l'alliance de
Girard de Sercey avec Marguerite de Bar, ce qui prouve que le P. Gautier s'est trompé en attribuant ces dernières armes à la maison de Bar.

CLÉMENT REGNIER DE BUSSIÈRES fut pourvu le 18 octobre 1671 d'un office de chevalier d'honneur qui avait été résigné en sa faveur par Antoine Regnier, son père. Reçu le 23 juin 1673, il résigna en 1696 en faveur de Jacques de Ganay. Voy. p. 86.

JEAN BERBIS, seigneur de Chanvant, chevalier d'honneur, fut pourvu le 4 mai 1673 sur la démission de Simon de Villers-la-Faye, qui, nommé à l'office de François de Sercey, par Marie-Madeleine de Clugny, sa veuve, en avait obtenu des lettres de provisions en 1671 et ne s'était pas fait recevoir. Reçu le 6 juillet 1673, Jean Berbis exerça son office jusqu'à sa mort, arrivée en 1713, et fut remplacé par Pierre-François de Frasans.

Originaire de Seurre, la famille Berbis a fourni plusieurs maires à cette ville, où elle était connue dès le milieu du XIVe siècle. Son représentant le plus éminent au siècle suivant, Pierre Berbis, seigneur de Marlien, clerc, licencié ez-lois (1), conseiller du duc Philippe-le-Bon en 1430, et maître des requêtes de son hôtel en 1447, fut en outre lieutenant du chancelier de Bourgogne au siége de Dijon, et remplit trois fois les fonctions de vicomtemayeur de la même ville en 1434, 1435 et 1436. Il prit part aux négociations du traité d'Arras, et reçut en récompense de ses services des lettres de noblesse qui lui furent accordées en 1435 par le même duc Philippe, et dont la Chambre des comptes refusa pendant longtemps l'enregistrement. Il mourut au mois de juin 1452, et fut inhumé dans la nef de la chapelle des ducs à Dijon, où il avait fondé une messe quotidienne à l'autel Saint-Michel. Il avait été marié deux fois : en premières noces avec Henriette Dagueville, fille de Pierre, bourgeois de Châtillon et receveur du bailliage de la Montagne ; en deuxièmes noces avec Aglantine Monnot, veuve de Guillaume Courtot, et depuis remariée en troisièmes noces avec Jean de Mazilles, écuyer. Par son testament daté du mois de juin 1452, Pierre Berbis institua pour ses *héritiers universaux* Jeanne et Charles, ses enfants, qu'il avait eus de son mariage avec Aglantine Monnot, et qui se trouvaient encore en 1456 sous la tutelle de leur mère, alors remariée à Jean de Mazilles le jeune, écuyer. Charles Berbis, son fils, marié, suivant le P. Gautier, à Jeanne de Mazilles, paraît être mort jeune et sans enfants, puisqu'on trouve dans un mandement des gens des comptes, daté du 11 août 1463, sa sœur, Jeanne Berbis, femme de Regnier de Mazilles, qualifiée *fille et héritière seule et pour le tout* de feu maître Pierre Berbis.

Ces documents sont en contradiction avec les preuves faites devant les commissaires de la noblesse des États de Bourgogne par Pierre-Gabriel Berbis, écuyer, seigneur en partie des Maillys, en 1718, et par Jacques Berbis, écuyer, seigneur de

_____

(1) Pierre Berbis est qualifié licencié ez-lois dans un acte de l'an 1427, où l'on voit également figurer plusieurs de ses parents, savoir : honorable homme et sage Eudes Berbis, chanoine de la chapelle du duc à Dijon, son frère ; Perrot et Perrenot Berbis, tous deux bourgeois de Seurre, et maître Jean Berbis, chanoine de Beaune.

Corcelles-les-Ars, son cousin, en 1727. D'après ces preuves, Pierre Berbis aurait eu de son premier mariage avec Henriette Dagueville, un autre fils du même prénom de Charles, marié par contrat du 17 janvier 1460/1, avec Maronte du Buchard, fille d'André du Buchard et de Philiberte Roslay, et père de Guyot Berbis, à partir de qui nous donnerons la filiation suivie de cette famille.

I. Guyot Berbis, bourgeois de Seurre, aussi qualifié écuyer, épousa : 1° par contrat du 8 mai 1490, Anne, fille de noble Jean Taronnot, dont il eut Gérard, auteur de la branche aînée, fixée à Seurre et à Beaune (1) ; 2° Marie Chisseret, dont vint Philibert qui suit.

II. Philibert, écuyer, seigneur de Marlien, conseiller au parlement en 1521, mourut le 12 mai 1558, et fut inhumé en l'église Notre-Dame de Dijon. Il avait épousé Andrée Le Lièvre, fille de Philippe, maître des comptes, et d'Anne de Falctans. Il en eut : 1° Philippe, conseiller clerc au parlement en 1550, vicaire général du diocèse de Langres en 1557, trésorier, puis doyen de la Sainte-Chapelle en 1571, élu du clergé aux Etats de Bourgogne et député aux Etats de Blois ; il mourut le 22 janvier 1586, et fut inhumé devant la porte du chœur de son église ; 2° Nicolas qui suit ; 3° Jacques, prieur commendataire de Saint-Valerin, trésorier, puis doyen de la Sainte-Chapelle, après son frère ; 4° Claude, femme de François Quarré, bourgeois de Chalon, seigneur de Châteauregnault ; 5° Jeanne, mariée à Pierre Girardot, conseiller au parlement ; 6° Anne, femme de N. Boursault, avocat, dont le fils Pierre fut conseiller au parlement ; 7° Madeleine, mariée à Jacques Baillet, avocat du roi à la Chambre des comptes ; 8° Guy, docteur en droit, avocat au parlement.

III. Nicolas, écuyer, seigneur de Grangy, Dracy-sous-Couches et Cromey, conseiller au parlement en 1568, épousa Marie, fille de Lazare Morin, conseiller au grand conseil, seigneur de Cromey, et de Marguerite Quarré ; il eut : 1° Philippe qui suit ; 2° Marguerite, femme de François Humbert, procureur du roi au bailliage de Dijon ; 3° Anne, mariée à Pierre Duvigny, lieutenant général au même bailliage ; 4° Madeleine, femme de Nicolas Raviot.

IV. Philippe, écuyer, seigneur de Dracy, Grangy, Cromey, Gissey et Benoisey, conseiller au parlement en 1598, épousa le 8 janvier 1609 Odette Ocquidem, fille de Bénigne, conseiller au parlement, et de Marie Baissey, et fut marié en deuxièmes et en troisièmes noces avec Avoye Arviset et Catherine Desbarres ; il laissa : 1° Pierre qui suit ; 2° Bénigne, auteur de la branche des seigneurs de Vesvrotte et

---

(1) Gérard Berbis, bourgeois de Seurre, qualifié écuyer dans son contrat de mariage avec Thomasse Murgaud, eut entr'autres enfants : 1° Andrée, femme de Jean Pennet, marchand à Chalon, dont le fils Pierre, correcteur des comptes, légua la terre des Maillys aux petits-neveux de sa femme ; 2° Guy, bourgeois de Seurre, marié à Jeanne Morelet, et père de Bénigne Berbis, contrôleur au grenier à sel de Beaune, dont les fils Jean et Claude, tous deux qualifiés écuyers, formèrent les deux branches des seigneurs des Maillys et de Corcelles. Ces deux branches, éteintes de nos jours, ont fourni plusieurs militaires de divers grades, entre autres Guillaume, écuyer, lieutenant-colonel du régiment de la Chenelaye, commandant au fort Louis, et Nicolas, écuyer, capitaine d'infanterie, mort lieutenant-colonel de dragons. Ces deux branches ont eu plusieurs de leurs membres décorés de la croix de Saint-Louis, et ont fait leurs preuves pour entrer en la chambre de la noblesse des Etats de Bourgogne ; celle des Maillys a de plus été prouvée à Neuville.

Chanvant ; 3° Philippe, jésuite ; 4° et 5° Anne et Madeleine, visitandines ; 6° Jean, écuyer, seigneur de Cromey, Grangy, etc., marié à Bénigne David, et auteur des branches des marquis de Longecourt et des comtes de Dracy ; 7° Marie, femme de Philibert de la Mare, seigneur de Chevigny, etc., chevalier de l'ordre du roi et conseiller au parlement.

V. Pierre, écuyer, baron d'Esbarres, seigneur de Dracy et Lezeul, gentilhomme ordinaire du duc d'Orléans, par lettres du 19 janvier 1636, épousa le 12 juillet 1648 Radegonde, fille de N. Gastebois, écuyer, seigneur de Lezeul et Saverolles, maître des requêtes de l'hôtel du même prince, et de Jeanne Rivet ; il eut de ce mariage : 1° Bénigne qui suit ; 2° Jeanne-Marie, femme d'Antoine-Bernard de Massol, président aux comptes ; 3° et 4° Catherine et Catherine II, religieuses visitandines ; 5° Odette, mariée à Pierre Rigoley, conseiller au parlement.

VI. Bénigne, chevalier, baron d'Esbarres d'Orsan, la Nivelle et Fangy, épousa le 10 février 1683, Marguerite du Faur de Pibrac, fille de Michel-Clériadus, chevalier, comte de Marigny, et de Pierrette d'Arlay. Outre cinq fils morts jeunes, il eut de ce mariage : 1° Bénigne qui suit ; 2° Marie-Radegonde, mariée à Joseph-Antoine de la Cley, seigneur de Saint-Cyr ; 3° N., religieuse visitandine ; 4° Marie, femme du baron de Cléron, président en la Chambre des comptes de Dole.

VII. Bénigne, chevalier, marquis de Rancy, reçu aux Etats de 1757, avait épousé le 17 octobre 1724, Elisabeth-Charlotte, fille de François-Philippe, marquis d'Escorailles, maréchal des camps et armées du roi, et de Françoise-Aimée de Poutier ; il en eut : 1° Clément, capitaine de cavalerie, entré aux Etats de 1757 et mort d'une blessure reçue à la bataille de Rosbach, sans postérité ; 2° Claude-Etienne, reçu chevalier de Malte, mort en bas âge ; 3° Marie-Marguerite, mariée à Etienne-Joseph Chifflet d'Orchamps, président au parlement de Besançon, puis premier président de celui de Metz ; 4° Marie-Aimée, femme de N. Bereur, seigneur de Malans, Saint-Ylie et Foucherans. La mort du marquis de Rancy, arrivée en 1774, fit passer la terre de ce nom à Nicolas-Philippe Berbis, capitaine de cavalerie, de la branche des marquis de Longecourt.

Branche des seigneurs de Vesvrotte et Chanvant. V. Bénigne, écuyer, seigneur de Vesvrotte, conseiller au parlement, épousa Catherine David, dont vinrent : 1° Jean qui suit ; 2° Jacques, écuyer, seigneur de Vesvrotte, Rancy, Molaize, etc., conseiller au parlement en 1664, marié à Elisabeth de Thorel, dont un fils, Pierre, aussi conseiller au parlement, mort sans alliance ; 3° Pierre, écuyer, seigneur de Chanvant, mousquetaire ; 4° Philippe, prieur et seigneur de Corpoyer-lez-Frolois ; 5° et 6° Marie et Catherine, religieuses de Notre-Dame du Refuge ; 7° Catherine, femme de François de Grandmont, dit de Plaine, comte de Grandmont, baron de la Roche, etc.

VI. Jean, seigneur de Chanvant, chevalier d'honneur en la Chambre des comptes, qui donne lieu à cet article, épousa Catherine Gaillard de Montigny, et n'en eut pas d'enfants. — La famille Berbis, aujourd'hui éteinte, portait : *D'azur, au chevron d'or, accompagné en pointe d'une brebis d'argent* (1).

_____

(1) Voy. au surplus la Chesnaie des Bois, tome IX, p. 374 et suiv.

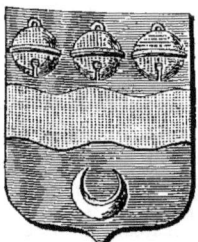

JACQUES DE BRETAGNE, seigneur d'Is-sur-Tille, fut pourvu le 18 juin 1691 d'un troisième office de chevalier d'honneur créé par édit du mois de mars de la même année. Ses lettres de provisions font mention de ses services au régiment Dauphin, de ceux de trois de ses frères, officiers dans Dauphin, Châteauneuf et Bourlemont, tous trois morts au service, et enfin de ceux de ses ancêtres pendant plus de trois siècles dans des emplois considérables, tant dans les armées qu'en plusieurs parlements du royaume. Jacques de Bretagne fut reçu le 26 juin 1691, mourut le 15 février 1726, et fut remplacé par Antoine-Bernard-Marguerite de Bretagne, son fils.

Famille considérable, issue de Philibert Bretagne, dont le fils Jacques était bailli de Saulieu en 1530. Elle s'est divisée en plusieurs branches et a fourni un député aux Etats généraux d'Orléans en 1560, des conseillers et des premiers présidents aux parlements de Dijon et de Metz, des lieutenants généraux au bailliage d'Auxois, des receveurs généraux de Bourgogne, un grand nombre d'officiers de divers grades, et est plusieurs fois entrée aux Etats de Bourgogne. Jacques de Bretagne, qui donne lieu à cet article, appartenait à la branche des seigneurs et marquis d'Is-sur-Tille, issue, comme celle des seigneurs de Ruère, de Claude, conseiller au parlement en 1602. Cette famille est encore représentée par une branche qui s'était réfugiée à Sedan au commencement du XVIIᵉ siècle, après avoir embrassé le calvinisme. — Armes : *D'azur, à la fasce ondée d'or, accompagnée en chef de trois grelots de même et en pointe d'un croissant d'argent.*

JACQUES DE GANAY, seigneur des Champs et Marault, chevalier d'honneur sur la résignation de Clément Regnier de Bussières, fut pourvu le 12 février, et reçu le 14 mars 1696. Il mourut le 8 août 1743, et fut remplacé par Nicolas de Ganay, son cousin germain.

I. Girard de Ganay, qualifié chevalier dans un inventaire de la maison de Nevers, vivait au commencement du XIVᵉ siècle. Il laissa Guillaume qui suit :

II. Guillaume, écuyer, dont il est fait mention dans le même inventaire, rendit aveu pour sa maison de Corsay en 1335, et fut père de Jean Iᵉʳ.

III. Jean Iᵉʳ, receveur du Charollais, s'établit à Decize-sur-Loire, et reprit de fief en 1376 pour la grange de Chaumont, au nom d'Adette, sa femme, dont il eut : 1° Jean qui suit ; 2° André, mort sans alliance.

IV. Jean II, écuyer, lieutenant au château de Decize, seigneur de Chaumont et Chassenay en Nivernais, épousa Sibille de Saint-Pètre, dont il eut : 1° Jean, chanoine d'Autun ; 2° Guichard, conseiller du duc de Bourgogne et juge du Charollais, chef d'une branche qui s'est subdivisée elle-même en plusieurs rameaux (1), et dont

(1) Voy. la Chesnaie des Bois, t. VII, p. 64 et suiv., et le P. Anselme.

le représentant le plus éminent, Jean de Ganay, fut premier président du parlement de Paris, et chancelier de France en 1507 ; 3° Guy qui suit.

V. Guy, seigneur de Chassenay, s'établit à Autun, et eut un fils, Guyot qui suit.

VI. Guyot, seigneur de Chassenay, eut : 1° Jean III qui suit ; 2° Jules, seigneur de Chassenay, avocat général à Chambéry, puis conseiller au parlement de Bourgogne ; il épousa Thomasse Vion, et fut père, entre autres enfants, de Maclou de Ganay, lieutenant général des eaux et forêts en Bourgogne, marié à Anne Jacquinot.

VII. Jean III, seigneur des Champs et de l'Espanneau, procureur du roi au bailliage d'Autun, eut entre autres enfants, un fils, Antoine qui suit.

VIII. Antoine, seigneur de Velée, procureur du roi au bailliage d'Autun, épousa Marie Saumaise, fille de François, seigneur de Chazans, dont il eut Jean IV.

IX. Jean IV, seigneur de Velée, avocat à Autun, épousa Jeanne, fille de Bernard Brunet et de Françoise Ranvial, et eut : 1° Jacques qui suit ; 2° Bernardin qui, après avoir suivi les armes, prit les ordres, fut docteur de Sorbonne et archidiacre d'Autun.

X. Jacques Iᵉʳ, écuyer, seigneur de Velée et des Champs, reçu en la chambre de la noblesse des Etats de Bourgogne en 1645, avait épousé en 1626 Jeanne Salonnier, fille de Jean, seigneur de Champdieu, Lesvault, etc., et de Claudine de Navie ; il en eut : 1° Bernardin qui suit ; 2° Jérôme, auteur de la branche des seigneurs de Vesigneux et Lusigny ; 3° et 4° Jean et Nicolas, morts sans alliance ; 5° Marie, religieuse en l'abbaye de Saint-Jean-le-Grand, à Autun.

XI. Bernardin, écuyer, seigneur de Lesvault, reçu aux Etats de 1679, avait épousé en 1659 Anne de Morey, fille de Claude et d'Anne Goujon, dont il eut : 1° Jacques II qui suit ; 2° Jérôme, écuyer, seigneur de Lesvault, capitaine au régiment Dauphin, marié en 1714 à Anne Vestu, et père de Jacques-Antoine-François-Xavier, marquis de Ganay, capitaine dans Forez, aide-major-général de l'armée d'Italie, avec brevet de colonel, brigadier des armées du roi et gouverneur d'Autun, qui entra aux Etats de 1754.

XII. Jacques II, chevalier d'honneur, qui donne lieu à cet article, épousa le 9 juin 1704 Marguerite-Rose, fille d'Edme Denizot, maître des comptes, dont un fils, François-Xavier, mort sans enfants ; en secondes noces il épousa le 3 juin 1708 Catherine, fille d'Edme de la Curne, et mourut sans postérité.

Branche des seigneurs de Vesigneux et Lusigny. XI. Jérôme, écuyer, seigneur de Vesigneux, épousa le 25 novembre 1674 Lazarine, fille de François du Bourg et de Jeanne Boudot, dont il eut Nicolas.

XII. Nicolas, seigneur de Vesigneux et des Grands-Jours, capitaine au régiment Dauphin, chevalier d'honneur en la Chambre des comptes en 1744, reçu aux Etats de 1730, avait épousé en 1715 Jeanne-Marie Salonnier, fille de Guillaume, écuyer, seigneur du Pavillon, dont il eut : 1° Paul-Louis, seigneur de Vesigneux, chevalier de Saint-Louis, capitaine au régiment de Lorraine, reçu aux Etats de 1763 ; 2° Lazare-Guillaume qui suit ; 3° Nicolas, seigneur en partie de Vesigneux, capitaine au régiment de Rouergue.

XIII. Lazare-Guillaume, écuyer, comte de Ganay, seigneur de Lusigny, chevalier d'honneur en la Chambre des comptes en 1751, reçu aux Etats de la même année, lieutenant au régiment de Gâtinais, épousa le 26 mai 1756 Louise-Henriette de Meung de la Ferté, fille de Jacques-Alphonse, seigneur de Chalmans, chevalier de Saint-Louis, commandant de bataillon au régiment de la Marine. Il eut de ce mariage : 1° Anne-Philippe, comte de Lusigny, reçu aux Etats de 1778, qui prit part avec son oncle Paul-Louis, seigneur de Vesigneux, aux élections pour les Etats généraux de 1789 ; 2° Jacques-Marie.

Famille encore existante. Elle porte : *D'or, à l'aigle mornée de sable.*

PIERRE-FRANÇOIS DE FRASANS, chevalier d'honneur, fut pourvu le 24 février 1714, sur la démission de Bénigne Berbis, qui avait été nommé à l'office de Jean Berbis, par Catherine Gaillard, sa veuve, et ne s'en était pas fait pourvoir. On lit dans ses lettres de provisions que Philippe-le-Bon avait anobli en 1439 un de ses ancêtres, Girard de Frasans, alias Bonvalot, demeurant à Lille. Ces lettres rappellent aussi les services de sa famille dans les assemblées des Etats généraux de Bourgogne, et font en outre mention de ceux de son père Jacques-Guillaume, capitaine au régiment d'infanterie de la marine, où dans toutes les occasions il avait donné des marques de valeur, ce qui lui valut d'être nommé en 1680 commissaire ordinaire provincial des guerres en Bourgogne et Bresse. Enfin, on trouve dans ces lettres de longs détails sur les services rendus par Pierre-François de Frasans, dans les guerres d'Allemagne, en qualité d'officier et de capitaine de grenadiers au régiment de la Ferté, et notamment aux siéges de Kehl, Landau, Haguenau, Fribourg, à la défense de Lille, à l'attaque des lignes de Stolofen. Reçu le 24 mars 1714, Pierre-François de Frasans résigna en 1721 en faveur de Claude de Thésut, et obtint des lettres d'honneur en 1723. Cette famille, plusieurs fois entrée aux Etats de Bourgogne, a fourni des commissaires des guerres, des vicomtes-mayeurs de Dijon et quatre greffiers en chef du bureau des finances de la même ville. Au siècle dernier elle était établie en Franche-Comté.— Armes : *D'or, au cerf de gueules, sommé sans nombre.*

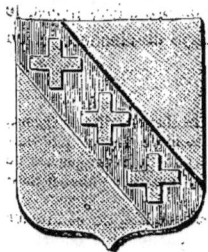

CLAUDE DE THÉSUT, seigneur de Verrey, chevalier d'honneur, fut pourvu le 24 juillet 1721, sur la résignation de Pierre-François de Frasans. On lit dans ses lettres de provisions que sa famille, recommandable par l'ancienneté de sa noblesse, dont elle jouissait depuis près de trois siècles, était non moins distinguée par ses nobles alliances avec les maisons les plus considérables de la Bourgogne et d'autres provinces, que par les charges et emplois que plusieurs de ses membres avaient possédés au parlement et à la Chambre des comptes, notamment Jacques, qu'une charge de maitre des comptes avait récompensé en 1516, de services rendus par lui aux rois Louis XII et François Ier dans plusieurs négociations importantes ; François, aussi maître des comptes, et Charles, trisaïeul de Claude, qui fut conseiller au parlement et honoré d'un brevet de conseiller d'Etat. Claude de Thésut ayant obtenu des lettres de dispense de parenté, à cause de Jean-Baptiste Canabelin, conseiller maître, son oncle maternel, fut reçu le 3 décembre 1721. Il résigna en 1748 en faveur de Jean Giraud de Montbellet, et obtint la même année des lettres d'honneur.

I. La famille de Thésut est originaire du Charollais et remonte, d'après les preuves faites en 1667 devant l'intendant Bouchu, à Laurent, sieur de Thésut, qui, de Ferrie de Lymand, sa femme, eut un fils, Girard.

II. Girard, seigneur de Thésut, Ragy et Montmurger, qualifié bourgeois du Mont-Saint-Vincent, reprit de fief en 1381, d'une maison sise au même lieu, qu'il avait acquise de Jean Doie, damoiseau (1). De son mariage avec Isabelle d'Ocles, fille de Guyot, seigneur de Ragy, il eut entre autres enfants, un fils, Jean qui suit.

III. Jean Ier, *l'ancien*, seigneur de Ragy, Espuys et Montmurger, épousa Philippe de Corbarry, dont il eut : 1° Jean qui suit ; 2° Marie, femme de Jean Royer de Champlecy, seigneur de Tremolle, de la famille des barons de Pluvault.

IV. Jean II, seigneur de Thésut, Ragy, etc., capitaine du Charollais, épousa Jeanne, fille de N. Bourgeois, seigneur de Moleron, et en eut : 1° Jacques qui suit, auteur de la branche aînée ; 2° Louis, auteur de la branche cadette ; 3° Léonard, chanoine et official de l'église de Mâcon, mort en 1521.

Branche aînée. — V. Jacques, seigneur de Thésut, Espuys, Montmurger et Ragy en partie, capitaine du Mont-Saint-Vincent en 1477 (2), épousa Catherine, fille d'Antoine de Conroy, secrétaire du duc de Bourgogne, et de Guillemette-Marguerite de Montaguillon (3) ; il en eut : 1° Jean qui suit ; 2° Guye, mariée en 1493 à François de Pize, élu à Mâcon.

VI. Jean, écuyer, seigneur de Thésut, etc., capitaine du Mont-Saint-Vincent, épousa en premières noces Philippe, fille de François Petit, seigneur d'Ambly ; il n'en eut qu'une fille, Emilande ou Jeanne, femme de Pierre Garnier du Vouchot, seigneur de Boisevost et Senavelle (4) ; il épousa en deuxièmes noces, en 1526, Jeanne, fille d'Emilan Brocard, capitaine châtelain de Mont-Saint-Jean en Auxois, et de Jacquette Espiard ; de ce mariage vinrent : 1° Louis qui suit ; 2° Jean, tige des seigneurs de Champoussot et Moroges ; 3° Anne, mariée en premières noces, le 28 août 1557, à Humbert Perrault, fils de Guillaume et de Guye de Macheco, et en

---

(1) D'après une épitaphe latine gravée sur une lame de cuivre, dans la chapelle dite de Thésut, aux Carmes de Chalon, cette maison aurait été érigée en fief, sous le nom de Thésut, par Bernard d'Armagnac, comte de Charollais, en faveur de Girard de Thésut, pour le récompenser de ses belles actions à la guerre : *Ob res præclare gestas in bello.* Sa veuve, remariée à Michel Conchichar, du Mont-Saint-Vincent, en reprit de fief le 12 février 1386.

(2) Plusieurs membres de cette famille ont rempli au XVe siècle les fonctions de contrôleur aux greniers à sel de Charolles et du Mont-Saint-Vincent.

(3) Denise de Conroy, sa sœur, épousa à Charolles, le 2 avril 1486, Claude de Ganay, seigneur de la Vesvre, cousin germain de Jean de Ganay, chancelier de France.

(4) De ce mariage sortit Jeanne du Vouchot, mariée à Jean de Toulongeon, seigneur d'Ancredey.

deuxièmes noces, à Jean Beugre, de qui sont sortis les seigneurs de la Chapelle de Bragny; 4° Jacques, avocat.

VII. Louis, écuyer, coseigneur de Montmurger et Espuys, homme d'armes dans la compagnie du seigneur de Cousan, mourut en sa terre de Jucheau, en 1572; il avait été marié avec Anne, fille d'Amblard de Collasset, seigneur de Jucheau, et en avait eu : 1° Jacques, mort en 1585, capitaine d'une compagnie d'arquebusiers à cheval; 2° Louis, homme d'armes dans la compagnie du seigneur de Cousan, tué au service; 3° Henri qui suit; 4° Rebecca, mariée à Jean Chenelon; 5° Jeanne, morte sans alliance.

VIII. Henri, écuyer, seigneur d'Espuys, Jucheau et Montmurger, homme d'armes dans la compagnie du duc de Mercœur, se trouva aux assemblées des gentilshommes des Etats du Charollais en 1588, 1594 et 1614; il avait épousé en premières noces, le 29 septembre 1592, Denise, veuve de Philibert de Rimond, écuyer, seigneur dudit lieu et de la Rochelle, et fille de noble Jean Bourgeois, seigneur de Moleron, et de Rose Geoffroy; il en eut une fille, Hélène, mariée à Gabriel d'Escorailles, fils de Jacques, seigneur du Pont-de-Torcy, et de Marie de Thianges, et un fils, Philibert, seigneur d'Espuys, dont la postérité s'est éteinte dans la personne de Simon, seigneur d'Espuys, capitaine dans Normandie, mort sans enfants en 1729. Henri épousa en deuxièmes noces, le 18 juin 1606, Claude, fille de Georges de Saint-Julien, seigneur de Rongier, et de Bénigne de Gayars, dont il eut : 1° Nicolas qui suit; 2° Jeanne, femme de Claude de la Forest, seigneur des Blancs; 3° Bénigne, mariée le 26 décembre 1647 à Léonard de Villes, écuyer.

IX. Nicolas, écuyer, seigneur de Jucheau et Montmurger, gentilhomme ordinaire de la chambre du roi, épousa, le 8 février 1644, Pierrette, fille de Claude Leclerc, seigneur d'Aumont, et de Louise de Thomassin; il eut : 1° Claude qui suit; 2° Théophile, capitaine dans Robeck, reçu aux Etats de 1688, tué au service; 3° Louis, mort aussi au service; 4° Antoine, tige des seigneurs d'Aumont.

X. Claude, écuyer, seigneur de Jucheau et Montmurger, lieutenant de vaisseau, fut tué le 24 août 1704, au combat du Détroit, à bord du vaisseau le *Terrible*, où il faisait les fonctions d'aide-major de l'escadre; il avait épousé à Brest Claudine de Kermoael, dont il eut Claude-Marie.

XI. Claude-Marie, écuyer, seigneur de Montmurger, marié le 7 février 1727 à Marie, fille de Charles de Chardonay, seigneur de Salornay-sur-Guye, en eut : 1° Jean-Marie qui suit; 2° Philiberte, religieuse à Chalon; plusieurs autres filles non mariées.

XII. Jean-Marie épousa, le 5 novembre 1753, Marie-Paule-Henriette, fille de Claude-Amable de Mouchet, major des ville et citadelle de Chalon, et de Jeanne-Françoise de Grain de Saint-Marsault, dame de Montjay, de qui il eut des enfants.

Rameau des seigneurs d'Aumont. X. Antoine, écuyer, seigneur d'Aumont, capitaine au régiment de Beüll, puis en celui de Gâtinais, deux fois élu de la noblesse du Charollais, se maria le 12 septembre 1703 avec Rose Bernard, dont il eut Claude qui suit.

7

XI. Claude, seigneur d'Aumont, Montmurger, Moleron, Châtelmoron et Ragy, commandant du régiment de Briqueville, chevalier de Saint-Louis, épousa, le 11 septembre 1752, Louise, fille de Nicolas Perreney, seigneur de Grosbois, président au parlement, et d'Anne-Marie Aymeret de Gazeaux. Il en eut deux fils : 1° Henri-Bernard-Nicolas-Marie, né au château d'Aumont en 1753; 2° Guillaume-Suzanne, né en 1756.

Rameau des coseigneurs d'Espuys et seigneurs de Moroges. VII. Jean, écuyer, sieur de Colombier, coseigneur d'Espuys, Ragy et Montmurger, deuxième fils de Jean III, servit comme homme d'armes dans les compagnies du seigneur de Cousan, du vicomte de Tavannes et du maréchal de Retz; il eut d'Anne Brenot, sa femme, sœur de Gabriel, conseiller au parlement : 1° Jean, seigneur de Thésut et des Essarts, dont la branche a fini en la personne de Nicolas de Thésut, qui vendit en 1694 le fief de son nom; 2° Louis, seigneur de Champoussot, et en partie de Jully et Ragy, chef d'une branche éteinte en 1709, en la personne d'Antoine, curé de Buxy; 3° Claude qui suit.

VIII. Claude, avocat, seigneur en partie de Jully et Charéconduit, né au Mont-Saint-Vincent le 25 août 1583, épousa, le 1er avril 1610, Claudine (*alias* Judith) Quenot, dont il eut : 1° Louis, dit de Jully, mort au service; 2° François qui suit; 3° Judith, mariée à Blaise Joly, gentilhomme chez le roi.

IX. François, écuyer, convoqué aux Etats de 1677, mourut le 23 mai 1684; il avait épousé, le 8 juin 1643, Jeanne, fille d'Edme Niquevard et de Jeanne Julien; il laissa de ce mariage : 1° Jacques, docteur de Sorbonne, aumônier et prédicateur du roi, mort en 1691; 2° Edme qui suit.

X. Edme, né le 19 novembre 1652, épousa, le 10 août 1676, Marie-Cécile Lambert, dont il eut : 1° Jean-Siméon, colonel d'un régiment d'infanterie de son nom en 1702, mort à Paris le 14 octobre 1738; 2° Marie-Madeleine, mariée le 14 janvier 1711 à Jean Henri, lieutenant général au bailliage d'Auxois; 3° Jacques-François-Marie, mort de ses blessures, capitaine de grenadiers dans le régiment de son frère; 4° Louis qui suit. Edme de Thésut épousa en deuxièmes noces, le 27 janvier 1693, Françoise-Nicole, fille de Jean-Baptiste de Vidal, écuyer, seigneur de Cruzille, et de Pierrette de la Menuë; il en eut : 1° Jean-Baptiste, dit de Saint-Maurice, enseigne de la compagnie colonelle du régiment de Thésut, mort en 1752, laissant deux fils de son mariage avec Claudine-Marie Vannier, savoir : N., religieux en l'abbaye de la Ferté, et Lazare, lieutenant des grenadiers royaux de Cambis, entré aux Etats de 1769, et marié en 1767 à Catherine de Raffin; 2° et 3° Marie-Madeleine et Marguerite, ursulines du couvent de Saint-Gengoux, transféré à Chalon.

XI. Louis, dit du Parc, seigneur de Moroges, Fissey, Vingelles et Mortières, capitaine aux régiments de Thésut et de Miromesnil, reçu aux Etats de 1754, avait épousé, le 8 février 1716, Henriette, fille de Philippe-Alexandre de Tuffery, seigneur de Trapenard, premier capitaine au régiment du Plessis-Bellièvre, major des ville et citadelle de Chalon, et de Henriette de Ludres, ancienne chanoinesse comtesse de Remiremont. De ce mariage sont issus : 1° Edme-Nicolas, seigneur de Moroges, capitaine dans Orléans, chevalier de Saint-Louis, reçu aux Etats de 1757, marié le 16 novembre 1755 à Jacqueline-Thérèse-Eléonore de Faubert-Cressy, morte en couches le 12 décembre 1756, et en deuxièmes noces avec Jeanne-Françoise d'Haranguier; 2° Raymond qui suit ; 3° Marie-Anne, mariée à Joseph-Xavier de Chaillot, seigneur de la Loye, morte à Dole le 2 octobre 1760, laissant deux fils, et une fille reçue chanoinesse de Neuville au berceau.

XII. Raymond, seigneur de Fissey, né le 30 mars 1721, épousa en premières noces Jeanne de Dormy, morte le 7 septembre 1760, sans enfants ; et en deuxièmes noces, le 18 juin 1761, Marie-Françoise, fille de Théodore-Philibert Perrault, seigneur de Montrevost, et d'Anne d'Allerey. Branche encore existante.

Branche cadette. — V. Louis, coseigneur de Ragy et Montmurger, qualifié marchand, s'établit à Chalon en 1464, et fut inhumé en 1489 aux Carmes de cette ville, dans la chapelle dite de Thésut. Il avait épousé : 1° Jeanne, fille de Pernot Bernard, seigneur de Montessus, qui mourut sans enfants ; 2° Richarde, sœur de Jean Landroul, seigneur des Grands-Champs, conseiller au parlement, qui fut inhumée à Chalon, dans le tombeau de son mari, et dont il eut : 1° Jacques qui suit ; 2° Philiberte, mariée à Edme de Beaumont, lieutenant général au bailliage de Chalon ; 3° Anne, femme de Claude Gonthier, capitaine de Germoles.

VI. Jacques, seigneur de Ragy, Azu, Colombier et Charéconduit, maître des comptes en 1516, mourut à Dijon le 14 août 1521, et fut inhumé à Chalon, au tombeau de ses ancêtres. Il avait épousé en premières noces Philippine Boulemier, morte à Chalon le 24 février 1504, et en deuxièmes, Jeanne, fille de Didier de Recourt, greffier en chef du parlement. Du premier lit vinrent : 1° Louis, chanoine de Chalon ; 2° Jacques qui suit ; 3° Claude, mort sans postérité ; du deuxième : 1° Nicolas, mort sans postérité ; 2° Anne, qui épousa : 1° Jean Legoux, seigneur de la Berchère ; 2° Claude Lambert, seigneur de Crapelle, lieutenant général de Bourbon-Lancy.

VII. Jacques II, seigneur de Charéconduit et Ragy en partie, avocat et enquesteur au bailliage de Chalon, marié en 1531 à Bénigne, fille d'Edme Julien, conseiller au parlement, et de Philiberte Brocard, eut de ce mariage : 1° Louis qui suit ; 2° François, maître des comptes en 1595, sans enfants de Judith Quenôt, sa femme ; 3° Jacquette, mariée en 1562 à Joseph de Vezon, conseiller au parlement ; 4° Huguette, femme de Robert Mussard, seigneur du Chey, receveur général des décimes.

VIII. Louis, seigneur de Ragy, Verrey, Lans, etc., avocat et juge en la châtellenie royale de Chalon, obtint au mois de mai 1586 des lettres de noblesse, en récompense des services qu'il avait rendus depuis vingt ans, tant en qualité de maire de Chalon qu'autrement, *mesme aux derniers troubles,* où il s'était *vertueusement employé à la conservation* de cette ville sous l'obéissance du roi. Il eut pour femme Jeanne, fille de Jean Tisserand, conseiller au parlement, et de Marie de Cirey. De ce mariage sont issus : 1° Jacques qui suit ; 2° Charles-Bénigne, chef du rameau des seigneurs de Verrey ; 3° Jeanne, femme de Jean Beuverand, seigneur de Thielay, la Panissière et la Loyère ; 4° Jacquette, mariée à Jean Gallois, conseiller au parlement.

IX. Jacques III, seigneur de Ragy, Lans, le Maupas, la Tour-de-Lux, Reure et le petit Charéconduit, juge en la châtellenie de Chalon, mourut en 1612, âgé de trente-huit ans ; il avait épousé, le 29 décembre 1595, Marie, fille de Robert de Pontoux, écuyer, seigneur de la Tour-de-Lux et du Maupas, et de Françoise Languet. Il n'eut qu'un fils, Louis.

X. Louis, écuyer, seigneur de Ragy, etc., maître des comptes en 1626, eut d'Anne Chassepot de Beaumont, sa femme : 1° Jacques qui suit ; 2° Charles-Bénigne, tige des seigneurs de Ragy ; 3° Marie, 4° Françoise, mortes jeunes.

XI. Jacques IV, écuyer, seigneur de Lans, conseiller au parlement, épousa Jeanne-Marie Girard, tante de Jean-François-Gabriel d'Hénin-Liétart, archevêque d'Embrun, et en eut : 1° Abraham, prieur de Gigny, élu du clergé aux Etats de 1678 ; 2° Jean, baron de Sondet, seigneur de Lans et Glantigny, conseiller au grand conseil et secrétaire des commandements de Monsieur, frère du roi ; 3° Louis, abbé de Saint-Père en Vallée et Moutier-Saint-Jean, prieur de Gigny, conseiller d'Etat, mort en 1729, le dernier de sa branche ; 4° Claudine, mariée à Jean de la Motte, conseiller au parlement, dont une fille, mariée à Jean de Berbisey.

Rameau des seigneurs de Ragy. XI. Charles-Bénigne, écuyer, seigneur de Ragy, Simard, Bessandrey, etc., conseiller au parlement, épousa Louise, fille d'Etienne Bouhier, seigneur de Lantenay, et en eut Jean qui suit, un fils mort jeune, et deux filles religieuses visitandines.

XII. Jean, écuyer, seigneur de Ragy, etc., page du prince de Condé, capitaine au régiment d'Enghien, fut pourvu en 1677 d'un office de conseiller au parlement de Metz ; il épousa, le 18 septembre de la même année, Jeanne-Charlotte, fille de N. Gevalois, seigneur du Martray et de Fraize, et d'Elisabeth de Chaussin ; il en eut quatre filles : 1° Madeleine, femme de Philippe Berbis, seigneur de Longecourt ; 2° Jeanne-Marie, mariée le 8 novembre 1713 à Philibert-Bernard Gagne, seigneur de Perrigny, président au parlement ; 3° Claudine, mariée le 9 août 1717 à Louis de la Poype, chevalier d'honneur au parlement de Grenoble, fils du premier président de cette compagnie, et d'Anne-Françoise de Grolée de Viriville ; 4° Catherine, qui épousa le 15 novembre 1717 Antoine de Clermont, marquis de Montoison, baron de Chagny, etc.

Rameau des seigneurs de Verrey. IX. Charles-Bénigne, seigneur de Verrey et Charéconduit, fut nommé conseiller d'Etat en 1652, en récompense de ses services pendant quarante-cinq ans dans une charge de conseiller au parlement. Il mourut en 1665, et fut inhumé dans la chapelle qu'il avait fait bâtir aux Cordeliers. Il eut de Jeanne Roux : 1° Jean-Baptiste, vicomte de Chalon, maître d'hôtel du roi et du duc d'Orléans, marié à Anne Bernard, fille de Jean, seigneur de Sainte-Hélène et Baudrières, conseiller d'Etat, lieutenant général de Chalon, et de Jeanne de Pontoux ; 2° Louis, chanoine de Beaune ; 3° Claude qui suit ; 4° Théodore-François, conseiller, aumônier et prédicateur du roi, mort en 1683 ; 5° Marguerite, femme de Maurice David, avocat.

X. Claude, seigneur de Verrey, etc., trésorier de France à Dijon en 1658, fut convoqué aux Etats de 1676 et 1679. Il avait épousé Anne, fille de Guy Chartraire, seigneur de Bière, dont il eut : 1° Jean-Louis qui suit ; 2° Marie-Anne, mariée en premières noces, le 20 février 1684, à Charles-François d'Hénin-Liétart, comte de Roche, chevalier d'honneur au parlement, et en deuxièmes noces, le 20 avril 1686, à Guillaume Joly, conseiller au parlement, fils de Georges, baron de Blaisy, président à mortier, et d'Elisabeth Bernardon.

XI. Jean-Louis, seigneur de Verrey, trésorier de France à Dijon en 1680, épousa, le 8 septembre 1686, Marie, fille de Bénigne-Bernard Canabelin, maître des comptes, et de Marguerite Cothenot ; il en eut : 1° Claude qui suit ; 2° Barthélemy, trésorier de la Sainte-Chapelle ; 3° Odon, religieux dominicain.

XII. Claude, seigneur de Verrey, chevalier d'honneur à la Chambre des comptes en 1721, fut reçu la même année aux Etats ; il avait épousé, le 25 novembre 1715, Claire, fille de Jean Jehannin, seigneur de Montconis et Chamblanc, conseiller au parlement, et de Marguerite-Guyette de Requeleyne ; il eut : 1° Guillaume qui suit ; 2° Marie, religieuse visitandine à Dijon.

XIII. Guillaume, seigneur de Verrey, Giboux et Charency, reçu aux Etats de 1742, épousa en décembre 1760 Marie, fille d'Antoine de Clugny, seigneur de Thenissey, Gigny, Etalantes, etc., et de Marie de Choiseul.

Cette branche aujourd'hui éteinte était représentée au moment de la Révolution par le comte de Thésut, seigneur de Verrey, qui vota avec les gentilshommes du bailliage de la Montagne aux élections de 1789. — Armes : *D'or, à la bande de gueules, chargée de trois sautoirs du champ.*

ANTOINE-BERNARD-MARGUERITE DE BRETAGNE, chevalier d'honneur, fut pourvu le 16 janvier 1728, sur la nomination de la veuve de Jacques de Bretagne, son père. Il avait obtenu dispense de deux années et trois mois qui lui manquaient. Reçu le 31 du même mois, il résigna en 1740 en faveur d'Arnoulph-René-Toussaint Heudelot de Létancourt. Voy. p. 93.

ARNOULPH-RENÉ-TOUSSAINT HEUDELOT DE LÉTANCOURT, chevalier d'honneur, fut pourvu le 3 juin 1740, sur la résignation d'Antoine-Bernard-Marguerite de Bretagne, en considération des services de ses ancêtres depuis plus de deux siècles dans les emplois militaires et la magistrature. Reçu le 6 juillet suivant, il exerça son office jusqu'à la Révolution.

Famille reçue aux Etats de 1739, sur preuve de cinq degrés de noblesse depuis Richard Heudelot, seigneur d'Esnoms, capitaine d'une compagnie de gens de pied, qui descendait par plusieurs degrés de Robert, sieur du Mesnil, homme d'armes du duc d'Orléans au XVe siècle, et dont le fils Claude était élu en l'élection de Langres en 1618. — On lit dans les preuves fournies à cette occasion que François-Hubert

Heudelot, écuyer, seigneur et baron de Pressigny, la Grande-Rézie, etc., ancien lieutenant dans le régiment du commissaire général cavalerie, présenté, était fils d'Arnoulph-Étienne Heudelot, écuyer, aussi baron de Pressigny, seigneur de Vellepesle, Longeau et autres lieux, et de Bernarde d'Hémery, et petit-fils d'Étienne Heudelot, écuyer, seigneur de Vellepesle et Longeau, marié en 1667 avec Huguette Clément. — Armes : *De gueules, au chevron d'or, accompagné de trois trèfles d'argent.*

Nicolas DE GANAY, seigneur de Vesigneux, chevalier d'honneur, ancien capitaine dans Dauphin-infanterie, succéda comme héritier universel à Jacques de Ganay, son cousin germain. On lit dans ses lettres de provisions, datées du 31 janvier 1744, que le roi voulait reconnaître par cette nomination ses services dans les précédentes guerres, particulièrement aux siéges de Kehl, Augsbourg et Landau, au passage des gorges de Bavière, aux batailles d'Hochtedt et de Turin, etc., ceux de ses ancêtres dans les armées et la magistrature, et ceux de deux de ses fils, lieutenants au régiment de Gâtinais, dont l'un avait été blessé à l'approche du passage des Alpes. Reçu le 20 mars 1744, Nicolas de Ganay mourut le 27 septembre 1750, et fut remplacé par Lazare-Guillaume de Ganay, son fils. Voy. p. 93.

Jean GIRAUD DE MONTBELLET fut pourvu d'un office de chevalier d'honneur sur la démission de Claude de Thésut. Ses lettres de provisions sont datées du 3 mai 1749. On y lit que la noblesse constante de sa famille depuis près d'un siècle dans la ville de Lyon avait été bien justifiée, et qu'en le nommant chevalier d'honneur le roi avait voulu reconnaître en sa personne les services de son bisaïeul Georges, mort revêtu d'un office de secrétaire du roi; de son aïeul, Jean, écuyer, seigneur de Saint-Oyen, conseiller en la sénéchaussée et siége présidial de Lyon, honoraire après trente-deux années de service, et de son père Georges, seigneur de Montbellet, conseiller à la cour des monnaies, sénéchaussée et siége présidial de Lyon, honoraire en 1736. Jean Giraud avait eu besoin de dispense d'âge; il fut reçu le 29 décembre 1749, ensuite de lettres de jussion du roi adressées à la Chambre des comptes, qui refusait de procéder à sa réception, comme n'étant pas de qualité requise pour porter un office de chevalier d'honneur. Jean Giraud exerça jusqu'à la Révolution. Cette famille, actuellement représentée dans le Mâconnais, porte : *De gueules, à un mors de cheval renversé, d'argent, et une bordure dentelée d'or.*

Lazare-Guillaume DE GANAY, seigneur de Lusigny, chevalier d'honneur, fut pourvu le 25 janvier 1751, après le décès de Nicolas de Ganay, son père, et comme héritier substitué de Jacques de Ganay de Marault, son oncle. Reçu le 10 février suivant, il résigna en 1778 en faveur de Charles-François Le Febvre de la Maillardière, et obtint des lettres d'honneur l'année suivante. Voy. p. 93.

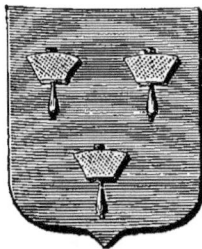

CHARLES-FRANÇOIS LE FEBVRE DE LA MAILLAR-
DIÈRE, vicomte de la Maillardière, lieutenant de roi au gouvernement de Picardie, et capitaine d'infanterie, fut pourvu
d'un office de chevalier d'honneur sur la résignation de
Lazare-Guillaume de Ganay, comte de Lusigny. Ses lettres
de provisions, en date du 16 décembre 1778, sont ainsi motivées : « Ayant égard tant aux bons services que la famille
dudit sieur vicomte de la Maillardière n'a cessé de nous
rendre dans les négociations, les services de terre ou de mer
ou celui près de notre personne, et notamment ceux du feu
sieur son père, à la satisfaction du comte de Maurepas du temps de son ministère,
qu'à la grande ancienneté d'icelle, issue en notre province de Normandie, de Colard Le Febvre, vicomte de Gisors, son onzième aïeul énoncé de noble sang dans des
lettres-patentes du XIVe siècle, en notre bibliothèque, et très bien alliée, ainsi qu'à
ceux qu'il nous a rendus lui-même en représentant notre personne au gouvernement
de Picardie, ayant été honoré du titre de vicomte dans les lettres de provisions de
son office de lieutenant au gouvernement de cette province, etc., etc. » Le vicomte
de la Maillardière fut reçu par arrêt du 28 janvier 1779, et exerça son office jusqu'à
la Révolution. — Armes : *D'azur, à trois maillets d'or, emmanchés et pommetés
d'argent.*

CHAPITRE CINQUIEME

Conseillers maîtres.

Jean DE CORCELLES, qualifié monseigneur, qui assista, le 12 mars 1306/7, avec Guy de Velex et Pierre de Semur, à la reddition d'un compte du châtelain de Cuisery, est très probablement le même personnage que Jean, sire de Corcelles, maréchal de Bourgogne sous le duc Hugues V, dont la fille Giles, mariée à Thibaut, seigneur de Beaubois, vendit à Robert de Bourgogne, fils du duc Robert II, le château, le donjon et le village de Corcelles. La maison de Corcelles, connue dès le XIIIᵉ siècle et fort considérable sous les ducs de la première race, était éteinte au XVᵉ siècle. C'est à tort que D. Plancher, qui en a donné la notice, la confond avec les Courcelles de Pourlans et d'Auvillars, famille d'origine plus récente, et qui portait des armes différentes. On voit sur le sceau de Jean de Corcelles, en 1311, *trois lions chargés chacun de deux besans ou tourteaux, et une cotice brochant sur le tout.*

Guy DE VELEX assista à la reddition du compte du châtelain de Cuisery en 1307. On n'a rien pu découvrir sur sa famille.

Pierre DE SEMUR, qui entendit le même compte, était clerc du duc et chanoine d'Autun; il devint chancelier de Bourgogne, et fut présent en cette qualité à l'audition d'un compte rendu, en 1315, par Guy d'Ostun, chevalier. Voy. p. 2.

Thibaut DE SEMUR, archidiacre de Poiseux, en l'église d'Auxerre, figure en qualité d'auditeur des comptes (1) avec Jean de Bellenoul et Jean Aubriot, dans un mandat de paiement du 22 janvier 1330/1. D'après D. Plancher, il était, comme Pierre de Semur, dont l'article précède, de l'illustre maison de Semur en Brionnais. Le même auteur le distingue d'un autre Thibaut de Semur, doyen d'Autun et chancelier de Bourgogne en 1312. V. p. 2.

(1) Ce titre répondait alors à celui de maître des comptes.

JEAN DE BELLENOUL, chevalier, auditeur des comptes en janvier 1331, reparaît avec cette même qualité dans les registres des arrêts de comptes aux mois de novembre de la même année et de l'année 1336. Dès 1323, on le trouve qualifié chevalier et coseigneur de Bellenod-sur-Seine. En 1321, étant châtelain de Talant et de Rouvre, le duc Eudes lui avait donné tout ce qu'il possédait dans les villes de Bellenod, Vaux, la Montagne et Origny. Depuis, Jean de Bellenoul devint gruyer de Bourgogne (1334); il mourut avant 1339, et fut inhumé dans le chœur de la chapelle ducale, à Dijon. Nous lui connaissons cinq enfants : 1° Simon, chevalier, seigneur de Bellenod, qui épousa Jeanne de Masères, et mourut sans postérité; 2° Guillaume, seigneur de Bellenod après son frère, marié à Catherine de Monstereul, mort aussi sans enfants; 3° Jean, prieur de Saint-Sauveur-sur-Vingeanne; 4° Jacquette, femme de Richard de Neuilly, qualifié damoiseau en 1339; 5° et enfin Alix, qui épousa N. de Cussigny, et dont la fille Marguerite, mariée à Odard de Mypont, recueillit la succession de ses frères. Le sceau de Jean de Bellenoul porte *un sautoir chargé d'un lambel à cinq pendants;* celui de Guillaume, en 1337 : *un sautoir chargé en cœur d'une rose ou quintefeuille;* celui de Simon, en 1332 : *un sautoir chargé de cinq roses ou quintefeuilles et un lambel.*

JEAN AUBRIOT, auditeur des comptes dès l'année 1331, devint chancelier de Bourgogne, puis évêque de Chalon. Il continua néanmoins d'assister à l'audition des comptes, comme on le voit par les listes des auditeurs, en 1336, 1340, 1347 et 1349. Voy. p. 2.

ROBERT D'AUBIGNY fut commis à ouïr les comptes en 1331 et 1336. En 1332 le duc le chargea, avec deux autres commissaires, d'informer des entreprises que le maire et les échevins de Dijon commettaient sur ses droits. Nous ne lui connaissons que deux filles : Marie, qui épousa en premières noces Hugues d'Arc, chevalier, et en secondes, Jean de Rougemont, aussi chevalier; et Guillemette, dame de la Chaume, dont le fils, Othe de Cromarien, chevalier, était surnommé de la Chaume. Cette famille, qui tirait son nom, d'après Courtépée, de la baronnie d'Aubigny, au bailliage d'Arnay-le-Duc, est peu connue. Nous citerons seulement parmi ses membres : Huguenin, damoiseau en 1306; Gérard, institué par le testament de Guillaume, sire de Pesmes en 1327, pour tout ce que celui-ci possédait à Talmay; Guiot, seigneur en partie de Talmay en 1384; Béatrix, qui épousa vers 1350 Jean de Faletans, damoiseau, et dont la fille, Gilette, femme de N. d'Aubigny, était veuve en 1407.—Armes : *De gueules, au lion d'hermine;* ces armes sont figurées sur le sceau de Robert, qualifié chevalier, sire d'Aubigny en 1334, qui mourut en 1351,

et fut inhumé au prieuré de Bonvaux (1). C'est très certainement le même personnage que notre auditeur des comptes.

JEAN DE CHASTOILLON (CHATILLON), chevalier, bailli du Dijonnais, fut présent le dimanche, jour des trois semaines de Pâques 1332, à l'audition du compte
de Jean Bourgeoise, receveur général du duché. Son nom figure dans plusieurs actes
importants de l'époque. C'est ainsi qu'on le trouve nommé parmi les exécuteurs du
troisième testament de la duchesse Agnès en 1325, et qu'il adressa aux officiers du
duc Eudes IV en 1334, un mandement pour le paiement d'une rente de trente
muids de vin assignée sur la ville de Pommard. Deux ans auparavant il avait été
nommé commissaire, avec Jean de Bellenoul et Robert d'Aubigny pour l'examen
des plaintes portées contre le gouverneur, le maire et les échevins de Dijon. Le
sceau de Jean de Châtillon, conservé aux Archives de la Côte-d'Or, porte *une étoile
ou molette d'éperon à six raiz, et un chef, chargé d'un lion léopardé.*

HUGUES DE CORRABOEUF, doyen de Chalon et chancelier de Bourgogne, fut
commis, le 13 décembre 1332, à l'audition du compte rendu par Hugues de
Pommart, de la *vaisselemente* de Thierry, jadis évêque d'Arras. Voy. son article, p. 2.

ANXEL ou ANXEAUL PEAULDOIE, chanoine d'Autun, fut
désigné en 1332 pour l'audition du compte de Jean
Bourgeoise, receveur général ; il figure de plus dans la
liste des auditeurs ou maîtres des comptes pour les années
1336, 1340, 1341 et 1347. On le trouve qualifié clerc ou
secrétaire du duc dès 1315, et il porta plus tard le titre
de conseiller. Sa succession donna lieu à un différend
qui fut terminé en 1348, par un accord passé entre ses
héritiers, savoir : Regnaud de Torcennay d'une part, et,
de l'autre : Guillaume de Tintry, Eudes et Guillaume, fils
de feu Jean Peauldoie, chevalier, Guillaume Peauldoie, fils de Robert, Regnaud
d'Ecutigny, pour Barthélemy, son fils, et enfin Jean Peauldoie. On trouve encore
de ce nom : Guillaume, qui tenait quelques biens en fief à Varnicourt, en 1299 ;
Jean, chevalier, seigneur d'Ecutigny et de Lusigny, en 1430 ; Claude, seigneur en
partie de la Forest, au bailliage de Chalon, en 1442 ; Claude, chevalier, seigneur
de Vellerot et de Corbeton, lieutenant du bailli d'Auxois en 1477, dont la fille
Rose, femme de Claude Breschard, écuyer, vivait en 1532 ; et enfin Madeleine,
femme d'Antoine de Messey, morte en 1580. — Armes : *De sable, à une oie d'argent
becquée et onglée de gueules ; au chef d'argent, chargé de trois trèfles de sable.*

(1) Elles sont également gravées sur sa tombe encore existante dans l'église de l'ancien
prieuré de Bonvaux.

ALEXANDRE DE CHAUDENAY. Le sire de Blaisy, qui figure dans la liste des auditeurs en 1336, est très probablement le même personnage qu'Alexandre de Chaudenay, sire de Blaisy, qualifié chevalier du duc en 1322, qui donna dénombrement de ses fiefs, et notamment de la moitié du châtel de Blaisy, le samedi après l'apparition de Notre-Seigneur, l'an 1328. Dès l'année 1320, le duc lui avait donné, en récompense de ses services, le fief, c'est-à-dire la mouvance de la seigneurie de Mignot. On voit sur son sceau *une fasce accompagnée de six coquilles*, armes que tous les héraldistes blasonnent ainsi sous le nom de Blaisy : *D'or, à la fasce de sable, accompagnée de six coquilles de même* (1).

GUILLAUME DE MUSIGNY, chevalier, chambellan du duc, fut commis à l'audition des comptes en 1336, 1340 et 1341. Il assista en 1341 à un accord conclu entre le duc de Bourgogne et le comte de Flandre, et fut en 1345 l'un des exécuteurs testamentaires d'Isabelle de France, dauphine de Viennois. Il eut un fils du nom de Jean, et mourut avant le 21 juillet 1367, date du testament d'Isabelle de St-Seine, sa femme, qui voulut être enterrée en l'Église des Frères-Mineurs de Dijon auprès de son mari. Elle fit différents legs à ses trois filles, Marguerite, Alice et Jeannette, nones aux abbayes de Lieu-Dieu, de Rougemont et de Saint-Andoche, et nomma ses exécuteurs testamentaires, Etienne de Musigny et Guillaume du Pailly, chevaliers, Jean de Broignon, damoiseau, et Étienne de Musigny, prieur de Salmaise. La famille de Musigny, considérable sous les ducs de la première race, auxquels elle a fourni plusieurs officiers, possédait héréditairement la charge de grand chambellan de Bourgogne, que le dernier du nom, Gaucher, chanoine d'Autun, vendit en 1383 à Guy de la Trémouille. Le sceau de Guillaume de Musigny porte *un sautoir accompagné de quatre coquilles*.

GUY GROIGNOT, chapelain du duc, paraît deux fois comme auditeur dans les registres des arrêts de comptes, en novembre 1336, et le samedi après la Fête-Dieu (26 mai) 1341.

(1) Ces armes sont très probablement celles de la maison de Chaudenay, dans laquelle les anciens sires de Blaisy paraissent s'être éteints au XIIIe siècle, par le mariage de Pétronille de Blaisy, fille de Garnier et d'Agnès, avec Guy de Chaudenay. Ces deux personnages figurent dans une charte de l'an 1239, citée par D. Plancher, d'après le cartulaire de Saint-Seine ; de plus, Pérard a publié une charte de l'an 1258, par laquelle cette même Pétronille, du consentement de son mari et de ses fils Jean, Cœlius et Philippe, cède au duc de Bourgogne tout ce qu'elle possédait de la terre de Salive. Jean de Chaudenay, sire de Blaisy, mort en 1310, est très-certainement le fils aîné de Guy de Chaudenay, et nous le croyons père d'Alexandre, qui donne lieu à cet article. Geoffroy de Blaisy, sire de Manvilly, frère de ce dernier, et ses descendants ne retinrent que le nom de Blaisy : ce sont eux qui figurent à la cour de Bourgogne au XIVe et au XVe siècle. Ils portaient les armes plus haut décrites, de même que les *Chaudenay — non Blaisy,* — qui les brisaient d'un lambel.

JEAN BOURGEOISE, receveur général du duché de Bourgogne, assista plusieurs fois à l'audition des comptes dans les années 1336, 1340 et 1341. Il était fils de Perreau Bourgeoise, de Dijon, et mourut avant 1361, laissant trois enfants, savoir : Poinceard, Monin et Guillemette, cette dernière, femme de Guillaume de Mazilles en 1360. Poinceard, qualifié bourgeois de Dijon, était en 1363 receveur des subsides ordonnés en Bourgogne. L'année précédente il avait acheté de Jean de Vienne les terres de Chevigny-Saint-Sauveur et Corcelles-en-Montvaux, qui lui furent reprises peu après par retrait lignager. Il mourut vers 1399, laissant trois enfants de son mariage avec Isabelle N... savoir : 1° Jean, qualifié écuyer en 1402, qui épousa Marguerite de Laulemalle; 2° Clément; 3° Jacotte, mariée à Jean Juliot, bourgeois de Dijon. De Monin Bourgeoise, second fils du receveur général, vinrent : Jeannotte, femme de Huguenin Boisserand, d'Autun, et Philippe, qui épousa en 1356 Robert Chevreau, seigneur de Chasseigne en Nivernais. Le sceau de Jean Bourgeoise porte *un lévrier accolé, posé en bande;* son fils Poinceard brisait cet écu *d'une bordure endenchée ou engrêlée.*

JEAN DE THIL, chevalier, seigneur de Thil, Saint-Beury et Marigny, assista plusieurs fois à l'audition des comptes en 1341. Il fut connétable de Bourgogne après Robert de Châtillon, sous le duc Eudes IV, au premier testament duquel il apposa son sceau, avec plusieurs autres seigneurs, en 1346. Il avait épousé en premières noces Agnès de Frolois, et c'est lui qui fonda le chapitre de Thil, dont l'église subsiste encore en son entier, non loin des ruines du château. On sait que l'illustre maison de Thil, connue dès le commencement du XIe siècle, fut substituée aux nom et armes de Châteauvillain par suite du mariage de Jean de Thil, connétable, avec Jeanne de Châteauvillain, et qu'elle s'est éteinte au XVIe siècle dans les la Baume-Montrevel. — Armes: *D'or, à trois lions de gueules.*

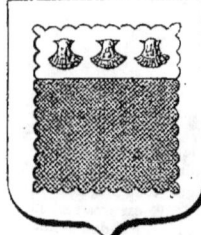

HUGUES DE POMMART, chanoine de Paris, parut plusieurs fois à l'audition des comptes en 1341. C'est assurément le même personnage que Hugues de Pommart, petit-fils de Jacques, bailli de Dijon, qui fut chanoine de Troyes, président de la Chambre des comptes de Paris, et enfin évêque de Langres en 1344. Il mourut à Paris l'année suivante, et fut inhumé à Sainte-Geneviève. Son épitaphe a été publiée par D. Plancher, dans la notice consacrée à sa famille. Fort illustres sous les ducs de la première race, les Pommart tiraient leur nom du village de Pommard, au bailliage de Beaune. Nous citerons parmi eux : Raoul, maréchal de Bourgogne sous Eudes III; Anselme, évêque d'Autun en 1220; Hugues, chevalier, qui laissa deux enfants, savoir : Jeanne, mariée en 1376 à Aymonin, fils de Jean de Saulx, sire de

Courtivron, et Anxel, chevalier, seigneur de Massingy et Prissey, chambellan du duc, qui, ayant accompagné l'amiral de France Jean de Vienne en Ecosse en 1385, fut fait prisonnier par les Anglais. Il avait épousé Etienne Deschamps, fille de Hugues, chevalier, et en eut une fille, Guillemette, mariée à Jean Lourdon. Anxel portait les armes pleines de sa famille, qui sont figurées sur son sceau en 1392 : *De... au chef chargé de trois coquilles* (1). Hugues, chanoine de Paris, les brisait d'une *bordure engrêlée ; et* Guillaume, seigneur de Sainte-Marie-la-Blanche en 1328, *d'une bande chargée de trois besans ou tourteaux.*

HUGUES, SIRE DE MONESTOY, maréchal de Bourgogne sous le duc Eudes IV, assista plusieurs fois à l'audition des comptes en 1341. En 1348 il fut témoin du testament du même prince, et son nom figure dans plusieurs autres actes importants de cette époque. En 1366, sa veuve, Jeanne, comme mère et tutrice de Philippe de Monestoy, donna dénombrement de quelques héritages à Chailly, près Champigny. Philippe, marié à Agnès de Blaisy, fille de Geoffroy, sire de Mauvilly, mourut jeune, laissant un fils, Huguenin, qui fut échanson, puis chambellan de Philippe-le-Hardi. Les sceaux de Hugues de Monestoy et de son petit-fils Huguenin portent un écu *vairé.*

RENAUD DE VAUXBUSIN, abbé d'Ogny, puis de Saint-Etienne de Dijon en 1341, figure dans la liste des auditeurs des comptes en 1349; l'abbé Fyot fixe la date de sa mort au 2 janvier 1352/3. On trouve du même nom : Jean, bailli de la Montagne en 1370; Jean, capitaine et bailli de Noyers en 1417 et 1423, dont le sceau porte *un lion ; et* enfin Oudot, qui vivait en 1333; on voit une *fasce bretessée* (2) sur son sceau appendu à une quittance qu'il donna en cette année de certaines sommes reçues pour la dépense de l'hôtel du duc et de la duchesse à Villaines-en-Duesmois; il était coseigneur de Billy-lez-Chanceaux, et paraît avoir eu deux fils, Etienne et Thibaut, écuyers, seigneurs en partie de Vauxbusin et de Billy.

GUILLAUME DE VERGY, seigneur de Mirebel, figure sur la liste des auditeurs des comptes en 1349. Voy. p. 1.

ROBERT DE LUGNY, chancelier de Bourgogne, fut commis à l'audition des comptes en 1349 et 1353. Voy. son article, p. 3.

GEOFFROY DE BLAISY, chevalier, sire de Mauvilly, fut commis à l'audition des comptes en 1349 et 1353, et on verra plus loin qu'il reçut en 1361 une commission

---

(1) Et non de trois étoiles, comme on le voit dans le P. Anselme.

(2) Cette double indication d'armoiries semble prouver l'existence de deux familles distinctes du même nom de Vauxbusin ; ce nom leur venait du fief de Vauxbusin, anciennement dans la mouvance de la baronnie de Frolois et qui y fut depuis réuni. Il a suffi au P. Gautier de cette dernière circonstance pour faire descendre Renaud de Vauxbusin de l'illustre maison de Frolois.

permanente de maître des comptes. Bailli du Dijonnais, gruyer de Bourgogne en 1352, Geoffroy de Blaisy gouverna le duché comme lieutenant du comte de Joigny, gouverneur, en l'absence du duc Philippe de Rouvre, et fut caution du traité de Guillon en 1360. Il portait les mêmes armes qu'Alexandre de Chaudenay, sire de Blaisy, son frère : *D'or, à une fasce de sable, accompagnée de six coquilles de même* (Voy. p. 107), et comme brisure, *un besan sur la fasce.* Son fils Jean, chevalier, sire de Mauvilly, chambellan du roi et du duc en 1386, remplaça le *besan* par *une croix recroisetée à pied fiché.*

GAUTHIER DE PACEY, commis à ouïr les comptes en 1349, avait paru comme témoin l'année précédente au second testament du duc Eudes IV, et son nom figure également parmi ceux des exécuteurs du premier testament de ce prince, en octobre 1346. Il assista peu après au traité passé entre le duc et Hugues, sire de Joux, chevalier; enfin on le trouva qualifié chevalier, sire de Jauges, dans un acte de l'année 1349, auquel son sceau est appendu. L'écu figuré sur ce sceau porte *trois pals et un chef chargé d'une fasce vivrée.* La femme de Gauthier de Pacey se nommait Jeanne de Marmeaux.

JEAN GERMAIN, conseiller et maître des comptes du duc de Normandie, fut envoyé en Bourgogne au mois de juillet 1350, « pour le fait et ordonnance des comptes » du duché et de la comté.

JEAN DE BESANÇON, clerc des comptes du duc de Normandie, fut également envoyé en Bourgogne pour l'audition des comptes en juillet 1350.

ADAM AUBRY, clerc des comptes du duc de Normandie, envoyé en Bourgogne pour l'audition des comptes en juillet 1350, assista également à l'audition des comptes rendus à Montbard aux mois de février et mars de l'année suivante, devant les commissaires nommés à cet effet par la reine Jeanne, gouvernante de Bourgogne.

JEAN DE MASIÈRES ou MAIZIÈRES, conseiller du roi et maître lay en la Chambre des comptes de Paris, fut l'un des commissaires députés par la reine Jeanne pour l'audition des comptes de Bourgogne en 1351.

HUE DE ROCHE, clerc du roi, auditeur en la Chambre des comptes de Paris depuis 1346, fut également l'un des commissaires députés pour l'audition des comptes de Bourgogne en 1361. Il passa en 1364 à un office de conseiller maître à Paris.

DIMANCHE DE VITEL, receveur de Champagne, fut plusieurs fois présent à l'audition des comptes rendus à Montbard en février et mars 1351. En 1352, la reine Jeanne lui donna une gratification pour services rendus, notamment en l'audition des comptes nouvellement tenus à Dijon. Il fut plus tard pourvu d'une commission permanente de maître des comptes et devint premier maître. Voy. p. 12.

ROBERT, comte DE ROUCY, gouverneur du duché de Bourgogne, assista le 8 février 1350/1 à l'audition d'un compte rendu à Montbard devant les commissaires députés par la reine. Nommé gouverneur du duché par le roi de France pendant la minorité de Philippe de Rouvre, il exerça ces fonctions pendant deux ans. Ce doit être le même personnage que Robert de Roucy, fils de Jean, tué à Crécy, et qui fut lui-même fait prisonnier à la bataille de Poitiers (1356). Il devint grand maître des eaux et forêts de France, et appartenait à l'illustre maison des comtes de Roucy, dont le P. Anselme a publié la généalogie.—Armes : *D'or, au lion d'azur.*

JEAN D'ASCHIÈRES, clerc des comptes du roi à Paris depuis 1346, fut commis à ouïr les comptes d'Artois et de Bourgogne en 1352, et vint à Dijon au mois de mars de cette année pour remplir sa mission. Il passa en 1361 à un office de maître clerc, c'est-à-dire de maître ecclésiastique en la Chambre des comptes de Paris. On trouve du même nom Robert d'Aschières, aussi clerc des comptes à Paris en 1350, puis maître clerc.

JEAN CLABART fut député, avec Jean de Baubigny, par la reine Jeanne pour l'audition des comptes de Bourgogne du 1er février au 1er août 1353. Leur mission terminée, ces deux commissaires se rendirent près de la reine pour lui en rendre compte et lui faire connaître l'état du pays. Le P. Gautier attribue à Jean Clabart, mais sans en donner de preuves, les armes suivantes : *De sable, au lion d'or, armé et lampassé de gueules.* — On n'a rien pu trouver sur sa famille, à laquelle appartenait peut-être Pierre Clabart, contrôleur alternatif du grenier à sel de Semur en 1595.

JEAN DE BAUBIGNY, clerc des comptes du roi à Paris, fut envoyé en Bourgogne pour l'audition des comptes avec Jean Clabart en 1353. Il fut pourvu plus tard

d'une commission régulière de maître des comptes, comme on le verra à la date de
ses lettres de retenue (1357).

OLIVIER DE LAYE, chevalier, seigneur de Solorjon,
maître des requêtes de l'hôtel du roi Jean, et gouverneur
du duché sous ce même roi pendant la minorité du duc
Philippe de Rouvre, assista à l'audition des comptes en
1353. Il appartenait à une famille de Bourgogne ancienne
et considérable sous les ducs de la première race. Nous
citerons parmi ses membres : Hugues, maréchal de Bourgogne sous Eudes III ; Marie, dame de Laye et de Villers,
qui reconnut en 1315 tenir du duc la maison et le village
de Laye ; Emard, chevalier, dont la femme, Marguerite de
Segy, donna dénombrement en 1366 de la maison de Genouilly ; Luce, veuve de
Renaud, chevalier, seigneur de la Buxière, qui donna dénombrement de Sarry en
1399 comme tutrice de ses enfants, et enfin Louise, femme du chancelier Hugonet
en 1471. Il y avait encore une famille de ce nom dans le Chalonnais au XVIe siècle.
L'écu figuré sur le sceau d'Olivier de Laye porte *trois épis et un chef chargé d'un
lion issant.*

JEAN DE VAUX était prieur de Lanthenans lorsqu'il fut
nommé commissaire pour l'audition des comptes en 1353.
Le 11 mai de la même année il prit possession du siége
abbatial de Saint-Etienne, et mourut le 14 mars 1354/5.
L'écu figuré sur son sceau porte *trois chevrons et une bordure.* Nous citerons encore des mêmes nom et armes :
Oudard, écuyer de la bouteillerie du duc en 1360, marié à
Agnès de Cusance, et Guillaume, maître de l'écurie de la
comtesse de Bourgogne et d'Auvergne, puis écuyer d'écurie de la duchesse de Bourgogne, qui brisait son écu *d'une
merlette entre le premier et le deuxième chevron.*

ETIENNE DE MUSIGNY, chevalier, figure sur la liste des commissaires nommés
pour l'audition des comptes en 1353. Il fut l'un des témoins du traité passé par
le seigneur de Faucogney, à cause du douaire de sa femme, avec Humbert, dauphin
de Viennois, en la ville d'Avignon, le 17 juin 1344, à la sollicitation du duc Eudes
de Bourgogne. Il mourut avant 1368, époque où l'on voit que le receveur général
avait fait faire une exécution sur ses biens. Ses héritiers étaient : Bertrand de
Saint-Pastour, chevalier, Guillaume de Sarcey, et Simon de Chailley. Voy. p. 107.

JEAN DE BAUBIGNY, déjà nommé (voy. p. 111), est qualifié clerc du roi et
de la reine dans les lettres du 6 octobre 1357, par lesquelles la reine Jeanne, gou-

vernante de Bourgogne, l'ordonna maître des comptes, avec Jean Biset et Oudot de Sauvigny, aux gages de 20 sols tournois par jour. Il fut de nouveau ordonné sur les comptes le 16 avril 1360 par Philippe de Rouvre, en janvier 1361/2, par le roi Jean, aux gages d'un florin par jour, et depuis par Philippe-le-Hardi. On voit par plusieurs actes qu'il portait les titres de conseiller du duc et du roi, qu'il était en outre pourvu d'un canonicat à la chapelle ducale de Dijon, et qu'il ne cessa de vaquer à l'audition des comptes que lorsqu'il devint doyen de cette église en 1379. Il mourut en 1391, sept ans après s'être démis de cette dernière charge. En 1387 il avait cédé à son neveu Jean de Vandenesse les héritages qu'il possédait à Vandenesse, Châteauneuf, etc., et il résulte d'un acte de l'an 1388, qu'il était oncle de Jean de Courbeton, clerc, licencié en lois, et de Jean de Courbeton le jeune, frères, enfants de feu Lambert de Courbeton. Robert de Baubigny, dit de Courbeton, successivement abbé de Saint-Etienne de Dijon en 1387 et de Saint-Paul de Besançon en 1409, et frère de Jean de Courbeton, écuyer, dont la veuve Aliénor vivait encore en 1418, était sans doute le neveu du côté maternel de Jean de Baubigny, dont il est ici question. Le P. Gautier attribue à ce dernier les armes de la famille de Courbeton : *D'azur, à une fasce d'or, accompagné en chef de trois besans aussi d'or et en pointe d'un fer de moulin de même.*

JEAN BISET, clerc et secrétaire, puis conseiller du duc, fut ordonné sur les comptes par lettres de la reine Jeanne du 6 octobre 1357. Continué dans ces fonctions par le duc Philippe de Rouvre le 16 avril 1360, par Jean-le-Bon en janvier 1361/2, aux gages d'un florin par jour, et par Philippe-le-Hardi, le 7 février 1364/5, il passa depuis outre Saône pour vaquer aux besognes de Mᵐᵉ de Flandre. Il resta plusieurs années au service de cette princesse comme auditeur de ses comptes, et revint en Bourgogne en 1372 pour y remplir ses fonctions de maître des comptes. L'année suivante son nom cesse de paraître sur la liste des maîtres. L'écu figuré sur le sceau de Jean Biset est *losangé*, chaque losange étant occupé alternativement par *une moucheture d'hermine* et par une figure qu'il est difficile de déterminer.

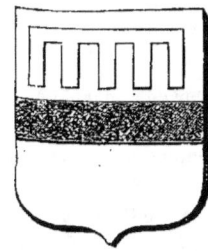

OUDOT DE SAUVIGNY fut ordonné sur l'audition des comptes, en même temps que Jean de Baubigny et Jean Biset, par lettres du 6 octobre 1357. Il ne paraît pas avoir exercé plus d'un an les fonctions de cette charge. En 1358, demeurant à Chanceaux, il toucha une somme de 500 florins au lieu de 100 livrées de terre que le duc lui avait promises en récompense de ses bons services. Il devint châtelain de Salmaise en 1359, et écuyer d'écurie de Philippe-le-Hardi en 1378. Jean de Sauvigny, que nous croyons être son fils, fut grenetier au grenier à sel, recevéur, châtelain et maire de Semur en Auxois; sa veuve Jeannette épousa en secondes noces, vers 1425, Philippe Ladomme, qui avait été lui-même grenetier à Semur; il en avait eu

8

trois enfants : Oudot, Agnès et Perrenette. Le sceau d'Oudot, maître des comptes, porte un écu chargé *d'une fasce et d'un lambel à cinq pendants.*

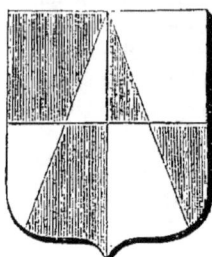

GUILLAUME DE MONTBARD, abbé de Fontenay, maître des comptes, fut ordonné par lettres de la reine Jeanne, gouvernante de Bourgogne, en date du 4 février 1357/8, à 40 sols de gages par jour. Il n'exerça pas longtemps ces fonctions. Le P. Gautier lui attribue les armes suivantes : *Ecartelé d'argent et de gueules, chappé de même de l'un en l'autre.* — On conserve aux Archives de la Côte-d'Or deux actes des années 1354 et 1365, scellés de son sceau ; ce sceau est ovale ; il représente un abbé, crossé, sous une arcature ogivale ; il n'est pas armorié.

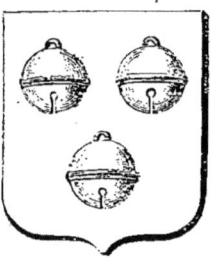

SIMON DE SALIVE, clerc, fut ordonné sur l'audition des comptes par lettres du duc Philippe, du 25 octobre 1360, à 15 sols tournois de gages par jour. Il exerça ces fonctions jusqu'à la mort de Philippe de Rouvre ; il avait auparavant rempli celles de trésorier des guerres en Bourgogne, comme on le voit par une quittance de l'an 1358, où il est qualifié clerc du roi, et à laquelle son sceau est appendu. Sur ce sceau est figuré un écu chargé de *trois grelots.* Le sceau de Gauthier de Salive, grenetier de Bourgogne en 1374, porte simplement un G couronné.

GEOFFROY DE BLAISY, sire de Mauvilly, fut ordonné sur l'audition des comptes par lettres du duc du 25 mars 1360/1, à 2 florins de gages par jour. Il est ainsi qualifié dans le compte de la recette générale : *noble homme et saige Monseigneur de Mavoilly.* C'est le même personnage dont il est question p. 109. Il exerça les fonctions de maître des comptes jusqu'à la mort de Philippe de Rouvre.

GUY DE CHAMPDIVERS, clerc et secrétaire du duc de Normandie, dauphin de Viennois, ayant été désigné en 1361 pour demeurer en Bourgogne avec M. de Tancarville, lieutenant du roi, fut ordonné sur l'audition des comptes par lettres du 14 janvier 1361/2, à un florin de gages par jour. Il exerça jusqu'en 1364.

Le premier de ce nom que nous ayons pu découvrir, Guillaume de Champdivers, qualifié physicien ou médecin, habitait Dijon avec son neveu Péronet en 1310 ; ils achetèrent en cette année des terres et des prés aux finages de Mirande et de Chevigny. On trouve ensuite Pierre, chanoine d'Autun, et son frère Guillaume, qui figurent dans un acte de l'an 1388, où on lit qu'ils étaient neveux de Guy de Champdivers, conseiller du roi, chanoine de Paris, dont la sœur, Guillemotte, avait épousé Etienne Lorfèvre, dit de Sens, drapier à Dijon. Ce Guy de Champdivers, chanoine de Paris, est très probablement le même personnage que celui qui donne lieu à cet article (1).

Guy RABBY, clerc des comptes, garde des chartes du duc et doyen de sa chapelle, fut ordonné sur l'audition des comptes en 1362. Il devint doyen des maîtres ou auditeurs. Voy. p. 11.

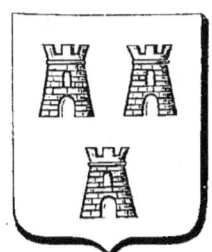

Bureau DE MAISONCOMTE fut ordonné sur l'audition des comptes de 1363 à 1366. Il était chanoine d'Autun, et on voit sur son sceau un écu chargé de *trois tours à trois créneaux*. Ce sceau est appendu à une quittance de l'an 1363, constatant qu'il avait reçu une certaine somme d'argent à l'occasion d'un voyage qu'il fit à Autun pour contraindre les rebelles à payer le subside des moutons d'or. Frère Étienne de Maisoncomte, prieur de Saint-Thibaut en 1351, scellait d'un sceau semblable. — Famille noble qui possédait au XIVᵉ siècle une grande partie des seigneuries de Vannaire, Chaumont-le-Bois et Autricourt dans le Châtillonnais. Nous citerons parmi ses membres : Jean, chevalier, qui donna dénombrement en 1391 de ce qu'il tenait en fief du duc à Autricourt, à cause de sa femme, Guillemotte, fille de Geoffroy du Mex, et Jean, damoiseau, seigneur de Maisoncomte, qui, comme mari d'Edeline de Saint-Germain, relicte de Girard de Bourbon, chevalier, seigneur de Montmort, donna dénombrement au duc en 1388 de la dite terre de Montmort et dépendances, au nom d'Isabelle et d'Alice, qu'Edeline avait eues de son premier mariage.

Jean OGIER, clerc des offices de l'hôtel du duc, fut ordonné sur l'audition des comptes par lettres de Philippe-le-Hardi, dès le 26 janvier 1365/6, que ce prince partit de Beaune pour aller à Autun, jusqu'à son retour, le mercredi 4 février suivant, aux gages de 10 sols par jour. Son nom disparaît ensuite de la liste des maîtres des comptes, où on ne le retrouve plus qu'en 1384-1385 ; il touchait alors 6 gros par jour. D'après le P. Gautier, Jean Ogier portait : *D'azur, au chevron d'or ; au chef aussi d'or, chargé de trois étoiles du champ.* Mais cette attribution nous semble douteuse. Le sceau de Philippe Ogier, clerc du roi en 1345, porte un écu chargé de *deux bâtons pommettés, en sautoir, accompagnés de quatre aiglettes.*

(1) On voit par ces détails que le P. Gautier s'est probablement trompé en attribuant à Guy de Champdivers les armes d'une famille du même nom, originaire de Franche-comté, qui a tenu au XIVᵉ et au XVᵉ siècle un rang considérable dans la noblesse de cette province, et dont le premier auteur connu, Jean, sire de Champdivers, est qualifié chevalier banneret en 1358. Elle portait : *D'or, au chevron d'azur.*

PIERRE D'ORGEMONT. Par lettres du 10 juillet 1366, Pierre d'Orgemont, président au parlement de Paris, et Jean Blanchet, secrétaire du roi Charles V, furent chargés de procéder avec les gens des comptes de Bourgogne à l'affinement des comptes du duché. Nous avons constaté que Pierre d'Orgemont remplissait cette mission en 1369. Voy. p. 11.

JEAN BLANCHET, dont il est question à l'article précédent, doit être inscrit à cette place quoiqu'il ne soit pas certain qu'il ait effectivement rempli sa commission. Il était secrétaire du roi et du duc, et fut deux fois laissé à Dijon pour y vaquer aux affaires du duché, en 1361 et 1364. En 1369 le duc le chargea d'annoncer au chancelier de France son mariage avec Marguerite de Flandre, dont il avait été l'un des négociateurs. En 1378 il figure parmi les ambassadeurs envoyés vers Léopold d'Autriche, à l'occasion de son mariage avec Marguerite de Bourgogne, et enfin il fut chargé en 1383, avec Olivier de Jussey, chambellan, et Jean Responde, de Lucques, d'aller vers ceux d'Anvers pour y traiter d'affaires importantes. Ajoutons qu'il assista comme conseiller aux parlements des années 1370, 1376 et 1384, et qu'il mourut avant 1387, laissant plusieurs enfants, savoir : Jean, qui prit possession d'un canonicat à la chapelle ducale en 1369 ; Jacquelotte, femme de Jean Saugette, de Troyes, et très probablement Pierre, conseiller et maître des requêtes des hôtels du roi et du duc. Jean Blanchet portait : *De sable, à trois cygnes d'argent*, armes qui sont figurées sur son sceau conservé aux archives de la Côte-d'Or, et que Pierre Blanchet brisait *d'une bordure simple ou endenchée.*

HUE HANON, trésorier du duc et receveur général de ses finances, assista plusieurs fois à l'audition des comptes en 1369, sous la présidence de Pierre d'Orgemont. Son sceau porte *trois demi vols posés en triangle.*

JEAN DOUAY, de Chanceaux, receveur général du bailliage de Dijon, fut plusieurs fois présent à l'audition des comptes en 1369. Il avait été châtelain de Frolois en 1353, et nous lui connaissons un fils, Oudart, receveur général de Bourgogne en 1386, maître des comptes trois ans plus tard, et vicomte-mayeur de Dijon en 1401. En 1405 il était chargé avec Amiot Arnault du fournissement du sel de Salins dans les greniers de Bourgogne. D'un premier lit, Oudart Douay eut deux enfants : Jean, qui vivait en 1399, et Jeannette, mariée à Girard Marriot, bourgeois de Dijon. De sa seconde femme, Guillemette, vinrent : 1° Odot, changeur à Dijon et fermier de la monnaie de Chalon, qui épousa en 1419 Perrenotte, fille de feu Nicolas Le Vaillant, maître des comptes ; 2° Marguerite ; 3° Marie, femme de Pierre de Clugny, bailli de Vézelay. Le sceau d'Oudart Douay porte un écu chargé de *trois têtes de béliers.*

DIMANCHE DE VITEL, qui fut présent aux comptes en 1351 et 1352 (voy. p. 111), reparaît en 1371 sur la liste des maîtres ou auditeurs. Il devint premier maître, et fut remplacé dans son office en mars 1387, par Nicolas Le Vaillant. Voy. p. 12.

ANDRÉ PASTÉ, d'abord clerc des comptes, figure sur la liste des maîtres ou auditeurs à partir de l'an 1371. Il jura en 1386, avec Pierre Bouville et Regnault Gombault, d'observer le nouveau règlement de la Chambre, et devint premier maître après Dimanche de Vitel. Voy. p. 12.

PIERRE BOVILLE ou BOUVILLE, receveur du bailliage de la Montagne en 1369, fut nommé maître des comptes vers 1384. Il mourut le 21 septembre 1388 et fut remplacé par Oudart Douay. Il laissait une veuve, Guillemette, et des enfants mineurs qui touchèrent quelque temps après ce qui lui restait dû de ses gages. Le P. Gautier lui attribue, sans preuves, les armes ainsi blasonnées sous le nom de Bouville, en Normandie : *D'argent, à la fasce de gueules, chargée de trois annelets d'or.*

REGNAULT GOMBAULT, maître de la chambre aux deniers du duc en 1371, puis maître des comptes, figure en cette dernière qualité dans le compte du receveur au chapitre des gages, dès le 1er novembre 1384. Il devint doyen des conseillers maîtres (voy. p. 13), mourut le 31 mai 1415, et n'eut pas de successeur dans son office.

PIERRE DU CELIER, maître des comptes, prit possession de cet office en jurant, le 22 octobre 1386, en présence de ses compagnons maîtres, d'observer le nouveau règlement de la Chambre. Peu de temps après le duc le déchargea de ses fonctions de maître pour lui confier successivement les offices de receveur général de toutes les finances (janvier 1386/7), et de gruyer de Bourgogne (1389). Plusieurs de ses descendants sont qualifiés nobles dans des rôles de feux du Dijonnais à la fin du XVe siècle, entre autres Charles, dont la femme, Aglantine, était veuve en 1489, et Pierre, écuyer, qui laissa deux filles : Louise, femme de Jean Fyot, licencié en lois, et Claire, mariée à Jean Tondeur. Citons encore Nicole du Celier, qui reprit de fief en 1531 d'une portion de la seigneurie de Couchey-lez-Dijon, Jeanne, femme de Jacques Durand en 1552, et Claudine, mariée à François de Boussard, de Perrigny-sur-l'Ognon, dont le fils, Claude, aussi écuyer, fit une constitution de rente en 1577. — Armes : *De gueules, à trois croissants d'argent.* Ces armes sont figurées sur le sceau de Pierre du Celier, maître des comptes, qui les brisait *d'un chef de...*

NICOLAS LE VAILLANT, attaché à la Chambre comme clerc des comptes depuis 1384, figure dans les comptes du receveur avec le titre de maître à partir de l'an 1387. Il avait probablement remplacé Dimanche de Vitel. Il mourut le 20 septembre 1416, et eut pour successeur Eudes de Verranges. En 1408 le duc Jean l'avait envoyé à Nevers pour ériger dans cette ville une Chambre des comptes et ouir le compte du trésorier et maître de la chambre aux deniers. Nicolas Le Vaillant avait épousé Guillemette, fille de Jean Scran, qui, restée veuve, se remaria avec Thomas Bouesseau, secrétaire et audiencier du duc. Il n'en avait eu que deux filles, Perrenotte, qui épousa en juin 1419 Odot, fils d'Oudart Douay, maître des comptes, et Claude, femme de Huguenin Garnier, bourgeois d'Auxonne. Nicolas Le Vaillant avait été anobli par lettres du duc dont nous ignorons la date; il s'est servi de deux sceaux : sur l'un on voit un écu chargé de *trois têtes de lévriers ou de lièvres accolées;* l'écu figuré sur l'autre porte *un chef, chargé d'un lion léopardé.*

OUDART ou OUDOT DOUAY, receveur général de Bourgogne depuis 1386, fut retenu maître des comptes, au lieu de Pierre Boville, par lettres du 31 mai 1389, et prêta serment le 12 juin suivant. Il exerçait encore cet office lorsqu'il fut nommé en mars 1402/3 l'un des élus sur le fait de l'aide octroyée au duc, mais il est simplement qualifié conseiller du duc dans des lettres de 1405 qui le désignèrent, ainsi qu'Amiot Arnault, pour vaquer, avec les gens des comptes, à l'audition des comptes arriérés. Il mourut peu après. Il avait été maire de Dijon en 1401. Voy. p. 116.

AMIOT ARNAULT, maître des comptes en 1400, quitta peu après cet office, dans lequel le duc Jean-sans-Peur le fit rentrer en 1406, comme on le voit par la mention du serment qu'il prêta en cette qualité le 6 juillet de cette année. Il avait rempli précédemment les fonctions de receveur général des finances (1372-1386) et de receveur du Dijonnais (1374-1384), en même temps qu'il était attaché à la personne de Philippe-le-Hardi en qualité de valet de chambre. Il fut employé en diverses ambassades près des princes d'Italie. Originaire de Montbard, il avait reçu des lettres de noblesse du roi et du duc de Bourgogne vers l'année 1380, et l'on voit par plusieurs actes qu'il était seigneur des terres de Barges, Brochon, Bellenod, Origny, Vaux et la Montagne, ces quatre dernières achetées en 1403. Il mourut avant 1413. Nous lui connaissons un fils, Jean, qui fut commis, en 1413, à payer les réparations de la Chartreuse. Amiot II, seigneur de Bellenod et d'Origny, fils de ce dernier, commis au même emploi après la mort de son père, fut inquiété sur sa noblesse, et pour échapper aux poursuites des collecteurs des marcs, il se vit obligé de demander des lettres de confirmation qu'il obtint en janvier 1423/4, moyennant finance. De sa femme Hugotte, veuve en premières noces de Jean Juliot, bourgeois de Dijon, il eut plusieurs enfants, entre autres Jean, qui testa en 1428, et N., femme de Jean de Laule. — Philippe Arnault, frère d'Amiot Ier et son lieutenant dans l'office de receveur général, eut un fils, Louis, bourgeois de Dijon, dont la fille épousa Jean Moingin, de Dijon, bailli d'Auxois. Cette famille existait encore à la fin du XVᵉ siècle, et plusieurs de ses membres, habitant Dijon à cette époque, y figurent au rang des nobles. — Le sceau ou signet non armorié d'Amiot Arnault porte simplement *un oiseau s'essorant et tenant dans ses pattes un phylactère déroulé.* Le P. Gautier lui attribue les armes suivantes : *D'azur, au lion d'or, à l'étoile de même posée au premier canton.*

GUY DE BRAY (1), maître de la Chambre aux deniers, puis secrétaire du duc Philippe-le-Hardi, fut retenu maître des comptes par lettres du 25 février 1400/1, prêta serment entre les mains du chancelier le 7 mars suivant, et fut mis en possession de sa charge le 28 du même mois. Il n'exerçait plus en 1411. On voit sur son sceau un écu chargé *de six étoiles à six rais ou molettes d'éperon, 3, 2 et 1.* Jean de Bray, maître de la Chambre aux deniers, puis receveur des aides à Amiens en 1403, était sans doute son frère, et on peut présumer qu'il descendait de Guillaume, valet de chambre du duc Eudes IV, à qui ce prince permit en 1330 d'acquérir du sire de Mont-Saint-Jean ce qu'il possédait à Chausserose et Noidan, près Charny.

REGNAULT GASTELIER exerçait un office de maître des comptes dès l'année 1401, et il s'en démit pour remplir celui de gouverneur de la châtellenie de Beaune et Pommard, dont il fut mis en possession le 11 janvier 1412/3. Originaire de Saint-Thibaut, il avait rempli précédemment, de 1379 à 1399 les fonctions de receveur du bailliage d'Auxois. Il fit plusieurs fondations pieuses en faveur des églises de Saint-Thibaut, de Grignon, de Saint-Jean de Semur et de la chapelle ducale de Dijon. On voit par un acte de 1397 qu'il habitait Saint-Thibaut et se disait noble. De sa femme Guillemette il eut : 1º Pierre, receveur d'Auxois après son père (1400-

(1) Le nom de Guy *de Bray* a été remplacé dans plusieurs endroits du premier registre de la Chambre des comptes par celui de *du Guay.* Cette altération est évidente, et le P. Gautier, à qui elle n'a pas échappé, en accuse avec vraisemblance le premier président Nicolas-Bénigne du Guay, qui disposait discrétionnairement des archives de sa compagnie et aurait été bien aise, paraît-il, d'allonger ainsi à peu de frais la série fort courte de ses aïeux. On remarque dans le même registre une semblable altération du nom de Guy de Bar, chevalier, conseiller et chambellan du duc, personnage fort connu, qui fut nommé bailli d'Auxois en 1411, et devint prévôt de Paris en 1419. Le P. Gautier, fort bien inspiré quand il dévoile la supercherie du premier président du Guay, tombe dans une complète erreur en confondant, sur l'autorité d'une restitution anonyme essentiellement maladroite, Guy de Bray et Guy de Bar, pour en faire un seul personnage absolument imaginaire du nom de Guy de Buxy, qui aurait été maître des comptes à Dijon, puis prévôt de Paris ! Cette erreur n'a pas été commise par les auteurs des *Mémoires pour servir à l'histoire de France et de Bourgogne,* auteurs très consciencieux et auxquels le P. Gautier adresse à ce sujet les reproches les plus vifs et les plus immérités.

1417); 2° Peronette, mariée à Robert Bauduyn; 3° N., femme de Jean Gelinier, vicomte-mayeur de Dijon en 1393; 4° et enfin très probablement Jeannette, femme de Jean de Poquières, écuyer. Le sceau de Pierre Gastelier porte un écu chargé *de deux poissons adossés, une étoile à six rais en pointe, et un chef chargé de trois besans ou tourteaux* (1).

Guillemot ou Guillaume COURTOT, clerc et auditeur, fut retenu maître des comptes par lettres du 17 juillet 1407. Reçu le 12 août suivant, confirmé dans son office après l'avénement de Philippe-le-Bon, par lettres du 18 janvier 1419/20, il mourut en 1439, et eut pour successeur Girard Vion. On a vu plus haut (p. 14) qu'il était devenu premier maître; ajoutons qu'il remplit aussi pendant quelque temps, avec Etienne de Sens, en 1418, les fonctions de général des monnaies de Bourgogne.

Jean BONOST, clerc et auditeur, fut retenu maître des comptes à Dijon et à Besançon, par lettres du 31 août 1408, et prêta serment le 31 décembre de la même année. Il arriva à la présidence de la Chambre (voy. p. 15), mourut en 1443 et eut pour successeur Louis de Visen.

Dreue ou Droin MARESCHAL, clerc et auditeur, fut pourvu, le 9 avril 1409, d'un office de conseiller maître dont il prit possession le 17 du même mois, après avoir prêté serment le 11, entre les mains du chancelier. Le 8 août 1418, il obtint de Jean-sans-Peur, en récompense de ses grands services, l'autorisation de continuer l'exercice de son office et de jouir de tous les priviléges qui y étaient attachés, quoique ce prince l'eût emmené en sa compagnie à Paris, où il l'avait fait pourvoir d'une charge de maître des comptes du roi. Dreue Mareschal n'exerça pas longtemps cette seconde charge, et le duc lui permit, pour le dédommager de n'en avoir pas touché les gages, de faire battre à son profit jusqu'à cent marcs d'argent fin. Dreue Mareschal fut également honoré de la confiance de Philippe-le-Bon, qui le nomma, en 1420, gouverneur de la tour, du bailliage et de la terre de Fouchanges et l'envoya, en 1422, à Besançon, pour terminer un différend relatif à l'exercice de la régalie de cette ville. Enfin, il figure, en 1432, parmi les ambassadeurs qui se rendirent à Semur pour y traiter de la paix générale. Il mourut sans laisser d'enfants, le 23 janvier 1435/6, à Lille, où il était allé en mission vers les gens des comptes. Jean Gueniot lui succéda. Le sceau de Dreue Mareschal porte un D couronné. Le P. Gautier lui attribue, sans preuves, les armes suivantes qui,

(1) Le P. Gautier lui attribue les armes d'une famille Gastelier ou Le Gastelier qui, issue, suivant lui, des Gastelier de Saint-Thibaut, se serait établie à Paris et dont plusieurs membres, rentrés depuis en Bourgogne, y ont possédé des fiefs au XVIe et au XVIIe siècle, et sont entrés aux Etats de la province. Cette famille portait : *D'azur, au chevron d'or, accompagné de trois grelots de même.*

d'après Palliot, étaient celles de Guillaume Mareschal, procureur du duc au bailliage de Chalon et conseiller au parlement de Beaune en 1447 : *De gueules, à trois molettes d'éperon d'or; au chef de même.* — On trouve encore du même nom Girard Mareschal, conseiller du duc et son procureur au bailliage de Dijon en 1429.

GUILLAUME CHENILLY, successivement contrôleur du grenier à sel de Dijon (1390), receveur du bailliage de la même ville (1392), trésorier de Dole, et enfin receveur général de Bourgogne (1400), quitta ces dernières fonctions pour passer à un office de maître des comptes, dont il fut pourvu le 12 avril 1409 ; il prêta serment entre les mains du chancelier, le 23 du même mois, mais ne prit possession que le 5 octobre de l'année suivante, après avoir rendu ses comptes de la recette générale. Il n'exerçait plus en 1412, comme on le voit par le compte du receveur, et avait sans doute été remplacé par Étienne de Sens. On lit dans l'acte de sa réception en l'office de grenetier à Dijon, qu'il avait été pleigé de la somme de trois cents francs par son père, Regnault, et par son oncle, Guillaume, le même sans doute qui était tabellion de Dijon en 1405. On voit sur son sceau un saint à mi-corps tenant une palme de la main droite, et de l'autre une roue.

ETIENNE ou THEVENIN LORFEVRE dit DE SENS, marchand drapier et bourgeois de Dijon en 1386, devint maître de la monnaie d'Auxonne, et ensuite maître général des monnaies en Bourgogne (13 juin 1408) « aux gaiges d'un franc par jour pour les dépends de luy, ses varlets et chevaulx, » lorsqu'il chevauchait au dehors. Pourvu d'un office de maître des comptes, le 10 janvier 1410/1, sans doute au lieu de Guillaume Chenilly, il en prit possession après avoir prêté serment entre les mains de Messeigneurs des comptes, le 13 février suivant, sans être déchargé pour cela de son office de maître général des monnaies. En 1415, le duc ayant réduit à trois le nombre des maîtres des comptes (1), Etienne de Sens fut privé de sa charge, mais il en obtint bientôt après (25 mai 1415) de nouvelles lettres d'institution, sur cette considération qu'il était nécessaire qu'il y eût en la Chambre «personne cognoissant en faict de monnoye.» Il fut ordonné, néanmoins, pour maintenir le nombre de trois maîtres, qu'il ne serait pas pourvu à la première vacance qui viendrait à se produire. Néanmoins Etienne de Sens ayant exercé jusqu'en 1422, fut remplacé par Jean de Noident; il renouvela la même année son serment en qualité de maître général des monnaies. Il était fils de Jean Lorfèvre, dit de Sens, qui demeurait à Dijon en 1347, et il avait épousé Guillemette, fille de Guiot de Champdivers. De ce mariage vinrent plusieurs enfants : 1° Jean, qui mourut jeune, ne laissant que deux filles, de son mariage avec Jeannette, fille de maître Simon de Censey, sage en droits; 2° Jaquotte, femme de Philippe Musnier, dit Josséquin, garde des joyaux du duc ; 3° Julienne, mariée à Jean Dancise, clerc des comptes ; 4° Jeanne, qui épousa Gérard Bonféal, de Chalon, écuyer ; 5° Marguerite, femme d'Amiot

(1) Ordonnance du 7 avril 1415. Les trois maîtres des comptes maintenus par cette ordonnance étaient Guillaume Courtot, Jean Bonost et Dreue Mareschal.

Clerambault, bourgeois de Dijon. L'écu figuré sur le sceau d'Etienne de Sens et sur celui de son père, porte : *un sautoir denté, cantonné de quatre coupes ou ciboires.* Pierre Lorfèvre, chanoine d'Auxerre et maître de la chambre aux deniers de la reine, en 1353, portait de même.

EUDES DE VERRANGES (*Varanges*), procureur fiscal au bailliage de Dijon, fut retenu maître des comptes le 29 septembre 1416, au lieu de Nicolas Le Vaillant, dont l'office, supprimé par l'ordonnance du 7 avril 1445, avait été peu après rétabli. Reçu le 23 décembre de la même année, il n'exerçait plus en 1425, et doit avoir été remplacé par Jean de Velery.

Jean de Verranges, licencié en lois et en décret, maire de Dijon en 1376, conseiller du duc Philippe-le-Hardi et son avocat au bailliage de Dijon, par lettres du 26 juillet 1386, fut en outre gouverneur de la chancellerie du duché (1391) et bailli de Dijon (1395). Il assista au parlement de Beaune en 1397, fut élu, en cette même année et en 1399, sur le fait des aides accordées au duc par les gens des trois états, et mourut le 26 août 1400. Il avait épousé Regnaulde, fille de Richard Bonost, de Dijon, et en avait eu plusieurs enfants, savoir : Girard, licencié en lois, chanoine d'Autun et conseiller du duc, Antoine, bachelier ès arts, Eudes qui donne lieu à cet article, Jean, et enfin Alexandre, qualifié clerc, marchand et bourgeois de Dijon, qui était mort en 1426, laissant de sa femme Gilotte de Morey trois enfants : Humbelin, Amiot et Jeannette. Cette famille, qui se fixa dans le Mâconnais après la mort du duc Charles, portait : *D'or, à quatre bandes d'azur.*

THOMAS D'AUXONNE, conseiller du duc depuis le 27 février 1407/8, fut retenu de *nouvel* par le duc Philippe-le-Bon, « pour son conseiller, pour luy servir au dict estat en la Chambre des comptes aux gaiges de cinquante livres, comme il estoit paravant. » Ses lettres de retenue sont datées du 28 avril 1419, et il les présenta le 26 mai suivant à la Chambre, qui réduisit peu après ses gages à 40 livres. Thomas d'Auxonne n'exerçait plus en 1425. Nous ne lui connaissons pas de successeur ; il est probable que son office, de création nouvelle, demeura supprimé. Il était doyen de Saulx et chanoine de la Sainte-Chapelle, et nous le croyons proche parent, peut-être frère de Jean d'Auxonne, receveur général et gruyer de Bourgogne, qui fut anobli par le roi de France, en 1393, et dont il sera question à l'article de Jean d'Auxonne, son fils, clerc des comptes en 1416. L'écu figuré sur le sceau de Thomas d'Auxonne, porte *un chevron, accompagné de trois croissants.*

JEAN DE VELERY, maître de la Chambre aux deniers du comte de Nevers, resta attaché à la personne de ce prince en la même qualité après la mort de

Philippe-le-Hardi ; il remplit en outre les fonctions de receveur général de Bourgogne, et il était secrétaire du duc Jean et du roi Charles VI, lorsqu'il fut nommé
maître des comptes, le 2 octobre 1419, très probablement au lieu d'Eudes de
Verranges. Il prêta serment le 5 janvier suivant, mais ne commença à servir et à
toucher ses gages que le 12 octobre 1421. Il continua d'exercer son office de conseiller maître jusqu'à sa mort, arrivée en 1439, et fut remplacé par Jean Chappuis.
Il avait une sœur, Jeannette, mariée à Jean Mojon, de Bourbonne, et sa femme,
Guillemette de Dampmart, épousa en secondes noces Jean de Noident, dont
l'article suit.

JEAN DE NOIDENT, seigneur de Flavignerot, remplaça
Etienne de Sens dans un office de maître des comptes.
Pourvu le 24 août 1422, reçu le 11 septembre suivant, après
avoir prêté le serment requis, il n'exerçait plus en 1425,
et n'eut pas de successeur dans cet office, qui demeura
supprimé.

Originaire de Langres, d'après La Barre, de Châtillon-
sur-Seine, d'après le P. Gautier, Jean de Noident était
attaché, dès l'année 1411, à la personne du comte de
Charollais, en qualité de chambellan ; il remplit, en outre,
les fonctions de receveur général (1408-1419), puis de trésorier et gouverneur de
toutes les finances du duc de Bourgogne (1422), de maître général des monnaies du
duché, de châtelain des châteaux de Saint-Seine-sur-Vingeame et de Saulx, et d'élu
sur le fait des aides par lettres du duc Philippe, de l'an 1430, et il ajouta à tous ces
titres, en 1428, ceux de maître d'hôtel du duc, de bailli de Dijon et de gardien de
l'ordre de la Toison-d'Or. En 1418, le duc Jean lui avait accordé des lettres de
noblesse, moyennant une finance de 200 francs. De Guiotte de la Perreulx, sa
femme, fille d'un bourgeois de Gray, il paraît n'avoir eu qu'une fille, Guillemette,
mariée à Jean de Mazilles, écuyer, qui remplaça, en 1433, son beau-père dans la
charge de capitaine-châtelain de Saulx. Enfin, on voit, par un acte de l'an 1439,
qu'il résigna cette année, à cause de son grand âge, ses fonctions de bailli de
Dijon et de gardien de l'ordre de la Toison-d'Or, ce qui ne l'empêcha pas d'épouser,
peu de temps après, en secondes noces Guillemette de Dampmart, veuve du maître
des comptes Jean de Velery. Il mourut avant 1446, et fut inhumé derrière le grand
autel de la Sainte-Chapelle ; son image et celle de Guiotte de la Perreulx étaient
représentées sur une vitre du chœur de cette église ; on y voyait aussi un écusson à
ses armes, qui sont ainsi blasonnées par Palliot : *D'azur, à six chevrons alaisés d'or,
posés 2, 2 et 2, l'un sur l'autre, au lambel de trois pièces d'argent, alias, de sinople.*
On trouve encore du même nom, Jean de Noident, receveur des restes en 1477.

JEAN FRAIGNOT, receveur du bailliage de Chalon de 1415 à 1427, et en même
temps receveur général de Bourgogne, quitta ces fonctions lorsqu'il fut commis,

le 12 août 1427, à l'audition des comptes qui restaient à rendre de tout le temps passé jusqu'au mois de janvier précédent. Il devait jouir des mêmes gages que les maîtres ordinaires pendant tout le temps de sa commission, qui dura trois ans environ. Sa réception est du 7 janvier 1427/8. En 1418 il avait reçu des lettres de noblesse, constatant qu'il était fils de Jean Fraignot, le même probablement que l'on trouve qualifié clerc de la cour du bailliage de Chalon en 1407, et d'Amédée, fille de feu Guy Bercy, de Chagny, noble. Son sceau porte *un chevron, accompagné en chef de deux croisettes et en pointe d'une étoile ou coquille.*

Jean GUENIOT fut pourvu le 26 janvier 1435/6 de l'office vacant par la mort de Dreue Mareschal, et fit serment le 24 février suivant entre les mains de Guillaume Courtot, premier maître des comptes, en l'absence du chancelier. Le duc lui conféra cette charge, comme il est dit dans ses lettres de provisions, en récompense de ses longs services dans celles de clerc et d'auditeur. On a vu plus haut que Jean Gueniot devint doyen de sa compagnie en 1443, mais vers le même temps ses infirmités l'ayant mis hors d'état d'entrer à la Chambre, Jean Gros fut commis pour exercer en sa place, sans jouir des émoluments et gages que le duc conserva à Jean Gueniot jusqu'à sa mort arrivée le 13 mai 1454. Jean Russy lui succéda dans son office de maître. Voy. p. 16.

Girard VION, pourvu par lettres du 3 janvier 1439/40 au lieu de Guillaume Courtot, prêta serment le 13 et prit possession de son office le 27 du même mois. Il devint premier maître, mourut en 1446 et fut remplacé par Jean Gros. Voy. p. 17.

Jean CHAPPUIS ou CHAPUIS, fut pourvu par lettres du 21 mars 1439/40 de l'office vacant par la mort de Jean de Velery, et prêta serment entre les mains du chancelier le 13 avril 1440/1. Après avoir renouvelé ce serment entre les mains des gens des comptes le 20 du même mois, il fut mis en possession, comme il était d'usage, par la tradition des clefs de la Chambre. Il devint premier maître, mourut en 1467 et fut remplacé par Jean Gros. Voy. p. 18.

Louis DE-VISEN fut pourvu le 20 octobre 1443 de l'office de maître vacant par le décès de Jean Bonost, prêta serment entre les mains du chancelier le 31 du même mois et fut mis en possession le 9 novembre suivant. Il mourut le 4 septembre 1460 et fut remplacé par Jean de la Grange. Clerc des comptes dès l'année 1428, Louis de Visen avait quitté cet office en 1434 pour passer à celui de clerc des offices de l'hôtel de Monseigneur le duc ; il fut en outre receveur général des terres de Madame la duchesse, et le duc l'institua par deux lettres du 6 décembre 1436 receveur général des aides dans les pays de Bourgogne, Charollais, Mâconnais et Auxerrois, et de plus receveur particulier des aides au bailliage de Dijon, hors les sièges de Beaune et de Nuits. Nous lui connaissons un fils naturel, Pierre, légitimé en 1454.

Cette famille, originaire de Franche-Comté, a pour auteur Guillemin de Visen dont la veuve Perrenotte, qualifiée damoiselle, fit en 1431 un traité avec ses trois fils, Jean, Louis, dont il vient d'être question, et Antoine, au sujet des dots d'Etiennette et de Philippe, leurs sœurs, femmes, la première, de Jean Mercier, de Lons-le-Saunier, la seconde, de Guillaume Le Tenron, de Dijon. Jean, l'aîné, était dès l'année 1417 receveur de la gabelle de Salins. Secrétaire du duc en 1419, clerc des comptes en 1421, il fut remplacé dans ce dernier office par son frère Louis lorsqu'il fut lui-même nommé en 1428 receveur du bailliage et grenetier du grenier à sel de Dijon. Revêtu depuis des fonctions de receveur général de toutes les finances, et enfin de receveur général de Bourgogne en 1441, il mourut en 1460, ayant ordonné par testament qu'il serait inhumé en l'église Saint-Pierre de Dijon, devant l'autel Saint-Antoine, près de Perrenotte sa mère, et qu'on lui ferait un tombeau de pierre où il serait représenté avec sa femme. Ses enfants renoncèrent à sa succession. Il était né à Bletterans, en Comté, possédait la seigneurie de la Motte de Soirans et avait épousé le 20 août 1419 Jacquotte, fille de Jean d'Auxonne et de Guillemette de Courbeton, dont il eut : 1° Louis, écuyer, valet de chambre du duc, homme d'armes de la compagnie du comte de Roussy en 1472 ; 2° Charles, aussi valet de chambre et garde des joyaux du duc qui tint le pas au lieu du bâtard de Bourgogne dans un des tournois donnés en 1468 lors du mariage du duc Charles avec Marguerite, sœur du roi d'Angleterre ; il était mort en 1486, laissant des héritiers ; 3° Isabelle, femme de Richard Berbisey ; 4° Droyne, mariée à Richard Thibran ; 5° Marguerite, qui épousa Simon Philibert, et enfin : 6° Claude, épouse de Jean de Chancey. — Le sceau de Jean de Visen, receveur général, porte *un chevron et un chef chargé de trois grelots ou coquilles.*

JEAN GROS *l'Aîné*, clerc et auditeur des comptes, fut nommé maître des comptes *aux honneurs* par lettres du 19 mai 1444, pour exercer les fonctions de maître au lieu de Jean Gueniot, que ses infirmités empêchaient d'entrer à la Chambre, mais qui continua de toucher ses gages, tandis que son remplaçant jouissait de ceux qui lui étaient alloués en qualité d'auditeur. Jean Gros fut mis en possession le 27 juillet 1444. Deux ans plus tard, il fut nommé à un office de maître ordinaire, vacant par le décès de Girard Vion ; pourvu le 17 décembre 1446, il renouvela son serment le 2 janvier suivant, et enfin par lettres du 21 octobre 1451 enregistrées le 21 janvier suivant le duc le confirma dans cet office sa vie durant, en raison des services qu'il avait rendus tant à la Chambre des comptes qu'ailleurs et auparavant en l'état, et office de greffier de la Chambre du conseil. Il mourut le 14 avril 1456/7 et fut remplacé par Jean Monnot.

I. On ne sait rien de certain sur cette famille avant Pierre Gros qui vivait au commencement du XV⁰ siècle et fut clerc des élus nommés sur le fait des aides, subsides et impôts dans les duché et comtés de Bourgogne et de Charollais. Nous supposons qu'il eut pour fils : 1° Jean *l'Aîné*, qui suit ; 2° Jean *le Jeune*, secrétaire du duc Philippe-le-Bon.

II. Jean *l'Aîné*, qui donne lieu à cet article, était clerc des élus en 1424 et quitta ces fonctions pour exercer le greffe de la Chambre du conseil. On vient de voir qu'il fut depuis clerc, auditeur et maître des comptes; le duc lui donna en outre en survivance les greffes des parlements de Beaune et de Saint-Laurent et des auditeurs des causes d'appeaulx à Beaune. De Perrenotte, sa femme, il eut : 1° Jean, dit aussi *l'Aîné*, qui suit ; 2° Jean *le Jeune*, premier secrétaire et audiencier du duc, élu du duc puis du roi aux Etats, et enfin greffier du parlement pour le Comté, après la mort de Charles-le-Téméraire; il mourut en 1483; 3° N..., mariée à Jean Chaussin, écuyer, capitaine du château de Pontailler; 4° N..., femme de Pierre Varnier, secrétaire du duc; 5° N..., qui épousa Pierre Etienne, dit Perruchot.

III. Jean *l'Aîné*, maître des comptes en 1466, greffier en chef du parlement, de la Chambre du conseil et des auditeurs d'appeaulx, épousa Philippotte que les registres de la ville disent fille du chancelier de Marie de Bourgogne, et qui fut mariée en secondes noces à Guy de Rochefort. Il en eut quatre enfants: 1° Antoine qui suit; 2° Humbert, seigneur de Beligny qui, ayant suivi le parti de Bourgogne et émigré à Gand, eut ses biens confisqués par ordre du roi. Il rentra depuis en France puisqu'on trouve à la date de 1489 une ordonnance des gens des comptes qui le décharge du paiement des marcs de Beaune comme étant, lui et ses frères, nobles et vivant noblement, et ayant servi en état de gentilhomme de la maison du duc Charles et depuis en plusieurs guerres et armées. Il épousa Claude Monnot dont il eut : *a)* Thomas ; *b)* Antoine; *c)* Philiberte, mariée à Jacques Macheco; 2° Richard, chanoine de la Sainte-Chapelle; 3° Jeanne, femme de Thomas de Plaine, seigneur de Magny, Corcelles, etc., maître des requêtes de l'hôtel, second président au parlement de Dijon et enfin chancelier du roi de Castille.

IV. Antoine, seigneur d'Agey et en partie d'Ancey, greffier en chef du parlement en 1483, épousa Jeanne Bastier dont il eut : 1° Pierre ; 2° Jean qui suit ; 3° Etienne, écuyer, seigneur en partie d'Agey et d'Ancey; 4° Marguerite, femme de Robert des Maillots, seigneur de Chevigny-Saint-Sauveur et capitaine de Talant.

V. Jean, écuyer, seigneur d'Agey et d'Ancey, licencié en droit, était mort en 1534; il avait épousé Jeanne Druet dont il n'eut que des filles : 1° Jeanne qui épousa en premières noces Zacharie Chappelain, greffier en chef du parlement de Bourgogne, et en secondes Jacques de Vintimille, conseiller au même parlement ; 2° Jeannette, sans alliance; 3° Itasse, mariée à Jacques de Courcelles, baron de Pourlans et de Bousselanges; 4° Catherine, femme de Louis de Crux, chevalier, seigneur de Trouhans.

La famille Gros avait sa chapelle à Saint-Michel de Dijon ; elle portait : *D'azur, à la fasce d'or, accompagnée de trois sautoirs d'argent.*

JEAN RUSSY fut pourvu d'un office de maître *aux honneurs* le 9 juillet 1446, sans être déchargé de ceux de clerc et d'auditeur qu'il exerçait depuis plusieurs années, et avec le droit d'occuper le premier lieu de maître ordinaire qui viendrait à vaquer après la promotion de Jean Gros à l'office de Jean Gueniot. Il prêta serment le 28 du même mois. Jean Gros, sans attendre la mort de Jean Gueniot, s'étant fait pourvoir, en 1446, de l'office vacant par le décès de Girard Vion, le duc, par lettres du 22 décembre de cette année, désigna Jean Russy pour lui succéder dans l'exercice de l'office de Jean Gueniot, toujours empêché par la maladie d'en remplir les fonctions (1). En conséquence de ces lettres, Jean Russy prêta un nouveau serment, puis, le lendemain de la mort de Jean Gueniot, arrivée le 13 mai 1454, il présenta à la Chambre des lettres-patentes du 2 mai 1447 et des lettres closes du 18 mars 1431/2, qui lui donnaient le droit de jouir du plein état de maître ordinaire après le décès de ce dernier. De là un nouveau serment (14 mai 1454) réitéré entre les mains du président, en l'absence du chancelier, le 21 septembre 1467, après qu'il eut été retenu maître des comptes sa vie durant, par lettres du duc Charles du 29 juillet précédent. Il devint premier maître la même année (voy. p. 18), mourut deux ans après, et fut remplacé par Jean de Molesmes.

GUILLAUME LE MUET, contrôleur général des finances en Bourgogne en 1422, fut pourvu, le 28 octobre 1446, d'un office de conseiller maître, créé en sa faveur outre le nombre ordinaire de quatre, et dont il devait jouir tant qu'il plairait au duc, aux mêmes gages, honneurs, libertés, etc., que les anciens officiers. Il prêta serment entre les mains de Philippe-le-Bon, et le renouvela le 10 février 1446/7 devant les gens des comptes, à qui le duc, par lettres closes du 28 novembre précédent, avait mandé sa volonté qu'il fût et demeurât, « tout par la forme et manière qu'il estoit contenu » dans ses lettres de provisions. Guillaume Le Muet exerça très peu de temps son office. On trouve de son nom en Bourgogne : Huguenin Le Muet, procureur du duc, puis son bailli au pays de Donziois en 1399 et 1401, dont le sceau porte *une quintefeuille*, Jean, écuyer, capitaine du château de Commarin en 1432, et Philippe, garde provincial de l'artillerie en Bourgogne, qui vivait à Dijon vers 1560 et épousa Anne de Cirey. Son fils Pierre, né à Dijon le 7 octobre 1591, architecte distingué, à qui on doit l'église du Val-de-Grâce, portait les titres de conseiller, architecte ordinaire, et intendant des bâtiments du roi.

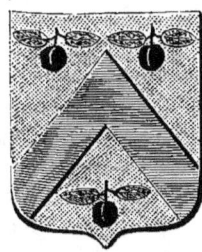

BERNARD NOISOUZ fut pourvu, le 21 décembre 1446, d'un office de maître des comptes *aux honneurs*, dans lequel il fut reçu le 6 juin 1447, et que le duc transforma en un office de *maître extraordinaire* en assignant au titulaire, par lettres du 2 août 1448, 100 livres de gages tant qu'il ne serait pas pourvu d'un office ordinaire. Bernard Noisouz réitéra son serment le 5 avril 1467/8, après avoir obtenu du duc Charles de nouvelles lettres de retenue, le 8 mars précédent. Il exerça cet office *extraordinaire* jusqu'à sa mort arrivée le 10 décembre 1472, et fut remplacé par Guillaume Jomart. Il était originaire de Château-Chalon, en Franche-Comté, et avait rempli les fonctions de clerc du receveur et de trésorier de la Saunerie de

(1) Il devait jouir, indépendamment de ses gages d'auditeur, des droits et émoluments de l'office de maître « fors les gaiges et prérogatives dont jouissent les maîtres ordinaires. »

Salins (1429) ; en 1462, la Chambre des comptes le députa pour faire la visite de la ville à Poligny, dont le terrier est fait en partie sous son nom. — Armes : *D'or, au chevron d'azur, accompagné de trois noix de sable.* Attribution incertaine.

JEAN MONNOT fut pourvu, le 22 novembre 1453, d'un office de maître *aux honneurs,* sans être déchargé de ceux de clerc et d'auditeur, qu'il exerçait depuis plusieurs années, et avec droit d'occuper le premier lieu de maître ordinaire qui viendrait à vaquer après la provision ou la mort de Jean Russy. Il prêta serment le 13 février 1453/4 et le réitéra le 23 mars 1455/6, en vertu de nouvelles lettres du 24 février précédent, par lesquelles le duc lui donnait pouvoir d'exercer l'office de maître avec droit d'occuper la première place vacante par mort, résignation ou autrement. Enfin, il prêta un troisième serment le 15 avril 1456, lorsqu'il fut mis en possession de l'office de Jean Gros, décédé la veille. Jean Monnot mourut le 22 août 1459 et fut remplacé par Girard Margotet. Il descendait probablement de Robert Monnot, châtelain de Beaune et Pommard en 1390, qui avait épousé Jeannette de Flaigey, et il laissa deux enfants, Jacques, contrôleur du grenier à sel de Nuits en 1476, et Aglantine, qui fut mariée trois fois, avec Guillemot Courtot, Pierre Berbis et Jean de Mazilles. — On trouve encore de ce nom : Guillaume, écuyer, qui fonda, en 1431, la chapelle Sainte-Catherine en l'église paroissiale de Vitteaux ; Pierre, qui habitait Mont-Saint-Jean en 1455 et se disait noble ; Thibaut, châtelain à Saint-Seine-sur-Vingeanne en 1434, et Huguenin, écuyer, châtelain de Gevrey-en-Montagne en 1528. — Le P. Gautier attribue sans preuve à Jean Monnot les armes suivantes : *D'or, à un chevron brisé d'azur.*

GIRARD MARGOTET, clerc et auditeur, obtint du duc, le 21 mars 1453/4, des lettres-patentes qui lui assuraient la première place vacante de maître ordinaire après la provision ou la mort de Jean Russy et de Jean Monnot. Ces lettres furent enregistrées le 4 février 1454/5. Le 24 février de l'année suivante, le duc donna de nouvelles lettres portant que Jean Monnot et Girard Margotet jouiraient des deux premiers lieux vacants, sans qu'il fût besoin d'autres lettres: Girard Margotet prêta serment en conséquence le 23 mars de la même année et le renouvela le 11 mai 1457, après avoir été nommé maître *aux honneurs* par lettres du même jour, sans être déchargé de ses offices de clerc et d'auditeur. Enfin, mis en possession de l'office vacant par le décès de Jean Monnot, le 23 août 1459, il se fit délivrer, le 31 du même mois, des lettres de confirmation, en vertu desquelles il prêta encore une fois serment le 15 septembre suivant. Confirmé dans son office sa vie durant par lettres du 1ᵉʳ septembre 1460, registrées le 12 janvier suivant, et depuis par lettres du duc Charles du 29 juillet 1467, on a vu plus haut que Girard Margotet devint premier maître et mourut en 1472 ; il fut remplacé par Jean Guiot. Voy. p. 18.

JEAN DE LA GRANGE, clerc et auditeur, avait obtenu dès l'année 1454, du duc Philippe-le-Bon, la promesse verbale du premier lieu de maître vacant, après que Jean Monnot et Girard Margotet seraient pourvus. Depuis, Jean de Molesmes ayant sollicité, et obtenu par inadvertance, le 24 février 1455/6, des lettres qui lui accordaient la même faveur, Philippe-le-Bon, à la sollicitation du comte de Charollais, que Jean de la Grange avait servi dans sa jeunesse, ordonna que ce dernier serait pourvu de la première place vacante, révoquant à cet effet toutes lettres à ce contraires. Muni de lettres patentes, en date du 3 septembre 1459, qui lui accordaient cette faveur, Jean de la Grange se présenta à la Chambre et prêta serment le 15 octobre de la même année. Peu de temps après, un office de maître ordinaire étant venu à vaquer par le décès de Louis de Visen, il en fut pourvu sa vie durant, en vertu de lettres du 12 septembre 1460, présentées à la Chambre le 22 du même mois. Confirmé dans son office par lettres du duc Charles, du 29 juillet 1467, ensuite desquelles il prêta de nouveau serment le 21 septembre suivant, Jean de la Grange devint premier maître, et résigna en 1481 en faveur d'André Brinon. Voy. p. 19.

JEAN GROS, *l'aîné*, secrétaire et audiencier du duc, greffier en chef des parlements de Bourgogne, de la chambre du conseil et des auditeurs d'appeaulx, fils de Jean Gros, *l'aîné*, maître des comptes en 1444, fut pourvu, le 13 avril 1466, d'un office de maître *aux honneurs* avec l'expectative du premier lieu vacant de maître ordinaire. Jean de Molesmes, qui avait été précédemment pourvu de ce *premier lieu*, ayant consenti à s'en démettre en sa faveur, Jean Gros prêta serment le 30 avril 1467. Le 21 mai suivant, le duc lui fit expédier de nouvelles lettres ordonnant qu'il servirait en la Chambre comme les autres maîtres, au lieu et pendant la maladie de Jean Chapuis, sans toutefois toucher d'autres gages que ceux dont il jouissait comme secrétaire et audiencier du duc, tant qu'il ne serait pas pourvu d'un office de maître ordinaire. Jean Chapuis n'ayant pas tardé à mourir, Jean Gros fut en effet mis en possession de son office et prêta serment, le 21 septembre 1467, en vertu de nouvelles lettres du duc Charles du 29 juillet précédent, qui le lui avaient accordé sa vie durant. C'est alors, sans doute, qu'il se démit de ses fonctions de secrétaire et audiencier, que nous voyons exercées la même année par son frère Jean Gros, *le jeune*. Il mourut le 18 février 1470/1 et eut pour successeur Mongin Contault. Voy. p. 125.

JEAN DE MOLESMES, secrétaire de Philippe-le-Bon, exerçait encore cet office lorsque ce prince, par lettres du 24 février 1455/6, le nomma au premier lieu de maître ordinaire vacant après la provision de Jean Monnot et de Girard Margotet. Ces lettres, présentées à la Chambre par Jean de Molesmes, qui en demanda l'enregistrement *pour en avoir mémoire*, n'eurent point d'effet, parce que Jean de la Grange en présenta d'antérieures qui lui donnaient droit au premier office vacant. Jean de Molesmes se vit donc contraint de demander, et il obtint de nouvelles lettres, du 4 septembre 1459, qui lui accordaient le premier lieu de maître vacant après la provision de Jean de la Grange. Il prêta serment le 10 février suivant. Quelques années plus tard, Jean Gros, dont l'article précède, usant de la faveur dont il jouissait près du duc, fit consentir Jean de Molesmes à ne passer qu'après lui. De là de nouvelles lettres, du 13 avril 1466, ordonnant que Jean Gros serait pourvu du pre-

9

mier, et Jean de Molesmes du second lieu de maître qui viendrait à vaquer. Ce n'est pas tout encore; après la mort de Philippe-le-Bon, Jean de Molesmes se fit délivrer, le 14 janvier 1467/8, des lettres de confirmation du premier lieu vacant de maître ordinaire, ce qui fut l'occasion d'un nouveau serment prêté le 13 janvier 1468/9. Enfin, dernier serment le 9 septembre 1471, en vertu de lettres patentes du 14 janvier 1469/70, qui lui accordèrent, sa vie durant, l'office vacant par le décès de Jean Russy. Jean de Molesmes mourut le 5 janvier 1475/6 et paraît avoir eu pour successeur Nicolas Bouesseau. En 1450, le duc l'avait envoyé en ambassade vers le roi, avec Jean Jaquelin et Guillaume de Vandenesse, pour traiter de diverses matières importantes, et spécialement de certaines difficultés relatives aux terres enclavées. En 1470, Charles-le-Téméraire lui fit don de la moitié des deniers provenant de la clergie du bailliage d'Auxois pour l'indemniser de la perte de cet office, qui lui avait été enlevé pour être donné à ferme. Jean de Molesmes avait épousé Claire Berbisey, fille d'Étienne, bourgeois de Dijon. Nous lui connaissons deux fils, Girard, marié à Antoine de Malain, et Guy, dont les biens furent confisqués en 1488 pour avoir suivi le parti contraire au roi.

Mongin CONTAULT, clerc et auditeur, fut pourvu, par lettres du 4 janvier 1459/60, enregistrées le 4 février suivant, du premier lieu de maître ordinaire vacant après les provisions de Jean de la Grange et de Jean de Molesmes. De nouvelles lettres du 29 mai 1467 lui confirmèrent cet octroi, mais seulement après la provision de Jean Gros et de Jean de Molesmes. Enfin, le duc Charles, par lettres du 20 avril 1469/70, lui ayant accordé de nouveau le premier lieu vacant, sans restriction, Mongin Contault présenta ces lettres à la Chambre le 21 février 1470/1, et fut reçu le même jour en l'office ordinaire que la mort de Jean Gros venait de laisser vacant. Par lettres du 18 mars 1470/1, le duc Charles le retint maître des comptes sa vie durant, ce qui nécessita un nouveau serment prêté le 29 avril suivant. On a vu plus haut (p. 21) qu'il devint président de la Chambre après André Brinon. Il mourut en 1488 et fut remplacé dans son office de maître par Jean Jehannault.

Jean GUIOT, de Sombernon, clerc et auditeur, fut pourvu, le 1er octobre 1470, du premier lieu de maître ordinaire vacant après la provision de Mongin Contault. Ses lettres furent registrées le 10 janvier de l'année suivante, et il les présenta de nouveau à la Chambre le 4 juillet 1472, jour où il prêta le serment requis et fut mis en possession de l'office de Girard Margotet, mort dans la matinée. Jean Guiot mourut en 1480 et fut remplacé par Laurent Blanchart. Le P. Gautier lui attribue sans preuve les armes suivantes : *D'or, à trois colombes de sinople, membrées de gueules.*

Nicolas BOUESSEAU fut retenu maître *aux honneurs*, avec droit au premier lieu vacant de maître ordinaire, par lettres du 20 juillet 1472, et prêta serment le 16 janvier de l'année suivante. Il remplaça probablement dans un office ordinaire Jean de Molesmes décédé en janvier 1475/6, mais nous n'avons pu trouver ni ses lettres de provisions ni son arrêt de réception. On a vu plus haut (p. 22) qu'il devint président de la Chambre et résigna en 1506 son office de maître, en faveur de Bénigne Bouesseau, son fils, mais à titre de survivance seulement et en conservant l'exercice de la présidence.

Guillaume JOMART, maître *extraordinaire* au lieu de feu Bernard Noisouz, fut pourvu le 24 décembre 1472, et prêta serment le 21 janvier de l'année suivante. Il mourut le 23 juin 1479, et fut probablement remplacé par Arnoulet Macheco. En 1474 le duc Charles l'avait envoyé au comté de Bourgogne pour « mettre sus » les gabelles et impositions pour le recouvrement de cent mille livres estevenans accordées par les Etats chacun an pendant six ans. On ne sait rien sur sa famille sinon qu'il était cousin de Jean Gros, maître des comptes en 1467.

Laurent BLANCHART, secrétaire du duc, clerc et auditeur des comptes, fut pourvu par lettres du pénultième février 1474/5 du premier lieu de maître ordinaire qui viendrait à vaquer après la provision de Nicolas Bouesseau. En même temps le duc annulait et révoquait toutes lettres à ce contraires antérieurement accordées et spécialement celles qu'avait obtenues Jean de Présentvillers, d'autant que ce dernier avait depuis accepté les fonctions de conseiller du duc et son assistant au parlement de Dole (1). Les lettres de provisions de Laurent Blanchart furent registrées le 8 janvier 1475/6, et le lendemain la Chambre reçut du duc des lettres closes ordonnant de l'admettre au serment ; c'est ce qui fut fait le 15 du même mois, malgré l'opposition de Jean Regnault qui prétendait se prévaloir de lettres antérieures. — Après la mort du duc Charles, Laurent Blanchart fut de nouveau mis en possession par le sire de Craon, gouverneur de Bourgogne, du premier lieu vacant de maître ordinaire, et il obtint du roi, le 12 août 1477, des lettres de confirmation portant que le don à lui fait sortirait effet, nonobstant toute prise de possession dont pourrait se prévaloir Jean Regnault. Enfin il prêta serment le 30 mars 1479/80, et fut mis le même jour en possession de l'office que la mort de Jean Guiot laissait vacant, après examen fait par le gouverneur, M. de Maillezais, et par les gens du conseil et des comptes, de ses lettres de confirmation et de celles dont Jean Regnault et Arnoulet Macheco voulaient se servir contre lui. Cette nomination de Laurent Blanchart fut confirmée par lettres de Charles d'Amboise du 1er et par lettres royaux du 24 avril 1480, suivies d'un nouveau serment prêté le 29 du même mois. En 1479 le roi Louis XII lui fit don, pour lui et ses descendants, moyennant une rente de 60 sols, de la grange de Champmoron pour le récompenser de ses services tant en la réduction en l'obéissance du roi des pays de Bourgogne comme aussi « depuis la commotion naguère survenue » à Dijon, et « à l'entretenement, » en l'obéissance du roi du château de Talant, où lui, sa femme,

(1) Jean de Présentvillers ne paraît pas avoir été reçu en l'office de maître aux honneurs, dont il avait obtenu des lettres de provisions. C'est ce qui nous empêche de le comprendre dans la liste des conseillers maîtres.

Jeanne Euvrard, et ses enfants avaient « esté en très grant dangier. » Ajoutons enfin que Laurent Blanchart reçut des lettres de noblesse en 1487 et, qu'après avoir résigné, en 1497, son office de maître à Richard Macheco, il fut autorisé par lettres du 30 avril de cette année, conformément à un arrêt antérieur du conseil à aller, venir et assister en la Chambre, sa vie durant, tout ainsi qu'il faisait et pouvait faire avant sa résignation. Ces lettres de vétérance, les premières qui aient été accordées à un officier de la Chambre des comptes de Dijon, furent registrées le 27 septembre 1497, avec cette restriction que « la chose ne pourroit tourner à aucune conséquence au temps advenir pour aultres que pour ledict maistre Laurent. » D'après le P. Gautier Laurent Blanchart portait : *D'azur, au chevron d'or, accompagné de trois merlettes d'argent.* Cette attribution est incertaine. On trouve encore en Bourgogne: Blanchart : *D'azur, à l'arbre d'or.*

ARNOULET MACHECO, maître *extraordinaire*, remplaça sans doute dans cet office Guillaume Jomart mort en 1479. Il mourut lui-même en 1482, comme nous l'apprennent les lettres de provisions de son successeur Hugues de Falctans.

I. Jean Machico ou Macheco, qui habitait Dijon en 1445, épousa Guillemette, fille de Richard Juif, maître de la chambre aux deniers de Philippe-le-Bon; il en eut plusieurs enfants savoir : 1° Arnoul ou Arnoulet, maître des comptes, qui donne lieu à cet article, et qui épousa Jeanne, fille d'Edme Salomon, écuyer, seigneur de la Motte ; de ce mariage vinrent : *a*) Oudot ou Oudart, chanoine, puis doyen de la Sainte-Chapelle, inhumé dans cette église en 1510; *b*) Jacqueline, mariée à André Serre, seigneur d'Esbarres et marchand à Dijon ; 2° Guillaume, successivement abbé de Moutier-Saint-Jean, chanoine de Saint-Lazare d'Autun, doyen de Langres, de Vergy, de la Chapelle aux Riches et de la Sainte-Chapelle de Dijon, conseiller clerc au parlement en 1488 ; il mourut en 1505 et fut remplacé dans le décanat de la Sainte-Chapelle par son neveu Oudart, dont il vient d'être question; 3° Richard, fourrier ordinaire du roi Louis XI, qui récompensa ses services en lui accordant des lettres de noblesse en 1484 ; il fut en outre grenetier au grenier à sel de Dijon en 1485, et enfin maître des comptes en 1497; il mourut en 1503, laissant de son mariage avec Aglantine, fille de Jean Legoux, de la famille des Legoux de la Berchère, et de Claire Paisseault, deux enfants savoir : *a*) Jean, seigneur de Vougeot, qualifié écuyer et bourgeois de Dijon, qui eut deux femmes, Pierrette Fourneret et Marguerite Esperonnet, et fut probablement père de Jacques Macheco, docteur en droit, avocat au parlement, lieutenant du bailli au siége de Beaune en 1537, et de Guillemette, femme de Pierre Prévost, seigneur de Vougeot, lieutenant général au bailliage de Dijon; *b*) Marguerite, femme en premières noces de Jean de Leval, seigneur du Bassin, et en secondes de Chrétien Godran; 4° Arnoulet dit *le Jeune.*

II. Arnoulet dit *le Jeune,* seigneur de la Grange du Pré, épousa en premières noces Claudine Chisseret, en secondes Jeanne de Brégilles, veuve de Claude

Bonféal, laquelle vivait encore en 1500. Il eut du premier lit : 1° Chrétien qui suit ;
2° Guillemette, femme de Jacques Humbert, châtelain de Rouvre ; 3° Marie, qui
épousa Jacques Fyot, greffier en chef du parlement ; 4° Guye, mariée en 1530 à
Guillaume Perrault, juge royal de Buxy.

V. Chrétien, seigneur de la Grange du Pré, Marcilly, Montigny et Creusot,
conseiller au parlement en 1523, épousa Pierrette, fille de Jean de Moreau, seigneur
de Souhey, dont il eut : 1° Jean, pourvu en survivance de l'office de son père qu'il
n'exerça pas, étant mort peu de temps après sa réception, sans laisser d'enfants de
son mariage avec Guillemette, fille d'Aubert de Carmone ; 2° André qui suit ;
3° Marie, femme de Pierre Millière, et en secondes noces de Humbert Bouteillier,
contrôleur au grenier à sel de Beaune ; 4° Isabeau, mariée à Jean Vaussin, seigneur
de Corsaint, aïeul de Claude Vaussin, abbé de Cîteaux.

VI. André, écuyer, seigneur de la Grange du Pré et Creusot, auditeur des comptes
en 1553, épousa Françoise, fille de Claude Barjot, maître des comptes, dont il eut :
1° Edme, seigneur de Creusot, mort sans alliance ; 2° Chrétien qui suit ; 3° Claudine, mariée à Denis Bouthillier, président à la Chambre des comptes ; 4° Pierrette,
femme de Martin Tisserand, auditeur des comptes en 1573.

VII. Chrétien, écuyer, seigneur de la Grange du Pré, lieutenant au bailliage de
Nuits, reçut en 1608 des lettres de reconnaissance de noblesse comme fils d'un
auditeur des comptes et petit-fils d'un conseiller au parlement. Il épousa en 1570
Jeanne Ocquidem, fille de Michel, audiencier en la chancellerie de Bourgogne, et en
eut : 1° Bénigne qui suit ; 2° Girard, doyen de Saint-Denis de Vergy, à Nuits, élu du
clergé aux Etats de 1642 ; 3° Claude, chanoine en la même église ; 4° Jérôme,
seigneur de Ternay, mort sans postérité.

VIII. Bénigne, écuyer, seigneur de Ternay et Segrois, lieutenant civil et criminel
au bailliage de Nuits en 1609 sur la résignation de son père, fut pourvu en 1626 d'un
office de maître des comptes après la suppression duquel (1630) il passa à une
charge nouvellement créée de conseiller au parlement. Il avait épousé en 1611
Huguette fille de Claude Desbarres, audiencier en la grande chancellerie de Bourgogne et de Marguerite Robert ; elle mourut vers 1631 et son mari ayant reçu l'ordre
de prêtrise passa à un office de conseiller clerc, fut décoré du titre de conseiller
d'Etat et devint doyen de Saint-Denis de Vergy après son père et trésorier de la Sainte-
Chapelle de Dijon. Il avait eu plusieurs enfants : 1° Bénigne, seigneur de Ternay et
Segrois, mort sans postérité ; 2° Marie, femme de Guy-Anne Milletot, seigneur de
Villy et Orain, conseiller au parlement ; 3° Chrétien-Jérôme qui suit ; 4° Marguerite,
mariée à Claude Jaquot, baron de Tresmont.

IX. Chrétien-Jérôme, écuyer, seigneur de Ternay et Segrois, conseiller au parlement en 1641, épousa en 1646 Anne-Philiberte, fille de Pierre de Villers, avocat au
parlement, et de Jeanne Chisseret, dont il eut : 1° Bénigne qui suit ; 2° Marie,
femme de Palamèdes Baudinot, conseiller au parlement ; 3° Jeanne, mariée à
Emilan Valon, conseiller au parlement.

X. Bénigne II, écuyer, seigneur de Premeaux, Ternay, Segrois, Villy et Champrenault, conseiller au parlement en 1674, épousa en 1680 Anne, fille de Jean-François Le Coq, marquis de Goupillières et de Corbeville, conseiller au parlement de Paris, et de Louise Legoux de la Berchère; il en eut : 1° Jean-Charles qui suit; 2° Jean-François, évêque de Conserans; 3° Jean, seigneur de Ternay, sans alliance; 4° Claude, religieux carme; 5° Bénigne, officier, tué au siége de Landau en 1713; 6° Chrétien, évêque de Périgueux en 1743.

XI. Jean-Charles, écuyer, seigneur de Premeaux et Segrois, conseiller au parlement en 1705, épousa la même année Antoinette, fille de Claude Le Belin, secrétaire du roi, et de Pierrette Canet; il eut : 1° Bénigne-Jean, jésuite; 2° Jean-Baptiste, conseiller au parlement en 1733, mort sans alliance; 3° Joseph, abbé de Notre-Dame des Airs, vicaire-général de Périgueux, mort en 1743; 4° Chrétien qui suit; 5°, 6° et 7° Anne, Louise et Marie, chanoinesses de Poulangy.

XII. Chrétien-Gaspard, écuyer, seigneur de Premeaux, Ternay, Corgengoux, etc., conseiller au parlement en 1749, épousa la même année Théodorine, fille de Claude-Bénigne Lenet, marquis de Larrey, et de Françoise Sallier; il en eut : 1° Jean-Chrétien, chevalier, seigneur de Premeaux, Corgengoux, etc., reçu aux États de 1781; 2° Guy-Hugues, chevalier, seigneur de Ternay, capitaine dans Royal-Condé, reçu aux États de 1775; 3° François-Pierre, chevalier, reçu aux États de 1784; 4° et 5° Barthélemy et François, chevaliers de Malte; 6° et 7° Marie-Claudine et Louise-Pierrette, chanoinesses de Poulangy. — Armes : *D'azur, au chevron d'or, accompagné de trois têtes de perdrix arrachées de même.*

André BRINON, nommé maître ordinaire sur la résignation de Jean de la Grange, le 13 août 1481, se fit installer peu après, sans autres provisions, dans la présidence de la Chambre. (Voy. p. 19.) Digracié un instant au profit de Jean Erlaut (voy. p. 21), puis réintégré dans cet office de *premier maître*, il obtint congé d'en disposer et le résigna, en effet, peu de temps avant sa mort (1484) en faveur de Louis Pesquet qui ne tarda pas à s'en voir dépouillé au profit de Jean Damont, quelques jours après en avoir pris possession *au simple titre de maître ordinaire.*

Hugues DE FALETANS, écuyer, échanson de Louis XI, fut nommé maître *extraordinaire* en récompense de ses « bons et continuels services en plusieurs manières et mesmement du temps que » le roi « estoit dauphin de Viennois. » Ses lettres de provisions, datées du 14 avril 1482, portaient qu'il toucherait 160 livres de gages, comme feu Arnoul Macheco, son prédécesseur, en attendant le premier office vacant de maître ordinaire, auquel cas, on, son décès advenant, son office de maître *extraordinaire* demeurerait supprimé de plein droit. Il prêta serment le 12 juillet 1482, fut confirmé dans son office par lettres du roi Charles VIII, en date du 12 octobre 1483, mourut en 1492, et eut pour successeur son fils Philippe.

Cette famille, originaire du bailliage de Dole, tire son nom de la terre de Faletans, que la branche aînée possédait encore au XVᵉ siècle. Elle remonte à Renaud de Faletans, chevalier, seigneur dudit lieu et de l'Etoile, en 1269; il avait épousé Sibille, dont il eut deux fils : 1° Etienne, l'aîné, dont la postérité s'éteignit au XIVᵉ siècle en la personne de Jean de Faletans, damoiseau, dont la fille unique Gilette, épousa N. d'Aubigny; 2° Amé, dont la descendance s'est divisée en plusieurs branches. Moroux, son petit-fils, ayant épousé Marie, fille de Jean de Malpertuis, en eut entre autres enfants : 1° Etienne, écuyer tranchant de Philippe-le-Bon; il est l'auteur d'une branche encore représentée de nos jours; 2° Hugues, de qui est sortie la branche à laquelle appartenait notre maître des comptes; c'est la seule dont il importe de donner ici la descendance. Pour les autres, on peut recourir à la Chesnaie des Bois et à l'*Histoire généalogique des sires de Salins*, de l'abbé Guillaume.

Hugues Iᵉʳ, écuyer, receveur général de toutes les finances du duc en 1430, épousa N. Belin, sœur de Jean, chanoine de Besançon, archidiacre de Salins; il en eut : 1° Jean qui suit; 2° Guillaume, marié à Jeannette du Champs et dont la fille unique, Jeanne, épousa Thibaut Portier, de Lons-le-Saulnier, écuyer; 3° Alix, femme de Jean Nyellier, de Salins, licencié ès lois.— Jean, écuyer, eut quatre fils : 1° Hugues, commis à la recette générale de Bourgogne en 1457, maître des comptes en 1482, marié à Quantine Marriot, dont il eut trois enfants, savoir : Philippe, aussi maître des comptes, mort sans postérité, Anne, femme de Philippe Le Lièvre, maître des comptes, et Nicole; 2° Pierre, écuyer, vivant en 1484, marié à Marie Arnaut, veuve de Jean de Laule, écuyer; 3° Humbert, mentionné avec ses frères dans un arrêt du parlement de Dole de l'an 1460; 4° Jean.— Armes : *De gueules, à l'aigle d'argent, la queue chargée de trois mouchetures d'hermine de sable.*

JEAN DAMONT, clerc, notaire et secrétaire du roi, fut pourvu, dès le 30 septembre 1484, de l'office de *premier maître*, sur le faux bruit de la mort d'André Brinon. Cette nouvelle ayant été démentie, le roi lui assura de nouveau la survivance de cet office et lui en délivra, en effet, des lettres de provisions le 12 octobre suivant, aussitôt que le décès du titulaire, eut été bien constaté. Par ces lettres le roi déchargeait en outre tous ceux qui, depuis le don fait à Jean Damont, auraient pu obtenir l'octroi du même office. Jean Damont, ayant prêté serment entre les mains du chancelier deux jours après sa nomination, trouva la place occupée par Louis Pesquet lorsqu'il voulut se faire installer; force lui fut de recourir au roi qui lui accorda, le 24 octobre 1484, des lettres de confirmation portant révocation de toutes donations antérieures, et spécialement de celle obtenue par son concurrent pendant la maladie d'André Brinon (1). Etant alors retenu près de la personne du roi, Jean

_(1) Louis Pesquet prêta serment le 14 octobre 1484, en vertu de lettres de provisions du 11 du même mois, faisant mention des services qu'il avait rendus au roi. Toutefois, la Chambre avait mis comme conditions à sa réception : 1° qu'il ne présiderait point les maîtres plus anciens que lui, et spécialement Mongin Contault, doyen de la compagnie; 2° qu'ayant en charge de finances il ne vaquerait à l'audition des comptes qu'après avoir rendu les siens. Les lettres de provisions de Louis Pesquet ayant été cassées et annulées quelques jours après sa réception, nous n'avons pas cru devoir le comprendre dans la série régulière des conseillers maîtres. Même obser-

Damont confia ses lettres de confirmation et d'autres lettres closes, portant mandement à la Chambre de le recevoir, à son procureur Jean Dubois, en la personne duquel il fut reçu par arrêt du 29 octobre 1484. Seulement la Chambre, attentive à maintenir ses vieux usages, décida qu'il ne remplacerait pas André Brinon dans la présidence, mais occuperait simplement le « lieu ad ce ordonné et estably selon les statuts, ordonnances et instructions anciennes de la Chambre. » — Jean Damont fut nommé bailli de Montargis en 1499, et résigna le 28 avril de la même année, entre les mains du roi, son office de conseiller maître, dans lequel il fut remplacé par Philibert Maigny. — Armes : *D'azur, à une montagne d'or; au chef de même, chargé d'un trèfle de.....* Attribution incertaine.

JEAN JEHANNAULT, ancien secrétaire du duc, clerc et auditeur des comptes, fut pourvu, par lettres du 17 juin 1488, de l'office de maître vacant par le décès de Mongin Contault, et ce, en récompense des services qu'il avait rendus au feu roi Louis XI et à son successeur Charles VIII, « en plusieurs charges et offices et en la compagnie d'aulcuns principaulx serviteurs » de ce dernier monarque. Ces provisions furent suivies (19 juin 1488) de lettres de confirmation qui annulaient le don du même office fait à Jean Regnault par Philippe Pot, seigneur de la Roche, « soubz couleur qu'il avoit charge de besoingner ès affaires des pays de Bourgoingne, en l'absence du seigneur de Baudricourt. » Jean Regnault était ce même auditeur qui sollicitait depuis longtemps un office de maître, et s'était déjà vu préférer Laurent Blanchart. (Voyez page 131.) Ses lettres de provisions ayant paru suffisantes à la Chambre, elle n'avait point fait difficulté de le recevoir, ce dont le roi se montra « très-esmerveillé. » Aussi, par lettres closes du 18 juin 1488, ordonna-t-il à la Chambre de mettre Jehannault en possession de son office; le gouverneur de Bourgogne écrivit dans le même sens aux gens des comptes (2 juillet), de telle sorte qu'ils ne purent s'empêcher d'exécuter ce qu'on leur demandait; ce qui fut fait par arrêt du 16 juillet. Le lendemain nouvelle opposition de Jean Regnault et non moins infructueuse. La Chambre confirma son arrêt de la veille; seulement, comme Jean Jehannault avait été receveur du bailliage de Dijon, des aides et des amortissements, il fut dit qu'il ne pourrait « besoingner en audicion de comptes, » avant le complet affinement des siens. En tout le reste, il fut chargé de desservir l'office de Jean Damont retenu près du roi. Confirmé dans son office par Louis XII, le 19 décembre 1498, Jean Jehannault mourut en 1500 et fut remplacé par Henri Chambellan. Au moment de sa mort ses cinq enfants étaient mineurs sous la tutelle de leur mère Hélène; l'un d'eux eut postérité, et Philippe, petit-fils de Jean, et garde de l'artillerie du roi en Bourgogne en 1553, épousa Elisabeth Bouesseau, fille de Bénigne, seigneur d'Avot et Barjon, maître des comptes, et de Catherine de Recourt; il en eut un fils, Bénigne, et sa veuve épousa en secondes noces, en 1564, Fiacre Hugon de la Reynie, président au parlement. — Le P. Gautier attribue sans preuves à cette famille les armes des Jehan-

vation pour Jean Regnault et Jean Cousinet, dont il est question ci-dessus et ci-après, aux articles de Jean Jehannault et de Philippe de Faletans. D'après le P. Gautier, Louis Pesquet portait : *De gueules, à la bande d'or, au chef de même, chargé d'une étoile du champ.*

not de Bartillat, dans l'Ile-de-France et le Bourbonnais : *D'azur, au chevron d'argent ; au chef d'or, chargé d'un lion passant de gueules.*

Philippe DE FALETANS fut pourvu de l'office de maître *extraordinaire*, supprimé par la mort de son père et rétabli en sa faveur par ses lettres de provisions du 7 août 1492. Le roi cassa et annula tous dons et créations du même office qu'il avait pu faire en faveur de quelques personnes que ce fût (1), et ordonna en outre que le titulaire ferait résidence à Dijon. Philippe de Faletans prêta serment le 6 septembre 1492, en vertu de lettres closes qui ordonnaient à la Chambre de le recevoir. Il résigna le 15 avril 1497, en faveur de Philippe Le Lièvre son beau-frère. Voy. p. 134.

Philippe LE LIÈVRE, maître *extraordinaire*, fut pourvu, le 15 avril 1497, sur la résignation de Philippe de Faletans, son beau-frère, et reçu le 22 mai suivant. Son office *supprimé de droit*, par la mort de Charles VIII, lui fut confirmé par lettres du 19 décembre 1498. Etienne Julien le remplaça entre les années 1518 et 1520.

Cette famille remonte à Pierre Le Lièvre, licencié ès lois, qui était procureur du duc Jean au bailliage d'Auxois en 1408. Ses deux fils, Jean et Jacques, fondèrent en 1424 une messe en l'église collégiale de Saint-Symphorien d'Epoisses d'où ils étaient originaires. Jean devint conseiller de Philippe-le-Bon et son procureur au bailliage de la Montagne, et il assista en cette qualité au parlement de Beaune en 1462 ; en 1464 il acheta de Jean de Fontette, écuyer, seigneur de Verrey, l'office de chambellan héréditaire de l'abbaye de Saint-Seine, et enfin on le voit figurer en 1478 parmi les nobles du bailliage de la Montagne qui prêtèrent serment à Louis XI après la réunion du duché à la couronne. Il mourut en sa maison de Saint-Seine le 27 septembre 1484, ne laissant que deux fils, Philippe et Jacques. Philippe, qui donne lieu à cet article, épousa Anne de Faletans et en eut une fille, Andrée, femme de Philibert Berbis, conseiller au parlement et morte en 1549. Quant à Jacques, il fut probablement père de Claude Le Lièvre, écuyer, seigneur de Martrois, qui, tant pour lui que pour Anne d'Estinville, sa mère, et pour Liette, sa sœur, femme d'Edme Moreaul, céda en 1563 à Jean Loupvet, amodiateur de la terre de Saint-Seine, une maison sise en ce lieu et de plus l'office de chambellan héréditaire de l'abbaye avec *la masse d'argent* qui en dépendait. — Armes : *D'azur, à l'aigle d'argent, et une fasce de gueules en devise brochant sur le tout* (2).

(1) Allusion aux lettres de provisions du même office, en date du 1er juillet 1492, que Jean Cousinet avait obtenues de Jean d'Amboise, lieutenant général en Bourgogne, et eu vertu desquelles il avait prêté serment le lendemain devant les gens des comptes.
(2) Ces armoiries sont tirées des pièces authentiques produites au siècle dernier dans les informations pour Claude-Etienne Berbis, lors de sa réception dans l'ordre de Malte.

RICHARD MACHECO, fourrier ordinaire du roi, conseiller maître sur la résignation de Laurent Blanchart (1), fut pourvu le 5 et reçu le 29 mai 1497; confirmé par Louis XII, le 19 décembre 1498, il mourut dans l'exercice de son office et eut pour successeur, en 1503, Etienne Jaqueron. Voy. p. 132.

PHILIBERT MAIGNY, écuyer, seigneur d'Uxelles, fut pourvu d'un office de maître ordinaire par lettres du 28 avril 1499, sur la résignation de Jean Damont, et reçu par arrêt du 25 mai suivant. Il avait rempli précédemment les fonctions de receveur du Mâconnais, puis d'élu à Mâcon en 1488. Il mourut dans l'exercice de son office et fut remplacé en 1516 par Claude Barjot. Son sceau porte *trois jumelles et une bande brochant sur le tout.* — Maigny, en Normandie : *D'argent, à trois fasces de gueules.*

HENRI CHAMBELLAN fut pourvu de l'office de maître vacant par le décès de Jean Jehannault. Par ses lettres de provisions, datées du 26 mai 1500, le roi ordonna que, eu égard à ses services comme général des monnaies en Bourgoigne et maire de Dijon, « et à son vieil et ancien eage, » et sans tirer à conséquence, il occuperait le bureau de Jean Jehannault, nonobstant les constitutions de la Chambre. Richard Macheco que son rang d'ancienneté appelait à prendre la place laissée vacante, forma opposition à la réception d'Henri Chambellan. Cette opposition fut levée par une déclaration royale du 5 juin 1500, et Henri Chambellan, admis au serment, prit possession de son office dans le même mois. A sa mort cet office passa à Philippe Margot (1503).

I. Etienne Chambellan, bourgeois de Dijon, chef de cette famille, d'après le P. Gautier (2), vivait encore en 1400 ; il eut un fils, Jean qui suit.

II. Jean, marchand drapier, bourgeois et échevin de Dijon en 1416, avait fondé en 1408 la chapelle Sainte-Croix en l'église Notre-Dame de cette ville ; on lui connaît deux fils : 1° Etienne qui suit ; 2° Guillaume, receveur général des aides à Dijon en 1428, capitaine de la ville l'année suivante, dont le fils Guillaume, bourgeois de Dijon et le petit-fils Humbert, qui succéda à son père dans la charge de châtelain de Chenôve, firent marché en la Chambre des comptes, en 1460, pour la façon des vignes de Marsannay, Chenôve, etc.

III. Etienne II, clerc, bourgeois de Dijon, grenetier au grenier à sel de cette ville

---

(1) Au mois de décembre, il intervint entre Richard Macheco et son prédécesseur un accord confirmé par le roi, aux termes duquel Laurent Blanchart devait continuer à jouir, sa vie durant, des gages, droits et profits de son office.

(2) Il y avait au XIVe siècle une famille du même nom à Chanceaux. En 1397, Marthe, veuve de Laurenceot Chambellan, Jean et Etienne Chambellan, de Chanceaux, ses enfants, déclarent tenir en fief du duc tout ce que leurs mari et père possédaient en la châtellenie de Salmaise. On trouve plus anciennement Guillaume Chambellan, mayeur de Dijon en 1352, et Jean, doyen de Beaune en 1374.

en 1415, fut débouté de cet office peu de temps après par Jean de Courcelles, et passa à celui de contrôleur au même grenier. Six fois élu vicomte-mayeur de Dijon, de 1422 à 1433, il laissa deux fils : 1° Guillaume qui suit; 2° Richard, conseiller du duc, prieur de Saint-Geosme, puis abbé de Saint-Étienne de Dijon en 1456.

IV. Guillaume, conseiller du duc en 1430, vicomte-mayeur de Dijon de 1450 à 1453, laissa deux enfants : 1° Henri qui suit ; 2° Pernette, mariée à Jacques Esperonnet, conseiller du duc.

V. Henri, conseiller du duc Charles, puis du roi Louis XI, vicomte-mayeur de 1490 à 1492, général des monnaies en 1497, et enfin maître des comptes en 1500, avait épousé Alix Berbisey, fille d'Etienne, conseiller de Philippe-le-Bon, et de Charlotte Vion ; il laissa plusieurs enfants, savoir: 1° Antoine, abbé de Saint-Étienne en 1495, sous le gouvernement de qui fut commencée la reconstruction de l'église Saint-Michel de Dijon ; 2° Guillaume qui suit; 3° Marie, qui épousa Guy de Rochefort, seigneur de Pluvault, chancelier de France, et fit en 1488 une fondation à l'autel de Notre-Dame de l'Apport en l'église Notre-Dame de Dijon ; 4° Marguerite, mariée à Claude Pillot, seigneur de Varre; 5° Isabelle, femme de Guy Gauthiot, conseiller de l'archiduc Maximilien ; 6° Jeanne, mariée à Guillemot de Leval, général des finances en Bourgogne.

VI. Guillaume, seigneur de Silly, Perrigny, Domois et Oisilly en partie, conseiller au parlement en 1496, puis conseiller au grand conseil, épousa Jacquette Bouesseau, fille de Nicolas, président aux comptes, et en eut : 1° Nicolas qui suit ; et probablement : 2° Henriette, mariée à Pierre Desforges, écuyer, capitaine des arquebusiers du gouverneur de Bourgogne ; 3° Marie, femme de Pierre Janyoire, écuyer, de Mâcon.

VII. Nicolas, écuyer, seigneur d'Oisilly, Perrigny, Pichange, Monetoy, etc., épousa Suzanne Rolin, descendante du chancelier Nicolas Rolin et dernière survivante de sa branche. Sa fille unique, Madeleine, réunissant sur sa tête l'héritage des Chambellan et des Rolin, le porta dans la maison d'Epinac, par son mariage avec Jean d'Epinac, chevalier, gentilhomme ordinaire de la chambre du roi, chevalier de son ordre et lieutenant des compagnies du duc d'Aumale et de M. de Brion.

La famille Chambellan, l'une des plus considérables de la bourgeoisie dijonnaise, sous les ducs de la seconde race, et dont le bel hôtel est connu des archéologues, existait encore au XVII° siècle, mais bien déchue de son ancienne opulence. A cette époque, plusieurs de ses membres vivaient obscurément à Is-sur-Tille. — Armes : *D'azur, à deux pattes de griffon d'or en chef, et en pointe une tête de léopard arrachée de même, lampassée de gueules.*

ETIENNE JAQUERON, seigneur de la Motte-lez-Argilly, fut pourvu, par lettres patentes du 10 août 1503, de l'office de maître vacant par la mort de Richard Machceco, et reçu le 18 du même mois. On a vu plus haut (p. 22), qu'il présida quelque temps la Chambre après la mort de Nicolas Bouesseau, et continua, comme doyen des conseillers maîtres, de porter le titre de président après la création d'un office formé de président en 1522. Il obtint en 1525 des lettres de survivance mutuelle de son office en faveur de Bénigne Jaqueron, son fils, et mit fin aux difficultés que cette résignation avait fait naître relativement à la présidence, par une autre résignation pure et simple, au mois de février 1528. Il fut néanmoins autorisé à continuer de venir à la Chambre et de prendre part à ses délibérations, à condition que si les opinions du père et du fils étaient semblables, elles ne compteraient que pour une. Voy. p. 38.

Philippe MARGOT, sieur d'Hurigny, maître ordinaire, fut pourvu le 11 octobre 1503 de l'office vacant par la mort d'Henry Chambellan ; reçu le 27 du même mois, il résigna en 1516 en faveur de Jacques de Thésut, et se retira dans sa maison d'Hurigny près Mâcon, dont il avait obtenu l'érection en fief, avec toute justice, l'an 1510. — François Margot, official de Mâcon en 1547, était de la même famille, ainsi que noble Philibert Margot, qui vivait à Mâcon avec sa femme Isabelle Fustallier, l'an 1623. Le sceau de Philippe porte *un chevron, accompagné de trois grenades; au chef de.....*

Bénigne BOUESSEAU, seigneur de Barjon, Avot et Villy-sur-Tille, fut pourvu le 16 septembre 1506, de l'office de maître ordinaire que son père Nicolas Bouesseau, avait résigné en sa faveur, à titre de survivance. Ses lettres de provisions font mention des services de son père dont le roi espérait lui voir suivre les traces. Il fut reçu par arrêt du 16 octobre suivant, aux conditions portées dans les lettres-patentes, ou apposées par la Chambre elle-même. Elles sont rapportées à l'article de Nicolas Bouesseau. (Voy. p. 22.) Il mourut le 24 août 1529, et eut pour successeur Pierre Godran.

Claude BARJOT ou BERJOT, seigneur d'Orval en Beaujolais, maître ordinaire par le décès de Philibert Maigny, fut pourvu le 11 avril 1516 en récompense de ses services, notamment comme receveur et grenetier de Chalon-sur-Saône. Reçu le 18 du même mois, confirmé par Henri II le 8 janvier 1547/8, il résigna peu après en faveur de Philibert Barjot, son fils, et, selon l'usage, se réserva la survivance. — La filiation de sa famille remonte authentiquement à Guillaume Barjot, écuyer, seigneur de la Pallu, secrétaire du roi, à qui le P. Gautier donne pour père Aimé Berjoud ou Barjod, procureur du duc au bailliage de Dijon en 1457. Guillaume eut deux fils : 1° Claude, maître des comptes, qui donne lieu à cet article ; il épousa Antoinette Le Viste, dont il eut entre autres enfants, Philibert, aussi maître des comptes, et Françoise, mariée à André Macheco, auditeur; 2° Guillaume, seigneur de la Salle et de la Pallu, père de Guillaume III, maître d'hôtel du roi en 1565, marié à Anne de Senneton, dont il eut des enfants, et de Philibert qui continua la postérité. Ce dernier se fixa à Mâcon où il exerça l'office de lieutenant général au bailliage vers 1570. Il eut pour fils Philibert, lieutenant général à Mâcon en 1602, auteur de plusieurs branches restées dans le Beaujolais, la Bourgogne et le Lyonnais, et Jean, seigneur d'Orval, de qui sont sortis les seigneurs de Moussy et de la Roncée. Voyez la Chesnaie des Bois. — Armes : *D'azur, au griffon d'or, et une étoile de même posée au premier canton.*

JACQUES DE THÉSUT, maître ordinaire, pourvu sur la résignation de Philippe Margot, le 14 mai 1516, prêta serment le 11 juillet suivant, mourut dans l'exercice de son office, et fut remplacé en 1521 par Guillaume Legrand. Voy. p. 95.

ETIENNE JULIEN, seigneur de Verrey-sous-Salmaise, maître *extraordinaire*, au lieu de Philippe Le Lièvre, fut pourvu entre les années 1518 et 1520. Ses lettres de provisions ne se trouvent point au registre; mais il est nommé dans celles de son successeur Etienne de Frasans, en mars 1524/5 après qu'il eut été lui même pourvu d'un des quatre offices de conseillers nouvellement créés au parlement de Bourgogne.

Famille originaire de Pouilly-en-Auxois (1). Elle remonte à :

I. Girard Julien, premier du nom, écuyer, était seigneur en partie de Vauxbusin et Frolois dont il fit foi et hommage à Guillaume de Pontailler; il vivait en 1370 et habitait Pouilly-en-Auxois. Guillaume, son frère, docteur ès droits, fut très employé par le duc Philippe-le-Hardi. Girard épousa Marie, fille de Guillaume Barrot, de Pouilly, issu de Geoffroy de Barrot, bailli de Châtillon-sur-Seine en 1303. Il eut de ce mariage un fils, Monnin, qui suit.

II. Monnin, écuyer, seigneur en partie de Vauxbusin et Frolois, demeurait à Pouilly; il eut :

III. Huguenin Ier, seigneur de Reclêne, qui marcha avec l'armée envoyée par Philippe-le-Bon contre le Turc en 1455, et mourut en 1457 laissant un fils qui suit.

IV. Huguenin II, écuyer, seigneur de Reclêne, Verrey-sous-Salmaise, Villotte et Turcey, dont il fit hommage au duc Charles en 1476, fut capitaine de Pouilly, la Motte-Ternant et Chateauneuf, et servit en qualité d'homme d'armes en la compagnie de Girard de Roussillon, en 1462; il mourut en 150..., âgé de quatre-vingt-dix-huit ans, laissant de N. de Carrière, sa femme, quatre enfants, savoir : 1° Girard II qui suit; 2° Jean qui prit le parti de l'Église; 3° Guillaume, établi à Beaune; 4° Edme, écuyer.

V. Girard II, écuyer, seigneur de Reclêne et Verrey en partie, épousa Antoinette de Carrière de Pons, dont il eut : 1° Edme qui suit; 2° Guillaume, bachelier en décrets, curé de Fénay, puis doyen de Saint-Jean de Dijon en 1527; 3° Nicolas, chef de la branche cadette; 4° Alain, écuyer, seigneur de Reclêne en partie et de la Tour-Charote, marié à Françoise de Montmegin, et mort sans postérité en 1553; 5° Marguerite, mariée à Philibert Valon, bourgeois à Boux-sous-Salmaise; 6° Jeanne, femme de Claude de Chamilly.

VI. Edme Ier, écuyer, seigneur de Verrey, Clamerey et la Cosme, lieutenant général aux bailliages d'Auxois et de Dijon, puis conseiller au parlement en 1516,

---

(1) La généalogie que nous donnons ici, d'après le P. Gautier, a été dressée par Palliot en 1679. Nous y avons apporté quelques modifications.

mourut en 1519, laissant neuf enfants de deux lits. Marié en premières noces avec Marie Berbisey, fille d'Etienne et de Charlotte Vion, il en eut : 1° Etienne qui suit ; 2° Claude, femme de Jean Martene. De son second mariage avec Philiberte Brocard, fille de Gauthier, conseiller au parlement, vinrent : 1° Edme II, écuyer, seigneur de Verrey en partie et de Verchisy, conseiller au parlement en 1537, marié à Marguerite Le Griveau, sœur de Bernard, avocat général à la Chambre des comptes ; il en eut Edme III, écuyer, seigneur de Verchisy, qui épousa en 1556 Bénigne, fille de Philippe Moisson, conseiller au parlement, et de Marguerite Raviet (1) ; il n'eut qu'une fille, Marthe, dame de Verchisy, femme de Jacques d'Anlezy, écuyer, seigneur de Montagnerot ; 2° Guyot, écuyer ; 3° Jean, qui embrassa l'état monastique ; 4° Bernard, écuyer, seigneur d'Arcenay, Chevanay et Verrey en partie, conseiller au parlement, mort sans alliance en 1569 ; 5° Marguerite ; 6° Bénigne, mariée à Jacques de Thésut, enquesteur au bailliage de Chalon ; 7° Emilan, avocat général à la Chambre des comptes en 1550, marié à Catherine Poiretet. Voy. son article.

VII. Etienne, écuyer, seigneur de Verrey, bailli de Pouilly, maître des comptes vers 1520, puis conseiller au parlement, mourut doyen de cette compagnie ; il épousa en premières noces Jeanne Desbarres, dont il eut Claudine, femme de Philibert Loisclcur, bourgeois de Seurre, et en secondes noces Anne de Beaumont, fille d'Aimé, lieutenant général au bailliage de Chalon. Il en eut : 1° François qui suit ; 2° André ; 3° Marie, qui épousa en 1548 Jean Anchement, bourgeois de Cuiseaux ; 4° Marguerite, femme de Jean David, avocat au parlement ; 5° Bénigne, mariée en premières noces avec Thibaut Girard, écuyer, échevin de Dijon, et en secondes avec Antoine Giraud, écuyer, dont elle n'eut point d'enfants ; 6° Philiberte, mariée à Pierre Boquet, bourgeois de Saint-Amour ; 7° Anne, femme de Jean Brocard, auditeur des comptes.

VIII. François, écuyer, seigneur de Verrey, avocat au parlement, épousa, le 1er mars 1570, Denise, fille de N. Beuverand et de Philippe Jeannin ; il n'en eut pas d'enfants et mourut en décembre 1587.

Branche cadette. — VI. Nicolas Ier, écuyer, seigneur de Reclêne en partie, épousa Antoinette, fille de Renaud Facquelet, bourgeois d'Arnay-le-Duc, et de Marguerite de Chiseul ; il s'établit à Givry, dans le Chalonnais, et eut : 1° Edme qui suit ; 2° Guillaume, chanoine de l'église collégiale de Saint-Georges et curé de Bissey-sous-Cruchot en 1544, qui fit donation de tous ses biens à son frère Edme ; 3° Jeanne, mariée à Maurice Perrin le 17 janvier 1544 ; 4° et 5° Barbe-Anne et Claudine.

VII. Edme Ier, écuyer, seigneur de Reclêne et la Chapelle-sous-Brancion, lieutenant particulier aux bailliage et chancellerie de Chalon, épousa, le 11 novembre 1537, Guillemette, native de Givry, fille de Pierre du Cornet, écuyer, seigneur de la Chapelle, et de Madeleine Brune ; il en eut : 1° Nicolas II qui suit ; 2° Robert, écuyer,

---

(1) Bénigne Moisson épousa en secondes noces Gabriel d'Anlezy, seigneur de Chazelle l'Escot ; son premier mari mourut en 1569, à Semur, où il se trouvait de passage avec plusieurs autres « gentilshommes et vaillants capitaines » faisant partie du camp du roi.

seigneur en partie de Reclêne, marié à Claudine, fille d'Antoine Gagnepain, conseiller au parlement de Chambéry, et de Françoise Petot ; 3° Guillaume, seigneur en partie de Reclêne et de la Chapelle-de-Bragny, qui servit quelque temps en qualité d'homme d'armes, puis embrassa l'état ecclésiastique et mourut chanoine et trésorier de la cathédrale de Chalon ; 4° Etienne, chanoine de la collégiale de Saint-Georges à Chalon.

VIII. Nicolas II, écuyer, seigneur en partie de Reclêne, avocat en parlement, bailli du grand cloitre de Saint-Vincent et maire de Chalon en 1575, 76, 80 et 86, épousa en premières noces Jeanne, fille de Philibert Quarré, bourgeois de Chalon, et d'Elisabeth de la Perrière, dont il n'eut pas d'enfants, et en secondes noces Anne, fille de Claude Perrault, lieutenant des eaux et forêts en Chalonnais, et de Marguerite Baillet ; il mourut le 10 juillet 1606, laissant de son second mariage : 1° Edme II qui suit ; 2° Marguerite, femme d'Edme de Mucie, avocat à Chalon ; 3° Catherine, religieuse au monastère de Sainte-Claire de Seurre ; 4° Jeanne, mariée à Charles Niquevard, avocat au parlement.

IX. Edme II, écuyer, lieutenant assesseur criminel et conseiller aux bailliage et chancellerie de Chalon, épousa le 7 juin 1626 Anne, fille de Guillaume Marloud, bourgeois et échevin de Chalon, et de Marie Barbotte. Maire de Chalon en 1631, 37 et 43, il mourut en 1658, laissant : 1° Benoît qui suit ; 2° Nicolas, chanoine de la cathédrale de Chalon ; 3° 4° et 5° Jeanne-Marie, Elisabeth et Anne, religieuses à la Visitation de Chalon ; 6° Jean qui prit le parti des armes et embrassa depuis l'état ecclésiastique ; 7° Claudine.

X. Benoît, écuyer, succéda en 1657 aux charges qu'exerçait son père et les quitta en 1674 pour celle de greffier-secrétaire des Etats de Bourgogne ; il avait épousé le 6 juillet 1657 Jeanne, fille de Pierre Tapin, seigneur de Perrigny, secrétaire du roi près le parlement de Dijon, et de Judith Magnien ; il eut de ce mariage vingt-deux enfants, entre autres : 1° Pierre, né en 1658, volontaire sur les galères de France, puis capitaine au régiment Dauphin, marié à Valenciennes, où il mourut en 1716 ; 2° Marie, née en 1662, morte au noviciat de la Visitation de Chalon ; 3° Jeanne-Marie, religieuse ; 4° Jacques qui suit ; 5° Claudine, née en 1667, visitandine à Chalon ; 6° Edme, né en 1669, chanoine et trésorier de la cathédrale de Chalon ; 7° François, né en 1678, capitaine d'infanterie au régiment de la Couronne, mort en 1706 ; 8° et 9° Jeanne-Marie et Aimée, nées en 1679 et 1680, visitandines à Chalon ; 10° Jean, seigneur de la Chaume, né en 1682, capitaine d'infanterie au régiment de la Chesnelaye, entré aux Etats de 1721 ; 11° Joseph, né en 1685, marié à N... Clerguet, de Chalon. Les autres enfants de Benoît Julien sont tous morts en bas âge.

XI. Jacques, écuyer, né en 1666, fut reçu greffier-secrétaire des Etats de Bourgogne en 1683 et épousa en 1697 Jeanne-Thérèse, fille de Jean-Baptiste Vittier, maître des comptes ; il n'eut de ce mariage que deux filles : 1° Jeanne-Marie, ursuline à Dijon ; 2° Jeanne-Henriette, mariée le 30 décembre 1722 avec Claude-Charles Bernard, seigneur de Blancey, qui remplaça en 1723 son beau-père dans la charge de secrétaire des Etats de Bourgogne (1). — Armes : *D'azur, au lion d'or, lampassé de gueules.*

(1) Au dernier siècle, il existait une branche de cette famille dans le Forez.

GUILLAUME LEGRAND, seigneur de Saulon, Sainte-Colombe et Renève en partie, maître ordinaire, succéda à Jacques de Thésut; ses lettres de provisions, datées du 30 août 1521, n'ayant point été scellées, le roi ordonna néanmoins à la Chambre, par lettres closes et par la bouche du sieur de la Tournelle, lieutenant général en Bourgogne, de procéder à sa réception ; ce qui fut fait le 5 septembre de la même année, à condition qu'il présenterait dans six semaines ses lettres-patentes scellées et en règle. Cette formalité fut remplie exactement. Guillaume Legrand résigna en 1545 en faveur de Bénigne Legrand, son neveu. Il avait épousé Thomasse de Cirey. Pour les armes, voy. p. 29.

PIERRE GOUDRAN ou GODRAN fut pourvu le 24 novembre 1524 de l'office de cinquième maître ordinaire créé par édit du mois de mai précédent. La Chambre, considérant que cette création portait préjudice à ses droits en diminuant les émoluments des quatre maîtres anciens et en les forçant spécialement à partager en cinq les 200 livres que ceux-ci percevaient à chaque tenue d'Etats comme élus natifs du roi, refusa de procéder à sa réception ; mais, par déclaration du 1er janvier 1524/5, Louise d'Angoulême, régente de France, ordonna qu'il jouirait de tous les droits de son office, sauf de sa part dans les 200 livres dont il prendrait l'équivalent, soit 50 livres, sur les deniers revenant bons au roi (1); en outre, Pierre Godran devait entrer au premier office d'ancienne création qui viendrait à vaquer, celui de création nouvelle demeurant par là même supprimé. En conséquence de cette déclaration et des lettres closes de la régente, Pierre Godran fut reçu le 18 janvier 1524/5. Le 26 août 1529, après avoir de nouveau prêté serment « en tant que besoing seroit, » il fut installé dans l'office ancien, vacant par la mort de Nicolas Bouesseau, à condition qu'il ne pourrait « changer ne muer le lieu et place, » c'est-à-dire qu'il travaillerait au dernier bureau, comme dernier reçu. Au mois de juin 1532, il résigna cet office en faveur de Pierre, son fils, à titre de survivance. Quant à celui de cinquième maître, il fut rétabli en faveur de Jean Jaquot en 1530. — Pierre Godran était mort en 1548.

I. Odinet Godran, Ier du nom, seigneur de l'éminage de Dijon, vivait au milieu du XVe siècle ; il épousa Marie Vernier ou Varnier dont il eut : 1° Jacques, conseiller au parlement, mort sans postérité avant l'an 1502; 2° Odinet qui suit ; 3° Bénigne qui fit branche.

II. Odinet II, marchand et grenetier à Dijon, épousa Charlotte N... dont il eut : 1° Jacques qui suit ; 2° Charles, chanoine de la Sainte-Chapelle.

III. Jacques, chevalier, baron d'Antilly, Champseuil et Lochère, seigneur de Ville-

(1) Cet usage fut suivi pour tous les offices de présidents et de conseillers maîtres ordinaires de création nouvelle. Les titulaires de ces offices touchaient leurs gages comme *élus natifs du roi*, sur les deniers provenant des restes de comptes ou deniers revenant bons au roi lorsqu'il *se faisoit octroy par les gens des trois estats*, c'est-à-dire à chaque assemblée des Etats de la province. Les 200 livres primitives restèrent affectées aux quatre offices de maîtres d'ancienne création.

sablon-sur-Loire, d'abord conseiller, puis président au parlement en 1537, mourut le 18 septembre 1563. Il avait épousé Jacquette Barbe, de Blois, dont il eut : 1° Odinet qui suit ; 2° Marguerite, femme de Claude Régnier de Montmoyen, président aux comptes.

IV. Odinet III, baron d'Antilly, etc., chevalier, président au parlement en 1563, épousa Jeanne Noël, et mourut sans postérité en 1581, laissant sa fortune aux Pères Jésuites pour l'établissement d'un collége qui prit son nom.

Branche cadette. — II. Bénigne Godran, seigneur de l'éminage, chef de cette branche, épousa Marie Guyot, dont il eut Pierre qui suit.

III. Pierre, maître des comptes qui donne lieu à cet article, épousa Jeanne d'Héricourt, veuve de Jean Millière, et en eut : 1° Jean qui suit ; 2° Jacquette, qui épousa en 1551 Bénigne de Lyon, écuyer.

IV. Jean, seigneur de Morveau, maître des comptes en 1532, mourut en 1554, laissant un fils, Chrétien qui suit.

V. Chrétien, seigneur de Morveau et de Masse, vicomte-mayeur de Dijon en 1551, épousa Aglantine Champriet, dont il eut : 1° Jean, seigneur de Masse, homme d'armes dans la compagnie de Biron, marié à Marguerite de Bellinier ; 2° André qui suit ; 3° Marie, femme de Pierre Fourneret, auditeur des comptes.

VI. André, seigneur de Morveau et Masse, lieutenant du vicomte-mayeur de Dijon en 1555, procureur du roi au bailliage en 1561, mourut en 1582. Il avait épousé Pierrette, fille de Jean Morelet, aussi procureur du roi au bailliage de Dijon et de Claude Laverne. De ce mariage vinrent : 1° Chrétien qui suit ; 2° Zacharie, reçu chevalier de Malte en 1587, et très probablement : 3° Anne, mariée à Jacques Laverne, vicomte-mayeur de Dijon, et 4° Claudine, femme de Jean Jaquotot, maître des comptes.

VII. Chrétien, secrétaire du roi en la chancellerie de Bourgogne en 1605, eut pour fils Jean qui suit.

VIII. Jean, avocat au parlement, qui paraît être le dernier du nom, épousa en 1633 Prudente Collot.

A la même famille appartenaient : Pierre Godran, marchand à Dijon en 1518, marié à Bénigne de Poligny ; Chrétien, abbé d'Ogny en 1524 ; Marie, veuve de Jean Brocard en 1557 ; Jeanne, femme de Jean Ocquidem, seigneur de Nanteuil, conseiller au parlement en 1555 ; Odinet, chanoine de la Sainte-Chapelle en 1567, puis abbé commendataire de Sainte-Marguerite ; Chrétienne, femme de François Regnier de Bussières, morte avant 1586. — Armes : *D'azur, au cadran d'or, les rayons et aiguilles de même, les heures de sable.*

ETIENNE DE FRASANS succéda à Etienne Julien dans l'office de maître *extraordinaire*, dont la création fut renouvelée en sa faveur. Pourvu le 15 mars 1524/5, il fut reçu le 13 juin suivant, et résigna au mois de novembre 1544 en faveur de Guillaume Tabourot. Voy. p. 95.

10

BÉNIGNE JAQUERON, seigneur de la Motte-lez-Argilly, maître ordinaire, fut pourvu, le 8 mai 1525, sur la résignation en survivance mutuelle d'Etienne, son père, et prêta serment le 28 juin suivant. On a vu plus haut (p. 139), qu'il obtint depuis de son père une résignation pure et simple, dont les lettres datées du 4 février 1527/8 furent enregistrées le 26 mai suivant, et qu'il résigna lui-même en 1556 en faveur de Lazare de Souvert, pour passer à un office de président. Voy. p. 38.

JEAN JAQUOT, seigneur de Clomot, Couchey et Gissey-le-Vieux, succéda à Pierre Godran dans l'office de maître ordinaire créé en 1524, quoique cet office dût être supprimé par la promotion de son titulaire à l'un des quatre offices anciens. Pourvu le 7 février 1529/30, il en prit possession le 2 mars suivant « pour en joyr tout ainsi et par la forme et manière que le tenoit ledict Godran, en luy donnant lieu et place au dernier bureau de ladicte Chambre et par la tradicion des clefs d'ycelle. » Après vingt quatre ans de service (1554), Jean Jaquot résigna en survivance en faveur de son fils Damien et obtint permission de continuer l'exercice de son office et d'en percevoir les gages et droits tant qu'il vivrait. Après la mort de son fils Damien, arrivée en 1575, Jean Jaquot, ne pouvant plus sans doute exercer son droit de survivance, demanda et obtint des lettres de vétérance datées du 2 juillet de cette année.

I. Jean Jaquot, écuyer, qui donne lieu à cet article, était frère de Paris, auteur de la branche des seigneurs de Neuilly et de Daix (v. p. 25). Maître des comptes et vicomte-mayeur de Dijon en 1547, il épousa Marthe Godran, dont il eut : 1° Jean qui suit ; 2° Michelle, femme de Barthélemy Gagne, conseiller au parlement ; 3° Thomasse, mariée à Nicole Legrand, maître des comptes ; 4° Chrétienne, mariée à Pierre Quarré, aussi conseiller au parlement ; 5° Damien, écuyer, maître des comptes en 1554, qui épousa Guillemette Sayve, fille d'Etienne, conseiller au parlement, et de Chrétienne de Récourt, et en eut plusieurs enfants dont nous ignorons les alliances ; 6° Charlotte, femme d'Etienne de Loysie, président aux comptes.

II. Jean, écuyer, baron de Blaisy, seigneur d'Ecutigny, Santigny, Puligny et Mipont, receveur général (1555), général des finances (1578) et enfin trésorier de France en Bourgogne, épousa en premières noces Marguerite Catherine, fille de Jean, conseiller au parlement, dont il eut Jean qui suit. Il se remaria avec Louise Gonthier, fille de Palamèdes, greffier en chef du parlement, et de Marie de Corbary ; et en eut : 1° Palamèdes, écuyer, seigneur de Puligny et Mipont, conseiller au parlement en 1603, qui fut pourvu, en 1606, d'un office de président à mortier vacant par le décès de son beau-père, et mourut avant de s'y être fait recevoir ; il avait épousé Madeleine, fille de Claude Bourgeois, seigneur de Crespy et Origny, et de Françoise de Montholon, et n'en eut qu'une fille, Françoise, mariée en 1630 à Gaspard, comte d'Amanzé, lieutenant général au gouvernement de Bourgogne et chevalier d'honneur au parlement ; 2° Claude, dame de Blaisy et Ecutigny, mariée à Antoine

Joly, greffier en chef du parlement; 3° Marie, femme de Bernard de Cirey, seigneur de Magny, conseiller au parlement.

III. Jean, écuyer, maître extraordinaire des comptes en 1594, passa en 1600 à un office de conseiller au parlement; il eut un fils, Antoine qui suit, et sans doute une fille, Marie, mariée à Gérard Richard, élu du roi aux Etats.

IV. Antoine, écuyer, conseiller au parlement en 1620, épousa Marie d'Aubeterre, et en eut plusieurs enfants qui paraissent être morts jeunes ou sans alliance. — Cette branche portait les armes de Jaquot, brisées *d'une bordure engrêlée de gueules et d'un croissant de sable sur* la fasce.

JEAN GODRAN, seigneur de Morveau, maître ordinaire, fut pourvu le 26 juin 1532 sur la résignation en survivance de Pierre Godran, son père, pour pouvoir exercer l'un en l'absence de l'autre, mais sans que le fils pût jouir des droits, gages et émoluments de leur office, avant la mort du père; il fut reçu le 22 août 1533, et Pierre Le Gouz, nommé à son office après sa mort (1554), dut le céder à Jean et à Damien Jaquot, pour en occuper un de création nouvelle. Voy. p. 144.

JEAN BUATIER fut commis et député à la conduite et direction du domaine royal en Bresse, par lettres du 30 mai 1536, qui lui accordèrent en même temps ou plutôt confirmèrent en sa faveur le titre de maître des comptes de Bresse « comme il avoit esté dict et nommé par cy-devant (1), » avec 400 livres de gages. Après avoir prêté serment entre les mains du chancelier le 24 avril 1537, il présenta ses lettres à la Chambre des comptes qui les enregistra par arrêt du 2 juin suivant. Il résigna en 1543 en faveur d'Ozias de Cadenay.

I. Jean Buatier, Ier du nom, bourgeois de Saint-Trivier, en Bresse, vivait au commencement du XVIᵉ siècle; il eut pour fils Jean qui suit.

II. Jean II, maître des comptes, qui donne lieu à cet article, eut deux fils : 1° Symphorien, receveur général du taillon dans le Lyonnais en 1573 ; 2° Jean qui suit.

III. Jean III, procureur du roi en la gruerie de Dijon en 1568, résigna cet office à son fils Pierre en 1574.

IV. Pierre, seigneur de la Motte-Réal et de Barges, procureur du roi en la gruerie, exerça cet office jusqu'en l'année 1580, qu'il fut pourvu de celui de secrétaire audiencier en la chancellerie de Bourgogne; il fut depuis revêtu d'une charge de maître des comptes qu'il exerça peu de temps. De son mariage avec Françoise Bou-

(1) Cet office, dont il a été question dans l'Introduction, existait sous les ducs de Savoie, et on voit, par plusieurs titres de la Chambre de Bresse, que Jean Buatier en était revêtu dès l'année 1534. Par l'arrêt d'enregistrement de ses lettres de commission, la Chambre des comptes de Dijon ordonna qu'il serait tenu « faire le serment accoustumé » lorsqu'il se représenterait devant elle pour assister avec les maîtres et auditeurs à l'audition des comptes des receveurs et châtelains de Bresse; c'est ce qui a décidé le P. Gautier à le comprendre, ainsi qu'Ozias de Cadenay, son successeur, dans la liste des conseillers maîtres.

hardet, vinrent : 1° Jean, auquel il résigna en 1593 son office de secrétaire ; 2° Philippe, général des monnaies en Bourgogne, marié en 1603 à Flocelle, fille de Louis-Richard, seigneur de Beligny ; 3° Guy-Balthazar qui suit.

V. Guy-Balthazar, écuyer, seigneur de la Motte-Réal et d'Arbois, épousa Claude Milletot et fut sans doute père de Pierre, seigneur de Charrey, marié à Anne de Longueval, et de Jean, seigneur de la Motte-Réal, qui entrèrent aux Etats de 1662. — Armes : *D'or, au sanglier de sable, colleté d'un limier de gueules.*

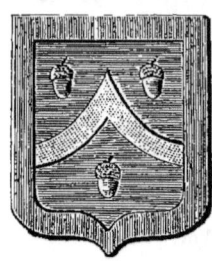

FRANÇOIS SAUMAIRE, seigneur de Chazans et Chambœuf, fut reçu par arrêt du 6 août 1538 dans un office de maître ordinaire créé par édit du même mois à l'occasion de la réunion au ressort de la Chambre des pays de Bresse, Bugey et Valromey. Les lettres de provisions en survivance mutuelle qu'il obtint pour son fils François en 1558, font mention des agréables services qu'il avait « par longtems faicts au feu roi » et au roi régnant « tant au fait du paiement des mortes payes » que comme maître des comptes. On voit, en outre, par les comptes de la recette générale, qu'en 1534 il était commis à la recette des épices de la Chambre.

Si l'on s'en rapporte aux preuves fournies, en 1642, par Pierre Saumaise de Chazans, conseiller au parlement, pour faire entrer à Malte trois de ses fils, la famille Saumaise, ou autrement Saumaire (1), était fort ancienne. La généalogie dressée à cette occasion comprenait onze degrés de noblesse paternelle, depuis *Odo de Salmaria* ou *Salmazia*, mayeur de Dijon en 1277. D'après le P. Gautier, elle aurait pu remonter jusqu'à Barthélemy, bourgeois de Dijon, qui vivait en 1252. Nous en rapporterons la généalogie depuis :

I. Jérôme, seigneur de Chazans et Chambœuf, qui eut pour fils Jean qui suit.

II. Jean, receveur du bailliage de Dijon (2), mourut en 1526 ; il avait épousé en premières noces Michelle-Guillemette Scotefert, dont il n'eut qu'un fils, François qui suit, et en secondes noces Michelle Contault, dont il n'eut pas d'enfants.

III. François, maître des comptes, qui donne lieu à cet article, épousa Etiennette Jaqueron et mourut en 1569. Il avait eu : 1° Jérôme qui suit ; 2° François, seigneur de Chambœuf, maître des comptes après son père et secrétaire du prince de Condé,

---

(1) Voyez, sur cette différence d'orthographe, une dissertation de l'abbé Papillon, à l'article Saumaise. Ce qu'il y a de certain, c'est que, dans tous les titres et registres de la Chambre des comptes, les premiers auteurs authentiquement prouvés de cette famille : Jean, receveur du bailliage, son fils François, Jérôme, d'autres encore, sont constamment désignés sous le nom de Saumaire ; ce n'est qu'à la fin du XVIe siècle que l'autre forme apparaît.

(2) Sur la foi de deux inscriptions rapportées, l'une par Papillon, l'autre par Palliot dans son *Parlement de Bourgongne*, le P. Gautier a compris Jean Saumaire dans la liste des maîtres des comptes. C'est une erreur ; Jean Saumaire mourut en 1526, revêtu de la charge de receveur du bailliage de Dijon, qu'il exerçait depuis la fin du XVe siècle et qui était incompatible avec celle de maître des comptes ; rien d'ailleurs, dans les registres de la Chambre, n'autorise cette version. Les inscriptions en question, faites après coup, paraissent révéler chez les descendants de Jean Saumaire certaines velléités vaniteuses, qui rendent fort suspectes à nos yeux la généalogie produite en 1642.

marié à Bénigne Brocard, et dont le fils Pierre, aussi seigneur de Chambœuf, receveur des décimes et secrétaire du roi au parlement, mourut le 7 octobre 1652, ayant
épousé en premières noces Anne Briet, fille de Daniel, greffier au parlement, et en
secondes noces Elisabeth Sayve, fille d'Etienne, conseiller au parlement; il laissa
de son premier mariage une fille, Françoise, mariée à Guillaume Millière, maître
des comptes, et du second un fils, Jean-Baptiste, mort jeune; 3° Etienne, auteur
de la branche des seigneurs de Bouze; 4° Michelle, femme de Guillaume Rémond,
conseiller au parlement; 5° Marie, mariée à Antoine de Ganay.

III. Jérôme, seigneur de Chazans, Nanteuil, etc., conseiller au parlement en 1569,
eut deux femmes : Bénigne de Poligny et Catherine de la Tour; il mourut en 1614,
laissant de son second mariage : 1° Pierre qui suit; 2° Bénigne, secrétaire des
commandements du duc d'Orléans, marié à Charlotte du Buisson, et dont la fille
Charlotte épousa Guillaume de Flecelles, comte de Bregy, lieutenant général des
armées du roi; 3° François, maître d'hôtel de Monsieur, puis procureur général à la
Chambre des comptes, marié à Marguerite, fille de Jean Jaquotot, maître des
comptes; il eut : a) Marie-Antoine, écuyer, seigneur de Nanteuil; b) Catherine,
mariée à Claude Martin, seigneur de Chambœuf; 4° Claude, prêtre de l'Oratoire.

IV. Pierre, seigneur de Chazans, Nanteuil, la Tour, Villars, Mazerottes, etc.,
conseiller au parlement, épousa Marie Virey, dont il eut, outre trois fils reçus à
Malte, comme il a été dit plus haut : 1° Marc-Antoine, écuyer, dit de la Tour, mort
sans alliance; 2° Bénigne, écuyer, seigneur de Villars-sous-Vergy, Messanges, Nanteuil, etc., marié à Louise-Philiberte de la Fage-Clermont.

Branche des seigneurs de Bouze. — III. Etienne, lieutenant particulier en la
chancellerie de Semur, épousa Antoinette Sayve, dont il eut : 1° Bénigne qui suit;
2° Daniel, écuyer, receveur de l'élection de Vézelay.

IV. Bénigne, seigneur de Tailly, Bouze et Saint-Loup, lieutenant particulier
à Semur, puis conseiller au parlement, épousa en 1587 Elisabeth, fille d'Antoine
Virot, seigneur de Tailly; il en eut : 1° François qui suit; 2° Jean, écuyer, avocat,
seigneur de Morteuil, marié en 1617 à Théodorine de la Mare, et maintenu dans sa
noblesse d'extraction par lettres du 2 juillet 1620; 3° Claude, conseiller d'Etat en
1645; c'est l'illustre critique; il épousa Anne Mercier et laissa postérité; 4° Marie,
femme de Jean Gravier; 5° Jeanne, femme de Jean-Baptiste Millière.

V. François, écuyer, gendarme des chevau-légers, seigneur de Bouze, Tailly,
Clénay, épousa en 1625 Guillemette Berbisey, dont il eut : 1° André qui suit;
2° Claude, seigneur de Bouze, entré aux Etats de 1682, marié à Madeleine de Saint-
Ligier.

VI. André, écuyer, seigneur de Bouze et Tailly, épousa en 1672 Bénigne de
Tuffery, dont vinrent : 1° Rémond qui suit; 2° et très probablement Bénigne,
seigneur de Bouze, entré aux Etats de 1700.

VII. Rémond, écuyer, chevalier de Saint-Louis, lieutenant pour le roi à Chalon,
entra aux Etats de 1724; il avait épousé Marie-Anne Chatot. Nous ignorons s'il eut
postérité. — Armes : *D'azur, au chevron ployé d'or, accompagné de trois glands de
même; à la bordure de gueules.*

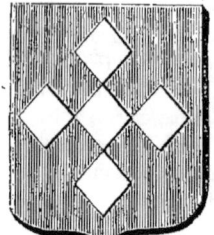

Pierre MILET, seigneur de Fangy, Athée, Chevrey, la Cosne, Marcilly en partie, etc., fut pourvu entre les années 1534 et 1540 (1), d'un office de maître ordinaire de création nouvelle, qu'il résigna en 1582 en faveur de Pierre Milet, son fils. Il fut maintenu la même année, par arrêt de la Chambre, dans la jouissance de ses priviléges no-nobstant cette résignation.

Il avait précédemment rempli une charge d'auditeur, et on voit par le registre de la Chambre qu'il fut commis en 1540, avec plusieurs officiers du parlement et de la Chambre des comptes pour informer des abus commis par les grenetiers et les con-trôleurs des greniers à sel de Bourgogne.

La famille Milet, dont le nom se trouve également écrit Millet, remonte à :

I. Jean, marchand et changeur à Seurre en 1448, maire de cette ville en 1455 ; il eut deux fils : 1° Pierre qui suit ; 2° Jean, secrétaire de Philippe-le-Bon en 1450.

II. Pierre Ier, aussi secrétaire de Philippe-le-Bon, fut nommé en 1457 commissaire, avec son frère Jean, sur le fait des domaines, finances et réformation des officiers du duc. Il eut pour fils Etienne.

III. Etienne, clerc et auditeur des comptes en 1477, qualifié noble dans un rôle de feux de juin de 1512, eut pour fils Pierre qui suit.

IV. Pierre II, seigneur de Fangy, etc., qui donne lieu à cet article, d'abord auditeur, puis maître des comptes, épousa Marguerite Desbarres, dont il eut : 1° Etienne, seigneur de la Cosne, d'Aiserey et du Vergy, conseiller au parlement en 1572, mort en 1617 ; il avait épousé en premières noces, en 1572, Marguerite, fille de Marc Fyot, avocat, et de Jeanne Legoux, en secondes Judith Baillet, et en troi-sièmes Eléonore, fille de Michel de Clugny, seigneur de Montachon, et de Gabrielle de Colombier ; on lui connaît deux enfants : a) François, seigneur de la Cosne et du Vergy, qui épousa Marguerite de Mâlain et en eut deux enfants, Honoré vivant en 1669 et Gasparde, femme de Pierre de la Mare ; b) Guillemette, mariée à Claude Bossuet, commissaire aux requêtes du palais ; 2° Pierre qui suit ; 3° Jeanne, femme de Pierre de la Grange, conseiller au parlement.

V. Pierre III, écuyer, seigneur d'Oisilly et Marcilly, maître des comptes en 1582, épousa Jeanne Milletot, fille de Philibert, maître des comptes ; il mourut en 1630, laissant un fils unique, Barthélemy qui suit.

VI. Barthélemy, écuyer, seigneur de Marcilly, épousa en 1638 Marguerite Potier, dont il eut : 1° François-Benoît qui suit ; 2° Antoine-Bernard, écuyer, marié en 1669 à Jeanne Demartinécourt, dont il eut : Marguerite et François-Benoît, né en 1678, seigneur du Battu, à Is-sur-Tille, lieutenant de cavalerie, reçu aux Etats de 1739 ; 3° Claude, écuyer, seigneur de Cercy, capitaine aide-major dans Villequier-

(1) La date de la réception de Pierre Milet ne nous est pas connue ; il touchait encore ses gages d'auditeur au mois de janvier 1533/4.

cavalerie; il épousa, le 3 juin 1669, Françoise de la Ronce, dame de Cercy en Cha-lonnais et fut reçu aux États de 1700.

VII. François-Benoît, écuyer, lieutenant-colonel de cavalerie, épousa en 1686 Nicole Seurrot, dont il eut un fils unique.

VIII. Charles-Bernard, écuyer, seigneur de Montarby, capitaine d'infanterie, prévôt des maréchaux à Châtillon et Bar-sur-Seine, épousa en 1719 Charlotte Viesse, dont il eut un fils, Charles-Abraham.

IX. Charles-Abraham, écuyer, seigneur de la Grande-Dame-Guye, lieutenant des maréchaux de France à Châtillon, entra aux États de 1754. De son mariage avec Catherine Charles, qu'il avait épousée en 1749, vinrent : 1° Charles-Bernard-Marie, bachelier de Sorbonne, curé de Dommarien près Langres ; 2° Charles-Abraham, écuyer, officier au régiment de la reine-infanterie, qui vota avec les gentilshommes du bailliage de la Montagne pour l'élection des députés aux États généraux de 1789. — Armes : *De gueules, à une croix losangée d'argent de cinq pièces.*

Ozias DE CADENAY, seigneur de Monard, *maître et auditeur des comptes de Bresse, Bugey et Valromey*, fut pourvu le 18 avril 1543, sur la résignation de Jean Buatier, et prêta serment entre les mains du garde des sceaux le 1er mai suivant. Il continua d'exercer cet office après la création, en juin 1555, d'une Chambre des comptes pour la province de Bresse, que le traité de Cateau-Cambrésis ne tarda pas à faire rentrer sous la domination du duc de Savoie (1559). — Cadenay, famille bres-sanne, dont la Chesnaie des Bois a publié la généalogie, et qui portait : *D'azur, au taureau furieux ailé d'or.* Elle a possédé les seigneuries de Villars, Chazelles et Péroges, et l'un de ses membres, Antoine, était en 1559 sous-président de la Cham-bre des comptes de Bresse.

Claude CONTAULT, seigneur d'Antilly et greffier des États de Bourgogne, fut pourvu, le 3 mai 1543, d'un des deux offices de conseillers maîtres ordinaires créés par édit du mois d'avril précédent. Reçu le 17 mai 1543, confirmé le 8 janvier 1547/8, il mourut en 1557 et fut remplacé par Jean Desbarres *le jeune.* Fils ou petit-fils de Pierre, dont le nom figure à l'article de Mongin Contault (voy. p. 21), Claude Contault avait épousé Anne Humbert ; nous ne lui connaissons pas d'enfants.

Nicolas NOBLET, seigneur de Brochon en partie, père d'Étienne qui suit, était clerc et auditeur des comptes depuis 1497. Il se trouva sans emploi en 1543, après avoir fait résignation pure et simple, conjointement avec son fils Etienne, de l'office d'auditeur qu'ils possédaient l'un et l'autre en survivance mutuelle, depuis l'année 1540. Mais on lit dans les lettres de provisions de l'office de maître, accordées le 30 juin 1543 au même Etienne Noblet, que Nicolas, son père, reçut permission d'entrer et d'opiner en la Chambre comme son fils « en estat et qualité de maistre des comptes ; étant aujourd'hui, ajoutent ces lettres, le plus ancien de ladicte Chambre où il a esté tousiours continuellement norry depuis quarante-huit ans, il est accroire que l'eage et le temps luy donnent autant et plus d'expérience aux affaires de ladicte Chambre et plus claire cognoissance de noz droitz.... que nul des aultres officiers qui y soient. » Ces lettres furent registrées le 15 juillet 1543. Elles accordèrent en outre à Nicolas Noblet les mêmes honneurs, prééminences et prérogatives dont jouissaient les maîtres ordinaires, mais sans qu'il pût prétendre à aucuns gages ou épices ; c'est ce qui nous a engagé, à l'exemple du P. Gautier, à lui donner place comme maître *aux honneurs* au chapitre des conseillers maîtres.

Etienne NOBLET, seigneur de la Forest-le-Duc, Gyé-sur-Aujon, Montribourg et Prissey, clerc et auditeur des comptes depuis 1540, résigna ces fonctions, lorsqu'il fut pourvu par lettres du 30 juin 1543 de l'un des deux offices de conseillers maîtres créés par édit du mois d'avril précédent. Reçu le 16 juillet de la même année, confirmé le 8 janvier 1547/8, il passa en 1557 à un office de président et résigna celui de maître en faveur de Jean Maillard *le jeune*. Voy. p. 39.

Guillaume TABOUROT, seigneur de la Tour de Saint-Apollinaire, maître *extraordinaire*, fut pourvu le 11 novembre 1544 sur la résignation d'Etienne de Frasans, et reçu par arrêt du 3 décembre suivant. Il mourut le 24 juillet 1561, âgé de quarante-cinq ans, et ne fut remplacé qu'en 1571 par Bénigne Fremiot.

I. Antoine Tabourot qui vivait environ l'an 1415, avait épousé Alix Morisot, dont il eut un fils, Jean.

II. Jean Ier, receveur des aides en Bourgogne, épousa en 1464 Isabeau Jencort, dont il eut Jean II.

III. Jean II, secrétaire de Charles le Téméraire, mourut en avril 1497 et Marguerite Rémond, sa femme, le 17 octobre de la même année. Ils laissèrent un fils, Pierre.

IV. Pierre, seigneur de Véronnes, grenetier à Saulx-le-Duc, puis clerc et auditeur des comptes en 1501, contrôleur en la chancellerie de Bourgogne, vicomte-mayeur de Dijon en 1532, avait épousé Didière Pignard, fille de Pierre, seigneur de Gurgy-la-Ville, dont il eut quatre fils et trois filles : 1º Guillaume qui suit ; 2º Guy, chef de la branche de Véronnes ; 3º Jacques, chanoine de Langres en 1526 par résignation de Guy son frère ; 4º Jean, né le 17 mars 1520, chanoine de Langres en 1542 par résignation de son oncle maternel Jean Pignard, doyen de cette église ; il fut promu à la dignité de chantre et mourut en 1595 revêtu des charges d'official et de grand-vicaire du diocèse ; 5º Catherine, femme de Gilles Petit, écuyer, seigneur de la Marnotte, lieutenant pour le roi et garde des clefs de la ville de Langres, dont elle eut onze enfants ; 6º Guillemette, dame de Boussenois, mariée à Jean Desbarres, bourgeois de Dijon et seigneur d'Ampilly ; 7º Philiberte, femme de Jean de Cirey, auditeur des comptes.

Branche de Saint-Apollinaire.— V. Guillaume Ier, écuyer, seigneur de Saint-Apollinaire et maître des comptes, qui donne lieu à cet article, épousa Renarde Thierry, dont il eut : 1° Etienne qui suit ; 2° Théodecte, chanoine et official de Langres ; 3° Didière, mariée à Bernard Coussin, avocat au parlement ; 4° Guillemette, femme de N. de Chambelain.

VI. Etienne I, écuyer, *Sieur des Accords*, seigneur de la Tour de Saint-Apollinaire, procureur du roi aux bailliage et chancellerie de Dijon en 1582, épousa Gabrielle Chiquot de Monpasté ; c'est l'auteur bien connu des *Bigarrures* et des *Ecraignes*. Il mourut en 1590, laissant : 1° Guillaume qui suit ; 2° Théodecte, avocat à la cour ; 3° Pierre, dont le fils Jacques fut grenetier au grenier à sel de Saulx-le-Duc.

VII. Guillaume II, écuyer, seigneur de la Tour de Saint-Apollinaire, nommé procureur du roi au bailliage de Dijon aux lieu et place de son père, en 1591, puis maître des requêtes de la Reine mère et bailli du duché de Bellegarde, épousa en premières noces Louise Rougette et en secondes Jeanne Bernard, fille d'Etienne, vicomte-mayeur de Dijon, député aux Etats de Blois, conseiller au parlement et enfin lieutenant général au bailliage de Chalon ; il eut de ce mariage : 1° Etienne II ; 2° Théodecte, chanoine de Langres ; 3° Nicolas, écuyer, bailli de Seurre pour le prince de Condé, marié à Jeanne Rigoley ; 4° Gabrielle, mariée en 1630 à Prudent Monginot, avocat à Langres.

VIII. Etienne II, écuyer, seigneur de la Tour de Saint-Apollinaire, épousa en premières noces Catherine de Friancourt, de la maison de Rambier en Picardie, dont il eut quatre filles, et en secondes noces Charlotte Martin de Barjon, dont il eut aussi quatre filles, plus un fils, Théodecte qui suit.

IX. Théodecte I⁰ʳ, écuyer, seigneur de la Tour de Saint-Apollinaire, servit dans l'arrière ban de 1650 et y fut tué ; il laissa de Guyette Papillon, sa femme : 1° Théodecte qui suit ; 2° Etienne, marié à Toinette Pelletier, mort sans enfants ; 3° Pierre, qui entra dans l'ordre de Citeaux ; 4° Jeanne....

X. Théodecte II, écuyer, entra aux Etats de 1668 et triennalités suivantes ; il mourut sans enfants de Marie Soirot, sa femme, et fut le dernier représentant mâle de la branche de Saint-Apolinaire (1).

Branche de Véronnes. — V. Guy, écuyer, seigneur de Véronnes et Venarey, d'abord chanoine de Langres en 1521, renonça à l'état ecclésiastique pour remplacer son père, en 1526, dans l'office d'auditeur des comptes, qu'il quitta depuis pour remplir celui de secrétaire contrôleur en la chancellerie de Bourgogne ; il avait épousé Catherine Le Gruyer, fille d'Alexandre, écuyer, avocat du roi au bailliage de Chaumont, et il en eut : 1° François qui suit ; 2° Jacques, religieux à Saint-Bénigne de Dijon ; 3° Alexandre, seigneur de Bricons, lieutenant général à la table de marbre en 1588, mort sans alliance ; 4° Didière, femme de Nicolas de Recourt, seigneur d'Echigey, conseiller au parlement ; Etienne Tabourot lui dédia ses *Particulières*

---

(1) C'est d'après des mémoires communiqués par sa sœur Jeanne que le P. Gautier a donné cette généalogie de la famille Tabourot, à laquelle nous avons fait de nombreuses additions.

observations sur les vers françois; 5° Guillemette, mariée à André Fremiot, aussi conseiller au parlement ; 6° Charlotte, qui épousa Jean de Malassis, seigneur de Cléry, avocat et procureur du roi à Auxonne.

VI. François, écuyer, seigneur de Véronnes et Venarey, grand prévôt de Chaumont-en-Bassigny, épousa Catherine Rose, dont il eut : 1° Alexandre qui suit ; 2° Catherine, femme de Nicolas de Pradines, de la maison d'Estouf, de qui elle eut une fille, mariée à N. de Montarby, seigneur de Dampierre, près Langres.

VII. Alexandre, écuyer, seigneur de Véronnes, lieutenant général à la table de marbre en 1626, épousa Claire Cuyer, dont il eut : 1° Prudent qui suit ; 2° Nicolas, recteur de l'hôpital Notre-Dame de Dijon, et prieur de Til-Châtel ; 3° Claire, femme de N. du Lyon, écuyer, gouverneur de la Guadeloupe.

VIII. Prudent, écuyer, seigneur de Véronnes, entra aux Etats de 1671 et triennalités suivantes ; il avait épousé N. Humbert et ne paraît pas avoir laissé postérité.

Armes : *D'azur, au chevron d'or, accompagné de trois tambours d'argent ; au chef aussi d'argent, chargé d'un lion passant de sable.*

PHILIBERT BARJOT, maître ordinaire, fut pourvu le 13 juillet 1548 sur la résignation de Claude Barjot, son père, à condition que ce dernier continuerait l'exercice de son office et s'y ferait simplement remplacer en son absence par son fils. Reçu le 18 août suivant, il résigna en 1554 en faveur de Denis de Pontoux et passa à un office de conseiller au parlement de Paris. Voy. p. 110.

BÉNIGNE LEGRAND, maître ordinaire, fut pourvu sur la résignation de Guillaume Legrand, son oncle, à condition que le résignant vivrait quarante jours après la date des lettres de provisions. Ces lettres sont datées du 4 juillet 1545, mais Bénigne Legrand, quoique reçu par arrêt du 23 août 1548, n'entra en jouissance des droits et priviléges de son office que le 21 novembre suivant, à l'expiration du terme de deux ans qui lui avait été fixé par arrêt de la Chambre du 21 novembre 1546, pour aller « praticquer et estudier tant sur le faict des finances, justice, que praticque. » Il résigna en 1571 à Drouhin Vincent, et obtint en novembre 1575 des lettres de vétérance, qui lui permirent, malgré sa résignation, d'entrer à la Chambre, d'y avoir voix délibérative et de continuer à jouir des honneurs et priviléges de son office. Voy. p. 29.

DAMIEN JAQUOT, maître ordinaire, fut pourvu sur la résignation en survivance de son père Jean, le 24 janvier 1553/4, et reçu le 9 février suivant, « vehues, porte le registre, les informations faictes par les commissaires à ce députez sur les bonnes vie, mœurs et conversation catholique dudit maistre Damien (1). Damien Jaquot eut pour successeur, dans cet office de la création de 1524, Pierre Le Gouz, et passa

_____

(1) C'est la première fois que les registres font mention de cette information. On veut exclure des charges non-seulement les hérétiques avoués, mais ceux-là même qu'on soupçonne d'embrasser les idées nouvelles.

dès l'année 1554, avec son père Jean, à l'office ancien que la mort de Jean Godran laissait vacant. Après sa mort, arrivée en 1575, cet office passa à Jean-Baptiste Valletier qui, ne s'étant fait recevoir, fut lui-même remplacé par Claude Bouvot. Voy. p. 146.

DENIS DE PONTOUX, seigneur de Virey, Longepierre, Deroux et Moisenans, maître ordinaire, succéda à Philibert Barjot. Pourvu le 28 mars, reçu le 10 avril 1554, il mourut le 5 novembre 1576 et fut inhumé dans l'église des Carmes, à Chalon, où était la sépulture de sa famille. Son office passa à Bénigne Bourlier, et Louis de Pontoux, son fils, qui s'en était fait pourvoir, dut entrer dans celui de Jean Morelet, lui-même successeur de Bénigne Bourlier.

I. Le premier auteur connu de cette famille, Jean de Pontoux, marchand à Seurre, d'où il était originaire, se fixa vers 1450 à Chalon, où ses descendants prirent des alliances honorables. Il avait épousé Françoise de Montconis, dont il eut un fils, Girard.

II. Girard, marchand à Chalon en 1499, épousa Guillemette de Béthune, et en eut : 1° Antoine qui suit ; 2° Jean qui fit branche.

III. Antoine, bourgeois de Chalon, marié à Molinotte Legoux, eut un fils unique, Denis.

IV. Denis, seigneur de Virey, maître des comptes en 1554, épousa Jeanne Lelide dont il eut : 1° Louis, seigneur d'Aluze, maître aux comptes en 1576, marié en 1577, à N. Morin, fille de Pierre, maître des comptes ; nous le croyons père de Marie de Pontoux, femme de Jean Legrand, seigneur d'Aluze, premier président de la Chambre des comptes ; 2° Robert qui suit ; 3° Anne, qui épousa Bénigne Tisserand, conseiller au parlement ; 4° Jean-Chrysostôme, écuyer, seigneur de Moisenans, homme d'armes dans la compagnie du duc de Mercœur en 1578, marié à Marguerite Guyet, et dont la fille Claude épousa Jean-Baptiste Perrault, contrôleur de la maison du prince de Condé.

V. Robert, seigneur de la Tour de Lux et du Maupas, mourut le 26 mai 1595 et fut inhumé aux Carmes de Chalon. De Françoise Languet, sa femme, il laissa quatre filles, savoir : 1° Jeanne, mariée à Jean Bernard, lieutenant général au bailliage de Chalon ; 2° Marie, femme en premières noces de Jacques de Thésut, seigneur de Ragy, et en secondes de Louis de Foudras ; 3° et 4° Claude et Anne, mortes jeunes.

Branche cadette. — III. Jean II, fils de Girard, épousa Huguette Décousu et en secondes noces Jeanne Bachès dont il n'eut qu'une fille, mariée à Jean Geoffroy, seigneur de Montrevault ; du premier lit il avait eu : 1° Pierre, marié à Françoise Languet, dont il n'eut qu'une fille, Huguette ; 2° Jean qui suit ; 3° Claude, marié à Jeanne Rose, dite Gallois, dont il eut un fils, Claude, docteur en médecine, connu par de nombreux ouvrages, mort vers 1579 à un âge très avancé, et une fille, Jeanne, mariée à Jean Languet, avocat du roi au bailliage de Dijon.

IV. Jean III, marchand, seigneur des Granges-lez-Chalon, épousa en premières noces Jeanne Huot, en secondes Pierrette Moreau, qui se remaria à Jean Regnaudin, lieutenant général en 'la chancellerie de Chalon; il eut : 1° Jeanne, femme de Laurent Gaillard, avocat à Chalon; 2° Claude qui suit; 3° Girard; 4° Jeanne, mariée à N. Guillier, d'Auxonne.

V. Claude Ier, seigneur des Granges-lez-Chalon et Barain en Auxois, épousa vers 1570 Bénigne Valon, fille de Nicolas, conseiller au parlement, et de Jacquette Languet; il eut cinq fils : 1° Jean, marié avec Anne Clerc, dont il eut deux filles, Jeanne, femme de Philippe Bataille, et Bénigne, religieuse jacobine; 2° Claude, qui épousa Jeanne Crestin; il en eut une fille, Elisabeth, mariée à Jean Alixant, et deux fils, Nicolas qui épousa Françoise de la Roche, dont il eut une fille unique, Elisabeth, et Claude, mort sans postérité; 3° Nicolas, docteur en médecine, mort en 1620 sans avoir été marié; 4° Pierre, citoyen de Chalon, qui de sa femme Françoise Tapin eut plusieurs filles, entre autres Madeleine, femme de Nicolas Vitte, avocat à Chalon; 5° Arthur qui suit.

VI. Arthur, avocat et greffier des eaux et forêts à Chalon, marié à Philiberte d'Hoges, en eut deux filles, Françoise et Jeanne, et deux fils, Pierre, mort sans alliance, et Claude qui suit.

VII. Claude II épousa Marie-Odette Morel et en eut trois filles, Jeanne et Charlotte, non mariées, et Françoise, femme de François Delavigne, lieutenant particulier au bailliage de Chalon.

Une branche de cette famille était restée à Seurre, son lieu d'origine, où l'on trouve Jean de Pontoux, maire en 1578, Philippe, qualifié bourgeois en la même année, marchand en 1583, Philibert, procureur du roi en 1608. — Philippe Loppin de Pontoux, procureur du roi au grenier à sel en 1673, marié à Claudine Guillier, fut père de Charlotte, qui épousa Jean-Baptiste Suremain, écuyer.

Denis de Pontoux portait : *D'azur, au chevron d'or, surmonté d'un écusson de gueules, au sautoir d'or.* D'autres membres de sa famille avaient adopté les armes suivantes : *D'azur, au pont d'argent, maçonné de sable, supportant un houx d'or, chargé d'une étoile de gueules.*

MATHIEU VINCENT dit LE GOURD, fut pourvu le 15 mai 1554 d'un office de maître ordinaire créé par édit du mois d'avril précédent. Il fut reçu le 7 juillet suivant, résigna en 1579 en faveur de Claude Peschart, et fut nommé la même année receveur général du taillon en Bourgogne, sur la résignation d'Humbert Le Gourd son frère. Il avait épousé Bertrande Brocard, de qui il eut, croyons-nous, quatre filles, entre autres : Jeanne, mariée à Joseph Griguette, greffier en chef du parlement en 1578. Il était fils de Claude Vincent, dit Le Gourd, marchand et citoyen de Lyon en 1563, qualifié noble dans un acte du 9 avril 1566, postérieur à sa mort, et de Catherine Guerand; nous lui connaissons plusieurs frères : 1° Claude, bourgeois de Lyon, dont la fille Lucrèce, étant pupille de son oncle Mathieu, maître des comptes, épousa en 1567 François Garnier, seigneur du Garest en Beaujolais; 2° Simon, écuyer, qui demeurait à Dijon et épousa en 1566 Jeanne Ocquidem, fille de

Michel, audiencier en la grande chancellerie, et de Marguerite Chanuz ; 3° Humbert, écuyer, receveur général du taillon en 1573, auditeur des comptes en 1595. — Le sceau de Mathieu Vincent porte *une fasce, chargée de trois étoiles et accompagnée de trois lions.*

PIERRE LE GOUZ, seigneur de Vellepesle, Verceilles, Coublanc, etc., maître ordinaire, fut pourvu, par lettres du 19 mai 1554, d'un office d'ancienne création vacant par la mort de Jean Godran. Quand il présenta ses lettres à la Chambre, elle fit refus de les enregistrer sur l'opposition de Jean et de Damien Jaquot, père et fils, qui, en vertu de lettres-patentes du 29 mai 1531, avaient renoncé à l'office de cinquième maître ordinaire de la création de 1524 qu'ils tenaient en survivance mutuelle depuis 1554, pour entrer en possession de celui que Jean Godran avait laissé vacant et où ils avaient effectivement été reçus. Pierre Le Gouz ayant eu recours au roi, Henri II, par lettres du 7 juillet 1554, « veu que ledict Legouz avoit payé quatre mil six cens livres aux trésoriers des finances, » créa de nouveau l'office dont la promotion de Jean et de Damien Jaquot à un office ancien, avait entraîné la suppression, et y nomma Pierre Le Gouz avec droit à la première charge ancienne qui viendrait à vaquer, mais à condition toutefois que ses anciens (Claude Contault et Etienne Noblet) qui étaient dans le cas de passer à des offices d'ancienne création lorsqu'ils viendraient à vaquer, lui seraient préférés. Reçu le 21 juillet 1554, Pierre Le Gouz, passa en 1571 à l'office ancien de Lazare de Souvert ; il le résigna en faveur de son fils Guillaume, qui s'en démit avant réception, en 1585, au profit de Marc Humbert ; quant à l'office qu'il avait quitté en 1571, il y eut pour successeur Bénigne Bourlier.

Le P. Gautier donne pour auteur à cette famille :

I. Perceval Le Gouz, qui servit le duc Philippe-le-Bon en qualité de gendarme de la compagnie du maréchal de Bourgogne. Il eut un fils, René, dont la descendance a été prouvée devant les commissaires de la chambre de la noblesse des Etats de Bourgogne en 1688, 1718 et 1766.

II. René, écuyer, capitaine de Langres, seigneur de Vellepesle, dont il reprit de fief en 1494, servit dans la compagnie d'ordonnance de Jean de Baudricourt, gouverneur de Bourgogne, passée en revue en 1491. Il eut : 1° Thibaut qui suit ; 2° Anceault, qui paraît avec son frère dans un acte de reprise de fief de la seigneurie de Vellepesle.

III. Thibaut, écuyer, seigneur de Vellepesle, fut employé par le roi François Iᵉʳ, en 1538 et années suivantes, près le duc de Wurtemberg dont il était gentilhomme, et près d'autres princes d'Allemagne. Il avait épousé, le 1ᵉʳ décembre 1523, Anne, fille de Pierre Chabut, seigneur de Rivière, élu à Langres. Il en eut : 1° Pierre qui suit ; 2° Claire, mariée à Bénigne Legrand, seigneur de Saint-Germain.

IV. Pierre, écuyer, maître des comptes, qui donne lieu à cet article, épousa en

premières noces Henriette Desbarres, en secondes Henriette Malion ; il eut :
1° Guillaume, auteur de la branche des seigneurs de Gurgy et Gerlans, ou Gerland ;
2° Pierre, auteur de la branche des seigneurs de Saint-Seine; 3° Claude, chanoine
de la Sainte-Chapelle ; 3° Prudent, écuyer.

Branche des seigneurs de Gurgy et Gerland. — V. Guillaume, écuyer, seigneur de
Vellepesle, Gurgy-la-Ville et Lucey, avocat général au parlement en 1586, épousa :
1° Odette Bourlier (13 décembre 1587); 2° Françoise de Montholon; 3° Renée Leva-
lois. Il eut un fils, Bernard qui suit.

VI. Bernard, écuyer, seigneur de Gurgy-la-Ville et Lucey, d'abord page de la
grande écurie, puis gentilhomme ordinaire de la chambre du roi en 1618, épousa, le
3 octobre 1623, Anne Morin, dont il eut Pierre qui suit.

VII. Pierre, conseiller au parlement en 1649, fut substitué aux nom et armes de
Morin, par le testament de Jacques Morin, conseiller au parlement, son oncle maternel, en 1646. Il avait épousé Catherine-Françoise Févret, dont il eut Charles qui
suit.

VIII. Charles, écuyer, seigneur de Godan, maître de la garde-robe de la Dauphine,
en 1687, entra aux Etats de l'année suivante. Il avait épousé, le 5 août 1685,
Constance, fille de Jean-Baptiste de Cirey, seigneur de Gerland, et en eut Bénigne
qui suit.

IX. Bénigne, écuyer, seigneur de Magny-sur-Tille, Gerland et Jancigny, grand
bailli du Dijonnais, entra aux États de 1718, et mourut sans alliance, le dernier de
sa branche, après avoir institué en 1772, son parent Bénigne Le Gouz de Saint-
Seine.

Branche des seigneurs de Saint-Seine. — V. Pierre, écuyer, trésorier de France
à Dijon en 1602, épousa, le 5 août 1606, Odette Maillard, dont il eut·Bénigne qui
suit.

VI. Bénigne, conseiller au parlement en 1633, épousa, le 10 juillet 1636, Madeleine
Bouhier, et laissa trois fils : 1° Pierre qui suit ; 2° Benoît-Etienne, conseiller, puis
président au parlement en 1686, seigneur de Villeferry et Arnay-sous-Vitteaux, qui
hérita des seigneuries de Rozières et Saint-Seine-sur-Vingeanne, par suite du testament de Jean Maillard, conseiller au parlement, à charge de relever le nom et les
armes de Maillard. Il avait épousé Anne, fille de Thomas Berthier, secrétaire du roi,
trésorier général des Etats de Bourgogne, et de Marie-Madeleine Martenot, et ne
laissa que trois filles mariées dans les maisons de Turgot, Rouillé et Bouthillier;
3° Jean, conseiller clerc au parlement en 1688, doyen de Chalon, prieur commendataire de Baume-la-Roche, élu du clergé aux États de 1703.

VII. Pierre, conseiller au parlement en 1674, épousa, le 6 septembre 1682,
Denise Richard, de qui vint Bénigne-Germain, qui suit.

VIII. Bénigne-Germain, seigneur de Saint-Seine, Rozières et la Vesvre, conseiller,
puis président au parlement en 1710, épousa Marie, fille de François Pérard, conseiller au parlement, seigneur de la Vesvre. Il en eut : 1° Jean-Baptiste, conseiller

clerc au parlement, prieur commendataire de Baume-la-Roche; 2° Bénigne qui suit; 3° N., mariée au marquis de Meximieux; 4° Marie-Anne, femme de Barthélemy Joly de Drambon.

IX. Bénigne, seigneur de Saint-Seine, Rozières, Jancigny, etc., conseiller (1739), puis président au parlement (1745), passa, après trente-huit ans de service, à l'office de premier président de cette compagnie. Il avait épousé, le 17 juillet 1742, Marguerite-Philiberte, fille de Philibert-Bernard Gagne de Perrigny, président au parlement, et de Jeanne-Marie de Thésut-Ragy. Ce mariage fit entrer dans la famille de Saint-Seine le marquisat de Bantanges et le comté de Louhans. Bénigne Le Gouz eut plusieurs enfants: 1° Bénigne-Bernard, entré aux États de 1766, conseiller au parlement en 1770, mort sans alliance; 2° Bénigne-Alexandre-Victor-Barthélemy qui suit; et enfin quatre filles, toutes quatre reçues au chapitre noble de Neuville en 1761 et 1765.

X. Bénigne-Alexandre-Victor-Barthélemy, conseiller au parlement en 1784, épousa Catherine-Claude Esmonin de Dampierre. Sa postérité subsiste. — Armes : *De gueules, à la croix endentée d'or, cantonnée de quatre fers de lance d'argent.*

ANTOINE BROCARD, auditeur, fut pourvu le 5 février 1554/5 de l'un des deux offices de conseillers maîtres créés par édit du mois de janvier précédent; il prêta serment le 12 mars de la même année, mourut en 1570, et eut pour successeur Jean Jaquotot. Voy. p. 42.

CLAUDE BARBISEY ou BERBISEY, seigneur de la Tour-de-Pouilly, fut pourvu, le 27 février 1554/5, du second des deux offices de conseillers maîtres créés par édit du mois de janvier précédent (1); il prêta serment le 20 mars de la même année et obtint des lettres de vétérance après avoir résigné en 1585 en faveur de Guillaume Loppin.

Cette famille, l'une des plus considérables du parlement de Bourgogne, remonte à :

I. Perrenot Berbisey, marchand et bourgeois de Dijon, qui vivait en 1390, et laissa, de son mariage avec Odette Normand, un fils unique, Etienne qui suit.

II. Etienne Ier, marchand et bourgeois comme son père, épousa en octobre 1400 Marguerite, fille de Guiot Poissonnier, marchand et bourgeois de Dijon, qui avait reçu des lettres de noblesse en 1378. De ce mariage vinrent : 1° Guy, licencié en lois, conseiller du duc, vicomte-mayeur de Dijon en 1437; 2° Perrenot, bourgeois et changeur à Dijon en 1442; 3° Etienne dit *l'aîné*, qui suit; 4° Richard, gouverneur de la Maladière, marié à Isabelle de Visen, et mort en 1478; 5° Luquette, qu

(1) Les officiers de nouvelle création ne jouissaient pas de tous les droits attachés aux anciennes charges, mais seulement d'un revenu proportionnel à la finance de leur office. Claude Berbisey avait versé au Trésor pour le sien 2,000 écus d'or sol valant 4,600 livres.

épousa en 1430 Philippe, fils de Guillaume Languet, bourgeois de Vitteaux;
6° Claire, mariée en premières noces à Jean de Molesmes, maître des comptes, et
en secondes, à Claude de Nuits, écuyer; 7° Etienne, dit *le jeune*, licencié en lois,
lieutenant général du bailli de Dijon en 1485.

III. Etienne II, dit *l'aîné*, licencié ès lois, conseiller du duc Charles en 1472, et
gouverneur de la Maladière après la mort de son frère Richard, en 1478, était conseiller de la ville de Dijon dès l'an 1453, et la gouverna en qualité de vicomte-mayeur,
de 1475 à 1484. Il avait épousé Charlotte, fille de Girard Vion, maître des comptes,
et en eut : 1° Jean, chanoine de la Sainte-Chapelle; 2° Thomas qui suit; 3° Jeanne,
femme de Dreux d'Echenon; 4° Perrenette, mariée à Jean Aigneau, vicomte-mayeur
de Dijon; 5° Marguerite, qui épousa Jean Carpentier, docteur en médecine;
6° Marie, femme d'Edme Julien, lieutenant général du bailli de Dijon; 7° Alix,
femme d'Henri Chambellan.

IV. Thomas Ier, greffier civil et des présentations au parlement de Bourgogne pour
le comté en 1480, secrétaire du roi Louis XI et garde de son scel secret, comme il
est qualifié dans une inscription rapportée par Palliot, puis grenetier au grenier à
sel de Beaune, épousa Marguerite Bonvilain dont il eut : 1° Etienne qui suit; 2° et
3° Claude et Guillaume (1) qui suivront; 4° Jean, lieutenant civil et criminel au bailliage de Dijon, marié à Marguerite, fille de Claude Brocard, conseiller au parlement;
5° Marguerite, femme de Philippe Aigneau, écuyer.

Branche aînée.— V. Etienne III, seigneur de Belleneuve, conseiller au parlement
en 1534, épousa Anne, fille d'Hélie Moisson, avocat général au parlement, et de
Jeanne Collot; il en eut : 1° Thomas qui suit; 2° Marguerite, femme d'Antoine
Brocard, maître des comptes; 3° Anne, qui épousa Denis Dongevin, écuyer;
4° Jeanne, mariée à Jacques Verne, avocat.

VI. Thomas II, procureur général au parlement en 1558, épousa Guillemette
Girault, dont il eut : 1° Anne, femme d'Hugues Picardet, qui succéda à son beau-
père dans la charge de procureur général; 2° Jean Ier qui suivra; 3° Guillaume qui
suit; 4° Mathieu, chanoine de la Chapelle-aux-Riches.

VII. Guillaume, lieutenant civil et criminel au bailliage de Dijon, épousa, le
22 octobre 1592, Elisabeth Thomas, dont il eut Georges qui suit.

VIII. Georges, seigneur du Pré, conseiller au parlement en 1638, épousa Christine,
fille de Jacques Fyot, seigneur de Vaugimois et d'Odette Massol; de ce mariage
vinrent : 1° Georges qui suit; 2° Marie, femme de Charles-Emmanuel de Mongey,
conseiller au parlement; 3° Barbe, qui épousa en 1678 Jean-Baptiste Massol,
seigneur de Collonges, président aux comptes.

IX. Georges II, conseiller au parlement en 1678, mourut sans postérité.

Rameau des barons de Vantoux. — VII. Jean Ier, conseiller au parlement en 1595,

---

(1) Etienne, Guillaume et Claude Berbisey obtinrent, en 1553, des lettres de noblesse qui furent
renouvelées en 1584 pour les deux derniers et pour leur neveu Thomas, fils d'Etienne, comme
étant issus d'Etienne Berbisey, qui avait épousé Marguerite, fille unique de Guy Le Poissonnier,
anobli par le roi en 1378.

avait épousé l'année précédente, Anne, fille de Guy Catherine, conseiller au parlement, dont il eut : 1° Jacques qui suit ; 2° Mathieu, substitut du procureur général au parlement en 1631, mort sans alliance ; 3° Anne, femme de Henri de la Michodière, trésorier de France à Dijon ; 4° Guillemette, mariée en 1628 à Jean Le Belin, aussi substitut du procureur général.

VIII. Jacques, baron de Vantoux, comme héritier de son parent Bernard plus loin nommé, seigneur de Belleneuve, conseiller au parlement en 1623, épousa en 1636 Barbe, fille de Georges de Maillard, maître des comptes, dont il eut Jean II.

IX. Jean II, baron de Vantoux, seigneur de Belleneuve, président à mortier en 1673, épousa en 1661 Élisabeth, fille de Jean Bouhier, seigneur de Lantenay, conseiller au parlement, et de Louise de Poligny ; il eut : 1° Jean qui suit ; 2° Mathieu, seigneur de Varennes, chevalier de Malte en 1681, commandeur de Beaune et de Chalon-sur-Saône, reçu aux États de 1688.

X. Jean III, baron de Vantoux, seigneur de Ruffey et Belleneuve, conseiller (1689), président (1704), et enfin premier président du parlement de Bourgogne (1715), épousa Nicole de la Motte, fille de Jean, conseiller au parlement, et de Claudine de Thésut. Il mourut en 1756, laissant la réputation d'un magistrat intègre et d'un citoyen charitable. En lui s'éteignit le nom de Berbisey.

Seconde branche. — V. Claude, seigneur de la Tour-de-Pouilly, de Sainte-Marie-la-Blanche et en partie de Vonges, Tart-le-Bas et Varanges, qualifié bourgeois de Dijon et marchand en 1542, acheta en 1555 une charge de maître des comptes ; c'est lui qui donne lieu à cet article. Il avait épousé en 1549 Marguerite de la Perrière, dont il eut : 1° Jean qui suit ; 2° François, écuyer, seigneur de la Tour-de-Pouilly, capitaine du château de Couchey en 1574 (1) ; 3° Marguerite, femme de Bénigne Fremiot, président au parlement, et probablement 4° Marthe, mariée à Claude Fremiot, président aux comptes.

VI. Jean, secrétaire en la chancellerie de Bourgogne, eut une fille, Marthe, mariée à Charles Desbarres, trésorier de France.

Troisième branche. Premiers barons de Vantoux. — V. Guillaume, lieutenant civil et criminel au bailliage de Dijon, vicomte-mayeur de la même ville en 1553, épousa environ l'an 1549 Jeanne de la Perrière, fille de Louis, dont il eut : 1° Jean, clerc, chapelain de la chapelle Notre-Dame-la-Gésant, en l'église Notre-Dame de Dijon ; 2° Perpétuo qui suit ; 3° Guillemette, femme de Pierre Morandet ; 4° Bénigne, qui épousa N. Girault, élu à Langres.

VI. Perpétuo, seigneur de Vantoux, Charancey, la Basole et Saucy en partie, conseiller, puis président au parlement en 1585 et conseiller d'État, épousa en 1584 Anne Desbarres, fille de Bernard, aussi président au parlement ; il en eut : 1° Ber-

(1) On trouve vers le même temps un François Berbisey, peut-être le même, qui mourut en 1586 revêtu d'une charge de secrétaire audiencier en la chancellerie de Bourgogne. Le P. Gautier le donne comme fils de Thomas II, procureur général, et père de Georges, conseiller au parlement, ce qui est certainement une erreur.

nard qui suit, et très probablement 2° Guillemette, mariée à François Saumaise, écuyer, gendarme des chevau-légers.

VII. Bernard, trésorier de France en 1626, avait obtenu en 1622 l'érection en baronnie de la terre de Vantoux qui passa depuis, comme on l'a vu, par retrait lignager, dans la branche aînée de sa famille. Nous ne lui connaissons qu'une fille, Marthe, qui ne paraît pas avoir contracté d'alliance. — Armes : *D'azur, à une brebis paissante d'argent.* Claude, qui donne lieu à cet article, brisait son écu *d'un croissant en chef.*

NICOLAS **LEGRAND**, seigneur de Sainte-Colombe et du Châtelet, fut pourvu de l'un des deux offices de maîtres *extraordinaires* créés par édit d'avril 1555. Ses provisions ne sont point distinctes de l'édit qui fut enregistré le 18 mai suivant, sous certaines modifications insérées au registre. Il prêta serment le même jour. Son office ayant été supprimé, fut rétabli en sa faveur sans finance en 1587, et passa après sa mort (1592) à Jacques Venot, mais ce dernier fut destitué en 1595, et on verra plus loin que Baptiste Legrand, cousin du dernier titulaire, à qui Henri IV avait fait don du même office, s'en démit avant réception en faveur de Jean Jaquot.

Nicolas Legrand, dont il est ici question, était fils de Guillaume Legrand, maître ordinaire en 1521. De son mariage avec Thomasse Jaquot vinrent trois enfants : Philippe et Guillaume, écuyers, et Marguerite, femme de Jean de Chazans, aussi écuyer ; ces trois enfants, uniques héritiers de Nicolas Legrand, vendirent en 1599 la terre de Sainte-Colombe à leur parent Jean-Baptiste Legrand, qui était alors notaire et secrétaire du roi ; il devint depuis général des finances et trésorier de France en Bourgogne, charge dans laquelle il eut pour successeurs son fils et son petit-fils, tous deux nommés Alexandre, en 1626 et 1669. Cette branche de la famille Legrand était représentée au dernier siècle par Charles-Alexandre Legrand de Sainte-Colombe, grand bailli d'épée du Châtillonnais. Voy. p. 29.

PHILIBERT **MILLETOT** fut pourvu du second office de maître *extraordinaire* créé par édit d'avril 1555. (Voy. l'article précédent.) Reçu le 18 mai suivant, il mourut le 6 juin 1585, et eut pour successeur Jacques Massol.

Famille originaire de Flavigny et divisée en deux branches principales, dont l'une reconnaît pour auteur :

I. Jean Milletot, secrétaire du roi, greffier en chef de la chancellerie au siége de Dijon, seigneur des Granges-sous-Grignon et de Benoisey en partie en 1549. Il épousa Antoinette Vestu, de qui vinrent : 1° Philibert qui suit, et 2° René, greffier scelleur en la chancellerie de Dijon, qui, de son mariage avec Anne Malyon, eut trois filles : Marie, femme de Pierre Chantureux, Anne, mariée en 1577 à Claude Bretagne, commissaire aux requêtes du palais, et Bénigne, qui épousa Louis Odebert, conseiller au parlement.

II. Philibert, maître des comptes, seigneur de Grissey et des Granges, marié à

Bénigne Gagne, eut entre autres enfants : 1° Jean, avocat ; 2° Jules, religieux profès à Saint-Bénigne ; 3° René qui suit ; 4° Jeanne, mariée à Pierre Milet, maître des comptes ; 5° Claude, femme de Jean Thomas, écuyer, capitaine de Sombernon.

III. René, écuyer, épousa en 1599 Claudine, fille de François Gelyot, contrôleur au grenier à sel de Saulx-le-Duc, et de Claude Porcherot ; nous ne savons s'il eut postérité.

I. La seconde branche remonte à Guy Milletot, seigneur de Bornay en 1551, le même sans doute qui avait été pourvu en 1528 de l'office de receveur général des finances en Bourgogne. De son mariage avec Barbe Languet, vint probablement Joseph qui suit.

II. Joseph, seigneur de Bornay, lieutenant général en la chancellerie de Semur, reçut en 1574 des lettres de noblesse dont il ne put obtenir l'enregistrement par suite des grandes contagions survenues depuis à Flavigny où il habitait, et qui l'a-vaient contraint d'abandonner ses meubles et papiers. De son mariage avec Chrétienne Leblond, vinrent : 1° Guy qui suit ; 2° Bénigne qui suivra ; 3° et 4° Phi-libert (1) et François, écuyers, seigneurs de la Borde ; 6° Anne, mariée en 1578 à Albert Mouchot.

III. Guy, seigneur de Bornay, avocat du roi au bailliage de Semur, zélé royaliste pendant la Ligue, fut blessé à la cuisse d'un coup de feu au combat d'Is-sur-Tille, et obtint, en récompense de ses services, des lettres datées du 27 février 1619, qui lui permirent de jouir du bénéfice des lettres de noblesse accordées à son père. Il épousa en 1587 Philiberte, fille de Jean Daubenton et de Claude Brocard, et en eut quatre fils, dont l'aîné fut avocat du roi et le second prit le parti des armes, et trois filles, entre autres, croyons-nous, Claude, femme en premières noces de Jean-Bal-thazar Buatier, écuyer, et en deuxièmes, de Jean Guenebaut, seigneur de la Grande-Dame-Guye.

III. Bénigne, seigneur de Villy, Champrenault et Bornay, conseiller au parlement en 1585, et honoré d'un brevet de conseiller d'Etat, épousa Claudine de Cirey dont il eut : 1° Guy-Anne qui suit ; 2° François, écuyer, seigneur en partie de Champrenault, lieutenant au bailliage d'Auxonne, marié à Julienne Morel, de qui il eut deux filles, Claude, mariée à Jacques Richard, conseiller au parlement, et Anne-Françoise, femme de Joseph-Rémond, écuyer ; 3° Barbe, femme de N. de la Chaume, contrôleur général du taillon en Bourgogne.

IV. Guy-Anne, seigneur de Villy et Orain, conseiller au parlement en 1629, épousa en 1634 Marie, fille de Bénigne Macheco, conseiller au parlement, et en eut : 1° Jean-Bénigne qui suit ; 2° Claude, écuyer, seigneur de Villy, la Borde et Cham-prenault en partie.

V. Jean-Bénigne, seigneur de Villy et Orain, conseiller au parlement en 1660, mourut sans postérité en 1711. — Armes : *D'argent, au lion de sable, armé et lam-*

(1) C'est peut-être le même personnage que Philibert Milletot qui résigna en 1569 l'office de capitaine de Rouvre.

passé de gueules, tenant de la patte dextre une rose feuillée et soutenue de même. La seconde branche écartelait : *D'argent, à trois porteaux de gueules, qui est de* Leblond.

LAZARE DE SOUVERT, seigneur de Layer, fut pourvu, le 2 février 1555/6, d'un office ancien de maître ordinaire, sur la résignation de Bénigne Jaqueron promu à une charge de président. Son arrêt de réception est du 26 du même mois, et le même jour la Chambre enregistra des lettres du 27 janvier précédent qui l'autorisaient à continuer l'exercice de la charge de greffier des Etats de Bourgogne. Lazare de Souvert mourut en 1571, et eut pour successeur Pierre Le Gouz. (voy. p. 157). De son mariage avec Mathurine Ferrand étaient venus plusieurs enfants, savoir : 1° Georges qui suit ; 2° Jean, seigneur de Layer, avocat au grand conseil, marié à Barbe de la Mare ; 3° Guillemette, femme de Jean de Pringles, procureur général à la Chambre des comptes ; 4° Barbe, qui épousa en 1573 Pierre de la Mare, avocat du roi au bailliage de Beaune ; 5° Jeanne, femme de François Maillard, trésorier de France, et probablement 6° Françoise, femme de Jean Bouchin, procureur du roi à Beaune.

Georges, seigneur de Chastain, reçu commissaire aux requêtes du palais en 1597, président à mortier en 1611, avait épousé Barbe Morisot, veuve de Guillaume Pivert, bourgeois de Vitteaux (1) ; il en eut une fille, Jeanne, mariée à Claude Fremiot, président au parlement, et un fils, Jean, seigneur de Billy, conseiller au parlement en 1628, marié à Marie Gourrelet, et dont le fils, Claude, aussi seigneur de Billy et conseiller, puis président au parlement en 1675, mourut sans laisser d'enfants de son mariage avec Anne-Julienne de la Mare. Il fut inhumé aux Cordeliers où était la sépulture de sa famille. — Armes : *De gueules, à l'aigle s'essorant d'or ; au chef de même.*

CLAUDE CHAULVYER (2), seigneur de Broin en partie, fut pourvu d'un office de maître ordinaire créé par édit de mars 1555/6, en considération de ce qu'il était le plus ancien des auditeurs ordinaires. Ses lettres de provisions ne sont point distinctes de l'édit de création, et la Chambre n'en ordonna l'enregistrement, le 16 novembre de la même année, qu'après y avoir été contrainte par deux lettres de jussion du roi des 4 juin et 7 octobre précédents, et sous certaines restrictions et modifications contenues au registre. Claude Chaulvyer mourut dans l'exercice de son office et fut remplacé en 1573 par Bénigne Colin. Il avait épousé Marthe Fremiot, fille de René, auditeur des comptes, et veuve de Jean Morelet, tabellion, seigneur de Broin, dont elle avait eu plusieurs enfants. Son sceau porte *un soleil, accompagné de six anneaux entrelacés deux à deux et posés deux et un.*

(1) On lui attribue un mémoire estimé sur le droit successoral en Bourgogne, publié sous forme de factum dans un procès qu'il soutenait par évocation au parlement de Grenoble, contre Marcelline Pivert, veuve de Guillaume Drouas, dit la Plante.

(2) Dans les registres de la Chambre des comptes, ce nom peut se lire indifféremment *Chaulvyer* et *Chaulnyer ;* à cette dernière forme, adoptée par le P. Gautier, nous avons cru devoir substituer l'autre en nous en rapportant à des documents dignes de foi, provenant d'une source différente.

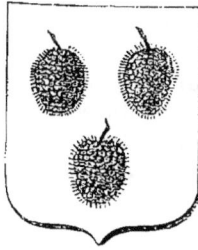

PIERRE MORIN fut pourvu, le 22 avril 1557, d'un quatrième office de maître *extraordinaire* créé par édit du
même mois. Reçu le 24 juillet suivant, confirmé sans
finance le 22 avril 1579, il résigna en 1582 en faveur
de Nicolas Morin son fils. Avant d'entrer à la Chambre
des comptes, on voit par ses lettres de provisions qu'il
exerçait l'office de procureur du roi de la foraine et domaine
forain en Bourgogne, et un acte de l'année 1573 nous apprend en outre qu'il était tabellion royal à Dijon. Il avait
été autorisé, comme tous les maîtres extraordinaires, à
continuer la profession d'avocat (1).

Cette famille, éteinte au XVIIe siècle dans les Le Gouz, remonte à :

I. Jean Morin, premier du nom, seigneur de Trochère, docteur en droit, qui
épousa N. de la Placette et très probablement Charlotte, fille de Bénigne Bouesseau,
maîtres des comptes ; il laissa plusieurs enfants, savoir : 1° Lazare, seigneur de
Cromey et Dracy, conseiller au parlement en 1543, procureur général en 1552, et
enfin conseiller au grand conseil en 1556, qui, de Marguerite Quarré, sa femme,
laissa un fils, François, aussi conseiller au grand conseil, dont les biens furent confisqués en 1595, et une fille, Marie, mariée à Nicolas Berbis, conseiller au parlement ; 2° Jean qui continua la postérité ; 3° Pierre qui suit ; 4° Marguerite, femme
de Claude Bouesseau, seigneur du Fossey ; 5° Avoie, mariée à Nicolas Humbert,
docteur en droit.

II. Pierre, maître des comptes, qui donne lieu à cet article, épousa Antoinette
Viard, dont il eut : 1° Nicolas qui suit ; 2° Jean, avocat en 1598 ; 3° Charles, aussi
avocat et prieur de Salmaise ; 4° Marie, mariée en 1572 à Pierre Maillard, secrétaire du roi et receveur général des finances en Bourgogne ; 5° N., qui épousa en
1577 Louis de Pontoux, maître des comptes ; 6° Elisabeth, femme d'Artus Valon,
maître des comptes.

III. Nicolas succéda à son père en 1582 dans son office de maître des comptes,
et mourut sans alliance.

II. Jean II, lieutenant général au bailliage de Dijon en 1551, passa conseiller au
parlement en 1581 ; il avait épousé Huguette Arbaleste, dont il eut : 1° Jean III ;
2° Olympe, mariée à Jacques de Massol, président aux comptes ; 3° Jeanne, femme
d'Antoine Joly, baron de Blaisy, greffier en chef du parlement ; 4° Anne, qui épousa
en 1582 Nicolas Filzjean, depuis gouverneur de la chancellerie.

III. Jean III, lieutenant général au bailliage de Dijon en 1579, sur la résignation
de son père, épousa en 1582 Marie, fille de Claude Bourgeois, conseiller au parlement, et de Barbe Gonthier, dont il eut : 1° Jean IV ; 2° Jacques, seigneur de Nuits-
sous-Ravières, conseiller au parlement en 1629, marié à Françoise Royer de Saint-
Micault, mort sans postérité ; 3° Palamèdes, avocat ; 4° Marie, femme de Bernard

(1) On trouve un Pierre Morin, licencié ès lois, vicomte-mayeur de Dijon en 1533.

Le Gouz, écuyer, seigneur de Gurgy, dont le fils, Pierre, conseiller au parlement, fut substitué par son oncle maternel, Jacques Morin, aux nom et armes de Morin.

IV. Jean IV, conseiller au parlement en 1612, épousa Anne Fyot, fille de François, seigneur de Vaugimois et Barain, conseiller au parlement, et de Catherine Sayve, sa première femme; il n'eut qu'une fille, Marie, femme de François Bretagne, seigneur de Nan-sous-Thil, conseiller au parlement. — Armes : *D'argent, à trois meures de pourpre.*

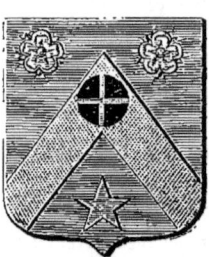

JEAN MAILLARD, dit *le Jeune,* sieur de Lichey, maître ordinaire, fut pourvu le 22 juillet 1557, sur la résignation d'Etienne Noblet promu à un office de président. Reçu le 15 novembre suivant, il résigna en 1603, en faveur de Pierre Thomas.

Le premier auteur de cette famille, Jean Maillard, qualifié noble, marchand et bourgeois de Dijon, remplit les fonctions de vicomte-mayeur de cette ville en 1560-1561. Il était seigneur de Lichey et de Renêve, et avait épousé Bénigne Le Griveau dont il eut plusieurs enfants, savoir :

1° Jean, maître des comptes, qui donne lieu à cet article ; il reprit de fief en 1580 du chef de sa mère, de partie des seigneuries de Saint-Seine, Leuilley et la Grange-du-Puits. De Marie Girardot, sa femme, veuve en 1605, il laissa trois enfants : Jean, avocat général au parlement en 1586, Pierre, chanoine de la Sainte-Chapelle, et Claude, mariée en 1598 à Jean Massol, seigneur de Loisy et Savigny, conseiller au parlement.

2° François, seigneur de Layer, receveur général, puis trésorier de France en Bourgogne (1571) résigna ce dernier office en 1590 en faveur de son fils Jean, qu'il avait eu de son mariage avec Jeanne de Souvert. Jean épousa Lucrèce Le Fèvre, et en eut un fils, François, qui paraît être mort en bas âge.

3° Pierre, notaire et secrétaire du roi, receveur général après son frère François, en 1572, épousa en 1573 Marie Morin, fille de Pierre, maître des comptes, et en eut entre autres enfants, Pierre, avocat, et Oudette, mariée à Pierre Le Gouz, trésorier de France.

4° Michel, audiencier en la chancellerie de Bourgogne, eut pour femme Marie Massol qui épousa en secondes noces Louis Odebert, seigneur de Rozières et Saint-Seine-sur-Vingeanne, conseiller au parlement. Il était mort en 1605, laissant trois enfants : Michel, Oudette, qui épousa Pierre Odebert, président aux requêtes du palais, fils de Louis, et enfin Jean, conseiller au parlement en 1631, seigneur de Saint-Seine-sur-Vingeanne, Rozières, Attricourt, etc., qui fut marié deux fois, en premières noces avec Guillemette Joly, en secondes avec Anne Tisserand. Se voyant sans enfants de ses deux mariages et étant le dernier de sa famille, il institua ses héritiers, en 1675, Benoît-Etienne Le Gouz, conseiller, puis président au parlement, et Claude Bernard, écuyer.

5° Oudette, femme de Guillaume Millière, seigneur d'Aiserey, maître des comptes.

6° Jeanne, mariée à honorable homme Bénigne Le Compasseur, bourgeois de Dijon, fils d'Edme, grenetier au grenier à sel d'Auxonne.

7° Oudinette, femme de honorable homme Vincent Menant.

8° Hélène qui épousa Bénigne Bourlier, maître des comptes.

9° Marguerite, mariée à Claude Bourlier, correcteur des comptes.

Armes : *D'azur, au chevron d'or, chargé en pointe d'un tourteau de sable, surchargé d'une croix d'or, et accompagné de deux quintefeuilles aussi d'or en chef, et en pointe d'une étoile de même.*

Jean DESBARRES, dit *le Jeune*, fut pourvu, le 18 février 1556/7, de l'office de maître ordinaire vacant par le décès de Claude Contault. Après plusieurs délais occasionnés par son refus de subir l'examen qui devait précéder sa réception, il se soumit enfin conformément à deux arrêts du conseil du roi et prêta serment avec le cérémonial accoutumé le 8 février 1557/8 ; il fut pourvu depuis de l'office d'élu du roi et l'exerça concurremment avec celui de maître, en vertu de lettres de compatibilité de 1571 ; il résigna ce dernier office le 25 juillet 1578 en faveur d'André Gagne.

Le premier de ce nom est Jean Regnault des Barres d'Orsan, dont la veuve, Guillemette Le Pehuat, de Ponthémery, vivait encore en 1382 ; il eut un fils, Regnault des Barres ou Desbarres, châtelain de Brazey en 1386 et receveur de la menue conduite à Saint-Jean-de-Losne, qui mourut peu avant 1399. Dans le compte des deniers de sa châtellenie rendu en cette même année par sa veuve Isabelle, on voit qu'il laissait pour seuls enfants et héritiers quatre fils et deux filles, savoir : Jaquot, Perreau qui suit, Jocerand, Perrotte, Jeannette et Regnault, ces quatre derniers mineurs. C'est donc par erreur que le P. Gautier lui donne pour fils Thibaut Desbarres, à partir duquel la filiation de cette famille est régulièrement établie.

Perreaul, le seul des enfants de Regnault Desbarres sur lequel on sache quelque chose de certain, fut grenetier puis contrôleur du grenier à sel de Saint-Jean-de-Losne, receveur de la menue conduite en 1422 et enfin châtelain de Brazey, comme son père, en 1427(1). Il avait épousé Huguette d'Archambac et mourut en 1439, ne laissant à notre connaissance que deux fils naturels, Huguenin et Jean, légitimés le premier en 1435, le second en 1461. On trouve après lui Thibaut, garde de la monnaie d'Auxonne en 1428, Jean, marié à Henriotte, fille d'Huguenin Girart, bourgeois d'Auxonne, en 1454, et enfin Thibaut qui suit.

(1) Ce Perreaul Desbarres prenait le titre d'écuyer. En 1422, le duc lui fit don, en considération de ses bons et agréables services dans ses armées, « et dernièrement devant la ville de Cosne, » d'une tour et de plusieurs maisons situées à l'entrée de l'hôtel ducal de Saint-Jean-de-Losne, pour y demeurer tant qu'il exercerait les offices de grenetier et de receveur de la menue conduite de cette ville, offices dont il venait d'être pourvu.

I. Thibaut, capitaine d'Auxonne, qualifié écuyer dans une lettre de 1466, eut deux fils : 1° Philippe qui suit ; 2° Charles, qui s'établit au comté de Bourgogne, où sa descendance était représentée au milieu du XVIe siècle par Pierre Desbarres, chevalier, seigneur du Perret, président au parlement de Dole, marié à Guye d'Albon et père d'Etienne, écuyer, lieutenant général au bailliage de la même ville.

II. Philippe, marchand à Dijon, seigneur de Massingy et Ampilly-le-Sec, épousa Marguerite Labouquet, fille d'Odot, anobli en 1435 ; il en eut : 1° Bénigne qui suit ; 2° Jean, auteur de la branche des seigneurs de Cussigny ; 3° Drouhine, femme de Jean Paris ; 4° Bernarde, mariée à Mongin Contault, conseiller au parlement ; 5° Marguerite, fiancée à Étienne Julien, maître des comptes en 1520, puis conseiller au parlement ; 6° et probablement Jeanne, qui épousa le même Etienne Julien.

III. Bénigne, seigneur d'Ampilly-le-Sec et de Massingy, bourgeois de Dijon et élu pour le roi aux Etats de Bourgogne vers 1503, épousa Jeanne Brioys dont il eut : 1° Philippe qui suit ; 2° Jean qui continua la postérité ; 3° Jean dit le Jeune, maître des comptes et élu du roi, qui donne lieu à cet article ; il épousa Marguerite Floriet, dont il n'eut pas d'enfants ; 4° Claude, marchand à Dijon, puis secrétaire audiencier en la chancellerie du parlement de Bourgogne, marié en premières noces à Jeanne Berbisey et en secondes à Marguerite Robert, dont il eut deux filles, Marie, mariée en 1597 à Bénigne de Frasans, greffier en chef du bureau des finances, et Huguette, mariée en 1611 à Bénigne Macheco, lieutenant criminel au bailliage de Nuits ; 5° Guyonne, femme de N. Quarré, de Chalon ; 6° Marguerite ; 7° Nicolas qui suivra ; 8° et très probablement Henriette, mariée à Pierre Le Gouz, seigneur de Vellepesle, maître des comptes.

IV. Philippe II, élu du roi en 1535 sur la résignation de son père, épousa en premières noces Philiberte Lambert, en secondes Glaudine, fille de Philippe Moisson, conseiller au parlement, et de Marguerite Raviet ; en troisièmes, en 1563, Marguerite Fremiot, fille de Jean, conseiller au parlement, dont il eut Just, sans doute mort sans alliance, et Charles qui suit.

V. Charles, seigneur de Verrey-sous-Drée, trésorier de France en 1595, épousa Marthe Berbisey, dont il eut : 1° Jeanne, mariée en 1612 à Palamèdes Gonthier, seigneur du Sauvement, élu du roi aux Etats ; 2° Michelle, qui épousa Lazare de la Toison, trésorier de France ; 3° Bernard, seigneur de Verrey, trésorier de France en 1629 après le décès de son beau-frère, et père de Marie-Dorothée, supérieure de la Visitation de Dijon.

Branche aînée ; premier rameau. — IV. Jean, avocat au parlement, mort vers 1600, laissa de son mariage avec Bernarde Bouvot : 1° Anselme qui suit ; 2° Guillemette, mariée à Jean de Cirey, auditeur des comptes, et à Nicolas de Gissey, juge de la prévôté d'Aignay ; 3° Jeanne, femme d'André Boudier, secrétaire du roi ; 4° Marguerite, mariée en 1586 à André Gagne, maître des comptes.

V. Anselme, maître extraordinaire des comptes en 1587, épousa en 1592 Henriette Cazotte, fille de Jean, bourgeois de Dijon, et d'Aglantine Dimanche ; il en eut : 1° Anselme qui suit ; 2° Nicolas, lieutenant général au bailliage de Dijon, mort sans postérité ; 3° Marguerite, femme de Jacques de Frasans, écuyer, vicomte-mayeur de Dijon ; 4° Guillaume, qui épousa en 1655 Marguerite Alixant.

VI. Anselme II, écuyer, épousa en 1644 Nicole Fourneret, fille de Pierre, receveur général de la province de Bourgogne ; il en eut un fils, Nicolas.

VII. Nicolas, écuyer, le dernier de la branche aînée, avait épousé en 1693 Anne Lemoyne, fille de Jean et de Philippe de Saule ; il a laissé de ce mariage deux filles : 1° Marie-Thérèse, morte sans alliance ; 2° Jeanne, mariée à Bernard Dévoyo, avocat au parlement.

Branche aînée ; second rameau. — IV. Nicolas, seigneur de Gissey et Couchey en partie, bourgeois et marchand à Dijon, puis receveur des Etats de Bourgogne en 1587, épousa Marguerite Leblond, dont il eut : 1° Jean, mari d'Anne Thomas et de Claude-Etiennette de Chissey ; 2° Marguerite, mariée en 1599 à Pierre de Gissey ; 3° Catherine, qui épousa en 1604 Edme Guenebault, premier commissaire ordinaire pour le roi en la marine de Ponant ; 4° Gabriel qui suit.

V. Gabriel, seigneur de Gissey et de Romprey, conseiller au parlement, épousa en 1610 Jeanne, fille de Girard Regnier, seigneur de Romprey. Il ne laissa pas d'enfants mâles et, à sa mort, la terre de Gissey passa à Catherine Desbarres, probablement sa fille, qui fut mariée à Philippe Berbis, conseiller au parlement.

Branche des seigneurs de Cussigny. — III. Jean, seigneur de Massingy et d'Ampilly-le-Sec, qualifié écuyer et bourgeois de Dijon, épousa Claudine, fille de Bénigne de Cirey, seigneur de Villecomte, et de Guillemette Jaqueron. et sœur d'Henry de Cirey, auditeur des comptes ; il en eut deux filles : 1° Marguerite, mariée en 1539 à Pierre Milet, maître des comptes ; 2° Bernarde, femme d'Antoine Rollet, bourgeois et échevin d'Autun. D'un second mariage avec Guillemette, fille de Pierre Tabourot, seigneur de Véronnes, auditeur des comptes, Jean Desbarres laissa cinq enfants, entre autres : 1° Jean, chanoine de Langres, et 2° Bernard, qui seul eut postérité.

IV. Bernard, seigneur de Ruffey, Charancey et Boussenois, avocat au parlement, obtint en 1574, étant vicomte-mayeur de Dijon, des lettres de relief de noblesse, et l'année suivante le roi, pour le récompenser des services qu'il avait rendus pendant sa magistrature, lui donna un office de conseiller au parlement. Il devint président en 1578. Marié en 1560 à Pierrette-Catherine, fille de Marc Fyot, seigneur de Villers, avocat, docteur en droit, et de Jeanne Legoux, il en eut : 1° Pierre qui suit ; 2° Anne, femme en premières noces de Jean Lenet, gouverneur de la chancellerie, et en secondes de Perpétuo Berbisey, seigneur de Vantoux, président à mortier ; 3° Marie, dame de Boussenois, mariée à Antoine de Vaux, homme d'armes ; 4° Félicité, femme en premières noces de Jean de Bard, écuyer, seigneur de Saint-Seine-sur-Vingeanne, en secondes de Jean de Digoine, seigneur de Mercurey, en troisièmes de Jean de Tenay, seigneur de Chassey ; 5° Catherine, qui épousa Melchior d'Agey, seigneur dudit lieu, gentilhomme ordinaire du roi.

V. Pierre, chevalier, seigneur de Ruffey et Echirey, conseiller d'Etat, président au parlement en 1611, avait épousé en 1599 Charlotte, fille de Claude Bourgeois, seigneur de Moleron, conseiller au parlement, et de Barbe Gonthier; il eut : 1° Bernard, chevalier, seigneur de Ruffey, marquis de Mirebeau, président à mortier, conseiller d'Etat par brevet de 1644, marié en 1660 à Antoinette, fille de Michel de Beauclerc d'Achères, maître des cérémonies de l'ordre du Saint-Esprit, et de Marguerite d'Estampes; il en eut une fille unique, Marie, qui épousa en 1681 Pierre de Bauffremont, marquis de Listenois, colonel de dragons; 2° André qui suit; 3° Bénigne, aumônier du roi, prieur du Quartier; 4° Jean, chevalier de Malte en 1626, capitaine au régiment d'Enghien; 5° Claudine, femme en premières noces en 1632 d'Antoine du Prat, baron de Vitteaux, et en secondes noces de Pierre de Montagu; 6° et 7° Chrétienne et Madeleine; 8° Catherine, ursuline à Dijon; 9° Marie, religieuse à Marcigny.

VI. André, écuyer, seigneur de Cussigny, capitaine de cavalerie en 1639, entré aux Etats de 1668, épousa en 1662 Claudine, fille de Claude de Saint-Belin et de Claude de Montrichard, dont il eut : 1° Henri-Bénigne qui suit; 2° Antoinette-Bernarde, femme de Nicolas de Villers-la-Faye, comte du Rousset.

VII. Henri-Bénigne, comte de Cussigny, lieutenant-colonel de cavalerie, entré aux Etats de 1700, marié en 1719 à N. de Saint-Chamant, fille de François, comte de Saint-Chamant et de Bonne de Châtelux, en eut : 1° Antoine-Henri-Claude, qui suit; 2°-3° Paul-Henri-François et Jacques-Gabriel, tous deux chevaliers de Malte et capitaines de cavalerie; 4° Bonne, morte sans alliance en 1739.

VIII. Antoine-Henri-Claude, comte de Cussigny, capitaine de cavalerie et chef de brigade, épousa en 1747 Agnès Testu de Balincourt, fille de François, lieutenant-général des armées du roi. Il eut de ce mariage trois fils : Henri-François, mestre de camp de cavalerie, Guillaume-Henri et Louis-Guillaume, nés en 1749, 1751 et 1754. — Armes : *D'azur, à la fasce d'or, chargée d'une étoile de gueules et accompagnée de trois croissants d'argent.*

François SAUMAISE, seigneur de Chambœuf, maître ordinaire, fut pourvu le 21 novembre 1558, sur la résignation en survivance mutuelle de François Saumaire ou Saumaise, son père. Henri II qui lui avait délivré ses provisions, étant mort avant leur enregistrement, il en obtint de nouvelles de François II en date du 21 juillet 1559, fut reçu le 18 août suivant, et résigna en 1573 en faveur de Guillaume Millière. — Il exerça depuis par commission les fonctions de maître des comptes pendant le séjour de la fraction royaliste de la Chambre à Semur. C'est ce qui résulte d'un arrêt du Conseil de l'an 1620 ordonnant que Pierre Saumaise, son fils et son donataire, serait payé de ses gages depuis le mois de juillet 1591 où son père avait été commis pour faire la charge de maître jusqu'en avril 1595. Voy. p. 148.

Jean JAQUOTOT, seigneur de Marcheseul et de Masse, maître ordinaire par le décès d'Antoine Brocard, fut pourvu le 28 octobre et reçu le 9 décembre 1570. Il résigna en 1609 en faveur de Bénigne Jaquotot, son fils.

I. Etienne Jaquotot, premier auteur connu de cette famille, fut vicomte-mayeur de Dijon en 1545 et 1546 ; de Catherine Sayve, sa femme, veuve en 1559, il paraît avoir eu un fils qui suit.

II. N... épousa Marguerite de Daillancourt, qui se maria en secondes noces avec Nicole Le Doulx, docteur en médecine. Il en avait eu Jean qui suit.

III. Jean, maître des comptes en 1570, épousa Claudine Godran dont il eut : 1° Nicolas qui suit ; 2° Bénigne, maître ordinaire des comptes en 1610 ; 3° Catherine, mariée en 1604 à Jean, fils de Philibert du Guay, maître des comptes ; 4° Marguerite, femme de François Saumaise, procureur général à la Chambre des comptes ; 5° Marthe, femme de Jean Fleutelot, maître des comptes.

IV. Nicolas, seigneur de Thorey et Buisson-sur-Ouche, reçu conseiller au parlement en 1608, épousa en 1609 Madeleine, fille de Jean Fyot, conseiller au parlement, et de Gasparde de Montholon ; il en eut Jean qui suit.

V. Jean II, seigneur de Thorey, conseiller au parlement en 1635, mourut de la peste la même année ; il avait épousé Elisabeth de la Mare, fille de Pierre, maître des comptes, dont une fille posthume, Marie-Anne. — Armes : *D'azur, à trois pattes de griffon d'or, et un croissant en abyme.*

BÉNIGNE FREMIOT fut pourvu, le 19 janvier 1571, dé l'office de maître *extraordinaire* vacant par le décès de Guillaume Tabourot (1561) et supprimé de droit depuis cette époque. La Chambre fit refus de procéder à l'enregistrement de ses lettres de provisions à raison de cette suppression et de son alliance avec Claude Berbisey, maître des comptes, dont il avait épousé la fille. Mais elle y fut contrainte par lettres de jussion du 18 mars 1571, qui contenaient dispense d'alliance et en vertu desquelles Bénigne Fremiot fut reçu le 4 avril suivant. Deux ans après il résigna en faveur d'Antoine de la Grange et fut pourvu de l'office de premier avocat général au parlement, d'où il passa en 1581 à celui de président à mortier. Voy. p. 40.

DROUHIN VINCENT, maître ordinaire, fut pourvu le 22 janvier 1571, sur la résignation de Bénigne Legrand, et reçu le 11 mai suivant. En 1586 le roi lui accorda des lettres de survivance, pour lui, sa veuve et ses héritiers (1). Il mourut dans l'exercice de son office et eut pour successeur, en 1602, Antoine Petit. — Fils de Claude Vincent, clerc et auditeur des comptes en 1549, Drouhin Vincent avait épousé N. Le Compasseur, fille de Bénigne, seigneur de Jancigny, garde de la monnaie du roi à Dijon. Son sceau porte *un cerf dans le champ de l'écu, et un chef chargé de trois pommes de pin ;* il s'est également servi d'un sceau où ses armes,

(1) Il avait payé au trésor pour son office 600 écus d'or sol.

écartelées avec d'autres qu'il est inutile de déterminer, sont ainsi figurées : *Coupé, au 1er, un cerf; au 2e, un chevron, accompagné de trois pommes de pin.*

BÉNIGNE BOURLIER, maître ordinaire, fut pourvu, le 9 février 1571, de l'office ancien vacant par la mort de Lazare de Souvert, et obtint le 18 mars suivant des lettres de dispense à raison de son alliance avec Jean Maillard, maître des comptes, dont il avait épousé la sœur. Lorsqu'il présenta ses lettres de provisions à la Chambre, il trouva cet office occupé par Pierre Le Gouz, qui s'y était fait recevoir en vertu de lettres-patentes du 7 juillet 1554. Ayant eu recours au roi, il obtint de nouvelles lettres datées du 8 septembre, qui lui conférèrent l'office de maître ordinaire de la création de 1524, que la promotion de Pierre Le Gouz à l'office ancien de Lazare de Souvert laissait vacant, avec droit d'occuper le premier office ancien qui viendrait à vaquer. En conséquence de ces lettres, Bénigne Bourlier fut reçu le 29 novembre 1571. Il eut pour successeur dans cet office Jean Morelet, lorsqu'il passa lui-même, en janvier 1577, à l'office ancien de Denis de Pontoux qu'il résigna en 1598, en faveur de Jean Bichot, son gendre.

La famille Bourlier ou Bourrelier est sans doute une branche de celle du même nom dont le premier auteur connu, Guillaume, secrétaire de Philippe-le-Bon en 1428, était en 1435 procureur fiscal au conseil de Dijon (1). On suppose qu'elle eut pour chef Jean Bourrelier, frère du même Guillaume, qui fut commis en 1420 à tenir le contrôle des ouvrages de Saulx. Cette branche était représentée au XVIe siècle par Jean Bourlier, qui résigna en 1579, en faveur d'Etienne Petit, l'office de receveur général des finances en Bourgogne ; il avait épousé Guillemette Joly, dont il eut : 1° Bénigne, maître des comptes, marié à Hélène Maillard et père de Bernarde Bourlier, qui épousa Jean Bichot, aussi maître des comptes ; 2° Claude, correcteur des comptes en 1572 ; 3° Nicole, mariée en 1588 à Pierre Fourneret, écuyer, seigneur d'Athée. — Jean Bourrelier, substitut du procureur général de la Chambre des comptes en 1691, et Charles-François, sieur de Maison-Rouge, major de la bourgeoisie de Chalon et officier de la fauconnerie royale de Bourgogne et Bresse en 1696, sans doute de la même famille, portaient les armes des Bourrelier de Malpas : *D'azur, à la fasce d'or, accompagnée de trois trèfles d'argent.* Ces armes sont ainsi modifiées sur le sceau de Bénigne Bourlier, qui donne lieu à cet article : *Une fasce, surmontée de deux étoiles et d'un croissant posés 2 et 1, et en pointe un chevron, accompagné de deux trèfles en chef et d'une épée à la pointe de l'écu.*

(1) Le fils de Guillaume, Jean, écuyer du duc Philippe-le-Bon s'établit au comté de Bourgogne, où ses descendants, seigneurs de Malpas et comtes de Mantry, ont occupé des emplois honorables dans la magistrature et l'administration. On remarque parmi eux : Renobert, secrétaire de l'archiduchesse Marguerite, capitaine du château de Rochefort en 1518 ; Renobert, chanoine de Cambray, trésorier de l'église de Besançon, grand-chantre de celle de Malines ; Nicolas, gentilhomme de la maison du roi d'Espagne ; Simon, avocat du roi au bailliage puis conseiller au parlement de Dole en 1573 ; Nicolas, maire de la même ville en 1620 ; Jean-Claude, doyen de Poligny, mort en 1695 ; Denis-François, chevalier de Malte, commandeur de Sainte-Anne en Bourbonnais ; Henri-François, qui fit ériger en comté en 1716 les terres de Mantry et Mauffans, etc. Alliances : Fauche, Cécile, Grivel, Patornay, Colombet, Saint-Mauris, etc. La généalogie de cette branche a été publiée par l'abbé Guillaume dans son *Histoire généalogique des sires de Salins.*

BÉNIGNE COLIN, seigneur de Chenault, fut pourvu, le 9 mai 1573, de l'office de maître ordinaire vacant par le décès de Claude Chaulvyer. Reçu le 2 juin suivant, il résigna en 1604 en faveur de Claude Gaillard.

I. Philibert Colin, seigneur de Chenault en Auxois, chef de cette famille, était né à Chailly en Bourgogne l'an 1507. Après avoir suivi le barreau pendant quelques années, il fut pourvu d'un office de conseiller au parlement, dont il remplit les fonctions pendant trente-sept ans. Il a laissé quelques poésies imprimées et manuscrites. Il avait épousé Guyette, fille de Jean Millière, et en eut : 1° Bénigne qui suit ; 2° Philippe, avocat au parlement, marié à Guillemette Chaulvyer ; 3° Anne, femme de Jacques Boullon, avocat ; 4° Marguerite, qui épousa Hugues Goudot, dit de Rozières, lieutenant au château de Beaune.

II. Bénigne, écuyer, seigneur de Chenault, maître des comptes, qui donne lieu à cet article, épousa Philippe Dimanche, de Châtillon-sur-Seine, dont il eut un fils, Bernard qui suit.

III. Bernard épousa Anne Le Corcenet, dont il eut : 1° Claude qui suit ; 2° Bénigne, écuyer, homme d'armes.

IV. Claude, avocat au parlement, figure en 1653 comme oncle du côté paternel dans l'acte de tutelle des enfants mineurs de Jean Gautier, avocat au parlement, auteur des Gautier de Brevant. Il avait épousé Claude Gautier, veuve de Claude de Montot, trésorier des mortes-payes en Bourgogne, et en eut : 1° Jean qui suit ; 2° Françoise-Marie.

V. Jean, écuyer, seigneur de Flavignerot, avocat au parlement, comme son père, obtint en 1673 des lettres de réhabilitation dont il avait eu besoin à cause de la dérogeance de son père et de son aïeul, dont le premier avait pris la qualité de praticien et le second avait exercé le greffe de la mairie de Dijon. Il épousa Marguerite Pélissier, fille de Philippe, écuyer, seigneur de Flavignerot, et en eut trois fils dont l'aîné se nommait Antoine, et qui entrèrent tous trois aux Etats de 1677 et années suivantes. — Armes : *D'azur, à trois colonnes d'or mises en pal.*

ANTOINE DE LA GRANGE, seigneur de Montille, Magny-lez-Semur et Saint-Anthost, maître *extraordinaire*, fut pourvu, le 19 juillet 1573, de l'office vacant par la promotion de Bénigne Fremiot à celui d'avocat général au parlement. Reçu le 7 août de la même année, il fut nommé conseiller au parlement en 1576 et résigna son office de maître en faveur de Claude Brigandet.

Famille originaire de Saulieu, où l'on trouve Guillaume de la Grange, receveur des deniers communs en 1550, et Edme, fils d'Etienne, juge ordinaire de la ville en 1563.

Elle s'est divisée en deux branches principales ; celle des seigneurs de Montille a pour auteur Antoine qui donne lieu à cet article et qui eut deux femmes, Julienne Chisseret et Anne Julien ; il laissa entre autres enfants : 1° Bernard, maître des comptes en 1607, dont la fille unique épousa Jacques de Sommièvre, seigneur de Jully, chevalier d'honneur à la Chambre des comptes ; 2° Jacques, avocat au parlement. Cette branche portait : *D'azur, au chevron d'or, chargé en pointe d'un croissant de gueules, et accompagné en chef de deux étoiles d'or et en pointe d'une rose d'argent.* Ces armes, légèrement modifiées, sont celles d'un rameau de la famille de la Grange, qui s'établit à Montcenis au commencement du XVIIIe siècle, et dont on trouvera la notice à l'article de Gabriel-Marie de la Grange, élu du roi en 1787 (1).

La seconde branche portait : *D'azur, au chevron d'or, accompagné de trois quintefeuilles d'argent ;* elle remonte à Pierre de la Grange, avocat, reçu conseiller au parlement en 1581, seigneur de Vauxbusin et Villeberny, cousin d'Antoine plus haut nommé, et frère d'un autre Pierre de la Grange, marchand à Saulieu en 1567. Il épousa en premières noces Jeanne Milet, fille de Pierre, maître des comptes, et en eut plusieurs enfants, dont l'un, Odet, fut conseiller à la Table de marbre; de son second mariage avec Anne Porcherot, il laissa entre autres enfants un fils, François, écuyer, seigneur de Vauxbusin et Villeberny, marié à Claude Berbisey et père d'un grand nombre d'enfants dont nous ignorons les alliances. Un autre de ses fils, Pierre, pourvu de son office de conseiller, ne s'y fit pas recevoir·

Cette branche a été représentée aux états de Bourgogne dans les années 1650, 1665 et 1677.

GUILLAUME MILLIÈRE, baron de la Villeneuve, seigneur d'Aiserey, Fénay, Saulon et autres lieux, maître ordinaire, fut pourvu sur la résignation de François Saumaise, le 28 septembre 1573, et reçu le 28 novembre suivant. Il eut besoin de lettres de dispense de parenté à cause de Jean Maillard et de Bénigne Bourlier, maîtres ordinaires, ses beaux-frères. Il résigna en 1601 en faveur d'Etienne Millière, son fils.

I. Odinet Millière, qui habitait Beaune en 1418, eut pour fils Guillaume.

II. Guillaume Ier, seigneur de Travoisy, épousa en 1459 Guillemette, fille d'André Durand, dont il eut : 1° Jean qui suit ; 2° Guyotte, mariée à noble Pierre Fourneret.

III. Jean, seigneur de Travoisy, épousa en 1503 Jeanne, fille de Claude d'Héricourt, commissaire général des fortifications en Bourgogne, laquelle fut mariée en secondes noces à Pierre Godran, maître des comptes ; il eut : 1° Michel qui suit ; 2° Pierre, marchand à Dijon, marié à Marie Macheco ; 3° Etienne, grand-chantre de l'église de Chalon ; 4° Hélène, mariée à Georges de Pontoux, écuyer, seigneur de Sey ; 5° Guyette, femme de Philibert Colin, conseiller au parlement.

(1) On trouve plus anciennement à Montcenis une famille du même nom à laquelle appartenait Jean, procureur du roi au bailliage en 1575, fils de François de la Grange, écuyer, et d'Anne de Digoine.

IV. Michel Ier, seigneur de Travoisy, Aiserey et Bretenières, qualifié marchand
et bourgeois de Dijon en 1542, succéda à son aïeul dans l'office de commissaire des
fortifications ; il épousa en 1528 Marie, fille d'Hélie Moisson, avocat général au parlement, et en eut : 1° Guillaume qui suit ; 2° Claude, femme d'Antoine Bouchard,
contrôleur des deniers communs à Saulieu.

V. Guillaume II, marchand et bourgeois de Dijon, baron de la Villeneuve, seigneur
d'Aiserey, Saulon, Fénay, Bretenières, etc., maître des comptes en 1573, vicomte-
mayeur de Dijon en 1571 et 1572, épousa en premières noces en 1554, Odette
Maillard, fille de Jean, vicomte-mayeur de Dijon, et en secondes noces Denise
Beuverand ; il eut : 1° Michel qui suit ; 2° Guillaume, auteur de la première branche
des seigneurs d'Aiserey ; 3° Etienne, maître des comptes en 1601, auteur d'une
branche dont on trouvera la notice à son article ; 4° Guillemette, femme de Jacques
Massol, lieutenant au bailliage de Beaune ; 5° Jeanne, mariée à Bénigne Baissey,
conseiller au parlement ; 6° Marie, mariée à Etienne Petit, seigneur de Ruffey ;
7° Jean, prieur du prieuré d'Époisses, de l'ordre de Grandmont, chanoine de Chalon, puis doyen de la Sainte-Chapelle en 1608, mort en 1626 et inhumé dans cette
dernière église, sous l'aigle du chœur.

VI. Michel II, baron de Saint-Germain, seigneur de Bretenières, conseiller au
parlement en 1580, épousa Philiberte Baillet, dont il eut : 1° Guillaume, mort
jeune ; 2° Odette, femme de Jean Gonthier, conseiller au parlement ; 3° Bénigne,
baronne de Saint-Germain, mariée à Claude Potet, commissaire aux requêtes du
palais.

Première branche des seigneurs d'Aiserey. — VI. Guillaume III, baron de la Villeneuve, seigneur d'Aiserey, conseiller au parlement en 1591, épousa Marie-Michelle
Fyot, fille de François, seigneur d'Arbois, conseiller au parlement ; il fut décoré du
titre de conseiller d'Etat, mourut en 1617, et fut inhumé en l'église Saint-Etienne de
Dijon, au tombeau du président Bégat, aïeul de sa femme. Il laissait trois enfants,
savoir : 1° Michel qui suit ; 2° Catherine, femme de Jean Bouhier, seigneur de
Pouilly, conseiller au parlement ; 3° Bénigne, mariée à Jean Boisselier.

VII. Michel III, écuyer, seigneur d'Aiserey et Baissey, conseiller au parlement
en 1617, épousa Anne de Poligny, fille d'Etienne, conseiller au parlement ; il en
eut : 1° Anne, mariée à Nicolas de Gaule, commissaire aux requêtes du palais ;
2° Louise, femme de Claude Badoux, trésorier de France ; 3° Jean-Baptiste qui suit.

VIII. Jean-Baptiste, écuyer, seigneur d'Aiserey et Baissey, lieutenant-colonel de
cavalerie, entré aux Etats de 1674 et années suivantes, épousa Catherine de Vor-
decy, d'une famille du Dauphiné ; il n'en eut qu'une fille, Marie, qui épousa N. de
Buffrans, président de la Chambre des comptes de Grenoble. De ce mariage sortirent
deux filles : 1° Louise, mariée à N. de Tencin, premier président du sénat de
Chambéry ; 2° Marie, femme de N. de Pusignen, comte d'Argenson en Dauphiné. —
Armes : *D'azur, à trois épis de millet d'or.* — Ces armes sont sculptées sur l'élé-
gante tourelle d'angle de la maison située à la rencontre des rues Guillaume et
Bossuet, à Dijon.

JEAN MORELET fut pourvu, le 28 novembre 1573, de l'un des deux offices de maîtres ordinaires créés par édit du mois de juillet précédent. L'enregistrement de cet édit souffrit de grandes difficultés, en sorte que Jean Morelet ne fut reçu que par arrêt du 4 septembre 1574 aux charges et conditions retenues au registre (1). En 1577 il quitta cet office, qui fut rétabli en faveur de Louis de Pontoux, et passa à celui de la création de 1524, que Bénigne Bourlier laissait vacant pour occuper celui de maître ancien, en remplacement de Denis de Pontoux. Jean Morelet résigna en 1594 en faveur de Bénigne Morelet, son fils.

Par lettres du mois de janvier 1669, Jean Morelet, écuyer, seigneur de Couchey, et ses deux neveux, Jean, conseiller du roi en ses conseils, doyen de Beaune, chanoine de la Sainte-Chapelle de Dijon, prieur de Chorey, élu du clergé aux Etats de Bourgogne, et Bénigne, écuyer, tous deux fils de feu Bénigne Morelet, écuyer, plus ancien conseiller maître à la Chambre des comptes de Dijon, et de Marguerite Baillet, obtinrent l'autorisation de reprendre les anciennes armes pleines de leur famille, savoir : un écu *d'azur, à une tête de maure d'argent, liée en diadème de gueules*, qu'un de leurs auteurs, Jean Morelet *le jeune*, écuyer, secrétaire du roi en la chancellerie de Dijon, et son procureur au bailliage de la même ville, « pour marquer qu'il étoit le cadet » de Jean Morelet *l'aîné*, chevalier, connétable de l'artillerie du roi de Portugal, son frère, avait brisées de *deux coquilles d'or au chef de l'écu*. On lit dans ces lettres-patentes que cette brisure, empruntée par Jean Morelet *le jeune* aux armes de Guillaume Esperonnet, sa mère, qui portait : *d'azur, à trois coquilles d'or*, n'avait plus de raison d'être depuis l'établissement de Jean Morelet, son frère, en Portugal, et que ses propres descendants demeurés en Bourgogne se trouvant ainsi les aînés, avaient grand intérêt à ce que les armes pleines de leur maison, dont ils étaient les seuls représentants, ne fussent pas usurpées par quelque autre famille de même nom. Ces lettres contiennent en outre un tableau de la filiation ascendante des requérants, remontant à Guillaume Morelet, chevalier, qui eut pour fils Quantin Morelet, aussi chevalier, pour petit-fils Robert, chevalier, seigneur de Bettancourt, de Port et de Velle-sur-Amance, marié à Aymée de Bauffremont, et pour arrière-petit-fils Jean, chevalier, seigneur de Bettancourt, marié à Hélène de Salives, dame de Cersy. Le fils de ce dernier, Jean Morelet, écuyer, conseiller et maître en ordonnance de l'hôtel de Philippe-le-Bon, et écuyer de la duchesse Isabelle de Portugal, son épouse, épousa Guillaume Esperonnet de qui vinrent Jean *l'aîné* et Jean *le jeune*, plus haut nommés. Jean *le jeune*, marié à Claude

(1) Sur le refus de la Chambre de procéder à l'installation de Jean Morelet et de Claude Le Compasseur, qui avaient été pourvus des deux offices de la création de 1573, le roi donna commission pour les recevoir à Jean Moisson, maître des requêtes de son hôtel, et au premier conseiller au parlement de Dijon. La Chambre, dont les privilèges étaient ainsi gravement lésés, fit des remontrances et obtint la révocation de cette commission, en consentant à la réception des deux nouveaux officiers, sous la condition que leurs offices seraient supprimés de plein droit à la première vacance. (Lettres du 30 juin 1574.) On voit, en outre, par leurs arrêts de réception, que Jean Morelet et Claude Le Compasseur consentirent à ne prendre aucune part dans les épices et droits ordinaires des autres officiers. Le roi les releva depuis de cette promesse, par lettres du 12 août

Laverne(1), eut pour fils Jean, maître des comptes, marié à Catherine Leblond, — c'est lui qui donne lieu à cet article, — et pour petit-fils Bénigne, aussi maître des comptes, frère et père des requérants.

Cette famille, dont plusieurs membres ont eu entrée aux Etats de Bourgogne, s'est éteinte au siècle dernier (2).

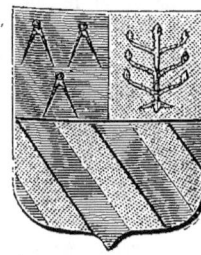

CLAUDE LE COMPASSEUR, contrôleur des mortes payes en Bourgogne, fut pourvu, le 28 novembre 1573, du second office de maître ordinaire créé par édit du mois de juillet précédent. Il fut reçu le 7 septembre 1574 (3) et résigna en 1581 en faveur de Jean Soyrot, pour passer successivement aux offices de trésorier général de France, et de président au bureau des finances de Dijon. Fils de noble Bénigne Le Compasseur, seigneur de Jancigny, garde de la monnaie du roi à Dijon, et de Bénigne de la Perrière, Claude Le Compasseur avait acheté les seigneuries de Vantoux et de Bévy. Il épousa, le 16 février 1567, damoiselle Michelle Fremiot qui, restée veuve, fit en mars 1615 une fondation aux Pères Jacobins de Dijon, où son mari était inhumé. N'ayant point eu d'enfants de ce mariage, Claude Le Compasseur institua son neveu Claude, capitaine au régiment de Vaubécourt, fils de Bénigne Le Compasseur, greffier des requêtes du palais, vicomte-mayeur de Dijon en 1621, et d'Anne Brocard. Claude mourut jeune, des suites de blessures qu'il avait reçues à Sondrio en 1624, et il fut remplacé par son frère Claude, conseiller clerc au parlement. Ce dernier, pour recueillir la succession de son frère, abandonna l'état ecclésiastique qu'il avait d'abord embrassé, et fut l'auteur des barons et marquis de Courtivron, qui par leurs alliances et les charges honorables de robe et d'épée dont ils ont été revêtus, n'ont pas cessé de tenir un rang distingué dans la noblesse de Bourgogne.

Claude Le Compasseur portait : *D'azur, à trois compas ouverts en chevron d'or.* Son neveu et héritier Claude, conseiller au parlement en 1620, modifia ces armes ainsi qu'il suit : *parti et coupé, au 1er : d'azur, à trois compas ouverts en chevron d'or; au 2e : d'or, au créquier de gueules; soutenus d'azur, à une bande d'or de trois pièces.*

1575, dont la Chambre ne consentit la vérification que pour ce qui concernait les gages; pour les épices et autres droits ordinaires, les fonds sur lesquels ils se percevaient étant chargés d'autres dépenses, elle renvoya les nouveaux officiers « devers Sa Majesté, pour estre pourvus d'autres assignations. »

(1) Outre Jean, maître des comptes, Jean *le Jeune* eut de Claude Laverne trois filles, savoir : Guillemine, femme de Zacharie Fyot, trésorier des mortes payes, Pierrette, mariée en premières noces à André Godran, procureur du roi au bailliage, en deuxièmes à Bénigne de Requeleyne, grenetier au grenier à sel de Dijon, et enfin Jeanne, qui épousa Guy Berbis, bourgeois de Seurre.

(2) Jean Morelet, écuyer, qui devint propriétaire vers 1700, comme légataire de son oncle, Jean Morelet, doyen de Beaune, du fief de Loges, paroisse de Tintry, en fit changer le nom en celui de Morelet, qu'il porte encore aujourd'hui.

(3) Voyez la note de la page précédente.

CLAUDE BRIGANDET, maître *extraordinaire*, fut pourvu
le 13 juin 1576, sur la résignation d'Antoine de la Grange,
promu à un office de conseiller au parlement. Il fut reçu au
mois d'août de la même année et résigna en 1599 en faveur
de Pierre Soyrot.

I. Philibert Brigandet, écuyer, seigneur de Gissey et
des Granges, capitaine de la venerie du duc Jean, fut « oc-
cis, » d'après son épitaphe, près de son maître sur le pont
de Montereau. Il fut inhumé à Saint-Michel de Dijon, et
nous le croyons père de Guillaume qui suit.

II. Guillaume I⁰ʳ figure parmi les nobles et les notables du bailliage de la Montagne qui prêtèrent serment au roi Louis XI en 1478, après la réunion du duché à
la couronne; il eut sans doute pour fils Guillaume et Jean, chefs de deux branches
qui restèrent toutes deux établies à Chanceaux.

Première branche. — III. Guillaume II, écuyer, bourgeois de Chanceaux, épousa,
d'après le P. Gautier, Catherine, fille de Guillaume Languet, et fut certainement
marié, sans doute en secondes noces, avec Marie Ferrand, dont il eut : 1° Germain,
coseigneur de Villeberny et Vauxbusin, bourgeois de Chanceaux; 2° Jean qui suit;
3° Pierrette, femme de Perrenet Camus, maire d'Auxonne; 4° Claudine, femme de
Jean Thomas, écuyer, capitaine de Sombernon.

IV. Jean, selon son épitaphe en l'église de Sombernon, était « escuyer, capitaine
du chasteau de Sombernon, » et fut tué en 1570 « par les coureurs de Vézelay à la
barricade dudict chasteau. » Il laissa de Claire Ferrand, sa femme : 1° Claude qui
suit; 2° Augustin, contrôleur alternatif du grenier à sel de Dijon; 3° Jean, sans doute
marié à Anne Espiard; 4° Barbe, mariée à Claude Mechinet, de Chalon; 5° Guyonne,
femme de Claude de Chalus, gentilhomme d'Auvergne.

V. Claude, maître des comptes, qui donne lieu à cet article, épousa en premières
noces, en 1575, Claude, fille de François Guyet, marchand à Chalon, et en secondes
noces Françoise Coutier, qui mourut en 1630 et fut inhumée en l'église de Sombernon; il en avait eu deux fils, Etienne qui suit, et Gilbert.

VI. Etienne, écuyer, commissaire d'artillerie, épousa en 1630 Pierrette de Gou-
venain; il fut pourvu en 1639 d'un office de correcteur des comptes, et mourut
sans postérité.

Seconde branche. — III. Jean, chef de cette branche, demeurait à Chanceaux en
1534, de même que Guillaume, son frère, et portait le titre d'écuyer comme on le
voit par l'acte de fondation de la chapelle Sainte-Anne et Sainte-Barbe, où il figure
avec sa femme Catherine Lemulier; il eut : 1° Nicolas qui suit; 2° Rose, mariée en
1547 à Guillaume de Montholon, avocat du roi, puis président au parlement.

IV. Nicolas, seigneur en partie de Quemigny, Quemignerot, Cosne et Duesme,
qualifié écuyer et bourgeois de Chanceaux, capitaine de Flavigny, fut assassiné au
service du roi par les rebelles en 1589 et inhumé à Chanceaux dans la chapelle de

sa famille (1). En 1580 le roi Henri III, confirmant une délibération des habitants de cette ville, lui avait accordé par lettres patentes l'exemption des tailles et impositions sa vie durant en récompense de ses services dans sa charge qui ne lui rapportait aucun profit et pour le dédommager des dégâts commis dans ses terres par les troupes du duc Casimir (2). De son mariage avec Jeanne Porcherot, il laissa : 1° Marie, mariée en premières noces, en 1571, à François Regnier de Bussières, lieutenant général des eaux et forêts en Bourgogne, en secondes noces à Guy de la Carrière, écuyer, seigneur de Clinchamp ; 2° Guy, avocat et syndic des Etats de Bourgogne, non marié ; 3° N..., écuyer, capitaine de galères.

A la fin du XVIIe siècle, la famille Brigandet était représentée par Antoine, capitaine d'infanterie, et par Jacques Brigandet, sieur de la Borde, qui, de son mariage avec Marguerite Breneau, eut plusieurs enfants, parmi lesquels nous citerons Vivant, sieur de la Borde, Colotte, femme de Gilbert de Chamberan, écuyer, Louise, femme de Claude Roux, procureur du roi à Verdun, Jeanne, mariée à Antoine Jomard, et enfin Marguerite, qui épousa Charles Bannelier, avocat à la cour (3), bailli du comté d'Eguilly. — Armes : *D'azur, à un cor d'or, enguiché de gueules, et deux molettes d'éperon d'or en chef.*

Claude BOUVOT remplaça Jean-Baptiste Valletier dans un office de maître ordinaire, dont ce dernier avait été pourvu sur la nomination de la veuve et des héritiers de Damien Jaquot et qu'il résigna avant réception (4). Pourvu le 5 février 1577, il fut reçu le 19 mars suivant, et obtint, en 1590, des lettres de survivance de son office. Pendant les troubles de la Ligue, il quitta Dijon et il n'y était pas de retour lorsque Henri IV, après la réduction de la province, rétablit tous les officiers ligueurs dans leurs offices, de telle sorte qu'il fut obligé de demander des

(1) Une obligeante communication de M. l'abbé Gauthier, curé de Chanceaux, nous permet de publier la curieuse épitaphe de Nicolas Brigandet encore existante dans la chapelle Sainte-Anne : SIBI NOVA SIDERA LVCENT. — ÆTERNÆ MEMORIÆ NICOLAI BRIGANDETTI FLAVIGNIS PER ANNOS XX GVBERNATORIS QVI ÆSTVANTIBVS BELLIS CIVILIBVS IN PVBLICA PERFIDIA NON HOSTIVM MINIS PERTERRITVS NEC PRECIBVS AVT PRETIO VICTVS REGI FIDELISS : DVCE TAVANNEO. ILLO, REGIS ET PATRIÆ PROPVGNATORE ACERRIMO. HOSTIBVS BELLVM INTVLIT. SENATVM DIVION : PERDVELLIONVM VIOLEN : SVIS SEDIBVS MOTVM VRBE ET TECTIS BENIGNE RECEPIT. CVRA ET VIGILIIS DVM VIXIT SERVAVIT INCOLVMEM. DVMQVE PATRIAM. VRBEM. CIVESQVE SERVARE PARAT HEV ! IMPROVISA ET INFELICI CÆDE. MAGNO BONORVM OMNIVM LVCTV. SEXTO IDVS APRILIS SALVTIS ANNO M. D. iiijⁿˣ IX FATI MVNVS IMPLEVIT. VIRTVS ILLI SEPVLCRVM CONDIDIT. FILII MEMORES TANTÆ PROBITATIS VIRO PATRI MERITISSIMO MONVMENTVM HOC ET PIGNVS AMORIS MŒSTISS : POSVERVNT. — NICOLAVS BRIGANDETTVS ABIIT NOSTRA LVCE DIGNVS.

(2) Guillaume de Saulx-Tavanes raconte dans ses *Mémoires* qu'en 1587, les habitants de Dijon envoyèrent sommer Brigandet, capitaine de Flavigny, de rendre cette place entre leurs mains, « autrement qu'ils feroient couper la teste à son fils, qu'ils retenoient. » Sa réponse, ajoute-t-il, « du tout généreuse, fut qu'il auroit plus en recommandation son honneur et devoir envers son roy et sa patrie, que la vie de son fils, et qu'ils n'attendissent cette trahison et perfidie d'un si homme de bien que luy. » *Mémoires de Tavanes*, collection Michaud, p. 479.

(3) Charles Bannelier, oncle de Jean Bannelier, le savant jurisconsulte, n'eut qu'une fille, Marguerite, mariée à Lazare Goudier, greffier de la vierie et prévôté d'Autun, dont la fille, Marie-Marguerite, laissa tous ses biens aux enfants de sa sœur consanguine, Lazarine Goudier, femme d'Antoine-Bernard Pinot, chevalier de Saint-Louis, capitaine de cavalerie, brigadier, puis maréchal-des-logis dans la gendarmerie de Lunéville.

(4) Jean-Baptiste Valletier avait été pourvu le 14 mars 1575 ; il était fils de Sébastien Valletier, écuyer, qui habitait Langres au XVIe siècle. Sa descendance était établie au dernier siècle dans le Châlonnais.

lettres spéciales de rétablissement qui lui furent accordées le 5 juillet 1595, et en vertu desquelles il prêta un nouveau serment le 10 du même mois. Il mourut l'année suivante et son office passa à Pierre Buatier, qui dut le céder par subrogation à Nicolas Humbert. Il était attaché comme surintendant à la maison du duc de Nemours, et avait épousé Anne Leubert, dont il eut plusieurs enfants, entre autres une fille, Michelle, mariée à Jean, baron de Mâlain, et probablement Marie, femme de Jean Catherine, trésorier de France. — Pierre Bouvot, écuyer, seigneur de Lille, substitut du procureur général au parlement, fut pourvu en 1636 d'un office de correcteur, supprimé avant sa réception. Il avait épousé Marguerite Baudouin. — Le sceau de Claude Bouvot porte *un chevron accompagné de trois têtes de bœuf.*

Louis DE PONTOUX, seigneur de Virey, Longepierre, etc., fut pourvu, le 7 décembre 1576, de l'office ancien de maître ordinaire demeuré vacant par le décès de Denis de Pontoux, son père, mais il ne put s'y faire recevoir. En effet, Bénigne Bourlier, qui était revêtu de l'office de la création de 1524, requit, en vertu de lettres patentes du 8 septembre 1571, vérifiées à la Chambre, de passer à l'office vacant, et la Chambre ayant acquiescé à sa demande, il en fut mis en possession. Quant à l'office qu'il délaissait, Jean Morelet, pourvu d'un office de la création de 1573, demanda d'y être subrogé, et la Chambre, en lui accordant sa demande, déclara que l'office ainsi laissé vacant par subrogation, resterait supprimé de plein droit, conformément aux déclarations du roi. Louis de Pontoux, débouté de toutes ses prétentions, eut recours à Henri III qui, par édit de mars 1577, créa de nouveau et rétablit en sa faveur l'un des deux offices délaissés par Bénigne Bourlier ou par Jean Morelet, en lui donnant droit au premier office ancien qui viendrait à vaquer. En conséquence de cet édit, Louis de Pontoux fut reçu au lieu de Jean Morelet, le 4 juin 1577. Sur sa résignation, Jean Fleutelot lui succéda en 1583. Voy. p. 155.

André GAGNE, maître ordinaire, fut pourvu sur la résignation de Jean Desbarres le 25 juillet 1578 et reçu le 28 mars de l'année suivante. Marié à Marguerite Desbarres, il mourut en 1589 et eut pour successeurs : 1° Pierre Buatier; 2° Zacharie Bouchard; 3° Salomon Ferrand. Voy. p. 186, 190, et pour les armes p. 59.

Claude PESCHART, maître ordinaire, fut pourvu le 31 décembre 1579, sur la résignation de Mathieu Vincent Le Gourd. Reçu le 26 mars 1580, le duc d'Anjou le demanda peu de temps après pour l'employer auprès de sa personne et lui obtint (2 juillet 1580) des lettres de dispense de l'exercice de son office qui passa après sa mort à Pierre Chasot (1590). Il était fils de noble Michel Peschart, sieur de la Roche, trésorier des fortifications en Bourgogne, qui mourut en 1573, et de Jeanne Brocard, dame de Trouhans en partie, et avait épousé Bénigne Pouffier, fille de Jean, marchand à Dijon, seigneur de Tasniot, et de Fallette Boudrenet. Claude Peschart avait plusieurs frères et sœurs, entre autres Pierre, écuyer, qui fit une fondation aux villages de Vaux et Aubigny, près Montsaugeon, en 1633. — Armes : *D'azur, à une fasce d'argent, et un chef de même.*

PIERRE MILET, seigneur d'Oisilly et Marcilly, maître ordinaire, fut pourvu sur la résignation de Pierre Milet, son père, le 21 mars 1582 et reçu le 1er juin suivant. Il résigna en 1603, en faveur de Pierre Tisserand. Pour les armes voy. p. 150. Il brisait son écu *d'un lambel.*

JEAN SOYROT, maître ordinaire, fut pourvu le 31 décembre 1581, sur la résignation de Claude Le Compasseur, passé à un office de trésorier de France. Reçu le 30 juin 1582, il mourut dans l'exercice de son office et fut remplacé vers 1594, par Chrétien Margeret.

I. Jean Soyrot, marchand et bourgeois de Dijon en 1571, avait épousé Jeanne Etienne, dite Perruchot, dont il eut : 1° Bénigne qui suit; 2° Jean, maître des comptes, qui donne lieu à cet article et avait épousé en 1579 Avoye Arviset.

II. Bénigne, commis du trésorier de France, puis trésorier provincial de l'extraordinaire des guerres, épousa en 1571 Elisabeth, fille d'Antoine Bossuet, auditeur des comptes, et de Jeanne Richard ; il en eut : 1° Jacques qui suit; 2° et 3° Jeanne et Catherine; 4° Claude qui suivra.

III. Jacques, écuyer, trésorier de l'extraordinaire des guerres en 1623, grand maître des eaux et forêts au département de Bourgogne en 1638, vicomte-mayeur de Dijon en 1645 et 1654, avait épousé Edmée Fleutelot, dont il eut, entre autres enfants, Noël-François qui suit.

IV. Noël-François, écuyer, grand maître des eaux et forêts en 1642, épousa Anne de Gaule dont il eut : 1° François qui suit; 2° Jacques, conseiller au parlement de Metz.

V. François, écuyer, entré aux Etats de 1677, succéda en 1682 à son père, dans l'office de grand maître des eaux et forêts.

III. Claude, écuyer, trésorier triennal des mortes payes en 1618, receveur du grenier à sel de Châtillon-sur-Seine en 1622, épousa Renée de Gissey, veuve d'Albert Morel et fille de Nicolas de Gissey et de Marie Fyot ; il eut de ce mariage : 1° Pierre qui suit; 2° François, écuyer, marié à Marie, fille de Jacques Beguin, procureur du roi en la prévôté de Baigneux-les-Juifs, et de Marguerite Thoulouse ; de ce mariage vinrent : *a)* Elisabeth, femme de Charles de Gissey; *b)* Huguette, mariée à Antoine Perruchon, capitaine du château d'Aisey-le-Duc; *c)* Marie, qui épousa N. Rémond; *d)* Bernard, qui, de son mariage avec Elisabeth Morel, de Châtillon, ne laissa qu'une fille, Marie.

IV. Pierre, écuyer, lieutenant des eaux et forêts, puis conseiller au bailliage de Châtillon, mourut en 1667. Il avait épousé Marie Thoulouse, fille de Bernard et de Françoise Jacquinot, et en eut un fils, Joseph-Bernard.

V. Joseph-Bernard, écuyer, contrôleur général des finances en Bourgogne en 1681, correspondant de l'Académie des sciences, épousa en premières noces Marie Joly, en secondes Anne Morel, veuve de Daniel Thoulouse, et mourut sans postérité (1). — Armes : *D'azur, à trois épis d'or posés 2 et 1, au soleil de même en chef.* Ces armes sont ainsi modifiées sur le sceau de Jean Soyrot, qui donne lieu à cet article : *trois épis surmontés d'un croissant, et un chef chargé d'un soleil accosté de deux étoiles.*

Nicolas MORIN, maître *extraordinaire*, fut pourvu le 13 octobre 1582, sur la résignation de Pierre Morin, son père, et reçu le 12 février de l'année suivante. Il résigna son office en faveur de Jean Odebert, qui en fut pourvu le 31 décembre 1585; mais cette résignation n'eut pas d'effet par suite des empêchements mis à la réception du nouveau titulaire, et Nicolas Morin étant mort en 1586, Jean Odebert résigna en faveur d'Anselme Desbarres. Voy. p. 165.

Jean FLEUTELOT, seigneur de Beneuvre, fut pourvu le 18 mai 1583, sur la résignation de Louis de Pontoux, d'un office de maître ordinaire de la création de 1573. Reçu le 13 août 1583, il obtint, le 7 juillet 1595, des lettres patentes qui le subrogèrent à tous les droits de son prédécesseur, et l'autorisèrent en conséquence à entrer dans l'office ancien que la mort de Marc Humbert laissait vacant, comme Louis de Pontoux eût été autorisé à le faire s'il n'eût pas résigné. Ces lettres n'eurent pas d'effet, comme on le verra à l'article de Nicolas Humbert, et Jean Fleutelot continua d'exercer son office de la création de 1573, qu'il résigna en 1606 en faveur de François Fleutelot son fils. Il mourut peu de temps après. Il avait épousé Claudine Regnier.

Cette famille remonte à Jean Fleutelot, praticien, notaire et secrétaire du roi en 1552, et enfin syndic de la ville de Dijon en 1559, dont le fils, René, procureur au parlement, aussi syndic, puis vicomte-mayeur de Dijon en 1594, fut anobli l'année suivante par Henri IV « pour s'être beaucoup employé en la réduction de la ville; » il fut en même temps et pour les mêmes causes gratifié d'un office de président en la Chambre des comptes de nouvelle création (voyez p. 46). La mort l'empêcha de profiter de cette double faveur, mais ses lettres de noblesse furent registrées le 18 décembre 1595, à la requête de ses deux filles et uniques héritières. Au dernier siècle, cette famille portait : *D'argent, à trois trèfles de sable; au chef de gueules, chargé d'un soleil d'or.* Mais le sceau de Jean, qui donne lieu à cet article, porte simplement *trois trèfles posés 2 et 1,* lesquels sont accompagnés,

(1) On trouvera la notice d'une autre branche de cette famille à l'article de Gabriel Soyrot, maître des comptes en 1592.

dans celui de son fils François, de *trois palmes* 1 *et* 2, empruntées au blason des Regnier. Ajoutons qu'on voit *un soleil accompagné de trois trèfles* sur les jetons du majorat de René Fleutelot, plus haut nommé.

GUILLAUME LOPPIN, seigneur de Morteuil, maître ordinaire, fut pourvu sur la résignation de Claude Berbisey, le 29 avril, et reçu par arrêt du 19 juillet 1585. Il résigna en 1610, en faveur de Pierre de la Mare, avocat général en la Chambre des comptes. — Famille originaire de Beaune, où elle était connue dès le milieu du XVᵉ siècle, comme on le voit par l'autorisation accordée en 1458 à Huguenin Loppin, qui y demeurait, de faire une fondation en l'église Saint-Pierre ou en quelque autre église de la même ville. Jean Loppin, clerc, demeurant à Beaune, figure dans un acte de l'an 1497. Elle s'est divisée en quatre branches dont l'une, restée à Beaune, a fourni des chanoines, des échevins, des maires, des receveurs des impositions et des officiers au bailliage et au grenier à sel de cette ville; elle y était représentée au siècle dernier par les Loppin de Masse, d'Azincourt et du Chatelain; deux membres de cette branche ont voté avec les gentilshommes du bailliage de Dijon, en 1789. Une seconde branche a donné plusieurs maires à la ville de Seurre où elle s'était assez anciennement établie. On remarque parmi ses membres Louis Loppin, élu abbé de Cîteaux en 1670. Enfin Jean et Jeoffroy Loppin, conseillers au parlement de Paris, le premier en 1545, et le second en 1563, appartenaient à la même famille. Nous ferons plus spécialement connaître celle de ses branches qui s'est établie à Dijon.

I. Guillaume Loppin, maître des comptes en 1585, avait épousé Judith Joly, fille de Barthélemy, greffier en chef du parlement; il en eut : 1° Antoine qui suit; 2° Claude, femme de Pierre Barbier, contrôleur du taillon en Bourgogne; 3° Marguerite.

II. Antoine, maître ordinaire en 1624, épousa la même année Françoise, fille de Salomon Ferrand, maître des comptes, et de Bénigne Gagne; il mourut le 26 février 1658 et fut inhumé aux Cordeliers, laissant : 1° Pierre, seigneur de Marcelois, maître des comptes en 1654, marié à Marie-Anne Chauveau; 2° Guillaume qui suit.

III. Guillaume, seigneur de Marcelois, remplaça son frère dans son office de maître des comptes; de son mariage avec Michelle, fille d'Antoine Fevret, seigneur de Saint-Mesmin, et petite-fille de Charles Fevret, le célèbre auteur du *Traité de l'abus*, il eut un fils, Jean-Claude qui suit.

IV. Jean-Claude, seigneur de Gemeaux et Preigney, secrétaire des commande-

----

(1) Jean Loppin, châtelain de Chateauneuf de 1366 à 1376, puis receveur général du Donziois, était sans doute de la même famille. Son fils Renault, receveur du Nivernais et du Donziois, mourut en 1400. Il avait épousé Marguerite de Montsaulnin, dont il eut des enfants.

ments de S. A. R. Madame, par lettres du 12 novembre 1704, puis conseiller au parlement en 1705, épousa en premières noces Jeanne-Germaine, fille de François Chartraire de Givry, maître des requêtes de l'hôtel de M. le Prince, et en eut un fils, Germain-Anne qui suit ; de son second mariage avec Madeleine, fille de Michel Begon, seigneur de Montfermeil et de la Source, il laissa : 1° Charles-Catherine qui suivra ; 2° Jean-Etienne,[seigneur de Neufmaison, capitaine de cavalerie au régiment d'Aumont, tué à Fontenoy.

V. Germain-Anne, seigneur de Montmort et du marquisat de la Boulaye, conseiller, puis président au parlement en 1752, épousa Claudine-Bernarde, fille de Claude Espiard, seigneur de la Cour, conseiller au parlement, de qui vint Claude-Bernard-Jean-Madeleine, seigneur de Montmort, la Boulaye, etc., mousquetaire du roi, reçu aux Etats de 1772. Sa postérité subsiste.

V. Charles-Catherine, seigneur de Gemeaux, Preigney et Pichange, avocat général au parlement en 1736, épousa en 1759 Marie-Françoise, fille de Louis Desmoulins, marquis de Rochefort, et de Marie-Agnès Foyol de Donnery ; il en eut deux fils dont l'un, Charles-Elisabeth, seigneur de Preigney, fut conseiller au parlement et mourut sans alliance ; la postérité de l'autre subsiste. — Armes : *D'azur, à la croix ancrée d'or.*

JACQUES MASSOL, maître *extraordinaire*, fut pourvu, le 5 décembre 1585, de l'office vacant par le décès de Philibert Milletot ; reçu le 3 décembre 1586, il résigna en 1595 en faveur d'Edme Joly, et passa la même année à un office de président. Voyez p. 43.

MARC HUMBERT fut pourvu le 15 septembre 1586 d'un office de maître ordinaire vacant par la résignation de Pierre Le Gouz en faveur de son fils Guillaume qui, nommé avocat général au parlement, s'en était démis lui-même avant réception. Marc Humbert ne fut installé que le 20 juin de l'année suivante, après avoir fait lever les oppositions que la Chambre formait à sa réception parce qu'il avait rempli pendant un an l'office de trésorier des mortes payes. Pendant les troubles de la Ligue, il leva une compagnie de cinquante arquebusiers à cheval, qu'il entretint longtemps en Bourgogne pour le service du roi ; il servit depuis comme gendarme dans la compagnie du sieur de Vaugrenant et fut blessé mortellement d'une arquebusade à l'assaut de Sens. Il ne laissait pas d'enfants ; mais, en considération de ses services, et sur la démission avant réception de Claude Mouchet, son beau-frère et son successeur immédiat par lettres de Henri IV en 1591, le roi fit don de son office à sa veuve qui en disposa en faveur de Nicolas Humbert, son frère.

Cette famille, dont le nom et les armes ont été relevés au siècle dernier par les Espiard d'Allerey et les Cortois, est connue à Dijon depuis le milieu du XVIe siècle. Nous citerons parmi ses membres : 1° Jacques, qui se démit en 1546 de l'office de châtelain de Rouvre et laissa plusieurs enfants de son mariage avec Guillemette Macheco, entres autres : a) Nicolas, docteur en droit, marié en 1541 à Avoye Morin ;

b) Jean, curé prieur de Marsannay ; c) Etienne, fermier général du domaine du bailliage de Dijon en 1566 ; d) Louise, mariée à Jacques Alix ; e) Anne, femme de Jacques du Vernoy, bourgeois de Dole, docteur en droit ; 2° Chrétien, receveur général du taillon vers 1570 ; 3° Etienne, procureur du roi au grenier à sel de Dijon, mort vers 1596, laissant plusieurs enfants : a) François, aussi procureur du roi au grenier à sel et au bailliage, marié à Marguerite Berbis, fille de Nicolas, seigneur de Cromey, conseiller au parlement, et mort sans enfants ; b) Etienne, contrôleur général du taillon, maire de Dijon en 1609 et 1627, qui fut seul héritier de son frère François, et dont le fils François II succéda à ce dernier dans sa charge de procureur du roi ; c) Bénigne, mariée à Nicolas Jachiet, avocat. — Armes : *De gueules, à deux lions d'or à une seule tête, posés en chevron, et une étoile d'argent en pointe.*

ANSELME DESBARRES, maître *extraordinaire*, fut pourvu, le 6 janvier 1587, de l'office vacant par le décès de Nicolas Morin, sur résignation de Jean Odebert, non reçu. Il prêta serment le 19 janvier 1588, et son office, commué d'abord en celui de maître ordinaire, fut supprimé peu de temps après par arrêt du conseil du 23 février 1619. Voy. p. 167.

CLAUDE MOUCHET ou MOCHET servit par commission près la fraction royaliste de la Chambre, de même que François Saumaise (p. 170), Gabriel Soyrot et Nicolas Humbert, sans s'être fait recevoir dans un office de conseiller maître dont le roi Henri IV l'avait pourvu en 1591. (Voy. l'art. de Nicolas Humbert, p. 191.) — Aïeul maternel de Bossuet, et avocat distingué au parlement de Dijon, Claude Mochet soutint, les armes à la main, le parti royaliste pendant les troubles de la Ligue. Il appartenait à une ancienne famille noble originaire de Franche-Comté et qui, établie au XIV° siècle dans le duché de Bourgogne, est entrée aux États de cette province. — Armes : *De gueules, à trois émouchets d'argent.*

GABRIEL SOYROT, contrôleur au grenier à sel d'Arnay-le-Duc, fut commis par le maréchal d'Aumont, gouverneur de Bourgogne, le 9 janvier 1592, pour remplir près la Chambre de Flavigny un office de correcteur que le roi Henri IV commua, dès le mois de juin suivant, en celui de maître ordinaire. Il l'exerça jusqu'au retour des officiers royalistes à Dijon en 1595, et fut depuis maire de la ville d'Arnay. Nous lui connaissons une sœur, Marie, femme de Jean du Bourgdieu, greffier en chef des requêtes, et il eut pour fils Pierre qui suit.

Pierre, maître des comptes en 1599 et bailli de Charny, épousa Jeanne Rousseau, dont il eut entre autres enfants : Adam, maître des comptes en 1632, et Abel. Ce dernier, pourvu en 1636 de l'office de son père dans lequel il ne se fit pas recevoir, passa depuis à celui de référendaire en la grande chancellerie de Bourgogne. Il épousa en premières noces, en 1628, Marguerite, fille de François Blondeau, conseiller au parlement, et de Catherine de Messignac, et en secondes noces, Bernarde Canabelin ; du premier lit vint Etienne, écuyer, marié en 1659 à Claire Guelaud, et mort sans postérité ; du deuxième lit il laissa plusieurs enfants, entre autres, croyons-nous, Charles, référendaire en la chancellerie, qui, de son mariage avec Catherine Duban, eut une fille, Madeleine, mariée en 1672 à Pierre Richard, coseigneur de Beligny. Voy. p. 181.

PIERRE BUATIER, seigneur de la Motte-Réal et de Charrey, fut pourvu par le duc de Mayenne, lieutenant général du royaume, de l'office de maître ordinaire vacant par le décès d'André Gagne. Ses lettres de provisions, datées du 13 novembre 1589, lui furent délivrées en ·considération des recommandables services qu'il avait rendus à l'Union en plusieurs voyages, tant en Bourgogne qu'ailleurs, et spécialement au pays des Suisses. La Chambre refusa d'obtempérer à ces lettres sous le prétexte que l'office d'André Gagne étant un office de la création de 1543, devait être supprimé de plein droit par le décès du titulaire. Sa résistance fut opiniâtre. De nouvelles lettres en date du 17 mars 1590, données à Paris par Charles X, le roi de la Ligue, ne furent pas plus favorablement accueillies que les premières ; des lettres de jussion données par le duc de Mayenne le 12 novembre 1590 et suivies d'une déclaration en forme d'édit datée du mois de novembre de l'année suivante, demeurèrent également sans effet, et ce ne fut qu'après un délai de quatre années et en vertu de nouvelles lettres de jussion des 2 janvier 1592 et 15 juillet 1593, que la Chambre consentit enfin à ce qu'on lui demandait. Elle reçut Pierre Buatier par son arrêt du 11 février 1594, à condition que si Jean Buatier, son fils, venait à mourir avant lui, il rentrerait dans l'office d'audiencier en la chancellerie dont ils étaient pourvus l'un et l'autre en survivance mutuelle, ou qu'au moins il ferait option de l'un des deux offices. Pierre Buatier ne resta pas longtemps en possession de son office de maître ordinaire ; aussitôt après la réduction de Dijon par Henri IV, il fut destitué, et Zacharie Bouchard (1), qui dès l'année 1591 avait été pourvu par Henri IV de l'office d'André Gagne, moyennant une somme de 1200 écus, en devint le propriétaire effectif ; mais certaines affaires qui lui étaient survenues l'ayant empêché de s'y faire recevoir, il se borna à en demander la réformation sous le nom de Salomon Ferrand.

Cependant Pierre Buatier ne tarda pas à rentrer en grâce. Le 21 juin 1595 le roi le pourvut d'un des sept offices de maîtres ordinaires créés par édit du même mois et il y fut reçu le 11 juillet suivant. Cet office fut supprimé avec tous ceux de la même création en 1596, et Pierre Buatier en demanda en vain le rétablissement ; sa requête fut repoussée par un arrêt du conseil du 17 mai 1597 qui l'autorisa toutefois à faire passer à son nom les provisions en date du 30 juin 1596, d'un office ancien vacant par la mort de Claude Bouvot. De nouvelles difficultés ne

---

(1) Zacharie Bouchard était fils de Jean, qui vivait à Dijon en 1577, et est qualifié médecin des pauvres dans les registres de la ville ; il eut un fils, François, contrôleur général du taillon en Bourgogne en 1617, et trois petits-fils : Guillaume, qui épousa Antoinette Guyotty, et mourut en 1688 ; Jean, contrôleur général du taillon par résignation de son père, en 1640, et enfin François, substitut du procureur général au parlement en 1653. — Armes : *D'argent, à la croix de gueules, cantonnée de quatre coquilles de même.*

tardèrent pas à surgir; elles étaient soulevées par Nicolas Humbert qui, nouvellement reçu dans l'office de la création de 1524, prétendait entrer par subrogation dans celui que la mort de Claude Bouvot laissait vacant. Autorisée par une déclaration du 31 mai 1597 à prendre l'un ou l'autre parti, la Chambre fit droit à cette demande, et Pierre Buatier, après tant et de si étranges péripéties, fut enfin reçu le 11 juillet de la même année dans l'office de Nicolas Humbert. Il le résigna peu après en faveur de Bénigne Pouffier. Voy. p. 147.

CHRÉTIEN MARGERET, seigneur de Marliens et Meloisey, succéda à Jean Soyrot dans un office de maître ordinaire. Nous ignorons la date de ses lettres de provisions et celle de sa réception; mais il est certain qu'il fut reçu par la Chambre de Semur et qu'il exerçait le 4 mars 1594, jour où Henri IV donna des lettres-patentes où il est qualifié de conseiller maître. Il avait rempli précédemment les offices de garde des livres et d'auditeur, et fut même autorisé à conserver ce dernier office conjointement avec celui de maître; les lettres du 6 juin 1598, qui prorogèrent cette permission pour un an, portaient qu'il ne pourrait exercer que l'un des deux offices, mais percevrait les droits et gages attachés aux deux. La Chambre ne consentit à la vérification de ces lettres le 26 du même mois, qu'en interdisant à Chrétien Margeret de prendre aucun des droits de son office d'auditeur.

Chrétien Margeret résigna en 1617 en faveur de Guillaume Bouillet, son gendre. Outre les trois offices dont il vient d'être question, il avait porté celui de secrétaire de la chambre du roi. Son mérite était connu à la cour, et il fut employé par les rois Henri III et Henri IV en plusieurs commissions importantes (1). Il était fils de Pierre Margeret, originaire du comté d'Auxonne, qualifié marchand à Dijon en 1563, et de Pernette Marion, cousine germaine du président Fremiot (2). Il épousa Marguerite, fille de Guillaume Boudier, avocat, et de Charlotte Godran, et en eut plusieurs enfants, la plupart morts en bas âge; il ne lui resta qu'une fille, Marguerite, mariée à Guillaume Bouillet, maître des comptes. — On connaît encore de la même famille : Claude, grenetier alternatif à Auxonne et Mirebeau en 1580; Jacques, célèbre aventurier, connu sous le nom du capitaine Margeret, et enfin Pierre, grand audiencier de France, mort en 1682, dont le fils, Pierre II, fut chevalier de Saint-Louis et maréchal des camps et armées du roi. — Armes : *D'argent, à la fasce d'azur, chargée d'une fleur de lys d'or* (par concession de Henri IV) *et accompagnée de trois têtes de léopards de sable, lampassées de gueules.*

___

(1) Le P. Gautier rapporte que Henri IV autorisa Chrétien Margeret, par brevet du 16 décembre 1599, à porter ou à faire porter par l'un des siens allant à la chasse « harquebuse pour tirer aux loups, renards, blereaux, grues, oyes sauvages, canards, » et toutres bêtes non défendues par les ordonnances, dans l'étendue des seigneuries de Marliens et Meloisey, et aux environs de ses maisons de Fixin et de Nolay.

(2) Parente de Simon Marion, célèbre avocat général au parlement de Paris, et beau-père d'Antoine Arnaud, le fameux adversaire des jésuites.

Jacques VENOT, seigneur de Donjon et de Vougeot, fut pourvu par le duc de Mayenne au mois d'avril 1592, de l'office de maître *extraordinaire* vacant par le décès de Nicolas Legrand. L'enregistrement de ses lettres de provisions données en forme d'édit souffrit de longs retards. Comme pour Pierre Buatier, la Chambre soutenait qu'il y avait eu suppression de l'office vacant. Elle ne céda qu'après un délai de deux années et en vertu de deux lettres de jussion des 29 mai et 4 juin 1593. L'édit fut vérifié le 11 février 1594, et Jacques Venot ayant obtenu, le 3 mars suivant, une déclaration du duc de Mayenne pour le faire jouir de tous les droits de sa charge, prêta enfin serment le 20 mai de la même année. Il fut destitué comme Pierre Buatier, après la réduction de Dijon, et son office passa définitivement à Jean Jaquot, comme on le verra plus loin.

Quoique institué par le duc de Mayenne, Jacques Venot avait fini par prendre parti contre la Ligue; aussi peu de temps après sa destitution, dès le 23 juin 1595, il fut pourvu d'un des sept offices de maîtres ordinaires créés par édit du même mois, et prêta serment le 14 juillet suivant. On lit dans ses lettres de provisions qu'il s'était bien et dignement employé à la réduction de la ville d'Autun. Cet office, comme tous ceux de la création de 1595, fut peu après supprimé, mais, rétabli par arrêt du conseil du 8 juin 1598, Venot obtint, le 3 juillet 1610, des lettres patentes qui lui permirent de le résigner en payant finance, nonobstant l'ordonnance de Blois, dont une disposition privait du droit de résignation tout officier pourvu par don du roi. Ces lettres furent registrées le 4 août 1610, à cette condition que l'office serait supprimé, s'il venait à vaquer par la mort du titulaire. Jacques Venot résigna en 1617 en faveur de Pierre Venot, son fils.

Famille originaire de Montcenis, et dont la filiation ne peut s'établir régulièrement que depuis le XVIᵉ siècle.

I. Georges Venot, docteur en droit, reprit de fief en 1578 pour une partie de la seigneurie de Drosson; il avait épousé, en 1556, Claudine Prévost, fille de Pierre, lieutenant général au bailliage de Dijon, et de Guillemette Macheco. Il en eut : 1° Philibert, avocat, vierg d'Autun, pourvu en 1599 d'un office de conseiller au parlement, en récompense des services qu'il avait rendus lors de la réduction de cette ville; il ne s'y fit pas recevoir; il avait épousé Marie de Charancey; 2° Hugues, seigneur de Drosson, gentilhomme servant du duc de Mayenne en 1598; 3° André, lieutenant au bailliage d'Autun, marié à Huguette Dévoyo; 4° Jacques qui suit; 5° N.., chanoine d'Autun, député aux Etats de Bourgogne en 1599.

II. Jacques, maître extraordinaire des comptes, qui donne lieu à cet article, mérita la confiance des rois Henri IV et Louis XIII qui le chargèrent de plusieurs commissions importantes; entre autres, il fut nommé commissaire en 1611 pour le règlement des limites du duché et du comté de Bourgogne. Pourvu en 1612 de l'office nouvellement créé de trésorier des chartes en la Chambre des comptes, il en remplit les fonctions avec zèle et assiduité. Enfin il fut élu vicomte-mayeur de Dijon en 1619-1620. Il eut : 1° Pierre qui suit; 2° Léonard, conseiller aux bailliage et chancellerie de Chalon en 1627, que nous croyons père de Marie, femme de Louis de Beuverand, conseiller au parlement.

III. Pierre, seigneur de Bouzot, maître des comptes et trésorier des chartes, épousa en 1617 Anne Valon dont il eut : 1° Charles, seigneur de Hauteroche, qui vivait en 1669 ; 2° Pierre.

IV. Pierre, seigneur de Bouzot, trésorier des chartes, fut reçu en la chambre de la noblesse des Etats de Bourgogne en 1668. Il fut le dernier de sa branche. — Celle des seigneurs de Verissey et Noisy, près Louhans, a fourni plusieurs officiers distingués, entre autres Léonard Venot, capitaine au régiment de Champagne, qui fut anobli en 1673, et dont le fils unique Jacques, marié à une fille de la maison de Bataille, eut plusieurs enfants au service. Ajoutons enfin qu'une branche de la famille Venot, restée à Montcenis, a fourni des officiers au bailliage de cette ville et un conseiller au parlement en 1780. — Armes : *D'azur, au sautoir d'or, cantonné de quatre croissants d'argent.*

MARTIN TISSERAND fut pourvu de l'un des trois offices de maîtres ordinaires créés par édit du roi Henri IV au mois d'août 1594. La date de ses lettres de provisions n'est pas connue, on sait seulement qu'il fut installé le 11 avril 1595 par François Briet, commissaire à ce désigné, devant les commissaires députés par le roi pour tenir la Chambre des comptes à Semur. Il résulte de plus d'un arrêt du conseil du 8 juin 1598, qu'il mourut peu après la suppression de son office, dont la finance fut remboursée à ses enfants et héritiers, conformément à l'édit de mars 1597. Il possédait depuis 1573 un office d'auditeur, et avait été commis en 1589 à la recette générale établie à Flavigny. Il avait épousé Pierrette Macheco, et nous le croyons de la même famille que Pierre Tisserand, maître des comptes en 1603.

PIERRE CHASOT et Jean-Baptiste Legrand, secrétaire ordinaire de la chambre du roi, furent tous deux pourvus, par lettres du roi Henri IV datées du même jour 31 octobre 1590, d'un office de maître ordinaire en la Chambre des comptes de Dijon transférée à Flavigny, office vacant par le décès de Claude Peschart ; mais sur la déclaration de Jean-Baptiste Legrand qu'il n'avait jamais voulu s'y faire recevoir, le roi ordonna, le 19 avril 1595, que ses lettres de provisions seraient réformées au nom de son concurrent, qui venait de se faire délivrer des lettres de surannation (15 avril 1595). Nous ignorons la date de sa réception qui se fit sans doute peu après, devant la Chambre royaliste de Semur. Il mourut le 8 mai 1616, et son office passa à Jean Chasot, son fils, qui s'en démit avant réception en faveur d'Hector Joly.

Pierre Chasot, dont il est ici question, issu d'une ancienne famille de Salives, était fils de Jean Chasot et d'Odette N.., veuve de Guillaume Le Febvre, dont la fille Marguerite fut mariée en 1555 à Jean Morel, de Châtillon-sur-Seine. Il épousa Marie Duneau, dont il eut une fille, Claudine, mariée en 1607 à Bonaventure Rémond, écuyer, seigneur de Vaux-Fontaine, et un fils, Jean, plus haut nommé. Le fils de ce dernier, Bénigne, contrôleur général des finances à Caen, épousa Anne Germain dont il eut une fille unique, Valentine, mariée le 24 septembre 1670 à François Demange, seigneur de Villebois, demeurant à Arc-en-Barrois, d'où est issue Mar-, guerite, femme de François de Fauge, baron du Saint-Empire. — La Chesnaie des Bois a publié une longue généalogie de cette famille, dont une branche subsiste en Normandie. Les comtes Chasot, établis en Poméranie, maison éteinte en 1812, avaient même origine. — Armes : *D'azur, au chêne d'argent, terrassé du même et accosté de deux lions affrontés et regardant d'or, enchaînés par une chaine d'argent au fût de l'arbre.*

SALOMON FERRAND fut pourvu par Henri IV le 18 avril 1595, sur la démission avant réception de Zacharie Bouchard, de l'office de maître ordinaire dont ce dernier avait été pourvu par le même roi après le décès d'André Gagne (1). Il prêta serment à Semur le 17 juin 1595 et résigna le 22 juin 1624 en faveur d'Antoine Loppin, son gendre. Il mourut le 15 mars 1638 et fut inhumé à Saint-Michel de Dijon. Il était fils de Humbert Ferrand, bourgeois de Vitteaux, et de Marcelline Lerouge, et laissa de son mariage avec Bénigne Gagne un fils, Georges, et une fille, Françoise, mariée à Antoine Loppin, maître des comptes, et héritière du chef de son père d'une portion de la seigneurie de Marcelois. Georges, seigneur en partie de Marcelois, épousa une Despotots, et en eut plusieurs enfants, entre autres deux fils, l'un mort sans postérité, l'autre qui passa en Allemagne, où il fit souche. — Armes : *D'azur, à la fasce d'or, accompagnée de trois épées d'argent posées en pal, les pointes en haut (2).*

JEAN JAQUOT fut pourvu par Henri IV, le 30 juin 1594, sur la démission de Baptiste Legrand, secrétaire du roi, de l'office de maître *extraordinaire* dont ce dernier avait été pourvu par le même prince après le [décès de Nicolas Legrand, son cousin, et dans lequel, n'étant pas gradué, il n'avait pu se faire recevoir (3). Reçu le 26 juillet 1595, Jean Jaquot résigna en 1600, en faveur d'Edourd d'Arlay, pour occuper un office de conseiller au parlement dont il avait été pourvu l'année précédente. Voy. p. 146.

BÉNIGNE MORELET, maître ordinaire, fut pourvu le 11 juillet 1595, sur la résignation de Jean Morelet, son père. Reçu le 11 août suivant, il mourut le 21 décembre 1645, et son office passa à Jean Baillet qui s'en démit avant réception, en faveur de Jean-Antoine Demonge. Il avait épousé Marguerite Baillet. Voy. p. 176.

(1) On a vu plus haut (page 186) que le duc de Mayenne avait pourvu Pierre Bualier du même office.
(2) Le P. Gautier attribue à tort à Salomon Ferrand les armes de Jacques Ferrand, président en 1637. Voy. l'article de ce dernier, p. 52.
(3) On a vu plus haut (page 188) que Jacques Venot avait occupé le même office sur provisions du duc de Mayenne.

Nicolas HUMBERT, maître ordinaire (1), fut pourvu le 12 juillet 1595, sur la nomination de la veuve de Marc Humbert, son frère, et sur la démission avant réception de Claude Mouchet, beau-frère du dernier titulaire, qui nommé à son office n'avait pu s'y faire recevoir « pour raison des empeschemens esquels il estoit détenu au service du roy à la garde du fort de Loone (2). » Quand Nicolas Humbert présenta ses lettres de provisions à la Chambre, Jean Fleutelot forma opposition à sa réception, prétendant devoir occuper par subrogation, en vertu de lettres antérieures, l'office que la mort de Marc Humbert laissait vacant. La contestation ayant été portée au roi, il fut ordonné par lettres du 7 août 1595 que Nicolas Humbert remplirait soit l'office de son frère Marc, soit celui de Jean Fleutelot, dans le cas où la Chambre accueillerait la demande de ce dernier ; en conséquence de ces lettres, Jean Fleutelot fut reçu par arrêt du 11 août 1595 dans l'office de Marc Humbert, la Chambre ordonnant en même temps que Nicolas Humbert lui serait subrogé de plein droit ; mais peu après, revenant sur cette détermination, elle procéda, par arrêt du 31 août 1595, à la réception de Nicolas Humbert dans l'office de son frère. En 1597, il passa à l'office ancien de Claude Bouvot, qu'il résigna en 1615 en faveur d'Etienne Pérard, ayant eu Pierre Buatier pour successeur dans son premier office. Il avait rempli en 1610 les fonctions de vicomte-mayeur de Dijon et mourut l'année même de sa résignation. Il avait épousé Charlotte Espiard. Voy. p. 184.

Jean GORLET, seigneur de Billy et Corpoyer en partie, occupa l'un des sept offices de maîtres ordinaires créés par édit de juin 1595, et en fut pourvu le 23 du même mois, en considération des services qu'il avait rendus lors de la réduction de la ville de Dijon dont il était échevin. Il prêta serment le 31 août suivant et son office, après avoir été supprimé par les édits d'août 1596 et mars 1597, fut rétabli en sa faveur, sa vie durant, par arrêt du conseil du 8 juin 1598. Depuis (6 novembre 1612), il reçut permission de le résigner, mais à charge de suppression dans le cas où il viendrait à mourir avant d'avoir usé de cette faculté. Il mourut en 1617 et sa veuve, Claude Humbert, comme tutrice de leur fille Marie, vendit son office à Antoine Drouas (3). — Famille originaire d'Autun, où l'on trouve de ce nom : Philippe, contrôleur des deniers communs en 1585 ; Jean, procureur du roi au

---

(1) Nicolas Humbert avait précédemment exercé, par commission, les mêmes fonctions près la fraction royaliste de la Chambre, comme François Saumaise, Gabriel Soyrot, et Claude Mouchet plus haut nommés. C'est ce qui résulte d'un arrêt de la Chambre des comptes, du 18 novembre 1596, portant qu'il serait payé à ce titre de ses gages pour les quartiers de janvier et avril 1595.

(2) Claude Mouchet, avocat, avait été pourvu de cet office par lettres du roi Henri IV, données à Saint-Denis le 18 août 1591 ; il obtint depuis des lettres de surannation, en vertu desquelles la Chambre, par arrêt du 27 novembre 1596, ordonna qu'il toucherait les gages de son office, quoiqu'il ne s'y fût pas fait recevoir, depuis le jour de ses provisions, *comme les autres officiers ayant fait service à Semur*. Pendant la Ligue, il eut le commandement du fort de Losne, sous les ordres de Baillet de Vaugrenant, et il ne reprit sa robe d'avocat qu'après la pacification de la province. Voy. p. 185.

(3) Jean Gorlet avait passé, pour la résignation de son office, une procuration en blanc qui fut remplie du nom de Pierre Garnier ; celui-ci obtint, le 13 décembre 1617, des lettres de provisions qui furent réformées de son consentement sous le nom d'Antoine Drouas.

grenier à sel, mort en 1617, et Hélène qui était veuve d'Antoine Rollet, vierg d'Autun, lorsqu'elle reprit de fief, en 1600, de la seigneurie de Vergoncey. — Le sceau de Jean Gorlet, maître des comptes, porte *une fasce, accompagnée en chef de deux étoiles et en pointe d'un trèfle.*

PHILIBERT DUGAY ou DU GUAY fut pourvu de l'un des offices de maîtres ordinaires créés en 1595; ses lettres de provisions, datées du 23 du même mois, portent qu'il avait été l'un des principaux auteurs de la réduction de la ville de Beaune en l'obéissance du roi. Reçu le 2 septembre suivant, son office fut supprimé peu après comme tous ceux de la même création, puis rétabli en sa faveur, sa vie durant, par arrêt du conseil du 18 septembre 1600. Il n'eut point de successeur. — Originaire de Beaune où il remplissait avant 1595 la charge de greffier en chef de la chancellerie, Philibert du Guay avait épousé Louise Brunet, dont il eut entre autres enfants, un fils, Jean, avocat au parlement, marié en 1604 à Catherine, fille de Jean Jaquotot, maître des comptes, et une fille, Bénigne, qui épousa Claude Le Belin, maire de Beaune. Son petit-fils, Nicolas-Bénigne, fut premier président de la Chambre des comptes en 1656. Voy. p. 30.

PIERRE BERNYER fut pourvu, le 20 juillet 1595, d'un des offices de maîtres *extraordinaires* créés au mois de juin précédent, et prêta serment le 2 septembre de la même année. Son office ayant été supprimé comme tous ceux de la même création en 1596 et 1597, il fut maintenu par déclaration du 3 février 1606, dans la jouissance de tous les priviléges qui y étaient attachés. D'après le P. Gautier, il était fils de Jean Bernyer, contrôleur au grenier à sel de Saint-Jean-de-Losne en 1562, et on ne lui connaît pas de postérité; il eut pour frère Jean II, contrôleur au grenier à sel par la mort de son père en 1582, maire de Saint-Jean-de-Losne, élu du tiers aux Etats de 1605. Le fils de ce dernier, Pierre, contrôleur au grenier à sel en 1618, sur la résignation de son père, quitta cette charge en 1620 pour suivre le barreau à Dijon; il épousa Salomé Virot, proche parente de Claude Saumaise, et s'étant fait protestant, il se retira en Prusse où sa postérité subsistait encore au siècle dernier. Il avait eu un fils du nom de Pierre, le même sans doute qui fut avocat au parlement de Dijon, et portait, suivant la déclaration de Marie Héliot, sa veuve, en 1696 : *D'azur, à une bande d'or, chargée de trois croix patées de gueules et accompagnée en chef d'un pigeon d'argent entouré de trois étoiles de même, et en pointe d'un lys d'argent, tigé et feuillé de sinople.*

CLAUDE BERGET fut pourvu par Henri IV, le 12 septembre 1594, d'un des trois offices de maîtres ordinaires créés par l'édit du mois d'août précédent ; reçu le 7 septembre 1595, « les semestres assemblés, » son office fut supprimé par l'édit de mars 1597; mais il obtint, comme tous les autres officiers supprimés, d'en conserver le titre et les priviléges.

Edme JOLY, maître *extraordinaire* sur résignation de Jacques Massol, fut pourvu le 28 août et reçu le 19 septembre 1595. Son office fut commué en celui de maître ordinaire par deux arrêts du conseil et deux édits en conséquence de 1617 et 1619, ce qui le mit dans le cas de prêter un nouveau serment le 20 avril de cette dernière année. Il le résigna le 17 janvier 1622 en faveur de Jean Joly, son fils, et mourut au mois d'octobre de l'année suivante. Voy. p. 62.

Simon BARBOTTE fut pourvu, le 23 juin 1595, de l'un des offices de maîtres ordinaires créés par édit du même mois; on lit dans ses lettres de provisions qu'il était « l'ung de ceulx qui se sont le plus employés en la réduction de la ville d'Autun. » Reçu le 17 octobre 1595, son office fut supprimé comme tous ceux de la même création, mais il en obtint le rétablissement par arrêt du conseil du 18 septembre 1600 et il se fit autoriser en 1610 à le résigner aux mêmes conditions que Pierre Venot; il usa de cette faculté en 1613 au profit de Jean-Baptiste Marloud, et mourut au mois de mars de la même année. — Simon Barbotte, que nous croyons fils d'Edme, forestier du bailliage d'Autun, fut lui-même procureur du roi à la gruerie de cette ville et résigna cet office lorsqu'il fut pourvu de celui de maître des comptes. Il avait épousé Anne des Places, fille de Louis, châtelain de Roussillon, et de Pernelle Garnier, et en eut deux filles, Anne, mariée à Pierre Lalleman, et Marie, qui, de son mariage avec Guillaume Marloud, échevin de Chalon, eut une fille, Anne, femme d'Edme Julien, lieutenant criminel au bailliage de la même ville. — Armes : *D'azur plein*, alias *de sinople plein*.

François DE THÉSUT, coseigneur de Verrey et Charéconduit, fut pourvu d'un office de maître ordinaire de la création de juin 1595, sur la démission de Claude Nyauld, à qui cet office avait été donné en récompense de ses services lors de la réduction de la ville de Beaune, et qui, ne s'y étant pas fait recevoir, fut depuis procureur au parlement. Les lettres de provisions de François de Thésut (Théseut) sont datées du 3 décembre 1595; il prêta serment le 5 avril de l'année suivante, et son office fut supprimé peu après, comme tous ceux de la même création. Voy. p. 95.

Artus VALON, seigneur de Rosey et Clémencey, fut pourvu d'un office de maître ordinaire de la création de juin 1595, sur la démission de Jean Baudouin, syndic des Etats de Bourgogne, à qui le roi l'avait donné pour le récompenser de ses services lors de la réduction de Dijon, et qui ne voulut pas l'accepter parce qu'il lui eût été impossible de l'exercer « au moyen des affaires esquelles » il étoit ordinairement occupé tant à Dijon qu'ailleurs, en raison de sa charge de procureur syndic (1). Pourvu le 7 décembre 1595, Artus Valon fut reçu le 6 avril de l'année suivante, et son

_____

(1) Jean Baudouin avait été pourvu de cet office dès le 23 juin 1595. Il fut nommé avocat général en 1606.

office fut supprimé peu après, avec le semestre, comme tous les offices de la même création.

Palliot fait venir la famille Valon de Flandre. C'est une erreur; elle était certainement originaire de Boux-sous-Salmaise et descendait, selon toute apparence, de Renaudot Valon, qui demeurait dans ce village au milieu du XIVe siècle et fut affranchi par le duc Eudes IV le 28 novembre 1347. On trouve en outre aux archives de la Côte-d'Or des lettres de reconnaissance d'affranchissement accordées en juillet 1432 par le duc Philippe-le-Bon à Jean Valon l'ancien, de Boux-sous-Salmaise, et à Guillemette, sa femme, pour leur tenir lieu des lettres d'affranchissement obtenues du sire de Mont-Saint-Jean, seigneur de Salmaise, par son grand-père Jean Valon, homme de mainmorte et taillable de la ville de Boux. Ces lettres et tous les biens meubles de Jean Valon avaient été brûlés dans l'incendie d'une petite maison qu'il possédait dans la cour du château de Salmaise, et où il les avait retirés à cause de la guerre.

Nous rapporterons la généalogie de cette famille depuis :

I. Henri, Odot et Jean Valon, frères, tous trois qualifiés écuyers, d'après le P. Gautier, qui habitaient ce même village de Boux en 1394; l'un d'eux eut pour fils : 1° Etienne qui suit; 2° Jean.

II. Etienne, écuyer, fourrier de Philippe-le-Bon en 1435, épousa Henriette N.., dont il eut : 1° Jean qui suit; 2° Etienne, religieux à Ogny, mort en 1468.

III. Jean, écuyer, châtelain de Salmaise, fourrier et maréchal des logis du duc Philippe, épousa Jeanne N..., dont il eut : 1° Philippe qui suit; 2° et 3° Moingeot et Philibert, auteurs de deux branches, dont nous ne rapporterons pas la filiation.

IV. Philippe, écuyer, seigneur de Barain, capitaine de Montréal et de Salmaise, épousa, le 8 juin 1504, Catherine N..., et en deuxièmes noces Bénigne, fille d'Etienne Humbert et de Guillemette Fourneret, veuve d'Etienne Le Croisier. Il eut sept enfants, entre autres, du second lit, Nicolas qui suit.

V. Nicolas, écuyer, seigneur de Barain, conseiller au parlement en 1542, épousa en 1543 Jacquette, fille d'Augustin Languet, seigneur de Dampierre, capitaine de Vitteaux, et de Guye Coutier. Il eut : 1° Jacques, auteur de la branche des seigneurs de Mimeure; 2° Jean, conseiller au bailliage de Dijon, marié à Louise de Vandenesse, dont il eut plusieurs enfants, entre autres, croyons-nous, Nicolas, secrétaire du roi; 3° Claude, seigneur de Barain, gouverneur de Flavigny en 1590, capitaine de cent hommes d'armes, puis receveur général des finances en Bourgogne; il épousa Jeanne Millotet et en eut un fils, François, capitaine de Salmaise en 1615; 4° Artus, chef de la branche des seigneurs de Rosey; 5° Isaac, avocat au parlement, mort sans alliance; 6° Bénigne, femme de Claude de Pontoux, seigneur des Granges.

Branche des seigneurs de Mimeure. — VI. Jacques, conseiller au parlement en 1574, épousa, le 11 janvier 1582, Marie Comeau, fille de Jean Comeau, lieutenant au bailliage d'Arnay-le-Duc, et de Catherine Colard. Il en eut : 1° Jacques qui suit;

2° Nicolas, seigneur de Haute-Roche, conseiller au parlement en 1630, marié à Marie Arviset et père d'Emilan Valon-Arviset, conseiller au parlement en 1663, qui épousa en premières noces Jeanne Macheco, et en secondes noces Louise-Madeleine, fille de Louis Chevalier, conseiller au parlement de Paris, et de Madeleine de Biroult.

VII. Jacques, seigneur de Mimeure et Flacelière, président au bureau des trésoriers de France, épousa en 1623 Anne, fille d'Emilan Arviset, avocat général à la Chambre des comptes; il en eut huit fils et onze filles, entre autres : 1° Richard qui suit ; 2° Jean, écuyer, seigneur de Flacelière, capitaine au régiment de Navarre ; 3° et 4° Prudent-Léonard et Claude qui prirent l'état ecclésiastique ; 5° Emilan, reçu chevalier de Malte en 1664; 6° Claude-Bernard, écuyer, seigneur de Montmain et Genlis, entré aux Etats de 1682 et marié à Philiberte Bourrée dont il eut un fils, Marc-Antoine, écuyer, lieutenant au régiment du roi infanterie, entré aux Etats de 1718 et mort sans enfants de son mariage avec Madeleine Fouquet, sœur du maréchal de Belle-Isle, et une fille, Claude, morte en 1762 étant veuve de Jean-Baptiste-Jules de Ricard, chevalier, baron de Courgy, président à la cour des aides de Paris. Quant aux filles, sept moururent en bas âge, Catherine, Jeanne et Marie embrassèrent l'état religieux ; Marguerite épousa Jacques de Mucie, seigneur de Neuilly et Senecey, président au parlement, et mourut sans enfants.

VIII. Richard, écuyer, seigneur de Mimeure, conseiller au parlement en 1652, fut substitué comme Emilan Valon, son cousin, aux nom et armes d'Arviset. Il épousa en 1657 Jeanne, fille de Philippe de Villers, seigneur de Vougeot, conseiller au parlement, et de Gillette Le Belin. Il eut de ce mariage : 1° Jacques-Louis qui suit ; 2° Anne-Philippine, mariée à Anselme-Bernard Fyot, seigneur de Vaugimois, président aux requêtes du palais.

IX. Jacques-Louis, écuyer, marquis de Mimeure, seigneur de Vonges, lieutenant général des armées du roi et l'un des quarante de l'Académie française, entra aux Etats de 1715 et mourut en 1719 sans laisser d'enfants de son mariage avec Madeleine de Carvoisin d'Achis ; il avait institué son héritière universelle Anne-Philippine, sa sœur, qui épousa depuis le marquis de Bérulle.

Branche des seigneurs de Rosey. — VI. Artus, écuyer, seigneur de Rosey et Clémencey, maître des comptes en 1595, avait épousé en 1585 Elisabeth, fille de Pierre Morin, maître des comptes, et d'Antoinette Viard ; il eut : 1° Jacques qui suit ; 2° Catherine, ursuline à Chalon.

VII. Jacques, écuyer, seigneur de Rosey, Clémencey, etc., conseiller au parlement en 1616, épousa en premières noces Marie, fille de Pierre de Chantureux et de Marie Millotet, et en secondes noces Catherine Bretagne, veuve de Jean Piétrequin, élu en l'élection de Langres, et fille de Jules Bretagne, seigneur de Blancey et Selongey, commissaire aux requêtes du palais. Sans enfants du premier lit, il eut du deuxième : 1° Charles-François, mort jeune ; 2° Marie-Françoise, morte sans alliance ; 3° Anne, qui épousa Jean Fyot, seigneur de la Marche, baron de Montpont, président au parlement.

Signalons encore la branche de Beauvoir qui a possédé les seigneuries de la Cour d'Arcenay, de Millery et de la Bazole, et une autre branche qui n'avait pas quitté Boux-sous-Salmaise et dans laquelle on compte au XVIIe siècle plusieurs secrétaires contrôleurs près la grande chancellerie du parlement de Bourgogne. — Armes : *D'azur, à la licorne d'argent.*

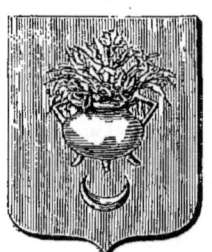

BÉNIGNE POUFFIER, maître ordinaire, fut pourvu par lettres du 31 octobre 1597, sur la résignation de Pierre Buatier, et reçu le 19 décembre suivant. Il résigna son office en faveur de Bernard Martin qui s'en démit aussitôt après au profit de Philippe Baillet, reçu en 1608.

I. Jean Pouffier, seigneur de Taniot, qualifié noble, bourgeois et marchand, était échevin de la ville de Dijon en 1601. Il avait épousé Fallette Boudrenet, dont il eut : 1° Nicolas qui suit; 2° Robert, marié à Minerve de Chatellus, dont il n'eut pas d'enfants; 3° Bénigne, auteur de la seconde branche; 4° Bénigne, qui épousa en premières noces Claude Peschart, maître des comptes, et en secondes (1596) Pierre Bourdin, seigneur de Mortais, lieutenant de l'artillerie en Bourgogne; 5° Marie, femme de François de Nuits, écuyer, seigneur de Cheuge, remariée en 1601 à Jean-Baptiste Daubenton, écuyer.

Première branche. — II. Nicolas, seigneur et baron de Longepierre et Taniot, contrôleur général des finances en Bourgogne, épousa Françoise de Montholon dont il eut : 1° Guillaume qui suit; 2° Françoise, femme d'Antoine Morisot, commissaire aux requêtes, à qui elle apporta la terre de Taniot.

III. Guillaume, seigneur de Longepierre, gouverneur de la chancellerie (1621), puis grand-maître des eaux et forêts en Bourgogne (1623), mourut en 1642, ne laissant de son mariage avec Marie Massol, qu'un fils, Nicolas, qui paraît être mort jeune et sans alliance.

Seconde branche. — II. Bénigne, maître des comptes en 1597, épousa Marie Baillet dont il eut : 1° Jean-Baptiste, conseiller au parlement en 1628, marié à Catherine de Mucie, fille de Jacques, avocat à Chalon, et mort sans enfants; 2° Claude qui suit.

III. Claude, maître des comptes en 1635, n'eut de Judith Joly, sa femme, qu'un fils, Hector-Bernard qui suit.

IV. Hector-Bernard, seigneur d'Aiserey et Velogny, conseiller au parlement par la mort de son oncle en 1681, épousa Marie Espiard dont il n'eut pas d'enfants, et mourut doyen de sa compagnie en 1736. Il est le fondateur de l'Académie de Dijon. — Armes : *De gueules, au pot supporté de trois pieds, rempli de fleurs d'argent et surmontant un croissant de même :* Hector-Bernard les avait ainsi modifiées : *De gueules, au vase d'or, chargé d'une cotice d'azur, et surmonté de trois quintefeuilles herminées d'argent.*

PIERRE SOYROT, maître *extraordinaire*, fut pourvu sur la résignation de Claude Brigandet le 18 février et reçu le 19 juin 1599. A l'exemple des autres maîtres extraordinaires, il demanda et obtint en 1602 la permission de tenir tous offices de judicature dans les cours royales et subalternes. En 1619 son office fut commué en celui de maître ordinaire, ce qui le mit dans le cas de prêter un nouveau serment (20 avril 1619), et son fils Abel qui en fut pourvu après sa mort et en vertu de son testament, le 18 juin 1636, s'en démit avant réception en faveur de Nicolas Richard.

JEAN BICHOT, seigneur de Renêve, maître ordinaire, fut pourvu le 7 février 1598, sur la résignation de Bénigne Bourlier, son beau-père. Reçu le 6 septembre 1599, il résigna en 1615, en faveur d'Antoine Roux, et mourut l'année suivante.

Famille connue depuis Pierre Bichot qui vivait en 1362, et dont les descendants en ligne directe, Jean Ier, Michel, Claude et Jean II, ont occupé héréditairement la charge de receveur de la châtellenie de Châteauneuf; nous en rapporterons la généalogie depuis Jean II.

I. Jean II, receveur de Châteauneuf, eut trois enfants : 1° Michel qui suit; 2° Jean qui fit branche; 3° Claude, châtelain de Châteauneuf, père de Claudine, femme de Noël Morel, de Châtillon, et de François qui, n'ayant point d'enfants de son mariage avec N... Maillot, légua ses biens, son nom et ses armes à François Morel, son neveu. Voy. l'art. de Jacques Bichot-Morel, maître des comptes en 1716.

Première branche. — II. Michel fut élu en 1602 vicomte-mayeur de Dijon où il avait fixé sa résidence. Marié dès le 4 janvier 1548 à Pierrette Perret, de Verdun, il en eut : 1° Jean qui suit; 2° Anne, mariée à Henri Petit, maître des comptes.

III. Jean III, avocat au parlement, puis maître des comptes en 1598, épousa Bernarde Bourlier, fille de Bénigne, maître des comptes, dont il eut : 1° Prudent qui suit; 2° Jean qui embrassa l'état ecclésiastique.

IV. Prudent, seigneur de Feurs et la Grange du Puits, lieutenant d'une compagnie franche en la tour de Saint-Seine, épousa, le 24 octobre 1633, Marie de Montigny, dont il eut deux fils, François qui suit et Jean, auteur d'une branche encore existante en Franche-Comté. Il épousa en secondes noces, le 17 juin 1657, Marie Giroux de qui vint Marie, femme en premières noces de Claude Lescorent, et en secondes de Zacharie Peley.

V. François, écuyer, secrétaire du roi près le parlement de Bourgogne en 1667, passa en 1684 à un office de trésorier de France au bureau de Dijon, et mourut en 1710, laissant de son mariage avec Marie Legouz : 1° N..., jésuite, mort en 1700 dans les missions étrangères; 2° N..., religieux feuillant; 3° N..., religieux jacobin; 4° Bénigne qui suit; 5° François, chevalier de Saint-Louis, capitaine de grenadiers dans Navarre, non marié.

VI. Bénigne, trésorier de France en 1710, épousa Marie Sirot, fille de Jean, auditeur des comptes, et en eut plusieurs enfants ; il ne lui resta qu'une fille, religieuse ursuline à Dijon.

Seconde branche. — II. Jean III mourut en 1587, revêtu de l'office de receveur de la châtellenie de Châteauneuf ; il laissa de Jeanne Taveau sa femme : 1° Jacques, mort en 1597 sans établissement ; 2° Jean qui suit ; 3° Pierre qui s'établit à la Rêpe où il épousa Marguerite Brouhot ; il en eut une fille, Jeanne, mariée à Jacques Delande, de Beaune, et un fils, Pierre, avocat au parlement, aussi établi à la Rêpe où il épousa Marguerite Destany dont il n'eut qu'une fille ; il se remaria à Claude de Riollet ; 4° Philibert qui fit branche ; 5° Claude, mort sans postérité.

III. Jean IV s'établit à Colombier où il épousa Élisabeth Collot dont il eut : 1° Pierre, religieux profès de l'ordre de Cîteaux ; 2° Pierrette, femme de Pierre Adelon, de Châteauneuf ; 3° Antoine, avocat au parlement de Paris, conseiller de la princesse de Guise, non marié ; 4° François qui suit ; 6° Jeanne, mariée à Blaise Narjollet, notaire à Nolay.

IV. François, praticien à Villotte, épousa, le 13 décembre 1626, Philippe Picamelot dont il eut : 1° Claude qui suit ; 2° Marie, femme de Nicolas Camus, dont la fille Pierrette épousa en 1691 Gilbert Michel, écuyer, scelleur en la chancellerie du parlement de Dijon.

V. Claude, exempt des gardes du prince de Condé, épousa Bénigne Cartier et mourut en 1712 laissant : 1° Claude, jésuite ; 2° Jean-Baptiste qui suit ; 3° Simon, mort sans alliance ; 4° Antoinette, mariée à Tonnerre avec Jean-Jacques Hilarin de la Grange, écuyer, secrétaire du roi en la grande chancellerie de Bourgogne.

VI. Jean-Baptiste, notaire à Dijon, épousa Jeanne Gibert ; il en avait quatre enfants en 1762.

Troisième branche. — III. Philibert s'établit à la Bussière et épousa, le 8 juillet 1600, Madeleine Marc dont il n'eut pas d'enfants ; marié en secondes noces, le 9 janvier 1602, avec Claire Grangier, il en eut : 1° Philippe, argentier du prince de Condé, qui épousa Françoise Voisenet dont il n'eut que des filles ; 2° Jean, avocat au parlement, mort à Châteauneuf sans postérité ; 3° Bénigne, avocat au parlement, mort aussi sans postérité de son mariage avec Françoise Harbet ; 4° Claude, gentilhomme servant en 1645, écuyer de la grande écurie, capitaine pour le roi du château de Châteauneuf ; il épousa Jeanne d'Esberlins, fille d'Antoine, écuyer, et mourut sans postérité ; 5° Nicolas qui suit ; 6° Madeleine, femme de N. Factet, d'Arnay-le-Duc ; 7° Jacquette, mariée à Charles Viénot, de Beaune ; 8° Claire, ursuline à Arnay-le-Duc.

IV. Nicolas, receveur à Arnay-le-Duc, épousa, le 8 février 1653, Yvonnette Moingeon dont il eut : 1° Pierrette, mariée à Jacques Joly de Tricy, de Pontailler ; 2° Claire, femme de N. Girardot, de Saulieu ; 3° Bénigne qui suit ; 4° Jean, prieur de Saint-Sauveur, mort en 1737 ; 5° Philibert, religieux chartreux à Dijon, mort en 1717 ; 6° et 7° Madeleine et Jeanne, mortes en bas âge ; 8° Marie, femme de N. Payen, de Beaune ; 9° Nicolas, chanoine de la Chapelle-aux-Riches, à Dijon, mort en 1736.

V. Bénigne, avocat au parlement, substitut du procureur général en 1691, mourut en 1746; il avait épousé, le 24 janvier 1684, Bernarde Robert dont il eut, outre trois filles mortes sans alliance : 1° Pierre-Philibert qui suit; 2° Jean-Claude, chanoine de la Chapelle-aux-Riches; 3° Bernard, prieur de Saint-Sauveur.

VI. Pierre-Philibert, receveur du grenier à sel de Pouilly, épousa en 1745 Jeanne Butard, et en secondes noces, le 6 juin 1746, Claudine, fille de Gabriel Davot, écuyer, secrétaire du roi, professeur de droit en l'université de Dijon, et de Jeanne Menelet; il en eut plusieurs enfants. Famille encore existante. — Armes anciennes : *D'or, à une biche passante de sable.* Alias : *D'or, à trois sapins de sinople; et une biche passante de sable.* Sur le sceau de Jean Bichot, maître des comptes, qui donne lieu à cet article, on voit un écu *coupé et chargé : au premier, d'une biche passante surmontée d'une étoile; au deuxième, d'un chevron, accompagné en pointe d'un croissant* (1). Les armoiries de la seconde branche de la famille Bichot ont été ainsi réglées en 1698 par les commissaires sur le fait des armoiries : *D'azur, à trois sapins d'argent, et une biche au naturel.*

Etienne MILLIÈRE, maître ordinaire, pourvu le 1er mars 1601, sur la résignation de Guillaume Millière son père, fut reçu le 7 mars de l'année suivante, et résigna en 1633 en faveur de Guillaume Millière son fils. Il mourut le 13 septembre 1636 et fut inhumé en l'église Saint-Jean de Dijon.

Famille Millière. *Seconde branche des seigneurs d'Aiserey.* — VI. Etienne Ier, seigneur d'Aiserey, maître des comptes, qui donne lieu à cet article, avait épousé en 1598 Anne Fleutelot, sœur de Jean, maître des comptes en 1611; il en eut : 1° Guillaume qui suit; 2° Etienne, écuyer, seigneur d'Aiserey, capitaine de cavalerie; 3° Jean-Baptiste, écuyer, seigneur de Curley et d'Aiserey, aussi capitaine de cavalerie, qui, de son mariage avec Jeanne Saumaise, n'eut qu'une fille, Marie, femme de François de Ricard, maître des comptes.

VII. Guillaume IV, seigneur d'Aiserey, maître des comptes en 1633, épousa en 1636 Françoise, fille de Pierre Saumaise, receveur général des décimes, et en eut : 1° Etienne qui suit; 2° Jean-Baptiste, écuyer, seigneur d'Aiserey, marié à Marie, fille de N. David, trésorier de France, et mort sans postérité; 3° Etienne, prieur commendataire d'Epoisses, chanoine de la Sainte-Chapelle et conseiller clerc au parlement de Bourgogne en 1680, mort en 1709; 4° Marthe, mariée en 1659 à Jean Morisot, avocat, seigneur de Chaudenay; 5° Elisabeth, femme de Guillaume Bouillet, receveur des tailles en Bugey.

VIII. Etienne II, écuyer, seigneur de la Chapelle de Villars et Champeaux, maître des comptes en 1665, épousa en 1668 Jeanne-Baptiste, fille de Louis Boullier, écuyer, seigneur de la Chapelle, premier capitaine au régiment de Tavanes. Il eut de ce mariage un fils, Barthélemy qui suit.

IX. Barthélemy, écuyer, seigneur d'Aiserey, la Chapelle de Villars et Champeaux,

(1) Du Bichot, en Auvergne et Normandie : *D'azur, au chevron d'or, accompagné en chef, à dextre, d'un soleil d'argent, à senestre, d'un croissant de même, et en pointe d'une biche passante aussi d'argent.*

reçu aux Etats en 1712, épousa en 1715 Anne-Marie-Etienne, fille d'Etienne Dagonneau, seigneur de Marcilly, conseiller au parlement; il n'eut qu'un fils, Jean-Baptiste-Etienne, mort en bas âge, le dernier de son nom. Voy. p. 174.

ÉDOUARD D'ARLAY ou DARLAY, maître *extraordinaire*, fut pourvu le 15 mai 1600, sur la résignation de Jean Jaquot. Ses lettres ayant été rejetées par la Chambre parce que son office devait être supprimé, il s'écoula un certain délai à la suite duquel il obtint des lettres de surannation datées du 30 mai 1601. Reçu le 31 mai de l'année suivante, il résigna en 1615 en faveur de Barthélemy d'Arlay, son frère. Il avait épousé en 1600 Madeleine du Ban, fille d'un échevin d'Arnay-le-Duc. Son fils Claude fut maire de la même ville en 1629. La famille d'Arlay, originaire du bourg d'Arlay, en Franche-Comté, remonte à Hugues, écuyer, qui vivait en 1289. Une de ses branches établie dans le duché de Bourgogne vers la fin du XVe siècle, a fourni plusieurs officiers aux juridictions d'Autun et trois conseillers au parlement de Dijon. Le 6 juin 1668, quatre de ses membres, Jean, lieutenant en la chancellerie d'Autun, Charles, grand-archidiacre et chanoine de la cathédrale de la même ville, François, maître des comptes à Dijon, tous trois fils de Jean, qui avait été indûment imposé aux tailles, et enfin Barthélemy, vierg d'Autun, obtinrent des lettres de maintenue de noblesse sur preuve de filiation noble établie depuis Pernot et Regnaud d'Arlay, écuyers, vivant en 1327, dont le père Ponce d'Arlay avait fait une fondation en l'église du bourg de ce nom au comté de Bourgogne. Le 18 avril 1674, semblables lettres de maintenue pour Barthélemy d'Arlay, seigneur de Morçoux, lieutenant général au bailliage d'Autun, et Claude-Nicolas, son frère, seigneur de Meunot. — Armes : *D'argent, à la fasce de sable.*

ANTOINE PETIT, maître ordinaire, fut pourvu, le 5 février 1602, de l'office vacant par le décès de Drouhin Vincent. Reçu le 20 février de l'année suivante, il mourut dans l'exercice de son office et fut remplacé en 1621 par Henry Petit, son fils. Il avait épousé Philiberte Milletot.

La famille Petit, partagée au dernier siècle en trois branches, celles de Viévigne, de Beyre et de Bressey, remonte à Antoine Petit, *alias* Taupin, dont le nom figure dans un rôle d'arrière-ban de l'an 1353; son fils Jean fut retenu châtelain de Montbard en 1409 et son arrière-petit-fils Jean, aussi surnommé Taupin, habitait Bourbon-Lancy lorsqu'il fut anobli avec Alix Morel, sa femme, par le duc Philippe-le-Bon en 1459. Les descendants de Jean Petit ont occupé diverses charges de robe et d'épée; on compte parmi eux un vicomte-mayeur de Dijon en 1577 et 1579, plusieurs receveurs généraux des finances en Bourgogne, deux maîtres des comptes, un écuyer de la reine Marie-Antoinette, des chevaliers de Saint-Louis, etc. La branche de Bressey s'est éteinte au siècle dernier dans les Perreney de Charrey. — Armes : *D'azur, au lion d'or.*

PIERRE TISSERAND, seigneur de Sassénay, maître ordinaire, fut pourvu le 15 février 1603, sur la résignation de Pierre Milet. Reçu le 16 mai suivant, il mourut en 1628 et son office passa à Barthélemy Garnier qui s'en démit avant réception en faveur de Jean du Guay.

La filiation de cette famille, originaire de Chalon, n'est régulièrement établie que depuis

I. Jean, seigneur de Gergy, Sassenay, Oisilly, Is-sur-Tille en partie, la Tour du Bled et Lans, qui quitta Dijon, son lieu de naissance, vers 1512 pour aller remplir une chaire de professeur de droit en l'université de Bologne. De retour dans sa patrie, il fut nommé conseil de la ville et lieutenant du maire (1), fonctions qu'il remplissait encore en 1532, lorsque son mérite lui valut un office de conseiller au parlement dont il fut pourvu sur la résignation de Jean Bouhier, son beau-frère. Il mourut en 1551 dans sa maison de Chalon et son corps transporté à Dijon fut inhumé dans l'église des Cordeliers. De son mariage avec Marie de Cirey, il laissait plusieurs enfants, savoir : 1° Bénigne qui suit : 2° Marie-Anne, femme d'Antoine Legrand, président à la Chambre des comptes ; 3° Henriette, mariée à Etienne Legrand, avocat à Châtillon ; 4° Bénigne, qui épousa Etienne Coussin, secrétaire du roi ; 5° Jeanne, femme de Louis de Thésut, juge en la châtellenie royale de Chalon.

II. Bénigne, écuyer, seigneur de Sassenay, Trochère, Marliens, etc., conseiller au parlement en 1568, épousa Anne de Pontoux, fille de Denis, maître des comptes, et de Jeanne Lelide ; il en eut : 1° Jean-Jérôme, seigneur de Trochère, Beyre et Tailly, conseiller au parlement, mort en 1641, laissant de son mariage avec Bénigne Le Belin, fille de Jacques, bourgeois de Beaune, coseigneur de Tailly, et de Sarrah Virot, trois enfants, savoir : *a*) Bénigne, seigneur de Chalange, conseiller d'Etat, intendant des bâtiments du roi et gentilhomme ordinaire de sa chambre, dont la fille unique, Elisabeth, dame d'Arcelot, épousa Alphonse de Guériboult, lieutenant des gardes du corps, bailli et gouverneur de Melun ; *b*) Jean-Jérôme, aumônier du roi, conseiller au parlement de Rouen et abbé d'Auberive, et enfin très probablement *c*) Anne, femme de Jean Maillard, conseiller au parlement ; 2° Pierre qui suit.

III. Pierre, maître des comptes en 1603, épousa Chrétienne, fille de Girard Regnier, seigneur de Romprey, et de Bénigne Baillet. Il en eut : 1° Jean-Jérôme, lieutenant civil, assesseur criminel en la chancellerie de Dijon, mort sans postérité ;

---

(1) Il y eut deux vicomtes-mayeurs de Dijon du nom de Tisserand, savoir : Hugues, seigneur de Courchamps, bourgeois de Dijon, en 1568 et 1575, et Jean, lieutenant du bailliage et de la chancellerie, en 1623 et 1634 ; ce dernier mourut pendant sa seconde magistrature. Il était fils d'Antoine Tisserand, aussi bourgeois de Dijon, et de Claudine Demonge.

2° Marie, femme de Philibert de la Mare, seigneur de Chevigny ; 3° Jeanne, mariée à Edme Regnier, seigneur de Montmoyen, chevalier d'honneur en la Chambre des comptes, et très probablement 4° Marthe, femme en premières noces d'Odinet Regnier, écuyer, seigneur de Villecomte, et en secondes de Claude de Vallerot, écuyer, seigneur de Flammerans. — Armes : *D'azur, au chevron d'or, accompagné en pointe d'une coquille de même.*

PIERRE THOMAS, maître ordinaire, pourvu le 16 décembre 1603 sur la résignation de Jean Maillard, fut reçu le 8 avril de l'année suivante. Il résigna en faveur de son fils Pierre en 1641, mourut le 17 décembre 1651 et fut inhumé dans la sépulture de sa famille, en l'église de Saint-Etienne.

I. Jacques Thomas, premier du nom, châtelain et capitaine de Villaines-en-Duesmois, vivait en 1359; il eut un fils, Jean.

II. Jean 1er, qualifié clerc et licencié ès lois dans un acte de 1384, eut pour fils Simon.

III. Simon, écuyer du duc Jean-sans-Peur en 1404, fut père de Pierre 1er.

IV. Pierre 1er, seigneur de l'Aigle, capitaine de cent hommes d'armes, tué à Montlhéry, eut deux fils : 1° Jean qui suit ; 2° Guillaume, dont on ignore la postérité.

V. Jean II, seigneur de l'Aigle, secrétaire du roi, épousa en premières noces, en 1511, Pierrette Courtoisie, dont il eut : 1° Jean, clerc, puis secrétaire du roi ; nous croyons qu'il fut père de Guillemette Thomas et de Jean, écuyer, capitaine de Sombernon en 1393, marié à Claudine Brigandet et en deuxièmes noces à Claude Milletot ; 2° Pierre qui suit ; 3° Bénigne. En deuxièmes noces, Jean II épousa, l'an 1520, Huguette Legendre, dont il n'eut pas d'enfants, et en troisièmes, l'an 1525, Thomasse Billocard, de qui vinrent : 1° Bénigne II ; 2° Claudine, mariée en 1543 à Noël Rigault, fils d'Etienne, marchand à Dijon.

VI. Pierre II, seigneur de Varennes-sur-le-Doubs, Charette et Terrans, avocat au parlement en 1536, fut pourvu d'une charge de président à mortier dans laquelle la mort l'empêcha de se faire recevoir, et reprit de fief en 1542 pour la terre de Santenay. Il avait épousé en 1527 Guillemette Maillard qui se remaria avec Antoine Catherine, lieutenant au bailliage de Saint-Jean-de-Losne ; il en eut : 1° Jean qui suit ; 2° Pierre, chanoine de Saint-Etienne de Dijon ; 3° Bénigne, qualifié marchand en 1564, qui épousa Etiennette Belrient ; 4° Jacques, chanoine d'Autun; 5° un autre Bénigne, marié à Louise Quartier ; 6° Odette, femme de Jean Bossuet, avocat; 7° Jeanne, mariée en 1553 à Nicolas Rollet, avocat à Autun ; 8° Guillemette, femme de Jean Demonge ; 9° Anne, femme de Jean Laurent ; 10° Marguerite, mariée à Guy Belrient.

VII. Jean, seigneur de Varennes, Terrans et Charette, avocat général à la Chambre des comptes, puis conseiller au parlement en 1571, épousa en premières noces, le 14 novembre 1556, Marguerite, fille de Jacques Chantepinot, avocat du roi au bailliage de Dijon, et de Marie Boursault ; il en eut : 1° Jacques qui suit ; 2° Marie, femme de Jean Folin, conseiller au parlement ; 3° Claude qui épousa en 1582 Jean de Frasans, avocat, maire de Dijon ; 4° Anne, mariée à Jean Desbarres. Il épousa en deuxièmes noces, le 4 novembre 1570, Madeleine Vion, fille de Girard, écuyer, et de Jeanne Thomassin, et qui, restée veuve, épousa François de Chasot ou Deschazauls, avocat à Autun ; de ce second lit vinrent : 1° Elisabeth, mariée en 1592 à Guillaume Berbisey, lieutenant au bailliage de Dijon ; 2° Pierre III, qui fit branche.

VIII. Jacques II, seigneur de Frontenard, conseiller au parlement en 1586, avait épousé, le 4 décembre 1582, Jeanne, fille de François de Chasot, avocat à Autun, et de Madeleine Vion, veuve en deuxièmes noces de son père Jean Thomas. Il mourut doyen du parlement après 54 années de service, laissant : 1° Edme, doyen de la Chapelle-aux-Riches, chanoine et chantre de l'église d'Autun ; 2° Guillemette, femme de Nicolas de Chevannes, avocat au parlement.

Première branche. — VIII. Pierre III, doyen de la Chambre des comptes, mort. en 1659, avait épousé, le 7 mars 1600, Denise Bretagne, fille de Jules, conseiller au parlement, commissaire aux requêtes du palais, et de Catherine Munier ; il en eut : 1° Pierre qui suit ; 2° Catherine, femme de Hugues Maire, seigneur de Blancey, maître des comptes.

IX. Pierre IV, maître des comptes, épousa, le 7 août 1644, Judith, fille de François de Longueville, écuyer, seigneur de Domecy, Island, la Chaume et Prédefond, maître d'hôtel de Louis XIII et de Madeleine Filzjean ; il en eut : 1° François qui suit ; 2° Pierre V, auteur de la seconde branche ; 3° Etienne, seigneur d'Island, Prédefond, Champ-Gachot, etc., qui fut pourvu de l'office d'élu du roi en 1691, entra aux Etats de 1703, et mourut sans alliance.

X. François, conseiller au parlement en 1675, avait épousé, le 29 octobre 1672, Denise Petit, fille de Jean, receveur général des finances en Bourgogne, et de Claude Soyrot. Il eut : 1° Claude, femme d'Etienne Cœurderoy, président aux requêtes du palais ; 2° Marie, non mariée ; 3° Nicolas qui suit.

XI. Nicolas, écuyer, seigneur d'Island et du Sauçois, entré aux Etats de 1718, avait épousé, le 15 juillet 1716, Philiberte, fille de Charles Fevret, seigneur de Fontette et Saint-Mesmin, conseiller au parlement de Metz, et de Marie de Chalus ; il en eut : 1° François, écuyer, seigneur d'Island, non marié ; 2° Charles qui suit.

XII. Charles, écuyer, seigneur de la Vesvre, chevalier de Saint-Louis, capitaine au régiment de Nice pendant 22 ans, épousa, le 6 juin 1757, Reine-Andoche, fille d'Antoine-Simon Pernot, seigneur d'Escrots, président en la Chambre des comptes, et de Reine de Mézières. Il vota en 1789 avec les gentilshommes du bailliage de Dijon.

Deuxième branche. — X. Pierre V, maître des comptes en 1679, avait épousé, le 26 novembre 1677, Jeanne, fille de Gérard Richard, seigneur de Ruffey, élu du roi aux Etats, et de Marie Sayve ; il eut : 1° Nicolas qui suit ; 2° Judith, mariée en 1709 à Philibert de Maillard, seigneur de Créancey, conseiller au parlement ; 3° Marie, ursuline à Dijon ; 4° Etienne, abbé de Combertaut.

XI. Nicolas, maître des comptes, passa en 1710 à un office de conseiller au parlement, et épousa la même année N. de Maillard, sœur de Philibert. Il laissa une fille unique, Judith, qui épousa Jacques-Philippe Fyot de la Marche, comte de Dracy, seigneur de Neuilly, ministre plénipotentiaire près la république de Gênes. — Armes : *D'azur, à la fasce d'or, chargée d'une étoile de gueules, et accompagnée en chef de deux quintefeuilles aussi d'or et en pointe d'un croissant d'argent.*

CLAUDE GAILLARD, seigneur de Montigny et Essarois, maître ordinaire, fut pourvu le 16 juillet 1604 sur la résignation de Bénigne Colin. Reçu le 18 décembre suivant, il résigna en 1606 en faveur de Bernard de la Grange et passa à un office de président. Voy. p. 48. — Claude Gaillard brisait son écu *de quatre étoiles entre les branches des coutelas.*

BERNARD DE LA GRANGE, seigneur de Montille, maître ordinaire, fut pourvu le 12 juillet 1606 sur la résignation de Claude Gaillard, dont l'article précède. Reçu le 16 juin 1607, il résigna en 1638, en faveur de Georges de Maillard. Voy. p. 173.

FRANÇOIS FLEUTELOT, seigneur de Beneuvre, maître ordinaire, fut pourvu le 28 janvier 1606 sur la résignation de son père Jean qui mourut peu de temps après. Comme ce dernier avait payé le droit de Paulette, sa résignation produisit son plein effet et François Fleutelot prêta serment le 13 août 1607. Son office fut un de ceux supprimés en 1630. Il avait épousé Marie Le Compasseur, mais il ne paraît pas avoir eu de descendance mâle, et après lui la terre de Beneuvre passa à une autre branche de sa famille. Voy. p. 182.

PHILIPPE BAILLET, maître ordinaire, fut pourvu le 21 janvier 1608 sur la démission de Bernard Martin, possesseur par résignation de l'office de Bénigne Pouffier, dont il ne s'était pas fait pourvoir. Reçu le 5 mai 1608, il résigna son office à Scipion Odebert, qui s'en démit peu après en faveur d'Antoine Gautier (1615). Philippe Baillet ayant depuis embrassé l'état ecclésiastique, devint doyen de l'église Notre-Dame de Beaune. Il conserva toujours une affection particulière pour la compagnie dont il avait été membre, et on lit dans le registre qu'étant élu du clergé aux Etats de l'an 1622, et sur le point de partir pour le voyage d'honneur, il vint à la Chambre pour faire ses offres de service et prit place au bureau après deux de Messieurs les maîtres. Voy. p. 32.

BÉNIGNE JAQUOTOT, maître ordinaire, fut pourvu le 31 décembre 1609, sur la résignation de Jean Jaquotot, son père. Reçu le 9 février 1610, il résigna en 1611 en faveur de Jean Fleutelot, son beau-frère. Voy. p. 170.

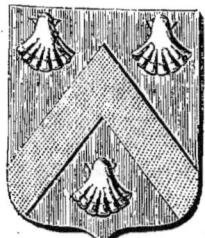

PIERRE DE LA MARE, seigneur en partie de Chevigny et Port de Palleau, était avocat général à la Chambre des comptes depuis près de quatre ans lorsqu'il fut pourvu, le 12 janvier 1610, d'un office de maître ordinaire sur la résignation de Guillaume Loppin. Reçu le 9 février suivant, il mourut le 17 avril 1630 et fut remplacé en 1632 par Philibert Guyet.

Famille originaire du Charollais et qui remonte à :

I. Henri de la Mare et à Michel, son fils, seigneurs d'Oisy, auxquels une sentence du châtelain de Charolles, rendue le samedi avant la Nativité de Notre-Seigneur, contre le prieur de la Madeleine de cette ville, donne le titre d'*escuyers*.

II. Michel Ier eut un fils du même nom.

III. Michel II, seigneur d'Oisy, épousa Jeanne de Pressey dont il eut : 1° Jean qui suit; 2° Sébastien, écuyer, capitaine de la ville et du château de Nemours; 3°, 4° et 5° François, Pierre et Charles, morts sans postérité; 6° Denis, trésorier de la maison de Jean, duc de Bourbon, entré depuis aux Chartreux; 7° Marie, morte sans alliance.

IV. Jean, marchand, puis lieutenant au gouvernement du château de Beaune, fut l'auteur des différentes branches établies dans cette ville et à Dijon. Il épousa, le 3 août 1497, Philiberte, fille de Millot Biliard, écuyer, secrétaire du roi, dont il eut Philibert qui suit.

V. Philibert Ier, écuyer, seigneur de Chevigny, Port de Palleau, Meursault, Auxey, Ruffey et le bois de Montby, docteur en médecine et maire de Beaune, épousa, le 19 janvier 1530, Marguerite, fille de Pierre Le Blanc, dont il eut quinze enfants, dont huit morts jeunes; restèrent : 1° Anne, mariée à Etienne Rozerot, docteur en droit; 2° Jeanne, qui épousa Jean Humblot en 1555; 3° Barbe, mariée en 1563 à Louis Richard, seigneur de Beligny, échevin de Beaune; 4° Geneviève, mariée en 1562 à Guillaume Alixant; 5° Philibert qui suit; 6° Pierre, auteur de la seconde branche; 7° Marguerite, qui épousa en 1569 Jean Micault, avocat au parlement.

Première branche. — VI. Philibert II, seigneur de Meursault, Auxey, etc., lieutenant en la chancellerie, puis lieutenant criminel au bailliage et maire de Beaune, fut anobli en 1585, avec son frère, Pierre, par le motif qu'ils s'étaient tous deux vertueusement employés à la conservation de cette ville en l'obéissance du roi. Il avait épousé Geneviève Bernardon, dont il eut : 1° Guillaume qui suit; 2° Philibert, avocat, seigneur de la Serve, marié à Anne-Philippe de Thuillères, et dont le fils Edme, marchand pelletier à Beaune, épousa en 1678 Marie Le Maidon, fille de Pierre, aussi marchand; 3° Pierre, mort sans enfants; 4° Barbe, femme en 1650 de Jean Bouchin, bourgeois; 5° Théodorine, femme en premières noces de Jean Saumaise, avocat, et en deuxièmes noces de Sylvestre de Riolet, seigneur de Morteuil; 6° Anne, qui épousa en 1612 Jean Berbis, seigneur des Maillys; 7° Marguerite, mariée en 1605 à Claude Bretagne, lieutenant criminel au bailliage de Beaune.

VII. Guillaume, écuyer, seigneur de Meursault, Auxey, etc., maire et lieutenant en la chancellerie de Beaune, puis trésorier de France à Dijon en 1621, épousa Anne

Thiroux, dont il n'eut qu'une fille, Anne-Julienne, mariée à Claude de Souvert, seigneur de Billy, président au parlement; elle mourut sans enfants.

Seconde branche. — VI. Pierre, écuyer, seigneur en partie de Chevigny, Port de Palleau, Ruffey et Varennes, avocat du roi au bailliage de Beaune, fut élu quatre fois maire de cette ville et devint ensuite maître des requêtes de la reine Marie de Médicis en 1602. Né en 1545, il avait épousé, le 20 décembre 1573, Barbe, fille de Lazare de Souvert, maître des comptes, et fut marié en deuxièmes noces avec Barbe Fourneret, et en troisièmes avec Barbe Ferret, veuve de Robert Giroux, de Chalon. Il laissa plusieurs enfants, savoir : 1° Philibert qui suit ; 2° Marguerite, femme de Jacques de Maillard, écuyer, secrétaire de la chambre de la reine; 3° Anne, mariée en 1598 à Pierre Brunet, conseiller au bailliage de Beaune; 4° et 5° Madeleine et Jean, morts jeunes; 6° Pierre, auteur de la troisième branche; 7° Barbe, mariée en premières noces à Jacques Giroux, seigneur de Vessey et Corcassey, procureur du roi au bailliage de Chalon, et en deuxièmes à Jean Folin, seigneur de Tart, conseiller au parlement.

VII. Philibert III, écuyer, seigneur en partie de Chevigny, avocat du roi en 1600, sur la résignation de son père, puis lieutenant au bailliage de Beaune, fut élu quatre fois maire de cette ville. Il était né en 1574 et avait épousé en premières noces, en 1597, Bénigne Brunet, et en deuxièmes noces, le 29 juillet 1608, Catherine Bouchin ; il eut du premier lit : 1° Pierre, mort en bas âge; 2° Pierre qui suit ; 3° Anne, femme de Bernardin Brunet; 4° Philibert, seigneur en partie de Chevigny, avocat au parlement, qui épousa en 1629 Marie Tisserand, fille de Pierre, maître des comptes, et en eut, outre deux fils morts jeunes, quatre filles, savoir : Jeanne, ursuline à Dijon, Bénigne, dame en partie de Chevigny et Port de Palleau, mariée à Jacques de Mucie, baron de Neuilly, président au parlement ; Barbe, carmélite à Dijon, et Françoise, qui épousa Jean Bouhier, marquis de Versalieu, président au parlement. Philibert III eut du second lit : 1° Etienne, chef de la quatrième branche; 2° Jean-Baptiste, avocat, marié en 1636 à Bernarde Loppin, dont il n'eut pas d'enfants et qu'il quitta pour entrer dans les ordres; il devint chanoine de Beaune ; 3° Catherine.

VIII. Pierre, écuyer, né en 1603, épousa Gillette Le Belin, dont il eut : 1° Philibert qui suit ; 2° Jeanne, religieuse carmélite.

IX. Philibert IV, écuyer, conseiller au parlement, épousa Catherine Bouchin, dont il eut : 1° Jean-Baptiste, qui suit ; 2° Gillette, visitandine à Beaune; 3° Jeanne, femme d'Antide de Migieu, marquis de Savigny, président au parlement.

X. Jean-Baptiste, conseiller, puis président au parlement en 1696, mourut sans avoir été marié.

Troisième branche. — VII. Pierre, écuyer, seigneur en partie de Chevigny et maître des comptes, qui donne lieu à cet article, était né le 31 juin 1582. Il fut marié deux fois, d'abord en 1603 avec Anne, fille d'Etienne Bernardon, seigneur de Grosbois, conseiller au parlement, et d'Elisabeth Lenet; il n'en eut pas d'enfants et épousa en deuxièmes noces, le 5 septembre 1604, Claudine, fille de Pierre Rondot,

écuyer, seigneur de Renève, et d'Odette Bourlier ; il eut : 1° Philibert qui suit ;
2° Elisabeth, mariée en premières noces en 1636 à Jean Jaquotot, conseiller au parlement, et en deuxièmes noces à François Bailly, seigneur de Pouilly et Beyre,
aussi conseiller au parlement.

VIII. Philibert, écuyer, seigneur de Chevigny, Port de Palleau et Champigny-
sur-Tille, conseiller au parlement en 1637, chevalier de Saint-Michel en 1660, avait
épousé, le 18 juillet 1640, Marie, fille de Philippe Berbis, seigneur de Cromey,
conseiller au parlement, et d'Odette Occquidem ; il eut de ce mariage : 1° Philippe
qui suit ; 2° Pierre, seigneur de Chevigny, chevalier de Saint-Lazare, qui épousa le
25 septembre 1691 Gasparde, fille de François Milet, écuyer, seigneur de la Cosne ;
3° Claude, femme de Michel Badoux, président en la Chambre des comptes ; 4° Philiberte, morte en 1710 sans alliance.

IX. Philippe, écuyer, seigneur de Champigny-sur-Tille, conseiller au parlement
en 1674, épousa Pierrette, fille de Pierre Gond, écuyer, avocat au parlement, et de
Jeanne Jourdery ; il eut : 1° Pierre qui suit ; 2° Philibert, écuyer ; 3° Jean-Bernard,
seigneur de la Roche-Vausandrey, capitaine au régiment d'Enghien, entré aux
Etats de 1715 ; 4° et 5° Marie et Catherine, visitandines à Dijon.

X. Pierre, écuyer, seigneur de Chevigny, Champigny, Billy, etc., conseiller au
parlement en 1711, épousa Marie, fille de Philibert Verchère, écuyer, premier
président au bureau des finances, dont il eut : 1° Philippe qui suit ; 2° Marie-
Elisabeth-Charlotte, mariée en 1738 à Nicolas Charpy, seigneur de Saint-Usage et
Billy ; conseiller au parlement.

XI. Philippe, écuyer, conseiller au parlement en 1738, épousa au mois d'août
1741 Louise, fille de Claude-Philippe de Laloge, seigneur de Broindron, conseiller
au parlement, et de Bernarde Genreau ; il n'en a eu qu'une fille, Pierrette, mariée
en 1760 à Henri Mairetet, seigneur de Thorey, conseiller au parlement.

Quatrième branche. — VIII. Etienne, écuyer, fils de Philibert III, fut lieutenant
en la chancellerie et maire de la ville de Beaune (1) ; il épousa, le 20 novembre 1631,
Madeleine d'Achey, dont il eut entre autres enfants : 1° Jean-Baptiste qui suit ;
2° Etienne, prêtre de l'Oratoire ; 3° Léonard, écuyer, mort sans alliance ; 4° Pierre,
chanoine de Notre-Dame de Beaune ; 5° Catherine, mariée en 1683 à Gilbert
Boyvault, lieutenant au bailliage de Montcenis ; 6° Philibert qui suivra.

Premier rameau. — IX. Jean-Baptiste, écuyer, seigneur d'Aluze, lieutenant criminel aux bailliage et chancellerie de Beaune, épousa en 1661 Anne Gauvain dont
il eut : 1° Jean qui suit ; 2° Etienne, mort jeune.

X. Jean, écuyer, seigneur d'Aluze, lieutenant des maréchaux de France, reçu aux
Etats de 1682, épousa en 1696 Rose, fille d'Antoine Domino et de Françoise Brunet ;
il en eut : 1° Madeleine-Lazarine ; 2° Marie-Rose ; 3° Jean-Baptiste-Bénigne qui suit.

XI. Jean-Baptiste-Bénigne, écuyer, seigneur d'Aluze, lieutenant des maréchaux

(1) Il obtint, en 1676, des lettres de confirmation de noblesse pour lui et son fils Jean-Baptiste.

de France et grand bailli du Dijonnais, né en 1704, entra aux Etats de 1733 ; il avait épousé en 1730 Jeanne-Louise Gombault, dont il eut : 1° Edme-Jean-Baptiste, chevalier, mousquetaire du roi, entré aux Etats de 1754 ; 2° Madeleine-Lazarine, mariée en 1752 à Nicolas Charpy, conseiller au parlement, veuf d'Elisabeth-Charlotte de la Mare ; 3° Jeanne-Marie-Thérèse, mariée en 1759 à Claude-Louis de Laloge de la Fontenelle, conseiller au parlement.

Second rameau. — IX. Philibert, écuyer, marié, le 2 juin 1680, à Françoise, fille de Gilles Brunet et de Madeleine Rousseau, en eut plusieurs enfants, dont un seul, Philibert, prit alliance.

X. Philibert, écuyer, avocat au parlement, né en 1681, épousa, le 15 mai 1706, Agathe, fille de Philippe Berardier, seigneur de Poisey, lieutenant particulier au bailliage de Beaune, et de Catherine Pitois. Il en eut : 1° Philippe-Philibert, né en 1707; 2° Agathe, née en 1717 ; 3° et 4° François et Pierre ; 5° Jean-Baptiste qui suit.

XI. Jean-Baptiste, écuyer, seigneur du Bassin, capitaine au régiment d'Artois, fut reçu aux Etats de 1766. — Armes : *De gueules, au chevron d'or, accompagné de trois coquilles d'argent, lignées de sable.*

Jean FLEUTELOT, seigneur de Masse, maître ordinaire par la résignation de Bénigne Jaquotot, fut pourvu le 17 mai et reçu le 1er décembre 1611 ; il mourut le 15 octobre 1638 et fut remplacé par Jean Humbert. Il était fils de Jean Fleutelot, procureur syndic des Etats de Bourgogne, mort avant 1589, et de Jeanne de Requeleyne ; il épousa Marthe Jaquotot, dont il eut André et Jean. André, commissaire aux requêtes du palais en 1649, eut pour fils Bénigne, seigneur de Beneuvre, conseiller au parlement en 1686, marié à Odette Gruzot, et père de Claude, aussi seigneur de Beneuvre, qui mourut doyen du parlement en 1769, sans avoir contracté d'alliance. — Son frère, Jean, conseiller au parlement, épousa en 1660 Philiberte Creusevault et en eut : 1° Claude, aussi conseiller au parlement, marié en 1702 à Marguerite Canabelin, et dont le fils, Jean-Baptiste, écuyer, seigneur de Chazans, entra aux Etats de 1736 ; 2° André, seigneur de Marliens, marié à Anne Pérard, reçu aux Etats de 1709, et père de Philibert-André, aussi seigneur de Marliens, qui épousa Claude-Marie Bouhier et mourut doyen des conseillers au parlement en 1787. Pour les armes voy. p. 182.

Jean-Baptiste MARLOUD, seigneur de Charnailles, maître ordinaire, fut pourvu le 25 février 1613, sur la résignation de Simon Barbotte ; il fut reçu le 24 mai de la même année, et Claude Pouffier lui succéda sur sa résignation en 1635. Voy. p. 53.

Antoine GAUTIER, maître ordinaire, fut pourvu, le 17 août 1615, de l'office de Philibert Baillet, sur la démission avant réception de Scipion Odebert, qui en avait obtenu auparavant des lettres de provisions. Reçu le 21 novembre suivant, il mourut en décembre 1624, peu après avoir résigné son office en faveur de Philibert Nicolardot, qui s'en démit lui-même avant réception au profit d'Etienne Filzjean.

Il avait épousé Marie Le Gourd, dont une fille, Catherine, mariée à Claude Lenet, président aux comptes en 1641. Nous croyons pouvoir lui attribuer un sceau sur lequel est figuré *un chevron accompagné de trois étoiles.*

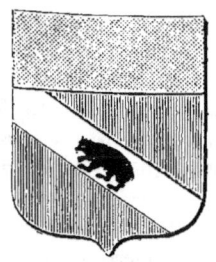

ÉTIENNE PÉRARD, maître ordinaire, fut pourvu sur la résignation de Nicolas Humbert le 16 septembre, et reçu le 3 décembre 1615. Nommé conseiller d'État par lettres du 10 février 1654, il mourut doyen de la Chambre des comptes le 7 mars 1663 et fut inhumé en l'église Saint-Jean, sa paroisse. Pierre Pérard et Claude Joly, successivement pourvus de son office, ne purent s'y faire recevoir et il fut définitivement remplacé par François de Ricard.

I. Étienne Pérard, qui donne lieu à cet article, est l'auteur du *Recueil de plusieurs pièces curieuses servant à l'histoire de Bourgogne.* Il épousa, le 11 juin 1613, Claude Bretagne, fille de Jules, seigneur de Blancey, etc., commissaire aux requêtes du palais, et en eut : 1° Jules qui suit ; 2° Catherine, mariée à Bernard Barbier.

II. Jules, conseiller au parlement, commissaire aux requêtes du palais en 1641, eut, de son mariage avec Anne de Mucie, Étienne II qui suit.

III. Étienne II, conseiller au parlement, commissaire aux requêtes en 1678, épousa Honorée-Marie Riel dont il eut : 1° Jules-François qui suit ; 2° Jean, écuyer, seigneur de Saint-Marcellin, substitué aux nom et armes de Floriet, et entré aux États de 1757 ; de son mariage avec Eléonore-Françoise Masson de Gendrier, il eut : *a)* Jean, conseiller, puis président au parlement (1780), marié à Bernarde-Françoise, fille de Hubert Guyard de Changey, mestre de camp de cavalerie, commandant du château de Dijon, et de Charlotte-Jeanne Moreau ; *b)* Madeleine-Philiberte, qui épousa en 1766 Nicolas Jannon, président au parlement ; *c)* Henriette-Madeleine, mariée en 1777 à Jean-Baptiste-Bénigne-Alexis Charpy de Jugny, conseiller au parlement.

IV. Jules-François, conseiller au parlement, commissaire aux requêtes en 1714, épousa Anne Seurrot et en eut : 1° Bernard-Etienne qui suit ; 2° N..., non mariée ; 3° N..., carmélite à Dijon.

V. Bernard-Etienne, conseiller (1751) puis procureur général au parlement de Bourgogne, épousa en 1764 Marie, fille de Louis Butard, seigneur des Montots, conseiller au parlement, et de Charlotte Suremain de Flamerans ; il en eut plusieurs filles, entre autres Anne, mariée en 1784 à Claude de Laloge, conseiller au parlement.

Branche des seigneurs de la Vesvre, la Vèvre ou la Vaivre. — I. Bénigne Pérard, maître des requêtes de la reine mère, contrôleur des décimes en Bourgogne, mort en 1650, était proche parent d'Étienne, maître des comptes ; il épousa Anne Vittier, dame de Messanges, dont il eut entre autres enfants : 1° Jean qui suit ; 2° Marie, qui épousa en 1669 Roland de Sercey.

14

II. Jean, seigneur de la Vesvre et Messanges, commissaire aux requêtes du palais en 1652, épousa N. Maleteste, dont il eut : 1° François qui suit ; 2° Catherine, mariée à N... Bretagne de Nan-sous-Thil.

III. François, seigneur de la Vesvre, conseiller au parlement en 1682, épousa Charlotte-Guillaume Morisot, dont il eut une fille unique, mariée à Bénigne-Germain Le Gouz, président au parlement. — Armes : *De gueules, à une bande d'argent chargée d'un ours de sable ; au chef d'or.*

ANTOINE ROUX, maître ordinaire, fut pourvu le 31 décembre 1615 sur la résignation de Jean Bichot. Reçu le 20 mai 1616, il résigna au profit de Bernard Bernard, qui se démit lui-même avant réception en faveur d'Hugues Maire (1631), et il mourut peu après sa résignation. Il avait à la Chambre des comptes plusieurs parents qui se retirèrent lors de sa réception, étant trop proches pour en connaître ; c'étaient Etienne Millière, Antoine Petit, Pierre Thomas, Bernard de la Grange, Pierre de la Marc et Etienne Pérard. Sa sœur, Jeanne, épousa Charles-Bénigne de Thésut, conseiller au parlement. Son sceau porte *une fasce accompagnée de deux cygnes, l'un en chef et l'autre en pointe.*

BARTHÉLEMY D'ARLAY, maître *extraordinaire* sur la résignation d'Edouard d'Arlay, son frère, fut pourvu le 20 juin 1615 et reçu le 13 juin 1616. Il exerçait depuis quatre ans l'office de lieutenant particulier assesseur criminel au bailliage d'Autun. Son office fut supprimé en 1619. Voy. p. 200.

HECTOR JOLY, seigneur de la Grange-du-Pré, maître ordinaire, fut pourvu le 25 octobre 1616, sur la démission avant réception de Jean Chasot, de l'office auquel ce dernier avait été nommé par la veuve et les héritiers de Pierre Chasot son père, et dont il avait obtenu des lettres de provisions. Reçu le 28 novembre 1616, Hector Joly résigna en faveur de son fils Barthélemy, et mourut peu après le 22 septembre 1660. Il est l'auteur du *Traité de la Chambre des comptes de Dijon.* Voy. p. 62.

GUILLAUME BOUILLET, seigneur de Boissière, maître ordinaire, fut pourvu le 15 juillet 1617 sur la résignation de Chrétien Margeret. Reçu le 27 novembre de la même année, il mourut le 2 avril 1649, et eut pour successeur Chrétien Bouillet, son fils.

Famille originaire de Paray ; elle remonte à :

I. Claude Bouillet qui fut tué en 1555 les armes à la main, comme le constatait l'épitaphe placée sur son tombeau dans la chapelle qu'il avait fondée en l'église Saint-Nicolas de Paray : PRO PATRIA MORI PULCHERRIMUM. HIC JACET NOBILIS CLAUDIUS BOUILLET, QUI OBIIT ANNO DOMINI 1555 QUORUMDAM MILITUM IN SUOS CIVES VIOLENTIAM REPRESSURUS. Il avait épousé Jeanne Corréal, dont il eut : 1° Pierre qui suit ; 2° Mathieu, chef d'une branche qui s'est éteinte en 1732 et dont les derniers représentants étaient Louis, mort en 1695, gouverneur du château de Charolles et grand bailli du Charolais, N... seigneur de Siry, mort en 1729, et Mathieu, chevalier de Saint-Louis, commandant de Québec, mort en 1732.

II. Pierre épousa, le 25 septembre 1581, Anne Baudinot, dont il eut : 1° Guillaume qui suit ; 2° François, seigneur de Lortière, et des Grand et Petit Chevagny, gendarme de la garde du roi, chef d'une branche qui s'est éteinte en 1759, par la mort de N. Bouillet, dame de Lortière (1).

III. Guillaume I*er*, seigneur de Boissière, contrôleur au grenier à sel de Paray en 1607, vint s'établir à Dijon où il épousa en 1617, Marguerite, fille de Chrétien Margeret, maître des comptes, et fut pourvu la même année de l'office de son beau-père. Il eut entre autres enfants : 1° Chrétien qui suit ; 2° Guillaume, auteur d'une branche dont on trouvera la notice à l'article de Guillaume-Elisabeth-Bénigne Bouillet, procureur général en 1727 ; 3° François, auteur de la branche des seigneurs de Boissière ; 4° Anne-Perrenette ou Pierrette, mariée à François Grillot, correcteur des comptes ; 5° Claude, substitut du procureur général à la Chambre des comptes en 1653.

IV. Chrétien, maître des comptes en 1649, épousa, le 25 janvier 1656, Guillemette, fille de Girard Guelaud et de Jeanne Thomas ; il eut : 1° Etienne, écuyer, capitaine d'infanterie, mort sans postérité ; 2° François qui suit.

V. François, écuyer, chevalier de Saint-Louis, capitaine de dragons au régiment de Frontenay, épousa, le 25 septembre 1725, Louise-Anne, fille de Claude Burgat, maître des comptes, et de Philiberte Tapin ; il en eut : 1° Madeleine, non mariée ; 2° Etienne qui suit.

VI. Etienne, écuyer, seigneur de Godan, reçu aux Etats de 1754, épousa, le 16 février 1758, Anne Calon. Il vivait encore en 1789 et vota avec les gentilshommes du bailliage de Dijon pour l'élection des députés aux Etats généraux.

Branche des seigneurs de Boissière. — IV. François, écuyer (2), seigneur de Boissière, capitaine au régiment d'Albret en 1650, gentilhomme de la grande fauconnerie en 1651, épousa, le 10 juillet 1654, Odette, fille de Marc d'Ardant et de N. Espiard ; il en eut un fils unique, Antoine.

V. Antoine, écuyer, seigneur de Boissière, marié, le 8 août 1709, avec Philiberte, fille de N. Guérard et de Christine d'Athose, en eut : 1° Philibert, seigneur et prieur commendataire du prieuré de Saint-Pierre d'Inimont et chanoine de Belley ; 2° Antoine qui suit.

VI. Antoine, écuyer, seigneur de Boissière, chevalier de Saint-Louis et capitaine de cavalerie, épousa, le 21 septembre 1756, Pierrette, fille de Pierre Nault, gendarme

---

(1) Nous signalerons en outre deux branches restées dans le Charolais et encore existantes, celle des Bouillet des Halliers, à laquelle appartenait Antoine, seigneur des Halliers, procureur du roi au grenier à sel de Paray en 1696, et celle des Bouillet de la Faye, qui a fourni un trésorier de France au bureau des finances de Dijon en 1779.

(2) Il fut condamné comme usurpateur par l'intendant Bouchu, en 1665.

de la garde du roi, et en eut : 1° Jean-Baptiste-Antoine; 2° Philibert. — Armes : *D'azur, au chevron d'or, accompagné de trois besans d'argent; au chef cousu de gueules, chargé d'un croissant d'argent accosté de deux étoiles d'or.*

PIERRE VENOT, maître ordinaire, fut pourvu sur la résignation de Jacques Venot, son père, le 28 décembre 1617. Reçu le 11 juillet 1618, il résigna en 1641 en faveur d'Etienne Filzjean. Il avait également remplacé son père dans l'office de trésorier des chartes dont il fut pourvu en février 1619. Voy. p. 188.

ANTOINE DROUAS, seigneur de la Plante et de Velogny, maître ordinaire, succéda à Jean Gorlet, sur la résignation avant réception de Pierre Garnier. (Voy. p. 191, note 3.) Pourvu le 10 avril, reçu le 12 juillet 1618, il résigna en 1649 en faveur de Jacques Drouas, son fils, et obtint des lettres d'honneur en 1669. Il mourut le 1er mars 1678 et fut inhumé à Velogny.

Cette famille, que la tradition fait venir d'Angleterre ou d'Ecosse, et qui était anciennement fixée en Normandie, ne peut prouver sa filiation que depuis Guillaume Drouas, natif de Dreux, qui vint le premier s'établir en Bourgogne.

I. Guillaume Drouas, sieur de la Plante, qualifié noble et écuyer, commanda pendant la Ligue les troupes d'Antoine du Prat, l'un des principaux chefs du parti de l'Union en Bourgogne, et exerça en outre sous ses ordres le gouvernement de la ville et du château de Vitteaux. Lors de la réduction de cette place en l'obéissance du roi, sa grâce pour tous actes d'hostilité et faits de guerre fut expressément accordée par le traité de capitulation dont les articles, présentés à l'approbation de Henri IV le 6 juillet 1595, furent enregistrés aux cours souveraines de la province. Il mourut vers l'an 1601, étant à la poursuite d'un procès près le parlement de Dauphiné, et fut inhumé à Grenoble. Il avait épousé, le 12 décembre 1588, Marcelline Pivert, fille de Denis, bourgeois de Vitteaux, et d'Eugène Pion, et veuve de Claude Languet, seigneur des Combes, valet de chambre de Catherine de Médicis; il en eut : 1° Anne, mariée à Richard Arviset, écuyer, baron de Montconis, secrétaire du roi près le parlement de Bourgogne; 2° Antoine qui suit; 3° Zacharie, qui fit branche.

II. Antoine, seigneur de Velogny, né en 1595, maître des comptes en 1618, épousa, le 24 avril 1619, Anne, fille de Jacques Bossuet, commissaire aux requêtes puis conseiller au parlement, et de Claude Bretagne d'Orain, et tante de Jacques-Bénigne Bossuet, évêque de Meaux; de ce mariage vinrent : 1° Zacharie, morte jeune; 2° Antoine, qui prit le parti de l'église; 3° Bernard, religieux de Clairvaux; 4° Bénigne, prieur de Sept-Fonds; 5° Jacques qui suit; 6° Eugène, femme de Charles Blanot, commissaire aux requêtes du palais, qui mourut sans enfants, laissant la propriété de la terre de Velogny à ses parents maternels; 7° Claude, chanoine de Saint-Etienne de Dijon, mort en 1705; 8° N., officier aux régiments de Condé et

de Savoie-Carignan, mort au Canada, laissant postérité sous le nom de la Plante;
9° et 10° Marthe et Thérèse, religieuses en la maison du Lieu-Dieu à Beaune.

III. Jacques, seigneur de Velogny, né en 1628, maître des comptes en 1650, mourut le 24 janvier 1697 ne laissant point d'enfants de son mariage avec Anne, fille de Daniel Franque de Guillerville, qu'il avait épousée le 19 juin 1654 et dont un neveu du même nom mourut cordon rouge et gouverneur de Mouzon.

Branche des seigneurs de la Plante. — II. Zacharie, Ier du nom, né en 1598, secrétaire du roi, audiencier en la chancellerie du parlement de Bourgogne par lettres du 4 mai 1628, honoraire en 1651, mourut le 26 novembre 1659; il avait obtenu en 1631 du baron de Vitteaux l'érection en fief sous le nom de la Plante d'un domaine situé à Boussey qu'il tenait du chef de sa mère. Marié le 17 juillet 1622 avec Jeanne Bossuet, sœur d'Anne, sa belle-sœur, il en avait eu : 1° Jacques, prévôt de la Sainte-Chapelle de Dijon et prieur de Montartault, mort le 20 décembre 1682; 2° Richard, écuyer, sieur de Boussey, premier capitaine au régiment de Bourgogne, grièvement blessé au combat de la Forêt-Noire, mort en 1693 sans avoir été marié; 3° Zacharie qui suit; 4° Marcelline, non mariée, morte en 1671; 5°, 6° et 7° Marie-Marcelline, N. et Eugène, religieuses aux Ursulines de Vitteaux.

III. Zacharie II, écuyer, seigneur de la Plante, écuyer de la grande écurie du roi, né en 1625, mort en 1682, avait été reçu aux Etats de Bourgogne en 1671. Il épousa, le 3 août 1673, Michelle, fille de François de Thibault de Jussey, écuyer, gentilhomme de la grande venerie, et de Jeanne Brouhot; demeurée veuve, Michelle épousa en secondes noces Jean-Baptiste Dugon, chevalier, seigneur de Joursenvaux; elle avait eu de Zacharie, outre deux enfants morts jeunes : 1° Eugène Drouas, morte en 1759, religieuse en l'abbaye de Saint-Julien de Dijon; 2° Jacques qui suit; 3° Claude, chevalier, seigneur de Joursenvaux et Roche-d'Y, capitaine d'infanterie au régiment de Guitaut, marié en premières noces en 1706 avec Vivande, fille de François Espiard de Saux, écuyer, seigneur de Roche-d'Y, capitaine d'infanterie, et de Marie Languet, dont il eut trois enfants morts jeunes, et en secondes noces, en 1757, avec Françoise, fille de Philibert Espiard, chevalier, seigneur de Mâcon, capitaine de dragons, et de Marie-Madeleine de Dreux; il mourut sans postérité en 1762; 4° Jeanne, ursuline à Vitteaux.

IV. Jacques Ier, chevalier, seigneur de la Plante et Joursenvaux, né en 1680, reçu aux Etats de 1700, officier au régiment du roi, puis capitaine d'infanterie dans Guitaut, mourut le 6 septembre 1767; il avait épousé, le 18 août 1710, Claude, fille de Jean-Baptiste Simon, seigneur de Grandchamp, conseiller au présidial de Semur, et de Marguerite Barette, dont le frère Jacques fut lieutenant-colonel du régiment de Bourgogne; de ce mariage vinrent, outre plusieurs enfants morts jeunes : 1° Eléonore, née en 1711, mariée en 1739 avec Louis-François de la Coste, chevalier, seigneur de Buy; 2° Claude, né en 1712, prêtre, chanoine de Sens, archidiacre et grand-vicaire de l'archevêque de Sens son parent en 1740, docteur de Sorbonne, abbé commendataire de Morigny en 1749, évêque comte de Toul, prince du Saint-Empire en 1754, mort le 21 octobre 1773; 3° Jeanne, née en 1717, femme de Jacques Jarry de la Jarrye, chevalier, seigneur de Cessey, chevalier de Saint-Louis, capitaine aux régiments de Briqueville et de Soissonnais ; 4° Marie, religieuse à Saint-Julien ; 5° Jacques qui suit ; 6° Hector-Bernard, né en 1722, chanoine et vicaire général de Sens, docteur de Sorbonne, archidiacre de Melun en 1754, et de Toul en 1755, chanoine et grand chantre du chapitre noble de Toul, vicaire-général d'Autun en 1779, abbé commendataire de Saint-Rigaud en 1781, mort en 1802.

V. Jacques II, chevalier, seigneur de la Plante, Velogny, Savigny et Mardilly, né en 1720, officier de cavalerie au régiment de Rohan, reçu aux Etats de 1748, épousa, le 11 février de la même année, Anne-Angélique-Charlotte, fille de Charles Massé de Saint-Martin, écuyer, chevalier de l'ordre de Saint-Louis, ancien major de dragons et major du château Trompette à Bordeaux, et de Jeanne-Angélique Taphoureau de Fontaines, nièce de Charles, évêque d'Aleth. Il en eut, outre plusieurs enfants morts en bas âge : 1° Jacques-Marie-Charles qui suit ; 2° Claude-Edme, chevalier, capitaine au régiment de Bourgogne-infanterie, lieutenant des maréchaux de France en 1783, marié, le 22 janvier 1781, avec Marie-Savine-Henriette Le Mire de Chammorette, fille de Louis, président en l'élection de Saint-Florentin, et de Geneviève-Henriette de Cockbourne ; sa descendance subsiste ; 3° Robert-François-Xavier, chevalier, officier au régiment de Bourgogne, chevalier de Saint-Louis, né en 1752, marié le 23 janvier 1780, avec Louise-Edmée de Guijon de la Vèvre, fille de Louis-Marie, chevalier, seigneur de Fresne, et de Louise-Edmée d'Autrey d'Aumont ; il eut de ce mariage trois filles mariées.

VI. Jacques-Marie-Charles, chevalier, seigneur de Velogny, capitaine d'artillerie au régiment de la Fère, chevalier de Saint-Louis, né en 1748, fut reçu aux Etats de 1772, et mourut en 1829, maréchal de camp d'artillerie en retraite et commandeur de la Légion-d'Honneur. Il avait épousé, le 4 décembre 1786, Claudine-Marie-Prudence Suremain de Missery, fille de Jean-Baptiste-Claude, conseiller au parlement, seigneur de Flamerans, Missery, etc., et de Marie-Denise-Gabrielle de Fontette de Sommery. Il en eut trois fils ; sa descendance mâle est éteinte. — Armes : *D'azur, au chevron d'or, accompagné de trois fers de lance d'argent ; au chef d'or, chargé de trois molettes d'éperon de sable.*

HENRY PETIT, maître ordinaire, fut pourvu le 10 décembre 1621, sur la nomination de la veuve et des héritiers d'Antoine Petit, son père. Reçu le 2 mars de l'année suivante, il obtint des lettres d'honneur en 1642, après avoir résigné en faveur de Jean Mochot. Il avait épousé, en 1610, Anne, fille de Michel Bichot, vicomte-mayeur de Dijon, et eut pour seconde femme Pierrette Cothenot. Voy. p. 200.

ANTOINE LOPPIN, maître ordinaire sur la résignation de Salomon Ferrand, fut pourvu le 22 juin et reçu le 9 août 1624 ; son fils, Pierre Loppin, lui ayant succédé par résignation en 1654, il mourut le 26 février 1658 et fut inhumé dans l'église des Cordeliers. Voy. p. 183.

JEAN JOLY, maître ordinaire, pourvu le 30 décembre 1623 sur la résignation d'Edme Joly, son père, confirmée par sa mère, Jeanne Joly, fut reçu le 12 août

1624. Son office, qui était un ancien office de maître *extraordinaire* commué en ordinaire en 1619, fut compris dans les huit offices de maîtres supprimés en 1630, lors de la réunion au parlement de la souveraine juridiction des aides (1); mais, par suite d'une transaction passée avec Louis de Thésut, dont l'office n'avait pas été compris dans cette suppression, il obtint que ce dernier office serait supprimé au lieu du sien (arrêt du conseil du 31 août 1630). En vertu des lettres de rétablissement délivrées en conséquence le 2 janvier 1631, il prêta serment le 17 mars suivant, la Chambre ordonnant qu'il ne prendrait rang et séance que du jour de cette seconde réception. Cette clause restrictive fut levée par déclaration du roi en 1632, et Jean Joly, ayant résigné en 1647 en faveur de Michel de Requeleyne, obtint des lettres d'honneur en 1669. Voy. p. 62.

ETIENNE FILZJEAN, seigneur de Marliens, maître ordinaire, fut pourvu le 23 juin 1625 sur la démission avant réception de Philibert Nicolardot (2), qui avait obtenu des lettres de provisions de l'office d'Antoine Gautier, sur résignation de ce dernier, confirmée après sa mort par sa veuve, Marie Le Gourd. Reçu le 6 août suivant, Jacques Espiard lui succéda sur sa résignation en 1661, et il obtint des lettres d'honneur en 1669. Il avait épousé Jeanne Gautier, dont il eut : 1° Etienne, seigneur de Marliens, secrétaire du roi en 1672, marié en 1657 à Bernarde Gigot, et père d'Etienne, aussi seigneur de Marliens, entré aux Etats de 1691 ; 2° Jean-Baptiste, seigneur de Mimande, maître des comptes en 1671, et père de Jean Filzjean de Mimande, président en 1713. Voy. p. 69.

JEAN DE BULLION, seigneur d'Argny, fut pourvu, le 4 août 1626, d'un office de conseiller maître des comptes et général des aides et finances en Bourgogne, l'un des douze créés par l'édit de juillet précédent qui portait attribution à la Chambre des comptes de la juridiction souveraine des aides. Il prêta serment le 3 septembre 1626, et son office fut compris dans la suppression de 1630. Il avait rempli auparavant l'office de lieutenant civil et criminel au bailliage de Bugey et Valromey, et avait été reçu en 1619 en celui de lieutenant général, civil et criminel au bailliage de Gex, par la résignation de Pierre de Brosses. Après la suppression de son office de maître des comptes à Dijon, il devint conseiller au parlement de la même ville, et quitta ces fonctions en 1631 pour exercer une charge de conseiller au parlement de Metz, qui venait d'être créée, charge dont il se démit peu après en faveur de son neveu, Pierre de Bullion, abbé de Saint-Faron de Meaux. Il s'établit ensuite à Paris, où il fut

---

(1) Tous les officiers supprimés à cette époque, en vertu d'un édit d'avril 1630 et d'une déclaration du mois de mai suivant, furent maintenus dans la jouissance de eurs priviléges leur vie durant, comme il était d'usage pour toutes les suppressions d'offices.

(2) Philibert Nicolardot exerçait auparavant l'office de grenetier alternatif au grenier à sel de Dijon, dont il avait été pourvu en 1618. Il portait : *D'or, au chevron de gueules, accompagné de deux trèfles de sable en chef, et en pointe d'un coq couronné aussi de sable ; au chef de gueules, chargé d'un lion passant d'or et d'un soleil aussi d'or posé au premier canton.*

élu conseil de la ville, et mourut enfin à Vienne, sans alliance, en 1642, après avoir résigné en faveur de son neveu, Charles de Brosses, seigneur de Tournay et grand bailli de Gex, la charge de président en la cour des aides du Dauphiné, qu'il occupait en dernier lieu.

Cette famille remonte à Claude Bullion, dit *le Bon*, bourgeois de Mâcon, qui reprit de fief en 1538, par suite du décès de son père, des seigneuries de la Tour de Voille et Chatenay, paroisse de Sancé; il eut deux fils, Antoine et Jean, ce dernier auteur d'une branche à laquelle appartenait Thomas de Bullion, maître des comptes en 1626. Antoine eut, de son mariage avec Suzanne de Saint-Julien de Baleure, un fils, Claude II, bourgeois de Mâcon, secrétaire du roi, seigneur de Senecey et Layé, qui reprit de fief en 1551 de cette dernière seigneurie, comme mari de Claudine Vincent. Il eut deux fils : 1° Claude III, seigneur de Layé, conseiller au parlement de Paris, dont le fils Pierre, aussi conseiller au même parlement, ne laissa pas d'enfants mâles ; 2° Jean, seigneur d'Argny, maître des requêtes, qui épousa Charlotte de Lamoignon, et en eut entre autres enfants Jean, maître des comptes, qui donne lieu à cet article.

La descendance du même Jean, maître des requêtes, s'est subdivisée en plusieurs rameaux, savoir : ceux des marquis de Gaillardon, de Fervaques, de Bonnelles, de Courcy, comtes de Bullion, etc., etc., dont les membres ont contracté d'illustres alliances et occupé de hauts emplois dans la robe, l'administration et la diplomatie. Voy. la Chesnaie des Bois. — Armes : *D'azur, coupé, fascé, ondé d'argent et d'azur, au lion naissant d'or sur le premier coupé ; écartelé d'argent, à la bande de gueules, accompagnée de six coquilles de même mises en orle.*

JÉRÔME MERAULT, maître des comptes et général des aides et finances, fut pourvu, le 4 août 1626, d'un office de la création du mois de juillet précédent et prêta serment le 10 novembre de la même année. Son office ayant été supprimé en 1630, il passa à celui de conseiller en la chambre des enquêtes, créé la même année au parlement de Bourgogne; enfin il fut reçu en 1632 en la charge de conseiller d'État et premier avocat général à la cour des aides de Paris. — Ancienne famille de robe, originaire de Paris, et dont la généalogie a été publiée par la Chesnaie des Bois. — Armes : *D'azur, au chevron d'or, accompagné de trois molettes d'éperon de même, celle de la pointe surmontée d'une merlette d'argent.*

ANDRÉ BERNARD, seigneur de Vaux, secrétaire du roi, fut pourvu, le 4 août 1626, d'un office de maître des comptes et général des aides et finances de la création du mois de juillet précédent. Il fut reçu le 14 novembre de la même année, et son office n'ayant pas été compris dans la suppression de 1630, son fils, Jean-Christophe Bernard, lui succéda, sur sa résignation, en 1650. Voy. p. 54.

PIERRE FLORYS, seigneur de Baleure, maître des comptes, général des aides et finances, fut pourvu, le 4 août 1626, d'un des offices créés le mois précédent. Il fut reçu le 20 novembre de la même année, et, son office ayant été supprimé en 1630, il passa à celui de conseiller au parlement, commissaire aux requêtes du palais. — Il était fils de N. Florys et d'Esther Ferrand, remariée à Albert Fillon, auditeur des comptes, et petit-fils de Claude, marchand à Chalon, qui reprit de fief en 1545 pour une partie des seigneuries de l'Epervière, Maison-Rouge, Saint-Germain et péage de la Colonne. — Armes : *D'azur, au chevron d'or, accompagné en chef de deux roses d'argent et en pointe d'un lys de même.* — Plusieurs personnes du même nom ont occupé des charges au grenier à sel et en la châtellenie de Saulx-le-Duc.

JEAN-CHRISTOPHE VIREY, secrétaire du roi, maître des comptes et général des aides et finances, fut pourvu, le 4 août 1626, de l'un des offices de la création du mois de juillet précédent. Il prêta serment le 21 novembre de la même année, et son office n'ayant pas été supprimé en 1630, Bénigne Fevret lui succéda, sur sa résignation, en 1655.

Cette famille remonte probablement à Jean Virey, de Sens, qui signa comme notaire un acte passé en 1564 au château de Montconis. En décembre 1626, Claude-Enoch Virey, secrétaire du roi et du prince de Condé, reçut permission, en récompense des services qu'il avait rendus au roi Louis XIII, notamment lors de l'entrée de ce monarque en la ville de Chalon, dont il était maire, de continuer à porter des fleurs de lys dans ses armoiries, qui étaient : *Deux traits d'or en sautoir, la pointe en haut, en champ de gueules; écartelé d'or, semé de fleurs de lys, d'œillets, et de roses rouges ou de gueules.* — Enoch Virey avait épousé, vers 1600, Jeanne Biot, de Chalon, dont il eut : 1° Jean-Christophe, qui donne lieu à cet article, et fut père de Denis-Enoch, aussi maître des comptes en 1661; 2° Marie, femme de Pierre Saumaise, seigneur de Chazans, conseiller au parlement; 3° et très probablement Jeanne, qui épousa Bernard de Xaintonge, secrétaire du prince de Condé.

THOMAS DE BULLION DE TRAMAYES, maître des comptes, général des aides et finances, fut pourvu, le 4 août 1626, d'un office de la création de la même année, et reçu le 17 décembre suivant. Son office, compris dans la suppression de 1630, fut rétabli en sa faveur par édit de mai 1631 en même temps que plusieurs autres, puis définitivement supprimé par édit de février 1632. Il descendait, de même que Jean dont il a été question plus haut (voy. p. 215), de Claude Bullion, dit *le Bon*. Le second fils de Claude, Jean, procureur du roi au bailliage de Mâcon en 1568, eut pour fils Mathurin, seigneur de Tramayes, élu à Mâcon en 1582, et mort en 1620. Ce Mathurin avait épousé Philiberte Bernard, dont il eut deux fils : 1° Thomas, seigneur de Tramayes, qui donne lieu à cet article, et devint président au présidial de

Mâcon ; il épousa Jeanne de Pize, et son fils unique Claude, seigneur de Tramayes et de Flacey, marié en 1659, ne laissa point d'enfants ; 2° Philibert, seigneur de Serrières, président en l'élection de Mâcon en 1635 ; il résigna cette charge en 1675 au profit d'Edme Severt, son neveu et unique héritier.

BÉNIGNE DE MACHECO, seigneur de Segrois et Ternay, maître des comptes, général des aides et finances, fut pourvu, le 4 août 1626, d'un office de la création de la même année, et reçu le 19 décembre suivant. Après la suppression de cet office en 1630, il passa à celui de conseiller au parlement. Voy. p. 132.

JACQUES FILZJEAN, seigneur de Sainte-Colombe, maître des comptes, général des aides et finances, fut pourvu, le 4 août 1626, d'un office de la création du mois de juillet précédent. Reçu le 12 janvier 1627, il résigna en 1660 en faveur de Claude Filzjean, son fils.

Il était fils de Nicolas Filzjean, gouverneur de la chancellerie, marié en 1582 à Anne Morin, et il avait épousé en 1626 Jeanne Gallois, de qui vinrent entre autres enfants : 1° Claude, maître des comptes en 1660 ; 2° Etienne, écuyer, père de Henri-Louis, aussi écuyer, seigneur de Ponneau et la Coudre, qui entra aux Etats de 1733 sur preuves remontées à Pierre Filzjean, écuyer, son cinquième aïeul, qui vivait avec sa femme, Anne Legoux, au XVe siècle; il avait épousé Marguerite Baron, dont vint un fils, Claude-Henri-Louis, seigneur de Ponneau et de la Coudre en 1758; 3° Aimé-Bernard, seigneur de Sainte-Colombe, maître des comptes en 1697, marié en 1681 à Jeanne Sayve. Son fils, Jean-Christophe, seigneur de Sainte-Colombe, lui succéda dans sa charge de maître des comptes en 1710, et épousa en 1716 Claire-Jacquette Seurrot, de qui vinrent : 1° Jean-Charles, seigneur de Sainte-Colombe, conseiller au parlement en 1741, entré aux Etats de 1784, marié en 1755 à Elisabeth Sallier ; 2° Louis-Henri, chanoine de la Sainte-Chapelle, conseiller au parlement en 1748, mort en 1802, le dernier de sa branche. Voy. p. 69.

LOUIS DE THÉSUT, seigneur de Ragy, Lens, le Petit-Charéconduit et la Tour-de-Lux, maître des comptes, général des aides et finances, fut pourvu, le 4 août 1626, d'un office de la création du mois de juillet précédent, et il prêta serment le 23 janvier 1627. Son office n'ayant pas été compris dans la suppression générale de 1630, fut supprimé peu après au lieu de celui de Jean Joly (voy. p. 214), puis rétabli, par édit de mai 1631, en même temps que plusieurs autres, et enfin définitivement supprimé, après la mort du titulaire, en février 1632. Voy. p. 95.

JEAN LE ROY, maître des comptes, général des aides et finances, fut pourvu, le 4 août 1626, d'un office de la création du mois de juillet précédent, et reçu le 30 janvier 1627. Son office n'ayant pas été compris dans l'édit de suppression de 1630, il le résigna en 1635 en faveur d'Antoine de Pringles. On sait très peu de chose sur sa famille, à laquelle appartenaient peut-être Jacques Le Roy, greffier de la Chambre des comptes en 1538, et Nicole, conseiller au parlement en 1537, dont Palliot ne connaissait pas les armes.

CLAUDE GRENELLE, maître des comptes, général des aides et finances, fut pourvu, le 4 août 1626, d'un office de la création du mois de juillet précédent, et reçu le 20 novembre 1627. Office compris dans la suppression de 1630. Claude Grenelle est qualifié conseiller d'Etat et maître en la Chambre des comptes dans l'acte de reprise de fief de la seigneurie de Corgengoux en 1650. Il avait épousé Claude Angely, dont il n'eut pas d'enfants et dont la succession passa à Jeanne et Claude-Huguette de Chaumelis, filles d'Alphonse de Chaumelis, receveur général des finances en Bourgogne, et femmes, la première de Philibert-Bernard Lenet, conseiller au parlement, la seconde du conseiller de la Coste.

Cette famille tire son origine de Gratian Grenelle, notaire et grenetier au grenier à sel de Tournus en 1604, qui eut pour fils Jean, et pour petit-fils Jacques Grenelle, tous deux élus à l'élection de Mâcon en 1628 et 1661. Elle a fourni en outre des officiers au bailliage et à l'Hôtel-de-Ville de Mâcon, un chanoine de la cathédrale de la même ville, et plusieurs militaires de différents grades, entre autres, François seigneur de Pymont, capitaine de cavalerie, puis lieutenant-colonel au service du roi de Pologne et gentilhomme de la chambre, né en 1700. Les armes de Jacques Grenelle, lieutenant au bailliage de Mâcon, sont ainsi décrites dans l'Armorial de 1696 : *D'argent, au chevron d'azur, accompagné en pointe d'une grenade tigée et feuillée au naturel ; au chef de gueules, chargé d'un lion léopardé d'or.*

CLAUDE MARGUENAT, contrôleur général des finances en Bourgogne, fut pourvu, le 4 août 1626, d'un office de maître des comptes et général des aides et finances de la création du mois de juillet précédent. Il eut besoin de lettres de surannation en 1628, et fut reçu le 13 février 1629, la Chambre tenant ses séances à Saulieu. Son office n'ayant pas été compris dans la suppression de 1630, il le résigna en faveur d'Etienne Lantin, après avoir été promu en 1633 à celui de président. Voy. p. 52.

JEAN DU GUAY, maître ordinaire, fut pourvu le 7 janvier 1629 sur la démission avant réception de Barthélemy Garnier, qui avait obtenu des lettres de provisions datées du 4 mars 1628, pour l'office vacant par le décès de Pierre Tisserand, auquel il avait été nommé par le tuteur des enfants du défunt. Reçu le 31 mars 1629, la cour tenant ses séances à Saulieu, il mourut le 20 mai 1631, et fut remplacé par Adam Soyrot. Il avait épousé Claude de Pouilly. Voy. p. 30 l'article de Nicolas-Bénigne du Guay, premier président, qui était de la même famille.

HUGUES MAIRE, maître ordinaire, fut pourvu le 4 février 1631 sur la démission de Bernard Bernard, qui ne fit pas usage des lettres de provisions qu'il avait obtenues sur la résignation en sa faveur d'Antoine Roux. Reçu le 22 mars 1631, il mourut dans l'exercice de son office, et eut pour successeur Denis-Enoch Virey en 1661. Il était sans doute petit-fils de Hugues Maire, qualifié marchand, et de Guillemette Billocard, qui fut marraine en 1594 de Jean, fils de Laurent Maire, écuyer, et d'Isabelle Le Compasseur. De son mariage avec Catherine Thomas vinrent : 1° Pierre, seigneur de Blancey, contrôleur des rentes assignées sur la recette générale des gabelles, puis maître des comptes en 1680; 2° Marie, femme de Pierre Tapin, seigneur de Perrigny, commissaire aux requêtes du palais; 3° Madeleine-Marie, mariée en 1665 à Jean-Christophe Bernard, maître des comptes. — Armes : *D'azur, au lion d'or, adextré à la pointe d'une étoile de même.*

ADAM SOYROT fut pourvu, le 23 avril 1632, d'un office de maître ordinaire, sur la nomination de la veuve de Jean du Guay comme tutrice de ses enfants mineurs; reçu le 17 mai suivant, il mourut le 22 août 1652 et eut pour successeur Jacques Bernard. Voy. p. 181 et 185.

PHILIBERT GUYET, maître ordinaire, fut pourvu le 20 mars 1632 sur la nomination de la veuve de Pierre de la Marc, et prêta serment le 21 juin suivant. Il résigna en 1661 en faveur de François d'Arlay, obtint des lettres de vétérance en 1669, et mourut en novembre 1678.

Cette famille paraît remonter à François Guyet, qualifié marchand, qui habitait Chalon-sur-Saône au milieu du XVIe siècle, et eut, de son mariage avec Antoine Laurent, une fille, Claude, mariée à Claude Brigandet, maître des comptes. Toutefois, sa filiation n'est régulièrement établie que depuis :

I. Philibert Guyet, citoyen de Chalon, qui fut pourvu en 1616 de l'office de contrôleur au grenier à sel de cette ville, et passa en 1632 à celui de maître des comptes. Il obtint en 1659 l'érection en fief, sous le nom de Guyet, d'une maison avec dépendances sise au village de Montot, dans la mouvance de la châtellenie de Brazey. Il avait épousé Anne Tapin, dont il eut Simon qui suit.

II. Simon, conseiller commissaire aux requêtes du palais en 1649, épousa Michelle de Frasans, dont il eut : 1° François qui suit; 2° Philibert, bachelier de Sorbonne, qui racheta en 1694, par retrait lignager, le fief de Guyet ou Montot, vendu par son père; 3° Marie, femme d'Antoine Gagne de Perrigny, conseiller au parlement.

III. François, écuyer, seigneur de la Faye, conseiller au grand conseil, maître des requêtes de l'hôtel et intendant des finances, se rendit acquéreur du marquisat de Bantanges, dont il obtint en 1696 la confirmation pour lui et ses descendants mâles, du comté de Louhans, de la baronnie de Saint-Germain-du-Plain, de la châtellenie de Sagy, etc., etc. De son mariage avec Claude Quarré, fille d'Abraham, conseiller au parlement, il ne laissa qu'une fille, Philiberte-Thérèse, mariée à Jérôme, comte de Chamillard, maréchal des camps et armées du roi, et qui, restée veuve et sans enfants, laissa tous ses biens par testament, en 1773, à Antoine-Jean Gagne, chevalier, comte de Perrigny, son neveu. — Armes : *D'azur, à deux chevrons d'or, et un croissant d'argent en pointe.* — Philibert Guyet, qui donne lieu à cet article, brisait ses armes *d'un arbre posé au-dessus du croissant.*

Guillaume MILLIÈRE, seigneur d'Aiscrey, maître ordinaire, fut pourvu le 2 juin 1633 sur la résignation d'Etienne Millière, son père, et reçu le 4 août suivant, à condition que sa voix ne pourrait être comptée aux affaires dont connaîtrait Jean Fleutelot, maître des comptes, son oncle. Il mourut le 29 avril 1665, et fut remplacé par Etienne Millière, son fils. Voy. p. 174 et 199.

Claude POUFFIER, maître ordinaire sur la résignation de Jean-Baptiste Marloud, fut pourvu le 5 avril et reçu le 23 juin 1635. Il mourut le 7 août 1672, et eut pour successeur Antoine de Mucie. Voy. p. 196.

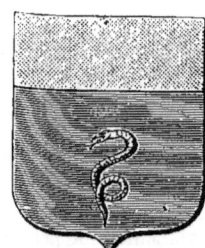

Etienne LANTIN, seigneur de Montagny et Montcoy, maître ordinaire, fut pourvu le 23 mars 1635 sur la résignation de Claude Marguenat, et reçu le 25 juin suivant. En 1652, il fut en outre pourvu de l'office de trésorier des Chartes dont Pierre Venot s'était démis en sa faveur, et qu'il remit immédiatement à la Chambre pour être réuni à la charge de doyen. Il mourut à Chalon le 29 juillet 1681, et fut inhumé le lendemain en l'église de Montcoy, ayant eu Jean-Jérôme Cothenot pour successeur en 1674.

Famille originaire de Chalon et qui remonte à Guillaume Lantin, qualifié marchand, dont la veuve Cécile David fit en 1549 donation de ses biens à ses enfants : François, Philibert, qualifié noble et marié à Anne Baillet, et Esme. François, aussi marchand, possédait quelques biens nobles à Montagny; il épousa Françoise Languet, et eut pour fils Guillaume, avocat.

I. Jean-Baptiste, seigneur de Montagny, conseiller au parlement en 1607, avait épousé en 1602 Anne, fille de Bénigne Ocquidem, conseiller au parlement, et de Marie Baissey; il en eut : 1° Philippe, conseiller au parlement, mort en 1652 sans laisser d'enfants de son mariage avec Barbe Bouhier ; 2° et 3° Pierre et Bénigne, écuyers, morts jeunes; 4° Etienne qui suit ; 5° Jean-Baptiste qui fit branche.

II. Etienne, seigneur de Montagny et Montcoy, maître des comptes en 1635, épousa Catherine Maleteste, dont il eut : 1° Jean-Baptiste, seigneur de Montagny, conseiller au parlement en 1674, qui épousa Philiberte-Constance, fille d'Edme Perret, conseiller au parlement ; il en eut : *a*) Jeanne-Bernarde, femme d'André-Bernard Bernardon, président aux comptes ; *b*) Marie-Constance, religieuse aux dames de Lanchare ; *c*) Jean-Baptiste, écuyer, capitaine de cavalerie, mort en Espagne sans alliance ; 2° Philippe qui suit ; 3° François-Bénigne, chanoine et grand-archidiacre de Chalon ; 4° Jacques, sans alliance.

III. Philippe, écuyer, seigneur de Montcoy, épousa en 1685 Jeanne, fille de Philibert Galoche, référendaire en la chancellerie de Bourgogne, et d'Anne Champdelux ; il en eut Jean-Baptiste qui suit.

IV. Jean-Baptiste, écuyer, seigneur de Montcoy, chevalier de Saint-Louis, capitaine de grenadiers au régiment d'Enghien, épousa Marguerite, fille de Jacques-Auguste Beuverand, seigneur de la Loyère, et de Françoise Pérard ; il en eut : 1° Claude qui suit ; 2° Jacques, écuyer ; 3° N., capitaine au régiment d'Enghien ; 4° N., non mariée.

V. Claude, écuyer, chevalier de Saint-Louis, capitaine au régiment d'Enghien.

Branche des seigneurs de Planche. — **II.** Jean-Baptiste, connu par son érudition, fut commissaire aux requêtes du palais en 1651, et remplaça son frère Philippe, en 1652, dans une charge de conseiller au parlement ; il épousa Marie-Antoinette Gloton du Pré, dont il eut : 1° Claude qui suit ; 2° Jean-Baptiste, mort jeune.

III. Claude, seigneur de Planche et Damerey, conseiller au parlement en 1692, mourut doyen de sa compagnie, ne laissant d'Anne Dubois, sa femme, qu'un fils qui suit.

IV. Jean-Baptiste, écuyer, seigneur de Planche et Damerey, entra aux Etats de 1751 ; il avait épousé en 1747 Marie-Anne, fille de Georges Vestu, seigneur de Saint-Denis, chevalier de Saint-Louis, capitaine de carabiniers, et de Louise-Rémonde de Mange ; il mourut sans postérité en septembre 1756. — Armes : *D'azur, à une givre d'argent ; au chef d'or.*

ANTOINE **DE PRINGLES**, maître ordinaire, fut pourvu sur la résignation de Jean Le Roy le 15 décembre 1635, et reçu le 28 avril 1636. Il mourut le 14 décembre de la même année, fut inhumé dans l'église des Cordeliers, et eut pour successeur Claude Jacquinot.

I. Jean de Pringles, qui s'établit à Nuits vers 1480, eut pour fils Geoffroy.

II. Geoffroy, procureur à Nuits, laissa Jean qui suit.

III. Jean II, aussi procureur postulant, notaire et greffier en la prévôté royale de la même ville, épousa vers 1549 Jeanne, fille de Viennot Morelot, homme d'armes du roi Charles VIII et capitaine-châtelain de Brazey ; il en eut un fils unique, Jean III.

IV. Jean III, procureur général à la Chambre des comptes en 1576, obtint en 1578 des lettres de relief de noblesse, comme étant issu de Jean de Pringles, son bisaïeul, qualifié gentilhomme écossais, dont le fils et le petit-fils avaient dérogé par l'exercice de la profession de procureur postulant. Il mourut en 1629, laissant de son mariage avec Guillemette, fille de Lazare de Souvert, maître des comptes, douze enfants, parmi lesquels nous citerons : 1° Gilbert qui suit ; 2° Lazare, procureur général à la Chambre des comptes en 1620, marié à Reine Morisot, dont il eut deux enfants, Jeanne et Antoine, morts sans alliance ; 3° Antoine, maître des comptes, qui donne lieu à cet article ; il épousa en 1632 Anne, fille de Jean Jacquinot, vicomte-mayeur de Dijon, et de Denise Vallot, et n'en eut que deux filles, Denise et Marie, toutes deux religieuses ursulines à Avallon ; 4° Georges, chanoine d'Autun.

V. Gilbert, écuyer, seigneur de Varanges, Champfroy, etc., greffier en chef de la Chambre des comptes par commission en 1613, remplit en outre les fonctions de trésorier des fortifications en Bourgogne (1618-1629), de secrétaire de la Chambre des comptes (1632), de greffier en chef, puis de receveur général des Etats de Bourgogne (1652). Il avait été pourvu, en 1638, d'une charge de correcteur des comptes, dans laquelle il ne se fit pas recevoir. Marié en premières noces, en 1622, avec Bernarde, petite-fille de Pierre Coussin, conseiller au parlement, il en avait eu : 1° Jean-Baptiste qui suit ; 2° Zacharie, non marié. Il épousa en secondes noces Marie de Requeleyne, veuve de l'avocat Ferrand, de qui il eut Guillaume et Jeanne. Guillaume, écuyer, seigneur de Varanges et Champfroy, greffier alternatif des Etats de Bourgogne en 1661 sur la démission de Thomas Berthier, se démit de cette charge en 1675 en faveur de Benoît Julien ; il mourut en état d'interdiction et sans avoir été marié, n'ayant d'autres héritiers que les enfants de sa sœur, Jeanne, femme de Claude Simony, président au parlement de Metz.

VI. Jean-Baptiste, écuyer, seigneur de Loges, secrétaire de la Chambre des comptes en 1656 et receveur des décimes en Bourgogne, épousa Jeanne Tixier, dont il ne paraît pas avoir eu d'enfants. — Armes : *D'argent, à une bande d'azur, chargée de trois roses d'or*. Ainsi gravées sur la tombe de Jeanne Morelot, mère de Jean de Pringles, dans l'église Saint-Denis de Nuits. Chevillard remplace les roses par des coquilles.

CLAUDE JACQUINOT, seigneur de Trochère, correcteur des comptes, passa à un office de maître ordinaire sur la nomination de la veuve d'Antoine de Pringles. Pourvu le 23 février, reçu le 11 mars 1637, il résigna en 1647 en faveur de Bernard Barbier. Il avait épousé Marie de Ganay, et nous lui connaissons deux frères et une sœur, savoir : Claude, trésorier des mortes-payes, Jacques, correcteur des comptes, dont la fille Marguerite épousa Philippe de Pélissier, écuyer, seigneur de Flavignerot, et enfin Anne, femme en premières noces d'Antoine de Pringles, en secondes d'Etienne Filzjean, tous deux maîtres des comptes. Son père, Jean Jacquinot, marié à Denise Vallot, et vicomte-mayeur de Dijon en 1599 et 1602, fit frapper pendant son premier majorat des jetons à ses armes : *D'argent, au chevron d'azur, accompagné en chef de deux roses de gueules, soutenues de même, et en pointe d'un croissant aussi de gueules* (1).

Nicolas **RICHARD**, seigneur de Richetille, chevalier de Saint-Michel, maître ordinaire, fut pourvu le 15 mars 1638 sur la démission avant réception d'Abel Soyrot, qui avait été pourvu lui-même le 18 juin 1636 sur la résignation de Pierre Soyrot, son père ; reçu le 18 avril suivant, il résigna en 1670 en faveur d'Abraham Jacob, obtint la même année des lettres d'honneur, et mourut le 1er décembre 1688. Voy. p. 71.

Jean **HUMBERT**, maître ordinaire, fut pourvu le 25 novembre 1638 sur la nomination de la veuve de Jean Fleutelot, seigneur de Masse. Reçu le 28 janvier de l'année suivante, il mourut le 20 septembre 1684 et fut remplacé par Philippe de Chaurenault. Voy. p. 184.

Georges **DE MAILLARD**, maître ordinaire, fut pourvu le 23 novembre 1638 sur la résignation de Bernard de la Grange. Reçu le 29 janvier de l'année suivante, il mourut le 6 avril 1643, et fut remplacé par Henry Barthelot.

I. Jacques de Maillard, receveur et payeur des gages du parlement, résigna en 1605 à Claude Catin. Il eut pour fils Georges qui suit.

II. Georges, maître des comptes en 1638, épousa Catherine Pérard, fille de Claude, bourgeois de Dijon, dont il eut : 1° Claude qui suit ; 2° Barbe, femme de Jacques Berbisey, conseiller au parlement.

III. Claude, conseiller au parlement pendant près de cinquante ans, mourut en 1720, laissant deux enfants : 1° Philibert qui suit ; 2° N., femme de Nicolas Thomas, maître des comptes.

IV. Philibert, seigneur de Créancey, Baume, la Lochère et Panthier, pourvu en 1720 de l'office de conseiller au parlement vacant par la mort de Claude, son père, avait épousé, en 1709, Judith Thomas, dont il n'eut pas d'enfants. — Armes : *D'argent, à une bande de gueules, chargée de trois lys du champ et accompagnée de six merlettes de sable.*

---

(1) Voy. de plus l'article d'Étienne Jacquinot, correcteur en 1751, qui portait des armes analogues, et était probablement de la même famille.

CHARLES ROUSSEAU fut pourvu, le 6 octobre 1637, de l'un des huit offices de maîtres ordinaires créés par édit de janvier 1636, et réduits à six par un autre édit de février 1637 (1). Reçu le 12 avril 1639, il mourut le 16 mars 1663, et fut remplacé par Antoine Fevret, qui se démit avant réception en faveur de Pierre Filzjean. Il fut inhumé à Saint-Jean.

Fils de Jacques Rousseau, avocat à la cour, et de Denise Bossuet, propre tante de l'évêque de Meaux, Charles Rousseau, dont il est ici question, épousa Oudette de Reque-leyne, et ne laissa qu'une fille mariée à N. Damas de Vellerot. Lors de sa réception à la Chambre des comptes, Pierre Thomas, Etienne Pérard, Hector Joly, Antoine Drouas, Guillaume Millière, Claude Pouffier et Nicolas Richard se retirèrent, ne pouvant en connaître à cause du degré de parenté. Il appartenait à une ancienne famille des environs de Beaune, qui paraît remonter à Jacquot Rousseau, châtelain de Saint-Romain en 1424. On trouve ensuite : Jacques, qui fut pourvu avec Jacques Massot en 1545 des greffes du bailliage de Dijon aux siéges particuliers de Beaune et de Nuits ; Guillemette, sans doute sa fille, mariée à Etienne Bouchin, bourgeois de Beaune ; Antoine, propriétaire du greffe du bailliage de la même ville en 1626 et contrôleur des rentes assignées sur les recettes des gabelles en Bourgogne ; Jacques, avocat au parlement, conseil de la ville de Dijon en 1641 par la recommandation du duc d'Enghien, concierge du Logis du Roi en 1645 sur la résignation de Charles Berthault, son beau-père, et enfin substitut du procureur général au parlement, etc., etc. Jacques Rousseau, chanoine de l'église de Beaune, reprit de fief de la seigneurie de Tailly en 1654. — Armes : *De gueules, au bâton noueux d'or, mis en bande.*

(1) La Chambre des comptes avait fait une vive opposition à l'enregistrement de l'édit de janvier 1636 qui créait deux offices de présidents, huit de maîtres ordinaires, quatre de correcteurs, quatre d'auditeurs et un de secrétaire. Après lui avoir accordé en 1637 la suppression de quelques-uns de ces offices, et notamment de deux offices de maîtres, le roi consentit à ce qu'elle fît elle-même les fonds pour les offices restants, lui laissant la liberté de les tenir unis au corps de la compagnie, ou d'en disposer comme elle le jugerait convenable, en remplissant à sa volonté les lettres de provisions qui en avaient été délivrées. Trois des six offices maintenus de maîtres ordinaires furent occupés par Charles Rousseau, Prosper Bañyn et Jean Jaquot, qui en traitèrent avec la Chambre chacun au prix de 36,000 liv. Quant aux trois autres offices dont Pierre Guybert, Claude Fourneret et Etienne Malpoy avaient levé les lettres de provisions en date du 22 septembre 1637, la Chambre fut autorisée à les rembourser, de même que les autres offices de la même création dont les titulaires n'étaient pas encore reçus. Elle usa de cette faculté, et les trois offices en question furent supprimés en même temps qu'un office de correcteur et un office d'auditeur par un édit de février 1640. — Pierre Guybert devint premier secrétaire de M. de Bellièvre, ambassadeur extraordinaire en Angleterre. Du reste, nous ne connaissons rien sur sa famille, sinon qu'elle portait, d'après le P. Gautier : *D'argent, à la bande d'azur, chargée d'un croissant du champ, accompagné de deux étoiles de même.* Claude Fourneret et Etienne Malpoy se firent pourvoir d'offices de trésoriers de France au bureau des finances de Dijon. Ce dernier fut remplacé dans cet office par son fils, et son petit-fils entra aux Etats de 1736 sur production des lettres de provisions de son père et de son aïeul. Il portait : *D'azur, au chevron d'or, accompagné en chef de deux étoiles d'argent et en pointe d'une motte de sinople surmontée d'une touffe de pois d'argent.*

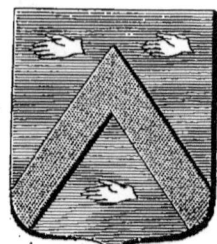

PROSPER BAUYN, seigneur de Bévy, maître ordinaire, fut pourvu, le 6 octobre 1637, d'un office de la création de janvier 1636. Reçu le 21 mai 1639, il résigna en 1673 en faveur de François Baudot et mourut le 29 décembre 1688 revêtu de l'office d'élu du roi aux Etats de Bourgogne. Esprit cultivé, Prosper Baüyn a laissé plusieurs ouvrages manuscrits dont on peut voir la liste dans Papillon. Il appartenait à une famille ancienne et distinguée, originaire de Paris.

I. Jean Baüyn, écuyer, seigneur de Bersan, vicomte de Villiers, écuyer des écuries du roi, testa en 1551 ; il avait épousé en 1530 Chrétienne, fille de Prosper de Maizières, seigneur de la Ronce, maître d'hôtel du roi, et de Marie Liévin de Thieux ; il en eut entre autres enfants Prosper qui suit.

II. Prosper Ier, écuyer, seigneur de Bersan, d'abord conseiller à la cour des aides, puis conseiller au parlement de Paris, mourut doyen de cette compagnie ; il avait épousé en 1563 Etiennette, fille de Jean Goret, secrétaire du roi, et en eut : 1° Jean, dont la postérité s'éteignit en 1661 ; 2° André, auteur de la branche des seigneurs de Bersan et d'Angervilliers, et de celle des seigneurs de Cormery, marquis de Perreuse, qui ont fourni un grand nombre d'officiers aux cours souveraines de Paris, des intendants, des officiers généraux, un chevalier de Malte en 1675, mort maréchal des camps et armées du roi et gouverneur de Furnes, un secrétaire d'Etat en 1730, etc., etc. ; 3° Achille qui suit.

III. Achille, écuyer, vint s'établir à Dijon, où il fut pourvu d'un office de trésorier de France. Il épousa en 1609 Marie, fille de Joseph Griguette, greffier des présentations au parlement de Bourgogne, et en eut : 1° Prosper qui suit ; 2° et probablement Jeanne, mariée à Girard Sayve, conseiller au parlement.

IV. Prosper II, écuyer, maître des comptes, qui donne lieu à cet article, épousa en 1642 Geneviève Bouchin, et en eut un fils qui suit.

V. Jean-Baptiste, écuyer, seigneur de Clomot, Sainte-Marie-sur-Ouche, Pont-de-Pany et Arcey, conseiller au parlement en 1674, épousa en 1698 Anne-Louise Rémond, dont il eut : 1° Henri-Prosper qui suit ; 2° Bonaventure, abbé de Saint-Barthélemy de Noyon, évêque d'Uzès en 1737 ; 3° Anne-Marie, mariée en janvier 1731 à Pierre Espiard-Humbert, chevalier de Saint-Louis, baron d'Allerey et conseiller au parlement.

VI. Henri-Prosper, écuyer, chevalier de Saint-Louis, capitaine d'infanterie, seigneur de Quemigny, entra aux Etats de 1754, non marié. — Armes : *D'azur, au chevron d'or, accompagné de trois mains couchées et ouvertes d'argent.*

JEAN JAQUOT, maître ordinaire, fut pourvu, le 6 octobre 1637, de l'un des offices de la création de janvier 1636 ; reçu le 22 novembre 1639, il résigna en 1660 en faveur de Jean Quarré, et obtint des lettres d'honneur en 1669. Il était de la même famille que Philibert Jaquot, premier président en 1549, et avait épousé Jeanne Girardeau, qui fit inscrire sous son nom dans l'*Armorial* de 1696 les armoiries de son mari : *D'azur, à une fasce d'or, accompagnée de trois étoiles d'argent.* Voy. p. 25.

PIERRE THOMAS, seigneur de Blancey, maître ordinaire, fut pourvu le 16 décembre 1641, sur la démission de Pierre Thomas, son père, et reçu le 31 janvier de l'année suivante. Il mourut le 16 mai 1659, et Jean Caillet, à qui il avait vendu son office, s'en démit sans s'être fait pourvoir au profit d'Anne-Joseph Perreney. Voy. p. 202.

ETIENNE FILZJEAN, seigneur de Grandmaison, maître ordinaire, fut pourvu le 16 novembre 1641, sur la résignation de Pierre Venot, et reçu le 7 février de l'année suivante. Après sa mort, arrivée le 13 décembre 1670, sa veuve nomma à son office Claude Girard, qui en disposa sans s'être fait pourvoir en faveur de Bénigne Pourcher; quant à ce dernier, ayant obtenu des lettres de provisions, il se démit avant réception au profit de Bonaventure Rémond. Etienne Filzjean avait épousé Anne Jacquinot, dont il eut entre autres enfants : 1° Etienne, seigneur de Grandmaison, conseiller clerc au parlement de Dijon en 1685, official du diocèse de Langres ; 2° Philiberte, chanoinesse d'Epinal ; 3° N., maître des comptes à Paris, dont le fils et le petit-fils Etienne et Pierre, seigneurs et barons de Talmay, furent tous deux conseillers au parlement de Bourgogne. N. avait eu en outre un fils qui entra dans la Compagnie de Jésus, et une fille, mariée à N. Champion de Nansouthil, son cousin germain, ancien capitaine au régiment de Bourgogne. André, seigneur en partie de Talmay, conseiller clerc en 1711 et doyen de Saulieu, était de la même branche. Voy. p. 69.

 JEAN MOCHOT, seigneur de la Courtine, maître ordinaire, pourvu le 19 décembre 1641, sur la résignation de Henry Petit, prêta serment le 17 mars de l'année suivante, mourut le 21 novembre 1652, et eut pour successeur Jean Gaulthier. Il avait épousé Claude Coppin, fille de Jacques, secrétaire du roi au parlement de Bourgogne, et de Philiberte Mongin, et en avait eu trois enfants : Jean, Jacques et Anne, cette dernière mariée en 1666 à Jacques-Auguste Espiard, conseiller au parlement. Son fils aîné, Jean, seigneur de Gemeaux et Preigney, secrétaire du roi au parlement en 1663, trésorier de France en 1676, épousa Marie-Catherine Jacob et en eut trois filles, Anne, Catherine et Huguette, dont nous ignorons les alliances, et un fils, Jacques, écuyer, seigneur de Gemeaux et Preigney, qui entra aux Etats de 1709 et ne paraît pas avoir laissé de postérité. Le second fils de Jean Mochot et de Claude Coppin, Jacques, seigneur de Montbéliard, Montculot et Urcy, maître des comptes en 1677, fut substitué au nom de Coppin, et épousa Jeanne Chartraire. Il en eut François qui suit, Marie-Madeleine, mariée à Pierre-Antoine de Lelade, écuyer, et Jeanne-Antoinette. — François Mochot-Coppin de Montbéliard, écuyer, président au présidial de Semur en 1698, puis capitaine au régiment Dupuy-Espagnol, épousa Bernarde, fille de Hyacinthe-Saladin de Fontette, écuyer, et en eut deux enfants, Alexandre-Bernard et Marie-Jacqueline, qui épousa Jean-Charles Descrots, baron d'Estrée, chevalier de Saint-Louis, capitaine au régiment du roi. — Armes : *D'azur, à trois roses d'or, feuillées et soutenues de même, supportées par un croissant d'argent.*

HENRY BARTHELOT, seigneur d'Ozenay, Gratey et Rambuteau, maître ordinaire, fut pourvu le 20 juillet 1643, sur la nomination de la veuve de Georges de Maillard comme mère et tutrice de ses enfants mineurs. Reçu le 19 avril 1644, il résigna en 1651 en faveur de Jean-Louis Trocut.

I. Claude Barthelot, seigneur d'Ozenay et Gratey, contrôleur des aides et du domaine au bailliage de Mâcon en 1574, élu en l'élection de la même ville, avait pour frère Henri, seigneur de Rambuteau, aussi élu à Mâcon, et juge royal en la châtellenie de Bois-Sainte-Marie, qui mourut sans avoir été marié. Claude épousa en 1571 Pierrette de Rymond, dont il eut Philibert qui suit.

II. Philibert, seigneur d'Ozenay, Gratey, les Blancs et Rambuteau, par succession de son oncle Henry, remplaça son père dans l'office de contrôleur du domaine en 1604 et fut pourvu depuis de celui de conseiller au présidial de Mâcon. Il épousa en premières noces, en 1605, Marguerite, fille de Claude de Bullion, seigneur de Layé, et en secondes noces, en 1632, Marie, fille de Charles-François Dormy, baron de Vinzelles et Beauchamp. Il n'eut qu'un enfant de ce second mariage; mais il laissa du premier un fils et six filles : 1° Henry qui suit ; 2° Claudine, religieuse ursuline ; 3° Marguerite, femme de N., baron de Montmartin ; 4° Suzanne, qui épousa Nicolas Bernard, seigneur de Chatenay ; 5° Henriette, mariée à Emmanuel Bernard, conseiller au bailliage de Mâcon ; 6° Marie, mariée à Claude Buchet, seigneur de Royer ; 7° Antoinette, femme de Nicolas Chesnard, seigneur de Salornay.

III. Henry, seigneur d'Ozenay, Gratey et Rambuteau, maître des comptes en 1643, mourut revêtu d'un office de secrétaire du roi au grand sceau, qui procura la noblesse à ses descendants. Il avait épousé, en 1648, Marguerite Chapuis, dame de Chassagne et Villars, fille de François Chapuis, seigneur de la Fey ; il en eut : 1° Mathieu qui suit ; 2° Philibert qui fit branche ; 3° François, mort sans alliance ; 4° et 5° Isabeau et Suzanne, religieuses.

IV. Mathieu, écuyer, seigneur d'Ozenay, Gratey, Montcrain, etc., capitaine au régiment Dauphin, lieutenant pour le roi des ville et citadelle de Chalon, épousa en 1678 Marie Pianello de la Valette, dont il eut : 1° Philibert, capitaine au régiment de Champagne, tué à Malplaquet ; 2° François-Laurent qui suit ; 3° Antoinette, mariée en 1731 à Guillaume-François de Mucie, chevalier d'honneur au bureau des finances de Dijon.

V. François-Laurent, écuyer, seigneur d'Ozenay, Montcrain et Gratey, capitaine au régiment de Champagne, entré aux Etats de 1727 et élu de la noblesse du Mâconnais, épousa en 1724 Marie, fille de Claude Bernard, seigneur des Ecuyers, Joux et Vernus, lieutenant au bailliage de Mâcon, et de Claudine de Meaux ; il en eut : 1° Claude-Antoine, docteur de Sorbonne ; 2° Claude-François, chanoine de Chalon ; 3° Philibert-Eléonor qui suit ; 4° Jean-Baptiste-François, officier au régiment de Talaru ; 5° Marie-Suzanne, mariée en 1755 à Mathieu-

Vivant Villedieu, seigneur de Torcy, conseiller au parlement, morte en 1760 sans postérité.

VI. Philibert-Eléonor, écuyer, seigneur d'Ozenay, Gratey, Montcrain et des Ecuyers, officier au régiment de la Ferronnays-dragons, épousa en 1759 Marie, fille de Jacques de Colabeau, chevalier, seigneur de Julienas et Vaux, conseiller honoraire en la cour des monnaies de Lyon, et de Françoise de Vaude de Saint-André. Il vota en 1789 avec les gentilshommes du bailliage de Mâcon.

Branche des seigneurs de Rambuteau. — IV. Philibert, écuyer, seigneur de Rambuteau, lieutenant de roi en Mâconnais, épousa en 1677 Marie de Rymond, fille de Claude, seigneur de Champgrenon, dont il eut : 1° Claude qui suit ; 2° François, tué à Luzara ; 3° Philibert, capitaine au régiment de Villeroy, chevalier de Saint-Louis, mort sans postérité ; 4° Claudine, mariée en 1705 à Jean-Eléonor Damas, seigneur d'Audour, etc. ; 5° Jeanne, religieuse visitandine ; 6° Marie, religieuse ursuline.

V. Claude, écuyer, seigneur de Rambuteau, Champgrenon, etc., lieutenant de roi en Mâconnais, colonel du régiment de Villeroy, brigadier des armées du roi et chevalier de Saint-Louis, épousa en 1722 Marie-Marguerite de Rotron, et laissa : 1° Charles qui suit ; 2° N., capitaine au régiment de Conti, chevalier de Saint-Louis.

VI. Charles, écuyer, seigneur de Rambuteau, major au régiment de Conti et chevalier de Saint-Louis, vota en 1789 avec les gentilshommes du bailliage de Mâcon. — Armes : *D'azur, au chevron d'or, accompagné de trois trèfles de même.* — Les Barthelot de Mursault et de Bellefond, entrés aux Etats de 1727, portaient les mêmes armes et avaient sans doute la même origine. *C'est la branche aînée. (voir Mémoires du Comte de Rambuteau.)*

JEAN DEMONGE ou DE MONGE, seigneur d'Ebaty, maître ordinaire, fut pourvu le 17 juillet 1646, sur la démission de Jean Baillet, qui avait été nommé par la veuve et les héritiers de Bénigne Morelet, et ne paraît pas s'être fait pourvoir. Reçu le 20 novembre 1646, il mourut le 29 décembre 1664 et, n'ayant point eu d'enfants de son mariage avec Suzanne Hedeline, il laissa par testament à René Berard de Monge, son neveu et son héritier, son office de maître des comptes et celui de capitaine des deux garennes du roi près Dijon et Beaune. — On trouve de ce nom : Odinet Demonge, dont les enfants possédaient quelques biens nobles à Baissey en 1562 ; Jean, mari de Guillemette Thomas en 1567 ; Philiberte, quatrième femme de Bénigne Le Compasseur, seigneur de Jancigny ; garde de la monnaie du roi à Dijon ; Claudine, mariée à Antoine Tisserand, bourgeois de Dijon ; Jean, qui résigna en 1612, en faveur de François Berard, l'office de grenetier à Saulx-le-Duc. — Armes : *D'argent, au chevron d'azur, accompagné en chef de deux roses de gueules et en pointe d'un croissant de sable ; au chef de gueules, chargé d'une étoile d'argent, accostée de deux croix pattées de même.*

BERNARD BARBIER, seigneur d'Entre-deux-Monts, Corboin et Concœur, maître ordinaire, fut pourvu le 5 août 1647, sur la résignation de Claude Jacquinot, et reçu le 3 janvier de l'année suivante. Sur sa résignation, son fils Pierre lui succéda en 1674. Voy. p. 79.

MICHEL DE REQUELEYNE, maître ordinaire, pourvu le 18 décembre 1647, sur la résignation de Jean Joly, fut reçu le 28 janvier de l'année suivante. Son fils Bénigne de Requeleyne lui succéda, sur sa résignation, en 1673.

Nous n'avons rien trouvé sur cette famille avant Bénigne de Requeleyne, dit *le jeune*, marchand à Dijon, qui mourut en 1574. Dans le même temps vivait Gobin de Requeleyne, garde et trésorier provincial de l'artillerie en Bourgogne, et fermier du temporel de l'abbaye de Saint-Bénigne, dont la veuve Marie Joly testa en 1586; il avait eu trois enfants: Jean, Bernard, marié en 1597 à Marie Thomas, le même sans doute qui fut pourvu en 1601 d'un office de correcteur des comptes, et enfin Guillemette, femme de Jean Le Muet, écuyer du marquis de Tavannes. Un autre Bénigne, dit Gobin, grenetier au grenier à sel, mayeur de Dijon en 1597, mourut pendant sa magistrature, laissant deux fils, Jacques et Philippe, receveurs des gabelles, le premier pourvu en outre en 1599 de l'office de grenetier, vacant par la mort de son père.

Pierre de Requeleyne, bourgeois de Dijon, puis secrétaire du parlement en 1680, mourut en 1692. Il avait acheté en 1669 avec son frère Michel la moitié de la baronnie de Longepierre dont ils possédaient l'autre moitié comme héritiers de Guyette Canabelin, leur mère, laquelle avait épousé en premières noces N. de Requeleyne, en secondes Bénigne de Mouhy, seigneur de la baronnie de Longepierre. Pierre eut pour héritier ce même Michel, maître des comptes, qui donne lieu à cet article, et qui laissa deux fils, Bénigne et Hilaire-Bernard. Bénigne, maître des comptes, baron de Longepierre et seigneur de Champhegon, mourut sans enfants de son mariage avec Bénigne de la Michodière. Hilaire-Bernard, baron de Longepierre, comme héritier de son frère, et seigneur de la Villeneuve, fut précepteur du comte de Toulouse et du duc de Chartres, depuis duc d'Orléans, et remplit en outre les charges de secrétaire des commandements du duc de Berry et de gentilhomme ordinaire du duc d'Orléans. Il épousa Marie-Elisabeth Raince, dont il n'eut pas d'enfants. — Citons encore du même nom: Guillaume, capitaine des murailles en 1645 sur la résignation de René son père; Philibert, auditeur des comptes en 1666; Joseph, trésorier de France en 1680, dont le fils Jean-Baptiste, seigneur de Barain, conseiller au parlement en 1712, épousa N. Bretagne et mourut sans enfants. Antoine-Balthazar, frère de Joseph, commissaire aux requêtes du palais en 1688, eut, de son mariage avec N. Blancheton, deux fils morts sans alliance; sa sœur avait épousé Jean Jehannin, conseiller au parlement. — Armes: *D'azur, à une toison d'or, suspendue à une nuée d'argent, surmontée de deux étoiles aussi d'or.*

CHRÉTIEN BOUILLET, maître ordinaire, fut pourvu sur le testament de Guillaume Bouillet, son père, par lettres du 6 novembre 1649, et reçu le 20 décembre suivant.

Il devint doyen de sa compagnie, et, après avoir résigné en faveur de Claude Brondeault, il obtint en 1691 des lettres d'honneur qui rappellent les services de son père. Voy. p. 210.

JEAN-CHRISTOPHE BERNARD, seigneur de Chintré et Vaux, maître ordinaire, fut pourvu le 18 novembre 1650, sur la résignation d'André Bernard, son père. Reçu le 8 mai 1651, il mourut le 29 octobre 1679 et eut pour successeur Pierre Maire, seigneur de Blancey. Voy. p. 54.

JACQUES DROUAS, seigneur de Velogny, maître ordinaire sur la résignation d'Antoine Drouas, seigneur de la Plante, son père, fut pourvu le 24 janvier 1650, et reçu le 20 mars 1652, après avoir obtenu des lettres de dispense d'âge. Il fut remplacé en 1671 par Etienne Le Belin, obtint des lettres d'honneur en 1673 et mourut le 24 janvier 1697. Voy. p. 212.

JEAN-LOUIS TROCUT, seigneur d'Argis, Allerey et Ferrières, maître ordinaire, fut pourvu sur la résignation d'Henry Barthelot le 17 juillet 1651, et reçu le 30 avril de l'année suivante. Il mourut le 28 août 1687, fut inhumé dans l'église Saint-Etienne de Dijon, et eut pour successeur Antoine Cortois, son neveu. Il était fils d'Antoine Trocut, ou Trocu, seigneur de la Croze, receveur des tailles en l'élection de Belley, et avait épousé Claudine Humbert, dont il n'eut pas d'enfants. Son frère, Etienne, mourut en 1687 revêtu d'un office de secrétaire contrôleur en la chancellerie du parlement de Bourgogne, qui procura la noblesse à ses descendants, parmi lesquels on compte plusieurs militaires de divers grades. Cette famille, encore existante, a fourni en outre des receveurs des tailles et des élus en l'élection de la ville de Belley, et a été représentée à l'assemblée des trois ordres du bailliage du Bugey en 1789 par deux de ses membres dont l'un, Antoine-François Trocut de la Croze, portait le titre de chevalier d'Argis; elle a possédé le marquisat de Saint-Rambert et la baronnie de Bourg-Saint-Christophe. — Armes : *D'or, à la bande d'azur, semée d'étoiles d'argent sans nombre.*

JACQUES BERNARD, seigneur de Tart-le-Châtel et Tart-l'Abbaye en partie, et du marquisat de Menelgarnier, maître ordinaire, succéda à Adam Soyrot. Pourvu sur la nomination du tuteur des enfants mineurs de ce dernier, le 26 octobre, reçu le 16 décembre 1652, il résigna en 1660 en faveur de Bénigne-Bernard Canabelin, et passa en 1667 à un office de maître des comptes à Paris. Il avait été reçu avocat au parlement de Paris et était fils de Sigismond Bernard, maître des eaux et forêts du bailliage de Dijon, puis receveur des décimes, qui reprit de fief en 1649 de partie de Tart-le-Châtel et de Tart-l'Abbaye, et de Guillemette Carrelet. L'*Armorial de la Chambre des comptes de Paris* lui attribue les armes des Bernard de Sassenay et de Trouhans (voy. l'art. de Jean Bernard, correcteur en 1603), légèrement modifiées, *la fasce d'or* y étant chargée de *trois étoiles de gueules.* — Ne serait-il pas plutôt de la même famille que Philippe Bernard, conseiller clerc au parlement en 1651, qui résigna son office à Jean-Aimé *Carrelet,* chanoine de la Sainte-Chapelle, non pourvu, et qui portait : *D'azur, à un lion d'or, accompagné de trois demi-vols de même?*

JEAN GAULTHIER, conseiller maître, fut pourvu le 15 décembre 1652, sur la présentation de Jacques Coppin, conseiller secrétaire au parlement comme aïeul maternel et tuteur des enfants mineurs de Jean Mochot. Reçu le 18 février 1653, il résigna en 1660 en faveur de Claude Bernard de la Salle, et se retira dans sa maison de Plombières-lez-Dijon pour se consacrer entièrement à l'étude des sciences. (Voy. Courtépée, à l'article Plombières.) Il obtint en 1681 des lettres d'honneur. Il était fils de Jean Gaulthier, correcteur des comptes en 1620, et de N. Rondôt, fille de N., écuyer, seigneur de Renève-sur-Vingeanne. — Armes : *D'azur, au chevron d'or, accompagné en chef de deux roses d'argent et en pointe d'un croissant de même surmonté d'une étoile d'or.*

PIERRE LOPPIN, seigneur de Marcelois, maître ordinaire, pourvu sur la résignation d'Antoine, son père, le 17 août 1654, fut reçu le 20 novembre de l'année suivante, mourut le 12 août 1673 et fut inhumé aux Cordeliers de Dijon. Il eut pour successeur Guillaume Loppin, son frère. Voy. p. 183.

BÉNIGNE FEVRET, seigneur de Verrey-sous-Drée, maître ordinaire sur la résignation de Jean-Christophe Virey, fut pourvu le 6 novembre, et reçu le 14 décembre 1655. Il résigna en 1687 en faveur de Joseph Frerot et obtint des lettres d'honneur en 1688. Il s'était distingué dans l'exercice de sa charge par son zèle et son application aux affaires et avait été plusieurs fois député à Paris pour y soutenir les intérêts de la compagnie. Il mourut à Dijon le 21 décembre 1694, et fut inhumé en l'église de la Sainte-Chapelle, à côté de l'autel Saint-André, où on lisait son épitaphe. Cette famille, originaire de Semur, remonte à :

I. Claude Fevret, licencié ès lois, qui vivait sous Philippe-le-Hardi et dont on voyait la signature dans un registre déposé au siècle dernier dans les archives des Carmes de Semur. Il eut pour fils Jean qui suit.

II. Jean Ier, mort à Semur en 1460, avait épousé Hélène de Gorgiard, dont il eut Jean II.

III. Jean II, mort de la peste en 1533, laissa d'Anne de Vautrilliers, qu'il avait épousée en 1475, Charles qui suit.

IV. Charles Ier, avocat, né à Semur le 6 mars 1507, mort le 21 octobre 1557, avait épousé Magnence Boursault, de qui il eut : 1° Jacques qui suit ; 2° Charles, procureur à Semur ; 3° Marie ; 4° Françoise, mariée en 1588 avec Pierre Leautey, apothicaire à Semur.

V. Jacques, né à Semur le 13 septembre 1544, fut pourvu en 1589 d'un office de conseiller au parlement, qu'il exerça pendant 22 ans ; il se retira depuis à Semur, où il mourut le 8 février 1626, laissant entre autres enfants, de son mariage avec Suzanne Guichard, fille d'Odinet, bourgeois de Saulieu, et de Nicole Levesque : 1° Charles, auteur de la branche aînée ; 2° Isaac, auteur de la seconde branche.

Branche aînée. — VI. Charles II, seigneur de Saint-Mesmin et Godan, célèbre avocat au parlement de Dijon, auteur du *Traité de l'abus*, naquit en 1583 et mourut à Dijon en 1661. On voyait sa statue et son épitaphe dans la chapelle qu'il avait fondée en l'église Saint-Jean de Dijon. Sans quitter le barreau, Charles Fevret avait accepté du prince Henri de Condé, gouverneur de Bourgogne, le titre et les fonctions de conseiller et intendant ordinaire de ses affaires, et il y fut continué par son fils, le grand Condé ; mais il refusa la charge de conseiller au parlement que Louis XIII lui avait offerte et se contenta de celle de secrétaire de la même compagnie, qui lui fut donnée gratuitement. De son mariage avec Anne Brunet, Charles Fevret eut dix-neuf enfants, dont quatorze vivaient encore lors de la mort de sa femme en 1637. Nous citerons parmi eux : 1° Jacques, seigneur du Magny, conseiller au parlement, marié en 1638 à Denise, fille de Claude Petit, seigneur de Rouelle, receveur général des finances en Bourgogne, et de Denise Fyot, dont il eut : a) Pierre, conseiller au parlement, mort en 1690 sans laisser d'enfants de son mariage avec Marie d'Hénin-Liétart ; b) Claudine, religieuse et abbesse de Notre-Dame de Tart ; c) Christine, femme d'Anne-Joseph Perreney, maître des comptes ; 2° Antoine qui suit ; 3° Pierre, conseiller clerc au parlement, chanoine et chancelier de la Sainte-Chapelle de Dijon, mort le 27 décembre 1706.

VII. Antoine, seigneur de Saint-Mesmin et Godan, succéda à son père en 1662 dans l'office de secrétaire de la cour de parlement, et fut pourvu en 1663 d'une charge de maître des comptes, dans laquelle il ne se fit pas recevoir. Il fut depuis renvoyé de la poursuite de noblesse par l'intendant Bouchu en 1669, et entra aux États de 1679. Il avait épousé en 1643 Michelle Quillardet, dont il eut : 1° Charles qui suit ; 2° Jacques, prêtre, bachelier de Sorbonne ; 3° Michelle, femme de Guillaume Loppin, maître des comptes.

VIII. Charles III, seigneur de Saint-Mesmin, Godan et Fontette, conseiller au parlement de Metz en 1652, mourut en 1733 ; il avait épousé en 1681 Marie, fille de Claude de Chalus, maréchal de camp des armées du roi, seigneur de Fontette. Il en eut : 1° Jacques-Charles qui suit ; 2° Pierrette, femme de Charles de Brosses, conseiller au parlement ; 3° Philiberte, mariée à Nicolas Thomas, seigneur d'Island.

IX. Jacques-Charles, seigneur de Fontette, conseiller au parlement, mort en 1728, avait épousé en 1709 Barbe-Charlotte de Migieu, dont il eut : 1° Charles-Marie qui suit ; 2° Jean-Baptiste-Antide, écuyer, chevalier de Saint-Louis, bailli d'épée du bailliage de la Montagne, lieutenant-colonel d'infanterie ; il commanda les troupes du roi dans une partie de l'île de Corse dans les années 1745 et suivantes et devint depuis aide-major général des logis de l'armée de Bretagne et maréchal de camp des armées du roi. Il était entré aux Etats de 1742 ; 3° Barbe-Charlotte, mariée en 1750 à Pierre-Bernard-Philibert Espiard de la Cour, conseiller au parlement.

X. Charles-Marie, seigneur de Fontette, Saint-Mesmin et Godan, entré aux Etats de 1733, fut pourvu en 1735 d'un office de conseiller au parlement et épousa en 1738 Etiennette, fille de Claude-Henri Rémond, maître des comptes, et de Françoise-Josèphe Languet, dont vinrent deux filles mariées et un fils qui suit.

XI. Bénigne-Charles, seigneur de Saint-Mesmin, né le 26 mars 1739, fut pourvu en 1759 d'un office de conseiller au parlement dont il se démit en 1772 pour entrer la même année aux Etats de la province et porter celui de grand-bailli de Châtillon-sur-Seine. Il avait épousé en 1768 Victoire, fille de Jean-Baptiste de Motmans, procureur général à Port-au-Prince, et de N. de Beauval. Il n'en eut qu'un fils, et sa postérité est éteinte.

Branche cadette. — VI. Isaac, né à Semur le 18 février 1590, maître des requêtes de la reine régente Marie de Médicis, s'établit à Dijon, où il épousa en 1617 Anne Blondeau. Il mourut en 1630, laissant un fils unique, Bénigne, et fut inhumé en l'église Notre-Dame.

VII. Bénigne, né le 8 février 1630, maître des comptes en 1655, épousa, le 16 janvier 1656, Jeanne-Baptiste, fille de François Bretagne, seigneur d'Orain et de la Borde, lieutenant général au bailliage d'Auxois, puis maître des requêtes de la reine, et de Marie Clerc ; il en eut dix fils et trois filles, entre autres : 1° Charles, seigneur de Verrey-sous-Drée, capitaine de cavalerie, entré aux Etats de 1688 et mort sans postérité ; 2° François qui suit.

VIII. François, écuyer, lieutenant aide-major et commissaire d'artillerie dans le régiment des canonniers du roi, épousa en 1689 Michelle Richard, dame de Bligny et Curtil-sous-Beaune ; il mourut en 1719, ayant eu un grand nombre d'enfants, savoir : 1° Bénigne-Charles-Claude, écuyer, seigneur de Bligny et Curtil, entré aux Etats de 1718, marié en 1716 à Marie, fille de Michel Grozelier, procureur du roi au bailliage de Beaune, maître des requêtes, et de Marguerite Gagnare, mort sans postérité ; 2° Bénigne, religieux de l'abbaye de Clairvaux, mort le 31 juillet 1704 prieur de l'abbaye de Larivour près Troyes ; 3° Claude, lieutenant de vaisseau par brevet du 29 septembre 1707, ensuite major de l'escadre commandée par N. Ducasse pour l'Amérique où il se fixa, laissant postérité ; 4° Bénigne-Nicolas, seigneur de Daix, prévôt général des maréchaussées de Bourgogne et Bresse, marié à Catherine Jaquot et mort sans postérité ; 5° Jean-Baptiste, capitaine de cavalerie, mort aussi sans postérité ; 6° Claude-Louis, avocat au parlement, marié en 1705 à Marguerite Guichard, dont il eut un fils, Charles, chanoine de la cathédrale de Dijon ;

7° Charles-Anne, capitaine d'infanterie au régiment de Guitaut, marié en 1740 à Michelle Mochot, de laquelle il eut un fils, officier dans les gardes du corps du roi de Portugal. — Armes : *D'azur, à une bande d'or de trois pièces*, qui est Fevret ; *écartelé d'argent, à une hure de sanglier arrachée de sable, armée d'argent et lampassée d'une flamme de gueules*, qui est Gorgiard, par suite du testament d'Hélène de Gorgiard, femme de Jean Fevret, premier du nom.

BARTHÉLEMY JOLY, seigneur de la Grange-du-Pré, Dambron et la Serrée, maître ordinaire, fut pourvu sur la résignation d'Hector Joly, son père, le 16 mars, et reçu le 24 avril 1660 ; il mourut le 30 juin 1671, et sa veuve, Françoise Comeau, nomma à son office leur fils Claude, qui ne s'en fit pas pourvoir et se démit au profit de Jean-Baptiste Vittier. Voy. p. 62.

ANNE-JOSEPH PERRENEY, maître ordinaire, fut pourvu le 6 mars 1660, sur la démission de Jean Caillet qui, nommé à l'office vacant par la mort de Pierre Thomas, par la veuve de ce dernier, ne s'en était pas fait pourvoir. Reçu le 30 avril 1660, Anne ou Edme-Joseph Perreney mourut le 8 juin 1678, et son office passa, sur la nomination de Jacques Fevret, conseiller au parlement, tuteur de ses enfants mineurs, à Jean Maugras, qui s'en démit, sans avoir demandé de lettres de provisions, en faveur de Pierre Thomas. Voy. p. 60.

CLAUDE BERNARD DE LA SALLE, maître ordinaire, fut pourvu sur la résignation de Jean Gaulthier le 10 mai, et reçu le 23 juillet 1660. Il résigna en 1662 en faveur d'Abraham de Creusevault, pour passer à un office de président. Voy. p. 54.

JEAN QUARRÉ, maître ordinaire, fut pourvu sur la résignation de Jean Jaquot le 15 mai, et reçu le 28 juillet 1660. Il obtint des lettres d'honneur en 1685, après avoir résigné en faveur de Claude Vitte, et passa en 1689 à l'office d'élu du roi aux Etats. Le P. Gautier lui attribue les armes des Quarré d'Aligny et de Quintin : *Echiqueté d'argent et d'azur ; au chef d'or, chargé d'un lion léopardé de sable.*

BÉNIGNE-BERNARD CANABELIN, maître ordinaire, fut pourvu sur la résignation de Jacques Bernard le 26 avril, et reçu le 30 juillet 1660. Il mourut le 31 août 1690 et fut remplacé par Jean-Baptiste Canabelin, son fils.

I. Guillaume Canabelin, marchand à Dijon, marié à Nicole Cuyer, en eut, entre autres enfants : 1° Bénigne-Bernard qui suit ; 2° Nicole, femme de Bénigne de Frasans, écuyer ; 3° et probablement Philiberte, femme de Bénigne Moreau, trésorier de France.

II. Bénigne-Bernard, maître des comptes en 1660, épousa Marguerite Cothenot et en eut : 1° Jean-Baptiste, seigneur de Gerland, maître des comptes en 1690, qui de son mariage avec Catherine Arcelot ne laissa qu'une fille, Claude, mariée à Gilbert de Salvert, seigneur de Noizat, capitaine de cavalerie au régiment de Beauvilliers; 2° Jean-Jérôme qui suit; 3° Marie, mariée en 1686 à Jean-Louis de Thésut, trésorier de France.

III. Jean-Jérôme, seigneur de Lantillière et de la Borde, président en la Chambre des comptes de Dole en 1697, épousa en 1701 Nicole Fournier, fille de Pierre, conseiller au parlement, et en eut : 1° Jacques-Guillaume, écuyer, seigneur d'Ancey, maréchal de camp, qui épousa Anne-Dominique, fille d'Hilaire de Mouhy, lieutenant-colonel de dragons au régiment d'Harcourt, et d'Elisabeth de Villemur; il entra aux Etats de 1745 et mourut en 1779; 2° Jean-Jérôme, écuyer, seigneur de Lantillière et de la Borde, qui vota en 1789 avec les gentilshommes du bailliage de Dijon. Autres alliances: Soyrot, de Requeleyne, Fleutelot, etc. — Armes : *D'azur, au chef d'argent, chargé de trois merlettes de sable.*

CLAUDE FILZJEAN, seigneur de Sainte-Colombe, maître ordinaire, fut pourvu, sur la résignation de Jacques Filzjean, son père, le 10 novembre, et reçu le 11 décembre 1660. Il mourut le 13 juillet 1697 et fut remplacé par son frère Aimé-Bernard Filzjean. Voy. p. 69 et 218.

DENIS-ENOCH VIREY, maître ordinaire, fut pourvu le 3 janvier 1661 de l'office vacant par le décès de Hugues Maire, et reçu le 21 février suivant. Jacques Mochot-Coppin lui succéda sur sa résignation en 1677. Voy. p. 217.

FRANÇOIS D'ARLAY, maître ordinaire, fut pourvu le 19 juin 1661 sur la résignation de Philibert Guyet. Reçu le 19 novembre suivant, il mourut en 1673 et eut pour successeur Claude Grillot. Sa fille Antoinette épousa Jean-Barthélemy Joly, président aux comptes. Voy. p. 200.

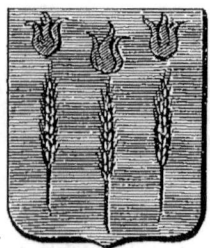

JACQUES ESPIARD, maître ordinaire, fut pourvu le 13 mars 1661 sur la résignation d'Etienne Filzjean de Marliens. Reçu le 3 décembre suivant, il obtint des lettres d'honneur en 1684, après avoir résigné en faveur de Pierre Pérard.

I. Jean Espiard, qui vivait au commencement du XIVe siècle, est rappelé dans un arrêt du parlement de Beaune, rendu en 1370, comme père de Jean et Droin ou Dreux Espiard. Il était maître des arbalétriers du duc Eudes IV, à Jussey en 1343, et fut depuis châtelain de Pouilly (1360).

II. Jean et Droin, son frère, reçurent procuration avec leur père en 1373 et 1377, de Jeanne de Mont-Saint-Jean, héritière de l'illustre maison de ce nom et femme de Pierre de Thil, pour régler certaines difficultés avec le duc de Bourgogne. Jean avait servi comme écuyer sous la bannière de Thomas de Voudenay en 1358. Il eut : 1° Edme qui suit; 2° Marguerite.

III. Edme, écuyer, seigneur de Flée, épousa en 1369 Anne de Génelard, dont il eut : 1° Sébastien qui suit ; 2° Jaquot, dit *l'aîné*, grenetier au grenier à sel d'Arnay-le-Duc, receveur d'Auxois en 1418, suspendu en 1431 et remplacé provisoirement par son neveu Jaquot Espiard *le jeune*. Il avait épousé Blanche de Cordesse, et en eut une fille unique Guye, mariée à Jean Bernart de Geonges, écuyer, huissier d'armes du duc, qui habitait Arnay-le-Duc ; 3° Guiot, père de Jaquot dit *le jeune*, receveur d'Auxois en 1434. La femme de ce dernier, Jeanne, lui donna deux fils, Antoine et Jaquot, et se remaria avec Monin d'Echenon.

IV. Sébastien, écuyer, seigneur de Flée, épousa en 1404 Aglantine Poinceot d'Eguilly, dont il eut Guy qui suit.

V. Guy, écuyer, lieutenant général au bailliage de Charolles, marié en 1446 à Marie de Vesvre, en eut : 1° Antoine qui suit ; 2° Hugues, qui suivit le parti de Marie de Bourgogne et se retira à Arles, où il épousa Catherine d'Abeille ; il eut deux enfants, un fils, Jean, seigneur de Valabrègues, capitaine au régiment de Crillon, tué à la défense de Beaucaire en 1584, et une fille, Marie, femme de Charles de Raoux ; 3° Denis, qui s'établit en Charolais et n'eut que des filles, dont l'une épousa N. de Précy, dans la descendance duquel on trouve plusieurs comtes de Brioude ; 4° Antoinette, mariée à Emard Damas.

VI. Antoine Ier, licencié ès lois, qualifié noble ou noble homme, épousa en 1467 Jeanne de Margueron, dont il eut : 1° Jean qui suit ; 2° André, auteur de la seconde branche ; 3° Marthe, mariée à N. de Chassey ; 4° Pallas, femme de N. de la Mare, de Beaune ; 5° Jeanne, femme de Gauthier Brocard, capitaine du château de Mont-Saint-Jean.

Première branche; seigneurs de Sonotte. — VII. Jean, seigneur de Sonotte, lieutenant général au bailliage de Charolles, épousa en 1497 Guillemette de la Bouthière et en eut Claude qui suit.

VIII. Claude, seigneur de Sonotte, marié à Jeanne Comeau, fut père de Melchior qui suit et de Suzanne, mariée en 1565 à Pierre David, docteur en droit.

IX. Melchior, écuyer, seigneur de Sonotte, bailli du comté de Charny et porte-épée de parement du roi, fut le dernier de sa branche, n'ayant laissé de son mariage avec Jeanne Ferrand qu'une fille, Marie, mariée à Jean Coutier de Souhey.

Seconde branche; seigneurs de Saux. — VII. André, licencié ès lois, possesseur du château de l'Ignon, à Mont-Saint-Jean, épousa en 1500 Jeanne Bourgeois de Crespy et en eut : 1° Antoine qui suit ; 2° Macaire, conseiller du roi, général et second président en la cour des monnaies de Paris, qui épousa Marie Colin ; il en eut un fils, Melchior, seigneur de Genay, Pasques et Lantenay, mestre de camp d'un régiment d'infanterie, qui quitta le service en 1595, et fut pourvu de l'office d'élu du roi aux Etats ; de son mariage avec Etiennette d'Arcy, il ne laissa que des filles, entre autres Françoise, mariée à Charles de Torcy, seigneur de Venarey, et Marie, femme de Jean Dardeau, à qui elle apporta la terre de Lantenay ; 3° Denis, marchand à Mont-Saint-Jean, qui épousa Guillemette Richard, fille de Jean, écuyer, seigneur de Renêve, et en eut un fils, Macaire, clerc, qui vivait à Dijon en 1579, et une fille, Françoise, femme de Jacques Bagnard, écuyer ; 4° Jacques, auteur de la troisième branche ; 5° Maclou, marié à Bénigne Milletot ; 6° Marthe, mariée à Denis de Chalus, seigneur de Fontette ; 7° Marguerite, femme de Lazare Fabry ; 8° Pierrette, qui épousa Bénigne Chasot, dont une fille, Marguerite, mariée à Jean de Montaigu, lieutenant général au bailliage de Chalon.

VIII. Antoine II, docteur ès droits, qualifié bourgeois de Mont-Saint-Jean, possesseur du château de l'Ignon, épousa : 1° en 1527, Jeanne Guichard ; 2° Pierrette Languet, et eut plusieurs enfants, entre autres : 1° Philibert qui suit ; 2° Anne, femme de Jean Cothenot, conseiller au parlement ; 3° Charlotte, mariée à Nicolas Humbert, maître des comptes ; 4° Marie, femme de Guy Moreau ; 5° Jeanne, qui épousa Lazare Ragot, grenetier au grenier à sel de Semur.

IX. Philibert, avocat au parlement, mayeur de Semur et député aux Etats généraux de Blois en 1576, qualifié noble et sage, épousa en 1560 Philiberte Boulet, dont il eut : 1° Claude qui suit ; 2° Pierre, auteur des seigneurs de la Cour ; 3° Marie, qui épousa en 1588 Jacques Juliot, avocat au parlement.

X. Claude, seigneur de Saux, lieutenant criminel à Semur, secrétaire du roi, fut député du tiers aux Etats généraux de 1614 ; il avait épousé en 1597 Marie Estiennot, fille de Claude, contrôleur au grenier à sel de Semur, et de Reine Caillet ; il en eut : 1° François qui suit ; 2° Claude, abbé élu de Cluny, sous le nom de Dom Germain Espiard.

XI. François, seigneur de Saux, secrétaire du roi, épousa Marceline Gervais et en eut : 1° Antoine qui suit ; 2° Zacharie, chanoine de Saint-Étienne de Dijon ; 3° Claude, marié à Françoise Espiard dont la fille unique, Marie-Jacqueline, épousa Antoine-Edmond Perrin de Saux, conseiller au parlement de Besançon ; 4° François, capitaine au régiment de Condé, marié à Marie Languet, fille de Philibert, secrétaire du roi, et de Jeanne de la Grange, dont il eut, entre autres enfants, Vivande, femme de Claude Droüas, chevalier.

XII. Antoine III, seigneur de Saux et de la Courtine, prévôt de Saint-Etienne de Dijon et conseiller clerc au parlement après la mort de sa femme, en 1666, avait épousé Anne Beau, dont il eut : 1° François, écuyer, seigneur de Grissey et Notre-Dame d'Y, mort sans postérité ; 2° François-Bernard qui suit.

XIII. François-Bernard, seigneur de Saux et d'Auxange, président au parlement de Besançon en 1693, laissa de son mariage avec Claude-Françoise de Santans trois enfants, savoir : 1° Jean-François, chanoine de la cathédrale et conseiller au parlement de Besançon ; 2° François-Ignace, grand-vicaire de Troyes, conseiller clerc au parlement de Dijon ; 3° Marie-Anne, femme de Jules-Marie Terrier, seigneur de Mailly, conseiller au parlement de Besançon.

Troisième branche. — VIII. Jacques Iᵉʳ épousa Philiberte Chanuz, dont il eut Jacques II qui suit.

IX. Jacques II, docteur en médecine à Semur, épousa Marie Mathelon, dont il eut : 1° Jacques qui suit ; 2° Claude ; 3° N., femme de N. de Montcrif, écuyer.

X. Jacques III, contrôleur général des bois en Bourgogne en 1648, épousa Françoise Mongin, dame de la Courtine, et en eut : 1° Jacques qui suit ; 2° Marie, femme de Gabriel Blanot.

XI. Jacques IV, maître des comptes en 1661, mourut sans alliance. C'est lui qui donne lieu à cet article.

Quatrième branche; seigneurs de la Cour. — X. Pierre, avocat au parlement, bailli de Saulieu, qualifié noble, épousa en 1584 Marguerite Mangeart, dont il eut : 1° Zacharie qui suit ; 2° Philibert, abbé commendataire de Saint-Pierre de Chalon ; 3° Claude, aussi abbé de Saint-Pierre après son frère, en 1624, doyen de Thil et chanoine de la Sainte-Chapelle ; 4° Jacques, prieur de la même abbaye et chanoine de la Sainte-Chapelle ; 5° Jeanne, femme d'Etienne Thérion, châtelain de Rouvres ; 6° Madeleine, qui épousa Olivier de Lanty, écuyer.

XI. Zacharie, bailli de Saulieu, conseiller, maître d'hôtel du roi, seigneur de Varennes et Vernot, épousa : 1° en 1620, Elisabeth Manin ; 2° en 1638, Marie Morisot. Il eut : 1° Claude qui suit ; 2° Jacques-Auguste, auteur de la cinquième branche ; 3° Guy-Auguste, gentilhomme du duc d'Orléans.

XII. Claude Ier, seigneur de la Cour, Clamerey et Blanot, conseiller au parlement, épousa en 1652 Marthe Jomey, fille de Pierre, bailli de Saulieu, et en eut : 1° Claude qui suit ; 2° Philibert, auteur de la sixième branche ; 3° Guy-Auguste, auteur de la septième branche, et plusieurs filles mariées ou religieuses.

XIII. Claude II, seigneur de la Cour d'Arcenay, Genoux, Blanot et Chassagne, conseiller au parlement, épousa en 1680 Philiberte-Constance Catin de Genoux, dont il eut : 1° Claude qui suit ; 2° Anne, femme de Bénigne Bouhier, seigneur de Pouilly, chevalier de Saint-Louis, brigadier des armées du roi ; 3° Odette, carmélite à Dijon.

XIV. Claude III, seigneur de la Cour, Genoux et Blanot, conseiller au parlement en 1712, épousa en premières noces Catherine-Marie Tapin de Perrigny, d'où sont issus : 1° Pierre-Bernard-Philibert qui suit ; 2° Claude-Antoine, chanoine de la cathédrale de Dijon et grand-vicaire du diocèse ; 3° Claudine-Bernarde, femme de Germain-Anne Loppin de Montmort, président au parlement. Marié en secondes noces avec N. Pioret, Claude Espiard n'en eut que deux filles.

XV. Pierre-Bernard-Philibert, seigneur de la Cour d'Arcenay, conseiller au parlement en 1741, épousa Barbe-Charlotte Fevret de Fontette, fille de Jacques-Charles, conseiller au parlement.

Cinquième branche; seigneurs de Vernot et d'Allerey. — XII. Jacques-Auguste, seigneur de Vernot, Varennes et la Courtine, bailli de Saulieu et conseiller au parlement, épousa en 1666 Anne Mochot, dont il eut : 1° Pierre qui suit ; 2° François, seigneur de Cypierre, conseiller au parlement en 1698, mort sans alliance ; 3° Anne, mariée à Antoine-Ignace Lenet, seigneur de Selore ; 4° François-Bernard, prieur de

Bonvaux ; 5° Jacques, seigneur de Vernot (1), marié en 1723 à Claire-Marie-Diane Gilbert de Voisins de Crapado.

XIII. Pierre, seigneur et baron d'Allerey, Saint-Gervais, Corcelles, Neuvelle, etc., capitaine au régiment de Maubourg et chevalier de Saint-Louis, puis conseiller au parlement, fut substitué aux nom et armes d'Humbert. Il épousa, en janvier 1731, Anne-Marie Baüyn, fille de Jean-Baptiste, conseiller au parlement ; il eut de ce mariage : 1° Auguste-Louis-Zacharie qui suit ; 2° Claude-Henri-Prosper, vicaire général de l'évêché d'Uzès ; 3° Bonaventure-Marie-Simonne, femme de Pierre-Joseph-Désiré de Richardot, président à la Chambre des comptes de Dole.

XIV. Auguste-Louis-Zacharie, conseiller au parlement en 1751, entra aux Etats de 1775 et mourut sans alliance victime de la Révolution.

Sixième branche ; seigneurs de Colonge. — XIII. Philibert, écuyer, seigneur de Colonge, Mâcon et Meixpinot, capitaine de dragons, marié en 1698 avec Marie-Madeleine de Dreux, en eut : 1° Louis-Philibert, seigneur de Mâcon, mousquetaire du roi ; il est l'auteur du rameau des seigneurs de Mâcon éteint de nos jours dans la maison de Sarcus ; 2° Sébastien-Joseph qui suit ; 3° Jean-Alexandre, maréchal de camp d'artillerie, auteur du rameau des barons d'Espiard de Colonge ; 4° Françoise, femme de Claude Drouas, chevalier.

XIV. Sébastien-Joseph, seigneur de Colonge et Meixpinot, gendarme de la garde du roi, assista à la bataille de Fontenoy. De son mariage avec Jeanne Charles il eut treize enfants, dont onze officiers, parmi lesquels on compte trois chevaliers de Saint-Louis ; nous citerons parmi eux Jean-Anne-Guillaume, capitaine au régiment d'Auvergne, chevalier de Saint-Louis, Alexandre, officier au régiment de Vintimille, et Julien, auteurs de trois rameaux encore existants.

Septième branche ; seigneurs de Clamerey. — XIII. Guy-Auguste, seigneur de Clamerey, Creusot et Promenois, conseiller au parlement de Metz, épousa Elisabeth Neuguet, dont il eut Claude-Antoine qui suit.

XIV. Claude-Antoine, écuyer, seigneur de Clamerey, épousa Charlotte-Yves Languet de Sivry, dont il eut plusieurs enfants, entre autres un fils marié, dont la descendance mâle est éteinte, et deux filles, Anne, femme en 1732 de Nicolas Malpoy, écuyer, seigneur de Beyre, et Elisabeth-Charlotte, mariée en 1763 à Bénigne-Antoine Carrelet de Loisy, conseiller au parlement. — Armes : *D'azur, à trois épis de blé d'or posés 2 et 1, et surmontés d'une flamme de gueules.*

---

(1) Jacques Espiard, seigneur de Vernot, fut reçu aux Etats de 1724 sur preuves remontées à Edme, écuyer, seigneur de Flée en 1369. Parmi les documents produits figure un arrêt du conseil du 15 septembre 1723 qui le maintenait avec ses frères et cousins germains dans leur noblesse d'ancienne extraction, en les relevant de la déclaration du 15 mai 1703, aux termes de laquelle, pour être réputé gentilhomme, il fallait avoir pris la qualité d'*écuyer*, celle de *noble* ne suffisant pas.

ABRAHAM DE CREUSEVAULT, seigneur en partie de Tailly, maître ordinaire, fut pourvu le 14 septembre 1662 sur la résignation de Claude Bernard, nommé à un office de président. Il fut reçu le 13 août de l'année suivante, et résigna en 1671 en faveur de Jean-Baptiste Filzjean. Il était fils de Pierre Creusevault, avocat à Beaune, seigneur en partie de Tailly, châtelain et receveur de Beaune, Pommard et Volnay en 1627, et épousa Jeanne Boillot, dont il eut une fille, Jeanne, mariée en 1699 à Jacques Berbis, capitaine au régiment de Catinat, fils de Claude, bourgeois de Beaune, et d'Anne Courtot. Elle lui apporta en dot la moitié de la seigneurie de Corcelles-les-Arts. D'après l'*Armorial* de 1696, Philiberte Creusevault, veuve de Jean Fleutelot, conseiller au parlement, portait : *D'argent, à une fasce dentelée d'azur, accompagnée de trois merlettes de sable.*

PIERRE FILZJEAN DE PRÉDEFOND, maître ordinaire, fut pourvu le 28 janvier 1664 sur la démission d'Antoine Fevret, qui avait été nommé par la veuve et les héritiers de Charles Rousseau et ne s'était pas servi des lettres de provisions par lui obtenues le 31 octobre 1663. Reçu le 12 mars 1664, Pierre Filzjean mourut le 4 mars 1682 et fut remplacé par François Joly. Il avait repris de fief en 1678 des seigneuries de Presles et Bierry-lez-Avallon, comme héritier de Georges Filzjean gouverneur d'Avallon, son oncle. Il épousa Anne Lantin, dont il eut plusieurs enfants, entre autres Jean-Baptiste Bernard, maître des comptes en 1695. Voy. p. 69.

ETIENNE MILLIÈRE, seigneur de la Chapelle de Villars et Champeaux, maître ordinaire, fut pourvu le 4 juillet 1665, sur la nomination de Françoise Saumaise comme mère et tutrice des enfants mineurs de Guillaume Millière, son père. Reçu le 11 août 1665, il résigna en 1688 en faveur de Vincent Chifflot et obtint l'année suivante des lettres d'honneur. Voy. p. 174 et 199.

RENÉ BERARD DE MONGE, maître ordinaire, fut pourvu le 23 mai 1665 en vertu du testament de Jean-Antoine Demonge, son oncle maternel, dont il était héritier universel. Reçu le 12 août 1665, il mourut le 7 janvier 1676 et eut pour successeur Claude Burgat. Il avait épousé Pierrette Gond, remariée en secondes noces à Philippe de la Mare, conseiller au parlement, et son fils François-Bernard, seigneur de Bouze et d'Ebaty, ne laissa, de son mariage avec Marguerite de la Loge, qu'une fille, Louise, mariée à Philibert-Antoine Petit, seigneur de Bressey. Le P. Gautier lui attribue les armes des Demonge (voy. p. 229). Toutefois Suzanne Berard, femme de Jean de Champlot, écuyer, portait, suivant l'*Armorial* de 1696 : *D'azur, à un ange ailé d'or, tenant avec sa main une trompette de même dans sa bouche.* — On trouve encore du même nom : Jacques, praticien à Dijon en 1596 ; Michel, premier huissier de la Chambre des comptes, mort des suites d'une blessure reçue le 14 octobre 1591 dans une charge près du faubourg Saint-Pierre de Dijon ; Jean, dont la veuve, Catherine de Xaintonge, vivait dans le même temps ; François, grenetier au grenier à sel de Saulx-le-Duc en 1612 ; Gabriel, contrôleur au

16

grenier de Dijon en 1619 et greffier de la chancellerie; Philibert, sieur de Vaux dismes en 1678, etc.

FRANÇOIS DE RICARD, maître ordinaire, succéda à Etienne Pérard, sur la démission avant réception de Pierre Pérard et de Claude Joly, qui avaient été successivement pourvus de son office. Pourvu lui-même le 8 octobre 1669, il fut reçu le 16 janvier suivant, sans examen, eu égard à celui qu'il avait précédemment subi au parlement d'Aix lors de sa réception en l'office de lieutenant général de l'amirauté de Toulon, « et à l'instant, porte le registre, il a esté conduit par M. le doyen en la chapelle pour rendre grâces à Dieu. » Il mourut le 5 août 1693 et eut pour successeur Nicolas Cœurderoy. — Il avait épousé en 1673 Marie, fille de Jean-Baptiste Millière, seigneur d'Aiserey, et en eut: 1° Jean-Baptiste-Jules qui suit; 2° Jean-Ferdinand, commandeur de la Neuville au Temple et grand-croix de l'ordre de Malte en 1698; 3° Jean-Etienne, aussi chevalier de Malte en 1698, commandeur de la Romagne.

Jean-Baptiste-Jules, baron de Courgy, avocat au grand conseil, puis conseiller au parlement de Bourgogne en 1698, quitta Dijon en 1707 pour porter une charge de président à la cour des aides de Paris; il avait épousé en 1702 Claudine, fille de Claude-Bernard Valon, seigneur de Montmain et de Genlis en partie, et de Philiberte Bourée; il en eut un fils, Marc-Antoine, marquis de Montmain, baron de Courgy, etc., qui entra aux Etats de 1745 sur preuve de trois degrés de noblesse depuis son bisaïeul Vincent de Ricard, écuyer, conseiller du roi en ses conseils, lieutenant général à l'amirauté de Toulon, qui avait épousé Marie de Rissy.

La famille de Ricard, originaire de Provence, était ancienne et distinguée. Le P. Gautier a relevé dans l'histoire de l'ordre de Malte jusqu'à douze chevaliers, commandeurs, baillis, grands-croix et grands-baillis de ce nom. Un de ses membres obtint en 1718 l'érection en marquisat des terres de Joyeuse-Garde, Vacquières et Sainte-Foi, sous le nom de marquisat de Ricard. — Armes: *D'or, au griffon de gueules; au chef d'azur, chargé d'une fleur de lys d'or*, par concession du roi Louis XIV en 1651.

ABRAHAM JACOB, lieutenant particulier aux bailliage et chancellerie de Semur-en-Auxois, fut pourvu, le 12 mai 1670, d'un office de maître ordinaire sur la résignation de Nicolas Richard. Reçu le 9 juillet suivant, il mourut le 16 février 1685 et fut remplacé par Marc-Antoine Jacob, son fils.

Le premier auteur connu de cette famille, Jean Jacob, était en 1593 procureur, garde du petit-scel et tabellion héréditaire à Semur. De son mariage avec Marie Genevois il laissa plusieurs enfants, entre autres Jean, enquesteur au bailliage de la même ville. On trouve ensuite: Abraham, vice-bailli et prévôt des maréchaux au bailliage d'Auxois en 1624; Hugues, lieutenant particulier au même bailliage, charge dans laquelle Abraham Jacob, qui donne lieu à cet article, l'avait remplacé quelques années avant d'entrer à la Chambre des comptes; François, premier du nom, et François II, dont on trouvera les notices au chapitre des notaires et secrétaires de la Chambre; Hugues-François, conseiller aux bailliage et présidial de Semur en 1706; Marie, femme de Louis Demanche, lieutenant général criminel au même bailliage; et enfin N. qui, de son mariage avec Marie Massol de Serville, laissa, entre autres enfants, un fils, religieux bénédictin. — Armes : *De gueules, au rencontre de cerf d'or, sommé de cinq pièces, alias au massacre de cerf d'or.*

JEAN-BAPTISTE FILZJEAN, seigneur de Mimande, maître ordinaire, fut pourvu le 2 juillet 1671 sur la résignation d'Abraham Creusevault. Reçu le 4 août suivant, il résigna en 1698 en faveur de Simon Martenot ; les lettres d'honneur qu'il obtint la même année rappellent qu'il était devenu le doyen de sa compagnie, et font mention des services de son père Etienne, seigneur de Marliens, tant comme maître ordinaire pendant vingt-sept ans qu'en plusieurs commissions importantes dont il avait été chargé. Jean-Baptiste épousa Elisabeth David, dont il eut une fille, Bernarde, femme de François Badoux, président aux comptes, et un fils, Jean, seigneur de Mimande, aussi président en 1713. Voy. p. 69 et 227.

ETIENNE LE BELIN, seigneur de Balon, fut pourvu, le 30 août 1671, d'un office de maître ordinaire saisi et décrété sur Jacques Drouas, dernier titulaire. Reçu le 18 juin de l'année suivante, il résigna en 1694 en faveur de Claude Le Belin, son fils, et obtint la même année des lettres d'honneur.

Cette famille, dont le nom s'écrit Le Belin, Lebelin et anciennement Belin, remonte à :

I. Jean Le Belin, premier du nom, licencié ès lois et maire de Beaune, qui mourut le 5 octobre 1534 et fut inhumé en l'église Saint-Pierre de la même ville, sous une tombe en pierre noire, où étaient gravées les armoiries que portent encore ses descendants ; il laissa de son mariage avec Jacquette Journé : 1° Claude qui suit ; 2° Jean II, qui fit branche ; 3° Antoinette, mariée à Nicolas de Neuilly ; 4° Antoine, enquesteur à Beaune, marié à Girarde Guyard et dont le fils Jean, qui fut, croyons-nous, maire de la même ville en 1594, épousa en 1592 Marguerite Valleby, fille de François, procureur d'office en la justice de Savigny.

Première branche. — II. Claude, seigneur du Pasquier et de Vignoles en partie, docteur en médecine, épousa Marguerite Parisot, dont il eut : 1° Claude II qui suit ; 2° Jacques, coseigneur de Tailly, bourgeois de Beaune, qui épousa Sarah Virot et en eut plusieurs enfants, entre autres Bénigne, mariée en 1603 à Jean-Jérôme Tisserand, conseiller au parlement ; 3° Marie, mariée en 1592 à Jacques Richard, avocat, seigneur de Grandmont.

III. Claude II, seigneur du Pasquier et de Vignoles en partie, maire et prévôt de Beaune en 1618, épousa, le 3 mai 1587, Bénigne, fille de Philibert du Guay, greffier en chef de la chancellerie de Beaune, et de Louise Brunet ; il laissa : 1° Philibert qui suit ; 2° Anne, mariée en 1619 à Claude Berbis, fils de Bénigne, contrôleur au grenier à sel de Beaune, et de Suzanne Coussol ; 3° Claude, garde du petit scel à Beaune, marié en 1633 à Guillemette Gagnare.

IV. Philibert épousa, le 6 février 1632, Claudine, fille de Jacques de Maillard, secrétaire ordinaire de la reine, et de Marguerite de la Mare; il en eut: 1° Claudine, mariée à Alexandre Fevret; 2° Jacques qui suit; 3° Claude, secrétaire du roi en la chancellerie du parlement de Dijon, marié le 9 septembre 1671 à Pierrette, fille de Jean Canet, de Beaune, et de Jeanne Gagnare, dont il n'eut qu'une fille, Antoinette, mariée, le 10 septembre 1705, à Jean-Charles de Macheco, seigneur de Premeaux, conseiller au parlement.

V. Jacques, trésorier de France au bureau de Dijon en 1673, épousa Nicole, fille de Jean Canet et de Jeanne Gagnare; il en eut: 1° Jean qui suit; 2° N., femme de N. Nicaise, président aux requêtes du parlement de Besançon; 3° Charlotte, mariée à Jean-Baptiste-Lazare de Morey, gouverneur de Vézelay, seigneur du marquisat de Vianges, Sully, etc.

VI. Jean II, secrétaire du roi en la chancellerie de la Chambre des comptes de Dole, seigneur d'Eguilly, dernier de cette branche, épousa Anne de Morey, dont il eut deux filles: 1° N., religieuse à l'abbaye de Saint-Julien; 2° Charlotte, mariée à Jean-Baptiste de Macmahon, écuyer, marquis d'Eguilly.

Seconde branche. — II. Jean II, avocat et maire de Beaune, épousa Gillette Richard, dont il eut: 1° Salomon qui suit; 2° Abraham, marié en 1604 à Jeanne, fille d'Etienne Bouchin et de Guillemette Rousseau; il n'eut qu'une fille, Gillette, mariée à Pierre de la Mare; 3° Louise, femme de Jean Loppin; 4° Bénigne, mariée à Edme Brunet, docteur en médecine; 5° Marguerite, qui épousa en 1600 Jean Brunet, avocat; 6° Jacques qui fit branche.

III. Salomon, maire et prévôt de Beaune, épousa, le 3 octobre 1590, Reine, fille d'Etienne Le Bœuf, receveur pour le roi de la châtellenie d'Argilly, et de Philiberte Soyer, de qui vint Jean qui suit.

IV. Jean, seigneur de Menant, substitut du procureur général au parlement, épousa, le 17 février 1628, Guillemette, fille de Jean de Berbisey, conseiller au parlement, et d'Anne Catherine; il en eut: 1° Etienne qui suit; 2° François, seigneur du Tremblay, capitaine au régiment d'Anjou, qui, de son mariage avec Jeanne-Marie Simonet de Saint-Gly, eut plusieurs enfants morts sans postérité; 3° Georges, prieur de...; 4° Anne, qui épousa Antoine Joly, greffier en chef du parlement; 5° Marie, religieuse à l'abbaye de Tart; 6° Anne-Marguerite, qui épousa, le 20 janvier 1670, Jean Vestu, seigneur de Saint-Denis.

V. Etienne, seigneur de Balon, maître des comptes en 1671, avait épousé en 1667 Marguerite Le Compasseur, dont il eut Claude qui suit.

VI. Claude, seigneur de Balon, maître des comptes en 1694, épousa Françoise Desbarres, dont il eut: 1° Anselme, seigneur du Tremblay, maître des comptes en 1718, marié le 18 août 1722 à Madeleine, fille de Guillaume Raviot, écuyer, avocat au parlement, conseil des Etats de Bourgogne, dont il eut: a) Claude-Bénigne, officier au régiment de la Reine-dragons, tué à la bataille de Plaisance en 1746; b) Etienne, capitaine au régiment de Quercy, chevalier de Saint-Louis, marié à Bernarde Prieur, dont il eut un fils, Claude, conseiller au parlement en 1784;

c) Marie-Anne, qui épousa en 1761 N. Cuiseau ; 2° Jeanne, femme de Jean-François de la Loge, écuyer, seigneur de Chatellenot ; 3° André qui suit.

VII. André, seigneur de Montculot, Urcy, Arcey, Charmoy, Chatellenot, Dionne, etc., maître des comptes en 1729, épousa : 1° Marguerite Nicaise, fille d'Antoine-Auguste, président aux requêtes du parlement de Besançon, sans enfants ; 2° le 13 avril 1739, Jeanne, fille de Jean-François de la Loge, écuyer, seigneur de Chatellenot, et d'Anne Martenot ; il en eut Augustin-François qui suit.

VIII. Augustin-François, seigneur d'Urcy, Chatellenot et Dionne, fut pourvu en 1772 d'un office de conseiller au parlement. Sa postérité subsiste.

Troisième branche. — III. Jacques, maître d'hôtel ordinaire du roi, seigneur de Couchey, épousa Marguerite Boursault, dont il eut : 1° Jean-Jacques, seigneur du Pasquier et de Couchey, grand maître des eaux et forêts de Bourgogne, mort sans postérité ; 2° Gillette, femme de Philippe de Villers, conseiller au parlement ; 3° Pierre, qui suit.

IV. Pierre, seigneur du Pasquier, conseiller au parlement en 1633, épousa Marguerite Boyvault, dont il eut : 1° Jean-Jacques, qui suit ; 2° Anne-Augustine, mariée à Nicolas Bordier, seigneur de Forges, gentilhomme du prince de Conti.

V. Jean-Jacques, seigneur du Pasquier, conseiller au parlement en 1673, épousa Claude-Augustine, fille de Hugues de Chaugy, baron de Roussillon, et mourut au Pasquier, le 23 octobre 1710, âgé de 65 ans, sans laisser de postérité. — Armes : *De sinople, à trois béliers accornés d'argent, les deux du chef sautant et affrontés.*

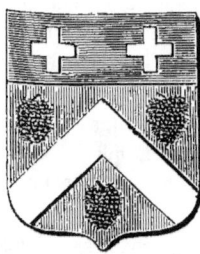

Jean-Baptiste VITIER, maître ordinaire, succéda à Barthélemy Joly. Pourvu le 12 mai, reçu le 18 juin 1672, il mourut le 11 septembre 1694 et fut remplacé par Jean-Baptiste-Bernard Filzjean. Il ne laissait que deux filles, l'une religieuse à la Visitation de Dijon, l'autre, Jeanne-Thérèse, mariée en 1697, à Jacques Julien, greffier en chef des Etats de Bourgogne.

Jean Vitier, conseiller au bailliage de Dijon en 1606 et contrôleur général des gabelles, épousa Anne Blanot, dont il eut : 1° Marie, mariée à Pierre Jant, trésorier de France ; 2° Anne, femme de Bénigne Pérard, contrôleur général des décimes ; 3° Claude, secrétaire du roi en 1640, marié à Jeanne Petit, de qui vinrent : 1° Jean-Baptiste, qui donne lieu à cet article ; 2° Jeanne, mariée à N. de la Croix, substitut du procureur général au parlement. — Deux membres de cette famille, François-Gabriel et Claude-Antoine, votèrent, en 1789, avec les gentilshommes du bailliage de la Montagne. — Armes : *De gueules, au chevron d'argent, accompagné de trois mûres de pourpre ; au chef d'azur, chargé de deux croix alaisées d'argent ; alias : D'azur, au chevron d'or, accompagné de trois pommes de pin de même ; au chef d'or, chargé de deux croix alaisées de gueules.*

ANTOINE DE MUCIE, seigneur de Cercot, Ecuelle, Bragny, etc., maître ordinaire, fut pourvu le 19 octobre 1672 sur la nomination de la veuve de Claude Pouffier comme tutrice de son fils Hector-Bernard. Il fut reçu le 9 décembre suivant, et Antoine Arcelot lui succéda sur sa résignation en 1697. Les lettres d'honneur qu'il obtint la même année rappellent les services de son père, conseiller au parlement pendant 25 ans, et ceux de son frère, Jacques, aussi conseiller, puis président au parlement et intendant de la marine.

I. Philibert de Mucie, conseiller et procureur du roi en la prévôté de Buxy et au bailliage de Chalon en 1569, épousa Anne Perrault et en eut : 1° Guillaume, qui suit ; 2° Benoît, juge de la prévôté de Buxy en 1580.

II. Guillaume, avocat à Chalon, épousa Charlotte, fille de Jean Legoux de la Berchère, et en eut : 1° Jacques, qui suit ; 2° Anne, mariée à Balthazar Chandelux, lieutenant aux bailliage et chancellerie de Chalon.

III. Jacques Ier, seigneur de Ponneau et la Coudre, avocat en 1621, maître des requêtes de la reine et maire de Chalon, épousa Anne, fille de Edme Gallois, seigneur du Perroux, aussi maire de Chalon, et en eut : 1° Jacques, qui suit ; 2° François, trésorier de France à Dijon en 1649 ; 3° Catherine, mariée à Jean-Baptiste Pouffier, conseiller au parlement.

IV. Jacques II, conseiller au parlement en 1638, épousa Philiberte Guillier, fille d'Antoine, seigneur d'Ecuelle, et d'Elisabeth Tapin, et en eut, entre autres enfants : 1° Jacques III, chevalier, seigneur de Neuilly et de Sennecey, conseiller, puis président au parlement et intendant de la marine, qui fut marié trois fois, savoir : avec Marguerite Valon, Odette Legoux et Bénigne de la Mare. Il eut du second lit une fille unique, Madeleine, mariée à Philippe Fyot, comte de la Marche, président au Parlement ; 2° Catherine, mariée à Jacques Berbis, seigneur de Longecourt ; 3° Antoine, qui suit.

V. Antoine, maître des comptes en 1672, épousa : 1° Françoise Rigoley, fille de Denis, greffier des Etats de Bourgogne ; 2° Marguerite Cochard, qui lui apporta les seigneuries de Taisé et de Cortelin ; il eut du premier lit un fils unique, Jacques IV.

VI. Jacques IV, écuyer, seigneur de Cercot, Ecuelle, Charnailles, Moroges, conseiller au parlement en 1697, épousa en premières noces Geneviève Filzjean, et en secondes noces Madeleine Jornot, veuve de N. de Mucie ; du premier lit vinrent : 1° Antoine-Louis qui suit ; 2° Marguerite, troisième femme, en 1728, de Claude Guye de Labergement, conseiller au parlement, et mariée en deuxièmes noces à Louis-François de Damas, marquis d'Anlezy, commandant en Bourgogne.

VII. Antoine-Louis, écuyer, seigneur de Cercot, Chatenay, etc., conseiller au parlement en 1720, mourut sans laisser d'enfants de son mariage avec Jeanne, fille de Jean-Baptiste Garron, baron de Chatenay, conseiller au parlement, et de Jeanne Gaillard.

Citons encore de ce nom Guillaume-François, seigneur de Grandmaison, qui fut pourvu, en 1706, de l'office de chevalier d'honneur au bureau des finances de Dijon. — Armes : *D'azur, à une croix fleuronnée au pied fiché d'or dans un cœur de même* (1).

Pierre BARBIER, seigneur d'Entre-deux-Monts, maître ordinaire, fut pourvu sur la résignation de Bernard Barbier, son père, par lettres du 18 janvier 1674 contenant dispense d'âge. Reçu le 30 du même mois, il résigna à Claude Arcelot, qui, pourvu le 17 janvier 1693, se démit avant réception et dont la sœur, Marie Arcelot, munie de sa procuration, disposa de son office en faveur de Claude Noirot. Pierre Barbier entra dans les ordres et mourut en 1721, abbé du Val-des-Choux. Voy. p. 79 et 230.

Bénigne DE REQUELEYNE DE LONGEPIERRE, maître ordinaire, fut pourvu le 12 janvier 1673 sur la résignation de Michel de Requeleyne, son père. Il fut reçu le 31 janvier de l'année suivante, et Edme Denizot lui succéda en 1698. Voy. p. 230.

Guillaume LOPPIN, maître ordinaire, fut pourvu le 11 janvier 1674 sur la nomination de la mère et de la veuve de Pierre Loppin, son frère. Reçu le 3 février suivant, il mourut le 29 septembre 1692 et eut pour successeur Jacques Gauvain. Voy. p. 183 et 232.

Bonaventure RÉMOND, seigneur de Chauvirey, Reuillon et Verneuil, maître ordinaire, succéda à Etienne Filzjean. Il fut pourvu le 6 juillet 1673 et reçu le 12 février de l'année suivante. Il était né le 9 septembre 1642, de Henri Rémond, écuyer, receveur des impositions du bailliage de la Montagne, qui obtint, en 1676, des lettres de relief de noblesse, et d'Elisabeth de Ganay ; il épousa, le 26 avril 1672, Claudine, fille de Gabriel Grillot et de Marie Chartraire, et mourut le 31 octobre 1702 (2), laissant, entre autres enfants : 1° Claude-Henri, qui lui succéda dans sa charge de maître des comptes ; 2° Anne-Louise, femme de Jean-Baptiste Bauyn, conseiller au parlement.

(1) Ainsi blasonnées dans l'*Indice armorial* de Palliot. Au dernier siècle, les descendants d'Antoine portaient simplement : *D'azur, à la croix fleuronnée d'or.*

(2) Il fut inhumé dans le chœur de l'église Saint-Étienne de Dijon, où était la sépulture de sa famille. Voici l'épitaphe qu'on lisait sur son tombeau :

B. M.

BONAVENTURA REMOND EQUES REGIS A CONSILIIS IN DIVISIONENSI REGIARUM RATIONUM CURIA SENATORUM DECANUS, IN COMITIIS PROVINCLÆ SUI ORDINIS DELEGATUS, IN OMNI RERUM AC MUNERUM VERITATE VIRTUTIS ATQUE OFFICII SERVAVIT CONSTANTIAM.

OBIIT PRIDIE CAL. NOVEMB. ANN. SAL. M. DCCII. ÆT. LXI.

AD VIRUM APPOSITA EST UXOR AMANTISSIMA CLAUDIA GRILLOT VII CAL. MAJ. AN. SAL. M. DCCXIII. ÆT. LXIX.

CLAUDIUS-HENRICUS REMOND IN EADEM RATIONUM CURIA SENATOR OPTIMIS PARENTIBUS P.

Ancienne famille du Châtillonais, divisée en plusieurs branches qui ont toutes été maintenues dans leur noblesse et dont la généalogie a été publiée avec détail par d'Hozier. (*Armorial général*, registre V, part. II.) Dans ce travail, auquel nous renvoyons le lecteur, la filiation de la branche aînée est établie depuis Jacob Rémond, vivant en 1345, jusqu'au douzième degré, occupé par Joseph-François Rémond, qui fut pourvu, en 1672, de l'office de lieutenant général et président aux bailliage, présidial et chancellerie de la Montagne. Il épousa Marguerite Tremisot, sœur de Pierre, auditeur des comptes, dont il eut, entre autres enfants : 1° Claude, trésorier payeur des rentes de l'hôtel de ville de Paris, marié à N. Secousse; 2° Henri-Alexandre, qui suit; 3° Elisabeth, femme de Guy Jouard, seigneur de Gissey, maire de Châtillon, élu du tiers aux Etats de 1715.

Henri-Alexandre, écuyer, seigneur de Thoires et Malmont, lieutenant général et président aux bailliage et présidial de la Montagne et subdélégué de l'intendant, mourut en 1747, laissant de son mariage avec Françoise Mairetet de Minot : 1° N., non marié; 2° Elisabeth, morte sans alliance; 3° Joseph-François, qui suit.

Joseph-François, écuyer, seigneur d'Echalot et Etrochey, lieutenant général et président aux bailliage et présidial de la Montagne, né en 1702, épousa, le 30 mai 1733, Anne-Germaine-Elisabeth Lemuet de Bellombre et mourut sans postérité le 5 avril 1755. — Armes : *De gueules, à trois roses d'argent.*

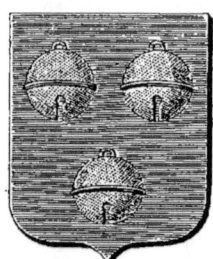

Claude GRILLOT, maître ordinaire, fut pourvu sur la nomination du tuteur des enfants mineurs de François d'Arlay. Ses lettres de provisions, datées du 15 février 1674, contiennent dispense d'alliance à cause de Claude Filzjean, conseiller maître, son beau-frère. Reçu le 28 avril 1674, il mourut sans laisser d'enfants le 29 juillet 1687, laissant par testament son office de maître des comptes à Guillaume Grillot, son cousin et son unique héritier. Il fut inhumé en l'église Saint-Jean de Dijon.

I. Cette famille remonte à Claude Grillot, qui habitait Arnay-le-Duc au XVIe siècle et dont les enfants sont tous nommés dans un acte de partage du 17 avril 1589; c'étaient : 1° Jean Ier, qui continua la descendance; 2° Léonard, échevin d'Arnay-le-Duc en 1591, dont le fils Emilland fut procureur du roi au bailliage de la même ville en 1626; 3° Claude, qui fut remplacé en 1654, par son fils aussi nommé Claude, dans l'office de receveur du bailliage d'Arnay, sur la nomination de Barbe Girouard, sa veuve; 4° Brigitte, femme d'Antoine Jouard, aussi receveur du bailliage d'Arnay; 5° Pierrette, mariée à Jean Voisenet, lieutenant au bailliage d'Arnay.

II. Jean Ier, conseiller, avocat et procureur du roi au bailliage d'Arnay en 1599, maire de la même ville en 1608, épousa Claudine Flamant.

III. Jean II, procureur du roi au même bailliage en 1606, est l'auteur d'une relation des événements qui se sont passés à Lyon du mois d'août 1628 au mois d'octobre 1629; il laissa : 1° Gabriel, aussi procureur du roi au bailliage et maire d'Arnay en 1649, marié à Marie Chartraire, dont la fille Claudine épousa, en avril 1672,

Bonaventure Rémond, maître des comptes; 2° François, seigneur de Prédelys; 3° Claude, conseiller au bailliage de Dijon en 1635, marié à Jeanne Morel et sans doute père de Claude, maître des comptes, qui donne lieu à cet article.

IV. François Grillot, seigneur de Prédelys, correcteur des comptes en 1647, épousa Anne-Pierrette Bouillet; il en eut: 1° Guillaume, maître des comptes en 1687, marié à Anne de Chavanon, dont Claude-François, aussi maître des comptes, mort sans postérité; 2° François-Claude, qui suit; et enfin quatre filles, les deux aînées visitandines à Dijon, la troisième ursuline au couvent de la même ville, la dernière mariée dans l'Autunois, à N. du Gond, écuyer.

V. François-Claude Grillot de Prédelys, capitaine dans Navarre, marié à N. Simonnot, en eut: 1° François-Claude, qui suit; 2° Louis, seigneur de Poilly, ingénieur en chef à Castelnaudary, marié à N. du Fayet, fille d'un conseiller au parlement de Grenoble, de qui vinrent deux filles, dont l'une religieuse à l'abbaye de Chelles, et trois fils, l'aîné ingénieur en chef, chevalier de Saint-Louis, mort à Gœthingue en 1761, les deux autres établis aux Iles, où l'un d'eux fut capitaine d'une compagnie.

VI. François-Claude Grillot de Prédelys, ingénieur en chef et directeur des fortifications à Auxonne, mort le 14 janvier 1761, épousa N., fille de Pierre Loys, gentilhomme allemand, établi à Furnes, et en eut: 1° Philippe-François-Claude-Pépin-Marie, ingénieur à Béthune; 2° et 3° Joseph-Marie et Marie-Emmanuel, religieux à Clairvaux; 4° Marie-Rosalie, non mariée; 5° Marie-Thérèse, religieuse à l'abbaye de Lancharre. — Cette famille encore existante porte : *D'azur, à trois grelots d'or.*

JEAN-JÉRÔME COTHENOT, maître ordinaire, fut pourvu sur la résignation d'Etienne Lantin, par lettres du 8 mars 1674, contenant dispense d'alliance à cause de Bénigne-Bernard Canabelin, son beau-frère. Reçu le 30 avril suivant, il fut remplacé, sur sa résignation, par Julien Lucot, en 1686. Il avait épousé Marcelline Mailly et en eut un fils, Jean Cothenot-Mailly, trésorier de France en 1706, puis conseiller au parlement en 1724, mort sans laisser d'enfants de son mariage avec N. Franquières, de Grenoble. — Famille issue de Philibert Cothenot, procureur au parlement, qui épousa Marguerite du Buisson et en eut deux fils : 1° Jean Ier, conseiller au parlement en 1584, mort à la prise de Beaune sous la Ligue, laissant d'Anne Espiard, sa femme, entre autres enfants, une fille, Claude, mariée en 1606, à Patrocle Seguin, écuyer, homme d'armes de la compagnie du duc de Montpensier; 2° Jean II, qui continua la postérité. Avocat du roi à la Table de marbre et au bailliage de Dijon, Jean II fut remplacé dans cette dernière charge en 1637, par son fils Jean-Baptiste, qui laissa lui-même deux enfants, Jean-Jérôme, qui donne lieu à cet article, et Marguerite, femme de Bénigne-Bernard Canabelin, maître des comptes. — Armes : *D'azur, à deux chevrons d'or, le second surmonté d'une étoile d'argent et accompagné en pointe d'un croissant de même, surmonté d'une rose d'or.*

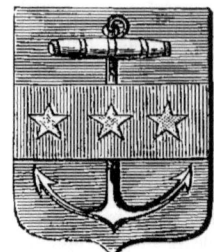

FRANÇOIS BAUDOT, maître ordinaire, fut pourvu le 7 décembre 1673 sur la résignation de Prosper Bauyn et reçu le 2 mai de l'année suivante. Après avoir résigné en faveur de Philibert Baudot, son fils, il obtint, en 1695, des lettres d'honneur qui font mention de ses services tant dans sa charge de conseiller maître que dans celle de vicomte-mayeur de Dijon. Elevé au majorat en 1690, François Baudot, qui s'était fait distinguer par la sagesse de son administration, fut réélu en 1694, après la mort de son successeur, Philibert Jannon, et en vertu d'un arrêt du conseil qui dérogea en sa faveur au règlement d'après lequel on ne pouvait rentrer dans la charge de vicomte-mayeur moins de quatre ans après en être sorti; il en exerça les fonctions jusqu'en 1703 et mourut à Dijon le 4 avril 1711.

I. François Baudot, premier du nom, eut de son mariage avec Jeanne Pillot un fils, François, qui suit.

II. François II, maître des comptes en 1673, avait épousé en 1669 Etiennette, fille de Philibert Goujon, avocat au parlement, et d'Etiennette Berthier; il en eut: 1° Philibert, maître des comptes en 1695, élu vicomte-mayeur de Dijon en 1729 et mort le 3 février 1731, sans laisser d'enfants du mariage qu'il avait contracté le 15 février 1699, avec Jeanne-Abigail, fille de Guillaume Mailly, trésorier de France, et de Bernarde Gaillard; 2° Etienne, qui suit; 3° Pierre, jésuite, mort le 23 novembre 1750; 4° Antoine, religieux profès à Cîteaux, mort le 11 février 1758.

III. Etienne, maître en la Chambre des comptes de Dole en 1699, épousa, le 6 mars 1702, Anne-Marie, fille de Jean-Pierre Joly, secrétaire du roi honoraire en la Chambre des comptes de Dijon, et d'Anne-Marie Vallot; il mourut le 13 février 1753, laissant huit enfants, savoir: 1° François-Bernard, entré, en 1722, dans la Compagnie de Jésus; 2° Huguette, ursuline à Vitteaux; 3° Etiennette-Thérèse, ursuline à Saint-Jean-de-Losne; 4° Jean, chanoine de la Sainte-Chapelle; 5° Anne-Marie, non mariée; 6° Jeanne, carmélite à Dijon; 7° Bénigne, non mariée; 8° Pierre, qui suit.

IV. Pierre, écuyer, épousa, le 19 mai 1745, Reine, fille de Henri Larcher, trésorier de France, et de Pétronille-Marie Gautier, dont il eut, entre autres enfants: 1° Pétronille-Marie, mariée en 1764 à Pierre-Bernard Ranfer, maître des comptes; 2° N., qui épousa, en 1772, Charles-Claude Dévoyo, conseiller au parlement; 3° Etienne. — Armes: *D'azur, à une ancre d'argent, et une fasce de gueules chargée de trois étoiles d'or, brochant sur le tout.*

JACQUES MOCHOT-COPPIN, seigneur de Montbéliard et Montculot, maître ordinaire, fut pourvu sur la résignation de Denis-Enoch Virey, le 15 avril, et reçu le 22 mai 1677. Claude Hélyotte lui succéda sur sa résignation en 1714. Il portait: *Ecartelé aux 1er et 4e, d'azur, à trois roses d'or feuillées et soutenues de même, supportées par un croissant d'argent, qui est de Mochot; au 2e, d'azur, à deux lions d'or supportant une meure d'argent, qui est de Coppin; au 3e, d'azur, à la licorne d'argent, qui est de Valon.* Voy. p. 227.

CLAUDE BURGAT, maître ordinaire, fut pourvu le 27 mars 1677 sur la nomination de Pierre Gond, tuteur des enfants de René Bérard de Monge. Reçu le 24 mai suivant, il mourut le 1er avril 1696 et fut remplacé par Nicolas Simon. Voy. p. 66.

PIERRE THOMAS fut pourvu le 10 mars 1679 de l'office de maître ordinaire vacant par la mort d'Anne-Joseph Perreney. Reçu le 2 mai suivant, il résigna en faveur de Nicolas Thomas, son fils, et obtint, en 1706, des lettres d'honneur qui rappellent les services de ses ancêtres dans diverses charges du parlement et de la Chambre des comptes. Voy. p. 202.

PIERRE MAIRE DE BLANCEY, maître ordinaire, fut pourvu le 31 mars 1680 sur la nomination de la veuve de Jean-Christophe Bernard. Reçu le 21 mai suivant, il mourut le 4 janvier 1695 et eut pour successeur Jean de Pize. Voy. p. 220.

FRANÇOIS JOLY, seigneur de Bévy, Chintré, etc., maître ordinaire, fut pourvu le 22 avril 1682 sur la nomination de la veuve de Pierre Filzjean, tant en qualité de donatrice universelle du défunt que de mère et tutrice de leurs enfants. Reçu le 2 juin 1682, il obtint des lettres d'honneur en 1708, après avoir résigné en faveur d'Adrien Cotheret. Voy. p. 70.

PIERRE PÉRARD, correcteur des comptes depuis 1670, passa à un office de maître ordinaire sur la résignation de Jacques Espiard. Pourvu le 11 mai, reçu le 2 juin 1684, il mourut le 2 juillet 1686, frappé du tonnerre dans l'église de Saint-Etienne, où il assistait à la messe, et fut inhumé à Saint-Michel, dans la sépulture de sa famille. Il eut pour successeur François Cœurderoy. — Il était petit-neveu d'Etienne Pérard, maître des comptes en 1615, et fils de Bénigne, avocat au parlement, et de Marguerite Regnault. De son mariage avec Catherine, fille de Julien Clopin, secrétaire du roi, audiencier en la chancellerie du parlement de Bourgogne, vinrent : 1° Marie, qui épousa Louis Jannon, conseiller commissaire aux requêtes du palais, père de Jean Jannon, écuyer, et aïeul de Nicolas Jannon, conseiller au parlement ; 2° Françoise, femme de Jacques-Auguste Beuverand, seigneur de la Loyère ; 3° Anne, mariée à André Fleutelot, seigneur de Marliens. Voy. p. 209.

PHILIPPE DE CHANRENAULT, substitut du procureur général au parlement de Bourgogne, fut pourvu, le 8 mars 1685, d'un office de maître ordinaire sur la nomination des héritiers de Jean Humbert. Reçu le 20 du même mois, il obtint des lettres d'honneur en 1714 après avoir résigné en faveur de Nicolas Surget. En entrant à la Chambre des comptes, Philippe de Chanrenault avait résigné son office de substitut à son frère Jacques, qui passa, en 1689, à celui de trésorier de France et eut pour héritier Jacques Morelet, maître des comptes. Philippe avait épousé Anne Morelet, de qui vint Jacques, maître d'hôtel de la Dauphine, puis maître des comptes en 1738, marié à Claude-Françoise Odinet et père d'Antoine, chanoine de la Sainte-Chapelle, et de Jacques-Antoine, écuyèr, maître particulier des eaux et forêts à Dijon en 1751. — Ancienne et recommandable par ses services, comme on le dit dans les lettres de dispense d'un degré de service pour acquérir la noblesse, obtenues en 1710 par Philippe de Chanrenault, maître des comptes, et révoquées en 1715, cette famille portait : *D'azur, à la tour d'or, maçonnée et ajourée de sable et surmontée d'une étoile d'argent.*

CLAUDE VITTE, procureur du roi aux bailliage, chancellerie et grenier à sel de Chalon-sur-Saône, passa à un office de maître ordinaire sur la résignation de Jean Quarré. Pourvu le 15 juin, reçu le 10 juillet 1685, il résigna en 1712, en faveur de François Pourcher, et obtint la même année des lettres d'honneur où sont mentionnés les services de son fils aîné, Jacques, conseiller au parlement, et ceux de son second fils, Claude Vitte des Granges, qui servait dans les armées du roi avec le grade de capitaine et avait donné des marques de sa valeur et de son zèle dans les guerres de Flandres et de Piémont.

Famille originaire de Louhans et à laquelle appartenait Nicolas Vitte, premier avocat du roi au grenier à sel de Chalon-sur-Saône en 1665. De son mariage avec Madeleine, fille de Pierre de Pontoux, il laissa trois enfants : Marguerite, Pierre, chanoine et chantre de l'église de Chalon, et Claude, maître des comptes en 1685. Ce dernier épousa Madeleine, fille de Jacques Simonnot, seigneur en partie de Tailly (1), et de Philiberte Arbaleste ; il en eut : 1° Jacques, doyen du parlement, mort en 1769, sans avoir été marié, laissant pour héritiers MM. Guyard de Changey, lieutenant-colonel, et Berbis, marquis de Longecourt ; 2° Claude, écuyer, sieur des Granges, chevalier de Saint-Louis, commandant du château de Dijon ; 3° Philibert, écuyer, prieur de Monsernet.

Une branche de cette famille, restée à Louhans, a fourni plusieurs officiers au grenier à sel de cette ville et un avocat distingué, Claude, mort en 1773. — Armes : *D'azur, au sautoir d'or, accompagné d'un croissant d'argent en chef.*

MARC-ANTOINE JACOB, seigneur de Courgy et la Motte de Quetigny, maître ordinaire, fut pourvu le 26 juillet 1685, en vertu du testament et en considération des services de son père Abraham Jacob dans les offices de lieutenant particulier aux bailliage et chancellerie de Semur et de maître des comptes pendant quatorze ans. Reçu le 13 août suivant, il mourut revêtu de son office et fut remplacé, en 1719, par Etienne Crestin. Il avait épousé Claude-Bernarde Bazin, dont il eut un fils et plusieurs filles, religieuses aux ursulines de Vitteaux. Voy. p. 242.

(1) Jacques Simonnot avait un frère, Jean, capitaine de cent hommes d'armes et major d'Auxonne, et une sœur mariée à Hugues Picard, major du régiment d'Uxelles, de qui sont sorties par alliance les familles Chirat, Lardillon, Esmonin de Dampierre, etc., etc.

FRANÇOIS **COEURDEROY**, maître ordinaire, fut pourvu le 30 septembre 1686, sur la nomination du tuteur des enfants de Pierre Pérard. Reçu le 26 novembre suivant, il mourut le 22 octobre 1704 et eut pour successeur Jean-Denis Lamy. Il avait épousé Marguerite Carrelet, de qui vinrent Simon, capitaine d'infanterie, et Marie-Jeanne, femme de Simon, marquis de Villers-la-Faye, et de N. Cœurderoy.

Famille originaire du bourg de Moutier-Saint-Jean et à laquelle appartenaient Etienne Cœurderoy, huissier de chambre du connétable de Montmorency en 1556, François, notaire à Vassy en 1594, Pierre, maire de Semur en 1629 et 1645, Jean, maître particulier des eaux et forêts au bailliage d'Auxois en 1629. Filiation établie depuis :

I. Jean, seigneur de Santigny, trésorier de France, qui passa, en 1655, à un office de président aux requêtes du palais. Marié à N. Vaussin, il en eut : 1° Etienne qui suit ; 2° François, maître des comptes en 1686 ; 3° Nicolas, maître des comptes en 1694, qui épousa N. Languet ; son fils Jean, commissaire aux requêtes du palais en 1735, fut marié à Anne, fille de Charles Arthaud et de Françoise Noirot, dont il eut deux fils militaires et un troisième, Pierre-Anne, chanoine de la cathédrale de Dijon, conseiller au parlement en 1771.

II. Etienne, président aux requêtes du palais en 1684, épousa en premières noces Marie Pillot de Fougerette, dont il eut Pierre, chevalier, seigneur de Crépan, entré aux Etats de 1724 ; en secondes noces, Claude Thomas d'Island, de qui vint François, qui suit.

III. François, président aux requêtes du palais en 1723, épousa Jeanne Mailly de Chateauregnault et en eut une fille et un fils, Michel-Joseph, qui suit.

IV. Michel-Joseph, conseiller au parlement en 1758, passa, en 1766, à l'office de premier président de la cour souveraine de Nancy ; il avait épousé, en 1760, N., fille de N. Baudoin, commissaire ordonnateur des guerres, et de N. Berthelot de Pléneuf. Il en eut des enfants. — Armes : *D'azur, à un cœur d'or, surmonté d'une couronne aussi d'or et accosté de deux palmes de même.*

JULIEN **LUCOT**, conseiller secrétaire de la cour du parlement, fut pourvu, le 7 février 1686, d'un office de maître ordinaire, sur la résignation de Jean-Jérôme Cothenot. Il fut reçu le 2 décembre suivant, et Philibert Guyton lui succéda sur sa démission en 1719.

Famille originaire d'Auxonne, où l'on trouve Guillaume Lucot, chargé, en 1573, d'exercer par commission l'office de procureur du roi dans les justices de l'Abergement-lez-Auxonne, Billey, Villers-Rotain et Flagey. — Julien, qui donne lieu à cet article, avait épousé N. Clopin ; il mourut sans enfants, ayant institué, en 1718, son petit-neveu, Julien-François-Bernard, fils de Humbert Lucot, écuyer, qui avait été pourvu, en 1695, d'un office de secrétaire du roi en la chancellerie du parlement. Voy. aussi l'art. de Jean-Baptiste, substitut en 1691. — Armes : *D'azur, à une fasce d'or surmontée d'un coq de même dont les pieds sont perdus derrière la fasce, et accompagnée en pointe d'un croissant d'argent.*

JOSEPH FREROT, seigneur de Savoisy, conseiller au bailliage de la Montagne en 1679, fut pourvu, le 5 novembre 1687, d'un office de maître ordinaire, sur la résignation de Bénigne Fevret. Il fut reçu le 1er décembre suivant, et son office, décrété et saisi, passa, en 1699, à Jacques Maleteste. Nommé depuis (1708) lieutenant général d'épée au bailliage d'Auxois, il mourut à Châtillon, sans postérité, et fut inhumé à l'abbaye du Puys-d'Orbe.

Nicolas Frerot, mort à Châtillon-sur-Seine, le 29 janvier 1674, inhumé en l'abbaye de Notre-Dame de la même ville, eut de son mariage avec N. de Saulle un fils, Albert, seigneur de Savoisy, qualifié écuyer, bourgeois de Châtillon, capitaine de la bourgeoisie de cette ville et des chasses du prince de Conti, qui mourut le 26 octobre 1696, âgé de 77 ans, et fut inhumé à l'abbaye du Puys-d'Orbe de Châtillon, de même que sa femme, Anne Tridon, qui était morte le 28 avril 1692. Ils laissèrent : 1° et 2° Claire et Claudine, non mariées; 3° Joseph, chevalier, maître des comptes en 1687; 4° Anne, morte le 14 juin 1702, femme d'Edme Viesse, procureur du roi en la mairie et prévôté de Châtillon, mort le 6 mars 1703. — Armes : *D'azur, à deux amours d'argent soutenant un cœur de gueules.*

GUILLAUME GRILLOT DE PRÉDELYS, maître ordinaire, fut pourvu le 15 décembre 1687, en vertu du testament de Claude Grillot, son cousin. Il avait eu besoin de lettres de dispense d'alliance à cause de Chrétien Bouillet, conseiller maître, son oncle maternel, et fut reçu le 2 janvier 1688. Il mourut le 3 octobre 1721, étant doyen de sa compagnie, et eut pour successeur Claude-François Grillot, son fils. Voy. p. 248.

ANTOINE CORTOIS, baron d'Attignat, seigneur de Curtafey et de Quincey, procureur du roi au bailliage de Belley depuis 1683, fut pourvu, le 23 octobre 1687, d'un office de maître ordinaire en vertu du testament de Jean-Louis Trocut, son oncle. Reçu le 16 janvier de l'année suivante et autorisé, en 1725, à exercer, conjointement avec son office de conseiller maître, celui de secrétaire du roi en la chancellerie, il mourut le 18 octobre 1728, fut inhumé dans le chœur de l'église de Quincey et eut pour successeur Anne-Barthélemy Cortois, son fils. Les lettres de dispense d'un degré de service qu'il avait obtenues en 1711, font mention de ses services dans ses deux charges et de ceux de Hugues et Guillaume Cortois, ses quadrisaïeul et bisaïeul. Fils de Claude-Gaspard Cortois, seigneur de Curtafey en Bugey, et de Marie Trocut de la Croze, il avait épousé Anne, fille de Gabriel Guillaume, seigneur de Pressigny, conseil des Etats de Bourgogne, et de N. Le Belin; il en eut : 1° Claude-Antoine qui suit; 2° Anne-Barthélemy, maître des comptes en 1729; 3° Gabriel, abbé de Saint-Martin d'Autun en 1746, évêque de Belley en 1751, conseiller d'honneur au parlement de Bourgogne.

Claude-Antoine Cortois-Humbert, seigneur de Charnailles, Jambles, Pressigny, Quincey, etc., conseiller au parlement en 1727, épousa Anne, fille de N. de Mucie et de Madeleine Jornot, dont il eut: 1° Barthélemy, seigneur de Quincey, conseiller au parlement en 1754; 2° Antoine, seigneur de Quincey, Charnailles, Jambles, etc., maréchal des camps et armées du roi; 3° N. Cortois de Balore, évêque d'Alais, puis de Nîmes; 4° Gabriel Cortois de Pressigny, évêque de Saint-Malô en 1785. — Armes: *Ecartelé: aux 1ᵉʳ et 4ᵉ d'argent, au rinceau de lierre de sinople mis en fasce; au chef cousu d'or, chargé d'une aigle de sable, qui est de Cortois; aux 2ᵉ et 3ᵉ de gueules, à deux lions léopardés d'or, à une seule tête, mis en chevron, et une étoile d'argent en pointe, qui est d'Humbert, par substitution de nom et d'armes.*

    Vincent CHIFFLOT, seigneur de Vergoncey, maître ordinaire, fut pourvu sur la démission d'Etienne Millière, le 30 avril, et reçu le 11 août 1688. Son fils, Simon Chifflot, lui succéda sur sa résignation en 1712, et il obtint des lettres d'honneur deux ans plus tard.

    Cette famille paraît issue de Nicolas Chifflot, gendarme du duc Philippe de Rouvre en 1358, qui, de sa femme Ysabeau, eut, entre autres enfants, un fils aussi nommé Nicolas, qui fut licencié en lois, receveur des marcs et prévôt de Montbard en 1360 et 1365, pourvu, vers 1381, de l'office de gruyer de Bourgogne aux bailliages d'Auxois et de la Montagne (1). C'est probablement son fils, Jean, qui figure dans un acte de l'an 1418 où on lit que la femme de ce dernier, Jeanne, était fille de Jean Daubenton, de Montbard. Il y a ensuite une lacune jusqu'à:

    I. Jean, qui demeurait à Montbard à la fin du XVᵉ siècle et y épousa Jeanne d'Azu, dont il eut: 1° Chrétien, qui suit; 2° Ysabeau, mariée le 6 février 1502, à Pierre de l'Espinet, écuyer, demeurant à Montbard.

    II. Chrétien, bourgeois, échevin et maire de Montbard, eut de son mariage avec Barbe Ferrand: 1° Nicolas, qui suit; 2° Jean, praticien à Montbard; 3° Catherine, qui épousa, le 21 juillet 1588, Daniel Briet, praticien à Dijon; 4° Françoise, mariée le 3 février 1589, à Marceau Pasquier, fils de Nicolas, bourgeois et contrôleur au grenier à sel de Montbard.

    III. Nicolas, élu maire de Montbard en 1584, refusa cette charge et s'établit à Semur, où il exerça la profession d'avocat; pourvu depuis, en 1594, d'un office de conseiller au parlement de Bourgogne, il mourut à Semur le 24 août 1616. Il laissa plusieurs enfants de trois mariages, savoir: du premier lit, Claude, qui suit; du second: 1° Jacques, chanoine d'Autun; 2° Philippe, conseiller du roi, enques-

(1) Le P. Gautier cite un acte de l'an 1398 tiré des Archives de Montbard, dans lequel Nicolas Chifflot est qualifié d'écuyer, et il ajoute que cette qualité, avec filiation noble de la famille Chifflot, a été reconnue par les magistrats de Montbard et prouvée par titres extraits des Archives de cette ville devant les commissaires députés à la recherche des nobles, comme il résulte de deux procès-verbaux des 16 janvier 1695 et 20 novembre 1699. Nous ferons cependant observer qu'elle ne figure dans aucun des titres anciens concernant cette famille, qui sont conservés aux Archives de la Côte-d'Or.

teur aux bailliages d'Autun et Montcenis, mort sans postérité; de son troisième mariage avec Anne David vinrent : 1° Elisabeth; 2° Jean, qui fit branche.

IV. Claude, conseiller du roi, enquesteur aux bailliages d'Autun et Montcenis, épousa, le 19 février 1598, Marie, fille de Jean Caillat, conseiller du roi au bailliage de Semur, et de Catherine David; il en eut Jean, qui suit.

V. Jean, seigneur d'Houlfort, maître particulier des eaux et forêts aux bailliages d'Autun, Bourbon-Lancy et Montcenis en 1635, épousa Claude Rabyot et, resté veuf, embrassa l'état ecclésiastique et devint vicaire général et promoteur du diocèse d'Autun. Il laissa : 1° Antoine, seigneur d'Houlfort, qui s'établit à Semur et épousa, le 26 janvier 1661, Françoise Fillotte, après la mort de laquelle il suivit l'exemple de son père et entra dans les ordres; il mourut chanoine, laissant un fils, Pierre, écuyer, seigneur d'Houlfort, qui fit le service au lieu de son père dans l'arrière-ban de 1696 et n'eut point de postérité; 2° Jacques, qui suit; 3° Jeanne.

VI. Jacques, seigneur de Vergoncey, lieutenant criminel à Autun en 1647, épousa Anne Brenot et eut, outre trois filles : 1° Jean, prêtre, bachelier en théologie; 2° Simon, qui suit.

VII. Simon, écuyer, seigneur de Vergoncey, épousa Catherine Humbelot et mourut sans enfants, le dernier de sa branche.

Branche de Saint-Moré. — IV. Jean, seigneur de Vergoncey, lieutenant particulier aux bailliage et chancellerie d'Autun, marié le 15 novembre 1615, avec Anne, fille d'Etienne Gaucher, conseiller au bailliage d'Avallon, et de Marguerite Odebert, en eut : 1° Simon, qui suit; 2° Jacques, avocat au parlement, mort sans postérité.

V. Simon, avocat au parlement, grenetier au grenier à sel de Dijon, épousa, le 5 novembre 1646, Catherine Virot, dont il eut Vincent, qui suit.

VI. Vincent, maître des comptes en 1688, épousa, le 9 novembre 1682, Sébastienne, fille de Claude Gérard, conseiller du roi, élu et contrôleur en l'élection de Langres, et de Jacquette Parisot. Il eut Simon, qui suit, et deux autres enfants morts en bas âge.

VII. Simon, maître des comptes en 1712, épousa en premières noces Madeleine, fille d'Eléonore de Thibault de Jussey, écuyer, prévôt général des maréchaussées de Bourgogne, et de N. Lorcau, dont il eut trois enfants, morts en bas âge; en secondes noces, le 12 mars 1720, Antoinette, fille de Louis Nicolas, avocat du roi au bureau des finances, et de Bénigne Vaillant, dont il eut : 1° Vincent-Louis, qui suit; 2° Marie, qui épousa Claude-François Mouret, écuyer, seigneur de Bartrans, Eschaye, etc.; 3° Marie-Antoinette, femme de Pierre Devenet, auditeur des comptes.

VIII. Vincent-Louis, écuyer, seigneur de Saint-Moré, maître des comptes en 1741, épousa, le 5 septembre 1753, Anne, fille de Guillaume Gaillard, auditeur en la Chambre des comptes de Paris. — Plusieurs des mariages mentionnés dans cette notice avaient procuré à la famille Chifflot l'alliance indirecte des familles Filzjean,

Seguenot, de Clugny, Coutier, Saumaise, Drouas, Gravier de Vergennes, Barbier d'Entre-deux-Monts, etc., etc. — Armes : *D'azur, au chevron d'or, accompagné de trois roses d'argent ; au chef aussi d'azur, soutenu d'or et chargé de trois roses d'argent.*

CLAUDE BRONDEAULT, maître ordinaire, pourvu le 27 novembre 1690, sur la résignation de Chrétien Bouillet, fut reçu le 9 décembre suivant. Il mourut doyen de la Chambre en 1745, et son fils disposa de son office en faveur d'Edme-Bernard Riballier, qui le céda à Nicolas-Claude Rousselot, avant de s'en être fait pourvoir. Voy. p. 77.

JEAN-BAPTISTE CANABELIN, seigneur de Gerland, maître ordinaire, fut pourvu le 30 décembre 1690, en vertu du testament de Bénigne-Bernard Canabelin, son père. Reçu le 11 janvier suivant, il mourut le 3 mars 1740 et fut remplacé par Philibert Papillon. Voy. p. 235.

CLAUDE CHAPOTOT, seigneur de Rosey, Loisey et Reversey, fut pourvu, le 11 juin 1691, d'un office de maître ordinaire créé par édit du mois de mars précédent. Reçu le 22 du même mois de juin, il mourut revêtu de son office et fut remplacé, en 1710, par Jean Segauld. Il était fils unique de Jacques Chapotot, trésorier de France, et de Bénigne de la Michodière, et avait épousé, en 1693, Christine, fille de Claude Vallot et de Marie Joly, dont il eut : 1° et 2° Marie et Marie-Louise, entrées, en 1711, à la Visitation de Semur ; 3° Claude, religieux bénédictin en 1719 ; 4° Henri-Nicolas, écuyer, marié en 1749, à Dax, avec Marie, fille de Louis de Bedora, conseiller du roi en la sénéchaussée de Tartas, et de Madeleine de Neurisse ; 5° Marie, religieuse en 1727, aux ursulines de Semur. — Armes : *De gueules, à une fasce d'or de trois pièces ; au chef d'argent, chargé d'un trèfle de sable.*

JACQUES GAUVAIN, maître ordinaire, fut pourvu le 17 janvier 1693, sur la présentation des cotuteurs des enfants de Guillaume Loppin. Reçu le 21 février suivant, il mourut revêtu de son office en 1738 et eut pour successeur Jacques de Chanrenault.

Ancienne famille de Beaune, à laquelle appartenait Hélie, grenetier au grenier à sel de cette ville en 1603, et qui a possédé pendant trois générations la charge de contrôleur au même grenier à sel, savoir : Jean en 1611, Chrétien en 1672, et Claude, après le décès de son père, en 1692.

— François-Bernard Gauvain de Viriville, conseiller au parlement en 1772, épousa, en 1779, Marie-Thérèse, fille de François Courtot de Millery et de Françoise Bourgeois. — Armes : *D'azur, à une tige de pois d'or, accompagnée en chef de deux étoiles de même et soutenue d'un croissant d'argent.*

17

CLAUDE NOIROT, maître ordinaire, remplaça Pierre Barbier, dont l'office avait passé à Claude Arcelot, qui ne s'y était pas fait recevoir. Pourvu le 3 mai 1693, il fut reçu le 9 juin suivant, ayant eu besoin de lettres de dispense d'âge. Il mourut le 30 août 1733, fut inhumé à Seurre, dans la chapelle de sa famille, et eut pour successeur Claude-Louis Chevignard. Il avait épousé Catherine Bernard, et nous le croyons fils ou neveu de Claude Noirot, maire de Seurre en 1671. Jean Noirot, seigneur de Beauvernois, grenetier au grenier à sel de Dijon en 1686, appartenait sans doute à une autre branche de la même famille; il eut pour fils Jacques, seigneur de Beauvernois, qui avait pour tuteur, en cette même année, Antoine Noirot, écuyer, héraut d'armes de France, intendant général des affaires du comte d'Armagnac, et qui devint écuyer de la grande écurie du roi. Antoine Noirot, son parent, aussi seigneur de Beauvernois et maire de Chalon en 1712, eut pour petit-fils Jacques, receveur des consignations de la même ville. Citons enfin François, aussi maire de Chalon en 1776. — Armes: *D'or, à une tête de more de sable bandée,* alias *liée et accolée d'argent; au chef d'azur, chargé de deux étoiles aussi d'argent.*

NICOLAS CŒURDEROY, maître ordinaire, fut pourvu le 1er février 1694, sur la nomination de la veuve et des héritiers de François de Ricard et en considération des services de son père, Jean Cœurderoy, président aux requêtes du palais pendant vingt-sept ans, et de ceux de ses deux frères, Etienne, aussi président aux requêtes, et François, maître des comptes. Il fut reçu le 1er mars 1694, après avoir obtenu des lettres de dispense de parenté à cause de son frère, résigna en faveur de Nicolas Chevaldin et obtint des lettres d'honneur en 1714. Voy. p. 253.

CLAUDE LE BELIN, seigneur de Balon, maître ordinaire, fut pourvu le 18 septembre 1694, sur la résignation d'Etienne Le Belin, son père. Reçu le 17 novembre suivant, il résigna en faveur d'André Le Belin, son fils, qui lui succéda en 1729. Voy. p. 243.

JEAN-BAPTISTE-BERNARD FILZJEAN DE PRESLES, maître ordinaire, fut pourvu le 25 février 1695, sur la nomination de N. Bauyn, tuteur des enfants mineurs de Jean-Baptiste Vitier. Reçu le 4 mars suivant, il mourut le 20 octobre 1733 et eut pour successeur Louis Gouget-Duval. Il était fils de Pierre Filzjean, maître des comptes en 1664, et d'Anne Lantin, et vendit, en 1700, la seigneurie de Bierry à Michel Delas, écuyer, mari de Catherine Filzjean, sa sœur. Voy. p. 69 et 241.

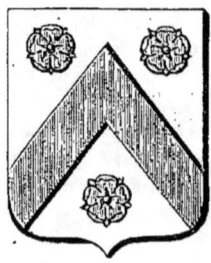

JEAN DEPIZE, correcteur des comptes, fut pourvu, le 25 février 1695, d'un office de maître ordinaire, sur la nomination de Marie et de Madeleine-Marie, sœurs et héritières de Pierre Maire. Reçu le 4 mars 1695, il mourut le 8 février 1710, et son office passa, sur la nomination de Christine Guiraud, sa veuve, à son fils, Toussaint Depize. Il eut, de plus, une fille, Anne, mariée à Hugues Guyard, conseiller au parlement. La famille de Pize ou Depize, originaire de Mâcon, a fourni plusieurs officiers au bailliage, à l'élection et au grenier à sel de cette ville. Parmi eux, nous citerons : Philippe, élu en 1548 ; Jacques, aussi élu et père de François, protonotaire apostolique, chantre de Mâcon, et d'Antoine, second président en l'élection en 1594, dont le fils N. fut conseiller au bailliage et la fille Jeanne épousa Thomas de Bullion, président au présidial de Mâcon. Mentionnons encore : Antoine, pourvu en 1595 de l'office de contrôleur au grenier à sel, qu'il résigna en 1620 en faveur de son fils Moïse ; Antoine, receveur général des deniers de l'augmentation de la gendarmerie en Bourgogne en 1551, marié l'année suivante à Anne, fille de Mongin Contault, conseiller au parlement ; et enfin François, conseiller au parlement en 1704, qui épousa N. Boyer, fille d'un commissaire des guerres à Bourg ; il en eut un fils, qui succéda à son aïeul maternel dans sa charge de commissaire des guerres, et une fille, tous deux morts sans avoir été mariés. — Armes : *D'argent, au chevron de gueules, accompagné de trois roses de même.*

Philibert BAUDOT, maître ordinaire, fut pourvu le 29 avril 1695, sur la résignation de François Baudot, son père, après avoir obtenu des lettres de dispense d'âge. Reçu le 7 juin de la même année, il mourut le 3 février 1731 et eut pour successeur Jean Nicolas. Voy. p. 250.

Nicolas SIMON, maître ordinaire, fut pourvu le 4 juin 1696, sur la nomination de la veuve de Claude Burgat. Reçu le 23 du même mois, il mourut dans l'exercice de son office en 1728 laissant sa sœur pour héritière, et fut remplacé par Etienne Cottedefert. Il avait obtenu, en 1711, des lettres de dispense d'un degré de service qui furent révoquées par l'édit d'août 1715. Il était fils de Didier Simon, marchand à Dijon, et de Pierrette Poyen, et petit-fils de Nicolas Simon, aussi qualifié marchand. On trouve, du même nom et sans doute de la même famille, Pierre, reçu avocat général à la Table de Marbre en 1678, et Louis, contrôleur au grenier à sel de Saulx-le-Duc en 1686. — Armes : *D'azur, à une montagne de six coupeaux d'or mouvant de la pointe.*

Antoine ARCELOT, maître ordinaire, fut pourvu le 15 juillet 1697 sur la résignation d'Antoine de Mucie. Reçu le 12 août suivant, il résigna en 1717 en faveur de Jean-Bernard Turrel, son beau-frère, et obtint des lettres d'honneur l'année suivante. Son père Claude, fils de Jean Arcelot et de Charlotte Duguet, né à Dijon en 1632, avait rempli pendant longtemps la charge de contrôleur au grenier à sel de Montbrison, et était mort en 1708, revêtu d'un office de secrétaire du roi, contrôleur en la chancellerie du parlement de Bourgogne, dont il s'était fait pourvoir trois ans auparavant. Quant à Antoine, maître des comptes, qui donne lieu à cet article, il était né à Montbrison, en 1677, et avait épousé Jeanne Turrel, fille d'Isaac, trésorier de France à Dijon. Son fils Claude, écuyer, demeurant à Flavigny, acheta en 1756 la terre de Dracy-les-Vitteaux, dont il reprit de fief la même année. En 1776, Claude-Bénigne, aussi écuyer, donna le dénombrement de la même terre, qui n'est pas sortie depuis lors de sa famille. — Autres alliances : De Pize, Bizouard, Guenebault, Guijon, Dugon, etc., etc. — Armes : *D'argent, à l'aigle s'essorant de sable sur une terrasse de sinople ; au chef d'azur, chargé de trois étoiles du champ.*

AIMÉ-BERNARD FILZJEAN DE SAINTE-COLOMBE, maître ordinaire, succéda à Claude Filzjean, son frère, comme son héritier testamentaire. Pourvu le 29 novembre 1697, et reçu le 12 décembre suivant, il résigna en 1710 en faveur de Jean-Christophe Filzjean, son fils. Voy. p. 69, 218 et 236.

SIMON MARTENOT, substitut du procureur général au parlement depuis près de douze ans, fut pourvu le 23 février 1698 d'un office de maître ordinaire sur la démission de Jean Filzjean de Mimande. Reçu le 10 mars suivant, il mourut le 7 juillet 1703, et eut pour successeur Jacques de la Loge. Il laissait une fille, Anne, mariée en 1710, à Jean-François de la Loge, écuyer, seigneur de Châtellenot et de Dionne.

Famille originaire d'Avallon, où l'on trouve Simon Martenot, receveur du grenier à sel en 1622, et un autre Simon, garde des sceaux en la chancellerie en 1642. Simon Martenot, qui donne lieu à cet article, portait les armes suivantes, qui ont été enregistrées dans l'*Armorial de 1696 : D'azur, à une bande d'or, accompagnée de trois martinets de même.* — Alliances avec les Clugny, Berthier, etc., etc. Voy. aussi l'article de Pierre Martenot, correcteur en 1656.

EDME DENIZOT, auditeur des comptes, succéda à Bénigne de Requeleyne dans un office de maître ordinaire. Pourvu sur sa démission, le 8 août, reçu le 15 novembre 1698, il mourut revêtu de son office, et fut remplacé en 1728 par Claude Gautier de Brevant. De son mariage avec Marguerite David, il laissait un fils, Marc-Antoine, et une fille, Marguerite-Rose, mariée à Jacques de Ganay, chevalier d'honneur à la Chambre des comptes. Quant à Marc-Antoine, il fut président aux requêtes du palais, et mourut en 1750, ayant eu de son mariage avec N. Joly, une fille unique, Catherine, mariée à Joseph-Marie Lemulier, conseiller commissaire aux requêtes du palais. — Armes : *D'azur, au chevron d'argent,* alias *d'or, accompagné en chef de deux roses aussi d'argent ou d'or, et d'un croissant d'argent en pointe.* — Les armes que Petitot et le Père Gautier attribuent à Marc-Antoine et à Edme Denizot sont figurées sur le sceau de Girard Denizot de Montsaugeon, écuyer, gruyer du comté de Bourgogne et châtelain d'Ornans en 1400 ; son fils Guillaume, aussi qualifié écuyer, reçut en 1418 une somme de 42 livres pour divers services rendus en voyages et dans les armées du duc.

JACQUES MALETESTE, maître ordinaire, fut pourvu le 26 février 1699, sur la nomination de Toussaint Lhommeau, acquéreur, en vertu d'une sentence du Châtelet de Paris, de l'office qui avait été saisi sur Joseph Frérot, à la requête d'Antoine Frémont, garde des petits sceaux d'Anjou. Reçu le 11 mars 1699, Jacques Maleteste mourut le 27 novembre 1709, et fut remplacé par Claude de Salins.

Famille originaire de Charolles et à laquelle appartenait Antoine Maleteste, lieutenant général au bailliage de cette ville en 1557, qui épousa Marie de Ganay, fille de François, aussi lieutenant général au même bailliage, et de Philiberte de Loisie. On trouve un autre Antoine, conseiller au grenier à sel de Charolles en 1607. Une branche de cette famille, établie à Dijon, eut pour chef François, qui suit.

I. François Maleteste, avocat distingué au parlement de Bourgogne et maire de Dijon en 1651, eut de son mariage avec Marie Arviset : 1° Claude qui suit; 2° Jacques, docteur de Sorbonne, mort doyen de la Sainte-Chapelle en 1706; 3° Catherine, mariée à Etienne Lantin, maître des comptes; 4° Anne, mariée à Georges de Clugny et à Jean Perard, seigneur de la Vaivre.

II. Claude, conseiller au parlement en 1643, épousa Marguerite Dagonneau; il eut de ce mariage : 1° Etienne qui suit ; 2° Jacques, maître des comptes, qui donne lieu à cet article, marié à Marguerite Pelletier, dont Joseph, écuyer.

III. Etienne, seigneur des Tarts, conseiller au parlement en 1673, épousa Louise-Bernarde Joly d'Ecutigny, et en eut Jacques qui suit, et Claude, seigneur d'Ecutigny, abbé.

IV. Jacques, seigneur des Tarts, conseiller au parlement en 1699, fut marié deux fois, en premières noces avec Elisabeth de la Coste, fille de Jean, écuyer, seigneur de Villey, secrétaire du roi, et de Philiberte Vautrin, de qui vinrent Jean-Louis qui suit, et Philiberte, femme d'Aimé Perreney, seigneur du Magny; il ne laissa point d'enfants de son second mariage avec Marie de la Place, fille d'un conseiller au bailliage de Dijon.

V. Jean-Louis, seigneur de Villey, conseiller au parlement en 1727, épousa N., fille de François Pillot de Fougerette, président aux comptes, et de N. Vestu, dont une fille mariée au marquis de Virieu. D'un second mariage avec Bonne Deshaules, fille d'un gouverneur de Valenciennes, il eut Jean-Louis Maleteste, écuyer, qui vota en 1789 avec les gentilshommes du bailliage de Dijon. — Armes : *Tiercé et fascé : au 1er d'azur, à une fleur de lys d'or; au 2e d'or; au 3e de gueules, à un croissant d'argent.*

CLAUDE-HENRY RÉMOND, seigneur de Couchey, maître ordinaire, fut pourvu le 10 janvier 1703 sur la nomination de la veuve de Bonaventure Rémond, son père, et reçu le 27 février suivant. Son office passa en 1716, sur sa résignation, à Jacques Bichot-Morel; il mourut au mois d'août 1724 et fut inhumé dans la sépulture de sa famille, en l'église Saint-Etienne de Dijon. Il avait épousé en 1717 Françoise-Josèphe, fille de Jacques Languet, écuyer, seigneur de Couchey, Rolle, etc., et de Françoise-Bénigne Garnier; il en eut : 1° Jacques-Henri, écuyer, seigneur de Couchey et Rolle, écuyer de main de la reine, entré aux Etats de 1766; 2° Etiennette, femme de Charles-Marie Fevret de Fontette, conseiller au parlement. Voy. p. 247.

JACQUES DE LA LOGE, maître ordinaire, fut pourvu le 19 octobre 1703, sur la nomination de la veuve et des héritiers de Simon Martenot. Il fut reçu le 19 novembre suivant, et Jean Gravier lui succéda sur sa résignation en 1738.

La famille de la Loge, originaire de Saulieu, s'est partagée en trois branches principales.

Première branche. — Cette branche remonte à :

I. Pierre de la Loge, receveur des impositions au bailliage de Semur, qui vivait en 1610 ; il épousa Marie Baudenet, nièce de Claude Baillyat, de Semur, auteur des Baillyat de Broindon. Il en eut : 1° Jean qui suit ; 2° N., mariée à Jacques Lemulier, avocat en parlement.

II. Jean, écuyer, secrétaire du roi, avocat en parlement, demeurant à Semur, épousa, le 3 septembre 1668, Claude-Françoise, fille de Jean Manin, écuyer, secrétaire du roi près le parlement de Bourgogne, et de Guillemette Le Bœuf ; il eut de ce mariage : 1° Jean-Baptiste, président au présidial de Semur, mort sans postérité ; 2° Jacques qui suit.

III. Jacques, écuyer, maître des comptes en 1703, épousa, le 23 août 1700, Claude, fille de Claude Thierry, secrétaire en la Chambre des comptes, et de Jeanne-Reine Bardin ; il en eut : 1° Jean, mort à Besançon, au service du roi, en 1730 ; 2° Jeanne, mariée en 1732 à Frédéric de Fresne, baron de Saint-Beury.

Seconde branche. — I. L'autre branche de cette famille reconnaît pour chef Alexandre de la Loge, qui mourut en 1669, revêtu d'un office de secrétaire du roi contrôleur près la chancellerie du parlement de Dijon. Il fut inhumé à Saulieu, laissant de son mariage avec Reine Terrion : 1° Pierre qui suit ; 2° Andoche, écuyer, capitaine au régiment de Bourgogne, maintenu dans sa noblesse en 1698 ; 3° Claude, auteur d'une troisième branche.

II. Pierre, seigneur de Châtellenot et de Dionne, succéda à son père dans son office de secrétaire du roi, et épousa en 1675 Jeanne Forestier, dont il eut : 1° Jean-François, écuyer, seigneur de Châtellenot et de Dionne, qui épousa en 1710 Anne, fille de Simon Martenot, maître des comptes, et en secondes noces Jeanne Le Belin ; il eut du premier lit une fille, Jeanne, qui porta la terre de Châtellenot et partie de celle de Dionne, à son mari André Le Belin d'Urcy ; 2° Guy-Bénigne qui suit, et probablement 3° Claude, chanoine de la Sainte-Chapelle de Dijon.

III. Guy-Bénigne, écuyer, seigneur de la Fontenelle et de Dionne, marié en 1724 à Louise-Françoise David, fille de François, trésorier de France, et de Françoise Regnault, en eut, outre plusieurs filles : 1° Claude-Louis qui suit ; 2° Hugues, écuyer, seigneur de Dionne, reçu aux États de 1766.

IV. Claude-Louis, seigneur de la Fontenelle, conseiller au parlement en 1751, et depuis président au parlement Maupeou, épousa en 1759 Jeanne-Marie-Thérèse de la Mare d'Aluze, fille de Jean-Baptiste, grand-bailli du Dijonnais, et de Marie Gombault, et n'en eut qu'une fille, Rose-Claudine, mariée à François-Bénigne Cœurderoy, écuyer.

Troisième branche. — II. Claude, écuyer, seigneur de Droindon et du Bassin, receveur de la ville de Dijon, épousa en 1681 Louise Durand, dont il eut quatorze enfants ; il lui en restait dix en 1701 ; nous citerons parmi eux : 1° Claude-Philippe, seigneur de Broindon, conseiller au parlement, qui épousa Bernarde Genreau, et laissa une fille unique, Louise, mariée en 1741 à Philippe de la Mare, conseiller au parlement ; 2° Pierre qui suit.

III. Pierre, écuyer, seigneur des Baumes et du Bassin, capitaine au régiment d'Enghien, épousa Marie Lemulier de Saucy, dont il eut : 1° Hugues qui suit ; 2° Antoinette, femme de François de Monginot, seigneur de Joncy-la-Guiche.

IV. Hugues, conseiller au parlement en 1750, et marié en 1753 à Marie, fille de N. Gaudelet, écuyer, et de N. Vaillant, eut un fils, Claude qui suit.

V. Claude, conseiller au parlement en 1775, épousa en 1784 Anne Pérard, fille de Bernard-Etienne, procureur général au parlement, et de Marie Butard des Montots. Sa descendance mâle est éteinte. — Armes : *D'azur, à un ours d'or, et trois pommes de pin de même en chef.*

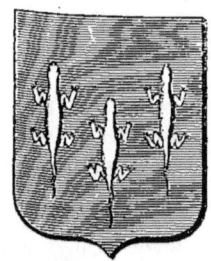

JEAN-DENIS LAMY, seigneur de Tillenet, maître ordinaire, succéda à François Cœurderoy, sur la nomination de Marguerite Carrelet, sa veuve, et des sieurs Cœurderoy et Carrelet, curateurs de ses enfants. Pourvu le 19 juillet 1705, après avoir obtenu des lettres de dispense d'âge, il fut reçu le 4 août suivant, mourut doyen de la Chambre, le 6 janvier 1758, et fut inhumé en l'église Saint-Etienne ; il eut pour successeur Jean Vergnette de la Motte.

Cette famille remonte à Jean Lamy de Dornecy, qui vivait au XVII⁰ siècle, et eut de son mariage avec Philippe Vauchier deux enfants, savoir : 1° Edme qui suit ; 2° Thomasse, mariée à Claude Seguin, auteur des Seguin de Broin.

Edme Lamy, successivement procureur à la Chambre des comptes en 1678, receveur des épices de la même compagnie, receveur général du taillon en Bourgogne en 1689, fut anobli par une charge de secrétaire du roi, et acheta en 1714 la terre de la Perrière, dont le roi confirma en sa faveur, en 1725, le titre de marquisat. De son mariage avec Philiberte Clerc, il laissa six enfants : 1° Claude Lamy de Beaumont, marquis de la Perrière, marié à Gabrielle-Françoise Rioult de Douilly ; il est l'auteur des marquis de la Perrière établis en Franche-Comté ; 2° Antoine-Bénigne, seigneur de Samerey, conseiller au parlement en 1720 ; il épousa, le 21 février 1740, Claude Cotheret, fille d'Adrien, maître des comptes, et d'Anne-Avoye Gautier, et en eut une fille unique, Catherine, mariée le 29 mai 1759 à Nicolas-Philippe Berbis, marquis de Longecourt ; 3° Jean-Denis, seigneur de Tillenet, maître des comptes, qui donne lieu à cet article ; il épousa, le 2 septembre 1709, Marie-Prudence, fille de Henri Petit, écuyer, seigneur de Tillenet, gentilhomme ordinaire du roi, et de N. de la Croze, et laissa de ce mariage deux filles, Claude, morte sans alliance, et Lazare, mariée le 25 août 1736 à Bernard-Pierre de Fontette, chevalier, seigneur de Sommery, chef d'escadre des armées navales, et chevalier d'honneur au parlement ; 4e Jeanne, religieuse à l'abbaye de Saint-Julien de Dijon ; 5° Edme, religieux à Cîteaux ; 6° Marie, ursuline à Nuits. — Armes : *D'azur, à trois lézards d'argent posés deux et un.*

Nicolas THOMAS, maître ordinaire, fut pourvu le 18 juillet 1706 sur la résignation de son père, Pierre Thomas, après avoir obtenu dispense d'âge. Reçu le 4 août suivant, il résigna en faveur de Jacques Morelet, et passa en 1710 à un office de conseiller au parlement, dans lequel il fut reçu sans examen. Il mourut doyen de cette compagnie en 1762, après cinquante-deux ans de service. Voy. p. 202.

Adrien COTHERET, maître ordinaire, fut pourvu le 15 décembre 1708, sur la résignation de François Joly de Bévy. Reçu le 8 janvier 1709, il mourut le 13 octobre 1743, fut inhumé en l'église Notre-Dame, et eut pour successeur Etienne Maillard. — Fils de Simon Cotheret, marchand à Dijon, et de Pierrette Pignalet, il avait épousé, le 23 juin 1708, Anne-Avoye, fille de Pierre Gautier, auditeur des comptes, et en eut deux filles, Jeanne, femme de Claude Nicaise, maître des comptes, et Claude, mariée le 21 février 1740 à Antoine-Bénigne Lamy, seigneur de Samerey, conseiller au parlement. On trouve encore du même nom Thibaut et Etienne, tous deux procureurs du roi au grenier à sel de Dijon, au siècle dernier. — Armes : *D'azur, à une fasce d'argent, accompagnée en chef d'un coq aussi d'argent, et en pointe d'un croissant de même, surmonté de deux flèches en sautoir aussi d'argent.* — Alias *d'azur à trois cotices d'argent.*

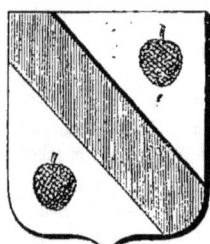

Jacques MORELET, seigneur de Sivry, maître ordinaire, fut pourvu le 23 février 1710, sur la résignation de Nicolas Thomas, et reçu le 6 mars suivant. Son office fut saisi en 1718 et adjugé à Charles Gravier de Vergennes. Il était né en 1674, d'Antoine Morelet, avocat à la cour, et de Bénigne Chesne, et avait été tenu sur les fonts par Jacques Morelet, conseiller au bailliage de Dijon, et par Marie Chotard, femme de Claude Morelet, auditeur des comptes, dont le fils, Bernard, aussi auditeur, fit inscrire sous son nom, dans l'*Armorial* de 1696, les armoiries suivantes : *D'or, à une bande de gueules accompagnée de deux meures de pourpre.* Elles y sont aussi inscrites sous le nom d'Antoine Morelet, seigneur de Flavignerot, avocat général à la Chambre des comptes de Dôle, et le même sans doute que le père de Jacques Morelet, maître des comptes, qui donne lieu à cet article. Le P. Gautier les attribue également à ce dernier. — Citons encore du même nom et sans doute de la même famille, Laurent, auditeur des comptes en 1668, et Jacques, trésorier de France à Dijon en 1677.

Toussaint DEPIZE, seigneur en partie de Fontenelle, maître ordinaire, fut pourvu, sur le décès de son père Jean, le 8, et reçu le 26 mars 1710, après avoir

reçu des lettres de dispense d'âge. Il mourut le 25 octobre 1742, et eut pour successeur Claude-Clément Colmont. Il avait eu deux femmes, Bernarde-Claire David,
fille de François David, trésorier de France, et Marguerite Arcelot ; de la première
vint Marie, femme de Claude-Joseph Barbier ; de la seconde il eut une autre fille,
Jeanne, mariée à Jacques-Philibert Guenichot de Nogent, conseiller au parlement.
Voy. p. 258.

CLAUDE DE SALINS, maître ordinaire, fut pourvu le
26 avril 1710, sur la nomination de la veuve de Jacques
Maleteste. Reçu le 30 juin suivant, il résigna son office en
faveur de Daniel de Salins, son fils, qui en fut pourvu
en 1742.

I. Hugues de Salins, apothicaire à Beaune au commencement du XVIIᵉ siècle, épousa Anne-Madeleine Lemoine,
dont il eut : 1° Hugues qui suit ; 2° François, aussi apothicaire, marié en 1619 à Bénigne Malteste.

II. Hugues, médecin à Beaune, épousa Françoise Taveaul,
dont il eut, entre autres enfants : 1° Jean-Baptiste, médecin général des galères de
France, marié à Anne Brunet qui lui donna plusieurs enfants ; 2° Hugues qui suit.

III. Hugues, docteur en médecine et secrétaire du roi en la Chambre des comptes
de Dole, auteur de divers ouvrages d'érudition, épousa en 1654 Marguerite, fille de
Claude Bonamour, bourgeois et échevin d'Arnay-le-Duc. Il en eut : 1° Claude qui
suit, 2° et très probablement Madeleine, femme de Vivant Ganiare, secrétaire du
roi en la Chambre des comptes de Dole.

IV. Claude, qui donne lieu à cet article, avait exercé la médecine avant d'entrer à la
Chambre des comptes. Nous ignorons son alliance, mais on vient de voir qu'il eut un
fils, Daniel, qui donne lieu à cet article, et nous supposons que Geneviève-Alexis, femme
d'Etienne Dagonneau, seigneur de Marcilly, conseiller au parlement, était sa fille.

Cette famille portait les mêmes armes que l'illustre maison de Salins-la-Tour :
D'azur, à une tour d'or.

JEAN-CHRISTOPHE FILZJEAN DE SAINTE-COLOMBE, maître ordinaire sur la
démission d'Aimé-Bernard Filzjean, son père, fut pourvu le 22 juin 1710 et reçu le
21 juillet suivant. Il mourut en 1752, et eut pour successeur Barthélemy-Simon
Jomard. Voy. p. 69, 218, 236 et 260.

JEAN SEGAULD, maître ordinaire, fut pourvu le 29 juin
1710, sur la nomination de la veuve de Claude Chapotot.
Reçu le 21 juillet suivant, il mourut en 1751, laissant de
son mariage avec Marie-Anne de Béville, une fille unique,
Angélique-Marianne, qui avait épousé Jean-Baptiste Fleutelot, et qui traita de l'office de son père avec Claude Seguin.

La famille Segauld paraît originaire de Beaune, où elle a
pris alliance avec les Tixier, Lorenchet, Dachey, Fourneret, Richard de Grandmont, etc., etc. On trouve de ce

nom : François, bourgeois de Beaune en 1593 ; François, docteur en médecine en 1631 ; N., conseiller au bailliage de la même ville au siècle dernier. Citons encore Jean, pourvu en 1710 de l'office de procureur du roi au siège de la Table de Marbre du palais à Dijon, et Jean, conservateur des minutes de la chancellerie du parlement en 1722. — Armes : *D'azur, alias de sable, à la fasce d'or, accompagnée en chef de trois étoiles, alias d'un soleil accosté de deux étoiles, le tout d'argent, et en pointe, d'une rose aussi d'argent, feuillée et soutenue de même. Alias : D'argent, à une rose tigée et feuillée de... et un chef aussi d'argent, soutenu de gueules, et chargé d'un soleil accosté de deux étoiles.*

SIMON **CHIFFLOT**, maître ordinaire, fut pourvu le 6 novembre 1712, sur la démission de Vincent Chifflot, son père. Reçu le 26 du même mois, il résigna en 1748, en faveur de Nicolas Quirot. Voy. p. 255.

FRANÇOIS **POURCHER**, maître ordinaire, fut pourvu le 2 octobre 1712, sur la démission de Claude Ville. Reçu le 16 décembre suivant, il mourut en 1718, et fut remplacé par Anselme Le Belin.

La famille Pourcher, originaire de Reulle, a fourni des maires et des officiers au grenier à sel de Nuits. Nous citerons parmi ces derniers, Philibert, grenetier en 1648, et Etienne, receveur, qui devint depuis receveur des épices de la Chambre des comptes, et fut enfin pourvu en 1706 d'un office de trésorier de France. Il eut deux fils : 1° François, maître des comptes, qui donne lieu à cet article ; 2° Philibert, trésorier de France en 1729, qui reprit de fief de la seigneurie de Musseau, comme mari de Jeanne-Marie-Thérèse Michel, fille et unique héritière de François Michel de Fay, seigneur dudit Musseau. A la même famille appartenait Jacques Pourcher, commissaire aux requêtes du palais en 1746 ; il était fils de Nicolas Pourcher, maire de Nuits, élu du tiers-état de la province de Bourgogne, et de Françoise Derepas, et il épousa Jeanne-Marie Pourcher, sa cousine. — Armes : *D'or, à trois hures de sangliers de gueules, défendues et oreillées d'argent.*

CLAUDE **HÉLYOTTE**, conseiller auditeur, passa à un office de maître ordinaire sur la résignation de Jacques Mochot-Coppin de Montbéliard. Pourvu le 17 mars 1714, reçu le 18 avril suivant, il mourut en 1718, et fut remplacé par François Pillot de Fougerette.

I. Anne-Bénigne Hélyotte, qui vivait encore en 1650, avait épousé Louise Berthault, dont il eut : 1° Charles qui suit ; 2° Guillaume, gendarme de la garde, capitaine et concierge de la maison du roi à Dijon. Il mourut sans alliance.

II. Charles, auditeur des comptes en 1676, épousa Jeanne Chavanceau, dont il eut : 1° Claude, auditeur, puis maître des comptes, qui donne lieu à cet article. Il épousa Catherine Clerc, et mourut en 1718, sans postérité; 2° Jean-Baptiste qui suit.

III. Jean-Baptiste, concierge et portier de la maison du roi, puis auditeur des comptes en 1731, épousa Marie Bardet, dont il eut : 1° Jean-Baptiste qui suit ; 2° Marie, femme d'Antoine Ligeret, avocat au parlement ; et en outre deux fils et deux filles morts en bas âge.

IV. Jean-Baptiste, écuyer, épousa en 1762 Thérèse Nardot. Sa postérité subsiste. — Armes : *D'azur, à une cotice d'or, chargée de trois triangles de gueules, et accompagnée d'un soleil d'or au second canton, et au troisième d'un tournesol de même.*

Nicolas SURGET, maître ordinaire, fut pourvu le 8 mai 1714, sur la démission de Philippe de Chanrenault, et reçu le 5 juin suivant, après avoir obtenu des dispenses d'âge. Il mourut doyen des conseillers maîtres en 1774, et fut remplacé par Philibert Moussière.

I. Nicolas Surget, premier du nom, receveur des tailles à Dijon, et secrétaire du roi près la Chambre des comptes de Dole, eut de son mariage avec Reine Virion, un fils qui suit.

II. Nicolas II, maître des comptes, qui donne lieu à cet article, épousa Pierrette, fille de Jean-Denis Cœurderoy, substitut du procureur général au parlement ; il en eut : 1° Nicolas qui suit ; 2° N., religieuse ursuline à Dijon.

III. Nicolas III, maître des comptes en 1741, épousa Reine, fille de Philibert Thibert, trésorier de France à Dijon, et en eut plusieurs enfants, entre autres Nicolas qui suit, et Jean, maître des comptes, qui signa en 1789 le cahier de la noblesse du bailliage de Dijon.

IV. Nicolas IV, maître des comptes en 1770, épousa Marie-Marguerite Thierry; sa postérité subsiste. — Armes : *D'azur, à deux coutelas d'argent passés en sautoir, les gardes en pointe, surmontés d'un geai aussi d'argent.*

Nicolas CHEVALDIN, maître ordinaire, sur la résignation de Nicolas Cœurderoy, fut pourvu le 19 juin 1714, et reçu le 7 juillet suivant, après avoir obtenu des lettres de dispense de parenté à cause de Mamet Chevaldin, son oncle, conseiller correcteur. Il mourut le 21 septembre 1741, fut inhumé en l'église Saint-Jean, dans la sépulture de sa famille, et eut pour successeur Nicolas Surget. Il avait épousé Marguerite, fille de François Maleteste, substitut du procureur général au parlement, et de Marie Chapuis. De ce mariage vint une fille unique, Marie, qui épousa, le 10 avril 1736, Jean Jannon, écuyer, et eut pour fils Nicolas Jannon, conseiller, puis président au parlement en 1777. — Armes : *D'azur, au chevron d'or, accompagné de trois étoiles de même.*

JACQUES **BICHOT-MOREL DE CORBERON**, seigneur de Duesme, maître ordinaire, fut pourvu le 12 mai 1716, sur la démission de Claude-Henry Rémond. Reçu le 19 juillet suivant, il obtint en 1739 des lettres d'honneur, après avoir résigné en faveur de Louis Bichot-Morel, son fils, et mourut le 6 août 1746.

La famille Morel est originaire de Châtillon-sur-Seine ; on en trouvera la filiation à l'article de Jean-François Morel, avocat général à la Chambre des comptes en 1751, depuis Laurent Morel, gouverneur du Petit Temple de cette ville en 1480, jusqu'à Noël, chef de la branche des Bichot-Morel dont il est ici question.

I. Noël Morel épousa Claudine, fille de Claude Bichot, châtelain de Châteauneuf, et en eut un fils unique, François qui suit.

II. François, né le 26 novembre 1623, habitait Semarey en 1645 ; il fut institué héritier universel par son oncle maternel, François Bichot, à charge de porter le nom et les armes des Bichot, ce qu'il fit très exactement en quittant complétement les armes de sa famille — que ses descendants reprirent plus tard avec quelques modifications — pour prendre celles de son oncle : *D'or, à une biche passante de sable.* Il fit également précéder, contrairement à l'usage, son propre nom de famille par celui de Bichot, et ce fut sous ce nom de Bichot-Morel qu'il reprit de fief en 1645, de la terre de Corberon qui lui venait de son oncle, et qu'il fut pourvu en 1657 d'un office d'auditeur des comptes. Il épousa Marie, fille de Pierre Garnier et de Jeanne Palliot, de Troyes, et en eut entre autres enfants : 1° Pierre, receveur général des domaines en 1686, mort sans alliance, ayant presque toujours été connu sous le seul nom de Bichot ; 2° Jacques qui suit.

III. Jacques, seigneur de Corberon et de Duesme, d'abord officier dans la seconde compagnie des mousquetaires du roi, reprit de fief de Corberon en 1693, remplaça son frère dans la recette générale des domaines en Bourgogne, et passa en 1716 à un office de maître des comptes ; c'est lui qui donne lieu à cet article. De son mariage avec Angélique-Marguerite de Béville, il eut : 1° Louis qui suit ; 2° Pierre, dit de Semarey, écuyer, marié avec Marie Nicaise, dont il eut deux filles, Angélique et Marie-Antoinette ; 3° François, écuyer, sans enfants de son mariage avec N. Masson ; 4° Pierre, écuyer, établi à Saint-Domingue, sans alliance ; 5° Jacques, religieux profès de Citeaux ; 6° Françoise, non mariée ; 7° et 8° Marianne et Angélique, ursulines à Flavigny.

IV. Louis, écuyer, seigneur de Duesme et Quemigny, maître des comptes en 1739, épousa Jeanne-Marie, fille de Jean Pasquier, doyen des trésoriers de France, et de Jeanne Boillot, et il eut, entre autres enfants, Jacques qui suit.

V. Jacques, écuyer, seigneur de Duesme, capitaine au régiment de Beauvoisis, épousa, le 19 mars 1789, Anne-Bertrande-Gabrielle, fille de Philippe Barbuot de Palaiseau, conseiller au parlement, et de Marcelline-Suzanne de Moucheron. Sa descendance subsiste. — Armes : *D'argent, à deux badelaires de gueules mis en sautoir et accom-*

pagnés de trois têtes de mores tortillées d'argent. Ce sont les armes des Morel de Châtillon, dans lesquelles on a substitué *deux badelaires* au *chevron d'azur.* Voy. l'article de Jean-François Morel, avocat général en 1751.

JEAN-BERNARD TURREL, seigneur en partie de Crébillon, maître ordinaire, fut pourvu le 29 octobre 1717, sur la résignation d'Antoine Arcelot, son beau-frère. Reçu le 17 novembre suivant, il mourut le 1er janvier 1769, et fut remplacé par Jacques-Pierre Ligier. Pour entrer à la Chambre des comptes, il avait eu besoin de lettres de dispense de parenté, à cause de Charles Turrel, conseiller correcteur, son oncle paternel. On lit dans ces lettres qu'elles lui furent accordées en considération des services rendus à Henri II par Pierre Turrel, son cinquième aïeul, en qualité de médecin ordinaire de sa personne, par Bénigne, son quatrième aïeul, en qualité de correcteur à la Chambre des comptes de Dijon, sous les règnes de Charles IX, Henri III, Henri IV et Louis XIII, par Jean-Bernard, son aïeul, dans un semblable office de correcteur, et par Isaac, son père, dans celui de trésorier de France pendant plus de vingt-six ans. — Pierre Turrel, qui occupe le premier degré de cette filiation, avait été recteur des écoles de Dijon ; il est connu par son érudition, et a laissé quelques ouvrages d'astrologie judiciaire. Il avait épousé Henriette Chisseret. Bénigne, son fils, fut emprisonné sous la Ligue comme complice de la conjuration royaliste qui faillit, sous le majorat de Laverne, livrer à Henri IV les portes de Dijon.

Isaac Turrel, trésorier de France en 1687, avait épousé Thérèse Dubois, et en eut, outre Jean-Bernard qui donne lieu à cet article, une fille, Jeanne, mariée à Antoine Arcelot, maître des comptes. — *D'azur, à une tour d'argent, accompagnée de deux lions d'or, armés et lampassés de gueules, et soutenue d'une motte de sinople.*

FRANÇOIS PILLOT DE FOUGERETTE, maître ordinaire, fut pourvu le 22 juillet 1718, sur la nomination de Jean Hélyotte, frère unique et héritier universel de Claude Hélyotte. Il avait eu besoin de lettres de dispense d'âge. Reçu le 30 du même mois, il résigna en faveur de Pierre Parisot de Boissia pour passer en 1725 à un office de président. Voy. son article p. 70. — Il faut y ajouter qu'il avait épousé N. Vestu, et que sa fille fut mariée à Jean-Louis Maleteste de Villey, conseiller au parlement.

CHARLES GRAVIER DE VERGENNES, maître ordinaire, fut pourvu le 28 juillet 1718 de l'office saisi sur Jacques Morelet. Reçu le 9 août suivant, il mourut le 12 décembre 1745, et fut remplacé par Edme Maistrize. Voy. p. 75.

ANSELME LE BELIN, seigneur du Tremblay, fut pourvu le 27 août 1718, sur la démission, avant provisions, de Charles Gravier de Vergennes, qui avait été nommé à l'office de François Pourcher, décédé, par Etienne Pourcher, trésorier de France, père de ce dernier, comme tuteur des enfants mineurs du défunt. Anselme Le Belin fut reçu le 22 novembre de la même année ; il avait eu besoin de lettres de dispense d'âge et de parenté à cause de son père Claude Le Belin, maître des comptes depuis plus de vingt-trois ans. En 1719 le roi lui accorda voix délibérative quoiqu'il n'eût pas atteint l'âge de 25 ans requis par les ordonnances. Jean-Baptiste Perret lui succéda en 1759, sur sa résignation. Voy. p. 243.

ÉTIENNE CRESTIN, maître ordinaire, fut pourvu le 26 avril 1719 sur la démission, avant provisions, de Jean-François Bridon, qui avait été nommé par Claude-Bernarde Bazin, comme mère et tutrice des enfants mineurs de Marc-Antoine Jacob. Il avait eu besoin de lettres de dispense d'âge. Reçu le 5 mai 1719, il se démit en faveur de Jean Crestin, son fils, qui lui succéda en 1747.

Ancienne famille, originaire de Cuiseaux, dont étaient Jean Crestin, député de cette ville, et élu aux États du comté d'Auxonne en 1551, Louis et Claude son fils, tous deux capitaines de Sagy. — Une branche s'était établie à Chalon. Claude fut du nombre de ceux qui rendirent cette ville à Montbrun. Trois de ses membres y remplirent successivement la charge d'avocat du roi aux bailliage et chancellerie, savoir : Jean-Abraham en 1585, Claude, son père, en 1597, et Jean, second fils de ce dernier, qui le remplaça en 1601. Citons encore Claude Crestin, dont le nom figure sur la liste des maires de Chalon au XVIIe siècle. — Armes : *D'azur, au chevron d'or.*

PHILIBERT GUYTON, maître ordinaire, fut pourvu le 5 juillet 1719, sur la démission de Julien Lucot. Reçu le 15 du même mois, il mourut en 1729, et sa veuve nomma à son office Vivant Brunet qui s'en démit aussitôt après, sans avoir demandé de lettres de provisions, en faveur de Claude Nicaise.

Philibert Guyton, écuyer, maître des comptes, qui donne lieu à cet article, était fils de Philibert Guyton, secrétaire du roi près le parlement de Besançon, et d'Anne Boilleau, et petit-fils d'un procureur à Beaune, dont l'oncle Joseph Guyton était médecin du duc de Bellegarde en 1620; il épousa, au mois d'avril 1719, Claude Butard, fille de Louis, secrétaire du roi près le parlement de Bourgogne, maire de Seurre, et élu du tiers-état aux États de la province en 1688, et de Charlotte Gouget-Duval. Il mourut sans postérité. Sa famille, dont plusieurs membres ont exercé la médecine avec distinction, était originaire d'Autun, et a fourni plusieurs officiers aux juridictions de cette ville. Le célèbre chimiste Guyton de Morveau, avocat général au parlement de Bourgogne, en était. La branche à laquelle appartenait Philibert, maître des comptes en 1719, portait : *D'azur, au chevron d'or, accompagné de trois heaumes d'argent, posés de profil.*

CLAUDE-FRANÇOIS GRILLOT DE PREDELYS, maître ordinaire, fut pourvu le 20 novembre 1721 de l'office vacant par la mort de son père, Guillaume, et dont celui-ci avait disposé en sa faveur dès l'année 1719, en considération de son mariage avec Catherine Clerc, veuve de Claude Hélyotte, maître des comptes. Reçu le 27 du même mois, il mourut le 21 mars 1733, et fut remplacé par Pierre Joly-Vallot. Voy. p. 248.

PIERRE PARISOT DE BOISSIA, maître ordinaire, fut pourvu le 1er mars 1725, sur la démission de François Pillot de Fougerette. Reçu le 16 avril suivant, il résigna en 1757 en faveur de Florent Joly. Il appartenait sans doute à une ancienne famille bourgeoise de Beaune, dont les armes sont ainsi blasonnées dans l'*Armorial* de 1696 : *D'azur, à une rose d'argent posée en cœur, accompagnée en chef de deux étoiles d'or, et en pointe d'un croissant d'argent.*

CLAUDE GAUTIER DE BREVANT, maître ordinaire, fut pourvu le 25 mars 1728 sur la nomination d'Antoine Denizot, président aux requêtes du palais, de l'office vacant par le décès d'Edme Denizot, son père. Reçu le 13 avril suivant, il mourut en 1769, et eut pour successeur Nicolas Surget.

Cette famille remonte à :

I. Noble Jean Gautier qui mourut en 1618, laissant deux fils : 1° Jean II qui suit ; 2° Pierre, aumônier du roi et doyen de la Chapelle-aux-Riches, à Dijon.

II. Jean II, avocat au parlement, référendaire en la chancellerie du parlement de Bourgogne, obtint en 1647 des lettres d'honneur qui furent transcrites en 1667 sur les registres de la mairie de Dijon, en vertu d'une délibération du conseil de ville disposant qu'elles serviraient à ses enfants de titre de noblesse, et qu'ils seraient en conséquence déchargés des tailles auxquelles ils avaient été imposés. Jean Gautier avait épousé en 1623 Avoye Taisand ; il mourut en 1653, laissant plusieurs enfants la plupart en bas âge, entre autres : 1° Claude qui suit ; 2° Pierre, auditeur des comptes en 1679, marié deux fois, avec Jeanne Michéa et Jacqueline Parisot ; il eut de sa première femme une fille, Anne-Avoye, qui épousa Adrien Cotheret, maître des comptes.

III. Claude, écuyer, avocat au parlement, épousa en 1654 Pernette Maire, dont il eut Jean-Baptiste qui suit.

IV. Jean-Baptiste, écuyer, lieutenant général au bailliage de Dijon, épousa en 1688 Reine Paupye, dont il eut : 1° Claude qui suit ; 2° Pétronille, mariée en 1722 à Henri Larcher, trésorier de France ; 3° Bénigne-Michel, qui embrassa l'état ecclésiastique ; 4° Bernard, qui entra dans la compagnie de Jésus en 1713 ; il est auteur de l'Armorial que nous éditons.

V. Claude II, écuyer, seigneur de Brevant, *alias* Brevand, maître des comptes en 1728, avait épousé, le 14 juin 1725, Anne-Marie Gupillot, dont il eut : 1° Henri, écuyer, gendarme de la garde du roi, qui fut reçu en la Chambre de la noblesse des Etats de Bourgogne le 16 juillet 1766, sur production des lettres d'honneur de Jean Gautier, son trisaïeul, et de la délibération du conseil de ville qui en ordonnait l'enregistrement ; 2° Jean-Bernard qui suit ; 3° Anne-Bénigne, mariée le 7 septembre 1750 à René Dumay, écuyer, seigneur de Musseau ; 4° Pierre, chanoine de la Sainte-Chapelle ; 5° Marie-Ignace, non mariée.

VI. Jean-Bernard, écuyer, maître des comptes en 1755, exerça sa charge jusqu'à la Révolution.

Cette famille, encore existante, porte : *D'argent, au chevron d'azur, accompagné de trois abeilles de sable.*

ANNE-BARTHÉLEMY CORTOIS DE QUINCEY, maître ordinaire, succéda à Antoine Cortois-Humbert, son père, et fut pourvu le 14 janvier 1729, sur la nomination de sa mère. Il avait eu besoin de lettres de dispense d'âge. Reçu le 31 du même mois, il mourut le 6 décembre 1768, et fut remplacé par Jean-Bernard Cocquard. Voy. p. 254.

ÉTIENNE COTTEDEFERT, maître ordinaire, successeur de Nicolas Simon, fut pourvu le 7 janvier 1729, sur la nomination d'Anne Simon, sœur et héritière de ce dernier. Reçu le 31 du même mois, il mourut le 19 mars 1741, et fut remplacé par Vincent-Louis Chifflot.

ANDRÉ LE BELIN, seigneur de Montculot, Urcy, etc., maître ordinaire, fut pourvu le 11 février 1729, sur la résignation de Claude Le Belin, son père. Il avait obtenu auparavant des lettres de dispense d'âge et de parenté, à cause d'Anselme Le Belin, son frère, aussi maître ordinaire. On lit dans ces lettres qu'elles lui furent accordées en considération des services longs et distingués de son père et de son grand-père, dans une même charge de maître ordinaire. Reçu le 25 février 1729, André Le Belin résigna en 1759, en faveur de Jean-Baptiste-Charles Vaillant. Voy. p. 243.

CLAUDE NICAISE, maître ordinaire, succéda à Philibert Guyton. Pourvu le 8 avril 1729 après avoir obtenu dispense d'âge, il fut reçu le 2 mai suivant. Il mourut en 1788, doyen des conseillers maîtres, et son office resta vacant jusqu'à la Révolution. Il avait épousé Jeanne, fille d'Adrien Cotheret, maître des comptes, et était petit-fils de Simon Nicaise, procureur général à la Chambre des comptes en 1656. Voyez l'article de ce dernier au chapitre des procureurs généraux.

A cette famille, ancienne à Dijon, appartenaient encore : Nicolas Nicaise, écuyer, seigneur en partie de Musseau en 1628, comme mari de Claude, fille de Jean de Blondefontaine et de Charlotte de Lespal ; Abraham, contrôleur des mortes payes en 1636 ; Louis et Claude, chanoines de la Sainte-Chapelle, ce dernier connu par son érudition. — Armes : *D'azur, au chevron d'or, accompagné de trois étoiles de même.*

JEAN NICOLAS, maître ordinaire, fut pourvu le 8 août 1731, sur la nomination des directeurs des créanciers de Philibert Baudot. Il avait obtenu précédemment des lettres de dispense d'alliance à cause de Simon Chifflot, maître ordinaire, mari d'Antoinette Nicolas, sa sœur. Reçu le 21 novembre 1731, il résigna en 1766 en faveur de Jacques Bonguelet, et obtint l'année suivante des lettres d'honneur qui font mention des services de Louis Nicolas, son père, décédé revêtu de l'office d'avocat du roi au bureau des finances de Dijon. Louis Nicolas avait épousé Bénigne Vaillant ; il appartenait à une ancienne famille dijonnaise, parmi les membres de laquelle nous citerons : Guillaume, contrôleur au grenier à sel de Dijon en 1577, puis audiencier en la chancellerie du parlement de la même ville; Simon, notaire et secrétaire du roi en 1578, frère de Guillaume qui abandonna un office d'huissier au parlement pour porter ceux de garde de l'artillerie et de contrôleur des mortes-payes en Bourgogne; Guy, aussi secrétaire du roi en 1608; et enfin Jean, avocat général au parlement en 1659. — Armes: *D'azur, au coq d'argent, tenant en son bec un filet enlacé d'or.*

PIERRE JOLY-VALLOT, maître ordinaire, fut pourvu le 14 juillet 1733, sur la nomination de la veuve de Claude-François Grillot de Prédelys. Reçu le 4 août suivant, il mourut en 1754 et eut pour successeur Jean-Bernard Gautier. On lit dans ses lettres de provisions que son aïeu Jean Joly, décoré en 1652 du titre de conseiller d'État, avait exercé pendant plus de quarante années l'office de lieutenant particulier aux bailliage et chancellerie de la Montagne et que son père, Jean-Pierre, avait été revêtu pendant plus de vingt années de celui de notaire et secrétaire près la Chambre des comptes. Marié à Anne-Marie Vallot, Jean-Pierre Joly en eut: 1° Nicolas, correcteur des comptes en 1685; 2° Daniel-Bénigne, chanoine de la cathédrale, archidiacre et vicaire général du diocèse de Dijon; 3° François, écuyer, non marié; 4° Anne, mariée le 6 mars 1702 à Etienne Baudot, conseiller maître en la Chambre des comptes de Dole; 5° Pierre, notaire et secrétaire près la Chambre des comptes, mort en 1713; 6° Pierre qui donne lieu à cet article, et qui mourut sans alliance. — Armes: *D'azur, à un lys de trois fleurs d'argent.*

CLAUDE-LOUIS CHEVIGNARD DE VALOUSIÈRE, maître ordinaire, fut pourvu le 26 novembre 1733, sur la nomination de la veuve et de la sœur de Claude Noirot. Il avait eu besoin de lettres de dispense d'âge, et fut reçu le 14 décembre suivant. Son office ayant depuis été saisi, faute de paiement, par la veuve du dernier titulaire, celle-ci en disposa en 1743 au profit de Claude Brondeault.

Famille connue à Beaune dès le commencement du XVIe siècle, et qui, sortie du notariat, a fourni des maires et plusieurs officiers au grenier à sel de cette ville. Elle s'est partagée en trois branches principales. A celle des seigneurs de Charodon, éteinte au siècle dernier, appartenaient: Regnault, avocat général à la Chambre des comptes en 1718; Blaise et Jean, tous deux trésoriers de France à Dijon en 1687 et 1693. La branche dite de la Palu, la seule subsistante aujourd'hui, a eu pour auteur Louis Chevignard, trésorier de France en 1710, et père de Théodore, secrétaire du roi, né en 1660. Du mariage de ce dernier avec Jeanne, fille de Claude Courtot, écuyer, seigneur de Montbreuil, et de Jeanne Millet, vinrent entre autres enfants, Edme-Théodore, écuyer, qui continua la descendance, et Claude-Louis, qui donne lieu à cet article et mourut sans alliance. Citons encore dans cette branche Edme-Vivant-Joseph, conseiller au parlement en 1786. Enfin la troisième branche, dite de Chavigny, a été illustrée par Théodore Chevignard, créé comte de Toulongeon en 1757 et l'un des représentants les plus éminents de la diplomatie française au dernier siècle. — Armes : *D'or, au raisin de gueules*, alias, *d'azur ; au chef d'azur, chargé d'un soleil d'or ;* alias : *De sable, au pampre d'argent ; au chef cousu d'azur, chargé d'un soleil d'or.*

Louis GOUGET-DUVAL, maître ordinaire, succéda à Jean-Baptiste-Bernard Filzjean de Presles, mort en 1733, et fut pourvu le 18 février 1734, sur la nomination de Michel de Las, comte de Valotte, tant en son nom qu'en celui de Catherine Filzjean, son épouse, sœur et héritière testamentaire du défunt. Reçu le 2 mars suivant, Louis Gouget-Duval résigna en 1779 en faveur de Claude Delatroche. Fils de Pierre Gouget-Duval, substitut du procureur général au parlement de Bourgogne en 1698, et d'Elisabeth Bertheley, il épousa, le 11 juin 1737, Jeanne, fille d'Etienne Lorenchet, conseiller au bailliage de Beaune et secrétaire du roi près le conseil souverain d'Alsace, et de Marguerite Brunet ; de ce mariage vint une fille unique, mariée en 1767 à son cousin germain, Louis-Etienne Lorenchet de Melonde, conseiller au parlement.

La famille Gouget, originaire de Seurre, a fourni à cette ville des maires, des officiers au grenier à sel, etc., etc. — Armes : *D'azur, au chevron d'or, accompagné en chef de deux étoiles d'argent, et en pointe d'un geai de même surmontant une motte de sinople ;* alias : *De gueules, au chevron d'argent, accompagné en chef de deux étoiles d'or, et en pointe d'une rose de même.* (Armorial de 1696.)

JEAN GRAVIER, seigneur de Vergennes, maître ordinaire, fut pourvu le 16 juillet 1738, sur la résignation de Jacques de Laloge. Ayant obtenu le même jour des lettres de dispense de parenté à cause de Charles Gravier, son père, et en considération des services de ce dernier dans la charge de conseiller maître, il fut reçu le 2 août suivant et résigna en 1742 en faveur de Jean-Baptiste-Chrysostome Vergnette pour passer à un office de président. Sa descendance subsiste. Voy. p. 75.

JACQUES DE CHANRENAULT, maître ordinaire, fut pourvu le 7 août 1738, sur la nomination des héritiers de Jacques Gauvain et en considération des services de son père dans la charge de conseiller maître pendant près de trente années. Reçu le 13 du même mois, il mourut le 5 juillet 1748 et fut remplacé par Pierre Brusson. Voy. p. 251.

Louis BICHOT-MOREL DE CORBERON, maître ordinaire, fut pourvu le 10 avril 1739, sur la résignation de Jacques Bichot-Morel, son père, et reçu par arrêt du 24 du même mois. Il avait obtenu auparavant des lettres de dispense de parenté à cause de Jean Segauld, conseiller maître, son oncle, comme mari de Marie-Anne de Béville, sœur puînée d'Angélique de Béville, sa mère. On lit dans ces lettres qu'elles furent accordées à l'exposant en considération des services de son aïeul

François, auditeur honoraire en 1688, après trente et un ans d'exercice, et de ceux de son père Jacques, dans la charge de maître ordinaire. Il résigna en 1762, en faveur de Pierre-Bernard Ranfer. Voy. p. 268.

PHILIBERT PAPILLON, seigneur de Flavignerot, maître ordinaire, succéda à Jean-Baptiste Canabelin et fut pourvu le 29 juillet 1740, sur la nomination de Claude Canabelin, fille et unique héritière de ce dernier et épouse séparée quant aux biens de Gilbert de Salvert, seigneur de Noizat, capitaine de cavalerie au régiment de Beauvilliers. Reçu le 12 août suivant, après avoir obtenu des lettres de dispense d'âge, Philibert Papillon devint doyen des conseillers maîtres et exerça son office jusqu'à la Révolution. Il avait épousé Anne Bonnard, dont une fille, Anne, mariée en 1768 à Jean-Baptiste Perret, maître des comptes, à qui elle porta la terre de Flavignerot.

Ancienne et bonne famille bourgeoise de Dijon à laquelle appartenaient : Aimaque Papillon, valet de chambre de François Ier, poète fort goûté de son temps ; Thomas, avocat au parlement de Paris et jurisconsulte distingué ; Philippe, qui fut pourvu en 1682 d'une charge de référendaire en la chancellerie du parlement de Bourgogne et dont le fils, Philibert, chanoine de la Chapelle-aux-Riches, est connu par sa *Bibliothèque des auteurs de Bourgogne* ; François, trésorier de France à Dijon en 1706, et enfin Guillaume, aussi conseiller du roi, référendaire en la chancellerie, marié à Anne Rouget et père de Philibert, maître des comptes, qui donne lieu à cet article. — Armes : *De gueules, au papillon d'argent.*

VINCENT-LOUIS CHIFFLOT, seigneur de Saint-Moré, maître ordinaire, fut pourvu sur la nomination des héritiers testamentaires d'Etienne Cottedefert. Ses lettres de provisions, datées du 16 septembre 1741, font mention des services de ses ancêtres dans diverses charges du parlement et de la Chambre des comptes, et notamment de ceux de Simon et de Vincent Chifflot, son père et son aïeul, tous deux conseillers maîtres. Après avoir obtenu des lettres de dispense d'âge, de parenté et d'alliance à cause de Simon Chifflot, son père, et de Jean Nicolas, son oncle maternel, tous deux conseillers maîtres, Vincent-Louis Chifflot fut reçu le 20 novembre 1741. Il mourut en 1784 et eut pour successeur Philibert-Jean Lacoste. Voy. p. 255 et 266.

NICOLAS SURGET, maître ordinaire, fut pourvu le 9 décembre 1741, sur la nomination de la veuve et des enfants de Nicolas Chevaldin et en considération des services de son père, Nicolas, conseiller maître, et de son oncle maternel, Etienne Cœurderoy, conseiller correcteur. Ayant obtenu à la même date des lettres de dispense d'âge et de parenté, Nicolas Surget fut reçu le 3 janvier 1742 et exerça son office jusqu'à la Révolution. Voy. p. 267.

JEAN-BAPTISTE-JEAN-CHRYSOSTOME VERGNETTE DE LA MOTTE, maître ordinaire, succéda à Jean Gravier, passé président, et fut pourvu sur sa résignation, le 31 mars 1742, en considération de ses services dans la charge de substitut du procureur général à la Chambre des comptes que son père Jean Vergnette de la Motte lui avait résignée en 1732. Reçu le 14 avril de la même année, Jean-Baptiste-

Jean-Chrysostome Vergnette résigna en 1779 en faveur de Toussaint Michel et obtint des lettres d'honneur l'année suivante. On verra plus loin que ses descendants n'ont pas cessé, jusqu'à la Révolution, d'occuper des charges à la Chambre des comptes. Il portait : *D'argent, à un aulne de sinople, accompagné en chef de deux étoiles d'azur, et en pointe d'une couleuvre rampante de gueules.*

Daniel DE SALINS, maître ordinaire, fut pourvu le 27 juillet 1742, sur la résignation et en considération des services de Claude de Salins, son père. Reçu le 11 août suivant, il mourut en 1775, et ses héritiers nommèrent à son office Claude Borthon, qui s'en démit, avant de s'en être fait pourvoir, en faveur d'Augustin de la Ramisse. Voy. p. 265.

Claude BRONDEAULT, seigneur de la Motte-lez-Argilly, maître ordinaire, fut pourvu le 11 avril 1743 de l'office de Claude-Louis Chevignard de Valousière, sur la nomination de Catherine Bernard, veuve et donataire de Claude Noirot, avant-dernier propriétaire de cet office, dans lequel elle était rentrée en vertu de la saisie opérée sur le dernier possesseur. Claude Brondeault avait eu besoin de lettres de dispense d'âge et de parenté à cause de Claude Brondeault, son aïeul, doyen des maîtres des comptes. Reçu le 30 avril 1743, il résigna en 1757, en faveur de Bernard Cocquard, et passa à un office de président. Voy. p. 77 et 257.

Claude-Clément COLMONT, maître ordinaire, fut pourvu le 26 avril 1743, sur la nomination de la veuve de Toussaint de Pize, et reçu le 15 mai suivant. Il avait obtenu des lettres de dispense d'âge et de parenté à cause de Claude Brondeault, maître ordinaire, son oncle. Il mourut en 1774 et fut remplacé par Jean Surget. — Armes : *D'azur, au chevron d'or, surmonté d'une étoile d'argent, alias, d'or, et accompagné de trois fleurs de cinq feuilles ou menues pensées d'or, alias, d'argent, feuillées et tigées de même, et posées deux et une, celle de la pointe soutenue d'un croissant d'argent.* Ces armes sont ainsi blasonnées dans l'*Armorial* de 1696, aux noms de Nicolas Colmont, avocat au parlement, contrôleur au grenier à sel de Chalon-sur-Saône, et de Joseph-Romain Colmont, secrétaire du roi près le parlement de Besançon. Jean-Chrysostome Colmont de Vaugrenant, lieutenant général au bailliage de Chalon au dernier siècle, était de la même famille.

Etienne MAILLARD, maître ordinaire, fut pourvu le 28 février 1744, sur la nomination de la veuve et des héritiers d'Adrien Cotheret. Il avait eu besoin de lettres de dispense d'âge. Reçu le 11 mars suivant, il mourut le 14 décembre 1755 et eut pour successeur Etienne Jomard. Sa femme se nommait Marguerite Millet. Il était fils de Mamet Maillard, marchand à Dijon, et de Louise Mongin, et petit-fils d'Etienne Maillard, aussi marchand. — Armes : *D'azur, au chevron d'or, accompagné en chef de deux étoiles d'argent, et en pointe d'un gland d'or fruité de même.*

NICOLAS-CLAUDE ROUSSELOT, maître ordinaire, succéda à Claude Brondeault, mort doyen des conseillers maîtres. Pourvu le 18 juin 1745, après avoir obtenu des lettres de dispense d'âge, il fut reçu le 7 juillet suivant et exerça son office jusqu'à la Révolution. Il remplit en outre les fonctions de secrétaire en chef des États de Bourgogne et celles de vicomte-mayeur de Dijon, de 1763 à 1770. Il était fils de Mammet Rousselot, avocat à la cour, et de Catherine Milon, et petit-fils de Nicolas Rousselot, conseiller du roi, général de la cour des monnaies de Paris au département de Bourgogne, et laissa de son mariage avec Anne-Nicolle Marillier d'Auxilly, une fille, Catherine, qui épousa Pierre-Salomon Desbois, grand bailli d'épée du Mâconnais. — Armes : *D'azur, à la fasce d'or, chargée d'une pensée tigée et feuillée de..., et accompagnée en chef d'une gloire, et en pointe d'un mouton passant...*

EDME MAISTRIZE, maître ordinaire, fut pourvu le 4 février 1746 de l'office vacant par le décès de Charles Gravier de Vergennes. Nommé à cet office par Charles Gravier, fils du dernier titulaire, il y fut reçu le 7 mars de la même année. Il mourut en 1777, et sa veuve nomma à son office Jean Bourgeois, qui le résigna, avant de s'en être fait pourvoir, en faveur de Jean-Baptiste Bona de Perex. — Armes : *D'azur, à deux lions affrontés d'or, soutenant un cœur de même, enflammé de gueules.* Ces armes sont attribuées aussi par l'*Armorial* de 1696 à Edme Maistrize, notaire et procureur à Beaune, lieu d'origine de cette famille.

JEAN CRESTIN, maître ordinaire, fut pourvu avec dispense d'âge le 17 février 1747, sur la démission d'Etienne Crestin, son père ; reçu le 6 mars suivant, il mourut le 22 septembre 1777 et eut pour successeur Louis-Arnould Le Seurre de Mussey. Voy. p. 270.

PIERRE BRUSSON, maître ordinaire, fut pourvu le 6 décembre 1748, sur la nomination du fils et héritier testamentaire de Jacques de Chanrenault. Reçu le 3 janvier de l'année suivante, il résigna en 1776 en faveur de Jean-François-Marie Jordan et obtint la même année des lettres d'honneur.

On trouve du même nom : Jean Brusson, solliciteur général des affaires du roi au parlement et à la Chambre des comptes avant 1685 ; Jean, châtelain de Saint-Laurent-lez-Chalon en 1692 ; Pierre, qui mourut en 1710, revêtu d'un office de secrétaire du roi en la chancellerie du parlement de Bourgogne ; et enfin Marie, femme de Paul Brunet, secrétaire de la Chambre des comptes, sous le nom de laquelle les armes suivantes sont enregistrées dans l'*Armorial* de 1696 : *D'azur, au chevron d'or, accompagné en chef de deux étoiles de même et en pointe d'un croissant argent.* — Pierre Brusson, maître des comptes, portait ces armes ainsi modifiées : *D'azur, au chevron brisé d'argent, accompagné en chef de deux étoiles de même et en pointe d'un croissant aussi d'argent, surmonté d'un roseau de même.*

Nicolas QUIROT, seigneur de Selongey, maître ordinaire, fut pourvu le 1er février 1749, sur la démission de Simon Chifflot. Il avait obtenu préalablement des lettres de dispense d'âge. Reçu le 1er mars suivant, il résigna en 1781, en faveur de Claude Perroy de la Forestille, et obtint en 1783 des lettres d'honneur qui font mention des services de son fils dans une charge de conseiller au parlement. — Lors de la convocation des Etats généraux du royaume, en 1789, Nicolas Quirot signa le cahier de l'ordre de la noblesse du bailliage de Dijon. Il était fils d'Henry Quirot, greffier en chef du bureau des finances en 1694, par le décès de Nicolas, son frère, puis auditeur des comptes. De son mariage avec Françoise-Nicole de Fay vint un fils, Nicolas Quirot de Poligny, conseiller au parlement en 1776, qui épousa au mois d'août 1789 Jeanne-Nicole-Victoire, fille de Simon Virely, avocat, conseil des Etats de la province, et de Marie-Nicole Legrand. Sa postérité subsiste. — Armes : *D'azur, au chevron, accompagné en pointe d'un pélican avec ses petits en son nid, le tout d'or ; au chef d'argent.*

Claude SEGUIN, seigneur d'Agencourt, maître ordinaire, succéda à Jean Segauld. Ses lettres de provisions, datées du 10 janvier 1752, font mention des services de son père, Nicolas Seguin, secrétaire en la chancellerie du parlement de Bourgogne depuis plus de seize ans, et de ceux de son parent, Denis Lamy, doyen des conseillers maîtres. Reçu le 20 du même mois, Claude Seguin mourut le 9 juillet 1761 et fut inhumé en l'église Notre-Dame, sa paroisse. Il eut pour successeur Nicolas Seguin, son frère.

I. Claude Seguin, originaire de Chalon-sur-Saône, eut de son mariage avec Thomasse Lamy : 1° Nicolas qui suit ; 2° Edme, seigneur de Broin et de Bonnencontre, receveur des impositions du bailliage de Nuits et receveur des épices de la Chambre des comptes, qui fut pourvu en 1749 d'une charge de secrétaire du roi en la chancellerie du parlement de Bourgogne et épousa Marie-Anne Barbier d'Entredeux-Monts ; sa descendance subsiste sous le nom de Seguin de Broin.

II. Nicolas, receveur des impositions du bailliage de Dijon, receveur général du taillon en Bourgogne et enfin secrétaire du roi en la chancellerie du parlement de Bourgogne en 1735, avait épousé Marguerite Bedey, fille de Pierre, auditeur des comptes, et en eut : 1° Pierre qui suit ; 2° Marguerite, mariée à Jean-Baptiste Baillyat, écuyer, seigneur de Broindon ; 3° et 4° Edmée et Jeanne, religieuses à la Visitation de Dijon ; 5° Claude, écuyer, seigneur d'Agencourt, maître des comptes, qui donne lieu à cet article et qui épousa, le 14 septembre 1751, Jeanne, fille de Pierre Gautier, trésorier de France à Dijon ; il ne laissa qu'une fille, Jeanne Chantal, dame de Lezeuil, mariée en 1774 à Louis Fardel de Daix, président aux requêtes du palais; 6° Nicolas, chanoine de la cathédrale de Dijon, maître des comptes en 1761; 7° Edme, docteur de Sorbonne, chanoine de la Sainte-Chapelle de Dijon.

III. Pierre, écuyer, seigneur de Belleneuve, Savolle, La Motte et Fontaine d'Ahuy, Savesolles et Beauvais, receveur des impositions du bailliage de Dijon après son père en 1746, avait épousé en 1744 Marie Cottin, dont il eut plusieurs filles, entre autres Nicole, mariée en 1767 à Vivant-Mathias-Léonard-Raphaël Villedieu de Torcy, conseiller au parlement, et Nicole-Marie, qui épousa en 1772 Hugues-Claude Suremain de Flammerans, écuyer. — Armes : *De gueules, à une couleuvre d'argent mise en fasce; au chef cousu d'azur, chargé de trois étoiles d'or.*

BARTHÉLEMY-SIMON JOMARD, maître ordinaire, fut pourvu le 1er décembre 1752, sur la nomination du fils et héritier de Jean-Christophe Fitzjean de Sainte-Colombe. Reçu le 20 du même mois, il mourut en 1788, et son office resta vacant jusqu'à la Révolution. Il était fils de Barthélemy Jomard, écuyer, et petit-fils d'un autre Barthélemy, correcteur des comptes en 1684.

Originaire du Chalonnais, cette famille a fourni des officiers aux Chambres des comptes de Dijon et Dole. J.-C. Jomard, seigneur de la Racineuse, conseiller en cette dernière Chambre, mourut en 1719; Jacques fut pourvu en 1682 de l'office de contrôleur alternatif des fortifications en Bourgogne; Jean-Chrysostome était châtelain de Saint-Laurent-lez-Châlon en 1692. — Armes : *D'azur, à la fasce d'or, accompagnée en chef d'un croissant d'argent accosté de deux étoiles d'or, et en pointe de trois roses d'argent.*

JEAN-BERNARD GAUTIER DE BREVANT, maître ordinaire, fut pourvu le 11 janvier 1755 de l'office vacant par le décès de Pierre Joly-Vallot, sur la nomination de Pierre Baudot, comme administrateur des biens de François-Etienne Baudot, son fils, héritier institué et petit-neveu du dernier titulaire. Il avait eu besoin de lettres de dispense de parenté à cause de Claude Gautier, son père, conseiller maître, et fut reçu le 31 du même mois. Par la suite, étant devenu propriétaire de l'office de son père, décédé en 1769, il le céda à François-Etienne Baudot, son vendeur, en échange de celui qu'il remplissait depuis 1755, et dont il demeura ainsi propriétaire définitif. Il l'exerça jusqu'à la Révolution. Voy. p. 271.

ETIENNE JOMARD, maître ordinaire, fut pourvu le 4 mai 1756, sur la nomination de la veuve d'Etienne Maillard, avec dispense d'âge et de parenté à cause d'Etienne-Léonard Michéa, conseiller correcteur, son oncle maternel. Reçu le 17 du même mois, il mourut le 19 novembre de l'année suivante et eut pour successeur Guillaume Jacquinot. Il était fils de François Jomard, correcteur des comptes en 1727, et cousin germain de Barthélemy-Simon, conseiller maître en 1752. Voy. plus haut.

FLORENT JOLY, maître ordinaire, fut pourvu le 26 avril 1757, sur la résignation de Pierre Parisot de Boissia. Reçu le 11 mai suivant, il résigna en 1778 en faveur d'Antoine-Nicolas Joly, son fils, et obtint la même année des lettres d'honneur. Famille originaire de Semur, aujourd'hui connue sous le nom de Joly de Saint-Florent. — Armes : *D'azur, à un lys de trois tiges d'argent, soutenu d'un croissant de même.*

BERNARD COCQUARD, maître ordinaire, succéda à Claude Brondeault, passé à un office de président. Pourvu le 2 juillet 1757, reçu le 30 du même mois, il fut remplacé en 1769 par Philibert-François Laureau de Lavault. Il était fils de François-Bernard Cocquard, avocat distingué au parlement de Dijon, membre de l'Académie de cette ville, et de Françoise-Bernarde Vaudremont. Son aïeul, Bernard Cocquard, aussi avocat au parlement, et premier échevin de Dijon, avait épousé Catherine Nicolas, dont il eut, outre François-Bernard, dont il vient d'être question, Simon, écuyer, chauffe-cire, scelleur héréditaire en la chancellerie du parlement de Bourgogne en 1732, marié à Marie-Claudine-Françoise Fleury et père de Jean-Bernard Cocquard, maître des comptes en 1772. — Armes : *D'azur, au coq d'argent, et un soleil d'or posé au premier canton.*

GUILLAUME JACQUINOT DE RICHEMONT, maître ordinaire, fut pourvu avec dispense d'âge, le 16 mars 1758, sur la nomination de la mère et des héritiers d'Etienne Jomard. Reçu le 10 avril de la même année, il résigna en 1760, en faveur de Claude Gallier, et mourut sans avoir été marié. Il était fils d'Etienne Jacquinot, secrétaire du roi en la chancellerie du parlement de Bourgogne, et de N. Catin de Richemont, et n'eut qu'un frère mort jeune.— Armes : *D'azur, au chevron d'or, accompagné en chef de deux geais d'argent, et en pointe d'un lion aussi d'argent tenant une lance de même.*

JEAN VERGNETTE DE LA MOTTE, maître ordinaire, fut pourvu le 30 juin 1758 de l'office vacant par la mort de Jean-Denis Lamy, sur la nomination de la veuve et de la fille et héritière universelle de ce dernier. Ayant obtenu à la même date des lettres de dispense d'âge et de parenté à cause de son père, aussi conseiller maître, il fut reçu le 12 juillet suivant et exerça son office jusqu'à la Révolution. Voy. p. 275.

JEAN-BAPTISTE-CHARLES VAILLANT DE MEIXMORON, maître ordinaire sur la démission d'André Lebelin, fut pourvu le 5 et reçu le 23 juin 1759. Il avait eu besein de lettres de dispense d'âge. Il résigna en 1777, en faveur de Charles-François Febvre et passa à un office de président. V. p. 77 et 81.

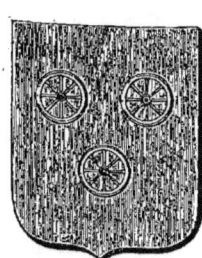

JEAN-BAPTISTE PERRET, seigneur de Flavignerot, maître ordinaire sur la résignation d'Anselme Lebelin, fut pourvu le 22 juin et reçu le 9 juillet 1759. Ayant épousé en 1768 Anne Papillon, fille de Philibert, conseiller maître, de qui lui vint la terre de Flavignerot, il obtint la même année des lettres de dispense d'alliance et exerça son office jusqu'à la Révolution. Il était fils d'André Perret, bourgeois de Chalon, et de Jeanne Arambert. — Armes : *De gueules, à trois roues d'argent.*

CLAUDE GALLIER, maître ordinaire, sur la démission de Guillaume Jacquinot, fut pourvu le 27 juin 1760, en considération des services de son père, Denis Gallier, conseiller auditeur pendant plus de vingt ans. Reçu le 11 juillet de la même année, il exerça son office jusqu'à la Révolution. — Armes : *D'azur, à un cheval passant de..... et un chef d'argent chargé d'un coq de.....*

NICOLAS SEGUIN, bachelier de Sorbonne, chanoine de la cathédrale de Dijon, maître ordinaire, fut pourvu sur la nomination de la veuve de Claude Seguin, son frère. On lit dans ses lettres de provisions, datées du 9 décembre 1761, qu'elles lui furent délivrées en considération des services de son frère Claude, dont il vient d'être question, et de ceux de son père, Nicolas Seguin, secrétaire en la chancellerie, et de son cousin, Denis Lamy, doyen des conseillers maîtres. Reçu le 2 janvier 1762, Nicolas Seguin résigna en 1768, en faveur de Jean-Pierre-Marie Monier de Gazon. Voy. p. 278.

PIERRE-BERNARD RANFER, seigneur de Bretenières, maître ordinaire, fut pourvu avec dispense d'âge le 5 octobre 1762, sur la résignation de Louis Bichot-Morel de Corberon. Reçu le 26 novembre suivant, il exerça son office jusqu'à la Révolution et mourut le 26 janvier 1806, étant maire de Dijon depuis 1802. Il était fils de Simon Ranfer, seigneur de Bretenières, avocat distingué au parlement de Bourgogne, avocat du roi au bureau des finances de Dijon, et de Marie-Geneviève Vaudremont. De son mariage avec Marie-Pétronille, fille de Pierre Baudot, écuyer, Pierre-Bernard eut deux enfants : 1° Simon-Pierre-Bernard-Marie Ranfer de Monceau, d'abord conseiller au parlement de Bourgogne en 1785, puis conseiller à la cour d'appel de Dijon, premier président de la même cour en 1815, baron héréditaire en 1822, et enfin conseiller d'État en service extraordinaire en 1827; sa descendance subsiste ; 2° Anne-Marie-Émilie, mariée en 1788 à Pierre-Bénigne-Anne Guyard de Bâlon, conseiller au parlement. — Armes : *D'azur, à la fasce d'argent, accompagnée en chef d'un croissant de même et en pointe d'un chérubin d'or.*

Jacques BONGUELET, maître ordinaire, succéda à Jean Nicolas, et fut pourvu, sur sa résignation, par lettres de provisions du 30 juillet 1766, contenant dispense d'alliance à cause de Jean Vergnette de la Motte, son beau-père, et de Jean Vergnette, son beau-frère, tous deux conseillers maîtres. Reçu le 30 juin 1767, il résigna en 1781, en faveur de Pierre-Jean Moreau. Il était originaire de Fretterans, d'une ancienne famille du lieu.

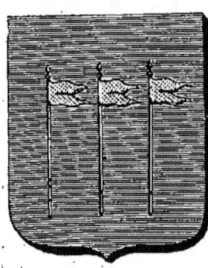

Jacques-Pierre LIGIER, maître ordinaire, fut pourvu le 1er février 1769, sur la nomination de la sœur et unique héritière testamentaire de Jean-Bernard Turrel, décédé le 1er janvier précédent. On lit dans ses lettres de provisions qu'elles lui furent accordées en considération des services de son père, Simon-Louis Ligier, conseiller auditeur depuis 1747. Il obtint à la même date des lettres de dispense d'âge et de parenté à cause de son père, fut reçu le 21 du même mois de février et mourut en 1788 revêtu de son office, qu resta vacant jusqu'à la Révolution.

La famille Ligier remonte à :

I. Nicolas Ligier, notaire royal à Paris-l'Hôpital, qui, de son mariage avec Antoinette Goudier, qu'il avait épousée le 1er décembre 1646, eut entre autres enfants : 1° Antoine, qui suit; 2° Marie, mariée en 1683 à Claude Martenet, procureur et notaire royal à Dole; 3° Anne, morte sans alliance en 1750.

II. Antoine, procureur au parlement en 1679, greffier en chef des présentations par commission du 13 mai 1701, épousa : 1° Jeanne Prinstet, fille de Jean, procureur au parlement, et de Marie Berard; 2° le 25 septembre 1724, Marguerite Gloton, veuve de Jacques-Bernard Sirot, contrôleur des maréchaussées en Bourgogne et Bresse, et fille de Charles Gloton, bourgeois de Dijon, et d'Eugénie Sibert. Du premier mariage vinrent : 1° Pierre, qui suit; 2° Louise, mariée en 1715 à Antoine Rigolier, avocat à la cour, écuyer, secrétaire du roi, auteur des Rigolier de Parcey; 3° François, lieutenant particulier, assesseur civil et criminel aux bailliage et siège présidial de Dijon, premier conseiller en la chancellerie du même lieu, marié le 24 avril 1724 à Louise, fille de François Arnoulph, écuyer, contrôleur des guerres en Bourgogne, et de Bénigne Chisseret; il en eut : *a.* Marguerite, femme de Jean Lobot, avocat à la cour, maire de la ville de Beaune; *b.* Anne, mariée en 1764 à Nicolas Pierre, trésorier de France à Dijon, dont la fille unique, Louise, épousa Jean-Nicolas Maulbon d'Arbaumont, ancien contrôleur général des fermes; 4° Jean, clerc tonsuré; 5° Antoine, religieux de Cîteaux, prieur de l'abbaye de la Frenade; 6° N., ursuline à Beaune.

III. Pierre, avocat à la cour, épousa, le 26 novembre 1709, Toussaine, fille de Simon Robelot, greffier de la chancellerie, et d'Étiennette Dean. Il en eut : 1° Antoine-Pierre, qui remplaça son aïeul dans les fonctions de greffier en chef des affirmations au parlement de Bourgogne; 2° Simon-Louis, qui suit,

IV. Simon-Louis, auditeur des comptes en 1747, épousa Marie, fille de Jacques Charbonnier, conseiller du roi, procureur syndic de la ville d'Auxonne, et de Jeanne Marchand; il en eut Jacques-Pierre, qui suit.

V. Jacques-Pierre, maître des comptes, qui donne lieu à cet article, reprit de fief en 1787 des seigneurie du Bois-Saint-Pierre et fief d'Etivaux, comme mari de feu Claudine-Andrée de la Grange, fille d'Henry de la Grange, seigneur desdits lieux, maître des comptes à Dole, et de Jeanne Germain, et comme tuteur d'Henry-Marie-Germain et de Philippe-Jean-Germain Ligier, ses enfants, neveux et héritiers de Germain-Henry de la Grange, conseiller au parlement de Dijon, leur oncle maternel. L'un de ses fils épousa Mlle Juillet de Saint-Pierre, fille d'un conseiller au parlement, et en eut un fils unique, qui a été autorisé à relever le nom de Juillet du Bois de Saint-Pierre. — Armes : *D'azur, à trois guidons d'or mis en pal.* — Ce sont là les armes actuelles de cette famille; mais on voit sur le cachet de plusieurs de ses membres, au siècle dernier, un écu *d'azur, à un oiseau d'or, s'essorant d'un rocher de.....* Enfin l'*Armorial* de 1696 attribue à Antoine Ligier, qui les portait en effet, ou à peu près, les armes suivantes : *D'argent, à trois chênes de sinople posés en pal 2 et 1.*

Jean-Pierre-Marie MONIER DE GAZON, maître ordinaire, fut pourvu le 15 février 1769, sur la résignation de Nicolas Seguin; reçu le 6 mars suivant, il résigna en 1780 en faveur de Louis-Adrien Demanche.

Philibert-François LAUREAU DE LAVAULT, maître ordinaire, fut pourvu le 29 novembre 1769, sur la nomination de François-Bernard Cocquard, qui avait été autorisé par une délibération de parents à traiter avec lui de l'office de Bernard Cocquard, son fils. Reçu le 20 décembre suivant, après avoir obtenu des lettres de dispense d'âge et de parenté à cause de son père, dont les services dans une charge d'auditeur sont mentionnés avec éloge, Philibert-François Laureau de Lavault exerça son office jusqu'à la Révolution. Il avait épousé en 1778 Jeanne-Claudine-Gabrielle, fille d'Henry Maulbon d'Arbaumont, trésorier de France à Dijon, et de Pierrette Boisot. Sa descendance subsiste.

Famille originaire d'Avallon et qui a fourni plusieurs officiers à la maîtrise des eaux et forêts et au grenier à sel de cette ville, savoir : François et Jean Laureau, pourvus en 1694 et 1696 de l'office de garde-marteau en la maîtrise des eaux et forêts; François, Noël, Jean et Jacques-Gabriel, pourvus, les deux premiers, en 1699 et 1751, de l'office de procureur du roi, les deux autres, en 1703 et 1740, de celui de grenetier au grenier à sel. — François-Philibert, sieur de Lavault, auditeur des comptes en 1753, épousa Louise Colas, dont il eut entre autres enfants : Philibert-François, qui donne lieu à cet article, et Jeanne-Edmée, mariée en 1764 à Jean-François Davoust, écuyer, chevalier de Saint-Louis, capitaine aide-major des carabiniers, qui fut reçu aux États de 1784. — Armes : *D'argent, au laurier terrassé et accosté de deux troncs d'arbres, le tout de sinople.*

Nicolas SURGET, maître ordinaire, fut pourvu, le 24 octobre 1770, de l'office vacant par le décès de Claude Gautier de Brevant. Antoine Chantepinot, qui traita avec lui de cet office avant de s'en être fait pourvoir, y avait été nommé lui-même par Pierre Baudot, comme tuteur de François-Étienne Baudot, son fils, héritier institué de Pierre Joly-Vallot, et en cette qualité propriétaire par échange de l'office de Claude Gautier de Brevant, récemment décédé. Par suite de cet échange, dont il a été question plus haut (voy. p. 279), Jean-Bernard Gautier de Brevant, fils de Claude, demeura propriétaire incommutable de l'office de Pierre Joly-Vallot, qu'il exerçait depuis 1755, tandis que l'office de son père devint la propriété de François-Étienne Baudot et passa, comme il vient d'être dit, à Nicolas Surget. Les lettres de provisions de ce dernier font mention des services de Nicolas Surget, doyen, et de Nicolas Surget, maître des comptes, son aïeul et son père, qui s'étaient rendus recommandables par leur zèle, leur intégrité et leur talent. Il avait obtenu préalablement des lettres de dispense d'âge et de parenté à cause de son aïeul et de son père. Reçu le 11 décembre de la même année, il exerça son office jusqu'à la Révolution. Voy. p. 267 et 275.

Jean-Bernard COCQUARD, maître ordinaire, fut pourvu, le 29 avril 1772, de l'office vacant par le décès d'Anne-Barthélemy Cortois de Quincey, sur la démission de Jean-Louis Bernigaud, qui y avait été nommé par le frère et unique héritier du dernier titulaire et ne s'en était pas fait pourvoir. Reçu le 11 mai 1772, Jean-Bernard Cocquard exerça son office jusqu'à la Révolution. Il était cousin germain de Bernard Cocquard, maître des comptes en 1757. Voy. p. 280.

Philibert MOUSSIÈRE, maître ordinaire, fut pourvu le 25 mai 1774, sur la nomination du fils de Nicolas Surget, décédé doyen des conseillers maîtres. Reçu le 7 juin 1774, il mourut le 7 février 1784, et eut pour successeur Bernard Petitot. Il était de la même famille que Nicolas Moussière, originaire de Chagny, qui fut pourvu en 1770 d'une charge de secrétaire du roi près la chancellerie du parlement de Bourgogne et eut, de son mariage avec Françoise Roche, un fils, Louis, qui suit.

Louis, écuyer, lieutenant général au bailliage de Dijon, vicomte-mayeur de la même ville de 1784 à 1789, épousa Madeleine, fille de Jean Mollerat de Souhey, écuyer, secrétaire du roi en la chancellerie du parlement de Bourgogne, et de Barbe de Savoye. Il en eut plusieurs enfants. Sa descendance mâle est éteinte. — Armes : *D'azur, au chevron d'or, accompagné de trois mousserons de même.*

Jean SURGET, maître ordinaire, fut pourvu le 8 février 1775, sur la nomination de la veuve de Claude-Clément Colmont. Ayant obtenu le même jour des lettres de dispense d'âge et de parenté à cause de son père et de son frère, tous deux conseillers maîtres, il fut reçu le 8 mars suivant et exerça son office jusqu'à la Révolution. Voy. p. 267, 275 et plus haut.

Augustin **DE LA RAMISSE**, maître ordinaire, succéda à Daniel de Salins. Ses lettres de provisions, datées du 5 juillet 1775, rappellent les services rendus par son père, Claude-Joseph de la Ramisse, dans l'office de lieutenant civil aux bailliage et chancellerie d'Auxonne. Reçu le 18 du même mois, il fut nommé depuis maire de la ville d'Auxonne et conserva néanmoins sa charge de maître des comptes qu'il exerça jusqu'à la Révolution.

Ancienne famille d'Auxonne, dont plusieurs branches se sont établies à Dijon, Saint-Jean-de-Losne et Arnay-le-Duc; nous citerons parmi ses membres : Pierre, marchand à Auxonne en 1653; Sébastien, bourgeois de la même ville en 1682; François, receveur au grenier à sel d'Arnay, seigneur de Tais et la Chaumelle, qui épousa Anne Conte et en eut un fils, François-Bernard, auditeur des comptes à Dole; Jean et Jacques-Joseph, son fils, substituts du procureur général à la Chambre des comptes en 1682 et 1700; Claude, lieutenant criminel au bailliage et maire d'Auxonne, dont le fils, Jacques, grenetier au grenier à sel de Saint-Jean-de-Losne, maire de la même ville et élu du tiers-état aux États de la province en 1703, mourut en 1709; il avait épousé Antoinette Joliclerc, d'une ancienne famille de Saint-Jean-de-Losne; Jean, secrétaire en la chancellerie du parlement en 1712, qui passa en 1717 à un office de secrétaire du roi, maison et couronne de France; Simonne, veuve en 1719 de Jean-Baptiste Pelletier, seigneur de Cléry, maître des comptes à Dole; Jean-François, qualifié écuyer, vicomte-mayeur de la ville d'Auxonne en 1756; et enfin Jeanne, veuve en 1699 de Claude Charpy, ancien maire de Saint-Jean-de-Losne. — Armes : *D'azur, au pigeon ramier d'argent, portant en son bec un rameau d'olivier de sinople.* Alias : *D'argent, au ramier de sable, etc.....* Alias : *De gueules, au ramier d'argent.....*

Jean-François-Marie **JORDAN**, maître ordinaire, fut pourvu le 15 mai 1776, sur la résignation de Pierre Brusson. Reçu le 18 juin suivant, après avoir obtenu des lettres de dispense d'âge, il exerça son office jusqu'à la Révolution.

La famille Jordan, originaire du Languedoc, s'est divisée en plusieurs branches. L'une d'elles, établie à Lyon au dernier siècle et illustrée par Camille Jordan, le célèbre orateur, s'est séparée en deux rameaux. La branche de Bourgogne, aujourd'hui fixée dans l'Avallonnais, remonte à Etienne Jordan, ministre protestant à Arnay-le-Duc, qui épousa Marie Tourois et se retira en Hollande, lors de la révocation de l'édit de Nantes, avec deux de ses fils, laissant en France le plus jeune, Gabriel, qui eut postérité. A cette branche appartenaient Jean-François-Marie, qui donne lieu à cet article, et Gabriel, qui était revêtu en 1735 d'une charge de secrétaire du roi, contrôleur en la chancellerie du parlement de Dijon. Elle porte : *D'azur, à l'ancre de... brochant sur deux bâtons passés en sautoir; au chef cousu du champ, chargé de trois étoiles d'or.* —

Armes de la branche établie à Lyon : *De sinople, à la fasce denchée d'or, accompagnée en chef de deux étoiles à cinq rois aussi d'or, et en pointe d'un jars d'argent, becqué et membré d'or,* alias *au naturel.*

CHARLES-FRANÇOIS FEBVRE, maître ordinaire, succéda à Jean-Baptiste-Charles Vaillant de Meixmoron, promu à un office de président, et fut pourvu sur sa résignation, avec dispense d'âge, par lettres du 9 avril 1777, qui font mention des services rendus par Jacques Febvre, son père, dans l'office de trésorier de France au bureau des finances de Dijon. Reçu le 21 du même mois, il exerça son office jusqu'à la Révolution.

Ancienne famille, originaire d'Aisey-le-Duc, à laquelle appartenaient Jean-Baptiste Febvre du Chemin-d'Aisey, chevalier de Saint-Louis, capitaine au régiment d'Agenois, mort aux îles en 1779, et Charles-François, auditeur des comptes en 1753, tous deux frères de Jacques Febvre, trésorier de France, dont il vient d'être question. — Armes : *D'or, au chef de gueules et une bande componée d'or et de sable brochant sur le tout.* Ces armes sont attribuées, par l'*Armorial* de 1696, à Jean-Baptiste Febvre, receveur au grenier à sel de Châtillon.

LOUIS-ARNOULD LE SEURRE DE MUSSEY, ancien conseiller au Châtelet de Paris, fut pourvu le 29 avril 1778 d'un office de maître ordinaire, sur la nomination des héritiers de Jean Crestin. Reçu le 16 mai suivant, il exerça son office jusqu'à la Révolution et mourut sans laisser d'enfants de son mariage avec N. de Moyria.

Louis-Arnould Le Seurre de Mussey était fils d'Arnould-Philippe Le Seurre, écuyer, trésorier-payeur des gages de la Chambre des comptes de Dole, et petit-fils de noble Arnould Le Seurre, qui avait épousé en 1717 Anne, fille de noble Philippe Regnard, contrôleur au grenier à sel de Joinville, et d'Antoinette Cousin.

D'Hozier a publié la généalogie de cette famille, originaire de Joinville, et dont la filiation est régulièrement établie depuis noble Réné Le Seurre, contrôleur ordinaire des guerres en la province de Champagne par commission du mois de novembre 1592. Il fut en outre gruyer des eaux et forêts de la principauté de Joinville, charge dans laquelle son fils, noble Arnould Le Seurre, lui succéda en 1621. Louis Arnould, maître des comptes, descendait de ce dernier au IVe degré. — Armes : *D'or, à un chêne de sinople ayant ses racines de même et empoigné au milieu de la tige par la main d'un bras droit de gueules mouvant de la partie senestre.*

ANTOINE-NICOLAS JOLY, maître ordinaire, fut pourvu le 1er juillet 1778 sur la résignation de Florent Joly, son père. Reçu le 21 du même mois, il exerça son office jusqu'à la Révolution. Voy. p. 280.

JEAN-BAPTISTE BONA DE PEREX, maître ordinaire, succéda à Edme Maistrize. Ses lettres de provisions, datées du 29 juillet 1778, rappellent les services rendus par son père, Jean-Baptiste Bona, seigneur de la tour et seigneurie de Perex et de la baronnie de Montfalconet, dont il reprit de fief en 1750, dans la charge de conseiller en la cour des monnaies et siége présidial de Lyon, et ceux de son aïeul, Jean-Baptiste Bona, procureur du roi en la juridiction des gabelles du Lyonnais et échevin de Lyon en 1751. Reçu le 11 août 1778, après avoir obtenu des lettres de dispense d'âge, Jean-Baptiste Bona de Perex résigna en 1785, en faveur de Charles-Marie Perroy de la Forétille. — Armes : *Écartelé, aux 1 et 4, coupé d'azur et d'or, à la croix pattée d'argent sur le tout; aux 2 et 3, coupé d'or et d'azur, au lion d'argent sur le tout; au chef d'azur, chargé de trois roses d'or, régnant sur l'écartelure.*

CLAUDE DELATROCHE, ou DE LA TROCHE, maître ordinaire, fut pourvu le 24 mars 1779, sur la démission de Louis Goujet-Duval. Ses lettres de provisions font mention des services de son père Henry et de son aïeul, Guillaume Delatroche, tous deux conseillers auditeurs. Reçu le 16 avril de la même année, après avoir obtenu des lettres de dispense d'âge et de parenté à cause de son père, il exerça son office jusqu'à la Révolution. Ce magistrat, d'un esprit distingué, fut souvent désigné par sa compagnie pour rédiger des remontrances ou mémoires qu'elle avait à présenter au roi dans son intérêt ou dans celui du public.

La famille Delatroche, encore existante, est originaire d'Arnay-le-Duc, où l'on trouve de ce nom trois contrôleurs au grenier à sel : Lazare en 1636, Louis en 1701, et un autre Louis en 1720. — Armes : *D'azur, alias de gueules, au vol d'or, surmonté d'une étoile d'argent et soutenu d'un croissant de même. Alias : D'azur, à deux cotices d..... et un vol brochant sur le tout.*

TOUSSAINT MICHEL, maître ordinaire, fut pourvu le 31 décembre 1779, sur la résignation de Jean-Baptiste-Jean-Chrysostome Vergnette de la Motte. Reçu le 31 janvier de l'année suivante, il exerça son office jusqu'à la Révolution.

LOUIS-ADRIEN DEMANCHE, maître ordinaire, succéda à Pierre-Marie Monier de Gazon. Pourvu sur sa démission le 23 mai 1780, il fut reçu le 27 juin suivant, après avoir obtenu des lettres de dispense d'âge et d'alliance à cause du sieur Joly, son beau-frère, et exerça son office jusqu'à la Révolution. Il appartenait à une ancienne famille de Semur qui a fourni deux contrôleurs au grenier à sel de cette ville, Jacques en 1616, et Jacques, son fils, qui lui succéda en 1688. Elle y était représentée à la fin du siècle dernier par Louis Demanche, lieutenant général criminel au bailliage de Semur, dont la fille, Edmée-Pierrette, épousa en 1770 Philibert de

Bretagne, écuyer. François, maire de Semur, mort en 1763, et Antoine, auditeur des comptes en 1744, étaient de la même famille. — Armes : *D'azur, à un manche d'or.*

PIERRE-JEAN MOREAU, maître ordinaire, fut pourvu avec dispense d'âge le 18 juillet 1781, sur la résignation de Jacques Bonguelet. Reçu le 2 janvier de l'année suivante, il exerça son office jusqu'à la Révolution.

CLAUDE PERROY DE LA FORETILLE, maître ordinaire, fut pourvu le 31 décembre 1781, sur la résignation de Nicolas Quirot. Reçu le 28 janvier de l'année suivante, il exerça son office jusqu'à la Révolution. Il était originaire de Marcigny et propriétaire du fief de la Foretille, dans le Brionnais.

BERNARD PETITOT, maître ordinaire, succéda à Philibert Moussière. Pourvu le 7 mai 1784, sur la nomination du frère et héritier présomptif de ce dernier, il obtint le même jour des lettres de dispense d'âge et de parenté à cause de son oncle, Melchior-Louis Petitot, conseiller auditeur, et fut reçu le 21 juin suivant. Il mourut en 1786, et ses héritiers institués nommèrent à son office Anne-François-Archambeau Commerson. Il était fils de Jean-Baptiste Petitot, avocat à la cour, pourvu en 1769 de l'office d'avocat du roi au bureau des finances, et de Marie-Madeleine Regnault.

Quantin Petitot, procureur du roi aux bailliage et siége présidial de Dijon en 1713, était sans doute de la même famille.

PHILIBERT-JEAN LACOSTE, maître ordinaire, succéda à Vincent-Louis Chifflot de Saint-Moré; il fut pourvu le 15 décembre 1784, sur la nomination du père de Louis-Vincent Mourot, neveu et héritier testamentaire du dernier titulaire. Reçu le 3 janvier de l'année suivante, il résigna en 1788 en faveur de Bernard-Louis Vergnette de la Motte. Il était fils de Jean-Baptiste Lacoste, avocat distingué au parlement de Bourgogne, et de Catherine Trappet, dont le père, Pierre Trappet, avait été successivement greffier en chef de la Chambre des comptes (1713) et du bureau des finances (1733). — On trouve du même nom Jean Lacoste, qui fut pourvu en 1720 d'un office de secrétaire du roi en la chancellerie du parlement de Bourgogne. — Armes probables : *D'argent, à un arbre de sinople sur une terrasse de même ; au chef de gueules, chargé de trois étoiles d'argent.*

CHARLES-MARIE PERROY DE LA FORETILLE, seigneur de Sercy, maître ordinaire, fut pourvu le 20 avril 1785, sur la démission de Jean-Baptiste Bona de Perex. Ayant obtenu des lettres de dispense d'âge et de parenté, à cause de son père, conseiller maître, il fut reçu le 28 mai suivant et exerça son office jusqu'à la Révolution.

ANNE-FRANÇOIS-ARCHAMBEAU COMMERSON, maître ordinaire, remplaça Bernard Petitot et fut pourvu, par lettres du 30 octobre 1786, contenant dispense d'âge. Reçu le 15 décembre suivant, il exerça son office jusqu'à la Révolution.

BERNARD-LOUIS VERGNETTE DE LA MOTTE, maître ordinaire, fut pourvu sur la résignation de Philibert-Jean Lacoste. Ses lettres de provisions, datées du

16 janvier 1788, font mention des services rendùs par son père et son aïeul, tous deux conseillers maîtres. Ayant obtenu des lettres de dispense d'âge et de parenté à cause de Jean-Baptiste Vergnette de la Motte, son père, maître des comptes, il fut reçu le 28 du même mois, et exerça son office jusqu'à la Révolution. Voy. p. 275 et 280.

Bernard-Louis Vergnette de la Motte est le dernier conseiller maître qui ait été reçu à la Chambre des comptes de Bourgogne et Bresse.

CHAPITRE SIXIÈME

Conseillers correcteurs.

GAULTIER BROCARD fut pourvu le 27 août 1543 d'un office unique de correcteur créé par édit du mois de juillet précédent, aux gages de 300 livres. Reçu le 7 septembre de la même année, il mourut en 1557 et eut pour successeur Jean Garnier. Il appartenait à la même famille qu'Antoine Brocard, président à la Chambre des comptes en 1595. Voy. p. 42.

ÉTIENNE BARBIER fut pourvu le 26 avril 1554 d'un second office de correcteur créé par édit du même mois. Reçu le 26 juin suivant, il mourut revêtu de son office et fut remplacé en 1569 par Abel Guérin. Voy. p. 79.

FRANÇOIS REGNIER fut pourvu d'un troisième office de correcteur créé en mars 1555. Ses lettres de provisions, qui ne sont pas distinctes de l'édit de création, furent enregistrées le 27 du même mois. Il résigna en 1570 en faveur de Jean Boisselier. Voy. p. 86.

PHILIBERT REGNARD fut pourvu le 21 juillet 1557 d'un quatrième office de correcteur créé par édit du même mois. Reçu le 28 janvier de l'année suivante, il résigna en 1573 en faveur de Bénigne Turrel. Il avait précédemment exercé les fonctions de grenetier et de receveur du grenier à sel de Pouilly, et l'on voit par un acte de 1572 qu'il possédait comme engagiste les bois de Fay et de l'Étang dans la châtellenie de Vergy, ce qui nous fait supposer qu'il était issu de Jacques Regnard, seigneur de la Chaume, près Boncourt-la-Ronce, en 1448. — Une famille du même nom, qui a fourni plusieurs contrôleurs au grenier à sel d'Avallon, portait : *De gueules, à un renard passant d'or, la queue levée, et accompagné en chef de trois étoiles de même et en pointe d'un croissant aussi d'or.* Ces armes sont à peu de chose près celles des Regnard de Lagny, créés barons en 1816.

JEAN GARNIER, correcteur, fut pourvu le 28 décembre 1557 de l'office vacant par le décès de Gaultier Brocard, et obtint le 8 mars 1557/8 des lettres patentes ordonnant qu'il jouirait de cet office nonobstant l'édit de suppression du mois d'août de l'année précédente. Reçu le 3 juin 1558, il mourut le 5 septembre 1587 et fut remplacé par Jean Robert. Jean Garnier était fils de Guillaume Garnier, bourgeois de Dijon, et de Marguerite Baissey, veuve en octobre 1560, et il appartenait très probablement à la même famille que Jean Garnier, qui fut pourvu en 1691 d'un office de substitut du procureur général de la Chambre des comptes. Voy. son article·

ABEL GUÉRIN, secrétaire du sieur de Tavanes, lieutenant général au gouvernement de Bourgogne, fut pourvu le 1er mars 1569 de l'office de correcteur vacant par la mort d'Etienne Barbier. On lit dans ses lettres de provisions qu'elles lui furent accordées en considération des services qu'il avait rendus pendant les troubles de l'année 1567 et depuis dans diverses négociations dont il avait été chargé lors du séjour des Reîtres en Auxois, sous la conduite du duc Casimir. L'office d'Etienne Barbier se trouvant compris dans la suppression d'offices ordonnée par le roi sur les remontrances des Etats d'Orléans, la Chambre fit difficulté de recevoir son successeur et elle ne l'admit au serment, le 5 mars 1570, qu'après qu'il eut obtenu une déclaration royale portant que ses lettres de provisions sortiraient leur plein effet. Abel Guérin devint peu après secrétaire de la Chambre du duc d'Anjou, depuis Henri III, et fut pourvu du greffe du bailliage de Mâcon, après avoir résigné en 1572 son office de correcteur dans lequel il fut remplacé par Claude Bourlier. Il est l'auteur de mémoires intéressants.

Famille originaire du Mâconnais et connue depuis Guillaume Guérin qui vivait au XVe siècle. Nous citerons parmi ses membres : Guillaume, receveur des aides et octrois de Bourgogne en 1545 et contrôleur du domaine et des aides au bailliage de Mâcon, qui quitta cet office en 1570; Pierre, secrétaire des Etats du Mâconnais en 1696, et Gabriel, anobli en 1718 par une charge de secrétaire du roi au parlement de Besançon. — Armes : *D'argent, à un chevron d'azur, accompagné en chef de deux glands tigés et feuillés de sinople et en pointe d'une couleuvre tortillée en rond et mordant sa queue de même.*

JEAN BOISSELIER, correcteur, pourvu le 11 décembre 1570 sur la résignation de François Regnier, reçu le 15 mai 1571. Il mourut en janvier 1586 et fut remplacé par Paul Gastebois. Il laissait trois fils : 1° Prudent, reçu en 1611 commissaire aux requêtes du palais, puis conseiller au parlement; 2° Jean, marié à Bénigne Millière; 3° Emilland, correcteur des comptes en 1614. Prudent Boisselier, reçu procureur du roi au bureau des finances en 1647, était de la même famille. — Armes : *D'argent, à un chevron d'azur, accompagné de trois lézards de sinople, les deux du chef affrontés ; au chef de gueules, chargé d'un soleil d'or, accosté de deux étoiles de même.*

CLAUDE BOURLIER, correcteur, fut pourvu le 3 août 1572 sur la résignation d'Abel Guérin, en récompense de ses services et des grandes pertes qu'il avait souffertes lors du passage du duc Casimir en Bourgogne. Reçu le 16 décembre suivant, il résigna en survivance en 1578 au profit de son fils Jean, et, après la mort de ce dernier, il fit une seconde résignation en 1588 en faveur de Jacques Bourrée. Il était fils de Bénigne Bourlier, maître des comptes en 1571. Voy. p. 172.

BÉNIGNE TURREL, correcteur, pourvu le 27 octobre 1573 sur la résignation de Philibert Regnard, reçu le 15 juin 1575. Il résigna en 1611 en faveur de Didier Laverne. Voy. p. 269.

JEAN BOURLIER, correcteur, pourvu en survivance de l'office de Claude Bourlier, son père, le 15 mars 1578, reçu le 11 mars 1579. Il mourut avant son père qui rentra en possession de son office, comme on l'a vu plus haut.

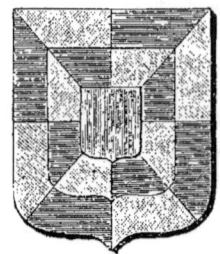

Jean GASTEBOIS, correcteur, pourvu le 26 février 1586 par le trépas de Jean Boisselier, reçu le 29 mars suivant, résigna en 1614 en faveur d'Emilland Boisselier. Issu au cinquième degré de Thibaut Gastebois, de Langres, homme d'armes de la compagnie du roi René d'Anjou, qui avait été anobli le 4 septembre 1479, Paul Gastebois épousa Radegonde Mailly; son fils Jean, seigneur de Lezeul, avocat en parlement et maître des requêtes du duc d'Orléans, obtint en 1650 des lettres de relief de noblesse où on lit que son aïeul, François Gastebois, seigneur de Bazerealz, contrôleur des deniers communs de Langres, avait été forcé d'exercer la marchandise pendant quelque temps. Il laissa une fille, Radegonde, qui porta la seigneurie de Lezeul à son mari Pierre Berbis, baron d'Esbarres, gentilhomme ordinaire du duc d'Orléans. — Armes : *Gironné d'or et d'azur, chargé d'un écu de l'un en l'autre, et sur le tout un écu de gueules.*

Jean ROBERT, correcteur, fut pourvu le 6 juin 1587 par le décès de Jean Garnier. Reçu le 5 septembre suivant, il mourut en 1603 et fut remplacé par Jean Bernard. — Philibert Robert, général des finances en 1557 et trésorier de France, était sans doute de la même famille. Son sceau porte : *un chevron accompagné d'une bordure;* on lui connaît deux enfants : Pierre, qui lui succéda dans ses charges, et Marguerite, femme de Gabriel Breunot, conseiller au parlement. Voir aussi l'article de Claude, auditeur en 1619.

Gabriel SOYROT, correcteur des comptes près la Chambre royaliste par commission du maréchal d'Aumont du 9 janvier 1592, fut reçu à Flavigny le 7 mars suivant et devint peu après maître ordinaire. Voy. p. 185, 197 et 220.

Claude REGNARD est qualifié conseiller correcteur dans le compte du ban et de l'arrière-ban du bailliage d'Autun pour l'an 1594, où il fut compris pour ce qu'il possédait en fief dans la baronnie d'Uchon. Nous n'avons pu trouver ni ses lettres de provisions ni son arrêt de réception, ce qui nous fait supposer qu'il exerçait près la Chambre royaliste de Semur, ayant probablement été pourvu de l'office unique de correcteur créé par Henri IV au mois d'août 1594.

Jacques BOURRÉE, correcteur, fut pourvu le 6 octobre 1588 sur la résignation de Claude Bourlier. Il était alors « retenu prisonnier par ceux du parti contraire », ce qui l'empêcha de présenter ses provisions à la Chambre dans le délai prescrit; aussi ne fut-il admis au serment que le 17 juillet 1595, après avoir obtenu le 20 juin précédent des lettres patentes ordonnant qu'il serait reçu sans s'arrêter « au suran » et nonobstant la recette qu'il avait faite « des impôts mis sus en la ville et département de Verdun et pays du Maconnois, et payement des gens de guerre estant en garnison au dit pays ». Jacques Bourrée résigna en 1601 en faveur de Bernard de Requeleyne. Sa famille, originaire de Bligny-sur-Ouche, s'était établie à Beaune, au XVIᵉ siècle. Elle a fourni des avocats au parlement, un greffier en chef des eaux et forêts de Bourgogne, des officiers de la Chambre des comptes, etc. — Armes: *D'azur, à une fasce d'or, accompagnée en chef de deux têtes de bélier d'argent et en pointe d'un grillot de même.*

Jᴇᴀɴ GIRAULT fut pourvu le 23 juin 1595 de l'un des trois offices de correcteurs créés par édit du même mois comme étant l'un de ceux qui s'étaient « employés en la réduction de la ville de Dijon ». Il fut reçu le 6 septembre de la même année et son office ayant été supprimé en 1597, il obtint d'être maintenu sa vie durant dans la jouissance de ses priviléges, par arrêt du conseil vérifié au parlement le 13 juillet 1604. Nous ne savons rien sur sa famille.

Pɪᴇʀʀᴇ PENNET, seigneur en partie des Maillys, fut pourvu le 24 juillet 1596 d'un office de correcteur de la création de juin 1595 (1) que le roi avait d'abord donné à Anathoire Joly pour le récompenser de ses services en la réduction de Dijon. Ce dernier étant mort avant d'avoir prêté serment, sa veuve et ses héritiers, à qui la possession de son office avait été confirmée par brevet du 8 juillet 1595, y nommèrent Bénigne Le Compasseur qui en fit démission avant réception en faveur de Pierre Pennet, d'accord avec ses vendeurs. Pierre Pennet prêta serment le 13 août 1596 et, son office ayant été compris dans la suppression du semestre, il fut maintenu comme les autres officiers supprimés dans la jouissance de ses priviléges. Nous le croyons fils de Jean Pennet, marchand à Chalon en 1551, et d'Andrée Berbis; il mourut sans enfants vers 1615, ayant institué pour ses héritiers Bénigne Berbis, contrôleur au grenier à sel de Beaune, et son fils Jean, auteur de la branche des Berbis des Maillys. — Armes : *Trois pennes issant d'un croissant posé en pointe.*

Bᴇʀɴᴀʀᴅ DE REQUELEYNE, correcteur, pourvu le 5 mai 1601 sur la résignation de Jacques Bourrée, reçu le 5 septembre suivant, résigna en 1622 en faveur de Jean de Villemereux. Voy. p. 230 et 247.

Jᴇᴀɴ BERNARD, correcteur, pourvu le 26 décembre 1603 par le décès de Jean Robert, et reçu le 22 mars 1604, mourut le 15 avril 1641. Son office passa, sur la nomination de Bénigne Bernard, son héritier testamentaire, à Claude Martin qui, après en avoir obtenu des lettres de provisions, s'en démit, avant réception, en faveur de Sébastien Filzjean.

Jean Bernard avait rempli précédemment les fonctions de receveur général des finances et de trésorier des fortifications en Bourgogne. On lui connaît deux frères : Laurent,

(1) Le troisième office de cette création paraît ne pas avoir été rempli.

aussi receveur général, et Bénigne, maître des comptes à Paris. Son cousin, Jean Bernard, seigneur de Sainte-Hélène et de Baudrières, lieutenant général au bailliage de Chalon, est l'auteur des Bernard de Sassenay et de Trouhans, famille qui a tenu pendant plus de deux siècles un rang considérable dans la noblesse sénatoriale de Bourgogne. — Armes : *D'azur, à une fasce d'or, chargée d'une molette du champ et accompagnée en chef de deux badelaires passés en sautoir d'argent garnis d'or, et en pointe d'un étendard d'argent posé en bande, la lance d'or.*

DIDIER LA VERNE, seigneur de Corbeton et de Nogent-lez-Montbard en partie, pourvu le 24 octobre 1611 d'un office de correcteur sur la résignation de Bénigne Turrel, fut reçu le 10 décembre suivant. Il résigna en 1620 en faveur de Jean Gaulthier.

La famille Verne ou Laverne, éteinte au siècle dernier, remonte à :

I. Jean, secrétaire du roi et son procureur à la Chambre des comptes en 1498. Le P. Gautier lui donne pour fils Sébastien, qui suit.

II. Sébastien épousa Pierrette Raviet, sœur de Jean, conseiller au parlement de Dijon en 1514, puis en celui de Paris en 1528; il mourut en 1520, laissant trois enfants : 1° Bénigne, seigneur d'Athée, de Magny et de la chapelle de Villars, conseiller, puis président au parlement, créé chevalier par Henri III en 1577 et mort sans enfants de ses deux femmes, Elisabeth de Troyes, veuve de Pierre Fourneret, et Michelle Belrient; il laissa ses biens à ses trois neveux, Bénigne, Jacques et Gaspard, et à Marie, femme d'Etienne de Marcheseul; 2° Didier, qui suit; 3° Claudine, mariée en 1520 à Jean Morelet, le jeune, procureur du roi au bailliage de Dijon.

III. Didier, enquesteur pour le roi au bailliage et en la chancellerie de Dijon, épousa Catherine Fourneret, dont il eut : 1° Sébastien, chanoine de Saint-Etienne; 2° Marie, femme d'Etienne de Marcheseul, écuyer; 3° Marguerite, mariée à N. Lefebvre, enquesteur au bailliage; 4° Bénigne, qui suit; 5° Jacques, seigneur d'Athée et de Morveau, avocat au parlement, vicomte mayeur de Dijon en 1566-67, 1587-89, 1590-92, 1593-94, mort sur l'échafaud le 29 octobre de cette dernière année pour avoir voulu livrer Dijon à Henri IV. Il avait obtenu en 1590 des lettres de noblesse et laissa quatre enfants de son mariage avec Anne Godran, savoir: *a* Chrétien, avocat au parlement; *b* Bénigne, sieur de Morveau, marié en 1617 à Marguerite Garnier, dont il eut plusieurs enfants, entre autres Pierre, sieur de Morveau après son père; *c* Didier, correcteur des comptes, qui donne lieu à cet article, marié à Henriette de Requeleyne, dont il eut des enfants; *d* Gasparde, femme de Jean Cothenot, avocat du roi au bailliage (1); 6° Gaspard, greffier en chef des Etats du comté d'Auxonne, marié à Jeanne de Gobillon.

_____

(1) Chrétien, Bénigne, Didier et Gaspard La Verne obtinrent en 1617 des lettres de relief de noblesse comme ayant été compris au rôle des tailles nonobstant l'anoblissement de leur père.

IV. Bénigne, écuyer, seigneur d'Athée, de Magny et de la Chapelle de Villars, archer et homme d'armes de la compagnie de M. de Tavannes, nommé capitaine de Dijon en 1586, épousa en 1569 Charlotte Aigneaul, fille de Philippe, écuyer, et de Marguerite Berbisey; il n'en eut qu'un fils, François, qui suit.

V. François, écuyer, seigneur de Ruffey et de la Vieille-Verrière, homme d'armes de la compagnie de M. de Pluvault, épousa en 1596 Louise Petit, fille d'Etienne, écuyer, seigneur de Ruffey; il en eut : 1° Bernard, qui suit; 2° Jean, écuyer, capitaine au régiment de Tavannes.

VI. Bernard, écuyer, seigneur de la Verrière, avocat au parlement, mort vers 1650, avait épousé en 1628 Catherine de la Cordère, dont il eut : 1° Nicolas, écuyer, avocat au parlement, mort sans postérité; 2° Pierre, écuyer, seigneur d'Avot en partie, entré aux Etats de 1688 sur preuves remontées à Bénigne La Verne, son bisaïeul; il n'eut pas d'enfants de sa femme Jeanne Martenne, fille d'Etienne, avocat général à la Chambre des comptes; 3° Marie-Marguerite, qui épousa le 12 janvier 1665 Claude Tremisot, avocat au parlement; elle mourut sans enfants en 1721, ayant institué pour héritier Jean-Bernard Gautier, lieutenant général au bailliage de Dijon. — Armes : *D'azur, à trois demi-vols d'or, mouvant d'une rose de gueules posée en abyme.* Quelques membres de la même famille ont porté : *D'argent, à un aulne de sinople.* Voy. l'article de Jean Verne, procureur du roi en 1498.

EMILLAND BOISSELIER, correcteur, pourvu le 4 novembre 1614 sur la résignation de Paul Gastebois et reçu le 9 décembre suivant, résigna en 1624 en faveur de Jacques Languet. Voy. p. 291.

JEAN GAULTHIER, correcteur, pourvu le 16 avril 1620 sur la résignation de Didier Laverne, reçu le 3 juillet suivant, résigna en 1630 en faveur de Jacques Gaudelet. Il fut père de Jean Gaulthier, maître des comptes en 1653. Voy. p. 232.

JEAN DE VILLEMEREUX, correcteur, pourvu le 9 mai 1622 sur la résignation de Bernard de Requeleyne, et reçu le 5 juillet suivant, résigna en 1643 à Jean Fourneret. Nous n'avons rien pu découvrir sur sa famille.

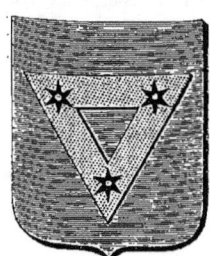

JACQUES LANGUET, correcteur, pourvu le 14 novembre 1624 sur la résignation d'Emilland Boisselier, et reçu le 18 décembre suivant, résigna en 1647 en faveur d'Augustin Languet, son fils. De son mariage avec Claire Girault, il avait eu un autre fils, Jacques II, trésorier de France en 1669, qui épousa Françoise Pérard et dont le fils Jacques III obtint en 1700 de l'intendant Ferrand un arrêt de renvoi de noblesse comme fils de trésorier de France et petit-fils de correcteur des comptes.

La famille Languet remonte à Lambert Languet, de Sombernon, qui fut affranchi en récompense de ses services par Jean de Montagu, sire de Sombernon, le 8 mars 1373. Elle s'est divisée en plusieurs branches, dont l'une, celle des comtes de Rochefort et de Gergy, éteinte au siècle dernier, a fourni plusieurs officiers au parlement de Bourgogne, un lieutenant général des armées de Bavière, un archevêque de Sens, membre de l'Académie française, mort en 1753, un ambassadeur à Venise, etc. Les autres branches de cette famille ont fourni des officiers au grenier à sel de Pouilly-en-Auxois, des maires et échevins d'Arnay-le-Duc, des receveurs et des officiers au bailliage de la même ville. La branche établie à Arnay était représentée à la fin du siècle dernier par Claude-Charles Languet, seigneur de Sivry, receveur des impositions, mort revêtu d'une charge de secrétaire du roi en la chancellerie du parlement de Bourgogne, dont il avait été pourvu en 1774, en récompense, lit-on dans ses lettres de provisions, des services rendus par son père, son aïeul et son bisaïeul dans l'office de lieutenant civil au bailliage d'Arnay. — Armes : *D'azur, au triangle cléché et renversé d'or, chargé sur les angles de trois molettes de sable.*

JACQUES VALLOT, pourvu le 4 août 1626 d'un office de correcteur de la création de la même année, fut reçu le 15 janvier 1627. Son office ayant été supprimé en 1630, puis rétabli par édit de mai 1631, il prêta un nouveau serment le 9 juin 1632 et résigna en 1650 en faveur de Charles-Bénigne Vallot, son fils.

La famille Vallot était ancienne à Dijon. Nous citerons de ce nom, outre trois autres correcteurs des comptes, dont on trouvera les articles à leurs dates : Claude, qui résigna en 1598 l'office de grenetier au grenier à sel; Antoine, fameux avocat au parlement dont la sœur Marguerite, mariée à Jean Taisand, conseiller au bailliage, eut un fils, Pierre Taisand, l'un des meilleurs commentateurs de la coutume de Bourgogne; Marie, mariée à Jean de Vandenesse, veuve en 1618, et Anne-Marie, petite nièce de cette dernière, qui épousa Jean-Pierre Joly, secrétaire de la Chambre des comptes en 1676. L'un des enfants issus de ce mariage, Pierre, maître des comptes en 1733, releva le nom de Vallot et mourut sans alliance. — Armes : *De gueules, à deux palmes d'or, passées en sautoir par le bas et ouvertes par le haut, accompagnées en chef d'un rocher aussi d'or et en pointe d'un croissant d'argent.*

CLAUDE JACQUINOT, correcteur, pourvu le 4 août 1626 d'un office de correcteur de la création de la même année, fut reçu le 20 décembre 1627. Son office ayant été supprimé comme celui de Jacques Vallot, en 1630, et rétabli par le même édit, il prêta un nouveau serment le 15 mai 1632 et résigna en 1637 en faveur de son frère Jacques pour passer à un office de conseiller maître. Voy. p. 223.

JACQUES JACQUINOT, correcteur, pourvu le 15 mai 1637 sur la résignation de Claude Jacquinot, son frère, dont l'article précède, fut reçu le 19 juin de la même année et résigna en 1679 en faveur de Jean de Pize.

ETIENNE BRIGANDET, correcteur, fut pourvu le 27 novembre 1639 sur la double démission, avant réception, de Guillaume Veroire et de Gilbert Despringles;

d'un des offices créés au nombre de quatre par édit de janvier 1636 et réduits à trois en février 1637. Reçu le 12 décembre 1639, il résigna en 1675 en faveur de Jean-Bernard Turrel. Voy. p. 178.

Noel MARTIN, correcteur, pourvu le 26 novembre 1639 d'un office de la création de janvier 1636 (1), sur la démission, avant réception, de Jacques Espiard, fut reçu le 12 décembre suivant. Il résigna en 1642 en faveur d'André Garnier. Nous ne savons rien sur sa famille.

Sébastien FILZJEAN, correcteur, succéda à Jean Bernard. Pourvu le 31 janvier 1642, et reçu le 29 mars suivant, il mourut le 14 octobre 1646 et eut pour successeur François Grillot. Voy. p. 69, 218, 236, 241 et 260.

André GARNIER, seigneur de Ternant, correcteur, pourvu le 8 mai 1642 sur la résignation de Noel Martin et reçu le 13 juin suivant, résigna en 1658 en faveur de Jean-Baptiste Dumay. Il était fils ou petit-fils de Denis Garnier, procureur au parlement et à la Chambre des comptes, qui reprit de fief en 1616 de la seigneurie de Ternant, et son nom figure dans la liste des usurpateurs de noblesse condamnés en 1667 par l'intendant Bouchu. On lit dans son arrêt de condamnation qu'il avait en outre été pourvu des charges de contrôleur général au vicomté d'Auxonne, de maître d'hôtel du roi, de général de ses guides et de colonel général de ses gardes. Il fut depuis substitut du procureur général au parlement.

Jean FOURNERET, correcteur, pourvu le 10 avril 1643 sur la résignation de Jean de Villemereux et reçu le 12 mai suivant, résigna en 1676 en faveur de Jean Boillot.

I. Jean Fourneret, auquel cette famille remonte (2), possédait quelques héritages relevant en fief de la seigneurie de Bellevesvre. Il épousa en premières noces, le 1er juin 1454, Elisabeth, fille de Huguenin Courtois et de Jeannette...., et en secondes noces Jeanne Belchemin ; il laissa du 1er lit.: 1° Pierre, qui suit ; 2° François ; 3° Guyot.

II. Pierre Ier, capitaine et châtelain de Bellevesvre où il possédait en fief, comme son père, une maison et quelques héritages, épousa en premières noces, le 16 janvier 1497, Guyotte, fille de Guillaume Millière ; il n'en eut qu'une fille morte en bas âge ; il épousa en secondes noces, le 10 mai 1521, Elisabeth, fille de Jean de Troyes, maire d'Auxonne, et de Blanchon Bourrelier, dont il eut : 1° Catherine,

---

(1) Le troisième office de cette création, dont Pierre Bouvot avait obtenu des lettres de provisions en date du 6 octobre 1637, fut supprimé avant la réception du titulaire, par un édit de février 1640, et la Chambre se chargea d'en rembourser la finance. Voy. la note de la page 225.

(2) Vers le même temps vivaient Nicolas Fourneret, licencié en lois, lieutenant du bailli de Dijon en 1456, conseil de la ville et conseiller du duc Charles, qui mourut en 1481, et Etienne ou Chrétiennot Fourneret, échevin de Dijon en 1492.

femme de Didier Laverne; 2° Pierre II, né quelques mois après la mort de son père.

III. Pierre II, seigneur d'Athée et de Magny, auditeur des comptes en 1555, avait épousé, le 19 décembre 1553, Marie, fille de Chrétien Godran, antique mayeur de Dijon, et d'Aglantine Champriet; de ce mariage vinrent : 1° Elisabeth, femme de Claude Morel; 2° Claude, qui épousa Chrétien Humbert, receveur général du taillon en Bourgogne; 3° Pierre III.

IV. Pierre III, écuyer, seigneur d'Athée, Magny et Masse, receveur général du taillon en 1585, vicomte mayeur de Dijon en 1618, receveur général de la province de Bourgogne en 1631, mourut en 1637; il avait épousé, le 6 décembre 1588, Nicole, fille de Jean Bourlier et de Guillemette Joly; il eut de son mariage : 1° Marie, qui épousa en 1614 Hugues Le Compasseur, receveur général du taillon par résignation de son beau-père; 2° Guillemette, religieuse aux dames Jacobines de Dijon; 3° Marguerite, femme de Pierre de Frasans, seigneur d'Orrain; 4° Pierre, qui suit; 5° Claude, écuyer, qui passa en 1631 à un office de trésorier de France, après avoir été pourvu d'une charge de maître des comptes supprimée avant sa réception; il avait épousé, le 23 septembre 1635, Claude, fille de Jean Blanot et de Marguerite de France, et en eut, entre autres enfants, un fils, Nicolas, qui le remplaça en 1666 dans son office de trésorier; sa postérité s'établit en Provence; 6° Jean, qui fit branche.

V. Pierre IV, écuyer, seigneur de Masse, receveur général des Etats de Bourgogne, épousa, le 9 janvier 1622, Jeanne, fille d'Edme Joly, maître des comptes; il eut : 1° Nicole, femme d'Anselme Desbarres, écuyer; 2° Jeanne, morte en bas-âge; 3° Antoine, écuyer, marié le 5 février 1654 à Michelle, fille de Jean Boulier et de Jeanne Pérard, dont il n'eut que deux filles, N., religieuse Jacobine à Dijon, et Catherine, femme de Barthélemy Moreau, président aux comptes; 4° Pierre, qui suit; 5° Pierre, mort jeune.

VI. Pierre V, écuyer, épousa, le 9 novembre 1663, Etiennette, fille de Simon de Serrey, maire de la ville de Langres, et de Marguerite Braconier, et n'en eut qu'une fille, Marguerite, femme d'André Bernard, seigneur de Chintré, conseiller au parlement en 1688.

Branche cadette. — V. Jean II, écuyer, troisième fils de Pierre III, fut pourvu en 1643 d'un office de correcteur; il avait épousé, le 25 juillet 1640, Catherine, fille de Claude Vallot et de Claude Joly; Catherine Vallot mourut sans postérité, et Jean Fourneret épousa en deuxièmes noces, le 8 octobre 1643, Denise, fille de Bénigne Juliot, général des monnaies en Bourgogne, et d'Aglantine Colin; il en eut : 1° Marie, religieuse Jacobine à Dijon; 2° Jean II, qui suit.

VI. Jean III, écuyer, épousa, le 31 janvier 1685, Bénigne, fille de Pierre Couvreux et de Falette Cancoin, dont il eut : 1° Jean III, qui suit; 2° François-Bernard, mort sans alliance.

VII. Jean IV, écuyer, seigneur en partie de Bligny et Curtil, fut reçu aux Etats de 1748; il avait épousé, le 1er janvier 1713, Julienne, fille de Jean-Bernard Blanot, seigneur de Bornay, chevalier, commandeur de l'ordre de Saint-Lazare, et de Marguerite Richard; il en eut : 1° Charlotte; 2° Françoise-Augustine, religieuse à la Visitation de Langres; 3° Philibert, écuyer, seigneur de Champrenault, reçu avec son père aux Etats de 1748. — Armes : *D'azur, à trois meures de pourpre et une croisette d'or en abyme.*

FRANÇOIS GRILLOT, correcteur, pourvu le 4 mars 1647 sur la nomination de la veuve de Sébastien Filzjean, fut reçu le 1er avril suivant; il mourut le 25 février 1670, et eut pour successeur Bernard de La Monnoye. Voy. p. 248.

AUGUSTIN LANGUET, correcteur, pourvu le 31 décembre 1647 sur la résignation de Jacques Languet, son père, et reçu le 12 juin de l'année suivante, résigna en 1656 en faveur de Pierre Martenot. Voy. p 295.

CHARLES-BÉNIGNE VALLOT, correcteur, succéda à Jacques Vallot, son père. Pourvu le 28 novembre 1650, reçu le 3 janvier de l'année suivante, il mourut en 1665, et son office passa, sur la nomination de sa veuve, à Claude Jannon, qui s'en démit en faveur de Jacques Vallot, avant d'en avoir obtenu des lettres de provisions. Il avait épousé Christine Nicolardot qui, étant veuve, fit enregistrer dans l'*Armorial* de 1696, les armes de son mari telles qu'elles sont décrites à l'article de Jacques Vallot. Les siennes y sont accolées. Voy. p. 296.

JACQUES GAUDELET, correcteur, pourvu le 23 décembre 1650 sur la résignation de Jean Gaulthier, fut reçu le 23 janvier de l'année suivante; il mourut le 17 septembre 1669 et eut pour successeur son frère Claude Gaudelet. Il avait épousé Catherine Morelet.

Cette famille a fourni plusieurs officiers à la Chambre des comptes et trois receveurs châtelains de Fresne Saint-Mametz, savoir : Antoine, Ferry en 1561 et Claude en 1576. Elle était représentée à la fin du siècle dernier par Thibaut Gaudelet, écuyer, qui reprit de fief en 1758, avec sa femme, Rose Masson, de quelques portions des seigneuries d'Avirey-le-Bois et de Lingey. — Armes : *D'azur, au chevron d'or, surmonté d'une croisette de même.*

PIERRE MARTENOT, correcteur, pourvu le 6 mars 1656 sur la résignation d'Augustin Languet et reçu le 14 juillet suivant, mourut en l'exercice de son office, et fut remplacé en 1666, par Jacques Carrelet. Il était originaire d'Avallon, et avait épousé Jeanne Jacquinot, qui, après la mort de son mari, se retira en la maison de Sainte-Marthe dont elle était supérieure en 1701. Ses armes, d'après la déclaration de sa veuve, en 1696, étaient : *D'azur, à une fasce d'or, accompagnée de trois martinets de même.* Voy. p. 260.

JEAN-BAPTISTE DUMAY, correcteur, pourvu le 14 avril 1658 sur la résignation d'André Garnier, fut reçu le 27 mai suivant; il résigna, en 1684, en faveur de Bernard Carrelet, et obtint des lettres d'honneur la même année.

I. Berthier Dumay, marié en 157... avec Claudine Bordet, en eut Jean, qui suit.

II. Jean, né à Saint-Jean-de-Losne, figure parmi les défenseurs de cette ville lors du siége de 1636. Il avait épousé le 8 septembre 1604 Suzanne Chevalier, dont il eut Pierre, qui suit.

III. Pierre, greffier en chef de la Chambre des comptes, épousa, le 1er décembre 1630, Denise Bossuet, fille d'André, oncle de l'évêque de Meaux, et de Marguerite de Margeret, et en deuxièmes noces, Guillemette de Requeleyne, en faveur de laquelle il fit son testament en 1675. Il mourut la même année, ayant eu du premier lit : 1° Jean-Baptiste, qui suit; 2° Maurice, secrétaire du roi, puis trésorier des menus plaisirs de Sa Majesté; 3° Anne, Ursuline à Saint-Jean-de-Losne; 4° Antoine, religieux à Cîteaux; 5° Pierre; et du second lit : 1° Jacques-Pierre, greffier en chef de la Chambre des comptes après son père, qui eut, entre autres enfants, Pierre-Louis, aumônier du roi, chanoine d'Arras, mort à Paris, en 1762; 2° Suzanne, mariée à Claude Moreau, contrôleur général des finances en Bourgogne, fils de François, vicomte mayeur de Dijon en 1635; 3° Marie, femme de N. Fournier, capitaine et châtelain du marquisat de Mirebeau.

IV. Jean-Baptiste, correcteur des comptes (1658), mort le 19 août 1686, avait épousé, le 11 décembre 1656, Cécile, fille de François Suremain, ancien maire d'Auxonne, et de Marguerite Camus; il laissa : 1° François, conseiller et aumônier du roi; 2° Maurice, qui suit; 3° Jean, religieux Carme; 4° Claude, mort sans enfants de sa femme N. Durand, sœur de Jean-Maurice Durand, président aux comptes; 5°, 6°, 7° Marguerite, Marie et Philiberte, religieuses aux Dames du Refuge, à Dijon; 8° et 9° Anne-Louise et Cécile, mortes sans alliances.

V. Maurice, écuyer, seigneur du Maigny, épousa : 1° le 2 février 1705, Louise Gilbert, morte sans enfants; 2° le 17 février 1719, Madeleine de Saint-Lambert, fille de René, seigneur du Maigny et de Saint-Amir, ancien lieutenant général civil et criminel au bailliage de Langres, et de Jeanne-Thérèse Magnien; il mourut le 7 août 1732, laissant de ce second mariage, René, qui suit.

VI. René, écuyer, seigneur de Musseau, épousa, le 7 septembre 1750, Anne-Bénigne, fille de Claude Gautier, maître des comptes, dont il eut : 1° Marguerite; 2° Pierre-Louis. — Armes : *D'argent, à un may de sinople soutenu d'un croissant de sable.*

JACQUES VALLOT, chanoine de la Sainte-Chapelle, correcteur, remplaça Bénigne Vallot. Pourvu le 27 mars, reçu le 16 avril 1666, il mourut en 1669, et eut pour successeur Antoine Vallot, son frère. Avant de passer entre ses mains, son office avait été possédé, sur la nomination de la veuve du dernier titulaire, par Claude-Jannon, qui ne s'en fit pas pourvoir. Voy. p. 296 et 299.

JACQUES CARRELET, *correcteur*, fut pourvu le 28 mars 1666 sur la démission de Claude Seguenot qui, ayant été nommé à l'office vacant par la mort de Pierre Martenot, par Jeanne Jacquinot, sa veuve, n'en avait pas pris de lettres de provisions. Reçu le 17 avril suivant, il mourut le 4 juillet 1670 et sa veuve, Anne ou Jeanne Goujon, disposa de son office en faveur de Pierre Pérard.

La filiation de la famille Carrelet, connue à Dijon depuis le milieu du XVe siècle, est régulièrement établie depuis :

I. Antoine Carrelet qui vivait au commencement du XVIe siècle et eut un fils, Jean, qui suit.

II. Jean, marié en 1553 à Françoise Druet, en eut : 1° Bernard, qui suit; 2° Jacques, auteur d'une seconde branche; 3° Etiennette, mariée à Jean Gillot.

III. Bernard Ier, échevin de Dijon, nommé trésorier des mortes-paies en Bourgogne, par le duc de Mayenne, au mois d'octobre 1589, en considération des services qu'il lui avait rendus « et à l'union des catholiques », fut confirmé dans cet office, d'abord par lettres patentes du roi Charles X du 28 décembre de la même année, et depuis, par lettres de Henri IV, datées du 25 juin 1595. Le roi déclare, dans ces lettres, vouloir reconnaître les services que Bernard Carrelet lui avait faits *à la réduction* de la ville de Dijon en son obéissance. Bernard Carrelet avait aussi rempli pendant deux ans (1592 et 1593) la charge de trésorier de l'extraordinaire des guerres. Il épousa Barbe Dancienville et en eut Bernard II.

IV. Bernard II épousa, le 25 août 1629, Marguerite Quillardet, veuve de Jean Cargue, dont il eut plusieurs enfants, entre autres, Bernard, qui suit :

V. Bernard III, correcteur des comptes en 1684, épousa Catherine Bourguignon; il mourut en 1687, laissant : 1° Bernard, qui suit; 2° Marguerite.

VI. Bernard IV, correcteur des comptes en 1688, au lieu de son père, épousa, le 5 février 1692, Catherine Chesne, fille de Jean, procureur général en la cour des monnaies. Il en eut, entre autres enfants : 1° Jean-Bernard, chanoine de Saint-Etienne de Dijon, et prédicateur de la reine; 2° Barthélemy, docteur de Sorbonne, curé de Saint-Pierre de Dijon, puis chanoine et grand archidiacre de l'église cathédrale de Soissons, membre de l'Académie de la même ville; 3° Pierre, écuyer, contrôleur général du marc d'or et des ordres du roi, marié à Angélique, fille de Jacques Legrain, avocat au parlement de Paris; 4° Antoine, qui suit; 5° Louis, entré jeune dans l'ordre des Jésuites et depuis chanoine de Saint-Etienne (1730), et curé de Notre-Dame de Dijon; 6° Jean, religieux Capucin; 7° Anne, mariée à Charles-Alexis Bridault de Beloy, écuyer, trésorier de France à Soissons; 8° Claudine-Elisabeth, morte en 1717, postulante au monastère du Refuge à Dijon; 9° Jacques, reçu enfant dans l'ordre de Malte, en qualité de chevalier d'église; 10° Bernard, marié en 1739 à Catherine-Elisabeth Chaillot, fille de Jacques, avocat au parlement de Paris, dont une fille mariée à N. Dubois, président unique à la Chambre des-comptes de Nevers.

VII. Antoine, écuyer, seigneur de Brize, contrôleur général des fermes, puis receveur général des finances de Bourgogne en 1729, reprit de fief en 1734 de la terre de Villars-lez-Semur, comme héritier de Jean-Bénigne-Bernard David, conseiller au parlement, et acquit vers 1750 la terre de la Motte-Loisy, la Coudraie et la Tagnerette, au bailliage de Montcenis. Il avait épousé, le 23 novembre 1723, Marie-Marguerite, fille de N. Anglart, ingénieur en chef pour le roi à Auxonne. Il en eut : 1° Catherine, femme de M. Dubu de Longchamp; 2° Anne-Marie, femme de M. Marron de Meillonaz; 3° Bénigne-Antoine, qui suit :

VIII. Bénigne-Antoine, écuyer, seigneur de la Motte-Loisy, Cussigny, Clamerey, etc., etc., conseiller au parlement en 1777, avait épousé, le 6 décembre 1763, Elisabeth, fille de Claude-Antoine Espiard de Clamerey et d'Elisabeth-Yvonnette Languet. Il en eut un fils unique, Antoine-Bénigne-Bernard.

IX. Antoine-Bénigne-Bernard, écuyer, fut pourvu en 1783 d'un office de conseiller au parlement. Marié à Marguerite-Louise-Adélaïde Verchère d'Arcelot. Sa postérité subsiste.

Branche collatérale. — III. Jacques Ier, marié à Catherine Lavisey, en eut, entre autres enfants, Jean, qui suit, et Guillemette, mariée à Sigismond Bernard, receveur général des consignations en Bourgogne.

IV. Jean, premier huissier au parlement de Bourgogne en 1614, épousa Catherine Grangier, dont vinrent plusieurs enfants. Nous citerons parmi eux Jacques, qui suit, et Jean, chanoine de la Sainte-Chapelle de Dijon.

V. Jacques II, successeur de son père dans l'office de premier huissier, en 1651, passa en 1666 à celui de correcteur des comptes. C'est lui qui donne lieu à cet article. Il eut plusieurs enfants de Jeanne Goujon, sa femme, laquelle, restée veuve, fit enregistrer dans l'*Armorial* de 1696, sous le nom de son mari, les armoiries suivantes : *D'argent, au lion passant de sable, lampassé de gueules; au chef d'azur, chargé de trois carreaux d'or.* Celles de la branche aînée, inscrites au même *Armorial*, sont les mêmes, à la seule différence que le champ est *d'or* au lieu d'être *d'argent.* — Armes actuelles : *D'azur, au lion d'or; au chef cousu de gueules, chargé de trois losanges ou carreaux d'argent.*

ANTOINE VALLOT, correcteur, pourvu le 7 juillet 1669 par le décès de Jacques Vallot, son frère, et reçu le 5 décembre de la même année, mourut le 14 septembre 1685, et eut pour successeur Nicolas Joly. Il avait épousé Bénigne Pelletier. Voy. p. 296, 299 et 300.

CLAUDE GAUDELET, correcteur, pourvu le 29 décembre 1669 sur la nomination de la veuve de Jacques Gaudelet, son frère, fut reçu le 31 janvier 1670. Il résigna en 1692 en faveur de Pierre Genreau et obtint des lettres d'honneur l'année suivante. Voy. p. 299.

PIERRE PÉRARD, correcteur, succéda à Jacques Carrelet. Pourvu le 19 décembre, reçu le 20 décembre 1670, il passa en 1684 à un office de conseiller maître et résigna celui de correcteur à Barthélemy Jomard. Voy. p. 209 et 251.

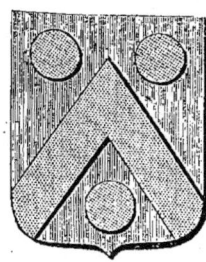

Bernard DE LA MONNOYE, correcteur, pourvu le 6 février 1672 de l'office vacant par le décès de François Grillot, fut reçu le 11 mars suivant. Il résigna en 1696 en faveur de Louvant-Bernard Joly, obtint la même année des lettres d'honneur et mourut, en 1728, membre de l'Académie française dont il faisait partie depuis 1713. Il avait eu quatre enfants de Claudine Henriot, fille d'un officier à la chancellerie du palais qui devint depuis receveur général des finances de Bourgogne. — Armes : *De gueules, à un chevron d'or, accompagné de trois besans de même.*

Jean-Bernard TURREL, correcteur, pourvu le 14 juin 1675 sur la démission d'Etienne Brigandet et reçu le 27 avril de l'année suivante, résigna en 1696, en faveur de Charles Turrel, son fils. Voy. p. 269.

Jean BOILLOT, correcteur, pourvu le 2 avril 1676 sur la résignation de Jean Fourneret et reçu le 27 février de l'année suivante, résigna en 1678 en faveur de Jean Monin. Il appartenait sans doute à la même famille que Hubert-Joseph Boillot substitut du procureur général au parlement, dont les armes sont ainsi blasonnées dans l'*Armorial de 1696* : *D'azur, à un chicot alaisé en fasce, surmonté d'une fleur de lys de jardin sans tige, accostée de deux étoiles, et en pointe une aigle éployée, le tout d'or.* On trouve encore du même nom : François, substitut du procureur général au parlement en 1709 ; Jean, seigneur de Corcelotte, et François, tous deux trésoriers de France en 1715 et 1724 ; Philibert, greffier en chef du bureau des finances en 1727, etc., etc. Enfin, nous empruntons encore à l'*Armorial de 1696* les indications suivantes : Jacques Boillot, ancien receveur des consignations à Beaune : *De gueules, au massacre de cerf d'or, parti d'azur à un sabre d'argent, la poignée d'or, posé en pal.* — Marie-Anne, femme d'Edme Carnot, auditeur des comptes : *D'azur, à cinq billettes d'or posées 1, 2, 3.* — Jeanne, sœur d'Abraham Creusevault, maître des comptes : *D'azur, à une aiguière d'argent.*

Jean MONIN, correcteur, fut pourvu le 10 mars 1678 sur la résignation de Jean Boillot. Reçu le 2 mai suivant, il résigna en 1700, en faveur de Claude Fabarel, et obtint des lettres d'honneur en 1701. — Armes : *D'azur, à un singe d'or acculé, tenant dans sa main une pomme de même.*

Jean DEPIZE, correcteur, pourvu le 28 décembre 1679 sur la démission de Jacques Jacquinot et reçu le 2 mars de l'année suivante, passa, en 1695, à un office de conseiller maître et résigna celui de correcteur en faveur de Louis Ravynet. Voy. p. 258.

Bernard CARRELET, correcteur, pourvu le 9 mars 1684 sur la résignation de Jean-Baptiste Dumay, fut reçu le 20 du même mois. Il mourut en décembre 1687, laissant entre autres enfants, un fils, Bernard, qui lui succéda dans son office. Voy. p. 301.

BARTHÉLEMY JOMARD, correcteur, fut pourvu le 11 mai 1684 sur la résignation de Pierre Pérard, passé à un office de conseiller maître. Reçu le 2 juin suivant, il mourut dans l'exercice de son office et eut pour successeur, en 1727, François Jomard, son fils. Nous lui connaissons un autre fils, Barthélemy, écuyer, qui épousa Marguerite, fille de Jean Pelletier, seigneur de Cléry, maître des comptes à Dole, et de Simonne de la Ramisse, et fut père de Barthélemy-Simon Jomard, conseiller maître en 1752. Voy. p. 279.

NICOLAS JOLY, correcteur, pourvu le 21 décembre 1685 sur la nomination de la veuve d'Antoine Vallot, fut reçu le 3 janvier 1686. Antoine Desvarennes lui succéda, sur sa résignation, en 1706, et il obtint l'année suivante des lettres d'honneur. Voy. p. 273.

BERNARD CARRELET, correcteur, fut pourvu le 21 août 1688, après avoir obtenu des lettres de dispense d'âge, sur la nomination de Catherine Bourguignon, veuve et donataire de Bernard Carrelet, son père. Reçu le 18 novembre de la même année, il mourut en 1733, et sa veuve nomma à son office Jacques Quillardet, qui s'en démit, avant provisions, en faveur de Toussaint Bretin. Voy. p. 301 et 303.

MAMET CHEVALDIN, contrôleur au grenier à sel de Dijon, fut pourvu le 11 juin 1691 d'un office de correcteur créé par édit du mois de mars précédent. Reçu le 23 juin 1691, il résigna en 1716 en faveur de Claude Fiot. Voy. p. 267.

PIERRE GENREAU, correcteur, fut pourvu le 28 décembre 1692 sur la démission de Claude Gaudelet. Il avait obtenu auparavant des lettres de dispense de parenté à cause de Pierre Genreau, procureur général, son neveu. Reçu le 8 janvier 1693, il résigna en 1714 en faveur de François Pelletier. On trouvera quelques détails sur sa famille aux articles de Nicolas et de Pierre Genreau, son frère et son neveu, tous deux procureurs généraux à la Chambre des comptes, en 1681 et 1689. — Armes : *D'azur, à un tournesol d'or, à l'aspect d'un soleil de même, posé au premier canton.*

LOUIS RAVYNET, correcteur, pourvu le 24 mars 1695 sur la résignation de Jean de Pize, fut reçu le 22 avril suivant, résigna en 1716, en faveur de Louis Dromard, et obtint la même année des lettres d'honneur. Il était originaire de Beaune, et l'*Armorial* de 1696 lui attribue les armes suivantes : *D'azur, à un navire d'or, équipé d'argent.* Marié à Marie-Madeleine Bomard, dont un fils, Joseph-Gaspard, né en 1703.

CHARLES TURREL, correcteur, pourvu le 26 mai 1696 sur la démission de Jean-Bernard Turrel, son père, fut reçu le 25 juin suivant. Il mourut le 1er janvier 1731, et son office passa à Etienne Courderoy. Il laissa pour héritier Jean-Bernard Turrel, conseiller maître, son neveu, et Antoine Arcelot, mari de Jeanne Turrel, sa nièce. Voy. p. 269 et 303.

Louvant-Bernard JOLY, correcteur, pourvu le 19 juillet 1696 sur la démission de Bernard de la Monnoye, et reçu le 26 du même mois, mourut le 21 janvier 1701 et son office passa à Etienne Michéa. Il portait : *D'azur, à une bande ondée d'or, accompagnée de deux lys d'argent tigés de même posés en pal, l'un en chef, l'autre en pointe; au chef d'or, chargé d'une croix ancrée de gueules.* Il avait épousé Marguerite Cugnois et était fils de Claude Joly, notaire royal à Dijon, et de Jeanne Mutinet.

Claude FABAREL, correcteur, pourvu le 11 décembre 1700 sur la démission de Jean Monin, fut reçu le 29 du même mois. Il mourut en 1743 et eut pour successeur Pierre Bazin. Il avait épousé Catherine Gachet, dont il eut, à notre connaissance, deux enfants : Jean et Anne, cette dernière née en 1716. On trouve encore de ce nom : Jean Fabarel, conseiller d'honneur au présidial de Dijon en 1696, Jean, grand chantre de Saint-Etienne de Dijon, mort en 1731, dont la sœur, Elisabeth, épousa Jean Pannelle, auditeur des comptes. — Armes : *D'azur, au chevron d'argent, accompagné en chef de deux quintefeuilles aussi d'argent et en pointe d'un bâton écoté de même posé en pal.*

Etienne MICHEA, correcteur, fut pourvu le 12 mars 1701 sur la nomination de Marguerite Cugnois, comme veuve et tutrice des enfants mineurs de Louvant-Bernard Joly. Reçu le 18 du même mois, il mourut en 1720 et eut pour successeur Léonard-Etienne Michéa, son fils. — Armes : *D'azur, à une tige de trois roses d'argent, mouvante d'un cœur de même mis en abyme.*

Antoine DESVARENNES, correcteur, pourvu le 4 décembre 1706 sur la démission de Nicolas Joly, et reçu le 29 du même mois, mourut en 1727. Son office passa à Jean-Antoine Desvarennes, son fils. Il avait épousé Françoise Desgranges, d'une ancienne famille de Saint-Jean-de-Losne. Les armes suivantes furent attribuées d'office, en 1696, à Antoine Desvarennes, procureur au parlement : *D'or, à trois chênes rangés de sinople, la cime de celui du milieu plus élevée et son fût brochant sur un cerf de gueules passant en pointe.* On trouve, du même nom, Jean Desvarennes, seigneur de Marcy-sur-Tille et avocat au parlement en 1562, dont le fils, aussi nommé Jean, est qualifié docteur en droit et avocat au parlement en 1587, Jacques, originaire de Nuits, procureur au parlement en 1682, etc., etc.

François PELLETIER, correcteur, pourvu le 30 juin 1714 sur la démission de Pierre Genreau et reçu le 12 juillet suivant, mourut dans l'exercice de son office, et eut pour successeur, en 1743, Paul-Valère Petitjean. Nous citerons du même nom : Jacques Pelletier, seigneur de Jambles, secrétaire du roi, contrôleur en la chancellerie du parlement de Dijon, et Claude, écuyer, conseiller à la table de marbre du palais, dont les armes sont ainsi blasonnées dans l'*Armorial* de 1696 : *D'argent, cantonné de quatre mouchetures d'hermine de sable, et une rose de gueules en cœur*. Ce Jacques Pelletier avait d'abord été greffier commis au parlement. Il était fils d'un autre Jacques, greffier en chef au bailliage de Montcenis, d'une ancienne famille bourgeoise de cette ville, et il ne laissa qu'une fille, Bénigne, mariée à Antoine Vallot, correcteur des comptes.

Louis DROMARD, correcteur, fut pourvu le 3 mars 1716 sur la démission de Louis Ravynet. Il avait eu besoin de lettres de dispense d'âge. Reçu le 24 du même mois, il résigna en 1741 en faveur de Bernard Dromard, son fils, et obtint des lettres d'honneur la même année. Il avait repris de fief en 1728 d'une portion des seigneuries de Longepierre et la Villeneuve.

Claude FIOT, correcteur, pourvu le 30 novembre 1716 sur la démission de Mamet Chevaldin et reçu le 27 février de l'année suivante, résigna en 1739, en faveur de Jean Perchet. Il fut marié deux fois, en premières noces, avec Catherine Grangier, en secondes noces, avec Claude Thibert, et ne laissa d'enfants ni de l'une ni de l'autre de ces alliances. — Les armes de Claude Fiot, notaire royal à Dijon furent ainsi réglées d'office par le juge d'armes, en 1696 : *De gueules, au sautoir ondé d'argent*.

Léonard-Etienne MICHÉA, correcteur, fut pourvu le 14 décembre 1720 sur la nomination de Charlotte Binet, veuve d'Etienne Michéa, son père. Il avait eu besoin de lettres de dispense d'âge. Reçu le 5 décembre suivant, il résigna en 1759, en faveur de Denis-Prudent Lardillon. Voy. p. 305.

François JOMARD, correcteur, pourvu le 30 janvier 1727 comme héritier de Barthélemy Jomard, son père, fut reçu le 18 février suivant. Il mourut en 1751 et eut pour successeur Etienne Jacquinot. Voy. p. 304 l'article de son père et p. 279 ceux d'Etienne et de Barthélemy-Simon Jomard, son fils et son neveu, tous deux conseillers maîtres.

Jean-Antoine DESVARENNES, correcteur, pourvu le 13 mars 1727 sur la nomination de Guillaume Papillon et de Françoise Desgranges, veuve d'Antoine Desvarennes, son père, avait eu besoin de lettres de dispense d'âge, n'ayant atteint alors que sa seizième année. Reçu le 22 du même mois, il mourut en 1739 et fut remplacé par Claude Perrot. Voy. p. 305.

Etienne COEURDEROY, correcteur, fut pourvu le 21 juin 1731 sur la nomination des héritiers de Charles Turrel. Il avait eu besoin de lettres de dispense d'alliance à cause de Nicolas Surget, conseiller maître, mari de Pierrette Cœurderoy, sa sœur. Reçu le 30 du même mois, il se démit en 1761 en faveur de Bernard Lejeune. Il était fils de Jean-Denis Cœurderoy, substitut du procureur général au parlement. Voy. p. 253.

Toussaint BRETIN, sieur d'Uchy, correcteur, remplaça Bernard Carrelet. Pourvu le 22 octobre, reçu le 20 novembre 1733 ; il mourut le 30 mars 1757 et fut remplacé par Etienne Pancy.

CLAUDE PERROT, correcteur, fut pourvu sur la démission, avant provisions, d'Edme-Bernard Riballier, qui avait été nommé à l'office vacant par le décès de Jean-Antoine Desvarennes, par les intendants et administrateurs de l'hôpital de Dijon, légataires de ce dernier. Ses lettres de provisions, datées du 27 février 1739, font mention des services rendus pendant de longues années par son père, Gérard Perrot, dans une charge d'auditeur. Il fut reçu le 11 mars de la même année, résigna en 1764 en faveur de Joseph-Marie Metrilliot du Fayol et obtint l'année suivante des lettres d'honneur. On trouve du même nom Jacques Perrot, trésorier des fortifications et réparations en Bourgogne en 1678; Philippe-Louis, lieutenant en la maîtrise des eaux et forêts de Dijon en 1726, etc., etc. — Armes : *D'or, à une fasce de gueules, accompagnée en chef de deux perroquets passant à senestre la tête contournée à dextre de sinople, becqués de sable, et en pointe d'un rocher de sinople.*

JEAN PERCHET, correcteur, pourvu sur la démission de Claude Fiot, le 8, reçu le 27 mai 1739, résigna en 1768 en faveur de François Gay de Chassenard, et obtint la même année des lettres d'honneur. — Pierre Perchet, natif de Selongey, maître en chirurgie de la ville de Paris et premier chirurgien de don Carlos, roi de Naples, fut anobli par lettres du mois de septembre 1753. Ses armes furent ainsi réglées par le juge d'armes : *D'azur, à deux perches au naturel, posées l'une au-dessus de l'autre en fasce, et une rivière d'argent ondée de sinople mouvante de la pointe de l'écu.*

BERNARD DROMARD, correcteur, pourvu le 10 mars 1741, sur la démission de Louis Dromard, son père, et reçu le 22 du même mois, résigna en 1778 en faveur de Charles-Louis-Michel Bergier. Il obtint la même année des lettres d'honneur qui font mention des services de son père. Voy. p. 306.

PAUL-VALÈRE PETITJEAN, correcteur, pourvu le 29 janvier 1743, sur la nomination de la veuve et unique héritière de François Pelletier, fut reçu le 14 février suivant. Il mourut en 1751 et fut remplacé par Pierre Petitjean, son fils.

PIERRE BAZIN, correcteur, pourvu le 9 mars 1743, sur la nomination des enfants et héritiers de Claude Fabarel, fut reçu le 22 du même mois et résigna en 1763 en faveur de Jean-Jacques Desaille. Une famille de ce nom, originaire de l'Auxois, s'est divisée en plusieurs branches dès le XVe siècle et a eu des représentants à Semur, Saulieu, Pouilly et Dijon. Le plus ancien de ses membres dont le nom soit venu jusqu'à nous, Guillaume Bazin, mourut receveur de Semur en 1366; son fils Jean renonça à sa succession. On trouve ensuite : Bertrand, chanoine de Saulieu en 1401; Hugues, lieutenant du bailli de Dijon à Nuits en 1406; Pierre et Antoine, châtelains de Pouilly en 1430 et 1447; François, grenetier au grenier à sel en 1615 et receveur des gabelles à Saulieu ; François, d'abord lieutenant général criminel au bailliage de Semur, puis trésorier général des Etats de Bourgogne, qui épousa Jeanne Chartraire et reprit de fief en 1670, de la terre de Bierre-les-Semur ; Jean-Baptiste, substitut du procureur général au parlement en 1666 ; Henri, chanoine de Saint-Etienne en 1696 ; Hugues-Jean-Baptiste, Jean-Baptiste et Henri, tous trois conseillers au parlement en 1691, 1724 et 1734 ; ce dernier, conseiller clerc, était en outre chanoine de la Sainte-Chapelle. — Armes : *D'argent, à trois pommes de pin de sinople renversées.*

Etienne JACQUINOT, seigneur de Chazans, correcteur, fut pourvu le 19 avril 1751, sur la nomination de Françoise Michéa, veuve de François Jomard. Reçu le 29 du même mois, il obtint en 1778 des lettres d'honneur, après avoir résigné en faveur de Lazare Cherveau. — Armes : *D'or, au chevron de sable, accompagné en chef de deux roses tigées et feuillées, et en pointe d'un croissant de.....*

Pierre PETITJEAN, correcteur, pourvu le 28 août 1751, sur la nomination de la veuve et des enfants et héritiers de Paul-Valère Petitjean, son père, fut reçu le 18 décembre suivant. Il exerça son office jusqu'à la Révolution. Voy. p. 307.

Etienne PANEY, correcteur, pourvu le 4 octobre 1757, sur la nomination des filles et héritières de Toussaint Bretin d'Uchy, fut reçu le 17 novembre de la même année et exerça son office jusqu'à la Révolution. Il était sans doute fils de Michel Paney, auditeur en 1714. On trouve sous les ducs une famille du nom de Panez qui a fourni deux receveurs de Faucogney : Simon en 1392, et Jean en 1434. Simon fut en outre châtelain de Brazey et de Rouvres en 1412 et 1416.

Denis-Prudent LARDILLON, correcteur, pourvu le 21 décembre 1759, sur la démission de Léonard-Etienne Michéa, et reçu le 4 janvier de l'année suivante, exerça son office jusqu'à la Révolution.

Famille originaire de la Rochepot, où l'on voit figurer son nom dans les rôles de feux dès la fin du XIVe siècle. Courtépée a signalé dans l'église de ce village la tombe de Philibert Lardillon et de son fils (XVIe siècle) avec une inscription qui doit être ainsi rectifiée : *Hic filium meum a domino ;* dans le chœur se trouve aussi celle de Barbe Lardillon, décédée en 1637, femme d'Edme de Nozeret (1). Nous citerons dans les différentes branches de cette famille : Gabriel et Jean, tous deux maires d'Arnay-le-Duc en 1602 et 1634, le premier marié à la petite-fille de Léonard Guillaume, l'auteur des Guillaume de Sermizelles, et le second lieutenant criminel au bailliage de la même ville ; Renée, mariée à Bénigne Florent et mère de François Florent, célèbre jurisconsulte, mort en 1650 ; François, président au grenier à sel d'Arnay-le-Duc ; Philibert, seigneur de Courcy, receveur général des finances en Bour-

(1) Jean de Nozeret, avocat pour le roi à Beaune, fut pourvu par les gens des comptes, en 1557-8, de l'état de juge ordinaire de la châtellenie de Pomard et Volnay.

gogne en 1684 ; Claude, écuyer, scelleur en la chancellerie du parlement de Bourgogne, qui résigna en 1712 ; Jacques, garde-marteau en la maîtrise de Chalon-sur-
Saône en 1717 ; Antoine, lieutenant général à la table de marbre en 1758 ; Jean-
Claude, receveur du grenier à sel de Pouilly vers 1788 ; et enfin Etienne, bourgeois
de Demigny et commissaire d'artillerie, marié à Elisabeth Picard, décédé avant
1700. Nous croyons ce dernier frère de Charles Lardillon, dont la descendance est
connue.

I. Charles Lardillon, notaire royal à Serrigny-sous-Beaune dès l'année 1668,
épousa en premières noces Françoise Picard, fille de Hugues, major du régiment
d'Uxelles, et de N. Simonnot (1), morte en 1684, et en deuxièmes noces, le
29 novembre 1687, Bonaventure, fille de noble Jacques de Moyron d'Aulnay. Il
eut plusieurs enfants, entre autres de son premier mariage : 1° Antoine, marié en
1705 à Anne, fille de Nicolas de Remerue, avocat à Chalon, et en deuxièmes noces
à Marguerite Lepage ; 2° Jean qui suit ; 3° Elisabeth, mariée à Philibert Bouze-
reau, notaire à Beaune.

II. Jean, chirurgien à Dijon et capitaine de la bourgeoisie, épousa le 21 août 1700
Marguerite, fille de Gaspard de Vandenesse et de Jeanne Fabry, dont il eut :
1° Toussaint, prêtre mépartiste de Saint-Michel ; 2° Gérard, directeur des postes à
Auxonne, chef d'une branche encore existante ; 3° Adrienne-Claire, mariée en 1769
à Jean-Claude Lardillon, écuyer, fils de Claude Lardillon, écuyer, et de Jeanne
Ducharne, et son cousin au quatrième degré ; leur fille unique, Jeanne-Margue-
rite, ne laissa point d'enfants de ses deux mariages avec Michel-Adrien-Prudent
Lardillon, son cousin, et Jean-Edme Durande, avocat au parlement, conseil de la
ville de Dijon ; 4° Marie-Marguerite-Josèphe, mariée à Olivier Champagne, greffier
en chef au grenier à sel de Semur ; 5° Marie-Marguerite, morte sans alliance ;
6° Denis-Prudent, qui suit ; 7° Jean-Baptiste, chanoine de la Chapelle-aux-Riches ;
8° Claudine, religieuse aux dames de Saint-Julien.

III. Denis-Prudent, correcteur des comptes en 1759, et secrétaire du roi en la
chancellerie du parlement de Besançon, reprit de fief en 1769, d'une portion de la
seigneurie de Thoisy-le-Désert ; il avait épousé le 6 novembre 1745 Jeanne-Elisabeth, fille de Jean-Michel Brette, conseiller du roi, contrôleur des épices du bailliage de Vesoul, et de Barbe Reverchon. Il en eut entre autres enfants : 1° Michel-
Adrien-Prudent, avocat au parlement, marié le 21 juillet 1767 à Jeanne-Mar-
guerite Lardillon, sa cousine, mort sans enfants ; 2° Toussaint, aussi avocat au
parlement ; 3° Jean-Henri, qui suit ; 4° Marie-Marguerite-Josèphe, mariée à Louis-
Charles Maulbon d'Arbaumont, trésorier de France à Dijon.

IV. Jean-Henri, écuyer, conseiller au bailliage de Dijon, épousa le 6 décembre 1774 Marie-Françoise, fille de François-Denis Viney, écuyer, secrétaire du

(1) N. Simonnot avait un frère, Jean, capitaine de 100 hommes d'armes et major d'Auxonne ;
elle eut de son mariage avec Hugues Picard, outre Françoise dont il est ici question, un fils,
Jean, sieur de Montchenu, capitaine au régiment d'Uxelles, et plusieurs autres filles, dont l'une
épousa N. Esmonin, commissaire d'artillerie, auteur des Esmonin de Dampierre ; une autre, Marie,
fut mariée à Blaise Chirat, seigneur de la Motte-Valentin, gentilhomme ordinaire du duc
d'Orléans.

roi, et de Marguerite Lahaïe. Sa descendance s'est éteinte par alliance dans la branche issue de Gérard Lardillon, d'Auxonne. — Armes : *D'azur, au lion d'or, accompagné de trois étoiles de même posées 2 et 1*. On trouve aussi : *D'or, au lion de....., accompagné de trois étoiles*. La branche d'Arnay portait : *De gueules, au lion d'or, accompagné de trois étoiles d'argent posées en chef* (1).

BERNARD LEJEUNE, correcteur, pourvu le 4 février 1762, sur la démission d'E-tienne Cœurderoy, et reçu le 13 du même mois, exerça son office jusqu'à la Révo- lution. — On trouve à Dijon, du même nom et sans doute de la même famille : Robert, contrôleur général des fortifications en 1687 ; Edme, procureur du roi au grenier à sel en 1727, et Louis, procureur au parlement, puis contrôleur général des restes de la Chambre des comptes, dont les armes sont ainsi blasonnées dans l'*Armorial de 1696* : *De gueules, à un petit enfant nu et debout d'argent, et un chef d'azur, chargé d'une étoile d'or*.

JEAN-JACQUES DESAILLE, correcteur, pourvu le 9 mars 1763, sur la résigna-tion de Pierre Bazin, et reçu le 24 du même mois, exerça son office jusqu'à la Révolution.

JOSEPH-MARIE METRILLIOT DU FAYOL, correcteur, pourvu le 22 août 1764, sur la démission de Claude Perrot, et reçu le 28 novembre suivant, exerça son office jusqu'à la Révolution.

FRANÇOIS GAY DE CHASSENARD, correcteur, pourvu le 4 mai 1768, sur la démission de Jean Perchet, et reçu le 10 juin suivant, exerça son office jusqu'à la Révolution. Il appartenait sans doute à une ancienne famille de Bourbon-Lancy qui a fourni des maires et des officiers au bailliage de cette ville et dont les armes sont ainsi blasonnées dans l'*Armorial* de 1696 sous le nom de Pierre Gay, procureur du roi : *D'argent, à trois roses de gueules, surmontées d'un cœur de même ; au chef d'azur, chargé d'un soleil d'or*.

LAZARE CHERVAU, correcteur, pourvu le 23 avril 1777, sur la démission d'Etienne Jacquinot, et reçu le 3 juin suivant, exerça son office jusqu'à la Révolution.

CHARLES-LOUIS-MICHEL BERGIER, correcteur, pourvu le 11 mars 1778, sur la résignation de Bernard Dromard, et reçu le 27 du même mois, exerça son office jusqu'à la Révolution. Il est le dernier conseiller correcteur reçu à la Chambre des comptes de Dijon. Nous citerons du même nom : Claude Bergier, lieutenant général criminel au bailliage de Dijon à la fin du siècle dernier, et Jacques, procureur à la Chambre des comptes, qui épousa en 1735 Marguerite, fille d'Arnaud-Jean-Baptiste

---

(1) L'*Armorial* de 1696 attribue à Claude Lardillon, notaire royal et procureur à Beaune, cousin-germain de Charles, notaire à Serrigny, les armes suivantes : *De gueules, au lion d'or, et un chef chargé de deux étoiles de gueules*. — Ajoutons qu'un écusson gravé sur la tombe de Philibert Lardillon dans l'église de la Rochepot, et qu'on retrouve sur une cheminée et sur la façade de la vieille maison de sa famille, porte tantôt deux, tantôt trois ardillons, avec diverses initiales.

Augé, écuyer, scelleur en la chancellerie du parlement, et en eut plusieurs enfants : 1° Jean, dont l'alliance est ignorée; 2° Jeanne, femme de Joachim Courdier, écuyer, scelleur de la chancellerie du parlement; 3° Eléonore-Bernarde, mariée en 1760 à Nicolas Brusley, greffier en chef de la table de marbre et receveur de la chancellerie du parlement de Bourgogne; 4° Claude, mariée en premières noces à Jacques-Bénigne Greban de Saint-Germain, maître particulier des eaux et forêts à Dijon, et en deuxièmes à N. Bergier, son cousin.

CHAPITRE SEPTIÈME

Clercs, Auditeurs et Conseillers Auditeurs.

§I. — CLERCS ET AUDITEURS

GUY RABBY, clerc des comptes et garde des chartes du duc de Bourgogne, figure en cette double qualité dans les comptes du receveur général du duché pour les années 1352 et suivantes. C'est le premier officier de la Chambre qui ait porté le titre de clerc des comptes et en ait exercé les fonctions d'une manière permanente. Il touchait huit sols tournois de gages par jour. Il conserva son office de clerc quelque temps après avoir été ordonné sur l'audition des comptes (1362-63), passa depuis à la présidence de la Chambre et devint doyen de la chapelle ducale. Voy. p. 11, 12 et 115.

ANDRIET ou ANDRÉ PASTÉ, clerc des comptes dès l'année 1366, avec six sols de gages, continua d'exercer cet office, conjointement avec celui de maître ou auditeur, à partir de 1371, et ne cessa d'en remplir les fonctions que plusieurs années après. Il devint premier maître ou président après la mort de Dimanche de Vitel. Voy. p. 12 et 117.

COLINET ou NICOLAS LE VAILLANT, clerc des comptes aux gages de cent francs par an, succéda vraisemblablement à André Pasté; il exerçait cet office dès le mois de novembre 1384, et passa depuis à celui d'auditeur ou de maître dont il commença à toucher les gages le 30 septembre 1387. Voy. p. 118.

GUIOT CUSTET, retenu clerc des comptes aux gages de cent francs par lettres du 30 septembre 1387, prêta serment le 7 octobre suivant. Il mourut en 1396 et eut pour héritier Henry Custet, dont le fils Jean, qualifié clerc, fut commis en 1398 par le bailli de la Montagne au gouvernement de la prévôté de Chatillon-sur-Seine. Jean Pitoul lui succéda probablement dans son office de clerc des comptes.

MICHELET HODIERNE, retenu clerc des comptes, comme Guiot Custet, et aux mêmes gages que lui, par lettres du 30 septembre 1387, prêta serment le 7 octobre suivant et exerça son office jusqu'en février 1393/4. Il fut remplacé par Jean Aubert.

JEAN AUBERT, retenu clerc des comptes, au lieu de Michelet Hodierne, par lettres du 24 septembre 1393, prêta serment le 3 février suivant. Il fut remplacé en 1400 par Jean Moutarde et passa à l'office de maître de la chambre aux deniers de la duchesse qu'il exerça pendant environ quatre ans.

JEAN PITOUL, de Verdun, prêta serment en qualité de clerc des comptes le 14 décembre 1396 et exerça cet office jusqu'au 10 décembre 1398, qu'il en fut déchargé pour passer à celui de greffier du parlement de Beaune. Il y eut pour successeur Guillemot Courtot. Jean Pitoul, sergent du duc en la prévôté d'Isles en Champagne, en 1397, se servait d'un sceau où est figuré un écu *coupé au 1er d....* *au levrier passant contourné, et au 2 : comme un épi de jonc accompagné de deux palmes posées en éventail.*

THOMAS DUHEN paraît avoir été pourvu d'un troisième office de clerc des comptes dont la date de création nous est inconnue. On sait seulement qu'il le résigna en 1397 entre les mains du chancelier et y fut remplacé par Huguenin Colinet. Nous ne savons absolument rien sur sa famille.

HUGUENIN COLINET, retenu clerc des comptes au lieu de Thomas Duhen, par lettres du 14 août 1397, prêta serment le 1er octobre et commença de servir en la Chambre le 3 novembre de la même année. Il fut remplacé en février 1399/1400 par Jean Bonost et mourut peu après, laissant pour unique héritier son frère Demoingin Colinet. Dans une cherche de feux du bailliage de Dijon en 1397, dans laquelle il figure parmi les exempts comme clerc des comptes, avec Jean Aubert et Jean Pitoul, Huguenin Colinet est désigné sous le nom de Hugues de Varonnes. On trouve dans le même temps, du nom de Colinet : Pierre, qui possédait, en 1393, à Nicey, un fief relevant de Cruzy; Jean, chatelain de Pontailler en 1429, et Benoit, commis en 1422 pour faire la recette des deux princesses sœurs du duc Philippe-le-Bon.

GUILLEMOT COURTOT, valet de chambre du duc, fut retenu clerc des comptes au lieu de Jean Pitoul, par lettres du 10 décembre 1398 et prêta serment le 16 janvier suivant. Par autres lettres du 17 mai 1406, le duc Jean-sans-Peur lui donna le premier office formé *d'auditeur* qui ait été créé à la Chambre des comptes de Dijon (1). On lit dans ses lettres de retenue qu'il devait toucher « la moitié des gaiges que prant ung des maistres des comptes ». Reçu en cet office le 24 du même mois, il y fut remplacé par Droin Mareschal, lorsqu'il passa lui-même, en 1407, à celui de maître des comptes; quant à sa clergie, il y eut probablement pour successeur Martin de Chappes. Il parvint en 1418 à la présidence de la Chambre. Voy. p. 14 et 120.

_____

(1) On a vu plus haut, chapitre cinquième, que les officiers commis par les ducs de la première race à l'audition de leurs comptes portaient anciennement le titre *d'auditeurs*, et qu'ils furent depuis désignés indifféremment, pendant une assez longue période, soit sous ce même titre d'auditeurs, soit sous celui de *maîtres des comptes* qui finit par prévaloir. Il importe de ne pas confondre ces officiers avec les *auditeurs* de nouvelle création, qui font l'objet du chapitre septième, et dont les fonctions furent formées par un simple démembrement de celles des conseillers maîtres.

Jean BONOST, retenu clerc des comptes au lieu de Huguenin Colinet, par lettres du 23 février 1399/1400, prêta serment le 8 mars suivant. Il joignit à cet office celui d'auditeur dont il fut pourvu le 6 juin 1407, et pour lequel il prêta un nouveau serment deux jours après. Ce ne fut, toutefois, que le 22 du même mois qu'il produisit à la Chambre ses lettres de retenue et prit possession de cet office. Il le quitta en 1408 pour remplir celui de conseiller maître, et devint président de la Chambre après la mort de Guillaume Courtot. Il fut probablement remplacé en 1410 dans son office de clerc par Jean Gueniot. Nous ne lui connaissons pas de successeur dans celui d'auditeur. Voy. p. 15 et 120.

Jean MOUTARDE, retenu clerc des comptes au lieu de Jean Aubert, par lettres du 30 juin 1400, prêta serment le 12 août suivant. Il fut probablement remplacé en 1406 par Jean Dancise.

Droyn MARESCHAL, retenu clerc des comptes, outre le nombre ordinaire, par lettres du 10 octobre 1400, prêta serment le 25 du même mois. Nommé auditeur au lieu de Guillemot Courtot, le 11 août 1407, il entra en possession de cet office le 31 du même mois, après avoir prêté, le 13, un nouveau serment entre les mains du chancelier. Le duc l'appela, en 1409, à un office de conseiller maître. Il eut probablement pour successeurs Etienne Pasté dans son office d'auditeur et Guillaume Le Tenron dans celui de clerc des comptes. Voy. p. 120.

Etienne PASTÉ, retenu clerc des comptes, outre le nombre ancien de quatre, par lettres du 26 janvier 1401/2, prêta serment le 22 mars suivant; il joignit à cet office celui d'auditeur dont il fut pourvu le 4 février 1409/10 et mis en possession le 17 mars suivant, après avoir prêté serment entre les mains du chancelier, le 14 février. Il mourut le 9 juin 1416 et fut remplacé dans son office de clerc par Jean d'Auxonne, et dans celui d'auditeur par Jean Dancise. La même année, Guillemette de la Perrouse, sa veuve, toucha ce qui restait dû de ses gages, comme tutrice d'André, Raimbaut et Pierre, leurs enfants mineurs. Voy. p. 12.

Regnaut GOMBAUT, le jeune, fut commis et ordonné pour deux ans, par lettres du 21 janvier 1402/3 «à vacquer, entendre et besoingner avec les gens des comptes ou les aucunls ou aucun d'iceulx, à oir, clorre et aidier à affiner lesdiz comptes ». Il prêta serment le 20 février et commença l'exercice de sa commission le 12 mars suivant. Voy. p. 13 et 117.

Jean DANCISE, retenu clerc des comptes le 22 avril 1406, prêta serment le 9 juillet, et entra en exercice le 18 août suivant. Auditeur le 15 juin 1416, au lieu d'Etienne Pasté, il prêta un nouveau serment en cette qualité le 2 juillet de la même année, mourut en 1442 et fut remplacé dans ses deux offices par Jean Gros, l'aîné. Nous le croyons originaire de Pontailler, peut-être fils de Guiot Dancise qui habitait cette ville en 1390. Il avait eu deux femmes : 1° Julienne, fille d'Etienne de Sens, maître des comptes et veuve de Jean Villain, orfèvre à Dijon; 2° Perrette de Saulx, fille d'Etienne, de la famille des Saulx-Courtivron, laquelle, étant veuve, figure en 1448 dans un acte de vente judiciaire fait en la mairie de Dijon, de la porterie et garde des clefs de la porte d'Ouche.

GUILLAUME DE CHANCEY, châtelain de Chaussin depuis 1407, fut retenu clerc *aux honneurs* le 19 avril 1409, et prêta serment le 14 mai suivant. Nous ne savons combien de temps il exerça cet office. Il était frère de Richard de Chancey dont on trouvera l'article au chapitre des avocats du duc au bailliage de Dijon.

MARTIN DE CHAPPES, retenu clerc des comptes par lettres du 18 octobre 1409, prêta serment le 29 janvier suivant, mourut, revêtu de son office, le 21 octobre 1434, et eut pour successeur Pierre Le Watier. Nous le croyons de la même famille que Pierre de Chappes, tabellion de Flavigny en 1412, clerc des offices de l'hôtel de la duchesse de Bourgogne en 1418, qui fut anobli en 1453, et dont la descendance, après avoir possédé la seigneurie de Romanay et portions de celles de Benoisey, Champdoiseau et Domecy-sur-Vaux, s'est éteinte au XVIᵉ siècle, dans les Choiseul, les Davoust et les Sacquespée.

JEAN GUENIOT, retenu clerc des comptes par lettres du 4 février 1409/10, prêta serment le 19 mars suivant. Nommé auditeur le 4 juin 1422, il fut reçu en cette qualité le 1ᵉʳ décembre de la même année, et quitta ces deux offices en 1436 pour passer à celui de maître des comptes. Il occupait probablement le second office d'auditeur créé en 1407 pour Jean Bonost, et resté vacant depuis 1410. Il y fut remplacé par Pierre Le Watier. Quant à sa clergie, elle passa à Odot Le Bediet qui la résigna entre les mains du chancelier avant d'avoir fait serment, et eut pour successeur Jean Russy (1435/6). Voy. p. 124.

GUILLAUME LE TENRON, retenu clerc des comptes par lettres du 30 janvier 1410/11, prêta serment le 20 février suivant et reçut les clefs de la Chambre le 27 du même mois, c'est-à-dire qu'il fut mis ce jour-là en possession de son office. Il l'exerça un an à peine et ne paraît pas y avoir eu de successeur. C'était probablement le quatrième office de clerc, créé en 1400 pour Droyn Mareschal. La femme de G. Le Tenron, Philippe de Visen, était fille de Guillemin de Visen, d'une famille qui a fourni des officiers à la Chambre des comptes, et on le trouve qualifié échevin de Dijon dans un acte de 1416.

JEAN BONOST *le jeune*, retenu clerc des comptes *aux honneurs* et clerc du conseil par lettres du 12 mai 1412, prêta serment pour le premier de ces offices le 31 du même mois. Quant à l'office de clerc du conseil, comme il était de nouvelle création, on remit la prestation de serment du titulaire jusqu'à la prochaine arrivée du chancelier. Jean Gueniot, le jeune, fut obligé de s'expatrier, comme on l'a vu à l'article de Jean Bonost, son père. Voy. p. 15.

JEAN D'AUXONNE. Par lettres du 14 juin 1416, le duc Jean-sans-Peur donna à Jean d'Auxonne, son valet de chambre, l'une des clergies de sa Chambre des

comptes, alors vacante par la mort d'Etienne Pasté, en considération, tant de ses
services dans les armées et autrement que de ceux de son père « mesmement ou
voiage de Ongrie ouquel il fina ses jours, et à la supplication et requeste du conte
de Charollois ». Jean d'Auxonne prêta serment le 22 du même mois et fut remplacé
en 1421 par Jean de Visen, après s'être fait décharger de son office qu'il ne pouvait
plus desservir « obstant certaine maladie à lui survenue ». — Avant d'accompagner
le comte de Nevers au voyage de Hongrie, le père de Jean d'Auxonne, qui portait
le même prénom, avait rempli les fonctions de receveur du bailliage de Dijon, de
receveur général et de gruyer du duché de Bourgogne. Il fut anobli en 1393, avec
sa femme Guillemette de Courbeton, par lettres du roi de France, et laissa plusieurs
enfants, savoir : Josset, chanoine et prévôt de la chapelle ducale ; André ; Jean, qui
donne lieu à cet article ; Jacquotte, femme en premières noces de Jean Poissenier,
en deuxièmes de Jean de Visen, clerc des comptes ; et Guillemette, qui épousa
Monin d'Echenon. Son sceau armorié porte *trois têtes de léopard et un chef chargé
à dextre d'un croissant.*

JEAN DE VISEN, retenu clerc des comptes au lieu de Jean d'Auxonne, par
lettres du 13 septembre 1421, prêta serment le 1er octobre suivant. Il fut remplacé
dans cet office par son frère Louis de Visen, lorsque le duc le nomma receveur du
bailliage et grenetier du grenier à sel de Dijon en 1428. Voy. p. 124.

PIERRE LE WATIER ou LE WAULTHIER fut commis à l'audition des comptes
par lettres du 12 août 1427, en même temps que Jean Fraignot ; mais, à la différence de ce dernier qui était placé au rang des maîtres, ses lettres de retenue ne lui
accordèrent que les gages d'auditeur. Il prêta serment le 7 janvier 1427/8. Retenu
depuis clerc des comptes en titre au lieu de Martin de Chappes, le 22 octobre 1434,
il fut nommé le 26 janvier 1435/6 à l'office d'auditeur laissé vacant par Jean
Gueniot passé maître. Cette double nomination donna lieu à deux nouvelles pres-
tations de serment, les 18 novembre 1434 et 24 février 1435/6. Pierre Le Watier
mourut à Dijon le 8 juillet 1439 et fut remplacé dans son office de clerc par Jean de
la Grange, et dans celui d'auditeur par Jean Russy. Avant d'entrer à la Chambre
des comptes il avait rempli d'autres fonctions ; on le trouve qualifié secrétaire du
duc en 1426, et il était attaché auparavant à la personne de Catherine, duchesse
d'Autriche, en qualité de receveur général et de maître de sa chambre aux deniers.
Son neveu Jacques ou Jacotin Le Watier fut nommé clerc et auditeur en 1460 et
nous le croyons issu d'un autre Jacques Le Watier ou Le Vautier, lieutenant du
gouverneur de Douay, dont le sceau appendu à un certificat de l'an 1373 porte *trois
tourteaux ou besans, et un chef chargé d'un lion naissant.*

LOUIS DE VISEN, clerc des comptes, remplaça son frère Jean en 1428. Pourvu
le 7 juillet de cette année, il prêta serment le 15 novembre suivant et exerça son
office jusqu'au 21 mars 1434, jour où il y fut remplacé par Jean Monnot auquel il
succéda en celui de clerc des offices de l'hôtel. Il remplit depuis diverses charges
de finances et fut nommé maître des comptes en 1443. Voy. p. 124.

Jean MONNOT quitta l'office de clerc des offices de l'hôtel ducal pour exercer celui de clerc des comptes au lieu de Louis de Visen. Pourvu le 18 mars 1434/5 il prêta serment le 21 du même mois. Il joignit depuis à cet office celui d'auditeur dont il fut pourvu et pour lequel il prêta de nouveau serment les 3 et 19 juillet 1441. Enfin on a vu au chapitre des maîtres qu'il fut nommé maître *aux honneurs* en 1453 sans être déchargé de son office d'auditeur jusqu'à l'époque où il passa maître ordinaire (1456). Il eut pour successeurs Jean Guiot, de Sombernon, dans sa clergie et Jean de la Grange dans son office d'auditeur. Voy. p. 128.

Jean RUSSY, clerc des comptes, fut pourvu le 23 février 1435/6, sur la résignation d'Odot Le Bediet à qui le duc avait fait don de l'office laissé vacant par la promotion de Jean Gueniot à celui de maître, et qui n'en avait pas pris possession. Il prêta serment le 24 du même mois et fut mis de rechef en possession de cet office le 31 mai 1437, sur la production de lettres confirmatives du 2 du même mois dont le motif nous est inconnu. Il fut depuis nommé et reçu auditeur les 20 juillet et 2 octobre 1439 au lieu de Pierre Le Watier, et passa maître *aux honneurs* en 1446 sans être déchargé de ses offices de clerc et d'auditeur avant l'année 1454, où il prit possession du plein état de maître des comptes vacant par la mort de Jean Gueniot. Il fut remplacé dans sa clergie par Liénard du Cret et n'eut point de successeur immédiat dans l'office d'auditeur. Il devint premier maître ou président en 1467. Voy. p. 16 et 126.

Jean DE LA GRANGE, retenu clerc des comptes au lieu de Pierre Le Watier par lettres du 20 juillet 1439, prêta serment le 19 septembre suivant. Le 1er mars 1453/4, le duc le nomma auditeur *aux honneurs* sans le décharger de son office de clerc, et avec le droit de jouir du plein état de son nouvel office dès que Jean Monnot, maître des comptes *aux honneurs* serait devenu maître ordinaire, ou à première vacance de semblable office par mort, résignation ou autrement, sans toutefois toucher les gages ni le droit de robe qui y étaient attachés. Reçu aux conditions portées dans ses lettres de retenue, Jean de la Grange paraît en effet avoir rempli l'office de Jean Monnot sans en toucher les gages, après la promotion de ce dernier à celui de maître ordinaire (1456). Il passa lui-même, en 1460, à un semblable office de maître des comptes et fut remplacé dans ceux de clerc et d'auditeur par Jacques Le Watier. Il devint président de la Chambre en 1473. Voy. p. 19 et 128.

Jean GROS *l'aîné* fut pourvu le 30 janvier 1441/2 des offices de clerc et d'auditeur, vacants par la mort de Jean Dancise. Reçu le 9 février suivant, il fut nommé maître *aux honneurss* en 1444 pour remplir la charge de Jean Gueniot et passa, en 1446, à un office de maître ordinaire. Quant à ceux de clerc et d'auditeur qu'il n'avait pas cessé d'occuper jusque là, il y eut pour successeur Girard Margotet. Voy. p. 125 et 129.

Jean GUENIOT, fils de Jean Gueniot, maître des comptes, fut retenu clerc *aux honneurs* par lettres du 28 avril 1443. Il prêta serment et entra en possession de son office le 21 mai suivant, mais à cause de son jeune âge, il fut décidé qu'on attendrait, pour lui remettre les clefs de la Chambre, « jusques ad ce que l'on ait veu et cogneu son portement et conduite en icelle Chambre. » Convaincu deux ans plus tard d'avoir enlevé les papiers de la Chambre, il lui fut défendu d'y entrer désormais, s'il n'y était mandé. Voy. p. 124 et 315.

Girard MARGOTET fut nommé clerc des comptes *aux honneurs* le 22 mai 1444 et prêta serment en cette qualité le 31 juillet suivant. Il prêta un second serment le 28 avril 1446 après avoir été retenu auditeur, également *aux honneurs*, pour remplir les fonctions de clerc et d'auditeur ordinaire, au lieu de Jean Gros que le duc avait appelé à exercer celles de maître pendant la maladie de Jean Gueniot. Il fut de rechef mis en possession de ces deux offices le 26 janvier 1446/7, « nonobstant que desjà il les eut exercés par autorité d'aultres lettres de mondit seigneur », après en avoir été pourvu à titre ordinaire le 17 décembre précédent, au lieu de Jean Gros, passé maître. Il devint maître *aux honneurs* en 1453 sans être déchargé de ses offices de clerc et d'auditeur dans lesquels il fut remplacé, en 1459, par Mongin Contault, lorsqu'il passa lui-même à celui de maître ordinaire. Il devint premier maître dix ans plus tard. Voy. p. 18 et 128.

Liénard DU CRET, retenu clerc *aux honneurs* le 11 décembre 1444, fit le serment le 27 janvier suivant et le renouvela le 4 janvier 1446/7, après avoir été appelé par lettres du 9 juillet 1446 à remplir un semblable office de clerc, sans gages, au lieu de Girard Margotet, nommé maître *aux honneurs*. Le 9 octobre 1447, le duc lui assura le titre de clerc ordinaire dès que Jean Russy aurait été pourvu du plein état de maître ordinaire après la mort de Jean Gueniot; en conséquence, aussitôt cette mort arrivée, Liénard du Cret entra en possession de l'état ordinaire de clerc des comptes après avoir renouvelé son serment le 13 mai 1454. Il fut de plus nommé auditeur *aux honneurs* le 15 novembre 1457 et fit de nouveau serment en cette qualité le 23 janvier suivant, sans être déchargé de son office de clerc. Enfin il est qualifié clerc et auditeur dans les lettres de confirmation qu'il obtint du duc Charles, comme les autres officiers de la chambre, après l'avénement de ce prince en 1467.

Après la mort de Liénard du Cret, arrivée le 12 juillet 1477, son office de clerc et auditeur passa à Oudot Lievrea. Courtépée le qualifie citoyen d'Autun; cependant il devait être originaire de Chalon, si l'on s'en rapporte au rôle des feux de cette ville à la cherche desquels il fut commis en 1431; il était alors notaire public à Dijon et avait rempli précédemment (1428) les fonctions de clerc des élus sur le fait des aides dans le duché de Bourgogne. Il reçut des lettres de noblesse en 1435. De son mariage avec Jeanne, fille de Guillaume Boillardet, de Chaussin, vinrent plusieurs enfants, savoir : Etienne et Droin, tous deux auditeurs des comptes en 1468 et 1474, Aglantine, Jean et Collette, dont nous ignorons les alliances.

Perrenet DARIDEL, clerc demeurant à Dijon, fut retenu clerc des comptes *aux honneurs* par lettres du 6 janvier 1446/7 et prêta serment le 11 février suivant. C'est tout ce que nous savons sur ce personnage. Robert Daridel, fauconnier du duc en 1365, portait pour armes *un faucon surmonté d'une étoile*.

Jean GUIOT, de Sombernon, fut nommé clerc *aux honneurs* le 31 mars 1446/7 et prêta serment le 13 avril suivant; ses lettres de retenue lui assuraient le premier lieu de clerc ordinaire qui viendrait à vacquer après la provision de Liénard du Cret. En attendant cette vacance le duc lui accorda, par lettres du 2 août 1448, 40 livres de gages par an, ce qui changea son office en un office de clerc *extraordinaire*. La nomination de Jean Monnot à un état de maître ordinaire ayant laissé vacant son office de clerc, Jean Guiot y fut installé avec prestation de serment le 15 avril 1456. Il fit un nouveau serment le 4 janvier 1459/60, après avoir été retenu auditeur par lettres du 9 décembre précédent, pour remplir sans doute l'office dont la promotion de Jean Russy à celui de maître ordinaire avait amené la vacance en 1454. Il devint maître *aux honneurs* en 1471, et enfin maître ordinaire l'année suivante, Etienne du Cret l'ayant remplacé dans son office de clerc et auditeur. Nous lui connaissons un fils, Jean, qu'on trouve qualifié, en 1468, clerc chorial de la chapelle du duc à Dijon et chapelain de la chapelle Saint-Louis en la même église. Voy. p. 130.

Jacques ou Jacotin LE WATIER, clerc des offices de l'hôtel du duc (1) fut pourvu, le 16 novembre 1456, d'un office de clerc *aux honneurs* avec droit d'occuper le premier lieu vacant de clerc ordinaire. Il prêta serment le 13 mars 1457/8 et le renouvela le 10 février 1459/60 après que le duc, par lettres du 4 septembre précédent, l'eut retenu clerc et auditeur *aux honneurs* avec premier lieu ordinaire, après la promotion de Jean de la Grange ou par suite de toute autre vacance. Enfin, en vertu de lettres confirmatives du 12 septembre 1460, il fut reçu le 7 novembre suivant dans l'office du même Jean de la Grange, passé maître des comptes. Tombé malade quelques années plus tard, Jacques Le Watier résigna, en 1467, son double office de clerc et auditeur en faveur de Laurent Blanchard, mais cette résignation n'eut pas d'effet et il eut pour successeur Jean Regnault. Neveu de Pierre Le Watier, clerc des comptes en 1434, Jacques, dont il est ici question, était fils naturel d'autre Jacques Le Watier, qualifié clerc et de Marguerite de St-Amand qui demeuraient à Lastre près le châtel d'Avesnes-le-Comte. Il obtint, en 1457, des lettres de légitimation en considération des services de Pierre Le Watier, son oncle, dans son office d'auditeur. Humbert Le Watier est qualifié secrétaire du duc en 1462. Voy. p. 316.

Laurent BLANCHART fut mis en possession le 4 février 1458/9 d'un office de clerc *aux honneurs* pour servir, en l'absence de Jacques Le Watier, au bureau de Bernard Noisoux, maître *extraordinaire*. Ses lettres de provisions, datées du 30 janvier précédent, lui assuraient en outre le premier lieu de clerc ordinaire après la provision du même Jacques Le Watier ou de tous autres pourvus en survivance avant lui. Cet octroi fut confirmé en faveur de Laurent Blanchart par lettres du 9 décembre 1459 par lesquelles le duc lui donne pouvoir « de servir toutes et quantes fois qu'il lui sera ordonné par les maîtres des comptes » et veut « que luy

---

(1) On lit dans un compte de l'an 1455 que Jacotin Le Watier, alors clerc des offices du duc Philippe, avait fait et écrit pour ce prince un livre appelé l'*Istoire de Girart de Rossillon*.

soit baillée la petite clef telle que la porte le portier de la Chambre des comptes. »
Il obtint encore une nouvelle confirmation après que Jacques Le Watier eut été
pourvu d'un office ordinaire de clerc et auditeur, et de plus le duc lui accorda, le
dernier février 1465/6, une pension de 40 livres tournois, ce qui changeait son
office de clerc *aux honneurs* en celui de clerc *extraordinaire*. Enfin Jacques Le
Watier ayant été contraint par la maladie de quitter l'exercice de son office de clerc
et auditeur (1), le résigna en avril 1467 en faveur de Laurent Blanchart, à la réserve
des gages, résignation confirmée par lettres du 21 du même mois. Néanmoins,
malgré ces assurances multipliées, après la mort de Philippe-le-Bon, son successeur n'étant pas averti de la résignation faite au profit de Laurent Blanchart, donna
à Jean Regnault l'office de Jacques Le Watier que le décès de celui-ci venait de
laisser vacant. Mais bientôt, sur la légitime réclamation de Laurent Blanchart, le
duc Charles lui assura, par lettres du 11 août 1467, le premier lieu vacant de clerc
et auditeur avec continuation provisoire de la pension de 40 livres. En conséquence
de ces lettres Laurent Blanchart fit le serment le 25 août 1467 et le renouvela le
21 février 1470/1 lorsqu'il prit enfin possession de l'office ordinaire de Mongin
Contault passé maître. Il devint maître ordinaire en 1480, et fut remplacé dans son
office de clerc et auditeur par Philibert Raviet. Voy. p. 131.

Mongin CONTAULT, secrétaire du duc, fut retenu clerc ordinaire et à gages,
par lettres du 2 janvier 1448/9, pour occuper l'office de Girard Margotet dès qu'il
viendrait à vacquer, et après la provision de Liénard du Cret et de Jean Guiot. Il fit
le serment le 28 août 1459, aussitôt après la promotion de Girard Margotet à un office
de maître, et le renouvela le 15 septembre suivant après que le duc lui eut de
nouveau donné, par lettres du 31 août 1459, l'office de clerc et auditeur que
cette promotion laissait vacant. Il quitta pour l'exercer celui de greffier de la cour
du conseil. Mongin Contault devint maître *aux honneurs* en 1467, maître ordinaire
en 1470, et mourut président de la Chambre en 1487. Il avait été remplacé, en
1471, par Laurent Blanchart dans son office de clerc et auditeur. Voy. p. 21 et 130.

Girard SAPPEL fut nommé le 17 septembre 1461 clerc et auditeur *aux honneurs* avec droit au premier lieu ordinaire qui viendrait à vacquer. On lit dans ses
lettres de provisions que cet office lui fut donné en récompense de ses services dans
ceux de secrétaire du duc, et de greffier de la chambre du conseil à Dijon. Il prêta
serment le 29 novembre 1463, mais ne parvint pas à un office ordinaire; il fut
nommé en mars 1469/70, écrivain juré de la cour de la chancellerie du duc de
Bourgogne. Nous le croyons fils de Guillaume Sappel, châtelain de Talent en 1441.

Oudot LE LIEVREAU, *alias* LE LEVREAU, natif de Dijon, fut retenu clerc
aux honneurs par lettres du 22 juillet 1466, et prêta serment le 1er septembre suivant. Confirmé par le duc Charles, le 12 juin 1468, ce qui nécessita un second
serment le 11 juillet de la même année, il dut en prêter un troisième le 7 juin 1471,

(1) A partir de cette époque les offices d'auditeurs, créés successivement au nombre de
quatre, tendent de plus en plus à se confondre avec les anciennes clergies, pour ne plus former
que quatre offices formés de *clercs et auditeurs* ordinaires.

après avoir obtenu, le 10 mai précédent, de nouvelles lettres de retenue pour un office de clerc et auditeur *aux honneurs* après tous autres déjà munis de lettres semblables. Il succéda depuis (1472) à Etienne du Cret dans l'office de clerc *extraordinaire* et à gages et y fut remplacé par Philibert Raviet lorsqu'il vint lui-même à occuper, en octobre 1477, l'office ordinaire laissé vacant par la mort de Liénard du Cret. Il mourut le 26 du même mois et eut Etienne Milet pour successeur dans ce dernier office. Oudot Le Lievreau remplissait encore l'office de notaire juré de la cour de la chancellerie du duché de Bourgogne, et il fut commis en cette qualité, en mars 1469/70 au lieu de Jacot Boisot, récemment décédé, pour recevoir les obligations des officiers comptables du duché de Bourgogne et comtés adjacents.

Jean REGNAULT fut pourvu le 29 juillet 1467 de l'office de clerc et auditeur ordinaire laissé vacant par la mort de Jacques Le Watier, et dont ce dernier avait disposé en faveur de Laurent Blanchart, par un acte de résignation qui n'eut point d'effet. Après sa nomination, il continua de servir près du duc Charles dont il était secrétaire ; il l'accompagna dans son expédition contre les Liégeois, et comme il ne vint prendre possession de son office que le 26 décembre 1467, après la réduction de la ville de Liége, la Chambre des comptes refusa de lui laisser prendre ses gages avant cette époque. Mais le duc prenant en considération les services qu'il lui avait rendus comme secrétaire, et à la suite de ses armées, lui accorda, par lettres du 13 janvier 1469/70 de les toucher pour tout le temps qu'il avait passé près de sa personne, entre la date de sa retenue et celle de sa prestation de serment. Quoiqu'accusé, paraît-il, d'avoir *mésusé* en 1469 de la clef de la Chambre (1), il n'en fut pas moins chargé, au mois de mai de la même année, d'une mission importante. Il se rendit en Flandre pour y suivre le procès alors pendant entre le procureur du duc, et un ancien agent comptable accusé d'infidélité dans sa gestion financière. Il resta absent trois années entières, pendant lesquelles ses gages furent impitoyablement rayés par la Chambre des comptes. Mais le duc les lui fit payer intégralement ainsi que ses droits de robe, de jetons et d'écritoire par lettres du 8 juin 1473. Dès 1467, ce même prince lui avait fait don, ainsi qu'à Martine de l'Hôpital, sa femme, de l'usufruit de la conciergerie et garde de son hôtel situé près la Chambre des comptes (2). Toutes ces faveurs ne l'empêchèrent pas de se rallier au gouvernement royal après la mort de son bienfaiteur (3), et de se faire donner en 1484 par Jean d'Amboise, lieutenant général en Bourgogne, les gages saisis sur son collègue Etienne Du Cret, qui s'était mis tardivement du parti contraire. Il fit néanmoins de vaines tentatives pour obtenir un office de maître des comptes (voy. p. 136), et mourut en 1496 revêtu de celui d'auditeur,

(1) D'après un extrait des registres de la Chambre mentionné par Peincedé (*Recueils de Bourgogne,* tome XVI, p. 792.)

(2) C'est probablement ce même Jean Regnault à qui le duc accorda en mars 1468 une somme de 107 l. t. assignée sur la recette du bailliage de Dijon, pour le payer des vacations par lui faites en Nivernais, en 1467, « pour enquérir et savoir des nouvelles lui estant en la compaignie et au service de feu Mgr le mareschal derrenièrement trépassé. »

(3) En 1481, deux livres de bougie sont accordées à Jean Regnault pour besogner en la Chambre depuis son retour de devers le roi.

dans lequel il fut remplacé par Mathieu du Moulinet. Nous ne savons rien de certain sur sa famille dont le nom est assez répandu en Bourgogne. Citons entre autres, Mahieu Regnault, seigneur de Perrigny-en-Montagne, receveur du duché de Bourgogne en 1427, pardessus des offices de la Saunerie de Salins, marié à Marguerite Paluchoul, qui se disait noble et exempt dans une cherche de feux du Dijonnais en 1442 ; Girard, anobli en 1461 ; Simon, originaire du Châtillonnais, qui était la même année en procès au parlement de France, sur le fait de sa noblesse, etc., etc.

ÉTIENNE DU CRET fut retenu clerc *aux honneurs* par lettres du 24 mars 1467/8, qui lui assuraient en outre l'office de clerc *extraordinaire* avec pension de 40 livres après la promotion de Laurent Blanchart qui l'occupait alors, et de plus l'état de clerc et auditeur ordinaire et à gages à la première vacance qui viendrait ensuite à se produire, auquel cas la pension attachée à cet office *extraordinaire* devait être supprimée de plein droit. Reçu le 11 mai suivant, il commença à toucher la pension de clerc *extraordinaire* le 21 février 1470/1, jour où Laurent Blanchart remplaça Mongin Contault dans un office ordinaire, et cela, sans préjudice d'une autre pension de 50 livres que Charles-le-Téméraire lui avait précédemment assignée, pour le récompenser de ses services près la personne du duc Philippe, et dont le cumul fut autorisé par lettres du 1er mars 1471/2. Ces mêmes lettres lui confirmaient en outre le premier lieu de clerc et auditeur ordinaire, et il prêta un nouveau serment en cette qualité le 6 juillet 1472, en prenant possession de l'office de Jean Guiot, passé maître. Quant à son office de clerc *extraordinaire*, il passa à Oudot Le Lievreau, qui continua d'en toucher les gages. Déchargé provisoirement de son office ordinaire en 1484, Etienne du Cret en fut définitivement débouté l'année suivante par arrêt du parlement de Paris, comme coupable du crime de lèze-majesté, et il y fut remplacé par Louis Siclier. Il devint depuis conseiller de l'archiduc, dont il avait tardivement embrassé le parti, et fut nommé premier maître ou président à la Chambre des comptes de Dole, lors de l'établissement de cette compagnie, en 1494. Il était revêtu de cette charge et portait les titres d'écuyer et de seigneur de Crésancey, lorsqu'il acheta, en 1500, une partie de la seigneurie de Montmançon. De son mariage avec Collette Thibran, il ne paraît avoir laissé qu'un fils, Jean, chanoine de la collégiale de Dole en 1506. Voy. l'article de son père, Liénard du Cret, auditeur des comptes, p. 318.

JEAN MARGOTET, clerc *aux honneurs* par lettres du 1er janvier 1469/70, prêta serment le 13 février suivant. Nous ne savons combien de temps il exerça cet office ; il était fils de Girard Margotet, président de la Chambre en 1469. Voy. p. 18 et 128.

PIERRE GORRE, juré de la cour de la chancellerie, fut retenu clerc *aux honneurs* par lettres du 22 mai 1472, et prêta serment le 2 juin suivant. Nous ne savons combien de temps il exerça cet office. Il fut envoyé à Cluny en 1478 pour visiter le trésor de l'abbaye, et y rechercher les titres relatifs aux droits du roi. — Gorre, en Picardie : *De gueules, à trois lions d'argent, couronnés d'or.*

Droyn DU CRET fut retenu clerc *aux honneurs* par lettres du 26 janvier 1473/4, qui lui assuraient en outre l'état de clerc et auditeur à gages après la provision d'Oudot Le Lievreau, ce qui n'eut point d'effet. Sa prestation de serment est du 5 avril suivant. Il est qualifié *clerc extraordinaire de la Chambre des comptes* (1), dans un acte relatif à la commission qu'il reçut, en 1475, avec Guillaume Jomard, pour faire l'inventaire des meubles de l'ancien hôtel ducal, et c'est en cette même qualité qu'un salaire lui fut accordé en 1481 pour plusieurs parties d'écritures par lui faites, et délivrées en la Chambre des comptes, pour les affaires du roi. Dès l'année 1466, étant notaire public juré de la cour de la chancellerie du duché, il avait été chargé, avec son père Liénart, de faire le terrier de la prévôté de Bussy, et enfin on sait qu'il remplit, sous le duc Philippe-le-Bon, les fonctions de clerc des offices de l'hôtel, ce qui détermina sans doute le successeur de ce prince à lui accorder, peu de temps après son avénement, une pension de 36 livres. Voy. p. 318 et 322.

Philibert RAVIET fut nommé clerc et auditeur *aux honneurs* par lettres du 1er février 1473/4, qui lui assuraient en outre le premier lieu ordinaire qui viendrait à vacquer. Il prêta serment le 8 juillet 1475 et le renouvela le 20 octobre 1477 après avoir été pourvu, par lettres du 15 septembre précédent, d'un office de clerc *extraordinaire* au lieu d'Oudot Le Lievreau, et avec 70 livres de gages. Il fut remplacé dans cet office par Jean du Grez, après avoir été reçu lui-même le 30 mars 1479/80 dans un office de clerc et auditeur ordinaire rendu vacant par la promotion de Laurent Blanchart à celui de maître des comptes. Cet office ordinaire avait été donné à Philibert Raviet, à titre provisoire, par Mgr de Maillezais, et par les gens du conseil et des comptes, et Charles d'Amboise, gouverneur de Bourgogne, lui en confirma la possession par lettres du 1er avril 1479/80, en conséquence desquelles il dut prêter un nouveau serment le 29 du même mois. Il eut pour successeur Jacques Acarye en 1499.

Avant d'entrer à la Chambre des comptes, Philibert Raviet avait rempli les fonctions de châtelain et de grenetier de Montbard, et on le trouve qualifié, en 1461, de clerc d'Hugues de Faletans, alors commis à la recette générale de Bourgogne. Le roi lui accorda des lettres de noblesse en 1494. Son fils Jean, seigneur de Ruffey-lez-Dijon et de Montmançon en partie, successivement conseiller aux parlements de Dijon (1514) et de Paris, eut entre autres enfants, de son mariage avec Marthe de Recourt, une fille Marguerite, dont le mari, Philippe Moisson, remplaça

(1) Girard Mourard, aussi *clerc extraordinaire de la Chambre des comptes*, fut commis en cette qualité, en septembre 1481, avec Nicolas Bouesseau, conseiller maître, pour procéder à l'audition d'un compte de l'élection d'Autun. Il fréquentait encore la Chambre en 1496. En 1501, Philibert Gourdet, *clerc extraordinaire de la Chambre des comptes*, touche 104 sols par mandement des gens des comptes, pour plusieurs lettres closes, informations, écritures et journées par lui vaquées. Il ne faut pas confondre ces *clercs extraordinaires de la Chambre des comptes* avec les *clercs extraordinaires des comptes*. Ils ne touchaient pas de gages fixes, comme ces derniers, et avaient simplement droit à un salaire pour la besogne dont ils étaient chargés comme auxiliaires des clercs et auditeurs ordinaires. En réalité ils remplaçaient les anciens clercs *aux honneurs* qui disparaissent à cette époque. Il y avait aussi alors de simples clercs *fréquentant la Chambre*, qui remplissaient des fonctions analogues sans titre officiel, et dont plusieurs passèrent depuis à des offices formés de clercs et auditeurs.

son beau-père au parlement de Bourgogne en 1529. Nicolas Raviet était receveur du bailliage de Dijon en 1530.

JEAN COUSINET, notaire royal et juré de la cour de la chancellerie, fut pourvu, le 24 août 1477, d'un office de clerc *extraordinaire* aux gages de 50 livres en attendant la première vacance de clergie ordinaire, qui viendrait à se produire. En prêtant serment le 30 septembre suivant, il déclara toutefois qu'il n'entendait pas être préféré à ceux qui avaient servi dans cet office de clerc *extraordinaire* et en avaient lettres du roi, savoir Philibert Raviet et Droyn du Cret. Il mourut dans l'exercice de son office et fut remplacé, en 1492, par Pierre Sayve. Le 1er juillet de la même année Jean d'Amboise, évêque de Langres, lieutenant général en Bourgogne, lui avait donné l'office de maître *extraordinaire* vacant par la mort de Hugues de Faletans, et il avait fait le lendemain le serment requis, mais cette provision fut cassée par le roi au profit de Philippe de Faletans, fils du dernier titulaire. Voy. p. 137.

ETIENNE MILET, clerc et auditeur ordinaire, fut pourvu de l'office vacant par la mort d'Oudot Le Lievreau, en considération des services qu'il avait rendus au roi. Ses lettres de provisions datées du 26 octobre 1477, lui furent délivrées par Jean Blosset, seigneur de Saint-Pierre, conseiller et chambellan du roi, grand sénéchal de Normandie et gouverneur de Dijon, et il fit le serment en conséquence le 27 du même mois. Il le renouvela l'avant-dernier février 1477/8, après avoir obtenu du roi des lettres de confirmation en date du 22 décembre précédent. Il résigna le 7 juin 1521 en faveur de Pierre Milet, son fils. Voy. p. 150 et 181.

JEAN DU GREZ, contrôleur des ouvrages du château de Dijon, fut pourvu, par Jean de Baudricourt, gouverneur de Bourgogne, le 26 janvier 1482/3, d'un office de clerc *extraordinaire*, aux mêmes gages que touchait Philibert Raviet en cette qualité, et avec l'expectative du premier lieu vacant de clerc ordinaire. Reçu le 19 avril suivant, il quitta son office dès l'année 1484 pour remplir ceux de grenetier au grenier à sel et de châtelain d'Avallon, et paraît avoir été remplacé par Jacques Gastereaul. Natif d'Alençon, il avait été pourvu, dès l'année 1478, de l'office de contrôleur au grenier à sel de Pontailler, et on le retrouve vers 1487 exerçant de semblables fonctions à Mirebeau.

JACQUES GASTEREAUL, clerc, fut nommé clerc *extraordinaire* le 21 janvier 1483/4, en attendant le premier office ordinaire qui viendrait à vacquer, et prêta serment le 6 février suivant. Son office, après être resté assez longtemps vacant, passa, en 1526, à Thomas Le Pessu. Il occupa aussi, vers 1500, celui de secrétaire du roi, et on le voit figurer dans un compte de 1485 comme amodiateur avec Pierre Prevost, de la clergie du bailliage de Dijon. Ce bail lui fut renouvelé à main ferme par le roi Louis XII, pour le récompenser des services qu'il y avait rendus.

LOUIS SICLIER, clerc et auditeur ordinaire, remplaça Etienne du Cret. Pourvu le 6 décembre 1484 par Jean de Baudricourt, dont il était serviteur, en récompense des services par lui rendus aux rois Louis XI et Charles VIII, il prêta serment le 16 du même mois. Il dut le renouveler le 30 septembre 1485, en vertu de lettres royales de confirmation par lui obtenues le 15 du même mois, après que son office eut été définitivement confisqué sur son prédécesseur. Il y fut remplacé par Claude de Rouvray, lorsqu'il passa lui-même en 1496 à l'office de receveur général des finances en Bourgogne, au lieu de Jean Riboteau, son beau-père. Il mourut en 1500.

Louis Siclier, dont il est ici question, seigneur de Chalancey et de Pouilly-lez-Dijon, était originaire de Langres, fils d'Etienne Siclier et de Catherine de Sacquenay, et petit-fils de Claude Siclier, premier auteur connu de la famille. De son mariage avec Jeanne Riboteau, vinrent quatre enfants : 1° Jacquette, femme en premières noces d'Anselme Guillaume, et en deuxièmes de Pierre Guinement ; 2° Jean, mort sans postérité ; 3° Michel, chanoine de Langres ; 4° Françoise, femme en premières noces de Sébastien Rolin, seigneur de Chezeaux, dont une fille mariée à Antoine d'Orge, et en secondes noces, de Jacques d'Orge, seigneur du Deffend et de Quincey, dont deux filles, Claudine et Claude-Charlotte, mariées en 1554. — Armes : *D'or, au lion de sable, armé et lampassé de gueules.*

Pierre SAYVE, clerc *extraordinaire*, fut pourvu, par la mort de Jean Cousinet, le 22 février 1491/2 : « en récompense, lit-on dans ses lettres de provisions, de ses services depuis cinq ou six ans en la Chambre des comptes (1), tant à l'expédition de plusieurs matières secrètes, qui puis ledit temps y sont survenues et surviengnent journellement que autrement ». Reçu le 7 mai de la même année, il résigna en survivance le 4 juin 1535 au profit de son fils Girard. Voy. p. 27, 40 et 41.

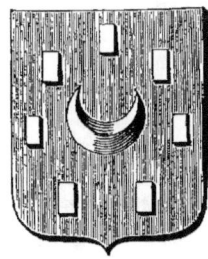 Claude DE ROUVRAY, écuyer, receveur du bailliage de Dijon depuis 1488, remplaça Louis Siclier dans un office de clerc et auditeur ordinaire. Pourvu le 4 avril 1496 en considération des services qu'il avait rendus au feu roi, et qu'il rendait au roi régnant, en la compagnie du maréchal de Baudricourt (2), il prêta serment le 18 du même mois, résigna peu de temps après et fut remplacé par Nicolas Noblet. C'est probablement lui qui comparut en 1507 à la convocation du ban et de l'arrière-ban du Dijonnais, et fut nommé capitaine d'Auxonne en 1545. La maison des sires de Rouvray, au bailliage de Beaune, illustre sous les ducs et connue dès le XIIIe siècle, s'est fondue dans celle de Gand, originaire de Flandre. — Armes : *De gueules, au croissant d'argent, accompagné de sept billettes de même mises en orle.*

Nicolas NOBLET, clerc et auditeur ordinaire sur résignation simple de Claude de Rouvray, fut pourvu le 24 janvier 1496/7 et reçu le 6 février suivant. Il résigna

(1) Il était du nombre de ces clercs *fréquentant la Chambre* dont il est question p. 323.
(2) Il ne remplissait pas en personne son office de receveur ; il le faisait exercer par Gaulthier Damas, en même temps receveur de l'épargne.

en survivance en 1524 au profit de son fils aîné Jean, qui mourut avant lui et auquel il substitua son fils cadet Etienne, en vertu d'une seconde résignation en survivance faite en 1540. Le titre de maître des comptes aux honneurs lui fut conféré en 1513. Voy. p. 39, 151 et 152.

MATHIEU DU MOULINET, secrétaire du roi, fut pourvu le 19 janvier 1496/7, en récompense de ses services comme secrétaire du maréchal de Baudricourt et autrement, de l'office de clerc et auditeur ordinaire vacant par la mort de Jean Regnault. Reçu le 15 février suivant, il mourut en 1500 et eut pour successeur Jean de Galle. Il avait épousé Antoinette, fille de Chrétien Billocard, d'une ancienne famille bourgeoise de Dijon.

JACQUES ACARYE, clerc et auditeur ordinaire, remplaça Philibert Raviet en 1499 et résigna dès le 22 mars 1500/1 au profit de Pierre Tabourot (1). — Acary, au comté de Boulogne, ancienne famille noble dont quelques membres se fixèrent à Paris au XVIe siècle : *Ecartelé : aux 1er et 4, d'or, à l'aigle éployée de sable ; au 2, d'azur, à la croix ancrée d'or ; au 3, de gueules, au lion d'argent.*

JEAN DE GALLE, trésorier du comte de Nevers, fut nommé clerc et auditeur ordinaire au lieu de Mathieu du Moulinet, décédé. Pourvu le 15 mai 1500, reçu le 22 juin suivant, il résigna le 16 octobre 1504 en faveur de René Fremiot. — Nicolas de Galles, lieutenant du bailli de Mâcon en 1463. — Gaspard de Gaules, capitaine et châtelain de Cuisery en 1573. — Nicolas de Gaule, commissaire aux requêtes du palais en 1613, épousa Anne Millière, dont il eut plusieurs enfants ; il portait : *Tiercé en fasce ; le 1er, d'argent, à trois pommes de chêne de gueules, soutenues de sinople ; le 2, de gueules ; le 3, d'azur, à trois trèfles d'or 2 et 1.*

PIERRE TABOUROT, clerc et auditeur ordinaire sur la résignation de Jacques Acarye, fut pourvu le 22 mars 1500/1, prêta serment le 30 du même mois et résigna en survivance le 7 janvier 1525/6 en faveur de son fils Guy. Voy. p. 152.

RENÉ FREMIOT, garde de la monnaie du roi à Dijon, fut pourvu le 16 octobre 1504 d'un office de clerc et auditeur ordinaire, sur la résignation de Jean de Galle. Il prêta serment le 23 du même mois et résigna le 4 février 1514/5 en faveur de son fils Jean. Voy. p. 40 et 171.

JEAN FREMIOT, fils du précédent, et son successeur dans l'office de clerc et auditeur ordinaire, fut pourvu le 4 février 1514/5, mais ne prêta serment que le 12 novembre 1518, après avoir obtenu des lettres de surannation. Il fut reçu conseiller au parlement en 1527, ayant résigné son office d'auditeur entre les mains du roi qui en pourvut Edme Guiotat.

(1) Le nom de Jacques Acarye ne nous est connu que par les lettres de provisions de son successeur ; quant à la date de sa nomination, elle est fixée par ce fait qu'en 1498 son prédécesseur, Philibert Raviet, figure encore en qualité de clerc et auditeur ordinaire dans le compte du receveur général.

PIERRE MILET, clerc et auditeur ordinaire sur la résignation de son père Etienne, fut pourvu le 7 juin 1521 et reçu le 20 du même mois. Il quitta cet office entre les années 1534 et 1538 (1) pour passer à celui de conseiller maître, et eut pour successeur Denis Pourcelet. Voy. p. 150.

JEAN NOBLET fut pourvu en survivance le 21 décembre 1524 de l'office de clerc et auditeur ordinaire de son père Nicolas. Reçu le 26 janvier 1524/5, il mourut avant son père qui fit une seconde résignation en 1540 au profit de son second fils Etienne. Voy. p. 39, 151, 152 et 325.

GUY TABOUROT, clerc et auditeur sur la résignation en survivance de son père Pierre, fut pourvu le 7 janvier 1525/6 et prêta serment le 23 mars suivant. Il résigna le 20 octobre 1553 et fut remplacé par André Macheco. Voy. p. 152 et 326.

THOMAS LE PESSU, clerc et auditeur *extraordinaire*, figure pour la première fois dans le compte du receveur général pour l'année commencée le 1er janvier 1526/7, au lieu de Jacques Gastereaul; il résigna le 4 mars 1533/4 en faveur de Jean de Loysie. Nous ne savons rien sur sa famille.

EDME GUIOTAT, enquesteur à Chalon et contrôleur du grenier à sel de Saulieu, fut nommé clerc et auditeur ordinaire au lieu de Jean Fremiot passé à un office de conseiller au parlement. Pourvu le 25 novembre 1526, reçu le 8 août 1527, il mourut le 17 septembre 1529 et fut remplacé par Antoine de Presle. Famille originaire de Saulieu, où l'on trouve Jean Guyotat, qualifié bourgeois en 1367. Claude, contrôleur au grenier à sel de la même ville en 1531, fut père de Jacques qui lui succéda dans cette charge en 1535, et très probablement d'Edme qui donne lieu à cet article. De son mariage avec Antoinette Poilleney, qui épousa en secondes noces François Legoux, contrôleur de la ville de Saulieu, Edme Guiotat eut un fils, Jacques, d'abord, conseiller au parlement de Dijon en 1554, puis conseiller au grand conseil, seigneur de Chevanay et les Davrées, qui épousa Marie de Montbard et dont la fille unique fut femme de Nicolas Sayve, aussi conseiller au grand conseil. — Armes : *D'azur, au pal d'or, chargé de trois coquilles de sable.*

(1) La nomination de Pierre Milet à un office de conseiller maître doit être antérieure à celle de François Saumaise, dont l'arrêt de réception est du 6 août 1538. En effet, lors de la suppression de la Chambre des comptes de Dijon, en vertu d'un édit de 1567, les trois officiers désignés dans l'ordre de leur réception, comme les plus anciens pourvus, pour remplir par commission les fonctions de l'ancienne Chambre, furent Bénigne Jaqueron, président, Pierre Milet et François Saumaise, tous deux conseillers maîtres. Voy. p. 148 et 150 les articles de ces deux derniers officiers dont l'ordre chronologique a été interverti. La mesure de suppression dont il est ici question n'était pas spéciale à la Bourgogne ; prise à la requête des Etats généraux, elle s'appliquait à toutes les Chambres des comptes du royaume. Mais l'édit ne tarda pas à être rapporté et les officiers supprimés qui avaient obtenu de conserver, nonobstant la suppression, leurs gages et privilèges anciens, furent tous rétablis dans l'exercice de leurs fonctions.

ANTOINE DE PRESLE, clerc et auditeur ordinaire, fut reçu le 19 novembre 1529, en l'office vacant par le décès d'Edme Guiotat ; il mourut au mois de février suivant et eut pour successeur Henry de Cirey. De son mariage avec Jeanne Regnault, fille de noble Jean Regnault et sœur de Thibaut Regnault, premier huissier au parlement, il laissa un fils Antoine, lieutenant particulier en la gruerie de Bourgogne, qui fut enfermé au château de Dijon, puis au monastère des Jacobins pendant les troubles de l'année 1561, et se retira depuis avec sa famille à Montbéliard. Il avait épousé N. Frouaille. On trouve encore du même nom Claude, contrôleur des mortes payes, mort en 1555, et N., que son gendre Jacques Richard, seigneur de Bligny, remplaça en 1572 dans la charge de maître particulier des eaux et forêts à Dijon. Le sceau d'Humbert de Preelles, prévôt de Vesoul en 1390, porte un *sautoir chargé de vairs ou coquilles et une étoile en cœur.* — Presle, dans le Lyonnais : *D'azur, au chevron d'or, accompagné de trois moineaux d'argent.*

HENRY DE CIREY, clerc et auditeur ordinaire, fut pourvu le 13 février 1529/30, par le décès d'Antoine de Presle. Reçu le 1ᵉʳ avril suivant, il fut confirmé par le roi Henri II, après son avénement en janvier 1547/8 (1), et résigna la même année au profit de son fils Jean. Ancienne famille bourgeoise de Dijon connue dès le milieu du XVᵉ siècle, et qui a fourni un abbé de Cîteaux en 1476 et plusieurs conseillers au parlement. Un de ses membres, anobli en 1509, a été élu treize fois vicomte-mayeur de Dijon. Henry de Cirey, qui donne lieu à cet article, était fils de Bénigne, seigneur de Villecomte et de Guillemette Jaqueron. Sa sœur, Claudine, épousa Jean Desbarres, bourgeois de Dijon. — Armes : *D'azur, à deux levriers rampants et affrontés d'argent, accolés de gueules, bouclés et cloués d'or.*

JEAN DE LOYSIE, clerc et auditeur *extraordinaire,* pourvu le 14 mars 1533/4, sur la résignation de Thomas Le Pessu, prêta serment le 17 du même mois. Il résigna en 1549 au profit de Claude Vincent. Voy. p. 46.

GIRARD SAYVE, clerc et auditeur *extraordinaire,* fut pourvu le 4 juin 1535 sur la résignation en survivance de Pierre Sayve, son père, et prêta serment le 4 août suivant. Il fut nommé receveur général de Bourgogne en 1543, et eut pour successeur Antoine Bossuet. Voy. p. 27, 40, 41 et 325.

DENIS POURCELET, clerc et auditeur ordinaire, succéda à Pierre Milet entre les années 1534 et 1538. Sa nomination ne nous est connue que par les lettres de provisions obtenues après sa mort, en février 1538/9, par Antoine Brocard son successeur. Voy. l'article de Claude Pourcelet, auditeur en 1596.

ANTOINE BROCARD, clerc et auditeur ordinaire, fut pourvu le 19 février 1538/9 de l'office vacant par le décès de Denis Pourcelet. Sa réception n'est pas au registre.

(1) Les lettres de confirmation dont les officiers des compagnies judiciaires avaient besoin de se faire pourvoir à l'avénement d'un nouveau souverain pouvaient être collectives ou individuelles. Nous avons mentionné quelques-unes de ces dernières, sans nous astreindre à les indiquer toutes.

Il résigna en faveur de Pierre Fourneret, pour passer en 1554/5 à un office de conseiller maître. Voy. p. 42 et 159.

ETIENNE NOBLET, clerc et auditeur ordinaire, pourvu le 20 octobre 1540, sur la résignation en survivance de son père, Nicolas, prêta serment le 15 décembre suivant. En juin 1543, il passa à un office de conseiller maître et résigna avec son père, celui d'auditeur qu'ils possédaient en commun, au profit de Michel Ocquidem. Il avait été commis pendant quelque temps, vers 1541, à l'office de receveur général des finances en Bourgogne. Voy. p. 39.

MICHEL OCQUIDEM, clerc et auditeur ordinaire, fut pourvu le 30 juin 1543, sur la résignation faite en commun à son profit par Nicolas et Etienne Noblet. Reçu le 19 juillet suivant, confirmé par Henri II le 8 janvier 1547/8, il résigna en 1553 en faveur de Claude Bonnestache et passa à un office de conseiller audiencier, notaire et secrétaire de la chancellerie du parlement de Dijon.

I. Jean Ocquidem, seigneur de Nanteuil, lieutenant au bailliage de Nuits en 1526, paraît avoir eu pour fils :

1° Jean, seigneur de Marcellois, Nanteuil et Saint-Prix, d'abord avocat du roi à Nuits, puis conseiller au parlement de Dijon en 1555, qui épousa Jeanne Godran et en eut : *a*, Charlotte, religieuse à l'abbaye du Lieu-Dieu ; *b*, Bénigne, mariée en 1567 à Humbert Legoux, écuyer, seigneur de la Berchère ; *c*, Chrétienne, femme de Jean Baillet, baron de Saint-Germain, conseiller au parlement ; 2° Michel qui suit.

II. Michel, seigneur de Broindon, auditeur des comptes, puis audiencier en la chancellerie, épousa Marguerite, fille de Gervais Chanuz, bourgeois de Dijon, et en eut : 1° Bénigne qui suit ; 2° Jeanne, mariée en 1566 à Simon Legourd, écuyer ; 3° Alixand, mariée en 1569 à Claude David, avocat ; 4° Jeanne, qui épousa en 1570 Chrétien de Macheco, avocat, puis lieutenant civil à Nuits ; 5° Chrétienne, femme en premières noces de Gérard Richard, seigneur de Ruffey, et en deuxièmes noces de Gobin de Requeleyne, contrôleur de l'artillerie en Bourgogne.

III. Bénigne, seigneur de Broindon, conseiller au parlement en 1578, épousa Marie Baissey, fille de Bénigne, conseiller au parlement, et en eut : 1° Marguerite, femme de Jean Comeau, lieutenant criminel à Dijon ; 2° Odette, qui épousa Philippe de Berbis, conseiller au parlement ; 3° Anne, mariée à Jean-Baptiste Lantin, conseiller au parlement ; 4° et probablement Jeanne, femme de Claude Gaillard, président aux comptes. — Armes : *D'azur, à une fasce d'or, accompagnée en chef d'une étoile de même, et en pointe d'un croissant d'argent.*

CLAUDE CHAULVYER fut pourvu le 18 novembre 1543 d'un office de clerc et auditeur ordinaire créé par édit du mois de mai de la même année, ce qui portait à cinq le nombre de ces officiers. Il prêta serment le 1ᵉʳ décembre suivant, fut confirmé par Henri II le 8 janvier 1547/8, et résigna en 1556 en faveur de Jean Brocard, pour passer à un office de maître ordinaire de nouvelle création. Voy. p. 164.

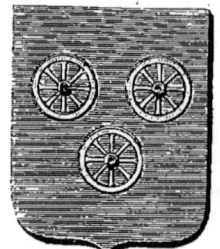

Antoine BOSSUET remplaça très probablement Girard Sayve en 1543 dans un office de clerc et auditeur *extraordinaire*, dont il obtint dix ans plus tard la commutation en un office *ordinaire* moyennant une somme de 1,500 livres tournois. Pourvu de ce nouvel office le 23 août 1553, Antoine Bossuet y fut installé le 13 novembre suivant ; il l'exerçait encore au moment de sa mort et y fut remplacé en 1571 par Bénigne Ythier, sur la démission avant réception de Claude de Bar qui en avait d'abord été pourvu.

Cette famille remonte à Jacques Bossuet *alias* Rouhier, qui fut reçu en 1460 bourgeois de la ville de Seurre où ses descendants tinrent longtemps un rang honorable. L'un d'eux, Etienne, y figure sur la liste des mayeurs en 1513. Le premier qui vint se fixer à Dijon fut :

I. Antoine, auditeur des comptes en 1543, mort avant le 6 février 1571. Il avait épousé Jeanne, fille de Floceau Richard et de Gillette Legoux, dont il eut entre autres enfants : 1° Jacques qui suit ; 2° André, auteur d'une branche établie à Auxonne ; 3° Elisabeth, mariée en 1571 à Bénigne Soyrot, commis du trésorier de France en Bourgogne.

II. Jacques, commissaire aux requêtes du palais, puis conseiller au parlement en 1597, vicomte-mayeur de Dijon en 1612-1614, avait épousé Claudine, fille de Claude Bretagne, conseiller au parlement, et de Denise Barjot ; il en eut plusieurs enfants, savoir : 1° Bénigne qui suit ; Claude, seigneur d'Aisercy et de la Grange-Noire, commissaire aux requêtes en 1610, vicomte-mayeur de Dijon en 1647-1649, dont les deux fils, Etienne, marié à Claude Savot, et Jacques, siégèrent tous deux aussi au parlement ; 2° Françoise, mariée à Hector Joly, maître des comptes ; 3° Anne, mariée en 1619 à Antoine Drouas, seigneur de Velogny, maître des comptes ; 4° Jeanne, qui épousa en 1622 Zacharie Drouas, secrétaire du roi, frère du précédent.

III. Bénigne, substitut du procureur général au parlement de Bourgogne, puis conseiller en celui de Metz, épousa Marguerite Mochet, fille de Claude Mochet d'Azu, avocat, et d'Anne Humbert ; il eut entre autres enfants : 1° Claude, chanoine de la cathédrale de Toul ; 2° Antoine qui suit ; 3° Jacques-Bénigne, évêque de Meaux ; 4° Marguerite, dominicaine à Toul.

IV. Antoine, receveur général des Etats de Bourgogne en 1652, puis intendant de Soissons, maître des requêtes, eut deux fils : 1° Louis, aussi maître des requêtes en 1669, marié à Mlle de la Briffe ; 2° Bénigne, évêque de Troyes. — Armes : *D'azur, à trois roues d'or.*

Jean DE CIREY, clerc et auditeur ordinaire, pourvu le 21 juillet 1548, sur la résignation de son père, Henry, fut reçu le 14 novembre suivant, mourut en 1570 et eut pour successeur Oudot Perroul. Il avait épousé Guillemette Desbarres. Voy. p. 328.

Claude VINCENT fut pourvu le 21 septembre 1549, sur la résignation de Jean de Loysie, du second office de clerc et auditeur *extraordinaire*, pour lequel il prêta serment le 26 février suivant. Cet office fut commué en un office ordinaire en 1556, comme l'avait été celui d'Antoine Bossuet, trois ans auparavant (1), et moyennant une somme semblable de 1,500 livres tournois. Sur quoi nouvelles lettres de provisions et nouveau serment en date des 29 octobre et 14 novembre 1556. Claude Vincent exerça cet office jusqu'à sa mort arrivée en 1571, et y eut pour successeur Louis de Jurbert. Son père, Pierre Vincent, avait rempli les fonctions de garde de la foraine à Dijon, et il eut un fils maître des comptes en 1571. Voy. p. 171.

André MACHECO, clerc et auditeur ordinaire, fut pourvu le 26 octobre 1553 sur la résignation de Guy Tabourot, et prêta serment le 13 novembre suivant. Il résigna, en 1573, en faveur de Martin Tisserand, son beau-fils, et obtint le 1er juillet de la même année des lettres de vétérance où on lit qu'il était le plus ancien des auditeurs. Voy. p. 132, 138 et 218.

Claude BONNESTACHE, auditeur ordinaire, fut pourvu le 11 octobre 1553, sur la résignation de Michel Ocquidem. Reçu le 12 février suivant, il mourut en 1558 et fut remplacé par Jean Noblet.

Claude BOURDON, pourvu le 14 mai 1554 d'un office d'auditeur ordinaire créé par édit du mois d'avril précédent, prêta serment le 29 août de la même année et résigna, en 1556, en faveur de Philibert Lebault, pour passer à une charge de maître en la Chambre des comptes de Bresse. Il appartenait probablement à une ancienne famille de Mâcon encore existante et dont les armes sont ainsi blasonnées dans l'*Armorial* de 1696, sous le nom de Jean Bourdon, secrétaire de l'hôtel de ville de Mâcon : *De gueules, au chevron d'argent, accompagné de trois coquilles oreillées de même.*

Pierre FOURNERET, clerc et auditeur ordinaire, fut pourvu le 8 février 1554/5 sur la résignation d'Antoine Brocard. Reçu le 2 mars suivant, il résigna en 1602 en faveur de Claude Girardeau. Voy. p. 297.

Jean BROCARD, clerc et auditeur ordinaire (2), fut pourvu le 1er avril 1555/6, sur la résignation de Claude Chaulvyer passé conseiller maître. Reçu le 29 du même mois, il mourut en 1594, et, sur la nomination d'Anne Julien sa veuve, son office passa à Humbert Legourd. Jean Brocard dont il est ici question, appartenait à la famille Brocard dont on trouvera la notice page 42. Nous lui connaissons un frère, Pierre, curé de Savigny, et une sœur, Michelle, femme de Bénigne Le Compasseur.

(1) Par suite de cette double commutation, il n'y eut plus à la Chambre des comptes de Dijon que des clercs et auditeurs ordinaires.
(2) C'est la dernière fois que la qualité de *clerc* paraît dans les provisions des auditeurs. Cette qualité avait été supprimée par une déclaration royale de juin 1554, qui attribua en même temps à tous les auditeurs le titre de conseillers du roi. A partir de cette époque, il n'y eut plus que des conseillers auditeurs ordinaires.

§ II. — CONSEILLERS AUDITEURS

PHILIBERT LEBAULT, auditeur, pourvu le 28 juin 1556 sur la résignation de Claude Bourdon, fut reçu le 14 juillet suivant, mourut en 1569, et eut pour successeur Emillan Jacquin *le jeune*. Il était fils de Philibert Lebault, procureur au parlement et secrétaire du roi en la grande chancellerie, et d'Etiennette Regnault.

JEAN NOBLET, auditeur, fut pourvu le 30 août 1558 de l'office vacant par la mort de Claude Bonnestache; reçu le 28 juillet 1559, en vertu de lettres royales qui ordonnaient de l'installer dans son office nonobstant l'édit de suppression, il mourut en 1569 et eut pour successeur Emillan Le Maire. Voy. p. 39.

EMILLAN JAQUIN, *le jeune*, auditeur, succéda à Philibert Lebault. Pourvu le 7 août 1569, reçu le 12 décembre suivant, il résigna en 1577 et fut remplacé par Bénigne Chanteret. Il avait un frère, aussi nommé Emillan, qui était procureur à la cour et possédait, en 1562, une partie de la grange de Lezeul, au bailliage de Dijon. Famille du même nom, très ancienne à Mont-Saint-Jean, où l'on trouve, en 1478, Antoine et Jean, fils de Paul Jaquin, maître ès-arts, bachelier ès-décrets et receveur de la seigneurie, et Louis, procureur des habitants en 1576. Les armes d'Antoine Jaquin, chanoine d'Autun, sont ainsi blasonnées dans l'*Armorial de 1696 : De gueules, à la fasce d'argent, accompagnée en chef de deux étoiles de même, et d'un croissant aussi d'argent en pointe.*

EMILLAN LE MAIRE, auditeur, pourvu le 24 juin 1569 par le décès de Jean Noblet, fut reçu le 7 avril de l'année suivante. Il mourut en 1580 et fut remplacé par Etienne Valeray. Nous le croyons de la même famille que Jean Le Maire, procureur général du duc en 1474, dont les armes sont ainsi blasonnées par Palliot : *D'or, à deux fouets mis en pal et adossés d'azur ; au chef de même, chargé de deux étoiles d'or à six pointes.*

OUDOT PERROUL, huissier au parlement de Dijon, fut pourvu, le 28 août 1570, d'un office d'auditeur vacant par le décès de Jean de Cirey. Reçu le 17 novembre suivant, il mourut en 1580, et son office, supprimé par sa mort, fut rétabli en faveur de Chrétien Margeret. En 1562, on le trouve qualifié secrétaire de Mgr de Tavannes et contrôleur des montres du bailliage de Dijon, en l'absence du contrôleur ordinaire des guerres.

BÉNIGNE YTHIER, auditeur, remplaça Antoine Bossuet. Pourvu le 11 juin, reçu le 5 septembre 1571, il mourut en 1590, et eut deux successeurs dans son office, savoir : 1° Albert Fillon, à qui Henri IV en fit don pendant les troubles de la Ligue ; 2° Edme Calon, qui en fut pourvu par le duc de Mayenne et le résigna avant réception en faveur de son fils aussi nommé Edme. Bénigne Ythier avait probablement épousé Anne Noblet. Jehan Ythier était amodiateur du tabellionnage de Pontailler en 1489. Une famille de ce nom établie à Provins à la fin du XVIIe siècle, portait : *D'or, au chevron d'argent, accompagné en pointe d'un tourteau de gueules.*

Louis DE JURBERT, auditeur, pourvu le 23 décembre 1571 sur la nomination de la veuve et des héritiers de Claude Vincent, fut reçu le 21 janvier de l'année suivante. Il paraît avoir eu pour successeur Nicolas Legrand, entre les années 1585 et 1597. Il avait épousé Nicole, fille de Blaise Achery, bourgeois de Dijon, et sœur de Baptiste Achery, écuyer, homme d'armes de la compagnie de Tavannes. Nous ne lui connaissons qu'un fils, Blaise, qualifié bourgeois de Dijon, receveur des deniers royaux du bailliage de la même ville en 1626.

Martin TISSERAND, auditeur, pourvu le 21 janvier 1573, sur la résignation d'André Macheco, son beau-père, fut reçu le 31 août suivant. Installé en 1595 dans un des offices de conseillers maîtres créés par Henri IV l'année précédente, il n'en conserva pas moins celui d'auditeur (voy. p. 189); mais après sa mort, arrivée en 1597, cet office fut supprimé par plusieurs arrêts du conseil et lettres patentes des 7 novembre 1597, 5 novembre 1598 et 25 octobre 1611, ordonnant que Claude Pourcelet, déjà pourvu d'un semblable office d'auditeur, serait couché en son lieu et place sur l'état des officiers de la Chambre.

Bénigne CHANTERET, auditeur, pourvu le 31 décembre 1577 sur la résignation d'Emillan Jaquin, fut reçu le 22 mars de l'année suivante, et résigna en 1604 au profit de Jean Dubois. Il avait épousé Claudine Fournier, dont il eut des enfants. Les armes de Charlotte Chanteret, veuve de Philibert Perreau, secrétaire du roi près le parlement de Bourgogne, sont ainsi décrites dans l'*Armorial* de 1696 : *D'or, à deux chênes de sinople, et un cerf de gueules passant et brochant sur ces deux arbres.*

Chrétien MARGERET, déjà revêtu de l'office de garde des livres de la Chambre des comptes, fut pourvu le 28 septembre 1580 de celui d'auditeur vacant par le décès d'Oudot Perroul. La Chambre fit refus d'enregistrer ses lettres de provisions par le motif que cet office demeurait supprimé en vertu des dispositions de l'ordonnance de Blois et de l'édit de février 1579 rendu sur la réquisition des Etats de Bourgogne, et sans tenir compte d'un autre édit daté du mois de juin 1580, qui en avait ordonné le rétablissement. Aussi Chrétien Margeret ne fut-il admis à prêter serment, le 11 mars 1581, qu'après avoir obtenu du roi des lettres de jussion (30 décembre 1580) que cette résistance de la Chambre avait rendues nécessaires. Nommé maître des comptes en 1594, il fut autorisé pendant quelque temps à posséder simultanément les deux offices; et ne résigna celui d'auditeur qu'en 1599 au profit de Thibault Gigot. Voy. p. 187.

Etienne VALERAY, auditeur, pourvu le 29 décembre 1580 par le décès d'Emillan Le Maire (1), fut reçu le 20 décembre de l'année suivante et résigna, en 1607, en faveur de Jean Fleutelot. Il était fils de Bénigne de Valleret, marchand et bourgeois de Dijon, dont la veuve Catherine de Lyon, figure dans un acte de 1560.

Albert FILLON, auditeur, fut pourvu, par Henri IV, le 3 mars 1594 de l'office vacant par la mort de Bénigne Ythier et dont Edme Calon père, avait obtenu précé-

(1) Pendant la vacance de cet office les gages en furent touchés, à l'acquit du roi, par Bénigne Bernard, contrôleur général des gabelles en Touraine.

demment du duc de Mayenne, des lettres de provisions, comme on le verra à l'article suivant. Reçu le 17 avril 1595 par la fraction royaliste de la Chambre, Albert Fillon rentra peu de temps après avec elle à Dijon et y trouva l'office de Bénigne Ythier occupé par Edme Calon, le fils, résignataire de son père. Edme Calon ayant obtenu du roi des lettres de confirmation, l'office de Bénigne Ythier se trouva occupé simultanément par deux titulaires. Toutefois il fut ordonné qu'Albert Fillon, quoique moins ancien en réception qu'Edme Calon, aurait sur lui la préséance, comme ayant été pourvu par le roi (1). On verra plus loin qu'Edme Calon résigna lui-même en faveur de Claude Pourcelet en 1596, en suite de quoi intervint, en date du 12 septembre 1597, un arrêt du conseil portant qu'Albert Fillon et Claude Pourcelet continueraient tous deux de jouir de leurs offices, mais qu'à la première vacance l'office vacant serait supprimé de plein droit (2). Cet arrêt du conseil ne reçut point sa pleine exécution. En effet, Martin Tisserand qui possédait en même temps deux offices, l'un de maître des comptes, l'autre d'auditeur, étant venu à mourir sur ces entrefaites, ce fut sur ce dernier office qu'on fit porter la clause de suppression. Claude Pourcelet, comme on le verra à son article, fut mis aux lieu et place du défunt, et Albert Fillon resta propriétaire définitif de l'office de Bénigne Ythier qu'il résigna en 1624 en faveur de Claude de Bergerand. Il avait épousé Esther Ferrand, veuve de N. Florys. — On trouve du même nom Albert, contrôleur au grenier à sel d'Auxerre en 1563, un autre Albert, mort en 1572, revêtu de la charge de greffier au bailliage d'Avallon ; Bernard, secrétaire du parlement en 1651, et Hippolyte, prêtre à Beaune, dont les armes sont ainsi blasonnées dans l'*Armorial* de 1696 : *De gueules, à un cœur d'argent, surmonté de trois étoiles de même rangées en chef, et accompagné de trois larmes aussi d'argent, une à chaque flanc et une en pointe.*

Edme CALON, auditeur, fut nommé par le duc de Mayenne le 20 janvier 1595 à l'office vacant par la mort de Bénigne Ythier, et dont Edme Calon, premier du nom, son père, qui en avait été pourvu par lettres du même prince dès le 31 juillet 1590, se démit en sa faveur sans en prendre possession (3) On lit dans les lettres de provisions d'Edme Calon le fils, que cet office lui fut donné en considération des services rendus par son père au duc de Mayenne. Il prêta serment le 16 mars 1595 et le renouvela le 6 juillet suivant, en vertu de nouvelles lettres de provisions datées du 25 juin de la même année, qu'il obtint d'Henri IV après la réduction de

(1) C'est l'ordre que nous avons suivi dans le classement.
(2) L'arrêt disposait en outre qu'après cette suppression le nombre des conseillers auditeurs resterait irrévocablement fixé à huit.
(3) La Chambre s'était obstinément refusée à procéder à la réception d'Edme Calon en s'appuyant sur l'édit de Blois, aux termes duquel la mort de Bénigne Ythier devait procurer de plein droit la suppression de son office. Avant de résigner à son fils, Edme Calon avait obtenu du duc de Mayenne, en janvier 1594, une déclaration en forme d'édit qui portait création à nouveau de son office et ordonnait à la Chambre de recevoir le nouvel officier, nonobstant les protestations du procureur syndic des Etats.

Dijon (1). Il résigna en 1596 en faveur de Claude Pourcelet. Voyez l'article précédent.

Ancienne famille bourgeoise, honorablement connue au barreau de Dijon. Nous citerons parmi ses membres : Antoine, avocat du roi au grenier à sel de Saulx-le-Duc en 1629, et Jean-Augustin, professeur de l'Université dont le fils, Guillaume-Augustin, d'abord substitut du procureur général, passa, en 1771, à un office de conseiller au Parlement Maupeou. — Armes : *D'azur, à un demi-chevron d'argent à dextre, soutenu par un lion de même, formant l'autre partie du chevron à senestre.*

Pierre GARNIER, auditeur, fut pourvu le 30 juin 1595 d'un des deux offices créés par édit du même mois. Reçu le 11 août suivant, il fut maintenu dans ses priviléges sa vie durant, par déclaration du 3 février 1606, nonobstant les édits d'août 1596 et mars 1597, portant suppression des offices de la création de juin 1595.

Antoine DESNOYERS, contrôleur en la chancellerie du parlement, fut pourvu le 30 juin 1595 du second office d'auditeur créé par édit du même mois. Reçu le 4 septembre suivant, il obtint, comme Pierre Garnier et par la même déclaration, d'être maintenu sa vie durant, dans la jouissance de ses priviléges, après la suppression de son office. Il avait épousé Philiberte de Requeleyne dont il eut plusieurs enfants.

Claude POURCELET, auditeur, pourvu le 30 juin 1596 sur la résignation d'Edme Calon, fut reçu le 20 décembre suivant. Un arrêt du conseil du 7 novembre 1597, confirmé par lettres du 5 novembre de l'année suivante, ordonna qu'il serait employé sur l'état des officiers de la Chambre aux lieu et place de feu Martin Tisserand, dont l'office demeurait supprimé. Cet arrêt rendit sans objet celui du 12 septembre qui avait réglé, comme on l'a vu plus haut, les droits respectifs de Claude Pourcelet et d'Albert Fillon. Claude Pourcelet mourut en 1638 et fut remplacé par son fils Jean. Il laissait un second fils, Bénigne, gendarme de la compagnie du marquis de Tavannes, qui fut anobli en 1647 en récompense de ses services comme soldat et volontaire dans plusieurs régiments, et de ceux de son père dans la charge d'auditeur. Il portait : *D'or, au sanglier passant de sable, allumé et défendu d'argent.* — Pierre, frère de Claude, était secrétaire de la Chambre du roi. On trouve encore du même nom : Denis, greffier de la gruerie des bailliages de Dijon, Auxois et la Montagne en 1535 ; Hugues, notaire et lieutenant en la châtellenie de Saulx-le-Duc en 1573 ; Pierre, procureur du roi en la même châtellenie et au grenier à sel du même lieu, que son neveu Jean remplaça en 1625 dans ce dernier office ; Pierre, receveur général des bois en Bourgogne ; Denis, auditeur des comptes vers 1538. Voy. p. 323.

(1) Les articles de la capitulation de Dijon avaient accordé à tous les officiers pourvus par Mayenne le maintien de leurs offices en prenant de nouvelles provisions.

Nicolas LEGRAND, auditeur, succéda probablement à Louis de Jurbert, entre les années 1585 et 1597. Il résigna en 1629 en faveur de Damien Naissant. Par son testament daté du 11 janvier 1641, sa veuve, Esther Giraut, institua pour héritiers Nicolas Legrand, son fils, secrétaire de la Chambre du roi, Edmonde Legrand, sa fille, veuve de François Tristan, procureur à la cour, et Judith Billocard, sa petite-fille, fille d'honorable Etienne Billocard et d'Aglantine Legrand, et mariée depuis à Pierre Fabry, major du château de Dijon.

Humbert LE GOURD, auditeur, fut pourvu le 9 juin 1595 sur la nomination de la veuve de Jean Brocard. Il prêta serment le 18 août 1597 après avoir obtenu des lettres de surannation, et résigna, en 1619, à Joachim Mathion qui se démit avant réception au profit de Claude Robert. Voy. p. 156.

Thibault GIGOT, auditeur, fut pourvu le 15 juillet 1599 sur la résignation de Chrétien de Margeret. Reçu le 17 décembre de la même année, il résigna en 1620 en faveur de Jean Fachon. — On trouve du même nom à Dijon, François, substitut du procureur général au parlement, mort en 1652, et un autre François, secrétaire du roi au même parlement, qui résigna son office en 1650.

Claude GIRARDEAU, auditeur, fut pourvu le 31 décembre 1602 sur la résignation de Pierre Fourneret. Reçu le 30 avril de l'année suivante, il mourut le 20 novembre 1638, et sur la nomination d'Elisabeth Cancouhin, sa veuve, Claude Bouhardet fut pourvu de l'office que son décès laissait vacant.

Jean DUBOIS, auditeur, fut pourvu le 20 juin 1604 sur la résignation de Bénigne Chanteret. Reçu le 20 décembre suivant, il résigna en 1610, en faveur de Jacques Morel. Il était, croyons-nous, fils de Jean Dubois et de Bernarde de la Monnoie, et frère de Jacques, avocat en 1599. On trouve du même nom Jean et Jacques Dubois, tous deux greffiers des requêtes du palais en 1618 et 1653 ; Louis, premier huissier au parlement en 1602 ; Pierre, secrétaire audiencier en la chancellerie, mort en 1685, etc. — Armes probables : *De sinople, à une fasce d'or, chargée de trois arbres de sinople et accompagnée en pointe d'une coquille d'argent ;* alias : *D'or, à une fasce de gueules, accompagnée en chef de trois arbres de sinople, et en pointe d'une coquille de sable.*

Jean FLEUTELOT, auditeur, pourvu sur la résignation d'Etienne Valeray, le 7 décembre 1607, fut reçu le 13 février de l'année suivante. Il mourut le 22 septembre 1648 et eut pour successeur Louis-Guillaume Rajaud. Voy. p. 182.

Jacques MOREL, auditeur, fut pourvu le 8 février 1610 sur la résignation de Jean Dubois. Reçu le 11 mars suivant, il résigna en 1622 en faveur de Nicolas Dorge (1).

(1) Il y eut aux XVIIe et XVIIIe siècles plusieurs officiers de ce nom à la Chambre des comptes. Nous ne savons pas s'ils étaient de la même famille. Voyez les articles de Pierre Morel, auditeur en 1708, et de Jean Morel, avocat général en 1688. — André, avocat, garde de la maison du roi en 1696, portait : *D'azur, à trois têtes de maures de sable, bandées d'argent.*

CLAUDE ROBERT, auditeur, remplaça Humbert Legourd. Pourvu le 10 mai, reçu le 23 juillet 1619, il mourut en 1647 et fut remplacé par son fils Jean, dont les armes sont ainsi blasonnées, d'après la déclaration de Jacqueline Lambert, sa veuve, dans l'*Armorial* de 1696 : *D'azur, au chevron d'or, accompagné en chef de deux étoiles de même et en pointe d'un croissant d'argent.*

JEAN FACHON, auditeur, pourvu sur la résignation de Thibault Gigot, le 26 février 1620, prêta serment le 19 juin suivant, et résigna en 1633 en faveur de Jean Beau. Il avait épousé Françoise de Vives, fille de Gabriel, général des monnaies en Languedoc. Guichard Fachon, général de la monnaie à Dijon en 1640, pourrait bien être son fils. Les armes de Jean Fachon gravées sur la tombe de sa femme, récemment découverte dans l'ancienne église des Jacobins de Dijon, représentent un écu de..... *à une branche de chêne fruittée, posée en bande, et un chef chargé de trois étoiles posées 1 et 2, celle du haut cometée.*

NICOLAS DORGE, auditeur, fut pourvu le 6 octobre 1622, sur la résignation de Jacques Morel et reçu le 1er décembre suivant. Il mourut en 1627, et son fils, Claude, pourvu de son office sur la nomination de sa veuve, s'en démit avant réception en faveur de Rémond Daulphin.

L'auteur de cette famille paraît être Philippe d'Orge, écuyer, qui vendit en 1288 au duc de Bourgogne des deniers de cens dans l'Autunois. Son fils, Jean, qui figure comme témoin dans un acte de 1311, donna naissance à Guiot, seigneur de Munois et de Chalvosson, écuyer de Philippe-le-Hardi, et à Guy, prieur de Grinon. Guiot eut pour fils Régnier, écuyer de la duchesse de Bourgogne, seigneur de Villeberny, qui fit bâtir l'église de ce village en 1428. De Régnier d'Orge naquirent plusieurs enfants, parmi lesquels on distingue : 1° Hugues, archidiacre d'Auxerrois, évêque de Chalon-sur-Saône en 1416, ambassadeur de la veuve de Jean-sans-Peur à la cour de France en 1419, archevêque de Rouen en 1432, et député au concile de Bâle, mort en 1436 ; 2° Regnault, seigneur de Munois, Chalvosson et Villeberny, marié à Chrétienne de Drée ; 3° Philippe, seigneur de Villy-le-Moutier et Bâlon, échanson de Jean-sans-Peur, marié en 1398 à Agnès du Deffend.

La famille d'Orge se divisa alors en deux branches. La première fut représentée par Philippe, par son fils Bénigne, seigneur de Villy et Bâlon en 1442, et s'éteignit dans la fille de celui-ci, Jacquette, dame d'Alcuge, femme de Guillaume Poincçot, seigneur de Quincey, Molin et Eguilly, dont elle eut quatre fils substitués vers 1510, aux nom et armes de leur mère, Jean, Jacques, Antoine et Gaspard. Jean mourut sans hoirs, ainsi que son frère Jacques ; Antoine eut deux fils, Jean et Jacques, et Gaspard fut prieur de Saint-Vincent-lez-Bourbonne et moine à Saint-Bénigne de

Dijon, où il fut inhumé en 1575. Antoine, son petit-neveu, fils de Jean II, fut seigneur du Deffend, de Quincey, de Boux, de Chaseul, de Villeberny et de Chevannay.
Il eut sept enfants d'Edmée Rolin, qu'il épousa vers 1549 : 1° Jean, mort sans
postérité ; 2° Denis, seigneur de Bussières, mari de Chrétienne de Montmoyen et
père d'Edmée d'Orge, qui épousa en 1596 Gabriel de Saint-Belin, baron de Biesles ;
3° Claude, femme de Thibaut de Livron ; 4° Charlotte, épouse d'Olivier de Bouci-
cault ; 5° Françoise, mariée à Guy de Civry ; 6° Elisabeth, femme de Claude de
Breschard en 1585, et 7° Philiberte, abbesse du Lieu Dieu. Jacques, second fils du
premier Antoine, seigneur du Deffend et de Bâlon, eut de son mariage avec Françoise Siclier deux filles unies en 1554, l'une, à Jean d'Eguilly et l'autre à Léonard
Damas, chevalier de l'ordre du roi, baron de Thianges. La postérité de Jacquette
d'Orge s'éteignit ainsi dans les femmes à la fin du XVIe siècle.

La seconde branche, issue également de Régnier d'Orge est celle qui a donné un
officier à la Chambre des comptes. Elle apparaît dans la robe au commencement du
XVIe siècle en la personne de Claude, secrétaire du roi à la chancellerie de Bourgogne en 1513. L'un de ses petits-fils, nommé aussi Claude, fut successivement
procureur à la Chambre des comptes de Dijon, contregarde à la cour des monnaies
et greffier aux comptes. Il épousa en 1570 Marguerite Bénier, dont il eut Nicolas
d'Orge, auditeur des comptes, qui donne lieu à cet article. De son mariage avec
Marguerite Martin, vinrent : 1° Claude, avocat au parlement de Bourgogne, seigneur de la Oultre, qui épousa en 1635 Marie Languet, fille d'un correcteur aux
comptes ; 2° Bernard, écuyer. Claude eut pour enfants Nicolas, seigneur de la
Oultre, Quemigny et Poisot, époux de Christine Frémyet, Jacques, né en 1664,
cornette au régiment de Listenoy-Dragons, puis chevalier de Malte, et deux filles
non mariées. Enfin, Nicolas n'eut lui-même que trois filles : Henriette, morte sans
alliance, Claude, femme de Pierre Heuvrard, procureur du roi au grenier à sel de
Mirebeau, et Etiennette, mariée en 1725 à Louis Forneron de Messigny. — Armes :
D'azur, au lion couronné d'or, armé et lampassé de gueules.

CLAUDE BERGERAND, auditeur, fut pourvu le 8 mai 1624 sur la résignation
d'Albert Fillon. Reçu le 14 juin suivant, il mourut le 3 juillet 1649 et fut remplacé
en 1651 par Pierre Tremisot. — Bergerand, dans le Dauphiné et la Flandre française : *D'or, au cheval de gueules, accompagné de trois bergerettes ou hoche-queues
au naturel.*

ETIENNE CORTELOT fut pourvu le 4 août 1626 d'un
des deux offices d'auditeurs de la création de la même
année. Reçu le 15 décembre suivant, il prêta un nouveau serment le 9 juin 1632 après que son office, supprimé en 1630, eut été rétabli en sa faveur par édit de mai
1631 ; il le résigna en 1649 en faveur de Fiacre Carré. —
Famille originaire d'Autun, dont les armes sont ainsi blasonnées dans l'*Armorial* de 1696, sous les noms de Jean Cortelot, avocat, fourrier de la grande fauconnerie de France,
d'André, lieutenant général criminel à Autun, et de Gabriel,

receveur au grenier à sel de la même ville : *De gueules, à un chevron d'or, accompagné de trois cœurs de même.*

Edme PICOT fut pourvu le 4 août 1626 d'un office d'auditeur de la création de la même année. Reçu le 16 décembre suivant, il prêta un nouveau serment le 9 juin 1632 pour les mêmes causes qu'Étienne Cortelot, dont l'article précède. Il mourut le 20 novembre 1636 et eut pour successeur Claude Morelet.

Rémond DAULPHIN, auditeur, succéda à Nicolas Dorge. Pourvu le 13 juin 1628, reçu le 17 février de l'année suivante, il mourut le 7 septembre 1650 et fut remplacé par son fils Sébastien. Nous le croyons issu d'une ancienne famille de Mâcon, connue depuis Antoine Daulphin, échevin de cette ville en 1467 et dont la filiation est établie à partir de Jean, qualifié marchand en 1544. Elle a fourni huit procureurs du roi à l'élection de Mâcon, de 1483 à 1789. — Armes : *De gueules, au chevron d'argent, accompagné en pointe d'un dauphin de même.* — François, bourgeois de Mâcon en 1696 : *D'argent, à un dauphin de....* (1).

Damien NAISSANT, auditeur, pourvu le 27 octobre 1629 sur la résignation de Nicolas Legrand, fut reçu le 16 janvier de l'année suivante et résigna en 1655 au profit de Jean-Baptiste Raffard. Sa famille posséda pendant de longues années la charge de garde des livres de la Chambre des comptes.

Jean BEAU, auditeur, fut pourvu le 10 janvier 1633 sur la résignation de Jean Fachon. Reçu le 15 février suivant, il fut remplacé en 1657 par François Bichet-Morel. — On trouve du même nom : Jacques, grenetier au grenier à sel de Montbard en 1582, et Jean, contrôleur au grenier de Semur en 1619.

Claude MORELET, auditeur, pourvu le 20 décembre 1637 sur la nomination de la veuve et des tuteur et curateur des enfants d'Edme Picot, fut reçu le 1er février de l'année suivante. Il mourut le 5 avril 1683 et eut pour successeur son fils Bernard. Il portait les mêmes armes que Jacques Morelet, maître des comptes en 1710. Voy. p. 264.

Jean POURCELET, auditeur, nommé par la veuve de son père, Claude, fut pourvu le 21 octobre 1638 et reçu le 26 novembre suivant. Son office ayant été saisi, sa mère s'en rendit adjudicataire en 1645, et en disposa en faveur de Joseph Rémond. Voy. p. 335.

Claude BOUHARDET, auditeur, fut pourvu le 4 janvier 1639 sur la nomination de la veuve de Claude Girardeau. Reçu le 1er février suivant, il mourut le 18 novembre 1670, et, sur la nomination de Jacques Baudot son héritier, son office passa à Jean Regnauld. Ce même Jacques Baudot et sa cohéritière Catherine Baudot, femme séparée de biens de François Labotte, bourgeois de Dijon, reprirent de

(1) Le sceau de Louis Dauphin, chevalier, chambellan du duc, entre les années 1384 et 1391 porte de même un dauphin, soit seul, soit accompagné d'une bordure engreslée ou endenchée.

fief en 1672 de portion de l'éminage de Dijon, provenant de la succession de Claude Bouhardet, huissier à la Chambre des comptes, parent du défunt. Claude Bouhardet avait épousé Marguerite Quaret.

Louis MAILLEY, auditeur, fut pourvu le 22 septembre 1637 de l'un des quatre offices créés par édit de janvier 1636, et modérés à trois par un autre édit de février 1637. Reçu le 2 avril 1639, il résigna en 1676 au profit de Charles Hélyotte. Nous le croyons de la même famille que Paul Mailley dont le fils, Louis, avocat distingué au parlement, naquit à Dijon en 1629.

Nicolas THOULOUSE, auditeur, fut pourvu le 6 octobre 1637 d'un des offices de la création de janvier 1636. Reçu le 30 avril 1640, après avoir obtenu des lettres de surannation (1), il résigna en 1674 au profit de Jean Jurain. — Ancienne famille de Châtillon où l'on trouve Jean Thoulouse, maire du Bourg en 1602.

Joseph RÉMOND, sieur d'Inseville, auditeur, succéda à Jean Pourcelet. Pourvu le 13 novembre 1645, reçu le 3 janvier de l'année suivante, il résigna en 1673 en faveur d'Antoine Martin ; il était fils de Jean Rémond, lieutenant général criminel au bailliage de Châtillon, et il obtint en 1680 des lettres à relief de noblesse semblables à celles qui avaient été accordées quatre ans auparavant à Claude et Henry Rémond, son frère et son cousin germain. Voy. p. 247 et 261.

Jean ROBERT, auditeur, pourvu le 13 mai 1647 sur la nomination de la veuve et donataire de Claude Robert son père, fut reçu le 25 juin suivant. Il mourut revêtu de son office et fut remplacé en 1676 par Jean Syrot. Il avait épousé Jacqueline Lambert. Voy. p. 337.

Louis-Guillaume RAJAUD, auditeur, pourvu le 30 mars 1649 sur la nomination de la veuve de Jean Fleutelot, fut reçu le 28 avril suivant. Il résigna son office en 1657 au profit de François Rajaud qui s'en démit lui-même en faveur de Jacques Moreau, sans avoir obtenu de lettres de provisions. Louis-Guillaume Rajaud avait épousé Anne-Marie Poussot, dont il eut une fille, Claire, mariée à Pierre Barbier, trésorier de France. Il portait : *D'azur, à un coq d'or, le pied droit levé, et un chef cousu de gueules, chargé de trois étoiles d'or.*

Fiacre CARRÉ, auditeur, pourvu le 18 août 1649 sur la résignation d'Etienne Cortelot, fut reçu le 14 décembre de la même année, mourut le 24 décembre 1690,

(1) Cet office, dont le remboursement avait été effectué par la Chambre des comptes, conformément à un arrêt du conseil du 21 mai 1639, rendu sur les instances de cette compagnie, fut expressément compris, avec plusieurs autres offices de la même création, dans un édit de suppression de février 1640, enregistré le 5 juin suivant. Mais l'arrêt de 1639, n'ayant ordonné le remboursement que des officiers pourvus *et non reçus*, Nicolas Thoulouse, malgré qu'il eut accepté le remboursement, obtint d'échapper à la rigueur de l'édit en se faisant recevoir par la Chambre avant son enregistrement.

et eut pour successeur Nicolas Mynard. Il avait épousé Jeanne Millot, d'Avallon, dont il n'eut pas d'enfants.

Sébastien DAULPHIN, auditeur, fut pourvu le 9 janvier 1651 sur la nomination de sa mère, Bonne Pouroy, veuve de Rémond Daulphin, et des héritiers testamentaires de ce dernier. Reçu le 17 juin suivant, il mourut le 13 juin 1665, et sur la nomination d'Antoinette de Challiot, sa veuve et héritière testamentaire, son office passa à Charles de Challiot qui s'en démit au profit de Philippe de Requeleyne, sans en avoir été pourvu. Voy. p. 339.

Pierre TREMISOT, auditeur, fut pourvu le 30 août 1651 sur la démission de François Bergerand, qui n'avait pas voulu demander de lettres de provisions pour l'office à lui adjugé sur saisie après la mort de Claude Bergerand, son père. Reçu le 26 janvier de l'année suivante, il résigna en 1668 en faveur de Laurent Morelet. On trouve du même nom Claude Tremisot, à qui les armoiries suivantes furent imposées d'office par d'Hozier en 1696 : *D'or, à un trèfle d'azur.*

Jean-Baptiste RAFFARD, auditeur, fut pourvu le 7 septembre 1655, sur la résignation de Damien Naissant. Reçu le 15 décembre suivant, il résigna en 1678 au profit de Pierre Gautier.

François MOREL-BICHOT, sieur de Corberon, auditeur, remplaça Jean Beau. Pourvu le 22 janvier, reçu le 21 février 1657, il résigna en 1688 au profit de Louis Pierre, qui se démit, avant provisions, en faveur de Philibert Gaudelet. Il obtint la même année des lettres d'honneur. Voy. la notice de sa famille, p. 268.

Jacques MOREAU, auditeur, succéda à Louis-Guillaume Rajaud. Pourvu le 3 mai, reçu le 2 août 1657, il mourut le 10 septembre 1679 et fut remplacé par Antoine Finet. Voy. l'article d'Etienne Moreau, son fils, avocat général en 1672.

Philippe DE REQUELEYNE, auditeur, succéda à Sébastien Daulphin. Pourvu le 17 avril, reçu le 29 mai 1666, il résigna en 1700 au profit de Barthélemy Perrotte, et obtint, l'année suivante, des lettres d'honneur. Il était de la même famille que Michel de Requeleyne, maître des comptes en 1648 ; néanmoins l'*Armorial* de 1696 lui attribue des armes différentes : *D'azur, à deux moutons passans et affrontés d'argent, accompagnés en pointe d'un croissant de même ; au chef cousu de gueules, chargé de trois étoiles d'argent.* Il avait épousé Suzanne Malgras, et nous lui connaissons une fille, Pierrette, mariée en 1697 à Gérard Guibaudet, avocat.

Laurent MORELET, auditeur, pourvu le 1er mars 1668 sur la résignation de Pierre Tremisot, reçu le 24 du même mois, obtint des lettres d'honneur en 1688, après avoir résigné au profit de Léon Hémery. — Il était probablement de la même famille que Claude Morelet, auditeur en 1637.

Jean REGNAULD, auditeur, succéda à Claude Bouhardet. Pourvu le 22 février, reçu le 24 mars 1672, il résigna en 1677 en faveur de François Chomonet. —

Plusieurs familles de ce nom en Bourgogne ; les armes de deux d'entre elles sont ainsi décrites dans l'*Armorial* de 1696 : Pierre, contrôleur des fortifications en Bourgogne et Bresse : *D'azur, à un lion ailé d'or, lampassé et armé de gueules.* — Françoise, femme de François David, trésorier de France : *De gueules, à une bande d'or, accompagnée en chef d'un lion naissant d'argent, couronné et lampassé de gueules, et en pointe de six quintefeuilles d'or posées 3, 2 et 1.*

ANTOINE MARTIN, auditeur, pourvu le 27 avril 1673 sur la résignation de Joseph Rémond, reçu le 5 juin suivant, résigna en 1696 au profit de son fils Humbert, et mourut peu de temps après. — Armes : *D'azur, au chevron d'argent, accompagné de trois aiglettes d'or ; au chef d'or, chargé d'un lion passant de sable, armé et lampassé de gueules.*

JEAN JURAIN, auditeur, pourvu le 5 février 1674 sur la résignation de Nicolas Thoulouse, fut reçu le 14 mars de la même année. Il mourut le 25 septembre 1694 et eut pour successeur son fils, César. — Claude Jurain, avocat, maire, prévôt et receveur d'Auxonne d'où il était originaire, et enfin président en l'élection de Vézelay, par don du roi, est l'auteur bien connu d'une *Histoire des Antiquités et prérogatives* de sa ville natale. De son mariage avec Chrétienne Millotet, vinrent entre autres enfants : Jean, qui, après le décès de son père, en 1618, lui succéda dans l'office de prévôt et receveur d'Auxonne (1) ; André, seigneur de Bas-Fossé, encore mineur en 1630, et Françoise, mariée à Jean Corberan, payeur des gages du parlement de Bourgogne. On trouve du même nom : Jean, avocat en parlement, tuteur en 1649 de son fils Jean, contrôleur en l'élection de Meaux, et Jean, maire d'Auxonne, qui vendit en 1669 avec sa femme Isabeau Vanine, la maison féodale de Bas-Fossé. — Armes : *D'azur, à une gerbe d'or.*

JEAN SYROT, auditeur, nommé par les héritiers de Jean Robert, fut pourvu le 5, et reçu le 26 mars 1676. Il résigna en 1696 en faveur d'Edme Carnot, et obtint la même année des lettres d'honneur. Nous ne lui connaissons qu'une fille mariée à Bénigne Bichot, trésorier de France. — Cette famille paraît remonter à Pierre Syrot, bourgeois de Dijon, dont la veuve Jeanne Denizot, reprit de fief en 1675 d'une portion de l'éminage de cette ville. Outre un second auditeur des comptes en 1764, elle a fourni deux trésoriers du bureau des finances : Nicolas en 1724, et Etienne-Charles, son fils, qui le remplaça après sa mort arrivée en 1754. — Armes : *De gueules, à deux chevrons d'or, remplis d'azur.*

CHARLES HÉLYOTTE, auditeur, pourvu sur la résignation de Louis Mailley, le 20 février 1676, fut reçu le 27 mars suivant ; il mourut le 4 mars 1679 et son office

---

(1) Cet office était exercé en 1631 par Jean Soleil, aïeul maternel de Jean Jurain, auditeur, qui donne lieu à cet article.

passa, sur la nomination de sa veuve, comme sa donataire et tutrice de leurs enfants, à Jean Chavansot qui s'en démit au profit d'Abraham Caillet, sans avoir pris de lettres de provisions. Voy. p. 266.

Fᴀᴀɴçᴏɪs CHOMONET, auditeur, pourvu le 25 novembre 1677 sur la résignation de Jean Regnauld, et reçu le 17 décembre suivant, mourut le 18 septembre 1685. Il eut pour successeur Edme Denizot. — Armes attribuées d'office à cette famille par l'*Armorial* de 1696 : *D'or, à une fasce de sinople.*

Pɪᴇʀʀᴇ GAUTIER, auditeur, fut pourvu le 29 décembre 1678 sur la résignation de Jean-Baptiste Raffard, et reçu le 23 janvier 1679. Il résigna en 1700 en faveur de Jean Pannelle, et obtint des lettres d'honneur l'année suivante. Quoiqu'il fût de la même famille que Claude Gautier de Prevant, conseiller maître en 1728 (voy. p. 271), l'*Armorial* de 1696 lui attribue des armes différentes : *D'azur, au croissant d'argent ; au chef cousu de gueules, chargé de trois roses aussi d'argent.*

Aʙʀᴀʜᴀᴍ CAILLET, auditeur, remplaça Charles Hélyotte et fut pourvu le 26 janvier 1680, après avoir obtenu des lettres de dispense d'affinité à cause de Claude Morelet, doyen des auditeurs, mari de N. Chottard, sa tante maternelle, et de Pierre Gautier, aussi auditeur, son beau-frère. Reçu le 19 février 1680, il se démit en 1702 au profit de son fils Jean-Jérôme, et obtint des lettres d'honneur l'année suivante.— Armes: *D'azur, au chevron d'or, accompagné en chef de deux étoiles d'argent et en pointe d'une colombe de même.* — On trouve du même nom : Paris et Jacques, grenetiers au grenier à sel de Nuits au XVIᵉ siècle; Jean, grenetier à Semur en 1586, et Bénigne-Joseph, substitut du procureur général au parlement en 1695.

Aɴᴛᴏɪɴᴇ FINET, auditeur, fut pourvu le 15 mai 1681 sur la démᴀ͂'sion de Philippe-Bernard Moreau, qui, nommé par sa mère à l'office vacant par le décès de Jacques Moreau son père, ne s'en était pas fait délivrer les provisions. Reçu le 31 juillet suivant, il résigna en 1714 au profit de Guillaume Delatroche. Il avait épousé Anne Cortot. — Armes : *De gueules, à un renard passant d'or, accompagné de trois roses d'argent.*

Bᴇʀɴᴀʀᴅ MORELET, auditeur, fut pourvu le 29 mai 1683 sur la nomination de la veuve de Claude Morelet, son père. Reçu le 18 juin suivant, il résigna en 1704 en faveur de Henry Quirot, et obtint la même année des lettres d'honneur. Il avait épousé Marie Motin. L'*Armorial* de 1696 lui attribue des armes un peu différentes de celles de son père : *D'or, à la bande de gueules, accompagnée de deux raisins de sable.* Voy. p. 264 et 339.

Eᴅᴍᴇ DENIZOT, auditeur, fut pourvu le 9 janvier 1686 sur la présentation du tuteur et du curateur des enfants de François Chomonet. Reçu le 21 du même mois, il résigna en 1698 en faveur de Pierre Bedey, pour passer à un office de conseiller maître. Voy. p. 260.

Philibert GAUDELET, auditeur, remplaça François Bichot-Morel. Pourvu le 23 janvier, reçu le 6 février 1688, il résigna en 1727 en faveur de Denis Gallier, et obtint l'année suivante des lettres d'honneur qui rappellent les services de son père, Jacques Gaudelet, mort revêtu d'un office de correcteur. Voy. p. 299 et 302.

Léon HÉMERY, sieur de la Roche-Mathault, auditeur, fut pourvu le 10 mai 1688 sur la démission de Laurent Morelet, et reçu le 22 du même mois. Il résigna en 1714 en faveur de son fils Pierre, et obtint l'année suivante des lettres d'honneur. Il avait épousé Bernarde Cortet. — Armes : *D'azur, au griffon d'or ; au chef d'argent, chargé de trois merlettes de sable.*

Nicolas MYNARD, auditeur, pourvu le 29 mars 1691 sur la nomination des héritiers de Fiacre Carré, et reçu le 10 mai suivant, résigna en 1730 en faveur d'Etienne Seguenot. Ancienne famille du bailliage d'Avallon qui a fourni plusieurs contrôleurs et grenetiers aux greniers à sel d'Avallon et de Noyers, des officiers de la maison du roi et plusieurs militaires de divers grades, dont N... lieutenant-colonel au régiment d'infanterie de Forest, mort au service, et Etienne, son frère, premier capitaine au même régiment, anobli par lettres de juin 1737. Les deux branches dans lesquelles s'était divisée cette famille se réunirent par le mariage du même Etienne Mynard avec sa cousine Marie-Louise Mynard, dame de Lautreville, Villiers-le-Comte, etc. Nous citerons encore : Antoine Minard, pourvu en 1622 de l'office de contrôleur triennal au grenier à sel d'Avallon; Etienne, contrôleur des grandes et petites mesures, et Thomas, greffier héréditaire alternatif au même grenier, le premier en 1626, le second en 1644, etc., etc. — Armes : *D'argent, à un pont à trois arches de gueules, maçonné de sable et accompagné de six mouchetures d'hermine de sable, trois en chef et trois en pointe, celles-ci posées sous chaque arche.*

Gérard PERROT fut pourvu le 11 juin 1691 d'un office d'auditeur créé par édit du mois de mars précédent. Reçu le 23 du même mois, il mourut en 1716 et fut remplacé par Simon-Bernard Perrot, son fils. Sa femme se nommait Françoise Maillet, et nous lui connaissons un autre fils, Claude, correcteur en 1739. Voy. p. 307.

César JURAIN, auditeur, pourvu le 23 décembre 1694 sur la nomination de la veuve de Jean Jurain, son père, fut reçu le 7 janvier 1695 et résigna en 1715 en faveur de Claude Maillard. Il obtint la même année des lettres d'honneur qui rappellent les services de son père dans son office d'auditeur, et dans différents emplois où il avait témoigné son zèle et sa fidélité. Voy. p. 342.

EDME CARNOT, auditeur, fut pourvu le 26 mai 1696 sur la résignation de Jean Syrot. Reçu le 26 juin suivant, il résigna en 1718 en faveur de Gaspard son fils, et obtint la même année des lettres d'honneur. Il avait épousé Rose Boillot. Son arrière-petit-fils, Gaspard Carnot, écuyer, demeurant à Chalon, reprit de fief en 1727 des seigneuries de Baissey-la-Cour et Chanceley. Edme Carnot, qui donne lieu à cet article, était né à Nolay d'une ancienne famille bourgeoise de ce lieu, dont les armes sont ainsi blasonnées dans l'*Armorial* de 1696 : *D'azur, au chevron d'or, accompagné de trois canes d'argent.* C'est la famille du conventionnel Lazare-Hippolyte-Marguerite, comte Carnot.

HUMBERT MARTIN, auditeur, succéda à son père Antoine. Pourvu sur sa résignation le 14 octobre 1696, après avoir obtenu des lettres de dispense d'âge, reçu le 14 décembre suivant, il résigna en 1704 au profit de Claude Hélyotte. Il avait épousé Michelle Lucot. Voy. p. 312.

PIERRE BEDEY, auditeur, remplaça Edme Denizot. Pourvu sur sa résignation le 28 novembre, reçu le 9 décembre 1698, il mourut revêtu de son office et fut remplacé, sur la nomination de Marguerite Leclerc, sa veuve, par son fils Claude, en 1717. Il avait eu, en outre, du même mariage, une fille, Marguerite, mariée à Nicolas Seguin, secrétaire du roi. — Armes : *D'azur, au rencontre de bœuf d'or, couronné de fleurs au naturel, les cornes passées dans la couronne.*

BARTHÉLEMY PERROTTE, auditeur, pourvu le 16 novembre 1700 sur la résignation de Philippe de Requeleyne, fut reçu le 2 décembre suivant. Il mourut le 16 avril 1706 et eut pour successeur Pierre Morel.

JEAN PANNELLE, auditeur, succéda à Pierre Gautier. Pourvu sur sa résignation le 16 novembre, reçu le 3 décembre 1700, il se démit en 1723 au profit de Jean-Baptiste de Saulle, obtint la même année des lettres d'honneur et mourut en 1742. De son mariage avec Elisabeth Fabarel, vinrent deux filles, Barbe-Claire, religieuse aux Ursulines de Montbard, et Anne-Françoise, mariée en 1716 à Philippe Suremain, seigneur de Flammerans, conseiller commissaire aux requêtes du palais. André Pannelle, frère de Jean, mourut en 1724 ; il était chanoine régulier de Sainte-Geneviève et prieur de Cerf-Fontaine. — Armes : *D'azur, au chevron d'or, accompagné en chef de deux roses aussi d'or, feuillées et soutenues de même, et en pointe de trois larmes d'argent, posées 1 et 2.*

JEAN-JÉROME CAILLET, auditeur, pourvu le 16 décembre 1702 sur la démission de son père, Abraham, reçu le 13 janvier de l'année suivante, mourut le 24 avril 1744 et eut pour successeur Antoine Demanche, son gendre. Voy. p. 343.

Henry QUIROT, auditeur, succéda à Bernard Morelet. Il fut pourvu sur sa résignation le 7 janvier 1704, en considération, lit-on dans ses lettres de provisions, des services qu'il avait rendus depuis 1694 dans l'office de greffier en chef du bureau des finances, et dans l'espoir qu'il les continuerait avec *la même probité et attachement* dans un emploi plus important. Reçu le 16 du même mois, il résigna en 1721 en faveur de Henry Delandre, et obtint des lettres d'honneur la même année. Voy. p. 278.

Claude HÉLYOTTE, auditeur, remplaça Humbert Martin. Pourvu sur sa résignation le 8, reçu le 30 juin 1704, il résigna en 1714 au profit de Michel Paney pour passer à un office de conseiller maître. Voy. p. 266.

Pierre MOREL, ci-devant conseiller à la table de marbre, fut pourvu le 12 août 1708 de l'office d'auditeur vacant par le décès de Barthélemy Perrotte, sur la démission de Pierre Chapot qui avait été nommé à cet office par la veuve du dernier titulaire, et n'en prit pas de lettres de provisions. Reçu le 14 décembre suivant, il mourut en 1731 et fut remplacé par Jean Hélyotte. — Armes : *D'argent, à un mûrier arraché de sinople, fusté de sable, et un chef cousu d'or, chargé d'une tête de more de sable, bandée d'argent.*

Pierre HÉMERY, auditeur, succéda à Léon Hémery, son père. Pourvu sur sa résignation le 24 mars, reçu le 18 avril 1714, il mourut le 26 décembre 1740 et fut remplacé par Marie-François Labotte. Voy. p. 344.

Michel PANEY, auditeur, succéda à Claude Hélyotte. Pourvu sur sa résignation le 18 mars, reçu le 20 avril 1714, il résigna en 1736 en faveur de Jean-Antoine Boullée et obtint la même année des lettres d'honneur. Il avait épousé Françoise Vergnette, dont il eut une fille Claudine, mariée à Nicolas Perrin de Corberon, conseiller commissaire aux requêtes du palais.

Guillaume DELATROCHE, auditeur, remplaça Antoine Finet. Pourvu sur sa résignation le 8 mai, reçu le 2 juin 1714, il résigna en 1744 en faveur de son fils Henry, et obtint la même année des lettres d'honneur. Voy. p. 287.

Claude MAILLARD, auditeur, succéda à César Jurain. Pourvu le 30 janvier, reçu le 18 février 1715, il mourut le 31 mars 1746 et fut remplacé par Simon-Louis Ligier. Il appartenait probablement soit à la famille d'Etienne Maillard, conseiller maître en 1744, soit à celle de Jean Maillard, chanoine de Nôtre-Dame de Dijon, dont les armes sont ainsi blasonnées dans l'*Armorial* de 1696 : *D'azur, au chevron d'or, accompagné en chef de deux coquilles d'argent et en pointe d'un croissant de même.*

Simon-Bernard PERROT, auditeur, fut pourvu le 3 octobre 1716 sur la nomination de Françoise Maillet, veuve de Gérard Perrot, son père. Il avait eu besoin de lettres de dispense d'âge. Reçu le 14 novembre suivant, il résigna en 1738 en faveur de Louis-Jérôme Anglart. Voy. p. 307 et 344.

CLAUDE BEDEY, auditeur, succéda à son père Pierre. Pourvu le 28 décembre 1717, après avoir obtenu des lettres de dispense d'âge, il fut reçu le 4 janvier 1718, se démit en 1738 en faveur de Philippe Gaudet, et obtint la même année des lettres d'honneur rappelant les services de son père. Voy. p. 345.

GASPARD CARNOT, auditeur, succéda à son père Edme. Pourvu sur sa démission le 17, reçu le 29 mars 1718, il mourut en 1722 et fut remplacé par Claude Devenet. Il avait épousé Jeanne Mugnier. Voy. p. 345.

HENRY DELANDRE, auditeur, succéda à Henry Quirot. Pourvu sur sa résignation le 20 juin, reçu le 5 juillet 1721, il résigna en 1741 en faveur d'Antoine Monin, et obtint des lettres d'honneur. On trouve du même nom en Bourgogne : Luc, contrôleur général des réparations et fortifications en 1634 ; Nicolas, chauffecire en la chancellerie en 1638 ; Etienne, contrôleur général du taillon en 1721, et enfin Jean, procureur du roi au bureau des finances en 1722.

CLAUDE DEVENET, auditeur, fut pourvu le 20 novembre 1722 sur la démission de François Boillot qui, nommé par le petit-fils de Gaspard Carnot, à l'office que la mort de ce dernier laissait vacant, n'en avait pas pris de lettres de provisions. Il avait eu besoin de dispense d'âge. Reçu le 17 décembre de la même année, il mourut le 29 mai 1751 et fut remplacé par Pierre, son fils. Cette famille a fourni des maires à la ville d'Auxonne, d'où elle était originaire. Claude Devenet, écuyer, gendarme de la compagnie du comte de Brenne en 1573, avait épousé Julienne de Gobillon. Jean était châtelain de Brazey en 1399.

JEAN-BAPTISTE DE SAULLE, auditeur, succéda à Jean Pannelle. Pourvu sur sa résignation le 12, reçu le 22 novembre 1723, il résigna en 1766 en faveur d'Antoine Girault et obtint la même année des lettres d'honneur. Sa famille établie à Dijon au commencement du XVIIe siècle, paraît être originaire de Pouilly-en-Auxois, où l'on trouve Oudot de Saules, châtelain et receveur en 1535, et Claude, que son fils Jean remplaça en 1573 dans l'office de contrôleur au grenier à sel.

DENIS GALLIER, auditeur, succéda à Philippe Gaudelet. Pourvu sur sa résignation le 9 janvier 1728, après avoir obtenu des lettres de dispense d'âge, reçu le 21 du même mois, il se démit en 1748 en faveur de Jean-Baptiste Jacquinot. Il eut pour fils Claude Gallier, conseiller maître en 1760. Voy. p. 281.

ETIENNE SEGUENOT, seigneur de Chambœuf, auditeur, succéda à Nicolas Mynard. Pourvu sur sa démission le 28 septembre, reçu le 18 décembre 1730, il mourut en 1752 et fut remplacé par Dominique Joly. Fils de Pierre Seguenot, avocat général à la Chambre des comptes en 1692, petit-fils de Claude Seguenot, avocat au parlement, mort en 1681, dont la veuve Elisabeth Siredey, reprit de fief, la même année, de la seigneurie de Chambœuf, Etienne Seguenot, qui donne lieu à cet article, ne laissa que deux enfants : 1° Etienne, écuyer, mort sans postérité ;

2° et Anne, femme de Nicolas d'Estagny, écuyer, chevalier de Saint-Louis, capitaine d'infanterie. On trouvera la notice d'une autre branche de la même famille à l'article de Jean-Bernard Seguenot, avocat général en 1657. — Armes : *De sable, à trois taux ou croix de Saint-Antoine d'argent.*

Jean HÉLYOTTE, concierge de la maison du roi, fut pourvu d'un office d'auditeur le 5 juillet 1731, sur la démission de François Aubert, qui avait été nommé par Marie Guenichot, veuve de Barthélemy Perrotte, à cet office vacant par le décès de Pierre Morel, et n'en avait pas pris de lettres de provisions. Reçu le 18 du même mois, il résigna en 1752 en faveur de Charles-François Febvre, et obtint l'année suivante des lettres d'honneur qui rappellent les services de son père, Charles Hélyotte, mort revêtu d'un semblable office d'auditeur. Voy. p. 266 et 346.

Jean-Antoine BOULLÉE, auditeur, remplaça Michel Paney. Pourvu sur sa résignation le 23 mars, reçu le 18 avril 1736, il résigna en 1756 en faveur de Balthazard Gauthier, et obtint des lettres d'honneur l'année suivante. Il était fils unique de Jean-Jérôme Boullée, grenetier au grenier à sel de Dijon en 1729 et paraît être mort sans laisser postérité. Nous n'oserions affirmer qu'il fut de la même famille que N. Boullée, curé de Ruffey-lez-Beaune, dont les armes sont ainsi décrites dans l'*Armorial* de 1696 : *D'azur, au chevron d'or, accompagné de trois molettes d'éperon de même.*

Philippe GAUDET, auditeur, successeur de Claude Bedey, fut pourvu sur sa résignation le 24 janvier 1738, en considération des services de Nicolas et de Jean-Charles Gaudet, son père et son frère, dans l'office d'avocat du roi au bailliage et siége présidial de Dijon, que le premier avait exercé pendant trente-trois ans, avant de le résigner à son fils. Reçu le 7 février de la même année, il mourut en 1753, et eut pour successeur François Laureau de Lavault. — La famille Gaudet paraît originaire d'Avallon, où l'on trouve en 1696 François et Jean Gaudet, le premier, notaire et procureur au bailliage, le second, propriétaire en partie du greffe du bailliage et chancellerie. — Armes : *D'argent, à un godet de gueules.*

Louis-Jérome ANGLART, auditeur, succéda à Simon-Bernard Perrot. Pourvu sur sa résignation le 9, reçu le 21 janvier 1739, il mourut le 31 octobre 1752 et fut remplacé par Louis-François, son fils. Avant d'entrer à la Chambre des comptes, il avait été vicomte-mayeur et lieutenant général de police de la ville d'Auxonne, où son père remplissait les fonctions d'ingénieur en chef. Il avait une sœur, Marie-Marguerite, mariée à Antoine Carrelet, receveur général des finances de Bourgogne. Louis Anglart, architecte et entrepreneur des bâtiments du roi, fut maintenu en 1699, par l'intendant de Bourgogne, dans la possession de la grange de Brise, située à Viesvergue, bailliage d'Auxonne. L'*Armorial* de 1696 lui attribue les armes suivantes : *D'azur, à un compas ouvert d'argent, les pointes en bas entrelacées d'une équerre de même, et accompagné en chef de deux étoiles d'argent et d'un croissant de même en pointe.*

Marie-François LABOTTE, auditeur, succéda à Pierre Hémery, sur la nomination de Claude Prieur, avocat en parlement, son héritier testamentaire, et fut pourvu le 3 juin 1741, en considération, portent ses lettres de provisions, des services de feu Nicolas, son père, trésorier de France et vicomte-mayeur de Dijon de 1711 à 1714. Reçu le 13 du même mois, il mourut le 13 avril 1751, sans laisser d'enfants, croyons-nous, de son mariage avec Denise Odin, et il fut remplacé dans son office d'auditeur par Gilbert Martin. — Armes : *D'azur, à une tourelle d'argent, sommée d'une flamme de gueules accostée de deux étoiles d'or, et soutenue d'un croissant de même.*

Antoine MONIN, seigneur de la Cour, auditeur, fut pourvu le 1er décembre 1741, sur la démission de Henry Delandre. Reçu le 19 du même mois, il mourut en 1760 et fut remplacé par son fils, Hugues. — Cette famille, à laquelle appartenait sans doute Jean Monin, correcteur en 1678, paraît remonter à Hugues Monin, procureur au parlement, qui épousa Jeanne Quarré et en eut deux fils : Hugues, également procureur au parlement, et Rémond, procureur à Auxonne, marié en 1606 à Guillemette, fille de Nicolas Le Compasseur, contrôleur des mortes-payes en Bourgogne. Rémond Monin devint en 1618 procureur du roi au grenier à sel d'Auxonne, où ses descendants fixèrent leur résidence. Nous citerons, parmi eux, outre les deux auditeurs ci-dessus : Hugues, qui succéda à son père Rémond dans la charge de procureur du roi, et un autre Hugues, receveur du même grenier à sel, mort en 1684, revêtu d'une charge de secrétaire contrôleur en la chancellerie du parlement de Bourgogne. P. Monin, avocat et maire de Dijon en 1678, portait : *D'hermine, à une fasce chargée d'un léopard passant.*

Henry DELATROCHE, auditeur, remplaça Guillaume, son père. Pourvu sur sa résignation le 15 février, reçu le 5 mars 1744, il résigna en 1781 en faveur d'Augustin-Louis Hucherot, et obtint l'année suivante des lettres d'honneur. Il avait épousé Marguerite Bertheley, dont il eut un fils, Claude, conseiller maître en 1779. Voy. p. 287 et 346.

Antoine DEMANCHE, auditeur, fut pourvu le 16 juin 1744 sur la nomination de N. Caillet, sa femme, fille et unique héritière de Jean-Jérôme Caillet. Reçu le 17 du même mois, il mourut le 8 février 1746 et fut remplacé par Bénigne-André-Charles Dubard de Chazan. Voy. p. 287.

Bénigne-André-Charles DUBARD, seigneur de Chazan et de Curley, auditeur, fut pourvu le 17 février 1747 de l'office vacant par la mort d'Antoine Demanche, sur la nomination de sa veuve, qui en avait traité auparavant avec Jean-Baptiste Faux. Reçu le 2 mars suivant, il résigna en 1767 en faveur de Jacques Godard, et obtint la même année des lettres d'honneur. Sa famille, encore existante, possédait le fief de Chazan, en la châtellenie de Vergy, dès la fin du XVIIe siècle, et a été anoblie par une charge de conseiller maître en la Chambre des comptes de Dôle. — Bénigne-André-Charles, qui donne lieu à cet article, était fils de Marc-Antoine Dubard et de Françoise Vergnette.

SIMON-LOUIS LIGIER, auditeur, succéda à Claude Maillard. Pourvu sur la nomination de sa veuve, le 25 novembre, reçu le 5 décembre 1747, il résigna en 1783 au profit d'Antoine-Henri Mandonnet, et obtint l'année suivante des lettres d'honneur. Voy. l'article de Jacques-Pierre Ligier, son fils, conseiller maître en 1769 p. 282.

JEAN-BAPTISTE JACQUINOT, auditeur, succéda à Denis Gallier. Pourvu sur sa démission le 6, reçu le 27 avril 1748, il mourut en 1756 et fut remplacé par Jean Gaveau. Voy. p. 308.

GILBERT MARTIN, auditeur, fut pourvu le 26 juillet 1751, sur la nomination de la veuve et héritière testamentaire de Marie-François Labotte. Reçu le 5 août suivant, il exerça son office jusqu'à la Révolution.

DOMINIQUE JOLY, auditeur, fut pourvu le 21 août 1752, sur la nomination de Nicolas d'Estagny, comme mari d'Anne Seguenot et tuteur d'Etienne Seguenot, son beau-frère, enfants et héritiers d'Etienne Seguenot. Reçu le 28 novembre suivant, il résigna en 1775 en faveur d'Etienne Demerméty, et obtint l'année suivante des lettres d'honneur.

LOUIS-FRANÇOIS ANGLART, auditeur, fils et unique héritier de Louis-Jérôme, lui succéda dans son office. Pourvu le 20 décembre 1752, reçu le 2 janvier suivant, il l'exerça jusqu'à la Révolution Voy. p. 348.

CHARLES-FRANÇOIS FEBVRE DE SAINT-GERMAIN, auditeur, fut pourvu le 31 juillet 1752, sur la démission de Jean Hélyotte. Reçu le 11 mai de l'année suivante, il mourut en 1764 et fut remplacé par Antoine-Jean Sirot. Voy. p. 286.

FRANÇOIS LAUREAU, sieur de Lavault, auditeur, fut pourvu le 29 juin 1753 sur la nomination du curateur des enfants de Philippe Gaudet. Reçu le 18 juillet suivant, il mourut le 29 janvier 1774 et fut remplacé par Melchior-Louis Petitot. Voy. l'art. de son fils, conseiller maître en 1769, p. 283.

PIERRE DEVENET, auditeur, fut pourvu le 28 juin 1754 sur la nomination de sa mère et de sa sœur, veuve et fille de Claude Devenet. Il avait eu besoin de lettres de dispense d'âge. Reçu le 5 juillet suivant, il mourut le 29 août 1783 et fut remplacé en 1787 par Guillaume Maistre. Il avait épousé Marie-Antoinette, fille de Simon Chifflot, maître des comptes. Voy. p. 347.

JEAN GAVEAU, auditeur, succéda à Jean-Baptiste Jacquinot, sur la nomination de N. Juré, sa veuve. Pourvu le 4, reçu le 14 mai 1756, il mourut le 14 septembre 1775 et fut remplacé par Nicolas-Gabriel Bourée.

· BALTHAZARD GAUTHIER, auditeur, succéda à Jean-Antoine Boullée. Pourvu sur sa résignation le 20 janvier, reçu le 8 février 1757, il mourut en 1785 et fut remplacé par son fils Claude-Adrien-Benoît.

HUGUES MONIN, fils et unique héritier d'Antoine Monin, lui succéda dans son office d'auditeur. Pourvu le 1er, reçu le 15 décembre 1760, il résigna en 1781 en faveur de Claude Gelyot, et obtint la même année des lettres d'honneur qui rappellent les services de son père. En 1769, après la mort de ce dernier, il avait repris de fief de la seigneurie de la Cour, près Auxonne. Voy. p. 349.

ANTOINE-JEAN SIROT, auditeur, fut pourvu le 28 mars 1764 sur la nomination de la veuve et des enfants de Charles-François Febvre. Reçu le 6 avril suivant, il résigna en 1768 au profit de Jean Vaudremont. Voy. p. 342.

ANTOINE GIRAULT, auditeur, succéda à Jean-Baptiste de Saulle. Pourvu sur sa résignation le 16 juillet, reçu le 2 août 1766, il résigna en 1786 au profit de Claude-Xavier Girault, son neveu. La filiation de cette famille est régulièrement établie depuis Pierre-Louis Girault, lieutenant civil dans le ressort de la prévôté de Paris, au commencement du XVIIe siècle. Son fils Antoine, ingénieur civil, marié à Geneviève Nottin du Catel, fut père de Humbert et de Louis Girault, tous deux capitaines d'artillerie. Ce dernier eut de son mariage, en 1694, avec Marguerite de Claude, un fils, Jean, officier d'artillerie, marié à Jeanne Verdelet et père de trois enfants : 1° Antoine, qui donne lieu à cet article, et dont la descendance s'est établie dans la Bresse Chalonnaise; 2° Bénigne, médecin des hospices d'Auxonne; 3° Louise, femme en premières noces d'Auguste Dufour de Montusin, et en deuxièmes noces de Pierre-J. Levasseur, officier trésorier de l'artillerie et du génie en Bourgogne.

LOUIS-CHARLES-JACQUES GODARD, auditeur, remplaça Bénigne-André-Charles Dubard de Chazan. Pourvu le 10, reçu le 27 juin 1767, il exerça son office jusqu'à la Révolution. Nous le croyons issu d'une ancienne famille de Semur qui a fourni des officiers au grenier à sel et au bailliage de cette ville, et dont les armes sont ainsi blasonnées dans l'*Armorial* de 1696; sous le nom de Jean Godard, garde-scel en la chancellerie, puis conseiller au bailliage : *D'or, à une bande d'azur, chargée de trois défenses de sanglier d'argent.* Il fut remplacé en 1718 dans sa charge de conseiller par son fils Jacques. — Le P. Gautier attribue les mêmes armes à Guillaume Godard, procureur du roi à la Chambre des comptes en 1502. Voy. son article.

JEAN VAUDREMONT, auditeur, remplaça Antoine-Jean Sirot. Pourvu le 30 juin, reçu le 21 juillet 1768, il exerça son office jusqu'à la Révolution. Il était fils de Jean-Didier Vaudremont et de Marguerite Regnault. Sa descendance mâle est éteinte. — Armes : *D'azur, à une fasce d'argent, accompagnée en chef d'un veau passant, et en pointe d'un mont aussi d'argent.*

Melchior-Louis PETITOT, auditeur, fut pourvu le 20 avril 1774 sur la nomination de Simon-Louis Ligier, comme procureur spécial des enfants et héritiers de François Laureau de Lavault. Il obtint à la même date des lettres de dispense d'alliance à cause de Jean-Bernard Cocquard, conseiller maître, son beau-père, et fut reçu le 30 du même mois. Il exerça son office jusqu'à la Révolution. Voy. p. 288.

Etienne DEMERMÉTY, auditeur, succéda à Dominique Joly. Pourvu sur sa résignation le 5, reçu le 19 juillet 1777, il exerça son office jusqu'à la Révolution. En 1780, il reprit de fief de la seigneurie de Pontbernard, en la paroisse de Montmançon, comme fils et héritier de Joseph Demermély, substitut du procureur général à la Chambre des comptes, et de Marguerite Morelet. Sa famille subsiste. — Armes : *D'azur, à deux chevrons d'or, posés de rang, la jambe senestre du premier passant sous la jambe dextre du deuxième.*

Nicolas-Gabriel BOURÉE, auditeur, fut pourvu le 17 avril 1776, sur la nomination des héritiers de Jean Gaveau. Reçu le 2 mai suivant, il exerça son office jusqu'à la Révolution. Sa descendance subsiste. Il était de la même famille que Jacques Bourée, correcteur en 1595. Voy. p. 292.

Claude GELYOT, auditeur, succéda à Hugues Monin de la Cour et fut pourvu sur sa démission, le 4 juillet 1781, en considération, lit-on dans ses lettres de provisions, des services de son père, décédé revêtu de l'office de greffier en chef du bureau des finances. Reçu le 18 du même mois, il exerça son office jusqu'à la Révolution. — Louvan Geliot, avocat au parlement de Bourgogne, auteur de l'*Indice Armorial,* mari de Marie Chisseret et beau-père du généalogiste Pierre Palliot, portait : *D'azur, à une fasce d'or, accompagnée en chef d'un lévrier courant d'argent, et en pointe d'une étoile à six rais de même.* Ces armes sont figurées sur le sceau de Pierre Geliot ou Juliot, receveur général des fouages du duché de Bourgogne en 1377, et proche parent de Jean Juliot, avocat du duc au bailliage de Dijon en 1410. Voy. son art. Nous ne savons si Claude Gelyot, dont il est ici question, était de la même famille. — Les Gelyot de Montarmet, anciens à Salives, ont possédé pendant plusieurs générations, à titre d'engagement, une partie de la terre de ce nom. Ils se sont éteints dans les Girval par le mariage de Jeanne-Marie Gelyot, fille de Pierre-Daniel, exempt des gardes du corps, et petite-fille de Claude, avocat, engagiste de Saulx-le-duc et de Salive, avec Pierre-Paul de Girval, écuyer, chevalier de Saint-Louis, major d'Avesnes en Hainant. Elle eut un frère, Jacques-Auguste, écuyer, garde du corps, mort sans alliance.

Augustin-Louis HUCHEROT, auditeur, succéda à Henri Delatroche. Pourvu sur sa démission, avec dispense d'âge, le 14 novembre 1781, reçu le 5 janvier suivant, il exerça son office jusqu'à la Révolution. Il était sans doute de la même famille que Claude Hucherot, greffier des arbitrages au bailliage de Dijon, dont les armes sont ainsi blasonnées dans l'*Armorial* de 1696 : *D'azur, à un roc d'or, surmonté d'un oiseau appelé hupe, armé et lampassé de gueules et chapé de même.*

Antoine-Marie MANDONNET, auditeur, succéda à Simon-Louis Ligier. Pourvu sur sa démission, avec dispense d'âge, le 3 décembre 1783, reçu le 15 janvier suivant, il exerça son office jusqu'à la Révolution. Il était fils de Nicolas-Dominique Mandonnet, avocat, docteur en médecine à Montbard, et de Jeanne-Elisabeth Truchot, et il épousa en 1788 Barbe-Antoinette, fille de Gabriel-Joseph Humbert, substitut du procureur général au parlement de Besançon, et de Catherine Bullet. Sa famille subsiste.

Claude-Adrien-Benoit GAUTHIER, auditeur, fut pourvu le 22 juin 1785, sur la nomination de sa sœur, fille et héritière pour moitié de Balthazard Gauthier, leur père, dont les services pendant vingt-huit ans, dans la charge d'auditeur, sont rappelés dans les lettres de provisions de son fils. Reçu le 6 juillet suivant, il exerça son office jusqu'à la Révolution.

Claude-Xavier GIRAULT, auditeur, succéda à Antoine Girault, son oncle. Pourvu le 9, reçu le 14 août 1786, il exerça son office jusqu'à la Révolution. Il était fils de Bénigne Girault, médecin des hospices d'Auxonne (Voy. p. 351), et de Françoise, fille de Claude-Xavier Briselaine, conseiller du roi. Ses *Essais sur Dijon* sont estimés.

Guillaume MAISTRE, auditeur, fut pourvu le 14 mars 1787 sur la démission de Jean-Baptiste Devenet, qui, nommé par sa mère à l'office vacant par la mort de Pierre Devenet, son père, n'en avait pas pris de lettres de provisions. Reçu le 22 du même mois, Guillaume Maistre exerça son office jusqu'à la Révolution. C'est le dernier conseiller auditeur qui ait été reçu à la Chambre des comptes de Dijon.

CHAPITRE HUITIÈME

Avocats du duc et du roi au bailliage de Dijon (1). — Avocats du roi et avocats généraux à la Chambre des comptes.

§ I. — AVOCATS DU DUC ET DU ROI AU BAILLIAGE DE DIJON

JEAN ROSIER, conseiller et avocat du roi au bailliage de Dijon, pendant la minorité de Philippe de Rouvre, dès l'année 1352, continua de remplir cet office après que ce prince eut pris le gouvernement du duché, et il en exerçait encore les fonctions en 1357. C'est ce qui résulte des comptes de la recette générale de Bourgogne (2), où son nom figure jusqu'à cette date, tantôt sous le titre de conseiller et avocat du roi, tantôt avec la simple qualification de conseiller du duc, comme il se faisait souvent à cette époque. Il assista aux parlements de Beaune des années 1353 et 1354, et avait précédemment (1352) été commis par les gens des trois états du duché, avec plusieurs ecclésiastiques, nobles et bourgeois, pour comparaître devant les commissaires du roi, députés sur une imposition de six deniers pour livre dont la levée avait été ordonnée en Bourgogne. Au mois de juillet 1363, le roi Jean-le-Bon octroya des lettres d'anoblissement à sa veuve Jeannette et à Garnier de Bèze, bourgeois de Dijon, son beau-frère. Le sceau de Jean Rosier, de Fauverney, gouverneur de la vigne de Bonnemère à Chenôve en 1353, porte *une rose.*

(1) Les avocats et procureurs fiscaux au bailliage de Dijon avaient anciennement entrée à la Chambre des comptes pour y plaider et requérir au nom du prince; ils y remplissaient, en un mot, les fonctions du ministère public, et c'est par un simple dédoublement de leurs charges que furent créés en 1498 et 1521, pour le service de cette compagnie, deux offices formés, l'un de procureur et l'autre d'avocat du roi. Ces officiers remplissaient les mêmes fonctions près des autres cours ou juridictions siégeant à Dijon, telles que le conseil ducal et la cour de la chancellerie. Cette attribution était donc générale, mais non pas exclusive. Il est en effet certain que les officiers fiscaux des autres bailliages de la province avaient aussi entrée à la Chambre des comptes pour les affaires de leur ressort, et il en était probablement de même des avocats fiscaux désignés par les ducs pour assister aux sessions temporaires de leurs parlements. Pour les procureurs fiscaux, voir au chapitre suivant les articles de Girard Vion et de Jean Joly, en note·
(2) Les noms des officiers du bailliage ne figurent alors que pour mémoire dans le compte de la recette générale. Ils étaient payés de leurs gages par le bailli qui en comptait directement à la Chambre, et dont les comptes font malheureusement défaut pour toute cette période. A partir de 1366, ils furent assignés sur la recette particulière du bailliage dont la création date de cette époque.

RICHARD BONOT (*Bonost, Bonnot, Bonhot*), précédemment procureur du duc au bailliage de Dijon, conseiller avocat en 1367, d'après Labarre, avait été retenu du conseil le pénultième novembre de l'année précédente. La pension de 60 florins que le duc lui avait accordée était assignée sur la recette du bailliage, et il continua de la toucher, sous le simple titre de conseiller du duc, jusqu'à sa mort arrivée en septembre 1388. Il ne paraît pas avoir eu de successeur immédiat dans son office. Son nom figure sur la liste des conseillers pour le parlement tenu à Beaune en 1370, et on a vu plus haut, à l'article de sa famille (p. 15), que son écu portait *un chevron accompagné de trois oiseaux*, que Palliot qualifie de *moineaux* ou *friquets*. Sa femme, Julienne, épousa en secondes noces Henry Le Berruyer, écuyer.

JEAN DE VERRANGES, licencié ès lois, conseiller et avocat du duc au bailliage, fut retenu *de nouvel* en cet office, aux gages de 50 livres, par lettres du 18 juillet 1386, et prêta serment le 26 du même mois. Nommé gouverneur de la chancellerie du duché en 1391, il fut remplacé dans son office d'avocat du duc par Pierre Morel, devint bailli de Dijon en 1394, et mourut le 26 août 1400. Voy. p. 122.

PIERRE MOREL, clerc, licencié ès lois, conseiller et avocat du duc, fut retenu en cet office, au lieu de Jean de Verranges, le 2 novembre 1391, et l'exerça jusqu'à sa mort arrivée le 9 juin 1400. Il avait été maire de Dijon en 1387 et fut inhumé dans l'église Notre-Dame d'Auxonne, sa patrie. Girault lui a consacré une notice avec le dessin fort curieux de sa pierre tombale. Nous lui connaissons plusieurs enfants : Jean, chanoine de Besançon, mort jeune, Isabelle, femme de Richard de Chancey, Jacote, mariée en janvier 1406/7 à Jean de Gray, écuyer, et Jacquette, femme de Jean Bonfféau. Hugues, frère de Pierre, aussi chanoine de Besançon, doyen de Beaune, auditeur des causes d'appeaulx en 1406/7, membre du grand conseil de Jean-sans-Peur, trésorier, puis doyen de la chapelle ducale, décédé en 1421, fut aussi inhumé à Notre-Dame d'Auxonne. En 1390, le duc, dont il était alors secrétaire, l'envoya au pape à Avignon, pour faire lever l'interdit qui avait été jeté sur cette ville par l'archevêque de Besançon. Jean Morel, son parent, gouverneur de la chancellerie de Bourgogne, fut annobli par le duc Philippe en 1434/5, avec sa femme Jeanne Sauvegrain, qui avait été nourrice du comte de Charollais. Pierre, seigneur de Menant, fils de Jean, était écuyer panetier de la duchesse en 1471.

La famille Morel occupait un rang considérable à Auxonne, où Pierre Morel était prévôt en 1332. On y trouve plusieurs maires de ce nom : Girard, en 1389 et 1398 ; Hugues, en 1395, et Hugues, seigneur de Labergement, qui fut sept fois honoré de ces fonctions au XVIIe siècle.

JEAN PALUCHOT (*Palichoz, Peluchoul*), licencié ès lois, fut pourvu le 24 septembre 1400 de l'office de conseiller avocat du duc, vacant par la mort de Pierre Morel et prêta serment le 8 novembre suivant. Il exerçait encore cet office en 1417, et y eut probablement pour successeur Jean de Chanceaulx ; il fut pourvu depuis de celui d'auditeur des causes d'appeaulx dont le duc le déchargea au mois de mai 1433. Il assista au parlement tenu à Beaune en 1435, étant alors maître des requêtes de l'hôtel ducal, après avoir rempli les fonctions de second et premier président des conseils de Dijon et de Dole en 1429 et 1430. Il portait, en outre, le titre de conseiller du roi, et on voit par un rôle de feux de l'an 1435 qu'il se disait noble et exempt. Il mourut en 1440, laissant, entre autres enfants de son mariage avec Alix de Prye, une fille Marguerite, mariée à Mahieu Regnault, seigneur de Perrigny, conseiller du duc, qui remplit successivement les fonctions de pardessus des offices de la saunerie de Salins, de maître de la chambre aux deniers du duc et de receveur général de Bourgogne. Son sceau porte *une rose tigée, entourée de deux branches feuillées et fleuries de*....... Néanmoins Palliot lui attribue des armes différentes : *Une fasce, accompagnée en chef de trois quintefeuilles, et en pointe d'un croissant.* — Jean Paluchot, son petit-fils, chanoine de la chapelle ducale, fut recteur magnifique de l'Université de Dole en 1469.

Richard DE CHANCEY fut nommé conseiller et avocat du duc au bailliage par lettres du 9 janvier 1404/5, et eut pour successeur dans cet office, Jean Juliot, lorsqu'il passa lui-même à celui de maître des requêtes de l'hôtel en 1410. Le duc Jean-sans-Peur lui avait accordé des lettres de noblesse en 1406, tandis qu'il était revêtu des fonctions de vicomte-mayeur de Dijon, et son mérite le fit monter depuis à de hautes charges de magistrature : conseiller et chef du conseil ducal en juillet 1411, avec 300 livres de pension, second et premier président du même conseil sous le duc Philippe-le-Bon, en 1426 et 1432, bailli de Dijon, de 1412 à 1423. Nos ducs le chargèrent, à plusieurs reprises, de missions importantes, et il fut enfin honoré des fonctions de président au parlement du roi. Il mourut le 4 mai 1438, ayant été marié deux fois : en premières noces (1400) avec Isabelle, fille de Pierre Morel, licencié en lois, en deuxièmes noces avec Catherine de Banchereaul, veuve de Guillaume Fraillon. De son premier mariage vinrent, entre autres enfants : 1° Antoine, dont les enfants, Pierre et Denise, étaient mineurs en 1440 ; Denise épousa Guillaume de Vandenesse, et en secondes noces Alexandre Bouquin ; 2° Jean, écuyer, licencié en lois et conseiller du duc, qui épousa Claude de Visen, et en eut Charles, seigneur de Cheuges, conseiller au parlement de Paris, et Louise, dont nous ignorons l'alliance. — A cette famille qui paraît tirer son origine de Guillaume de Chancey, docteur ès lois en 1263, appartenaient encore : Etienne, conseiller du duc en 1420 ; Hugues, qualifié écuyer en 1428, et enfin Guillaume, clerc des comptes, dont on trouvera l'article p. 315. — Armes : *D'azur, à trois pieds de cheval ferrés et montrant les fers d'or, l'écu brisé d'une bordure de gueules.*

Jean JULIOT, retenu conseiller et avocat du duc au bailliage de Dijon, au lieu de Richard de Chancey, par lettres du 21 mai 1410, prêta serment le 12 juin suivant, et fut déchargé de cet office au mois d'août 1412, pour passer à celui de lieutenant du gouverneur de la chancellerie au siége de Dijon. Il mourut le 31 octobre 1419. Il était fils de Philippe Juliot ou Jeliot, bourgeois de Dijon, élu maire de cette ville en 1373, et nous le croyons de la même famille que Pierre Juliot, receveur général des fouages de Bourgogne en 1378, dont le sceau a été décrit plus haut, p. 352. Jean, qui donne lieu à cet article, avait épousé Jacotte, fille de Poin-ceart Bourgeoise, bourgeois de Dijon, et fut probablement père de Jean et Denis Juliot, qui sont qualifiés nobles et vivant noblement dans un rôle de feux du Dijon-nais en 1440. Plusieurs membres de la même famille vivant à la fin du XIVe ou au commencement du XVe siècle, sont qualifiés bourgeois de Dijon.

JEAN BONFFÉAU (*Bofféaul*, *Bofféal*, *Bonféal*), licencié ès lois, conseiller du duc et son avocat au bailliage de Dijon, fut retenu dans ce dernier office par lettres du 22 août 1412, au lieu de Jean Juliot, et prêta serment entre les mains du chancelier le 13 octobre suivant. Nommé la même année conseiller au parlement de Dole, et anobli en 1427 par le duc Philippe-le-Bon, qui l'avait chargé de plusieurs com-missions importantes, il mourut le 19 mai 1434, et fut remplacé par Nicolas Bastier. Il avait, en outre, rempli pendant quelque temps la charge d'avocat du duc en la chambre du conseil, en vertu de lettres du 11 décembre 1431.

Les premiers membres connus de cette famille, fort ancienne à Chalon, vivaient au XIVe siècle. Ce sont Jean Bonfféau, chanoine de la cathédrale de cette ville, mort avant 1365, Thomas, son frère, et Aymé, lieutenant du bailli en 1367. Sa généalogie est régulièrement établie depuis :

I. Philibert, garde de la monnaie de Saint-Laurent-lez-Chalon en 1411. Nous lui connaissons deux fils : 1° Jean qui suit; 2° Girard, citoyen de Chalon, qui paraît avoir été marié deux fois : en premières noces avec Jeanne de Sens; en secondes, avec Jehannette, fille de Philibert de Maissey. Il succéda à son père dans l'office de garde de la monnaie en 1420, et laissa plusieurs enfants, entre autres Aymé, licencié en droit, chanoine et trésorier de Saint-Vincent de Chalon, qui figure comme tuteur de ses frères et sœurs dans un acte de 1455 et qui vivait encore en 1470.

II. Jean, qui donne lieu à cet article, acheta vers 1430 la seigneurie de Couchey (1); il avait épousé, par contrat du 4 janvier 1409/10, Jacquette, fille de Pierre Morel, d'Auxonne, dont il eut : 1° Humbert, écuyer, seigneur de Couchey, marié à Cathe-rine du Celier, dont vinrent : *a*) Claude, écuyer, marié à Jeanne de Bregilles, fille de Jacques de Bregilles, valet de chambre du duc de Bourgogne, et de Claire Le Vilain, laquelle épousa en secondes noces Arnolet Macheco; *b*) Pierre, écuyer, dont les biens furent confisqués en 1477 au profit de Pierre Bonfféal, son oncle, conseiller et avocat du roi; *c*) Cécile, mariée à Guy de Frasans, secrétaire du duc Charles

_____

(1) On trouve dans le même temps un autre Jean Bonfféau, conseiller du duc par lettres du 3 avril 1407, et qui fut héritier seul et pour le tout de Jean Coviliers, doyen de la chapelle ducale et garde des chartes du duc de Bourgogne. Il mourut au mois d'août 1413, laissant quatre enfants, savoir : 1° Claude, femme de Guy de Martigny; 2° Jean, qui figure comme exempt dans une cherche de feux de la ville de Chalon en 1413, parce qu'il habitait avec sa nièce, exempte elle-même *comme fille de chevalier et de dame*; il devint grenetier, puis contrôleur au grenier à sel de Chalon en 1420, capitaine de la bourgeoisie en 1439; 3° Alix, femme de Jean Aubert, conseiller du duc; 4° Jeanne.

en 1476; 2° Pierre, qui suit; 3° Jeanne, mariée à Alexandre Le Boiteux, conseiller du duc; 4° Guillaume, femme de Pierre de Morey; 5° et 6° Quantine et Marguerite, non mariées.

III. Pierre, écuyer, seigneur de Saulon, Barges, Fenay, etc., conseiller aux conseils et aux parlements du duc, avocat du roi au bailliage de Dijon et au parlement de Bourgogne, lors de l'établissement de cette compagnie, épousa, en 1461, Nicole, fille de Jean de Salives, écuyer, seigneur de Bettencourt et de Cerf, conseiller et avocat du duc Philippe-le-Bon; il en eut dix enfants, parmi lesquels nous citerons : 1° Jean, chanoine de la Sainte-Chapelle; 2° Etienne, qui suit; 3° Jeanne, femme de Jean Aigneaul, vicomte-mayeur de Dijon; 4° Hugues, écuyer, seigneur de Couchey, Saulon, Barges, etc., avocat du roi à la Chambre des comptes; 5° Chrétienne, dame de Barges, mariée à Pierre Belrient, conseiller au parlement; 6° Hélène, qui épousa Jean de Chauvirey.

IV. Etienne, écuyer, seigneur de Saulon, eut deux enfants : Pierre, écuyer, qui vivait en 1540, et Bernardine. — Armes : *D'azur, à une fasce d'or, accompagnée de trois têtes de léopard de même* (1).

Jean DE CHANCEAULX. Quoique ce personnage soit simplement qualifié conseiller à Dijon dans le registre de la Chambre, il est probable qu'il remplissait les fonctions d'avocat du duc au bailliage de Dijon, et qu'il occupait l'office précédemment exercé par Jean Paluchot. Ses lettres de provisions sont du 28 septembre 1418, et sa prestation de serment, du 10 octobre suivant. Il remplit peu de temps cet office et n'y eut pas de successeur (2). — Famille du Châtillonnais, qui a fourni plusieurs châtelains de Salmaise et d'Aisey. Le sceau de Jean de Chanceaulx, habitant d'Etalente, qui se disait noble et poursuivant les armes en 1390, porte *trois épis ou roseaux tigés et feuillés.* — Sur celui d'Oudot, châtelain de Salmaise en 1393, on voit *une bande chargée de deux coquilles ou gourdes, et accompagnée en chef d'une quintefeuille.* — Enfin, celui de Hugues, receveur général du duché en 1343, paraît porter *un cep de vigne ou autre arbuste fruité.*

Nicolas BASTIER, clerc, licencié ès lois, conseiller et avocat du duc, fut retenu en cet office aux gages habituels de 50 fr., au lieu de Jean Bonfféau, par lettres de la duchesse de Bourgogne, ayant le gouvernement du duché en l'absence de son mari, du 26 mai 1431. Il prêta serment aux mains des gens des comptes le 31 du même mois, et sa nomination fut confirmée par lettres du duc Philippe, du 3 juin

---

(1) Le sceau d'Amé Bonfféau, lieutenant du bailli de Chalon en 1367, porte simplement *trois têtes de léopard.*

(2) La date de cette suppression d'office ne nous est pas directement connue, mais on peut l'induire de ce fait qu'en janvier 1422/3 le duc ordonna la suppression d'un second office d'avocat au bailliage d'Auxois. Les deux suppressions durent très probablement être opérées en même temps. Il n'y eut plus alors à Dijon qu'un seul avocat du duc, comme avant l'année 1405. On verra plus loin que Guillaume de Vaudenesse et Pierre Baudot exercèrent simultanément cet office pendant plusieurs années, le premier comme titulaire, le second en vertu d'une simple commission. Mais ce n'est là qu'un fait exceptionnel. La création définitive d'un second office formé d'avocat du roi à la Chambre des comptes ne date que de l'année 1555.

suivant. Après sa mort arrivée le 25 mai 1456, son office fût donné à Pierre Baudot, qui en fut presque aussitôt dépouillé au profit de Guillaume de Vandenesse. Le duc Philippe-le-Bon lui avait octroyé des lettres de noblesse en 1440.

Cette famille remonte à Etienne Bastier, qui était mort en 1368, lorsque son fils, Hugues, reprit de fief du meix de Monteils, paroisse de Mucy en Mâconnais. On trouve ensuite : Nicolas, avocat du roi à Mâcon en 1417, le même sans doute que celui qui donne lieu à cet article ; un autre Nicolas, bailli de Chagny en 1434, qualifié citoyen de Mâcon en 1453, ainsi que son frère Guichard. Ce dernier remplit les fonctions de juge mage au bailliage de Mâcon, siége de Saint-Just de Lyon.

I. Nicolas Bastier, avocat du duc au bailliage de Dijon et aux parlements des années 1435, 1438 et 1447, laissa deux enfants : 1° Etienne, qui suit ; 2° Jeanne, femme en premières noces de Girard de Plaine, président de Bourgogne, et en deuxièmes noces de Guy d'Izié ou d'Iseure, chevalier.

II. Etienne Ier, écuyer, seigneur de Villers-en-Grette, conseiller du duc et maire de Dijon en 1475, fut marié deux fois ; du premier lit il eut Jeanne, femme en premières noces d'Antoine Gros, seigneur d'Agey, greffier du parlement de Bourgogne, et en deuxièmes de Pierre de Bousseret, lieutenant du capitaine du château de Dijon. Du second lit vinrent : 1° Etienne, qui suit ; 2°, 3°, 4° Charlotte, Guy et Guillaume qui paraissent être morts sans alliance ; 5° Thomasse, qui épousa Jean Moingin, trésorier de Salins.

III. Etienne II, écuyer, seigneur de Magny, servit longtemps en Italie dans les armées du roi de France, et passa plusieurs années à la garde du château de Tiran en Milanais ; de son mariage avec Madeleine Bouesseau, vinrent plusieurs enfants, entre autres, Jean, écuyer, seigneur de Magny, marié à Philiberte de la Tour, et Guillaume, licencié ès lois, qui habitait Dijon avec son fils Bénigne en 1550.

GUILLAUME DE VANDENESSE, licencié ès lois, lieutenant du bailli de Dijon dès l'année 1444, puis conseiller du duc et maître des requêtes de son hôtel, fut nommé avocat du duc au bailliage de Dijon, par lettres du 13 juin 1456 et autres lettres du 18 novembre, même année, qui faisaient mention en l'annulant du don précédemment fait de cet office à Pierre Baudot, après la mort de Nicolas Bastier. Il prêta serment entre les mains du bailli le 8 décembre suivant. Palliot rapporte qu'il assista en qualité d'avocat fiscal aux parlements des années 1447 et 1462, et on sait qu'il fut envoyé en ambassade par le duc Philippe vers le roi de France en 1450, avec Jean Jaquelin et Jean de Molesmes. Enfin, dès l'année 1443, étant simplement qualifié licencié en lois, le parlement de Dole l'avait nommé commissaire avec Girard Vurry, docteur en droit, au fait du procès de la duchesse de Bourgogne contre Claude de Montagu, seigneur de Couches, relativement au portal de Chaussins. Il mourut en 1450 et eut pour successeur Pierre Baudot.

Jean de Vandenesse, le premier de ce nom qui soit venu à notre connaissance, vivait au milieu du XIVᵉ siècle. Il était écuyer du sire de Châteauneuf qui lui fit don en 1341 de vingt livrées de terre assises sur les finages de Villaines et de Châteauneuf. On trouve après lui : Odot, qui habitait Beaune à la fin du XIVᵉ siècle et mourut peu avant 1402 ; Etienne, conseiller de la terre de Verdun en 1356, doyen de Vergy, qui assista comme conseiller au parlement tenu à Beaune en janvier 1362 ; Guillaume, dit Richier, clerc, qui demeurait à Dijon en 1400 avec sa femme, Alips, sœur de Viénot Georgeot d'Urcis ; Jean, dit Patriarche, chanoine de la chapelle ducale, doyen de l'église de Beaune, qui fut retenu auditeur des causes d'appeaulx en 1396, assista aux parlements de l'année 1401, fut nommé conseiller du duc aux gages de 40 livres par lettres du 26 février 1406/7, et vivait encore en 1412 ; Jean de Baubigny son oncle, doyen de la chapelle ducale, lui céda en 1387 tous les héritages qu'il possédait à Vandenesse, Châteauneuf, la Rêpe, etc., etc. — La généalogie de cette famille est régulièrement établie depuis :

I. Jean de Vandenesse, qui figure dans un acte passé en 1448 par son fils Guillaume qu'il avait chargé de sa procuration. Nous le croyons également père de Jean de Vandenesse, chanoine de la chapelle ducale et doyen de Vergy, qui fut chargé en 1447, avec Liénart du Cret, clerc des comptes, de dresser l'inventaire des chartres du trésor ducal, que le duc Philippe retint en 1457, auditeur des causes d'appeaulx, et qu'on trouve en outre qualifié conseiller du duc et lieutenant du chancelier au siége de Dijon en 1459.

II. Guillaume Iᵉʳ, avocat du duc au bailliage, qui donne lieu à cet article, fut marié deux fois, en premières noces avec Catherine Juif et en secondes avec Denise, petite-fille de Richard de Chancey, chef du conseil des ducs de Bourgogne. Restée veuve, Denise de Chancey, contracta un second mariage avec Alexandre Bouquin. Elle vivait encore en 1490. — De son premier mariage, Guillaume de Vandenesse eut plusieurs enfants : 1° Etienne, chanoine de la Sainte-Chapelle ; 2° Philippe qui suit ; 3° Richard, aussi chanoine de la Sainte-Chapelle (1) ; 4° Jean, bourgeois de Dijon, qui laissa des enfants ; 5° Huguette, femme de Guillaume Bouchard, de Beaune ; 6° Jacquette, qui épousa Jean Lamery, de Chalon ; 7° Jeanne, mariée à Nicolas de Semur, notaire royal à Dijon ; 8° Marguerite, femme de Michel Grouard. De son second mariage, Guillaume de Vandenesse eut : 1° Catherine dont nous ignorons l'alliance ; 2° Bénigne qui continua la descendance ; 3° enfin, d'après Labbey de Billy, Jean, auteur d'une branche qui suivit la fortune de la maison d'Autriche.

III. Philippe, conseiller du roi, lieutenant du maire de Dijon en 1483, seigneur de Senecey, eut six enfants, entre autres : 1° Jean, chanoine de la Sainte-Chapelle ; 2° Richard qui suit ; 3° Marguerite, femme de Jean Chardenet, de Gray ; 4° Girard, prêtre, chanoine de la collégiale de Vergy.

IV. Richard, qualifié marchand vers 1504, puis sergent royal à Dijon, épousa Jeanne Gardienne, dont il eut un fils, Girard.

(1) On trouve un Richard de Vandenesse, distributeur de l'Université de Dole en 1502 ; — Richard, chanoine et official de Langres vers la même époque.

Première branche. — III. Bénigne Ier, bourgeois de Dijon, contrôleur au grenier à sel de Nuits en 1507, laissa plusieurs enfants, savoir : 1° N. mariée à Philibert Martin, marchand à Dijon ; 2° Jacquette, femme de Jean Balahu, bourgeois à Gray ; 3° Bernard ; 4° Chrétien, bourgeois de Dijon, qui partagea en 1533 avec ses frères et sœurs l'héritage de Charles de Chancey, conseiller au parlement de Paris, leur parent ; il eut plusieurs enfants parmi lesquels nous citerons : *a)* Gaspard, huissier au parlement ; *b)* Antoine, bourgeois de Dijon, et *c)* Anne, femme de N. de Villers ; 5° Bénigne, qui suit ; 6° Marguerite, mariée en premières noces avec N. Accard et en deuxièmes noces avec Claude Richard, greffier de la mairie de Dijon ; 7° Jean, prêtre, chapelain en l'église Saint-Jean-Baptiste de Dijon, dont la succession fut partagée en 1570 par ses frères et sœurs ou leurs représentants.

IV. Bénigne II était mort en 1553 ; voici les noms de ses enfants : 1° Claudine, femme de Jean Marot ; 2° Balthazar, marié à Guillemette Pourcherot, dont il eut des enfants ; 3° Guillemette, femme de Jean Robert, praticien à Gray ; 4° Claude, marchand à Dijon, maître du marteau des bois du roi à Vergy, marié le 24 mars 1565 à Philiberte Tixerand ; 5° Jean qui suit ; 6° Jeanne, mariée le 12 juin 1568 à Pierre de Semeton, écuyer, fils de noble Guillebert de Semeton et de Guillemine Grey.

V. Jean II, marié à Guillemette Guillot, en eut : 1° Jean qui suit ; 2° Bernarde, femme de Barthélemy Marc, enquesteur au bailliage de Dijon et greffier des requêtes du parlement, de qui vinrent Jean Marc, avocat au parlement, et Anne, mariée à Julien Clopin, secrétaire du roi en la chancellerie du parlement de Bourgogne, auteur des Clopin de Baissey ; 3° et très probablement Louise, femme de Jean Valon, conseiller au bailliage de Dijon, de la famille des Valon de Mimeure.

VI. Jean III épousa Marie Vallot qui, étant veuve dès 1618, testa en 1645 et dont la petite nièce Anne-Marie Vallot épousa Jean-Pierre Joly, secrétaire de la Chambre des comptes. De ce mariage étaient nés : 1° Guillaume qui suit ; 2° Chrétienne, morte sans alliance.

VII. Guillaume II, procureur au parlement, épousa Catherine, fille de Philippe Deschamps, procureur-syndic des Etats de Bourgogne et de Marguerite Baudouin, fille elle-même de Jean Baudouin, avocat général à la Chambre des comptes en 1607. Il en eut : 1° Toussaint qui suit ; 2° Antoine, conseiller du roi, receveur des aides en l'élection de Troyes, sans doute père de César, prêtre-chapelain de la chapelle Saint-Jean-Baptiste en l'église de Saint-Symphorien de Nuits en 1708, au lieu de son parent Chrétien de Vandenesse ; 3° Gaspard, échevin de Dijon, marié par contrat du 9 décembre 1674 avec Jeanne, fille de Pierre Fabry, major du château de Dijon, et de Judith Billocard (1) et en deuxièmes noces avec Marie Guichard. De son premier mariage vinrent : *a)* Bénigne, religieux capucin ; *b)* Toussaint, avocat aux conseils

---

(1) Ancienne famille bourgeoise de Dijon, à laquelle appartenait Etienne Billocard, licencié en lois, conseiller du duc en 1475. Les familles Frémiot, Desbarres, Macheco, Morelet, de Frasans, etc, etc., en sont issues.

du roi, qui ne laissa qu'un fils François-Gaspard, religieux minime ; c) Marguerite, mariée en 1700 avec Jean Lardillon, chirurgien à Dijon ; d) Marie-Marguerite-Josèphe, religieuse aux Dames Sainte-Claire-de-Seurre ; 4° Marguerite-Josèphe, morte sans alliance.

VIII. Toussaint, avocat au parlement de Bourgogne, banquier en cour de Rome, était mort en 1691 ; de son mariage avec Denise Forestier il avait eu un fils Jean-Baptiste qui suit.

IX. Jean-Baptiste, écuyer, conseiller secrétaire du roi, nomma en 1716 son parent Toussaint Lardillon à la chapelle Saint-Jean-Baptiste, fondée en l'église Saint-Symphorien de Nuits, au lieu de César de Vandenesse dont il a été question plus haut. De lui sont descendus Jacques de Vandenesse, chevalier, commandeur de l'ordre de Saint-Lazare, marié à Marguerite Hodeau, mort avant 1757 et Jean, chevalier, baron de Vandenesse, seigneur de Montsuzain, Voué, Saint-Remy et autres lieux, mousquetaire de la première compagnie de la garde du roi, puis officier au régiment de la Reine-Dragons en 1778.

Seconde branche. III. Jean, fils ou neveu de Guillaume (1), suivit le parti de Marie de Bourgogne et fut successivement sommelier de l'échansonnerie de son fils Philippe-le-Beau, prince de Castille, et de l'archiduchesse Marguerite. Il eut pour fils : 1° Jean qui suit ; 2° Guillaume, conseiller d'état, premier et grand aumônier de l'Empereur Charles V en 1524, la même année évêque de Selvas, évêque de Coire en 1528.

IV. Jean, chevalier, contrôleur de la maison de l'empereur Charles V, né à Gray, est l'auteur d'un curieux journal des voyages de ce monarque, et de ceux de son fils Philippe II jusqu'en 1560 ; il obtint le 15 juin 1543 des patentes de capitaine et gouverneur du château de Gray. Il avait épousé en 1549 Catherine, fille de Jean Coutier, de Flavigny, et en eut : 1° Jacques qui suit ; 2° Huguette, femme de François de Marenches, seigneur de Nenon ; 3° Charlotte, qui épousa Claude Boutechoux, seigneur de Mercey, avocat général au parlement de Dole.

V. Jacques, chevalier, aide de chambre de l'empereur, ne paraît pas avoir laissé d'enfants de son mariage avec Philipotte de Gruyères.

Armes : *D'or, à quatre pals de gueules, et un chevron d'argent brochant sur le tout.* Ces armes sont figurées sur le sceau de Jean de Vandenesse, conseiller du duc et auditeur des causes d'appeaulx en 1402. Jean de Vandenesse, chevalier, et son frère Guillaume, grand aumônier de l'empereur Charles-Quint, obtinrent de ce prince en 1524 l'autorisation d'y ajouter : *un chef d'or, chargé d'une aigle éployée de sable,* qui est de l'Empire. Cette dernière pièce figure sur le blason de la branche restée en Bourgogne, tel qu'il fut réglé par l'*Armorial* de 1696.

(1) Malgré l'assertion de Labbey de Billy, il y a des doutes très sérieux sur le degré de filiation de ce Jean de Vandenesse, mais la parenté des deux branches n'en est pas moins certaine. Elle résulte de ce fait qu'en février 1551/2, Chrétien de Vandenesse, bourgeois de Dijon au nom de Jean de Vandenesse, écuyer, demeurant à Gray, et Jean Moisson, secrétaire du roi, comme mari de Jeannette de Vandenesse, modérèrent certains cens établis en 1540 au village de Varanges et d'autres qui avaient été constitués en 1527 par le même Jean de Vandenesse, écuyer, et Bénigne, bourgeois de Dijon, chef de la première branche.

PIERRE BAUDOT, licencié ès lois, conseiller du duc dès l'année 1440, puis maître des requêtes de son hôtel, maire de Dijon en 1445, exerçait depuis quelque temps par commission l'office d'avocat du duc au bailliage de Dijon, du vivant de Nicolas Bastier, qui en était alors titulaire, lorsqu'il y fut nommé en titre après la mort de ce dernier, arrivée le 25 mai 1456. On a vu à l'article précédent qu'il fut privé de cet office dès le mois de juin, au profit de Guillaume de Vandenesse, mais il continua d'en remplir les fonctions par commission concurremment avec son rival, sans recevoir d'autre salaire que le prix de ses mémoires et écritures (1), ce qui détermina le duc Philippe à lui accorder en 1461 une indemnité de 200 fr. pour l'avoir ainsi exercé sans gages pendant une période de six ans. A la mort de Guillaume de Vandenesse, il le remplaça en vertu de lettres de retenue du 28 avril 1468, et il eut pour successeur Pierre Bonféal en 1479. Il avait fait partie de la commission de jurisconsultes chargée en 1459 par Philippe-le-Bon, de la rédaction de la coutume de Bourgogne. Le P. Gautier ne lui attribue qu'un fils naturel, Jean, dit Frize, héraut d'armes du duc, marié en 1471 avec Catherine, fille d'Etienne Poissenot, notaire à Dijon.

Une généalogie manuscrite citée par Palliot, fait descendre la famille Baudot dont il est ici question, d'un certain Pierre de Clérambault, gentilhomme angevin, réfugié en Bourgogne, et marié en 1338 avec Anne Baudot, dernière héritière d'une maison dont il aurait relevé le nom. Jean Baudot, père ou aïeul de Pierre, avait épousé Marie, fille de Jean de Foissy, écuyer, bailli de la Montagne ; il fut deux fois élu maire de Dijon en 1389 et 1396, et figura parmi les commissaires nommés en cette même année 1389 pour la perception d'une aide de 25,000 livres octroyée au duc par les États. Du même nom étaient : Pierre, seigneur d'Antioche et de Marey-sur-Tille, mort sans descendance mâle, et son frère, Philibert, écuyer, seigneur de Cressey, Chaudenay et Saint-Thibaut, conseiller du duc et du roi, maître des requêtes, avocat fiscal au parlement, gouverneur de la chancellerie du duché de Bourgogne en 1477, conseiller au parlement de Paris et au grand conseil, mort en 1506. Il avait épousé Claude de Mailly et n'en eut qu'un fils, Lazare, écuyer, seigneur de Cressey, qui mourut jeune et dont la veuve, Marguerite de Vienne, épousa en secondes noces Christophe de Rochechouart, chevalier, baron de Couches. De son premier mariage elle avait eu deux filles, Jacqueline et Philiberte Baudot, la première, mariée à Claude de Rochechouart, seigneur de

---

(1) En 1456 une somme de 50 liv. est allouée à Pierre Baudot, conseiller de Mgr le duc et *commis* de par lui à l'exercice de l'office d'avocat dudit seigneur au bailliage de Dijon, pour les écritures par lui faites depuis le 8 septembre 1455, où on lui avait déjà fait semblable taxe. En effet, au compte de l'année précédente il touche 53 fr. 8 gros pour les écritures et mémoires par lui faits « depuis qu'il a exercé et exerce ledit office d'avocat es causes et pour le fait et besoingnes de Mgr, tant es cours et auditoires du conseil de mondit seigneur audit Dijon, dudit bailliage, comme en la chambre desdis comptes et en la cour de la chancellerie au siège dudit Dijon. » — Par lettres du 20 juillet 1470, adressées aux commis des finances, le duc fait don au même Pierre Baudot, de 100 liv. t. pour le récompenser « de plusieurs paines et labeurs par lui euz et soubstenuz oultre et pardessus la charge ordinaire dudit office d'advocat.·»

Chandenier, la seconde, femme d'Alexandre de Saulx, chevalier, seigneur de Vantoux.

La famille Baudot, qui avait sa chapelle, fondée par Philibert Baudot, en l'église de la Sainte-Chapelle de Dijon, portait : *D'azur, à trois têtes de léopard d'or; au chef d'argent, chargé d'une croix patée au pied fiché de sable.* Ces armes sont figurées sur le sceau de Jean Baudot, bourgeois de Dijon en 1388.

Pierre BONFÉAL, licencié ès lois et en décret, seigneur de Saulon, Barges, Fenay, Chevigny, Couchey, Quincey et Echigey, maître des requêtes de l'hôtel, conseiller du duc et lieutenant du gouverneur de la chancellerie de Bourgogne, avocat fiscal aux parlements de Beaune et de Saint-Laurent en 1475, succéda à Pierre Baudot dans l'office d'avocat du roi au bailliage de Dijon. Pourvu de cet office par lettres du gouverneur de Bourgogne du 5 septembre 1479, il continua d'en exercer les fonctions avec celles d'avocat du roi au parlement de Bourgogne qui lui furent confirmées par Louis XI, lors de l'établissement définitif de cette compagnie en 1480. Il mourut le 19 février 1493/4 et eut pour successeur son fils, Hugues Bonféal. Voy. p. 357.

Hugues BONFÉAL, seigneur de Saulon, Barges, etc.; licencié ès lois, remplaça son père en 1494 et fut le dernier avocat du roi au bailliage de Dijon, qui ait exercé en cette qualité près la Chambre des comptes. Il portait du reste le titre d'*avocat du roi à la Chambre des comptes*, comme on le voit par les lettres de confirmation qu'il obtint en date du 28 mars 1502/3. Après sa mort arrivée en 1521, ces fonctions furent distraites de l'office d'avocat fiscal au bailliage, auquel elles étaient restées attachées jusqu'alors, pour être attribuées à un office spécial et distinct dont le premier titulaire fut Hugues Briet.

§ II. — AVOCATS DU ROI ET AVOCATS GÉNÉRAUX

Hugues BRIET obtint par grâce spéciale de Sa Majesté, comme s'exprime Palliot en son *Parlement de Bourgongne*, les provisions de l'office d'avocat du roi à la Chambre des comptes créé en sa faveur en 1521, après la mort de Hugues Bonféal. Il en exerça les fonctions pendant près de seize ans, et ne les quitta qu'en 1537 pour passer à une charge de conseiller au parlement. Il mourut en 1546 et fut inhumé en l'église des Cordeliers (1). De son mariage avec Pierrette Mangeard, vinrent plusieurs enfants, savoir : 1° Jean, avocat à la cour; 2° Bénigne; 3° Guillemette, femme de Nicolas-Bonier, procureur au parlement; 4° François, conseiller au même parlement en 1572, marié à Françoise Arthault et mort le dernier de son nom,

(1) *Hic jacet vir excelsus Hugo Briet, qui..... ab advocationibus Fisci in Burgundicam Rationum Curiam.....* (Palliot, p. 186.)

laissant pour héritiers ses petits-neveux Barthélemy et Hector Joly ; 5° Etienne, fermier de l'abbaye de Saint-Bénigne en 1570. Pierrette Mangeard, veuve d'Hugues Briet, épousa en deuxièmes noces Pierre Coussin, conseiller au parlement. — Armes : *D'argent, au chevron de sable, accompagné de trois roses de gueules ; au chef de même, chargé d'une rose d'argent.*

BERNARD LE GRIVEAUL, seigneur de Chevannay, succéda probablement à Hugues Briet en 1537. Nous ne connaissons pas la date de ses provisions, mais son nom est rappelé dans celles obtenues par Emillan Julien, son successeur en 1549.

I. Jean Le Griveaul, seigneur de Chevannay, mort avant 1524, eut deux fils : 1° Guyot, qui suit ; 2° Huguenin, qui est rappelé dans un acte de cette même année 1524.

II. Guyot, bourgeois de Dijon et seigneur en partie de Chevannay, dont il reprit de fief en 1524, épousa Catherine Jacob, et en eut : 1° Jeanne, dame en partie de Chevannay, mariée à Pierre Poiretet et dont la fille unique, Catherine, épousa Emillan Julien, avocat du roi à la Chambre des comptes ; 2° Bernard, qui donne lieu à cet article et n'eut qu'une fille, Françoise, mariée à Claude de Maisonneuve ; 3° Pierre, qui suit ; 4° Marguerite, qui épousa en 1537 Edme Julien, conseiller au parlement ; 5° Philiberte, femme de Jean Belriant, marchand à Dijon ; 6° et très probablement Bénigne, mariée à Jean Maillard, marchand, maire de Dijon en 1560.

III. Pierre, seigneur en partie de Chevannay, marié à Guiotte de Ferry, eut un fils, Bénigne, qui reprit de fief en 1580 de partie de Saint-Seine-sur-Vingeanne, Lœuilley et la Grange-du-Puit. — Armes : *D'argent, au chevron de gueules, accompagné de trois grives de sable.*

EMILLAN JULIEN, seigneur de la Cosme, Arcenay, Colonges et Marcilly en partie, fut pourvu le 21 mars 1549/50 de l'office d'avocat du roi, sur la résignation de Bernard Le Griveaul, son oncle. Nous ignorons la date de sa réception. Il résigna en 1600 en faveur d'Emillan Arviset, son petit-fils, mourut le 10 mai 1604 et fut inhumé dans l'église des Cordeliers, devant la porte du chœur, sous la même tombe que Catherine Poiretet, sa femme, morte le 7 août 1599. Catherine Poiretet était fille de Pierre Poiretet et de Jeanne Le Griveaul. De leur mariage vinrent trois filles : 1° Marie, qui épousa en 1580 Nicolas Chisseret, avocat, fils de Philibert, conseiller au parlement de Bourgogne ; 2° Anne, femme en premières noces d'Etienne Filzjean, lieutenant au bailliage d'Avallon, et en deuxièmes d'Antoine de la Grange, conseiller au parlement ; 3° Catherine-Marguerite qui épousa Bénigne Arviset, avocat général à la Chambre des comptes. Voy. p. 141.

JACQUES BAILLET, docteur en droit, seigneur de Vaugrenant, l'Epervière, Maison-Rouge et Saint-Désert, fut pourvu le 4 février 1554/5 de l'office de second avocat du roi à la Chambre des comptes créé par édit du mois de janvier précédent, aux gages de 120 livres ; reçu le 5 mars de la même année, il résigna en 1557 en faveur de Jean Thomas, et passa à un office de conseiller au grand conseil. Voy. p. 32.

Jean THOMAS, avocat du roi, fut pourvu sur la résignation de Jacques Baillet, le 9 février, et reçu le 8 mars 1557/8 ; il résigna en 1571 en faveur de Thibault Colin, pour passer à un office de conseiller au parlement. Il mourut le 1er juin 1586 et non le 1er juillet, comme le dit Papillon, qui lui a consacré un article, et fut inhumé à Saint-Etienne. On a de lui plusieurs poésies latines. Voy. p. 202, 227 et 264.

Thibault COLIN, avocat du roi, pourvu le 7 mai 1571, sur la résignation de Jean Thomas, fut reçu le 7 septembre suivant, et résigna en 1572 en faveur de Bénigne Arviset. Il était sans doute de la même famille que Bénigne Colin, maître des comptes en 1573. Voy. p. 173.

Bénigne ARVISET, seigneur de la Cosme et Colonges, avocat du roi sur la résignation de Thibault Colin, fut pourvu le 1er mai 1572 et reçu le 18 novembre suivant. Il résigna en 1587 en faveur d'Antoine Brocard.

I. Richard Arviset, procureur-syndic de la ville de Dijon en 1562, et secrétaire du roi, épousa Louise Bouhier, dont il eut : 1° Bénigne, auteur de la première branche ; 2° Hugues, chanoine et chantre de la Sainte-Chapelle de Dijon ; 3° Etienne, auteur de la deuxième branche.

Première branche. — II. Bénigne, écuyer, avocat du roi à la Chambre des comptes, épousa Catherine-Marguerite, fille d'Emillan Julien, aussi avocat du roi à la Chambre des comptes, et de Catherine Poiretet. Il eut de ce mariage : 1° Emillan, qui suit ; 2° Etienne, chantre et trésorier de Saint-Etienne de Dijon ; 3° Marie, femme de François Maleteste.

III. Emillan, écuyer, seigneur de la Cosme, Colonges et Marcilly-lez-Mont-Saint-Jean, avocat du roi à la Chambre des comptes en 1600, puis conseiller au parlement, épousa Marie Fyot et en eut : 1° Hugues, qui paraît être mort en bas-âge ; 2° Marie, mariée à Nicolas Valon, conseiller au parlement, dont le fils, Emillan, aussi conseiller au parlement, releva le nom d'Arviset ; 3° Anne, mariée à Jacques Valon, seigneur de Mimeure, président au bureau des finances.

Seconde branche. — II. Etienne, secrétaire du roi, vétéran en 1597, vicomte-mayeur de Dijon en 1616, mourut en 1633 ; il avait épousé Jeanne Choillot dont il eut Richard, qui suit.

III. Richard, écuyer, seigneur de Montconis, avocat au parlement, secrétaire du roi en 1623, épousa Anne, fille de Guillaume Drouas de la Plante, écuyer, et de Marceline Pivert, et en eut Antoine, qui suit.

IV. Antoine, écuyer, seigneur de Montconis, secrétaire du roi, au lieu de Richard, son père en 1651, puis trésorier de France à Dijon et conseiller du roi en ses conseils, épousa Reine-Ursule Jehannin, fille de Philibert, contrôleur général des finances en Bourgogne, et de Bénigne Jachiet, et obtint en 1672 l'érection en fief sous le nom d'Arviset, de quatre domaines situés dans la châtellenie de Sagey. Il eut un fils, Philibert, qui suit.

V. Philibert, écuyer, seigneur de Montconis, reçu aux états de 1700, ne paraît pas avoir laissé de postérité.

Bénigne Arviset qui donne lieu à cet article, portait : *De gueules, au chevron d'or, accompagné en chef de deux larmes d'argent et en pointe d'une étoile d'or, qui est d'Arviset, écartelé d'azur, au lion d'or, armé et lampassé de gueules, qui est de Julien.*

ANTOINE BROCARD, avocat du roi, pourvu le 12 mars 1587 sur la résignation de Bénigne Arviset, fut reçu le 22 août suivant. Il passa en 1591 à un office de président et fut remplacé dans celui d'avocat du roi par Oudet Blondeau. Voy. p. 42.

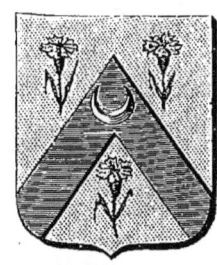

OUDET BLONDEAU, avocat du roi, succéda en 1594 à Antoine Brocard. Ses lettres de provisions et son arrêt de réception ne se trouvant pas au registre, il est permis de croire qu'il fut reçu par la fraction royaliste de la Chambre, et ce qui ajoute à la vraisemblance de cette supposition, c'est que Henri IV le qualifie son conseiller et avocat à la Chambre des comptes dans des lettres du 31 décembre 1594 portant augmentation de gages en sa faveur. Il mourut en 1606 et eut pour successeur Pierre de la Mare.

La famille Blondeau, encore représentée à Paris au dernier siècle, faisait remonter son origine à Jean Blondeau, damoiseau, écuyer tranchant en 1379, puis chambellan du duc de Bourgogne, qui eut un fils du nom de Guillaume. Le *Mercure François*, auquel le P. Gautier a emprunté ce détail, cite ensuite les noms de Pierre Ier et Olivier Blondeau, qui servaient en qualité d'écuyers dans une compagnie d'ordonnance en 1415 et 1420, et celui d'Antoine, écuyer, en 1430, père de Pierre II qui vivait en 1488. Mais rien ne prouve que ces divers personnages aient appartenu à la famille dont il est ici question, et dont la filiation ne semble régulièrement établie que depuis :

I. Melchior, qui mourut avant 1546, comme il est constaté par les preuves de Louis-Léon de Bouthillier, reçu à Malte en 1723. Il eut deux fils : 1° Pierre qui suit ; 2° Emillan, bourgeois à Bligny-sur-Ouche, père d'Oudet, avocat du roi à la Chambre des comptes. Ce dernier épousa, le 17 décembre 1596, Anne, fille de Bénigne Le Compasseur, seigneur de Jancigny, Heuilly et la Motte d'Ahuy, et ne laissa que des filles : Suzanne, Marguerite et Claire.

II. Pierre eut plusieurs enfants, savoir : 1° Jean, seigneur en partie de Sivry, Vesvres, et Tintry, conseiller au parlement en 1581, mort sans laisser de postérité (1) ; 2° François qui suit ; 3° Abdenago, receveur général des gabelles et des bois en Bourgogne, après avoir été pourvu en 1596 d'un office de président à la Chambre des comptes, dans lequel il ne se fit pas recevoir ; 4° Guy qui fit branche ; 5° Anne, femme en 1617 d'Isaac Févret, maître des requêtes de la reine.

III. François Ier du nom, seigneur de la Chassagne, Lavault et Fussey, lieutenant général en la chancellerie d'Autun, succéda en 1593 à Jean, son frère, en l'office de conseiller au parlement. Il avait épousé Catherine Bonn de Messignac, dont il eut François II qui suit.

IV. François II, seigneur de Fussey, la Chassagne, Norges, Hauteville et Baigneux-les-Juifs, référendaire en la chancellerie, puis conseiller au parlement de Bourgogne en 1611, passa quelques années plus tard à l'office de président à mortier au parlement de Metz, alors séant à Toul, office qu'il résigna en 1649 en faveur de son cousin Jules-César Favre, conseiller au parlement de Dijon. Il avait épousé Marie Frémiot dont il eut : 1° Paul-François qui suit ; 2° Anne, morte en 1634.

V. Paul-François, écuyer, seigneur de Fussey, premier président au parlement de Metz, épousa en 1634 Guillemette Noblet dont il n'eut pas d'enfants.

Branche établie à Paris. — III. Guy, seigneur de la châtellenie de Sagey, de Sivry, Saisy, la Palu, Saint-Sernin-du-Plain, Glennes, Vielchâtel, etc., notaire et secrétaire du roi, grand maître enquesteur des eaux et forêts en 1583 et grand louvetier de Bourgogne, épousa Anne, fille de Gilles Bourdin, procureur général à Paris, dont il eut : 1° Bénigne qui suit ; 2° Gilles, secrétaire du roi, trésorier de France à Dijon en 1626, puis président à la Chambre des comptes de Paris, marié à Madeleine Le Boultz, dont il eut deux filles, Elisabeth, qui épousa en 1657 Anne de Fieubet, chevalier, seigneur de Launac, baron de Reuillon, etc., maître des requêtes, et Madeleine, femme en 1659 de Michel d'Aligre, chevalier, seigneur de Bois-Landry, conseiller du roi en ses conseils, maître des requêtes ; 3° Isabeau, femme en 1609 de Jean Phelippeaux ; 4° Anne, mariée en premières noces en 1618 à Jules-César Favre et en deuxièmes noces à Antoine Daguesseau ; 5° N., aumônier du roi ; 6° Roger, grand louvetier de Bourgogne, puis conseiller au parlement de Paris, mort sans alliance.

IV. Bénigne, conseiller au parlement de Paris, puis lieutenant criminel et enfin maître des requêtes, épousa Antoinette Tibier, petite-nièce du garde des sceaux du Vair. Il eut : 1° Claude qui suit ; 2° Marie, femme en 1652 de Claude Enjorrant, chevalier, conseiller au parlement.

---

(1) Jean Blondeau, zélé royaliste, s'était retiré dans sa maison en 1592 pendant les troubles de la Ligue ; il y fut assiégé par les ligueurs et y perdit la vie après une vive défense. Son office de conseiller demeurait supprimé de plein droit par sa mort ; mais le roi Henri IV, pour reconnaître son zèle, le rétablit en faveur de François Blondeau, son frère. En 1583, il avait reçu congé par lettres patentes du roi, pour aller faire le voyage de Lorette et autres lieux où sa dévotion le conduirait, sans pouvoir être privé pendant ce temps de ses gages et autres droits.

V. Claude, écuyer, épousa Denise, fille de Jacques Coussinot, premier médecin de Louis XIII et d'Anne Bouvard. Il eut :

VI. Claude-Nicolas, écuyer, marié à Marie-Olympe Hardy, dont :

VII. Claude-Etienne, chevalier, seigneur de Villers-Chapuy, conseiller à la cour des aides de Paris, marié à Anne-Marie-Catherine Saulnier de la Moisière, morte à Paris le 19 juillet 1765. — Armes : *D'or, au chevron d'azur, chargé à la pointe d'un croissant d'argent, et accompagné de trois œillets de gueules, feuillés et soutenus de sinople* (1).

EMILLAN ARVISET, avocat du roi, pourvu le 19 mai 1600 sur la résignation d'Emillan Julien, son aïeul, fut reçu le 30 août suivant. Il résigna en 1606 en faveur de Jean Baudouin et passa à un office de conseiller au parlement, compagnie dont il était doyen en 1649. Voy. p. 366.

PIERRE DE LA MARE, seigneur en partie de Chevigny et Port-de-Palleau, avocat du roi, fut pourvu le 22 juin 1606 de l'office vacant par le décès d'Oudet Blondeau ; reçu le 19 juillet suivant, il résigna en 1610 en faveur de Philibert Rozerot et passa à un office de conseiller maître. Voy. p. 205.

JEAN BAUDOUIN, pourvu le 2 juin 1606 de l'office d'avocat *général* (2), sur la résignation d'Emillan Arviset, et reçu le 26 janvier de l'année suivante, résigna en 1634 en faveur de Barthélemy Joly. Avant d'entrer à la Chambre, il remplissait les fonctions de procureur-syndic des Etats de Bourgogne, et le zèle qu'il montra en cette qualité, pour la réduction de Dijon sous l'obéissance du roi Henri IV en 1595, avait porté ce monarque à lui faire don d'une charge de maître des comptes qu'il refusa. Il obtint en 1597, du président Frémiot l'inféodation d'un terrage dit le Vaux-Berthier, situé à Is-sur-Tille. Nous lui connaissons un fils, Jean, seigneur de Vauberthier, qualifié noble en 1650, et marié à Jeanne Jacquin, et une fille, Marguerite, femme de Philippe Deschamps, procureur-syndic des Etats, de qui sont sorties par diverses alliances, les familles Joly, de Vandenesse, Lardillon etc. On trouve de ce nom : Marguerite Baudouin, femme de Pierre Bouvot, écuyer, seigneur de Lille, substitut du procureur général au parlement en 1650., une autre Marguerite, veuve en 1640 de Claude Bonnard, écuyer et bourgeois de Dijon, et plus anciennement Jean Baudouin, maire de Beaune en 1393, Robert, écuyer, bourgeois et grenetier au grenier à sel de la même ville en 1394, gruyer de Dijon, d'Auxois et de la Montagne, la même année, châtelain de Saulx-le-Duc en 1395, dont le sceau porte *une tête de cerf brochant sur un chef chargé de trois coquilles.* Citons encore Etienne, receveur à Auxerre en 1421 ; Pierre, secrétaire du roi, grand maître des eaux et forêts de Bourgogne en 1593, intendant des finances en 1619 ; Adrien,

(1) Le P. Gautier cite encore du même nom : Jean, receveur en 1594 des greniers à sel de Beaune, Montbard et Arnay-le-Duc; Pierre, sᵉʳ du Plain et Bussy-l'Hôpital, receveur en 1596 du grenier à sel de Montbard; et Pierre, conseiller honoraire au présidial d'Autun en 1713.

(2) C'est la première fois qu'on voit figurer dans les lettres de provisions des avocats du roi le titre d'avocat général, dont l'usage avait cependant commencé de prévaloir dès le milieu du XVIᵉ siècle dans les actes émanés de la Chambre ou de ses officiers.

24

qui vivait à Avallon en 1653 et un autre Adrien qui résigna en 1733 l'office de procureur du roi au bailliage de la même ville.

 Philibert ROZEROT, seigneur de la Tour-de-Melin et Damerey en partie, avocat général, pourvu le 20 juin 1610 sur la résignation de Pierre de la Mare, et reçu le 27 janvier suivant, résigna en 1617 en faveur d'Etienne Martene, pour passer à un office de conseiller au parlement. Il eut une fille, Catherine, mariée à Jacques Moreau, auditeur des comptes en 1657, et nous le croyons issu au deuxième degré d'Etienne Rozerot, de Melin, docteur en droit, qui épousa vers 1550 Anne, fille de Philibert de la Mare, et acheta du domaine en 1558, le bois de la Faye dont le remboursement fut effectué en 1622 au profit de Philibert, conseiller au parlement, qui donne lieu à cet article. A cette famille, originaire de la Rochepot, appartenaient encore : Anne Rozerot, mariée le 4 novembre 1547 à Jacques Joly, Anne, petite-fille d'Etienne, carmélite à Beaune en 1622, et Etienne qui résigna en 1650 en faveur d'Antoine Le Compasseur, l'office de receveur général du taillon en Bourgogne. — Armes : *D'or, à deux roses de gueules, coupé d'azur, à une rose d'argent.*

Etienne MARTENE, avocat général, fut pourvu sur la résignation de Philibert Rozerot le 15 juillet 1617 ; reçu le 11 août suivant, il mourut le 18 janvier 1649 et eut pour successeur Etienne Martene, son fils. Hector Joly fait un grand éloge de son savoir, de son éloquence et de ses talents. Avant d'entrer à la Chambre des comptes, il avait rempli avec distinction pendant un assez grand nombre d'années la profession d'avocat. — Jean Martene épousa vers 1520 Claudine, fille d'Edme Julien, premier du nom, conseiller au parlement, et de Marie Berbisey. De ce mariage vint une fille, Jeannette, et un fils, François, dont nous ignorons l'alliance. Il eut pour petit-fils Etienne, avocat général à la Chambre des comptes, celui-là même qui donne lieu à cet article. Etienne Ier épousa Jeanne de Berbisey et en eut Etienne II, aussi avocat général, marié à Pierrette de Gissey, sœur de Pierre, avocat, prévôt royal d'Aignay-le-Duc en 1681.

Une famille du même nom, dans laquelle le prénom d'Etienne était héréditaire, a possédé pendant plusieurs générations la charge de procureur du roi à la maîtrise des eaux et forêts d'Autun. Anoblie au siècle dernier par une charge de secrétaire du roi, elle porte : *D'azur, à une croix d'argent.* — Une autre famille du même nom, ancienne à Saint-Jean-de-Losne, anoblie en 1782, a fourni des maires et des officiers au bailliage de cette ville. — Armes : *D'azur, à une épée posée en pal d'argent, la poignée d'or, accompagnée en chef de deux étoiles d'argent et en pointe d'un croissant de même.* Edmond Martene, l'auteur du *Thesaurus novus anecdotorum,* était de cette dernière famille.

Barthélemy JOLY, avocat général, successeur de Jean Baudouin, fut pourvu sur sa résignation le 5 décembre 1634 et reçu le 15 janvier suivant. Il mourut le 8 décembre 1636 et fut inhumé dans l'église des Cordeliers. Ses héritiers nommèrent à son office Etienne Malpoy, qui en obtint des lettres de provisions, mais n'eut pas le temps de s'y faire recevoir, cet office ayant été saisi entre ses mains et adjugé comme au plus offrant à Jean Morel dont l'article suit. — Le père de Barthélemy, Edme Joly, maître extraordinaire des comptes et trois fois vicomte-mayeur de Dijon, portait *de... à une tige de trois lys au naturel*, comme on le voit par les jetons de ses divers majorats. Ces armes sont différentes de celles qui sont figurées en tête de l'article de sa famille, p. 62. .

Jean MOREL, avocat général, pourvu le 6 mai 1638 au lieu de Barthélemy Joly, reçu le 30 juin suivant, résigna en 1672 en faveur d'Etienne Moreau, et obtint l'année suivante des lettres d'honneur. On lit au registre que Guillaume Millière et Antoine Loppin, tous deux conseillers maîtres, ne purent connaître de sa réception, parce qu'il était parent du premier, du quatrième au cinquième degré, et cousin germain du second. Il était petit-fils d'Andoche Morel, avocat au parlement, syndic de la ville de Dijon en 1607, et fils de Jean, aussi avocat au parlement, marié à Jeanne, fille de Barthélemy Joly, greffier en chef du parlement. Andoche Morel, son frère, né en 1599, entra dans la compagnie de Jésus en 1616. — Claude, sans doute frère d'Andoche Ier, épousa vers 1573 Elisabeth, fille de Pierre Fourneret et de Marie Godran.

Etienne MARTENE, avocat général, pourvu le 21 juin 1649, sur la nomination de Jeanne de Berbisey, veuve d'Etienne Martene, son père, fut reçu le 2 août suivant. Il résigna en 1656 en faveur de Jean-Bernard Seguenot.

Jean-Bernard SEGUENOT, avocat général, fut pourvu sur la résignation d'Etienne Martene, le 27 novembre 1656, et reçu le 23 février 1657. Il résigna en 1692 en faveur de son fils Jean, mourut le 10 janvier 1707 à Fleurey-sur-Ouche, et fut inhumé dans l'église paroissiale de ce village. Il avait obtenu en 1693 des lettres d'honneur rappelant les services de Nicolas Seguenot, son père, et de Jean, son ayeul, tous deux avocats du roi au bailliage et en la prévôté d'Avallon, et ceux de son fils Jules, capitaine d'infanterie au régiment d'Anjou, qui passa depuis comme capitaine de grenadiers au régiment d'Auxerrois. Ce dernier reçut plus de vingt blessures à la bataille de Malplaquet, fut décoré de la croix de Saint-Louis et anobli par lettres de mars 1720.

I. Jean Seguenot, conseiller et avocat du roi aux bailliage et prévôté d'Avallon, vivait en 1580. Il eut : 1° Nicolas, qui suit ; 2° Claude, avocat au parlement de Bourgogne, avant d'entrer dans la congrégation de l'Oratoire.

II. Nicolas, conseiller et avocat du roi à Avallon en 1629, laissa : 1° Jean-Bernard, qui suit ; 2° Claude, auteur d'une branche dont la notice est insérée à l'article d'Etienne Seguenot, auditeur en 1730 ; 3° Jacques, avocat du roi aux bailliage et chancellerie d'Auxois en 1634, substitut du procureur général au parlement en 1677, marié à N. Brondeaul, dont une fille, Michelle, mariée en 1697 à Antoine du Potet, seigneur de Cruzille.

III. Jean-Bernard, avocat général à la Chambre des comptes.en 1657, marié à Philiberte Potot, laissa : 1° Jean, qui suit ; 2° Nicolas, mousquetaire, mort jeune ; 3° Jules, anobli en 1720.

IV. Jean, avocat général à la Chambre des comptes en 1692. Pour les armes, voy. p. 347.

ÉTIENNE MOREAU, avocat général sur la résignation de Jean Morel, fut pourvu le 21 juillet et reçu le 12 août 1672 ; il résigna en 1692 en faveur de Pierre Seguenot et obtint l'année suivante des lettres d'honneur.

I. François Moreau, avocat au parlement, vicomte-mayeur de Dijon de 1635 à 1638, avait épousé Nicole Guelaud, mariée en deuxièmes noces à Etienne Marloud, président à la Chambre des comptes. Il mourut en 1638, laissant : 1° Jacques, qui suit ; 2° Claude, contrôleur général des finances en Bourgogne, qui épousa Suzanne, fille de Pierre Dumay, greffier en chef de la Chambre des comptes ; il en eut : a) Nicole ; b) Dominique, seigneur d'Oisilly, précepteur des pages de la grande écurie, mort sans postérité ; 3° Guillaume.

II. Jacques, auditeur des comptes en 1657, avait épousé Catherine Rozerot, fille de Philibert, avocat général à la Chambre des comptes ; il eut de ce mariage quatre fils, qui se distinguèrent presque tous par leur esprit et leur science, savoir : 1° Etienne, qui suit ; 2° Jean-Baptiste, né en 1645, prieur de Citeaux, puis vicaire général de son ordre, mort le 1er avril 1726, auteur de plusieurs ouvrages ; 3° Philibert-Bernard, seigneur de Mautour, né le 21 décembre 1654 ; pourvu en 1681 de la charge d'auditeur de son père, dans laquelle il ne se fit pas recevoir, il traita, l'année suivante, d'une semblable charge à la Chambre des comptes de Paris, dans laquelle il fut reçu le 25 mars 1682 ; il mourut le 7 septembre 1737, membre de l'Académie des inscriptions et belles lettres où il avait été admis en 1701. Il eut trois enfants : a) Jean-Baptiste-Louis, commissaire d'artillerie, mort jeune ; b) Philibert-François, prieur commendataire de Marbos et de Montiers-en-l'Isle ; c) Charles, capitaine dans Toulouse-infanterie, chevalier de Notre-Dame du Mont-Carmel ; 4° Joseph, chevalier de Saint-Lazare, capitaine au régiment royal des vaisseaux, tué à Steinkerque.

III. Etienne, avocat général, qui donne lieu à cet article, naquit à Dijon le 1er septembre 1639 ; auteur de plusieurs ouvrages en prose et en vers, il a laissé la réputation d'un causeur spirituel et d'un écrivain mordant. De son mariage avec Marguerite Durand, vinrent : 1° Jacques, qui suit ; 2° N., dame de Lantes, dont la fille N. épousa Philippe-Bénigne Bouhier, seigneur de Chevigny et de Lantes, conseiller au parlement ; 3° et 4° deux autres filles non mariées.

IV. Jacques, écuyer, seigneur de Brazey, né le 18 août 1663, capitaine au régiment des cuirassiers espagnols du comte de Louvigny, et colonel des dragons de Casauski, mourut à Briançon vers l'an 1723 ; il avait épousé en premières noces Charlotte Legrand, de Beaune, en deuxièmes noces N. de la Valée, fille du grand écuyer du duc de Zell, qui fit abjuration de la religion prétendue réformée qu'elle avait professée jusque-là. Il ne paraît pas avoir laissé de postérité. — Armes : *D'argent, à trois têtes de mores de sable, tortillées d'or.*

Jean SEGUENOT, avocat général, fut pourvu sur la résignation de Jean-Bernard Seguenot son père, le 8 juillet, et reçu le 6 août 1692 ; il résigna en 1714 en faveur de Bénigne Quillardet, et obtint en 1716 des lettres d'honneur qui font honorablement mention de ses services et de ceux de son père. Il mourut à Fleurey le 24 février 1740 et fut inhumé dans l'église paroissiale de ce village dont son fils unique, N. Seguenot, était curé en 1762. Voy. p. 347 et 372.

Pierre SEGUENOT, seigneur de Chambœuf, avocat général, pourvu sur la résignation d'Etienne Moreau le 20 novembre, reçu le 10 décembre 1692, résigna en 1718 en faveur de Renault Chevignard, son gendre, et obtint la même année des lettres d'honneur. Il laissa deux enfants : Etienne, auditeur en 1730, et Elisabeth, mariée à Renault Chevignard, dont il vient d'être question. Voy. p. 347 et 372.

Bénigne QUILLARDET, avocat général, fut pourvu sur la résignation de Jean Seguenot, le 30 juin 1714, après avoir obtenu des lettres de dispense d'âge. Reçu le 9 août de l'année suivante, il mourut en 1719 et eut pour successeur Jean Jodot. Il était fils de Pierre Quillardet, trésorier-payeur des gages des officiers du parlement, et nous lui connaissons un fils, Bénigne, écuyer, qui prit part à l'assemblée de la noblesse du bailliage de Dijon, pour l'élection des députés aux États généraux de 1789. Il avait repris de fief en 1745, de partie de la seigneurie d'Avot comme mari de Barbe-Henriette Febvre de Gurgy, fille d'Antoine, gendarme de la garde du roi et de Jeanne Garnier. — Armes : *D'azur, à trois trèfles d'or.*

Renault CHEVIGNARD, avocat général, fut pourvu, le 15 décembre 1718, sur la résignation de Pierre Seguenot de Chambœuf, son beau-père. Il avait eu besoin de lettres de dispense d'âge. Reçu le 3 janvier 1719, il fut remplacé en 1730 par Jean Nadault. Il était fils de Regnault Chevignard, contrôleur au grenier à sel de Beaune, et de Marguerite Lorenchet, et n'eut point de postérité. Voy. au surplus la notice de sa famille, p. 273.

Jean JODOT, avocat général, fut pourvu le 26 avril 1719 de l'office vacant par la mort de Bénigne Quillardet, sur la nomination, avant provisions, d'André Joannin, qui y avait été nommé par Michelle Michel, veuve du dernier titulaire. Il avait eu besoin de lettres de dispense d'âge. Reçu le 8 mai suivant, il résigna en 1739 en faveur de Pierre Siredey, et obtint la même année des lettres d'honneur qui ne furent enregistrées qu'en 1762. Famille ancienne à Noyers, où l'on trouve trois contrôleurs au grenier à sel de ce nom, savoir : Pierre en 1588, Jean, et Etienne qui remplaça ce dernier en 1676. — Armes : *De gueules, à trois étoiles d'argent.*

JEAN **NADAULT** fut pourvu le 6 août 1730 de l'office d'avocat général, saisi et décrété sur Renault Chevignard. On lit dans ses lettres de provisions qu'elles lui furent accordées en considération des services de son père en qualité de maire perpétuel de la ville de Montbard. Reçu le 11 janvier 1731, avec dispense d'âge, il résigna en 1751 en faveur de Jean-François Morel, et obtint, la même année, des lettres d'honneur qui furent enregistrées en 1776.

Cette famille, chez laquelle le goût des lettres semble héréditaire, remonte à Jean Nadaud (1), docteur ès lois, qui vivait à Limoges en 1296 et dont la descendance a fourni à cette ville un grand nombre de conseillers et de consuls aux XIV°, XV° et XVI° siècles. Nous en rapporterons la généalogie depuis :

I. Georges-Louis Nadaut, né en 1498, conseiller, puis consul de Limoges en 1540, qui laissa, entre autres enfants : 1° Jean, vice-sénéchal de l'Agenais, de qui sont issues les branches des seigneurs des Tillettes, de Valette, des Escures, des Islets et du Treil (2) ; 2° Martial, qui suit.

II. Martial, sieur de Champsac, des Tillettes, Champdose et autres lieux, né à Champsac, près Chalus en Limousin en 1578, conseiller au parlement de Bordeaux, et mort à Champsac en 1650, avait épousé en 1618 Marie-Barbe Fitz-Baring de Champdose, dame d'honneur de la reine Henriette d'Angleterre, d'une ancienne famille écossaise, dont il eut : 1° Jacques, curé de Pageas, qui vint s'établir à Montbard avec son frère Jean ; 2° Léonarde, mariée à Henry Candilaud, écuyer, sieur de Chambon ; 3° François, conseiller en l'élection de Cognac, qui laissa postérité ; 4° Sylvain, lieutenant général de la sénéchaussée et siège présidial de la Marche ; 5° Louis, curé-prieur de Saint-Aignan ; 6° Etienne, prieur de Saint-Sigismond ; 7° Jean, qui suit, auteur de la branche établie en Bourgogne.

III. Jean Nadault, premier du nom, chef de la branche de Bourgogne, naquit

---

(1) L'orthographe du nom a varié suivant les diverses provinces où cette famille a eu ses principaux établissements ; il est écrit tour à tour Nadau et Nadaud ou Nadaut.

(2) Jean Nadaut, vice-sénéchal de l'Agenais en 1570, est qualifié noble dans un rôle de montre d'armes, aujourd'hui conservé à la Bibliothèque nationale. Il épousa Marine-Marie, fille de Léonard Jude, juge sénéchal de la ville de Champaignat. Un de ses fils, Pierre, s⁁ʳ des Tillettes, consul de Limoges en 1656, laissa six enfants, dont cinq fils qui fournirent autant de branches. La branche cadette resta fixée à Limoges, et son nom continua de figurer jusqu'à la Révolution dans les fastes consulaires de cette ville. Celle des Nadaud des Islets, établie en Amérique, a fourni un gouverneur du Canada, sous Louis XIV. Les branches des seigneurs des Escures, de Couts et de Valette, fixées dans la Marche, la Gascogne et le Berry, ont servi dans les armées et rempli des charges de robe ; c'est de cette dernière branche qu'est issu Léon-César Nadaut, créé marquis par le grand duc de Toscane en 1848, à l'occasion de son mariage avec Gabrielle-Diane du Lieu de Laubespin. Citons encore la branche du Treil, issue d'un fils de Jean Nadaut, vice-sénéchal de l'Agenais, et qui, retirée à la Rochelle, puis établie en Amérique comme celle des Islets, a eu pour représentant le plus éminent Charles-François-Emmanuel, contre-amiral, chevalier de Saint-Louis, gouverneur de la Guadeloupe, illustré par la défense de cette île contre les Anglais en 1759, et enfin une branche plus anciennement séparée du tronc principal et qui s'est fixée en Angleterre lors des guerres de religion au XVI° siècle. Ces diverses branches ont possédé les seigneuries de Saint-Armand, de Blouval, de Boisdable, etc., et ont eu des alliances directes ou indirectes avec les familles de la Châtre, Augier, Rossiguol de la Ronde, de Gaalon, de Villeneuve, de Poix, de Bosredon, de Clinchamp, de Vernou-Bonneuil, de Bragelongne, etc.

à Champsac, dans le Limousin, en 1629, et vint s'établir à Montbard vers 1650 ; il y épousa Edmée Esprit, d'une ancienne famille originaire de Langres. Seigneur des fiefs de la Berchère, Saint-Remy et les Bordes, bailli des terres de l'abbaye de Fontenay, maître général des postes du duché, président au grenier à sel de Montbard, il occupa, pendant plusieurs années, la place de maire de cette ville et fut nommé en cette qualité élu du tiers aux Etats de Bourgogne le 19 décembre 1677. On lui doit un recueil en deux volumes in-f° des *Cartulaires de la ville de Montbard*. Il mourut à Montbard en 1691, laissant de son mariage dix enfants, dont quatre seulement restèrent en Bourgogne, savoir : 1° Françoise, qui épousa en 1686 Henry Sylvestre de la Forest, écuyer, conseiller aux bailliage et présidial de Dijon, nommé maire de Montbard en 1710 et élu aux États de la province en 1713 ; il mourut en 1772 à l'âge de cent onze ans ; 2° Edmée, religieuse aux dames Ursulines de Montbard, morte le 5 août 1768, âgée de cent quatre ans, après avoir gouverné pendant plusieurs années cette maison en qualité de supérieure ; 3° Cécile, mariée en 1692 à Jacques de Fromager, écuyer, seigneur de Nogent ; 4° Jean, qui suit.

IV. Jean II, seigneur de la Berchère, Saint-Remy et les Bordes, né le 12 octobre 1672, président au grenier à sel et maire de Montbard, par lettres de provisions du 10 décembre 1693, fut désigné pour remplir les fonctions d'élu du tiers aux Etats de 1709 ; mais il fut prévenu par la mort arrivée au mois de décembre de la même année. Il avait épousé, le 18 février 1699, Jeanne, fille de Jean Colas (1) et d'Antoinette Montchinet ; il en eut : 1° Jean, qui suit ; 2° Edmée-Catherine, mariée en 1732 à Edme Doublet, maire et prévôt royal de Montbard, contrôleur au grenier à sel de la même ville, élu du tiers aux États de 1747 et mort en 1756 sans postérité ; 3° Pierre-Edme, écuyer, chef de panneterie chez le roi, par lettres du 12 avril 1727, honoraire en 1753, et pourvu, la même année, d'une charge de secrétaire du roi, contrôleur en la chancellerie du parlement de Dijon ; il épousa deux ans plus tard Marie, fille de Gabriel de la Roche, écuyer, seigneur de Tormancy, et de Thomasse-Eugénie de Biron ; 4° Antoinette, qui épousa, en décembre 1732, François-Benjamin Leclerc, seigneur de Buffon, conseiller au parlement de Dijon, son parent éloigné (2).

V. Jean III, né à Montbard le 25 octobre 1701, fut pourvu le 29 novembre 1719 de la place de maire de Montbard et en fit sa démission en 1727 pour passer quelques années plus tard à l'office d'avocat général à la Chambre des comptes ; c'est lui qui donne lieu à cet article. Membre de l'Académie de Dijon, correspondant de

(1) Cette famille est originaire de Montélimart ; une de ses branches s'établit en Bourgogne vers 1630. N. Colas, vice-sénéchal de Montélimart, s'étant rendu maître, pendant les troubles du XVI° siècle, de la ville de la Fère, en Picardie, fut fait gouverneur de cette place par le duc de Mayenne et la livra ensuite aux Espagnols, en en conservant le domaine utile sous le titre de comté ; forcé de la rendre à Henri IV en 1597, il prit dans la capitulation la qualité de comte de la Fère.

(2) François-Benjamin Leclerc avait épousé en premières noces Anne Marlin, morte en 1731, dont il eut entre autres enfants l'illustre naturaliste Georges-Louis Leclerc, comte de Buffon. De son mariage avec Antoinette Nadault vinrent : 1° Pierre, écuyer, capitaine aide-major au régiment de Navarre, aide-major de la ville de Cassel en 1761 ; 2° Catherine-Antoinette, mariée à son cousin Benjamin-Edme Nadault, conseiller au parlement.

l'Académie des sciences, il collabora à l'*Histoire naturelle*, fut un des fondateurs de la collection académique, écrivit une histoire de Montbard et divers mémoires sur l'agriculture, la physique et les mathématiques. Il épousa, le 22 février 1739, Jeanne-Louise, fille de Jacques de Rivière (1), écuyer, capitaine de cavalerie au régiment d'Aunay, tué au siége de Béthune en 1710, et d'Edmée Guilleminot (2). Il en eut trois fils : Benjamin-Edme, qui suit, et deux autres morts en bas-age.

VI. Benjamin-Edme, seigneur de la Berchère, les Laumes, Fresne, les Bordes, partie de Montbard et autres lieux, comme ses prédécesseurs, né à Montbard le 22 janvier 1748, fut pourvu en 1770 d'une charge de conseiller commissaire aux requêtes du parlement de Bourgogne qu'il exerça jusqu'en 1779 ; il fut de plus désigné en 1780, pour remplir, comme l'avaient fait deux de ses ancêtres, les fonctions d'élu du tiers aux États généraux de la province. Aimant les arts auxquels il s'adonnait avec succès, il a eu l'honneur d'encourager les débuts de Greuze et Prudhon ses compatriotes. Il a écrit un traité estimé sur l'*art de grouper les arbres dans le paysage*. Marié le 24 juillet 1770 à sa cousine germaine Catherine-Antoinette Leclerc de Buffon, fille de Benjamin-François Leclerc de Buffon et d'Antoinette Nadault, il en eut trois enfants dont un fils, Benjamin-François-Georges-Alexandre, qui continua la descendance. Le fils de ce dernier, Benjamin Nadault, a été autorisé, par décret, à relever le nom de Buffon dont il était par sa grand'mère, le représentant le plus direct. — Armes : *Ecartelé : aux 1 et 4 d'argent plein ; aux 2 et 3 d'azur, à trois haches consulaires d'or posées en pal, 2 sur le 2e quartier et 1 sur le 3e ; sur le tout une bande de gueules, chargée de trois étoiles d'argent.* Les armes originaires de cette famille, encore portées aujourd'hui par les représentants de la branche aînée, sont : *D'or, à trois pals de gueules, et un chef d'azur, chargé de trois fers de lance antiques d'argent posés en pal.*

Pierre SIREDEY, substitut du procureur général au parlement depuis 1732, passa à un office d'avocat général à la Chambre des comptes sur la résignation de Jean Jodot. Pourvu le 8 mai, reçu le 18 juillet 1739, il mourut à Aignay-le-Duc le 7 juillet 1759 et fut inhumé dans l'église paroissiale de ce village. Sa veuve nomma à son office Etienne Rigongne qui s'en démit avant provisions au profit de Jean-Baptiste Baron. — Ancienne famille d'Aignay-le-Duc, dont le premier membre qui nous soit connu, Paul Siredey, remplissait en 1596 les fonctions de greffier de la prévôté royale de ce lieu. On trouve après lui : Thomas, propriétaire du greffe de la même prévôté en 1627, N. maire de Chatillon en 1615 ; Anne, mariée en 1649 à André

---

(1) Famille noble de Basse-Normandie, qui remonte à Jacques de Rivière, marié en mars 1320 à Jeanne de Couldran. Un de ses descendants, Nicolas, fils de Foulques de Rivière et de Jeanne Le Noble, et petit-fils de Jean, qui avait pris alliance dans la maison de Campigny, fixa son séjour à Chablis et fut le chef de la branche de Rivière en Champagne.

(2) Edmée avait été tenue sur les fonts le 15 mars 1650 par le duc d'Anjou, frère de Louis XIV, et par la comtesse de Brienne. Elle était fille de François Guilleminot, d'une ancienne famille de Montbard et d'Anne Coquard, fille d'Edme, écuyer, garde du corps du roi.

Fleutelot, conseiller au parlement ; Marc-Antoine, contrôleur au grenier à sel de la même ville en 1689 ; Daniel, gentilhomme ordinaire du duc d'Orléans en 1681, Bernard, exempt des gardes du corps, décédé avant 1685 ; Jean, substitut du procureur général au parlement en 1639, maire de Dijon en 1655 ; Etienne, chanoine de la Sainte-Chapelle, tuteur en 1678 des enfants de Jean Siredey, son frère, avocat au parlement, seigneur engagiste de Saunière, dont la femme Lucrèce de Jaquot était fille de Philibert de Jaquot, seigneur de Daix ; Jean, lieutenant général des eaux et forêts au bailliage de la Montagne, marié à Anne Calon, laquelle était veuve en 1650, etc., etc.

Pierre Siredey qui donne lieu à cet article, était fils de Pierre Siredey, greffier en chef au bureau des finances, mort le 23 avril 1754 à Aignay-le-Duc lieu de sa naissance. Pierre Ier avait épousé Marie Syrot, dont la famille a donné plusieurs officiers à la Chambre des comptes et au bureau des trésoriers de France. Il laissa de ce mariage, outre Pierre II dont il vient d'être question, une fille Marie, religieuse aux Ursulines de Flavigny.

Pierre II, avocat général, épousa par contrat du 8 mars 1734 Charlotte Marie, originaire d'Auxerre où sa famille a occupé pendant longtemps les premières charges du bailliage et du présidial. Il laissa de ce mariage : 1° Pierre-Bernard, écuyer, capitaine au régiment d'Aquitaine-infanterie ; 2° Louis-Marie, écuyer, seigneur de Sallière, officier dans les troupes de la compagnie des Indes, qui prit part à l'assemblée de la noblesse du bailliage de la Montagne pour l'élection des députés aux Etats généraux de 1789 ; 3° et 4° Marie-Nicole et Rose-Jeanne-Marie, dont nous ignorons les alliances. — Armes : *D'azur, à une licorne d'or, onglée et accornée de sable, brisée à l'épaule d'un croissant de même ; au chef d'argent, chargé de trois roses de gueules, boutonnées de même* (1).

JEAN-FRANÇOIS MOREL, avocat général, fut pourvu sur la résignation de Jean Nadault le 10 février 1751 et reçu le 13 mars suivant. Il mourut à Chatillon-sur-Seine le 10 décembre 1760, et eut pour successeur Jean-Gaspard Morel son fils.

La famille Morel connue à Chatillon depuis la fin du XVe siècle, y a toujours vécu noblement, possédé des emplois honorables et contracté des alliances distinguées entre autres avec la famille des Legrand.

I. Laurent Morel, le premier auquel on remonte, était en 1480 gouverneur du petit Temple de Chatillon et chevalier-diacre de l'ordre de Malte. Il avait un frère nommé Daniel et laissa deux fils : 1° Etienne qui suit ; 2° Pierre, auteur de la branche des seigneurs de Bréviande et de Villiers (2).

(1) L'*Armorial* de 1696 attribue à cette famille des armoiries différentes : *D'argent, à trois arbres rangés en pal de sinople, terrassés de même.*

(2) Parmi les membres de cette branche nous citerons Nicolas Morel, lieutenant de la milice bourgeoise de Chaumont, qui prit les armes pour la défense du parti de Henri IV contre les ligueurs et Jean, échevin, son petit-fils, chargé par le corps municipal, en 1598, d'obtenir du roi la démolition du vieux château des ducs. Elle a été anoblie par les charges de trésoriers de France,

II. Etienne, échevin du quartier de Chaumont à Chatillon en 1529, eut de Nicole Blanchot, sa femme : 1° Jean qui suit ; 2° Nicolas mort en 1617 ; il avait épousé Anne, fille d'Albert Corderot (1), et en eut deux enfants : *a)* Jeanne, mariée en avril 1602 à Phale Garnier, et morte le 26 juin 1631 ; *b)* Albert, qui épousa Etiennette Jacquinot et n'en eut qu'une fille Jeanne, mariée, le 28 avril 1627, à Claude Rémond, écuyer, maître des requêtes de la reine, lieutenant criminel au bailliage de Châtillon, fils de Jean Rémond, écuyer, seigneur de Brion, et d'Odette Logerot.

III. Jean épousa l'an 1555 en premières noces Marguerite, fille de Guillaume Lefebvre, dont la veuve Odette se remaria à Jean Chasot ; il eut de ce mariage Vivant qui suit, et épousa en deuxièmes noces Claudine, fille de Sébastien Noirot, capitaine-commandant du château de Châtillon ; il n'en eut qu'un fils Noël, qui épousa Claudine Bichot, fille de Jean, châtelain de Châteauneuf et fut l'auteur de la branche des Bichot-Morel de Duesme. Voy. p. 268.

IV. Vivant exerçait en 1651 un office de magistrature à Chatillon où il épousa Nicole, fille d'Albert Corderot et sœur d'Anne, femme de Nicolas Morel, son oncle, mort en 1617. Il eut de ce mariage : 1° Jean, marié à Claudine, fille de François Floriet ; 2° Sébastien qui suit ; 3° Vivant qui épousa N. Fabry.

V. Sébastien, receveur à Châtillon, mourut dans cette ville en 1664 ; il avait épousé Catherine (2), fille de Bernard Raviot et de Jeanne Corderot, dont il eut : 1° Vivant, né le 23 octobre 1630, président au grenier à sel de Châtillon et marié à Marguerite La Favée, veuve de N. Michel, écuyer, seigneur de Savigny ; 2° Nicolas qui suit.

VI. Nicolas, né le 27 juin 1635, mort en juillet 1692, épousa en premières noces Catherine, fille d'Antoine Thomassin, écuyer, laquelle mourut le 7 juillet 1663 et fut inhumée en l'église de Saint-Nicolas ; il épousa en deuxièmes noces, le 27 novembre de la même année, Marguerite, fille d'Edme Calabre, bailli de Chassenay, et de Madeleine Cornuat, dont il eut : 1° Madeleine, morte en mars 1746 ; elle avait épousé, le 25 novembre 1713, Philibert Macault, écuyer, seigneur de la Cosne, mort en 1749 et dont la fille, Bénigne-Madeleine, épousa Claude-Charles Moreal de Grozon, seigneur de Brévans, maître des comptes à Dole ; 2° Antoine qui suit ; 3° Catherine, née le 29 mars 1667, morte le 28 mars 1755 ; elle avait épousé, le 11 juin 1694, Jean Personne, conseiller au présidial de la Montagne ; 4° Pierre, mort sans alliance le 5 octobre 1743.

VII. Antoine, né le 29 mars 1666, épousa en premières noces, le 14 avril 1693,

au bureau des finances de Dijon, dont furent successivement pourvus Pierre Morel de Bréviande, seigneur de Villiers-le-Duc, et Claude son fils, en 1743 et 1755. Claude, fils de ce dernier, écuyer, lieutenant au régiment de Normandie, fut convoqué à Troyes à l'assemblée de la noblesse en 1789. Son père, alors trésorier de France honoraire, prit part à l'assemblée du bailliage de Châtillon. Les armes de cette branche, enregistrées dans l'*Armorial* de 1696, sont semblables à celles décrites à la fin de cette notice, avec cette seule différence que les *têtes de mores* sont *bandées*.

(1) Jeanne, sœur d'Anne Corderot, épousa Bernard Raviot, dont une fille, Catherine, mariée à Sébastien Morel.

(2) De Marguerite Raviot, sœur de Catherine, descendent par les Demanges, les barons de Fauge ; d'Anne, son autre sœur, sont issus par les Bouvot, les Arcelot, écuyers, seigneurs de Dracy, et les Guenebault, aussi écuyers et seigneurs de Buncey.

Marguerite, fille de Nicolas Flobert, procureur du roi au bailliage de Troyes (1), et d'Anne Maison, et en deuxièmes noces, le 9 août 1709, Marie, fille de Pierre Thomassin, écuyer, d'une famille dont la noblesse a été reconnue par lettres registrées à la Chambre des comptes en 1757 ; Marie Thomassin mourut le 28 novembre 1758 ; son mari était mort dès le 24 décembre 1712, laissant du 1er lit : 1° Jean-François qui suit ; 2° Madeleine, née le 18 janvier 1700, morte sans alliance le 4 janvier 1739 ; 3° Marie, née le 18 décembre 1700 ; du deuxième lit vinrent : 1° Louis, mort jeune en 1719 ; 2° Catherine, née le 13 octobre 1711.

VIII. Jean-François, avocat général à la Chambre des comptes, né le 5 août 1697, épousa, le 11 janvier 1726, Elisabeth, fille de Claude-Nicolas Bedel et d'Anne-Thérèse Lambert dont il eut, outre deux filles et un fils morts en bas-âge, Jean Gaspard qui suit.

IX. Jean-Gaspard, avocat général à la Chambre des comptes après son père, naquit le 5 juin 1730 ; il épousa, le 22 juillet 1759, Anne-Claudine-Françoise, fille d'Hector-Joseph de Bruère, trésorier de France à Dijon, et d'Anne des Clères ; il eut de ce mariage : 1° Jean-Francois, né le 22 mai 1760, mort le 5 juin suivant ; 2° Hector-Joseph-Elisabeth, écuyer, qui prit part, avec son père, à l'assemblée de la noblesse du bailliage de la Montagne pour l'élection des députés aux Etats généraux de 1789 ; 3° et 4° Antoinette-Denise-Anne-Rosalie et Elisabeth-Constance-Sophie. — Armes : *D'argent, au chevron d'azur, accompagné de trois têtes de mores au naturel, tortillées d'argent.*

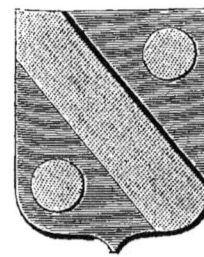

JEAN-BAPTISTE BARON, avocat général, succéda à Pierre Siredey. Pourvu avec dispense d'âge le 24 octobre, reçu le 5 décembre 1760, il résigna en 1788 en faveur d'Etienne Vergnette et obtint l'année suivante des lettres d'honneur. Il avait repris de fief en 1770 du fief de Vignoles à Brasey. — Armes : *D'azur, à la bande d'or, accompagnée de deux besans du même.*

JEAN-GASPARD MOREL fut nommé par sa mère à l'office d'avocat général vacant par le décès de Jean-François, son père. Pourvu le 1er mai, reçu le 1er juin 1761, il résigna en 1782 au profit de Claude-François-Nicolas Bouthillon et obtint la même année des lettres d'honneur. Voy. p. 377.

CLAUDE-FRANÇOIS-NICOLAS BOUTHILLON DE LA SERVETTE, avocat général, fut pourvu sur la résignation de Jean Gaspard Morel, le 27 février, et reçu le 24 avril 1782. Il exerça son office jusqu'à la Révolution.

ETIENNE VERGNETTE DE LA MOTTE, avocat général, fut pourvu sur la résignation de Jean-Baptiste Baron par lettres du 26 mai 1788 qui font mention des

(1) Grand oncle de N. Flobert, trésorier de France au bureau de Châlon-sur-Marne en 1762.

services de son père pendant quarante ans, tant dans l'office de substitut du procureur général que dans celui de conseiller maitre à la Chambre des comptes. Reçu
le 16 décembre suivant, après avoir obtenu des lettres de dispense de parenté à
cause de Jean-Baptiste Vergnette de la Motte, son frère, et de Bernard-Louis
Vergnette, son neveu, tous deux conseillers maitres, il fut reçu par arrêt du 10 décembre 1788 et exerça son office jusqu'à la Révolution. Il est le dernier avocat
général qui ait été reçu à la Chambre des comptes de Dijon. Voy. p. 275, 280
et 289.

CHAPITRE NEUVIÈME

Procureurs du duc et du roi au bailliage de Dijon (1). — Procureurs du roi et Procureurs généraux à la Chambre des comptes.

§ I. — PROCUREURS DU DUC ET DU ROI AU BAILLIAGE DE DIJON

RICHARD BONOT, procureur du roi (2), puis du duc au bailliage de Dijon, avec 40 livres de gages, remplissait cette charge dès l'année 1352 et en était encore revêtu en 1357 ; il passa depuis à celle d'avocat du duc au même bailliage. Voy. p. 354.

JEAN CHOPILLART, de Dijon, procureur du duc au bailliage, aux gages de 50 florins, dès l'année 1370, fut remplacé en 1372 par Guillaume de Patinges. C'est tout ce qu'on sait sur ce personnage.

GUILLAUME DE PATINGES, retenu procureur du duc par lettres du 18 janvier 1371/2, aux gages de 50 florins par an qu'il commença de toucher le lendemain, mourut le 12 septembre 1378, revêtu de cet office et fut remplacé par Pierre de Jalerenges.

PIERRE DE JALERENGES, retenu procureur du duc par lettres du 24 septembre 1378, prêta serment à la Chambre des comptes le 30 du même mois. Il fut nommé depuis lieutenant du bailli de Dijon, fonctions qu'il exerçait encore en 1389, ayant été remplacé avant 1384, dans celles de procureur du duc par Mathé d'Arnay. Il est qualifié sage en droit en 1376, dans le contrat de mariage de noble homme Guillaume de Jalerenges, écuyer, son frère, avec Jehannotte, fille de feu Lambelot Chappey d'Écutigny, demeurant à Dijon. Marié deux fois, la première avec Perrenotte, veuve de ce même Lambelot Chappey, et mère de Jehannotte dont il vient d'être question ; la seconde avec Guillemette....., Pierre de Jalerenges ne laissa pas d'enfants. Il institua pour son héritier son frère Guillaume, qui habitait Troyes en 1408 et dont la fille Marion épousa Jean de Braux, clerc et audiencier de la cour du même lieu.

(1) Voy. p. 354, note 1.
(2) Le roi Jean avait alors le bail du duché de Bourgogne, et la justice s'y rendait en son nom.

MATHEY D'ARNAY exerçait les fonctions de procureur du duc en 1384 et fut remplacé peu de temps après par Philippe Courtot.

- PHILIPPE COURTOT, procureur du duc, figure en cette qualité dans les comptes du receveur du bailliage de Dijon dès le terme de Pâques 1387, et son nom s'y retrouve, au chapitre des gages, jusqu'à la date de sa mort arrivée le 12 août 1395. Voyez l'article de Guillaume Courtot, son fils, p. 14.

JEAN LE NAIN, procureur du duc, succéda à Philippe Courtot. Retenu par lettres du 24 août 1395, il exerça probablement son office jusqu'à la nomination d'Aubert de Fleurey en 1404. Il remplit aussi celui de juré de la cour du bailli de Dijon et se qualifiait clerc, comme on le voit par plusieurs quittances scellées de son sceau sur lequel est figuré *un mouton colleté et accompagné à senestre de la lettre I ou L*. De son mariage avec Alixand de Renèves, Jean Le Nain laissa une fille unique qui épousa Laurent Le Grain, clerc, greffier du duc au parlement de Beaune.

AUBERT DE FLEUREY, procureur du duc, fut pourvu le 16 août 1404 et mourut revêtu de son office le 19 juillet 1416. Il avait 50 florins de gages.

GUILLAUME LE TANRON fut commis par lettres du 23 juillet 1416 au gouvernement de la procuration du bailliage de Dijon, au lieu d'Aubert de Fleurey, récemment décédé, pour l'exercer jusqu'à ce qu'il en fût autrement ordonné. Il prêta serment entre les mains des gens des comptes le 30 du même mois et fut remplacé dès le mois suivant par Odot de Verranges. Il passa depuis à un office de clerc des comptes. Voy. p. 315.

ODOT DE VERRANGES ou VARRANGES, clerc de la mairie de Dijon, fut mis en possession de l'office de procureur du duc le 24 août 1416, mais il le quitta la même année pour passer à celui de maître des comptes. Voy. p. 122.

PHILIPPE DE PERCHES, procureur du duc, succéda à Odot de Verranges; pourvu le 21 décembre 1416, il prêta serment le 26 du même mois et remplissait encore cet office en 1417. Il eut pour successeur Girard Vion. Nous le croyons originaire de Charolles, où l'on trouve dans le même temps plusieurs personnes du même nom, savoir : Philibert, licencié en lois, témoin d'un acte passé en 1388; Denis, clerc et notaire en 1390, et son fils Philippe, également qualifié notaire en 1441. En 1494, Edouard de Perches, prévôt de Saint-Aubin, en la ville de Namur, reçoit en don pour sa vie seulement, de Maximilien, roi des Romains, et de l'archiduc Philippe, son fils, un étang sis à Charolles, moyennant une rente annuelle de 40 sols tournois.

GIRARD VION, procureur du duc au bailliage de Dijon dès 1418, fut appelé peu d'années après à remplir les fonctions de procureur général près la chambre du conseil établie à Dijon par lettres patentes du 24 juillet 1422 (1). Il passa en 1440 à un office de maître des comptes. Voy. p. 17 et 124.

JEAN PERRIER, originaire de Mâcon, est qualifié dès 1403, conseiller et avocat du duc en la cour du parlement de Paris. Retenu conseiller du duc à Chalon en 1419, puis procureur du duc au bailliage de Dijon après Girard Vion en 1422, il fut chargé, en cette qualité, par les gens des comptes le 12 décembre 1423 d'aller prendre possession du péage de Saint-Jean-de-Losne. Il fut nommé depuis conseiller en la chambre du conseil au lieu de Guichard Ganay, le 24 juillet 1424, puis auditeur des causes d'appeaulx en 1431. Il assista comme conseiller au parlement de Dole en 1426 et à ceux de Beaune et de Saint-Laurent en 1427, 1435 et 1438, et fut de plus retenu en 1435 lieutenant du bailli et garde du scel royal commun de Mâcon. Enfin les comptes du temps nous apprennent qu'il fut chargé par le duc Philippe-le-Bon de plusieurs missions importantes, notamment près du duc de Savoie en 1428, et du comte de Clermont en 1432. Son sceau porte *une croix cantonnée de quatre arbustes ou créquiers à six branches*, sans doute *des poiriers*. Girard Perrier, sans doute frère de Jean, assista aux parlements des années 1422 et 1435; il était archidiacre et devint doyen de l'église de Mâcon. Palliot lui attribue des armes différentes de celles qui viennent d'être indiquées : *D'azur, au chevron d'or, accompagné de deux roses d'argent en chef et en pointe d'un rocher de même.* — Une famille du même nom, encore existante à Mâcon au siècle dernier, a été anoblie par une charge de secrétaire du roi dont Girard Perrier, élu en l'élection de cette ville, fut pourvu en 1675 ; elle a fourni deux autres élus : Louis et son fils Emillan, seigneur de Salencey, qui le remplaça dans cet office en 1737. — Armes : *D'azur, à un chevron d'or.*

GIRARD MARESCHAL, clerc, licencié en lois, procureur du duc au bailliage de Dijon en 1424, aux gages habituels de 40 francs, exerçait encore cet office en 1438, et y eut pour successeur Pierre Lesvoley. Il fut de plus honoré du titre de conseiller du duc. Dreux Mareschal, maître des comptes en 1409 (voy. p. 120), était sans doute de la même famille.

PIERRE LESVOLEY exerçait, dès l'année 1443, les fonctions de procureur du duc au bailliage de Dijon et les remplit jusqu'à sa mort arrivée le 13 février 1457/8.

(1) La chambre du conseil établie à Dijon en 1422 pour pourvoir à toutes les affaires du duché et du comté de Bourgogne, fut abolie et supprimée dès l'année 1431. Girard Vion, qui fut appelé à y remplir les fonctions de procureur général, eut pour successeurs dans cette charge Guillaume Bourrelier en 1427, et Pierre Lesvoley. Ces officiers avaient probablement entrée à la Chambre des comptes, comme les procureurs fiscaux près les parlements de Beaune et de Saint-Laurent, mais ils n'y occupaient qu'à titre exceptionnel; aussi, n'avons-nous pas cru les devoir comprendre, *en cette qualité*, dans la liste des officiers de cette compagnie. Guillaume Bourrelier, dont il est ici question, fut nommé en octobre 1435 *procureur général du duc en ses pays de Bourgogne et en ses parlements de Beaune, de Dole et de Saint-Laurent*, titre qui lui donnait le droit d'occuper pour le duc dans toutes les cours de la province. Il fut depuis maître des requêtes, et c'est de lui que sont issus les Bourrelier de Malpas, très connus dans la noblesse franc-comtoise et dont l'auteur de l'*Histoire des sires de Salins* a publié une longue généalogie. Mêmes armes que pour la branche restée en Bourgogne. Voy. p. 172 et 291.

On a vu à l'article de Girard Vion, en note, qu'il avait aussi été revêtu pendant quelque temps de l'office de procureur général en la chambre du conseil. Il laissa, pour seuls héritiers, sa veuve Guillemette qui se remaria avec Jean Péguillet, bourgeois de Dijon, son frère Laurent, et sa sœur Perrenotte. Le P. Gautier lui attribue les armes suivantes : *De sable, à une fasce d'argent ; au chef d'or, chargé d'une étoile du champ.*

AIMÉ BERJOUD ou BARJOT, substitut du procureur du duc au bailliage de Dijon dès l'année 1446, qualifié notaire public en 1455, remplaça Pierre Lesvoley dans son office de procureur, par lettres du dernier février 1457/8. Institué le 16 mars suivant, il assista comme procureur fiscal au parlement de l'année 1462. Voyez la notice de sa famille à l'article de son petit-fils Claude Barjot, maître des comptes en 1516, p. 140.

JEAN JOLY, licencié en lois, conseiller du duc, remplaça Aimé Berjoud dans l'office de procureur du duc, entre les années 1462 et 1469, et l'exerça jusqu'à sa mort arrivée le 29 août 1473. Voy. p. 62, la notice de sa famille (1).

GUILLAUME CHEVAL, secrétaire du duc Charles, son conseiller et son procureur au bailliage de Dijon, fut pourvu de ce dernier office après la mort de Jean Joly en 1473, et y fut maintenu après la réunion du duché à la couronne (2). Le roi Louis XI le nomma depuis son conseiller et maître des requêtes de son hôtel, et il porta, en outre, comme on le voit dès l'année 1479 par les comptes des receveurs, le titre nouveau de *procureur général du roi sur le fait de ses domaine et finances* dans le duché et le comté de Bourgogne. Il touchait en cette qualité 60 livres de gages (3), outre les 40 livres qui étaient attachées d'ancienneté à l'office de procureur du duc au bailliage de Dijon (4). Déchargé en novembre 1483 de ce

(1) Le P. Gautier donne pour successeur à Jean Joly dans la charge de procureur du duc à la Chambre des comptes, Jean Le Maire, seigneur de la Bondue. C'est une erreur : Jean Le Maire était *procureur général du duc, puis du roi dans ses pays de Bourgogne.* Ce titre, dont Guillaume Bourrelier avait été honoré avant lui, comme on l'a vu plus haut, p. 383, en note, lui donnait du reste le droit d'entrer à la Chambre des comptes, comme il le fit le 2 décembre 1483, pour former opposition à certaines aliénations du domaine.

(2) Lettres patentes du 24 novembre 1477 en vertu desquelles Guillaume Cheval prêta un nouveau serment à la Chambre des comptes le 12 décembre suivant.

(3) En 1485 les gages de Guillaume Cheval comme procureur général du roi sur le fait de ses domaine et finances furent assignés sur le produit des amendes qui seraient adjugées à sa poursuite ou à celle de ses commis et substituts dans les divers cours de l'auditoire du bailliage de Dijon, à l'exception des amendes adjugées par les gens des comptes, lesquelles furent réservées pour être appliquées aux affaires de la Chambre. Dans le cas où les amendes désignées pour son assignal n'atteindraient pas la somme de 60 livres, il fut ordonné qu'il toucherait seulement la moitié de leur produit.

(4) C'est en cette qualité qu'au mois de mai 1482 il entra deux fois à la Chambre des comptes pour protester contre certaines aliénations du domaine faites par le roi Louis XI en faveur des religieux de Pontigny et de Saint-Claude, et des doyen et chapitre de Notre-Dame-de-Cléry.

dernier office dont le roi fit don à Huguenin de Bregilles, il y fut rétabli en 1485, et il continua de l'exercer jusqu'à sa mort arrivée en 1508. Il y avait alors plusieurs années qu'il n'exerçait plus celui de procureur général sur le fait du domaine et des finances, ces fonctions ayant été définitivement séparées de celles du procureur fiscal au bailliage pour former un office distinct, dont le premier titulaire fut Jean Verne, nommé en février 1497/8.

Comme il est impossible d'établir un lien régulier de filiation et de parenté entre les diverses personnes du nom de Cheval qui figurent dans les actes des XIV° et XV° siècles, nous nous bornerons à les mentionner suivant l'ordre chronologique :

Pierre Cheval, bailli de Valois et Beaumont en 1399, recteur et gouverneur de la justice du pays et duché de Luxembourg en 1402, dont le sceau appendu à un acte de 1406 porte un écu *de... au cheval cabré de...* ; — Jean, arbalestrier en garnison au château de Montcenis en 1430 ; — Pierre, héraut d'armes, dit Touraine, en 1489 ; — Oudot, notaire à Dijon en 1470, et son fils Guillaume, aussi notaire, puis procureur général, qui donne lieu à cet article et paraît n'avoir laissé qu'une fille dont nous ignorons l'alliance. On trouve après lui Robert Cheval, bourgeois et échevin de Beaune en 1480 et 1481, qui fonda en 1505 une chapelle dans l'église Saint-Pierre de la même ville, pour être le lieu de sa sépulture et de celle de sa famille. Il avait épousé Jeanne Perreau dont il eut plusieurs enfants, savoir : Claude, chanoine de Beaune, qui figure dans l'acte de 1505, Perrette-Marie-Anne, femme de Pierre Chappet, et de plus, très probablement : Jean, aussi chanoine de Beaune, Pernette, femme de N. Fevre, bourgeois, et Anne, femme de Bénigne Ythier, mayeur de Beaune (1).

I. Humbert Cheval, à partir de qui la filiation de cette famille est régulièrement établie, habitait Perrecy, en Charollais, à la fin du XVI° siècle, et fonda, avec sa femme, Pierrette Janvier, un anniversaire en l'église de ce lieu. Il fut père de Prudent.

II. Prudent, seigneur de Beaudésir en Charollais, avocat en parlement, lieutenant criminel au bailliage de Montcenis, épousa en 1597 Pierrette, fille de Claude Berthault, sieur de la Vesvre, vierg antique d'Autun, et de Charlotte de Bessey ; il en eut : 1° Pierre qui suit ; 2° Philibert, religieux à Saint-Symphorien d'Autun ; 3° Charlotte, mariée en 1626 avec Charles de Berger, écuyer, seigneur de Vaux, gendarme de la garde du roi ; 4° Guillemette, peut-être mariée à Jean Picornot, lieutenant criminel à Montcenis.

III. Pierre, prévôt et lieutenant de police de la châtellenie de Montcenis, épousa, le 6 décembre 1621, Antoinette, fille de Jean Pelletier et de Cécile Monnot ; il eut : 1° Philibert qui suit ; 2° André, curé de Torcy et Montcenis en 1669 ; 3° Cécile,

---

(1) C'est une supposition du P. Gautier qui a emprunté les noms de Jeanne..., femme de Robert Cheval, et ceux de Jean, Pernette et Anne, à une inscription très mutilée posée contre un pilier de la chapelle Saint-Jacques et Saint-Philippe en l'église Saint-Pierre de Beaune. Il ajoute que cette inscription porte en tête deux écussons qui ne peuvent être que ceux de Robert et de sa femme ; le premier, celui du mari : *d'or, au chevron de sable, accompagné de trois croissants d'argent* ; le second : *d'or, à trois épis de.....*

mariée à Etienne Humeau, greffier en chef des juges consuls à Autun ; 4° Etiennette, femme de Philibert Pernot, avocat ; 5° Jeanne, femme de Claude Rey, avocat, et deux filles non mariées.

IV. Philibert, bailli et juge de police en la baronnie de Montcenis, avocat en parlement, épousa, le 5 décembre 1671, Claudine, fille de Jacquet Durand, avocat du roi aux bailliage et chancellerie de Montcenis, et de Madeleine Lefort ; il en eut : 1° André qui suit ; 2° Thérèse, religieuse à Saint-Jean-le-Grand d'Autun.

V. André, receveur au grenier à sel de Montcenis, avocat en parlement, vierg d'Autun de 1713 à 1723 et de 1736 à 1740, secrétaire du roi près le parlement de Metz, obtint, en 1725, l'autorisation de changer son nom en celui de Fontenay que ses descendants portent encore seul aujourd'hui. Il épousa, en premières noces par contrat du 21 janvier 1703, Marguerite Charleut, fille de Charles, juge de la châtellenie royale de Couches, et de Françoise Narjollet ; en deuxièmes noces, l'an 1731, Pierrette, fille d'Antoine Machereau et de Simonne Lebaut. Du premier lit suivent : 1° Lazare qui suit ; 2° Jean-Baptiste, bachelier de Sorbonne, prévôt de Mazaugey en l'église cathédrale de Chartres, chanoine en celle d'Autun, etc. ; 3° Charles-Lazare, dit de Marangé, capitaine au régiment de Soissonnais, chevalier de Saint-Louis, commandant d'Arles en Roussillon, marié à Denise Rabyot du Seuil, veuve de François Cochet, seigneur de Trélague, chevalier d'honneur de madame de France ; 4° André, dit de Marigny, lieutenant au régiment de Soissonnais-infanterie, mort à Huningue en 1730 ; 5° François-Etienne, prieur de Droiteval en Lorraine, ordre de Cîteaux ; 6° Claire-Thérèse, visitandine à Beaune. Du deuxième lit sont issus : 7° Anne-Paul qui fit branche ; 8° Jean-Eléonore, capitaine au régiment de Soissonnais, puis en celui des Recrues des colonies, chevalier de Saint-Louis, marié à Antoinette, fille de Pierre Garchery, avocat et procureur du roi au bailliage de Montcenis, et de Françoise Venot ; 9° Anne-Reine-Hectorine-Charlotte, sans alliance.

VI. Lazare, écuyer, seigneur de Chevanes, receveur des impositions des bailliages d'Autun, Montcenis et Bourbon-Lancy, épousa, le 2 avril 1739, Marie-Huguette, fille de Sébastien de Lagoutte et de Pierrette de Montandé ; il en eut, outre deux filles mortes en bas âge : 1° Marie-Madeleine-Jacqueline, ursuline à Autun ; 2° Marc-Antoine-Charles qui suit ; 3° André-Etienne, docteur de Sorbonne, chanoine d'Autun, vicaire général de Chartres, prieur de Saint-Malo, de Dinan, de Droiteval, etc.

VII. Marc-Antoine, écuyer, trésorier particulier des États de Bourgogne au département des bailliages d'Autun, Montcenis, Bourbon-Lancy et Saulieu en partie, épousa en 1777 Anne-Pierrette de Cercy, fille de François de Cercy de Chevigny et de Christine Bouley, et veuve de Claude Dubled, conseiller aux bailliage et chancellerie de Saulieu. Sa descendance subsiste ; elle est aujourd'hui séparée en deux branches.

Branche des seigneurs de Sommant. — VI. Anne-Paul, écuyer, seigneur de Sommant, Noiron, Prangey, Souvert, mousquetaire du roi, lieutenant général aux bailliage, chancellerie et présidial d'Autun, fut député suppléant de la noblesse du même bailliage aux États généraux de 1789. De son premier mariage contracté en 1760 avec Claude, fille de Claude Mollerat, écuyer, seigneur de Meuilley, vint une fille, Claude-Pierrette, mariée en 1781 avec Edme-Barthélemy, comte de Foudras, capitaine au régiment de Forez, chevalier de Saint-Louis. Marié en deuxièmes noces, en 1769, avec Antoinette Dareste de Mazier, il en eut deux fils : Jean-Paul-Andoche et Anne-Louis-Gabriel, ce dernier, dont la postérité subsiste, créé vicomte par Charles X, et deux filles, Geneviève-Charlotte-Pauline et Hortense-Antoinette-Ludivine, la première, mariée à Léonard Berthault de Noiron, officier au régiment d'Artois, chevalier de Saint-Louis, la seconde, femme de François-Clément, comte de Rochefort. — Armes : *D'azur, au cheval passant d'argent; au chef cousu de gueules, chargé de trois étoiles d'or.*

§ II. — PROCUREURS DU ROI ET PROCUREURS GÉNÉRAUX
A LA CHAMBRE DES COMPTES

JEAN VERNE, secrétaire du roi et son *procureur sur le fait de ses domaine et finances en la Chambre de ses comptes à Dijon,* fut institué le 8 février 1497/8 en ce dernier office qui venait d'être créé en sa faveur par le roi Charles VIII et dont il prit possession, lit-on dans un ancien registre de réception d'officiers, *par la tradition du papier des causes* de la Chambre. Les gages qui lui furent assignés en cette qualité étaient de 20 livres par an. Confirmé par Louis XII, il fut nommé le 24 juin 1499 procureur de la ville et commune de Dijon, et passa enfin en 1508 à l'office de procureur du roi au bailliage de la même ville, au lieu de Guillaume Cheval. Voyez la notice de sa famille, p. 294. Il portait, d'après le P. Gautier : *D'argent, à une aulne de sinople.* Ces armes sont figurées sur le jeton du premier majorat de Jacques Laverne, vicomte-mayeur de Dijon en 1566. Elles sont également attribuées par Palliot à Bénigne Laverne qui fut pourvu en 1573 d'un office de conseiller au parlement, sur la résignation de son cousin Bénigne Laverne, seigneur d'Athée, passé président. Ce Bénigne Laverne était fils de Jacques Laverne, avocat, et de Jeanne Berbisey, et il laissa, de son mariage avec Françoise Grostet, deux filles, dont l'une, Michelle, mariée à Jean de Sorge, écuyer.

GUILLAUME GODARD fut installé le 10 août 1499 dans l'office de procureur du roi sur le fait des domaine et finances en remplacement de Jean Verne, et il l'exerçait encore le dernier octobre 1506, jour où il fut chargé par les gens des comptes de mander au grand bureau Edme Julien, lieutenant de Philippe Baudot, gouverneur de la chancellerie, récemment décédé, pour y apporter les sceaux du duché. Il mourut en 1507 et fut remplacé par Jean Boisot. Le P. Gautier lui attribue les armes d'une famille Godard, de Semur, dont la notice est insérée, p. 351. Ajoutons qu'on le trouve qualifié secrétaire du roi dans le registre des causes de la Chambre des comptes en 1500, et qu'il s'était rendu adjudicataire, en 1498, avec Jean Ythier, de la clergie de la chancellerie du duché de Bourgogne au siége de Dijon.

JEAN BOISOT, solliciteur général des causes du roi au parlement et à la Chambre des comptes depuis 1505, fut pourvu le 9 juillet 1507 de l'office de procureur du roi à la Chambre des comptes et sur le fait de ses domaine et finances, au lieu de Guillaume Godard, et prêta serment en cette qualité le 30 septembre suivant. Son nom figure plusieurs fois sur les registres de la Chambre, notamment à l'occasion de l'opposition qu'il forma en 1518 à l'enterrinement des lettres patentes obtenues par la duchesse de Longueville pour entrer en possession des seigneuries de Montcenis, Villaines, Salmaise et Montbard; enfin, on le trouve qualifié de secrétaire du roi dans plusieurs actes du temps. Il mourut en 1518 ou 1519, ne laissant, de son mariage avec Jeannotte Panez, que deux filles, Bénigne et Madeleine, mariées, la première à Claude Cuytet, qui lui succéda dans son office de procureur du roi, la seconde à Jean de Masières, homme de guerre de la morte-paye de Talant en 1522. Le P. Gautier lui attribue les armes suivantes qui ont été relevées au siècle dernier par la famille Maulbon d'Arbaumont : *D'azur, au chevron d'or, accompagné de trois croissants d'argent, celui de la pointe surmonté d'un hêtre de sinople.*

La filiation de cette famille est établie depuis :

I. Jean Boisot qui habitait Dijon dès la fin du XIVᵉ siècle, et eut, entre autres enfants : 1° Jacot qui suit (1) ; 2° très probablement Guillaume, notaire juré de la cour du duc en 1436, qui rendit les comptes de la Perrière pour 1433 et 1434, comme procureur du châtelain.

II. Jacot, clerc, coadjuteur de Philibert Musnier, dit Jossequin, tabellion à Dijon pour le duc de Bourgogne, appliqua en cette qualité, en 1418, son seing à un duplicata du contrat de mariage de Charles de Bourbon avec Agnès, fille du duc Jean-sans-Peur. Il figure comme notaire juré de la cour du duc de Bourgogne et aussi comme tabellion de la cour de Langres, dans un grand nombre d'actes dont quelques-uns ont été relevés par D. Plancher, Palliot et le P. Gautier. Il mourut en 1471, ayant eu deux femmes : Etiennotte, fille de Guiot de Veseul, et Guillemette Cleron. Il laissa plusieurs enfants, parmi lesquels nous citerons : 1° Jean, notaire à Dijon et sans doute père de Jean, dit le jeune, aussi notaire, puis procureur du roi à la Chambre des comptes, qui donne lieu à cet article ; 2° Perrenot, notaire ; 3° Viennot qui suit ; 4° et probablement Hugues, auteur d'une branche établie à Seurre (2).

(1) On trouve en outre un Jean Boisot qui figure comme écuyer de cuisine, avec Vermonnet de Méry, Jean Curiel et Raoulet Malpoivre, dans un état des officiers du duc Jean-sans-Peur, de service et quartier en 1409.

(2) Hugues Boisot, chef de cette branche et fils de Jacot, d'après le P. Gautier, habitait Seurre en 1451. Il fit légitimer en cette même année son fils André, dont la veuve figure dans les rôles de feux de la ville de Seurre en 1475, et le fils Claude en 1490. Cette branche était représentée au XVIIᵉ siècle par Pierre Boisot, grenetier au grenier à sel de Seurre en 1633, et frère de noble Jean-Baptiste Boisot, commissaire ordinaire des guerres, demeurant à Nuits en 1654. Le

III. Viennot, qualifié marchand et notaire à Dijon, mourut en 1498; il avait épousé en premières noces Antoinette de Bregilles, fille de Guillaume, bourgeois de Dijon et portier de la Chambre des comptes, et en secondes noces Antoinette La Bouquet, alias, de la Deuze (1), qui survécut à son mari et dont l'anniversaire se célébrait encore, ainsi que celui de ce dernier, à Saint-Médard de Dijon leur paroisse, au commencement du XVIIIe siècle. On voit, en outre, par plusieurs documents conservés aux archives de Mons et à la bibliothèque de Bourgogne à Bruxelles, que ce même Viennot Boisot fut fruitier du parc de cette dernière ville, et que plusieurs de ses enfants firent souche aux Pays-Bas. Il avait eu du premier lit : 1° N., mariée à Louis Cocquilet, sommelier de l'empereur Charles-Quint ; 2° Didier, auteur d'une première branche établie aux Pays-Bas ; 3° Pierre, auteur d'une seconde branche, également établie en Belgique ; 4° Jean, marié à Catherine Vanoverbeck et père d'Adrien, qui eut, de Françoise Coudenhove, une fille, Adrienne, mariée à François Godin, secrétaire du conseil de Malines. Du second lit, Viennot Boisot ne paraît avoir eu qu'un fils, Etienne qui suit.

IV. Etienne, marchand à Dijon comme son père, mourut en 1563 ayant eu trois femmes : Huguette Bobin, fille de Philippe, huissier au parlement de Dijon en 1483, et d'Isabeau Gentilhomme, Hélène Gueneaul et Guillemette Sarrazin ; nous le croyons père de Jean Boisot, auteur d'une branche établie à Saint-Jean-de-Losne, dont on trouvera la filiation plus loin.

Première branche établie aux Pays-Bas. -- IV. Didier, receveur de la ville de Malines, maître de la chambre aux deniers de Philippe-le-Beau, trésorier de Marguerite d'Autriche, mourut à Malines en 1544, âgé de 79 ans. De son mariage avec Jeanne Salomé, de Dijon, vinrent plusieurs enfants, entre autres : 1° Marie, femme de Guillaume Pensant ; 2° Charles qui suit ; 3° Jean, chanoine.

V. Charles, chevalier, conseiller au grand conseil, puis aux conseils d'Etat et privé de Charles-Quint en 1538, passa peu après à la présidence du conseil supérieur des Pays-Bas à Madrid, et mourut en 1546 ; il avait épousé Marguerite, fille de Jean-Baptiste de la Tour de Tassis, chevalier, chambellan de l'empereur Maximilien et de Christine de Wachtendoncq, de qui vinrent : 1° Christine, femme de Pierre de Par ; 2° Jean-Baptiste ; 3° Charles qui suit ; 4° Guillan, qui épousa Anne de Roye.

VI. Charles, chevalier, comte du Saint-Empire, conseiller et maître des requêtes au conseil d'Etat en 1579, épousa Adrienne, fille de Jacques de la Torre, chevalier, secrétaire du même conseil, et d'Adrienne de Cock Van Opinen ; il en eut : 1° Jacques, capitaine, marié à sa cousine Jossine Maes ; 2° Adrienne-Isabelle,

---

fils unique de Pierre, Jean-Baptiste, lui succéda dans sa charge de grenetier en 1665; il avait épousé Marie Noirot dont il n'eut qu'une fille, morte sans alliance. D'après la déclaration de sa veuve lors de la recherche des armoiries en 1696, il portait : *De gueules, à trois pals d'or et un chef cousu d'azur, chargé de trois besans d'argent 2 et 1.* On remarquera la ressemblance de ces armes avec celles des descendants de Viennot Boisot, décrites plus loin.

(1) Famille originaire de Magny-Lambert, où Girard La Boquet habitait en 1397. Antoine et Oudot Labouquet, frères, furent anoblis en mars 1486/7 ; ils étaient fils de Luquot Labouquet ou Labouquet, fruitier de la duchesse Marguerite de Flandre, lequel, dès l'année 1404, avait été exempté par le duc de tous subsides à Dijon pendant six ans. Antoine était écuyer de cuisine de la duchesse en 1429, du duc en 1435.

femme de François de la Torre, son cousin germain ; 3° Marguerite, qui épousa Mathieu de Urquina, écuyer.

Seconde branche établie aux Pays-Bas. — IV. Pierre, écuyer, trésorier et maître de la chambre aux deniers de l'empereur Charles-Quint, maître des comptes de Brabant, épousa en premières noces Gillette, fille de Philippe de Pretz, seigneur de Siply, et d'Antoinette de la Viesville, en secondes noces Barbe Crykency, qui fut inhumée en l'église du Sablon à Bruxelles, où l'on voit encore sa tombe ornée de ses armes et de celles de son mari. Du premier lit vinrent : 1° Pierre qui suit ; 2° Catherine, femme de Charles de Tisnacq, chevalier, avocat fiscal, puis président du conseil privé, et enfin trésorier de l'ordre de la Toison d'Or, après Pierre Boisot, son beau-frère, dont l'article suit ; 3° Adrienne, mariée à Jean Dumay, écuyer, d'une famille qui a fourni plusieurs officiers au parlement de Bourgogne ; du second lit : 4° Jean ; 5° Marie, qui épousa Arnould de Jeudes, écuyer, seigneu de Hardinxfelt, châtelain de Lovestein, et dont la fille Barbe fut mariée à Amand de Hornes.

V. Pierre, chevalier, seigneur de Huysinghe et Rouha, trésorier général des finances et de l'ordre de la Toison d'Or, mort en 1561, avait épousé Louise, fille de Simon de Tisnacq, chevalier, écuyer de la reine douairière de Hongrie, et de Marie Van Thielt. De ce mariage sont issus : 1° Marie, qui épousa Nicolas Micault, chevalier, seigneur d'Andebelde, conseiller au conseil privé, fils de Jean, chevalier, trésorier de l'ordre de la Toison-d'Or, et fut inhumée avec son mari à Sainte-Gudule de Bruxelles, en la chapelle du Saint-Sacrement-des-Miracles où sa tombe existe encore ; 2° Charles, chevalier, amiral de Zélande, marié à Marie de Fonseca et mort en 1575 ; 3° Louise, femme de Léonard de la Tour, baron de Tassis et du Saint-Empire, gentilhomme de la Chambre de l'empereur Rodolphe II, général des postes, etc., etc. ; 4° Julienne, qui épousa Jacques Taye, chevalier, bourgmestre de Bruxelles ; 5° Jeanne, mariée à David de Walckenstein ; 6° Louis, chevalier, amiral des Etats de Hollande, marié à Louise-Marguerite, fille d'Arnould Vanderdorpen ; il prit une grande part à la guerre de l'indépendance des Provinces-Unies, et détermina, par le concours de la flotte des gueux de mer dont il avait le commandement, la prise de Middelbourg et la levée du siége de Leyde en 1574. Il périt dans un combat le 15 juin 1576.

Ces deux branches de la famille Boisot portaient, comme Viennot Boisot, leur auteur commun : *De sable, à trois annelets d'argent, posés 2 et 1 ; au chef d'or, au pal de trois pièces d'azur.* Le dernier de ce nom en Belgique, Charles Boisot, théologien, mourut le 27 août 1636.

Branche établie à Saint-Jean-de-Losne. — V. Jean Boisot, sans doute fils d'Etienne, substitut du procureur du roi au siége de Saint-Jean-de-Losne, fut pourvu, par lettres du 28 septembre 1581, de l'office de contrôleur du grenier à sel de la même ville. Il mourut en 1593, laissant : 1° Antoine qui suit, et très probablement : 2° Jean, procureur syndic et receveur de la ville en 1591, et 3° Etienne, qualifié marchand en 1608, marié à Jeanne Dumay.

VI. Antoine, pourvu le 21 juillet 1595 de l'office de contrôleur au grenier à sel de Saint-Jean-de-Losne, vacant par la mort de son père, fut plusieurs fois nommé échevin de la même ville et la représenta comme député aux États de la province en 1608 et 1618 (1). Il mourut en 1636, un an après avoir partagé ses biens entre les enfants qu'il avait eus de son mariage avec Denise Cholin, savoir : 1° Pierre qui suit ; 2° Antoine, procureur, échevin de Saint-Jean-de-Losne, d'abord procureur fiscal, puis bailli des terres dépendantes de l'abbaye de Cîteaux, par lettres du 19 mars 1654 ; il épousa Pierrette Pelletier, de la même famille que Jean Pelletier, procureur du roi au bailliage lors du siége de 1636, et en eut plusieurs enfants, parmi lesquels nous citerons Michelle, femme d'Alphonse de Montherot, avocat à la cour, de la famille des Montherot de Beligneux ; 3° Jacob, qui quitta le pays en 1635 après avoir vendu sa part héréditaire à son frère aîné Pierre Boisot ; 4° François, bourgeois de Saint-Jean-de-Losne, marié à Elisabeth Nivelet, et mort sans postérité ; 5° et probablement Marguerite, femme de Pierre Lapre, procureur syndic de Saint-Jean-de-Losne, échevin lors du siége de 1636, dont la fille Antoinette épousa Claude Joliclerc, contrôleur au grenier à sel.

VII. Pierre, procureur au bailliage de Saint-Jean-de-Losne, greffier de la châtellenie de Brazey, épousa, vers 1623, Françoise Michelot, dont il eut un grand nombre d'enfants ; la plupart d'entre eux paraissent être morts jeunes ou sans alliances ; nous nous bornerons à citer : 1° Jean qui suit ; 2° Antoine, porte-caban du roi Louis XIV, qui laissa des enfants.

VIII. Jean, échevin de Saint-Jean-de-Losne, né le 13 avril 1630, épousa Geneviève Desgranges, fille de Claude et de Suzanne Vaudrey, d'une famille alliée aux Charpy, Vorvelle, Normand, Bouhier, Desvarennes, etc., etc. ; il mourut en 1695, ayant eu sept enfants, dont : 1° Elisabeth, mariée en 1684 à Pierre Marmet ; 2° Jean qui suit ; 3° Marie, femme de Hugues Petit, chirurgien ; 4° Bénigne, qui épousa en 1694 Nicolas Darcier ; 5° Antoine, greffier de la mairie de Saint-Jean-de-Losne, non marié.

IX. Jean, notaire et procureur, procureur syndic de Saint-Jean-de-Losne, procureur du roi au grenier à sel de la même ville, par commissions des années 1696 1713 et 1726, avait épousé, le 14 juillet 1692, Claudine Gauthier, dont il eut : 1° Jean-Nicolas qui suit ; 2° Thérèse, morte sans alliance. L'*Armorial* de 1696 lui attribue les armes suivantes : *D'azur, à un mont d'or, surmonté d'un chêne d'argent.*

X. Jean-Nicolas, né en septembre 1695, avocat au parlement de Bourgogne, professeur en l'Université de Dijon, par provisions du 24 avril 1745, et directeur de l'hôpital de la même ville, épousa, le 27 avril 1722, Jeanne-Marie, fille de Gilbert Michel, écuyer, scelleur héréditaire en la chancellerie du parlement de Bourgogne, et de Pierrette Camus. Il mourut le 11 janvier 1762 laissant quatre enfants : 1° Pierrette, mariée à Henry Maulbon d'Arbaumont, trésorier de France ; 2° Claudine, morte sans alliance ; 3° Louis qui suit ; 4° Claude, chanoine de la cathédrale de Dijon.

XI. Louis, avocat au parlement, procureur général au siége souverain de la table.

(1) On trouve un autre Antoine, procureur au bailliage, alcade du tiers-état en 1662.

de marbre du palais à Dijon en 1756, épousa Anne, fille de Michel Deschamps, conseiller du roi, contrôleur général des finances en Bourgogne, et de Marie Jornet. Il ne laissa qu'une fille mariée à Joseph Tardy, écuyer (1).

CLAUDE CUYTET, procureur du roi à la Chambre des comptes, fut pourvu de cet office le 21 août 1518 sur la résignation de Jean Boisot son beau-père, dont il était auparavant le substitut. Son installation est du 30 septembre suivant. On voit, par les registres de la Chambre, qu'au mois d'avril 1521, il forma une double opposition à l'enterrinement des lettres patentes obtenues par Jean de Tavannes et par Jean, seigneur de Rochefort et de Pluvault, pour l'aliénation à leur profit des terres de la Colonne et de Longeau. En cette même année 1521, il fut nommé solliciteur général des causes du roi aux parlement, chancellerie et Chambre des comptes de Bourgogne, fonctions dans lesquelles il fut confirmé par lettres du 6 janvier 1533/4, plus de huit ans après avoir résigné celles de procureur du roi en la Chambre des comptes. Il était aussi pourvu d'une charge de notaire et secrétaire du roi et c'est en cette qualité qu'il procéda en 1530, avec Guillaume Legrand, maître des comptes, à la confection du terrier de la châtellenie de Pontailler. — On trouve du même nom, à Dijon, Claude, amodiateur en 1515 du tabellionage de Rouvre, et Lazare, seigneur de Maizerotte en partie, fourrier des logis du ban du Dijonnais en 1562. — Armes : *De gueules, au chevron d'or ; au chef de même, chargé d'un trèfle de sable.*

GUILLAUME LE COMTE, procureur du roi, fut pourvu par lettres du 21 octobre 1523, sur la résignation de Claude Cuytet, et prêta serment le 7 novembre suivant. Son nom figure dans les comptes du receveur au chapitre des gages jusqu'en 1536, époque où il fut remplacé par Nicolas Morelot. Il était, en outre, revêtu depuis le 23 juillet 1515 de l'office de concierge de la Chambre des comptes, et on le trouve qualifié secrétaire du roi en 1535. Il avait épousé Philiberte Ythier. Le P. Gautier lui attribue les armes suivantes : *D'azur, au chevron d'argent, accompagné de trois roses de même.*

NICOLAS MORELOT, procureur du roi, succéda à Guillaume Le Comte en 1536, comme on le voit par les comptes du receveur ; c'est aussi ce qui résulte des lettres de provisions données à son successeur en 1576, où on lit qu'il avait exercé l'office de procureur du roi pendant quarante ans. Confirmé dans cet office par Henri II

(1) Labbey de Billy a publié dans son *Histoire de l'Université de Besançon* la généalogie d'une branche de la même famille Boisot, anciennement établie au comté de Bourgogne et éteinte au siècle dernier dans les Chapuis de Rosières; elle portait : *D'or, à trois tourteaux de gueules.* Elle a fourni plusieurs officiers au parlement de Besançon, entre autres deux premiers présidents, Gabriel et son fils Jean-Antoine, tous deux barons de Vaire, en 1702 et 1714. Le représentant le plus éminent de cette branche, Jean-Baptiste, abbé de Saint-Vincent de Besançon, s'est fait connaître au XVIIe siècle par sa profonde érudition qui lui attira l'estime de tous les savants illustres de son temps. Il portait les mêmes armes que les Boisot de Belgique : *De sable, à trois annelets d'argent, et un chef d'or, chargé de trois pals d'azur.*

le 8 janvier 1547/8, il le résigna en 1576 au profit de son neveu Jean de Pringles, en se réservant la survivance, et mourut le 26 mai de la même année.

Cette famille qui, d'après le P. Gautier, avait tenu un rang distingué sous les ducs, remonte, par filiation régulièrement établie, jusqu'à :

I. Jacob Morelot, écuyer, homme d'armes sous Philippe-le-Bon et Charles-le-Téméraire. Pour le récompenser de ses services, le duc Charles lui fit don de l'office de châtelain de Brazey, dont la possession lui fut confirmée par le roi Louis XI, et que ses descendants remplirent pendant plusieurs générations ; il eut pour fils Viennot qui suit.

II. Viennot, écuyer, homme d'armes au service de Charles VIII, succéda à son père en 1510 dans l'office de châtelain de Brazey ; il laissa trois fils et une fille, savoir : 1° Jacob, qui prit le parti des armes, servit en Italie, suivit à Naples Jean de Saulx, seigneur d'Arc-sur-Tille, et mourut sans postérité ; 2° Nicolas, châtelain de Brazey après son père, par lettres du 27 mars 1533/4, procureur du roi à la Chambre des comptes en 1536 ; c'est lui qui donne lieu à cet article ; il ne laissa point d'enfants de son mariage avec Jeanne Mangeard, dont l'héritier universel fut François Bryet, conseiller au parlement ; 3° Antoine qui suit ; 4° Jeanne, mariée à Jean de Pringles.

III. Antoine, écuyer, homme d'armes dans la compagnie du comte de Charny, et châtelain de Brazey, sur résignation de son frère Nicolas en 1562, laissa deux enfants : 1° Antoine, écuyer, qui prit le parti des armes et fut tué à la bataille de Coutras ; 2° Nicolas qui suit.

IV. Nicolas, écuyer, pourvu de l'office de châtelain de Brazey en 1588, épousa Jeanne Beaufey, dont il eut Claude qui suit.

V. Claude, écuyer, fut nommé châtelain de Brazey en 1628. Lors du siége de Saint-Jean-de-Losne en 1636, il se jeta dans cette place et reçut plusieurs blessures en prenant part à l'héroïque résistance qui en immortalisa les habitants. Il avait épousé, en 1633, Marguerite de Balofert, dont il eut un fils, Jacques, qui suit, et trois filles dont deux entrèrent aux Ursulines de Saint-Jean-de-Losne.

VI. Jacques, écuyer, châtelain de Brazey après son père, mourut sans laisser de postérité. Sa sœur Marie, unique héritière de cette famille, épousa Gabin Beruchot, avocat au parlement, dont le fils Jean et le petit-fils Gérard, exercèrent la même profession. — Armes : De... à deux fers de lance renversés de... surmontés d'une étoile de... (1).

JEAN DE PRINGLES fut pourvu de l'office de procureur général (2) sur la résignation en survivance de Nicolas Morelot, son oncle, par lettres du 16 février 1576

(1) Ce sont les armoiries que Jean de Pringles, procureur du roi à la Chambre des comptes, fit graver sur la tombe de Jeanne Morelot sa mère. D'après le P. Gautier, ces armoiries étaient placées au côté gauche de la tombe et répétées dans un écu parti de : de Pringles et de Morelot. Il ajoute qu'on voyait sur un banc de l'église de Brazey, appartenant à la même famille Morelot des armoiries différentes qu'il blasonne ainsi : De..... à un more de sable, bandé et accolé d'argent, tenant une massue appuyée sur le bras droit ; au chef de..... chargé de trois roses.

(2) C'est la première fois que le titre de procureur général paraît dans les lettres de provisions ou de confirmation enregistrées par la Chambre des comptes. On le trouve néanmoins attribué dans divers actes à Nicolas Morelot dès l'année 1550.

qui lui furent accordées, y est-il dit « pour la bonne nourriture qu'il a eue ez lettres et faict de finance où il est très bien institué et qualifié. » Reçu le 3 avril suivant, il résigna en 1620 en faveur de son fils Lazare, et mourut le 4 mars 1629. On a de lui un commentaire de la coutume de Bourgogne et plusieurs autres ouvrages manuscrits de jurisprudence et de généalogie. Voy. p. 222.

LAZARE DE PRINGLES, procureur général sur la résignation de son père, fut pourvu le 11 septembre 1620, et reçu le 24 mai de l'année suivante. Il résigna en 1629 en faveur de François Saumaise.

FRANÇOIS SAUMAISE, seigneur de Nanteuil et de Chazans, procureur général, fut pourvu le 16 mai 1629, sur la résignation de Lazare de Pringles, et reçu le 8 août suivant. Il résigna en 1644 en faveur de François Garnier. Voy. p. 148.

FRANÇOIS GARNIER, procureur général sur la résignation de François Saumaise, fut pourvu le 5 février et reçu le 18 mars 1644. Il mourut au mois d'octobre 1655 et eut pour successeur Simon Nicaise. En 1646, le roi lui avait accordé une pension de six cents livres « pour reconnoistre les continuels et recommandables services » qu'il avait déjà rendus.

Phal Garnier, de Châtillon-sur-Seine, mort le 5 décembre 1643, inhumé dans le chœur de l'église Saint-Nicolas de cette ville, où était une tombe gravée à ses armes, avait épousé en avril 1602 Jeanne Morel, dont il eut : 1° Pierre, qui épousa Jeanne Palliot, de Troyes, dont il eut une fille unique, Marie, femme de François Bichot-Morel, auditeur des comptes en 1657 ; 2° Huguette, mariée à Daniel Siredey, lieutenant général en la chancellerie de Châtillon ; 4° François qui suit.

François, procureur général, qui donne lieu à cet article, naquit le 18 janvier 1619. Il épousa Jeanne Farcy, native de Bresse, et ne laissa qu'une fille, Huguette, mariée à Alexandre Legrand, écuyer, seigneur de Sainte-Colombe, Malmont et Romprey. Ce dernier resté veuf, se remaria, le 24 novembre 1685, avec Elisabeth, fille de Claude Rémond, écuyer, et de Jeanne Morel, et cousine de sa première femme. Il était oncle du chancelier de France, Daniel-François Voisin. — Armes : *D'azur, au chevron d'or, accompagné en chef de deux coquilles d'argent et en pointe d'un cœur de même, surmonté de deux étoiles aussi d'argent.*

SIMON NICAISE, procureur général en remplacement de François Garnier, fut pourvu le 6 et reçu le 27 mars 1656, et il obtint, au mois d'octobre de la même année, la continuation de la pension de six cents livres dont avait joui son prédécesseur. Il mourut en 1675 et eut pour successeur Nicolas Genreau. Il avait épousé Marie, fille de Claude Rémond, lieutenant criminel au bailliage de la Montagne, et en eut, entre autres enfants, un fils, Antoine-Augustin, président aux requêtes du parlement de Besançon, qui épousa en 1703 Jeanne, fille de Jacques Le Belin, trésorier de France à Dijon. De ce mariage vinrent Simon, maître des comptes en 1729, et Marguerite, femme d'André Le Belin, aussi maître des comptes. V. p. 272.

NICOLAS GENREAU, procureur général, fut pourvu le 25 avril 1675, sur la nomination de la veuve de Simon Nicaise, son prédécesseur, tant en son nom que comme tutrice de ses enfants mineurs. Reçu le 6 août 1681, après avoir obtenu des lettres de surannation, il résigna en 1689 en faveur de Pierre Genreau, son fils. Avant d'entrer à la Chambre des comptes, il avait rempli la charge de référendaire en la chancellerie du parlement de Dijon, et on trouve à la date de 1665 l'acte de la reprise de fief par lui faite d'une portion de l'éminage de Dijon, comme mari de Bernarde Goujon, fille de Pierre, marchand à Dijon, massier de la Sainte-Chapelle, et de Marguerite Druet. Voy. p. 304.

PIERRE GENREAU, procureur général sur la résignation de son père, fut pourvu le 16 avril et reçu le 14 mai 1689 ; il mourut le 26 juin 1700, et eut pour successeur Joseph Le Bault. De son mariage avec N. Dubois, il laissait un fils, Nicolas, qui fut nommé avocat général au parlement en 1719, et épousa N. Violet de la Faye, fille de N..., gouverneur de la chancellerie. De ce mariage vinrent un fils, marié à Angoulême, une fille, morte sans alliance, et un second fils, Etienne, chanoine de la cathédrale de Dijon, prieur commendataire de Notre-Dame de Bonvaux et conseiller clerc au parlement en 1766.

JOSEPH LE BAULT, procureur général, fut pourvu le 22 août 1700, sur la nomination de la veuve de Pierre Genreau, tant en son nom que comme tutrice de ses enfants mineurs. Il avait obtenu précédemment des lettres de dispense d'âge. Reçu le 1er décembre de la même année, il résigna en 1727 en faveur de Guillaume-Elisabeth-Bénigne Bouillet. Il mourut sans laisser d'enfants. Son père, Antoine Le Bault, contrôleur général des bois et domaines en Bourgogne, décédé en 1730, avait eu un autre fils, Claude, seigneur de Gergy, commissaire aux requêtes du palais en 1694, qui épousa Anne-Claude Seurrot, de Langres ; de ce mariage vint un fils, Antoine-Jean-Gabriel, conseiller au parlement en 1728, qui fut marié deux fois, la première avec N. Gougenot d'Availles, la deuxième, le 12 janvier 1751, avec Jacqueline Burteur, sa nièce. Il ne laissa qu'une fille mariée dans la maison de Mandat. — Armes : *D'azur, au chevron d'or, accompagné de trois molettes d'éperon de même ; au chef aussi d'or, chargé de deux têtes d'aigle, arrachées de sable.*

GUILLAUME-ELISABETH-BÉNIGNE BOUILLET, seigneur d'Aiscrey et de la Bourlière, substitut du procureur général au parlement, passa à l'office de procureur général à la Chambre des comptes sur la résignation de Joseph Le Bault. Il fut pourvu le 3 juillet 1727 après avoir obtenu des lettres de dispense d'âge et de compatibilité à cause de Guillaume Bouillet, son père, qui exerçait dans le même temps l'office de receveur des tailles en l'élection de Belley. Ses lettres de provisions rappellent avec éloge ses services dans la charge de substitut, ceux de son père dans celle de secrétaire du roi en la chancellerie du parlement de Besançon, et ceux de deux de ses parents, Guillaume et Chrétien Bouillet, tous deux maîtres des comptes à Dijon. On y lit de plus que Guillaume Bouillet avait succédé dans cette charge de maître des comptes à Chrétien de Margeret, son beau-père, qui en avait été lui-même gratifié par Henri IV en récompense de ses services comme secrétaire de sa chambre et auparavant en qualité d'envoyé près les princes d'Allemagne. Reçu le 17 juillet 1727, Guillaume-Elisabeth-Bénigne Bouillet mourut en 1775 et fut remplacé par Charles-Guillaume-Philibert Bouillet d'Arlod, son neveu.

. *Famille Bouillet* (voy. p. 210 et 230). — *Branche des seigneurs d'Aiserey.* — IV. Guillaume, deuxième du nom, chef de cette branche, s'établit en Bugey, et fut pourvu en 1666 de l'office de receveur de tailles en l'élection de Belley; il avait épousé, par contrat du 9 juillet 1663, Elisabeth, fille de Guillaume Millière, seigneur d'Aiserey, maître des comptes, et de Françoise Saumaise, cousine du cardinal de Tencin. Il eut : 1° Chrétien, capitaine au régiment d'Angoumois, mort au service du roi en 1703 à Bozolo en Italie, sans laisser de postérité ; 2° Guillaume qui suit ; 3° et 4° Pétronille et Marthe, mortes sans alliances.

V. Guillaume III, seigneur d'Aiserey, par substitution de son oncle Jean-Baptiste Millière du 8 juillet 1673, succéda à son père en 1677 dans l'office de receveur des tailles à Belley. Secrétaire du roi près le parlement de Besançon et pourvu en 1691 d'une charge de conseiller maître en la cour des comptes de Savoie, il fut reçu dans le corps de la noblesse du Bugey le 1er mars 1692 et choisi pour l'un de ses officiers le 1er juillet 1699. Il avait épousé, par contrat du 26 novembre 1697, Anne, fille de Bénigne Legendre, chevalier, comte palatin, et de Marie de Lamare ; il eut de ce mariage : 1° Guillaume-Bénigne-Elisabeth, écuyer, procureur général à la Chambre des comptes, membre honoraire de l'Académie de Dijon ; c'est lui qui donne lieu à cet article ; il ne laissa pas d'enfants du mariage qu'il avait contracté le 18 mars 1731 avec Barbe-Charlotte, fille d'Antide de Migieu, marquis de Savigny, président au parlement de Dijon et veuve de Jacques-Charles Fevret, seigneur de Fontette, conseiller au même parlement ; 2° Jules, bachelier de Sorbonne, mort en 1721 au séminaire de Saint-Nicolas-du-Chardonnnet ; 3° Jean-Baptiste-Antoine, baron d'Arlod, syndic général de la noblesse du Bugey, marié le 21 avril 1731 avec Hélène de Jarcalat, mort sans postérité ; 4° Louis qui suit.

VI. Louis, écuyer, seigneur de Noiron, conseiller de la noblesse du Bugey, épousa, par contrat du 15 septembre 1741, Jacqueline-Jeanne-Marie-Thérèse, fille de Philibert d'Athose, écuyer, commissaire des guerres, de laquelle il eut un fils unique, Charles-Guillaume-Philibert, dont l'article suit.

Armes de cette branche : *Ecartelé : aux 1er et 4 d'argent, à la fasce d'azur, chargée d'une fleur de lys d'or, et accompagnée de trois têtes de léopard de sable, lampassées de gueules, qui est de Margeret ; aux 2 et 3 d'azur, à trois épis de millet d'or, qui est de Millière ; sur le tout : d'azur, au chevron d'or, accompagné de trois besants d'argent ;*

*au chef cousu de gueules, chargé d'un croissant d'argent, accosté de deux étoiles
d'or, qui est de Bouillet.*

CHARLES-GUILLAUME-PHILIBERT BOUILLET, baron d'Arlod, procureur général,
fut pourvu le 14 février 1776 sur la nomination du frère de Guillaume-Elisabeth-
Bénigne Bouillet de la Bourlière, son oncle. Il avait obtenu, à la même date, des
lettres de dispense d'âge. Reçu le 28 du même mois, il exerça son office jusqu'à la
Révolution.

CHAPITRE DIXIÈME

Substituts des gens du roi.

JEAN DESPLACES fut pourvu le 4 août 1626 de l'un des deux offices de substituts du procureur et des avocats généraux près la Chambre des comptes de Bourgogne, créés par édit du mois de juillet précédent. Reçu le 18 janvier de l'année suivante, il résigna en 1628 en faveur de Simon Lalemant, et mourut en 1631. — Sa famille, originaire d'Autun, est connue depuis Pierre et François des Places, frères, qui vivaient au XVIe siècle. François le cadet, fut marié trois fois, en troisièmes noces avec Jeanne Rollin, fille légitimée du cardinal Jean Rollin et d'Anne de Gouy ; sa descendance mâle s'éteignit à la seconde génération. Quant à Pierre, marié à Anastase, fille de Claude du Chateau, lieutenant général au bailliage d'Autun, il en eut un fils Jean qui continua la descendance.

Jean des Places, notaire apostolique en 1517, châtelain de Roussillon en 1525, épousa Jeanne de Moroges ; parmi ses nombreux enfants nous nous bornerons à citer Antoine et Louis. Antoine fut d'abord pourvu en 1540 d'un canonicat à la cathédrale d'Autun dont il se démit peu après en faveur de l'un de ses neveux et qui resta dans sa famille jusqu'à la mort de Hugues des Places en 1694. Reçu docteur en l'université de Ferrare, Antoine exerça depuis les fonctions de bailli du chapitre d'Autun, et laissa de son mariage avec Magdeleine de Souvert plusieurs enfants, entre autre Jean, conseiller au bailliage de Montcenis, qui n'eut que des filles de son mariage avec Claudine de Chevannes. Le frère d'Antoine, Louis, châtelain de Roussillon comme son père, en 1547, fut enfermé sous la Ligue comme royaliste ; il avait épousé Pernelle Garnier, petite-fille par sa mère du président de Chasseneuz. Il laissa quatre fils, Jean, chanoine, archidiacre et grand vicaire d'Autun, Pierre, échevin de la même ville, marié à Marie Labarge, Zacharie, homme d'armes dans la compagnie du maréchal de Biron, qui épousa Abigaïl Tixier, et Hugues qui continua la descendance, ayant laissé de son mariage avec Etiennette Rabyot entre autres enfants deux fils, Lazare, chanoine d'Autun, décédé en 1669 et Jean qui donne lieu à cet article.

Jean des Places, substitut du procureur général à la Chambre des comptes en 1627, fut marié deux fois, en premières noces avec Philiberte Potillon, en secondes

avec Huguette Guijon, dont il n'eut pas d'enfants. Son fils Hugues, marié en 1638
à Marguerite Couchet, fille de N. Couchet, procureur d'office en la baronnie de
Montcenis, et son petit-fils Jean, qui épousa en 1681 Etiennette de la Goutte, remplirent tous deux avec distinction pendant de longues années, les fonctions de lieutenant particulier au bailliage d'Autun. Jean se fit en outre pourvoir d'une charge
de secrétaire du roi à Dole, dont il était revêtu lors de sa mort arrivée en 1737.
L'un de ses enfants Hugues, écuyer, avait épousé en 1725 Marie fille de Jacques
Perrin, secrétaire du roi, receveur général des Etats du Charollais; il laissa trois
fils: Jacques, écuyer, gendarme de la garde, puis lieutenant de carabiniers, marié
à Jeanne Clément, fille de Jean, avocat du roi à Autun, Jean, écuyer, capitaine au
régiment d'Aquitaine, chevalier de St.-Louis, marié à Claude Bailly, ces deux premiers morts sans enfants, et enfin Charles, écuyer, qui épousa en 1769 Marie, fille
de Claude Quarré, seigneur de Monnay, président du présidial d'Autun et de Jeanne-
Baptiste Thomas; ce dernier fut enseigne, puis lieutenant au régiment d'Aquitaine
et comparut à l'assemblée de la noblesse du bailliage d'Autun en 1789; sa descendance subsiste.

La famille des Places, qui a eu d'autres alliances avec les Cortelot, des Jours,
Saulnier, Buffot de Millery, Barbotte, Broichot, de Cercy, Humbelot, Callard d'Azu,
Ducrest, etc., a joint à son nom patronymique celui de la terre de Charmasse
qu'elle possède depuis le commencement du XVIIe siècle. — Armes: *Ecartelé, au 1er
et au 4e: d'azur, au soleil d'or; au 2e et au 3e: d'argent, à une moucheture d'hermine
de sable, et une croix d'or brochant sur le tout.*

JACQUES GROZELIER fut pourvu le 4 août 1626 d'un
des offices de substituts créés au mois de juillet précédent.
Reçu le 7 juillet 1628, il résigna en 1653 en faveur de
Claude Bouillet.

Cette famille, connue depuis Ylot Grozelier qui vivait en
1285 a fourni des maires, des prévôts et des officiers au
bailliage et au grenier à sel de la ville de Beaune, d'où elle
est originaire, et de plus, elle a possédé héréditairement,
pendant plusieurs générations la charge de châtelain de
Pommard et Volnay. Alliée aux familles d'Hural, Bauchard,
de Beaumont, Brunet, Ferry, Richard, Chevignard, Lardot, Routy, etc., elle a été
anoblie en la personne de Michel Grozelier, écuyer, maître des requêtes de la reine
mère de Louis XIV, et secrétaire du roi près les chancelleries du parlement de Bourgogne et de la cour des comptes de Montpellier. Il avait épousé en 1678 Marguerite
Ganiarre, des Ganiarre de Joursenvault. Son arrière petit-fils Vivant-Etienne, écuyer, mousquetaire dans la 2me compagnie de la garde ordinaire du roi et chevalier
de St.-Louis, a été honoré en 1791 du brevet de brigadier des armées du roi. La
famille Grozelier encore existante porte: *D'azur, au chevron d'or, accompagné de
trois petits grozeliers d'argent, fruités d'or, et surmonté d'un croissant d'argent* (1).

___

(1) Jacques-Benjamin Grozelier, lieutenant civil à Beaune en 1696, portait: *D'argent, à un grozelier de sinople, fruité de gueules, au chef cousu d'or.*

SIMON LALEMANT, substitut, pourvu le 20 octobre 1628 sur la résignation de Jean Desplaces, fut reçu le 4 avril de l'année suivante. Il résigna en 1635 en faveur d'Antoine Vallot qui obtint des lettres de provisions de cet office, mais s'en démit avant réception au profit de François Jacob. Nous ne savons rien sur sa famille.

FRANÇOIS JACOB, substitut, succéda à Simon Lalemant. Pourvu le 25 janvier et reçu le 19 juillet 1636, il acheta en 1637 un office de notaire et secrétaire de la Chambre des comptes et résigna trois ans plus tard celui de substitut en faveur de Joseph Chasot. Voy. p. 242 et 252.

JOSEPH CHASOT, substitut, fut pourvu sur la résignation de François Jacob, le 4 avril et reçu le 8 mai 1640. Il résigna en 1674 en faveur de Bernard Malpoy. Même famille que Pierre Chasot, maître des comptes en 1595. (Voy. p. 189).

NICOLAS PRÉJAN fut pourvu le 20 juin 1640 de l'un des deux offices de substituts créés par édit d'avril 1640, avec dispense de résidence et faculté d'exercer toutes charges de judicature et autres. Reçu le 29 janvier 1643, il mourut en 1658 et sa veuve, Barbe Mignard nomma à son office André Préjan, qui en obtint des lettres de provisions et le résigna avant réception au profit d'André Berthier.

NICOLAS DE SIRAUDIN fut pourvu le 20 juin 1640 du second office de substitut créé au mois d'avril précédent. Reçu le 6 février 1643, son office fut adjugé sur saisie en 1653 à Gilbert de Pringles, qui, ne désirant pas s'en faire pourvoir le résigna au profit de Jean David.

Indépendamment de sa charge de substitut, Nicolas de Siraudin remplit celle de capitaine et châtelain de Cuisery. Il était né en 1616 de Jean de Siraudin, seigneur de Saint-Légier en Mâconnais, aussi capitaine et châtelain de Cuisery, et de Lucrèce de Sagie, qui furent tous deux inhumés en l'église de Saint-Vincent de Chalon. Le tombeau que leur fit élever leur fils existe encore. La famille Siraudin, ancienne à Mâcon, y a été vingt fois honorée de l'échevinage de 1603 à 1757. L'un de ses membres, Valentin, écuyer, conseiller du roi, contrôleur des guerres, mort en 1748, eut pour fils François, lieutenant en l'élection, mort en 1767, et pour petit-fils Jean-Baptiste Valentin, procureur du roi au bailliage de la même ville. Sa postérité subsiste.

Cette famille portait anciennement : *D'argent, à un daim de sable, accompagné de trois griottes de gueules*, armes qui ont été ainsi modifiées par un règlement du 9 août 1819 : *D'argent à la fasce de gueules, accompagnée en chef de trois cerises au naturel et en pointe d'un daim passant de même soutenu de sinople.*

CLAUDE BOUILLET, substitut, pourvu sur la résignation de Jacques Grozelier, le 24 février, reçu le 14 mars 1653, résigna en 1674 en faveur d'Etienne Changenet. Voy. l'article de sa famille p. 210.

Jean DAVID, substitut, successeur de Nicolas de Siraudin, fut pourvu le 26 janvier et reçu le 5 avril 1653. Il mourut en 1672 et eut pour successeur Charles Gillet. Ses armoiries sont ainsi blasonnées dans l'*Armorial* de 1696, sous le nom de Marie de Laloge, sa veuve : *D'azur, à une harpe d'or, accompagnée de trois grelots de même et accostée de deux cailles aussi d'or.* Ce sont, sauf *les cailles*, les mêmes que celles de Hugues David, docteur de Sorbonne, doyen de l'église d'Andoche de Saulieu et conseiller clerc au parlement en 1696.

André BERTHIER, substitut, succéda à Nicolas Préjan. Pourvu le 12 et reçu le 28 novembre 1658, il résigna en 1680 au profit de Toussaint Bounard. — Etienne Berthier, chanoine de l'église collégiale de Saint-Denis de Nuits, en 1696, portait : *D'azur, à un aigle d'or, becqué et membré de gueules, chargé sur l'estomac d'un écusson du champ, surchargé de trois perdrix d'or.*

Charles GILLET fut pourvu le 16 avril 1673 de l'office de substitut vacant par le décès de Jean David. Reçu le 2 mai de la même année, il résigna en 1713 au profit de Jean-Louis Gillet, son fils. L'*Armorial* de 1696 lui attribue les armes suivantes : *D'argent, à une croix à double traverse et tréflée de sable, soutenue d'un cœur de même, et un chef de gueules, chargé de trois quintefeuilles d'or.*

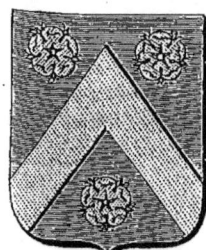

Etienne CHANGENET, substitut, fut pourvu sur la nomination de Claude Bouillet, le 1er, et reçu le 14 mars 1674. Il mourut le 12 mars 1694, et fut remplacé par Philippe Sigault. Armes : *D'azur, au chevron d'or, accompagné de trois roses de même.* — Jean Changenet, secrétaire du roi en 1540, avait épousé Anne Legrand, dont il eut une fille Charlotte, mariée en 1550 avec Nicole Jehannel, docteur en droits, seigneur de Percey-le-Grand.

Bernard MALPOY, substitut, fut pourvu sur la résignation de Joseph Chasot, le 2, et reçu le 9 août 1674. Il résigna en 1682 en faveur de Jean de la Ramisse. — Ancienne famille bourgeoise de Dijon, dont une branche, anoblie par des charges de trésoriers de France au bureau des finances de cette ville, est entrée aux Etats de 1736. Voy. p. 225 la note.

Toussaint BOUNARD, substitut, fut pourvu sur la résignation d'André Berthier le 12 janvier 1680, et reçu le 3 février suivant. Il résigna en 1691 au profit de Jean Bourrelier. Nous n'avons rien pu découvrir de précis sur la famille à laquelle il appartenait; on trouve seulement les armes suivantes, décrites dans l'*Armorial* de 1696, sous le nom de Marie-Madeleine Bounard, femme de Louis Ravinet, correcteur des comptes : *De gueules, à un lion d'or; au chef cousu d'azur, chargé de trois pommes de pin d'or.*

Jean DE LA RAMISSE, substitut, fut pourvu le 19 mars 1682 sur la résignation de Bernard Malpoy. Reçu le 27 mai suivant, il mourut le 30 novembre 1699 et eut pour successeur son fils Jacques-Joseph. Ses armes sont ainsi blasonnées dans l'*Armorial* de 1696 : *De gueules, au ramier d'argent, tenant en son bec un rameau d'olivier de sinople.* Voy. p. 285.

Jean BOURRELIER, substitut, fut pourvu sur la résignation de Toussaint Bounard, le 11 juin 1691. Reçu le 3 juillet suivant, il résigna en 1699 au profit de Joseph David. Il était probablement de la même famille que Bénigne Bourlier ou Bourrelier, conseiller maître en 1571. Voy. p. 172.

Jean GARNIER fut pourvu le 18 juin 1691 de l'un des deux offices de substituts créés par édit du mois de mars précédent. Reçu le 3 juillet de la même année, il résigna en 1699 au profit de Michel de Villiers. D'après l'*Armorial* de 1696, il portait : *D'azur, au chevron d'or, accompagné en chef d'un croissant d'argent accosté de deux étoiles d'or, et en pointe une quintefeuille de même.* Il était probablement de la même famille que Jean Garnier, correcteur en 1558. Voy. p. 290.

Jean LUCOT fut pourvu le 18 juin 1691 du second office de substitut créé par l'édit de mars précédent. Reçu le 28 juillet de la même année, il fut remplacé sur sa résignation, en 1700, par Jean Clerget, et mourut en 1711, revêtu d'une charge de secrétaire du roi en la chancellerie du parlement. Armes, d'après l'*Armorial* de 1696 : *D'azur, à la fasce d'argent ou d'or, soutenant un coq de même, et accompagnée en pointe d'un croissant aussi d'argent.* Voy. l'article de Jean Lucot, conseiller maître en 1686, p. 233.

Philippe SIGAULT, substitut, fut pourvu le 13 juillet 1694 sur la nomination de la veuve d'Etienne Changenet. Reçu le 5 août suivant, il mourut le 16 décembre 1694, et eut pour successeur son frère Antoine. Il était fils d'Etienne Sigault, contrôleur général des restes à la Chambre des comptes, et portait, d'après l'*Armorial* de 1696 : *D'or, à une cigogne d'argent, posée en pointe, et deux étoiles d'or en chef.* — On trouve du même nom Jean, président au grenier à sel de Dijon en 1691, et un autre Jean qui fut remplacé en 1744 dans la charge de procureur général à la table de marbre.

Antoine SIGAULT, substitut, fut pourvu le 27 mai 1695, sur la nomination d'Etienne Sigault, son père, de l'office vacant par le décès de son frère Philippe. Reçu le 14 juin suivant, il mourut en 1725, et eut pour successeur Etienne Navault.

Joseph DAVID, sieur de Buchillon et citoyen d'Autun, substitut, fut pourvu le 5 février 1699 sur la résignation de Jean Bourrelier, et reçu le 21 du même mois. Il fut remplacé en 1705 par Jean Vergnette de la Motte. Il était fils de Pierre David, avocat au parlement de Dijon, et de Marie Larcher. Son frère, Lazare David de Beaufort, écuyer, secrétaire du roi et receveur des impositions du bailliage de Beaune, décédé en 1730, avait épousé Anne Poillot, dont il eut deux fils, Joseph et Antide-Marie, tous deux receveurs à Beaune en 1727 et 1740. Ce dernier fut en outre lieutenant civil au bailliage de la même ville, et épousa Reine-Marguerite, fille d'Etienne Lorenchet, écuyer, secrétaire du roi au conseil souverain d'Alsace, conseiller au bailliage de Beaune ; il eut pour fils Etienne, aussi écuyer, seigneur de la Motte-Valentin, receveur des impositions après son père, marié en 1759 à Marie Loppin, et pour petit-fils Jean-Baptiste David de Beaufort, écuyer, seigneur de la Motte-Valentin, qui fit constater sa noblesse par Bernard Chérin en 1762, pour entrer aux gardes-du-corps. Sa descendance subsiste. — Armes : *D'azur, à une bande d'argent, accompagnée en chef d'une harpe d'or, et en pointe d'une croix de Malte d'argent.*

MICHEL DE VILLIERS, substitut, successeur de Jean Garnier, fut pourvu sur sa résignation le 25 juin, et reçu le 7 juillet 1699. Il se démit en 1726 au profit d'Antoine Carnet, et obtint la même année des lettres d'honneur. Nous ne savons rien sur sa famille, et nous n'avons pu découvrir quelles armes il portait.

JACQUES-JOSEPH DE LA RAMISSE, substitut, fut pourvu le 30 décembre 1699, sur la nomination de sa mère, de l'office vacant par le décès de Jean de la Ramisse, son père. Reçu le 12 janvier de l'année suivante, il résigna en 1737 en faveur de Claude Boucard, et obtint l'année suivante des lettres d'honneur. Voy. p. 285 et 401.

JEAN CLERGET, substitut, fut pourvu sur la démission de Jean Lucot le 20 juin, et reçu le 1er juillet 1700. Il résigna en 1723, en faveur de Bernard Clerget, son fils, et obtint la même année des lettres d'honneur. Les armes de cette famille sont ainsi blasonnées dans l'*Armorial* de 1696, sous le nom dn Jean Clerget, notaire et assesseur du maire de Dijon : *De sinople, à une fontaine d'argent jaillissante, sur-montée en chef d'un soleil d'or.* Nous citerons encore du même nom : François-Germain Clerget, chevalier de Saint-Louis, qui acheta en 1727 les seigneuries de Bussière et Belmont, démembrement de celle du Fays-Billot.

JEAN VERGNETTE DE LA MOTTE, substitut, remplaça Joseph David. Pourvu le 27 octobre, reçu le 28 novembre 1705, il résigna en 1732 en faveur de Jean-Baptiste-Jean-Chrysostôme Vergnette, son fils, et obtint l'année suivante des lettres d'honneur. Il avait épousé Marguerite Nicolas. Voy. p. 275, 280, 289 et 379.

JEAN-LOUIS GILLET, substitut, fut pourvu le 22 octobre 1713 sur la résignation de Charles Gillet, son père. Reçu le 21 novembre suivant, il résigna en 1726 en faveur de Claude Grangier de Parpas, et mourut en 1736, sans laisser d'enfants de son mariage avec Madeleine de Requeleyne. Voy. p. 401.

BERNARD CLERGET, substitut, fut pourvu sur la résignation de Jean Clerget, son père, le 15 avril, et reçu le 29 mai 1723. Il se démit en 1743 en faveur de Joseph Demermety. Voy. plus haut l'article de son père.

ANTOINE CARNET, substitut, pourvu sur la démission de Michel de Villiers, le 28 juin 1726, fut reçu le 17 juillet suivant. Il mourut le 24 janvier 1735, et Michel de Villiers, qui était redevenu propriétaire de son office, en disposa, après avoir fait payer le droit annuel par Jean Cinqfonds, en faveur de Louis Piffond.

CLAUDE GRANGIER DE PARPAS, avocat au parlement de Paris, substitut, fut pourvu sur la démission de Jean-Louis Gillet, le 28 novembre, et reçu le 17 décembre 1726. Il résigna en 1747 en faveur de Joseph Definod, et obtint des lettres d'honneur l'année suivante. Il laissa une fille, Antoinette-Claude, dont le mari, Jean-Baptiste-Lazare de Champeaux, écuyer, chevalier de Saint-Louis, reprit de fief en 1770 d'une partie de la seigneurie de Thoisy-le-Désert.

ETIENNE NAVAULT, substitut, fut pourvu le 26 novembre 1727 d'un office qui lui avait été cédé par les héritiers et les créanciers d'Antoine Sigault (1). Reçu le 12 janvier de l'année suivante, il résigna en 1734 en faveur de Jean-Marie Livet. — Paul Navault, curé de Grosbois-en-Auxois en 1696, portait : *D'azur, à deux javelots d'or passés en sautoir, les pointes en bas.*

JEAN-BAPTISTE-JEAN-CHRISOSTOME VERGNETTE DE LA MOTTE, substitut, fut pourvu sur la démission de Jean-Vergnette de la Motte, son père, le 16 mai, et reçu le 9 août 1732. Il passa en 1742 à un office de conseiller maître, et résigna celui de substitut en faveur de Vincent Logerot. Voy. l'article qui lui a été consacré au chapitre des conseillers maîtres, p. 275; il faut y ajouter que ses descendants ont substitué de nos jours aux armes qui y sont décrites d'après le P. Gautier, et qui sont représentées ci-contre, celles des Vergnette d'Hardencourt et d'Alban, en Rouergue et Normandie : *D'azur, à un chevron d'argent, chargé de trois étoiles de gueules, et accompagné de quatre étoiles d'or, trois en chef et une en pointe.*

LOUIS PIFFOND, substitut, fut pourvu le 11 janvier 1727 de l'office vacant par le décès d'Antoine Carnet; reçu le 21 du même mois, il mourut le 19 mars 1759, et eut pour successeur Bénigne Gaudrillet. Sa famille, originaire de Chaussin, est aujourd'hui éteinte; elle a fourni deux trésoriers du bureau des finances, dont on trouvera les notices au chapitre des élus du roi.

CLAUDE BOUCARD, substitut, fut pourvu le 10 janvier 1738 sur la résignation de Jacques-Joseph de la Ramisse. Reçu le 21 du même mois, il résigna en 1758 en faveur de Charles Trocu de Grangeneuve. — Ancienne famille bourgeoise de Semur, dont les armes sont ainsi décrites dans l'*Armorial* de 1696, sous les noms de Jacques Boucard, avocat et premier échevin, et de Claude Boucard, procureur au bailliage de cette ville : *D'azur, à un lion d'or, tenant dans sa patte senestre une*

(1) Cet office avait été saisi dès l'année 1708 sur Antoine Sigault, à la requête de N. Navault, docteur en médecine.

croix de Lorraine de même, surmontée d'une étoile d'argent, et soutenue d'un crois-sant de même. — Claude de Fautrières, écuyer, demeurant à Semur, et Catherine Boucard, sa femme, reprirent de fief en 1698, de la seigneurie de Mauregard et de partie de celle de Cherchilly.

VINCENT LOGEROT, substitut, fut pourvu le 19 juillet 1743 sur la démission de Jean-Baptiste-Jean-Chrysostome Vergnette. Reçu le 30 du même mois, il mourut en 1758, et fut remplacé par Henry-Vincent Logerot, son fils.

JOSEPH DEMERMETY, substitut, pourvu sur la démission de Bernard Clerget, le 5, reçu le 14 août 1743, et mort en 1765, eut pour successeur François Chevrot. Voy. p. 352.

JOSEPH DEFINOD, substitut, fut pourvu le 20 novembre 1747 sur la démission de Claude Grangier de Parpas. Reçu le 10 mai de l'année suivante, il obtint en 1769 des lettres d'honoraire, et résigna en faveur de Jean-Claude Definod, son fils. — Armes : *Ecartelé d'azur et d'or, à la croix d'argent, brochant sur le tout.*

JEAN-MARIE LIVET, substitut, fut pourvu le 6 septembre 1754 sur la démission d'Etienne Navault. Reçu le 17 mars de l'année suivante, il exerça son office jusqu'à la Révolution.

CHARLES TROCU DE GRANGENEUVE, substitut, fut pourvu le 16 juin 1758 sur la résignation de Claude Boucard. Reçu le 19 juillet suivant, il résigna en 1783 en faveur de Jacques Soucelier, et obtint l'année suivante des lettres d'honneur. Voir la notice de sa famille, p. 231.

HENRY-VINCENT LOGEROT, substitut, fut pourvu le 5 août 1758 de l'office vacant par le décès de Vincent Logerot, son père. Reçu le 12 août suivant, il résigna en 1783 au profit de Lazare-Nicolas Ligeret de Bevis, et obtint la même année des lettres d'honneur.

BÉNIGNE GAUDRILLET, substitut, fut pourvu le 30 janvier 1761 sur la nomi-nation du fils et héritier de Louis Piffond, et reçu le 14 février suivant. Il mourut en 1768 et eut pour successeur Jean Chauvot. Nous croyons pouvoir lui attribuer les armes suivantes, qui furent imposées d'office en 1696 à l'un de ses parents, Philippe Gaudrillet, notaire à Dijon : *De sable, au chef d'or, chargé de trois tour-teaux de gueules.*

FRANÇOIS CHEVROT, substitut, pourvu le 24 avril 1765 de l'office vacant par le décès de Joseph Demermety, fut reçu le 4 mai de la même année. Il mourut le 21 janvier 1774, laissant pour héritières sa veuve et une fille unique, lesquelles traitèrent de son office avec François Millot. Il était sans doute de la même famille que François Chevrot, trésorier, receveur et payeur des gages des officiers du parlement, qui reprit de fief en 1682 d'une partie de l'éminage de Dijon, avec sa sœur Jeanne, femme de Pierre Mathon de la Brosse, officier de la grande fauconnerie du roi. Ce François Chevrot, premier du nom, était lui-même fils de Jean-Baptiste Chevrot, avocat, et de Philippe Chrétiennot; il avait épousé Jeanne Canquoin et il mourut en 1688, laissant un fils Pierre, qui fut trésorier de France à Dijon, et dont la femme, Marie Perrot, était veuve en 1710. Pierre Chevrot eut trois enfants : Augustin, écuyer, chevalier de Saint-Louis, brigadier des gardes-du-corps, Simon, aussi écuyer, et Jeanne. Les armes de N. Chevrot fils sont ainsi blasonnées dans l'*Armorial* de 1696 : *Chevronné d'argent et d'azur de six pièces.*

Jean CHAUVOT, substitut, pourvu le 4 mai 1768 de l'office vacant par le décès de Bénigne Gaudrillet, y fut reçu le 3 juin suivant, et l'exerça jusqu'à la Révolution.

Jean-Claude DEFINOD, substitut, fut pourvu sur la démission de Joseph Definod, son père, le 26 août 1769, et reçu le 29 novembre suivant. Il exerça son office jusqu'à la Révolution. Voy. p. 405.

François MILLOT, substitut, fut pourvu le 14 décembre 1774 de l'office vacant par la mort de François Chevrot. Reçu le 4 janvier de l'année suivante, il exerça jusqu'à la Révolution. Nous croyons pouvoir lui attribuer les armoiries suivantes, qui sont inscrites dans l'*Armorial* de 1696 sous le nom de Claude Millot, prêtre de l'église Saint-Pierre de Dijon : *D'azur, à deux épis d'or, passés en sautoir et accostés à dextre d'un C et à senestre d'un M de même.*

Lazare-Nicolas LIGERET DE BEVIS, substitut, fut pourvu le 30 juillet 1783 sur la démission d'Henry-Vincent Logerot. Reçu le 29 novembre suivant, il résigna en 1785 en faveur de Philippe Leviste de Jouvrain.

Jacques SOUCELIER, substitut, pourvu le 31 décembre 1783 sur la démission de Charles Trocu de Grangeneuve, fut reçu le 15 janvier suivant. Il exerça son office jusqu'à la Révolution. Une branche de cette famille, établie à Chalon, a été anoblie par une charge de secrétaire du roi à la cour des comptes de Dole, depuis transférée au parlement de Dijon. Le titulaire de cette charge, Guillaume Soucelier, y fut remplacé en 1752. Il était fils de Claude Soucelier, de Chalon, seigneur de la tour de Bissey-sous-Cruchaut, et de Claude Clerc. De son mariage avec Eulalie Patissier, il ne paraît avoir eu qu'un fils Claude, écuyer, aussi seigneur de la tour de Bissey. Dans une autre branche, nous citerons Jean Soucelier, payeur des gages des officiers du parlement, qui mourut en 1669, et dont le fils Vivant, trésorier des mortes payes, déclara en 1696 porter les armes suivantes : *D'argent, à un cœur de gueules, chargé de trois étoiles du champ.*

Philippe LEVISTE DE JOUVRAIN, substitut, fut pourvu le 6 juillet 1785 sur la démission de Lazare-Nicolas Ligeret de Bevis. Reçu le 18 du même mois, il exerça son office jusqu'à la Révolution. Il est le dernier substitut des gens du roi qui ait été reçu en la Chambre des comptes de Dijon. — Une famille de ce nom a fourni deux procureurs du roi aux bailliage, chancellerie et présidial d'Autun, savoir : Etienne, en 1729, et Michel, qui le remplaça en 1761. En 1716, Lazare Leville avait été nommé commissaire en la maréchaussée de la même ville.

CHAPITRE ONZIÈME

Élus du duc et du roi.

GUILLAUME COURTOT, maître des comptes, fut le premier pourvu de l'office d'élu du duc sur le fait des aides octroyées dans le duché de Bourgogne. Ses lettres de provisions, datées du 14 mars 1412/13, peuvent être considérées comme l'édit d'institution de cet office (1) dans lequel il fut reçu, après prestation de serment aux mains du chancelier, le 20 du même mois, et qu'il exerça jusqu'à sa mort conjointement avec ceux de maître, puis de premier maître des comptes. Il eut pour successeur Girard Vion. Voy. p. 14 et p. 120.

GIRARD VION, maître des comptes, élu du duc, fut pourvu de ce dernier office le 3 janvier 1439/40, prêta serment le 13, et fut mis en possession le 27 du même mois. Jean Marriot lui succéda en 1447. Voy. p. 17 et 124.

JEAN MARRIOT, bourgeois de Dijon, fut retenu élu sur le fait des aides, au lieu de feu Girard Vion, par lettres du 10 février 1446/47. Il prêta serment le 27 du même mois, mourut en 1451, et eut pour successeur Philippe Machefoing. Le duc Philippe-le-Bon lui avait octroyé des lettres de noblesse en 1446, pour lui et sa postérité. Nous le croyons fils d'Etienne Marriot, échevin de Dijon en 1416, et frère de Pierre Marriot qui fut élu deux fois vicomte-mayeur de la même ville en 1464 et 1474, et remplit en outre les fonctions de conseiller du duc et de général maître des monnaies en Bourgogne. Ce même Pierre Marriot, également anobli par le duc, le 2 août 1443, fut de plus commis par les élus à la recette des aides en 1468, et on le trouve enfin qualifié portier de la porte Guillaume en 1470. Il avait fait en 1467, avec sa femme Marguerite de Poupet, une fondation dont l'inscription commémorative, découverte il y a quelques années, dans l'hôtel des archives de la Côte-d'Or, est supportée par deux consoles sur lesquelles sont sculptées les armes du fonda-

---

(1) L'élu du duc était spécialement chargé de représenter les intérêts du prince dans la chambre des élus des trois ordres. Il prêtait serment à la Chambre des comptes et faisait partie du grand bureau.

teur : *Trois boutons de rose ou fers de lance, posés 2 et 1*; et celles de la fondatrice : *D'or, au chevron d'azur, accompagné de trois perroquets de sinople, becqués, membrés et colletés de gueules.*

PHILIPPE MACHEFOING, élu du duc, succéda à Jean Marriot. Pourvu le 12 août 1451, il prêta serment le 15 septembre suivant, et exerça cet office jusqu'à sa mort, arrivée en 1453. Il avait été élu vicomte-mayeur de Dijon en 1439 et 1448, et était attaché, comme valet de chambre et garde des joyaux, à la personne du duc Philippe-le-Bon, qui récompensa ses services en lui donnant, en 1445, l'office de capitaine-châtelain du château de Rouvre. C'est lui qui fit reconstruire l'église Saint-Jean de Dijon, et il fut l'un des députés envoyés par les Etats de Bourgogne à l'assemblée des trois Etats du royaume, réunis près du roi à Bourges en 1438, pour le fait de la paix générale. En 1442 il passa marché avec Jean de la Werta, pour la sépulture du duc Jean-sans-Peur.

Monnot Machefoing, châtelain de Rouvre en 1404 et garde des joyaux du duc, est le premier auteur connu de cette famille. De son mariage avec Jeanne de Courcelles, mère de lait du duc Philippe-le-Bon, vinrent trois enfants, savoir : 1° Jean, contrôleur du grenier à sel de Dijon en 1419, dont la fille Isabeau épousa Jean Coustain, valet de chambre du duc; 2° Marguerite, femme de Jacques Martin, aussi valet de chambre de Philippe-le-Bon; 3° Philippe, qui donne lieu à cet article, et qui eut pour héritiers Jean Ranvial, de Beaune, Jeannette sa femme, et Isabeau Machefoing, femme en premières noces de Jean de Montferrant, chevalier, et en deuxièmes noces d'Olivier de la Marche, le célèbre chroniqueur de la maison de Bourgogne; sa veuve se remaria avec Jean Foucault ou Fourcault, sommelier de l'échançonnerie (1). Le sceau de Monnot Machefoing et celui de son fils Philippe portent *trois étoiles ou molettes d'éperon, et un croissant en abyme.*

JEAN MARTIN fut nommé élu sur le fait des aides par lettres du 29 mai 1453 (2), au lieu de Philippe Machefoing, son oncle, qu'il remplaça également dans les offices de garde des joyaux et de capitaine-châtelain de Rouvre. Il résigna ce dernier office en 1465, pour passer à celui de gruyer des bailliages de Dijon, Auxois et la Montagne. Il fut en outre conseiller, valet de chambre et sommelier de corps des ducs Philippe-le-Bon et Charles-le-Téméraire, et reçut en don du premier de ces princes, en 1462, les seigneuries de Bretenières, Partay et Choisey, la grange de Mirande et plusieurs autres biens confisqués après l'exécution de Jean Coustain, qui avait été

_____

(1) Vers l'an 1440 on trouve un Jean Machefoin, qui épousa Nicole Boisot et fit souche en Flandre; son fils Pierre, marié à Isabeau Peeters, en eut une fille, Marguerite, femme de Jean Van Cotthem, conseiller au grand conseil de Malines.

(2) On lit dans l'acte d'enregistrement de ses lettres de provisions que l'office d'élu lui fut donné « pour icellui tenir et avoir et icellui faire exercer par personne ydoine et souffisant et à ses péril et fortune le cours de sa vie durant. »

mis au dernier supplice pour ses démérites (1). Il mourut à Dijon le 28 novembre 1474, sans enfants de son mariage avec Jeanne Freppier, et laissant pour unique héritier son frère Philippe Martin.

Cette famille paraît tirer son origine d'Humbelot Martin, anobli par le roi Charles V en 1365; mais la filiation n'en est régulièrement établie que depuis Jacquot Martin, valet de chambre et gentilhomme de la chambre du duc Philippe-le-Bon, qui obtint de ce prince, au mois de janvier 1435/6, des lettres de noblesse, ou plus probablement de confirmation de noblesse. Il fut marié deux fois, en premières noces avec Marguerite Machefoing, dont il eut Jean, qui donne lieu à cet article, en deuxièmes noces avec Jeanne Guedon, de qui vint un autre fils, Philippe. Philippe Martin, seigneur de Bretenières, valet de chambre de Charles-le-Téméraire, contrôleur au grenier à sel de Dijon en 1467, élu du roi en 1483 (voy. son article), épousa Philippote Jaquelin, dont il eut Louis, chanoine de la Sainte-Chapelle, et Antoine, écuyer, châtelain et receveur d'Avallon en 1497, de qui sont issus les Martin de Choisey et de Barjon. Labbey de Billy, dans son *Histoire de l'Université du comté de Bourgogne*, a publié une généalogie détaillée de cette famille, dont plusieurs membres sont entrés aux États de Bourgogne, et qui s'est alliée aux Vernier, Bouesseau, Roussel, Lestouf de Pradines, Hugon, Vaulthereau, Floris, Baudot, Doroz, Petit, Vittier, Louvet, etc.—Jean Martin, seigneur de Choisey, obtint en 1666 du parlement de Dijon, un arrêt qui l'autorisait à prendre le titre de chevalier. Citons encore, parmi les membres les plus distingués de cette famille, Charles, qui fut fait chevalier par l'empereur Charles-Quint, dans un combat contre Barberousse, et Bénigne, vicomte-mayeur de Dijon en 1557 et 1561. — Armes : *D'argent, à trois martinets de sable; au chef de sable, chargé de trois coquilles d'argent.*

JEAN GROS, dit *le jeune*, premier secrétaire et audiencier du duc, passa procuration, le 3 décembre 1467, à Jean Gros, maître des comptes, son frère, pour recevoir les gages de l'office d'élu sur le fait des aides, qui lui avait été naguère conféré par le duc. Il figure, en cette même qualité, avec Philippe Martin, seigneur de Bretenières (2), dans l'état de répartition de certaines sommes que les États, réunis à Beaune les 6 et 7 avril 1483/4, avaient ordonnées en sus de celles qui avaient été votées dans une première réunion tenue dans la même ville de Beaune, au mois de septembre précédent. Il avait été reçu au mois d'août 1483, dans l'office de greffier en chef du parlement pour le comté (3), et il mourut peu de temps après. Sa femme, Guye de Messie, qu'il avait épousée en 1471, ne paraît pas lui avoir donné

---

(1) C'est ce même Jean Coustain, exécuté à mort pour tentative d'empoisonnement sur la personne du comte de Charollais, que Jean Martin remplaça dans les offices de gruyer et de sommelier du duc Philippe.

(2) On trouve à la date du 18 janvier 1483/4 l'acte de ratification d'un accord passé entre Jean Gros et Philippe Martin, au sujet de l'office d'élu du roi qu'ils devaient exercer chacun par moitié.

(3) Dans le même temps, son neveu Antoine Gros fut nommé greffier en chef du parlement pour le duché de Bourgogne. Pour obtenir les provisions de deux offices, au lieu de Mongin Contault et de Thomas Berbisey, Antoine et Jean Gros remontrèrent à Louis XI que leur auteur les avaient possédés en survivance par don de Philippe-le-Bon.

d'enfants. Elle était fille de Guillaume de Messie, écuyer, seigneur de Rains, et nièce du chancelier Hugonet. Voy. p. 125 et 129.

Philippe MARTIN, seigneur de Bretenières, conseiller, valet de chambre, épicier et sommelier de corps du duc Charles-le-Téméraire, capitaine et châtelain du château de Rouvre sur la résignation de son frère Jean, en 1466, était élu du roi avec Jean Gros, en avril 1484, comme on l'a vu à l'article précédent. Au mois de septembre suivant, il remplissait seul les fonctions de cet office, comme on le voit par l'état de l'aide octroyée au roi à cette époque. En effet, après l'indication des gages des quatre maîtres ordinaires de la Chambre, *élus-nés du roi* (1), on y trouve la mention suivante : « à noble homme Philippe Martin, seigneur de Bretenière, aussi eslu pour ledict sire sur le faict desdictes aydes et crues, pour ses gaiges ordinaires de ladicte eslection..... » Philippe Martin mourut en 1489, étant vicomte-mayeur de Dijon, et son office d'élu passa à Antoine de Baissey, après avoir été un instant possédé par Gauthier Damas.

Gauthier DAMAS fut pourvu, le 11 septembre 1489, par Jean d'Amboise, évêque de Langres et lieutenant du roi en Bourgogne, de l'office d'élu du roi, vacant par le décès de Philippe Martin. Reçu le 12 du même mois, il en fut dépossédé peu de temps après par Antoine de Baissey, qui s'y fit installer en vertu de lettres de provisions émanées directement du roi. Après avoir été chargé pendant longtemps de la recette du bailliage de Dijon, comme commis des receveurs Pierre Gorrat, Jean Jehannault et Claude de Rouvray, Gauthier Damas, qui était en même temps receveur de l'épargne, fut depuis nommé receveur des restes dus au roi par les officiers comptables de Bourgogne, et garde de la monnaie de Dijon. Confirmé dans ces deux derniers offices en 1514, il abandonna celui de receveur des restes à son fils Jacques Damas, qui en fut pourvu en 1519, et qui prenait en 1524 le titre de secrétaire du roi.

Antoine DE BAISSEY, chevalier, chambellan du roi et bailli de Dijon, obtint du roi, le 13 septembre 1489, des lettres de provisions de l'office d'élu vacant par le décès de Philippe Martin, et s'y fit recevoir le 9 novembre de la même année, nonobstant la réception antérieure de Gauthier Damas. Il eut probablement pour successeur Etienne Jaqueron. La famille de Baissey, très considérable en Bourgogne dès le temps des ducs, y a possédé la baronnie de Thil-Châtel, les terres de Beire, Longecourt, Orville, Bretenières, Daix, Véronnes, etc. Plusieurs de ses membres ont rempli des charges importantes à la cour de nos ducs, et on trouve en outre

(1) Anciennement, les quatre maîtres des comptes de la création primitive avaient de plein droit entrée dans la chambre des élus des trois ordres avec le titre d'élus-nés du duc. Après la création de nouvelles charges de présidents et de conseillers-maîtres, la Chambre des comptes continua de députer en celle des élus quatre officiers qui étaient pris indifféremment parmi les présidents et les maîtres, suivant l'ordre du tableau. Mais, par la suite, ce nombre fut réduit à deux, qui étaient alternativement, à chaque triennalité, un président et un maître des comptes, ou deux maîtres des comptes.

parmi eux des chevaliers de l'ordre du roi, un archevêque de Besançon, un abbé de Saint-Bénigne et un abbé de Cîteaux au XVIe siècle. — Armes : *D'azur, à trois quintefeuilles d'argent.*

ÉTIENNE JAQUERON touchait, comme élu pour le roi en Bourgogne, dès l'année 1492, une pension de 100 livres qui fut portée plus tard à 200 livres. C'est le premier élu du roi dont il soit fait mention dans les comptes de la recette générale, où on le voit encore figurer en cette qualité en 1502, année qui précéda celle de sa nomination à une charge de maître des comptes. Voy. p. 38, 140 et 146.

BÉNIGNE DESBARRES, seigneur d'Ampilly et Massingy-le-Sec, remplissait les fonctions d'élu du roi au commencement du XVIe siècle. La date de ses lettres de provisions ne nous est pas connue, mais il est probable qu'il exerçait cet office depuis un assez grand nombre d'années, lorsqu'il le résigna en survivance en faveur de son fils Philippe. En effet, les lettres de provisions obtenues par ce dernier, en 1535, font mention des *agréables services* rendus par Bénigne, son père, ce qui semble indiquer un assez long temps d'exercice. Voy. p. 167 et 185.

PHILIPPE DESBARRES, élu du roi sur la résignation en survivance de son père, fut pourvu le 21 novembre 1535. Il mourut en 1567, et son père, lui ayant survécu, fit une nouvelle résignation en faveur de Jean Desbarres, son fils cadet. Ajoutons qu'on trouve dans le registre de la Chambre, en date du 15 février 1598, des lettres qui accordent à Marguerite Frémiot, veuve de Philippe Desbarres, la jouissance de tous les droits et privilèges des élus du roi et des hommes d'armes des compagnies d'ordonnance, son mari ayant servi en cette dernière qualité dans la compagnie du duc d'Aumale, gouverneur de Bourgogne. Voy. p. 167.

JEAN DESBARRES, maître des comptes depuis 1555, fut pourvu le 1er octobre 1568 de l'office d'élu du roi, sur la résignation de son père Bénigne ; mais, comme il avait autrefois fait profession de la religion réformée, la Chambre fit difficulté de le recevoir, en se fondant sur les édits récents des 25 septembre 1568 et 6 février 1569, concernant les charges des officiers qui avaient été de cette religion, et il ne fut admis à prêter serment que le 21 novembre 1569, en vertu de secondes lettres du roi du 5 septembre précédent. En 1571, il fut autorisé à exercer cet office conjointement avec celui de maître des comptes, rétabli en sa faveur, après avoir été supprimé avec tous ceux de la Chambre des comptes en 1567. Jean Desbarres mourut en 1585, et fut remplacé par François Mareschal. Voy. p. 167.

FRANÇOIS MARESCHAL fut pourvu le 12 septembre 1585 de l'office d'élu, vacant par le décès de Jean Desbarres, et prêta serment le 18 janvier suivant. Après sa réception, des difficultés s'étant élevées entre lui et les officiers de la Chambre, relativement au droit de préséance et aux prérogatives de leurs charges, le roi régla les droits des parties par une déclaration du 14 mars 1586. Mais la Chambre n'en consentit l'entérinement que sous le bénéfice de certaines restrictions, et ce ne fut que le 3 décembre suivant qu'elle procéda à l'enregistrement pur et simple, en

vertu de lettres de jussion des 19 juin et 8 août précédents. Depuis, François
Mareschal obtint du roi, en date du 12 décembre de la même année, et fit enregistrer par la Chambre de nouvelles lettres de déclaration qui l'autorisaient à
porter le titre de conseiller du roi, et à jouir de tous les priviléges et affranchis-
sements attribués aux officiers privilégiés, suivant ses lettres de provisions. Il
résigna en 1595 son office d'élu du roi, en faveur de Melchior Espiard, et passa à
celui de président. Voy. p. 45. Le sceau de son neveu, Pierre Mareschal, aussi président aux comptes (voy. p. 48), porte *trois étoiles posées 2 et 1, et un chef chargé
de trois macles.* Il est apposé à un acte de reprise de fief du 20 juin 1601.

Richard MILLOTET, receveur général du taillon, remplit les fonctions d'élu du
roi, pendant les troubles de la Ligue, près la Chambre des élus royalistes, siégeant
à Semur. Sa famille remontait à Guy Millotet, avocat du roi à Semur-en-Brionnais,
qui fut anobli par lettres de 1574. Elle a fourni deux avocats généraux au parlement de Bourgogne, en 1594 et 1635, tous deux du prénom de Marc-Antoine.
Le second, vicomte-mayeur de Dijon de 1651 à 1654, est connu par sa conduite
énergique pendant les troubles de la Fronde, et par les curieux *Mémoires* qu'il a
laissés sur cette période de l'histoire municipale et parlementaire de Dijon. César
Millotet fut reçu dans la Chambre de la noblesse des Etats de Bourgogne en 1674.
— Armes : *D'azur, au sautoir d'or, cantonné en chef d'une croix alaisée, aussi d'or,
ou d'argent.*

Melchior ESPIARD, élu du roi, fut pourvu le 11 novembre 1595 sur la résignation de François Mareschal, et reçu le 19 janvier suivant. Il résigna en 1613, en
faveur de Palamèdes Gonthier. Voy. la notice de sa famille, p. 236.

PALAMÈDES GONTHIER, seigneur du Sauvement, élu du
roi, pourvu sur la résignation de Melchior Espiard, le
31 décembre 1613, et reçu le 29 janvier suivant, résigna
en 1618 en faveur de Gérard Richard.

Famille connue dès le commencement du XIVᵉ siècle.
Néanmoins sa filiation n'est établie qu'à partir de Jean
Gonthier, écuyer, lieutenant-général du bailliage d'Auxerre en 1410. Elle s'est depuis partagée en deux branches,
dont l'une s'est établie à Paris, tandis que l'autre, devenue
dijonnaise, a fourni deux greffiers en chef et quatre con-
seillers au parlement de Bourgogne, un premier lieutenant de roi en cette province
en 1723, etc. Cette seconde branche a pour auteur Palamèdes Gonthier, qui suivit
l'amiral Chabot dans son ambassade d'Angleterre, et fut successivement trésorier
de France en Bretagne et secrétaire de la Chambre et des commandements du roi,
avant d'acheter, en 1549, les trois greffes, civil, criminel et des présentations du
parlement de Dijon.

Les Gonthier, comtes du Perroux, barons de Semur-en-Brionnais et d'Auvillars
portaient : *D'azur, à la fasce d'or, chargée d'une étoile de gueules, accostée de deux*

hures de sanglier arrachées et affrontées de sable, et accompagnée de trois gonds d'argent.

Géraрd RICHARD, seigneur de Ruffey, élu du roi, tant par adjudication de cet office à lui faite par décret, que par résignation en sa faveur de Palamèdes Gonthier, fut pourvu le 1er décembre 1618. Son arrêt de réception, en date du 18 janvier suivant, porte qu'il prendra séance aux États après les présidents et les conseillers-maîtres. Il mourut en 1623, et fut remplacé par Jacques Richard, son frère. Voy. la notice de sa famille, p. 71.

Jacques RICHARD, seigneur de Ruffey, élu du roi, fut pourvu le 22 décembre 1623 de cet office vacant par le décès de Gérard Richard, son frère. Reçu le 30 janvier suivant, il mourut en 1644, et eut pour successeur son fils Gérard.

Gérard RICHARD, seigneur de Ruffey, fut pourvu de l'office d'élu du roi en juillet 1644, sur la nomination des héritiers de Jacques Richard, son père. Il fut admis à prêter serment le 4 février 1645, à charge de remettre dans deux mois la charge de trésorier de France, dont il était pourvu. Son office d'élu du roi fut rendu héréditaire par déclaration de décembre 1640, rendue sur arrêt du Conseil du 22 août précédent, régistrée le 16 juin 1651, et confirmée par autres lettres et arrêt du Conseil du 2 janvier 1653, régistrés le 18 du même mois. Gérard Richard mourut en 1680, laissant par testament son office d'élu du roi à Gérard, son fils aîné, avec substitution en faveur de Germain, son second fils.

Gérard RICHARD, seigneur de Ruffey, élu du roi, pourvu le 7 novembre 1680, en vertu du testament de Gérard, son père, fut reçu le 29 mars de l'année suivante, en suite de lettres de jussion du roi qui le dispensaient de l'âge de 27 ans requis par les ordonnances. Il mourut le 10 décembre 1681, et son frère Germain étant alors trop jeune pour exercer l'office d'élu du roi, Prosper Baüyn fut présenté pour lui succéder.

Prosper BAUYN, maître des comptes honoraire, fut pourvu le 6 janvier 1682 de l'office d'élu du roi, sur la présentation de Marie Sayve, veuve de Gérard Richard, 3e du nom, comme mère et tutrice de son second fils Germain, auquel cet office appartenait, au désir du testament de son père, en attendant qu'il fût en âge de l'exercer lui-même. Reçu le 13 février 1682, Prosper Baüyn mourut en 1688, et eut pour successeur Jean Quarré. Voy. p. 226.

Jean QUARRÉ, maître des comptes honoraire, fut pourvu à titre de commission de l'office d'élu du roi, aux lieu et place de Prosper Baüyn, par lettres du 18 juillet 1689. Son arrêt de réception est daté du 5 août suivant. Peu de temps après, Germain Richard, qui avait atteint l'âge de 22 ans, voyant avec peine un office depuis longtemps héréditaire dans sa famille, passer en des mains étrangères, convint avec Etienne Thomas, son parent, de donner sa démission en sa faveur. Etienne Thomas obtint, en conséquence, des lettres de provisions datées du 11 juin 1691; mais l'enregistrement en ayant été arrêté par suite des oppositions de Jean Quarré, il renonça à se faire recevoir, et Germain Richard se décida à demander pour lui-même des dispenses et des lettres de provisions, celles-ci en date du 22 novembre 1691. Mais, dès le lendemain, Jean Quarré se fit proroger pour trois ans dans sa commission, ce qui retarda la réception du titulaire jusqu'à l'année 1694. Voy. p. 235.

Germain RICHARD, élu du roi, pourvu, comme il vient d'être dit, le 22 novembre 1691, et reçu le 13 août 1694, résigna en 1730 en faveur de Gilles-Germain Richard, son fils, et passa à un office de président. Voy. p. 71.

Gilles-Germain RICHARD, seigneur de Ruffey, Trouhans, Vesvrotte et le Martray, élu du roi, fut pourvu le 10 mai 1730 sur la résignation de son père. Ayant obtenu le même jour des lettres de dispense d'âge motivées par les services de son père qui venait de passer à un office de président, il fut reçu le 17 juin suivant. En 1735 il remplaça son père dans l'office de président, sans cesser pour cela de remplir celui d'élu du roi, ainsi qu'il y fut autorisé par lettres spéciales de dispense, et il ne le résigna qu'en 1748, en faveur de Jean-Baptiste Voisenet. Voy. p. 75.

Jean-Baptiste VOISENET, élu du roi sur la démission en sa faveur de Gilles-Germain Richard, fut pourvu le 10 août 1748, en récompense, lit-on dans ses lettres de provisions, de ses services comme maire de Semur-en-Auxois, et élu du tiers aux États de Bourgogne, en 1745. Son arrêt de réception est du 2 décembre de la même année. Ayant résigné en 1754, en faveur de Jean-François Joly de Fleury, il obtint des lettres d'honneur quoiqu'il n'eut pas vingt ans d'exercice, et la Chambre en passa l'enregistrement en ordonnant que le roi serait supplié de n'en plus accorder de pareilles à l'avenir. Nicolas-François Voisenet, son oncle, avait rempli pendant dix-neuf ans, de 1722 à 1741, la charge de maire de Semur. Originaire d'Arnay-le-Duc, la famille Voisenet a fourni, aux XVIe et XVIIe siècles, plusieurs échevins à la mairie et trois lieutenants au bailliage de cette ville, un lieutenant particulier au bailliage de Saulieu en 1730, etc., etc. — Armes : *D'azur, à un sauvage d'or, appuyé sur une massue de même; au chef d'argent, chargé de trois meures de sable.*

Jean-François JOLY DE FLEURY, maître des requêtes ordinaire de l'hôtel et intendant de Bourgogne, fut pourvu le 28 juin 1754 de l'office d'élu du roi, sur la résignation de Jean-Baptiste Voisenet, et reçu le 3 juin de l'année suivante, en vertu d'un arrêt du Conseil du 28 mars précédent. Il donna en 1758 sa démission de cet office, qui fut réuni au bureau des trésoriers de France, pour être rempli par un officier de cette compagnie nommé à chaque triennalité, suivant l'ordre du tableau. Voy. p. 62.

Philibert POURCHER DE MUSSEAUX, trésorier de France au bureau des finances et Chambre du domaine de Bourgogne et Bresse, fut pourvu de l'office d'élu du roi sur une simple lettre du comte de Saint-Florentin, conformément aux lettres patentes de réunion de cet office au bureau des finances, données par Louis XV le 10 octobre 1758. Après avoir fait profession de foi et prêté le serment accoutumé, il fut reçu par arrêt du 4 mai 1759, aux clauses portées par l'arrêt d'enregistrement de l'édit de réunion. Voy. la notice de sa famille, p. 266.

Jean-Baptiste SIMON, seigneur de Grandchamp, Soussey et Martrois, trésorier de France, fut nommé élu du roi par une délibération de sa compagnie, agréée par le roi suivant une lettre du comte de Saint-Florentin du 20 juillet 1762, et prêta serment le 16 juillet de l'année suivante.

La famille Simon, originaire de Vitteaux, a fourni anciennement des officiers au grenier à sel de cette ville. Nous en rapporterons la généalogie depuis :

I. N. Simon, qui vivait au XVII° siècle, et eut trois enfants : 1° Jean-Baptiste, qui suit ; 2° Alexandre, prêtre, qui reprit de fief en 1694 de la seigneurie de Meix-Varanges à Dampierre-en-Montagne, comme cohéritier de Claude Brigandet, veuve de Balthazar Simon, l'un des cent gentilshommes à bec de corbin de la maison du roi ; 3° Marie, femme d'Alexandre Derepas, maire d'Autun et de Vitteaux et seigneur de Grandchamp, Soussey et Martrois en partie.

II. Jean-Baptiste, conseiller au présidial de Semur-en-Auxois, épousa Marguerite Barette, dont il eut : 1° Jean-Baptiste, qui suit ; 2° Claude, mariée le 18 août 1710 à Jacques Drouas, écuyer, capitaine d'infanterie ; 3° N., qui épousa Jean-Baptiste Jarry de la Jarrye, écuyer, seigneur de Cessey.

III. Jean-Baptiste, seigneur de Grandchamp, etc., qui donne lieu à cet article fut trésorier de France et élu du roi ; il épousa Reine Millard, dont il eut : 1° Denis-Joseph, qui suit ; 2° N., chanoine et grand-vicaire d'Autun ; 3° N., officier d'artillerie.

IV. Denis-Joseph, seigneur de Grandchamp, trésorier de France à Dijon, fut pourvu en 1772 d'un office de conseiller laïc au parlement de Bourgogne. Il n'eut, croyons-nous, qu'un fils mort sans enfants. — Armes : *D'azur, à une tour d'argent.*

Jacques MILLOT DE LA CRAYE, trésorier de France, nommé élu du roi par une délibération de sa compagnie, approuvée par le roi suivant la lettre du comte de Saint-Florentin du 22 avril 1765, prêta serment le 30 juin de l'année suivante. Il y avait une famille de ce nom à Saint-Jean-de-Losne, une autre à Avallon, qui a fourni des officiers au grenier à sel de cette ville. A cette dernière famille appartenait Lazare Millot, conseiller du roi et son avocat aux bailliage et chancellerie d'Avallon, dont la veuve, Jeanne-Madeleine de Cartigny, fit déclaration de ses propres armoiries en 1696.

HUBERT-JOSEPH PASQUIER DE VILLARS, seigneur de Villars, Segrois et Messange, trésorier de France, nommé élu du roi par une délibération de sa compagnie, approuvée par le roi suivant la lettre du comte de Saint-Florentin du 26 mars 1768, prêta serment le 5 août de l'année suivante. Il était fils de Jean Pasquier, trésorier de France, et de Jeanne Boillot, et fut pourvu en 1771 d'un office de conseiller laïc au parlement. Il avait épousé en 1749 Marguerite, fille de Jean-Bernard Boillot de Corcelotte, trésorier de France, et de N. Lambert, et mourut en 1790, au château de Villars. — Armes : *D'azur, au chevron d'or, accompagné de trois étoiles d'argent ; au chef de même, chargé de trois roses de gueules.* On trouve du même nom trois contrôleurs au grenier à sel de Montbard, en 1582, 1602 et 1631, et de plus : Florent, secrétaire du roi, qui acheta en 1617 le greffe des eaux et forêts de Chalon, et Pierre, payeur des gages du parlement en 1701.

JEAN-ANTOINE PIFFOND DE PRESSY, trésorier de France, nommé élu du roi par une délibération de sa compagnie, approuvée par le roi suivant la lettre du duc de la Vrillière du 23 juillet 1771, prêta serment le 27 mars de l'année suivante. Famille originaire de Chaussins, aujourd'hui éteinte. Elle a fourni en 1737 un substitut du procureur général à la Chambre des comptes. Voy. p. 404.

JEAN-CLAUDE-MAURICE PIFFOND, trésorier de France, frère du précédent, fut nommé élu du roi par une délibération de sa compagnie approuvée par le roi suivant la lettre du duc de la Vrillière du 27 avril 1774 et prêta serment le 18 janvier de l'année suivante. Étant mort avant la fin de la triennalité, il fut remplacé par son frère.

JEAN-ANTOINE PIFFOND DE PRESSY rentra comme il vient d'être dit en l'exercice de la charge d'élu après la mort de son frère. Lettre de M. de Malesherbes du 23 novembre 1775 ; serment le 5 décembre suivant.

BERNARD-NICOLAS GARNIER DE TERRENEUVE, seigneur de Bretinière, trésorier de France, remplaça Jean-Antoine Piffond de Pressy. Sa nomination ayant été agréée par le roi suivant la lettre de M. Amelot du 14 février 1777, il prêta serment le 6 avril de l'année suivante. Il était fils de Bernard Garnier de Terreneuve, dont on trouvera l'article au chapitre des greffiers en chef de la Chambre des comptes.

HENRY MAULBON D'ARBAUMONT, trésorier de France, succéda à Bernard-Nicolas Garnier de Terreneuve, dans l'office d'élu du roi. Sa nomination ayant été agréée par le roi suivant la lettre de M. Amelot du 8 avril 1780, il prêta serment le 12 mars de l'année suivante.

Cette famille, originaire du Bassigny, remonte à Jean Mabon, dont le nom figure en 1456 dans un acte de dénombrement du fief de Chardon relevant de la baronnie de la Fauche. Elle était divisée au commencement du XVIIᵉ siècle en deux branches principales dont l'une avait fixé

27

sa résidence à la Mothe, ville capitale du Bassigny-Barrois (1). L'autre branche restée au lieu d'origine, s'est elle-même subdivisée en plusieurs rameaux. Nous en rapporterons la généalogie depuis (2) :

I. Claude Maulbon, procureur au bailliage de la Fauche qui mourut le 24 février 1631 et fut inhumé dans l'église de Prez-sous-la-Fauche, où sa tombe existe encore. De son mariage avec Marie Prigner, il eut entre autres enfants, Louis qui suit.

II. Louis, marié le 26 novembre 1639 à Didière Poinsot, mourut en avril 1678 et fut inhumé comme son père dans l'église de Prez ; il laissait entre autres enfants, Claude qui suit.

III. Claude, né en 1644, mourut en 1729 et fut inhumé au même lieu que ses auteurs. Il avait épousé le 30 juin 1669 Catherine, fille d'Edme Courtier, et d'Anne Rougelin. Il en eut entre autres enfants : 1° Henry, auteur de la branche établie à Joinville ; 2° Jacques qui suit ; 3° Jean, procureur du roi à la maîtrise des eaux et forêts de Saint-Dizier, maire de la même ville, marié en 1715 à Marie Mollerat, et mort sans postérité ; 4° Louise, mariée à René Perrin, sieur de Bernay, chevalier de Saint-Louis, lieutenant de cavalerie au régiment de Brissac, puis capitaine au régiment Royal-Stanislas, dont la fille épousa François-Charles Didelot, directeur des aides à Châlons-sur-Marne ; son petit-fils, Jean-François Didelot, écuyer, l'un des régisseurs généraux du roi, mourut sur l'échafaud révolutionnaire ; 5° Marie, mariée en 1712 à François Marchal, commissaire enquêteur en la prévôté royale de Grand (3).

IV. Jacques, élu en l'élection de Chaumont-en-Bassigny, mourut en 1767 et fut inhumé dans l'église de Prez-sous-la-Fauche. Il avait épousé en 1res noces, le 1er décembre 1703, Louise, fille de Scipion Biez, avocat en parlement, et de Louise Chauconin, en 2mes noces, le 16 février 1705, Jeanne, fille de François Forfilière (4), procureur fiscal de Rimaucourt et de Marie Savoisie. Du second mariage vinrent

(1) A cette branche appartenait Claude Maulbon qui fut pourvu le 29 octobre 1629 de la charge de receveur et commissaire des magasins et de l'arsenal de la Mothe, et qui augmenta, en 1638, une fondation de messe précédemment faite par dame Claude Aulbry, sa femme, en l'église paroissiale de cette ville, avec De profundis et Libera sur les corps des parents des fondateurs « inhumez au devant de l'autel Monsieur Saint-Nicolas. » Citons encore dans la même branche : N., avocat qui, lors du premier siège de la Mothe, « fit courageusement et ne se retira qu'après avoir été renversé d'un coup qu'il reçut à l'épaule. » Après la prise et la destruction de cette ville, en 1645, Jean-Baptiste Maulbon se réfugia, avec sa femme Marie Henry, au village voisin d'Outre-mécourt, où un de leurs enfants, Claude, épousa en 1677 Anne Thouvenel, veuve du sieur Thabouret, d'une ancienne famille de la Mothe, et fille de Claude Thouvenel, ancien substitut au bailliage de Bassigny, ancien maire de la Mothe, et de Barbe Dubois.

(2) Nous signalerons en outre dans cette branche : Nicole, chanoine de Rinel, pourvu en 1515 d'une chapellenie dans l'église Notre-Dame de la Mothe ; Jacques, greffier du bailliage de la Fauche, en 1628 ; Nicolas, lieutenant au bailliage et en la gruerie du même lieu, prévôt de Saint-Blin, décédé en 1693 ; Jean, son fils, qui fut pourvu en survivance de sa charge de lieutenant au bailliage en 1670 ; N..., curé de Saint-Blin de 1705 à 1712. etc., etc.

(3) Une fille, née de ce mariage, épousa François-Hyacinthe Senault, écuyer, d'une ancienne famille du Bassigny, maintenue dans sa noblesse par arrêt du conseil de Lorraine du 18 février 1721. A cette famille appartenait Pierre Senault, fougueux ligueur, secrétaire du conseil des Seize, dont le fils Jean-François, général de l'Oratoire, a laissé la réputation d'un prédicateur distingué.

(4) La sœur de Jeanne, Marguerite, épousa Nicolas Faipoult, gruyer de Nogent, puis receveur général des tailles de l'élection de Joinville, dont une fille, Marie-Madeleine, mariée en 1733 à Charles de Widranges, écuyer, seigneur de la Rochère, procureur général du duc de Lorraine dans toutes les juridictions du Bassigny.

entre autres enfants : 1° Marie, mariée à Antoine Morel, procureur fiscal de la prévôté de Saint-Blin ; 2° Anne, mariée à Jacques Dubois, aussi avocat en parlement et officier de la maison du roi, de la famille Dubois de Riocourt ; 3° Jean, avocat en parlement, lieutenant au bailliage de la Fauche, et commensal de la maison du roi, mort sans alliance.

Branche établie à Joinville. — IV. Henry, né en 1678, avocat en parlement, contrôleur au grenier à sel de Joinville en 1706, exerça cet office pendant près de quarante-quatre ans avec le plus d'honneur et la plus grande exactitude, comme le constatent les lettres d'honneur qu'il obtint en 1750. Il remplit aussi les fonctions d'échevin de Joinville, et mourut en 1762. Il avait épousé le 26 novembre 1702 Marie-Anne Pigeot, dont vinrent entre autres enfants : 1° Jean-Baptiste, qui suit ; 2° Marie-Henriette, religieuse bénédictine à Notre-Dame de la Pitié de Joinville ; 3° Marie-Anne, mariée en 1733 à François Morel, dont le fils Emilland-Marthe Morel, fut trésorier de France au bureau des finances de Dijon : 4° Henry-Joseph, chanoine de l'ordre des Prémontrés, curé-prieur de Frébécourt, mort en 1786 ; 5° Henry, auteur de la branche établie en Bourgogne.

V. Jean-Baptiste, avocat en parlement, élu en l'élection et échevin de Joinville, épousa en 1res noces, le 8 janvier 1730, Marie, fille de Charles Remy, docteur en médecine et conseiller du roi à St-Dizier, et de Marie Lalain, en 2mes noces, le 24 juin 1748, Jeanne-Gabrielle, fille de Dominique de Richemont, avocat en parlement, prévôt de la prévôté royale de Nogent-le-Roi, et de Jeanne-Gabrielle Locard, laquelle restée veuve, épousa en 2mes noces Marc-Antoine-François Leclerc de Bellevue, directeur des aides à Joinville. De son premier mariage Jean-Baptiste Maulbon eut plusieurs enfants, entre autres : 1° Claude-François-de-Paule, qui suit ; 2° Marie-Marguerite, mariée à Maurice Masson de Vouécourt, écuyer, maréchal des logis des gardes du corps et chevalier de Saint-Louis.

VI. Claude-François-de-Paule, élu en l'élection et échevin de Joinville, né en 1732, épousa le 13 juin 1758 Jeanne-Baptiste-Marie-Joseph, fille de Charles Aubry, contrôleur au grenier à sel et major de la bourgeoisie de Joinville, et de Françoise-Christine Pasquot, et mourut en 1787, laissant entre autres enfants : 1° Jean-Gabriel-Maurice, qui suit ; 2° Ursule, mariée en 1786 à Jacques-Pierre-Nicolas Boulland, greffier en chef du bailliage de Joinville ; 3° Marie-Françoise, mariée en 1791 à Pierre Reveilhas, chirurgien major du régiment Royal-Cavalerie.

VII. Jean-Gabriel-Maurice, élu en l'élection de Joinville en 1788, puis procureur syndic de la même ville, épousa Victoire-Louise Moulins, dont il eut plusieurs enfants.

Branche établie à Dijon. — V. Henry Maulbon, sieur d'Arbaumont, né à Joinville en 1713, trésorier de France au bureau des finances de Dijon en 1754, élu du roi en 1781, épousa le 2 février 1750 Pierrette, fille de Jean-Nicolas Boisot, avocat au parlement de Bourgogne, professeur en l'Université de Dijon, et de Jeanne-Marie-Michel. De ce mariage vinrent : 1° Jean-Nicolas, né en 1752, avocat en parlement, contrôleur général des fermes, puis chef de correspondance à l'hôtel des fermes à Paris, marié en 1793 à Louise, fille de Nicolas Pierre, ancien trésorier de France à Dijon, et d'Anne Ligier ; sa postérité mâle est éteinte ; 2° Louis-Charles qui suit, 3° Jeanne-Claudine, mariée en 1778 à François Laureau de Lavault, maître des comptes à Dijon.

VI. Louis-Charles, trésorier de France au bureau des finances de Dijon en 1783, épousa le 2 juin de la même année Marie-Marguerite-Joséphe, fille de Denis-Prudent Lardillon, correcteur à la Chambre des comptes de Dijon, secrétaire du roi, contrôleur en la Chancellerie du parlement de Besançon, et de Jeanne-Elisabeth Brette. Sa descendance subsiste. — Armes : *D'azur, au chevron d'or, accompagné de trois croissants d'argent, celui de la pointe surmonté d'un hêtre de sinople.*

JACQUES FEBVRE, trésorier de France, élu du roi après Henry Maulbon d'Arbaumont, prêta serment le 4 mars 1784, sa nomination ayant été agréée par le roi suivant la lettre de M. Amelot du 18 mai de l'année précédente. Voy. p. 286 la notice de Charles-François Febvre, son fils, conseiller maître en 1777.

GABRIEL-MARIE DELAGRANGE ou DE LA GRANGE seigneur de Collonges, trésorier de France, élu du roi, remplaça Jacques Febvre et prêta serment le 13 février 1787, après que sa nomination eut été agréée par le roi, suivant la lettre du baron de Breteuil du 13 juillet de l'année précédente.

La famille de la Grange qu'une tradition constante rattache aux la Grange de Montille et de Villeberny, (voy. p. 173) remonte authentiquement à Pierre de la Grange, qui habitait St-Léger-sur-Dheune au commencement du XVIIe siècle. Il épousa en 1629 Etiennette Minard, veuve de noble Jean Ferrault, enquêteur en la sénéchaussée de Moulins en Bourbonnais, et en eut deux fils et plusieurs filles. De son fils aîné, Lazare, procureur du roi en la châtellenie de Couches, naquit Charles, avocat en parlement qui, par suite de son mariage en 1700 avec Madeleine de Siry, se fixa à Montcenis, et fut l'auteur d'une branche qui était représentée à la fin du siècle dernier par : 1° Antoine, seigneur d'Epoisses, conseiller au bailliage de Montcenis ; 2° Philippe, chanoine de la cathédrale d'Autun ; 3° Henry, seigneur de Saint-Pierre, maître des comptes à Dôle, qui eut un fils conseiller au parlement de Bourgogne en 1781, et une fille mariée à Jacques-Pierre Ligier, maître des comptes, et enfin 4° André, capitaine de cavalerie, ancien garde du roi et chevalier de Saint Louis. Cette branche est éteinte.

Salomon-Etienne de la Grange, second fils de Pierre et d'Etiennette Minard, eut pour fils François, marié à Couches, en 1728, et de qui vinrent : 1° Gabriel-Marie, seigneur de Collonges, d'abord procureur du roi au bailliage de Montcenis, puis trésorier de France à Dijon, en 1761 ; sa descendance subsiste ; 2° François, avocat en parlement, père de François qui suit.

François de la Grange, étant dans l'intention d'entrer aux gendarmes de la mai-

son du roi, obtint en 1775, du comte de Grammont, grand bailli d'épée de l'Autunois un certificat constatant qu'il était d'une famille très ancienne de la province de
Bourgogne, et que son père et ses ancêtres, reconnus d'un temps immémorial pour
vivre noblement, avaient occupé depuis plus de deux cents ans des charges dans
la magistrature avec honneur et distinction. Ce certificat constate en outre que
Jean de la Grange, lieutenant-général du bailliage d'Autun, mort en 1606, eut un
fils Pierre qui servit comme gendarme dans la compagnie de M. de Bellegarde.

François de la Grange épousa en 1786 N. de la Chaise, fille de François, seigneur
engagiste de la baronnie de Montcenis. Sa descendance subsiste.

Les armes des différentes branches de la famille de la Grange sont les mêmes,
sauf diverses brisures. Celle dont nous donnons ici la notice porte : *D'azur, au
chevron d'or, accompagné de deux étoiles d'argent en chef, et d'une rose de même en
pointe.*

CHAPITRE DOUZIÈME

Greffiers en chef.

JACQUES LE ROY fut le premier titulaire de l'office de greffier en chef dont l'édit de création est daté du mois de mai 1538 (1). Pourvu le 3, il fut installé le 10 du même mois par le général des finances de la charge de Bourgogne, sur le refus de la Chambre de procéder à sa réception. Ce fut seulement le 7 septembre suivant que cette compagnie consentit à l'installer. Accusé de forfaiture en 1543, il fut destitué de son office dont le roi disposa en faveur d'Etienne Garin, mais peu après, son innocence ayant été reconnue, François Ier cassa et annula les lettres du 24 octobre 1543 qui avaient prononcé sa destitution « avecque ordinacion de les canceller et lacérer, au moyen de quoi elles furent bastonnées » le 27 mars 1544/5. En conséquence Jacques Le Roy fut rétabli dans ses fonctions; il les exerçait encore en 1546 comme on le voit par une transaction passée cette même année entre lui et les clercs et auditeurs sur leurs attributions et priviléges respectifs.

Lorsque Jacques Le Roy fut pourvu de l'office de greffier, il remplissait depuis quatre ans environ les fonctions de contrôleur au grenier à sel de Dijon, et il y joignit plus tard celui de notaire et secrétaire du roi. Il épousa en 1547 Anne, fille de Mongin Contault, conseiller au parlement, et de Bernarde Desbarres, et nous lui connaissons un fils Guy, vivant sous la tutelle de sa mère en 1551. — Le Roy, en Bourgogne, porte, d'après certains auteurs héraldiques : *Tiercé en pal, d'azur, d'argent et de gueules.*

ETIENNE GARIN fut pourvu le 24 octobre 1543 de l'office de greffier vacant par la forfaiture de Jacques Le Roy; il n'exerça que jusqu'au mois de mars 1545, époque où son prédécesseur, dont l'innocence avait été reconnue, fut remis en possession de son office.— On trouve en 1542 Guillaume Garin receveur du trésorier de la province. — Armes: *De gueules, au chevron d'or, accompagné en chef de deux étoiles et en pointe d'une rose de même.*

(1) Les clercs et auditeurs ne furent dépouillés qu'en partie, par la création de cet office, des fonctions de greffier qu'ils remplissaient seuls auparavant. A la suite de vives réclamations ils obtinrent un réglement aux termes duquel ils demeurèrent chargés de l'expédition de certains actes, tels que extraits des terriers de la Chambre, reprises de fiefs, dénombrements, etc., etc.

JEAN DURAND, greffier en chef, succéda à Jacques Le Roy. On n'a point connaissance de ses lettres de provisions, mais il est rappelé dans celles de son successeur où on lit qu'il mourut en 1553 revêtu de son office. Le P. Gautier présume qu'il était petit-fils d'un certain André Durand, qui vivait en 1435 et dont la fille Guillemette épousa en 1459 Guillaume Millière, seigneur de Travoisy. Une fille issue de ce mariage épousa en 1497 Pierre Fourneret.

JEAN ESPERIT ou ESPRIT fut pourvu le 25 novembre 1553 de l'office de greffier en chef vacant par le décès de Jean Durand, et prêta serment le 16 janvier suivant. Il résigna en 1563 en faveur de Girard Regnier. — Famille originaire de Châtillon-sur-Seine où Jean Esperit était contrôleur au grenier à sel avant 1525. Il eut deux fils, Jean Ier qui succéda à son père en 1549 en l'office de contrôleur et mourut en 1587, et Jean II, greffier de la Chambre des comptes. On trouve encore Gérard et Philibert, le premier lieutenant général des eaux et forêts au bailliage de Dijon, Auxois et la Montagne (1576), le second, maître particulier des eaux et forêts à Châtillon (1695). — Armes: *D'or, au chevron d'azur, accompagné de trois étoiles de même.*

GIRARD REGNIER, greffier en chef sur la résignation de Jean Esperit, fut pourvu le 31 décembre 1563 et reçu le 22 mars de l'année suivante. Il résigna en 1575 en faveur de Barthélemy Morisot. Voy. p. 37 et 86.

BARTHÉLEMY MORISOT, nommé greffier en chef sur la résignation de Girard Regnier, fut pourvu le 4 décembre 1575, mais il dut attendre jusqu'au 30 mars 1577 pour prêter serment, en raison de certaines oppositions qui avaient été faites à sa réception. On trouve en date du 2 septembre de l'année suivante des lettres qui le dispensaient pour deux ans de se faire pourvoir d'un office de notaire-secrétaire, ainsi que le prescrivaient les ordonnances pour tous les greffiers en chef de cours souveraines. Destitué pendant les troubles de la Ligue, Barthélemy Morisot fut rétabli dans son office par lettres du 10 octobre 1594 qui rappellent qu'il était demeuré à Dijon avec beaucoup de périls et de dangers, ayant été retenu jusqu'à cinq fois prisonnier au château, en la Conciergerie et dans la maison du roi. Le 12 juillet 1595 il se fit pourvoir d'un second office de greffier créé nouvellement en raison du semestre établi par édit du même mois. Ses lettres de provisions furent enregistrées le 19 août suivant; mais il n'exerça pas longtemps ce second office qui fut supprimé avec le semestre en 1596. Quant à son office ancien il en remplit les fonctions jusqu'en 1613. Le 26 mars de cette année, un arrêt de la Chambre des comptes ordonna qu'il continuerait d'en porter le titre et de jouir des priviléges qui y étaient attachés, nonobstant la démission qu'il en avait faite par suite du rachat des greffes dont Louis Farroul, secrétaire de la Chambre du roi avait traité avec Sa Majesté. Il mourut au mois d'août 1623.

I. Antoine Morisot, procureur en parlement en 1572, avait épousé Jeanne Simon dont il eut : 1° Barthélemy qui suit ; 2° Antoine qui suivra ; 3° Reine, femme de Thibaut Malpoy, écuyer de l'écurie du roi.

II. Barthélemy, seigneur de Chaudenay et Vernot, secrétaire du roi et greffier de la Chambre des comptes, qui donne lieu à cet article, épousa Jeanne, fille de Claude Brocard, seigneur de Chaudenay et en eut : 1° Claude-Barthélemy qui suit : 2° Marie, mariée en 1638 à Zacharie Espiard, maître d'hôtel ordinaire du roi, bailli de Saulieu.

III. Claude-Barthélemy, seigneur de Chaudenay et Vernot, avocat au parlement, est l'auteur de plusieurs ouvrages de littérature et d'érudition ; il laissa un fils Jean qui suit.

IV. Jean, seigneur de Chaudenay, avocat au parlement, épousa en 1659 Marthe, fille de Guillaume Millière, maître des comptes ; il ne laissa qu'une fille, Antoinette, mariée en premières noces, en 1679, à Paul de la Michodière, trésorier de France à Dijon, et en deuxièmes noces, en 1702, à Jean Baillet, premier président de la Chambre des comptes.

II. Antoine, seigneur en partie de Marey-sur-Tille, célèbre avocat au parlement de Dijon, mort en 1612, épousa Barbe Ranvial, dont il eut : 1° Antoine, qui suit ; 2° Jeanne, femme de Jacques David, avocat au parlement ; 3° Jean ; 4° Reine, mariée à Lazare de Pringles, procureur général à la Chambre des comptes.

III. Antoine II, seigneur en partie de Marey-sur-Tille et Taniot, commissaire aux requêtes du palais en 1615, épousa le 30 mai 1619 Françoise, fille de Nicolas Pouffier, baron de Longepierre, seigneur de Taniot ; il en eut : 1° Antoine, qui suit ; 2° Guillaume-François, écuyer ; 3° Nicolas-Lazare, qui fit branche ; 4° Marie, mariée à Gabriel Guillaume, écuyer, avocat au parlement ; 5° Pierre, religieux de Cîteaux.

IV. Antoine III, seigneur de Taniot et des Brosses, capitaine au régiment de Condé, fut reçu aux Etats de 1670. Il avait épousé le 10 février 1651 Marie, fille de Jacques Daubenton, seigneur de Jancigny, et de Catherine Pennerot ; il en eut : 1° Jean-François, qui suit ; 2° Antoine, écuyer, seigneur de Taniot, major aux régiments du roi et de Chantran-dragons, marié en 1660 à Catherine Comeau dont il ne paraît avoir eu qu'une fille, Ingeburge, femme de Gaspard-Hardouin de Courcelles, chevalier, seigneur de Bousselange, Montagny, etc.; 3° Catherine, femme de Léon de Laborey, chevalier, seigneur de Chevigny.

V. Jean-François-Antoine, écuyer, seigneur d'Illoud, Cheuge, capitaine de dragons au régiment de Chantran, épousa le 12 avril 1695 Christine-Françoise de Hacourt dont il eut Louis-François-Antoine.

VI. Louis-François-Antoine, écuyer, seigneur des Brosses, reçu aux Etats de 1745, avait épousé le 2 juillet 1719 Marie-Anne de Drouet de Sainte-Livière, dont vinrent : 1° Gabriel-Antoine, chevalier de Saint Louis, capitaine au régiment d'Enghien, puis lieutenant-colonel de Cambrésis, entré aux Etats de 1760 et marié à Thérèse de Rosières ; 2° Aimé, lieutenant au régiment d'Enghien ; 3° Antoine, capitaine au même régiment ; 4° Marie-Françoise, non mariée ; 5° Claude-Antoine, lieutenant au régiment de Bourbon-cavalerie, entré aux Etats de 1769.

Branche des seigneurs de Jancigny. — IV. Nicolas-Lazare, seigneur de Jancigny, commissaire aux requêtes du palais (1651), mort en 1687, avait épousé le 24 février 1656 Marie-Charlotte, seconde fille de Jacques Daubenton, seigneur de Jancigny, et de Catherine Pennerot. Il eut de ce mariage : 1° Antoine, qui suit ; 2° Bernard, chevalier, seigneur en partie de Bousselange, reçu aux Etats de 1724 et mort sans postérité.

V. Antoine, écuyer, seigneur de Jancigny, commissaire aux requêtes du palais, épousa en 1686, Marie, fille d'Edme Gonthier, comte d'Auvillars, conseiller au parlement, et de Marie Dubois ; il eut : 1° Antoine, écuyer, capitaine dans Enghien, puis prêtre et archidiacre de Dijon ; 2° Aimé, écuyer ; 3° et 4° Marie-Charlotte et Jeanne-Marie, religieuses carmélites à Dijon ; 5° Marie, religieuse aux Ursulines de la même ville.— Armes : *D'argent, à une quintefeuille de gueules en cœur, accompagnée de trois meures de sable, posées 2 et 1.*

Jean FRANCOLIN, concierge de la Chambre, exerça l'office de greffier en chef près la Chambre royaliste pendant les troubles de la Ligue. C'est ce qui résulte d'un arrêt du Conseil de l'an 1620, rendu en faveur de Pierre Saumaise, et de l'arrêt d'enregistrement des lettres patentes obtenues en conséquence, arrêts où il est fait mention de la signature d'un certain Francolin, comme étant celle du greffier de la Chambre *estant lors à Semur*. Il est probable que Jean Francolin exerçait en vertu d'une simple commission. Nous ne lui connaissons qu'une fille, mariée à Jacques Cugnois, auquel il résigna en 1613 son office de concierge. — Jean de Francolin, écuyer, châtelain de Brancion, vivait en 1589.

Gilbert DE PRINGLES fut *commis*, après la démission de Barthélemy Morisot, par lettres du 26 mars 1613 à l'exercice du greffe de la Chambre des comptes, sur la nomination de Louis Farroul, qui en était propriétaire. Il remplissait encore cette fonction en 1633, et paraît avoir eu pour successeur immédiat Pierre Dumay, en 1641. Voy. p. 222 et 393.

Bénigne JACHIET, receveur des gabelles au grenier à sel de Dijon, fut reçu par arrêt du 9 décembre 1626 pour remplir par commission un second office de greffier en chef, créé par édit du mois de juillet précédent (1). Au mois de septembre de l'année suivante il fut pourvu en titre de ce même office sur la nomination de Jean Joly, qui en avait obtenu des lettres de provisions et se démit en sa faveur avant réception. En conséquence de cette nomination, Bénigne Jachiet prêta un nouveau

(1) Bénigne Jachiet avait été pourvu en 1626, l'année même de sa nomination au greffe de la Chambre des comptes, des offices nouvellement créés, de receveur et payeur des rentes assignées sur les gabelles de la généralité de Bourgogne, et de receveur des amendes de la Cour des comptes, aides et finances de Dijon.

serment le 26 janvier 1628. Il exerçait encore son office en 1638 et paraît en avoir reçu le remboursement lors de la création, en 1639, de deux nouveaux offices de greffiers en chef, alternatif et triennal, dont il sera question à l'article suivant. Benigne Jachiet était sans doute de la même famille que Gérard Jachiet, président en 1679. Voy. p. 58.

PIERRE DUMAY se rendit acquéreur en 1641 sous le nom de François Bossuet, secrétaire du roi et de ses finances, de l'office de greffier ancien, précédemment exercé par Gilbert de Pringles, sur la démission des héritiers de Philippe de Castille, qui en était propriétaire. Reçu le 23 mars de la même année, il acquit depuis du même François Bossuet les deux offices de greffiers en chef, alternatif et triennal, créés en 1639 (1), et les légua en 1675, avec celui de greffier ancien, à Guillemette de Requeleyne, sa femme, à charge d'en disposer en faveur de Pierre-Jacques et de Louise Dumay, ses enfants. Il mourut le 23 juillet de la même année et fut inhumé en l'église de Saint-Philibert de Dijon. Voy. p. 300.

PIERRE-JACQUES DUMAY, greffier en chef ancien, alternatif et triennal, devint propriétaire de ces trois offices en 1675, sur la nomination de Guillemette de Requeleyne, sa mère. Reçu le 13 août de la même année, il mourut en 1694 et fut remplacé par Melchior Jolyot.

JEAN THIBERT fut pourvu au mois de mai 1690 d'un office de greffier en chef conservateur des minutes de la Chambre des comptes, créé par déclaration du 23 avril 1689. Son arrêt de réception est du 9 juin 1690. Maintenu dans cet office après la création nouvelle qui en fut faite à la suite d'un édit de décembre 1699 portant suppression de tous les anciens offices de greffiers en chef, il l'exerça jusqu'en 1712, époque de sa mort, et eut pour successeur Pierre Trappet. — Armes : *D'azur, à un rosier d'or, soutenu d'un croissant d'argent, et accompagné en chef de deux étoiles aussi d'argent.*

MELCHIOR JOLYOT, sieur de Crébillon (2), maître clerc en chef, ancien, alternatif et triennal de la Chambre des comptes depuis 1687, fut pourvu le 12 mars 1694 de l'office de greffier en chef héréditaire, alternatif et triennal, qu'il avait acquis de Pierre-Jacques Dumay. Il y fut reçu le 24 du même mois et prêta un nouveau serment le 23 juillet 1695 après s'être fait pourvoir le 18 mars précédent, de l'office de greffier ancien, sur la résignation du même Pierre-Jacques Dumay. Maintenu dans ses fonctions lors de la suppression et de la création à nouveau des offices de

(1) Édit de décembre 1639 portant création de greffiers alternatifs et triennaux en toutes les cours et juridictions du royaume.

(2) Crebillon, petit fief, avec moyenne et basse justice, situé à Gevrey. Melchior Jolyot l'avait acheté de M. Pélissier, seigneur de Ternant.

greffiers en chef, il les exerça jusqu'en 1714 et eut pour successeur Jean-François Cinqfonds.

Fils d'un officier au bailliage de Nuits et né dans cette ville, Melchior Jolyot épousa Henriette Gagnard, fille d'un lieutenant général de Beaune, et de Geneviève Bretagne, très proche parente de MM. de la Mare, Bauyn, de Migieux, Bretagne et de Souvert. Il en eut trois filles et sept garçons, tous morts sans lignée sauf le dernier, Prosper Jolyot de Crébillon, le célèbre poëte tragique. Né le 13 janvier 1674, Prosper Jolyot de Crébillon épousa en 1705 Charlotte Peaget, fille de N. Peaget, de Dole, dont la femme était une Gamard, famille très ancienne et très connue dans la littérature, la médecine et la pharmacie. De ce mariage il eut deux fils dont l'aîné seul lui survécut. Il se nommait Claude-Prosper et a publié plusieurs romans graveleux. Né le 7 février 1706, Claude-Prosper épousa en 1740 N. de Stafford, tante de lord Stafford, chef de l'illustre maison de Howard.

Ces détails généalogiques sont tirés d'une lettre adressée par Crébillon le tragique, peu de temps avant sa mort au P. Gautier, qui lui avait demandé des détails sur sa famille. Tout en affirmant, dans ses écrits, que son peu d'amour-propre pour son origine lui avait fait négliger des connaissances assez flatteuses sur ce point, Crébillon raconte avec une certaine complaisance qu'un maître des comptes de la connaissance de son père avait donné un jour à celui-ci deux titres en assez mauvais latin, l'un concernant Emonin Jolyot, chambellan de Raoul, duc de Bourgogne, de la première race, l'autre en faveur de Simonin Jolyot, chambellan de Philippe le Bon. Ces deux titres avaient depuis été perdus. Il ajoute qu'il se souvenait avoir entendu dire dans sa jeunesse à de vieux habitants de Nuits, qui était la patrie de son père, qu'il y avait eu autrefois dans ces cantons des Jolyot, puissants seigneurs. Ce qu'il y a de sûr, ajoute-t-il, c'est qu'il n'y a jamais eu d'autres Jolyot que nous dans les deux provinces de Bourgogne. Et un peu plus loin : il y a eu une autre famille de Jolyot qu'il plut à mon père de reconnaître, mais ils n'étaient pas des nôtres, car ils signaient Joliot, et nous avons toujours signé Jolyot. Enfin cette petite anecdote : « Un jour M. le comte de Verdun, élu de notre noblesse, me dit d'un air de mécontentement qu'il était fâché que j'eusse quitté un nom très connu dans la haute noblesse. — Armes : *D'azur, à l'aigle éployé d'or, portant en son bec un lys au naturel feuillé, et soutenu d'argent.*

PIERRE TRAPPET, greffier en chef, fut pourvu le 15 janvier 1713 de l'office de la création de 1689, sur la nomination de Michelle Goujon, veuve et donatrice de Jean Thibert. Reçu le 27 du même mois, il résigna en 1726 en faveur de Bernard Garnier, et passa à un office de greffier en chef du bureau des finances. Sa fille Catherine épousa Jean-Baptiste Lacoste, avocat au parlement de Bourgogne, dont le fils, Philibert-Jean fut pourvu en 1784 d'un office de maître des comptes. Voy. p. 288. — *L'armorial* de 1696 attribue à Emilian Trapet, huissier en la Chambre des comptes, les armes suivantes : *D'azur, à une souricière d'argent.*

JEAN-FRANÇOIS CINQFONDS succéda à Melchior Jolyot dans l'office de greffier en chef, ancien, alternatif et triennal. Il fut pourvu le 26 mars 1715 sur la rétrocession que lui en fit son père, Jean Cinqfonds, qui l'avait obtenu par adjudication de la Cour des aides de Paris sur Melchior Jolyot au mois d'août 1714. Reçu le 5 avril 1715, Jean-François Cinqfonds mourut le 25 décembre 1737, fut inhumé en l'église Saint-Michel, et eut pour successeur Jean Cinqfonds, son fils.

     Famille originaire de Coulmier-le-Sec et qui vint s'établir avant 1500, à Châtillon-sur-Seine où elle fit des alliances honorables et a toujours tenu un des premiers rangs dans la bourgeoisie.

     On trouve dans les registres de la Chambre des comptes un Jean de Cinqfonds commis le 25 janvier 1429/30 à l'office de receveur de la gruerie du bailliage de la Montagne, le même, sans doute, qu'on trouve qualifié à la même époque, lieutenant du châtelain de Montréal. D'après Palliot, Guillaume de Cinqfonds était bailli de Sombernon en 1442.

     I. Nicolas Cinqfonds, greffier de la justice de Coulmier-le-Sec, épousa Germaine Louis dont vint Jean, qui suit.

     II. Jean s'établit en 1680 à Dijon, y exerça pendant plus de vingt ans l'office de secrétaire de la ville dont il fut plusieurs fois élu échevin ; il épousa en 1680, Marguerite Mathey dont vint Jean-François.

     III. Jean-François, greffier en chef de la Chambre des comptes, épousa en 1707, Catherine Belorgey dont il eut 1° Jean, qui suit ; 2° Pierre.

     IV. Jean, greffier en chef de la Chambre des comptes, épousa le 4 novembre 1748 Elisabeth, fille d'André Personne, avocat en parlement, et d'Elisabeth Pamponne, demeurant à Châtillon, et cousine de N. Bauldri, seigneur de Villaines, grand maître des eaux et forêts en Picardie et Artois. De ce mariage sont nés : 1° André (1750) ; 2° Marie (1751). — Armes : *D'argent, au chevron d'azur, surmonté d'une croix patée de sable et accompagné en chef de deux roses de gueules et en pointe d'une coquille de même.*

     BERNARD-PHILIBERT GARNIER DE TERRENEUVE, seigneur de Bretinière, chevalier de Saint-Louis, ancien capitaine réformé au régiment de Navarre, major de la ville de Beaune, fut pourvu le 17 janvier 1726 de l'office créé en 1689, sur la résignation de Pierre Trappet. L'arrêt de réception est du 13 mars suivant. Par édit de mai 1755 le roi, à la sollicitation de la Chambre, réunit moyennant indemnité, cet office de greffier en chef conservateur des minutes à celui de greffier ancien, alternatif et triennal dont était pourvu Jean Cinqfonds (1). L'année

---

    (1) Il y avait eu précédemment transaction entre Jean Thibert, greffier conservateur des minutes, et Melchior Jolyot, greffier, par laquelle il était convenu que les deux offices seraient réunis après vingt ans d'exercice de Jean Thibert ; cette transaction n'eut d'effet, comme on le voit, qu'en 1755.

suivante Bernard Garnier de Terreneuve obtint des lettres d'honneur qui font mention de ses services dans les armées dès ses plus tendres années, ayant mérité successivement les commissions de capitaine aide major du régiment de Champigny-infanterie, de capitaine de grenadiers au régiment de Grosbois, ayant enfin obtenu la majorité de Beaune et été fait chevalier de Saint-Louis en mars 1721. Il avait épousé Marie-Elisabeth de Clairssin et eut pour fils Bernard-Nicolas Garnier de Terreneuve, trésorier de France et élu du roi aux Etats de 1778. Voy. p. 428.

JEAN CINQFONDS, greffier en chef, fut pourvu le 27 juillet 1745 en vertu de la cession d'une portion de cet office, à lui faite par sa sœur Pierre, seule héritière avec lui de Jean-François, leur père, et de Catherine Belorgey leur mère. Reçu par arrêt du 6 août de la même année, il exerça jusqu'à la Révolution. Voy. p. 428.

CHAPITRE TREIZIÈME

Chancellerie près la Cour des comptes, aides et finances de Bourgogne — Notaires et Secrétaires de la Chambre des comptes.

§ I. — CHANCELLERIE (1)

DENIS BOUTHILLIER, président à la Chambre des comptes depuis 1625, fut pourvu le 23 septembre 1627 de l'office de garde des sceaux en la chancellerie de la Cour des comptes, aides et finances de Bourgogne, créée par édit du mois de juillet précédent. Après avoir prêté serment entre les mains du garde des sceaux le 24 février 1628, il fit enregistrer ses provisions par la Chambre le 20 novembre de la même année. Il n'eut point de successeur dans cet office qui fut supprimé en 1630. Voy. sa notice au chapitre des présidents, p. 50.

JEAN ROSSELIN fut pourvu le 29 septembre 1627 d'un des deux offices de secrétaires audienciers créés par édit du mois de juillet précédent et réunis au parlement en 1630. Il fut reçu dans cet office le 14 avril 1628 et y eut pour successeur son fils François en 1634. Il avait épousé Catherine de Villemereux. — Ancienne famille de Paray-le-Monial.

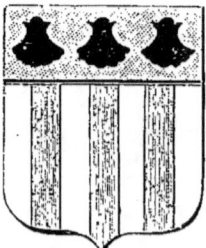

JEAN HUMBELOT fut pourvu le 29 septembre 1627 d'un autre office de secrétaire audiencier de la création du mois de juillet précédent. Il y fut reçu le 14 avril 1628 et obtint des lettres d'honneur en 1649.

I. Jean Humbelot, secrétaire du roi, dont il est ici question, était originaire d'Autun où l'on trouve du même nom plusieurs officiers à la gruerie et au grenier à sel. Il avait épousé Françoise Desplaces, dont vint :

(1) L'établissement de cette chancellerie suivit d'un peu plus d'un an l'époque où la Chambre des comptes, à la suite de longs démêlés avec le parlement, obtint l'attribution de la juridiction souveraine des aides sous le titre de Cour des comptes, aides et finances de Bourgogne. (Voy. p. 51 et 215.) Elle se composait d'un garde des sceaux qui devait être pris parmi les présidents ou les conseillers maîtres, de deux secrétaires audienciers, de deux secrétaires contrôleurs, d'un chauffe-cire et de deux huissiers. Cet état de choses dura peu de temps. Le parlement s'étant fait restituer en 1630 la juridiction des aides, la Chambre des comptes fut réduite à ses anciennes fonctions, ce qui entraîna naturellement la suppression de la chancellerie qui lui avait été annexée trois ans auparavant, mais non pas celle de tous les offices qui y avaient été créés. C'est ainsi que les quatre offices de secrétaires furent maintenus et réunis par lettres-patentes de juin 1630 à la chancellerie du parlement.

II. Claude, écuyer, marié en 1698 à Claudine Roux, dont Humbert qui suit.

III. Humbert, écuyer, seigneur de Villiers, Champchanoux et Meix-Varanges en 1709, entra aux Etats de 1712 ; il épousa Marie Derepas, dont :

IV. Alexandre-Humbert, écuyer, seigneur des mêmes lieux, capitaine au régiment Royal-Roussillon infanterie, reçu aux Etats de 1739. — Armes: *D'argent, à trois pals de gueules ; au chef cousu d'or, chargé de trois coquilles de sable.*

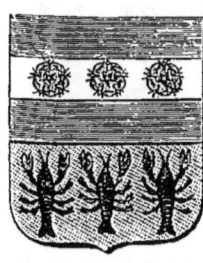

Pierre ANTHOUARD fut pourvu le 29 septembre 1627 d'un des deux offices de secrétaires contrôleurs créés la même année et réunis au parlement en 1630. Son arrêt de réception, comme ceux des autres officiers de la même création, est du 14 avril 1628.

Famille des comtes Anthouard. Elle est originaire d'Autun et remonte à Geoffroy Anthouard, qui était vierg de cette ville en 1451. Elle a fourni deux châtelains de Glennes, Lazare en 1554 et son fils Antoine en 1588. Pierre, secrétaire du roi, qui donne lieu à cet article, épousa Anne, fille de Philibert Venot, dont il eut Pierre II, écuyer. Ce dernier épousa Philiberte, fille de Bénigne de Selle, et testa en 1663, laissant trois fils, Pierre, Philibert et André. — Armes : *Coupé, au premier: d'azur, à une fasce d'argent, chargée de trois roses de gueules : au deuxième d'or, à trois écrevisses de gueules en pal, rangées en fasce.* Aliàs : *D'or, à trois écrevisses de gueules, 2 et 1, coupé d'azur, au triangle cléché d'argent, chargé de trois quintefeuilles du champ.*

Antoine POTILLON, sieur du Magny et de Meunot, fut pourvu le 29 septembre 1627 du second office de secrétaire contrôleur créé au mois de juillet précédent et qui fut, comme les autres, réuni au parlement en 1630. Arrêt de réception du 14 avril 1628. Nous ne lui connaissons qu'une fille Philiberte qui épousa Edme-Bernard Perret, conseiller au parlement. Nous croyons sa famille originaire de Paray, où l'on trouve Antoine Potillon, grenetier au grenier à sel de 1618 à 1653.

§ II. — NOTAIRES ET SECRÉTAIRES

François JACOB fut pourvu le 14 avril 1632 de l'un des trois offices de notaires et secrétaires de la Chambre créés par édit du mois de février précédent. Reçu le 6 août 1633, il mourut le 22 avril 1657 et son office passa, sur la nomination de sa veuve et de ses héritiers, à Claude Humbert, qui s'en démit avant d'en avoir pris des lettres de provisions, au profit d'Hugues Guyard. Il avait résigné en 1634 l'office d'avocat du roi aux bailliage et chancellerie de Semur qu'il exerçait depuis 1628 pour passer à celui de lieutenant général en la chancellerie de la même ville (1).

_____

(1) Un arrêt du conseil du 29 juillet 1634 avait autorisé toutes personnes du ressort de la Chambre des comptes à se faire pourvoir des trois offices de notaires et secrétaires nouvellement créés, sans être astreintes à résidence.

De son mariage avec Catherine Juliot, vinrent deux fils, François-Bernard et Jean-Claude, et aussi très probablement une fille Jeanne-Baptiste, mariée à François de Bretagne, lieutenant général au bailliage de Semur. François-Bernard, seigneur de Courgy, Buffon et la Motte de Quetigny, conseiller au parlement en 1651, résigna cet office en faveur de son frère Jean-Claude pour passer en 1637 à celui de président à mortier. Il mourut en 1704 sans laisser d'enfants de son mariage avec Madeleine de la Thoison et choisit pour héritier son parent Marc-Antoine Jacob, maître des comptes. Jean-Claude, seigneur de Charmelieux, conseiller au parlement, fut marié deux fois, 1° avec Marie-Madeleine de Marc, 2° avec Marie Comeau, et mourut aussi sans postérité. Pour les armes, voir l'article d'Abraham Jacob, maître des comptes en 1670, p. 242.

GILBERT DE PRINGLES fut pourvu le 14 avril 1632 (1) d'un des trois offices de notaires et secrétaires de la création du mois de février précédent. Reçu le 12 août 1633, il résigna en 1656 en faveur de son fils, Jean-Baptiste. Il avait auparavant rempli les fonctions de greffier de la Chambre des comptes. Voy. p. 222, 393 et 425.

GUILLAUME GEVALOIS, bailli et lieutenant général au bailliage de Bourbon-Lancy, fut pourvu le 14 avril 1632 du troisième office de notaire et secrétaire de la création du mois de février précédent. Reçu le 7 décembre 1634, il mourut en 1656 et fut remplacé par son fils Henri.

Ancienne famille de Bourbon-Lancy, qui remonte à Jean Gevalois, procureur du roi aux juridictions royales de cette ville en 1573. De son mariage avec Anne Baudinot, il laissa deux fils, Guillaume, qui donne lieu à cet article, et Jean, gentilhomme ordinaire de la Chambre du roi. Guillaume laissa lui-même deux fils, Henri, grenetier au grenier à sel de Bourbon-Lancy en 1653 et secrétaire de la Chambre des comptes, et Jacques, écuyer, seigneur de Fraize et Monroi, qui succéda à son père dans la charge de lieutenant général. Nous citerons encore parmi les membres de cette famille : Nazare, sieur de Quignolle, gentilhomme servant ordinaire de la maison du roi en 1674, et Joseph, écuyer, dont la veuve Anne Burgat, vivait en 1761. Autres alliances : Berbis, Thésut, etc. — Armes : *D'or, à un olivier de sinople; au chef d'azur, chargé de deux étoiles d'or.* (*Armorial* de 1696.) Alias : *D'argent, à l'olivier de sinople.*

FRANÇOIS JACOB, substitut du procureur général, fut pourvu le 6 octobre 1637 d'un office de notaire et secrétaire, créé par édits des mois de janvier 1636 et février 1637, aux mêmes et semblables droits et privilèges que ceux de la création précédente. Reçu le 18 janvier 1640, il mourut le 24 avril 1677 et ses héritiers présentèrent à son office Claude Couvreux qui, ne désirant pas s'en faire pourvoir, en fit la déclaration au profit de Pierre Mol. Voy. p. 400.

(1) Ses lettres de provisions ne sont point au registre, mais elles doivent être de la même date que celles de ses deux collègues François Jacob et Guillaume Gevalois.

J<small>EAN</small>-B<small>APTISTE</small> DE PRINGLES, notaire et secrétaire, fut pourvu sur la résignation de son père le 10 avril et reçu le 10 mai 1656. Il résigna en 1662 en faveur de Claude Couvreux. Voy. p. 432.

H<small>ENRI</small> GEVALOIS, notaire et secrétaire, en vertu du testament de Guillaume, son père, fut pourvu le 3 juillet, et reçu le 22 novembre 1656. Il mourut le 12 janvier 1676 et fut remplacé par Jean-Pierre Joly. Voy. p. 432.

H<small>UGUES</small> GUYARD, notaire et secrétaire, fut pourvu, le 12 avril 1660, de l'office vacant par le décès de François Jacob. Reçu le 22 du même mois, il mourut le 20 septembre 1666, et fut remplacé par Hubert Guyard, son frère et unique héritier.

I. Famille originaire de Beaune, dont le premier auteur connu, Guillaume Guyard, qualifié bourgeois, eut pour fils Etienne.

II. Etienne, mort mayeur de Beaune en 1568, fut marié trois fois, avec Parise Germain, Anne de Bassigny et Odette Buisson. Du premier lit vint Vivant qui suit.

III. Vivant, mort en 1571, étant mayeur de Beaune, comme son père, avait épousé Jeanne, fille de Claude Bizouard et d'Aimée de Bassigny. Il eut entre autres enfants : 1° Hubert, qui suit ; 2° Jean, marié en 1593 à Marguerite Navetier ; 3° Etienne.

IV. Hubert, mayeur de Beaune, épousa en premières noces (1586) Huberte Paget, en secondes (1588) Jeanne, fille de Hugues de Salins, bourgeois de Beaune, et de Pierrette Lespée. Il eut du second lit : 1° Vivant, qui suit ; 2° Hugues, auteur de la branche des seigneurs de Changey.

V. Vivant, né en 1602, épousa en 1627 Marie Poplier, dont,

VI. Hugues, avocat, receveur des tailles à Beaune, et père d'Antoine, qui suit.

VII. Antoine, secrétaire du roi du grand collége, marié à N. Lebelin, eut : 1° Hubert, capitaine dans Thierrache, marié à N. Thoureau, dont une fille ; 2° Charles, lieutenant général d'épée au bailliage de Beaune, dont la veuve Elisabeth Rousseau légua la terre de Bagnot à son petit-neveu, Jacques-Elisabeth Berbis, chevalier de Saint-Louis, officier aux gardes françaises ; 3° Vivant, qui suit.

VIII. Vivant, écuyer, seigneur de Bâlon, mort en 1720, avait épousé N. Berardier dont il eut : 1° Claude-Bénigne, qui suit ; 2° Anne, mariée à Claude Berbis de Corcelles.

IX. Claude-Bénigne, écuyer, seigneur de Bâlon, épousa Madeleine-Dominique Lorenchet, dont il eut Pierre-Bénigne-Anne qui suit.

X. Pierre-Bénigne-Anne, conseiller au parlement en 1781, épousa en 1788 Anne-Marie-Emilie, fille de Simon-Pierre-Bernard Ranfer de Bretenières, conseiller maître des comptes, et de Marie-Pétronille Baudot.

Cette branche, aujourd'hui éteinte, portait : *De gueules, alias : d'azur, à la fasce d'or, chargée d'une croix de gueules et accompagnée en chef d'un soleil d'or et en pointe d'une mure de pourpre, ou d'une branche de guy au naturel.*

Branche des seigneurs de Changey. — V. Hugues, mort en 1684, avait épousé, le 17 février 1634, Marie, fille de Pierre de Gossemant, conseiller du roi, et de Jeanne Guerdon; il eut : 1° Hugues, secrétaire de la Chambre des comptes en 1660, qui donne lieu à cet article; 2° Hubert, qui suit :

VI. Hubert, seigneur de Changey et Echevronne, secrétaire de la Chambre des comptes en 1668, conseiller au parlement en 1672, épousa, le 29 janvier 1682, Françoise, fille de Jean Tassinot, receveur général de Bourgogne, et d'Elisabeth Philebon. Il en eut un fils qui suit.

VII. Hugues, seigneur de Changey, conseiller au parlement en 1704, épousa, le 14 septembre 1711, Anne, fille de Jean de Pize, maître des comptes, et de Christine Guiraud. De ce mariage vint Hubert-Toussaint, qui suit.

VIII. Hubert-Toussaint, seigneur de Changey et Echevronne, capitaine de cavalerie au régiment de Marcieux, mestre de camp de cavalerie et commandant du château de Dijon, épousa, le 9 avril 1748, Charlotte-Jeanne Moreau, marquise de Montgon, fille de François Moreau, conseiller du roi en ses conseils, honoraire au parlement de Paris et son procureur au châtelet, et veuve d'Antoine de Cordebœuf-Beauvergier, chevalier, marquis de Montgon. Sa descendance subsiste. — Armes de la seconde branche : *D'azur, à une croix de calvaire denchée d'argent, accompagnée dans les trois branches supérieures d'une étoile du même.*

CLAUDE COUVREUX, notaire et secrétaire, fut pourvu le 14 octobre 1662 sur la résignation de Jean-Baptiste de Pringles. Reçu le 10 mars de l'année suivante, il mourut le 20 avril 1682 et fut remplacé par Paul-François Brunet. Il exerçait en même temps la charge de receveur des épices de la Chambre des comptes.

HUBERT GUYARD, notaire et secrétaire, fut pourvu le 6 février 1668 de l'office d'Hugues Guyard son frère, dont il était l'unique héritier (1). Reçu le 16 mars suivant, il résigna en 1677 en faveur de Gabriel Cartier. Il remplissait alors depuis plusieurs années une charge de conseiller au parlement pour laquelle il obtint des lettres d'honneur en 1704. Voy. p. 433.

JEAN-PIERRE JOLY, notaire et secrétaire, fut pourvu le 8 juin 1676 sur la nomination des enfants et héritiers d'Henri Gevalois. Reçu le 27 du même mois, il résigna en faveur de Pierre Joly en 1697 et obtint la même année des lettres d'honneur qui rappellent les services de son père, Jean, nommé conseiller d'état en 1632, après avoir rempli pendant près de quarante années l'office de lieutenant

---

(1) On lit dans les lettres de provisions d'Hubert Guyard qu'après la mort de son frère il avait nommé à son office son père Hugues Guyard qui, ne désirant pas s'en faire pourvoir, lui en consentit la rétrocession.

particulier aux bailliage et chancellerie de la Montagne. L'*Armorial* de 1696 lui attribue les armes suivantes : *D'azur, à un lys à trois fleurs d'argent.* Voy. l'art. de Pierre Joly-Vallot, son fils, au chapitre des conseillers maîtres, p. 273.

GABRIEL CARTIER, seigneur de la Boutière, notaire et secrétaire, succéda à Hubert Guyard. Ses lettres de provisions, datées du 17 décembre 1677, lui furent accordées en considération des services qu'il avait rendus dans les armées de 1639 à 1676 en qualité de volontaire des gardes du corps et de cornette, s'étant trouvé, y est-il dit, en plusieurs occasions où il avait donné des marques de son courage et de son affection au service du roi. Reçu le 8 janvier 1678, il résigna en 1683 en faveur de Pierre Brondeault. Quelques années plus tard, au mois d'août 1698, il reçut des lettres de noblesse où on lit qu'il était issu d'une ancienne famille dont les membres avaient servi le roi dans les armées et exercé des charges de judicature à Autun, et qu'après avoir quitté le service, il avait rempli les fonctions de gentilhomme de la chambre du duc d'Orléans et de gentilhomme de la grande fauconnerie du roi. Il fut pourvu plus tard d'un office de chevalier d'honneur au présidial d'Autun. On lui connaît deux enfants : 1° Jean-Jacques, écuyer, mousquetaire du roi, officier dans l'escadron de la noblesse de l'Autunois en 1695, qui succéda à son père dans l'office de chevalier d'honneur et mourut sans alliance ; 2° Marie, femme de Berthélemy d'Arlay, écuyer, seigneur de la Boulaye. — Armes : *D'azur, à trois losanges d'or.*

PIERRE MOL fut pourvu le 12 avril 1678 d'un office de notaire et secrétaire vacant par le décès de François Jacob. Reçu le 7 mai de la même année, il mourut le 21 octobre 1687 et eut pour successeur Claude Mol, son neveu. Sa famille a fourni des officiers au bailliage et au grenier à sel d'Auxonne, où l'on trouve aussi des maires de ce nom, depuis Besançon Moole ou Mol qui remplissait ces fonctions en 1383. Elle s'est alliée aux Suremain, Pelletier, etc. — Armes : *D'azur, au chevron d'or, accompagnée de trois roses de même.*

PAUL-FRANÇOIS BRUNET, notaire et secrétaire, fut pourvu le 25 juin 1682 sur la nomination de la veuve de Claude Couvreux. Reçu le 6 juillet suivant, il mourut le 31 juillet 1709 et son office passa à son fils Claude, sur la nomination de Marie Brusson, sa veuve. L'*Armorial* de 1696 lui attribue les armes suivantes : *D'or, à une fasce d'azur, chargée de trois vanets ou coquilles d'argent.*

PIERRE BRONDEAULT, notaire et secrétaire, fut pourvu le 25 février 1683, sur la résignation de Gabriel Cartier. Reçu le 20 mars suivant, il mourut le 17 novembre 1693, et son office passa à François Guibaudet, sur la nomination de Claude Brondeault, son fils. Voy. p. 77 et 257.

CLAUDE MOL, grenetier au grenier à sel d'Auxonne, fut pourvu le 20 février 1688 sur la nomination de Bénigne Mol, de l'office de notaire et secrétaire, vacant par le décès de Pierre Mol, son oncle. Reçu le 23 mars suivant, il résigna en 1693 au profit de Louis Pierre. Voy. p. 435.

CLAUDE THIERRY, commis au greffe des Etats de Bourgogne, fut pourvu le 25 juin 1691 d'un des deux offices de notaires et secrétaires créés par édit du mois de mars précédent. Reçu le 4 juillet de la même année, il résigna en 1712 en faveur de Simon Viesse et obtint des lettres d'honneur l'année suivante. Il avait épousé Jeanne-Reine Bardin, dont un fils et une fille Claude, mariée à Jacques de Laloge, secrétaire du roi. Ses armes sont ainsi blasonnées dans l'*Armorial* de 1696 : *Tiercé en fasce, d'azur, d'or et de gueules.* Son fils Gaspard-Thibaut Thierry, capitaine d'infanterie, puis avocat général au parlement en 1709, portait : *D'azur, à la fasce d'or.*

CHARLES PETITJEAN, lieutenant au bailliage de Louhans, fut pourvu le 25 juin 1691 du second des deux offices de notaires et secrétaires créés au mois de mars précédent. Reçu le 7 juillet de la même année, il obtint en 1718 des lettres d'honneur, régistrées en 1722, nonobstant la suppression de cet office par l'édit de mai 1716. Il ne laissa qu'un fils, Philippe, écuyer, et une fille, Claudine-Françoise, qui épousa Claude Deschamps, aussi écuyer, seigneur de la Villeneuve, capitaine au régiment d'Enghien.

Ses armes sont ainsi blasonnées dans l'*Armorial* de 1696 : *De gueules, à une tour d'or, ouverte et ajourée de sable, supportant un vol d'argent.*

LOUIS PIERRE, notaire et secrétaire, succéda à Claude Mol. Pourvu sur sa résignation le 16 mai, reçu le 2 juin 1693, il obtint en 1718 des lettres d'honneur nonobstant la suppression de son office. — Armes, d'après l'*Armorial* de 1696 : *D'azur, à un lion d'or, accompagné de trois pierres précieuses, taillées à facettes, d'argent.*

FRANÇOIS GUIBAUDET, docteur en médecine comme son père et son aïeul, tous deux du même prénom, fut pourvu le 1er février 1694 d'un office de notaire et secrétaire sur la nomination de Claude Brondault, comme fils et héritier universel de Pierre Brondault, son père. Reçu le 9 du même mois, il mourut le 31 décembre 1699, et fut remplacé par Gérard Guibaudet, son fils.

Son autre fils François et un autre François, issu de ce dernier, furent tous deux trésoriers de France à Dijon, en 1691 et 1712. — Armes : *D'azur, au chevron d'or, accompagné de trois étoiles d'argent.*

PIERRE JOLY, notaire et secrétaire, fut pourvu le 11 janvier 1697 sur la résignation de Jean-Pierre Joly. Reçu le 19 du même mois, il mourut en 1713, et sa veuve disposa de son office en faveur de Denis Casotte. Mêmes armes que son prédécesseur.

Gérard GUIBAUDET, notaire et secrétaire, fut pourvu le 24 janvier 1700 sur la nomination de Pétronille Sousselier, veuve de François Guibaudet, son père. Son arrêt de réception est du 4 février suivant. Office supprimé en 1716. Il avait épousé en 1697 Pierrette, fille de Philippe de Requeleyne, auditeur des comptes. Voy. p. 436.

Philibert DE LA BAILLE, ci-devant receveur du grenier à sel de Paray en Charollais, fut pourvu le 6 avril 1706 de l'un des deux offices de notaires et secrétaires créés par édit du mois de septembre précédent. Reçu le 7 juin de la même année, il mourut le 17 septembre 1709 et fut remplacé par son fils Jérémie. — Armes : *D'argent, à quatre roses de gueules, tigées et feuillées de sinople, les tiges appointées et mouvant d'un pot de même, accosté à dextre de la lettre capitale P et à senestre de la lettre capitale L, chacune surmontée d'une étoile, le tout de sable.* Trois personnes de ce nom prirent part à l'assemblée de la noblesse du bailliage de Charolles pour la nomination des députés aux Etats généraux de 1789.

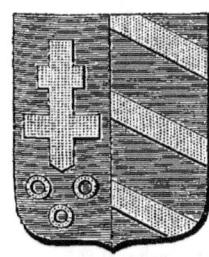

Isaac PERRAULT DE MONTREVOST, notaire et secrétaire, fut pourvu du second office de la création de septembre 1705. Ses lettres de provisions sont datées du 2 mai 1706, et il fut reçu par arrêt du 7 juin de la même année. Office supprimé en 1716.

Isaac Perrault, dont il est ici question, avait servi dans sa jeunesse comme officier dans les armées de la Hollande et de l'Angleterre, puis il rentra en France après avoir abjuré la religion prétendue réformée, reprit de fief en 1697, de la seigneurie de Montrevost, dont sa famille avait été dépouillée à cause de la religion, et remplit les fonctions de contrôleur des fortifications en Bourgogne et Bresse, avant d'entrer à la Chambre des comptes en qualité de secrétaire.

La famille Perrault, originaire de Bretagne, remonte à :

I. Colin Perrault, écuyer, seigneur des Fontaines, des Tourelles, la Morlaye, etc., etc., qui vivait en 1400 à Gahart, diocèse de Vannes. De son mariage avec Bertranne Gouyon, vinrent : 1° Guillaume, recteur de Findic ; 2° Jean, auteur d'une branche restée en Bretagne et en Normandie ; 3° Etienne, qui suit.

II. Etienne, écuyer, seigneur de Chanay et des terres de Villemoy et du Verger, mouvantes de la seigneurie des Ormesseaux, dont il reprit de fief en 1450, s'établit en Bourgogne et épousa à Saulieu en 1452, Simonne, fille de Guillaume Bouchard. Il eut Antoine.

III. Antoine, écuyer, conseiller du duc Charles aux parlements de Beaune et de Saint-Laurent en 1474, avait épousé, le 24 novembre 1472, Catherine, fille de Guillaume Despotots, écuyer, et de Jacqueline de Villers. De ce mariage vinrent : 1° Jean, qui suit ; 2° Marie.

IV. Jean, écuyer, marié en 1507 à Philiberte de Saint-Julien, eut trois fils : 1° Claude, dont le petit-fils Jean Perrault, baron d'Angerville, conseiller du roi en ses conseils et président à la Chambre des comptes de Paris, fut chef du conseil de Monseigneur le Prince qui l'honorait de son amitié , 2° Guillaume qui suit ; 3° Regnauld, prêtre.

V. **Guillaume,** juge royal de Buxy, épousa en 1520 Guye Macheco, dont un fils Philibert.

VI. **Philibert,** sieur de Marey, la Chapelle et Montrevost, capitaine au service du roi, entra aux Etats de 1572 et 1577. Il avait épousé, le 20 avril 1556, Anne, fille de Nicolas Julien, dont il eut Humbert.

VII. **Humbert,** sieur de Marey et de Montrevost, avocat à la cour, servit dans la compagnie du sieur de Nagu, et fut un des principaux représentants du parti royaliste à Chalon, pendant les troubles de la Ligue (1). Il épousa, le 1er juin 1592, Rose Bourgeois, fille d'un conseiller au parlement de Bourgogne. Il eut Charles, qui suit.

VIII. **Charles,** seigneur de Sailly, Montrevost, la Chapelle, etc., etc., épousa, le 4 septembre 1618, Elisabeth, fille de Jean du Bourg et d'Anne Tixier. De ce mariage vinrent : 1° Philibert qui suit ; 2° Anne, mariée à Jacques Armet, seigneur de la Motte-sur-Dheune ; 3° Rose, femme de Philibert Gravier, auteur des Gravier de Vergennes.

IX. **Philibert,** seigneur de Sailly et Montrevost, gendarme du duc d'Anjou, épousa, le 25 janvier 1653, Elisabeth, fille de Théophile Gravier, seigneur de Layé et de Drambon, et de Marie Saumaise. Il eut : 1° Charles, établi en Angleterre, après la révocation de l'Edit de Nantes ; 2° Isaac qui suit ; 3° Lazare, gendarme de la garde, qui passa aussi à l'étranger ; et enfin plusieurs filles dont deux établies à Genève et deux autres mariées dans les familles de Fautrières-Courcheval et Lesage.

X. **Isaac,** seigneur de Montrevost, secrétaire de la Chambre des comptes, qui donne lieu à cet article, épousa, le 22 août 1696, Marie de la Baille, fille de Philibert, seigneur du Monceau. Il eut Théodore-Philibert.

XI. **Théodore-Philibert,** écuyer, seigneur du Petit-Pont de Montrevost, entra aux Etats de 1766 sur preuves remontant à Colin Perrault et auxquelles sont empruntés la plupart des détails de la présente notice. Il avait épousé en 1729 Anne Dallerey, dont il eut : 1° Charles-Marie, écuyer, lieutenant au régiment de Cambresis, marié à N. de Sol, entré aux Etats de 1775 ; 2° Claude-Charles-Philibert, écuyer, marié en 1767 à Marie-Madeleine Ernest, fille d'un capitaine au régiment de Lamark ; 3° Claude-Marie-Philippe, qui suit ; 4° Marie-Françoise, mariée à Raimond de Thésut, capitaine au régiment d'Orléans, alcade de la noblesse aux Etats de Bourgogne, élu du Mâconnais en 1771 ; 5° et 6° deux filles religieuses.

XII. **Claude-Marie-Philippe,** écuyer, seigneur du Petit-Pont de Montrevost, lieutenant au régiment de Nice, entré aux Etats de Bourgogne avec son père, en 1766,

---

(1) Il obtint du roi Henri IV, en récompense de son dévoûment à la cause royaliste, l'autorisation de placer dans ses armes les *trois annelets d'or* qui figurent dans celles de la ville de Chalon.

épousa en 1764 Catherine-Julienne-Henriette-Jeanne-Baptiste Loppin, fille d'Etienne-Elisabeth Loppin, seigneur de Masse, et de Françoise de Lamare. Sa descendance subsiste.

Ajoutons pour compléter cette notice que la famille Perrault de Montrevost, encore existante, a pendant plusieurs générations habité la ville de Chalon à laquelle elle a fourni des maires et que plusieurs de ses membres y ont occupé diverses charges au bailliage, à la chancellerie, à la gruerie et au grenier à sel. L'un d'eux, Abraham Perrault, maire de Chalon, fut député aux Etats généraux de 1614. — Armes : *Parti : au 1er, d'azur, à la croix patriarchale d'or, élevée sur trois annelets de même ; au 2me, d'azur, à trois bandes d'or:*

Jérémie DE LA BAILLE, notaire et secrétaire, fut pourvu le 15 mars 1710 par le décès de Philibert, son père, et en vertu du partage fait avec Antoine de la Baille, son frère. Son arrêt de réception est du 8 avril de la même année. Office supprimé en 1716. Voy. p. 437.

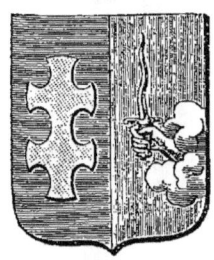

Simon VIESSE, prévôt en la maréchaussée du bailliage de la Montagne et du comté de Bar-sur-Seine, succéda à Claude Thierry dans son office de notaire et secrétaire. Pourvu le 5, reçu le 28 juin 1712, il l'exerça jusqu'à sa suppression en 1716. Ancienne famille du Chatillonais qui a possédé pendant longtemps les charges de prévôt des maréchaux au bailliage de la Montagne et de contrôleur de la maison du roi. Nous citerons parmi ses membres, Nicolas Viesse, prévôt des maréchaux, qui reprit de fief en 1691 des seigneuries d'Avirey-le-Bois et Lingey ; il avait épousé Edmonde Fèvre. Un de ses fils Nicolas, contrôleur ordinaire de la maison du roi, mourut sans enfants de son mariage avec Claude-Ursule Baillot, laissant pour héritiers ses neveux et nièces : Charles-Abraham, seigneur de Sainte-Colombe, aussi contrôleur de la maison du roi, marié à Marie-Josèphe Vaillant, Nicolas, docteur en théologie, prieur commendataire de Saint-Racho d'Autun et de Saint-Valentin de Grizelles, Charlotte, femme de Charles Millet, écuyer, prévôt des maréchaux, Edme, Marie, Thérèse et Alexis, tous vivants en 1720. Un de leurs cousins, Edme-Alexandre Viesse du Breuil, seigneur de Savoisy, trésorier de France à Dijon en 1714, ne laissa qu'une fille, Claude-Ursule, mariée à Frédéric de Fresne, chevalier, seigneur de Fresnoy ; il avait une sœur Claude qui épousa Nicolas Vaillant, seigneur de Savoisy, de la famille des Vaillant de Meixmoron. — Armes : *D'azur, à une croix à double traverse et patée d'or, parti de gueules, à une main de carnation sortant d'une nuée d'argent, mouvante de la partition et tenant une épée flamboyante d'argent.* C'est la famille du maréchal de Marmont, duc de Raguse.

Claude BRUNET, notaire et secrétaire, fut pourvu le 15 avril 1713 sur la nomination de Marie Brusson, comme veuve de Paul-François Brunet, son père. Son arrêt de réception est du 15 mars suivant. Office supprimé en 1716. Voy. p. 435.

DENIS CASOTTE, notaire et secrétaire, fut pourvû le 25 juin 1713 sur la nomination de la veuve de Pierre Joly. Son arrêt de réception est du 6 juillet suivant. Office supprimé en 1716. Ancienne famille bourgeoise de Dijon qui a fourni deux avocats généraux au siége de la table de marbre de cette ville, savoir Pierre en 1725 et Denis-Guillaume en 1747. Citons encore du même nom : Jean, avocat, connu par quelques pièces de vers, mort en 1657, Jean-Claude, officier d'artillerie, et le célèbre Jacques Casotte, commissaire de la marine, littérateur et poète, mort sur l'échafaud révolutionnaire en 1792.

Nous attribuons à Denis Casotte les armes suivantes qui sont inscrites dans l'*Armorial* de 1696 sous le nom de Marguerite Casotte, femme d'Henry Larcher, lieutenant en la chancellerie de Dijon : *D'azur, à trois racines de carotte d'argent, feuillées de sinople.*

CHAPITRE QUATORZIÈME

Trésoriers des Chartes.

JACQUES VENOT, maître extraordinaire, fut pourvu, le 20 juillet 1612, de l'office de trésorier et garde des chartes et titres de la Chambre des comptes (1), qui avait été créé au mois d'avril de la même année aux gages de 500 livres, pour être exercé par l'un des présidents ou des conseillers maîtres de cette compagnie. La Chambre mit pour condition à l'enregistrement de l'édit que cet office venant à vacquer, serait supprimé de plein droit et ne pourrait plus être démembré de celui de président ou de maître ordinaire. Réception le 14 août 1612. Néanmoins après la résignation de Jacques Venot, son fils Pierre obtint des lettres de provisions et la Chambre consentit à sa réception sous le bénéfice de certaines modifications qu'il est inutile de rapporter ici. Voy. p. 188.

PIERRE VENOT, maître extraordinaire, pourvu le 28 février, fut reçu le 14 août 1619. A sa mort, son fils aussi nommé Pierre, ne put se faire recevoir dans son office quoiqu'il l'eut levé aux parties casuelles, et la Chambre, ayant chargé Etienne Lantin, maître des comptes, d'en traiter avec lui au nom de la compagnie, arrêta qu'il serait désormais annexé à celui du doyen. Cette réunion fut confirmée par un édit de mai 1654.

(1) Les ducs de Bourgogne avaient eu pendant longtemps un officier spécial préposé à la garde des chartes de leur trésor. Voici la liste de ces officiers qui avaient 6 sols de gages par jour et portaient le titre de gardes des chartes du duc : Guy Rabby, doyen de la chapelle ducale (1367); Jean Potier, secrétaire du duc Philippe-le-Bon (16 février 1381/2); Jean Couillier, aussi doyen de la chapelle (7 septembre 1392); Jean de Maroilles, secrétaire du duc (16 mai 1409); Thomas Bouesseau, aussi secrétaire du duc et audiencier de sa chancellerie (10 octobre 1430). Thomas Bouesseau prêta serment aux mains du chancelier le 15 février 1430/1; après sa mort, arrivée le 28 octobre 1446, l'office de garde des chartes fut supprimé et réuni au corps des officiers de la Chambre des comptes, ainsi que le duc l'avait ordonné déjà du vivant de Jean de Maroilles, sans qu'à la mort de ce dernier cette suppression projetée ait été effectuée.

CHAPITRE QUINZIÈME

Officiers inférieurs.

§ I. — CONTROLEURS DU GREFFE

Claude MONYOT, procureur à Dijon, fut pourvu, en octobre 1637, d'un office de contrôleur des greffes de la Chambre des comptes, créé par édits de janvier 1636 et février 1637, aux gages de 400 livres, et supprimé par arrêt du Conseil du 9 août 1643. — Armes : *D'azur, au chevron d'or, accompagné en chef de deux étoiles de même, et en pointe d'un moineau aussi d'or, sur une motte d'argent.*

Melchior JOLYOT, maître clerc (1), puis greffier en chef de la Chambre des comptes en 1694 (voy. p. 426), fut, en outre, pourvu d'un nouvel office de contrôleur du greffe dont la date de création ne nous est pas connue (2).

Daniel GRANGIER fut pourvu de cet office, saisi sur son prédécesseur, le 23 janvier 1715, et reçu le 19 février suivant. Honoraire en 1748.

Bénigne TOUSSAINT, 7-27 juin 1748 (3). — Armes : *D'azur, à un olivier d'argent.*

François BLONDEAU, pourvu sur le décès de Bénigne Toussaint, 26 juin-11 juillet 1782.

§ II. — GARDES DES LIVRES ET PAPIERS

Jean CHIRAT, 11 mars-30 avril 1556. Son office, qui avait été créé par édit d'avril 1554, ayant été supprimé, il y fut rétabli par lettres du 20 avril 1571, nonobstant que Chrétien Margeret en eut été pourvu dans l'intervalle (4). Comme

---

(1) Melchior Jolyot fut pourvu le 19 août 1685 de cet office de maître clerc héréditaire à la Chambre des comptes qu'il avait acheté sur la veuve de Thomas Berthier, procureur à la même Chambre, et trésorier général des Etats de Bourgogne, lequel l'exerçait par commission et s'en était rendu adjudicataire en 1643. Il y fut reçu en 1687, — alternatif et triennal en 1690.

(2) Signalons aussi un office de contrôleur des taxes de dépends de la Chambre des comptes, qui fut créé par édit de mars 1694. Faute de titulaire, le traitant chargé de la vente de cet office délivra une commission à Jean-Baptiste Labotte, le 21 mai de la même année.

(3) Dans ce chapitre quand deux dates suivent le nom d'un officier, sans autre indication, la première est toujours celle de ses lettres de provisions, la seconde celle de leur enregistrement et de la prestation de serment.

(4) Lettres du 6 juillet 1571 par lesquelles le roi ordonne que Chrétien Margeret, pourvu dès le 13 novembre 1569 de l'état de garde des papiers de la Chambre, par mort ou privation de Jean Chirat, serait payé des gages y attribués, jusqu'à ce qu'il fût pourvu d'un office de même valeur. Il passa auditeur des comptes en 1580 Voy. p. 333.

il faisait profession de la religion réformée, il fut de nouveau suspendu en vertu d'une déclaration du mois de septembre 1572 qui interdisait aux gens de cette religion d'exercer aucun office, et ne rentra dans le sien, par déclaration du 4 mars 1573, qu'après avoir fait abjuration. Résigne au profit de Damien Naissant. — Armes : *D'azur, au lion d'or.*

Damien NAISSANT, 22 juin-18 août 1582. Résigne en 1613 et est remplacé par Damien Naissant, son neveu. Voy. p. 339.

Damien NAISSANT, 13 octobre-19 décembre 1613. Remplacé en 1633 par Jacques Myette.

Jacques MYETTE, 25 mars-27 mai 1633. Honoraire en 1670. — Armes : *De gueules, à deux cimeterres passés en sautoir, les pointes en haut d'argent, les gardes et poignées d'or, accompagnés en chef d'un croissant d'argent et en pointe d'une gerbe d'or.*

Chrétien MYETTE, pourvu le 3 janvier 1661 sur résignation de son père, reçu le 18 mai suivant. Meurt le 10 février 1692.

Simon MYETTE, successeur de Chrétien Myette, son père, 20-30 avril 1692.

Jean GUYARD, pourvu sur démission de Simon Myette, 24 avril-17 juin 1701.

Mamet HAGUENIER, pourvu sur démission de Jean Guyard, 24 décembre 1707-7 janvier 1708. Honoraire en 1732. — Armes : *D'azur, à un chevron d'or, accompagné en chef de deux besans de même, et en pointe d'un loup passant d'argent ; au chef cousu de gueules, chargé de trois étoiles d'argent* (1).

Esprit LAUREAU, pourvu sur démission de Mammet Haguenier, 25 janvier-6 février 1732. Honoraire en 1771. —Armes probables : *D'azur, à une fasce ondée d'or, accompagnée de trois grenades de même, tigées et feuillées de sinople.*

Jean-Baptiste PEINCEDÉ, pourvu sur résignation d'Esprit Laureau, 19 décembre 1770-9 janvier 1771. C'est l'auteur du grand inventaire de la Chambre des comptes connu sous le nom de *Recueils de Bourgogne.* Honoraire en 1786.

Bernard MARINET, pourvu sur résignation de Jean-Baptiste Peincedé, 22-31 mars 1786.

§ III. — CONTROLEURS GÉNÉRAUX DES RESTES

David ARNAULD fut reçu le 5 août 1606 dans l'office de contrôleur général des restes, créé en décembre 1604, et précédemment exercé par commission. Le

(1) 18 mai 1708, commission donnée à Louis Girardin pour remplir l'office de conseiller garde des archives du parlement et de la Chambre des comptes, créé en janvier 1708 et supprimé peu d'années après.

même jour Il donna commission à Jean Chassot pour remplir cet office, comme étant occupé lui-même aux autres Chambres des comptes et notamment en celle de Paris. Il était frère du célèbre Antoine Arnauld, avocat au parlement de Paris. — Armes : *D'azur, au chevron d'or, accompagné en chef de deux palmes adossées d'or, et en pointe d'un rocher de six monts, aussi d'or.*

Louis ARNAULD, conseiller et secrétaire du roi, contrôleur général des restes *ès Chambres des comptes du royaume*, sur la résignation de David Arnauld, son frère, fut pourvu le 8 novembre 1615, et reçu le 13 août 1619. A l'exemple de son prédécesseur, il donna commission en 1626 à Jean Garnier pour remplir les fonctions de cet office.

Claude GUELAUD fut pourvu le 20 juin 1640 d'un office de contrôleur général des restes de la Chambre des comptes de Dijon, créé avec plusieurs autres en avril 1640. Il fut reçu le 9 décembre 1644. — Armes : *D'azur, au chevron d'or, accompagné en chef de deux étoiles de même, et en pointe d'un croissant aussi d'or.*

Philibert MARLOUD, pourvu le 6 avril 1655 sur le décès de Claude Guelaud, reçu le 5 juillet suivant, résigna en 1659 en faveur de Claude Moreau. C'est le même sans doute qui fut depuis contrôleur général des finances en Bourgogne. Voy. p. 53.

Claude MOREAU, 16 juin 1659-12 juin 1660. Honoraire en 1684. — Armes : *D'azur, au chevron d'or, accompagné en chef de deux mures de pourpre et en pointe d'une tête de more d'argent, bandée de gueules.* Même famille que Barthélemy Moreau, président en 1691. Voy. p. 60.

Louis FOURNIER, pourvu sur résignation de Claude Moreau, 9-28 juillet 1684. Meurt le 3 juin 1687; remplacé par Etienne Sigault. — Armes probables : *D'azur, au chevron d'or, surmonté d'un croissant d'argent et accompagné de trois étoiles de même posées 2 et 1.*

Étienne SIGAULT, pourvu sur la démission d'Étienne Coqueley qui avait été nommé par Claude Dumoulin, après le décès de Louis Fournier, 21 février-28 mars 1689. Voy. p. 402.

Hiérome PERROT, pourvu sur le décès d'Etienne Sigault, 18-28 juin 1713. Voy. p. 307.

François DUPOISAT, seigneur de la Sarra, pourvu sur la démission d'Hiérôme Perrot, 30 juin-8 juillet 1728.

Louis LEJEUNE, pourvu sur le décès de François Dupoisat, 17 août-16 novembre 1737. Meurt le 27 juin 1774.

Jean-Reine RETZ, 15 novembre-9 décembre 1775. — Armes probables : *D'or, à trois colombes d'azur, rangées en fasce, coupé d'argent, au lion de gueules.*

Jean BACHOTET, pourvu sur la démission de Jean-Reine Retz, 1er-17 décembre 1779.

EMILIAN MATHIEU, pourvu sur la démission de Jean Bachotet, 5 avril-
19 juillet 1786.

§ IV. RECEVEURS DES ÉPICES (1)

CLAUDE COUVREUX, conseiller et secrétaire du roi, receveur des épices des officiers de la Chambre, pourvu par lettres en forme d'édit du mois de juin 1640, ne
fut reçu dans cet office, dont la création datait du mois d'avril précédent (2), que
le 6 novembre 1662. Il résigna, en 1682, en faveur d'Edme Lamy. Voy. p. 434.

EDME LAMY, pourvu le 19 mai 1682, reçu le 13 juillet suivant. Il exerçait encore les fonctions de cet office en 1727, après y avoir joint en 1706 celui de receveur alternatif, de création récente. Voy. p. 263.

EDME SEGUIN, seigneur de Broin, receveur des épices dès l'année 1741, fut remplacé en 1782 par N. Cousin (3). Voy. p. 278.

N. COUSIN, 1782.

§ V. — RECEVEURS DES AMENDES

BÉNIGNE JACHIET fut pourvu le 4 août 1626 des deux offices créés la même
année, de receveur et payeur des rentes assignées sur les recettes générales, les
gabelles, et autres deniers de la généralité de Bourgogne et de receveur des amendes
de la Cour des comptes, aides et finances. Reçu le 4 août 1627, il fut remplacé
en 1629 par Jacques Rousseau, après s'être fait recevoir lui-même dans un office
de greffier en chef. Voy. p. 425.

JACQUES ROUSSEAU, pourvu sur la résignation de Bénigne Jachiet le 3 mai 1629,
reçu le 9 août suivant. — On sait par Hector Joly qu'il y avait de son temps
(1653) trois receveurs des amendes qui étaient aussi chargés de la recette des
rentes assignées sur les gabelles et la recette générale. L'office ancien, possédé
par Jacques Rousseau, passa après sa mort à son petit-fils Antoine Leblanc (1657).
Voy. l'article de Charles Rousseau, conseiller maître en 1639, p. 225.

---

(1) Il n'y a jamais eu de comptables spéciaux pour le paiement des gages des officiers de la Chambre
des comptes. Lors de la création des recettes des bailliages en 1366, ces gages qui étaient auparavant payés par le receveur général du duché, furent assignés sur la recette du bailliage de
Dijon qui en demeura chargée jusqu'en 1477. A cette époque, on les assigna de nouveau sur la
recette générale des finances, et il en fut ainsi jusqu'à la Révolution ; c'est ce qui autorisait les
receveurs généraux des finances à prendre dans leurs lettres de provisions le titre de payeurs
des gages des officiers de la Chambre des comptes. Deux offices de payeurs des gages, créés en
mars 1582, furent supprimés par un édit du mois de décembre 1584 comme inutiles, par le motif
que les gages avaient toujours été payés sur la recette générale. Toutefois Philibert Noblet
s'étant fait pourvoir de ces deux offices, le roi ordonna à diverses reprises qu'il serait payé de ses
gages jusqu'à son remboursement.

(2) Jusqu'à cette époque le compte des épices avait constamment été tenu par un auditeur des
comptes ou par des commis spéciaux non institués en titre d'office.

(3) Le frère d'Edme, Nicolas Seguin, alors receveur des impositions du bailliage de Dijon, fut
pourvu le 16 septembre 1703 d'un office de contrôleur ancien, alternatif et triennal du receveur
des épices et vacations de la Chambre des comptes, créé au mois de mars de la même année et
dans lequel il fut reçu le 16 novembre suivant. Cet office fut depuis réuni à celui de receveur.

PHILIPPE LHOMME, sieur de Raymont, fut pourvu, le 18 février 1695, d'un nouvel office de conseiller du roi, receveur ancien, alternatif et triennal des amendes de la Chambre des comptes, créé au mois de février 1691. Reçu le 1er juillet 1695, remplacé par Denis Quillardet. — Armes : *De gueules, au chevron d'or, accompagné de trois alérions d'argent, 2 et 1.*

DENIS QUILLARDET, docteur en médecine, receveur ancien, alternatif et triennal des amendes, sur la résignation de Philippe Lhomme, fut pourvu le 14 juillet 1709, et continua de remplir les fonctions de cet office, nonobstant sa suppression, en vertu d'une commission du 1er août 1717 ; réception du 13 du même mois. Voy. p. 373.

§ VI. — IMPRIMEURS, RELIEURS ET OUVRIERS EN CHASSIS

MAXIMILIEN DESPLACES remplacé, en 1633, par Daniel Grangier.

DANIEL GRANGIER, 13 février-14 décembre 1633.

CLAUDE DESPLANCHES, pourvu sur le décès·de Daniel Grangier, 31 mars-8 juillet 1650.

JEAN GRANGIER, pourvu sur le décès de Claude Desplanches, 28 avril-18 juin 1670.

PIERRE GRUYER, pourvu sur la démission de Léonard Grangier qui n'avait pu exercer cet office, 20 mai-12 décembre 1713. — Armes probables : *D'azur, à une grue d'argent, le pied droit levé et tenant sa vigilance de gueules.*

ANTOINE DUPOIRIER, pourvu sur la démission de Pierre Gruyer, 25 mars-13 avril 1739.

JEAN-BAPTISTE DUBERNET, pourvu sur le décès d'Antoine Dupoirier, 9 juillet-13 août 1777.

§ VII. — PORTIERS ET CONCIERGES

PIERRE dit *le Gros-Garçon*, qui remplissait les fonctions de portier dès l'année 1387, fut ordonné en cette qualité par les gens des comptes en vertu d'un mandement ducal du 19 avril 1389 (1).

JEAN DE BOULOINGNE fut retenu par lettres du 9 mai 1397, au lieu de feu Perrin Le Gros-Garçon.

---

(1) Le portier était anciennement chargé du service intérieur de la Chambre et de la garde de la porte. Il touchait 20 livres de gages, plus 10 livres pour son droit de robe. Il y avait en outre un concierge préposé à la garde des bâtiments et du pourpris de la Chambre des comptes. Les concierges ne touchaient point de gages, aussi nous a-t-il été impossible d'en dresser une liste tant soit peu complète. Nous savons seulement qu'on pourrait y faire figurer, au XIVe siècle, Dimanche de Vitel qui fut receveur général du duché et maître des comptes (voy. p. 12), et une certaine Adèle, qualifiée *consirge* de la Chambre dans un compte du Dijonnais, en 1371-72. On lit

Huguenot BOUY, portier, par lettres de mars 1410, au lieu de feu Jean de Bouloingne, prêta serment le 5 avril suivant.

Huguenin GUICHART remplissait les fonctions de portier dès l'année 1425. Remplacé par Huguenin de Brégilles.

Huguenin DE BRÉGILLES, commis par les gens des comptes après le décès de Huguenin Guichart, prêta serment le 16 mars 1443/4 et le renouvela le 5 mai suivant après avoir été confirmé, le 10 avril, par lettres du duc. Mort le 17 mars 1448/9.

Loys CHASSOT, de Rouvre, commis par les gens des comptes, jusqu'à la prise de possession de Guillaume de Brégilles.

Guillaume DE BRÉGILLES, frère d'Huguenin, prit possession des fonctions de portier le 17 avril 1449. Confirmé par lettres du 8 octobre 1467, ce qui nécessita un nouveau serment le 4 avril suivant, il fut déchargé de son office en 1479 au profit d'Huguenin Ragot.

Huguenin RAGOT, pourvu le 1er août 1479, reçu le 5 du même mois, débouté en 1483.

Guillaume DE BRÉGILLES, restitué par lettres du 21 novembre 1483, prêta serment le 3 décembre suivant. Après lui, Huguenin Ragot rentra dans l'exercice du même office.

Huguenin RAGOT, démissionnaire en 1503.

Michel PALUCHOT, *concierge* et portier, au lieu de Huguenin Ragot, fut pourvu le 17 juillet 1503 et mis en possession le 1er octobre suivant. Remplacé par Guillaume Le Comte.

Guillaume LE COMTE, concierge et portier, pourvu le 23 juillet 1515, reçu le 30 du même mois, secrétaire du roi et portier du châtel de Brazey la même année, procureur du roi à la Chambre des comptes en 1525. Voy. p. 392.

Philibert MOLLET, concierge et portier dès 1549, remplacé par Jean Duvigny.

Jean DUVIGNY, concierge, pourvu le 9 novembre, reçu le 10 décembre 1557.

Laurent BERNARD, pourvu par le décès de Jean Duvigny, 20 mai-21 juin 1569.

Jean FRANCOLIN, pourvu sur résignation de Laurent Bernard, 19 mai-21 novembre 1573. Résigne en 1613. Voy. p. 425.

---

de plus dans le premier Registre que Jacques de Busseuil fut mis en possession de la conciergerie, maisonnement et habitacle de la Chambre des comptes, en vertu de lettres du 17 juin 1420. Les deux offices furent réunis au commencement du XVIe siècle, comme on le voit par les lettres de provision de Michel Paluchot, qui y est qualifié *concierge et portier*. Ses successeurs ne retinrent toutefois que le titre de concierge, auquel ils joignirent cependant par la suite celui d'huissier. Le grand bureau obtint, en 1781, la réunion à son profit de cet office et de celui de buvetier qui avait été créé en 1704, et il donna commission l'année suivante pour les remplir à François-Abraham Regneau qui exerçait déjà auparavant les fonctions de concierge, en vertu de provisions régulières.

EDME PELLETIER, huissier, commis par la Chambre à l'office de concierge en l'absence de Jean Francolin, pendant les troubles de la Ligue.

JACQUES CUGNOIS, pourvu sur la résignation de Jean Francolin, son beau-père, 2 décembre 1613-5 février 1614. Résigne en 1646. — Armes : *D'argent, à trois noix de sinople, posées 2 et 1.*

PIERRE CUGNOIS, successeur de son père dans l'office de concierge, 18 juin-28 juillet 1646. Meurt le 2 novembre 1684.

LOUVANT-BERNARD JOLY, pourvu sur le décès de Pierre Cugnois, son beau-père, 4 janvier-16 janvier 1685. Passe en 1696 à un office de correcteur. Voy. p. 305.

CLAUDE BOUCARD, échevin de Dijon et procureur au parlement, remplaça Louvant-Bernard Joly dans l'office de concierge, 6 décembre 1696-4 janvier 1697. Meurt le 3 octobre 1737. — Armes : *De gueules, à un bouc d'or.*

JEAN BOUCARD, nommé par Claude, son frère, après le décès de leur père, 6 décembre-17 décembre 1737.

DANIEL COUTURIER, concierge, résigne, en 1764, et est remplacé par François-Abraham Regneau.

FRANÇOIS-ABRAHAM REGNEAU, 29 février-22 mars 1764. Remplacé après décès, en 1783, par Pierre Châtelain.

PIERRE CHATELAIN, commis le 19 janvier 1782.

§ VIII. — PROCUREURS

ANTOINE MORISOT se fit pourvoir, le 27 décembre 1572, d'un office de procureur postulant aux parlement, Chambre des comptes, bailliage et chancellerie de la ville de Dijon, qu'il remplissait déjà auparavant, pour se conformer à l'édit du mois de juillet précédent, ordonnant que les procureurs près des juridictions royales n'exerceraient plus désormais sans lettres de provisions. Réception le 10 février 1573. Voy. p. 423.

PIERRE DUVIGNY, pourvu par lettres du 22 janvier 1574 d'un office formé de procureur postulant, nouvellement créé en la même Chambre. Il était aussi du nombre des procureurs qui exerçaient auparavant sans provisions. — Laurent BERNARD (1575) (1). — Claude DORGE, 1577. — Guillaume PRÉJAN, 1577. — Jean FRANCOLIN, 1577. — Robert CAILLIN, 1578. — Jean MORELET, 1589. — Noël BERNARD. — Antoine JACQUIN, 1593. — Antoine TALLON, 1604. — Edme CHOTARD, 1608. — Louis TARDIVOT (un des douze offices créés en juillet 1626), 1626. — Philippe SIRE-

---

(1) A partir de Laurent Bernard, nous nous bornerons à donner les noms des procureurs que nous avons relevés dans les registres de la Chambre, avec les dates de réception, tout en faisant observer qu'il s'en faut de beaucoup que cette liste soit complète.

JEAN (id.), 1626. — Gaspard SIROT (id.), 1627. — Philippe CHIFFLOT (id.), 1628. — Louis MARTIN (id.), 1629. — Jacques ARBALESTE (id.) (1), 1629. — Robert DE VILLEMEUREUX (id.), 1629. — Philibert PASNIER. — Étienne MALFIN. — Bénigne JACQUEMIN. — Edme LAMY, 1678. — Pierre MALFIN, au lieu de Philibert LOISON, 1681. — Nicolas GENREAU, 1683. — Philibert VERCHÈRE (2), 1686. — Jean-Michel JACQUEMIN (3), 1690. — Jean-Baptiste COUTURIER (4). — Jean VERCHÈRE, 1696. — Joseph JACQUEMIN, 1698. — N. MALLOGÉ. — Bénigne VITTE, 1699. — François PETITOT, 1712. — Jean-Baptiste DE MONTCHANIN (5), 1713. — Bernard-Germain BRECHILLET DU JARDIN, 1716. — Pierre RENAUD (6), 1721. — Edme CHANTRIER (7), 1725. — Jean CALMELET, 1726. — François COUTURIER (un des six offices créés en 1663), 1727. — Charles MARESCHAL (id.), 1727. — Claude-Pierre CAZOTTE (id.), 1727. — Jacques BERGIER, 1728, au lieu de Nicolas SEGUIN. — Pierre JOBARD (office créé en 1663), 1730. — François LUCOTTE (8), 1731. — Antoine PETIT (office créé en 1663), 1735. — Nicolas-Jacques BAUDOT (id.), 1735. — Jean-Baptiste PERRIER D'ARTINVILLE, 1739. — Pierre SERGENT, 1741. — Claude VERCHÈRE, 1742. — Dominique JOLY, 1745. — Nicolas MEUNIEZ, 1745. — Pierre-Antoine GIRONNET, 1746. — Jacques COINDÉ, 1749. — Claude VAUDREY (9), 1752. — Lazare-Jean NECTOUX (10), 1754. — Nicolas CANQUOIN, 1754. — Hubert VAILLANT, 1760. — Claude-Charles LENOIR, 1762. — Antoine-Bernard DORSE, 1765.— Henry COURTOIS, 1765.— Louis LENOIR, 1768. — Jean-Baptiste PETITOT, 1768. — Laurent POURCELET, 1769. — Bernard FINOT, 1772. — Jean-Baptiste RICHARD, 1774.— Claude-Adrien-Etienne LARCHER, 1778. — François VAILLANT, 1783. — Esprit COINDÉ, 1784. — Jean-Baptiste-Bénigne DELAVAULT, 1785. — Jean-Baptiste JACOB, 1786. — Charles-Claude ARNOLLET, 1787.

§ IX. — HUISSIERS

Premiers huissiers. — Michel PALUCHOT, concierge et portier de la Chambre des comptes, fut pourvu, le 16 mars 1503/4, d'un office d'huissier créé à l'instar de la Chambre de Paris. — Guillaume MONMILLER, qualifié huissier et concierge, sur résignation de Michel Paluchot, qui conserva néanmoins les fonctions de concierge, 8 juin-15 juillet 1505. — Jacques BOLEY. — Claude BOLEY, sur résignation de son père, 22 janvier 1568-16 janvier 1570. — Jacques BOLEY réintégré après la mort

---

(1) ARBALESTE : *D'or, au sautoir dentelé de sable, accompagné de quatre arbalestes de gueules.*
(2) VERCHÈRE : *De sable, à une fasce d'or, accompagnée de trois étoiles d'argent posées 2 et 1.* Alias : *De sable, à une fasce d'or, accompagnée en chef d'un croissant d'argent, accosté de deux comètes d'or et en pointe une pareille comète.*
(3) JACQUEMIN : *D'azur, au chevron d'or, accompagné en chef de deux roses d'argent et en pointe d'un croissant de même.*
(4) *L'Armorial de 1696 constate que sa veuve a présenté l'armoirie suivante : D'argent, à un chevron d'or, et un lapin accroupi de même en pointe.*
(5) MONTCHANIN : *D'argent, à une montagne de sinople, chargée d'une étoile du champ.*
(6) REGNAULT : *D'azur, au lion ailé d'or, lampassé et armé de gueules.*
(7) CHANTRIER : *De sable, coupé d'or.*
(8) LUCOTTE : *D'azur, à un soleil d'or.*
(9) VAUDREY : *D'azur, à un sautoir d'argent, chargé de cinq tourteaux d'azur.*
(10) NECTOUX : *D'argent, à un loup de sable.*

de son fils. — Jacques MAHAUT, 23 juin-14 novembre 1572, sur résignation de Jacques Boley. — Michel BERARD, 16 septembre 1581-18 janvier 1582, après décès de Jacques Mahaut. — Michel REGNAULT, 16 novembre 1591-21 mars 1594, sur décès de Michel Berard, son beau-père, qui avait résigné peu auparavant et était mort depuis des suites d'une blessure reçue dans une charge près du faubourg Saint-Pierre de Dijon. — Jean MOREAU (office créé en juillet 1626) 4 août 1626-21 mai 1627. — Nicolas BARTHOIS (office créé en février 1632) 14 avril 1632-1er février 1633, décédé le 16 juin 1660. — Daniel-Bernard MICHÉA, 3 août-17 novembre 1662. Voy. p. 305. — Benoît GAUDELET, sur démission de Daniel-Bernard Michéa, 1er mars-14 mars 1668. Voy. p. 299. — Henry JACOB, sur résignation de Benoît Gaudelet, 11 février-6 mars 1677. — Jean-Hugues LIARD (1), sur résignation d'Henri Jacob, 9 août-16 novembre 1679, honoraire en 1713. — Claude-François FOUCHER, 18 juin-12 juillet 1713, honoraire en 1751. — David MUIRON, 8 mai-12 juin 1751. — Claude PECCATIER, sur décès de David Muiron, 31 décembre 1763-12 janvier 1764, décédé le 2 février 1781. — Jacques PECCATIER, fils du précédent, 25 septembre-20 novembre 1782. — Jean-Joseph MONNIER, sur décès du précédent, 17-26 mars 1784.

Huissiers ordinaires. — Germain PYAULT fut pourvu d'un second office d'huissier créé en 1555. — Guy DUBUISSON. — Edme PELLETIER (un des deux offices créés en 1581, pour faire le nombre de quatre huissiers), 1583. — Mathieu GRAPPIN (l'autre office de la même création), 1584. — Nicolas DUPUIS, 1585. — Ligier PARISOT, 1595. — Oudin DUTHU, pourvu par Henri IV et reçu à Semur en 1595. — Jean BRENOT, 1598. — Jean DE VILLARS, 1599. — Nicolas EUVRARD, 1604, au lieu de Jacques MAUSSAULT. — Philibert BRIDON, 1606. — Claude DESGAND, 1619. — Nicolas GUENET, 1621. — Nicolas CHAMPY (un des cinq offices créés en juillet 1626 près la Cour des comptes, aides et finances), 1626. — Jean FLEURIOT (id.), 1627. — Nicolas YENVEUX (id.), 1627. — Hugues GRANGIER (id.), 1628. — Jean MORISOT (un des deux offices d'huissiers en la chancellerie de la Cour des comptes, créés en juillet 1627), 1629. — Claude BRESUCHET (l'autre office de la même création), 1629. — Jacques HORRY, 1631. — François DE SAULLES (office créé en 1632), 1632. — Claude BRIDON, 1637. — Jean MICHELIN, 1638. — Jean MAILLARD (un des trois offices créés en février 1637), 1639. — Philippe LODENOT, 1642. — Pierre GUIARD, 1643. — Guillaume DEMARTINÉCOURT, 1644. — Girard GALAS (un des offices créés en 1637), 1644. — Hugues COQUET (2) (id.), 1644. — Claude HORRY, 1651. — Denis BIZOT, 1653. — Michel GRAILLARD, 1653. — Louis COLLIN (3), 1654. — Etienne JACHIET, 1654. — Louis GORGET, 1663. — François COURTAT, 1665, au lieu de Guillaume MARMELET (4). — Melchior PEPIN, 1667. — Claude-Bernard BOUCHARDET, 1667. —

---

(1) LIARD : *D'azur, à une tige de lis fleurie de trois pièces, d'argent, tigée et feuillée de sinople, la tige posée sur la corde d'un arc bandé d'or en pointe.*

(2) COQUET : *D'azur, à deux croissants tournés et adossés d'argent, accompagnés de trois étoiles d'or, deux en chef et une en pointe.*

(3) COLLIN : *D'azur, au coq d'or, senestré d'un lis d'argent, tigé et feuillé de sinople, et un croissant d'argent, posé à la pointe de l'écu.*

(4) MARMELET : *Taillé d'or sur sinople, à un annelet de sable, brochant sur le tout.*

Didier GAUDELET, 1680. — Prosper ROLLIN (1), 1681, au lieu de Jean CHAUVROT. — Jean BIZOUARD, 1686. — Etienne CHAIGNET, 1687. — Guillaume ROUHIER (2), 1687, au lieu de Benoît CHENEVET. — Edme LEJEUNE (3), 1688. — Emilland TRAPET (4), 1691. — Jean DEREPAS, 1691. — Claude ARMEREY, 1693. — Emilland ROZE, 1694. — Edme PRIEUR (5), 1695. — Thomas MAILLARD, 1698. — Jean DAULINET, 1699. — Antoine BIDOUELLE, 1702. — Pierre DÉAUX, 1709. — René GONDEY, 1709, au lieu de Léon TESTARD. — Jean JABEUF, 1709. — Jean-Robert LAMIRAL, 1711. — Claude SARDET (6). — Benoît ARMEREY, 1720. — Claude BIZOUARD. — François PRANTE-NARD, 1723, au lieu de Claude MAVOLOT. — François SIREDEY, 1731. — Henry-François PELU, 1733. — Edme GOUVEAU, sieur de la Grave (un des cinq offices créés en octobre 1752, après suppression de tous les offices d'huissiers vacants), 1753. — Pierre DURAND (id.), 1753. — Etienne SAGET (id.), 1753. — François CHAMPESME (id.), 1753. — Joseph BOURASSIER (id.), 1753. — Jean-Bénigne MALFIN, 1759. — Louis CHAMPESME, 1762. — Jean MULSON, 1767. — Nicolas DEMASEY, 1767. — Claude RAVEAUX, 1769. — Claude-Henry FOUREL, 1777. — Pierre CHATELAIN, 1777. — Jean CLAIRDELOY, 1778. — Nicolas POISOT, 1778. — Etienne PERRIN, 1779. — Claude TOURNIER, 1779. — François LAMBERT, 1782. — Louis BOBILLOT, 1785.

(1) ROLLIN : *D'or, à trois fasces de sable.*
(2) ROUHIER : *D'azur, à deux roues d'or, rangées en fasce, surmontées d'un monde de même.*
(3) LEJEUNE : *De gueules, à un petit enfant nu et debout d'argent, et un chef d'azur, chargé d'une étoile d'or.*
(4) TRAPET. Voir p. 427.
(5) PRIEUR : *De gueules, à un bâton prieural d'argent.*
(6) SARDET : *De gueules, à une sardine d'argent.*

CHAPITRE SEIZIÈME

Catalogue des Officiers du bureau des finances
de Dijon.

§ I. — PRÉSIDENTS

Jean DESMARQUETS, trésorier de France et général des finances depuis 1579, fut pourvu, le 31 décembre 1581, de la qualité de président du bureau des finances désunie en sa faveur d'un office de trésorier général, avec lequel elle avait été créée au mois de janvier précédent. Reçu dans ces fonctions le 5 décembre 1582, il les résigna en 1587 et fut remplacé par Jules Le Maire de la Bondue. Toutefois, il paraît avoir continué de les remplir, et elles lui furent formellement restituées par un arrêt du conseil du 10 juin 1597 pour en disposer comme bon lui semblerait. Cet arrêt ne fut enregistré qu'en 1601, un édit de 1598 ayant, dans l'intervalle, supprimé les deux qualités de présidents.

Claude LE COMPASSEUR, d'abord maître des comptes, puis trésorier général en 1582, fut pourvu, le 16 juillet 1586, de la qualité de second président, désunie en sa faveur d'un office de trésorier avec lequel elle avait été créée au mois de juin précédent. Reçu le 3 juin 1587, il exerça ces fonctions jusqu'à la suppression des deux qualités de présidents en 1598. Voy. p. 177.

Jules LE MAIRE, sieur de la Bondue, trésorier général depuis 1586, fut pourvu, le 20 mars de l'année suivante, de la qualité de président ancien, sur la résignation de Jean Desmarquets, qui y fut réintégré, comme on l'a vu plus haut, en juin 1597. La réception de Jules Le Maire est du 7 décembre 1587. Sa famille, entrée aux États, tirait son origine de Jean Le Maire, procureur fiscal du bailliage d'Autun, puis, procureur général du duché de Bourgogne, à qui le duc Charles accorda des lettres de noblesse en 1169. — Armes : *D'or, à deux fouets mis en pal et adossés d'azur; au chef de même, chargé de deux étoiles d'or à six pointes.*

Jean-Claude COMEAU occupa l'office de premier président du bureau des finances, créé par édit de mars 1691, et qui avait d'abord été uni au corps des trésoriers de France. Pourvu, sur leur nomination, le 19 septembre 1706, il prêta serment au bureau et y fut reçu le 7 décembre suivant, sans s'être d'abord présenté à la Chambre des comptes, ce qui provoqua de vives protestations de la part de cette compagnie. L'affaire ayant été portée au conseil, il fut décidé, par arrêt du 6 septembre 1707, que le nouvel officier, conformément aux termes de l'édit de création de son office, ne serait pas tenu de se faire recevoir à la Chambre des comptes, sans toutefois que cela put tirer à conséquence pour l'avenir. Jean-Claude Comeau fut remplacé, après décès, par Philibert Verchère en 1711. — Famille connue depuis Guiot Comeau, châtelain et receveur de Pouilly-en-Auxois, en 1520; elle s'est partagée en plusieurs branches et a eu plusieurs fois entrée aux Etats de la province. On compte parmi ses membres un vicomte-mayeur de Dijon en 1643 et 1659, plusieurs officiers au bailliage de la même ville et au parlement de Bourgogne, un grand nombre de militaires de divers grades, trois lieutenants de roi en Bourgogne, etc., etc. — Armes : *D'azur, à une fasce d'or, accompagnée de trois étoiles de même, à six rais, cometées d'argent.*

PHILIBERT VERCHÈRE, receveur du grenier à sel de Dijon et commis de l'extraordinaire des guerres, fut pourvu, le 11 juillet 1711, de l'office de premier président vacant par le décès de Jean-Claude Comeau. Reçu à la Chambre des comptes le 20 novembre suivant, honoraire en 1721, nonobstant la suppression de son office en 1717 (1). Ancienne famille de Marcigny-sur-Loire, divisée en plusieurs branches, dont l'une établie à Bourbon-Lancy. Le père de Philibert était secrétaire du roi en la chancellerie du parlement de Besançon, et il y a eu dans sa descendance, sous le nom de Verchère d'Arceau et d'Arcelot, plusieurs conseillers et un président au parlement de Bourgogne. — Armes : *De gueules, à une croix potencée d'or, soutenue d'un croissant d'argent; au chef cousu d'azur, chargé de trois étoiles d'or.*

VINCENT MALETESTE fut pourvu le 16 mai 1706, sur la nomination du corps des trésoriers, de l'office de second président du bureau des finances, créé par édit de février 1704, et qui avait d'abord été réuni à la compagnie. Reçu à la Chambre des comptes le 17 juin 1706, honoraire en 1721, nonobstant la suppression de son office par édit de mai 1717. Il était fils de N. Maleteste et de Marie Chapuis, et sortait d'une ancienne famille bourgeoise de Beaune, différente de celle dont la notice est insérée à la page 260 de cet *Armorial*.

§ II. — CHEVALIERS D'HONNEUR

GUILLAUME-FRANÇOIS DE MUCIE, seigneur de Grandmaison, fut pourvu, le 4 décembre 1706, d'un office de chevalier d'honneur au bureau des finances, créé par édit de juillet 1702. Installé au bureau le 5 février 1707 sans avoir été reçu par la Chambre des comptes, honoraire en 1759, et remplacé par Claude-Louis Brondeault. Ses lettres de provisions font mention des alliances considérables de sa famille, dont

---

(1) Édit de mai 1717, portant suppression des deux offices de présidents et réunion de leurs fonctions au corps des trésoriers de France pour être exercées, comme avant la création de ces offices, par les deux plus anciens trésoriers.

la noblesse était généralement connue en Bourgogne, de son mérite personnel et des services rendus tant par son père, François de Mucie, décédé doyen des trésoriers de France après trente années d'exercice, que par plusieurs de ses proches parents des noms de Mucie et de Fyot de Lamarche, dans des charges de conseillers et de présidents au parlement de Bourgogne. Voy. p. 246.

CLAUDE-LOUIS BRONDEAULT, chevalier d'honneur, pourvu sur la démission de Guillaume-François de Mucie, le 11 avril 1759, en considération des services rendus pendant près de soixante ans par son bisaïeul, Pierre Brondeault, secrétaire de la Chambre des comptes en 1683, et par son aïeul Claude, mort doyen de la même compagnie, et de ceux de plusieurs membres de sa famille dans des charges et emplois importants. Il fut reçu à la Chambre des comptes le 12 juillet 1759, nonobstant l'arrêt du conseil du 6 septembre 1707, qui dispensait les chevaliers d'honneur de cette formalité, et il était encore en charge au moment de la Révolution. Voy. p. 77.

§ III. — GÉNÉRAUX DES FINANCES ET TRÉSORIERS DE FRANCE

PIERRE SYMART fut nommé par le roi Louis XI, général conseiller sur le fait et gouvernement de toutes les finances du duché et du comté de Bourgogne, office auquel il n'avait pas encore été pourvu depuis la mort de Charles le Téméraire (1), comme il est dit dans ses lettres de provisions. Ces lettres, datées du 25 juin 1477, furent registrées par les généraux des finances le 30 du même mois, et il prêta serment entre les mains du chancelier le 8 juillet suivant. Remplacé en 1478 par André Brinon.

ANDRÉ BRINON, général conseiller sur le fait des finances dans le duché et le comté de Bourgogne, par lettres du 20 avril 1478, prêta serment aux mains du chancelier le 22 du même mois. Premier maître des comptes en 1481 (Voy. p. 19),

---

(1) Il y avait eu anciennement sous les ducs des officiers qui, sous les titres d'abord séparés, puis réunis, de trésoriers et de gouverneurs, intendants ou visiteurs généraux des finances, remplissaient des fonctions analogues à celles des trésoriers de France et des généraux des finances du royaume. Ces fonctions, qui furent annexées à diverses reprises à la recette générale, comprenaient la direction et le gouvernement des finances dans tous les pays de la domination des ducs. Labarre a publié les noms d'un assez grand nombre de ces officiers; nous en donnons ici une liste plus complète d'après les comptes des receveurs et quelques autres documents du temps. — Huet Hanon, trésorier de Philippe le Hardi, de 1363 à 1371, faisait en outre les fonctions de receveur général et de maître de la chambre aux deniers. — Nicolas de Fontenay, bourgeois de Troyes, ayant été chargé en 1370 d'une mission en Bourgogne, le duc le retint au mois d'octobre de la même année, son conseiller, visiteur ou gouverneur général de ses finances, fonctions qu'il remplit, *avec quelques intermittences,* jusqu'en 1391 ; il y avait joint dans les dernières années le titre de trésorier avec les attributions peu différentes qui y étaient attachées, et il fut, en outre, bailli de Troyes, et enfin trésorier de France et général des finances, avec la qualité de chevalier, sous le roi Charles VI. — Robert d'Amance, trésorier et receveur général en 1371, conserva les fonctions de trésorier après qu'Amiot Arnault l'eut remplacé à la recette générale, et devint depuis gouverneur des finances, en l'absence de Nicolas de Fontenay, charge qu'il exerça jusqu'en 1379. — Pierre Vive, trésorier (1375-1377). — Etienne du Moustier, écuyer, gouverneur des finances, en même temps que Nicolas de Fontenay en 1384. — En février 1390/1,

destitué de ses offices en 1483, rétabli dans celui de général des finances, aux gages de 1740 livres tournois, plus une pension de 1200 livres, par lettres du 4 octobre 1483, et serment entre les mains du chancelier le 8 du même mois, il mourut dans l'exercice de sa charge et fut remplacé par Pierre Breton.

Jean-Jacques ERLAUT, général des finances et premier maître des comptes pendant la disgrâce d'André Brinon par lettres du 27 juin 1483, aux gages de 2940 livres tournois. Serment aux mains du chancelier le 1er juillet suivant. Voyez p. 21.

Pierre BRETON, général des finances, pourvu le 28 novembre 1484 sur le décès d'André Brinon, reçu le 3 août 1485 par arrêt de la Chambre des comptes, remplacé peu après par Michel Gaillard.

Michel GAILLARD, chevalier, général des finances en Languedoc et Bourgogne de 1486 à 1499 environ, comme on le voit par les comptes du temps, sans qu'on ait pu trouver la date précise de ses provisions, remplacé par Jacques Hurault. Ce doit être le même personnage que Michel de Gaillard, favori du roi Louis XI, son maître d'hôtel, receveur général de ses finances, conseiller au parlement de Paris en 1485, etc., etc., auteur des Gaillard de Longjumeau, dont la généalogie détaillée a été publiée par La Chesnaie-des-Bois. — Armes : *D'argent, semé de trèfles de sinoples, à deux T de gueules en chef et deux perroquets aussi de sinople affrontés au dessous.*

Jacques HURAULT, chevalier, général des finances dès l'année 1501, remplacé après décès, en 1522, par son fils Raoul. — Hurault de Chiverny et de Vibraye, famille originaire du Blaisois, illustrée par un chancelier de France, mort en 1599. — Armes : *D'or, à la croix d'azur, cantonnée de quatre ombres de soleil de gueules.* Voyez sur ce personnage, sur son fils Raoul, et sur les différentes branches de sa famille, le Père Anselme et le *Dictionnaire* de Lachesnaie-des-Bois.

Pierre du Cellier reçoit pouvoir de remplir simultanément les fonctions de receveur général, au lieu de Pierre Varopel, et celles de Nicolas de Fontenay, chevalier, trésorier et gouverneur des finances, qui avait été déchargé de cet office, alors unique, à sa demande, parce qu'il était « ancien homme et feble » et n'en pouvait plus « bonnement soustenir les charges et travaux. » — Pierre du Cellier eut pour successeurs dans les doubles fonctions de receveur général, et de trésorier gouverneur des finances, Josset de Halle en 1392, et Pierre de Montbertaut en 1395 ; puis, ces deux charges ayant été de nouveau séparées, Pierre Varopel fut nommé, en 1397, trésorier et gouverneur général des finances. En 1400, le duc profita de la mort de ce dernier pour créer deux offices semblables et de même titre, dont l'un fut occupé par Jocerand Frepier, qui quitta pour le remplir la recette générale de Bourgogne, et l'autre par Pierre de la Tanerie, conseiller du duc, ancien receveur général de Flandre et d'Artois. L'office de Pierre de la Tanerie fut depuis occupé par Jean de Melles (1401), et par Pierre de Montbertaut (janvier 1401/2). Par la suite, le duc ayant supprimé l'office de nouvelle création, il n'y eut plus comme auparavant qu'un seul trésorier gouverneur des finances pour tous les états du duc. Voici les noms des personnages qu'on trouve encore revêtus de ce titre : Regnaudin Doriac (1405), — Jean Chousat (1405), — Jean Sacquespée (1410), — Dreux Sucquet (1414), — Jean de Pressy, — Jean de Noident, — Guy Guillebaut. — Enfin cet office unique fut lui-même supprimé comme inutile en 1446, et on en attribua les fonctions aux gens ou commis des finances qui continuèrent de les remplir jusqu'à la réunion du duché à la couronne.

Raoul HURAULT, chevalier, seigneur de Chiverny, général des finances, pourvu le 25 septembre 1522, remplacé par Pierre d'Apestigny.

Pierre D'APESTIGNY, général des finances dès 1536, comme il résulte d'une lettre d'attache du 13 mai de cette année, à laquelle il apposa sa signature. Reçoit en janvier 1541/2 une augmentation de gages de 400 livres à prendre sur les finances du pays. Résigne en 1543.

Clugny THUNOT, élu sur le fait des aides en l'élection de Langres, fut pourvu le 28 mai 1543, sur la résignation de Pierre d'Apestigny, de l'office de conseiller général superintendant au gouvernement des finances tant ordinaires sur le fait du domaine du roi qu'extraordinaires sur le fait des aides et octrois dans les pays de Bourgogne, Bresse, Bugey et Valromey. Il prêta serment entre les mains du garde des sceaux (1) le 30 du même mois, mourut dans l'exercice de sa charge et fut remplacé en 1546 par Philippe Merlan.

Philippe MERLAN, général des finances, pourvu sur le décès de Cluny Thunot, le 6 février 1545/6, reçu par arrêt du 20 mars suivant, remplacé en survivance par son fils Gabriel en 1551. — Originaire d'Arnay-le-Duc, où Charles Merlan, sans doute son père, vivait en 1534. Il était baron de Montpont, dont il reprit le fief en 1549, seigneur de Jully-lez-Arnay-le-Duc, Gissey-le-Vieux, Creuzot et Thorey. Sa femme, Marie de Grandrye, mariée en secondes noces à Claude de Beaumont, écuyer, lui avait donné un fils qui lui succéda dans sa charge.

Gabriel MERLAN, chevalier, baron de Montpont et seigneur de Jully-lez-Arnay-le-Duc, l'Espervière et la Colonne en partie, fut pourvu en survivance de la charge de général des finances le 20 avril 1550, et reçu le 10 janvier 1550/1. Il fut depuis nommé à l'office de trésorier de France en suite de l'édit de création, en 1551, dans chaque recette générale du royaume, de deux charges, l'une de général des finances, l'autre de trésorier de France, pour être exercées par le même officier avec le titre de trésorier de France et général des finances. Un édit d'août 1557 ayant désuni ces deux offices, Gabriel Merlan opta pour celui de trésorier et fut remplacé dans celui de général des finances par Philibert Robert. Plus tard, s'étant absenté sans permission du roi, le même Philibert Robert fut commis pour remplir son office de trésorier, dans lequel il fut définitivement remplacé en 1557 par Jean Peyrat. Il mourut avant 1563, ayant eu pour femme Charlotte de Beaumont.

(1) Avant de se faire recevoir à la Chambre des comptes, les officiers du bureau des finances devaient prêter un premier serment entre les mains du chancelier qui déléguait ordinairement à cet effet quelque personnage important de la province, tels que l'intendant, le premier président du parlement, le premier président ou quelqu'autre président ancien de la Chambre des comptes, etc., etc. Ces deux formalités remplies, le récipiendaire se présentait au bureau des finances pour y être installé après avoir prêté un troisième et dernier serment. Il n'y avait d'exception que pour les greffiers en chef et quelques officiers inférieurs qui étaient simplement reçus par le bureau des finances et leurs provisions enregistrées à la Chambre des comptes. Il en fut de même pour les deux secrétaires créés en 1707 et supprimés quelques années après. Nous avons pris soin pour tout le chapitre d'indiquer les dates des réceptions, soit qu'elles se fissent, suivant les différentes catégories d'officiers, à la Chambre des comptes ou au bureau des finances.

Philibert ROBERT, général des finances aux gages de 1250 livres par an, par suite de l'option de l'office de trésorier, faite par Gabriel Merlan, fut pourvu le 27 novembre et reçu en décembre 1557. Commis l'année suivante pour remplir les fonctions de trésorier en l'absence du même Gabriel Merlan, il fut pourvu depuis, le 1er août 1578, de l'office de trésorier de France et général des finances, en conséquence de l'édit qui unit définitivement ces deux fonctions en juillet 1577. Reçu le 29 juillet 1579, remplacé en 1586 par son fils Pierre, auquel il avait résigné dès l'année 1578. Voy. p. 292.

Jean PEYRAT, chevalier, est le premier des trésoriers de France qui ait assisté en cette qualité à l'assemblée des États de la province en 1560. Il avait remplacé Gabriel Merlan en 1557. En 1561 il donna commission à Jean de Loysie pour remplir les fonctions de son office, et fut obligé de les résigner en 1569 comme étant de la religion prétendue réformée. Il eut Louis de Laube pour successeur. — Ancienne famille du Lyonnais, qui portait : D'azur, au chateau de trois tours d'or. Avant d'entrer au bureau des finances, Jean Peyrat avait été receveur général en Bourgogne en 1553 et capitaine-châtelain de Rouvre.

Louis DE LAUBE, trésorier de France sur résignation de Jean Peyrat. Pourvu le 1 mars 1569 en raison de ses services en qualité de notaire, secrétaire et trésorier des menus de la chambre du roi, reçu le 20 juin 1569, remplacé en 1571 par Prudent Chabut. Il avait été précédemment trésorier de France à Lyon. — Famille originaire du Dauphiné, connue depuis la fin du XIVe siècle, et dont une branche, établie dans le Mâconnais, est entrée aux Etats de Bourgogne. — Armes : D'azur, au rocher à trois pointes d'argent, posé à la pointe de l'écu, et surmonté d'un cerf d'or élancé.

Claude THENIARD, contrôleur général des finances en Bourgogne, pourvu le 22 décembre 1570, d'un office de général alternatif des finances, créé en novembre même année, reçu le 30 mars 1571, remplacé après décès par Jean Jaquot, en 1573.

Prudent CHABUT, chevalier, seigneur de Percey, Rivière, etc.,, etc., garde des clefs de la ville de Langres, où sa famille a tenu longtemps un rang honorable, fut pourvu, le 23 avril 1571, de l'office de trésorier de France sur résignation de Louis de Laube. Reçu le 9 juin suivant, nommé général des finances le 27 août 1578, avec serment le 2 septembre 1579, en conséquence de l'édit d'union des deux offices en juillet 1577, il fut remplacé en 1602 par Pierre Legouz, sur le refus de son fils Jean, qui avait d'abord été pourvu, de se faire recevoir. — Armes : D'hermine, au lambel à trois pendants de gueules.

François MAILLARD, receveur général des finances en Bourgogne, fut pourvu, le 20 décembre 1571, d'un office de trésorier de France alternatif, créé au mois d'octobre précédent. Reçu le 4 août 1572, il fut depuis nommé général des finances par suite de l'édit d'union, ce qui nécessita de nouvelles lettres de provisions et un nouveau serment les 9 août 1578 et 29 juillet 1579. Remplacé en 1593 par Jean Maillard, son fils. Voy. p. 166.

Jean JAQUOT, receveur général des finances en Bourgogne, passa à l'office de général alternatif, vacant par le décès de Claude Theniard. Pourvu le 19 septembre, reçu le 2 décembre 1573, il obtint de nouvelles provisions en date du 23 août 1578, registrées le 29 juillet 1579 pour l'office de trésorier de France, en conséquence de l'édit d'union. Remplacé en 1604 par Zacharie Piget. Voy. p. 146.

§ IV. — TRÉSORIERS GÉNÉRAUX DE FRANCE

Jean DESMARQUETS occupa l'office de cinquième trésorier de France et général des finances, créé par l'édit de juillet 1577, qui consacra en outre, comme il a déjà été dit plus haut, l'union définitive de ces deux fonctions. Ses lettres de provisions, datées du 30 juin 1578, font mention des services recommandables qu'il avait rendus en plusieurs charges et commissions importantes, tant en Piémont que dans le royaume et près du duc de Mayenne, lorsque ce dernier avait la conduite des armées de la province de Champagne. Reçu le 27 novembre 1579, président en 1581 (Voy. p. 452), Jean Desmarquets fut remplacé sur résignation en 1607 par Pierre Desportes.

Claude LE COMPASSEUR, maître des comptes, passa à un office de trésorier général créé en janvier 1581. Pourvu le 31 décembre de la même année, reçu le 11 juillet 1582, président en 1587 (Voy. p. 452), il résigna en 1595 avec dispense de payer finance en considération de ses services, notamment dans les négociations relatives à la réduction des ville et château d'Auxonne. Remplacé par Charles Desbarres en 1596, il fut depuis intendant des finances par commission en Bresse et Bugey. Voy. p. 177.

Jacques VIARD, conseiller et secrétaire des finances de la reine de Navarre, fut pourvu, le 31 décembre 1581, d'un office de trésorier général créé au mois de janvier précédent, avec la qualité de président qui en fut détachée au profit de Jean Desmarquets. Reçu le 14 juillet 1582, remplacé sur résignation par Achille Baüyn en 1603. — Famille originaire de Blois et connue depuis le milieu du XIVᵉ siècle. Une de ses branches, établie en Bourgogne, y a possédé des seigneuries importantes et a été reçue aux Etats. — Armes : *D'or, à un phénix de sable, posé sur un bûcher de gueules ; au chef d'azur, chargé de trois coquilles d'argent ou d'or.*

Pierre ROBERT, trésorier général sur résignation de Philibert Robert, son père, fut pourvu le 5 avril 1578, en considération des bons, fidèles et recommandables services de ce dernier, tant en l'exercice de son état de trésorier qu'en d'autres belles et honorables charges où il avait été employé. Reçu le 17 décembre 1586 avec surannation, Pierre Robert mourut des suites de blessures reçues au siége de Paris, où il avait suivi l'armée royaliste, et fut remplacé en 1598 par Jean-Baptiste Legrand. Voy. p. 292 et 457.

Claude DE BURY, trésorier général, pourvu le 23 mars 1586 d'un des deux offices créés au mois de janvier précédent. Reçu le 19 décembre de la même année, il accompagna son collègue, Pierre Robert, au siège de Paris, où il servit utilement le roi Henri IV, et fut remplacé sur résignation par Nicolas Gagne, en 1611. Il était fils de Noël de Bury, receveur du domaine et des tailles à Bar-sur-Seine, où l'on trouve encore du même nom : Pierre, receveur du taillon en 1596, Georges, grenetier en 1597, etc., etc. François de Bury, écuyer, seigneur de Lorenceau, était capitaine des chasses au bailliage de Noyers en 1648.

Jules LE MAIRE DE LA BONDUE, trésorier général, pourvu le 23 mars 1586 du second office de la création du mois de janvier précédent, reçu le 20 décembre même année, président ancien en 1587 (Voy. p. 452), remplacé sur résignation par Pierre Corbonnoys, en 1601.

Jean SANGUIN, trésorier général, pourvu le 24 janvier 1588 d'un office créé en juin 1586, avec qualité de président, qui en fut détachée au profit de Claude Le Compasseur. Reçu le 16 juillet 1588, remplacé en 1593 par Claude de Tournay. Avant d'occuper la charge de trésorier, il avait été commis du grand audiencier de France, et il descendait probablement de Guillemin Sanguin, bourgeois de Paris et échanson du roi, qui possédait des rentes dans le Tonnerrois au commencement du XVe siècle. — Armes : *D'argent, à la croix endentée de sable, cantonnée de quatre merlettes de même.*

Claude DE TOURNAY, trésorier général, pourvu sur résignation de Jean Sanguin, le 6 mars 1593, reçu au bureau alors établi à Semur, le 13 du même mois. Il tenait ses provisions du roi Henri IV, et fut remplacé sur résignation, en 1614, par Pierre Camus, mari de Germaine de Tournay, qui était probablement sa fille. Il avait auparavant rempli les charges d'élu et de président en l'élection d'Auxerre, lieu d'origine de sa famille, où l'on trouve du même nom un procureur du roi au grenier à sel dès 1627. Robert ou Robin de Tournay était châtelain de Montréal et Chatelgirard en 1448.

Jean MAILLARD, trésorier général, pourvu en survivance, le 1er avril 1570, de l'office de cinquième trésorier que tenait François Maillard, son père. Son arrêt de réception à la Chambre des comptes est du 2 septembre 1593, mais le bureau des finances étant alors établi à Semur à cause des troubles de la Ligue, il n'y fut installé que le 19 juillet 1595 après le retour des trésoriers à Dijon. Mort dans l'exercice de sa charge, il fut remplacé en 1617 par Pierre Renault. Voy. p. 457.

Charles DESBARRES, trésorier général, pourvu sur résignation de Claude Le Compasseur, le 24 novembre 1595, reçu le 15 février de l'année suivante, remplacé en 1621 par Lazare de la Toison. Voy. p. 167.

JEAN-BAPTISTE LEGRAND, notaire et secrétaire de la maison et couronne de France, trésorier général, fut pourvu le 31 décembre 1597 de l'office vacant par le décès de Pierre Robert, reçu le 11 avril 1598, remplacé sur résignation en 1626 par Alexandre Legrand, son fils. Il était de la famille des Legrand, originaires de Baigneux, qui ont eu plusieurs officiers à la Chambre des comptes (Voy. p. 29), et il appartenait à la branche des seigneurs de Sainte-Colombe, dont le dernier représentant, Charles Legrand, baron de Jours, bailli de la Montagne, mourut en 1749. Jean-Baptiste avait acheté, en 1599, la terre de Sainte-Colombe par une sorte de licitation avec Philippe et Guillaume Legrand, écuyers, et Marguerite, femme de Jean de Chazans, enfants et héritiers de Nicolas Legrand, seigneur du même lieu, maître des comptes à Dijon, et de Thomasse Jaquot.

PIERRE CORBONNOYS, trésorier général sur résignation de Jules Le Maire de la Bondue, fut pourvu le 26 août 1600 en considération des bons, fidèles et agréables services qu'il avait rendus dans l'office de secrétaire du roi. Reçu par arrêt de la Chambre des comptes du 3 septembre 1601 et installé peu après au bureau des finances, alors établi à Autun, il résigna en 1612 et fut remplacé par Pierre Tiraqueau.

PIERRE LEGOUZ, trésorier général au lieu de Prudent Chabut, fut pourvu le 5 avril 1602, reçu le 7 septembre de la même année et installé le lendemain au bureau séant à Autun. Il fut remplacé par Jacques Valon en 1623. Voy. p. 157.

ZACHARIE PIGET, trésorier général sur résignation de Jean Jaquot, fut pourvu le 4 novembre 1608 et reçu le 19 juin de l'année suivante. Ses provisions font mention des services qu'il avait rendus auparavant dans une charge de trésorier provincial de l'extraordinaire des guerres. L'abbé Papillon cite de lui une harangue qu'il prononça devant le prince de Condé en 1632. Remplacé après décès par son fils Bertrand, en 1642. — On trouve du même nom : Claude Piget, châtelain de Viteaux en 1548, marié à Anne Le Jeune ; Jean, grenetier de Pouilly, seigneur de Villeferry et de Notre-Dame d'Hys, près Viteaux, dont il reprit le fief en 1563 ; Charles, écuyer, seigneur de la Bruyère et de Sonnotte, gentilhomme de la maison du roi en 1645. — Armes : *D'azur, à un soleil ou étoile à huit rais d'or.* Ces armes sont sculptées dans une chapelle de l'église de Viteaux, et on les voit figurées sur le sceau de Pierre Piget, contrôleur du grenier à sel de Vèzelay, en 1452.

PIERRE DESPORTES, trésorier général, pourvu sur résignation de Jean Desmarquets, le 20 décembre 1606, reçu le 31 mars de l'année suivante, remplacé dès 1608 par Guillaume Fleury.

GUILLAUME FLEURY, trésorier général, pourvu sur résignation de Pierre Desportes, le 6 mars, reçu le 24 juillet 1608, remplacé en 1642 par Pierre Joly. — Catherine et Claude-Bénigne Fleury, tous deux conseillers au parlement en 1674 et 1695, portaient : *De sinople, au chevron d'argent, accompagné en pointe d'un lys au naturel.*

Achille BAUYN, trésorier général, pourvu sur résignation de Jacques Viard, le 9 mars, reçu le 17 juin 1609, remplacé, après décès, par Denis Bouthillier, en 1618. Voy. p. 226.

Nicolas GAGNE, trésorier général, pourvu sur résignation de Claude de Bury, le 10 février, reçu le 18 mai 1611, remplacé par Simon de Noël en 1632. Voy. p. 59.

Pierre TIRAQUEAU, trésorier général, pourvu le 26 mai 1612 sur résignation de Pierre Corbonnoys, en considération de ses services, tant en l'exercice d'un office de secrétaire du roi qu'aux charges où il avait été employé pour le fait des finances. Reçu le 4 août de la même année, remplacé en 1626 par Jean de Chausas. — Armes probables : *D'argent, à la fasce ondée d'azur, accompagnée de trois canettes de sable rangées en fasce.*

Pierre CAMUS, trésorier général sur résignation de Claude de Tournay, fut pourvu le 30 juillet 1614, reçu le 15 décembre suivant, remplacé après décès par son fils Octave en 1644. Il avait épousé Germaine de Tournay, probablement fille de son prédécesseur, et exerçait en même temps que son office de trésorier celui de bailli et gouverneur d'Auxerre et de l'Auxerrois, dont il avait été pourvu en 1629. Dans les lettres de provisions de cet office, il est qualifié seigneur de Dolu et de Valenay.

Pierre RENAULT, trésorier général, fut pourvu le 7 juillet 1617, sur la démission de Pierre Coqueley, qui avait été nommé lui-même par la veuve de Jean Maillard à l'office vacant par le décès de ce dernier. Reçu le 18 décembre suivant, il fut remplacé en 1633 par Geoffroy Duval. Voy. l'article de Germain Renault, trésorier général en 1650.

Denis BOUTHILLIER, seigneur de Rancé, etc., etc., secrétaire des commandements de la reine Marie de Médicis, fut pourvu le 11 septembre 1618 d'un office de trésorier général sur démission, avant réception de Prosper Baüyn, qui avait lui-même été pourvu sur la résignation et après décès de son père Achille. Reçu le 22 novembre suivant, il résigna en 1620, fut remplacé par Adrien Secousse, et passa, en 1624, à une charge de président à la Chambre des comptes. Voy. p. 50.

Adrien SECOUSSE, trésorier général, pourvu sur la résignation de Denis Bouthillier le 7 janvier, reçu le 21 novembre 1620, remplacé par Pierre Baillet en 1628.

Lazare DE LA TOISON, secrétaire du roi, trésorier général sur résignation de Charles Desbarres, fut pourvu le 29 octobre 1620, reçu le 12 juin de l'année suivante, et remplacé après décès par Bernard Desbarres, en 1629. Sa famille, originaire d'Autun, a fourni en outre deux conseillers au parlement en 1646 et

1690, et des militaires de divers grades. Philippe de la Toison, baron de Bussy, est entré aux Etats de 1709. — Armes : *De gueules, à une bande d'or, chargée en cœur d'une quintefeuille d'azur.*

JACQUES VALON, seigneur de Mimeure et de Flacelière, trésorier général au lieu de Pierre Legouz, dont le premier résignataire, Louis Beuvrand, ne s'était pas fait recevoir. Pourvu le dernier février 1623, il fut reçu le 10 mai suivant. Après sa mort, N. Arviset, sa veuve, disposa de son office en faveur de Richard Valon, son fils, conseiller au parlement, qui en toucha les gages pendant plusieurs années et finit par le céder à Jean Vestu. Voy. p. 193.

GILLES BLONDEAU, occupa l'un des deux offices de trésoriers généraux créés par édit d'août 1621. Pourvu le 8 décembre de la même année, reçu le 15 janvier 1625, il fut remplacé en 1627 par Guillaume de la Mare pour passer lui-même à un office de président à la Chambre des comptes de Paris. Voy. p. 367.

PIERRE JEANNIN, trésorier général, pourvu le 31 décembre 1621 du second office de la création du mois d'août précédent, reçu le 18 janvier 1625, remplacé sur résignation par Claude Catin en 1628. Il était, croyons-nous, des mêmes nom et armes que l'illustre président Jeannin. — Armes : *D'azur, au croissant d'argent, surmonté d'une flamme d'or.*

ALEXANDRE LEGRAND, seigneur de Sainte-Colombe, secrétaire ordinaire de la chambre du roi, fut nommé à l'office de trésorier général sur résignation de Jean-Baptiste Legrand, son père. Pourvu le 28 avril, reçu le 23 juin 1626, il mourut en 1668 et fut remplacé par son fils, aussi nommé Alexandre, à qui il avait cédé, en 1667, le fief du Moulin-Rouge, en la justice de Sainte-Colombe, au bailliage de la Montagne. Voy. p. 460.

JEAN DE CHAUSAS, trésorier général sur résignation de Pierre Tiraqueau. Pourvu le 9 avril 1625, reçu le 1er décembre de l'année suivante, il fut remplacé après décès en 1636 par Simon-François de la Garde. Il eut pour héritier son frère Jacques, secrétaire de la chambre du roi.

GUILLAUME DE LA MARE, trésorier général sur résignation de Gilles Blondeau. Ses lettres de provisions, datées du 22 avril 1626, rappellent ses services pendant huit années dans l'office de lieutenant général de la chancellerie de Beaune. Reçu le 8 février 1627, remplacé après décès en 1638 par François Catherine. Voyez p. 205.

PIERRE BAILLET, trésorier général sur résignation d'Adrien Secousse, fut pourvu le 29 juin 1627, et reçu le 18 décembre suivant par arrêt de la Cour des comptes, séant à Autun. Remplacé en 1637 par Daniel Feullette, après s'être fait lui-même recevoir, en 1633, dans un office de président aux comptes. Voy. p. 32 et 51.

Edme REGNIER DE MONTMOYEN, écuyer, trésorier général, fut pourvu le 7 octobre 1626 d'un des deux offices créés par édit du mois de février précédent. Reçu à Autun le 10 avril 1628, remplacé sur résignation par Claude Badoux en 1631, après être passé lui-même à un office de chevalier d'honneur à la Chambre des comptes. Voy. p. 37 et 84.

Bernard DE BARBISY (sic), trésorier général, pourvu le 7 octobre 1621 du second office de la création du mois de février précédent, reçu à Autun le 12 avril 1628, remplacé en 1631 par Jean Cœurderoy. Voy. p. 139.

Claude CATIN, trésorier général sur résignation de Pierre Jeannin. Pourvu le 5 octobre 1627, reçu à Autun le 13 avril suivant, honoraire en 1644, après résignation en faveur de Bénigne Moreau. Famille originaire de Paris. Elle a fourni plusieurs officiers des armées du roi, un vicomte-mayeur de Dijon en 1670 et trois conseillers au parlement en 1635, 1660 et 1785. — Armes : D'azur, au haume d'argent ; au chef de même, chargé de trois merlettes de sable.

Bernard DESBARRES, trésorier général, pourvu le 3 mai 1629 de l'office vacant par le décès de Lazare de la Toison, sur la nomination du tuteur de Nicolas de la Toison, son fils. Reçu à Beaune le 11 août suivant, remplacé en 1673 par Jacques Lebelin. Voy. p. 167.

Claude BADOUX, seigneur de la Rüe, élu en l'élection de Bourg, fut pourvu, le 4 mai 1631, d'un office de trésorier général vacant par la résignation à son profit d'Edme Regnier. Reçu le 26 novembre suivant, honoraire par lettres de 1665, qui lui conservèrent la voix délibérative, remplacé par Michel Badoux, son fils. Voy. p. 58.

Claude DE GANAY, trésorier général, pourvu le 30 juin 1628 d'un des offices de la création de 1627, reçu le 18 mai 1632 avec lettres de surannation, remplacé après décès, en 1633, par Jean-David de Ganay, son fils. Cette branche de la famille de Ganay, plusieurs fois entrée aux États de la province, après avoir obtenu, en 1615, des lettres de relief, a fourni en outre plusieurs officiers des armées du roi et trois lieutenants-généraux au bailliage de Charolles, dont l'un fut député aux États généraux de 1614. — Armes : D'argent, à la fasce de gueules, chargée d'une aigle mornée de sable et de deux roses d'or, l'une à senestre, l'autre en pointe, le tout accosté de deux coquilles aussi d'or.

Jean CATHERINE, trésorier général, pourvu le 2 juin 1628 d'un des offices de la création de 1627, reçu le 18 mai 1632 avec lettres de surannation, remplacé en 1652 par Jacques Boyvault. Sa famille, entrée aux États, a fourni un lieutenant civil au bailliage de Saint-Jean-de-Losne, et quatre conseillers au parlement de Bourgogne. — Armes : D'azur, à trois roues garnies de rasoirs d'or.

ETIENNE FYOT, trésorier général, pourvu le 2 juin 1628 d'un des quatre offices créés en avril 1627, reçu le 9 août 1632 avec lettres de surannation, remplacé en 1650 par François de Mucie. Il appartenait à la famille bien connue des Fyot d'Arbois, de Mimeure et de la Marche. — Armes : *D'azur, au chevron d'or, accompagné de trois losanges de même.*

SIMON DE NOEL, seigneur de Buchère, trésorier général, pourvu sur résignation de Nicolas Gagne le 15 mai, reçu le 11 août 1632, remplacé en 1653 par Michel de Noel, son fils. — Armes : *D'azur, au lion d'argent, surmonté de trois étoiles de même.*

PIERRE JANT, trésorier général, pourvu le 2 juin 1628 d'un des quatre offices de la création de 1627, reçu le 20 novembre 1632, après avoir obtenu des lettres de relief d'adresse, mort dans l'exercice de sa charge et remplacé en 1675 par Ponthus Berthauld. Son père, Etienne, bourgeois de Dijon, avait épousé Philiberte Moniot et il eut lui-même un fils, Jacques, chevalier servant de l'ordre de Malte, intendant et garde du cabinet de Philippe de France, frère de Louis XIV, qui a publié quelques ouvrages d'érudition. — Armes : *D'azur, au chef d'or, chargé de trois merlettes de gueules.*

JEAN-DAVID DE GANAY, trésorier général, pourvu le 23 juin 1633, sur le décès de Claude de Ganay, son père, reçu le 6 août suivant, remplacé après décès par Melchior David, en 1674. Voy. p. 463.

GEOFFROY DUVAL, trésorier général, pourvu sur résignation de Pierre Renault le 28 mai, reçu le 8 août 1633, remplacé en 1650 par Germain Renault.

NICOLAS LECONTE, pourvu le 23 juin 1633 d'un office de trésorier général, qui avait été créé par lettres patentes en forme d'édit du mois d'août 1632, pour remplacer celui de procureur du roi au bureau des finances, créé en avril 1627, et dont les mêmes lettres ordonnèrent la suppression. Reçu le 12 août 1634 avec lettres de surannation, remplacé en 1653 par Jacques Bretagne.

SIMON-FRANÇOIS DE LA GARDE, trésorier général, pourvu sur le décès de Jean de Chausas, le 29 décembre 1635, reçu le 19 décembre de l'année suivante, remplacé après décès par Henri de la Michodière, en 1646. Il avait épousé Marie Cugnois.

DANIEL FEULLETTE DE FAY, trésorier général, pourvu sur résignation de Pierre Baillet le 22 janvier 1635, reçu le 11 mai 1637, mort dans l'exercice de sa charge et remplacé en 1640 par Pierre Perachon.

CLÉMENT DARCE, pourvu le 12 octobre 1634 d'un office de trésorier général garde-scel, créé par édit de mai 1633, reçu le 30 juin 1637 avec lettres de surannation, remplacé après décès par son neveu Benjamin Junot-Darce en 1647.

François CATHERINE, trésorier général, pourvu le 21 juillet 1638 sur la nomination de la veuve de Guillaume de la Mare, reçu le 13 août suivant, remplacé sur résignation, en 1676, par Claude Malpoy. Voy. p. 463.

Abraham GIRARD, trésorier général, pourvu le 30 août 1639 d'un des quatre offices créés par édit de mai 1635, reçu le 5 décembre 1639, mort en 1657, et remplacé par Claude de Thésut. Il avait épousé Claude Perrault, sœur de Jean, président à la chambre des comptes de Paris, et en eut deux fils, dont Louis, seigneur du Thil et des Forfillières, conseiller au parlement en 1673. — Armes : *D'azur à trois bandes d'or.*

Gérard RICHARD, seigneur de Ruffey, occupa l'un des quatre offices de trésoriers généraux créés en mai 1635. Pourvu le 30 août, reçu le 10 décembre 1639, il passa en 1645 à l'office d'élu du roi aux États de la province et fut remplacé dans celui de trésorier par André Bretagne. Voy. p. 71 et 414.

Claude FOURNERET, trésorier général, occupa l'un des quatre offices créés en mai 1635. Pourvu le 30 octobre 1639, reçu le 9 février de l'année suivante, il mourut dans l'exercice de sa charge et fut remplacé en 1666 par Nicolas Fourneret, son fils. Voy. p. 297.

Jacques DE CLUGNY, écuyer, sieur de Préjouan, trésorier général, occupa un office de la création de 1635, dans lequel Pierre Roy, qui en avait d'abord obtenu des lettres de provisions, ne s'était pas fait recevoir. Pourvu le 23 juin, reçu le 26 juillet 1640, remplacé en 1646, par Georges de Clugny, son fils. — Famille ancienne et considérable, authentiquement connue depuis le milieu du quatorzième siècle et divisée en plusieurs branches, dont la généalogie a été publiée en 1736 par Etienne de Clugny, ancien conseiller au parlement de Bourgogne. Il y a eu de ce nom des ambassadeurs, un chancelier de la Toison-d'Or, des députés aux États généraux, un intendant de la marine, des militaires de divers grades et plusieurs conseillers au parlement de Bourgogne. — Armes : *D'azur, à deux clefs d'or adossées, les anneaux en losange, pommetés et enlacés.*

Pierre PERACHON, trésorier général, occupa l'office vacant par le décès de Daniel Feuillette, dans lequel Richard Marpon, qui en avait d'abord traité, ne se fit pas recevoir. Pourvu le 28 mars, reçu le 15 décembre 1640, remplacé en 1651 par Jacques Filzjan. — Nommé depuis conseiller du roi en ses conseils et secrétaire de ses finances, il acquit en Bresse le marquisat de Varambon, le comté de Varax et les nombreuses seigneuries qui en dépendaient, et il les laissa à ses descendants parmi lesquels on peut signaler un brigadier des armées du roi en 1765. Le sceau de son fils Alexandre-Louis, chevalier, apposé à un dénombrement de l'an 1688, porte un écu *de gueules, à une fasce d'argent, accompagnée de trois étoiles posées 2 et 1.*

30

BERTRAND PIGET, trésorier général, pourvu le 18 septembre 1641 de l'office vacant par le décès de son père Zacharie, reçu le 8 février 1642, remplacé sur résignation en 1645 par Pierre Dumont, qui avait épousé Claude-Antoinette Piget. Son père l'avait eu avant mariage, de Simonne Mugnier, et il avait été légitimé en 1628.

PIERRE JOLY, trésorier général, succéda à Guillaume Fleury, dont l'office avait passé d'abord à François Hersant, qui ne s'y fit pas recevoir. Pourvu le 28 octobre 1641, reçu le 13 mai de l'année suivante, honoraire en 1681, après avoir résigné en faveur de Melchior Couchet. Il avait épousé Nicole Le Compasseur. Son fils Pierre portait les mêmes armes que Jean-Pierre Joly, sans doute son parent, à qui il succéda en 1697 dans un office de secrétaire de la Chambre des comptes. Voy. p. 436.

OCTAVE CAMUS, trésorier général, fut nommé, le 16 avril 1644, à l'office vacant par le décès de Pierre Camus, son père. Pourvu sur la nomination de sa mère, tant en son nom que comme ayant la garde noble des enfants du défunt, il fut reçu le 2 mai de la même année, mourut dans l'exercice de sa charge et fut remplacé en 1660 par Antoine Arviset.

BÉNIGNE MOREAU, trésorier général sur résignation de Claude Cottin. Pourvu le 15 avril, reçu le 13 juin 1644, remplacé sur résignation par Barthélemy Moreau, son fils, en 1674. Voy. p. 60.

ANDRÉ BRETAGNE, trésorier général sur résignation de Gérard Richard. Pourvu le 22 avril, reçu le 20 novembre 1645, il mourut dans l'exercice de sa charge et fut remplacé en 1682 par François Bichot. Voy. p. 93.

PIERRE DUMONT, trésorier général sur résignation de Bertrand Piget. Pourvu le 18 novembre, reçu le 11 décembre 1645, remplacé après décès par Guy David en 1650. Il avait épousé Claude-Antoinette Piget. — Armes probables : *Ecartelé, aux 1er et 4e d'azur, à un oiseau d'argent, tenant en son bec une branche d'olivier d'or ; aux 2e et 3e d'azur, au mont de trois buttes d'argent.*

HENRI DE LA MICHODIÈRE, trésorier général, fut pourvu, le 12 avril 1646, de l'office vacant par le décès de Simon-François de Lagarde, dans lequel Claude Leseure ne s'était pas fait recevoir après en avoir obtenu des lettres de provisions sur la nomination de Marie Regnard, veuve du dernier titulaire. Reçu le 18 juin 1646, Henri de la Michodière résigna en 1676 en faveur de son fils Paul, et obtint des lettres d'honneur vérifiées l'année suivante. Il était fils d'un secrétaire du roi. Sa descendance, outre le trésorier de France dont il vient d'être question, a fourni deux conseillers au parlement de Dijon, dont le dernier, Claude, reçu en 1712, fut depuis conseiller en celui de Paris et chef du conseil du prince de Condé. Il y eut aussi du même nom un président au grand conseil et un prévôt des marchands de Paris. — Armes : *D'azur, à la fasce d'or, chargée d'une levrette de sable.*

GEORGES DE CLUGNY D'ESTAULE, trésorier général sur résignation de Jacques de Clugny son père, fut pourvu le 11 juillet 1646, reçu le 2 août suivant et remplacé en 1652 par Étienne Dagoneau. Voy. p. 465.

BENJAMIN JUNOT-DARCE, trésorier général, *garde-scel*, pourvu le 15 octobre 1646 sur décès de Clément Darce, son oncle, reçu le 7 janvier 1647, remplacé en 1650 par Bénigne Richard. Voy. p. 464.

FRANÇOIS DE MUCIE, trésorier général, remplaça Étienne Fyot sur la résignation de Claude Maillard, d'abord pourvu de son office et qui ne s'y était pas fait recevoir. Pourvu le 20 décembre 1649, reçu le 21 janvier 1650, il obtint des lettres d'honneur après 45 ans de service et fut remplacé en 1695 par Antoine-Bénigne Durand. Voy. p. 246 et 453.

GUY DAVID, trésorier général, fut pourvu le 13 décembre 1649, sur la nomination de Claude-Antoinette Piget, veuve de Pierre Dumont, dernier titulaire. Reçu le 1er avril 1650, il résigna en faveur de Pierre David, son parent, et obtint en 1673 des lettres d'honneur qui le maintinrent dans tous ses priviléges avec voix délibérative. — Armes: *D'azur, à trois harpes d'or, 2 et 1.*

BÉNIGNE RICHARD DE DAMALIX, trésorier général, *garde-scel*, sur résignation de Benjamin Junot-Darce, fut pourvu le 29 mars, reçu le 24 mai 1650, et remplacé sur résignation par Hilaire-Bernard Demouhy en 1652. Voy. p. 71.

GERMAIN RENAULT, sieur de Saint-Quentin, trésorier général, fut pourvu le 25 juin 1650, sur la résignation de son frère, Tanneguy Renault, qui avait obtenu provisions pour l'office précédemment exercé par Geoffroy Duval, et ne s'y était pas fait recevoir. Reçu le 9 août de la même année, il fut remplacé sur résignation par Pierre Taisand, en 1680. La même année, il reprit de fief des seigneuries de Villars, Messange, Chevannes, Curley, etc., etc., qui passèrent ensuite à sa fille Catherine-Charlotte-Françoise Renault, femme de François David, trésorier de France en 1696. Il était de la même famille que Pierre Renault, aussi trésorier en 1617 (voy. p. 461). — Armes: *De sable, au lion d'or ; au chef cousu d'azur, chargé de trois demi-vols d'argent.*

JEAN COEURDEROY, trésorier général, pourvu le 29 octobre 1650 sur résignation de Bernard de Berbisey, reçu le 4 mars 1651, remplacé par Jacques Chapotot en 1657. Il passa la même année à un office de président aux requêtes du palais. Voy. p. 253.

JACQUES FILZJAN, trésorier général, pourvu le 21 mars 1651, sur résignation de Pierre Perachon, reçu le 22 juin suivant, remplacé après décès par Mathieu Guillot en 1669. Voy. p. 69.

JACQUES BOYVAULT, gentilhomme ordinaire du prince de Condé, trésorier général, pourvu le 9 novembre 1650, sur résignation de Jean Catherine, reçu le 17 décembre 1652, remplacé en 1677 par Etienne Joly, après s'être fait recevoir dès 1663 dans un office de président aux comptes. Voy. p. 57.

HILAIRE-BERNARD DEMOUHY, trésorier général, *garde-scel*, pourvu le 9 novembre 1652 sur résignation de Bénigne Richard, reçu le 18 décembre suivant, remplacé en 1677 par Jacques Morelet. — Armes : *D'azur, au chevron d'or, accompagné de trois trèfles d'argent posés 2 et 1.*

ETIENNE DAGONEAU, trésorier général sur résignation de Georges de Clugny. Pourvu le 8 août, reçu le 19 décembre 1652, il résigna en 1687 en faveur de Blaise Chevignard, et obtint l'année suivante des lettres d'honneur qui ne furent vérifiées qu'en 1704. Sa famille, originaire de Charolles où elle tenait un rang distingué, a fourni deux conseillers au parlement de Dijon en 1699 et 1724. — Armes : *D'azur, au chevron d'argent, accompagné de trois roses de même posées 2 et 1.*

MICHEL DE NOEL, trésorier général, pourvu le 9 février 1653, sur la résignation de Simon de Noel, son père, reçu le 11 mars suivant. Remplacé par Isaac Turrel, il obtint des lettres d'honneur, vérifiées en 1689, qui rappellent les services de son père dans la charge de trésorier. Voy. p. 464.

JACQUES BRETAGNE, trésorier général sur résignation de Nicolas Leconte. Pourvu le 19 janvier, reçu le 12 mars 1653, remplacé après décès par Jacques Languet en 1669. Voy. p. 93.

JACQUES CHAPOTOT, trésorier général sur résignation de Jean Cœurderoy. Pourvu le 25 novembre 1656, reçu le 2 janvier de l'année suivante, remplacé après décès par Claude Cusené en 1677. Pour les armes, voy. p. 257.

CLAUDE DE THÉSUT, seigneur de Verrey, trésorier général, occupa l'office vacant par le décès d'Abraham Girard. Pourvu le 3 décembre 1657, reçu le 8 février de l'année suivante, il fut remplacé par Louis de Thésut, son fils, et obtint des lettres d'honneur, vérifiées en 1681. Voy. p. 95.

MICHEL BADOUX, seigneur de la Rue et de Beire, trésorier général sur résignation de Claude Badoux, son père. Pourvu le 10 mars, reçu le 26 avril 1660, il passa en 1680 à un office de président aux comptes, et fut remplacé au bureau des finances par François-Joseph de Requeleyne. Voy. p. 58 et 453.

ANTOINE ARVISET occupa l'office de trésorier général vacant par le décès d'Octave Camus. Il en fut pourvu le 30 avril 1660, sur la démission de Jean Lauverjeat, qui y avait été nommé par Louise Regnauldin, veuve du dernier titulaire, et ne s'y était pas fait recevoir. Reçu le 31 juillet de la même année, Antoine Arviset mourut dans l'exercice de sa charge et fut remplacé en 1680 par Guillaume

Mailly. Le roi Louis XIV lui avait conféré le titre de conseiller d'État, en considération de ses services et de ceux de son père Richard et de son aïeul Etienne, tous deux secrétaires du roi, vétérans après de longues années de service, le second ayant été en outre maire de Dijon et employé en Italie à diverses négociations où il avait réussi à la satisfaction du roi, son prédécesseur. Voy. p. 366.

Nicolas FOURNERET fut nommé à l'office de trésorier général, vacant par le décès de Claude Fourneret, son père. Pourvu le 29 juin 1666 sur la nomination de Claude Blanot, sa mère, reçu le 30 juillet suivant, il fut remplacé en 1706 par François Papillon et obtint des lettres d'honneur registrées l'année suivante. Voy. p. 297 et 465.

Jacques LANGUET, trésorier général, occupa l'office vacant par le décès de Jacques Bretagne. Pourvu le 9 mars 1667 sur la nomination de Gabriel Guillaume qui en avait d'abord obtenu des lettres de provisions et ne s'y était pas fait recevoir, reçu le 29 mars 1669, il fut remplacé en 1689 par Antoine Perrier. Pour les armes, voy. p. 295.

Alexandre LEGRAND, seigneur de Sainte-Colombe, trésorier général, fut pourvu le 20 janvier 1669, sur le décès d'Alexandre Legrand, son père, qui avait disposé de son office en sa faveur. Reçu le 11 avril suivant, il eut pour successeur Jean Mochot, en 1676. Voy. p. 462.

Mathieu GUILLOT, trésorier général, fut pourvu le 23 septembre 1668, de l'office vacant par le décès de Jacques Filzjan, sur la nomination de Françoise Guillot, sa veuve. Reçu le 5 août 1669, il se démit au profit de Jean-Bernard Vautier, et obtint des lettres d'honneur, vérifiées en 1691. — Armes : *D'azur, à un massacre de cerf d'or ; au chef d'argent, chargé de trois grains de guy de gueules.*

Jean VESTU, trésorier général, fut pourvu le 6 juillet 1673, sur la démission de Richard Valon, conseiller au parlement, qui possédait, depuis 1667, l'office vacant par le décès de Jacques Valon, son père. Reçu le 29 juillet de la même année, remplacé après décès par Jacques de Chanrenault en 1689. — Ancienne famille d'Autun où l'on trouve de ce nom : Etienne, contrôleur au grenier à sel en 1627, Jean et son fils Pierre, tous deux receveurs des impositions en 1630 et 1651, Antoine et Gabriel, le premier, conseiller honoraire au présidial en 1711, le second, président de la même compagnie, etc., etc. Jean Vestu, seigneur de St-Denis, épousa en 1670 Anne-Marguerite Lebelin, d'où sont sortis deux fils et une fille : 1° Claude, seigneur de Menant, qui épousa N. Poulet, de Beaune, dont il eut Claude, chanoine de la Sainte-Chapelle en 1752, et Jean, seigneur de Menant ; 2° Josèphe, mariée à André Malpoy, seigneur de Beire, trésorier de France ; 3° Georges, seigneur de Charency, capitaine de carabiniers, chevalier de Saint-Louis, tué à la bataille de Guastalla. Il avait épousé Louise Remond de Manges, dont il eut deux fils : Georges-Nicolas et André-Louis, le premier, lieutenant de carabiniers, tué à la bataille de Fravemberg en Bohême, le second, capitaine de la même arme, chevalier de St-Louis, tué en Westphalie en 1759, et une fille, Marie, mariée à Jean-Baptiste Lantin, seigneur de Damerey. — Armes : *Coupé, au 1er d'azur, à trois pals d'or, au 2e d'argent, à une rose tigée et feuillée de.....*

Jacques LEBELIN, trésorier général, occupa l'office vacant par la résignation de Bernard Desbarres, dans lequel Melchior David, qui en avait d'abord obtenu des lettres de provisions, ne se fit pas recevoir. Pourvu sur la résignation de ce dernier, le 20 juillet, reçu le 12 août 1673, il fut remplacé par Jacques Barbier d'Entredeuxmonts, et obtint des lettres d'honneur, vérifiées en 1699. Voy. p. 243.

Barthélemy MOREAU, trésorier général sur résignation de son père Bénigne, fut pourvu le 7 décembre 1673. Reçu le 3 février de l'année suivante, président aux comptes en 1691, il fut remplacé au bureau des finances par François Guibaudet. Voy. p. 60 et 466.

Melchior DAVID, trésorier général, occupa l'office vacant par le décès de Jean-David de Ganay, sur la nomination de Henry Petit qui en avait d'abord obtenu des lettres de provisions et ne s'y était pas fait recevoir. Pourvu le 1er mars 1674 avec dispense de parenté à cause de Claude de Thésut, son oncle maternel, trésorier général, il fut reçu le 2 mai suivant, mourut dans l'exercice de sa charge et fut remplacé en 1681 par Charles Gravier de Vergennes. Il était fils de Maurice David, avocat au parlement de Dijon, cité dans la *Bibliothèque des auteurs de Bourgogne*, et de Marguerite de Thésut. François David, trésorier général en 1696, était probablement de la même famille.

Ponthus BERTHAULD, trésorier général, fut pourvu le 3 janvier 1675, sur la résignation de Claude de Maillard, qui, nommé par Catherine Jant, à l'office vacant par le décès de Pierre Jant, son père, ne s'y était pas fait recevoir. Reçu le 6 mars suivant, remplacé après décès par Jacques Blanche en 1682. — Ponthus Berthauld, avocat à Chalon, très certainement de la même famille, et Claude, juge mage, portaient tous deux d'après l'*Armorial* de 1696 : *D'azur, à une tête de lion arrachée d'or.*

Claude MALPOY, trésorier général sur résignation de François Catherine de Saint-Usage. Pourvu le 6 février, reçu le 7 mars 1676, il fut remplacé après décès par André Malpoy, son fils, en 1697. Il avait épousé en 1676 Claude Cortelot, et était fils de noble Etienne Malpoy, avocat à la cour, et de Marguerite Joly. Cet Etienne Malpoy avait fait de vaines tentatives pour entrer à la Chambre des comptes, ayant été successivement revêtu de deux offices, l'un de conseiller maître, l'autre d'avocat général, dans lesquels il ne put se faire recevoir. André, fils de Claude, seigneur de Beire, trésorier de France en 1697, épousa en 1700 Josèphe Vestu, et en eut deux fils, Etienne, chanoine de la Ste-Chapelle, son successeur dans la charge de trésorier, et Nicolas, écuyer, seigneur de Beire, qui épousa en 1732 Anne Espiard de Clamerey et fut reçu en 1736 dans la chambre de la noblesse des Etats de

Bourgogne. Sa sœur, Catherine Malpoy, reprit de fief en 1717 pour la seigneurie de Beire. — Armes : *D'azur, au chevron d'or, accompagné en chef de deux étoiles d'argent et en pointe d'une motte de sinople surmontée d'une touffe de pois d'argent.*

JEAN MOCHOT, trésorier général sur résignation d'Alexandre Legrand. Pourvu le 16 avril, reçu le 3 juin 1676, il fut remplacé en 1687 par Isaïe Gravier de Saint-Vincent et obtint l'année suivante des lettres d'honneur qui rappellent ses services tant dans l'office de trésorier de France que dans celui de secrétaire du parlement de Bourgogne, qu'il avait précédemment exercé. Voy. p. 227.

PAUL DE LA MICHODIÈRE, trésorier général, pourvu le 24 décembre 1676 sur la résignation d'Henry de la Michodière, son père, reçu le 30 janvier de l'année suivante, remplacé après décès par François Hanrion en 1688. Voy. p. 466.

JACQUES MORELET, trésorier général, *garde-scel*, pourvu le 8 mai 1677 sur la résignation d'Hilaire-Bernard Demouhy, reçu le 25 du même mois, mort dans l'exercice de sa charge, et remplacé en 1683 par Guillaume Coinctot. Voy. p. 264.

CLAUDE CUSENÉ, trésorier général, fut pourvu le 18 mars 1677 sur le décès de Jacques Chapotot, dont l'office avait d'abord été cédé par sa veuve, Marie de la Michodière, à Jean-Antoine Cottin, qui n'en prit pas de lettres de provisions. Reçu le 26 mai suivant, remplacé en 1713, après décès, par Etienne Boulanger. — Armes : *D'azur, à trois étoiles d'or posées en bande et un chef d'argent.*

PIERRE DAVID, sieur de Villars, trésorier général, pourvu le 8 mai 1677, sur résignation de Guy David, reçu le 16 juin suivant, honoraire en 1699, après avoir résigné en faveur de Jean David de Ponthémery, son fils. — Armes : *D'azur, à un soleil d'or posé en cœur et accompagné de trois harpes de même, deux en chef et une en pointe.* Famille originaire de Semur, à laquelle appartenait également Jean-Bénigne David, commissaire aux requêtes du palais, conseiller au parlement en 1724, quoiqu'il portât des armes différentes.

ETIENNE JOLY, trésorier général sur démission de Jacques Boyvault, fut pourvu le 13 mai, reçu le 18 juin 1677, et remplacé, après décès, par Jean-Barthélemy Joly en 1682. Voy. p. 62.

GUILLAUME MAILLY, trésorier général, pourvu le 5 avril 1680 sur la nomination de la veuve d'Antoine Arviset, reçu le 26 mai suivant, remplacé en 1693 par Jean Chevignard. — Armes probables : *D'azur, à trois roses d'argent posées 2 et 1.*

FRANÇOIS-JOSEPH DE REQUELEYNE, trésorier général sur résignation de Michel Badoux, fut pourvu le 17, et reçu le 31 juillet 1680. Honoraire en 1701 et remplacé par Hugues Jannon. Il était fils de Pierre de Requeleyne, notaire et secrétaire de la cour du parlement, dont les services sont rappelés dans ses lettres d'honneur. Voy. p. 230.

MELCHIOR COUCHET, trésorier général, pourvu sur résignation de Pierre Joly le 23 juillet, reçu le 9 août 1680, remplacé par Pierre Audoulx et honoraire par lettres vérifiées en 1701. — Armes : *D'or, à une croix ancrée de gueules, et un chef d'azur, chargé de trois étoiles d'or.* Quoique portant des armes différentes, il était très probablement de la même famille que les Cochet de Saint-Vallier et du Magny qui ont eu un conseiller au parlement de Metz, dont le fils, Melchior-Bénigne-Marie, chanoine de la Sainte-Chapelle de Dijon, fut reçu conseiller clerc au parlement de Bourgogne en 1763.

LOUIS DE THÉSUT, sieur de Verrey, trésorier général, pourvu le 7 novembre 1680, sur la résignation de Claude de Thésut, sieur de Verrey et de Charéconduit, son père, reçu le 29 du même mois, remplacé après décès par François David en 1696. Voy. p. 95 et 468. Il avait épousé Marie Canabelin.

PIERRE TAISAND, trésorier général, fut pourvu, le 30 août 1680, sur la résignation de Germain Renault de Saint-Quentin, avec dispense de parenté à cause de Pierre Taisand, son oncle, procureur du roi au bureau des finances. Reçu le 2 décembre de la même année, remplacé en 1707 par André Taisand, son cousin. Il était fils de Jean Taisand, conseiller au bailliage de Dijon et de Marguerite Vallot, sœur d'un fameux avocat au parlement de Bourgogne. Ses lettres d'honneur vérifiées en 1707 rappellent ses services pendant 26 ans, dans la compagnie des trésoriers de France, dont il était devenu le doyen, et mentionnent honorablement ses ouvrages de jurisprudence, et notamment son *Commentaire sur la coutume de Bourgogne.* — Armes : *D'azur, au chevron d'or, accompagné en chef de deux perles d'argent et en pointe d'une rose de même, le chevron sommé d'une trangle d'or surmontée de deux étoiles rayonnantes de même.*

CHARLES GRAVIER, seigneur du Bois de Vergennes, trésorier général, fut pourvu, le 23 janvier 1681, sur la nomination de la veuve de Melchior David. Reçu le 6 février suivant, il résigna en faveur d'Etienne Pourcher et obtint des lettres d'honneur, vérifiées en 1706. Voy. p. 75.

JEAN-BARTHÉLEMY JOLY, trésorier général sur nomination de la veuve d'Etienne Joly. Pourvu le 11 mai, reçu le 3 juin 1682, il passa président aux comptes en 1695, après avoir résigné en faveur de Jean Gault. Voy. p. 62.

FRANÇOIS BICHOT, trésorier général, occupa l'office vacant par le décès d'André Bretagne. Pourvu le 24 mai, reçu le 10 juin 1682, remplacé sur résignation par Bénigne Bichot, son fils, en 1707. Voy. p. 197.

JACQUES BLANCHE, trésorier général sur décès de Ponthus Berthauld, fut pourvu le 30 avril, et reçu le 12 juin 1682. Il mourut en 1693 et fut remplacé par Jean-Baptiste Mouchevaire. Il avait épousé N. Mouchevaire, dont un fils, Jacques-Claude Blanche, conseiller au parlement en 1716, mort sans alliance. On trouve du même nom Claude Blanche, receveur général des finances en Bourgogne, démissionnaire vers 1656. — Armes : *D'azur, à une moucheture d'hermine d'or et un chef de même, chargé de trois roses de gueules.*

GUILLAUME COINCTOT, trésorier général, *garde-scel,* pourvu sur le décès de Jacques Morelet, le 17 janvier, reçu le 18 mars 1683, honoraire en 1706 et remplacé sur résignation par Jean Cothenot de Mailly. — Armes : *D'azur, à une aigle d'or, et un soleil de même au côté dextre du chef.*

ISAAC TURREL, trésorier général, pourvu le 6 novembre 1687 sur la résignation de Michel de Noel, reçu le 5 décembre suivant. Il obtint des lettres d'honneur vérifiées en 1714 et fut remplacé par Edme Viesse du Breuil. Voy. p. 269.

ISAIE GRAVIER, trésorier général sur résignation de Jean Mochot, fut pourvu le 20 novembre, reçu le 9 décembre 1687, et remplacé après décès en 1712 par Jean Gravier de Saint-Vincent, son fils, seigneur des Angles et de Saint-Vincent-lez-Bragny en partie. — Armes : *D'or, à trois canifes de sable posées 2 et 1, ayant chacune en son bec un brin de roseau de même.*

BLAISE CHEVIGNARD, trésorier général, pourvu le 27 novembre 1687, sur résignation d'Étienne Dagoneau, reçu le 18 décembre suivant, remplacé après décès par Pierre Chevrot, en 1700. — Armes : *D'or, au raisin de sinople, tigé et feuillé de deux feuilles de même, et un chef d'azur, chargé d'un soleil d'or.* Voy. p. 273.

FRANÇOIS HANRION, trésorier général, occupa l'office vacant par le décès de Paul de la Michodière. Pourvu le 2 décembre 1688, sur la nomination de Jean de la Michodière, maître des comptes à Paris, curateur des enfants du défunt, reçu le 11 du même mois, il fut remplacé par Philibert Thibert, et obtint des lettres d'honneur vérifiées en 1714. Son fils et son petit-fils, tous deux du prénom de François, furent comme lui trésoriers de France à Dijon en 1702 et 1723.— Armes : *D'azur, au croissant d'argent, et un chef d'or, chargé de deux étoiles de gueules.* — A la même famille, originaire de Chaussin, appartenait François Hanrion, avocat au parlement de Dijon, bailli de Chaussin, qui épousa Adrienne Villot, et dont le fils, Pierre, fut chanoine de l'église de Meaux et conseiller au grand conseil en 1720. Les armes de cette branche étaient un peu différentes : *D'azur, à une rivière d'argent, surmontée d'un croissant de même; au chef cousu de gueules, chargé de trois étoiles d'or.*

JACQUES DE CHANRENAULT, substitut du procureur général au parlement, occupa l'office de trésorier général, vacant par le décès de Jean Vestu. Pourvu sur la nomination de sa veuve, le 3 février 1689, reçu le 16 du même mois, il mourut dans l'exercice de sa charge et fut remplacé en 1711 par Jean Pasquier. Voy. p. 251.

ANTOINE PERRIER, trésorier général, pourvu sur résignation de Jacques Languet, le 7 mai, reçu le 13 juin 1689, mort dans l'exercice de sa charge et remplacé en 1703 par Jacques Charpy. Il était fils de Nicolas Perrier, originaire de Saint-Jean-de-Losne, célèbre avocat consultant au parlement de Dijon, secrétaire en celui de Metz, et il eut pour frère, Jacques, sieur de Montrichard, capitaine de grenadiers au régiment de la Chesnelaye. — Armes : *D'azur, au chevron d'or, accompagné de deux roses d'argent en chef et en pointe d'un rocher de même.*

Jean-Bernard VAUTIER, trésorier général, pourvu le 19 mars 1691, avec dispense d'âge, sur la résignation de Mathieu Guillot, reçu le 3 avril suivant, remplacé après décès par Jean-Claude Sevré en 1725. Étaient de la même famille, Jacques, échevin de Dijon, et Antoine, secrétaire du parlement de Bourgogne en 1692, dont le fils, Antoine II, et le petit-fils Gabriel furent receveurs des impositions à Bar-sur-Seine en 1727 et 1751. — Armes : *D'azur, à deux étoiles d'or rangées en chef, et en pointe une croisette de même.*

François GUIBAUDET, trésorier général, pourvu sur la résignation de Barthélemy Moreau. Pourvu le 9 avril, reçu le 12 mai 1691, remplacé par son fils François en 1712, il obtint des lettres d'honneur rappelant les services rendus par son père dans un office de secrétaire de la Chambre des comptes. Voy. p. 436.

Jean CHEVIGNARD, trésorier général sur résignation de Guillaume Mailly, fut pourvu le 15 juin 1693 avec dispense d'âge et de parenté à cause de Blaise Chevignard, son frère. Reçu le 26 du même mois, mort dans l'exercice de sa charge et remplacé en 1751 par Jean-Claude-Maurice Piffond. Voy. p. 273 et 473.

Jean-Baptiste MOUCHEVAIRE, trésorier général, occupa l'office vacant par le décès de Jacques Blanche. Pourvu le 13 février 1694 sur la nomination de Françoise Mouchevaire, veuve du dernier titulaire, et d'Étienne Dévoyo, lieutenant particulier au bailliage de Dijon, curateur de ses enfants mineurs, reçu le 2 mars suivant, il fut remplacé en 1714 par Pierre-Bernard Parise, et obtint des lettres d'honneur vérifiées la même année. — Armes : *D'azur, à trois mouches d'or posées 2 et 1 ; au chef de gueules, chargé de trois étoiles d'argent.*

Jean GAULT, trésorier général sur résignation de Jean-Barthélemy Joly. Pourvu le 16 avril, reçu le 2 mai 1695, honoraire par lettres de 1715, après avoir résigné en faveur d'Éléonor Gault, son fils. Il avait obtenu en 1706 des lettres de dispense d'un degré de service pour acquérir la noblesse (1); elles lui furent accordées, y est-il dit, pour reconnaître les services de ses auteurs qui vivaient noblement à Dijon, depuis près de deux siècles, et parmi lesquels on remarquait : son bisaïeul, Claude Gault, à qui ses services dans les armées avaient valu le titre d'écuyer dès 1591 et

(1) Édit d'octobre 1704 portant dispense d'un degré de service en faveur de quatre officiers dans chaque cour supérieure, ou du doyen et du sous-doyen desdites cours. Quatre officiers de la Chambre des comptes de Dijon et autant du bureau des finances profitèrent du bénéfice de cet édit, savoir : Isaïe Gravier, trésorier général (20 mars 1706), Jean Gault, aussi trésorier général (20 mars 1706), Philippe de Chaurenault (15 mars 1710), Claude Vitte (10 septembre 1710), Nicolas Simon (24 août 1711), Antoine Courtois (24 août 1711), tous quatre maîtres des comptes, Pierre Thoreau, avocat du roi au bureau des finances (24 mars 1712), et, enfin, Étienne Baudinet, procureur du roi au même bureau (même date). Toutes ces lettres d'anoblissement furent révoquées en 1715.

qui se trouvant capitaine de cent hommes d'armes à Dijon, y fut décapité pendant les troubles de la Ligue, avec le maire Laverne, pour avoir voulu livrer la ville au roi ; Jean Baudouin, son aïeul maternel, avocat général à la Chambre des comptes (voy. p. 369) ; Michel Gault, son père, échevin de Dijon pendant plus de vingt ans, charge dans laquelle Jean Gault s'était lui-même distingué, ainsi que dans celle de conseiller de la ville, avant d'être pourvu de son office de trésorier. — Armes : *D'argent, à deux pals d'azur, accompagnés de trois merlettes de sable posées en fasce ; au chef d'argent, chargé d'un lion naissant de sable.* Henry Gault, écuyer, assista à l'assemblée de la noblesse du bailliage de Dijon pour l'élection des députés aux États généraux de 1789.

ANTOINE-BÉNIGNE DURAND, trésorier général sur démission de François de Mucie. Pourvu le 16 mai, reçu le 7 juin 1695, mort dans l'exercice de sa charge et remplacé en 1710 par Pierre Durand, son fils. — Armes : *D'azur, à l'aigle essorant d'argent, posé sur un rocher de même et regardant un soleil rayonnant d'or, mouvant de l'angle dextre du chef.*

FRANÇOIS DAVID, trésorier général, occupa l'office vacant par le décès de Louis de Thésut de Verrey. Pourvu le 11 décembre 1695, reçu le 2 janvier de l'année suivante, il fut remplacé par Claude-Bernard Reffroignet et obtint des lettres d'honneur vérifiées en 1724. Il avait épousé Catherine-Charlotte-Françoise Renault, fille de Germain Renault de Saint-Quentin, trésorier de France, et en eut une fille, Louise-Françoise, qui épousa, en 1724, Bénigne-Guy de Laloge de Dionne, écuyer. — Armes : *D'azur, à une harpe d'or, cordée de même.*

ANDRÉ MALPOY, trésorier général, occupa l'office vacant par le décès de Claude Malpoy, sur le refus d'Antoine Joly, qui y avait été nommé par la veuve de ce dernier, d'en prendre des lettres de provisions. Pourvu le 1er, reçu le 11 mai 1697, mort dans l'exercice de sa charge et remplacé en 1725 par Étienne Malpoy, son fils. Voy. p. 470.

JEAN DAVID DE PONTHÉMERY, trésorier général sur résignation de Pierre David, sieur de Villars, son père. Pourvu le 9 juin, reçu le 1er juillet 1699, et remplacé après décès par Jacques Michel de Fontenelle en 1710. Voy. p. 471.

JACQUES BARBIER, sieur d'Entredeuxmonts, trésorier général, pourvu sur la résignation de Jacques Lebelin, le 24 novembre, reçu le 9 décembre 1699, remplacé après décès par son fils, Bernard, en 1714. Voy. p. 79.

PIERRE CHEVROT, trésorier général, pourvu le 31 janvier 1700, sur le décès de Blaise Chevignard, reçu le 17 mars suivant, remplacé après décès par Louis Chevignard en 1710. Voy. p. 405.

HUGUES JANNON, trésorier général sur résignation de François-Joseph de Requeleyne. Pourvu le 16 novembre, reçu le 14 décembre 1700, il mourut dans

l'exercice de sa charge et fut remplacé en 1702 par François Hanrion de Pressey.
Famille originaire d'Auxonne, où son nom est inscrit au catalogue des maires et
des officiers du bailliage. Elle a fourni en outre plusieurs receveurs des impositions
tant à Auxonne qu'à Dijon, trois substituts du procureur général au parlement,
depuis Hugues Jannon qui fut pourvu de cet office en 1632, deux commissaires aux
requêtes du palais, dont l'un, Philibert, fut en outre vicomte-mayeur de Dijon
en 1692, et enfin un conseiller au même parlement, Nicolas Jannon, qui passa en
1777 à un office de président à mortier. — Armes : *De gueules, à trois quintefeuilles d'argent.*

PIERRE AUDOULX, trésorier général sur résignation de Melchior Couchet, fut
pourvu le 30 novembre, reçu le 20 décembre 1700, et remplacé après décès par
Henry Larcher en 1713. Il avait été auparavant directeur général du domaine du
roi en Bourgogne et Bresse, titre sous lequel l'*Armorial* de 1696 lui attribue les armes suivantes : *D'argent, au sautoir d'azur.*

NICOLAS LABOTTE, sieur d'Orain, fut pourvu le 28 mars 1701 d'un office de
trésorier général, créé par édit de décembre 1698 et qui avait d'abord été uni à la
compagnie. Reçu le 22 avril suivant, il mourut dans l'exercice de sa charge et fut
remplacé en 1715 par Jean-Bernard Boillot de Corcelotte. Il avait été maire de
Dijon en 1713. Voy. p. 349.

FRANÇOIS HANRION DE PRESSEY, seigneur de Taigneaux, Sechaine et Pressey,
trésorier général, fut pourvu le 27 décembre 1701, sur la présentation de Jean-
Baptiste Jannon, de l'office vacant par le décès d'Hugues Jannon, son frère. Reçu le
9 janvier de l'année suivante, il fut remplacé après décès en 1723 par son fils,
François Hanrion de Buxy. Il était fils de François Hanrion, trésorier de France
plus haut nommé, qui lui donna en 1701 la terre de Montot en faveur de son mariage avec Huguette Désir, laquelle restée veuve, en reprit de fief pour ses enfants
en 1722. Parmi ceux-ci nous citerons François, trésorier de France en 1723, et
très probablement Jean-Pierre, chevalier, capitaine d'infanterie, seigneur de Pressey et du fief de Guyet à Montot. Voy. p. 473.

JACQUES CHARPY, trésorier général, pourvu le 11 novembre 1703, de l'office
vacant par le décès d'Antoine Perrier, reçu le 22 du même mois, honoraire en 1728
après avoir été remplacé par Pierre Gauthier. — Famille originaire d'Is-sur-Tille,
où il y a eu de ce nom plusieurs officiers municipaux et de judicature. Elle a aussi
fourni des juges royaux en la prévôté d'Aignay-le-Duc, des officiers aux greniers à
sel de Saulx-le-Duc et de Saint-Jean-de-Losne, un maire héréditaire de cette
dernière ville et, enfin, trois conseillers au parlement de Bourgogne. — Armes :
*D'or, à une aigle de sable à deux têtes, éployée, chargée en cœur d'un écu
d'azur, à trois épis d'or issants d'un croissant d'argent ; au chef d'azur, chargé
d'une croix d'argent potencée et mise en fasce.*

Jean COTHENOT DE MAILLY, trésorier général, *garde-scel*, sur démission de Guillaume Coinctot, fut pourvu le 7 et reçu le 16 novembre 1706. Remplacé en 1724 par François Bolet. Voy. p. 249.

Étienne POURCHER, receveur alternatif des épices du parlement de Bourgogne et du grenier à sel de Nuits, après avoir exercé pendant près de quinze ans l'office de lieutenant criminel au bailliage de cette dernière ville, fut pourvu, le 3 octobre 1706, d'un office de trésorier général sur la démission de Charles Gravier de Vergennes. Reçu le 19 novembre suivant, honoraire en 1730 après avoir résigné en faveur de son fils Philibert Pourcher de Musseaux. Voy. p. 266 et 416.

François PAPILLON, trésorier général sur la démission de Nicolas Fourneret, fut pourvu le 27 novembre, et reçu le 30 décembre 1706. Remplacé après décès par Bernard Garnier en 1727. Voy. p. 275.

André TAISAND, trésorier général, fut pourvu le 13 février 1707, sur la résignation de Pierre Taisand, son cousin, en considération de ses services et de ceux de son père, Pierre Taisand, dans la charge de procureur du roi au bureau des finances. Reçu le 19 du même mois, honoraire en 1724 et remplacé par François Boillot. Pour les armes, voir l'art. de Pierre Taisand, procureur du roi en 1675.

· Bénigne BICHOT, trésorier général sur résignation de François Bichot, son père. Pourvu le 3, reçu le 30 décembre 1707, remplacé après décès par Nicolas Syrot, en 1724. Voy. p. 197 et 472.

Pierre DURAND, trésorier général, pourvu avec dispense d'âge, sur le décès d'Antoine-Bénigne Durand, son père, le 5 mars 1710, reçu le 26 du même mois, remplacé en 1732 par Jacques-Nicolas Simonet de Coulmier. Voy. p. 475.

Louis CHEVIGNARD, trésorier général, pourvu le 5 avril 1710, sur le décès de Pierre Chevrot, reçu le 5 mai suivant, mourut dans l'exercice de sa charge et fut remplacé en 1713 par Antoine Cottin. Voy. p. 273 et 473.

Jacques MICHEL DE FONTENELLE, seigneur de Fontenelle et d'Attricourt, trésorier général, pourvu sur le décès de Jean David de Ponthémery le 18 mai 1710, reçu avec dispense d'âge le 26 du même mois, mort dans l'exercice de sa charge et remplacé en 1759 par André Joanin. Il avait repris de fief en 1713 des seigneuries de Musseaux et Maison du Bois qui passèrent peu après à son oncle, François Michel du Fay, major du régiment de Montboisier, dont la fille et unique héritière, Françoise-Jeanne-Marie-Thérèse, épousa en 1731 Philibert Pourcher, trésorier de France. — Armes probables : *D'azur, à une fasce componée d'or et de gueules, accompagnée en chef de trois étoiles rangées d'or, et en pointe de trois croissants de même posés 2 et 1.* Il y a eu de ce nom trois greffiers en chef du bureau des finances, dont on trouvera plus loin les articles, et qui portaient des armes analogues.

Jean PASQUIER, trésorier général, occupa l'office vacant par le décès de Jacques de Chanrenault, sur la nomination de sa fille, Marguerite de Chanrenault, femme de Jacques Morelet, maître des comptes. Pourvu le 11, reçu le 28 juillet 1711, il mourut dans l'exercice de sa charge et fut remplacé en 1745 par Hubert-Joseph Pasquier de Villars, son fils. Voy. p. 417.

Jean GRAVIER DE SAINT-VINCENT, trésorier général, pourvu le 12 mars 1712, sur le décès d'Isaïe Gravier, son père, reçu le 22 avril suivant, mort dans l'exercice de sa charge, remplacé en 1727 par Samson Vial-Gravier. Voy. p. 473.

François GUIBAUDET, trésorier général sur la démission de son père, François. Pourvu le 5, reçu le 25 juin 1712, il fut remplacé en 1732 par Jean-Baptiste Simon de Granchamp, et obtint des lettres d'honneur rappelant les services de son père et ceux de son aïeul dans un office de secrétaire de la Chambre des comptes. Voy. p. 474.

Antoine COTTIN, trésorier général, occupa l'office vacant par le décès de Louis Chevignard. Il fut pourvu le 29 janvier 1713, en considération, lit-on dans ses lettres de provisions, des services rendus tant par son père dans la charge de conseiller secrétaire du roi, vétéran en la chancellerie, que par quatre de ses proches parents dans les charges de conseillers aux parlements de Paris et de Dijon, et par le sieur Maleteste, son cousin, dans la charge de second président au bureau des finances. Reçu le 10 février 1713, remplacé sur résignation par Gabriel-Marie de Lagrange en 1761. Il y eut de ce nom deux secrétaires du roi à la chancellerie du parlement de Bourgogne, qui portaient, d'après l'*Armorial* de 1696 : *D'azur, à trois piliers ou colonnes d'or*, et de plus trois conseillers au même parlement en 1702, 1738 et 1775.

Etienne BOULANGER, trésorier général sur décès de Claude Cusené. Pourvu le 5, reçu le 25 janvier 1713, mort dans l'exercice de sa charge et remplacé en 1747 par Claude-Marie Burignot.

Henry LARCHER, trésorier général, pourvu le 27 février 1713, sur le décès de Pierre Audoulx, reçu le 9 mars suivant. Il fut remplacé sur résignation par Jean-Baptiste Rasse, et obtint des lettres d'honneur vérifiées en 1737. Ancienne famille de Beaune où il y a eu des maires de ce nom. Elle a fourni en outre un lieutenant civil au bailliage de Dijon en 1696, et un abbé de Cîteaux en 1692.— Armes : *D'azur, à trois fasces ondées d'or, surmontées d'un arc-en-ciel de même*.

Philibert THIBERT, trésorier général sur décès de François Hanrion. Pourvu le 17, reçu le 23 mars 1714, mort dans l'exercice de sa charge et remplacé en 1731 par François Clesquin. Il était probablement de la même famille que Philibert Thibert, receveur des deniers royaux du bailliage d'Arnay-le-Duc, à qui l'*Armorial* de 1696 attribue les armes suivantes : *D'azur, à la bande d'or, chargée de trois fers de pique de sable, et accompagnée de deux mouchetures d'hermine*.

PIERRE-BERNARD PARISE, trésorier général sur résignation de Jean-Baptiste Mou-chevaire, fut pourvu le 17, et reçu le 23 mars 1714. Remplacé après décès par Nicolas Olivier Lemoyne en 1737. Il y a eu de ce nom, au XVIe siècle, un sergent-major du château d'Auxonne et un contrôleur des guerres en Bourgogne, décédé avant 1622. Armes : *D'argent, à trois corbeaux de sable, les têtes penchées, tenant sous leurs griffes trois sauterelles de sinople, lesquelles ils semblent vouloir manger.*

EDME VIESSE DU BREUIL, trésorier général sur la démission d'Isaac Turrel. Pourvu le 7 avril, reçu le 2 mai 1714, honoraire en 1755 et remplacé par Pierre Magnien. Voy. p. 439.

BERNARD BARBIER D'ENTREDEUXMONTS, trésorier général, occupa l'office vacant par le décès de Jacques Barbier, son père. Pourvu le 28 novembre, reçu le 14 décembre 1714, avec dispense d'âge, il mourut en charge et eut pour successeur Pierre-Léonard Tranchant, en 1751. Voy. p. 475.

JEAN-BERNARD BOILLOT, seigneur de Corcelotte, trésorier général sur nomination de Marie-Anne de Fleury, veuve de Nicolas Labotte, dernier titulaire. Pourvu le 16, reçu le 26 janvier 1715, remplacé après décès par Hector-Joseph de Bruère, en 1757. Voy. p. 303.

ELÉONOR GAULT, trésorier général sur résignation de son père, Jean Gault, dont les services sont rappelés dans ses lettres de provisions datées du 15 mai 1715. Reçu le 29 du même mois, mort dans l'exercice de sa charge et remplacé en 1764 par Nicolas Pierre. Voy. p. 474.

FRANÇOIS HANRION, seigneur de Buxy, trésorier général, occupa l'office vacant par le décès de François Hanrion de Pressey, son père. Pourvu avec dispense d'âge le 24 décembre 1722, reçu le 15 janvier suivant, il mourut en charge et fut remplacé en 1764 par Jacques-Didier Bernard. Il avait aussi été gouverneur des pages de la chambre du roi, qualification qui lui est donnée dans l'acte de reprise par lui faite entre les mains du chancelier en 1735, de la prévôté royale de Buxy. Il eut quatre enfants, dont Camille-Henry, seigneur de Buxy et de Bissey, chevalier de Saint-Louis, capitaine au régiment Dauphin. Voyez p. 473 et 476.

FRANÇOIS BOILLOT, trésorier général, remplaça André Taisand. Pourvu le 20, reçu le 29 janvier 1724, avec dispense d'alliance à cause de Jean Pasquier, son beau-père, trésorier de France, remplacé en 1757 par Jacques Febvre. Il était très probablement de la même famille que Jean-Bernard Boillot de Corcelotte, trésorier en 1715.

CLAUDE-BERNARD REFFROIGNET, trésorier général sur la démission de François David. Pourvu le 9, reçu le 18 mars 1724, remplacé après décès par Jacques Millot de la Craye, en 1736.

NICOLAS SYROT, trésorier général, pourvu sur le décès de Bénigne Bichot le 9 mars 1724, reçu le 22 du même mois, mort dans l'exercice de sa charge et remplacé en 1754 par Charles-Etienne Syrot, son fils. Voyez p. 342.

FRANÇOIS BOLET, substitut du procureur général au parlement de Dijon, fut pourvu le 4 mai 1724 de l'office de trésorier général, *garde-scel*, sur la démission de Jean Cothenot de Mailly. Reçu le 16 du même mois, il fut remplacé sur résignation par Jean-Baptiste Arnoult et obtint des lettres d'honneur vérifiées en 1764.

JEAN-CLAUDE SEVRÉ, conseiller au conseil supérieur de Léogane, Ile de Saint-Domingue, occupa l'office de trésorier général vacant par le décès de Jean-Bernard Vautier. Pourvu le 26 avril, reçu le 2 juin 1725, il résigna en faveur de Jacques Sevré, son fils, et obtint des lettres d'honneur vérifiées en 1747.

ETIENNE MALPOY, chanoine de la Sainte-Chapelle, trésorier général, fut pourvu le 21 juillet 1725 sur le décès d'André Malpoy, son père, et reçu le 30 du même mois. Remplacé en 1754 par Henry Maulbon d'Arbaumont. Voy. p. 470 et 475.

BERNARD GARNIER, trésorier général, fut pourvu le 20 février 1727 sur résignation de Claude Varenne, qui avait été nommé par Guillaume Papillon à l'office vacant par le décès de François Papillon, son père, et n'en avait pas levé les lettres de provisions. Reçu le 3 mars suivant, remplacé après décès par Pierre Morel de Breviande, en 1749. Il était très probablement de la même famille que Bernard-Nicolas Garnier, trésorier de France, dont on trouvera l'article à sa date (1753).

SAMSON VIAL-GRAVIER, trésorier général, occupa l'office vacant par le décès de Jean Gravier de Saint-Vincent, son parent. Pourvu avec dispense d'âge le 8 février 1727, sur la nomination d'Antoine Rigolier, qui y avait d'abord été nommé par les héritiers du dernier titulaire, reçu le 12 mars suivant, remplacé sur résignation par Jean-Claude Berthier, en 1750. Voyez p. 478.

PIERRE GAUTHIER, ancien capitaine de dragons, fut pourvu le 26 mai 1728 d'un office de trésorier général, sur la démission de Jacques Charpy. Reçu le 14 juin suivant, remplacé après décès par Jean-Antoine Piffond de Pressy en 1750. Son fils, Pierre-François, seigneur de Tasniot, reçu en 1748 dans un office de conseiller au Parlement, fut en outre vicomte-mayeur de Dijon la même année. — Armes : *D'azur, au chevron, accompagné en chef de deux trèfles et en pointe d'une étoile, le tout d'argent.*

PHILIBERT POURCHER, seigneur de Musseaux, trésorier général, fut pourvu le 16 décembre 1729 sur la démission de son père Etienne, dont ses lettres de provisions rappellent les services, tant dans la charge de trésorier que dans celle de lieutenant criminel à Nuits. Reçu avec dispense d'âge le 30 du même mois, élu du roi en 1759, il mourut en 1773, et ne fut pas remplacé dans son office de trésorier. Voy. p. 266, 416 et 477.

FRANÇOIS CLESQUIN, trésorier général, pourvu sur le décès de Philibert Thibert, le 11, reçu le 27 janvier 1731, mort en charge et remplacé en 1748 par Jean-Claude Clesquin, son fils. Cette famille, originaire du comté de Beaumont-sur-Vingeanne, s'est éteinte dans les Juillet de Saint-Pierre.

JEAN-BAPTISTE SIMON DE GRANDCHAMP, trésorier général sur résignation de François Guibaudet. Pourvu le 2, reçu le 9 août 1732, élu du roi en 1763, honoraire après avoir résigné en 1766 en faveur de Denis-Joseph Simon de Grandchamp, son fils. Voy. p. 416.

JACQUES SIMONET DE COULMIERS, trésorier général, occupa l'office de Pierre Durand et en fut pourvu le 2 août 1732 sur la nomination d'Etienne Pourcher, à qui il avait été adjugé sur saisie réelle. Reçu le 11 du même mois, honoraire après résignation, en 1757, en faveur de Bernard Mollerat. — Armes : *D'argent, au chevron d'azur, accompagné de trois grenades.*

JACQUES MILLOT, sieur de la Craye, trésorier général, fut pourvu le 10 août 1736 sur le décès de Claude-Bernard Reffroignet, avec dispense de parenté à cause de François Bolet, trésorier de France, mari de Marie Millot, sa sœur. Reçu le 14 du même mois, élu du roi en 1766, honoraire en 1770, après avoir résigné à Philippe Deschamps. Voy. p. 416.

JEAN-BAPTISTE RASSE, trésorier général, pourvu avec dispense d'âge sur la résignation d'Henry Larcher, le 11 janvier 1737, reçu le 29 du même mois, mort dans l'exercice de sa charge et remplacé en 1777 par Pierre-Marie Montchanin de Champoux. Il était probablement fils de Pierre Rasse, directeur des affaires du roi à Dijon, en 1721.

NICOLAS-OLIVIER LEMOYNE, trésorier général, fut pourvu le 24 mai 1737 de l'office vacant par le décès de Pierre-Bernard Parise, sur la nomination des directeurs de l'hôpital du Saint-Esprit de Dijon, ses légataires, et sur le refus de Jean Houssemaine, qui en avait payé le droit annuel, de se faire délivrer des lettres de provisions. Reçu le 22 juin suivant, avec dispense de parenté à cause de Jean Sevré, trésorier de France, mari de Marie Lemoyne, sa sœur, il obtint des lettres d'honneur après avoir résigné en 1767 à Emilland-Marthe Morel.

HUBERT-JOSEPH PASQUIER, seigneur de Villars, trésorier général, pourvu le 29 novembre 1745 sur le décès de Jean Pasquier, son père, avec dispense de parenté à cause de François Boillot, son oncle maternel, trésorier de France. Reçu le 11 décembre suivant, élu du roi en 1769, conseiller au parlement en 1771, non remplacé au bureau des finances. Voy. p. 417.

31

JACQUES SEVRÉ, trésorier général, pourvu le 22 septembre 1746 sur la nomination de Jean-Claude Sevré, son père, avec dispense d'âge et de parenté, à cause de Nicolas-Olivier Lemoyne, trésorier de France, son oncle. Reçu le 10 décembre de la même année, mort dans l'exercice de sa charge et remplacé en 1763 par Jean-Claude Jobard. Voy. p. 480.

CLAUDE-MARIE BURIGNOT, trésorier général, occupa l'office vacant par le décès d'Etienne Boulanger et en fut pourvu le 26 octobre 1747 sur la nomination d'Anne Brusson, femme de Jacques Burignot, écuyer, son père, et nièce et héritière du du dernier titulaire. Reçu le 5 décembre suivant, il fut remplacé sur résignation en 1760, par Sébastien Moreaul. Famille originaire de Chalon, où l'on trouve de ce nom deux greneliers au grenier à sel, Claude en 1603, et son fils Jean en 1644, un président au présidial, lieutenant général au bailliage du même lieu, etc., etc. Citons encore Esme, homme d'armes du duc de Savoie en 1572, et Jean, contrôleur général des finances en Bourgogne en 1682. Cette famille est aujourd'hui connue sous le nom de Burignot de Varennes. Un de ses membres fut député de la noblesse du bailliage de Chalon aux Etats généraux de 1789. — Armes : *D'azur, au chevron abaissé d'or, surmonté d'une trangle de même et accompagné de quatre besans aussi d'or, trois rangés en chef et un en pointe.*

JEAN-CLAUDE CLESQUIN, trésorier général sur le décès de François Clesquin, son père. Pourvu le 10 août, reçu le 21 novembre 1748, mort dans l'exercice de sa charge et remplacé en 1753 par Bernard-Nicolas Garnier de Bretignières. Voy. p. 481.

PIERRE MOREL DE BREVIANDE, seigneur de Villiers-le-Duc et Vanvey, trésorier général sur décès de Bernard Garnier. Pourvu le 27 juin, reçu le 11 juillet 1749, mort dans l'exercice de sa charge et remplacé en 1756 par Claude Morel de Villiers, son fils. Voy. p. 377, note 2.

JEAN-CLAUDE BERTHIER, trésorier général sur démission de Samson Vial-Gravier, fut pourvu le 18, reçu le 30 juillet 1750, et remplacé après décès par Alexandre Jouard de Gissey en 1752.

JEAN-ANTOINE PIFFOND, trésorier général, pourvu le 23 septembre 1750 sur le décès de Pierre Gauthier, reçu le 7 décembre suivant. Elu du roi en 1772, il remplit une seconde fois ces fonctions en remplacement de son frère Jean-Claude-Maurice Piffond, en 1775. Il exerçait encore son office au moment de la Révolution. Voy. p. 404 et 417.

PIERRE-LÉONARD TRANCHANT, trésorier général sur le décès de Bernard Barbier d'Entredeuxmonts, fut pourvu le 25 janvier, et reçu le 13 février 1751. Après sa mort, son office passa à Emilland-Jean Mency, en 1764. Il avait repris de fief en 1752, de la seigneurie d'Etais, au bailliage d'Auxois, comme fils et unique héritier de noble Pierre Tranchant, son père, ancien lieutenant particulier aux bailliage, chancellerie et présidial de Châtillon-sur-Seine. Il avait épousé Jeanne Jobert.

JEAN-CLAUDE-MAURICE PIFFOND, trésorier général, pourvu le 17 mars 1751, sur le décès de Jean Chevignard, reçu le 26 du même mois, après avoir obtenu dispense de parenté à cause de Jean-Antoine Piffond de Pressy, son frère, trésorier de France. Elu du roi en 1775, il mourut peu après et fut remplacé en 1779 par Jean-Philibert Bouillet de la Faye. Voy. p. 404 et 417.

ALEXANDRE JOUARD DE GISSEY, trésorier général sur le décès de Jean-Claude Berthier, fut pourvu le 31 juillet 1752. Reçu le 14 août suivant, il exerça son office jusqu'à la Révolution. Famille anciennement connue à Châtillon, où l'on trouve de ce nom deux contrôleurs au grenier à sel en 1587 et 1595, deux élus du Tiers-État de la province en 1718 et 1734, et trois maires héréditaires depuis Jean-François Jouard, seigneur de Gissey, qui y remplit également l'office de président au présidial et conseiller au bailliage, dans lequel il fut remplacé en 1714. — Armes : *D'or, au chef de gueules, et une bande componée d'argent et de sable, brochant sur le tout.*

BERNARD-NICOLAS GARNIER DE BRETIGNÈRES, trésorier général sur le décès de Jean-Claude Clesquin. Pourvu le 12 février, reçu le 14 mars 1753, élu du roi en 1779, il mourut dans l'exercice de sa charge et fut remplacé en 1786 par Jean-Baptiste Carré. Voy. p. 417 et 428.

HENRY MAULBON D'ARBAUMONT, trésorier général sur résignation d'Etienne Malpoy. Pourvu le 21, reçu le 31 janvier 1754, élu du roi en 1781, il exerça son office jusqu'à la Révolution. Voy. p. 417.

CHARLES-ETIENNE SYROT, trésorier général, fut pourvu le 23 février 1754 sur le décès de Nicolas Syrot, son père, avec dispense d'âge. Reçu le 6 mars suivant, il mourut revêtu de son office et fut remplacé en 1781 par Barthélemy Trouvé. Voy. p. 342 et 480.

PIERRE MAGNIEN, trésorier général, pourvu sur la démission d'Edme Viesse du Breuil, avec dispense d'âge, le 17 mars, reçu le 17 avril 1755, démissionnaire en 1770 et remplacé par Léonard Demortières. — Armes probables : *D'azur, à trois palmes d'or en pal posées 2 et 1, et en chef une croix pattée et alaisée aussi d'or.*

CLAUDE MOREL DE VILLIERS, trésorier général, pourvu le 20 décembre 1755 sur le décès de Pierre Morel de Breviande, son père. Reçu le 21 janvier 1756, remplacé sur résignation par Charles-Marguerite Simon de Calvi, il obtint des lettres d'honneur vérifiées en 1785. Voy. p. 377 et 482.

Jacques FEBVRE, trésorier général, remplaça François Boillot. Pourvu le 4, reçu le 22 mars 1757, élu du roi en 1784, il était encore en charge au moment de la Révolution. Voy. p. 286 et 420.

Bernard MOLLERAT, trésorier général sur démission de Jacques-Nicolas Simonet de Coulmiers. Pourvu le 2, reçu le 28 avril 1757, honoraire en 1788, après avoir résigné à Louis-Charles Maulbon d'Arbaumont. Famille originaire de Champagne. La branche des seigneurs de Souhey a été représentée à l'assemblée de la noblesse du bailliage d'Auxois pour l'élection des députés aux États généraux de 1789. A la même époque, Bernard Mollerat, de Nuits, occupait depuis 11 ans un office de secrétaire du roi en la chancellerie du parlement de Bourgogne. — Armes : *D'argent, à une bande d'azur, chargée de trois étoiles, et accostée de deux cotices de...*

Hector-Joseph DE BRUÈRE, trésorier général sur décès de Jean Boillot de Corcelotte. Pourvu le 16 avril, reçu le 5 mai 1757, il mourut revêtu de sa charge et y eut pour successeur, en 1774, Pierre-Hilaire-Joseph de Bruère, son fils. Il était originaire de Châtillon. — Armes : *D'or, à la rose de gueules, tigée et feuillée de sinople.*

André JOANIN, trésorier général sur décès de Jacques Michel de Fontenelle, fut pourvu le 9 février, et reçu le 3 mars 1759. A sa mort, son office passa à Louis Joanin, son fils, qui en fut pourvu en 1781.

Jean-Baptiste ARNOULT, trésorier général *garde-scel*, pourvu sur la démission de François Bolet, avec dispense d'âge, le 10 mai, reçu le 4 juin 1760. Il passa en 1771 à un office de conseiller au parlement Maupeou et devint plus tard contrôleur de la maison du roi Louis XVI, et enfin fermier général sans avoir été remplacé au bureau des finances. Son père, Jean-Marie Arnoult, doyen de l'Université de Dijon et conseil des États de Bourgogne, fut anobli en 1782. — Armes : *D'azur, à un arc tendu d'argent, mis en pal et accompagné de quatre flèches de même, deux de chaque côté, posées aussi en pal, l'une au-dessus de l'autre, la pointe en haut.*

Sébastien MOREAUL, trésorier général sur démission de Claude-Marie Burignot. Pourvu le 27 juin, reçu le 12 août 1760, mort revêtu de sa charge et remplacé dès l'année suivante par Daniel-Charles Hernoux.

Gabriel-Marie DE LAGRANGE, trésorier général sur résignation d'Antoine Cottin. Pourvu le 17 avril, reçu le 26 mai 1761, élu du roi en 1787, il était encore revêtu de son office au moment de la Révolution. Il avait auparavant rempli les fonctions de lieutenant civil aux bailliage et chancellerie de Montcenis. Voy. p. 420.

DANIEL-CHARLES HERNOUX, trésorier général, occupa l'office vacant par le décès de Sébastien Moreaul. Pourvu avec dispense d'âge le 28 juillet, reçu le 6 août 1761, il mourut revêtu de sa charge et fut remplacé en 1782 par Louis Ozannon. — Originaire de Saint-Jean-de-Losne, où Nicolas Hernoux acquit du domaine en 1750, le fief du logis du roi. L'*Armorial* de 1696 attribue à Charles Hernoux, notaire royal à Givry, les armes suivantes : *D'azur, à un chevron d'or, accompagné de trois moineaux d'argent posés 2 et 1.*

JEAN-CLAUDE JOBARD, trésorier général, pourvu sur le décès de Jacques Sevré le 12, reçu le 21 juillet 1763, était encore en charge au moment de la Révolution.

EMILLAND-JEAN MENEY, trésorier général sur la nomination de la veuve de Pierre-Léonard Tranchant, fut pourvu le 1er et reçu le 8 août 1764. Il exerça son office jusqu'à la Révolution. — Armes : *D'azur, au chevron d'argent, accompagné en chef de deux étoiles de même, et en pointe d'une colombe aussi d'argent, tenant dans son bec un rameau d'olivier d'or.*

NICOLAS PIERRE, trésorier général, pourvu sur le décès d'Eléonor Gault, le 1er, reçu le 9 août 1764, exerça jusqu'à la Révolution. Son père, avocat à la cour et juge du marquisat de la Perrière, était d'une ancienne famille de Saint-Jean-de-Losne, et il eut lui-même deux enfants, dont une fille, mariée à Jean-Nicolas Maulbon d'Arbaumont. — Armes : *D'azur, à une clef de..... posée en pal, le panneton en haut.*

JACQUES-DIDIER BERNARD, trésorier général, pourvu sur le décès de François Hanrion le 1er, reçu le 14 août 1764, mourut revêtu de son office et fut remplacé en 1775 par Georges Mathieu.

DENIS-JOSEPH SIMON DE GRANDCHAMP, trésorier général sur résignation de Jean-Baptiste Simon de Grandchamp, son père. Pourvu le 30 juillet, reçu le 8 août 1766, il occupa depuis un office de conseiller au parlement Maupeou et se démit de celui de trésorier au profit de Vincent-Simon Moreau en 1787. Voy. p. 416 et 481.

EMILLAND-MARTHE MOREL, trésorier général sur résignation d'Olivier Lemoyne. Pourvu le 14 octobre 1767, avec dispense de parenté à cause d'Henry Maulbon d'Arbaumont, trésorier de France, son oncle maternel, reçu le 5 décembre suivant, il exerça jusqu'à la Révolution. Sa famille, ancienne à Vezaigne-sous-la-Fauche, en Bassigny, a fourni un député aux Etats-généraux de 1789.

PHILIPPE DESCHAMPS, trésorier général sur la démission de Jacques Millot de la Craye, fut pourvu le 13 décembre 1769, et reçu le 12 janvier 1770. Il exerça jusqu'à la Révolution. Il était fils de Michel Deschamps, contrôleur général des finances en Bourgogne, et de Marie Jornet.

Léonard DEMORTIÈRES, greffier en chef du bureau des finances, passa à un office de trésorier général vacant par la démission de Pierre Magnien. Pourvu le 21, reçu le 29 mars 1770, il exerça jusqu'à la Révolution. — Famille originaire de Moroges en Chalonnais, et dont le nom figure dans les rôles des feux de ce village parmi ceux des hommes francs, dès l'année 1475. On y voit qu'à cette époque Perreau de Mortières, fils de Jean, suivait les armées du duc Charles. Jacques de Mortières, chanoine de la collégiale de Chalon en 1623 et auteur d'un poëme mentionné par l'abbé Papillon, avait probablement même origine.

Pierre-Hilaire-Joseph DE BRUÈRE, seigneur de Rocheprise, Bremur et Vaurois, trésorier général, occupa l'office vacant par le décès d'Hector-Joseph de Bruère, son père, et en était encore revêtu au moment de la Révolution. Pourvu le 9, reçu le 22 mars 1774, il avait obtenu des lettres de compatibilité pour exercer en même temps celui de lieutenant général au bailliage et président premier au présidial de Châtillon-sur-Seine. Son fils, Edme-Joseph-Rosalie, fut reçu en 1784 dans un office de conseiller au parlement. Voy. p. 484.

Georges MATHIEU, trésorier général, fut pourvu le 29 novembre 1775 sur la nomination de Jacques-Hubert-Joseph Bernard comme propriétaire de l'office vacant par le décès de Jacques-Didier Bernard, son père. Reçu le 12 décembre suivant, il exerça jusqu'à la Révolution.

Pierre-Marie MONTCHANIN DE CHAMPOUX, trésorier général, fut pourvu le 11 juin 1777, sur le décès de Jean-Baptiste Rasse, dont l'office lui avait été adjugé sur saisie réelle au bailliage de Dijon. Reçu le 1er juillet suivant, il était encore revêtu de son office au moment de la Révolution. Pour les armes, voy. p. 449.

Jean-Philibert BOUILLET, sieur de la Faye, trésorier général, pourvu le 16 juin 1779 sur décès de Jean-Claude-Maurice Piffond, fut reçu le 7 juillet suivant, et exerça jusqu'à la Révolution. Il avait la même origine que les Bouillet d'Arlod et de la Bourlière, qui ont fourni plusieurs officiers à la Chambre des comptes. Voy. p. 210 et 395.

Louis JOANIN, trésorier général sur décès d'André Joanin, son père. Pourvu le 14, reçu le 22 mars 1781, il exerça jusqu'à la Révolution. Voy. p. 484.

Barthélemy TROUVÉ, trésorier général, occupa l'office vacant par décès de Charles-Etienne Syrot. Pourvu le 2, reçu le 14 mai 1781, il exerça jusqu'à la Révolution. Le dernier abbé de Cîteaux, François Trouvé, était de la même famille, ainsi que Prudent, commissaire aux saisies réelles des bailliage et chancellerie de Dijon, à qui l'Armorial de 1696 attribue les armoiries suivantes : D'azur, au chevron d'or, accompagné de trois trèfles d'argent 2 et 1.

Louis OZANNON, trésorier général sur décès de Daniel-Charles Hernoux. Pourvu le 27 février, reçu le 13 mars 1782, il exerça jusqu'à la Révolution.

Louis-Charles MAULBON D'ARBAUMONT, trésorier général sur résignation de Bernard Mollerat, fut pourvu le 3 décembre 1783 avec dispense de parenté à cause de son père Henry, et reçu le 17 du même mois. Il exerça jusqu'à la Révolution. Ses lettres de provisions rappelaient les services rendus par son père depuis près de trente années dans son office de trésorier et ceux qu'il rendait alors avec une pareille distinction dans la place d'élu du roi aux États. Voy. p. 417 et 483.

Charles-Marguerite SIMON DE CALVI, trésorier général sur résignation de Claude Morel de Villiers. Pourvu le 3, reçu le 13 mars 1784, il exerça jusqu'à la Révolution. — Armes probables : *D'azur, à une montagne de six coupeaux d'or, accompagnée en chef de deux étoiles de même.*

Jean-Baptiste CARRÉ, trésorier général, occupa l'office vacant par le décès de Bernard-Nicolas Garnier de Terreneuve. Il en fut pourvu le 5 avril 1786 sur la nomination de Pierre Bertin, qui l'avait acquis des créanciers du défunt. Reçu le 27 du même mois, il en était encore revêtu au moment de la Révolution.

Vincent-Simon MOREAU, procureur du roi honoraire aux bailliage et chancellerie de Saulieu, passa à un office de trésorier général dans lequel il fut reçu le 14 juin 1787 après en avoir été pourvu le 14 mars précédent sur la démission de Denis-Joseph Simon de Grandchamp, et qu'il exerça jusqu'à la Révolution. Il termine la liste des trésoriers généraux de France du bureau des finances de Dijon.

§ V. — AVOCATS DU ROI

Charles BLANOT fut nommé le 18 juillet 1645 à l'office de conseiller avocat du roi au bureau des finances, créé par édit de mai 1635 et auquel il n'avait pas encore été pourvu. Reçu le 20 mars 1647, il obtint, après trente et une années de service, des lettres d'honneur vérifiées en 1687 et fut remplacé par Jean-Bernard Blanot, son fils. — Originaire de l'Auxois, la famille Blanot a fourni un député aux États généraux de 1593, des officiers au bailliage de Semur, deux conseillers au parlement en 1627 et 1672, etc., etc., et elle a eu entrée dans la chambre de la noblesse des États de la province. — Armes : *D'azur, à trois épis de blé sortant d'une même racine d'or, et en pointe un croissant d'argent.*

JEAN-BERNARD BLANOT DE BORNAY, chevalier de l'ordre royal du Mont-Carmel, Saint-Lazare et Jérusalem, avocat du roi sur résignation de son père, fut pourvu le 21 août, et reçu le 27 novembre 1683. Remplacé en 1688 par Louis Nicolas. Voy. l'article précédent.

LOUIS NICOLAS, avocat du roi sur résignation de Jean-Bernard Blanot. Pourvu le 5, reçu le 23 février 1688, remplacé après décès par Jean Mouchevaire. Voy. p. 272.

JEAN MOUCHEVAIRE, avocat du roi, pourvu le 16 avril 1695 avec dispense de parenté à cause de Pierre Mouchevaire, son père, trésorier de France, fut reçu le 7 mai suivant. Mort dans l'exercice de sa charge et remplacé en 1710 par Pierre Thoreau. Voy. p. 474.

PIERRE THOREAU, avocat du roi, pourvu le 8, reçu le 21 mars 1710, remplacé après décès par Claude Colas en 1747. — Armes : *De gueules, au taureau passant de......et un chef chargé de trois croisettes.*

CLAUDE COLAS, avocat du roi, fut pourvu de cet office le 4 février 1747, sur la nomination de la veuve du dernier titulaire, après que Pierre-André de la Poix en eut payé le droit de survivance. Reçu le 1er mars suivant, remplacé après décès en 1748 par Simon Ranfer.

SIMON RANFER, avocat distingué au parlement de Bourgogne, fut pourvu le 3 mai 1748 de l'office d'avocat du roi. Reçu le 14 juin suivant, honoraire en 1770, après avoir résigné en faveur de Jean-Baptiste Petitot. Voy. p. 281.

JEAN-BAPTISTE PETITOT, avocat du roi, pourvu le 31 décembre 1769, reçu le 16 janvier de l'année suivante. Voyez p. 288.

EMILIEN-JOSEPH NAULT, professeur à l'Université de Dijon, avocat du roi par *commission* après le décès de Jean-Baptiste Petitot. Pourvu le 9 septembre, reçu le 10 décembre 1779.

CLAUDE-NICOLAS PERRET, avocat du roi, pourvu le 10 février 1780, sur la nomination de Bernard Petitot, fils du dernier titulaire. Reçu le 1er mars suivant, il exerça cet office jusqu'à la Révolution. Voyez p. 281.

§ VI. — PROCUREURS DU ROI

PRUDENT BOISSELIER fut nommé le 18 juillet 1645 à l'office de conseiller procureur du roi au bureau des finances créé par édit de mai 1635 et auquel il n'avait pas encore été pourvu. Reçu le 10 mai 1647, il fut remplacé par Pierre Taisand en 1675. Voy. p. 291.

PIERRE TAISAND, procureur du roi sur résignation de Prudent Boisselier. Pourvu le 22 novembre 1674, reçu le 10 janvier suivant, remplacé par son fils André en 1699. Il portait des armes différentes de celles de son neveu le jurisconsulte : *D'azur, au chevron d'or, accompagné en chef de deux étoiles et en pointe d'une mouche de même.* Voy. p. 477.

ANDRÉ TAISAND, procureur du roi sur la démission de son père. Pourvu le 11 mai, reçu le 3 juillet 1699, remplacé par Étienne Baudinet, après s'être fait recevoir dans un office de trésorier en 1707. Voy. p. 477.

ETIENNE BAUDINET, procureur du roi, pourvu le 26 mars 1707 avec dispense de parenté à cause du sieur Durand, trésorier, son beau-père, reçu le 9 avril suivant. Ayant été remplacé en 1722 par Jean Delandre, il obtint des lettres d'honneur dans lesquelles le roi déclare vouloir lui donner des marques de sa satisfaction pour les services par lui rendus, non-seulement dans son office de procureur du roi, mais encore dans celui de vicomte-mayeur de la ville de Dijon, qu'il exerçait depuis sept ans à la satisfaction de tous les citoyens, ayant donné des marques de sa vigilance et de son attention pour mettre cette ville à l'abri de la contagion. Le roi veut encore reconnaître les services rendus tant par le sieur Baudinet, son père, dans différentes charges, notamment dans celles de premier échevin, garde des Evangiles de la ville de Dijon et de syndic des États de Bourgogne, que par un grand nombre de ses parents dans celles d'avocat général de la feue reine, conseillers au parlement de Paris, grands-maîtres des eaux et forêts, trésoriers de France, et enfin les autres dans les armées où ils ont donné des marques de leur valeur, notamment le sieur Richard de Curtil, son cousin, maréchal des camps et armées du roi. — Les jetons du majorat d'Etienne Baudinet, pour les années 1716, 1719 et 1727, portent un écusson *d'azur au chevron brisé d'or, accompagné en chef de deux étoiles, et en pointe d'une quintefeuille d'argent.*

JEAN DELANDRE, procureur du roi sur résignation d'Etienne Baudinet. Pourvu le 31 juillet, reçu le 8 août 1722, remplacé en 1747 par Claude Gelot, avocat au parlement, qui avait été commis quelque temps auparavant pour remplir les fonctions de cet office à cause des infirmités du titulaire.

CLAUDE GELOT, procureur du roi, d'abord par commission, puis en titre après le décès de son prédécesseur. Pourvu le 9 juin, reçu le 3 juillet 1747, décédé en 1779.

EMILIEN-JOSEPH NAULT, commis le 9 septembre 1779 pour remplir les fonctions de procureur et d'avocat du roi, toutes deux vacantes par décès. Voyez p. 488.

AUGUSTE-THÉODORE BAZARD, procureur du roi, pourvu le 1er, reçu le 13 août 1781, l'office étant resté vacant depuis 1779. Il l'exerçait encore au moment de la Révolution.

§ VII. SUBSTITUTS DU PROCUREUR DU ROI

ALEXANDRE RÉMOND fut pourvu le 1er août 1698 de l'office de substitut du procureur du roi au bureau des finances, créé par édit d'avril 1696 et dont la finance avait été payée par Jean Mouchevaire et Pierre Taisand, avocat et procureur du roi au même bureau. Reçu le 14 du même mois, il n'eut pas de successeur dans cet office, qui fut supprimé quelques années après. L'*Armorial* de 1696 attribue à Alexandre Rémond les armes suivantes : *D'or, à trois chevrons de sable.*

§ VIII. — GREFFIERS EN CHEF

ETIENNE DE FRAZANS occupa un office de greffier en chef du bureau des finances créé par édit de juillet 1577, et il en fut pourvu le 18 novembre suivant en vertu de lettres qui furent enregistrées au bureau des finances le 1er septembre 1578, après qu'il y eut prêté serment (1). En lui accordant ses lettres de provisions, le roi déclare avoir eu égard aux bons et agréables services qu'il avait fait sous ses amés et féaulx conseillers, les généraux de ses finances, depuis vingt ans. Etienne de Frazans fut depuis pourvu d'un second office de greffier qui ne tarda pas à être réuni au domaine, puis racheté en 1581 par Bénigne de Frazans, son fils. Voy. p. 95.

BÉNIGNE DE FRAZANS, seigneur de Brion, se rendit acquéreur du second office de greffier dont il est question à l'article précédent, comme il résulte de lettres patentes du 3 mars 1581, qui valident le contrat d'achat. Cet office ayant été

(1) Voir la note de la page 456.

depuis supprimé, ainsi que l'office ancien précédemment exercé par son père, ils furent tous deux rétablis par arrêts du conseil des 29 décembre 1618 et 2 mars 1619, vérifiés à la Chambre des comptes le 13 mars 1621. Bénigne de Frazans s'en rendit successivement acquéreur, après quoi, ayant encore été supprimés, ils furent définitivement revendus en 1639 à Guillaume et Pierre de Frazans.

GUILLAUME et PIERRE DE FRAZANS, écuyers, seigneurs de Labergement et d'Orain, acquirent du domaine par contrat de vente du 9 août 1639, registré le 6 février suivant et moyennant une somme de 3085 livres, les offices de greffiers ancien, alternatif et triennal au bureau des finances, ce dernier créé par édit de janvier 1629. Le greffe triennal vendu en 1637 à Bénigne Boullier, ne tarda pas à rentrer en la possession des anciens titulaires. Enfin les trois offices ayant été saisis et décrétés en 1669, l'office ancien qui appartenait exclusivement à Guillaume de Frazans, passa à Pierre Tardy, et les deux autres furent adjugés à Etienne Collinet.

PIERRE TARDY, greffier en chef par commission pendant la saisie opérée sur les frères de Frazans, se rendit acquéreur de l'office ancien sur Etienne Collinet en faveur de qui Marguerite Levillain, veuve de Jean Denizot, qui s'en était rendue adjudicatrice, en avait d'abord disposé. Pourvu le 12 décembre 1669, reçu au bureau le 3 août 1670, il fut remplacé par Jean Michel de Sacquenay et obtint des lettres d'honneur vérifiées en 1696, qui rappellent ses services tant comme notaire royal à Dijon que comme greffier du bureau des finances, et dans plusieurs emplois et commissions dont il s'était acquitté avec beaucoup de zèle, de fidélité et d'affection. Il avait épousé Anne Carrelet, et on verra plus loin que son fils Noël et son petit-fils Jacques-Antoine, furent tous deux pourvus comme lui d'offices de greffiers en chef. Ce dernier devint depuis receveur général des décimes du diocèse de Dijon. Ajoutons enfin que deux de ses descendants, Joseph et Michel Tardy prirent part à l'assemblée de la noblesse du bailliage de Dijon pour l'élection des députés aux États généraux de 1789. Famille encore existante. — Armes : *D'azur, à trois étoiles d'argent, posées 2 et 1, et un chef d'or.*

ETIENNE COLLINET se rendit acquéreur de l'office de greffier en chef alternatif et triennal saisi sur les frères de Frazans à la requête de Jean de Maillard et de Marguerite Levillain, veuve de Jean Denizot. Pourvu le 12 décembre 1669, reçu le 3 août 1670, il fut remplacé dans l'office alternatif par Nicolas Quirot en 1685 et dans le triennal par Noël Tardy neuf ans plus tard. — Armes : *D'or, à trois bandes d'azur.*

NICOLAS QUIROT, greffier en chef alternatif sur résignation d'Étienne Collinet. Pourvu le 13, reçu le 29 décembre 1685, remplacé après décès par Henry Quirot, en 1694. Voy. p. 278.

HENRY QUIROT, greffier en chef alternatif sur le décès de Nicolas Quirot. Pourvu le 20 février, reçu le 6 mars 1694, il passa depuis à un office d'auditeur des comptes et fut remplacé dans celui de greffier en 1704 par François Rougeot. Voy. p. 278 et 346.

NOEL TARDY, greffier en chef triennal sur résignation d'Etienne Collinet. Pourvu le 20 février, reçu le 6 mars 1694, remplacé après décès par Jacques-Antoine, son fils, en 1720. Voy. p. 491.

JEAN MICHEL DE SACQUENAY, greffier en chef ancien sur résignation de Pierre Tardy. Pourvu le 9 juillet, reçu le 7 août 1702, honoraire en 1723 et remplacé par Claude Michel. C'est probablement lui qui avait été reçu en 1693, dans l'office nouvellement créé de maire de Fontaine-Française. — Armes : *D'azur, à une fasce d'or, chargée de trois bandes de gueules, et accompagnée en chef de trois étoiles d'or mal ordonnées et en pointe de trois croissants d'argent.*

FRANÇOIS ROUGEOT, greffier en chef alternatif sur résignation d'Henry Quirot. Pourvu le 30 décembre 1703, reçu le 24 janvier 1704, remplacé en 1717 par Thomas Mathieu, après s'être fait pourvoir en 1716 de l'office de receveur général alternatif des domaines et bois en Bourgogne. Claude-François Rougeot, nommé à ce même office en 1745, devint depuis fermier général.

THOMAS MATHIEU, greffier en chef alternatif sur résignation de François Rougeot. Pourvu le 17 octobre 1714, reçu le 8 mars 1717, honoraire en 1737 et remplacé par Nicolas Givoiset. — Armes : *D'azur, à une bande bretessée d'argent.*

JACQUES-ANTOINE TARDY, greffier en chef triennal, occupa l'office vacant par le décès de Noël Tardy, son père. Pourvu le 14, reçu le 23 août 1720, remplacé en 1724 par Bernard-Germain Brechillet du Jourdain. Voy. p. 491.

CLAUDE MICHEL, ancien châtelain de la chatellenie royale de Pontailler, greffier en chef ancien sur démission de Jean Michel de Sacquenay, sans doute son parent. Pourvu le 27 août, reçu le 3 septembre 1723, il obtint de faire remplir les fonctions de son office par son fils François, qui lui succéda en 1726.

BÉNIGNE-GERMAIN BRECHILLET DU JOURDAIN, greffier en chef triennal sur démission de Jacques-Antoine Tardy. Pourvu le 10 septembre, reçu le 14 novembre 1724, il résigna en 1727 son office à Jacques-Antoine Tardy, qui le céda à Philibert Boillot de Corcelotte. Etienne Brechillet, avocat au parlement, et Joseph, prieur de la Ferté en 1659, tous deux originaires de Dijon, sont cités dans la *Bibliothèque des auteurs de Bourgogne.*

FRANÇOIS MICHEL, chatelain de la chatellenie royale de Pontailler, greffier en chef ancien. Pourvu le 19 décembre 1726, sur le décès de Claude Michel, son père, reçu le 30 du même mois, il mourut revêtu de son office et fut remplacé en 1733 par Pierre Trappet. Voy. p. 492.

PHILIBERT BOILLOT DE CORCELOTTE, greffier en chef triennal, succéda à Bénigne-Germain Brechillet du Jourdain. Pourvu le 3, reçu le 25 avril 1727, il obtint de faire remplir cet office par Jean Clesquin, son beau-frère. Remplacé après décès par Pierre Siredey, en 1740. Voy. p. 303 et 479.

PIERRE TRAPPET, greffier en chef de la Chambre des comptes, passa à l'office de greffier en chef ancien du bureau des finances, vacant par le décès de François Michel. Pourvu le 2, reçu le 8 mai 1733, il mourut revêtu de cet office et fut remplacé en 1745 par Louis Gelyot. Voy. p. 427.

NICOLAS GIVOISET, greffier en chef alternatif sur résignation de François Mathieu. Pourvu le 19, reçu le 27 novembre 1737, honoraire après avoir résigné en 1781 en faveur de Jean-Baptiste Collin. — Armes : *D'argent, à un moineau de gueules.*

PIERRE SIREDEY, greffier en chef triennal, pourvu le 9 septembre 1740 sur le décès de Philibert Boillot de Corcelotte, reçu le 20 du même mois, remplacé après décès par Edme-Jean-Nicolas Sevré, en 1754. Voir l'article de son fils, avocat général à la Chambre des comptes, p. 376.

LOUIS GELYOT, greffier en chef ancien, pourvu le 25 septembre 1745, avec dispense d'âge, au lieu de Pierre Trappet décédé, reçu le 27 novembre suivant. Il mourut dans l'exercice de son office et fut remplacé en 1763 par Léonard Demortières. Voy. p. 352.

EDME-JEAN-NICOLAS SEVRÉ, greffier en chef triennal, fut pourvu le 15 juillet 1754 sur la nomination de Pierre Siredey, avocat général à la Chambre des comptes, fils de Pierre Siredey, dernier titulaire de cet office. Reçu le 31 du même mois, honoraire par lettres datées de 1773 et remplacé par Claude Chaudon. Il était en outre receveur commis aux impositions du Mâconnais et ses lettres de provisions rappellent qu'il était fils de Jean-Claude Sevré, frère de Jacques Sevré, et neveu de Nicolas-Olivier Lemoyne, tous trois trésoriers de France. Voy. p. 480.

LÉONARD DEMORTIÈRES, greffier en chef ancien sur décès de Louis Gelyot. Pourvu le 12, reçu le 19 juillet 1763, il passa en 1770 à un office de trésorier de France, et fut remplacé par Claude Florens. Voy. p. 486.

CLAUDE FLORENS, greffier en chef ancien sur la démission de Léonard Demortières. Pourvu le 21, reçu le 28 mars 1770, il exerça son office jusqu'à la Révolution.

CLAUDE CHAUDON, greffier en chef triennal, succéda à Edme-Jean-Nicolas Sevré. Pourvu le 13 novembre, reçu le 1er décembre 1773, il exerça jusqu'à la Révolution.

JEAN-BAPTISTE COLLIN, greffier en chef alternatif sur la résignation de Nicolas Givoiset. Pourvu le 18 juillet 1781 avec dispense d'âge, reçu le 4 janvier 1782, il exerça jusqu'à la Révolution.

§ IX. — SECRÉTAIRES

JEAN-CHRISTOPHE BOUGOT, greffier conservateur des minutes de la chancellerie du parlement de Dijon, fut pourvu le 12 août 1708 d'un des deux offices de conseillers du roi, secrétaires du bureau des finances créés en novembre 1707 et supprimés par édit de mai 1716, auxquels avait été attribuée la noblesse héréditaire et transmissible comme celle dont jouissaient les secrétaires des chancelleries établies près les cours de parlement et autres. Reçu au bureau des finances le 13 novembre 1708. — Armes : *D'azur, à un bouc d'or, passant sur le haut d'une montagne d'argent, accompagné en chef de deux étoiles d'or.*

CLAUDE BERNARD, seigneur de Rosières-sur-Vingeanne, pourvu le 12 août 1708 de l'autre office de secrétaire de la même création, reçu au bureau le 13 novembre suivant.

§ X. — PAYEURS DES GAGES

JEAN-BAPTISTE MASSENOT occupa l'un des deux offices de payeurs des gages des officiers du bureau des finances, créés en juillet 1689 avec attribution des mêmes priviléges que les trésoriers de France, et supprimés par édit de juillet 1717. Pourvu le 18, reçu à la Chambre des comptes le 28 juin 1691, remplacé en 1696 par Didier Laureau. C'est probablement lui qui est qualifié receveur du grenier à sel d'Arnay-le-Duc, dans l'*Armorial de 1696*, où ses armes sont ainsi blasonnées : *D'azur, à deux masses d'armes d'or, passées en sautoir, accompagnées en chef d'un soleil de même et en pointe d'un croissant d'argent.*

PHILIPPE BEUVRAND, conseiller aux bailliage et chancellerie de Chalon-sur-Saône, fut pourvu le 9 août 1693 du second office de payeur des gages de la création de 1689, sur la démission de Benjamin Grozelier, son beau-frère, qui l'avait levé aux parties casuelles et ne s'y était pas fait recevoir. Reçu le 2 décembre de la même année. — Ancienne famille de Chalon où l'on trouve de ce nom des maires et des officiers au bailliage. Elle a fourni en outre deux conseillers au parlement de Bourgogne, et un conseiller secrétaire en la chancellerie de la même cour. — Armes : *D'azur, au bœuf passant d'or, couronné de gueules, alias : au bœuf couronné de même, accolé de gueules, et clariné d'argent.* Pierre de Beuvrand, fils du secrétaire du roi dont il vient d'être question, obtint en 1644 des lettres de noblesse où ses armes sont ainsi figurées : *D'or, au bœuf passant de gueules ; au chef d'azur, chargé d'un poisson d'argent.*

Didier LAUREAU, payeur des gages sur résignation de Jean-Baptiste Massenot. Pourvu le 28 février 1696, reçu au bureau des finances le 3 mars suivant. — Armes : *D'azur, à une fasce ondée d'or, accompagnée de trois grenades de même, tigées et feuillées de sinople.*

§ XI. — RECEVEURS DES ÉPICES

Guillaume DE FRAZANS, pourvu en février 1642 de l'office nouvellement créé de conseiller du roi, receveur héréditaire des droits et épices des officiers du bureau des finances. Reçu le 9 juillet suivant à la Chambre des comptes, remplacé par Pierre Tardy., Voy. p. 491.

Pierre TARDY, receveur des épices, pourvu le 12 août 1669, reçu à la Chambre le 9 mars 1671, remplacé par Louis Grozelier. Voy. p. 491.

Louis GROZELIER, receveur des épices. Provisions du 7 mai 1689, réception à la Chambre le 17 du même mois. Remplacé par Claude Rougeot. Voy. p. 399.

Thomas DEMANGE, prévôt de la monnaie de Dijon, pourvu le 5 juillet 1705 de l'office de conseiller du roi, receveur alternatif et mi-triennal des épices, vacations, sabbatines et amendes du bureau des finances, créé en novembre 1704. Reçu au bureau le 23 du même mois de juillet. Office supprimé avec l'ancien quelques années après. On trouve du même nom Jean Demange, grenetier à Saulx-le-Duc en 1605, et Jean, lieutenant au même grenier à sel et contrôleur des mesures en 1630.

Claude ROUGEOT, écuyer, conseiller du roi, déjà contrôleur ancien, alternatif et mi-triennal des épices, vacations et sabbatines du bureau des finances, fut pourvu le 8 mars 1710 d'un autre office alternatif et mi-triennal créé en janvier 1708. Reçu au bureau le 27 mai 1710, il donna commission en 1713 à Jean-François Bridon pour remplir les deux offices qui furent supprimés peu après comme ceux des receveurs.

CORRECTIONS ET ADDITIONS

Page 4, ligne 19, *au lieu de* : BERTRAND D'UNCEY, *lisez* : BERTAUD D'UNCEY.
— 15, ligne 2 de la note, *au lieu de* 1382, *lisez* 1385.
— 20, ligne 26, *au lieu de* : la Chambre avait refusé, *lisez* : la Chambre avait fait difficulté.
— 20, ligne 33, *au lieu de* : le 11 octobre de l'année suivante, *lisez* : au mois d'octobre de l'année suivante.
— 27, ligne 39, (article de CLAUDE SAYVE), *ajoutez* : 6° Antoinette, mariée à Etienne Saumaise.
— 28, ligne 19, (même article), *au lieu de* : Jeanne Bouhier, *lisez* : Jeanne Bauyn.
— 28, ligne 20, (même article), *ajoutez* : 1° Pierre, qui suit; 2° Marie, femme de Gérard Richard.
— 39, ligne 22, *il faut rétablir comme suit le premier degré de la généalogie de la famille* NOBLET :
  I. Jean Noblet, de Langres, eut pour fils Nicolas qui suit.
— 39, ligne 31, *lisez* : 1° Jean; 2° Etienne.
— 49, *ajoutez ce qui suit à l'article de* THÉODORE PINSSONNAT : Ces armes sont attribuées par le P. Gautier à Théodore Pinssonnat; toutefois le sceau de ce personnage apposé à une reprise de fief du 19 janvier 1613, porte *un chevron accompagné en pointe d'une étoile soutenue d'un croissant brochant sur les jambes du chevron*.
— 113, ligne 32, (article d'OUDOT DE SAUVIGNY), *au lieu de* 6 octobre, *lisez* 8 octobre.
— 123, ligne 1, (article de JEAN DE VALERY), *au lieu de* : receveur général de Bourgogne, *lisez* : receveur général de toutes les finances.
— 126, ligne 12, 13 et 14, (article de JEAN GROS) *au lieu de* : Philippotte, que les registres...., *lisez* : Philippotte, qui épousa en secondes noces Guy de Rochefort.
— 126, lignes 21 et 22, *au lieu de* : 2° Richard..., 3° Jeanne.... *lisez* : 3°... 4°...
— 131, ligne 29, (article de LAURENT BLANCHART), *au lieu de* : par le gouverneur M. de Maillezais, *lisez* : par M. de Maillezais.
— 144, ligne 29, (article de PIERRE GOUDRAN), *au lieu de* : Pierre, son fils, *lisez* : Jean son fils.
— 180, ligne 7, (article de CLAUDE BOUVOT), *au lieu de* : 1636, *lisez* : 1637.
— 185, ligne 46, (article d'ANSELME DESBARRES), *après* : du 23 février 1619, *ajoutez* : avant la réception de Nicolas Desbarres, son fils, à qui il l'avait résigné.
— 225, note, ligne 17. Ce n'est pas Etienne Malpoy, mais son fils Claude qui fut pourvu d'un office de trésorier de France. Voy. l'article de ce dernier, p. 170.
— 271, lignes 28 et 29, (article de CLAUDE GAUTIER DE BREVANT), *au lieu de* : Jean-Baptiste, *lisez* : Jean-Bernard.
— 273, lignes 21 et 22, (article de PIERRE JOLY-VALLOT), *supprimez les mots* : 5° Pierre, notaire et secrétaire près la Chambre des comptes, mort en 1713, *et au lieu de* : 6° Pierre, *lisez* : 5° Pierre.

TABLE PAR ORDRE ALPHABÉTIQUE

DES NOMS

DES OFFICIERS DE LA CHAMBRE DES COMPTES ET DU BUREAU DES FINANCES
DE DIJON

32

TABLE 499

TABLE 501

TABLE 503

TABLE 505

32

TABLE 507

TABLE 509

TABLE 511

TABLE 513

Suite de l'*Erratum* : Page 439, dernière ligne, *Pour la réception de* CLAUDE BRUNET, *au lieu du* 15 mars, *lisez* : du 15 mai suivant :

Page 6, article de JEAN DE SAULX, ligne 10, *au lieu de* : et en Hongrie, *lisez* : et ailleurs.

— 6, ligne 26, *après* Guyotte Paillart, *ajoutez* : et en secondes noces à Jeanne de Pommart.

— 455, ligne 12 de la note, *au lieu de* : Pierre de Melles, *lisez* : Pierre de Nyelles.

TABLE DES MATIÈRES

DIJON, IMPRIMERIE DARANTIERE

TABLE DES MATIÈRES

DIJON, IMPRIMERIE DARANTIERE

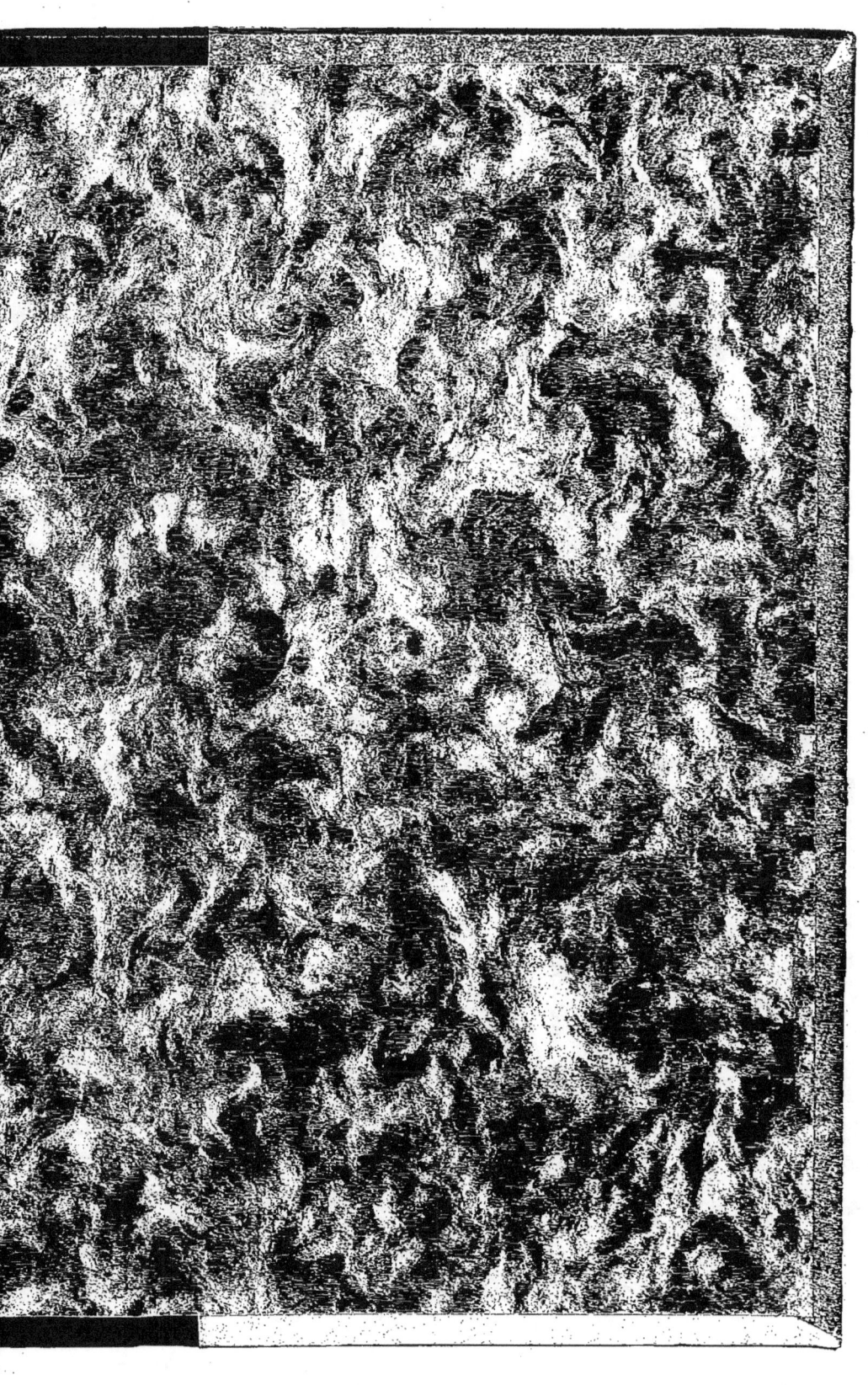